Poetics

21世纪
现当代诗学鉴藏

主编　刘洁岷

中国出版集团　东方出版中心

目　　录

新诗的出版与教育

当代诗潮与诗人

诗歌的"当代"研读

诗　学　对　话

栏目研究与年度综述

附　录

序

张桃洲

　　记得那大概是 2003 年初冬的某天晚上，我接到一个陌生的电话，来自武汉诗人刘洁岷。他的名字我是知道的，诗作也读过一些，但我并不晓得他是一家大学学报的编辑，诗人身份之外的他的职业。他在电话里没有谈他的诗歌创作，而是直截了当地说，他们学报打算开设一个诗学研究栏目，想请我参与组稿。当时我的诗学研究和批评刚刚起步，也参加过一两家刊物的组稿，算是所谓在诗界已"崭露头角"。不过尴尬的是我当时遭遇着一个关口：正要挈妇将雏离开生活了五六年的南京到北京去，奔走于各种烦琐手续的办理之中。但我几乎没有犹豫就答应了，也许只是抱着试试看的态度，也许出于对素昧平生者之信任的感激……就这样，在次年 7 月出刊的第 4 期《江汉大学学报（人文科学版）》（2013 年更名为《江汉学术》）中，"现当代诗学研究"专栏悄然开张，推出了第一组文章。洁岷当时还邀请了风头正劲的诗人臧棣（他正以批评雄文《后朦胧诗：作为一种写作的诗歌》引人瞩目）担任共同主持人，不过没多久他就转任为该栏目的"本期特约主持人"。

　　起初的工作是在一种匆促的状态中展开的：拟订论题、邀约稿件、讨论修改、磋商排期等等，无序而紧凑。凡是做诗歌研究和批评的各路有一定学术实力的师友我都联络了，请求他们支援稿件。虽然心里没底，但我深知新设一个栏目首先要考虑的是稿件的可持续性。在我们确定了头三期可以预期的稿件后，栏目终于亮相。最初几期的主题是"关于新诗的传统""关于新诗的标准""关于新诗的文体和语言""关于新诗的出版""关于女性诗歌""关于新诗的阅读与阐释""关于新诗的先锋性"等，我分别写了编者按。那时还没有出现今天这么明显的学术期刊和研究者身份的等级意识，所以这个"双非"学报（非核心期刊、非名刊）上的栏目还能邀约到不少优质稿件——需要赶紧补充一句，即便后来"等级意识"出现了，仗义的师友们仍然不被牵扯，愿意继续提供大作。实际上，创办栏目之初我和洁岷就约定，稿件的刊发以其学术质量为前提和基准，不看作者的名头或身份，达到质量要求就发，否则不发，宁缺毋滥。多年来我们始终恪守着这个原则，栏目的作者中既有知名教授，又有刚"出道"的博士生乃至硕士生。当然，也因此持续性地"得罪"了一些自荐文章或推荐他人写自己的论文的"大腕"，以至有人不解地说，一个地方高校学报的栏目还这么"挑剔"！

打开局面之后，接下来的各个专题就在平稳中推出："关于新诗的翻译""关于城市诗歌""关于诗歌史写作""关于当代诗歌思潮与诗人重释""关于早期新诗的资源""关于现代诗人与诗歌思潮重释""关于当代英美诗歌""关于新诗与政治文化""关于台港与海外诗歌""关于当代散文诗""关于新诗教育""关于儿童诗"……文章一期一期地推出，时间也一年一年地过去。在栏目开设八年之际，学报再次作出一个令人刮目相看的决定：创立"教育部名栏·现当代诗学研究奖"，旨在奖掖栏目海内外作者中的佼佼者。在首届颁奖会上，洪子诚先生称许那是中国首个专门的诗歌研究和批评奖项，我则在发言中感慨："当初，洁岷跟我谈创设这个栏目的时候，我全然不曾想到这个栏目会持续这么长时间，八年的时间还是不算短的，这个栏目的八年付出了艰辛与苦涩，当然也收获了欣慰与甜蜜。"如今，不知不觉一晃又是十多年过去，我和洁岷、大概还有很多人当初没有料到，这个持续一百多期未曾间断的栏目即将进入第二十个年头……

回想这 20 年栏目历程，虽说谈不上思绪万千，却也难免生出种种念头。诚然，多年来栏目也获得了许多"世俗"的褒奖：大批文章被《新华文摘》《中国社会科学文摘》《高等学校文科学术文摘》《中国人民大学报刊复印资料》等全文转载，入选教育部高校哲学社会科学学报名栏建设工程（第二批），获得教育部名栏建设优秀奖，受到省新闻出版局或全国文科研究会的期刊类、栏目类奖励，等等。在这 20 年里，还出版了四本栏目文章的精选集《群峰之上》《群岛之辨》《群像之魅》《群翼之云》，颁发了四届"现当代诗学研究奖"并举行了研讨会，首倡的某些概念和话题（比如"中生代诗人研究""学院派诗歌"）引发了广泛讨论和深入的追踪研究。毫无疑问，相比上述"显性"的"荣耀"，我和洁岷更看重学术界、诗歌界的"口碑"，既然这个栏目在一些师友心目中已是现当代诗学研究的一个"标杆"，我们就要格外珍惜。我为《群岛之辨》所写的推荐语，正是基于这样的认知而流露出的心声："'现当代诗学研究'专栏与其说让人目睹了奇迹，不如说意在提醒尺度的始终在场。在显得喧闹的诗界，它的确是一个安静的存在。它犹如一根隐秘的丝线，连接起默默秉守尺度的人们，组成严肃的学术共同体。"我在"现当代诗学研究奖"第三届颁奖会上的发言里也谈道：

　　有时我也在想，这个小小的栏目在当下就如汪洋大海一般的期刊、栏目里的一朵浪花，看起来是如此不起眼，对于我却意义非凡。那么，它对我究竟意味着什么呢？我脑海里不时闪过这个问题。在我看来，这个栏目犹如一座小小的庙宇，里面寄寓着我们对诗学研究的期待和理想，怀揣着这份期待和理想，我们迎接来自四面八方的宾客——各类诗学文章。当然，这座庙宇里还有尺度——我们对诗学研究的见解和理念，有某种自尊——我们对诗学研究在现实语境中所处位置的觉识。这么多年，正是有在座各位朋友和其他五湖四海的朋友们的支持和呵护，这座庙宇才坚守了一种尺度，才拥有了一份尊严。

栏目存续的这20年里，现当代诗学研究和批评经受了21世纪之后互联网新媒体兴起等社会文化跌宕起伏所带来的巨大冲击，在一种错杂的语境中勉力寻求着理论和方法的创新。在一定程度上，栏目是以自己的方式和姿态回应了这些、见证了这些、呈现了这些，为促进乃至丰富现当代诗学研究和批评尽了绵薄之力。毋庸讳言，我们厕身其间的现当代诗学研究和批评，其实是一个相对封闭、自足，也比较狭窄的研究领域，在现当代文学研究以至整个人文研究里只是极小的一块，显得"专"而"窄"。关于现当代诗学研究和批评面临的困境及如何突破困境，我本人做过一些思考、在不同场合表达过意见，主要有如下几点想法：

其一，现当代诗学研究和批评的定性与定位，即如何确定现当代诗学研究和批评的属性与位置。这是针对研究与创作的关系而言。应当承认，我们的研究和批评很多时候是滞后于创作的，也正因为此，现当代诗学研究和批评往往被置于诗歌创作的附属位置上，被认为是后者的一个衍生品。这就使得现当代诗学研究和批评总是处在一个被动的，甚至是受歧视的状态。可是在我看来，现当代诗学研究和批评应该具备一种明确的意识，就是它与诗歌创作及其研究、批评的对象，处在一个对等、对称的位置上。这里所说的对等或"对称"，借用著名诗评家陈超先生的话来说便是"自立"，也就是现当代诗学研究和批评能够自己立着、立起来，应该有这么一种自立性。有了这种自立性之后，现当代诗学研究和批评才会获得某种自尊和自信，才有可能打破封闭的、学院内的知识化生产状态，不至于落到附庸、附属的地位。

其二，与上述定性、定位密切相关的问题：现当代诗学研究和批评何为？也就是，我们的研究和批评究竟需要做什么、能够做什么——在当下的处境中？我自己一直对诗歌的功用或价值有这样的主张，即诗歌是一个时代的审视者，它代表了一个时代的反思性力量，总是以一种反省或审视的态度看待其所处的时代。我们虽然不能极端地说诗歌应该始终处在一个时代的对立面，扮演时代的激烈批评者的角色，但无疑它应该保持足够的清醒，对其所处的时代进行审视和反思。倘若诗歌的定位如此，诗歌创作有这样的自我认知的话，那么现当代诗学研究和批评就应该与诗歌创作一道，参与到对于时代的反思和审视之中。诚然，我们的研究和批评同诗歌一样，也要歌颂、赞美，要表达感恩，展现很多其他事物，但对于时代的反思和审视，应该是诗学研究、批评和诗歌创作共有的一个重要取向。

其三，今后现当代诗学研究和批评如何深入、拓展？有目共睹的景象是，在当前，诗学研究界、诗歌创作界处在一片繁杂的状态。这"繁杂"——借用姜涛的一个表述——让整个诗歌创作和批评恍若一个大派对，表现为大杂烩的、嘉年华似的景观。那么，在如此情境下，现当代诗学研究和批评应该怎么超越？而现当代诗学研究和批评的定位也好、取向也好，最终还是要落实到怎么实现的问题上，也就是怎么深化、拓展的问题。在当下驳杂、繁复的语境里，现当代诗学研究和批评保持自身的独立自主意识，这是进行深化、拓展的一个基本前提。长期以来，我们的研究和批评需要应对太多诱惑的缠绕，被迫去抗拒各种纷乱的外部挤压，那种种挤压有如"庞然大物"，始终无形地跟随着、紧紧地围裹着我们的研究和批评。这个"庞然大物"，在某一段时间有可能是某种无法躲避的指令，或者其他一些事物，但在今天，它变出了很多式样，变成了媒体上的舆论，变成了某个研究对象的身份、名气（因为"名气"也常会成为"压抑"研究者、批评者研究和批评方式及作出判断的因素），变成了利益关系的考量……这些像空气一样弥散在我们周围，无声无息又挥之不去，势必会对我们的研究和批评造成一种挤压。

因此,今后现当代诗学研究和批评的深化、拓展,首先应该对这样的庞然大物予以抵制,要与之保持距离,要针锋相对地对它予以拒斥、摒弃和消解,要"冲出重围";然后回到研究和批评本身的专业性,回到强大的"自立性"上来。

以上想法,也可以说是我二十年来参与"现当代诗学研究"栏目组稿过程中所积攒下来的体会。

最后,我想谈谈与刘洁岷搭档、合作20年的感受。洁岷本人是一位笔耕不辍的诗人,出版了多部优质诗集,早年创办过有一定影响的诗歌民刊《新汉诗》;他对诗歌有着深透而独到的见解,交流中我时常从他对诗歌界一些人、事、作品的评点得到启发,我们在诗歌的倾向、趣味上,在对一些问题的看法上有不少共识。他虽然个性鲜明、眼界颇高,但在实际生活中为人处世却十分稳健,不徐不疾,也不偏激。我们在无数次商谈稿件时互相坦陈意见、求同存异,尽量使每个选题、每篇稿件达到理想状态。有朋友打趣说,两个都很"犟"的九头鸟能够"共事"20年从不争吵实属不易……

"可是父亲来到我们中间 / 陷入比狂躁更为可怕的沉思中。"这篇文字即将收尾的时候,我停了一下,从书架上取出洁岷的诗集,随手翻开读到这两句,然后把目光转向窗外沉沉的夜幕。

2023年仲秋于京西定慧寺恩济里

新诗的资源、技艺、体式与语言

关于中国新诗的两种"传统"

李 怡

摘 要：中国新诗具有两种"传统"：其一是新诗与古典诗歌传统的关系，其二是新诗自身的传统。一方面，新诗从情感、趣味到语言形态等全方位地与古典诗歌建立着联系；另一方面，新诗从坚实凝固的"传统"中突围而出，建立起自己新的艺术形态。新诗在创作主体、文本、形式等方面均已获得自由、独立的形态。

关键词：中国新诗；古典诗歌；传统

讨论中国新诗的"传统"，这在今天人们的心目当中会引发出两种不同的理解：一是中国新诗与古典诗歌"传统"的关系；一是中国新诗自身所形成的"传统"。这两种意义上的"传统"都关乎我们对于中国新诗本质的把握，影响着我们对于其未来发展的估价。

一

关于中国新诗与中国古典诗歌"传统"的关系，这在不同的时期曾经有过截然不同的理解。当我们把包括白话新诗在内的五四新文学运动置于新/旧、进步/保守、革命/封建的尖锐对立中加以解读，自然就会格外凸显其中所包含的"反传统"色彩，在过去，不断"革命"、不断"进步"的我们大力激赏着这些所谓的"反传统"形象,甚至觉得胡适的"改良"还不够,陈独秀的"革命"更彻底,胡适的"放脚诗"太保守,而郭沫若的狂飙突进才真正"开一代诗风"。到 1990 年代以后,同样的这些"反传统"形象,却又遭遇了空前的质疑:"五四"文学家们的思维方式被贬之为"非此即彼"荒谬逻辑,而他们反叛古典"传统"、模仿西方诗歌的选择更被宣判为"臣服于西方文化霸权",是导致中国新诗的种种缺陷的根本原因!

其实,如果我们能够不怀有任何先验的偏见,心平气和地解读中国现代新诗,那么就不难发现其中大量存在的与中国古典诗歌的联系,这种联系从情感、趣味到语言形态等全方位地建立着,甚至在"反传统"的中国新诗中,也可以找出中国古典诗歌以宋诗为典型的"反传统"模式的潜在影响。在《中国现代新诗与古典诗歌传统》[1]一书,笔者曾经极力证明着这样的古今联系,然而,在今天看来,单方向地"证明"依然不利于我们对于"问题"的真正深入,因为,任何证明都会给人留下一种自我"辩诬"的印象,它继续落入了接受/否定的简单思维,却往往在不知不觉遗忘了对中国新诗"问题"本身的探究。实际上,关于中国新诗存在的合法性,我们既不需要以古典诗歌"传统"的存在来加以"证明",也不能以这一"传统"的丧失来"证伪",这就好像西方诗歌的艺术经验之于我们的关系一样。中国新诗的合法性只能由它自己的艺术实践来自我表达。这正如王富仁先生所指出的那样:"文化经过中国近、现、当代知识分子的头脑之后不是像经过传送带传送过来的一堆煤一样没有发生任何变化。他们也不是装配工,只是把中国文化和西方文化的不同部件装配成了一台新型的机器,零件全是固有的。人是有创造性的,任何文化都是一种人的创造物,中国近、现、当代文化的性质和作用不能仅仅从它的来源上予以确定,因而只在中国固有文化传统和西方文化的二元对立的模式中无法对它自身的独立性做出卓有成效的研究。"[2]

我们提出中国新诗并没有脱离中国古典诗歌传统这一现象并不是为了阐述中国古典诗歌模式的永恒的魅力,而是借此说明中国新诗从未"臣服于西方文化霸权"这一事实。中国新诗,它依然是中国的诗人在自己的生存空间中获得的人生感悟的表达,在这样一个共同的生存空间里,古今诗歌的某些相似性恰恰是人生遭遇与心灵结构相似性的自然产物,中国诗人就是在"自己的"空间中发言,说着在自己的人生世界里应该说的话,他们并没有因为与西方世界的交流而从此"进入"到了西方,或者说书写着西方诗歌的中国版本。即便是穆旦这样的诗人,无论他怎样在理性上表达对古代传统的拒绝,也无论我们寻觅了穆旦诗歌与西方诗歌的多少相似性,也无法回避穆旦终究是阐发着"中国的"人生经验这一至关重要的现实,如果我们能够不带偏见地承认这一现实,那么甚至也会发现,"反传统"的穆旦依然有着"传统"的痕迹,例如王毅所发现的《诗八首》与杜甫《秋兴八首》之间的联系。

然而,问题显然还有另外的一方面,也就是说,中国现代新诗的独立价值恰恰又在于它能够从坚实凝固的"传统"中突围而出,建立起自己新的艺术形态。正是在这个意义上,我们说单方向地证明古典诗歌"传统"在新诗中的存在无济于事,因为在根本的层面上,中国新诗的价值并不依靠这些古典的因素来确定,它只能依靠它自己,依靠它"前所未有"的艺术创造性。或者换句话说,问题最后的指向并不在中国新诗是否承袭了中国古典诗歌的"传统",而在于它自己是否能够在"前所未有"的创造活动中开辟一个新的"传统"。

中国新诗的新的"传统"就是我们应该更加关注的内容。

二

讨论中国新诗的新"传统",这里自然就会涉及一个历来争议不休的话题：中国新诗究竟是否已经是一种"成熟"与"成型"的艺术？如果它并不"成熟"或"成型"，对新的"传统"的讨论是否就成了问题呢？

的确，在中国现代新诗的发展历史中，到处都可以听到类似"不成熟""不成型"的批评不满之词，例如，胡适1919年评价他的同代人说："我所知道的'新诗人'，除了会稽周氏弟兄外，大都是从旧式诗，词，曲里脱胎出来的。"[3]7年后，新起的象征派诗人却认为："中国人现在做诗，非常粗糙……"[4]"中国的新诗运动，我以为胡适是最大的罪人。"[5]10年后，鲁迅对美国记者斯诺说："到目前为止，中国现代新诗并不成功。"[6]再过6年，诗人李广田也表示："当人们论到五四以来的文艺发展情形时，又大都以为，在文学作品的各个部门中以新诗的成就最坏。"[7]一直到1993年老诗人郑敏的"世纪末回顾"："为什么有几千年诗史的汉语文学在今天没有出现得到国际文学界公认的大作品、大诗人？"[8]

那么，这是不是足以说明"不成型"的判断已经就成为对新诗"共识"呢？10年前，在《中国现代新诗与古典诗歌传统》一书中，我曾经引用这些言论说明中国新诗内在缺陷，现在看来，问题又并没有当时所理解的那么简单。因为，任何一个独立的判断都有它自身的语境和表达的目的，历来关于中国新诗"不成熟""不成型"的批评往往同时就伴随着这些批评家对其他创作取向的强调，或者说，所谓的这些"不成熟"与"不成型"就是针对他们心目中的另外的诗歌取向而言的，在胡适那里是为了进一步突出与古典诗词的差异，在象征派诗人那里是为了突出诗歌的形式追求，在鲁迅那里是为了呼唤"摩罗诗力"，在郑敏那里则是为了强调与古典诗歌的联系……其实他们各自的所谓"成熟"与"成型"也是千差万别，甚至是针锋相对的！这与我们对整个中国新诗形态的考察有着很大的差别。当我们需要对整个中国新诗作出判断的时候，我们所依据的是整个中国诗歌历史的巨大背景，而如果结合这样的背景来加以分析，我们就不得不承认，中国新诗显然已经形成了区别于

中国古代诗歌的一系列特征,例如:

其一,追求创作主体的自由和独立。发表初期白话新诗最多的《新青年》发刊词开宗明义就指出,"近代文明特征"的第一条即"人权说"。从胡适《老鸦》《你莫忘记》到郭沫若的《天狗》,包括早期无产阶级诗歌,一直到胡风及其七月派都是在不同的意义上演绎着主体的意义。尤其值得注意的是,这些诗人自我的强调已经与中国古典诗人对于"修养"的重视有了截然不同的内涵。

其二,创造出了一系列的凝结着诗人意志性感受的诗歌文本。也就是说,中国诗歌开始走出了"即景抒情"的传统模式,将更多的抽象性的意志化的东西作为自己的表现内容。与中国诗学"别材别趣"的传统相比较,其突破性的效果十分的引人注目。其中又有几个方面的具体表现:一是诗人内在的思想魅力得以呈现;二是诗人以主观的需要来把玩、揉搓客观物象;三是客观物象的幻觉化。

其三,自由的形式创造。"增多诗体"得以广泛地实现,如引进西方的十四行、楼梯诗,对于民歌体的发掘和运用,以及散文诗的出现、戏剧体诗的尝试等。虽然在这些方面成就不一,但尝试本身却无疑有着极其重要的价值。在这方面,郭沫若甚至说过一段耐人寻味的话:"好些人认为新诗没有建立出一种形式来,便是最无成绩的张本,我却不便同意。我要说一句诡辞:新诗没有建立出一种形式来,倒正是新诗的一个很大的成就。""不定型正是诗歌的一种新型。"[9]

显然,在这位新诗开拓者的心目当中,"不成型"的中国新诗恰恰因此具有了前所未有的"自由"姿态,而"自由"则赋予现代诗人以更大的创造空间,这,难道不就是一种宝贵的"传统"吗?与逐渐远去的中国古代诗歌比较,中国现代新诗的"传统"更具有流动性,也因此更具有了某种生长性,在不断的流动与不断的生长之中,中国新诗无论还有多少的"问题"与"缺陷",但的确已经从整体上呈现出了与历史形态的差异,这正如批评家李健吾所指出的那样:"在近20年新文学运动里面,和散文比较,诗的运气显然不佳。直到如今,形式和内容还是一般少壮诗人的魔难。""然而一个真正的事实是:唯其人人写诗,诗也越发难写了。初期写诗的人可以说是觉醒者的彷徨,其后不等一条可能的道路发见,便又别是一番天地。这真不可思议,也真蔚然大观了。通常以为新文学运动,诗的成效不如散文,但是就'现代'一名词而观,散文怕要落后多了。"[10]

中国新诗的这一"传统",分明还在为今天诗歌的发展提供种种的动力,当然,它也需要我们付出更多的理解。

参考文献

[1] 李怡.中国现代新诗与古典诗歌传统[M].重庆:西南师范大学出版社,1994.

[2] 王富仁.对一种研究模式的置疑[J].佛山大学学报,1996(1).

[3] 胡适.谈新诗[M]//中国新文学大系·建设理论集.上海:良友图书出版公司,1935:300.

[4] 穆木天.谭诗:寄沫若的一封信[J].创造月刊,1926(1).

[5] 王独清.再谭诗:寄木天、伯奇[J].创造月刊,1926(1).

[6] 斯诺,安危.鲁迅同斯诺谈话整理稿[J].新文学史料,1987(3).

[7] 李广田.论新诗的内容和形式[M]//诗的艺术.桂林:开明书店,1943.

[8] 郑敏.世纪末的回顾:汉语语言变革与中国新诗创作[J].文学评论,1993(3).

[9] 郭沫若.开拓新诗歌的路[M]//郭沫若论创作.哈尔滨:黑龙江人民出版社,1982:58.

[10] 李健吾.《鱼目集》:卞之琳先生作[M]//李健吾批评文集.珠海:珠海出版社,1998:104,107.

——原载《江汉大学学报(人文科学版)》(现《江汉学术》)2004年第4期:7—9

与新诗合法性有关：论新诗的技艺发明

雷武铃

摘　要：新诗技艺之"技艺"一词在诗人和诗歌评论家之间、新诗和古典诗词之间使用的方式和所指的含义显然不同。诗人是从发生学角度使用技艺；诗歌评论家是从阐释学角度使用技艺——在一部已经完成的作品中，辨认、分析、归纳作品中体现的作者使用、组织材料的特殊方式的痕迹，那些有个人个性特征的巧妙方式，并对其作出阐释。古典诗词中的技艺是在公共规则之下的个人竞技发明，而新诗技艺是潜含在个人的诗歌美学与观念之中。新诗的最大特点是没有一套明确的形式规则，因此也就没有这规则之下才能形成的一套明确的技艺。诗歌技艺是一个中性的技术性范畴，是客观的工具，不涉及价值判断，不同的人可以使用同样的诗歌技艺为自己的诗歌意识形态服务。诗艺就像武器装备一样，是工具。但如果更深一步地分析，会发现技艺的公共属性和技艺的独立属性并非这么绝对，并非没有其限度。新诗技艺重在结构与形式的发明与想象，对内容的审查；诗艺又不仅仅是一种工具，同时是个性与风格的体现。技艺并非脱离内容，而是在表达内容的压力之下的发现或发明，技艺也是来自对生活与世界的认识。

关键词：新诗；古典诗歌；技艺；合法性；自由诗

在当代诗人之间关于"通过什么样的路径才能把诗写好"的争论中,有两种顽固对立的看法:一种强调要投入生活,让蕴含诗意的生活充满自己的心灵,诗歌就会自然地从心里涌流而出,自动地获得它的形式;一种认为必须先进行诗歌技艺的学习与锤炼,只有掌握了真正的诗歌技艺,生活才会被你的语言召唤出来,在你的笔下化为诗歌涌流而出。根据这种对自己专业采取的修炼路径的不同,我们可以把这些诗人分为生活派和技艺派。从这两派基本原则的对立中衍生出无数纷繁复杂的对立小论题,这给诗人们带来很多的热闹。

同样是说技艺,评论家和艺术家使用的方式和所指的含义显然不同。评论家是在阐释学上使用,而艺术家是在发生学上使用。评论家是在一部已经完成的作品中,辨认、分析、归纳作品中体现的作者使用、组织材料的特殊方式的痕迹,那些有个人个性特征的巧妙方式,并对其作出阐释。艺术家是在面对空无中一件未完成的、要动手的可能的作品,想获取一种能力,想怎样才能拥有一种看不见但实际发生作用的、帮助自己达成创造意愿的能力。评论家在终点等候着,从作品的结果中辨认和判断,进而解释其效果;而艺术家在出发点、起源处想象着、寻找着一种发现路径的能力,从而帮助自己的作品能到达意图的目的;艺术家对技艺只是信赖、确定,但并不解释。评论家对技艺的指明和阐释,是面向读者的理解,一种合理性的解释;艺术家对技艺的寻找是针对未成形的混沌的材料与模糊的意愿之间的分裂,是面对自己的实践。不少初学写诗的人误把解释当指导,走了不少的弯路。正是在这一点上,庞德对诗人的劝告有特别的教益:"不要理睬那些自己从未写过一篇值得注意的作品的人的评论。"[1]

一、新诗技艺与古典诗歌技艺的差别

古典诗词中的技艺和新诗中的技艺有很大的不同。我们知道技艺由规则生成。游戏中的技巧是在游戏规则的限制之下形成的使游戏进行得更惊奇的方式。没有游戏规则就没有游戏，当然也就没有了游戏参与者运用自己的才智发明出的各种游戏技巧。古典诗词有着明确的形式规则，因此形成了由这些形式规则造成的一套明确的技艺。在古典诗词的写作中，所有诗人都遵守这种形式规则，他们是在参与着同一个游戏，他们依靠这共同的形式规则来评判各自技艺的优劣，共享这公共规则之下的技艺。这里面，游戏规则是公共的，而游戏技巧是个人的，体现为公共规则之下个体的创造性差异。由于个体的创造性差异是在共同的规则之下发明出来的，因此这技艺一旦出现，又能很明确地为所有参与游戏的人所承认，也就是能共享这技艺带来的乐趣。艺术欣赏很大程度就是为艺术作品蕴含的技艺所惊动，为之赞叹不已。新诗的最大特点是没有一套明确的形式规则，因此也就没有这规则之下才能形成的一套明确的技艺。

新诗被称为自由诗，诗人们在形式上各行其是，似乎参加的不是同一个游戏，也无法共有一套衡量各自技艺的形式原则。新诗即使有一些技艺，也是隐含在完全个人的写作之内，分属个人，独有独享，无法为其他的诗人共享。就是说新诗的技艺显示为个人文本的秘密，是完全隐藏在个体文本中，表现为个性，而有待于读者的发现与辨别；其结果常常是某个诗人的技艺不被其他的诗人发现、认识，甚至被其他诗人所否认。新诗技艺处于一种晦暗之中，让读者无从辨认，这是阻碍读者对新诗的阅读接受的重要原因。古典诗词的读者和作者共享一套明确的形式规则（美学规则），读者在阅读接受的时候有所依据，为诗词中体现的技艺而欣喜不已。新诗诗人没有一套与读者共享的明确规则（形式的和美学的），因此读者面对新诗时经常不知如何对待，如何去阅读、接受，也感觉不到诗中的技艺。古典诗词读者对新诗有一种技艺上的鄙夷，觉得新诗语言粗陋，毫无艺术可言。新诗的读者在接受一个新诗诗人时,必须接受他诗歌中隐含的一套规则,或者说美学原则,然后才能体会和感受到这位诗人的技艺,欣赏到这位诗人诗作之好。也因此,一位读者一旦喜欢上一位新诗诗人,可能远比喜欢上一个古典诗人更兴奋,觉得一下子打开了一个全新的世界,因为他依靠自己独立地发现、领会了隐含在这个诗人的诗歌后面独有的形式与美学规则,进而欣赏到这规则之下其诗歌技艺的美妙。

古典诗歌的技艺在共享的形式规则之下,虽然也谈到立意和谋篇布局之类,但主要集中于语言的运用,语言的表达与表现力。在古典诗歌形式严格规范的技艺场内,古典诗人驰骋才华,为词语的挑拣,为语句的修辞比赋,比武竞技,一较高下。其中最基本的是押韵的技艺。孩子们从儿歌就开始练习,像韩愈、柳宗元、苏东坡、黄庭坚等,有意在窄韵、险韵或同韵的连续开掘方面,争奇斗胜,展示才华和个性。比用韵的独特更普遍地被重视的技艺是炼字炼句的功夫;有许多这样的佳话被传颂,比如推敲和其他一字之师的传说故事;有许多这样的炼字的例子:如"春风又绿江南岸""应是绿肥红瘦"之类;也渗透在对诗句中某个字的鉴赏,如"悠然见南山中"的"见"字之被称赏。这种字词用法的成就的例子举不胜举。而古典诗歌中最突出的技艺是写出巧妙的对偶、对仗句的技艺;这是对仗规则下语言的联想与发现能力。因为古典诗歌中最大量使用的就是对仗。尤其是在共八句的律诗之中,中间四句必须是两对对偶句;有的甚至开始两句也对偶。这样,只要能写好对偶句,一首律诗就完成了大半。只要想出两个对偶句,有时候再把前后两句凑齐也就简单了。这些律诗的结构,起承转合都是基本固定的,变化的样式也有限,诗人们倾全力于语言效果的竞技就行了。古诗名句几乎都是这种对偶"大漠孤烟直,长河落日圆""星垂平野阔,月涌大江流""山重水复疑无路,柳暗花明又一村"。这种实用、必需的诗歌技艺训练从蒙童识字就开始了,千字文以类分、以对称的方式列举天象、物理、人文名词;而对对子是识字后儿童最基本的功课。民间故事中有无数对对子的传奇。

在新诗的技艺中，因为统一的形式规则的消逝，古典诗词中固有的一些技艺失效了。比如押韵，仍然有一些人在追求，但更多的人根本就不在意，甚至反对。那个追求押韵的人，他的押韵技艺只对其个人有效，因为别人根本就不跟他玩这个。还比如固定的整齐的节奏模式、格律限制，有些人在追求，更多的人根本就是反对，有意地打破这种整齐、呆板、单调的音节模式，追求一种参差错落、变化丰富，现实中常使用的自然节奏。古典诗词的对偶句的技艺，在新诗中显得突兀、单调。新诗究其根本，是一种自由诗，是一种强调个性发明的自由诗，一种自由的新美学。因此，某种统一的新格律形式的设想和某种统一的新美学的设想，如闻一多、林庚、贺敬之等人的努力，只具个人意义，在总体上是失败的；各种新古典主义之类的构想，结果都是落空。因为新诗的出现，并不是旧格律形式不适用了，需要再想出一套新格律形式来替代，而是格律形式本身就不再适用——新格律和旧格律在本质上，又有什么差别呢？新诗的关键是统一的形式强制被打破了，诗歌不再是统一形式规范下的传统竞技游戏，而是一种新的自由与个性的解放运动。新诗需要发明出它全新的技艺。

二、例举若干新诗技艺

新诗的新技艺之一，是结构的技艺，是诗歌内容如何发展、演进并最终构成一个完整、统一的意义系统的方式。因为作为艺术，必须具有这种充分发展的完整性，才能成为意义系统。每首新诗必须在形式上独立确定自己，找到一种构成自身的组织逻辑。没有一种预先确定的结构保证，它依赖于自身中一些具体词语的关联，并对这偶然性关联的发现与利用。这是每一首诗在写作之前最令人惴惴不安、充满悬念之处,要写完之后才知道它如何构成,如何依靠着什么样的词语的偶然性的联结与传递,把全部内容凝聚成一体,完成自身的构造。这在古典诗词中并不突出。古典诗词的形式规范,不仅是诗歌语言形式的限定,而且是一种诗歌意义的结构框架。在一种确定的诗体中,我们预先就知道了要写多长,多少句,有多少的表现空间,什么时候就必须结束。比如在律诗的起承转合中,我们事先就知道开头两句对自己所处时空等情况作一些交代,中间两联该来一点景物、环境的描写,两联之间要有转折,最后两句要做意义的总结和情感的抒发,等等。也可针对这些,做出一些其他的变化,但只是出于常态的意外。而词的写作,干脆就称之为"填词",就是在确定的空格里按要求填空。古典诗歌的技艺就是在这些严格的限制之中的个人有限的发挥。而新诗的技艺是,在外部的无限自由之中,如何发挥自己的创造性,给自己发明一种逻辑约束,使自由的自己达成一种意义丰富的完整与统一。在自由之中,如何找到自己的度。

新诗的另一新技艺,是对新形式的创想和发明。新诗是自由诗,但事实上没有什么诗是真正自由的。相反,它废弃了外部明确的强制性形式,因此需要一套潜藏内部的更复杂的形式。新诗技艺比古典诗歌的技艺更复杂、更困难,因为它要满足更多方面的需求。诗歌的技艺是写成一首诗所需的全部的形塑能力,包括对诗歌形式的想象力与构成力,对诗歌内容的逻辑组织能力(如何开始、发展、转折、结尾),而不仅仅是语言修辞、语言的表现力。欧阳修引用梅尧臣的话:"能状难写之景如在目前,含不尽之意见于言外,为诗家至语。"[2]对古典诗人来说,造语工新是写诗的主要功夫。对新诗来说,除了这种语言表达的追求外,最重要的技艺还有诗歌形式的创想和诗歌内容的结构。因为不像古典诗歌,新诗没有预定的形式,首先必须赋予自己形式,形式的想象和决定是一首新诗构思中的最重要内容。在古典诗歌中,有很完备的形式库,供古典诗人根据要表现的内容和自己的喜好来选取：七言歌行体像《燕歌行》《西州曲》《代悲白头翁》《春江花月夜》《琵琶行》《长恨歌》，言语华美，适合尽情宣叙、抒情；五言古体拙朴，即使抒情也是相当节制，不像七言歌行肆意横流；五言律诗严谨，七言律诗适合写幽情（李商隐）；四言最庄重稳定，杂言活泼，变化丰富，适合写情绪跨度大的内容。还有词，长短快慢，尽情宣泄沉浸。总之，各种形式体制对应着不同表达的需求，诗人在这些形式之下锤炼自己的语言就好了。在新诗中，没有预先的形式体制，也难以模仿某一种形式，形式要从内容中自行生发。形式本身成为一种困难，要解决的问题。这样说来，古典诗歌的语言技艺，因要求明确而单纯；新诗的语言技艺因面临更多的要求且不明确而更复杂。古典诗歌是在一条公路上赛车，在限定的道路上展示自己高超的技能；而新诗是在一片汪洋中航海，要自己找到方向，确立航线，到达自己梦想的陌生大陆的港口。最考验它的是风暴与迷航，它最需要的是克服这一切危险的技艺：指引自己诗歌写作的方向感。

新诗的技艺完全依靠个人的自觉。没有外部强制，完全的自觉与自制非常难，很少人能够做到。既失去外部形式的牵制，又没有内在觉醒的自制，完全没有依据时，新诗会陷入一种失控、失重的状态。这种状态既表现在诗人身上——很多诗人对自己的诗完全没有把握和控制力，甚至意识不到有各种技艺的需求，意识不到如何去锤炼句子——也表现在评论家身上，这些评论家完全不知道如何评论一首诗或一个诗人，既称赞不到点上，也批评不到点上，说的是不靠谱的话，表的是对不上的情。新诗技艺的这种特性，一方面使它依赖个人的敏感与经验，以个人体会、个人的信服力、类似先知一样的洞见，超出众人，但未必被认可。没有一种共同分享的技艺。一个诗人的诗歌技艺，对语言的独特领会可能完全不被另一个诗人认可，甚至觉察。对某些语言的好坏判断，完全依赖于你是否理解这位诗人所分辨出的细微差异中蕴含的妙处。

诗歌的技艺成了诗歌感受力的一部分,甚至是诗歌观念、诗歌态度、对生活理解力的一部分,不再是每个人共享的纯技术工具了。一方面一些诗人意识不到新诗技艺的复杂性,完全忽略了作为整体的诗歌技艺,把全部注意力用于修辞,用于对语言奇异效果的发掘,追求类似梅圣俞所言的"诗家至语"(当然不是)。他们的修辞很怪,完全脱离生活世界和社会实际的具体内容,是一种诗化的古怪语言。这使得他们的语言异常地笨拙、怪异又单调、生硬。

晦涩曾经是(现在也是)新诗最重要的技艺之一。形式的缺损是其中重要的原因之一。在古典诗歌中,因为有形式的审查和担保,因此,什么内容都可以放心进入而自成为诗。形式带来的困难不仅是写作的也是阅读的门槛与障碍,这个门槛与障碍成为诗歌自我确立的保障。而作为自由诗的新诗,一方面享受着没有了形式障碍和束缚之后的解放与自由,另一方面也陷入了没有规则保证的困扰:拆掉了城墙和城门,如何确定你在诗歌之中? 这是一种自我定位的不确定感和无安全感。在废除形式审查之后,那就只能进行内容审查。这种内容审查是作者自己主动进行的,而晦涩就是这种内容审查的结果:没有了形式带来的写作与阅读的困难,而引入了内容带来的写作与阅读的困难。就是必须制造一些困难,无论是形式的还是内容的,才能确定"诗歌"身份。如废名所说,旧诗是诗的文字、散文的内容,新诗是散文的文字、诗的内容[3]。这个新诗所谓的诗歌的内容,就是新诗主动的、自觉的内容审查。因为作为自由诗的新诗,进入其中的内容缺乏了诗歌形式的审查、筛选和担保,只好对诗歌的内容本身进行自己特有的审查。自由的新诗没有了形式的担保,因此必须保证内容的诗意,内容本身是诗意的。新诗内容如果特别直白,就会一览无余,没有味道,完全不被当作诗。而这时候内容的破碎、晦涩与费解,便成为诗意保证的最重要的手段了。这也是自由诗的一种悖论,在形式方面自由了,在内容方面就要不自由。没有了古典诗形式的被动审查之后，新诗主动进行内容审查。因此，晦涩一度是新诗重要的时尚技艺，追求朦胧。不朦胧，就没诗意的味道。

三、诗歌技艺对形式之外的要求

新诗形式的技艺尚有待开发、挖掘。它远不及古典诗歌技艺完备与充分，还有待于大量的发明。目前，新诗诗艺的欠缺随处可见，这是新诗获得自由时相应付出的代价，发展的代价。新诗发展一方面是得到自由和解放，诗人尽可率性率意，不断破除禁忌，进入更广阔的真实世界；另一方面是自身形式的提炼与建设。目前，破除的步伐远远大于建设的步伐。如果形式一直保持着原始、本能、自发的天真、粗鄙和简陋，就只能一直是原始艺术，无法进展为更高级、复杂的社会文化艺术，承载更多的内容。

新诗的历史是一部形式技艺发展的历史。有成就的新诗人，体现在技艺的新开拓上。早期新诗，结构和发展都依靠一种排比性推进，句子都是单独完成，像古典诗歌中一样，没有一种词语间的关联与推进。早期新诗还是秉承古典诗歌的语言意象和形式美学，与之是近似的推进方式。节奏也是，要么完全比附传统的格律，要么彻底的散文化。废名在指出旧诗是诗的文字、散文的内容，新诗是散文的文字、诗的内容时，已是一种意识的深入了。新诗被称为自由诗，但事实上是没有真正的"自由"诗的。它有一套自己的更复杂的潜藏的形式规则，甚至经常自己都意识不到。很多诗人意识不到新诗潜含的形式要求。有些诗人提出了"语感"，这是一种对语言形式的直觉的把握。但诗歌形式有待于更深入的创造激情、目标想象力和理性构想的参与。很多诗人误以为诗歌内容的开拓会自动带来诗歌形式的完善，不知道革命的完成也是更大建设的开始。内容的开拓，需要更好的形式来匹配。庞德对自由诗的展望非常有说服力：它"所写的事物构成的韵律，比规定的韵律更美，或者比抑扬顿挫写出的诗的韵律真切，比它所要表达的事物的情感更为融洽，更贴切，更合拍，更富有表现力。那是一种为固定的抑扬格或扬抑格所不能充分表现的韵律"[1]——为了发现他说的比规定的韵律更美的"事物构成的韵律"，需要我们付出更大的努力。

诗歌没有沦为棋类一样的纯形式游戏，是因为棋类只在它完全封闭的游戏规则下运行，完全依赖着游戏规则，实际上棋子也是这规则的部分，是这套游戏规则在自我运行。诗歌不一样，诗歌的形式规则并不封闭，在诗歌的形式规则下运行的语言和棋子有所不同，它受制于形式规则，但并不是只受制于形式规则，它并不是规则本身的部分，而是有自己的独立性，还遵循着其他的规则，受到其他规则的制约和影响。诗歌的技艺实际上要遵循两套规则：一套是形式规则，一套是内容规则。就是说，在诗歌的形式规则之下，还潜含着一套对形式规则的结果进行审查的规则，这就是内容规则。这套内容规则，包含生活真实性规则与道德良善性规则；它来自形式规则之外，是对形式规则可能带来的专制的制约和突破。比如，只遵守形式规则而完全忽略了内容规则的诗，会因此受到嘲笑，被称为打油诗。诗歌技艺由此也比纯形式规则下的技巧，比如围棋的竞争对抗的逻辑演算更复杂，更难以把握，因为它涉及现实世界和价值理想。诗歌技艺涉及的真实性，是对生活真实境况的发现与命名是否真实、准确；它涉及的善，是对生活和世界的理解与态度是否契合我们的价值评判。诗歌的形式规则关涉着美，生活世界规则关涉真，伦理道德规则关涉善。诗歌的技艺要同时经受美、真、善的审查。真和善的规则不像形式规则一样明确，它们潜含在我们的生活与世界中，潜含在我们的欲望、情感与冲动之中，需要耐心的体察与深入的辨析。因此和诗歌一样，诗歌的技艺关乎我们的生活的一切。

诗歌技艺所包括的真实性规则，一方面是事实的真，另一方面是情理的真。它参照和对应着生活、世界的存在、人的情感与认识，和围绕它们的逻辑。它要求每一诗句、诗句与诗句的关系、全部诗句构成的语境、诗中的思想，也就是整个诗境，都必须是真实的、合乎情理，合乎真实性的逻辑，让人觉得可信，有信服力。诗歌中个人想象力也是服务于诗歌真实性的构成。几乎所有写诗的人都自称所写的诗歌出于真情实感，但这种自称的真实与真诚，并不会自动地构成诗境的真实与真诚，而是看这种情感的真诚能否经由诗歌技艺之门进入文字之中，进入诗歌语言之中，成为诗境的部分；就是说作者自己的意图必须通过诗歌技艺的真实性规则的审查和筛选。希尼有一篇文章的题目是《进入文字的情感》。这个题目是伴随诗人生涯之始终的考验：如何审视自己的情感和文字，如何让自己的情感（真实性）进入文字之中，化为文字而存在。只有进入文字，通过了诗歌技艺真实性规则审查的诗句所体现的作者的真实与真诚，才会成为诗意的真实和真诚，才会感动人。正如庞德所说："我相信技巧，它是对一个人的真诚的考验。"[1]203 很多人并未意识到这种考验，未意识到自己言过其实的夸张修辞已脱离真实的限度，进入了虚假之境；他们说出心中真实的关于世界的认识，但未意识到他们的认识本身的虚假；有些人确实在说真实的自己关于世界的真实认识，但未意识到他们在使用一种虚假的语言方式，这些语言无法传达出他们自己的真实，而是一种虚假的公共表达，等等。很多人只意识到诗歌技艺的形式规则，没意识到它的真实性规则，所以无法理解值得我们一再提及的庞德的教导："技艺是对一个人真诚的考验。"这种真诚意味着学会反思的谦虚，自我在技艺面前领会到谦虚。

诗歌技艺的真实性规则相对于形式规则，对诗人来说是更大的考验。因为真实性规则存在于事物、世界和情理之中，无形而无限，有待于诗人的观察、体验和发现，有待于诗人的自觉遵守。如果说诗歌技艺的形式规则是浮现在诗歌表面的话,那真实性规则就潜含在诗歌的内部。形式性规则是有限的,在一首诗中,形式规则越简明,越清晰越好。这是形式规则的节约本性,奥卡姆原则。诗歌的美,就在于形式的简洁,易于记诵的音韵。诗艺的真,是广阔复杂的世界,它进入诗歌,给诗艺带来丰富性。诗歌就是用最简单的形式表达最丰富的内容,或者说最精炼的语言就是诗。离开生活的真,这生机勃勃、色彩纷繁的丰富内容,诗歌技艺的形式规则之下将是空的,将萎缩成什么也没有,也就谈不上诗的技艺。有点类似物理定律:当物质不存在时,空间也将萎缩成无。我观察到的一个事实:很久以来,我发现那些极力强调写作技艺的诗人、倾其全力只追求语言巧妙的诗人,他们的诗歌技艺却特别笨拙、幼稚,他们的诗歌语言单调得要命。我一直为此困惑。我后来明白:一旦离开了内容的丰富性,技艺的丰富性也将丧失。一般来说,诗艺的压力,来自生活的丰富性,要进入诗歌中的内容的复杂,逼迫着诗歌语言显出尽可能的微妙的丰富含义,尽量寻找更有效的表达方式。也许可以举杜甫为例,他在诗人中被称为集大成者,众体兼善,发明了许多的诗歌技艺,这恰好与他诗歌所表现的生活内容的广度与深度相关。必须有内容的逼迫,才会有诗歌技艺的惊人发挥。这像围棋的妙手,在重重困难之下出现,诗艺的高超巧妙也是在内容的重重压力之下,找到解决之道。围棋的妙手,在于攻防兼备,同时照应了潜藏的各种可能性的发展的需求,含义丰富。诗歌中的妙句也是如此,既回应了形式的要求,也满足了生活内容的要求。

四、诗歌技艺是对生活的认识的一部分

在最前面提及的生活派和技艺派的争论中,技艺派有一个支

持自己立场的观点：技艺是所有诗歌和诗人之间的最大公约数，是所有诗人共通共享的，可以通过对技艺的讨论，互相促进，共同受益。而生活则无从谈起，因为每个人有自己不同的生活，不同的生活态度，价值取向；谈论生活就会陷入意识形态的争论。而诗歌技艺是一个中性的技术性范畴，是客观的工具，不涉及价值判断，不同的人可以使用同样的诗歌技艺为自己的诗歌意识形态服务。所有诗人，无论左派、右派、骑墙派，都应该精通诗艺。诗艺就像武器装备一样，是工具——这看起来很有道理。实际上，也当然很有道理——但把这道理作更深一步的分析，会发现技艺的公共属性和技艺的独立属性并非这么绝对，并非没有其限度。比如，我们前面已经说到古典诗歌技艺和新诗技艺的差异性，说到的技艺不仅受限于形式（美），也受到形式之外的对社会生活的理解（真、善）的制约。

即使在古典诗歌之中，技艺也常常表现为在公共规则之下的个人独特方式，或者说对公共规则的独特使用。所以每个诗人的技艺总和他的个人风格紧密关联。一个诗人在选择和发展诗歌技艺时，要服从一个高于技艺层面的需求的选择。因为技艺不能只是为技艺，技艺是为了实现一个目的服务的，是要有一个指向的，比如个人风格。在技艺与风格的关系之中，我们甚至难以确定，是技艺的选择决定一个诗人成就什么样的风格，还是风格的选择决定一个诗人发展出什么样的技艺，又还是风格与技艺其实就是异名而同体。比如李贺，他刻意搜寻、锻炼、突显诗句（呕心沥血），先备好诗歌的瑰丽部件，再对它进行组装，为保证诗句单元的棱角而不惜诗句之间的断裂与破碎，不为整体的自然和谐牺牲单句，这种诗歌技艺与他炫目惊心、奇异突兀、鬼魅的风格，难以分开。而苏轼行云流水般的技艺，如同所说行于所当行，止于所当止，和他自由、开放的风格，一样难以分别。李贺与苏轼的技艺区别，就如他们之间的风格差异一般大。这时候技艺不再是通用、共享的技艺。

这时候技艺就更是属于风格与个性的隐蔽性附属物了，不被旁人注意。什么样的技艺决定了会表现出什么样的个性。因此人人都需要发明一套自己的技艺，要有一套自己的工程工艺专利，自主知识产权。

诗人的技艺是一种形塑能力。技艺是赋予内容以形式的能力，或者说使意图在材料中显现的能力。技艺是从长久的实践获得的具体操作时的把握性、准确度，分寸感、灵敏度，是一种从实践经验，从无数切身的事例累积下来的感觉的敏感度，是对统一要求下的具体操作中的细微差异的辨别与把握。这是一种精微的把握，超过了统一的纲领与原则的要求，表现出个人的差异。比如开车，一般人会开车就是掌握一些基本的要求，达到这个要求的就是会安全驾驶了，并可发给驾照。但开得特别好，有着更好的开车技艺是个人的实践累积和领悟了。同样，每个人都学会了语言的一般规则，可以运用语言交流，但诗人需要在每个人都遵守的语言规则、语言的用法之中辨别出更细微的差异，就是在这些差异之中，使自己的语言更精炼、更准确、更传神。诗人的技艺通常表现为实际写作中的辨别和判断，如何从材料中剪裁与选取最重要、最传神的部分？如何从可供选择的几种表达式中，择出哪个句子更好？怎样使一个句子获得更好的句式？选取更好地与之匹配的词？这种辨别与判断力，是写作行动所必需的决断，它是关系唯一现实的取舍，和评论家的理解性阐释不同，那是可能性与合理性。

技艺究其本质是一种服务于意图和目标的能力与方式。这种意图和目标，对实现其自身的能力与方式是一种指引性的规定。对于一件具体的艺术作品来说，这种意图和目标经常是模糊的，是在具体的写作中一边写一边清晰起来的，这种写作的过程就是辨析、确认、组织的过程。那么这种意图和这种辨认又是由何而来？——它当然来自对世界的理解，来自对生活、对诗歌（艺术）本身、对人的存在、对这一切之间的关系的理解。陆游说的功夫在诗外，就是说对诗歌语言的判断，语言是否准确、语言是否得体（色彩）、语言是否真实（人物、地方口语，季节景物），等等，涉及对语言之外，语言所指的世界的理解。要辨明诗歌是否让人信服，感动人，这涉及对语言之外的情感的理解。正是对世界的理解的不同造就了不同的诗人、作家及他们不同的艺术风格和技艺。总的来说，每个艺术家的世界观和艺术观都有不同。有的人认为世界是真实的唯一的存在，它客观、独立，超脱在人之外，等待着人对它的命名与理解；艺术就是对世界和人的经验感受的命名。有的认为艺术是语言游戏，在语言之外别无存在；世界是由语言的偶然构成，是偶然的联系。有的认为世界是一个梦，一种幻觉，只是由感知构成。有的认为人类历史是一个必然的目的实现的过程，整个社会状况都是这个必然性实现所要付出的混乱代价……这些对世界和社会的认识与理解的差异导致写作技艺的巨大差别。对世界的新认识，刺激新的写作技艺的出现。普鲁斯特的意识流的写作技艺来自他的时间意识，他对人的生命、对历史与世界的认识不同于其他的人。契诃夫与陀思妥耶夫斯基的小说技艺的差别在于他们对世界、对人生、对小说的意图与使命的不同理解。卡夫卡也一样，他小说的技艺来自他对世界的认识。博尔赫斯是这样，纳博科夫也这样，福楼拜、巴尔扎克都这样。每个作家的技艺的差别都是他们对世界的不同认识带来的。他们找到了自己的技艺和方法。

因此，可以说技艺本身，就是对生活与艺术的理解。没有对生活和世界的理解，诗艺从何说起。我们最初所提到的生活派和技艺派的差别与争论，实际上是一体两面，只是一种内部的对立与统一。这种分别的差异促使我们进行更深入的思考，而这些思考最终又让我们回到最初的统一之中。

参考文献

［1］庞德.回顾［M］//潞潞.准则与尺度：外国著名诗人文论.北

京：北京出版社,2003：198.

［2］欧阳修.六一诗话［M］//何文焕辑.历代诗话.北京：中华书局,2001：267.

［3］废名.论新诗及其他［M］.沈阳：辽宁教育出版社,1998.

——原载《江汉学术》2013年第5期：40—46

现代诗中隐喻、转喻与
意象产生的关系

简政珍

摘　要：我们试图尝试延续现代语言学家雅各布森对隐喻与转喻的诠释，进一步探讨隐喻、转喻与意象产生的关系。传统（包括雅各布森）将明喻与隐喻归于同一类，实际上明喻倾向意象的相似，而隐喻的趣味则是彼此的相异。一方面，对比与相异让隐喻翻转理念；另一方面，从相异引发相似的联想是隐喻意象诗趣之所在。相较于隐喻大都基于"发明"，转喻大都基于"发现"，但"发现"经常是更大的"发明"。时间性的接续促成意象的环炼，空间性的接续牵引意象的比邻。"语意的比邻"所产生的意象经常是叙述的逸轨。由于词语与意象必然经由选择与接续而产生，所以大部分诗的意象是隐喻与转喻互动的结果。

关键词：雅各布森；隐喻；转喻；语意；叙述；意象

意象是诗的核心。诗作的产生是意象思维的过程。^①但意象如何产生？雅各布森（Roman Jakobson）在其著名的《语言的两极》（*Two Aspects of Language: Metaphor and Metonymy*）里说：语言/言语是选择（selection）轴与组合（combination）轴的交互活动，先在相似的词语中选择，再和前后的词语组合而接续成叙述。由于隐喻基于相似，转喻基于接续，因而言的活动也就是隐喻与转喻交互的活动。有些人擅长相似词语间的联想,而欠缺词语接续的能力,因而倾向隐喻。有些人擅长接续词语,而欠缺相似词、相反词的联想,因而倾向转喻。假如以意象取代词语,意象是否就在隐喻轴与转喻轴的相互牵引中产生?

一、隐喻与意象的产生

(一) 在相似间选择产生意象

自古以来,比喻就理所当然被当作相似词语之间的修辞。"我的希望是雾中风景"是说话者认为"希望"如雾中的景致,朦胧不清。雅各布森认为,在相似的"词语与物像"中选择,选择是关键,也是形成隐喻的必要过程。当诗人在思考诗中人冬天在灯旁想起往事时,他是应该写"我在想念往事"还是"寒灯思旧事"? 这里不是文言与白话的比较,而是在主词的位置,"我"与"寒灯"的选择。诗人最后选择"寒灯",一方面让物有了人的思维,让文字富于诗趣;另一方面,由于被选择的对象是"我"与"寒灯",意味两者应该有某种相似性。为了思索其中的相似,读者进而体会到诗中人思念往事,犹如时间的放逐者,心之凄楚有如寒冬室内的一盏孤灯。一般说来,从明确相似的个体中做选择是比喻正规的途径;如今,由于选择动作的需求,而逆向思索被选择对象彼此间的相似,进而发现意象沉潜幽微的情境,这是雅各布森意在言外的启发。

白灵的诗行"时间加上大雨的王水/将大地喉结似的土冢们反复消融"[1]118也是如此。第一行"王水"与"硝基酸盐"是被选择对象,因为两者不仅相似且相同。选择"王水"保留了硝基酸盐的强烈腐蚀性,又能暗讽当代生活空间中酸雨是"水中之王"的形象,因此更具意象性。

雅各布森选择轴的运用,让人额外惊喜的是,一般比喻是发现比喻的主客体间的相似在先,而这里则是经由选择再发现两者的相似。这有点像早期布莱克(Max Black)对比喻物与被比喻物的互动(interaction)思维,相似是互动后的结果,讲者与听者从比喻主客体的互动中发现相似②,正如屠韧格与斯滕伯格(Roger Tourangeau & Robert J.Sternberg)对布莱克的观察:"诠释不是比较 tenor(主指)与 vehicle(喻体)有多少相似,而是解析时创造两者的相似。"③[2]

(二)明喻、隐喻与意象的产生

雅各布森的隐喻除了隐喻/暗喻外,还包含了词语带有"如""像"的明喻,都在选择轴上。一般的状况是,明喻倾向相似性,而暗喻则指向相似之外的相异。戴魏生(Donald Davidson)甚至说:"明喻与隐喻语意上最明显的差别是:所有的明喻都是真的,而大部分的隐喻都是假的。"[3]如此立论的着眼点是明喻与隐喻字面上的意涵。戴魏生举例说当有人说"他像猪",我们一定可以在长相个性上找到他"像"猪的理由,但是假如说"他是猪",绝对是假的,因为他是人,怎么是猪?戴魏生继续说:"每当我们知道相对应的隐喻是假的时候,我们经常会用明喻。"④[3]同样都位于选择轴,考虑用明喻还是隐喻的关键,在于明喻朝相似性的正向思维,而隐喻却意味着:也许隐藏一些相似,但是字面上却凸显其相异,因此在迈向相似的认知途径上是迂回的。明喻似乎比较单纯,隐喻则隐含一种吊诡情境。假如布鲁克斯(Cleanth Brooks)说所有诗的语言都是吊诡的语言,单单隐喻似乎就可以为他背书。我们首先认定"他是猪"是假的,因为他是人。但是进一步想想他的举止,又开始觉得这个隐喻似乎有点真。

朵思《咀嚼》的诗行:"听家具咀嚼寂寞。"[4]"咀嚼"的动作意味家具是人、是动物,这当然是假的。但是进一步思维,寂静的空气中,家具发出咀嚼的声音,原来里面有蛀虫,人看不到蛀虫,只看到家具,因而觉得家具在咀嚼寂寞,也有些道理,并不假。隐喻的迂回让真假的认知充满吊诡。假设原来的诗行写成:"听像蛀虫的家具咀嚼寂寞",意象多了一点说明性,因而压缩了读者的想象。另外,这样的写法理念比较明确,但文字反而变得曲折,念起来拗口,"做诗"的痕迹也比较明显。⑤

(三) 在对比中选择产生意象

雅各布森的隐喻还建立在相对比的物象与词语上,对比的主客双方在相异中隐含相似。雅各布森把皇宫与小木屋都归诸隐喻。皇宫与小木屋有极大的落差,但是两者都是住屋,故相似。同理,男女相异,但都是人类,故相似,两者只是性别的对比。

对比导引诗心从相似中逆转,开拓了读者的视野,选择的活动多了一层迂回。比如:"夏天,战争过后,终于晨曦/东山洒下的寒光/也无法冷却这个灼伤的球体",创作时运用了对比中的选择,产生引人遐思的意象。晨曦来临,应该是阳光普照,而阳光应该是和煦的,在战争之后,给人们带来温暖。但读者看到的是与温暖阳光对比的寒光;可以想见在经营这个意象时,写诗人是在选择轴上,权衡"阳光"与"寒光"所产生的情境。最后选择寒光,可能是因为整夜的厮杀,大地已经燃烧着炙热的恨意,急需要加以冷却。再则,"寒光"似乎有月亮的影子,因而更有冷却的功能。其实这两行有两种潜在对比的情境:一则,黑夜应该是清凉的,却是炙热,因为厮杀;二则,晨曦来临,阳光应该是温暖,但我们希望这个"灼伤的球体"能尽速冷却,因而更期盼寒光。

(四) 隐喻的"发明"与"无中生有"

不论相似或是对比,在进入隐喻的诗路之旅中,都是诗人"心眼"的"发明"。笔者的《台湾现代诗美学》曾经提出诗创作中的"发现"与"发明"。所谓"发明"是基于"无中生有",而"发现"则基于

"众人应见却未见的有"。这是权宜性、相对性的区隔,并非绝对性的对立。如此区隔概略说明了意象不同的缘起。大体上,诗人之"发明"隐喻,着重的是"心眼"而不是"肉眼"。转喻则来自"发现",诗人需要敏锐的"肉眼",以"肉眼"之所见再引发"心眼"的想象。当然隐喻与转喻并非二元对立,有时在两者的交融状态中,"心眼"与"肉眼"同时打开,"发明"与"发现"同步进行。

"发明"之所以"无中生有",有两种状况。第一,意象的产生,不是来自现场的物象。第二,意象与人事或自然界中的景象不一定有对应关系。抽象概念与物像的牵连,不一定因为彼此"像",而是意象的发明者—写诗人—主体意识的运作。"自由像风筝"的意象,并非自由有一个外表像风筝,也非自由的属性类似风筝的属性。如此的意象是写诗人想象风筝在空中自由翱翔的样貌。由于不一定有"相像"或是"相似"的基础,意象的产出是基于写诗人的主观意识。

抽象概念具象化是诗人意识类似的运作。看到风筝摆荡的姿态因而写成"自由的舞姿"(这里的"自由"是名词),好似自由也像人有动作有思维。看到瓜果盈盈而写成"丰满的秋天"也如此。经由如此的抽象具象化,秋天一般仅止于意念上的感受,竟然有了身材的轮廓。同理,"自由"与"风筝"本来没有关联,经由抽象具象化,经由想象的"发明",两者被赋予因果,而"无中生有"。

(五)由相异产生意象

造成"无中生有"的关键是,个体的"相似"实际上容含了更多的"相异"。众多语言学家强调隐喻之所以为隐喻,在于比喻的主客体间的相异。[6] 以意象产生的观点来说,由于比喻主客体的相异,才有创意的可能,也就是"发明"的可能。创意似乎意味把"相异"写成"相似",让原来没有对应的产生对应。

既然所有隐喻的主客体都无法绝对相似,几乎所有诗作此类的意象都来自相异。信手拈来,李进文的诗行:"他下半身是大理石,耳朵长出一株/无用的树"[5]。"下半身"与"大理石"全然不同,耳朵长出树也是透过隐喻产生意象。诗人的发明,在于将大理石与下半身的相异说成相似,将耳朵长出的耳屎等比喻成一株树。有趣的是,因为主客体如此相异,反而引发读者的惊觉其中可能的相似。也许身体已经失去热度冰冷如大理石,也许诗中人固执己见如坚硬的大理石,也许借由"下半身"与"下半生"的谐音,诗中人的作品下半生将成历史,镌刻于大理石。诗中的意象正如早期史顿(Gustaf Stern)就已经说过的,"隐喻的价值是赋予被指涉物新的面向,让其通过复杂的关系网络,让人眼睛一亮"[6]。新的面向能让人眼睛一亮的关键在于:让读者从表象的相异看到相似。

(六)由隐喻翻转理念产生意象

自古以来,说话者或是演说者经常引用比喻增加说服力。演讲者以比喻烘托理念,经常变成翻转理念。用之于理念的隐喻经常跨越该理念的疆界,正如意象与理念的关系。比喻的天性似乎是一把刀的两面开口,在呈现理念正向目的的当下,又"明目张胆"地暗度陈仓,从说教的意图中逸轨,从哲学家的言说中解脱。保罗·德曼(Paul de Man)说:"比喻不是旅行者,而是走私者,可能是偷窃物的走私者。"[7]隐喻虽然被用之于言说,被视为是言说的修辞,但隐喻实际上已经是书写;德里达有关书写的特性,如延异思维中差别之外的延宕,重复中显露差异,增补是补足且替代等,都可以在隐喻与理念的关系中映现。试以陈义芝的诗作《我们一起》的前两节为例:

> 揉自己的发面在爱情砧板
> 切雨点一样的葱花

用平底锅烙韭菜盒
用大火炒带壳的虾

知道砧板的道理与床
如爱情与厨房
我们一起炖丰腴的肉锅
煮沸腾的鱼汤[8]

　　我们从本诗第二节的前两行"知道砧板的道理与床/如爱情与厨房"比喻,体认到诗人的理念是,将砧板写成恋爱甚至是做爱的床,将厨房比喻成恋爱的空间。习惯上,"饮食男女"经常用来形容男女的"食"与"色",当前社会甚至以"炒饭"暗喻做爱。由于诗人明白将厨房比喻成恋爱、做爱的场域,诗中的措辞与意象如"大火""沸腾"让人联想到爱情的炙热,而"丰腴的肉锅"也让人想到肉体的丰盈等。

　　也许诗人并不一定认可读者对"大火""沸腾""丰腴的肉锅"上述的联想,认为这不是他原先的理念,但经由隐喻产生的意象,本来就可能增补、替代原先创作动机的理念。而且读者如此解读,并不是随意为之,他根据的是作者原先设定的比喻:砧板如床,爱情如厨房。隐喻对原先理念最大的翻转是:当砧板被比喻成床的时候,躺在床上的情侣,已经变成被切割的鱼肉,因此肉锅炖煮的是自己,沸腾的鱼汤也是自身。至此,读者不免要问,诗人是要表达爱的甜蜜呢,还是情侣被切碎炖煮的痛苦? 这不是质疑诗人比喻失当或诗艺不足,而是理念经由隐喻必然造成该理念的消解。也许极致地做爱时甜蜜与痛苦不可分,肉体切割才更能体会爱的"刻骨铭心"。假如有这一层了解,读者的阅读反而赋予诗作更深沉的面向。也许这样的诠释并不是诗人原来的理念,但隐喻产生的意象已经翻转了这个理念。

（七）"相异"的想象空间

隐喻所映现的是理念之外的"杂质"，相似之外的相异使隐喻变成主体，而非理念的附属品。如此的见解赋予当代诗极宽广的想象空间。诗强调想象与创意，而所谓想象是否有参考点？天马行空的想象与落实于人间的想象迥然有别。极端标榜想象可能刻意标新立异，这时所谓"相异"几乎已经不存在，因为所谓意象已经没有指涉的理念与物象，意象是自由游移的符征，没有符旨。在此，意象没有身影，意味着意象可以脱离人间，意象只是一种意念上的幻影。因为没有人生的参考点，意象已不是意象，而是意涵接近掏空的符号。进一步说，诗甚至可以不要意象，语言只是自身的指涉与游戏。

雅各布森在谈到诗的功能（Poetic function）时说诗功能大于指涉功能，因而经常被学者诠释成为诗已经不对外（现实）指涉，而是自我指涉。但这是个误解，他在同一本著作里也说道："诗功能比指涉功能优越，并不是把指涉消除，而是把它变成双重意涵。双重意涵的讯息和分裂的讯息发送者、分裂的讯息接收者，还有分裂的指涉相对应。"[9]

保罗·利科（Paul Ricoeur）睿智地指出，雅各布森体认到诗作中不是对指涉的压抑，而是以讯息的双重意涵作深层的改变。保罗·利科说所谓"分裂的指涉"（split reference）是将日常的指涉先悬置起来，然后再导入第二层次的指涉，将"间接的指涉建立在直接指涉的废墟上"⑦。他进一步说："诗人是借由创造虚构而制造分裂指涉的天才。"在虚构中，那个被悬置因而一度缺席的现实和"肯定的洞见"（positive insight）融为一体[10]。

以超现实的诗作来说，优秀的作品表象将现实悬置，而创造虚构的超现实，但也在虚构中，被悬置的现实已经与超现实融为一体。诗人把握住了隐喻与现实的差异，既然有所差异，也就意味现实并未被消除，而是潜伏于意识的底层，以分裂指涉的形态出现。想象与发明在于如何将现实转换，让意象来自人间却又超乎复制人间的模式。意象转化现实，因为转化，当然不是写实，但是由于有现实的痕迹，意象的"发明"是在"既像又不像"中展现想象。

(八) 隐喻与超现实

雅各布森在上述《语言的双极》中指出，过去文学史的演进中，浪漫主义与超现实主义的思维主要基于隐喻，而写实主义则是转喻。绘画上，达利的超现实是隐喻，毕加索的立体主义是转喻。达利的超现实绘画，经常将被思维的内容取代思维的主体。如心里想到苹果，绘画中人的心就画成一颗苹果。在此，人心与苹果全然相异，但经由思维的牵系，促成隐喻的对应，也促成主客体的取代与翻转。台湾现当代诗作里，如此的写法非常普遍，一般写作班所谓创意的培养，经常强调的是类似的思维。

假如我们细致体会以上"相异"不同的想象以及隐喻的超现实面向，重新审视台湾 1950—1960 年代泛称的"超现实主义"诗作，当有崭新的发现。同样都是意象的"发明"，但所展现的想象也造就了诗人不同的视野。碧果诗作的想象若不是远离人生的立足点，就是人生已经成为无实质内涵的意念。文字是自我而足的存在，诗作是写诗人意念的演练与组合，试以萧萧极为推崇的《结束》为例说明之："乃/旋。乃/旋之黑之旋之黑之旋/乃/一握之/我之/芽/乃。"⑧[11]243—244诗中，现实的情境以及物象的轮廓已经消失，只剩下一个盘桓于意识的"黑"，"黑"的意念和"旋"的动作纠缠，诗中人将其掌握住，因为它是"我之芽"。

细究之，这样的书写仍然有些现实的依据，但现实的情境经由诗行后已经稀释汽化，因而所谓超现实，不是意象的产生，而是将物象缩减成意念。碧果大部分的诗作，都类似意象的稀释或消失。诗行借由同样字词的重复排比，一般人能容纳五六个意象的诗行，最后只剩下盘旋不去的单一意念,如萧萧同一篇文章所推崇的另一首诗《来与去》前三分之二的诗行:"一列列/一列列/一列列的/一棵棵/一棵棵的/巨齿/我们。一棵棵/一棵棵的/巨齿/你们。/于是/咀嚼着/你们/你们/你们。咀嚼着/我们/我们/我们。咀嚼着/你们/我们。咀嚼着。"[11]254—255重复的意念大略要表达的是:我们和你们都是长着巨齿,会互咬、会吃人。文字如此的排列好像增添了一些气氛,但大部分的读者对于这样的超现实诗作,真想问一句:"诗人,你玩够了吗?"⑨

　　同样是超现实的思维,洛夫和痖弦等人的诗作,迥然不同。既然主要是超现实的思维,意象的产生并不一定是当下现实物像的启发,它可能也是意念的产物,但是意念隐隐约约有人间的情境。现实的景象似乎沉淀在潜意识里,写诗时,潜意识的活动时隐时现,零散呈现于诗行。诗的结构不是现实人间明晰的逻辑,但是超现实的想象与意识底层的人生情境结合成隐约虚线状的结构,如洛夫的《石室之死亡》第36首第一节:

> 诸神之侧,你是一片阶石,最后一个座椅
> 你是一粒糖,被迫去诱开体内的一匹兽
> 日出自脉管,饥饿自一巨鹰之眈视
> 我们赔了昨天却赚够了灵魂
> 任多余的肌骨去做化灰的努力[12]43

　　假如碧果的超现实是意象的稀释,洛夫的超现实则是意象的浓密;之所以浓密是因为超现实的思维在意识的底层有厚重的现实支撑。试以前面三行说明之。第一行,是诗中人形上的思考,想到人如何在神身旁。这一行的意象来自意念的运转,而非实际的景象。另一方面,虽然没有实际的景象,意念中的"阶石"以及"阶石"在潜意识里的景象、意念中的"座椅"以及"座椅"在潜意识里的

样貌与意涵都让形而上学的思考有了人生的依据。读者对本行的认知,可能认为诗中人要传达的是,诗中人想在神的身旁,但很难和神在一起,在迈向神的精神之旅中,自己只是一块阶石,是别人的踏脚石。即使到了神身旁,也可能只是让别人安坐的一个座椅而已。有趣的是,如此的认知和诠释几近诗行的散文化,因而将可能的多重意涵单一固定化。诗行由于只是意象,没有说明,原来的"阶石"与"座椅"除了上述的诠释外,也可能是人的转喻,也就是人已经踏上进阶之石,已坐上神旁边的座椅。意象说明诗隐约虚线的结构与意涵,而诠释的散文将其具体化时也将其单一化。多重意涵是超现实情境的可能性,单一化可能是现实实际的认知。

从第一行转到第二行的"糖"与"兽",意象的产生不是物像的导引[⑩],而是突发的"转念"。但是就这一行本身,仍然隐含现实人生的情境。因为是甜甜的糖,所以有"诱开"的动作。要诱开去除的是"兽"性,为的是能到达"诸神之侧"。

第三行的诗句,是 1950—1960 年代超现实时代典型的句法。"日出自脉管"真正的情境是看到日出时的血脉偾张。"饥饿自一巨鹰之眈视"真正的情景是巨鹰因为饥饿而睁大眼睛环视周遭寻找猎物。句法倒装因而主客易位,让现实添加超现实的诗心。[⑪]如此的超现实实际上是基于现实。

德里达的解构论述里说,语法让意涵溢出语意(syntax overflows the meaning of semantics)。语意的意涵不可能自我而足,更不可能饱满,语法的变动都将牵动既有的语意。洛夫这种主客易位的诗句,印证了语法能产生语意之外的意涵。我们可以说假如语意是以现实人生为参考点,语法似乎让几近同样的文字从现实迈向超现实。

以上三个诗句整体来说是跨越现实的超现实思维,但如此的超现实又有现实虚线的牵系。1950 年代、1960 年代洛夫、痖弦、大荒、辛郁等诗人的"超现实"诗作大都如此。他们意象的产生大都来自"发明",因为当下似乎没有依傍的物象,但意象似乎又和意识底层所沉积的现实遥相呼应。虽然是超现实,由于隐含现实人生的影子,他们的诗作仍然能动人,如洛夫《石室之死亡》第49首的诗行:"筑一切坟墓于耳间,只想听清楚/你们出征时的鞋声。"[12]56

(九) 风筝与超现实意象的产生

因此,超现实的书写经常被认为是"超越"现实、远离现实,但并非创意本身就必然成就优秀的超现实诗作。创意要动人才可贵,而动人的关键,在于想象仍然来自人间。隐喻并不必然是指涉真理,但它显现某种真实。真正有价值的创意当超现实的思维像风筝远离地面在空中飘扬,它仍然有一条线和大地牵系,因为线头在一只紧握的手中。假如线从手中脱落,风筝会在一瞬间飞得更高更远,但终将坠落摔毁。假如抓住线的手掌控得宜,风筝将在空中翱翔得很有韵致。这时的风筝正如布鲁克斯(Cleanth Brooks)在阐述反讽时所提的风筝的尾巴。意象与文字所构筑的内在张力就是诗的情境,风筝之所以能够翱翔,最主要来自风筝的尾巴,尾巴的飘动让风筝往上飞升,但尾巴本身的重量又似乎让风筝往下坠,就在上升与下坠两种张力的拉扯中,风筝得以在空中持续飘扬并且展现风姿。[13]

超现实诗作也类似。在优秀的超现实诗作中,现实与超现实之间有一条隐约虚线。因为只是虚线,现实不会变成钳制想象与创意的框架⑫;但因为有虚线,超现实的诗作,透露出生命感。虽然"超越"现实,连接现实与超现实的虚线却充满张力,犹如上述的风筝在人们手中的线以及风筝的尾巴。布莱克说:若以字面上的意义来看,隐喻经常让人觉得荒谬(absurdity)与虚假(falsity),"假如荒谬与错误缺席,我们就没有隐喻而只有表象的文字"[14]21。

但这些表象谬误的隐喻会让我们看到这个世界的某种面向,"告诉我们有关这个世界的一些东西"[14]35,让我们对现实的事物产生洞见[14]39。正如隐喻,优秀的超现实诗作"表象"超越现实,但那些表象"荒谬的"超现实让我们看到现实的另一种面向,让我们看到这个世界被人忽视的样貌。超现实的心眼总在观照人间。

综上所述,1950 年代、1960 年代,同样被贴上超现实的标签,有些诗人将物象稀释成意念,以意念取代意象,借由意念的重复产生诗作,如碧果许多的诗。有些诗人则因为超现实的苍穹有一条隐约的虚线连接人间,借由意识底层中的现实与超现实间的张力产生意象,如洛夫大部分的诗。

二、转 喻 与 发 现

(一) 转喻与现实

相较于隐喻可以"无中生有",转喻大都基于现实中的"有",由物象的"有"产生意象。假如"无中生有"是一种发明,那么转喻则来自发现。由于来自现实的有,以转喻为基础的意象自然展现了现实关怀。如此的诗作不像风筝在空中遨游,而是漫步人间,看到人生各种动人的场景,各种引人遐思的情境;出入巷弄,因为那里有一个嗷嗷待哺的弃婴,行走街头,因为美国在台协会的屋顶上有一只大鸣大放的火鸡。

中国在苦痛中进入 20 世纪,历史事件不必重述,沉淀于现实人间只剩下伤痕累累的记忆。大部分的诗人是人文主义者,在这样的时代中想为时代发声,为苦痛的族群争取卑微的生机。但是由于"抗议"的目的性太强,作品经常变成呐喊,类似陈情书。1920 年代、1930 年代,台湾的 1970 年代,诗坛充斥着如此的诗作,因而如今一旦提起现实的书写,就经常被简化成目的论的代言人，因而文笔粗糙、炮声隆隆是既定的印象，写实主义变成被污蔑的标签。

但我们似乎忘记了19世纪末当写实主义在欧美兴起时，小说家的人文关怀傍依着美学的修为。写实作家要为弱势发声，他们关心人间的伦理，但美国写实主义的代言人豪威尔斯（William Howells）说：伦理（ethics）绝不能以美学（aesthetics）为牺牲品。事实上，当时写实主义强调描述的客观性，谨慎选择叙述人称，作者不主观介入评述，几乎完全没有明白说教与抗议的痕迹。读者感受到社会不平的氛围与情境，但小说家绝不开口控诉不平。如此的书写展现了写实主义的美学。

由于没有真正体会到写实主义的美学精髓，台湾经过1970年代粗糙的乡土文学与抗议文学后，文学界对现实书写产生根深蒂固的误解并将其污名化。诗创作因而走入另一个极端，一般读者甚至是诗评家误以为"非现实"的书写或是玩弄文字游戏的诗作才有创意；再加上1980年代之后，诗坛对后现代主义的简化诠释，游戏诗作进而身居文学的要津。

（二）转喻与惊喜

其实，文学总来自人间。漠视人间的作品，不免苍白失血。台湾经常将现实书写的了解简化成写实报道，因而将其污名化。但现实的书写反而需要丰富的想象力，因为它必须通过真实人生的检验，不能随意为之。换句话说，要能写出生命的痛痒而不煽情，引人深思而不说教，展现创意而不玩弄文字游戏，是对诗人极大的挑战。在当代，让现实书写展现契机的关键在于转喻的运用与认知。

雅各布森在"语言双极"的论述中，大部分的篇幅在于说明转喻是词语的组合与接续（contiguity），而接续的焦点的是语言前后文的进展。由于是"进展"，接续似乎偏向时间性。但是后来保罗·德曼以及热拉尔·热奈特(Gerard Genette)等人进一步阐述接续的空间性⑬,转喻因而为诗学开拓了新天地。其实有关接续的空间性,雅各布森虽没有直接言明,但他在该文有关心理实验的部分,提出"语意的接续"(semantic contiguity)就有空间的意涵。该文的最后的结语是:一般人研究诗着重隐喻,忽略转喻,而产生另一个语言双极而被阉割成单极的失错现象。⑭

"语意的接续"产生联想,从茅草屋联想到垃圾,有前后的因果,也有空间的关联。"接续的空间性"让各种物象(不只是词语)因缘和合而产生意象。因为时间与空间是流动状态,物象随机组合,世界原有的逻辑性被偶发性所取代。因为接续或是比邻,人生充满惊奇与惊喜。

于是,意大利著名导演费里尼到纽约充满惊喜,他看到街道上各种新奇的组合,因而他说纽约是一首诗。"发现"惊奇而产生惊喜,转喻打开人的肉眼与心眼。对于大部分的纽约客来说这些景致习以为常,因而费里尼的惊喜是一种创见,"见他人所未见"。同样都是现实人生的景象,有人有所惊觉,而大多数人却躲在习惯的阴影里惯性思维。他们感受不到台风期间客厅的茶几供奉摩托车所显现的惊奇。他们也听不到老母亲今晨的咳嗽有不同的杂音。英国 19 世纪的美学家佩特(Walter Pater)说:"养成习惯是一种失败。"因为视觉不仰赖习惯,转喻让人的肉眼变成慧眼。

有时同样的景象,却因为角度的调整而别有洞天。转喻的创意就在于打破固定的观点与认知。一个喷水池水花四溅,但观赏的人向前挪动两三步后"发现"了水花中的彩虹。假如转喻来自现实人生,有物像的基础,诗人经常以异于常人的角度看到令人惊喜的人生。

综上,转喻之所以有"见他人所未见"的发现,在于:第一,细心观照物像的接续与组合;第二,打破惯性反应;第三,观点的调整与转移。

三、转喻与意象的产生

（一）从物象产生意象

意象来自物象本来就是天经地义。从小学生的作文开始："黄昏,太阳翻越山头的时候,父亲就扛着锄头回来了",一切的文字都是根据实际的景象。但类似这样的文字只是情景的描述,是众人之所见,平凡无奇。转喻的创意在于虽然是以物象为基础,但让人心眼大开,如白灵如下的诗行：

> 落日与我
> 面对面
> 身高等长
> 中间坐着好大的
> 空[1]87

这是《大戈壁》里的诗行,描述的情境几乎就是现场的翻版。但和上述的小学生作文不一样的是,平淡写实的文字所呈现的意象让人惊喜。因为是落日,太阳已经接近地平线,因而人和落日"身高等长"。而当人意识到和落日同样的高度时,瞬间似乎翻转了人"仰望"太阳的习惯性姿势,但如此的意象也进一步让人联想到,当身高等同太阳时,心中闪现的反而可能是一种苍茫。当人自问为何如此? 这是心眼的"发现"。当然,给读者最大的发现是最后的两行,在我与落日间"坐着好大的/空",假如人与落日同高且人是站立着,脚下的沙漠当然是类似坐着的姿态。"坐"着也暗示广大的沙漠的沉稳,已经在此坐了千万年。最后一个字"空"既是写实,也是写意,是物象也是意象,是转喻产生的意象。放眼望去,除了沙漠,空空如也。这是写实,是物象,但肉眼所看到的空让人联想到心眼所见的空。空境呼应前一行的"坐",进而让人联想所谓的"坐"可能是打坐或是禅坐。禅坐进入空境,但"空"来自"实",沙漠展现空,也转喻横亘时空的一切皆是空。

(二) 从观点的转移中产生意象

有些诗作是物像经由观点的转移后变成意象,而物像与意象之间经常就是转喻的关系。由于观点转移,诗所展现的情境让读者惊喜,因为意象让人打破习惯性的认知,试以向明《吞吐》的诗行为例:

> 吞下几滴漱口水
> 吐出一段大长令
> 吞下大堆昆布结
> 吐出一座垃圾山
> 吞下几片胃肠药
> 吐出冒牌舍利子
>
> 吞下一大筐怨气
> 吐出无数个响屁[15]

以上所有"吞下"的动作和内容都非常写实,几乎就是日常生活的平铺直叙。能让这些平凡的文字产生惊奇的在于"吐出"的动作。所有"吐出"的都是"吞下"的转喻。猛吃"昆布结",接着呕吐"垃圾山",在身体的进出间,食物的转化,也是物象变成意象的转化,垃圾既是写实,也是食物的转喻,带有讽刺意味。同理,"怨气"与"响屁"之间也如此。"响屁"是气体,是怨气的延续,承受怨气,无处发泄,只有以响屁回应。这是诗中人的自我揶揄、自我调侃。

引文中,以吞下"胃肠药",而吐出"冒牌舍利子"最精彩。上述几组"吞下"与"吐出"的动作的因果关系比较明确,这一组的因果之间的逻辑却有极大的跨越,是观点转移所产生的效果。吃药,是希望身体器官通畅后,也期盼精神的舒畅。但吐出的动作却是通畅的假象。不仅肠胃仍然不适继续呕吐,而且反讽的是,吐出来的竟然是冒牌的舍利子。舍利子是有道行的人火化后显现的修行结晶,在这里变成本诗的意象,暗示诗中人对精神领域的渴望。反讽的是,这些舍利子是假的,只是食物不能消化而凝结成固体的伪装,意识底层对精神的期盼,终究还是回到肉体形而下的层次。

(三)从接续中产生意象

以接续说明转喻几乎是众所周知的认知,但是一般的使用大都局限于单一领域内两个接续观念之间的关系,如部分与整体、原因与结果、制造者与产品、艺术家与艺术的形式、容器与容器的内含物,等等[15]。相较之下,雅各布森在语言的双轴中有关接续的讨论有极大的跨越。他在本文中大部分强调其词语的组合与语言开展的功能,也就是时间性的接续。以这种观念用之于诗作,意象叙述则是意象的进展与推演,是时间先后的接续状态。在叙述的过程中,意象牵引意象,甚至是意象寻找意象,而形成意象的环链。在这个环链中,意象彼此相互成为转喻,勾勒出生命的情境。转喻在此就是生命的情境化。试以冯青《重复的河图》中部分的诗行为例:

> 那时
> 你的眼眸可曾加深
> 音乐的颜色
> 半睡着秋光的画屏
> 竟拭不出
> 一串死去晚钟的山谷[16]

"眼眸"给人的期待是视觉之所见,因而下一行的"颜色"是视觉的响应,也是视觉意象的牵引。但这不是图画的颜色或是任何具象物体的颜色,而是"音乐的颜色",视觉加入了听觉,增加了心境的复杂。再下一行"秋光的画屏"再度是视觉的牵引,但音乐的听觉意象也需要响应,终于在下一行的"晚钟"得到回响。引文的最后一行的意象"一串死去晚钟的山谷"是这小节的最后一行,因而也总了听觉(晚钟)与视觉(山谷)的意象。值得注意的是,"山谷"不仅是视觉之所见,也能回响声音,因而本身就是视觉与听觉的迭影。从开始"眼眸"的期盼("加深"),到最后"死去晚钟的山谷",层层的转喻勾勒出生命的氛围与情境。

时间性的接续凸显的是,诗作不是意象而已,而是意象叙述,而叙述是"动态"的,在开展延伸中产生变化。以隐喻的意象所做的叙述,经常透过单一意象的特质,而让后续的诗行沾染这个特质,而完成叙述;转喻的意象叙述,经常以接续的特质,让意象牵引意象。前者比较有意,经由逻辑的控制,后者则是似有意似无意,操控的痕迹比较不明显,因而也比较富于变化。

(四) 从比邻中产生意象

正如上述,一般的转喻大都强调在单一领域(single domain)内的接续关系。雅各布森、保罗·德曼与热奈特的论述,则跨越到不同领域,因为接续有空间性的面向,且随机组合。本节进一步讨论空间性的接续所产生的意象,探讨物象/意象前后接续或是左右并置的关系。为了方便讨论,本文将比邻等同于并置,不再细分。现代诗经常以比邻或是并置创造意象,比较简单的比邻如零雨《非人》的诗行:"我的身体有一个秘密/客厅。卧室。观景窗//广场。一座私人教堂/一个自己的教皇。一架宇宙/飞行器。"[17] 诗中人身体的秘密与下一行的"客厅""卧室""景观台",乃至再下一行的"广场"等并没有"如、像"或"是"相衔接,因而彼此间不是隐喻,而是转喻。"客厅"等是"身体秘密"的转喻,意味小小身躯自有天地。身体在客厅,客厅就隐含秘密;身体在广场,广场也就隐含秘密。此外,身体的秘密如教堂,有教皇,在宇宙间自由穿梭。

有时候,比邻的物象虽然并存于同一空间,但文字不明显,需要读者积极的想象。以下洛夫的诗行就比较复杂:"战争,黑袜子般在我们之间摇晃"(《石室之死亡》第 41 首)[12]48;"而灵魂只是一袭在河岸上腐烂的褒衣"(《石室之死亡》第 19 首)[12]26。这两个诗句呈现的既是隐喻,也是转喻,极符合本文即将讨论的"隐喻与转喻的互动"的内涵。它们可以放在隐喻"相异"的特质中诠释,但是以"意象的产生"观点来说,转喻更能带领读者深入其境。再者,从转喻的角度感受其中的情境,更能展现其中的诗趣,进一步说明如下:

这两个诗行的复杂有两种状况。第一,"战争"与"灵魂"虽然不全然是抽象概念,但也不是具体物象,介于抽象与具象之间。它们是人们经常感受到、意识到的生存课题/客体,要对其真确叙述,只有透过抽象具象化。第二,带有抽象的"战争"与"灵魂"与物象比邻,透过比邻,将其具象化。比邻在此既是具象化的过程,又是对诗行了解的必要认知。换句话说,假如读者不能体会"战争与黑袜子"并置以及"灵魂与腐烂的褒衣"比邻,他将很难掌握其中的诗趣,也更难了解为何战争会像黑袜、灵魂会像褒衣。换句话说,阅读这两个诗句的焦点,不是做隐喻的探索,去追问为何意象 A"像"或"是"意象 B,而是体认到转喻的比邻性是"像"或"是"的源由。也许背景有战争,也许诗中人脑子里闪现战争的意念,而自问战争是什么。现场挂在绳子上的黑袜子顿时变成战争的投影,战争因而瞬间有了轮廓。

第二个诗句可能有两种状况。第一,诗中人想到何谓灵魂时,现场看到河岸上腐烂的衣服,因而联想到衣服是灵魂的化身——一个现场随机与之比邻的物象变成灵魂的转喻。第二,河岸上有一具腐烂的尸体,衣服也已经腐烂,灵魂脱离躯体在旁。当诗中人觉得躯体一旦腐烂,灵魂也起不了作用而几近腐烂。腐烂的褒衣是腐尸的转喻,也是灵魂的转喻。

和隐喻相比较,比邻中,比喻主客体间"相异性"的幅度可能更惊人,因为两者随机组合。比邻的随机性赋予语意多种可能性,意象因而多彩多姿。但一个优秀诗人会自我提醒所谓的随机并不是随意。正如上述有关隐喻超现实一样,若是意象与现实人生没有牵系的虚线,比邻可能变成随意的拼贴,而使诗作变成文字游戏。

(五) 从语意的接续中产生意象(semantic contiguity)

雅各布森在语言的两极中提到转喻是语意的接续。他在叙述小朋友对茅草屋(hut)的语言反应时说:"转喻的反应如茅草,垃圾,穷苦,是以语意接续的方式与位置的相似性(positional similarity)组合与对比。"[18]所谓位置的相似性,是指在同一词性的位置中各种相似的词语,如主词位置的"学者""专家""理论家"等,或是在动词位置的"探讨""研究""钻研"等。"茅草""垃圾""穷苦"和茅草屋语意上有点相似,但不是位置性的相似,而是从那个位置衍生出来的联想,吸收组合(combine)了位置相似性的某些质素,又与这个相似性有呈显对比(contrast)。试以非马《蛇2》的诗行进一步说明之:

你看这
蛇
自洞里爬出
滑溜溜
不留任何
把柄[19]

"把柄"这个意象是诗中人想象或是看到蛇身所产生的联想。以外形来说,把柄与蛇身有点相似却不相像。此外,把柄除了作为器物的握把外,还有人世间被人抓住纰漏的意涵,几乎完全逸出原来的相似性。因为语意的逸出,这个意象才显得丰富。事实上,如果去除最后的两行"不留下任何/把柄",这首诗的诗趣几乎完全崩毁,已经接近散文。

(六)从叙述的逸轨中产生意象

上述的"逸出",进一步可能变成"逸轨"。转喻推动叙述的逸轨,因为它更加偏离原来的位置相似性。另外,"逸轨"的理由也可能来自比邻,由于物像随机并置且交互影响,而产生语意的翻转。由于是随机,比喻的效果有时可能是独断性的。史塔拉(David Stallard)与布瑞丁(Hugh Bredin)认为转喻是发现比喻与被比喻物之间独断的潜在关系。[16][20—21]而朗伯格(Geoffrey Nunberg)甚至认为转喻的观念完全是开放性的(open-ended)。根据霍伯(Jerry R. Hobbs)与马丁(Paul A. Martin)的看法:"朗伯格展示(接续)没有所谓固定的接合功能,指涉物之间的关系可以是任何东西。"[22]因为随机,所以指涉物之间可以任何东西,所谓独断,是因为比邻促成比喻而相似,而非两者本来就相似。这是转喻与隐喻最大的差别。试以汪启疆《柚子》的诗行说明:

> 桌子堆着柚子
> 我想的是一棵树
>
> 摸起其中之一的脸庞
> 这沉甸甸的孩子头颅
>
> 心底响着长大的声音

皮愈变绉缩就愈甜[23]

从柚子想到一棵树，是从果实想到果树，这是典型以小喻大的转喻。接着，柚子脸庞的诗行与孩子的头颅的诗行并置，两者的属性交互影响。因此，"心底响着长大的声音"本来应该是上一节孩子意象的延续，但"皮愈绉缩就愈甜"却是橘子意象的投影。假如诗中人所想到的是小孩的成长，皮肤变皱不可能变甜，而是青春不再的苦涩。年老让人感伤，以柚子变甜相衬，是叙述的逸轨。假如意象叙述专注于柚子的成熟，表皮绉缩意味果实甜美，但由于诗行进行中有孩子意象的介入，因而让人联想到成长变老后皮肤的皱缩，而让读者心中蒙上一层阴影。这也是叙述的逸轨。

四、隐喻与转喻的交互活动

雅各布森隐喻与转喻的两极经常以横轴与纵轴显示。横轴意味接续组合，是转喻，纵轴意味同一位置中相似个体间的选择，是隐喻。由于语言的进展是选择与组合的交互活动，任何词语或是意象是两轴的交集，既对应于横轴，也对应于纵轴，既属于转喻也属于隐喻。因此，雅各布森在另一篇重要的论文说：任何隐喻都有转喻，任何转喻都有隐喻。[24]法斯（Dan Fass）在做这隐喻与转喻的综合研究时说，很多学者发现隐喻与转喻彼此互植于对方，因此既是隐喻也是转喻。[25]他特别提到古森（Louis Goosens）与华伦（Beatrice C. Warren）且将这种互植现象汇整成条目。⑰莱考夫（George Lakoff）与特纳（Mark Turner）两人对隐喻与转喻互动的研究很值得文学研究者注意。他们举梵文诗《孔雀蛋》里乌鸦啄食动物死尸的意象，说明这个意象在象征死亡时既是隐喻也是转喻，是隐喻与转喻互动的结果。[26]

诗创作不是静态的意象,而是意象叙述,因此任何隐喻都有转喻的痕迹,因为意象叙述就是转喻的示现。[27]"你的眼睛像明月"是很明显的隐喻,描述眼睛像明月一样清澈。但这是一个叙述语句,由主词与述语组合,由前后的文字接续与进展而产生意象,组合与接续就是转喻的特性。

转喻有两点状况,一种是语意接续中主客体潜在的相似性,如雅各布森所举的"茅草屋"与"茅草"间的关系。另一种是两者本来两不相干,由于并置或是比邻而产生相互的比喻。美国19世纪的诗人狄金森(Emily Dickinson)曾经在一首诗里将银行家与窃贼并置,让人想到银行家某方面的行径就像窃贼,因为他们用他人存款的钱所赚取利润并没有完全回馈给存款人。这是转喻所造成的隐喻。

再以上面所讨论过的隐喻与转喻中,随机择一讨论这种隐喻与转喻的互动现象。陈义芝的诗行:"知道砧板的道理与床/如爱情与厨房",本文第一部分曾经讨论砧板与床能成为隐喻,因为做菜与做爱都是爱。但砧板之于厨房,床之于爱情,两者都是以小对应大,是转喻。此外,两者能成为隐喻,也因为是相似语法的接续,接续促成叙述的进行,是转喻的运作。

本文讨论非马的"你看这/蛇/自洞里爬出/滑溜溜/不留任何/把柄"时,将"把柄"诠释成语意接续所形成的转喻。但"把柄"在形状上多少和蛇的形状有点相似,因而也有隐喻的影子。假如隐喻与转喻都有彼此的影子,那区隔两者的讨论有何意义?个别讨论在于正确体认这两个词语的真正内涵,进而了解创作与阅读时意象产生的现象。任何意象叙述里,隐喻与转喻的成分不是百分之零或是百分之百的对比,但也不是各自分摊百分之五十。有些诗人倾向相似性的联想,因而隐喻变成他诗作明显的指标。有些诗人擅长文字与意象的接续,由意象寻找意象,转喻因而建立他的诗风。有人的思维心中没有物象,因而以"发明"创造意象;有人纤细地感受人生,"见人所未见",因而以"发现"创造意象,并且证实如此的"发现"也是一种"发明"。

五、结　　语

本文隐喻与转喻的讨论,不是将意象的产生套入修辞的词汇,而是透过这些词汇的真正意涵,了解诗创作的现象。以情境中的物像当参考点来说,隐喻能够根据物像产生意象,也能"无中生有",因而意象经常来自"发明",而"转喻"大都是现实物像的引发,因而意象来自"发现"。但即使隐喻产生的当下不一定有物象,意识底层里的现实总和意象有隐约的牵系。诗人对于现实的态度影响到写诗的心态:完全脱离人间的书写,意象可能消失而只剩下意念,而意念的重复可能使诗作变成游戏;转喻基于物象,但游戏的心态将使比邻变成随意的拼贴。隐喻与转喻不是二元对立,诗作的产生经常是两者的交互活动。但如此的认知并不会抵销对隐喻与转喻的个别见解。有些诗人擅长罗列相似的意象与句法,有些诗人擅用接续而完成丰富的意象叙述。但,不论擅长于选择还是组合,相似还是接续,没有一个诗人只会隐喻而不会转喻,也没有一个诗人只会接续,而不会创造出相似或相反的词语。我们只能在隐喻与转喻运用的比例上窥探意象产生的奥秘。

注释

① 当然,这样的立论可能受到挑战,美国的"语言学派"(language school)也许就是个挑战者。台湾近年来也有"无意象诗"的写作,《台湾诗学? 吹鼓吹论坛十三号》就是"无意象诗派"的专集。本人曾经写两篇论文响应"无意象诗"的写作,具体意见简而言之:假如诗只是语言游戏,意象可有可无;假如诗要呈现生

命的厚度，意象不可或缺。请参见简政珍：《诗无意象的可能性?》，《文学与文化》2012 年第 3 期，第 48—58 页；简政珍：《无意象诗的缺口》，《台湾诗学？吹鼓吹诗论坛十五号》2012 年 9 月，第 172—179 页。

② Max Black，"Metaphor" in Max Black，*Models and Metaphors*，New York：Cornell University Press，1962 年版。该文原先刊于：*Proceedings from the Aristotelian Society*，N.S.55，273 - 294。

③ 本文所有外文的中译都是本人权宜性的翻译。

④ 以上戴魏生的引文与讨论都引自：Davidson，Donald．"What Metaphors Mean," in Sheldon Sacks 编，*Metaphor*，Chicago and London：The University of Chicago Press，1979 年版，第 39 页。

⑤ 我曾经讨论过"写诗"与"做诗"不同，请参见简政珍：《台湾现代诗美学》，台北：扬智出版社，2004 年版，第 89 页。

⑥ Tourangeau 和 Sternberg 曾经列出几位有类似观点的学者，如 Berdsley，Bickerton，Campbell，Guenther，Percy，Van Dijk，Wheelwight。

⑦ 保罗·利科至少在两个地方以同样的观点讨论到雅各布森这段诗学功能的立论，参见 Paul Ricoeur，*The Rule of Metaphor*，Toronto，Buffalo，London：University of Toronto Press，1977 年版，第 224 页；Paul Ricoeur，"The Metaphorical Process,"出自 Sheldon Sacks 编，*Metaphor*，Chicago and London：The University of Chicago Press，1979 年版，第 150—151 页。

⑧ 本诗原来刊登于《创世纪诗杂志》第 22 期，萧萧的论文刊登于《诗宗丛书》第四号"月之芒"，后来转载于《碧果自选集》。

⑨ 显然，碧果并没有玩够，到了 2003 年出版《一只变与不变的金丝雀》（台北：文史哲出版社）。类似游戏的诗作还是不少，试以

这本诗集的标题诗第三节的"诗行"为例:"所以:水的水,水的水,水的水的水,的水的水的的水/的水的,的水的,的水的的,水的水的水水的/水的,的水的的,水的水的水水的/的水水,的水水,的水的水的的水/水水的,水水的,水水水水,水的的/的的水,的的水,的的的的,的水水/水的,/的水,/水的的,的的/水。/水的水的水水的,没有鼓声伴奏的/的水的水的的水,没有鼓声伴奏的/水/的。"

⑩ 洛夫的超现实有些却明显来自物象,因而意象的产生和转喻息息相关,将在本文的第二部分论述。

⑪ 类似的句法,在叶维廉早期的诗作,以及苏绍连 1970 年代的《茫茫集》也经常出现。

⑫ 其实,有创意的诗,即使着眼现实,想象也不会受到现实的钳制,因为所谓反映现实总变成反映现实、重整现实。再则,因为有现实人生的检验,具有想象力的现实书写反而更困难。

⑬ 有关接续的空间性,请参阅 Paul de Man, *Allegories of Reading*, New Haven:Yale University Press, 1979 年版,第 65—67 页;Gerard Genette, *Figures III*, Paris:Seuil, 1972 年版,第 42—58 页;简政珍:《隐喻和换喻:以唐诗为例》,《中外文学》1983 年第 2 期,第 6—18 页。

⑭ 雅各布森如此的结尾,暗示一般人忽视了诗学上"接续"亟待开展的天地。有关接续,本文将进一步说明。

⑮ 法斯(Dan Fass)曾经以他个人与他人的研究整理出 20 种类似这样的转喻,参见 Dan Fass, *Processing Metonymy and Metaphor*, Greenwich, Connecticut and London:Ablex Publishing Corporation, 1997 年版,第 81 页。

⑯ 本文 Stallard 的见解,转引自 Dan Fass, *Processing Metonymy and Metaphor*, Greenwich, Connecticut and London:Ablex Publishing Corporation, 1997 年版,第 94—95 页。

⑰ 有关古森与华伦的论述,参见 Louis Goossens,"Metaphtonymy: The Interaction of Metaphor and Metonymy in Expressions for Linguistic Action," *Cognitive Linguistics*,1990 年第 1 卷第 3 期,第 336 页;Beatrice C. Warren, *Sense Development——A Contrastive Study of the Development of Slang Senses and Novel Standard Senses in English*, Stockholm:Almqvist & Wiksell International,1992 年版,第 99 页。法斯对两人的讨论,参见 Dan Fass, *Processing Metonymy and Metaphor*, Greenwich, Connecticut and London:Ablex Publishing Corporation,1997 年版,第 100 页。

参考文献

[1] 白灵.爱与死亡的间隙[M].台北:九歌出版社,2004.

[2] Tourangeau R., Sternberg R. J. Understanding and Appreciating Metaphors[J]. *Cognition*,1982(11):213.

[3] Davidson D.What Metaphors Mean[M]//Sheldon Sacks. Ed. *Metaphor*. Chicago & London:The University of Chicago Press,1979:39.

[4] 朵思.心痕索骥[M].台北:创世纪诗杂志社,1994:74.

[5] 李进文.除了野姜花,没人在家[M].台北:九歌出版社,2008:70.

[6] Stern G. *Meaning and Change of Meaning*[M]. Bloomington:Indiana University Press,1932:8.

[7] de Man P. The Epistemology of Metaphor[M]//Sheldon Sacks. Ed. *Metaphor*. Chicago & London:The University of Chicago Press,1979:17.

[8] 陈义芝.我年轻的恋人[M].台北:联合文学出版社,2002:48—49.

［9］Jakobson R. *Selected Writings*, *2 vols*［M］. The Hague,
　　1962：371.

［10］Ricoeur P. The Metaphorical Process［M］//Sheldon Sacks,
　　Ed. *Metaphor*. Chicago and London：The University of
　　Chicago Press，1979：153.

［11］碧果.碧果自选集［M］.台北：黎明文化事业股份有限公
　　司,1981.

［12］洛夫.石室之死亡［M］//洛夫石室之死亡及相关重要评论.侯
　　吉谅,沙笛编.台北：汉光文化事业股份有限公司,1988.

［13］Brooks C. Irony as a Principle of Structur［M］//Hazard
　　Adams. Ed. *Critical Theory Since Plato*. New York：
　　Harcourt Brace Jovanovich，1971：1041.

［14］Black M.More about Metaphor［M］//Andrew Ortony. Ed.
　　Metaphor and Thought. Cambridge：Cambridge University
　　Press，1993.

［15］向明.低调之歌［M］.台北：酿出版,2012：37.

［16］冯青.雪原奔火［M］.台北：汉光文化事业股份有限公司,
　　1989：122.

［17］零雨.我正前往你［M］.台北：唐山出版社,2010：129.

［18］Jakobson R. Two Aspects of Language：Metaphor and Metonymy
　　［M］//Gras V W. Ed. *From Existential Phenomenology to
　　Structuralism*. New York：Dell Publishing Co.，1973：123.

［19］非马.梦之图案：非马新诗自选集：第二卷［M］.台北：博雅
　　书室有限公司,2011：91.

［20］Stallard D. The Logical Analysis of Lexical Ambiguity［C］//
　　*Proceedings of the 25th Annual Meeting of the Association
　　for Computational Linguistics*（*ACL － 87*）. Stanford：
　　Stanford University. 1987：180.

[21] Bredin H.Metonymy[J]. *Poetics Today*，1984，5(1)：57.

[22] Hobbs J R，Martin P A. Local Pragmatics[C]//*Proceedings of the 10th International Joint Conference on Artificial Intelligence (LJCAI-87)*，Milan，1987：521.

[23] 汪启疆.哀恸有时,跳舞有时[M].高雄：春晖出版社,2011：85.

[24] Roman Jakobson. Closing Statements：Linguistics and Poetics [M]//*Style in Language*，Thomas. A Sebeok. Cambridge：MIT Press,1960.

[25] Fass D, *Processing Metonymy and Metaphor*[M]. Greenwich，Connecticut and London：Ablex Publishing Corporation，1997：100.

[26] Lakoff G，Turner M. *More Than Cool Reason: A Field Guide to Poetic Metaphor*[M]. Chicago：The University of Chicago Press，1989：103.

[27] 简政珍.转喻与抽象的具象化[J].北京大学学报(哲学社会科学版),2013(5)：77—79.

——原载《江汉学术》2014 年第 6 期：55—65

比喻的进化：中国新诗的技艺线索

一　行

摘　要： 从技艺的角度看，中国新诗的历史几乎是一部比喻的进化史。从新诗诞生之初的简单比喻方式，到穆旦诗歌中受英诗影响的玄学派比喻方式，再到多多诗歌中强有力的形象发生机制，以及当代新诗中更加专业、精密、复杂的比喻的出现，汉语的表现力通过诗人们对比喻技艺的探索而不断得到提升。通过对多个不同时期中的代表性诗人的作品细读和微观分析，可论述比喻技艺在中国新诗历史中的进化历程。这种分析将表明，比喻技艺在不同诗人那里获得的不同形态，植根于诗人们在其所处历史情境中对世界、自我和语言的不同理解。由此倡导这样一种对新诗历史的研究方式：从对流派、年龄段、主题和风格等方面的过度关注中摆脱出来，将视线投向对诗歌本身来说更为内在的"技艺的历史变迁"之上。

关键词： 中国新诗；比喻；修辞技艺；穆旦；多多；欧阳江河；臧棣；哑石

一、引　　言

巴尔扎克在其论司汤达的研究中，曾将文学划分为"形象的文学"和"观念的文学"。前者在西方文学中的代表是荷马与莎士比亚,而司汤达和伏尔泰则属于后者的行列。如薇依引述的,"观念的文学"之可贵,在于它所蕴含的"丰富的事实、节制的形象、简约、明净、伏尔泰式的短句、一种18世纪曾有过的叙事方式、随处可见的喜剧感"[1]。与此相反,在荷马那里,我们可以看到"属于事物的东西走向属于人的东西",看到对事物和自然的冥想,看到某种迷醉中思想与自然的合一。"形象的文学"提供的主要不是事实,而是形象与形象、自然与人之间的神秘"应和"。众所周知,体现这种"应和"的主要方式是比喻和通感。

对比喻的最充分的运用发生在诗歌,尤其是形象性的诗歌中①。在某种意义上,诗就是一种比喻性的文体。比喻的技艺不仅是诗人的天赋所在,也是诗人的天职或义务。一方面,这是由于维柯在《新科学》中提到的,语言在其诞生之初就是"诗性的"或具有"诗性智慧"的:最初的语言是一种"幻想的语言",其原则是"诗的逻辑",而比喻或隐喻就是"诗的逻辑"的派生物,它的特征是"赋予感觉和情欲于无感觉的事物",或"把有生命的事物的生命移交给物体,使它们具有人的功能"。[2]可以说,比喻是语言本身所具有的原初欲望。另一方面,即使是观念性的作家和诗人也需要一定程度的、尽管是受到节制的比喻,因为很少有什么手法像比喻那样具有直观的揭示性,能将事物和人的状态、世界中隐藏的各种关联最迅捷地直呈目前②。因此,我们经常会在擅长叙事、分析和说理的作家和诗人那里发现一些令人印象深刻的比喻。例如,在维特根斯坦和卡夫卡的随笔和日记中,我们可以随处读到诸如"巧妙的比喻依赖于这样一个事实:甚至最大的望远镜也必须配置一个不大于人的眼睛的目镜"[3]或"一种信仰好比一把砍头的斧,这样重,又这样轻"[4]这样的句子。形象性的诗人继承了语言自身携带的古老的诗性智慧,而观念性的诗人则用比喻这一方式服务于其才智和理解力。

比喻作为诗的语言，同样流布于东方的印度和中国。不过，尽管汉语本身具有高度的隐喻性，在其文字和意义中包含着自然与人的极其丰富多样的原初关联，但在中国古典诗歌中，比喻却处在一个并不太重要的位置。这是由于，比喻的潜能在中国古典诗歌中被其他种种因素压制或驯化了，没有得到充分的释放和实现。在《诗经》中，"比兴"虽然并称，但"比"其实是从属和服务于"兴"的，因为情志的"感通"才是中国古人所理解的诗的旨归。我们看到，中国古诗中的比喻绝大多数都较为常见和单纯，缺少奇异和复杂性，对中国古人来说，像英诗中的玄学派（邓恩、马维尔等）那样大量运用"奇喻"只会造成"隔"，它的陌生性和过于智性化会妨碍情志的抒发。于是，比喻就被限制在"就近取譬"的层面上，只能从日常生活和自然的常见物象中寻找喻体。感通诗学用"兴"来限制"比"，使得比喻的技艺在诗歌中没有得到充分发育；而在后世儒家对诗歌的道德要求中，奇喻和博喻又容易被斥为"匠气"和"淫巧"。更关键的是，中国古典诗学承继的"道"的思维方式天然倾向于"提喻"（以一点暗示全体）这一类型的比喻，对其他类型的比喻多少有些忽视；作为中国诗歌主要体裁的律诗和绝句，由于其章法和字数的限制，比喻又无法在其中以大量和成片的方式出现，最多只能占据其中的一两联。这些因素都抑制了诗人探索比喻技艺的冲动。一个明显的事实是，在唐代三位最重要的诗人中，王维几乎完全不用比喻（他擅长白描），李白的比喻是较为常见和具有沿袭性的（诸如"朝如青丝暮成雪"之类的），只有杜甫专门发展了比喻的各种类型和技法。但即使是杜甫，比喻在他的诗中也很少以"群落"的方式密集地出现在一首诗中。除了律诗体裁的限制外，不能不说杜甫的其他诗学考虑部分挤占了修辞的位置（尽管杜诗中已经包含了中国古代最复杂的修辞技艺）。对比喻的限制在中唐和宋代曾经短暂地松动过③，于是出现了李贺、黄庭坚、陈师道这样具有修辞抱负的诗人，他们在诗中大量使用各种奇异、罕见、具有新鲜和陌生感的比喻,并由于晚清对宋诗的学习一直延续到陈三立所代表的同光体诗歌那里。

但从总体说来,在中国古诗中,对气象、风骨、神韵、格调的追求压倒了对新鲜比喻和奇异经验的追求,这是中国古人的心性气质、思维方式和诗学态度所致。只有在中国人的生活世界转向现代性之后,由于诗人的才智、爱欲和好奇心的解放,道德意识形态在诗歌中的逐渐退场,西方现代诗的技艺引进对感通诗学的平衡,这时候我们才能在诗歌中看到对比喻技艺的大规模实验和探究。换句话说,只有在新诗中,汉语的比喻潜能才被充分释放出来。

在某种意义上,中国新诗的历史可以被看成一部比喻的进化史:比喻的技艺在新诗的演变过程中不断地得到丰富、拓展和更新,并依据历史和时代的变迁而获得其不同的形态和样式。尽管和生物学上的进化一样,这一过程并不是直线性的从简单到复杂、从低级到高级的运动,而是大多数时间处于停滞状态,还经常以退化的方式来适应变更了的环境(例如寄生虫)。但对我们来说,历史中有意义的东西仍然是那些产生出更加复杂、精密的新物种或亚种的过程。我们可以在康德的意义上,对新诗中比喻技艺的进化历程赋予一种作为范导性理念的目的方向:从新诗诞生之初的简单比喻方式,到穆旦诗歌中受英诗影响的玄学派比喻方式,再到多多那强有力的形象—比喻发生机制,再到更加专业、精密、复杂的比喻的出现,汉语的表现力通过诗人们对比喻技艺的探索而不断地得到提升。在技艺的更新背后,是经验能力或感受力的大幅度攀升,是诗人们的知觉、想象力和理解力的整体进展。从20世纪90年代开始,“修辞机器”式的诗人开始在中国新诗中出现,这虽然会招来一些保守派的非议,但却是诗歌技艺获得其专业性的必经途径,对于我们的经验和理解力的拓展肯定是利大于弊。任何一种诗歌观念或写法都有可能会随着历史情境的变化而变得不再重要(丧失适应性),但技艺的积累对诗歌及其母语来说却是永远有益的，因为这是语言在表现和言说事物方面的能力的拓展。

在本文中，我将分三个历史时期来论述比喻技艺在中国新诗（主要是当代新诗）中的进化历程。这一看上去较为宏观的历史叙事，需要由微观的技艺分析和作品细读来支持。我希望，通过本文的考察，能够部分改变当代诗歌研究的历史叙事总是将目光集中于流派、年龄段、主题和风格等方面的做法，而将视线投向更为细致、对诗歌本身来说更为内在的技艺的历史变迁之上。

二、比喻的觉醒：从穆旦到多多

对于中国古典诗歌来说，新诗乃是一个新物种。任何新物种的产生都需要隔离，这一隔离发生在"五四"新文化运动中，它对古典文教传统进行了主动断裂。而隔离是由环境的剧烈变迁导致：现代性的生活方式和观念方式作为"三千年未有之大变局"来到中国的土地上。新诗主动适应了这一变更了的历史情境和世界图景，它在诞生之初就承载着"五四"一代对生活的现代理解。新文学所使用的白话文与翻译语体不断地混合、化合与交融，逐渐形成了现代汉语。新诗之新，在于其中蕴含着新（现代）的生命经验和观念方式，并以一种新的语言形式表现出来。与中国古诗相比，这种"新"首先体现在它解放了一直在古诗中受到"仁性"压抑的爱欲（Eros），解放了人对世界的求知欲或好奇心。中国古诗过于人间化或者说过于"人（仁）性"了，其关注点主要集中在伦理共同体的德性教化和自然风物的虚灵悠远之上，语言本身具有的兽性、魔性和神性（超越的宗教感）都被挤压到边缘地带。而比喻的觉醒，主要就根源于爱欲的觉醒，它也是语言中的兽性、魔性和神性的觉醒。

在经过胡适的幼稚尝试和郭沫若的空洞叫嚣之后，新诗从英

语现代诗和德语现代诗汲取了感受力和修辞方式上的变更,逐渐
形成了更具有形式感或造形力量的诗性语言。在 1949 年以前,这
种诗性语言最杰出的代表是穆旦。穆旦诗歌看上去像连续发生的
一系列突变的成果:自觉地摆脱中国古典传统的影响,激活语言
中的兽性(《野兽》,1937 年)、魔性(《神魔之争》,1941 年)和神性
(《甘地》,1945 年),同时将英诗的基因逆转录到汉语诗歌的基因
之中,从而合成出可以激发生命爱欲的酶。穆旦诗歌的主要魅力
来自生命爱欲与玄学沉思的配合,爱欲的觉醒在他那里最为明晰
地显现出来:

> 绿色的火焰在草上摇曳,
> 他渴求着拥抱你,花朵。
> 反抗着土地,花朵伸出来,
> 当暖风吹来烦恼,或者欢乐。
> 如果你是醒了,推开窗子,
> 看这满园的欲望多么美丽。
>
> 蓝天下,为永远的谜迷惑着的
> 是我们二十岁的紧闭的肉体,
> 一如那泥土做成的鸟的歌,
> 你们被点燃,却无处归依。
> 呵,光,影,声,色,都已经赤裸,
> 痛苦着,等待伸入新的组合。[5]

(穆旦《春》,1942 年)

在《春》这首诗中,自然被理解为爱欲这"永恒燃烧的活火"的
运动,这火焰催动一切事物的发生、生长、毁灭和重新组合。爱欲
是生命本身"永远的谜",它构成了我们那"二十岁的紧闭的肉体",

构成了"泥土做成的鸟的歌"。汉语本身也在这爱欲之火中熔化、分解，变成了诸如"光、影、声、色"这样的"赤裸"的元素，等待着新的组合和铸造。语言本身的重新炼铸过程当然是痛苦的，它会带来旧的语言形式的死亡，但却是新物种得以生成的条件。在穆旦那里，"新的组合"是在《诗八章》中正式成形的，这首诗标志着爱欲、知觉、智性和想象力在新诗中的第一次完美融合。《诗八章》是爱欲之歌，其中充满着各种各样的比喻和幻象，它们一方面具有感性或知觉的饱满度，同时又带着幼兽般的活力，此外还具有柏拉图式的玄学气息：

> 你的年龄里的小小野兽，
> 它和春草一样的呼吸，
> 它带来你的颜色，芳香，丰满，
> 它要你疯狂在温暖的黑暗里。
>
> 我越过你大理石的理智殿堂，
> 而为它埋藏的生命珍惜；
> 你我的手的接触是一片草场，
> 那里有它的固执，我的惊喜。[5]

> （穆旦《诗八章》第 3 节，1942 年）

爱欲作为比喻的主要引擎之一，是由于爱欲是自然（生命）之原初统一性的纽带（蒂利希："爱欲是对统一的渴望"），在其中事物之间的差别趋于消解，而它们的关联却显示出来。一个具有爱欲天赋的诗人，他能在一切事物中看到"同"，并因此具有在语言中使事物变形、相互幻化的能力，这也就是比喻的天赋。我们可以在聂鲁达那里看到这种比喻天赋的火山喷发式的表现。但穆旦并不是聂鲁达式的纯粹的形象诗人，而是兼具观念诗人的特征。他诗歌中的沉思气质和比喻方式主要来自英诗传统,其中的浪漫派传统可以大体上划到形象诗歌中,但穆旦同样倾心的玄学派、叶芝和奥登则可能更偏向于诗歌的观念性。穆旦的大多数诗作(例如《神的变形》《神魔之争》)其实是观念诗而非形象诗。但是,当穆旦书写爱欲本身的时候,他就突然化身成了一位形象诗人:

> 你向我走进,从你的太阳的升起
> 翻过天空直到我日落的波涛,
> 你走进而燃起一座灿烂的王宫:
> 由于你的大胆,就是你最遥远的边界:
> 我的皮肤也献出了心跳的虔诚。[5]

(穆旦《发现》,1947年)

不难发现,穆旦诗歌中的比喻技法主要是从英诗中的浪漫主义、玄学派和现代派传统借鉴过来的。浪漫主义强调形象的情感强度和神秘性,玄学派强调比喻的奇特或陌生性,现代派则侧重于比喻的力度或冲击性。这三个不同时期形成的传统被穆旦结合在一起,构成其诗歌魅力的来源。在《发现》这首诗中,"从你的太阳的升起/翻过天空直到我日落的波涛",无论从句式还是从形象构成来说,都是玄学派的招牌手法;"你走进而燃起一座灿烂的王宫"则更接近于浪漫派的热烈;"你的大胆,就是你最遥远的边界"和"我的皮肤也献出了心跳的虔诚"则是典型的现代派的句式。这里最能体现穆旦的诗歌才能的,是整段诗中体现出来的空间意识的连续性:第一个比喻将爱情空间拓展为整个"天—海","你"像太阳一样君临这一空间,成为"我"生命的白昼;第二个比喻则是爱情空间的宫殿化,喻其辉煌和热烈,"你"成为"我"的国王;第三、第四个比喻则将人的内在意识活动空间化,"大胆"作为一种冒险就是人来到自己可能性的边界,而"我"的激动的"心跳"仿佛要跃到身体（皮肤）外面，内与外的空间在此发生了越界和变动。诗的结尾用要跃出身体的"心跳"的自内而外的运动，对应了这一段开头处的"走进"的自外而内的运动，整个爱欲空间由此具有了相互呼应、应和的双重方向，如同山谷里的声音和回声那样。

20 世纪中叶，中国大陆的新诗写作进入了长达二十多年的倒退期，诗人们的爱欲、想象力和理解力在政治压力下处于瘫痪的状态。这是诗歌在变动了的环境中，以运动器官消失、退化为寄生虫的方式来寻求适应的无奈之举。即使有"今天派"重新给诗歌引入良知和诗性语言，诗人们经过长期摧残的感受力和理解力也并没有得到完全恢复。北岛的"从星星的弹孔里／将流出血红的黎明"（《宣告》，1970 年），体现的是一种比较简单、粗糙的心智，自然—政治之间的互喻采用了"黎明"这样陈旧的道德象征，很难让具有细致感受力的读者满意。顾城相对来说要好很多，但顾城并不是一个具有专业的修辞抱负的诗人，因为他过于迷恋道家或禅宗的"灵感"和"顿悟"之说，基本不进行艰苦的技艺训练，这从他作为一位形象诗人却从未写过一首具有复杂比喻群的诗作可以得到证明。这些在当时具有很高声誉的诗人，其诗艺不仅不能与国外的同代诗人相比，即使与四十年前的穆旦相比，也存在着相当大的差距。在他们中，只有杨炼的部分作品在修辞方面具有真正的力度。杨炼《诺日朗》（1983 年）的开篇曾经震动过一代人：

> 高原如猛虎，焚烧于激流暴跳的万物的海滨。

这是语言中的兽性和活力的复苏。然而，杨炼的写作却并未能够在知觉、想象力和理解力的结合方面走得更远，因为他热衷于在诗歌中进行文化象征符号的表演，其"文化史诗"的意图导致其作品严重欠缺具体性，所有的形象和比喻都是在一种不受任何限定的符号空间中疯狂增殖。这种写法最主要的缺陷，在于它采用的词语—意象总体来说只是象征（文化符号），而不是真正的形象。形象是事物的具体性在知觉中的显现，这种具体性在象征中是完全缺席的。杨炼的比喻和修辞不是建立在知觉的可信性之上的，而只是在寻求文化符号的排列组合所产生的特殊效果。由于他偏爱这种写作方式，他的诗就只能触及经验的象征层面（通常会歪曲和遮蔽经验），而不能触及经验本身。④

杨炼的诗歌，正如受其影响而产生的"整体主义运动"（其代表性的作品是欧阳江河的《悬棺》），以及海子和骆一禾的"大诗"写作那样，都是某种虚妄的诗歌观念的牺牲品。诗人的形而上学抱负必须通过具体情境和微观技艺的平衡才能够获得支撑，否则就会沦为一种大而无当、空洞无物的诗歌姿态。斯宾诺莎这位伟大形而上学家的话，可以看成对所有那些具有形而上学雄心、却没有在诗歌中真正研究过具体事物和具体情境的诗人的忠告："我们越多地理解个别事物，我们就越多地理解神。"[6]而具体性的获得，首先是通过知觉，正是知觉给出了事物的实存。诗歌中的修辞和比喻，只有以知觉的真切性为基础才能令人信服，否则就只是漂亮的语词和语感游戏。而在穆旦之后，真正带来新诗的感知革命的诗人，是多多。

多多作为一位强有力的形象诗人，在很长的时间里都被汉语诗歌界所忽略。这似乎是为新亚种（对"朦胧诗"来说）的产生所需要的隔离所付出的代价。多多为我们贡献出了难以记数的活蹦乱跳的比喻，它们的生动、易见、繁复、新奇都超越了穆旦。多多的诗展示出他在知觉、想象力和戏剧性方面的天赋。他具有一种罕见的能力：无论使用任何形象和比喻，都具有极高的可信度，这些形象仿佛都处在一种可感知的具体情境中。正如黄灿然所指出的，像"大船，满载黄金般平稳"（多多《告别》，1985 年）这样的句子能让我们一下子仿佛就真的看到了"满载黄金"的船。此外，像"夕阳，老虎推动磨盘般庄严"（多多《北方的夜》，1985 年）或"马儿合上幸福的眼睑/好像鱼群看到了渔夫美丽的脸"（多多《寿》，1984年）这样的比喻都具有强烈的直观性，能让事物立刻"如在目前"。而之所以能如此直观，主要是由于这些比喻中包含着极其丰富的知觉经验：

> 我听到滴水声，一阵化雪的激动：
> 太阳的光芒像出炉的钢水倒进田野
> 它的光线从巨鸟展开双翼的方向投来[7]
>
> （多多《春之舞》，1985 年）

如果我们将多多的《春之舞》与穆旦的《春》作一个比较，就能看到多多诗歌具有一种更高程度的、进化了的力度和穿透性。两首诗的主题都是春天和爱欲：穆旦主要是在写爱欲引发的烦恼和困惑，而多多则是在写置身于爱情之中的快乐、激动和不安。穆旦的诗显得过于温和，就连"花朵"对"土地"的反抗都是温和的；而多多的诗则具有狂野躁动的性质（"窗框，像酗酒大兵的嗓子在燃烧"）。两首诗都写到了"光"，穆旦那里是"绿色的火焰在草上摇曳"，其亮度显得还不够耀眼；而多多则干脆让阳光成为"出炉的钢水""倒进田野"，它的高温、炽热、强度、光芒都具有金属的力量和噪音。两位诗人都写到了"鸟"，穆旦"泥土作成的鸟的歌"还是优雅而文明的，而多多却让"巨鸟"在强光中"展开双翼"，后面又用"巨蟒"来与"巨鸟"呼应，一天一地，召唤出原始神话的蛮荒气息。一首抒情短诗被多多写得气势磅礴，与穆旦相比，多多的想象力显然是在一个巨大辽阔得多的空间中展开的，这意味着多多具有更加充沛的力量。

比喻最核心的意义在于它让诗变得生动。生动是具体性的灵魂，而幽默或滑稽又是生动的常见要素。很多时候，多多会动用他那顽童的本能，写出一些让人惊奇又发笑的比喻，这些比喻有着恶作剧式的味道。由此,我们看到多多诗歌的另一特质——戏剧性。他的比喻常常是出现在一个有趣的、荒诞的或残酷的戏剧冲突的氛围中,从 1972 年的《蜜周》开始,多多就不断展示他在这一方面的能力。像《笨女儿》(1986 年)、《哑孩子》(1986 年)、《我姨夫》(1988 年)等诗作都具有一种"微型剧本"的味道。一方面,戏剧性赋予比喻一个受到限定的、可信的情境,另一方面比喻又使得戏剧性的效果更加强烈,可以说两者是相互构成、相互成全。例如,《搬家》(1986 年)这首诗中,超现实的荒诞情境与奇异的比喻就处在这种关系中:

> 我没发觉天边早就站满了人
>
> 每个人的手是一副担架的扶手
>
> 他们把什么抬起来了——大地的肉
>
> 像金子一样抖动起来了,我没发觉
>
> 四周的树木全学我的样儿
>
> 上身穿着黑衣
>
> 下身,赤裸的树干上
>
> 写着:出售森林。[7]

值得注意的是,"大地的肉/像金子一样抖动起来了"这句比喻使用了一种独特的技法,我称之为"质感重叠"。"大地"的土的质感、"肉"的质感、"金子"的质感是完全相异的,但被这句诗联结在一起;而且,当诗人说到"像金子一样抖动起来"时,在这三重质感之外其实又添加了"布匹或绸缎"的质感。通过质感的重叠,诗跨越了在不同性质的事物之间的鸿沟:大地像肉体一样柔软,而金子也能像布匹一样抖动。

在超过三十年的写作历程中,多多极大地丰富了汉语的比喻潜能。这主要体现在三个方面:首先,多多给比喻注入了新的质感和感性，也就是新的知觉生动性（前面我们对此已有论述）。其次，多多发明了许多新的比喻手法，除"质感重叠"之外，诸如声音与形象之间的互喻、词与物之间的互喻，在他的诗里都很常见。前者如"心，有着冰飞入蜂箱内的寂静"（《北方的夜》），后者如"每一个字，是一只撞碎头的鸟"（《只允许》，1992年）。最后，多多以其"整理老虎背上斑纹的疯狂"，大幅度地增加了比喻的力度、强度和密集性。就比喻的力度和强度来说，除了诉诸巨大亮度、质量、体积、威严的喻体（"出炉的钢水""巨型玻璃""巨蟒""老虎"等）之外，他有时还会用具有伦理性的喻体来造就一种具有强度的情感氛围：

> 你父亲用你母亲的死做他的天空
> 用他的死做你母亲的墓碑
> 你父亲的骨头从高高的山冈上走下[7]

> （多多《依旧是》，1993年）

在《依旧是》中，在异国田野中行走的步伐、对家乡往事的回忆的旋律、在纸上书写的节奏共同构成了诗的交响，或者说构成了一种三重的结构性比喻："异国雪地""纸"和"回忆中的故乡田野"之间有一种互喻关系，这一比喻发生的时刻便是"词望到家乡的时刻"。这种结构性的比喻，与诗的音乐性的回旋和节奏一起，极大地增加了诗的伦理力量。这是多多诗歌中少有的"人性"时刻。在大多数时候，多多更喜欢彰显语言和比喻的"兽性""魔性"和"神性"。不过，即使是对人性中伦理情感的书写，多多也仍然具有其独到之处：

> 你父亲依旧是你母亲
> 笑声中的一阵咳嗽声[7]

多多对比喻潜能的释放,还体现在他在诗中大量使用密集比喻或比喻群。在多多出现之前,从未有人以如此果断、如此"嚣张"的方式使用如此密集的比喻。杨炼的部分作品也使用了密集的意象,但它们在杨炼那里更多的是词语自动繁殖的象征群,而不是有经验可信度的比喻群。在多多那里,一首诗经常像蜂群或鸟群那样带起一股运动的气流,试探想象天空的边界。但有时也不全然是好事,像在《北方的夜》《五亩地》(1995 年)等诗中,比喻的过量使用可能影响到了诗的节奏变化,造成阅读上的单调性。但是,从总体上说多多是具有控制力的,他在密集运动的比喻之流中仍然能构造起清晰的秩序和整体性。

穆旦和多多,代表了新诗中比喻的觉醒和再次觉醒。这两次觉醒所处的历史情境并不相同,但都可以看成生命的自然爱欲在汉语中复苏的结果。他们的比喻所使用的主要形象和喻体,基本都来自自然事物,例如矿物、山脉、河流、大海、植物、动物和身体。因为爱欲是自然中诸生命体(包括人)之间寻求统一的意志,在他们的诗里,自然仍然是诗歌词汇和形象的主要来源。这是真正的、被具体感知和触摸到的自然,包含着事物涌现时的新鲜与活力。即使是在新诗高度专业化、技法高度复杂的今天,他们的诗也并没有丧失其原初的魅力。

三、"修辞机器":1990 年代诗歌中比喻的专业化

20 世纪 80 年代是一个奇特的时代,各种对诗歌风格和写法的试验都以"流派"和"运动"的方式出现过,但真正能留下来的、可以积累的技艺成果并不多。一个原因在于,绝大多数的诗歌实验都空怀着宏大的、形而上学性质的抱负和野心,却从来不肯从细微

之处，从对具体情境、事物和语词的微观研究出发去进行诗歌写作。从技艺的层面来说，1980 年代是一个迷恋象征的时代，先是迷恋政治对抗性的象征，然后是迷恋史诗—神话性的象征，继而是迷恋日常口语的"反象征的象征"（因为口语诗依赖于其敌人的存在，只能从反对中获得意义）。如果我们考察一下诗歌的词汇构成，那么，由于 1980 年代是农耕文明在中国占主导地位的最后时期，那一时期诗歌词汇的主要来源就是自然（另一来源是意识形态政治及其对立面）。但出现在 1980 年代的大多数诗歌中的"自然"并不是真正具体的自然，而只是"自然"的象征或词语。因此毫不奇怪的是，1980 年代那些歌咏自然、田野、农业和庄稼的诗歌，竟然几乎从未细致地写到过一棵具体的树、一片具体的庄稼、一个具体的地方、一条具体的河流。自然被情调化了，成为条件反射性质的乡愁。海子的一句诗可以看成这种"情调化的自然"的典型体现："万里无云如同我永恒的悲伤。"（海子《村庄》，1986 年）

1980 年代末和 1990 年代初，随着城市化的扩展、市场经济的形成、商业文化的泛滥所带来的现代性转型的加剧，中国新诗从主题到技艺都发生了深刻变化。那些心智和技艺逐渐成熟的诗人们，成功地从 1980 年代的习气和情调中摆脱出来，写出了真正具有专业性的诗歌。一般认为，从隐喻主导的诗歌方式转向由转喻⑤主导的诗歌方式、从抒情转向叙事和分析、从歌唱者的姿态转向旁观者的姿态，是 1990 年代新诗转型的主要特征。在笔者看来，这种专业性诗歌的最重要的特质，在于它试图以一种复杂精密的技艺去言说具体、微妙的经验本身。对诗人来说，技艺的专业性主要体现在修辞上（对少数诗人可能体现在白描能力上），尤其是体现在比喻方式的复杂精密上。由此，我们就看到了"修辞机器"式的专业诗人的出现。

第一位真正意义上的"修辞机器"式的诗人是欧阳江河，曾有人将其诗歌的特质命名为"修辞的胜利"。尽管 1980 年代中期以后欧阳江河就已经形成了其修辞技法的诸多特点（如悖论、奇喻、反讽），但严格来说只有到 1990 年代初以后这种修辞能力才被他用来处理真正的经验现实，由此产生了像《关于市场经济的虚构笔记》（1993 年）、《咖啡馆》（1991 年）、《时装店》（1997 年）这样的作品。不过，在欧阳江河的诗作中，修辞技艺和它所处理的经验现实很多时候并没有处在一种平衡、匹配的关系中，而是经常倒向了修辞那一边，经验现实的呈现往往被独断的修辞意志所妨碍（一个例外是他 1990 年的《傍晚穿过广场》）。换句话说，欧阳江河对精彩言辞的追求总是压倒了对事物和现实进行认知、理解的追求。尽管如此，欧阳江河的修辞才能在 1990 年代仍然是独树一帜的，因为他在新诗中第一次将日常生活、自然、文学、历史、艺术、科学、政治、经济、宗教、哲学等领域的专业词汇，全部融合在具有清晰秩序和良好语感的修辞句群中：

> 七根琴弦的彩虹骤现。旋律即天空。
> 唱片在地轴上转动，铭记乌鸦的纹理。
> 彩虹的七根琴弦像七条宽阔的大街，
> 把一座城市勒在我的手里，就像
> 一匹狂奔的马看见悬崖时突然停住。
> 街道通向古罗马。乌鸦在马头上盘旋。
> 任何时代都不可能像安东尼的时代那样
> 教会高贵的人用田野去捕捉继位者，
> 而不是用悬挂子孙的树木。树的距离，
> 就是音节之间的距离。上天的
> 和大地的。一棵树在庭院中获得雷电，
> 就像一个音节推动了三方面的知识。[8]
>
> （欧阳江河《椅中人的倾听和交谈》第 8 节，1991 年）

这一节包含着非常高超的比喻手法和对语言的控制力。《椅中人的倾听和交谈》写的是诗人整个夏天都在书房中听音乐、看电影和读各种书籍（文学、历史、哲学、艺术和政治类的）时所产生的复杂经验。这种经验具有"异质混成"的性质，亦即各种经验缠绕、混合在一起，以至于倾听、阅读、观看和日常生活中所包含的词语、言谈、事件和场景之间形成了一种互文性的、相互渗透和指涉的关系。在这一诗节中，听音乐的经验与读古罗马历史的经验发生了交织，形成了奇特的互喻、互蕴。在书房中，音乐用旋律在我们头顶打开了一个穹顶，"彩虹"与"七根琴弦"的比喻由此而来。"彩虹"的七色刚好对应着"七根琴弦"，这是自然天象与乐器之间的相似；同样的相似出现在"唱片"绕其转动的唱机轴与"地轴"之间。音乐既带来天空（对应后面的"上天的"），又带来大地（对应后面的"大地的"），它所打开的空间是整个广阔的宇宙。但接下来，这个"自然—音乐"的互喻关系被阅读历史产生的遐想打破："彩虹的七根琴弦"变成了"七条大街"，继而变成了七根线编织而成的缰绳，"把一座城市勒在我手里"，由此幻化出一匹"马"的形象。"一匹狂奔的马看见悬崖时突然停住"，这句话应该是指音乐突然停顿或中止时所产生的形象联想。"乌鸦"本来是唱片上的标志性纹理，唱片转动时"乌鸦"也会旋转，在听觉经验向视觉经验转换时就变成了"乌鸦在马头上盘旋"。以下都是罗马史引发的感想，并从古罗马的"悬挂子孙的树"联想到"我"所在的庭院中的"阔叶树"。"一棵树在庭院中获得雷电，/就像一个音节推动了三方面的知识。"这个比喻是在自然天象与人类语言—认知经验之间的联结，我们的学习很多时候就像被闪电似的灵感灌注而产生了火花。不难看到，这些复杂的比喻群中包含的相似、变形和转换，是以对事物之间的关联的各种角度的观察和认知为条件的，而且渗透了人类的视觉、听觉、联想、记忆和历史感等诸多经验。

对复杂经验进行有层次的整体描述，是诗人专业性的标志。

由于历史处境的差异，与穆旦和多多相比，1990年代的专业诗人们所处理的经验是更加复杂和具有混合性质的。这种经验上的复杂性要求诗歌语汇的扩展，亦即庞德所谓的"多层次措辞"的技法。具体到比喻层面，喻体的来源就不能只是自然物象，而必须扩展到人类生活和知识的一切方面。由此，许多专业学科和地方性知识的语汇都进入诗歌之中，都可以成为诗歌中的喻体。换句话说，比喻的动力来源不再只是生命的自然爱欲，而变成了求知意志和对修辞复杂性本身的追求。

对"修辞机器"式的诗人来说，主要的问题其实并非来自他们"为修辞而修辞"的倾向（这种倾向可能会造成语言与真实经验的隔绝）。相反，危险来自他们不再更新自己的修辞方式，而是在业已形成的修辞习惯中止步不前，不再寻求新的突破。欧阳江河在1997年以后的写作，就陷入这种修辞套路的惯性之中，即使是2007年后重新开始写作也并未有实质变化。一旦缺少技法上的更新，诗人就非常容易重投类型化的情调（常常是某种"古典"情调）的怀抱，借以让诗歌的业余爱好者喜欢。欧阳江河的《泰姬陵之泪》（2009年）就充满了一种感伤的情调，将中国古代的词汇与他早已烂熟的修辞方式嫁接在一起，用某种带有"古意"的怀旧情绪来模仿真正的历史感。需要说明的是，这种感伤的类型化情调在他早年的大多数诗作中都存在，例如组诗《最后的幻象》（1989年），但在1990年代初以后受到了控制。处在诗艺上升期的诗人不太会受到这种情调的诱惑，因为对事物进行理解的热情是这种感伤情调的天敌；但是，一旦他停止诗艺上的探索，那些情调就会自动回来找到他，让他在一种舒适的、有"境界"的假象中昏昏睡去。

相对来说，萧开愚并不属于"修辞机器"的类型，因为他的诗歌写作的基本动力是对经验本身的热情。新诗历史上从未出现过像他那样具有如此巨大的"经验容量"的诗人。但这并不是说萧开愚

不擅长修辞。事实上，从修辞技艺的复杂、机智和陌生性来说，萧
开愚也是数一数二的。但是，萧开愚作为一位"观念性的诗人"主
要提供的是丰富的事实、节制的形象、简约、明净、短句、一种叙事
方式、随处可见的喜剧感。比喻在萧开愚那里受到了节制，从不会
进行无理由的挥霍，正如他在《原则》一诗中所说的："诗像乡村石
砌的电站一样朴实。"⑥

　　诗歌要为我们揭示更多的经验细节，而比喻如果不能给事实
投来光亮，那么它就是不必要的。在萧开愚那里很少出现比喻群，
但一首诗中能够被他所用的少数几个比喻却显得益发地令人印象
深刻，因为它们在揭示事实方面发挥出了最大的有效性：

> 本阶级的幸福风景会用爪子
>
> 死死抓住它的成员，死死地，
>
> 而实际他终生属于另一阶级。
>
> 后来河滩在记忆中日益旷阔、迷人，
>
> 炊烟的绞索常常系住我的脚踵。
>
> （萧开愚《偶记》）

　　臧棣是另一位可以称之为"修辞机器"的诗人。和欧阳江河的
相似之处在于，臧棣的写作动机也是对认知和修辞的迷恋。但是，
和欧阳江河不同的是，臧棣的修辞技艺从发展上说经历了更多的
阶段，因而有着更为多样的手段和更为细致的方法。欧阳江河的
主要修辞手段是悖论或诡论，用得过度时会给人一种强词夺理的
感觉；而臧棣的主要修辞手法是形象性的比喻。臧棣在多多之后，
创造出了比喻的新范式。但这个新范式的创造，有其长达十年左
右的酝酿期。其较早时期的呈现，以 20 世纪 90 年代初的《在埃德
加·斯诺墓前》(1990 年)和《咏荆轲》(1992 年)为代表。《咏荆轲》
中的比喻蕴含着对人性、历史和权力的沉思，也不乏某种幽默感。

然而,这些比喻相对来说并不是特别难以想到,诸如"光阴的叶子"和"历史的皱纹"这样的说法在诗歌传统中是有过类似的先例的。尤其是,"流言和谎言像两头石狮,守卫人性的拱门"这句关于人性的哲理格言有某种说教意味。《咏荆轲》中较为沉重的历史感,及其所具有的哲理格言的句式一起,被后来的臧棣所抛弃。臧棣走向了一种"轻逸"的风格,漂亮的修辞只为了神秘感和高贵,而不再承担任何哲理或说教的责任。1994 年写出的《七日书》[9],是这一风格的首次集中展示:

> ……玫瑰由沉静的开放构成,
> 像你在远方睁开的眼睛,二十八岁的眼睛。
> 当我推敲我们的来世:
> 玫瑰在今生多么耀眼,
> 一定有伟大的原因深藏在其中。
> 芭蕾舞剧中一连串优美的旋转,
> 也只是刚刚抵达
> 玫瑰在风中的睡眠的腰肢。
>
> (《七日书》第 2 节)
>
> ……亲爱的玫瑰,
> 从篝火张开的嘴唇到灰烬紧闭的眼睛,
> 玫瑰的诱惑总是恰如其分。
> 玫瑰不说话,但也不沉默,
> 就像肖邦的音乐无可争议地融进
> 一八六四年以来所有钢琴的形状。
>
> (《七日书》第 4 节)

《七日书》是熔轻盈、坚定、睿智与深情于一炉的佳作。其中围绕着玫瑰而创造出的众多比喻,其实有两个主要的喻体:一个是空间或空间性的事物，另一个是身体。前者可以称之为"玫瑰的空间化"，由此玫瑰被比作"家园""大河""船""花园"和"远方"等；后者可以称之为"玫瑰的身体化"，由此玫瑰被比作"拳头""肺叶""眼睛""芭蕾舞剧中的腰肢""嘴唇"等。于是，玫瑰幻化出的种种比喻形象，其实是身体在世界之中的知觉、运动和行动的投射，它们共同构成爱的表示。与《咏荆轲》(1992 年)相比，臧棣在这首诗中显示出了更为专业和细致的修辞能力，其中的比喻更加繁复、精巧、神秘和变化多端。除了第 4 节中"玫瑰"从"船"到"河"、从"河"到"浪花"的连锁变形之外，"从篝火张开的嘴唇到灰烬紧闭的眼睛"其实是三连喻的一种形态。三连喻是指一句话中三个喻项 A、B、C 之间存在着两两互喻关系，例如，"玫瑰"与"篝火"互喻，"玫瑰"与"嘴唇"互喻，而"篝火"又与"嘴唇"互喻。不过，更加重要的是上面所引的两节的结尾，它们将静止和运动这两种状态结合得天衣无缝。玫瑰的"睡眠"是静，但吹拂着它的"风"却是动；芭蕾舞中的"旋转"是动，但它"刚刚抵达"的瞬间是静。同样，玫瑰介于说话和沉默之间，就是介于动与静之间；"肖邦的音乐"作为喻体是动，但"钢琴的形状"作为喻体则是静。不难发现，这两处结尾的比喻具有相似的句式构造："(就像)……旋转抵达睡眠的腰肢"和"就像……音乐融进钢琴的形状"，这里的喻体严格来说不是一件事物，而是一个事件或事态。在我看来，这个句式标明了臧棣在比喻手法上的一个重要创新：对他来说更关键、更具有诗学意义的喻体，不再像以前的诗人那样是一个单一的形象或事物，而是一个具有内在运动和趋势的事件。比喻的内涵由此变得更加丰富和神秘。

就修辞的技术难度和复杂度来说，《七日书》已经达到了较高的程度，但臧棣并不满足于此。他在 1990 年代中期以来的写作中，不断地探索比喻的可能性，寻找新的比喻手法和比喻句式。可以说，从这时开始，臧棣写诗的主要目的就是为了发明新的比喻，并为这些比喻安排一个恰当的语境或情境。更精微的比喻技艺终于在1990年代末来到臧棣的诗中，其标志是1999年的《蝶恋花》和《抒情诗》[10]。臧棣在《蝶恋花》中尝试了新的句法（在后来的作品中被反复使用），其标记是"于……"这一介词或连接词。《抒情诗》则是为每一比喻安排一个恰当的情境的典范：对"细"的诸多形容，每一个喻体都被引向一个事件性的情境。"细"作为一个主导性的比喻动机，像一根丝一样在诗中不断地延伸、幻化为各种喻体。"细而不腻"被引向"年夜饭"，由此引出"细雪"这一喻体，而细雪的"到场"又与某些人的"不能出席"形成对照。接下来，"一辙"作为"细"的喻体，引出"小路"，再引出"细长或漫长"，随后被拉伸为"游丝"，由此产生了"纠缠""退出结构"和"编织长辫"的行为，最后这"细"的意念又幻化为乌黑长辫中的"一撇"或"一捺"。值得注意的是，臧棣在这两首诗中动用了语言本身的纤维来写作，他已经不只是在运用形象了，而且运用了语词本身的某些性质、某些部分（例如，"如出一辙"中的"一辙"，"弄潮于你的透湿"中的"潮"和"湿"）来作为喻体。

不过，臧棣的这些比喻技法的惊艳性，随着他不断地在不同作品中的反复使用而逐渐递减。除了"边际刺激递减"这一神经生物学规律起的作用之外，一个重要的原因在于诗歌的"魅力"并不同于诗歌的"效果"。我们可以认为，多多诗歌中的比喻是有"魅力"的，而臧棣或欧阳江河诗中的比喻是有"效果"的。魅力神秘莫测，对具有它的诗作的每次阅读都会让人着迷；而效果则主要发生在初次阅读中，其后的每次阅读都会造成减损。魅力依靠的主要是诗人的自然天赋和原始力量（因而是"天生的"），而效果则是"制造"出来的（它靠后天的技艺训练）。魅力来自诗歌中非控制性的部分，它是人为安排和控制之外的某种东西；而效果来自诗人的控制力，比如"语感"就是这种经过控制产生的效果之一。

四、比喻的新亚种：当代新诗的比喻技艺

单纯从比喻技艺的角度来看，臧棣至今仍是新诗中这一方面的高峰，他的比喻手法对中国当代新诗的写作（主要是青年诗人们）产生了深远影响。我们看到，采用密集比喻群或博喻的诗作，以及"为喻而喻"的现象大量出现在年轻一代的写作中。在此我想讨论的是与臧棣不同的其他比喻亚种的情况，这些诗人中有部分人可能受到过臧棣的影响，但更主要的是从自己的写作经历中生长出独特的对比喻的理解。

在比喻与自然、与知觉和想象力的关系方面，当代一些诗人仍然做出了许多有益的、堪称深刻的探索。哑石和蒋浩便是这一方面的代表。自多多以来的形象诗人中，哑石是具有全方位的感知力同时又掌握了新的修辞技法的少数几个人之一。他在 1997 年写成的组诗《青城诗章》是中国新诗中对"自然"处理得最为生动、饱满、具体的作品。与多多向外扩张性的想象力不同，哑石具有的是向内的冥想能力或内视力，这使他能写出比多多更内敛、更具有内在空间感的诗作。而与臧棣主要是从史蒂文斯那里学习玄学诗的思想方式不同，哑石的精神源头是里尔克和中国的佛道思想，因此哑石的诗显得更加神秘、更具有体积性和厚重感。令人惊异的是，尽管哑石的早年诗作受到里尔克式的形而上学冥想的重大影响，他却没有像很多人那样走向所谓的"神性诗学"的宏大构造，而是仍然能够保持对具体事物、具体情境的专注。我想，这大概是由于他在知觉方面的特殊天赋所致，有着强大知觉能力的诗人不太可能去相信那种完全以象征和象征性的修辞为主的诗学。即使是对"神"或"精灵"进行思考，哑石也没有失掉具体性和可信性。例如《青城诗章》第 29 节"守护神"：

让我再一次说出温热的月光

当深秋的黑夜给山谷带来了些许

寒凉我想象月光是橙子浓浓的汁液

（天空中只有一个金黄、浑圆的甜橙）

想象它是草根里红色电流的激荡

（幼兽轻抚草根骨节叭叭直响）

催我在秋夜不停劳作的是命运

噢月亮我的守护神让劳作

慢慢烘烤、驱散你孤单的迟疑吧

有一天我会躺在山谷永久睡去

只为成为另一个众神乐意品尝的甜橙

成为驻留于尘土深处的微型月亮

我说：你听见了我谦卑的手指还在静静生长吗

它是你肉里的新芽是春草喧哗的迹象[11]

　　从 1998 年《十首诗及其副本》开始，哑石的诗学关注点从自然转向了人世社会，自此开始了从形象诗人向观念诗人的转换过程。这一过程非常漫长，迄今为止只能说他是一位介于形象诗人和观念诗人之间、兼有两者之特点的诗人。在这样一种转换过程中，诗的语汇扩展到人类经验的各个方面，诗不再只是寻求新的形象、比喻和冥想，而是获得了一个外向的、朝向人类世界形形色色的现象的认知维度。哑石开始以自己的方式处理现实和事实。但是，他原来所形成的修辞和比喻方式并没有被丢弃，而是被吸纳到新的诗学理念之中：它现在成为诗歌的形式性要素，但有时也会构造出一个现实之外的、参照性的"平行世界"，借以暴露现实的空幻。《否定》（2001 年）和《月相》（1998 年）都具有这种特征，其中大量存在的冥想性的比喻和修辞仿佛消解了现实的坚硬轮廓。但这一点在哑石的近期作品中又有变化，在这些诗作中，修辞的知觉属性有所削弱，而其游戏性与说理特征则开始强化。考虑到修辞的位置和意义仍处于未定状态，哑石可能一直在修辞的诚挚与游戏品格之间徘徊不定。用他自己在《识字课》（2006 年）中的话来说，"修辞，贡献着它的诚意、矛盾"。

蒋浩是另一位同时具有知觉（形象）才能和观念才能的诗人。他的诗集《修辞》[12] 展示了与比喻有关的几乎所有技巧，诸如博喻、喻中套喻、多相喻、正喻、逆喻、侧喻，此类手法在他的诗中屡见不鲜。并且，他擅长进行视角旋转、视角缩放和视角的自我反观。蒋浩喜欢在诗歌中进行比喻的连锁转换，喻体的更换在他那里有着极强的逻辑性。例如，在《海的形状》（2003 年）中，蒋浩在"灵魂"与"海的形状"之间进行了互喻和非常复杂的关联。此外，蒋浩诗歌的特点还体现在他拓展了诗的主题疆域方面——他是汉语新诗中非常多地以"海"为主题、素材和形象来源的诗人。大海的气息弥漫在他的许多诗作中，这与他在海南岛的长期生活有关。他笔下的海是非常具体的，因为他是在知觉和理智的整体性中去把握海的诸种物象、状态及其与人类生活的关系。《一个梦》（2003年）题献给康拉德，其中包含着我们以前只能在西方诗人笔下才能见到的繁复的海洋生态，以及种种以海洋事物为喻体的比喻。《父与子》（2003 年）则展示了蒋浩对人与海的关系的把握，这首诗写了一个渔民家庭的具体场景，父亲打鱼拉网，未成年的儿子跟着帮忙，女人负责接一些东西。父亲与儿子在前面走着，她"很快落在后面"，但她并不孤单，因为肚子里还有一个，"甚至她已看见她在海上升起"。这里出现了女孩与月亮的比喻，但因一种简约风格隐去了。《父与子》里不动声色的情感力量与其节制的白描风格相得益彰。蒋浩将自己对海的认知和情感，几乎是整个地写进一首叫《诗》（2004 年）的长诗之中，它是他在海甸岛的生活与诗歌的总结（或小结）。其中写道："我相信人是自然之子。"他说的是"人是大海之子"，人和鱼具有亲缘关系，诗也和鱼、大海有亲缘关系。作为变化多端的形象诗人和修辞诗人,蒋浩把自己比作希腊神话中的海神——普洛透斯。这是在从大海中汲取知觉、想象力和理解力。

在更年轻的诗人中,也有一些人对比喻技艺掌握得非常全面,或者有新的发明和新的技艺特点。例如,王敖的比喻就带着独有的复杂质感和奇幻性质,这一点在其《绝句》系列诗中可以看到:

> 金发的绝句,像秋天的小村庄
> 住着人,梳着最成熟的音乐,发出邀请
> 当我降临,告诉我那迷人的隐喻,你是谁
>
> （王敖《绝句》,2006 年）
>
> 我有灵魂因为,我要出窍
> 仿佛献给黑夜的,一缕白发,它飘在我身上
> 仿佛我是,仅有一束光线的恒星注视着你
>
> （王敖《绝句》,2006 年）

王敖是运用"质感重叠"手法的高手,而且不止于此。像"金发的绝句,像秋天的小村庄"这样的比喻,是把人的特征、语词本身的质感与事物的质感重叠在一起,而不只是诸事物质感的重叠。"住着人,梳着最成熟的音乐",这句诗使头发具有了音乐的韵律和流动感,又使音乐具有了头发的光泽和生命感。在诗中他同时或交叉使用通感、比喻、词与物互喻、人与物互相幻化的手法,营造出一种极具魔法性的语感魅力,并伴之以梦话般的神秘、温柔的声调。作为幻象诗传统的继承人之一,王敖给汉语的修辞梦想注入了一种梦的修辞。

诗人们对比喻的探索是无止境的。这意味着,比喻的进化是无止境的,每一种语言的修辞潜能都会在新的历史处境中得到基于适应度的选择。对中国新诗来说,新的比喻手法和比喻策略如

同新的物种和亚种那样不断地产生并仍在产生。这些比喻的新亚种要适应的主要是我们自身的经验，但也包括我们自身中那寻求新的、更具想象力的修辞方式的冲动。前者要求比喻能有效地回应我们的生活世界，后者则要求比喻能够具有进一步的可进化性。能同时满足这两个要求的比喻方式最具有适应性。在诗歌的创作、阅读和交流中，诸种比喻方式的基因不断发生交换，由此组成了我们看到的诗的基因库及其基因频率，并丰富着语言的潜能。

回顾中国新诗中比喻技艺的历史，即便只是简略考察，我们也能获得类似于生物比较形态学那样的观感。比喻技艺在不同诗人那里获得的不同形态，恰好体现了他们对世界和自我的不同经验方式。正如前面我们所引的诸多诗作所显示的，我们根本不必担心比喻会妨碍诗歌的情感表现。恰当的比喻技艺从来都只会增进情感的力量，并使之表现得更有分寸。而且我相信，在所有的情感中，由于认知和发现而带来的喜悦和惊奇之感，对世界和事物进行理解的热情，是比诸如乡愁、痛苦和感伤的同情心要高贵、罕见和积极得多的东西。比喻的技艺所承载的，正是这高贵和罕见的积极情感。

注释

① 在一般修辞学中，比喻通常泛指所有的转义表达方式，包括明喻、隐喻（暗喻）、提喻、转喻（换喻）、强喻、饰喻、反喻、曲喻等。参见尼采：《古修辞学描述》第七章，屠友祥译，上海：上海人民出版社，第 45 页。另一些哲学家和人类学家则认为，比喻作为一种修辞格是隐喻思维的一种表现形态，它从属于隐喻这种更具根本性的文化思维方式。而本文是在修辞学的意义上，将隐喻作为比喻的一种类型。由于篇幅关系，本文主要讨论明喻和隐喻，以及由它们的组合构成的博喻或比喻群。

② 亚里士多德说："隐喻字（比喻）最能使风格显得明晰，令人喜

爱。"见亚里士多德:《修辞学》,罗念生译,北京:三联书店,1991年版,第152页。

③ 宇文所安在论文《九世纪初期诗歌与写作之观念》中认为,只是到了中唐时期,"诗歌是一种技艺"(当然包括比喻技艺)的观念才被多数诗人和诗评家们所接受。见宇文所安:《中国"中世纪"的终结》,陈引驰、陈磊译,北京:三联书店,2006年版,第87—88页。

④ 沃格林认为,经验的象征(或符号化)和经验本身是两回事。绝大多数象征(习俗的、政治的、文化的)都只是歪曲和遮蔽经验的意识形态,是"对于存在本身的背叛"。只有极少数圣人和哲人使用的象征才具有对生存的神性根基的指引性。无论如何,真正重要的并不是象征,而是经验或实在本身。参见沃格林:《以色列与启示》(《秩序与历史》第一卷),霍伟岸、叶颖译,南京:译林出版社,2010年版,第48—50页。

⑤ 由于"转喻"本身的复杂性和广泛性,它需要另用专文进行研究。

⑥ 在《肖开愚的诗》(人民文学出版社,2004年版)和《此时此地:萧开愚自选集》(河南大学出版社,2008年版)中,《偶记》和《原则》都没有标明写作年份。据笔者所知,《原则》一诗的第一稿写于1989年,并在1990年代刊发于《花城》杂志,这个早期版本与《肖开愚的诗》《此时此地:萧开愚自选集》中的差异很大,许多句子被完全重写。

参考文献

[1] 西蒙娜·薇依.论司汤达[M]//西蒙娜·薇依早期作品选.徐卫翔译.上海:同济大学出版社,2007:42—50.

[2] 维柯.新科学:上册[M].朱光潜译.北京:商务印书馆,1997:200.

［3］维特根斯坦.文化和价值［M］.黄正东，唐少杰译.北京：清华大学出版社,1987：24.

［4］卡夫卡.卡夫卡全集［M］.黎奇译.石家庄：河北教育出版社,1996：12.

［5］曹元勇.穆旦作品集：蛇的诱惑［M］.珠海：珠海出版社,1999.

［6］斯宾诺莎.伦理学［M］.贺麟译.北京：商务印书馆,1997：255.

［7］多多.多多诗选［M］.广州：花城出版社,2005.

［8］欧阳江河.谁去谁留［M］.长沙：湖南文艺出版社,1997.

［9］臧棣.七日书［M］//臧棣,西渡.北大诗选：1978—1998.北京：中国文学出版社,1998.

［10］臧棣.新鲜的荆棘［M］.北京：新世界出版社,2002.

［11］哑石.哑石诗选［M］.武汉：长江文艺出版社,2007.

［12］蒋浩.修辞［M］.上海：上海三联书店,2005.

［13］王敖.王道士的孤独之心俱乐部［M］.南京：南京大学出版社,2013.

——原载《江汉学术》2014 年第 1 期：51—61,原刊作者名：王凌云

作为诗学话语借壳的"民间"：
现代溯源及伦理反思

陈培浩

摘　要："民间"在 20 世纪中国已成为一个重要的学术论题，但"民间"并非自在自呈的对象，而是多种话语力量博弈和争夺的场域。现代话语在自我建构过程中不断借壳于"民间"，因此，"民间"实是现代性的另一副面孔。在现代话语假借挪用"民间"的过程中，"民间"被建构为学科领域（民俗学、民间文学）、新诗资源（歌谣作为新诗形式资源）、文学史分析框架（"民间的隐形结构"等）和一种诗学价值（"民间写作"）。"民间"逐步脱离其实体性，而转变成一种本质化的价值。无论是五四时代胡适、俞平伯、周作人、刘半农等人，还是 1990 年代的"民间写作"，一种借助"透视法论证""拟写与对冲"及"过滤与提纯"策略的独断性批评大行其道。重审20 世纪这段"民间"话语史，意在反思文学批评的排他性，呼唤一种反思进化论思维，兼容多元价值的批评伦理。

关键词：民间；民间写作；歌谣；现代性；诗学话语；批评伦理

　　"民间写作"是 1990 年代诗歌的一个重要概念，此概念所勾连的"知识分子写作/民间写作"论争被视为 1990 年代最重要的诗歌事件之一，诸多重要的当代诗歌史和当代诗歌批评史都无法对其视而不见。事实上，以"盘峰论剑"为中心所产生的关于中国当代诗歌两种倾向的论争,从缘起、背景到各自的立场、分野,以至事件的影响,基本上被梳理得一清二楚。但论争所使用的概念,概念背后的理论来源,以及论争所呈现的批评伦理却甚少被人提及。被于坚、韩东、沈奇、谢有顺等人自明地使用的"民间写作"概念,是一个旗帜鲜明、理想主义色彩浓厚,却又歧义重重、似是而非、充满二元对立的概念。此"民间"与作为学科的"民间文学"、作为一种文化形态的"民间文化"以及1990年代由陈思和所提出的作为当代文学史阐述装置的"民间"究竟有何联系和区别?"民间写作"的理论旗手们并无涉及。为理解20世纪末的"民间写作",本文将追溯到新文学开端处那场"走向民间"运动。1918年2月1日,北京大学校长蔡元培在《北大日刊》第一版登载了"征集全国近世歌谣"的《校长启事》。从而开启了延续至1930年代的北大歌谣征集运动。走向民间与建构现代在此构成了一种中国学术自我生成的内在张力。1980年代以后,知识界在启动新一轮现代文学和学术建构时,再次乐此不疲地操持起民间话语。历史与反复背后,虽则两者所理解的"民间"大相径庭,但他们却都愿意强调"民间"的自足性、独立性和理想性。换言之,"民间"不能自言,而被知识分子所代言。事实上,即使在民俗研究中,绝对自性、超然于价值论述之外的"民间"也是不可能的;更何况是在文学写作和研究领域,"民间"更多作为一种审美资源和批评话语。因此,并不存在纯然作为自身的"民间",只有作为话语形态的"民间"。明了"民间"的话语属性,便有必要区分作为自身的"民间"、政治辐射下的"民间"和知识分子论述下的"民间"几个不同的层次。第一层次的"民间"乃是一种本质化、理想化的形态,只存在想象之中;后两个层次才是"民间"的现实形态。我想追问的问题有两个:其一,在传统中国,"民间"常与下里巴人、不登大雅之堂相关联,究竟经由何种现代论述,"民间"得以脱胎换骨,成了政治倚重、知识界赖以自我表述的价值高地与飞地?其二,在20世纪开端与结束处两次诗学的"民间"想象中,"民间"是知识分子自我表述、自我创生的叙述装置,投射着知识分子在建构启蒙和反思启蒙之间的努力,其作为中国现代性的一副独特面孔之实质表露无遗。此间,挪用"民间"的批评策略一以贯之,此种批评伦理,我们当作何反思? 将20世纪末的"民间写作"与20世纪初"走向民间"的歌谣搜集运动并置而论,既希望求索作为"现代性"之"民间"内在的敞开与迷思,也希望借此对"现代"借壳"民间"的批评实践及其伦理缺失作出反思。

一、援谣入诗的文学史透视法:
从胡适到俞平伯

在民国以前的传统学术话语中,"民间"处于社会和学术价值系统的底层,"民间"之谣谚与庙堂之"诗文"间有着不可克服的文体区隔。如果不从学术话语上更改这种区隔设置,20世纪四次轰轰烈烈的"歌谣入诗"潮流便不可能发生。事实上,五四同仁援谣入诗的实践同样内在于"民间"权力的上升及新创制的"歌谣"知识。在现代的文化坐标中,歌谣获得了何种新的文化身份? 五四知识分子对歌谣的认定中包含了一种什么样的现代认识框架? 阐释"民间",实为建构现代。五四前后,采集歌谣,以及讨论如何援谣入诗成了新派知识分子的一大时尚,论者颇众。但为此作出文学史论证的当首推胡适。

1922年,胡适在《北京的平民文学》一文中对新诗人忽视歌谣的启示表示遗憾:"做诗的人似乎还不曾晓得俗歌里有许多可以供我们取法的风格与方法","至今还没有人用文学的眼光来选择一番,使那些真有文学意味的'风诗'特别显出来,供大家的赏玩,供诗人的吟咏取材"。[1]胡适的歌谣观,跟他以白话反文言的文学观紧密相连,并在其《白话文学史》中有着更"高屋建瓴"的论断:"一切新文学来源都在民间，民间的小儿女、村夫农妇、痴男怨女、歌童舞伎、说书的，都是文学上的新形式与新风格的创造者。"[2]这种说法当时不乏同调者，胡怀琛也认为"一切诗皆发源于民歌"[3]。

某种意义上，胡适为歌谣诗学意义的发现提供了重要的文学史观——他从反文言文学出发建构起白话文学史观。为了打倒文言文学，胡适在白话诗歌领域躬亲尝试，自不待言。同时身为历史学家的胡适不能不为白话诗合法性寻求文学史法则的加持。置身于民国初年话语交锋频仍的文学场域，胡适屡试不爽的武器是"进化论"："我们若用历史进化的眼光来看中国诗的变迁，方可看出自《三百篇》到现在，诗的进化没有一回不是跟着诗体的进化来的。"[4]进化论思维使胡适透视历史时获得一条明晰的文学革命进化链：

> 文学革命，在吾国史上非创见也。即以韵文而论，三百篇变而为骚，一大革命也。又变为五言七言，二大革命也。赋变而为无韵之骈文，古诗变而为律诗，三大革命也。诗之变而为词，四大革命也。词之变而为曲，为剧本，五大革命也。何独于吾所持文学革命论而疑之？[5]

这条文学进化链在胡适论述中多次现身，今天我们当然知道不同时代文学之间不可以用进化论简单加以线性推演和价值比较。然而，重要的是，进化论的加持使"新"在胡适及大批他的同时代人那里获得了无可辩驳的历史合法性：白话替代文言，"新"替代"旧"势所必然，剩下的只是"如何战胜"的枝节问题而已。在白话作诗逐渐站稳脚跟之后，胡适需要以更翔实的历史材料来论证"白话文学"在中国历史上被忽视、被遮蔽然而却无比辉煌的地位。这便是胡适完成于1920年代的《白话文学史（上）》所做的工作。如果说此前"进化论"中的白话替代文言还在某种程度上承认了文言文学在古代的地位的话,那么《白话文学史》则进一步把白话文学的领域延伸向源远流长的古代。其直接结果是胡适重新发现了古典中国的歌谣资源——在胡适那里,歌谣无疑完全可以被认定为古代的白话诗歌——它们构成了中国古代"白话诗歌"库。[①]

胡适的论述充满了截然不同的二元思维和毫不迟疑的主观性:"汉朝的韵文有两条来路:一条路是模仿古人的辞赋,一条路是自然流露的民歌。前一条路是死的,僵化了的,无可救药的……这条路不属于我们现在讨论的范围,表过不提。如今且说那些自然产生的民歌,流传在民间,采集在'乐府',他们的魔力是无法抵抗的,他们的影响是无法躲避的。所以这无数的民歌在几百年的时期内竟规定了中古诗歌的形式体裁。"谈及具体诗人,他虽不得不承认"曹植(字子建,死于232年)是当日最伟大的诗人",至于为何伟大,则是"他的诗歌往往依托乐府旧曲,借题发泄他的忧思。从此以后,乐府遂更成了高等文人的文学体裁,地位更抬高了"。[6]

在胡适这里,完整的中国古代歌谣谱系还没有被建构起来,这个从"诗经—汉乐府—南北朝民歌—唐代民间歌赋—宋鼓子词和诸宫调—明代民歌—清代民歌"的完整谱系日后在朱自清的《中国歌谣》和郑振铎的《中国俗文学史》中得到建立。然而,胡适关于白话文学的论述却完成了三种可能:1. 确认白话相对于文言的进步性,白话替代文言的必然性;2. 以白话为标准建构了古典白话文学的庞大资源;3. 使作为古典白话文学核心的歌谣相对于新诗的诗学价值获得"文学史"确认。最后一点尤为重要。

可以说,胡适的白话文学观为歌谣进入新诗的文化实践提供了文学史论证。值得一提的是,胡适虽对新诗多种可能性有多番尝试,对歌谣资源表示深度信赖,然而他本人在写作上其实较少取法歌谣。唯有一首写于1921年10月4日的《希望》节奏音调上有些民歌味道。

此间原因也许在于,歌谣作为白话文学资源得以嫁接入胡适

"白话诗观"之中，但歌谣却不能满足胡适以新诗锻造"国语"的现代民族国家语言构想。"在文学资源的层面，中国传统文学内部的差异性，直接为胡适的新诗构想提供了历史依据。"[7]但是，"当文学运动与国语运动合流，在胡适等人对'白话'的鼓吹中，最终引申出来的是对现代民族国家语言的总体构想，'白话诗'以及'白话文学'的历史价值由此得到了空前的提升"[7]。这就是所谓"国语的文学，文学的国语"，就此而言，"歌谣"之于新诗又意义阙如。另外，胡适一直重视新诗表意方式的拓展及其对现代经验的容纳性，他评周作人《小河》说"那样细密的观察，那样曲折的理想，决不是那旧式的诗体词调所能达得出的"；评自己的《应该》说"这首诗的意思神情都是旧体诗所达不出的"[4]。可见胡适对于新诗体对现代经验的涵纳能力颇为关切，而这同样不是歌谣的强项。这或许是胡适何以在理论上强调取法歌谣，但实践上却较少尝试的原因。

胡适的"白话文学观"在1910年代中期便酝酿和传播，影响了一时风潮。在取法歌谣一端，俞平伯的"进化的还原论"堪称胡适白话史观的回声及延伸。关于新诗的做法，俞平伯认为：

> 从胡适之先生主张用白话来作诗，已实行了还原底第一步。现在及将来的诗人们，如能推翻诗底王国，恢复诗底共和国，这便是更进一步的还原了。我叫这个主张为诗底还原论。[8]

俞平伯的二步还原法：一是胡适的白话颠覆文言；二是他所谓以歌谣颠覆诗。而这种颠覆，在他那里既是胡适的"进化"，也是"还原"——一种回到事物本相的想象。胡适那里，三百篇变为骚赋，骚赋变为五七言，五七言变为词，词变为曲，这四次诗体的大解放都是语言进化趋于自然的结果。[4]而现代白话替代文言是这个进化逻辑的结果。俞平伯不反对这种"进化"，却将这种"进化"视为一种"还原"——回到原始的歌谣那里去。所以他认为诗和谣并无区别："其实歌谣——如农歌，儿歌，民间底艳歌，及杂样的谣谚——便是原始的诗，未曾经'化装游戏'（Sublimation）的诗"，"说诗是抒情的、言志的，歌谣正有一样的功用；说诗是有音节的，歌谣也有音节；诗有可歌可诵底区别，歌谣也有这个区别"。"若按文学底质素看，并找不着诗和歌谣有什么区别，不同的只在形貌，真真只在形貌啊。"[8]

此文中，作者特别强调了平民性作为诗的核心素质，未来的诗应当是平民的，因为原始的诗就是平民的。所以，未来诗的方向就是还原到远古诗的轨道上。如果说胡适的"进化论"为白话文学伸张了合法性，俞平伯的"进化的还原论"则为作为古代白话文学的歌谣的诗学意义伸张了合法性。

二、"学术的"和"猥亵歌谣"的价值翻转

如果我们把视野进一步拉开，便会发现：新诗取法歌谣的发生，还有赖于某种现代话语装置的准备。在传统社会诗谣的雅俗区隔中，诗歌拥有高于歌谣的文化资本，援谣入诗断不可想象。那么，新诗取法歌谣，正是内在于五四现代话语不断为"民间"填充文化权力的过程。现代话语的加入，使"民间"不再是一个纯粹的社会学领域，而成了一种价值领域。现代知识分子的价值推演中，由"民间"加持的歌谣，获得了与传统截然不同的文化身份。正是歌谣新身份的生成，使其获得了作为新诗资源的文化权力。由此而言，由北大同仁于 1918 年发起的歌谣运动显然并非古代歌谣搜集、研究顺延而下的产物，所谓"整理国故"，实质是知识新创。随着歌谣运动的推进，一个全新的学科——民俗学被建构起来。有学者因此特别强调了歌谣运动之搜集歌谣"新的意义"②。1920 年12 月 19 日，北大在原本的"歌谣征集处"基础上成立了"北京大学

歌谣研究会"，歌谣研究会于 1922 年 12 月 17 日起刊印《歌谣》周刊③。刚创刊的《歌谣》周刊在《发刊词》④中明确指出"本会蒐集歌谣的目的共有两种，一是学术的，一是文艺的"，"从这学术的资料之中，再由文艺批评的眼光加以选择，编成一部国民心声的选集"，"这种工作不仅是在表彰现在隐藏着的光辉，还在引起未来的民族的诗的发展"。[9]这显然是十分"现代"的观念和立场。主张歌谣具有学术品格，这是中国文化前所未有的创见。此前，明代冯梦龙在文化叛逆动机上强调的是山歌的艺术和思想价值；进入清代，冯梦龙的这种山歌思路迅速被掩盖，清代最有"学术性"的歌谣选集《古谣谚》依然站在传统"诗教"立场征用谣谚。《古谣谚》的特别之处是，它将对谣谚"天籁自鸣"的认定纳入传统"诗教"立场。换言之，不仅诗言志，谣谚也言志。《古谣谚》把谣谚并置，在辑录者期待视野中文体、审美性并不重要，重要的仍是"达下情而宣上德"[10]的教诲功能。杜氏基于"诗教"立场下的"歌谣"观，自然不能让五四一代满意，常惠认为《古谣谚》虽跟歌谣有关，但"完全从古书抄摘来的：完全是死的，没有一点儿活气"[11]。

1923 年，在《歌谣》周刊创刊的第二年，正在热情上的同仁们还在该年出版了一期增刊，对歌谣搜集运动中存在的问题予以盘点和反思。在该期上，核心人物周作人拿出了一篇名为《猥亵的歌谣》的文章。文章对"猥亵的歌谣"予以分类和定义，并重点伸张其学术合法性。其时，由北大发起的歌谣征集运动已近五载，《歌谣》周刊创刊也有两年，周作人在 1923 的年度盘点中对"猥亵歌谣"的关注，其实包含着诸多意味。首先便是对某种歌谣征集标准的重申：

> 民国七年本校开始征集歌谣，简章上规定入选歌谣的资格，其三是"征夫野老游女怨妇之辞，不涉淫亵而自然成趣者"。十一年发行《歌谣》周刊，改定章程，第四条寄稿人注意事项之四云，"歌谣性质并无限制；即语涉迷信或猥亵者亦有

研究之价值,当一并录寄,不必先由寄稿者加以甄择"。在发刊词中也特别声明"我们希望投稿者尽量录寄,因为在学术上是无所谓卑猥或粗鄙的"。[12]

1922 年《歌谣》周刊征集标准的修改,核心内容是去除"不涉淫亵"这一项。不但不再禁忌,1923 年周作人《猥亵的歌谣》中的旧事重提,其实是在热烈期盼,因"这一年内我们仍旧得不到这种难得的东西"[12]。"猥亵的歌谣"自然是存在于各地歌谣中的一种,但在传统礼教观中,显然是被压抑和排斥的,"文人酒酣耳热,高吟艳曲,不以为奇,而听到乡村的秧歌则不禁蹙蹙"。[12]周作人的文章,代表着一种对"猥亵的歌谣"重新加以价值化的行动,其间有着新旧两个价值坐标的碰撞。将这种碰撞置于歌谣运动初期蒐集歌谣的困难中会看得更加清楚。《歌谣》周刊创刊之初有很多文章专门讨论采谣的困难及方法,侧面反映着采谣作为一种现代话语支持下的文化行动与旧话语之间的摩擦。

《歌谣》创办之际,北大歌谣学会就希望借重官厅搜集歌谣,但结果极不如意。"我们第一个尝试是'凭借官厅的文书'","把简章印刷多份,分寄各省的教育厅厅长,利用他高压的势力,令行各县知事,转饬各学校和教育机关设法广为采集,汇录送来"[13]。读者张四维写信给《歌谣》,对"官方路线"表达不同意见:"这种秧歌,常被地方官禁阻,故欲求各行政官厅或各劝学所征集,那是完全无效的。他们或许以为贵会是害了神经病呢!"[14]黄宝宾也讲述了自己搜集歌谣的遭遇:"我的十二岁的小弟弟尝对我说:'三哥,寿山的媳妇多会唱歌。'我对他讲:'这个只好你去请她唱。'因为在乡间年青男女对话,已足诱起蜚语,何况一个叫一个唱歌呢? 我的弟弟不肯去,我又没有偶然听她唱,结果是许多新歌关在新娘肚里!"[15]刘经庵说得更形象:"去问男子,他以为是轻慢他,不愿意说出;去问女子,她总是羞答答的不肯开口。"[11]为此,《歌谣》编辑常惠在 1922 年的回顾文章中专门历数各人遭遇，表彰同仁精神："在这些情形之下，不惜拿出全副精神，委曲婉转于家庭反抗和社会讥评的中间，去达到收获的目的，这也足可见我们同志的热心和毅力了。何植三先生在亲戚家里，不顾他表伯母的窃笑，买橘子给小孩吃，哄他们的歌谣。黄宝宾先生则躲在他母亲爱的势力之下，请求她排除家庭中反歌谣的论调。这又是何等的竭力尽心！"[13]

常惠文章，自表同仁筚路蓝缕之功，却印证新旧观念在歌谣蒐集过程中的交锋。采集对象拥有丰富的歌谣材料，却在价值上轻视歌谣；采集者基于新的观念赋予歌谣诸种重要价值，其身份却远离歌谣产生和传播现场。采谣困难的加剧来自对什么是最有价值歌谣的不同认知：一方基于传统观念而隐匿歌谣中不合礼教的类型或元素；另一方基于现代观念而极力追踪那些不合礼教的类型和元素。故而采谣困难实质上是两种价值观念的碰撞和摩擦。

在此背景下看周作人对"猥亵的歌谣"的召唤，便会发现：所谓"学术"，事实上正是"现代"为"民间"立法的法宝。站在现代性一侧的周作人，对歌谣自有另一番观照。此处表面上是以学术独立来伸张"猥亵"歌谣的合法性，实质上透露了一种崭新的歌谣观对传统的歌谣观的取缔。可以说，周作人等人不但在搜集歌谣，也在生产着一种关于歌谣的新认知、新知识。他们代表着站在新的、现代的价值坐标中来重整歌谣的努力。那些传统视野中被排斥的质素，譬如在道德化眼光中必须加以放逐的"猥亵"，由于现代"学术的"眼光的加入，重新获得了价值。

三、仿制与再造：刘半农"私情"民歌的现代想象

无独有偶，考察刘半农搜集的"山阴民歌"，也会发现一种现代

眼光的存在如何影响着搜集者对民歌价值的认定。五四一代取法歌谣的新诗人中,刘半农是非常突出的一个:他不但是歌谣搜集运动的中坚,更是日后新诗歌谣集《扬鞭集》《瓦釜集》的作者。表面上,他不过按照民间歌谣形式予以仿制;然而,他的歌谣趣味背后有着鲜明的现代观念之型模。

1919年刘半农回江阴故乡,顺便搜集了江阴船歌20首,本拟单独出版《江阴船歌》,后因出国留学而搁置。稿子寄给周作人,得到热烈的回应,周专门写了《中国民歌的价值》给予肯定。《江阴船歌》后刊于1923年《歌谣》周刊第24期。据刘半农自陈,1925年回国后又采集短歌三四十首,长歌二首。于是集合前后搜集所得,"把几首最有趣味的先行选出付印",便成了《瓦釜集》后面附录的江阴船歌19首。据陈泳超统计,"瓦釜集后附录了19首江阴民歌,其中第1、2、12、14、15、16、17、18首即《江阴船歌》之第1、5、15、4、16、17、18、19首"[16]。刘半农所选歌谣,有的只是节选,有的则将一首头尾分拆为二。他自己辩解说:"这种割裂的办法,若用民俗学者的眼光看去,自然是万分不妥。但若用品评文艺的眼光看去,反觉割裂之后,愈见干净漂亮,神味悠然;因为被割诸章,都拙劣讨厌,若一并写上,不免将好的也要拖累得索然无味了。"[17]陈泳超的统计和分析意在指出,在"文艺的"和"学术的"两种歌谣价值标准,刘半农更偏于前者。这是对的,就是刘半农本人也说"我自己的注意点,可始终是偏重在文艺的欣赏方面的"[18]。

然而,令人感兴趣的是,从《江阴船歌》到《瓦釜集》,刘半农保留8首、舍弃12首,取舍之间透露了什么?单以"文艺的"标准看,被舍弃的12首江阴船歌不乏趣味盎然、颇具文艺价值的。如第十首《门前大树石根青》:"门前大树石根青,/对门姐儿为舍勿嫁人?/你活笃笃鲜鱼摆在屋里零碎卖,/卖穿肚皮送上门!"这首作品因物起兴、譬喻独特,民歌风味十足。然而它并没有被保留,因不合刘半农之期待。事实上,采集歌谣,非是实录,而是筛选(向什么人采集、以什么样的语言提示对方、采集何种类型的歌谣都是筛选条件)；从《江阴船歌》到《瓦釜集》，则是刘半农趣味和立场更加明确、彻底的二次筛选。细察被舍弃的 12 首船歌，不难发现刘半农"文艺的"标准深刻受制于"现代的"文化立场。这种"现代"的一个突出表征，便是对"私情"的强调。

《瓦釜集》附录的十九首船歌纯为情歌，而该集刘半农仿作的 21 首中，情歌就占了 9 首⑤。如果注意到刘半农在 21 首中试遍了悲歌、滑稽歌、劳工歌、农歌、渔歌、船歌、失望歌、牧歌等形式，就会发现"情歌"堪称他在众体中的第一心头好。所以，《江阴船歌》中有 3 首跟男女欢情完全无关的猜谜问答的趣味船歌：《舍个弯弯天上天》《舍个圆圆天上天》《舍人数得清天上星》便被排除进入《瓦釜集》附录资格。事实上，这些猜谜问答式船歌实是颇为典型的民歌形式，《江阴船歌》在《歌谣》周刊上刊出时，编者常惠还特地加了后记，重点强调这几首歌谣的普遍性和典型性："读到六、七、八几首问答体的，就想起北方似谜语似唱歌的极多。"他举了几个例子评述说："还有这类问答体的，在秦腔里有'小放牛儿'最有趣味，'神话''传说''谜语'的意味都带一点儿。"[19] 又复举了多个例子。有趣的是，被《歌谣》编者所重视的几首被刘半农悉数剔除，确乎表明了他内心所秉持的标准有别于"学术的"立场。然而被排除在《瓦釜集》附录之外的船歌也有描写"私情"的：《今朝天上满天星》《郎在山上打弹弓》《门前大树石根青》《姐儿睏到半夜三更哭出来》《结识私情——》《姐儿生得眼睛尖》《姐儿生得面皮黄》《姐儿生得黑里俏》《窗中狗咬恼柔柔》九首便是。而原有四节的《手捏橹苏三条弯》在收录《瓦釜集》时仅保留第一节，删掉了后三节。那么，在"私情"题材作品中，刘半农"文艺的"标准所指何物呢？

对比新收录《瓦釜集》附录的 11 首船歌，会发现"文艺的"标准颇为复杂。如被删掉的《门前大树石根青》相比于新加入的第八歌"山歌越唱越好听，/诗书越读越聪明，/老酒越陈越好吃，/私情越做越恩情"在"文艺的"技巧上其实是有过之而无不及。认真比较便会发现,对私情题材船歌的取舍依据依然是思想标准大于艺术标准。刘半农对于"私情"歌谣的偏好体现为:对"主情"歌谣的推崇,那些描写男女情爱微妙曲折过程的基本得到保留;那些虽涉私情,但并不直接描写男女情感波澜,或者其情爱描写不能被现代文化立场所转化的歌谣基本被删掉了。比如,《姐儿睏到半夜三更哭出来》一首写少女思春,构思独特:姐儿夜哭,出语惊人,不恨无钱,不恨无物,只恨爹入娘房,兄入嫂房,触景伤情。然而,歌谣中疼惜女儿的母亲说出的却是:"你里爹娘勒十字街头替你排八字算命,/你要六十岁嫁人八十岁死,/命里只有二十年好风光!"这里,封建迷信话语对情爱话语的抵消或许是刘半农对之敬谢不敏的原因。

民歌《结识私情——》则可能是因其所使用的"处女"等男权话语令刘半农这个现代知识分子不适。五四时代,民权倡导之际,也是女权勃兴之时。以处女论定情爱的封建"贞操"观无疑会被现代知识分子归入落伍的话语角落。因此我们不难在"文艺的"标准之外发现刘半农剔除此类歌谣的"文化的"原因。其他如《姐儿生得眼睛尖》,写的是卖酒女子贪恋年轻男子而轻视年老者:"年纪大格回头无酒卖,/年纪轻格吃子勿铜钱",但歌谣却从老年男子角度表达抱怨:"我后生辰光吃茶吃酒也勿要钱,/人老珠黄勿值钱。"这种调侃"私情"的立场跟刘半农的"私情"立场显然不同;《姐儿生得黑里俏》中"你要谋杀亲夫要杀六刀"乃是传统婚姻道德话语对情爱话语的正面警告,更难得到刘半农的喜爱。

如此看来,刘半农的"文艺的"标准中依然混杂了相当多"文化的"思想标准。那些被各种文化立场占领的私情歌谣,在刘半农那里被提炼为集中地对"私情"进行的正面价值肯定和文学想象。再看《手捏撸苏三条弯》收录《瓦釜集》时被删掉的三节:这首对话体歌谣第一节表达的是"好一朵鲜花在河滩""采花容易歌船难"的情爱萌动和纠结无奈，颇为有趣。可是综合全首，便发现那种"纯粹"的私情想象被第三节现实的物质考量所击破。男女借着情歌相互调情的场面固有趣味，但"问声你里爹娘火肯赊把我"及"馋馋你个贼穷根"却又显出某种"无赖"与"刻薄"。这显然是希望借着"私情"建构纯粹爱情想象的刘半农所不认同的。

对"私情"民歌的强调和想象不是刘半农首创，冯梦龙的《山歌》便充斥了大量"私情"描写。冯梦龙搜集山歌作为被现代重新发掘的明代文化事件，远非客观自然的收集过程。搜集意味着某种价值标准的凸显和强化，在冯梦龙搜集的山歌中不难辨认出一种清晰的"主情"想象。"私情"在这些歌谣中获得了前所未有的肯定和超越现实比例的集中呈现。"私情"于是被发展出一种文化叛逆功能。

刘半农没有受到冯梦龙直接影响⑥，他的歌谣"主情"想象却跟冯梦龙如出一辙。情爱、欲望在其歌谣想象中得到了正面肯定，民间歌谣于是承受着他以"现代"为标尺的筛选和过滤。"情爱"的解放本身正是五四诸多现代性诉求之一，刘半农通过私情歌谣的文学想象，为"歌谣"精心编织了一件华丽的现代外衣。它既是一种对情爱、欲望的现代态度，又兼具了美好的文学想象。如此，"歌谣"与"新诗"文化身份的缝隙某种程度上便被缝合起来。

四、想象的"民间"：现代话语
借壳实践之反思

张桃洲在《中国新诗的对应性特征——以 40 年代和 90 年代为例》一文中，很有启发性地指出"新诗在 20 世纪 40 年代与 90 年代具有鲜明的'对应性'特征"，"其对应性不仅指一些诗学细节的显而易见的承传，比如戏剧化、反讽手法的运用和诗歌'综合'特性

的追求等，而且指在两个时代的诗歌之间的整体共通性和趋近性，即这种对应不是某一方面的局部的简单相似，而是全方位地从诗学氛围到诗歌观念、主张和实践的内在相通"。[20]诗歌乃至文学的年代对应性，这种"历史与反复"背后隐藏的文化症候及文学规律，也常是人们习焉不察的思维或文化陷阱。张桃洲所标示的诗学时代对应性问题依然具有接着探讨的价值。回到本文所探讨的话题——作为现代性表述的"民间"——由于为现代话语所投射和形塑，"民间"常被提纯为理想化、本质化的精神空间。本文将1990年代的"民间写作"与1920年代"走向民间"的援谣入诗置于同一谱系，将后者作为前者的现代来源，既在揭橥一以贯之的"民间"想象，更希望借此反思"现代"借壳"民间"作为一种话语实践的批评伦理问题。

1920年代知识分子的"民间"想象中，有几大批评策略悉数被1990年代的"民间写作"诗歌批评所赓续甚至光大。第一是透视法论证；第二是逆写与对冲；第三是过滤与提纯。这三种批评策略分别体现于上述胡适、周作人、刘半农的批评及选本实践中。

所谓透视法论证，是指通过假借历史论证构造"透视感"，导出某种"非此不可"的结论。如胡适要论证白话诗的合法性，假借中国历史上诗体的诸种演变的线索；"歌谣"被视为古代社会最重要的"白话诗"，所谓"一切新文学皆来源于民间"，不过借力打力。将"现代"藏身于"民间"的面具之下，乃是为了让其获得历史链中未来的代表权。这种透视性的历史论证，看似煞有介事，实则以排他性为前提。在1990年代的"民间派"诗人中，于坚最擅长作此种论证，其《穿越汉语的诗歌之光》是1990年代"民间写作"与"知识分子写作"论争中重要的篇章。"这篇论文通过对'民间'概念及其内涵的阐释，重新构建了近二十年诗歌的叙事脉络。于坚认为，近二十年杰出的诗人无不来自民间，他将'第三代诗歌'视为20世纪最重要的诗歌运动，其意义只有胡适们当年的白话诗运动可以相提并论,因为'第三代诗歌'将50年代以来白话文传统遭切断而普通话一统天下的形势扭转了,换言之,发轫于南方的'第三代诗歌'通过坚持转入民间的日常口语写作而接续了白话文传统。"[21]于坚不仅将"第三代诗歌"运动与胡适当年的白话诗运动相提并论,他在为自身争取诗歌史位置的批评策略也深受胡适影响。诚然,于坚的文章具有某种"雄辩性",但越"雄辩",误导性就越大。为了树立"第三代诗歌"的历史地位,于坚刻意构造白话文与普通话的对立。在他看来,五四时代的诗歌革命表现为白话文与文言文的冲突;1980年代则表现为白话文与普通话的对立。凡站在白话文一边者就站在诗的正义与历史规律一边。而他更进一步将"日常性口语写作"视为1980年代"白话文写作"的代表,如此,坚持"日常性口语写作",就是坚持五四的白话诗传统。这种论证逻辑,假借历史而具有某种"透视感",但忽略了口语或书面语都不是诗性生成的充分保障;彼此也并不能相互取消,而是一个相互包含的过程。"现代汉语的产生以'言文一致'为目标和特征,但这并不意味着它已经消除了书面语与口语之间的差别""在诗歌写作中如何把口语纳入书面语,始终是一个重要的诗学命题"[20]。于坚的论证从胡适处习得了一种排他性逻辑,但胡适的逻辑虽简陋粗暴,却与锻造"新国语"的历史使命相逢,白话文学革命的意志自是催生了新诗这一崭新的文化结果。于坚试图在1980年代的诗坛也进行如此以否定性、断裂性为方法的论述,其结果是严重窄化了对"第三代诗歌"的理解;过度强化"民间"和"口语"的关联,有损于对诗歌多样语言资源和多样性审美的理解;1990年代以降,口语诗甚嚣尘上,逐渐沦为口水诗,与此种自明的透视论证没有被有效反思不无关系。

由周作人为"猥亵的歌谣"正名的文章中,我们不难辨认到一种"逆写与对冲"的话语策略。歌谣的内容如果被道德化,"猥亵"就难登大雅之堂,难脱道德之责。周作人以"学术的"立场为"猥亵的歌谣"正名,完成一种价值对冲和逆写。这种在世俗道德包围圈中抢救新价值的论辩,实是中外现代派自我建构的通用策略。到1990年代的"民间派"写作中,从"下半身写作"的自我建构中可辨得一种失控的"逆写"和颠覆冲动。1990年代诗坛,所谓"下半身写作"群体正是"民间写作"的重要力量。作为于坚的晚辈,沈浩波们虽与之结成"民间"统一战线,却渴望有自身独特的话语旗帜。"知识、文化、传统、诗意、抒情、哲理、思考、承担、使命、大师、经典、余味深长、回味无穷……这些属于上半身的词汇与艺术无关,这些文人词典里的东西与具备当下性的先锋诗歌无关,让他们去当文人吧,让他们去当知识分子吧,我们是艺术家,不是一回事。"[22]通过将诗歌和文化进行"上半身"和"下半身"的二元切割,沈浩波将"上半身"指认为腐朽、僵化、没落的文化立场和诗歌趣味,而"下半身"则相应地成了冒犯、挑战、创新和先锋的代表。事实上,来到1990年代末,身体写作即使在中国文学中也并无甚创新可言。"下半身"干将假设有伟大的目标藏身于"下半身"之中,与"上半身"势不两立,甚至以"诗到下半身为止"或"诗止于下半身"的姿态写作,这不过是一种偏执的自我建构而已。此际,"身体写作"甚至于"诗歌革命"的口号不过是获取诗歌场域权力所假借的躯壳。从周作人到沈浩波,看似他们都在为某种难登大雅之堂的对象("猥亵的歌谣"及"下半身写作")正名,一以贯之且变本加厉的是一种颠覆的冲动和逆写的意志。在周作人处,不过以现代学术之名宣布"猥亵的歌谣"具有存在之合法性,由之固然伸张了一种现代的价值立场,但并不断然宣布除"猥亵的歌谣"外概无价值。但在"下半身写作"那里,他们的"逆写与对冲"是通过构造二元对立,大力过滤复杂性来实现的。有一种误区在于,诗人们认为,写作宣言和写作理论不同,写作理论必须符合普遍之现实,但写作宣言则只需符合自我之现实。所以,"下半身写作"在自我建构,完成价值对冲和文化逆写时并不考虑"普遍性"问题。场域占位的冲动借壳于

"下半身"时，振振有词的气势，并不自省到这种偏执的话语所构造的话语幻觉存在的危害性。

1990 年代民间写作的理论建构中，韩东的《论民间》较超脱于"知识分子写作"和"民间写作"之争，而专事"民间"概念的诗学辨认。但韩东的文章，同样不自觉地将"民间"予以过滤和提纯。韩东不断强调"民间并非出自任何人的虚构，更非出自某些人有目的的炒作或自我安慰的需要，它始终是一个基本的事实"；"民间的概念则是自足和本质的，是绝对的"；"民间立场就是坚持独立精神和自由创造的品质"。[23]这里，韩东并非在辨析一种实存的"民间"，而是在阐释一种理想的"民间"。将"民间"建构为一种理想化的诗学价值并非完全没有意义，但是却必须清晰地区分"实存"与"理想"的区别，避免将经过重重过滤和提纯的诗学光环轻易地赐予现实中人。这里体现的"提纯与过滤"在刘半农山歌选辑中也十分突出。不同在于，虽同样是借壳于"民间"，通过提纯与过滤完成现代价值建构，刘半农的方式是选本和辑录，而韩东的方式则是直接诉诸诗论建构和理论直呈。前者无疑更加隐蔽而内敛，读者很难辨认其建构性，但也未必直接感知其现代立场；后者则更理直气壮、雄辩滔滔，读者如果不能辨认其"过滤"性，知道其仅有论述之真，而无普遍之真，很容易被这种独断而偏执的论述所植入和牵引。

20 世纪中国，民间常被作为一个理想与自足的场域论述，但民间话语却绝非民间自身的自我呈现，而是政党政治、现代知识话语多方争夺和博弈而形成的知识形构。有必要辨认"民间"在 20 世纪中国的四个层面：其一，经由现代学术立场重新梳理而形成的有关"民间"习俗、方言、谣谚等的研究，作为历史研究的"民俗学"和作为文学研究的"民间文学"正是此种现代学术立场在"民间"场域取得的学科成果。其二，将"民间"视为新诗的重要民族文艺资源，探讨援谣入诗之可能。包括刘半农、刘大白、沈玄庐、朱湘、卞之琳、穆旦、昌耀、海子、夏宇等新诗人都不同程度上有过援谣入诗的实践。更激进的,则由援谣入诗转为以谣为诗,诸如柯仲平、袁水拍、李季、阮章竞、张志民等革命民歌诗人,并不考虑新诗与歌谣之间的文体界限,而更多考虑在特定历史条件下民歌所具有的政治和社会潜能。其三,将"民间"视为一个独特的审美文化空间,并将其建构为一个当代文学史的论述框架。"民间"是陈思和当代文学史理论的重要构成,"民间文化形态""民间隐形结构""民间的理想主义"等概念是他进行当代文学论述的重要抓手。不难发现,陈思和的"民间"话语既借用又改造了"大传统/小传统"的人类学知识框架,以之分析中国当代文学,敞开了少人论述的审美空间。陈思和虽不断强调"民间"的理想性与"藏污纳垢"性并在,依然难脱将"民间"理想化的窠臼。跟前述两种研究民间、取材民间的倾向不同,第三种层面之"民间"在文化形态与审美空间之间,所谓自在的"民间",不仅是一种客观描述,更是一种理想价值建构。但不管如何理想化,"民间"话语终究藏身于具体的文学分析之后。其四,作为诗学论题的"民间"。1990年代诗歌的"民间写作",所考虑的就既不是作为研究对象的"民间",不是如何从"民间"文艺形式中转化资源,也不是将"民间"作为一种分析框架,而是直接建构一种以"民间"命名的诗学。至此,凡贴上"民间"标签的,则如获取了价值上的免检证书,占据道德之高地,可对非我族类者进行居高临下、毋庸置疑的臧否。反道德的革命者通过排他性论证而对他者进行道德控诉,此证明了逻辑的简陋正是话语暴力的起点。

对20世纪"民间"话语史侧面的回顾,意在反思"现代"话语借壳实践中批评伦理的失范问题。就实际效果看,经由对"民间"的借壳阐释,在20世纪文学中确实创制了一些新的场域位置,推动文学现代性的发展,发挥了批评启新的功能。然而,现代的文学批评,如何在启新与启真之间保持张力却并不容易。现代话语在借壳"民间"的过程中，过分重视启新而对于所启之新是否具有足够的真理性常常不予理会。现代批评的一大弊病在于，所思只在自我，而不包含他者；甚至刻意忽略、过滤他者。看似建构了一种"雄辩性"，这种雄辩常常是以牺牲复杂性为代价。周作人为"猥亵的歌谣"伸张学术合法性，刘半农借编选山歌确认一种现代文艺的立场和趣味，本都无可厚非，也尚没有一种绝对的排他性和独断性。但在胡适、俞平伯等人的白话文学史逻辑中，借助进化论和二元对立所完成的论证，却体现了与他者不兼容的批评伦理。就"民间"这一论域而言，独断性、排他性批评伦理在世纪末被充分强化。"民间"从一个对象、一种资源、一种分析框架被升华为一种价值，合乎"民间"者为王道，不合"民间"者皆为鼠辈。这种将"片面的深刻"绝对化为世界的全部的批评伦理，使单一的批评主体膨胀化，殊不知现代世界不应是单一价值流通的世界，而应是多重主体、多元价值协商而达成话语契约的世界。20世纪末之后中国诗歌界在各种问题上几无共识，各方或自娱自乐，或自说自话，全无对话的学术自觉和伦理自觉，很大原因要归根于从胡适处就开始建立的那种现代批评的独断性和排他性。只顾启新而不管启真，只顾完成自我建构而忽略了自我的真理性之外仍有他者的真理性存在。在鼎旧革新的时代，启新居于某种优先级或迫切性地位，但进入文化建设阶段，兼容并蓄地对诸种价值进行有效的综合和肯定，相比于不断以"否定性"立场处理传统要更具合理性。

五、结　语

"民间"在20世纪获得文化资本而登堂入室，此间经历了"现代"对"传统"的逆转，同构于中国社会从传统向现代的转型进程。其结果，现代文学三十年间，一方面民间的文艺资源被援引进新文学之中,民间形式甚至被视为民族形式的当然代表;另一方面,以歌谣搜集和研究为典型对象,一种具有鲜明现代性倾向的民俗学研究蓬勃兴起。"文艺的"与"学术的"两个领域支撑起现代知识分子的"民间"认同。值得一提的是,"民间"在20世纪的崛起,不仅借助于知识界的加持,也有与左翼革命、民族解放以至1949年以后的政治动员密切的交互。1920年代和1990年代,政党和革命力量对"民间"想象、投射、建构和挪用并不居于时代中心,弥散于"民间"话语场的主要是知识分子的声音。1920年代,仍处于新诗草创、扩大资源并自我建构的阶段,刚刚形成的中国现代学术场域关注的是来自民间的文艺形式被作为学术研究和文艺借鉴对象的可能性;而1990年代,学界对"民间"的兴趣,则已经基本不聚焦于如何转化具体的民间文艺,而是直接将"民间"建构为一个独立、自足、反抗权力的诗学价值空间。在"现代"话语借壳"民间"进行自我创制时,"民间"不断地过滤、提纯并描述为一个自足、绝对的理想化空间,背后却投射着来自现代知识分子创制新文化方向、当代文学史叙述乃至于占据诗歌史位置等复杂动机。如果不能对此间独断性的批评伦理有所反思,建立一种自省、自审,因理解差异而辩证,因兼容他者而共生的批评伦理,则批评启新并不能启真,诸种"新"之间自说自话或相互抵消,这不是多元的众声喧哗,只是丧失共识的杂音沸腾。

注释

① 《白话文学史(上)》并未真正完成,全书分为"唐以前"和"唐朝"两部分。唐以前从"汉朝民歌"讲起,诗歌部分还涵盖了魏晋民歌、故事诗、唐初白话诗、八世纪乐府新词、杜甫、歌唱自然的诗人、大历长庆时期的诗人、元稹、白居易。胡适为了把"白话"作为一个终极标准进行文学史建构进行了大量剪裁,如把"歌唱自然"的陶渊明、李白内容上的"自然"和身份的"民间"跟"民间

文学""白话文学"进行联结；把某些文言诗中偶有的白话成分当作其作为白话诗的证明。

② 刘禾在《一场难断的"山歌"案——民俗学与现代通俗文艺》中说："我在这里强调新的意义，是为了把五四的民俗文学研究，同表面上与之相似的古时历代相传的官方'采风'区别开来（毛泽东 1958 年春指示'搜集民歌'，亦是想模仿古代盛世之官方'采风'。它与五四时期的民间文学运动有历史上的承接关系，但意义完全不同），甚至也有必要把它同王叔武、冯梦龙、李调元等人对山歌和民间文学的兴趣作某种区分。因为一个基本事实不能忽略，那就是五四的民俗文学研究既不是由国家官方发起，也不是市民文化推动的结果。追其导因，则应回到民国初年的历史中去看，尤其是在现代民族国家、社会和知识菁英的功能与角色之变迁中去看。"参见刘禾：《语际书写——现代思想史写作批判纲要》，上海：上海三联书店，1999 年版，第 145 页。

③ 1922 年 12 月 17 日至 1925 年 6 月 28 日，《歌谣》共出版了 97 期；1925 年 6 月 28 日后，《歌谣》并入《北京大学研究所国学门周刊》。1936 年，《歌谣》停刊，10 年后在胡适的主持下复刊，至 1937 年 6 月 27 日二度停刊，共出版 53 期。因此《歌谣》前后合计共 150 期。此外，围绕歌谣研究会和《歌谣》周刊，还单独出版了一系列丛书专册，朱自清于 1929 年至 1931 年写成的《中国歌谣》也深受《歌谣》的启发，这可以看作歌谣运动理论成果的一部分。

④ 发刊词原文未署名，一般将此发刊词归于周作人名下，有学者提出疑问。发刊词之所以未署名，应该是因为它的观点代表了刊物同仁立场，因此具体执笔者，似乎并不甚要紧。

⑤ 自作部分包括开场歌一，情歌九首，悲歌二首，滑稽歌二首，其他短歌、劳工歌、农歌、渔歌、船歌、失望歌、牧歌各一。

⑥ 陈泳超认为："冯梦龙尽可以有其卓识，但终究难以逃脱被主流话语淹没的命运，其《山歌》之书，也失传已久，直到1934年，由传经堂主人朱瑞轩觅得，而后才重现于世。刘半农生前终究未曾见到。"见陈泳超：《中国民间文学研究的现代轨辙》，北京：北京大学出版社，2005年版，第32页。

参考文献

［1］胡适.北京的平民文学［J］.努力周报（增刊）·读书杂志，1922,10(2).

［2］胡适.白话文学史：上［M］.新月书店,1928.

［3］胡怀琛.中国民歌研究［M］.商务印书馆,1925.

［4］胡适.谈新诗：八年来的一件大事［J］.现代评论·"双十节纪念号",1919(5).

［5］胡适.《尝试集》自序［M］//尝试集.上海：亚东图书馆,1920.

［6］胡适.白话文学史［M］//欧阳哲生.胡适文集：8.北京：北京大学出版社,1998：182.

［7］姜涛.新诗之新［M］//姜涛.中国新诗总系：第一卷(1917—1927).北京：人民文学出版社,2010：3.

［8］俞平伯.诗底进化的还原论［J］.诗,1922(1).

［9］发刊词［J］.歌谣,1922(1).

［10］杜文澜.《古谣谚》序［M］//古谣谚.北京：中华书局,1953：1.

［11］常惠.我们为什么要研究歌谣［J］.歌谣,1922(2).

［12］周作人.猥亵的歌谣［J］.歌谣,1923(增刊).

［13］常惠.一年的回顾［J］.歌谣,1923(增刊).

［14］研究与讨论·张四维来信［J］.歌谣,1922(5).

［15］黄朴.歌谣谈［J］.歌谣,1923(33).

［16］陈泳超.中国民间文学研究的现代轨辙［M］.北京：北京大学出版社,2005：32.

［17］刘半农.瓦釜集[M].上海：北新书局,1926：62.

［18］刘半农.自序[M]//国外民歌译：第一集.上海：北新书局,
　　　1927.

［19］常惠.《江阴船歌》附记[J].歌谣,1923(24).

［20］张桃洲.现代汉语的诗性空间：中国新诗的话语研究[M].北
　　　京：北京大学出版社,2005：46.

［21］周瓒.中国当代诗歌批评史[M].北京：中国社会科学出版社,
　　　2020：262.

［22］沈浩波.下半身写作及反对上半身[J].下半身,2000(1).

［23］韩东.论民间[J].芙蓉,2000(1).

——原载《江汉学术》2021 年第 6 期：86—96

现代汉语的口语属性与中国新诗的肉身化品格

向天渊 周梦瑜

摘　要：作为现代汉语书面语，"白话"是加工过的口语，甚至有欧化倾向，但由于新文学家"言文合一"的强烈意愿及创作实践，使得白话仍具有鲜明的口语特征。而"语音"与肉身及心智有直接、内在的关联性，比"文字"更切近艺术本质。语言口语化，除了生动、形象之外，还能增强现场感、亲在性。从胡适"放脚鞋样"到戴望舒的"语吻美"，从非非主义"打开肉体之门"到于坚的"诗言体"，再到"下半身写作"，新诗在白话、口语的道路上，与"肉身"产生隐秘纠葛。现代汉语的口语属性，容易发展成自由体新诗，格律体新诗的发展注定更加艰难。诗语口语化，看似与诗学之道反向而行，实则体现破旧立新的艺术规律，颇具"反者道之动"的辩证精神。

关键词：现代汉语；中国新诗；口语性；口语诗；下半身诗歌；身体写作；肉身化

以文本方式存在的诗歌作品，属于书面文体，但诗歌与其他体裁又有所不同，具有诵读甚至歌唱品格，在这样的场合中，诗歌体现出了口语体或口语化的风格特征。为了给接受者以更加美好的听觉享受，诗歌在节奏、韵律方面会有严格要求。这本来无可厚非，只是一旦形成固定格式，就会趋于僵化，丢失自然、鲜活的口语特色。这种对语言既新鲜活泼又朗朗上口的风格诉求,正是诗界革命甚至不断革命的重要原因,恰如 T.S.艾略特所说:"诗界的每一场革命都趋向于——有时是它自己宣称——回到普通语言上去"[1]180,"不论诗在音乐上雕琢到什么程度,我们必须相信,有一天它会被唤回到口语上来"。[1]187打量中国新诗,我们会发现,其诞生与发展的历史事实,同上述艾略特的诗学判断有惊人的相似之处。从白话诗、自由诗到格律体新诗,再到大众化、民歌体新诗,从朦胧诗到第三代的口语诗,其演进机制虽然颇为复杂,但围绕诗歌语言展开的博弈,可以说是推动这一进程的核心与关键因素。作为新诗之形式载体的白话及现代汉语,与日常口头语言具有内在、紧密的联系,这种口语特征,究竟具有怎样的诗学潜质,在新诗创作中有何体现,将是本文所要讨论的主要内容。

一、现代汉语口语属性及其诗学潜质

在一般人的印象中,仿佛古代汉语就是文言,现代汉语就是白话,进而认为,古代文学就是文言文学,现代文学就是白话文学。实际上,这样的认识是不准确的,比较恰当的说法是,白话与文言作为书面语的两大系统,错杂并存发展了近两千年,只不过,文言长期占据正统地位,直到"五四"新文化运动之后,两者的关系才发生根本性逆转。所以,既然以文字或书面形式存在的古代汉语包含文言和白话两大系统,古代文学也相应地包含文言文学和白话文学两大部分。但以书面形式存在的现代汉语,情况看似简单,仿佛就是"白话",实际上并非如此,它既与古代白话甚至文言相关,又与当下的日常口语保持联系,还受到外来语言的冲击,其"白话"属性也并不纯粹,而且随着时间的推移,早期现代汉语所使用的部分词汇、语法、修辞已经与当前口语产生距离,若继续使用,将显出古典化、文言化趋势。

就文学创作而言,从唐代以后,白话作品与日俱增,有变文、曲子词、禅宗语录、话本、章回小说、弹唱作品、戏曲、民歌等种种形式,它们不仅为晚清至"五四"的文学革命、国语运动奠定了基础,也为现代汉语替代古代汉语,或者说白话取代文言占据正统地位创造了条件。这种"文白转型"的意义十分重大,"不仅仅是汉语语体的演变,而且促成了中国文化的古典形态向现代形态的转化,进而成为传统中国走向现代中国的转折点,在中国传统文化的传承和开拓上产生了巨大和深远的影响"[2]。

按照晚清、"五四"两代文学和语言革命家的理想,新的语言和文学应该达到"言文一致"的境界,也就是在书面语和口语之间实现无缝对接,最典型的说法是黄遵宪的"我手写我口,古岂能拘牵"(《杂感其二》,1868)。半个世纪之后,胡适有更系统的表述,那就是《建设的文学革命论》中所提出的四条主张:"要有话说,方才说话","有什么话,说什么话;话怎么说,就怎么说","要说我自己的话,别说别人的话","是什么时代的人,说什么时代的话",进而简括成十个大字的建设宗旨:"国语的文学,文学的国语。"[3] 即便在白话已经取代文言、白话文学已经站稳脚跟之后,仍有学者提出更加口语化的"大众语"要求,比如,陈子展指出:"目前的白话文学,只是知识分子一个阶层的东西,还不是普遍的大众所需要的。……从前为了要补救文言的许多缺陷,不能不提倡白话,现在为了要纠正白话文学的许多缺点,不能不提倡大众语。"[4] 陈望道更是反复宣示:"总要不违背大家说得出,听得懂,写得顺手,看得明白的条件,才能说是大众语。"[5] 并且坚信"将来大众语文学的基本形式一定就是用语作文,而语又就是大众的语。用语作文便是文和语不相分离,便是'语文统一'"[6]。这种大众语及大众语文学的理想,从具体实践来看,仍然被整合到白话及白话文学之中,而且也未能真正实现"言文一致"或"语文统一"。

言文难于一致的原因很复杂,但主要有以下几个方面:第一,文字与声音之间总有隔阂,作为非拼音化的汉字更是如此,再则,书面语必然不同于口语:"口散漫,笔严谨,口冗杂,笔简练,口率直,笔委屈,出于口的内容大多是家常的,出于笔的内容常常是专门的,等等,都会使书面语自成一套,至少是虽然离口语不远而不能重合。"[7]第二,文学是艺术门类,艺术虽然来源于生活,但高于生活,两者之间也会有距离,这种距离肯定甚至首先体现在语言上,不仅叙述、描写、抒情的语言,即便人物对话的语言,也需加工提炼,不可能只是日常口语的原样记录。比如,老舍就曾多次强调,"白话的本身不都是金子,得由我们把它们炼成金子。我们要控制白话,而不教它控制了我们"[8],"口语不是照抄的,而是从生活中提炼出来的"[9]。第三,还有一个容易被忽视的原因,那就是写"白话"、创作"白话文",并非无所依傍,往往是依样画葫芦。这在"五四"时期体现得很鲜明,因为当时"官话"并未完全普及,各地口语交流仍以方言为主,如果以此实现"言文一致",反而会引起理解上的障碍。胡适就曾回忆说:"我的家乡土话是离官话很远的;我在学校里学得的上海话也不在官话系统之内。我十六七岁时在《竞业旬报》上写了不少的白话文,那时我刚学四川话。我写的白话差不多全是从看小说得来的。我的经验告诉我:水浒红楼西游儒林外史一类的小说早已给了我们许多白话教本,我们可以从这些小说里学到写白话文的技能。……其实那个时代写白话诗文的许多新作家,没有一个不是用从旧小说里学来的白话做起点的。那些小说是我们的白话老师,是我们的国语模范文,是我们的国语'无师自通'速成学校。"[10]即便到了今天,普通话已经相当普及,我们所创作的白话诗文,虽不再以古代白话文为蓝本,但依然会受到"鲁郭茅巴老曹"以降新文学作家作品的影响,并非照录自己的口头话语。

经由以上简要梳理,我们可以说,现代汉语虽然源起于"言文一致""语文统一"的改革理想,在书面语系统上,"白话"的确取代了"文言"占据正统地位,实现了文白转型,但是,这种"白话"依然是加工过的口语,甚至受到翻译体的影响,呈现明显的欧化倾向。但由于新文学、新文化运动的先驱者们有"言文合一"的强烈意愿及写作实践,使得现代汉语与古代、近代汉语相比,具有较为鲜明的口语特征。周有光曾将现代中国语文生活的发展历程描绘成四个步骤:"第一步是读音统一,要求字音一律。第二步是提倡国语,推广标准的国音。1913 年以多数省份的共同读音为标准(老国音),1924 年改为以北京语音为标准(新国音)。第三步是白话文运动,提倡言文一致,把白话文提升为现代通用文体。第四步是给汉语制定一套字母。"而且认为:"这些步骤的总方向是口语化。"[11]尽管现代汉语"口语化"的发展趋势,相对古代汉语的"文言化"而言,并未也不可能与口语完全一致,但也足以让我们有理由宣称:现代汉语具有鲜明的口语属性。

从表达效果上看,语言的口语化,除了具有生动、形象的特征之外,还会增强现场感、亲在性,也就是我们常说的身临其境的感觉,比如,老舍就做过如此概括:"用口语写出来的东西容易生动活泼,因为它是活言语。活言语必须念起来顺口,听起来好懂,使人感到亲切有味。"[12]老舍算得上是一位多产作家,他有关文学语言的看法虽然精准,但也显示出很强的经验性,这里有必要从理论上对口语或者说口语化语言的诗学价值稍加阐释。

我们知道,雅克·德里达是法国解构主义哲学家,他的大部分论著都在批判西方的"在场形而上学",他认为,在场形而上学的重要特征就是逻各斯中心主义,而逻各斯中心主义在语言学上的表现则是语音中心主义。德里达所谓的逻各斯中心主义,是指从古希腊开始,西方哲学中的二元等级观念,比如,理念/摹本、本质/现象、灵魂/肉体、上帝之城/尘世之城、主体/客体、理性/感性等,前者是永恒性的本原、实体,后者是暂时性的现象、表征。所谓语音中心主义,是指西方长时期尊崇"语音"贬低"文字"的等级语言观,比如,在古希腊人眼中,口语充满生机与活力,直接渗入听众心田,在现场问答中随时可以替自己辩护,而文字则是静态的东西,"不是真正的智慧",人们"借助于文字的帮助,可以无师自通地知道许多事情,但在大部分情况下,他们实际上一无所知。他们的心是装满了,但装的不是智慧,而是智慧的赝品"[13]197—198。这大概是苏格拉底喜欢在辩论中探讨哲学问题的重要原因,也是当时演讲学、诡辩学、修辞学等大行其道以及"柏拉图学园""亚里士多德学派"提倡对话式教育的思想及文化背景。柏拉图借苏格拉底和斐德罗之口讲道:"一件事情一旦被文字写下来,无论写成什么样,就到处流传,……如果受到曲解和虐待,它总是要它的作者来救援,自己却无力为自己辩护,也无力保卫自己",但有"另外一类谈话",它是"这种文字的兄弟","是伴随着知识的谈话,写在学习者的灵魂上,能为自己辩护,知道对什么人应该说话,对什么人应该保持沉默",它"不是僵死的文字,而是活生生的话语,它是更加原本的,而书面文字只不过是它的影像"。[13]198—199 亚里士多德也明确指出:"口语是内心经验的符号,文字是口语的符号。"[14] 这种思想经由宣示"太初有言"的《圣经》、探讨语言起源的卢梭、研究精神现象学的黑格尔等人,一直传递到现代语言学家索绪尔、哲学家海德格尔和伽达默尔等人。

　　索绪尔认为:"语言和文字是两种不同的符号系统,后者唯一的存在理由在于表现前者。语言学的对象不是书写的词和口说的词的结合,而是后者单独构成的。"[15] 德国哲学家汉斯-格奥尔格·伽达默尔创立哲学解释学,将理解的过程视为"对话"的过程,所以当他面对"观"和"听"两种哲学世界观时,他选择"站在倾听哲学这一边",在他看来,"我们唯有通过音调里所说出的意义,才能理解言说的语言。然而最重要的是,言说语言已不再属于我自己的了,而是属于倾听","倾听与理解是不可分割的,以至于整个语言的发音也在一同说出什么","倾听的本质"在于"将言谈（Rede）的所有段落在一种新的统一方式中来理解,言谈就是被说出的语言,而不是语词"[16]。也就是说,倾听音调比观看文字更具解释学的先在性。作为伽达默尔的老师,海德格尔也曾反复论说"诗—思—语言"的关系问题,在他看来,"语言,凭借给存在物的首次命名,第一次将存在物带入语词和显现。……真正的语言在任何给予的时机均是这种言说的发生"。[17]69 在海德格尔那里,诗的本性就是真理自身的"设入",语言本身就是根本意义上的诗,"诗歌在语言中产生,因为语言保存了诗歌的原初本性"[17]69。晚期海德格尔接触并钻研我国道家思想,借此提出"大道"之说,而"道说"可以理解为大道说话的方式,尽管大道按其自身的方式言说,道说的语言是人言所无法涵括的,但"我们同时也必须看到,海氏的作为'道说'的语言与'人言'是一体的。'人言'植根于'道说',归属于'道说','道说'借'人言'而得以'显'出。两者之间的'关系',也可以说是'亲密的区分'"[18]。综观上述海德格尔的观点,我们可以认为,海氏也是"语音中心主义"者,他所谓的"语言",不仅具有"存在的家园"、大道的"道说"等神秘意义,还具有"原诗"、保持了诗的原初本性、给存在物"首次命名"以及与"人言""同一"（亲密的区分）等特点,这些也较为充分地表明"言"（语言、人言、道说）所具有的诗性智慧。

列举西方多位大哲之"语音中心论"的目的,是想说明,尽管德里达试图以宽泛意义上的"文字"（一切视觉、空间的符号系统）取代传统"语音"的中心地位,主张"写"比"说"更具本原性,"写"更能反映语言的差异性,而"说"则常常遮蔽或取消这种差异性,但其解构主张,也只能是对既有传统做出的新阐释,是对被传统所遮蔽之内容的照亮与发明,并非他所宣示的那样是对传统观念的彻底颠覆。或许从哲学甚至语言学的角度看,"文字中心"与"语音中心"都有其合理性,但从宗教、艺术的角度看,"文字"是外在于人身的符号系统,而"语音"却是身体的机能,与人的肉身及心智具有直接、内在的关联性,带有温度、充满激情,比"文字"更切近宗教、艺术的本质。这大概是宗教信仰需要祷告,经典、诗文需要诵读,戏剧需要表演,才能充分发挥其迷狂、沉醉以及宣泄功能的原因所在吧! 我国古代《毛诗序》所谓"在心为志,发言为诗","情动于中而形于言,言之不足故嗟叹之,嗟叹之不足故永歌之,永歌之不足,不知手之舞之,足之蹈之也",就是对情感、言说、咏叹与诗歌之密切关联的形象阐释,而德国当代学者恩斯特·卡西尔的如下观点正好印证了这一古老说法。卡西尔在分析大量人类学资料后指出:"所有神话的宇宙起源说,无论追根溯源到多远多深,都无一例外地可以发现语词(逻各斯)至高无上的地位。……思想及其言语表达通常被直接认作是浑然一体的,因为思维着的心智与说话的舌头本质上是连在一起的。"[19]

既然如此丰富的证据都表明本原意义上的诗与口头言说具有内在的亲密联系,口语理所当然地具有诗性特质,但随着文字在知识保存、思想传播上优势地位的确立,声音诗学逐步让位于文字诗学,诗性界定也受到礼的节制、理的规训,所谓"思无邪""发乎情,止乎礼义",所谓"温柔敦厚""乐而不淫,哀而不伤"等,文言诗、文言文凭借其庄严、典雅的风格特征在诗学上占有正统地位。但文学及诗歌发展史已经告诉我们,哪里有规范,哪里就有对规范的拒斥与抵抗,于是文以代变,诗以时迁。此种道理,顾炎武已有比较清醒的认识:"诗文之所以代变,有不得不变者。一代之文,沿袭已久,不容人人皆道此语。今且千数百年矣,而犹取古人之陈言,一一而摹仿之,以是为诗可乎?"[20]王国维更是明确指出:"凡一代有一代之文学:楚之骚,汉之赋,六代之骈语,唐之诗,宋之词,元之曲,皆所谓一代之文学,而后世莫能继焉者也。"[21]文体、诗体演进的原因比较复杂,但语言形式上的除旧布新是一个重要甚至决定性因素,中国新文学运动与国语运动的相辅相成就是显著例证,而胡适之所以将"国语的文学"与"文学的国语"相提并论,也是为了强调两者之间互为表里、兴衰与共的亲密关系。

以上我们通过古今汉语文白转换情形的辨析，大体揭示出现代汉语的口语属性，进而以普适性眼光阐释了口语与诗之间的内在关联，借此表明现代汉语也有值得开掘的诗性潜质，这种潜质当然得通过创作实践加以彰显，接下来，我们将从肉身化层面考察新诗口语创作的语言智慧与疏拙。

二、新诗口语创作的肉身化品格

文艺学有个基本共识，那就是在原始社会，诗乐舞是三位一体的存在，后来逐渐分道扬镳。但即便如此，诗与歌仍然藕断丝连，所以，诗体在音乐性上的诉求显得理所当然，即使不再配乐演唱，吟诵也须朗朗上口。正如前文所讨论的那样，这种出诸口舌、诉诸耳朵的声音所产生的美学效果，比出诸笔墨、入乎眼睛的文字，更具温度，更有激情，更富诗性。有趣的是，古人在音乐上也曾提出"丝不如竹，竹不如肉"的审美标准。对此，有学者给予这样的阐释："歌唱用歌喉演唱是最接近自然的；吹管乐用气演奏，次之，而丝弦乐器（如琴瑟、筝、琵琶等）用手弹奏，又更次之"，"最接近自然的音乐是最美的音乐，以接近自然的程度为审美的标准"。[22]这个说法并不妥当，要说自然，丝、竹岂不比人的歌喉更接近自然，而演唱、吹奏、弹拨只是发声方式的不同而已。其实，这里所体现的审美规律仍然是：越内在化、肉身化，就越能打动人、感染人。从这个意义上讲，人化或者说人性化程度才是审美评价的标准。

虽然中国新诗的历史刚满百年，但有关诗歌语言白话化、口语化的实践却几经反复，理论上也颇多辩难。巧合的是，从胡适"放脚鞋样"到戴望舒的"语吻美"，从非非主义的"打开肉体之门"到于坚的"诗言体"，再到"下半身写作"，中国新诗的理论与实践在白话、口语的道路上,总是与"肉身"发生着某种隐秘的纠葛与关联。

胡适描述自己"诗国革命"的进程时,打过一个比方:"我现在回头看我这五年来的诗,很像一个缠过脚后来放大了的妇人回头看他一年一年的放脚鞋样,虽然一年放大一年,年年的鞋样上总带着缠脚时代的血腥气。我现在看这些少年诗人的新诗,也很像那缠过脚的妇人,眼里看着一班天足的女孩子们跳上跳下,心理好不妒羡!"[23] 这里说的放脚鞋样、缠足妇人、天足少女,各有所指,但都与"肉身"有关,这段话也可视为建基于肉体之切肤感受之上的"隐喻诗学",解放、自由等诗学精神呼之欲出。

当然,放到新诗发展的历史长河中,胡适的尝试虽有开风气之功,但主要是在语言形式上打破了"从前一切束缚自由的柳锁镣铐",一定程度地应和了启蒙大众、解放思想、勇于创造的时代思潮,但真正从艺术与思想两个层面与"五四"狂飙突进之精神若合符节的革新之作,还是郭沫若的《女神》,其铭刻心骨、动荡血脉的肉身化特征也非常明显,比如:

> 地球,我的母亲!/我不愿在空中飞行,/我也不愿坐车,乘马,著袜,穿鞋,/我只愿赤裸着我的双脚,永远和你相亲。
>
> （《地球,我的母亲!》）
>
> 我们欢唱,我们翱翔。/我们翱翔,我们欢唱。/一切的一,常在欢唱。/一的一切,常在欢唱。
>
> （《凤凰涅槃》）

最为典型的例证则是《天狗》:

> 我是一条天狗呀!/我把月来吞了,/我把日来吞了,/我把一切的星球来吞了,/我把全宇宙来吞了。/我便是我了! ……我飞奔,/我狂叫,/我燃烧。/我如烈火一样地燃

烧！／我如大海一样地狂叫！／我如电气一样地飞跑！／我飞跑，／我飞跑，／我飞跑，／我剥我的皮，／我食我的肉，／我吸我的血，／我啮我的心肝，／我在我神经上飞跑，／我在我脊髓上飞跑，／我在我脑筋上飞跑。／／我便是我呀！／我的我要爆了！

这样的诗句当然是白话的，白话到近乎口语的程度，但其情感却狂烈到排山倒海的境地。田汉在致郭沫若的信中有这样的评价："你的诗首首都是你的血，你的泪，你的自叙传，你的忏悔录呵，我爱读你这样纯真的诗。"[24]郭沫若后来谈到《女神》时也说："当我接近惠特曼的《草叶集》的时候，正是'五四'运动发动的那一年，个人的郁积，民族的郁积，在这时找出了喷火口，也找出了喷火的方式，我在那时差不多是狂了。"[25]这已充分说明，作为早期白话新诗成熟之标志的《女神》，其风格特征的确与作者个人的经历血肉相连，也与民族国家的命运息息相关。

白话新诗确立之后，逐渐暴露一些问题，最突出的就是诗美品质的缺乏，对此情形，不少诗人、学者都有所议论，比如，闻一多指出："偶然在言语里发现了一点类似诗的节奏，便说言语就是诗，便要打破诗的音节，要它变得和言语一样——这真是诗的自杀政策了。"[26]将近十年之后，梁宗岱更加尖锐地批评道："所谓'有什么话说什么话'，——不仅是反旧诗的，简直是反诗的；不仅是对于旧诗和旧诗体底流弊之洗刷和革除，简直把一切纯粹永久的诗底真元全盘误解与抹煞了。"[27]正因为有这些弊端，才产生新月诗派、象征诗派、现代主义诗派对早期新诗过于白话之倾向的反拨，但无论是格律声韵的建设、象征隐喻的使用，还是智性化、戏剧化的尝试，都未能逸出白话之诗性探索的轨道，以戴望舒、艾青为代表的诗人甚至再次提倡用口语进行创作。比如，戴望舒从《我的记忆》（1927）开始，"字句底节奏已经完全被情绪底节奏所替代"[28]，多年以后，艾青列举戴望舒作品中的诗句并评价说："这些都是现代人的日常口语,而这些口语之作为诗的语言,在当时,是一大胆的尝试。"[29]当代诗评家骆寒超认为:"戴望舒提倡用口语写新诗是为了追求语吻美"[30]201,"通过直接受主体情绪支配的'说话'口吻或口语语调来体现特殊的语韵,感发诗情诗意"。[30]202为了实现这一目标,戴望舒在诗中频繁地使用"呢""吗""了""的""吧"等口语中常见的语气词,通过这些语气词,将犹豫、亲昵、迷茫、无奈、开朗、兴奋等各种情绪及其此消彼长的变化自然地呈现出来。这些源自"语吻"的情绪当然与人的肉身密切相关,毕竟,语气词可以说是情绪最本真、最直接的肉体反应。

戴望舒"语吻美"的创作实践影响了李广田、艾青、田间等,他们诗作的口语化、肉身性品格也非常明显,尤其是田间的抗战诗集《给战斗者》以及系列街头诗和部分叙事诗,不仅拥有鲜明的口语化风格,而且能让读者血脉偾张、同仇敌忾,用他自己的话说,诗中那些"粗野的句子,/愤怒的句子,/燃烧的句子",是"从田野的/哭泣,/和茅屋的/眼泪中/来的","从岁月的/饥饿,/和地主的/残酷中/来的","它刺激着/睡觉的/民众,/起来! //……它激动着/羞辱的/祖国,反叛!"[31]闻一多在阅读田间的诗作之后评价说:"简短而坚实的句子,就是一声声的'鼓点',单调,但是响亮而沉重,打入你耳中,打在你心上"[32]199,"它只是一片沉着的鼓声,鼓舞你爱,鼓动你恨,鼓励你活着,用最高限度的热与力活着,在这大地上"。[32]201这些都表明,田间诗作语言的口语化,源自其强烈的生命体验,是其情感自然、直接的流露,故而呈现出鲜明的肉身性品格,能够直击读者心田,激发战斗的勇气和决心。

经由 1940 年代大众文学、工农兵文学思潮的洗礼,新诗口语化倾向在大众化诗歌、朗诵诗、民歌体叙事诗以及 1950 年代的新民歌运动中都有所体现,只不过,和此前的新诗作家一样,创作主体并未有意识地将肉身化品格作为诗学目标,但是,到了 1980 年代,情况发生根本性转变,其主要表现就是"第三代诗歌"追求"语感"效应,有意识地将日常语言与生命体验、生命表达关联起来,以达成"反意象""非崇高""拒绝隐喻"的诗学目的。

有学者指出,"语感"是 1980 年代中期之后,"大陆诗界一个最具活力的诗歌术语","始终贯穿于第三代整个诗歌流程,……全面抗击了传统语言诗学的规范守则,唤醒了第三代诗人意识深处的语言活泉,它和生命体验互为本体、互为同构,使诗歌抵达本真成为可能"[33]。提倡"语感诗学"并进行创作实践的诗人主要有杨黎、周伦佑、于坚、韩东等,在他们的理论与作品中,"语感"成为连接本真生命体验与语言革新意识的有效手段。比如,于坚与韩东在一次谈话中都表达了类似这样的看法。于坚认为:"生命被表现为语感,语感是生命的有意味的形式。……语感的抑扬顿挫,即是情感的抑扬顿挫,也是意义的抑扬顿挫,又是语言的抑扬顿挫。"韩东也说:"诗人的语感一定和生命有关,而且全部的存在根据就是生命。你不能从语感中抽出这个生命的内容。……所以我们说诗歌是语言的运动,是生命,是个人的灵魂、心灵,是语感,这都是一个意思。"[34] 既然语感与生命、情感具有一体两面的关系,语感也就与发诸口、诉诸耳的口语更加直接相关。于坚就曾明确主张"口语"是一种"软语言",并且认为 1980 年代:"从诗歌中开始的口语写作,……丰富了汉语的质感,使它重新具有幽默、轻松、人间化和能指事物的成分,也复苏了与宋词、明清小说中那种以表现饮食男女的常规生活为乐事的肉感语言的联系。"[35] 这也是第三代诗歌侧重追求语言口语化的重要原因。请看韩东的《你的手》:

> 你的手搭在我的身上/安心睡去/我因此而无法入睡/轻微的重量/逐渐变成铅/夜晚又很长/你的姿态毫不改变/这只手应该象征着爱情/也许还另有深意/我不敢推动它/或惊醒你/等到我习惯并且喜欢/你在梦中又突然把手抽回/并对一切无从知晓。

全诗描写你的手搁在我身上的姿势和动作以及我的感受,语言是平淡的口语,并不含蓄、典雅,内容也很生活化,没什么隐喻、象征,语言与情绪、生命一起流动,营造出轻松、流畅、略带黑色幽默的语感,全诗身体性、肉身化的品格非常明显。

正是基于这样的认识与实践,第三代诗人的代表之一于坚明确提出"诗言体"的主张。"诗言体"的"体",首先指的是"身体",于坚说:"我更愿意用'身体'一词来表达我的意思,'体'这个词已经有一种脱离了身体,成为形而上的'体','体制''体裁''体式',不是'体',是'式',是数的结果。我喜欢身体这个词,有触觉,有象。式是摸不到,只能思辨的东西。"[36]443 尽管于坚对"体"的阐释有神秘、含混之处,但其锋芒直指"诗言志""诗缘情",确是不争的事实。他认为:

> 诗并不是抒情言志的工具,诗自己是一个有身体和繁殖力的身体,一个有身体的动词,它不是表现业已存在的某种意义,为它摆渡,而是意义在它之中诞生。诗言体。诗是一种特殊的语体,它是母的,生命的。体,载体,承载。有身体才能承载。[36]446

在"诗言体"诗学纲领的统率下,于坚特别重视口语的肉感属性,他说:"口语是一种最容易唤起我们生命本能和冲动的语言","现代诗歌应该回到一种更具有肉感的语言,这种肉感语言的源头在日常口语中。……口语是语言中离身体最近离知识最远的部分"[36]453—454 早在 1980 年代末,韩东就提出"诗到语言为止"的主张,该主张引发众多阐释,韩东本人的意思是"要把语言从一切功利观中解放出来,使呈现自身。这个语言早已存在。但只有在诗歌中它才成为唯一的经验对象"[37]。这可以理解为诗歌只需终止于语言能指的符号层面,从普通语言学的角度,能指符号由声符、形符两部分构成,注重形符可以发展出"图像诗",注重声符,则可以发掘声响节奏的美感。在第三代诗人那里,因注重声符,注重声音、音调的流动,催生出"语感诗学",而口语、声音、语感都源于肉身,是肉身之亲在属性的直接显现:"诗歌声音与身体关系密切,带着体温、感觉、疼痛。它传达意义,同时传递语感、语调、语气、有意无意的停顿,隐含痛苦、欢乐、忧伤、愤怒、激情……"[38]

韩东、于坚是《他们》诗歌群体的重要成员,对"语感"的强调,对口语化的追求可以说是该群体的共同认知,除韩东、于坚之外,吕德安、小海也较长时间坚持口语诗歌写作,比如吕德安作于1985年的《父亲和我》就比较典型:

> 父亲和我/并肩走着/秋雨稍歇/和前一阵雨/好像隔了多年时光//我们走在雨和雨的/间歇里/肩头清晰地靠在一起/却没有一句要说的话//我们刚从屋子里出来/所以没有一句要说的话/这是长久生活在一起/造成的/滴水的声音像折下的一条细枝条//像过冬的梅花/父亲的头发已经全白/但这近乎一种灵魂/会使人不禁肃然起敬//依然是熟悉的街道/熟悉的人要举手致意/父亲和我都怀着难言的恩情/安详地走着。[39]

平淡的语言、平常的生活、柔软恬静的语感、纯粹澄澈的生命体验融为一体,将朴素而温暖的亲情表达得婉转而别致。此后,吕德安还写出《雨水已经停住——悼沉沉》《两个农民》等一系列口语化风格明显的诗作。

诗歌语言口语化是非常艰难的工作,毕竟,从文体学的角度看,诗歌是最为精致的语言艺术,口语是最生活化的语言,两者在属性上差别巨大,常规的做法是将口语提升成为诗歌语言,诗语口语化的追求,照理说是与诗学之道反向而行的,但正是这种行为,体现了艺术发展破旧立新的演变规律,颇具"反者道之动"的辩证精神。白话新诗的革新运动已经证明了这一点,但大半个世纪以来,当喧嚣的历史尘埃逐渐落定之后,诗人们发现新诗的语言已不如当初那样明白与光亮,进而尝试"找回女娲的语言","让语言随生命还原,还原在第一次命名第一次形容第一次推动中"[40]。第三代诗人比较自觉地参与到这一进程之中,并且对口语化写作持谨慎态度。比如,于坚一方面强调"诗言体",重视日常口语的肉感属性,另一方面又特别提醒说:"不能迷信口语,口语不是诗,口语绝不是诗,但比书面语,它的品质在自由创造这一点上更接近诗。"[36]443同样,吕德安也讲:"我喜欢对人说语感。在我的理解中,诗歌中的口语化指的只是一种语感。或者说语感使得口语变为诗句。精彩地利用口语,只有擅长触类旁通、擅长掌握变化的人才有可能。"[41]但在 21 世纪以来,随着"下半身诗歌""垃圾派诗歌"等口水写作的泛滥,诗歌语言走向粗鄙、庸俗的境地,招致普遍的反感与批判,只不过,单从诗歌肉身化视角来看,"下半身诗歌"尚有些许值得辨析之处。

下半身诗歌写作的代表人物有沈浩波、尹丽川、李红旗、朵渔、巫昂等。沈浩波在颇具该派宣言性质的文章中直言不讳地表示:"强调下半身写作的意义,首先意味着对于诗歌写作中上半身因素的清除。"[42]544所谓上半身因素,包括知识、文化、传统、诗意、抒情、哲理、思考、承担、使命、大师、经典、余味深长、回味无穷……清除这些因素之后,"所谓下半身写作,指的是一种坚决的形而下状态","一种诗歌写作的贴肉状态","追求的是一种肉体的在场感","意味着让我们的体验返回到本质的、原初的、动物性的肉体体验中去",总之,"诗歌从肉体开始,到肉体为止"[42]545—547。如此坚决、彻底、嚣张的形而下追求,显示出诗学暴动、精神反叛的强烈欲望,部分诗作也一定程度地实现了这一目标,比如,尹丽川作于 2000年的《中式 RAP》,通过摹仿说唱音乐 RAP 的形式,运用谐音、双关、戏拟、反讽等修辞手法,营造出浓厚的肉欲狂欢氛围,充分展示出汉语口语若干词汇的暴力与性力色彩,比十多年前李亚伟的《中文系》、韩东的《有关大雁塔》等作品,更具解构、颠覆宏大叙事的气质与能量。但该派因过于强调从肉体到肉体的写作路径,甚至极端化地将书写的重心安放在男女生殖系统及性行为之上,致使毫无遮拦地裸裎生殖器的文本大量出现,在诗坛产生巨大负面效应,其结果正如朱大可所批评的那样:"'下半身'的宣言具有摇撼身体的先锋魅力,但就其写作实践而言,它的生殖器大游行并未弘扬出原始的生命力,却由于张扬过度而把'非非''莽汉''他们'等诗派开创,并由伊沙等人推进的诗歌道路引入歧途。"[43]之所以会走到如此尴尬的境地,最为重要的原因或许是,下半身诗歌放大了口语之肉身性的肉体成分,舍去了其身体属性,将灵、肉必须结合、统一的文艺本质予以片面化、畸形化。从事下半身写作的诗人们,试图凭借动物性体验以获取审美超越的艺术理想,只能是南辕北辙、适得其反;同样,通过表现生殖器快感以返回诗歌本质的企望,最终也只能是竹篮打水一场空。今日看来,口语诗中的肉体、情色之作,仅仅处于"物之诗""欲之诗"的低级阶段,必须经过情与美的洗涤与转换,才有可能上升为存在之诗、真理之诗,进而才配称为"人之诗"[44]。下半身、垃圾派之后,梨花体、羊羔体、乌青体等"口水诗""废话诗"的相继出现,更是授人以污名化"口语诗歌写作"的把柄。但也正因为落到如此不堪的境地,才可能导致真正"后口语诗歌"①时代的到来,艺术发展仍然会沿着否定之否定的方式向前推进。

三、结　　语

经由以上描述与阐释,我们大体明白,口语的确具有不可小觑的诗性潜质,但也须注意,口语一旦被用于文学创作,其身份也转而成为书面语,再加上文学尤其是诗歌语言,有自己特殊的艺术规定性,这种艺术化的诗性语言虽然源于生活化的口头语言,但又必须对其进行加工与提炼。换句话说,口语与诗语的功能大不相同,其形态差别非常大。前者的主要功能在于认知与交流,意义指向外在的现实世界,必须满足生活规律和形式逻辑的要求,其形态大多是抽象、自动且单调的;后者的主要功能在于表现和审美,通过构建艺术世界,表达思想、感情,实现美学目标,意蕴指向内在的心灵世界,只需符合艺术规则或者说情感逻辑的要求,其形态是形象、陌生且丰富的。比如,在古代汉语甚至现代符号学视野中,"声音"都是两个范畴或两种符号,"声"包括自然界和人的一切声响,"音"则特指一种有组织、有情感、有意味、有理路的文词之音,"从声符号到音符号,情贯穿其中,故而都是缩合符号,但在跟外物的关联上,音比声更少,缩合符号在向指示符号的转化中,与外物的关联越小,意义就越丰富,音之所以有丰富而复杂的含义,正是这个道理"。[45]以小见大,我们可以说,口语与诗语具有既对立又统一的思辨关系,诗人在创作时要充分认识且尊重这种差异与区别,进而寻找口语向诗语转换的密码与机制。现代汉语脱胎于古代、近代汉语中的白话系统,白话虽是书面语,但远比文言接近口语,加之日常生活语言,所谓"引车卖浆之徒所操之语"也进入现代文学创作之中,这应该是现代汉语具有口语属性的缘由所在。从最近百余年的历史进程来看,以现代汉语为媒介的现代文学已经取得巨大成就,小说自不待言,新诗也产生了大量优秀作品。就形式层面而言,新诗穿行在自由与格律之间,而现代汉语的白话品格或者说口语属性,更容易发展成自由体新诗,格律体新诗的道路注定更加崎岖艰难。但诗性标准并不仅仅建基于形式特征,更重要的是必须反映精神旨趣,也即形而上的诉求,形式与内容相得益彰,才有可能创造出好的诗歌作品。如何发掘现代汉语的诗性潜质,除了把握其口语性所具有的生动、亲切、自然、浅近、现场感、亲在性等特征,塑造出与日常情感体验、生命表达密切相关的肉身品格之外,还得注重提升其思想、精神品质,以达成"情智双修"的诗学目标。显然,这还将面临一道艰难而又必须努力跨越的行程!

注释

① 沈浩波在《诗探索》1999年第4期发表《后口语写作在当下的可能性》,提出1980年代的口语诗写作为"前口语"时期,而1990年代第三代诗人的诗作体现出真正强大的口语品质,可以命名为"后口语写作","维护了写作所必须的原创立场,并更加具备不可混淆的独立精神"。但从21世纪的情况来看,所谓后口语诗写作并未如沈浩波所认定或期许的那样,保持原创立场和独立精神。

参考文献

[1] T. S.艾略特.诗的音乐性[M]//王恩衷编译.艾略特诗学文集.北京:国际文化出版公司,1989.

[2] 徐时仪.汉语白话史[M].第二版.北京:北京大学出版社,2015:383.

[3] 胡适.建设的文学革命论[M]//胡适.中国新文学大系·建设理论集.上海:上海良友图书印刷公司,1935:128.

[4] 陈子展.文言—白话—大众语[N].申报·自由谈,1934-06-18.

[5] 陈望道.关于大众语文学的建设[N].申报·自由谈,1934-06-19.

[6] 陈望道.大众语论[J].文学,1934(2).

[7] 张中行.文言和白话[M].哈尔滨:黑龙江人民出版社,1988:167.

[8] 老舍.怎样写通俗文艺[J].北京文艺,1951(3).

[9] 老舍.关于文学的语言问题[J].文艺月报,1955(7).

[10] 胡适.导言[M]//胡适.中国新文学大系·建设理论集.上海:上海良友图书印刷公司,1935:23—24.

[11] 周有光.中国语文的现代化[M].上海:上海教育出版社,1986:61—62.

[12] 老舍.怎样运用口语[J].语文学习,1951(2).

[13] 柏拉图.斐德罗篇[M]//王晓朝译.柏拉图全集:第2卷.北京:人民出版社,2003.

[14] 亚里士多德.工具论[M]//秦典华译.亚里士多德全集:第1卷.北京:中国人民大学出版社,1990:49.

[15] 费尔迪南·德·索绪尔.普通语言学教程[M].高名凯译.北京:商务印书馆,1980:47—48.

[16] 汉斯-格奥尔格·伽达默尔.论倾听[J].潘德荣译.安徽师范大学学报(人文社会科学版),2001(1).

[17] M.海德格尔.诗·语言·思[M].彭富春译.北京:文化艺术出版社,1991.

[18] 孙周兴.说不可说之神秘:海德格尔后期思想研究[M].上海:上海三联书店,1994:343.

[19] 恩斯特·卡西尔.语言与神话[M].于晓译.北京:北京三联书店,1988:70—71.

[20] 顾炎武.诗体代降[M].唐敬杲选注.武汉:崇文书局,2014:174.

[21] 王国维.自序[M]//宋元戏曲史.上海:上海古籍出版社,1998:1.

[22] 龚妮丽.中国音乐美学史[M].太原:山西教育出版社,2013:163.

[23] 胡适.四版自序[M]//胡适.中国新诗经典·尝试集.杭州:浙江文艺出版社,1997:3—4.

［24］田寿昌，宗白华，郭沫若.三叶集［M］.上海：上海书店，1982：79.

［25］郭沫若.序我的诗［M］//郭沫若论创作.上海：上海文艺出版社，1983：213.

［26］闻一多.诗的格律［M］//闻一多全集：第2卷.武汉：湖北人民出版社，1994：138.

［27］梁宗岱.新诗底十字路口［M］//梁宗岱批评文集.珠海：珠海出版社，1998：126.

［28］杜衡.序［M］//戴望舒.望舒草.北京：现代书局，1933：9.

［29］艾青.望舒的诗［M］//艾青选集：第3卷.成都：四川文艺出版社，1986：296.

［30］骆寒超.20世纪新诗综论［M］.北京：学林出版社，2001.

［31］田间.诗，我的诗啊！［M］//田间诗文集：第1卷.石家庄：花山文艺出版社，1989：149—152.

［32］闻一多.时代的鼓手：读田间的诗［M］//闻一多全集：第2卷.武汉：湖北人民出版社，2004.

［33］陈仲义.抵达本真几近自动的言说："第三代诗歌"的语感诗学［J］.诗探索，1995（4）.

［34］于坚，韩东.在太原的谈话［J］.作家，1988（4）.

［35］于坚.诗歌之舌的硬与软：关于当代诗歌的两类语言向度［J］.诗探索，1998（1）.

［36］于坚.诗言体［M］//杨克.中国新诗年鉴·2000.广州：广州出版社，2001.

［37］韩东.自传与诗见［N］.诗歌报，1988-07-06.

［38］杨克.《中国新诗年鉴》2001工作手记［M］//杨克.中国新诗年鉴·2001.福州：海风出版社，2002：624.

［39］吕德安.父亲和我［M］//吕德安.两块不同颜色的泥土：吕德安诗选.武汉：长江文艺出版社，2017：205—206.

[40] 任洪渊.找回女娲的语言：一个诗人的哲学导言[M]//女娲的语言.北京：中国友谊出版公司,1993：21.

[41] 吕德安.天下最笨的诗：代序[M]//顽石.北京：中国工人出版社,2000：2.

[42] 沈浩波.下半身写作及反对上半身[M]//杨克.中国新诗年鉴·2000.广州：广州出版社,2001.

[43] 朱大可.流氓的盛宴：当代中国的流氓叙事[M].北京：新星出版社,2006：286—287.

[44] 向天渊.口语诗的情色书写批判[J].湛江师范学院学报,2014(4).

[45] 李心释.诗歌语言中"声、音、韵、律"关系的符号学考辨[J].江汉学术,2019(5).

——原载《江汉学术》2023 年第 4 期：65—74

诗歌语言中"声、音、韵、律"关系的符号学考辨

李心释

摘　要：诗歌语言研究中普遍存在两个层次、四个要素之间的混淆问题，第一个层次是声与音、韵与律的混淆，第二个层次是声音与韵律的混淆。在符号学上，声与音原是两种不同的符号，诗歌语言的语音兼备表情功能而使两者混同；韵与律原是分属语言与音乐，诗与歌的原始结盟使语言在音乐的影响下形成纯形式的格律，韵与律自此难解难分，并演化为格律。在新、旧诗更替中，韵律或格律的去留问题成为焦点，诗歌整体声音问题被狭化为格律问题，而中外诗歌写作史上声音与格律一直是两个平行的话题。现代诗放逐格律，但没有放逐诗歌的声音，反而释放了诗歌声音的潜能，在声音语象的创造上与中外诗歌传统一脉相承。

关键词：诗歌语言；诗歌格律；符号学；韵律

一、声音的符号分层

上古汉语中，"声音"不是一个词，而是两个词："声"的范围远远比"音"广，包括自然界里的一切声响，也包括人发出来的一切声响，既包括音乐性声响，也包括噪声性声响；"音"则特指语词的声音，一

种有理路、有意味的声音,它的理路来自文词的组织,意义也来自文词,声音和意义的关系一般不存在自然的或相似的联系,而完全取决于音与义的约定俗成。《毛诗大序》这样区分两者:"情发于声,声成文谓之音。"而情从何而来?《乐记·乐本篇》开篇云"凡音之起,由人心生也,人心之动,物使之然也",《文心雕龙·物色第四十六》亦云"物色之动,心亦摇焉",可见情由外物感动人心而生。据《毛诗大序》,音与情是没有直接联系的,音是文之音,但又不离声,音之上还有声,情在声、音、文之间流转,贯穿其中。这样,在古代中国,诗歌里的"声"指狭义的声,即情之声,由情促发的声,或促发情的声,诗歌里的音也指狭义的音,即文之音,不包括音乐里的音(《乐记》里的"音")。

由于文与声、音都有瓜葛,音还要区分音之义与音之声,那么情之声与音之声就不是一回事。先看声与情,声为情的符号,属于"一种集中体现了情感释放的行为方式","滋生于潜意识""饱含感情色彩"的缩合符号(相对待的符号类型是指示符号)[1]332。不同的情对应于不同的声,如喜有笑声、悲有泣声、怒有吼声,当然,更细微的情也会有更细微的声之差异来呈现,但这些并非音之声,音之声只建立在文词之上,它融入声中的情,却比声更有明晰的意义,即有了音之义。从现代符号学角度看,声与音是两种不同的符号,从声符号到音符号,情贯穿其中,故而都是缩合符号,但在跟外物的关联上,音比声更少,缩合符号在向指示符号的转化中,与外物的关联越小,意义就越丰富,音之所以有丰富而复杂的含义,正是这个道理。文词读出的音即语音,但语音不止与特定的所指意义相联系,本身还有丰富的表情功能。如果要比较两者的差异与联系,可参看如下图示:

声与音难免合用与混同的原因就在于，它们之间有交集，此即表情的文词，文词的音不仅表义，也可以表情，表义的文词已经属于纯粹的指示符号了，而表情的文词仍然留在缩合符号内部。如美国语言学家萨丕尔所说，"在语言本身这个层面上，发音（voice）并没有意义，但如果从心理学上来解释，我们会发现在单词的'真实'价值和个体实际发声的无意识象征性价值之间有一种难以捕捉的微妙关系，诗人凭直觉就知道这一点"[1]346。这个象征价值正是声符号的典型特征。在表义的音符号中，情的原始语境消失，只具有通过一个语言社会的共识所建立起来的指示特征。这样，在诗中，表义的音符号与文词本身等同了，而表情的音符号则与声符号混同。

语言在实际使用中很难不伴随其他符号的，其自身还会衍生出其他符号，如诗歌中的意象和语象，在书面语中，文字也可以超出记录的功能而成为形象符号参与语言的表意。所以语言使用中往往伴随符际翻译，或不同符号之间的转换。那么声如何成文？声符号如何转换成文词？这关乎人何以有语言，据当代语言学研究表明，人类有天生的语言能力，后天给予哪种具体的语言刺激，即可发展出说哪种语言的能力。人一旦会语言，从声符号到音符号是必然的，因前者简单而直接，后者处于表意的高阶，复杂丰富，更加灵活自由。

"声音"有其合用的基础，一是表情的音符号与声符号同属缩合符号；二是在较单纯的语言使用范围内，如在诗歌里，"声"与"音"混用或合用不会产生歧义，因为声音与文词分别被确立为表情的符号与表义的符号。宋人郑樵喜欢专用"声"而非"音"指诗歌的声音，如"乐以诗为本，诗以声为用"，"诗者，声诗也，出于情性"[2]，此处"声"即"音"也。

从文词中剥离出声音符号，能够较好地说明诗与散文的区别。虽然诗与散文都用文字写成，都兼有看与读之两用，但它们各有侧重点,从翻译看就很清楚:"诗较散文难译,是因为诗偏重音,而散文偏重义,义易译而音不易译,译即另是一回事。"[3]84为什么诗会偏重音节?因为诗缘于情,情更倚重声音这种缩合符号,而非专用于看的指示符号。当然,用文字写就的语言本身必可读出声音,散文也不是不能偏重音,再加上记忆的要求,若没有韵律的帮助,人们很难记忆长文,古汉语文章还靠韵律来断句,所以古代也有太多在音与义上都很优秀的散文作品。但是总体上散文有越来越远离声音的倾向,对韵律的抑制是在散文出现之后,因为散文背后的精神是认知性的,当认知性成为认识活动的主宰,语言的情感传达功能就弱下去了,"这种精神首先就排斥韵律,更确切地说,像韵律这样一种以确定的感觉来制缚语言的形式,对于无处不在进行探索和联系的知性是不适用的"[4]。这至少也是诗歌内部从传统诗到现代诗的转变中,声音的重要性似有减弱的一个原因,即现代诗比传统诗更注重智性与认知革新,注重新的人类经验与表现方式,但现代诗仍然具有坚硬的不可翻译性,说明声音在诗歌中依旧占据着主导地位。

二、声 音 与 音 律

实际上,诗歌研究中最大的混淆不是声与音,也不是声音与其所描述的对象声音,而是声音与音律,通常人们一旦谈论诗歌中的声音,就直接指向诗歌韵律,后者指诗歌中的音乐成分,亦称音律、节律、格律等。律是音乐中的概念,《汉语大字典》的解释是,古代用竹管或金属管制成的定音仪器,以管的长短确定音阶高低。由于还有另一种定音仪器,古人将音阶分为六律和六吕,合称十二律。《书·舜典》:"诗言志,歌永言,声依永,律和声。"诗与歌联姻的原型很可能是导致这一混淆的重要原因,这一原型表现为咏歌,为诗即是为歌[5]，以后的诗都以咏歌的方式出现。歌为何能永言？是因为古代的歌与诗同为表情的缩合符号，虽然言已是表义的指示符号，但诗之言向缩合符号回归，处于声符号与音符号的重合部分，两者间有着较强的符际翻译能力。歌的表现内容为声与律，由于声、音混同，音乐中的声律转而变为诗中的音律（在古代，"音律"一词比"韵律"使用更广泛，因"韵律"易被狭义化为押韵法则）。朱光潜据此原型在诗中分出语言的节奏与音乐的节奏，说诗要兼而有之。然而诗的声音范围要大于语言的节奏，语言的节奏只是对音乐的节奏的模仿，语言中没有节奏的声音同样可以表情，语言的节奏与音乐的节奏则属于纯形式的表情部分，那么这种划分中，诗歌的声音实际上就没有位置了，所以朱光潜就不自觉地将诗歌的声音归入音乐部分："我们并非轻视诗的音乐成分，不能欣赏诗的音乐者对于诗的精微处恐终隔膜。我们所特别着重的论点是：诗既用语言，就不能离开意义而专讲声音。"[3]99—101恰恰相反，这段话出现的"音乐"可用"声音"替代，而末尾的"声音"一词可用"音乐"或"音乐的节奏"替代。

无论中外，现代自由诗出现之前，有"律"的诗在诗歌领域中都占统治地位，诗歌的理想形态被认为是语言与音乐的合一，宋代郑樵认为"诗三百篇，皆可诵可舞可弦"[6]，清代黄宗羲说，"原诗之起，皆因于乐，是故《三百篇》即乐经也"[7]，朱自清曾引《今文尚书·尧典》中舜的话及郑玄的注后说，"这里有两件事：一是诗言志.二是诗乐不分家"[8]。当语言被置于音乐之下，语言会发生两种变形，一是其声韵组配要依据音乐的需要而定，如古代的词、曲（文）和今天的歌词；二是语言受音乐同化，在音节上趋向形式化、整齐而有节奏。当这种影响成为语言的目标时，即为形式而形式时，音律便产生了。诗歌的音律有宽有严，宽者如古体诗，严者如近体诗，严格的音律即为格律（Meter），如律诗、绝句的音律，还有宋、元的词、曲的音律。中国诗走上律化道路的原因，朱光潜归纳为三个：一是声音的对仗起于意义的排偶，此特征先见于赋，而后影响了律诗；二是佛经翻译与梵音输入导致的音韵研究极其发达，对诗的声律运动是一种强烈的刺激；三是齐梁时代是乐府递化为文人诗的最后阶段，外在音乐消失，文字本身的音乐起来代替它，永明声律运动是这种演化的自然结果[3]171。但要警惕的是，"文字本身的音乐"毕竟不是音乐，并且也不能涵盖诗歌的声音，诗律的形式化特征来自音乐的直接影响，而诗歌中其他表情的声音可与音乐无关，如那些反映内心情感节奏的自然音节、语气语调。

不能否认格律的声音本身所具有的审美意义，也不能否认这一审美意义与语言的意义在一首诗里可以相得益彰，但诗歌的声音在格律之后分化了，格律的声音虽然仍然是语言的，由语言的声音所建构，但脱离语言自成体系，语言的声音不过是它的材料，这样便迅速形成了形式和意义的对立，形式有可能并不为意义服务，意义也会反抗形式的束缚。由于历史上诗与歌长期相伴，诗歌语言的格律化成了理所当然的目标，把诗歌的原始形式当作理所当然的"真理"，没有人对音乐置于诗歌之上质疑，没有人对承继音乐精神而来的诗歌音律的必要性质疑，使得诗歌中的声音特征反而失去了主体地位，变为形成音乐性特征的一个材料。

在声音与音律之间，还存在一个语言本身的韵律特征，"语言表现即便没有严格的韵律，也仍然可能是有节奏的"[9]，它不是语言受音乐影响的证据，它反而是音乐这种艺术形式产生之普遍性基础，是音乐之前的音乐性特征。这种特征同时为生物结构与社会结构所分享，如前所述，人的身体器官有强烈的对称性，建筑和一些社会组织结构也有韵律化的对称。语言声音本身的韵律性先于音乐，而格律是后于音乐并受音乐所影响形成的，两者相通却不可混淆。弥尔顿说"对于能审律的耳朵，韵是不足道之物，并不产生真正的乐感，乐感只产生于恰当的格律，数目合适的音节"[10]，可见真正受音乐影响产生的是格律，而非韵或韵律。近十年来，汉语的韵律特征及韵律作为词法、句法的手段这些方面的研究取得了重要进展,如冯胜利的《汉语的韵律、词法与句法》《汉语韵律句法学》和吴为善的《汉语韵律句法探索》,说明韵律在语言学上与音乐、诗歌音律之间没有相关性,它是语言和诗歌的声音自带的内在特征。施莱尔·马赫说:"语言有两个要素,音乐和逻辑的,诗人应使用前者并迫使后者引出个体性的形象来。"[11]此处"音乐"实质上指语言声音的韵律,它说明后起的音乐艺术反而成了语言声音的韵律特征的方便代称。

不区分声音与音律的结果是作茧自缚,必将音律推向诗歌声音的追求目标,无法摆脱形式的焦虑。自新诗诞生以来,焦虑一直在折磨着历代诗人和诗歌理论家,但从闻一多到林庚所尝试的新诗格律的理论和实践都已式微。他们不肯承认或没有能够认识到,诗歌中重要的不是向音乐看齐的音律,而是微妙而神奇的声音语象,将格调、神韵、意味等都吸纳在内的独特的声音语象的创造,才是作为声音的诗艺的奥秘所在。这种情形跟西方诗歌自由化之后一段时间内对新格律形式的期待非常相似,但西方诗人和理论家承认新的格律形式已不可能再现,自由诗本身已成为一种形式[12]。好在今天的中国除了少数研究诗而不读新诗的学者外,大部分诗人及诗歌研究者对诗歌语言的认知也已达到了相当高度,对声音语象的探索有了一定共识[13]。

三、诗歌的声音语象

中国古代诗学文献表明,诗人虽然对诗与音乐的结合从不曾怀疑过,但对诗的声音本身的重视,要甚于音律或格律。"夫声发于性情,中律而成文之为诗"[14],古人承认诗歌必须穿上"律"这件外衣,也的确从不曾质疑过它有没有脱下来的可能性,但"律"也仅仅止于诗的外在标志这一作用,诗的境界与"律"无关,只与诗歌中的"音节"即声音及韵律有关,胡应麟《诗薮·内编》云:"古诗自有音节。陆、谢体极俳偶,然音节与唐律迥不同。"此处"音节"相当于诗歌中的声音,诗里的音节自成风格或模式,但它属于大于格律的声音模式。语言中的韵律是这个声音模式的重要构成部分,因其与音乐相通,它往往成为诗歌中沟通声音与音律的中介。在西方现代诗学中,韵律的作用具有独立性,与格律处于不同的层次上,瑞恰兹研究诗歌的四个维度即 sense(意义)、feeling(感受)、tone(语调)、intention(意图)中的前两者,与韵律关联度较大[15],韵律可加强感觉,强调某种特殊的意义,韵律还能调节情感,使情感变得更加精确。对于唐宋人来说,写诗做到合律不难,难在"音节",贾岛的"两句三年得,一吟双泪流"即可说明这个道理。因为音节不是无意义的音节,整体音调、节奏、声韵,都可能传达诗意或与诗意舛互,声与调有轻重缓急清浊长短高下之分,扬多抑少,则音调匀,抑多扬少,则音调促,远非一个"合律"能解决的。同是格律诗,在整体声音调式上仍可分出唐、宋,"论诗之要领,'声色'二字足以尽之。……古人之诗未有不协声律者,故言诗而声在其中。骚、雅、汉、魏、六朝、三唐之声各不同以乐随世变也"[16]。韵律和其他声音一样由情而生,而格律仿音乐而成。一首诗的声音调式是一切语言声音要素的综合效果,是声调、音步节奏、词句式样搭配、语气、语调的统一,如荆轲诗句"风萧萧兮易水寒,壮士一去兮不复还",以单音形成的框架像鼓点,风、寒、去、还,韵脚为阳声韵,急促,配词义内容而显出激昂、坚毅、悲愤,这就是声音调式与情的表里关系。相对格律诗而言,古体诗可谓古代的自由诗,李白、杜甫所写格律诗并不比古体诗多,亦见出古人对于格律不是顶礼膜拜,现代人又有什么必要存此影响的焦虑?

在诗歌中,语言符号作为抽象思维的工具并不重要,重要的是语言成为审美的对象,语言的韵律能够使语言变成一种具体而感性的实际存在。韵律包括声、韵、调、音步节奏的和谐特征,当韵律与诗意紧密相随时,它就变成实体语象,即从语言单纯的声音特征变为诗歌中的美学单位,成为语象的韵律会充分利用声音的初始象征意义为诗意创造服务,如诗中所押之韵有洪细、阴阳之别,前者为响度差别,响者为洪,弱者为细,后者为韵尾之别,元音韵尾为阴,辅音韵尾为阳。洪声韵宜传达欢乐、激昂、奔放,如杜甫《闻官军收河南河北》,韵脚为"裳、狂、乡、阳",细声韵则适于传达幽怨、缠绵、低沉,如杜甫《登楼》,韵脚为"临、今、侵、吟"。但韵类的初始象征意义并不一定与整体诗意对应,韵律的作用相对于诗句整体声音效果要小一些,如苏东坡《惠崇春江晚景》:"竹外桃花三两枝,春江水暖鸭先知。蒌蒿满地芦芽短,正是河豚欲上时。"用的是细韵"支思韵",表达的却是欢快与生机,只因其洪韵字总数占了一半多;再如同样用洪声韵的苏轼《江城子·十年生死两茫茫》和《江城子·老夫聊发少年狂》,一个悲凉哀伤,一个壮志豪情,是因其为句段意义、音步节奏整体调配所左右,前一首诗停延大,语气平缓,后一首诗停延小,一气呵成,才导致效果大为不同。阳声韵通过鼻腔共鸣,适于传达雄浑、辽阔的意境,如李商隐《赠刘司户》"江风扬浪动云根,重碇危樯白日昏"共 14 个字中有 11 个阳声韵,9 个浊声母(浊音字)。古人写诗对"声"(声母)同样重视,古代的"韵"兼指现在的"声"和"韵",朱光潜说钟嵘《诗品》谓"若'置酒高堂上''明月照高楼'为韵之首",此处"韵"显然指"声"[3]141。一首诗中的整体韵式也能表意,韵的疏密,愈密节奏愈快,越急促迫切;再如换韵,韩愈《听颖师弹琴》先是阴声韵,仿音乐之轻柔婉转,后用阳声韵,仿琴声慷慨激昂。

在英语诗歌中,格律之外的声音语象也比格律更值得重视。现代英美许多自由诗作者常写格律诗,但用力之处往往在于声音的实体语象创造,如罗伯特·弗洛斯特《太平洋畔一瞬》(*Once by the Pacific*):

The shattered water made a misty din.

（海面碎裂，涛声激荡）

Great waves looked over others coming in，

（汹涌浪涛一波接着一波）

And thought of doing something to the shore

（冲击着海岸，似有什么举动）

That water never did to land before.

（这海水对大地所为前所未有）

The clouds are low and hairy in the skies，

（云层低垂，似空中黑发）

Like locks blown forward in gleam of eyes.

（在额前遮挡住闪烁的目光）

You could not tell，and yet it looked as if

（你难以说清，但看来似乎）

The shore was lucky in being backed by cliff，

（海岸幸亏有峭壁在后面的支撑）

The cliff in being backed by continent；

（而峭壁幸亏背靠着大陆）

It looked as if a night of dark intent

（长夜降临，似有隐晦意图）

Was coming，and not only a night，an age.

（何止一晚，而是一整个时代）

Someone had better be prepared for rage.

（人最好要对天地间的狂怒有所准备）

There could be more than ocean-water broken

（那一定远甚于惊涛骇浪的大海）

Before God's last 'Put out the Light' was spoken.

（在上帝最后掐灭亮光之前）

全诗 14 行,144 个音节,70 个音节含有爆破音,是对海洋的躁动不安、汹涌澎湃的描摹,7 对英雄双韵体诗句(heroic couplet)体现史诗的波澜壮阔风格,其中有 4 对跨行连续(enjambement),使诗意连续,一气呵成。英语诗歌的格律比中国近体诗的纯形式格律更接近普遍音乐性,更能体现语言的音乐性,而不是从诗与音乐的结合而来的影响下产生,并且英语诗格律并不那么格律,变格极多,自由度相当大,声音与意义的联系一般都相当紧密,不像近体诗格律几近于一个纯粹的音响效果之形式外壳。不管怎样,英语诗不太可能再形成新诗格律,正是因为这种声音与意义的对应关系没有被较大地破坏,这也是西方现代诗人还时不时写起英语格律诗的原因。

在朱光潜看来,诗歌的声音表情现象也归入"意象","所谓意象,原不必全由视觉产生,各种感觉器官都可以产生意象"[3]41。此中有两点混淆,一是混淆了语言与文字,二是混淆了语言与其指称的事物。语言由文字转写之后,会产生语言或文字的视觉形象,当这个形象表义时,它就是语象,如以图示诗的诗,然而朱光潜忽视了这个视觉形象,反而将不是视觉形象的语言指称物当作视觉意象,这个"视觉"应该是打引号的,因其视觉效果为语言的指称性描述引发心理联想所间接产生。并且,就诗歌的听觉而言,只能是由语言声音本身引起的听觉,而不是由语言所指事物引起的听觉形象,那么由语言听觉形象形成的诗歌符号就不是(听觉)意象了,而是(听觉)语象,因为这种声音形象主要在于传情或气氛的造型,很少用于暗示或外指客观事物。

单纯的格律对诗歌而言,只是披了一件音乐形式的外衣,实际上缺乏诗歌语象的表现力,今人所写的格律诗多属于这一情形。当然,不同的格律多少具有风格意义的示差性,尤其是西方格律,如英雄双行体之于阳刚之气,十四行诗体之于优雅之美,似乎多少有一点语象特征。今天的诗可以没有律,但不可能没有声、音与韵,因为"诗言志",情感与后者有直接的联系,诗歌语言兼具指示符号和缩合符号的特点。若从律或音乐性的探索角度看,当代诗歌的音乐性探索仍然未突破 20 世纪 20 年代的试验[17],但从声音语象的创造看,朦胧诗以来的现代汉语诗歌则远比之前丰富、复杂。

声与音原是两种不同的符号,在诗歌中,由于语音的表情功能使得声、音混同,自此诗歌中的音符号一分为二,即声音符号与文词符号,虽然后者仍可读出音,但此音仅仅是语言系统中的能指系统,不具有象征意义。韵与律原是分属语言与音乐,前者是先于音乐的语言中的音乐性,后者是音乐艺术里的主要内容,由于诗与歌的原始结盟,韵与律逐渐混同,并且,韵律也成为音乐影响下的诗歌音律的同义词。声与音、韵与律这两种混同与诗歌本身的特性息息相关,而诗歌中的声音与韵律(音律/格律)的混同,却是研究者理论思维之局限的表现。

音律或格律容易退化为外部的音乐性,而与诗意分离,即缺少了与诗的鲜活生命感受的联系,格律中的要素平仄、音步节奏、押韵,以及声音的象征都会被当作写作的技巧,在格律这一声音模式中,诗反而丧失了"声音"。诗歌与音乐的彻底分离在中外诗歌史上都是晚近的事,从荷马到莎士比亚再到艾略特,西方诗歌演化过程中,格律在诗中的作用明显衰弱了。西方诗比中国诗更早倾向于将语言(诗歌)和音乐分离,西方人认为语言与音乐各自的审美效果要比结合在一起更好,这个分离过程约延续两个世纪,现在的西方诗愈来愈看重 metaphor(隐喻)、symbols(象征)和 myth-visual(视觉奇构),同时声音的笼统表意功能也趋于弱化,但是独特的声音语象常在,诗歌与声音的联姻从来不曾解体过,声音语象已成为优秀诗歌的特质之一。

诗歌中"声、音、韵、律"之间的关系在传统与现代视野中是两种不同的景致,传统诗歌中的歌与诗一体两面,音乐形式笼罩在诗歌之上,或与诗如影相随,使诗的语言声音依音乐规律来组织,当诗歌与音乐分离后,格律成为音乐在诗歌中最好的替身;现代自由体诗彻底放逐了音乐形式,但并没有放逐诗歌的声音和韵律。声音是语言的本质属性,现代诗学表明,以语音为中心的组织原则内在于所有的诗歌[18],格律解除之后的诗歌释放了声音的潜能,每首诗都可能有自己独特的声音形式。在中国现代诗歌史上,人们很大程度上混淆了声音与格律,对古典诗学中的声、音、韵、律诸概念之间的差异严重缺乏辨别,以致既有人钻进格律陷阱重新自缚手脚,又有人完全抛弃诗歌的声音追求,在歧路上徘徊,对待声音的态度像一面镜子,照出了百年现代汉语诗歌的成败。

参考文献

［1］萨丕尔.萨丕尔论语言、文化与人格[M].高一虹等译.北京:商务印书馆,2011:346.

［2］郑樵.国风辨[M]//吴文治.宋诗话全编四.南京:凤凰出版社,2006:3465.

［3］朱光潜.诗论[M].桂林:广西师范大学出版社,2004.

［4］洪堡特.论人类语言结构的差异及其对人类精神发展的影响[M].姚小平译.北京:商务印书馆,2004:244.

［5］赵敏俐.咏歌与吟诵:中国早期诗歌体式生成问题研究[J].文学评论,2013(5):56—66.

［6］吴文治.宋诗话全编四[M].南京:凤凰出版社,2006:3472.

［7］郭绍虞.中国历代文论选三[M].上海:上海古籍出版社,1979:34.

［8］朱自清.诗言志辨[M].桂林:广西师范大学出版社,2004:1.

［9］帕克.美学原理[M].张今译.桂林:广西师范大学出版社,2001:180.

［10］王佐良.英国诗史[M].南京:译林出版社,1997:165.

［11］克洛齐.美学的历史［M］.王天清译.北京：中国社会科学出版社,1986：162.

［12］Timothy Steele. *Missing Measures: Modern Poetry and the Revolt Against Meter*［M］. Fayetteville：The University of Arkansas Press，1990：280.

［13］李心释.语象与意象：诗歌的符号学阐释分野［J］.文艺理论研究,2014(3)：195—202.

［14］许相卿.渐斋诗草序［M］//吴文治.明诗话全编三.南京：凤凰出版社,1997：2200.

［15］I A Richards. *Practical Criticism: A Study of Literary Judgment*［M］. New Jersey：Transaction Publishers，2004：181.

［16］冒春荣.葚原诗说［M］//郭绍虞.清诗话续编.上海：上海古籍出版社,1983：1618—1619.

［17］陈卫,陈茜.音乐性与中国当代诗歌［J］.江汉论坛,2010(7)：95—99.

［18］保尔·德·曼.阅读的寓言［M］.沈勇译.天津：天津人民出版社,2008：52.

——原载《江汉学术》2019 年第 5 期：69—75

现代诗潮与诗人重释

自我的裂变：戴望舒诗歌中的
碎片现代性与追忆救赎

［美］米家路(文) 赵 凡(译)

摘 要: 现代性在 20 世纪初中国的进程造成了历史时间的中断与文化整体性的丧失,使自我破裂为许多碎片。在这分崩离析的漩涡中,戴望舒的现代主义诗歌标志着一种新的诗学意识的开启与一种根本性的转向,即从宏大的历史关怀转向微观与细小的日常事实,从更高转向更低,从外部的具体经验转向个人生命内部的体验。这种从外部世界退回到了私人的生活世界旨在捕获现代性的碎片,在追忆消逝之历史的气息中,重构消逝过往与空洞当下、外部与内部、自我与非自我以及部分与整体的分裂,并最终将创伤的身体重塑为一个整合的自我。①

关键词: 戴望舒;现代主义诗歌;碎片现代性;内转体验;追忆救赎

> 我底记忆是忠实于我的,
> 忠实得甚于我最好的友人。
>
> ——《我底记忆》

　　戴望舒(1905—1950)作为象征主义诗人的初次亮相,恰是诗怪李金发鬼迷心窍地误入自由诗创作爆发的终止时间,这或许是一次奇妙的历史巧合[②]。戴望舒在这一意义上承续了李金发的象征主义传统，并使之在 1930 年代趋于成熟。在现代汉诗的编年史序列中，李金发代表了 1920 年代第一代诗人早期的诗歌实验，这一点与浪漫主义先驱诗人郭沫若相似，而戴望舒则体现了五四新文学革命之后，活跃于 1930 年代的第二代诗人更为复杂精致的写作实践。[1]4—6 因此，戴望舒的出现不仅体现了现代汉诗史上一次关键性的突破，同时亦标志着"无论艺术精神或艺术形式，中国新文学的现代主义的新纪元之到来"[2]。

浸淫在象征主义传统中的戴望舒，从题材、主题到影响的渊源上都与他的前驱者李金发相似，尽管他们发展出了不同的创作趋向[③]。就对外国诗歌的模仿而言，戴望舒和李金发一样，同样受到了早期法国象征主义大师波德莱尔与魏尔伦的影响，尽管他曾更多地受惠于诸位"新象征主义"诗人，如耶麦（Jammes）、福尔（Fort）、道生（Dowson）、特·果尔蒙（de Gourmont）、核佛尔第（Reverdy）、苏佩维埃尔（Supervielle）、梅特林克（Maeterlink）、阿波利奈尔（Apollinaire）、瓦雷里（Valéry）以及艾吕雅（Eluard），戴望舒曾或多或少翻译过他们的作品。据戴望舒的同仁施蛰存所言，戴望舒早期的创作始于他对英国颓废派诗人欧内斯特·道生（Ernest Dowson）与法国浪漫主义诗人雨果的翻译；中期则受法国象征主义诗人的影响，尤其是保尔·福尔（Paul Fort）与弗朗西斯·耶麦（Francis Jammes）的影响；后期则从他所翻译的西班牙诗人加西亚·洛尔迦（Garcia Lorca）那里吸收了一些元素，因而，戴望舒的翻译与创作互为影响并互为激发。[1]6 其中，波德莱尔、魏尔伦、耶麦与道生这四位诗人直接或间接地影响着戴望舒的诗学意识，或者说，他从这些诗人中获得了极大的诗性灵感。

作为一个"幽微与精妙"的诗人，戴望舒对现代性拥有犀利的敏感度，他延续了李金发开创的传统，绝非简单地重复或模仿，而是背离、反叛与创造性地转化，进而为中国现代性诗学贡献了三种独特的话语要素，即琐屑与碎片的现代性、记忆气息的叙述、自我分析的实践。下面我将戴望舒的诗歌放置于若干现代性理论视域中并对其提出新的解读，以此凸显戴望舒诗歌中自我模塑话语范式演变的曲折轨迹。

一、琐屑与碎片的现代性

戴望舒诗中最突出的特征便是极度地沉浸于最细小、最无意义、最表层的事物、日常生活世界中的具体细节，以及存在的惯常形式。确切地讲，在个体世界中的外部的、细微的、无意义的日常事物，皆被抒情主体的"我"从内部与心理上体验为现代生活的碎片，并由诗人赋予了其重大的意义与价值。

像是用旧/磨损了的日常物件和非常个人化的器具残渣这类细微事物，表面上虽看不出有何意义，却仍被诗人注入了非同寻常的情感。这种碎片般的琐屑，在一首广为人知的作品《我底记忆》的第二节中非常典型：

> 它存在在燃着的烟卷上，
> 它存在在绘着百合花的笔杆上。
> 它存在在破旧的粉盒上，
> 它存在在颓垣的木莓上，
> 它存在在喝了一半的酒瓶上，
> 在撕碎的往日的诗稿上，在压干的花片上，
> 在凄暗的灯上，在平静的水上，
> 在一切有灵魂没有灵魂的东西上，
> 它在到处生存着，像我在这世界一样。④

《过旧居》一诗中出现午炊的香味、羹、饭、窗、书架、一瓶花、灯光、餐桌、盘、碗,诗人极度地珍视这些家庭生活中的常见之物,并将之审美化。在《野宴》《小病》《示长女》这几首诗中,一些如莴苣、番茄、金笋、韭菜、芦笋等菜蔬亦特别令诗人喜爱。对于戴望舒来说,正是在这多种多样的日常而普通的菜蔬中,一个人便可能经历生存意义的气息。

戴望舒这种对日常生活中庸常与琐屑的极度迷恋招致了种种非议。赞同戴望舒的人认为,他向日常生活世界(lebenswelt)的转向乃是努力抓住"现代感应性"的"舒卷自如、锐敏、精确"[3],这为现代诗创造出一种现代人能够用以自如表达的日常口语迈出重要一步[4],并且形成"一种原生状态的情感世界,一些微妙的感觉,一种朦胧的心境"[5]。然而,持相反意见的另一些批评家则认为,戴望舒的转向是一次对"人道主义关怀"的逃避,遁入了"虚无主义"[6],诗才被无益地消耗掉了[7]。其结果,这种细节与情绪上的过分沉溺便限制了其主旨的广度,在中国新诗人中至多不过是一位"二流诗人"[8]。

从郭沫若对宏大主题的倡导(进步、民主、自由、新中国的理想)到李金发开始的反启蒙的悲怆感(一种颓废的负面伦理,一种自反之美的推崇),最后到戴望舒向庸常现实的日常细节转向,表面上看,中国现代性本身似乎经历了某种自我分解、自我碎裂以及自我中断。但就更深层的意义来看,现代汉诗中的现代性经验,事实上发生了某种根本性的转变,即从宏大的历史关怀转向微观与细小的日常事实,从更高转向更低,从外部的具体经验(Erfahrung)转向个人生命内部的体验(Erlebnisse)⑤。戴诗的显著特征在于日常生活的碎片性琐屑,他将过度的力比多倾注其中。为了理解这种转向,我们需要考察一些与我们的论述相关联的现代性的话语与理论。

现代性话语的中心论述就是,现代性应该被理解为一个划时代的大事件，它摧毁历史时间的连续体[9]216，与传统文化的彻底决裂[10]，将神圣/更高的意义庸俗化为日常与普通的"祛魅"过程[11]。作为审美现代性（modernité）概念的创始者，波德莱尔（Baudelaire）在他的经典论文《现代生活的画家》中将时间的这种非连续性经验总结为"过渡、短暂、偶然就是艺术的一半，另一半永恒和不变"[12]439—440。为了将此种奇异的都市经验合法化为一种规范性概念，用卡林内斯库（Calinescu）的话来说，波德莱尔将现代性重新界定为："一种悖论式的可能性，即通过处于最具体的当下和现时性中的历史性意识来跃出历史之流。"[13]

随着时间连续性的中断以及宏大叙述的庸常化，世界之后的处境便是被摧毁为小颗粒，过往的众多遗迹，以及即刻当下中破碎的历史现实那无意义的碎片。更根本的是，在个体世界中，总体性不再存活，现时则因其对新奇（la nouveauté）的狂热而变成非历史的——仅仅是局部占据着主导地位。正如尼采生动的描述：

> 生活不再以总体性的形式存在。字词跳跃出句子之外而独立，句子取代并遮掩了段落的意思，段落以牺牲全篇为代价获得生命——总体不再是总体性。……整体不再存在；它是复合的、蓄意的、巧饰的，一个赝品。[14]45

现代性中时间流的瞬时过渡性，对于个体来说，不可能在上面的（above）世界中重获失落历史的意义，而只能在下面（below）的世界中获得，也就是在日常世界中获得，因为在这种日常世界中，包含了细微痕迹的丰富性，以及某个失落的近期之最表面的细节。人们不仅能在这种庸常状态下（内含个体独特之生存经验的连续性）发现现代性的遗迹与残余，人们也能发现美学的总体之美，"总体存在的结晶"[14]256。在齐美尔（Simmel）看来，每一个碎片、每一个社会快照，自身都包含着昭示"整个世界的总体意义"的可能性，而且应被视作一个自洽的独立世界，一些自决自立的事物[14]77。因此，对于艺术家来说，为了能捕捉现代性的内质，穿透庸常经验的细腻与灵光，并最终从"过渡中抽出永恒"[12]439，滋生出一种对于琐屑与无意义碎片的感受力便显得十分重要。

为了开发这种对琐屑与碎片的敏感力，齐美尔和本雅明（Benjamin）均认为，一个人只能从碎片的、细微的、无意义的细节与个体的局部开始，即"碎片就是总体"[14]77，因为"是碎片为总体保留着通道，而不是总体澄明碎片"[14]256。就此看来，最终从这些日常生活的琐屑实践产生的结果便是：小即大，局部即整体，碎片即总体，无意义变得有意义，可有可无之物变成了根本之物。正如波德莱尔所言："许多琐屑的东西变得硕大无比，许多细微不足道的东西抢了引人注目的风头。"[12]488在碎片性的琐屑、感官、感情、知觉、情感、情绪、印象、细腻的感觉领域内，乃是一个个体独有的力比多能量的最小因子与单元，从而制导着整合自我的机制[15]。对于波德莱尔、魏尔伦、耶麦、李金发和戴望舒来说，在生命的日常生活中，现代性意识充当将外部生命的飞逝、破碎与偶然瞬间注入进其内在生命的功能，以便使"外在世界已经变成了'一个内心世界'"[14]83。换言之，经验（外部的群体经验）被融化进体验（内部的个体的鲜活经验）之中。因此，所有的庸常瞬间、每一个日常细节、所有的外在物以及时间的每一个瞬间均被异常性地风格化了，并被赋予内部（intérieur）活生生的气息体验。

由此看来，戴望舒在中国现代性的语境中，将注意力转向生活世界的日常琐屑，可以从两个层面加以描述。一是在社会现实的经验层，后革命时代（"五四"的社会—文化革命）中，整合自我的总体与宏大历史不复存在。转留给个体经验的便是与后历史的尘埃、废墟与碎片相遇，与失落历史的最小单元相遇。这被打碎的社会现实，借特罗尔奇（Troeltsch）的隐喻来说，"类似一片已经被砍伐的森林，只有树桩留在地面上，树根正在枯死，再也不能生长出一片森林，宁可说是，长满了美学意义上的各种各样的装饰物"[14]79。因此，戴望舒对郭沫若甚至是李金发所建立的现代诗学传统之偏离，便在于特别强调个体自我所经历的细微事物，被用以重获隐藏在这些日常微物中的独特性与真实性，以便为个体自我重构一个自主的世界。

在上引《我底记忆》一诗中，日常世界中个体所经历的这些细微、无意义且庸常的细节"燃着的烟卷""破旧的粉盒""木莓""喝了一半的酒瓶""往日的诗稿""压干的花片""凄暗的灯""平静的水"，一一体现出诗人异常的感情投入。对于诗人来说，这些细微的表面事物只不过是对其生平细节的瞬间记录——一种消逝的灵感、爱情、友谊、家园——它们并不仅仅是对消逝过往的简单怀念——而且也是形成个体自我的自足生活世界的每一个碎片之原料。更重要的是，它们被当作"我"在这个庸常世界中寻求连续感的能量源。它们是记忆的固恋，过往之价值与生命之意义从中爆发。所以戴望舒在日常世界内提取生活的总体性，在这样的尝试中，回到细微的事物，遁入某种消隐现实的庸常碎片。对于琐屑的感受力与捕获日常生活之气息的能力以这种方式而得滋养。

戴望舒转向的另一层特征在于，对非连续性的新颖体验，这种体验兴起于中国社会特有的现代性进程。如上所述，中国现代性发生于 19 世纪、20 世纪之交，这不仅令社会—文化的总体性破裂成无数的碎片，而且还创造了一种非历史的空洞现时——一种新近的过去。现代性刷新一切事物——一种新的心理经验，一种新的生活方式，一种新的都市文化奇观，这一理念决然地粉碎了个体生命经验与他所珍视的神话过去的关联。戴望舒的同仁，也是戴望舒诗歌的主要编者，施蛰存在 1932 年的《现代》杂志上写过一篇文章，此文极其精确地对现代生活的新风貌作了如下描述："所谓现代生活，这里面包括着各式各样的独特的形态：汇集着大船舶的港湾，轰响着噪音的工场，深入地下的矿坑，奏着Jazz乐的舞场，摩天楼的百货店，飞机的空中战，广大的竞马场。"他进一步强调现代生活与过去的根本差异："甚至连自然景物也和前代的不同了。这种生活所给予我们的诗人的感情，难道会与上代诗人从他们的生活中所得到的感情相同的吗？"[16]施蛰存就此呼唤"用现代人在现代生活中所感受到的现代的情绪用现代的词藻排列成的现代的诗形"去写"纯然是现代的诗"[16]。尽管施蛰存表达了对现代性的崭新意识，但最有意义的还是，他将现代情绪突出为现代人的感觉、经验与经历。然而，在一种非历史的现时中，何谓新/旧，何谓现代/近世，何谓感觉现代情绪/经验，它们又将何处安放？如果日常生活中最细微的琐屑与碎片是对现代性经验的感觉，那么诗人又是如何产生或捕捉这些细小的事物与微粒的呢？

因此，在戴望舒的日常世界中出现的一些典型形象，其功能就如同波德莱尔世界中的英雄：诗人或抒情主体"我"作为聚集者、拾荒者，以及作为搜寻者出场。聚集者将失落历史的痕迹、零碎与碎片搜集起来，拾荒者围绕着现代性的废物与残渣进行开掘，搜寻者则提取神话的远古中那灵光满溢的遗迹、废墟和残骸。他就像波德莱尔笔下的游荡者（flâneur）一样，在充满现代性废物的巴黎街道上步履矫健："这个富有活跃的想象力的孤独者，有一个比纯粹的漫游者的目的更高些的目的，有一个与一时的短暂的愉快不同的更普遍的目的。他寻找我们可以称为现代性的那种东西，因为再没有更好的词来表达我们现在谈的这种观念了。对他来说，问题在于从流行的东西中提取出它可能包含着的在历史中富有诗意的东西，从过渡中抽出永恒。"[12]434在戴望舒的《单恋者》中，我们能听到波德莱尔式搜寻的回音：

> 在烦倦的时候，
> 我常是暗黑的街头的踯躅者，

我走遍了嚣嚷的酒场，
我不想回去，好像在寻找什么。
飘来一丝媚眼或是塞满一耳腻语，
那是常有的事。
但是我会低声说：
"不是你！"然后踉跄地又走向他处。

人们称我为"夜行人"，
尽便吧，这在我是一样的；
真的，我是一个寂寞的夜行人。
而且又是一个可怜的单恋者。

这个孤独的夜行者，在庸常的日常性中不停地搜寻神秘之物——暗黑的街头、嚣嚷的酒场、一丝媚眼、一耳腻语——展现出一股强烈的英雄式欲望，去发掘现代生活的微小细节中的无价之宝（"我不想回去""不是你"）。现代性的非连续经验所催生的新奇能量，令夜行者不断地搜寻日常生活中的非同凡响之物。在另一首《夜行者》中出现了一个相似的形象：

这里他来了：夜行者！
冷清清的街上有沉着的跫音，
从黑茫茫的雾，
到黑茫茫的雾。

夜的最熟稔的朋友，
他知道它的一切琐屑，
那么熟稔，在它的熏陶中
他染了它一切最古怪的脾气。

> 夜行者是最古怪的人。
> 你看他走在黑夜里：
> 戴着黑色的毡帽，
> 迈着夜一样静的步子。

因为关注于日常的、程式化的细节，夜行者因此变成了一个琐屑鉴赏家，对细微事物养成了一种特别的品味。正如波德莱尔笔下的拾荒者，仅在世界沉睡时开始工作，戴望舒笔下的"夜行者"同样在夜晚荒凉的街道上出现，开始搜集现代生活的破烂玩意，为了重构而将它们分门别类⑥。如此看来，戴望舒转向现代性的琐屑与碎片便可得以令人信服的确认。

现在，我们应当回到上文所提出的问题，即：如果琐屑与碎片是现代性最具体的形式，那么戴望舒向此端转向亦变得相当合理，那么这种日常性的个体经验应置身何处？如果现代性的碎片可能被重构，那么这种重构发生的场所何在？由于这些碎片和琐屑在现代性的飞速时间中如此过渡与偶然，诗人何以可能再次将它们一一捕捉？为了考察这些问题，我们必须转向对现代性主题最具意义的表达，同时也是戴望舒贡献给现代汉诗最独特的话语元素：追忆叙述。

二、追忆叙述：自我重构的新句法

随着戴望舒的出现，现代汉诗目睹了其在记忆领域内最强烈的表达⑦。在他的世界中，记忆无处不在，他最好的诗便产生于此；记忆即一切，充当了其诗歌创造的媒介与内容；记忆是全知的，记忆将自身塑造为"我"得以思考的源头。这种特别的记忆，不论是其失落的过往、失落的理想、失落的家园、失落的友谊，还是其作为生命的力量、焦虑的来源，以及对以往之梦的记录，皆成为戴诗中最独特的品质。戴望舒的整个诗歌生命着魔似地全神贯注于一些完成的、终结的以及失落的事物。因此，我揣而言之，没有记忆（作为文学灵感与自我的全部意义），戴望舒根本无法创作，或者至少无法写出他最好的诗篇。是戴望舒创造了追忆叙述，并将一种全新而深远的意义赋予中国现代文学。[⑧]正是在追忆中，现代性的琐屑与碎片才拥有位置；正是通过记忆的媒介与力量，现代性的气息才得以捕获，以及自我的丧失才得以重构。

如上所述，现代性中断了在历史的过往中个体经验的连续性，并创造出一种非历史的时间当下性，一种空无的状态，如缪塞（Musset）笔下的主人公那样："过往的一切都不再，未来的一切还未来。对痛苦的堂奥无处可视。"[17]在文学中，对这种现代性观念之效应的直接反思，则是当下时间中对丧失、缺失、缺乏、虚空之激烈经验的倾泻，凭借各式再现的能力——各式各样的记忆技巧（mnemo-technics）来努力回忆、复原、描绘、重现逝去的时间（temps perdu）[⑨]。所以，记忆母题便成了现代文学里的中心主题之一，众所周知，现代主义的整个传统都无法摆脱记忆的经验，普鲁斯特的记忆巨著《追忆似水年华》便是一个明证[⑩]。

浪漫主义诗人笃信，过往与当下之间的和谐循环与自我之合一，可以全然通过记忆的复原力来重新获得，正如华兹华斯诗中所描绘的那样[⑪]。然而，记忆在波德莱尔、魏尔伦、马拉美、耶麦、道生、普鲁斯特和乔伊斯这些现代主义者的世界中，以截然不同的形式出现。在现代主义之中，总是存在一种记忆的焦虑，它表征着"一种痛苦意识的分裂结构"[18]21，一种无奈的悲凉意识，就是，消逝的过去只能被局部地、碎片地以转喻形式复活。用塞尔托（Certeau）的话来说："每种记忆都发着光，在与这种整体的关联中，它就像一个转喻。"[19]88这得归于现代性时间中不可逆转的分裂。因此，过去的总体性已经永远逝去，时间的透明度不可挽回地被替换,凭借记忆来探寻理想的现实,因而变成了最一贯的主题,它滋养了现代主义文学中最强力的想象能源。

在波德莱尔的诗歌中,记忆占据了一个中心位置。一方面,他相信记忆的复原力,消逝的过往可以重获恢复。另一方面,他将记忆视为"一种抑制其全面转化的中介"[18]110,一种记忆,拒绝当下与过往之间的流动而得以被表征。在波德莱尔的著名论文《现代生活的画家》中,他推崇那些将记忆视为创造活力之源头的艺术家,并指出了记忆的两种功能:"这样,在 G 先生的创作中就显示出两个东西:一个是可复活的、能引起联想的贯注的回忆,这种回忆对每一件东西说:'拉撒路,起来吧!';另一个是一团火,一种铅笔和画笔产生的陶醉,几乎像是一种癫狂。这是一种恐惧,唯恐走得不够快,让幽灵在综合尚未被提炼和抓住的时候就溜掉。"[12]489《恶之花》中有一首名诗《天鹅》("Le Cygne"),这首诗同样表达这个观念:通过洞穿记忆与符号——一语双关:天鹅/符号(swan/sign)之间的相互作用,在记忆的符号中不可能使失去的得以再现⑫。在《天鹅》中,逝去的过往作为一种不可挽回的放逐,它所招致的创伤经验由记忆所唤醒:缺失定义了恋旧之情。"老巴黎不复存在(城市的模样,/唉,比凡人的心变得还要迅疾)。"[20]289

通过记忆打捞逝去的时间的困难,不过是波德莱尔反思现代性中记忆本性的一部分;波德莱尔诗学中的关键点在于,他也许相信追忆的生殖力能够使过往的价值得以再生,尽管这价值不在诸种总体性中,然而却在最细微的碎片中。在《阳台》("Le Balcon")一诗中,他将记忆的力量赞颂为"回忆之母,情人中的情人"("Mère des souvenirs, maîtressedes maîtresse"),能从遗忘那无限曲折的深渊中打捞起过往的美与旧日的美好时光:"我知道怎样召回幸福的时辰。"在《远行》("Le Voyage")一诗中,波德莱尔将记忆非凡的照亮之力彻底化,这力量触发了某种超自然的经验:作为整体的局部经验或作为局部的整体经验——一种转喻与提喻的表达法⑬:

对于喜欢地和画片的娃娃，

天和地等于他那巨大的爱好。

啊！灯光下的世界那么的广大！

回忆眼中的世界多么地狭小！[20]342

　　马塞尔·普鲁斯特（Marcel Proust）同样通过记忆，令逝去的过往之景象得到复原，他或许是现代文学中探索记忆领域的最伟大的作家，他写下了唯一的追忆杰作《追忆逝水年华》（*A la Recherche du Temps Perdu*）。如果波德莱尔由于记忆本身处于放逐之中，而部分地怀疑记忆的恢复力，那么普鲁斯特则不仅将记忆投入对生活所有经历的复原上（temps perdu towards le temps retrouvé），而且还巧妙地赋予记忆某种拯救力量，从隐没或被毁中拯救生命的经验；通过描写个体自我目下最真实的意义，普鲁斯特坚定地相信经由记忆的媒介，过往能够拯救当下。[14]

　　为了实现这一救赎性理念，普鲁斯特开始在最无意义的素材、最细微的碎片、非自主回忆（mémoire involuntaire），以及日常世界里最平常的细节内，探寻富有创造性的时刻[15]。对于普鲁斯特来说，非自主性回忆是最有效的，具有内在活力的媒介，通过这一触媒，过往被压抑、被隐藏的细致入微的内容，便被一点一滴地揭示出来；过去与当下、那里与这里，以及外部与内部的创伤性分裂由此得以弥合治愈。因此正是在这个小茶杯中，在最迷人的日常事项中，凭借记忆的精挑细选（recherché），于最超凡的生命经验中感知、发现、重获玛德琳小蛋糕（madeleine）这个独立自主的宇宙。通过视非自主回忆为一种扬弃的过程——细微的事物经过回忆而变得非凡和重要，或用本雅明的话来说"从时间中脱颖而出"[21]。普鲁斯特以此开启了现代主义中，最为奇特的个体之私人生活世界的追忆叙述，一种与戴望舒记忆诗歌不谋而合的叙述。

　　现代主义对于记忆的理解大致有三种：一是对逝去之过往的

复原力;二是经由过去来救赎当下的拯救观念;三是自白叙述中的放逐符号学(the semiotics of exile)。另一个时常萦绕在波德莱尔以降的现代主义者们头上的观念认为,记忆这一理念还充当着折磨、痛苦、失望、苦恼与灾难的场所。[22]239去追忆、回忆、铭记即去受难,去感受不可触及之过往的伤痛。波德莱尔认为,这种折磨来自一切过往记忆的同时呈现:"诗性记忆,曾为某种无尽欢乐的源泉,如今变成了摆满无穷折磨刑具的库房"[23];魏尔伦认为记忆唤醒了他过往的恶魔:"啊,人类的智慧,啊新事物横陈眼前/而过往——令人厌倦的回忆!/你的声音描述,还有更险恶的建议/我记下的便是我所犯下的邪恶。"[24]明确影响过戴望舒的记忆主题的诗人耶麦⑯,在诗歌《无名之美》("beauté sans nom")中感到痛苦,即追忆纯洁的不可接近的理想女性"我徒劳地寻着你的出现"("Je cherche en vain votre présence")。对在记忆中保存瞬逝之美的不可能性,道生则流露出深深的苦痛与惋惜"往日的愁怨,平凡的旧事,/又同来侵我忧心"(《请你暂敛笑容,稍感悲哀》,戴望舒译)。

以上简述了现代性中典型的记忆经济(mnemonic economy)的不同形式,据特迪曼(Terdiman)的看法,它们的特质在于记忆的危机,这种记忆症候的类型源于当下与过去之联系的中断[22]3—6。根本上,这种记忆危机拥有两种主要的失序特征:"太少的记忆与太多的记忆"("too little memory and too much")[22]14。前者陷溺于"可怜的欠发展"("pitiful underdevelopment")中的记忆;后者则困扰于"可怕的过度生长"("monstrous hypertrophy")中的记忆[22]25。就陷溺于过少记忆之一端来看,不断进步的空虚当下吞噬着过往,将记忆驱遣入遗忘,正如波德莱尔的《恶之花》所示"其身无血,流着忘川之绿汤"(《忧郁之三》);就困扰于太多的记忆之一端来看,过去仍活在当下,或者当下被过去移植,很难记住什么,如波德莱尔的《忧郁》("Spleen")一诗"我若千岁也没有这么多回忆"(《忧郁之二》)。特迪曼断定,这两种功能的失调反映出某种文化焦虑,具体表现为现代性经验之中,个人与集体之意识均遭遇了前所未有的断裂[22]8。

在 20 世纪初,中国文化的连续性发生了某种认识论的断裂,中国新文学经历了对过去的深深丧失,因而记忆的文学便随之兴起了。西方现代性中出现的记忆危机也同样出现在中国现代文学中,记忆问题的两种矛盾类型呼之欲出。⑰在现代汉语诗歌的语境中,郭沫若恰好表现出记忆太少的问题,而李金发的又太多。在郭沫若的《女神》中,由于从过往的尘埃中爆发出了创造全新自我与全新民族身份的膨胀能量,因此在这具热烈的身体中便不会包含任何过往的记忆,这身体永不停歇地向着新的未来时间挺进。对于郭沫若来说,一切旧事物的绝对毁灭是创造一切新事物的前提。没有必要,也无可能回望过去。犹如《天狗》诗中的爆炸身体拥有越少的记忆,它所爆发出的力越多能量便越有力。记忆在郭沫若自我形塑的叙述中被视作某种障碍与妨害,可能阻挡了一个完全透明的现代新自我的创造。因此,在《女神》中,几乎难觅记忆的踪迹。⑱在李金发的诗歌世界中则正相反,记忆占据了一个重要的位置：对失去的爱情、消逝的青春、童年、破裂的友谊与异国旅行的记忆。因为过往的记忆已死、已然凋谢,有时,他为自己模糊的记忆而烦躁：

> 我的记忆全死在枯叶上,
> 口儿满着山果之余核。[25]384
>
> ——《爱憎》

> 在淡死的灰里,
> 可寻出当年的火焰,
> 惟过去之萧条,
> 不能给人温暖之摸索。
>
> ——《在淡死的灰里……》[25]248

然而更重要的是,记忆太多令李金发饱受搅扰,痛苦不堪,正如我们在李金发的《夜之歌》,这首现代汉诗中最为古怪的诗句中所看到的那样:

> 粉红之记忆,
> 如道旁朽兽,发出奇臭,
>
> 遍布在小城里,
> 扰醒了无数甜睡。[25]37

这几行诗呈现出现代世界的空间视野,小城布满了记忆。此处,记忆被描绘得充满诱惑(粉红:感官上的/视觉上的性感诱惑),邪恶(发出奇臭的朽兽:侵略性的/无处不在的嗅觉),不可避免地入侵现代世界(在味觉器官中呼吸它的臭气),不可抗拒(引人注目的粉红色),而终成灾难(扰醒了无数睡眠/引发失眠症)。这首诗,充满了波德莱尔式的记忆焦虑的气息[例如《腐尸》("The Corpse")一诗],准确地捕捉到了现代性最直接的后果,即"记忆危机的周期性发作"[22]343,这一危机的持续,在戴望舒那里达到爆发点。

作为一个现代主义诗人,戴望舒尤其陷溺于过量的记忆。这种记忆危机表露在记忆过旺(hypermnesia)的症状中:一种他永不遗忘也无从逃避,却似乎在与日俱增的记忆。在这首著名的《我底记忆》中,我们可以目睹到记忆无处不在,一切都成了记忆:

> 在一切有灵魂没有灵魂的东西上,
> 它在到处生存着,像我在这世界一样。

无处不在与无所不知的记忆塞满了诗人的整个世界,更准确地说，"我"的整个心灵在记忆的控制之下。一种记忆的物化在此出现——"我"变成了记忆的他者，由存在于"我"之中的他者所唤醒，但最终却致使"我"屈从于他者：

> 它的拜访是没有一定的，
> 在任何时间，在任何地点，
> 甚至当我已上床，朦胧地想睡了；
> 人们会说它没有礼貌，
> 但是我们是老朋友。

　　尽管如此，这种无所约束的记忆过旺，或栩栩如生的不正常记忆，如此粗暴地干涉着私人的生活—世界，相反却并未给"我"带来极大的痛苦：

> 我底记忆是忠实于我的，
> 忠实得甚于我最好的友人。
> ……
> 但是我是永远不讨厌它，
> 因为它是忠实于我的。

　　在《我底记忆》中，诗人表达了对记忆本质在现代生活的状况下的纯粹沉思。在这首里程碑式的作品中，戴望舒不仅界定了他的诗，还界定了他自己。也就是说，记忆是诗人最主要的抒情议题、主题、世界，以及他诗歌写作的中介与内容。记忆是他愿意交流与愿意称颂的最重要的朋友、最亲密的他者以及最可靠的伙伴。在记忆的领域之外，世界一无所有。戴望舒给予记忆过度的特权，并将一种新的诗学敏感性推向极致，他创造了孙玉石称之为"开了中国三十年代现代派的一代诗风……的记忆体"[26]。

由此看来,就记忆的功能在于连结当下与过去而言,记忆创造了一种叙述,一种探求(追忆,recherche),记忆组成了详细的单元:事件、时序、行为、路径、叙述主体,从过去的碎片尘埃中构造出一种连贯的整体[27]。"过往"这一观念以某种叙述形式传递至当下,它能够产生出记忆的复原力与拯救力,这一点我们已在上文有所涉及。然而,在中国历史连续性中断的语境下,现代性前所未有的冲击,造就了戴望舒诗中一种独特的追忆叙述,即一种微小叙述的兴起。这种小叙述提供了最个人化的生命史,个体"我"之中最意味深长的事件,以及日常世界中最为琐屑的故事。

记忆的微小叙述作为较长历史记忆的宏大叙述的对立面,开始于"局部、当下与个人……个别的与特殊的",在某种意义上可被称为"反记忆叙述"[19][28]。利普希茨(Lipsitz)认为,反记忆叙述乃是"某种开始于局部、即时与个人的铭记与遗忘的方式"。不同于历史叙述那种始于人类的总体性存在,然后聚焦于其中特定的行动与事件,反记忆叙述开始于个别与特殊,然后朝外向着一个总的故事铺展。反记忆将目光投向排除了主流叙述的隐蔽历史。但反记忆叙述又与神话不同,神话寻求源于较长历史构成中的事件与行为的分离,而反记忆叙述则通过提供关于过往的新角度,来推动对现存的历史进行修正。戴望舒的大部分诗作均具有反记忆叙述的品质。在上述对《我底记忆》一诗的讨论中,正是这种典型的反记忆叙述,诉说着一些发生于"它"——记忆,与"我"——叙述者之间的重大事件。"它"所有的叙述细节在诗中被唤醒:"它"——到处存活、胆小、安静,言语琐碎,它的故事嗡鸣着同样的语调,娇媚无比、滔滔不绝、不请自来。"我的"与"它"的关联在于,"在寂寥时,它便对我来作密切的拜访";"我的"对"它"的态度,即使它的拜访行踪不定,而且"琐琐地永远不肯休止的",但"我"却绝不会讨厌它,因为"它"是忠实于"我的"。对细节如此的专注,令戴望舒成功地展现出一幅生动鲜活的记忆图景,最终将记忆的概念提升到一种活力存在的地位。如此一来，戴望舒实实在在地复活了中国现代文学中，现代生活世界内的记忆诗学。

微小的追忆叙述/反追忆叙述的特征同样可见诸许多别的作品。戴望舒最脍炙人口的作品《雨巷》，表面上诉说着叙述者"我"与丁香一样的姑娘之间一段失败的爱情故事，但实际上这首诗拥有更多的指向。这首诗叙述了在丁香一样的姑娘身上的个人细节。撑着油纸伞，她在一条雨巷中游荡，她的颜色、芬芳、忧愁就像丁香一样，她的眼光悲哀，她的举止与众不同，这些事件共同演示了在一条雨巷中姑娘的出现与消失。日常的细节得以被强调：油纸伞、雨巷、丁香、颓圮的篱墙。通过这种记忆的微小叙述，戴望舒实际上书写了一段个体"我"的极简历史，他尝试从这些无意义的记忆细节中构建出一个真实的个人身份。换言之，诗人以这种微小的追忆叙述的方式，探寻现代日常生活中一种"我是谁？"的自我界定。

《断指》这首典型之作追忆了一个悲剧故事，诗人的一个朋友，从他被捕，到在监狱中受尽折磨，以及最后死去，对这事件的追忆仅由一支保存在酒精瓶中的断指所唤醒。就像普鲁斯特超自然般的"玛德琳小蛋糕"点燃了一段久逝之过往的珍贵记忆，这根浸泡在酒精瓶中的奇妙断指同样激起抒情者"我"对记忆的搜寻——与此关联的过往中特定之物的所有细节：断指作为一位朋友遗志的纪念，纪念他未知的可怜的爱恋，他的被捕、折磨、死亡与他偶尔醉酒。这样一种微小的叙述把我们带进碎片的意味中，记忆使之突然膨胀为一个独立的宇宙。此诗的中心视角在于抒情者"我"——作为一位遇难者的朋友的记忆陈述者，这个"我"日益凸显出"我的"当下与过去。死去的朋友在断指的转喻中存活下来，产生出生命的复原气息，直指当下之"我"，将"我"从空虚中拯救出来，在"我"之中种下现代世界中的坚定信念：

这断指常带了轻微又粘着的悲哀给我，

但是它在我又是一件很有用的珍品，

每当为了一件琐事而颓丧的时候,我会说:

"好,让我拿出那个玻璃瓶来吧。"

另一首题为《祭日》的诗,同样响彻着与《我底记忆》《断指》中类似主题的回声:追忆某些丧失、离开与凋零的东西。丧失令记忆成为可能。因此,在这个特别的祭日("今天"),诗人忆起他六年前死去的朋友,推断他的朋友大概已经老去,日渐消瘦,依旧过着漂泊的生活,但朋友依旧忠诚于诗人以及仍活在世上的妻女:

今天是亡魂的祭日,

我想起了我的死去了六年的友人。

或许他已老一点了,他剪断了的青春。

……

快乐一点吧,因为今天是亡魂的祭日,

我已为你预备了在我算是丰盛了的晚餐,

你可以找到我园里的鲜果,

和那你所嗜好的陈威士忌酒。

我们的友谊是永远的柔和的,

而我将和你谈着幽冥中的快乐和悲哀。

意味深长的"今天"唤起了从时间中凸显的往日记忆,面对消逝之物事、空虚之当下与过往之不幸,构建出一种悲悼的叙述,在这种悲悼叙述中显示出的仍旧是极端个人化的事件与生活的日常琐屑。祭日("今天")实际上是当下沟通过往的日子;当时(the then)[过去是(what was)]回到现在(now)[现在是(what is)]是为了尚未(not-yet)[将会是(what will be)]而被铭记与纪念。[20]

记忆仅能从过往中重捕获缺陷与苦痛，正如此诗表达了消逝即为追忆中的当下，然而除此之外，戴望舒还反思了一个不寻常的主题：不是过去被铭记，而是未来。尚未出现的[可能是（what might be）]被提前得以体验，如已然发生了一般，就像这些诗行所述："或许他已老一点了"；"他一定是瘦了……而我还听到他往昔的熟稔有劲的声音"；"他不会忘记了我：这我是很知道的，/因为他还来找我，每月一二次，在我梦里"；"当然她们不会过着幸福的生涯的，/像我一样，像我们大家一样"；特别是最后两句"我们的友谊是永远地柔和的，/而我将和你谈着幽冥中的快乐和悲哀"[21]。过去预言了未来；因此铭记未来亦即发明过去，戴望舒负载了太多不幸的过度记忆引发了某种关于时间的吊诡经验。在《过旧居》这首诗中可以清晰地看见同样的理念：

> 或是那些真实的年月，年代，
>
> 走得太快一点，赶上了现在，
>
> 回过头来瞧瞧，匆忙又退回来，
>
> 再陪我走几步，给我瞬间的欢快？

从上文讨论的四首诗来看，我们可以区分暗含在追忆的微小叙述中常见的叙述性特征，乃是一种"我"的视角——一种以自我为中心的第一人称视角。"我"成为围绕在所有记忆中发生过的事件的聚焦点。在《我底记忆》中，是"我"辨认与界定了记忆；在《雨巷》中，是"我"梦见了与丁香一样的姑娘的相遇，但实际上她却试图接近"我"（"像我/像我一样地"）；在《祭日》中，是"我"铭记住在梦中访我的亡友（"像我一样，像我们大家一样。"）；在《断指》中，是"我"保存着亡友的断指，亡友的不幸可循着"我"的记忆而找到（"我会说：'好，让我拿出那个玻璃瓶来吧。'"）。使用这种特定的第一人称叙述来作为中心视角，在于诗人强调所有的记忆行为开始于,亦结束于个体生活世界,这一点在《我底记忆》一诗尤其如此。作为某种探寻叙述,从根本上来说,追忆是对一种自我建构的新句法的一次探索,"我—经验—现在开始意识到一种先前—我—经验它的(先在)环境"["the me-experience-now becoming aware of a prior-me-experiencing its（prior）environment"]。[29]在铭记的过程中,出现一种生殖力,它能令过去与当下、内部与外部一致,它能将分散的碎片之气息聚集为生命经验的一种连续体,一种自我的新知识从中被重新获得,一种新的自我身份从中被塑造。正如玛丽·沃诺克(Mary Warnock)所见:

> 任何真正被忆起的记忆必然⋯⋯包含自我的理念。无论是通过形象还是通过直接的知识,将记忆视作一种认知的经验或思想,必须含有这样一种确信,我自己曾是记忆场景中的这个人。形象(若真有一个形象)必须不仅仅被贴上"这属于过去"的标签,还要贴上"它属于我的过去"的标签。[30]

所以"我的"记忆最终引出了第一人称视角,作为抒情主体,书写已经发生的眼下之事,但现在并非如此,在最后,"我的"记忆所假设的探寻叙述,将同某些不同的事物以及特定的事物——一种活跃的、创造性的时间连续性意识——一起复归至抒情者"我",最终变成一种自我成熟的叙述。在《不要这样盈盈地相看》一诗中,这一点清晰可见:

> 不要这样盈盈地相看,
> 把你伤感的头儿垂倒,
> 静,听啊,远远地,在林里,
> 惊醒的昔日的希望来了。

始于"我"又终于"我"的记忆,构造出一种极简叙述(彻底的第一人称主体性视角),并把我们带向了戴诗中追忆领域的另一个特征,即第一人称的追忆叙述,共时性地创造出一对追忆之眼,"我"用这眼来探寻消逝之事物,来挖掘残余,来审视被铭记之事物的价值,来重获记忆碎片中独一无二的气息。在《十四行》一诗中,戴望舒展示出这种追忆之眼:

> 像淡红的酒沫飘在琥珀钟,
> 我将有情的眼藏在幽暗的记忆中。

记忆在黑暗的、模糊的、混浊的、阴郁的场所中出现,这场所无人得见。然而,诗人将追忆中的眼睛描述得像是漂浮在琥珀玻璃瓶中的玫瑰酒沫:五彩斑斓、跳动着、富于魅力、光彩夺目、温暖、梦幻、充满肉欲、芬芳、震撼、有力与流动。

最有意味的是,这对追忆之眼在本质上乃是身体之眼。追忆首先是身体的记忆,与一个人如何铭记于身体中,如何由身体铭记,又如何凭借身体铭记有关。正如凯西所言:"没有身体的记忆是不存在的。"[31]172正是在身体中,记忆才能被聚集、保留、固定与维持。[32]正是经由身体,其他身体才被铭记,他者的记忆被聚集起来,汇集为一个整体,又正是通过身体,自我的连续感与个体身份才在铭记的行为中显现出来。②戴望舒诗中,身体记忆的观念(从内部铭记)、身体的记忆(从外部铭记)、铭记的身体以及被铭记的身体扮演着一种与第一人称反追忆叙述相关的修辞性(转喻—提喻—隐喻)功能。

三、身体追忆的修辞学

身体及其肉身性乃是戴望舒诗中记忆运作最强有力的元素。

正是身体去铭记或是被记住。我们可以在早先讨论过的诗中看到那些被铭记的身体细节,比如在《我底记忆》中,强调了胆小、低微、娇媚的声音,以及记忆的眼泪与太息;在《雨巷》中,丁香一样的姑娘之步幅、颜色、芬芳、太息与眼光被凸显出来;在《祭日》中能辨认出老年、消瘦、熟稔的声音、亡友的口吻。尤其在现代性中,当下的时间变得空洞、毫无历史,用身体来测量、记录时间的飞逝感成为戴望舒最主要的议题。在上文提及的作品《忧郁》("Spleen")中,我们能在如下两行内感受到时间之残酷性所带来的震撼:

> 我底唇已枯,我底眼已枯,
> 我呼吸着火焰,我听见幽灵低诉。

时间之进程在身体上的烙印颇具毁灭性;能够连续地在记忆中保存唯有那被经历过的事物之气息,如下列这首《老之将至》所示:

> 我怕自己将慢慢地慢慢地老去,
> 随着那迟迟寂寂的时间,
> 而那每一个迟迟寂寂的时间,
> 是将重重地载着无量的怅惜的。
>
> 而在我坚而冷的圈椅中,在日暮:
> 我将看见,在我昏花的眼前
> 飘过那些模糊的暗淡的影子:
> 一片娇柔的微笑,一只纤纤的手,
> 几双燃着火焰的眼睛,
> 或是几点耀着珠光的眼泪。

用身体来丈量或记录时间的流动,一方面令人痛苦,因为从丈

量本身那里累积起来的实际上不过是某种深深的失落感、对不可
再现之物的感觉（"是的，我将记不清楚了：……这些，我将都记不
清楚了"），以及无法计量的惋惜记忆。另一方面，这也是一个危险
行为，因为身体将会完全被转瞬即逝的时间摧毁；身体最终的结果
不过是残存的肢体局部：痕迹、碎片、无法掩盖的痛楚、记忆库中
的创伤。凯西（Casey）认为，身体记忆的主要形式之一便是创伤的
（traumatic）身体记忆，这种记忆"在被胁迫时兴起于自己的活体，
亦影响自己的活体"。[31]154 一般来说，这种创伤的身体记忆同活体
的碎片化（fragmentation）相关："一具分解成肢体间无法协调的身
体，因此，完整之躯便无法进行连续、自发之类的行为。"[31]155 或拉
康所称之为"支离破碎的身体"（le corps morcellé）。[33] 戴望舒在
《过旧居》一诗中，回忆起生命中最受伤的时刻，这首诗记录了损
伤、痛苦、损坏与残疾对身体毁灭性的影响。烙在身体上的灾难日
月如此悲惨，身体的创伤印刻在记忆之根的深处，或许相反地也令
身体器官在回忆时，激起最为苦涩的新鲜欢愉，这与习惯性的身体
记忆的碎片关系紧密。[31]155—157 正是在这创伤的身体记忆中，最深
层与最真实的自我才能被感知，最重要的是，才能从感觉上被铭
记。戴望舒对于破碎的身体记忆经验，在《断指》与《我用残损的手
掌》两首诗中，最为彻底地通过转喻—提喻—隐喻的修辞格表现了
出来。

在《断指》这首诗中，正是这节小小的断指唤醒了诗人朋友的
完整生命，以及他们之间的亲密关系。作为身体的一处破碎的局
部，断指本身转喻性地产生出一种价值：一个完整的世界凭借追
忆叙述的力量而被敞亮：

> 在一口老旧的，满积着灰尘的书橱中，
> 我保存着一个浸在酒精瓶中的断指；
> 每当无聊地去翻寻古籍的时候，

　　　　它就含愁地向我诉说一个使我悲哀的记忆。

　　书橱中的书、瓶中的手指、回忆中的"我"以及身体中的记忆：这种特别的意象群富有隐喻性，以及意义的异质性，恰如地暗示了现代性中记忆的本质。多层意义可以从这些比喻中辨别出来。

　　其一，一种容器与被容者的基本关系：书被包含在书橱中（书橱/容器；书/被容者）；手指被保存在瓶中（瓶/容器；手指/被容者）；"我"在回忆中（记忆/容器；"我"/被容者），记忆被存放在身体中（身体/容器；记忆/被容者）。但是，如果容器与被容者的关系被颠倒，也就是说，如果书被阅读，手指被铭记，回忆被唤醒以及记忆被激活，那么被容者与容器的逻辑便被完全打破，而一种新的翻转关系就被建立了起来：被容者变成了容器；向内的显现出向外，自此以后便获得了一种主导性力量（书橱在书中、瓶子在手指的气息中、"我"在回忆的时间中以及身体在记忆中）。通过这样的比喻性翻转，某种"我"与"非我"之间的陌生化（defamiliarized）关系便由此得以确立；内与外的边界因而崩塌。照此看来，记忆的发生不仅仅是出场，而且记忆本身也变得可以再现。在波德莱尔的许多诗中《香水瓶》（"Le Flacon"）、《头发》（"La Chevelure"）、《天鹅》（"Le Cygne"）与《忧郁》（"Spleen"）（"我若千岁也没有这么多回忆"）（J'ai plus de souvenirs），这种比喻性的替代昭然若揭。

　　其二，容器与被容者之间的这种关系暗示出聚集与包裹这种典型的现代性碎片修辞学。在现代性的飞速瞬间中，所有细微的痕迹与碎片需要汇集在个体内部（intérieur）才得以弥补。在汇集与包裹的行为中，最细微的痕迹和碎片，两者之气息的价值便在这内部的内在空间中驻留。[9]246—249 这样一来，聚集物的蒙太奇，用本雅明的话来说，"可以被置于最亲近的可想象的关系中，其中拥有最密切的亲和力"，以便形成属于其本身的独特世界。[34] 聚集与包裹（包装）就如同容纳、重构，就如同记忆领域中现代性的奇特形塑,在波德莱尔的叙述中成为反复出现的母题,正如《香水瓶》一诗所述:"因此,当我消失于人们的记忆/消失于阴冷衣橱的角落时,/当人们扔掉我,像悲痛的,满布灰尘的,/肮脏的、卑贱的、粘滞的、破裂的旧香水瓶时。"[35]在《恶之花》中的《忧郁》系列里,波德莱尔在其中一首诗中探索了记忆领域内聚集、包裹、容纳的最佳比喻性表达:

我若千岁也没有这么多回忆

一件大家具,负债表塞满抽屉,
还有诗篇、情书、诉状、浪漫歌曲,
粗大的发鬈缠绕着各种收据,
可秘密没我愁苦的头脑里多。
……
我是间满是枯萎玫瑰的闺房,
里头一大堆过时的时髦式样,
唯有布歇的苍白,粉画的悲哀,
散发着打开的香水瓶的气味。[23]

同样,戴望舒在那首诗里创造出一个包裹的迷宫世界,用以容纳这一独特的碎片——断指:(1)断指浸泡在瓶子里,(2)瓶子由它的主人"我"保管,(3)"我"把这根断指浸泡在酒精瓶中并放在老旧的书厨中,(4)覆满了经年的灰尘,(5)它常常激起"我"超强的回忆,回忆征服了"我"这个断指持有者,亦征服了这个事件的叙述者。在这一层层的迷宫似的包裹里,其深处容纳了断指最丰富的记忆气息。随着这神秘的内部被唤醒、被震撼并被翻转,换言之,使里朝外,于是,一层层的记忆就被昭示、被穿透、被散布,以至于最终被审视。整个鲜活的世界本身成为记忆中断指的存活过的内部。通过这个小小碎片的记忆包裹,通过记忆的想象连结起消逝的过往与空虚的当下,去铭记即去探寻自我身份的整一。正如海德格尔所言,记忆乃是一种想象行为,它总是朝向被追记之物,总是朝向视"一直被"(having being)与"已经被"(having been)记之物为生成的"尚未"(not-yet)。[36]

其三,如上所述,丧失乃是记忆的前提,乃是某种"唯有当它消失时才能被忆起"的东西[19]87,而且消失之物就其本质而言并不能被完全地记起、复制与恢复。唯有消逝之物的局部、痕迹与碎片可以在追忆中存活。因此,记忆仅保留过去的转喻性价值。由此看来,戴望舒的《断指》不仅仅是一首悼念亡友的诗,而且是一首探讨现代性中,与记忆本质有关的诗。它纯粹是一种记忆的隐喻。破碎的身体——断指——在此充当了现代性经验中揭示记忆之内质的基本性比喻。从这个角度来看,戴望舒转向现代性中的琐屑与碎片这一点,可以进一步证明对于这首诗的探索:身体局部的隐喻性表达被铭记为一个完整的世界。这种隐喻性的核心起源于这样一个理念,去铭记便意味着为了某个绝对的他者,促发了我们的牺牲——一种难以定夺与不可触及的丧失,唯有局部能从中复归,并且穿过虚构的路径抵达被反复书写的绝对丧失,在其记忆的浮现之中永不休止地重复。

破碎的身体记忆不仅仅与在个体之"我"的世界中出现的创伤与伤害有关,而且还与降临在存在的共同体"我们"的世界(像是居住地与场所)中的苦难与灾害有关。换言之,个体的身体总是与共同的身体相关联,它由凯西称为"作为内场所(intraplace)的身体或作为交互场所(inter-place)的身体"构成。[31]196凯西认为,作为内场所的身体关系到身体的特殊角色,身体扮演一个内在场所来组织协调围绕身体诸物的空间性,这一观点来自我们的身体在铭记的场所内拥有它自己的内场所:"我们曾在那里,除了那里,别无所在。"[31]196换言之,我们的身体得以安顿的某处场所,与被铭记的场景有关；作为交互场所的身体指的是从一地向另一地活动的活身体，这身体作为场所变换的基础。作为交互场所的身体在这里与那里之间创造出一个具体的联系，无论何时，我们的身体动作都发生在某个场所。㉔[31]196

写于 1941 年抗战期间的作品《我用残损的手掌》，堪称表达这两个概念的典范，作为内场所的身体和作为交互场所的身体，凭借破碎的身体记忆而获得统一。抒情者的"我"，想用受伤/破碎的手抓起一张中国地图，民族景观的全部物理形态被全然压缩进这个小而破碎的身体部位——残损的手掌之中。作为内场所的身体拴系并紧握着民族广袤的土地于一只手掌中；但当民族景观的全部物理形态通过这只残损的手掌而被昭示时，或当这只残损的手掌缓慢地摸索每一片土地时，那么作为交互场所的身体便由此出现，并且将地图上隔离的区域连结入另一个不可分割的整体。

更具辩证意味的是，这首诗暗示了，"我"作为实际上居住于并守卫着这块国土的个人身体，相反却是被作为交互场所的身体所居住与保护，这个身体就在"我们"这一总体性的空间中存在。因此，在交互场所中感受到的苦难与灾害将会深深地被/在/由个人身体所感觉、分享与反映，同样地将被"我"感受到。这令"我残损的手掌"之地位得以确证。在这首诗中，戴望舒再次构建起一套转喻—提喻—隐喻的记忆修辞来传递他对丧失交互场所的悲痛。简而言之，用残损的手掌来抓住国家的地图乃是将整体空间进行某种提喻的缩小；通过受伤之手掌来揭示民族景观的广阔则是隐喻性的放大，将局部扩展为整体，这残损的手掌本身进而变成一个宏大的隐喻，隐喻着国家的灾难（作为交互场所的身体），以及个体之"我"的痛苦（作为内场所的身体）。如此一来，戴望舒有效地令疼痛、痛苦与苦难这些不幸的存在状况得到了"一次悲剧性的升华"[37]，并赋予它们以新的力量、"新的生命、爱与希望"——个体之"我"的希望，同一个充满希望的交互场所："永恒的中国。"

　　为了更直接地靠近被铭记之物，为了使内省之景观更强烈地被残损的手掌感受到，为了令民族的总体性更真实地被经验，戴望舒特意把身体的感觉诉诸为统一着记忆经验的最大感官力量。在《我用残损的手掌》一诗中，五种基本感觉被极度地强调与认可，进而创造出一种感官追忆的叙述，使得在地图上分布的地方苏醒过来，从而产生一种整体性。下面我将引用这首诗，并在诗的每一句后面附上辨识的五种感觉（关键词下面加了着重线）：

　　　　我用残损的手掌

　　　　摸索这广大的土地：（触觉）

　　　　这一角已变成灰烬，（视觉）

　　　　那一角只是血和泥；（视觉／嗅觉／触觉）

　　　　这一片湖该是我的家乡，（视觉）

　　　　（春天，堤上繁花如锦幛，（视觉／嗅觉）

　　　　嫩柳枝折断有奇异的芬芳，）（味觉／听觉／嗅觉）

　　　　我触到荇藻和水的微凉；（触觉）

　　　　这长白山的雪峰冷到彻骨，（视觉／触觉）

　　　　这黄河的水夹泥沙在指间滑出；（视觉／触觉）

　　　　江南的水田，你当年新生的禾草（视觉）

　　　　是那么细，那么软……现在只有蓬蒿；（触觉）

　　　　岭南的荔枝花寂寞地憔悴，（视觉）

　　　　尽那边，我蘸着南海没有渔船的苦水……（触觉／味觉／视觉）

　　　　无形的手掌掠过无限的江山，（触觉／视觉）

　　　　手指沾了血和灰，手掌粘了阴暗，（触觉／视觉）

　　　　只有那辽远的一角依然完整，（视觉）

　　　　温暖，明朗，坚固而蓬勃生春。（触觉／视觉）

　　　　在那上面，我用残损的手掌轻抚，（触觉）

　　　　像恋人的柔发，婴孩手中乳。（触觉／视觉／味觉）

> 我把全部的力量运在手掌
>
> <u>贴</u>在上面,寄与爱和一切希望,（触觉）
>
> 因为只有那里是<u>太阳</u>,是春,（视觉）
>
> 将驱逐<u>阴暗</u>,带来苏生,（视觉）
>
> 因为只有那里我们不像牲口一样活,
>
> 蝼蚁一样死……那里,永恒的中国!
>
> （一九四二年七月三日）

　　我们可以看到,上述五种感官被全部唤醒,每一种感官深远的启示意义被逐渐地沿着地图移动的残损的手掌展现出来。根据这首诗的律动,感官频率的顺序是：触觉—视觉—味觉—嗅觉—听觉；触觉位列第一,视觉其次。诗歌以触觉开篇,但是以视觉结尾。从触觉转视觉的位移揭示出可见物的隐形身份,指向记忆领域中的升华进程。残损的手掌最直接地感受到了故土,通过来自追忆之眼,或一种诗人内在意识之中的"纱之眼"的触觉[38],将故土隔绝的部分统一进这最真实的全体。最后这双追忆之眼敞开了一片图景,并超越了具体景观的触觉；这是"爱、一切希望、全体、太阳、春、苏生、永恒的中国"的图景。就此而言,戴望舒的这首诗通过追忆（源自身体的感官）,以及在记忆之中,再造了一个最为乌托邦的民族新身份愿景。

　　由此可见,身体追忆在戴诗世界中扮演了一个极为重要的角色,它不仅仅成为他最激进作品中的力量源,而且还为了自我的持续与重塑而催生出某种强大的追忆能量。这种特别的追忆能量一旦被释放,则将会继续在记忆的力比多经济范围中运转,并进而勘定了戴望舒诗歌中独特的现代性气息。

注释

① 本文根据笔者的长篇英文论文"*The Narcissistic Body: Mnemonic*

Auras and Fragments of Modernity in Dai Wangshu's Poetry"改写而成,承蒙赵凡翻译成中文,特致谢忱。

② 时间上的巧合可以从两方面加以体察。其一,从诗歌创作的年限看,李金发于1920年至1924年间完成了他的三部主要诗集,而据戴望舒的诗友杜衡所言,戴望舒于1923年或1924年开始了他的诗歌学徒期(杜衡,1936)。李金发的第一部诗集《微雨》出版于1925年,另外两部诗集则出版于1926年和1927年,而戴望舒的第一部诗集《我底记忆》则出版于1929年,也就是《微雨》出版后的四年。

③ 有趣的是,现代汉诗的学者与批评家们,通常喜欢戴望舒的诗甚于李金发的诗。争论的焦点集中于二人诗歌的易解与否,据说是由于李金发的欧式句法,他的诗被认为难以理解,进而被斥为败坏汉语的"罪魁祸首"(孙席珍,1981)。相反,戴望舒的诗则被视为相当的清晰而易于理解(朱自清,1936;利大英,1989)。

④ 梁仁编:《戴望舒诗全编》,杭州:浙江文艺出版社,1989年版,第29页。以下引诗皆出自该书,不另注。

⑤ 齐美尔与本雅明都将经验(Erfahrung)视为对外部现实与历史总体性的经验,而体验(Erlebnisse)则是对个人内部经历的经验(Erfahrung)。在他们看来,现代性便是一种由经验(Erfahrung)缩小为体验(Erlebnisse)的经历模式的转变(见Simmel 于 Frisby 1986;Benjamin 1973)。

⑥ 就波德莱尔拾荒者、搜集者和游荡者的讨论,参看瓦尔特·本雅明:《查尔斯·波德莱尔:发达资本主义时代的抒情诗人》(*Charles Baudelaire: A Lyric Poet in the Era of High Capitalism*, 1973)。

⑦ 我在讨论中将"记忆"(memory)、"铭记"(remembering)、"追忆"(reminiscing)、"回忆"(recollecting)、"助忆"(the mnemonic)视作相等的术语,尽管在哲学上它们之间拥有细微的差别。对于这些术语在西方历史中的详尽讨论,请参考玛丽·卡拉瑟斯(Mary Carruthers):《记忆之书：中世纪文化的记忆研究》(*The Book of Memory: A Study of Memory in Medieval Culture*,1990)以及克雷尔(Krell):《论记忆》(*Of Memory*,1990)。

⑧ 参阅 A. E. Cherkassky 的著作 *New Chinese Poetry*,Moscow：Nauka,1972 年版,第 334 页;Gregory Lee 的著作 *Dai Wangshu: The Life and Poetry of a Chinese Modernist*,香港：香港中文大学,1989 年版,第 121 页;孙玉石:《戴望舒名作欣赏》,北京：中国和平出版社,1993 年版,第 86 页。

⑨ 有关现代记忆的症候,请参阅 Davis Farell Krell 的 *Of Memory, Reminiscence, and Writing: On the Verge*,Bloomington：Indiana University Press,1990 年版;Richard Terdiman 的 *Present Past: Modernity and the Memory Crisis*,Ithaca/London：Cornell University Press,1993 年版。

⑩ 另一个现代诗的突出主题是梦。对西方文化中的梦颇具启发性的研究,请参看加斯东·巴什拉(Gaston Bachelard):《梦想诗学》(*The Poetics of Reverie*),1971 年。

⑪ 在对浪漫主义诗歌的一般性研究,以及对华兹华斯诗歌的详尽研究中,其中对记忆概念颇富吸引力的讨论,请参看克里斯托弗·萨尔韦森(Christopher Salvesen):《记忆的风景：华兹华斯诗歌研究》(*The Landscape of Memory: A Study of Wordsworth's Poetry*),1965 年版。对于华兹华斯来说,记忆的力量在于能够再创造一种过去,在他的《颂歌：永恒之暗示》(*Ode: Intimations of Immortality*)中有这么两句:"每当我回忆起过往的岁月/无尽的感激油然而生"("The thought of our past years in me doth breed / Perpetual benediction")。

⑫ 就《天鹅》一诗中对双关语(swan/sign)之功能的详细讨论,请参看理查德·特迪曼(Richard Terdiman)颇具启发性的著作《当下的过往:现代性与记忆危机》(*Present Past: Modernity and the Memory Crisis*),1993 年版,第 106—147 页,此论启发了我确切地理解现代性中的记忆概念。

⑬ 德·塞尔托(de Certeau)对空间的记忆进行了相当程度的阐释。在德·塞尔托的笔下"提喻使某种空间要素得以膨胀,以使其担当起一种'更多'的角色。提喻使碎片代替整体性,它放大了细节,缩小了整体"(*The Practice of Everyday Life*,1984 年版,第 101 页)。

⑭ 参见 Georges Poulet 的文章 "Proust and Human Time",出自 *Proust: A Collection of Critical Essays*,René Girard 编,Englewood Cliffs:Prentice-Hall,1962 年版,第 163 页;Richard Terdiman 的 *Discourse and Counter-Discourse: The Theory and Practice of Symbolic Resistance in Nineteenth-Century France*,Ithaca:Cornell University Press,1985 年版,第 152 页。

⑮ 就普鲁斯特的记忆概念之详尽讨论,参看瓦尔特·本雅明的《发达资本主义时代的抒情诗人》中《论波德莱尔的几个母题》一文,London:Verso,1973 年版,第 109—154 页。以及乔治·波利特(Georges Poulet)的《普鲁斯特与人类时间》(*Proust and Human Time*),载于热内·吉拉德(René Girard)编:《普鲁斯特:批评论文选》(*Proust: A Collection of Critical Essays*,1962);理查德·特迪曼的《超常记忆:普鲁斯特的记忆》(*Hypermnesia—Memory in Proust*)一文,载于《当下的过往:现代性与记忆危机》(*Present Past: Modernity and the Memory Crisis*),1993 年版,第 151—238 页。

⑯ 有关耶麦对戴望舒主题上的影响涉及诸如:《雨巷》《回了心儿吧》《忧郁》("Spleen")《我底记忆》《秋天》《对于天的怀乡病》等

诗作中的记忆，神秘女郎与烟的意象，请参看利大英：《戴望舒》，1989 年版，第 139—173 页。

⑰ 据我所知，对于中国现代文学中的记忆经济学的研究十分稀少。一项关于中国古典诗歌的记忆功能的研究由宇文所安(Stephen Owen)的《追忆：中国古典文学中的往事再现》(*Remembrances: The Experience of the Past in Classical Chinese Literature*，1986)一书完成，尽管研究领域不同，但并非与本论毫不相关。因为反传统主义者与传统主义者之间就"过去"这一问题的争论正炙手可热，尚未解决，因此将研究转向中国现代文学文本中记忆的特殊功能，便是一项十分有益的工作。

⑱ 异议便会随之而起，郭沫若确实在《女神》中利用许多过去的神话传说，也回忆了自己童年的快乐时光。然而笔者认为，尽管诗人采用了一些过往的文化来源，但这只不过是创造的中介，这种对过去文化的采纳绝非组成其诗歌主题的意识。更重要的是，就郭沫若来说，这种对过去神话的采用绝不会成为自我反思的中心场所。抒情"我"无法追忆，无法在记忆的领域里内省，更重要的是，抒情主体从未沉溺于记忆。此外，由于记忆总是在朦胧、模糊之处出现，照亮万物的自生光在郭沫若的进步身体中一定会横扫记忆所有的驻留地。

⑲ 关于反记忆的概念，亦可参见米歇尔·福柯：《语言，反记忆，实践》(*Language*，*Counter-Memory*，*Practice*)，Ithaca/NewYork：Cornell University Press，1977 年版。

⑳ 关于悲悼和纪念的记忆的相关讨论，请参看爱德华·凯西(Edward Casey)颇有助益的著作《铭记：一次现象学研究》(*Remembering: A Phenomenological Study*)，1987 年版，第 216—260 页。

㉑ 类似的诗句可见于卡洛斯·富恩特斯(Carlos Fuentes)的"铭记未来，发明过去"(Remembering the Future, Inventing the Past)；刘易斯·纳米尔(Lewis Namier)"想象过去，铭记未来"

(Imagine the Past and Remember the Future)。参看大卫·洛文塔尔(David Lowenthal)编:《过去即异乡》(*The Past Is a Foreign Country*)。换言之,被铭记的自我亦即发明者,当下的自我被视作其持续的发明。关于铭记自我与被铭记自我之间的差异,请参看乌尔里克·奈瑟(Ulric Neisser)与罗宾·菲伍什(Robyn Fivush):《铭记自我:自我叙述中的建构与精确》(*The Remembering Self: Cons truction and Accuracy in the Self-Narrative*,1984)。

㉒ 有关记忆中身体的作用,我们可以回溯至柏格森、梅洛庞蒂、海德格尔、本雅明与弗洛伊德的理论。请参看爱德华·S.凯西:《铭记:一种现象学研究》;大卫·法雷尔·克雷尔(David Farrel Krell):《论记忆、怀旧与书写:临界》(*Of Memory, Reminiscence, and Writing: On the Verge*)。在讨论普鲁斯特的"非自主记忆"时,本雅明指出:"四肢是他最喜欢他们呈现出来的方式,他屡次谈及的记忆画面都存放在四肢中——当他们在较早时,大腿、手臂、肩胛骨在床上摆出姿势时,这些画面突然闯入记忆,而未接到来自意识的任何指令。"(本雅明,London:Verso,1973年版,第115页)

㉓ 译文引自郭宏安:《恶之花》,广西师范大学出版社,2002年版,第271页。对于这首诗在文学中阐释性接受的更详尽的研究,请参看汉斯·罗伯特·姚斯(Hans Robert Jauss)在著作《面向一种接受美学》(*Toward an Aesthetics of Reception*)的第五章中富有挑战性的讨论,1983年版,第175—229页。笔者受益于姚斯那令人迷人的解读。

㉔ 关于身体记忆和场所这两个术语的详尽讨论,请参看凯西的著作《铭记》1987年版,第181—215页;关于纪念活动身体的功能,同样可以阅读凯西在其同一本著作的第十部分(第216—257页)的讨论。

参考文献

［1］施蛰存.引言［M］//梁仁.戴望舒诗全编.杭州：浙江文艺出版社,1989.

［2］痖弦.从象征到现代［M］//戴望舒卷.台北：洪范书店,1977：2.

［3］卞之琳.序［M］//戴望舒诗集.成都：四川人民出版社,1981：5.

［4］秦亢宗.现代作家和文学流派［M］.重庆：重庆出版社,1986：215.

［5］陈丙莹.戴望舒评传［M］.重庆：重庆出版社,1993：107.

［6］朱自清.导言［M］//中国新文学大系·诗集卷.上海：良友图书印刷公司,1935：8.

［7］艾青.望舒的诗［M］//戴望舒诗集.成都：四川人民出版社,1981：4.

［8］余光中.评戴望舒的诗［M］//痖弦.戴望舒卷.台北：洪范书店,1977：226—227.

［9］Davis Frisby. *Fragments of Modernity: Theories of Modernity in the Works of Simmel, Kracauer, and Benjamin*［M］. Cambridge：MIT Press,1986.

［10］Michel Foucault. What Is Enlightenment?［M］// *The Foucault Reader*. Paul Rabinow, Ed. New York：Pantheon Book,1984：39.

［11］Marx Weber. Science as a Vocation［M］// Marx Weber：*Essays in Sociology*. New York：Free Press,1974：155.

［12］波德莱尔.波德莱尔美学论文选［M］.郭宏安译.北京：人民文学出版社,2008.

［13］马泰·卡林内斯库.现代性的五副面孔［M］.顾爱彬,李瑞华译.北京：商务印书馆,2002：56.

[14] 戴维·弗里斯比.现代性的碎片：齐美尔、克拉考尔和本雅明作品中的现代性理论[M].卢晖临译.北京：商务印书馆，2003.

[15] Charles Taylor. *The Sources of the Self: The Making of the Modern Identity*[M]. Cambridge：Harvard University Press，1989：284.

[16] 施蛰存.《现代》杂忆[J]. 现代，1932(4).

[17] Alfred de Musset. *La Confession d'un enfant du siècle*[M]. Paris：Gallimard-Folio，1973：20.

[18] Richard Terdiman. *Present Past: Modernity and the Memory Crisis*[M]. Ithaca/London：Cornell University Press，1993.

[19] Michel de Certeau. *The Practice of Everyday Life*[M]. Berkeley：University of California Press，1984.

[20] 波德莱尔.恶之花[M].郭宏安译.桂林：广西师范大学出版社，2002.

[21] Walter Benjamin. *Charles Baudelaire: A Lyric Poet in the Era of High Capitalism*[M]. London：Verso，1973：139.

[22] Richard Terdiman. *Discourse and Counter-Discourse: The Theory and Practice of Symbolic Resistance in Nineteenth-Century France*[M]. Ithaca：Cornell University Press，1985.

[23] Baudelaire. Baudelaire：*Oeuvres Complètes*[M]. Paris：Gallimard，1961：402.

[24] Paul Verlaine. *Ouvres Poétiques Complètes*[M]. Paris：Gallimard，1962：285.

[25] 李金发.李金发诗集[M].周良沛编.成都：四川文艺出版社，1987.

[26] 孙玉石.戴望舒名作欣赏[M].北京：中国和平出版社，1993：

81—86.

[27] Hyden White. The Historical Text as Literary Artifact[M] //The Writing of History: Literary Form and Historical Understanding. Robert H. Canary, Henry Kozicki, Eds. Madison: University of Wisconsin Press, 1978: 41 - 62.

[28] George Lipsitz. Time Passages: Collective Memory and American Popular Culture[M]. Minneapolis: University of Minnesota Press, 1990: 213.

[29] Ulric Neisser, Robyn Fivush. The Remembering Self: Construction and Accuracy in the Self-narrative[M]. New York: Cambridge University Press, 1984: 8.

[30] Mary Warnock. Memory [M]. London: Faber, 1987: 58 - 59.

[31] Edward S Casey. Remembering: A Phenomenological Study [M]. Bloomington & Indianapolis: Indiana University Press, 1987.

[32] Martin Heidegger. What Is Called Thinking? [M]. New York: Harper and Row, 1968: 3.

[33] Jacques Lacan. The Mirror Stage as Formative of the Function of the "I".[M]//Écrits. A Sheridan, trans. New York: Norton, 1977: 1 - 7.

[34] Benjamin. Gesammelte Schniften [M]. R Terdimann, ed. Frankfurt: Suhrkamp, 1982: 271.

[35] 波德莱尔.香水与香颂：法国诗歌欣赏[M].莫渝译.台北：书林出版有限公司,1997: 27.

[36] Martin Heidegger. Time and Being [M]. London: SCM Press,1962.

[37] Dominic C N Cheung. Feng Chih: A Study of the Ascent

and Decline of His Lyricism [D]. Seattle：University of Washington，1973：11.

[38] Gregory Lee. Dai Wangshu：*The Life and Poetry of a Chinese Modernist* [M]. Hong Kong：The Chinese University of Hong Kong，1989：264.

——原载《*江汉学术*》2017 年第 3 期：26—40

反照诗学：李金发诗中的
幽暗启迪与悲悼伦理

［美］米家路(文) 赵 凡(译)

摘 要： 李金发诗歌中由力比多能量的危机导致身体退回黑暗的洞穴，从而拒斥自生光的直接启迪。反射光或折射光是贯穿李金发诗歌的母题，我称其为"反照性诗学"，反照性诗学预示了中国现代文化叙述里涉及身份与自我模塑的关键性话题。借助镜像的折射反照，中国现代性叙述中自我的自反意识便随之崛现。与自生光的线性向心运动不同，反射光内存一种"观者—镜像—光源"的三角关系，形成了破坏线性整一性的差异、剩余与他者性。通过对镜面物的观照，李金发诗歌透露出"自我"的空洞、匮乏和虚妄，显现了非我与分裂的自我。这种独特的自反性意识诞生出一种崭新的自我伦理，在颓废的第三度空间里，重塑生命的美学情感与时间意识，通过"镜像—悲悼—纪念碑"的叙述范式构建了个人化身份与现代主体性的辩证美学。①

关键词： 李金发；反照性诗学；现代主体性；个人化身份

一、反照叙述：一种亵渎性启迪

反射光或折射光是贯穿李金发诗歌的母题，我称其为"反照性诗学"（poetics of reflexivity）。反照性/自反性诗学是对李金发的整个主题学进行有效性解释的一个考验,与此同时,反照性诗学预示了中国现代文化的叙述里涵盖身份与自我构成的诸多话题。用卡林内斯库的话来说,美学的个人主义是界定颓废的关键[1];颓废美学真正的主角应是"自我的崇拜"[2]20;颓废的主要特征在于"事后考虑……反思……沉思生命的美德,及其情绪与突发事件;在于过度精细与造作的恶习"[2]15。阿多诺在讨论现代忧郁与无聊中的内部（intérieur）意象时,同样将反思解释为忧郁意识的本质性隐喻[3]。克尔凯郭尔亦将现代概括为"反省的时代"（reflecting age）,其特征在于,削平与抽象化令人生畏的清晰,本质上同一的诸意象的某种粗表流动,以及内部自我与外部世界之间存在无法弥补的裂痕②。因此,反照的母题明白无误地捕捉到了现代性状况中自我的某些本质。于是我们在波德莱尔中读到:

> 明晃晃的巨大镜面,
> 被所映的万象惑迷![4]312

换言之,作为返回黑暗、困倦、寒冷、潮湿、泥泞洞穴的结果,由于背对启迪的阳光,人类所能感受到的唯一光源便是从背后传来的折射光,这光显得幽暗、模糊且扭曲。与郭沫若的强健身体转向作为自我之基本能量的太阳、光亮与火焰不同（"太阳哟!我背立在大海边头紧觑着你。/太阳哟!你不把我照得个通明,我不回去!"）[5],李金发诗中的形象被太阳所眩至盲,因而转离了太阳,对自我的启迪由此被拒斥。随后,黑暗洞穴中的自我转向镜子、玻璃、水晶、大理石、花岗岩、宝石、钻石、月亮、水、雪、冰、雾、泡沫与苔藓,除了源自元素本身的光之外,它们自身中未包含一丝"原初的自然光"。太阳、星辰与行星在它们内部折射,并通过它们传递③。因此自生光与折射光之间的剧烈差别标志着现代中国文化叙述中与自我塑造有关的另一种话语转向。随着这一质变性转向的发生，中国现代性叙述中自我的反照意识便随之崛现。

（一）自生光与反射光对自我塑造产生的基本差别

在"我"或观看者与自生光的源头——太阳之间，存在一种生物关系（bio-relationship），因此，眼睛/"我"（eye/I）接收径直传递的光。对于"我"来说，自生的太阳完全自足、透明，且是向心式的；"我"与光源的距离纯而无杂，因为"我"即太阳，太阳即"我"，因此，向着启示的太阳流动的"我"可以被视作对自我的绝对赞颂，中心的"我"之自主性在郭沫若《天狗》——"我便是我呀！"——的吞噬行为中得以阐明，尽管这种自主—自我（auto-self）被兴起的民族主义所背叛。郭沫若自生光的唯我论创造出一种永远进步，永远凯旋的"我"，向着自身反射的自我，诸如此类的反思空间却不会相应地出现，在中国现代性的话语中，自我与身份的叙述因此被镌刻上某种匮乏。

就后者来说，则内存着一种三角关系："我"经过镜像的中介，抵达的源头——太阳。因为光芒并不直接传至眼睛/"我"——"眼角膜、黏性体液、眼球晶体、视网壁"——而是通过镜像的反照，因此，对"我"来说，光源是间接的、离心的、他者指向的。"我"与光源间的距离遥远而破碎。伴随着光对眼睛/"我"视作反照的镜面物的照亮，"我"由此经历了镜面物反照中的光/生命。此处的分裂将这反照重复为间接的双重迂回：光源与镜面物的反照；眼睛/"我"又再次反照镜面物中的反射光。对重复本身的再重复并未创造出同一性或相似性，却创造了破坏其统一性的差异、剩余与他者性。

就此意义看来，德里达的论述或许有助于我们理解此种双重反照："不再存在单纯的起源，因为被反映的东西本质上被一分为二，并且不仅仅是它的影像的自我补充。反映、影像、摹写将其复制的东西一分为二。思辨的起源变成了差别。能反观自身的东西并不是一；起源与其再现、事物与其影像的相加律是，一加一至少等于三。"[6]在这种双重反照中，"我"的直接对应物同自生光源一起被阻隔了；最初的光源被永久地拒斥。所以，"我"不得不生活在镜面物中，或立于镜面物前，或依靠着镜面物。正当"我"眺望镜面物的反射光时，一场危机突现；在镜面物中，对"我"自身的反映显得空洞、匮乏和虚妄，"我"显现为非我与分裂的自我，这些皆来源于一个隐形而模糊的深渊处。经过此种反照的启示，自我危机的觉醒时刻如约而至——折回镜中自身的瞬间④。

正如被照亮的并非真实，而是自我的虚妄，"我"并不在场，也没有"我便是我"，却有"我是一个他者"（"Je est un autre"），一个非我。因此对启迪的褒渎乃是经由一个自我反照的异度空间才得以进行⑤。中国现代性的状况，应归因于根本不同的光源图景：要么作为自生光转向太阳，要么作为反射光转离太阳。力比多能量经济学的不同形式也由此建立：通过将身体与光源相认同，郭沫若创造了饱含生命冲动的自我；而李金发则通过眺望镜面物中的反射光，使自我发散为一个个分裂的自我⑥：

> 曙光反照出每个人的
> 有死的恐怖的脸颜
>
> ——《无依的灵魂》⑦

（二）李金发诗中反照的三种交错形式均能被分辨

1. 反照光中的他者性

正如上文所述，"我"在镜面物中映射出自身，而镜面物则依次反射源于太阳、星辰、行星与天空的光。这些镜面物可以被分为两类：一类是矿石、镜子、玻璃、水晶、大理石、花岗岩、宝石与钻石；

另一类是自然意象、月亮、水、雪、冰、雾、泡沫、浪与露。所有的这些物体本身并不释放任何光，但它们内部都共同具备反射或折射的能力，它们可以反射/折射太阳光。换言之，如果太阳系不再把光洒向这些物体，那么它们也就变得黑暗无光；或者说，如果这些物体的表面被污染、破坏与遮蔽，那么它们都将失去反射的能力。⑧

除了具备反射的能力外，它们还拥有相同的触点，亦即都用表面来反射外来光，它们所反射的亮光从不进入其内部与深处。因此，反射光无法穿透，只在表面流动。从质量上看，除了大理石、钻石和花岗岩外，第一类的镜面物性质脆弱；除了月亮外，第二类的镜面物性质短暂。就此看来，当"我"眺望镜子时，镜子反映出的自我显得遥远而虚幻，也就是说，镜子反映出的并非"我"，相反却是"非我"："不足信之夜色，/亦在镜屏里反照，/直到月儿半升，/园庭始现庄重之气息"（《乐土之人们》）；"我"一闪而过的一瞥显得古老：

> 无定的鳞波下，
> 权桠的枝儿
> 揽镜照着，
> 如怨老之歌人。
>
> ——《柏林 Tiergarten》

镜中反映的"我"本身乃是一个空虚、无限的深渊，这深渊逃避对自我的把握。反映在镜中的部分作为一种分裂，将自身腾空为他者，因此，反映在镜子内部的部分作为他者，与处于外部（extérieur）观看的"我"之间构成了一种张力：

> 无底底深穴，
> 印我之小照
> 与心灵之魂。

永是肉与酒，

黄金，白芍，

岩前之垂柳。

无须幻想，

期望终永逃遁，

如战士落伍。

饥渴待着

罪恶之忏悔，

痛哭在首尾。

——《无底底深穴》

反照叙述的主体呈现在这些自然意象中：月、浪、雪、冰、雾、泡、露。与镜面物的坚硬易碎不同，自然物显得瞬息与易逝，易于腐朽，比镜子激发更多的冷感。李金发在一首诗中描述了他生活在黑夜中的恐惧，站立于愁惨的景象里，倾听活物们痛苦的抽泣。他希求上帝的光芒能替代他深深的悲伤，但是：

反照之湖光，

何以如芬香般片时消散；

我们之心得到点：

"Qu'est ce que je fais en ce monde?"

——《夜归凭栏二首》

水之反照中的青春易逝性同样表达于另一首诗中：

你当信呵！假如我说：

> 池边绿水的反照，
>
> 如容颜一样消散，
>
> 随流的落花，还不能一刻勾留！
>
> ——《温柔》

　　间接反射光中的"我"不仅仅缺乏深度、转瞬即逝，且由于光源——太阳的分隔，而显得无力。在诗歌《不相识之神》中，李金发将虚弱无力的"我"比作雪后无法走出残道的爬虫，陷于困境，心力交瘁："我们蹲踞着，/听夜行之鹿道与肃杀之秋，/星光在水里作无力的反照，/伸你半冷之手来/抚额使我深睡，/呵，此是 fonction-dernier!"（《不相识之神》）有时，反照唤起了诗人的恐惧："夜潮追赶着微风，/接近到凄清的浅堵，/稍微的反照之光，/又使他退后了。"（《十七夜》）

　　除了令生命凝固的雪的形象外，"举目一望，/更可见昆仑积雪的反照"（《给 Z. W. P》），另一个反照形象是水上的泡沫，它展示出"我"漂浮无根的衰颓状况。泡沫准确地显示"我"漂浮于水面的经验，它尽可能地寄生在无深度的表面。泡沫代表着缩减至最浅显的琐屑与无意义外表的生活或自我。将自我搅得六神无主的漩涡不过是在间发性的单调与平庸中空虚地重复自己。在无效旋转的反照中，"我"感知到了行将就木的恐惧："夜来之潮声的啁啾，/不是问你伤感么？/愿其沫边的反照，/回映到我灰色之瞳里"（《断句》），还有：

> 浪儿与浪儿欲拥着远去，
>
> 但冲着岸儿便消散了；
>
> 一片浮沫的隐现
>
> 便千古伤心之记号。
>
> ——《à Gerty》

2. 在反照叙述中，双重反照是自然意象中最特别的

双重反照发生于以下两种情况：一方面，当超验物渐趋平稳，镜子的后面除了反照在镜中的"我"，以及从镜内（例如从反照中）看出的"我"以外，什么都没有。最终，"我"成了镜中的"内部"的复制品——被当作现实来把握[7]，与此同时，亦被当作外表来把握。在复制的过程中，"我"的双重反照或双重的间接性便由此生成：

> 吁，这等可怕之闹声
> 与我内心之沉寂，
> 如海波漾了旋停，
> 但终因浮沫铺盖了反照，
> 我无能去认识外体
> 之优美与奇丑。

——《柏林之傍晚》

另一方面，反射光中对"我"的反照并非毫无间隙地复制，亦非毫无瑕疵地运转。在"我"的景象与反射光之间张开了一条裂缝，这条裂缝劈开了反射光自身的反照，在充足的反照中产生出剩余与差别。这种剩余或分隔使反射光再次反照，从而组成了一个最终延宕反射光之返回的第三者，并进一步拒斥了来自自生光源（自然之光）太阳之启示。因此，这种双重反照中的剩余所提供的双重扭曲不仅仅出现在"我"所是之上，也出现在"我"所非之上，亦即出现在自我之上的反照，也出现在他者之上。[8]

李金发在一首诗中描绘了一个饥饿、干渴的受伤诗人，他激情如火，但创作时，笔中却无墨；奏乐时，琴弦却崩断：

> 松软了四肢，
> 惟有心儿能依旧跳荡。

欲在静的海水里，

眺望蓝天的反照，

奈风来又起了微沫。

——《诗人凝视……》

双重反照中的第一次反照即为海水对蓝天的映照，但覆满白云的蓝天本身，除了对太阳这一自然光源的反照外，并不释放任何自然光，这便是第二次反照。当蓝天的反射光（蓝色本身就是阳光的七种基色之一）遇到海水表面的反照，而映入"我"的眼睛时，这便构成了第三次反照。然而，反射着上空被反照的蓝天的海上浮沫，也反射着被反照的海水，这些泡沫依次反射蓝天下被反照的事物，从而形成双重反照，而泡沫却阻断了蓝天与海水之间反照的平缓流动，也阻断了"眼/我"与海水以及海水中蓝天的反照。

在此情况下，任何与光源的直接接触皆不可能；空间的界限被切开了两次或被散布了两次。正是这双重循环与双重分隔产生出一种反照剩余，在"我"/眼之上两次重叠，一次在"我"所是之上，一次在"我"所非是之上。换言之，这一双重切割的剩余物召唤某些介乎于镜子中间的东西，将某种反照性构想视野安嵌在其内部与外部。这种双重的反照意识与自我的形塑相关，其对于中国的现代文化叙述来说，乃是李金发在其诗中所创造的最有意义的范式。它有别于郭沫若在力比多能量组成的叙述中永不回头的突破进取。

激发自我之物质性空虚的另一类事物则是植物花草，比如苔藓、莲花与芦苇。莲茎与芦苇的内部中空。利用莲花和芦苇作为自我的修辞能有效地描绘出"我"的状况。因此我们读到了这样的诗句："老大的日头/在窗棂上僵死，/流泉暗枯在荷根下，/荷叶还临镜在反照里。"（《秋老》）荷叶在反照的平面中看着它的根，这种看取消了两者间的距离，并将它们带入水平的无深度表面。此时，叶子向着自身弯曲：向着自己所长出来的根弯曲；向着自己生长的生命源头弯曲。

双重反照又一次在这修辞中出现了。荷叶向着它生命开始的根部上返射，这是第一次反照；接着，它们不得不从自己开始弯曲的根部转身，这是第二次反照。第一次反照暗示了"我"之所非是的自我意识之觉醒（叶子对其根的质疑，所以叶子的反射只是为了看）；第二次反照则承载着"我"之所是的自我反照意识——一个由第二次反照所补偿的"非我"（"not-I"）或一个经过了异己（non-self）之原初反照的成熟自我。在第一次与第二次反照之间生出了本质上的差别。然而，它们并不相互排斥，而是紧密地相互关联。任何文化生长或自我塑造都必须经过这种双重反照性而进行。从这一角度来看，李金发在诗中所揭示的双重反照得以构成中国现代性与启蒙话语中自我反照叙述的辩证法。

在这一部分里，我们已经讨论了三类事物中显现的反照叙述：矿物意象、自然意象与植物意象。我们的细致探求开始于两个光源：自生光源与反照光源。我们已经涵盖了至少四种基于李金发所呈现的力比多能量经济的理念，尤其是在中国现代文化的一般叙述中的理念。通过这一反照修辞，我们已经发现了"我"或自我，起初在镜子的空处及无深度的内部，紧接着的分裂使"非我"诞生，之后对表面的复制被当作现实，最后借助反照中分裂的剩余物而产生双重反照。就此而言，我们得出这样的结论，双重反照乃是李金发诗歌中反照叙述的根本，同时也是重塑中国现代性启蒙大业内中国现代身份的根本。

另一种反照叙述的形式主要显现于矿物世界。让我们回想一下，矿物世界即一个人造天堂。如上所示，反照的产生乃是光从自生光源（自然之光）中转离的结果；反射光与自然光相比并不自然。如此一来，所有从矿物质释放的光——镜子、水晶、钻石、宝石、大理石、花岗岩、玉石、陶瓷——经过反照后显得并不自然。在矿物质形式中非自然光与自然光的比较，即为反照叙述的第一层含义，它与我在此处讨论的颓废美学有关。在《巴黎的忧郁》中有一首题为《邀游》的散文诗，波德莱尔在此诗中创造了一个理想之地，充满了奇妙与精致事物的奇妙乐土：镜子、金属、布帘、奇香、光亮的涂金家具。他重新探索了花朵与绚烂的宝藏："那是奇异之国，胜似任何其他国家，就像艺术胜过自然，在那里，自然被梦想改造，在那里，自然被修改、美化、重铸。"[4]4—19 在《恶之花》中有一首题为《巴黎的梦》的诗，波德莱尔在诗中将大理石宫殿、钢铁、石板、黄金、铅、结晶、金属、玉、镜子、水瓮、金刚石、宝石称作"奇妙的风景"：

> 一切，甚至黑的色调，
> 都被擦亮，明净如虹，
> 而液体将它的荣耀
> 嵌入结晶的光线中。

对于波德莱尔来说，这些被擦亮的、如虹的矿物质能激起无限的梦，与现代之美的愉悦。因此，人工的美优于自然的、真实的美。这便是我想阐述的反照叙述的第二层含义。

在波德莱尔的诗学中，未经人类改造的自然完全是一片蛮荒，它培育邪恶的土地，因此与罪恶相联系。一切自然之物于美学意义上的美丽无涉，而理应遭到唾弃。波德莱尔的浪荡子在于他是一个崇拜人造物，以及反常古怪性的美学英雄，遭受彻底羞辱的自然被迫偏离常轨，进入不正常之美的领域："浪荡作风是英雄主义在颓废之中的最后一次闪光。"[9]尼采也将颓废描述为："疲惫者的三大兴奋点：残忍、做作、无辜（白痴）。"⑨对于有机自然的极度贬低，以及对作为人造物的现代性的赞美致使自然处于堕落的状态：一个死了的自然（a nature morte）[10]159—201。从这一角度来看，矿物世界中的反照叙述(并非自然矿物本身,也非未遭污染的原矿,而是被磨亮抛光的反照矿物)表达了从有机生命向无机生命,从充满活力的身体向死气沉沉的矿物,即从自然向非自然的美学质变。李金发诗中的美学质变的特征则在于,从人类状态向下复归到动物状态,然后又从植物状态最后复归到矿物状态。

先前在对黑暗母题的讨论中,我们提到诗人想将自己变成一只黑乌鸦,去捕抓所有的心肺,以此作为对世纪之废墟的报复。然而,就人类状态的特征与动物状态的特征来说,它们之间存在的关键区别便在于,从吃熟食的习惯转变为吃作为动物饲料的植物的习惯:"我初流徙到一荒岛里,/见了一根草儿便吃,/幸未食自己儿子之肉"(《小诗》),或是:

> 神奇之年岁,
> 我将食园中,香草而了之。
>
> ——《夜之歌》

在诗人的动物状态中,他对自己的食物相当不满,因为植物淡而无味。因此,他想从动物状态变成植物状态,去拥有植物世界中那种死气沉沉的经验:

> 我厌烦了大街的行人,
> 与园里的棕榈之叶,
> 深望有一次倒悬
> 在枝头,看一切生动:
> 那时我的心将狂叫,
> 记忆与联想将沸腾:
> ……
>
> ——《悲》

枝头上幻影似的"倒悬"意味着离开人类状态而进入了无生命的植物状态，并从人类状态的痛苦中去设法寻找遗忘。在一棵树上像叶子或果实那样倒悬，这种去人性化形式将不会获得任何拯救的希望，只会收获更多的痛苦，去人性化形式导致了完全的自我毁灭与腐烂，因为所有的自然形式更倾向于腐烂、分解、转瞬即逝与坏死。自然世界中植物的脆弱性意味着时间的庞然大物能将其轻易毁灭。自然遗迹不经过美学化的提炼，自然之中就没有什么能保持永恒。

因此，死亡或自然的腐败成为永恒之美的条件，亦成为人造美学化的结果。自然毁灭后的结晶形式，源于时间的秘密转化而成为矿物世界。因此，矿物世界便是从自然状态转化为非自然状态这一过程的反照形式。这并非自然最原初的形式，却是其最精巧、最刻意、最反常与最人工的形式。这使得李金发沉潜于一个物化的矿物状态，并以此创造属于他自己的人造天堂："但我们之躯体，/既遍染硝磺"（《夜之歌》），或更进一步：

> 我筑了一水晶的斗室
> 把自己关住了，
> 冥想是我的消遣，
> bien aimée 给我所需的饮料。
>
> ——《我欲到人群中》

在这首诗中，诗人想在人群中展露自己，但他感觉自己缺少神性，所以他先建造了一座水晶屋，接着计划重建一座水晶宫。在这人造天堂或人造宫殿的幻景中，诗人将自己想象成一个国王或骑士。他唯一的劳动便是思考，沉思他所创造的欢愉之内部。根据"非我"（人群）所提炼的"我"的细节，即通过时间来抵达神性：

在我慵惰的年岁上,"时间"建一大
理石的宫室在河岸,多么明媚清晰!

——《忠告》

　　大理石宫室的光明,并非由创造"我"之凡庸的残酷时间所释
放,而是源于宫室自身在河中的反照,这暗示着正是时间摧毁并改
善了宫室的光明。在此诗中,时间的破坏性与不育并不指向生
命—经验的空虚,却指向了美之极乐的灵光。对于李金发来说,身
处矿物状态中,一方面可以完全忘记由残酷时间引起的痛苦,另一
方面在矿物的反照中经验了美闪现的瞬间。正是在从人到动物到
植物最后到矿物的向下质变中,李金发或许从遗迹残片中提取了
一种向上的美的净化(catharsis),将瞬间性升华为永恒性。矿物
在现代颓废中产生出带有亵渎性的人造之美,他对矿物的沉迷在
其另一首诗中显而易见:

我爱一切水晶,香花,
和草里的罂粟,
她的颜色与服装,
我将用什么比喻?

——《憾》

　　在矿物的透明中,在自然散发的芳香中以及飘忽不定的鸦片
梦中,美的人造天堂被非自然的亵渎方式所照亮,而非自然的神圣
方式;通过抛光、磨亮以及旋转矿物的反照,而非原矿本身的辐射。
　　3. 反照的溢出,其被视作冥想的隐喻空间
　　(1) 由于力比多能量的缺失,使得整个身体随即陷于无力与
麻痹,世界中的一切物事因而满溢,变得无用:"短墙的延长与低
哑,/围绕着愁思/在天空下的园地/自己开放花儿了。"(《短墙

的……》)物事的溢出被供予某个沉思的空间,本雅明如是说:"把闲置在地上的日常器皿,当作沉思的对象。"[10]170

(2) 时间的庞然大物将自然僵化、抑制与腐坏为完全的废墟:大地荒疏、井水干枯、景致空虚,还有枯枝败叶、动物尸体、白骨累累与鬼火磷光遍布整个自然:"我发现半开之玫瑰已复萎靡"(《诗神》),或是"新秋的/花残了,盛夏的池沼干了"(《忠告》)。这一荒原或废墟的境况不仅见于李金发的诗中,而且还使自身带上了沉思这种人类情感的讽喻意味。

(3) 反照叙述中的双重反照里,出现了一次分裂或剩余,这种剩余构成了用以沉思的第三空间。简而言之,沉思的反照空间出现于颓废世界中的稳定之物;也就是说,当在力比多能量的无力中感受开始外部化与对象化的身体痛苦,这痛苦本身变成了沉思之时⑩——李金发写到"金椅上痛苦之王子"(《你还记得否……》),那么一种疼痛、痛苦、毁灭与颓废的沉思话语便随之被建构。这一阵痛的沉思叙述将提供自我塑造的生命活力,亦将在民族文化叙述中,提供重塑美学情感与时间意识的辩证法机制。在李金发的诗歌中,我们已经经历了阵痛,特别是其颓废身体中的力比多能量危机,但我们也更频繁地目睹了李金发颓废美学情感的意识,以及最意味深长的是,身处现代性与启蒙的大业中的李金发对自我反照的辩证理解。

二、颓废身体：走向一种悲悼的否定伦理学

离《微雨》出版大概还有三年的 1922 年,李金发开始了他的诗歌创作,同年朱自清发表了长诗《毁灭》。在诗中,朱自清回想起一次不大寻常的梦,在杭州旅行时,他忽然"飘飘然如轻烟、如浮云,

丝毫立不定脚跟"。这首长诗最特别的部分在于,它极饱满地呈现了一种颓废氛围:病态、漂浮的灵魂、世界的疲惫感、冷风景、疏离、干枯的荒漠、空处、死亡的欲望,以及最引人注意的是一具筋疲力尽的身体,四肢"衰颓"。一种强烈的悲悼感弥漫全诗。这是一首自我表达之诗,或是"我"徘徊于黑暗与光明、怀疑与信仰,以及向前进步与向后颓废之维谷的诗。朱自清在诗中将自己立于"不知取怎样的道路,/却尽徘徊于迷悟之纠纷的时候"[11]。

　　1923 年 3 月,徐志摩发表了一首题为《青年杂咏》的名作,在诗中他三问青年,为何沉湎伤感、迟徊梦中、醉心革命? 在第一个诘问中,徐志摩将青年的沉湎伤感描述为:在忧郁河边筑起一座水晶宫殿,河中惟有忧郁流淌,残枝断梗不过映照出伤感、徘徊、倦怠的灰色生命。青年冠上的黄金终被霉朽。诗中最重要的是,徐志摩将"忧郁"(melancholy)一词音译为汉语"眸冷骨累",这准确地抓住了显现于身体中的忧郁症状[12]。另一个象征主义诗人穆木天,将法语词"颓废"(decadence)译为"腐水朽城"[13]。诗人邵洵美将这个词译为"颓加荡"[14]。1922 年左右,一同与李金发留学法国的诗人王独清写了一首题为《我从 café 中出来……》的诗,此诗描绘了他的颓废境况:喝完混了酒的咖啡后,四下满是寂寥的伤感,徘徊不知向哪一处去,他悲叹道:"啊,冷静的街衢,/黄昏,细雨。"

　　正如我们所见,在李金发出现之前,中国文学大体上便已见证了力比多经济的危机或浪荡的颓废(une turbulente décadence)。这一态势的持续增长,最终在 1925 年李金发的诗集中达到顶点。从 1922—1930 年以及之后的一些年里,中国现代诗歌沉湎于感伤、痛苦、恸哭、悲悼之中,一言蔽之,沉湎于身体痛苦的深深颓废与忧郁状态之中。可以将此一现代性负面理解为对非本土文化资源的翻译,或理解为在中国处于努力重铸其文化身份的新纪元时,西方文化叙述的影响,这确实要求一种新的诠释理论结构①。负面的翻译现代性在重铸自我与文化身份时所具有的重大意义遭到了简单的拒斥与责难，与这种负面翻译现代性的常规诠释或意识形态诠释相反，我打算提供一种不同的视角，即通过各式理论资源来诠释这种现代情感的特别形式。我打算主要以辩证的角度观照此问题，李金发对源于力比多能量危机的颓废的极度称颂，可以被理解为一种对自我的负面塑造，通过"镜像—悲悼—纪念碑"的叙述范式进行。

让我们首先从现代性话语构成里的颓废与进步的辩证法开始。卡林内斯库认为进步与颓废的概念并不相互排斥，而是彼此深刻地暗示。"进步即颓废，反之，颓废即进步。"⑫这一概念构成了现代性的双重辩证法。莫兹利（Maudsley）在其《身体与意志》（Body and Will）中讨论社会与进化时，他认为退化普遍地反作用于进化，而颓废几近于进步；社会即是由上升与下降的双重流动所构成。因此，"存在者，从高级下降到低级的退化过程，乃是自然经济中必不可少的活力所在"[15]。黑格尔同样讨论过进步与颓废的辩证概念，他强调通过差异与混乱而重获和谐一致："进化是生命的必经过程，要素之一，其发展源于对立：生命的总体性在其最强烈的时刻，只可能作为一种原出于最绝对之分裂的新的综合而存在。"[16]122在上文的讨论中我们注意到，李金发总是从生命—世界的对立面与反面来感知生命—世界，这是为了表达他与进步的启蒙现代性相反的颓废之美学。李金发的辩证性感知可从如下二例略见：

> 我生存的神秘，
> 惟你能管领，
> 不然则一刻是永远，
> 明媚即是肮脏。
>
> ——《你在夜间》

另一例：

> 如残叶溅
> 血在我们
> 脚上，
>
> 生命便是
> 死神唇边
> 的笑。

——《有感》

由此看来，现代性的颓废与进步在这一层面并不相互对立，而是在一种双重陈述中共存。李金发的"现代性否定伦理学"从这一角度而言，不仅终究是必要的，而且成为构建人类身份及其主体性的必经过程。

其次是视镜与悲悼。如上所述，拒斥光明的后果便是返回仅留存反射光的黑暗洞穴，返回到由镜子反射的现实之内部。正如阿多诺所言："然而，窥入反射之镜的他是个闲人，一个已经退出经济生产程序的个体。反射之镜印证了对象的缺乏（镜子不过是把事物的表面带入一个空间），以及个人的隐匿。因此，镜子与悲悼彼此勾连。"[16]42就阿多诺此论来看，尽管镜子将外部现实的表面完全反射（这让人悲悼失落的真实世界），但镜子也能记录世界的损失，人在镜中对自己的观看可以将内部反映为现实。

正是通过视镜与悲悼的结合，失落的世界才得以弥补。颓废是力比多能量中向下的衰退，这种力比多能量生成了灰烬中的身体与废墟中的自然。一方面，正如李金发诗中写道："但我们所根据的潜力，火焰与真理，/恐亦随时代而溃败"（《心期》）；然而另一方面，在腐烂的过程中，人类主体对灰烬与废墟的反射，出自被创造、被合法化的新秩序,这一新秩序通过伴随着悲悼情绪的镜中之自省性而来。因此,视镜成了一个居间要素,为了抓住自我的新知识,它为悲悼主体提供了一个特定空间来反射自身。因此我们在李金发的诗里看见:"月儿半升时,/我们便流泪创造未来"(《à Gerty》),如此便:

> 有了缺憾才有真善美的希求,
> 从平凡中显出伟大庄严。
>
> ——《生之谜》

再次是悲悼与纪念碑。在李金发的纪念碑诗歌中,《弃妇》这一悲悼母题与坟/墓的形象联系起来("衰老的裙裾发出哀吟,/徜徉在丘墓之侧"),使得整首诗可以被读作一首挽歌,一座女人的墓碑。事实上,死亡主题与坟墓修辞整体性地弥漫于李金发的诗歌之中。因此他有时被视作中国现代诗歌史上"第一死亡诗人"[17]。对坟墓与死亡如此大量的呈现,建立了李金发诗歌的纪念碑身体,以及将自身构建为纪念碑石的修辞⑫。例如,"希望得一魔师,/切大理石如棉絮,偶得空闲时/便造自己细腻之坟座"(《多少疾苦的呻吟……》),或是:

> 在时代的名胜上,
> 残墓衬点风光。
>
> ——《晚钟》

以及:

> 快选一安顿之坟藏,
> 我将颓死在情爱里,

垂杨之阴遮掩这不幸。

——《Elégie》

在《悲悼与忧郁症》这篇文章中，弗洛伊德将忧郁症的本质与悲悼的常规情感进行比较。弗洛伊德认为，哀悼是一种丧失客体的经验，一种丧失社会及文化之象征的复杂反应，最终社群中的成员必须面对悲悼的责任。弗洛伊德写道："悲悼通常是对爱人之丧失的反应，或是对某种被取代的抽象物，诸如国家、自由、理想等事物之丧失的反应。"[18]243—260 在悲悼状态下，世界变得贫困空乏，痛苦的经验支配着悲悼情绪。悲悼与集体记忆的象征，亦即弗洛伊德在《精神分析的五个讲座》一书中提出的"纪念碑"（the monuments）概念紧密相关。悲悼与纪念碑均遭遇了对象的丧失，一方面是个体与个人的丧失，而另一方面则是集体与社会的丧失。悲悼将目下卷入过去；纪念碑则将过去带至目前。不过，它们都拥有一个相同的职责：寻找新物替代丧失之物的欲望。[18]9—55 彼得·霍曼斯（Peter Homans）把弗洛伊德的悲悼与纪念碑理论、韦伯的祛魅理论、科胡特（Kohut）去理想化（de-idealization）概念、温尼科特（Winnicott）的幻灭（disillusionment）概念、克莱因的憔悴（pining）概念以及涂尔干的失范加以综合，发展出一套他所称之为悲悼、个性化及意义创造的修正理论。⑬

霍曼斯认为，个性化乃是悲悼的结果；通过从已然消逝的过往中采撷而来的丧失经验，可以激发"变成某人"的欲望，与此同时，为自我创造出一种全新的意义。现代性的典型世俗化呈现出一种为了消逝的象征与社群的整体而不断增长的悲悼。因此，在消逝的社会文化理想之面孔中，悲悼将反照的心理机制建立在冲突与创伤的痛苦经验之上，最终提升为"成为某人之自我"，而纪念碑则搭建了一种集体记忆，亦即通过物质仪式的中介，一种联合的象征将一切个体的消逝与过去的历史结合一处。由此观之，悲悼成为创造性的别样形式，这形式最终构建出一个成熟、独一的自我，而纪念碑则构建出一种集体无意识：社会成员总是返回于此，并将这种丧失经验内在化为"内存纪念碑"（"monument within"）。

正是以这样的方式，由丧失客体所致的创伤痛苦才得以被治愈，正面的复原力才得以再生。所以，当文化面临灾难时，痛苦的能力与悲悼的能力才显得必不可少，这两种能力产生出支撑自我之内在与外在的容量，也就是说，在个体化的语境与集体化的现实中产生出来。正如李金发写道："在 décadent 里无颓唐自己。"（《"Musicien de Rues"之歌》）在《悼》这首诗中，通过悲悼的痛苦经验，李金发将现代性的负面伦理转换成一种现代性的正面伦理。全诗如下：

> 闲散的凄怆排闼闯进，
> 每个漫掩护的心扉之低，
> 惜死如铅块的情绪，无勇地
> 锁住阴雨里新茁的柳芽。
>
> 该不是牺牲在痼疾之年，
> 生的精力，未炼成无敌的钢刃，
> 罪恶之火热的眼，
> 正围绕真理之祭坛而狂笑。
>
> 铁的意志，摧毁了脆弱的心灵，
> 严肃的典型，无畏的坚忍，
> 已组成新社会的一环，
> 给人振奋像海天无垠。

此诗中涌现出了一个新形象，这形象将自己贡献于生命能量的提炼，将其铸造为强韧的钢刀来抗击罪恶、揭示真理，并最终建立起一个新社会：它包含了李金发眼中的新自我与优雅之美。启蒙运动的失落理想正处于恢复、修养与重构的过程中；经过反照的悲悼，中国现代性中的脆弱个性与新生自我正变得愈发强壮与成熟。颓废身体的叙述也由此诞生出一种崭新的自我伦理，其塑造并非经由正面进行，却是通过黑暗与负面完成。

在中国现代性一般的话语构造中，没有任何一个作家比李金发更多地引介了三种意义重大的话语元素：颓废感性、时间的飞逝感、自反意识。第一种元素承载的观念为进步即颓废，颓废即进步；第二种元素显示了永恒中的短暂存在，以及飞逝时间中的永恒存在；第三种元素则暗示自我总是需要向其本身反射，由此辨认对于现代身份叙述而言的自我本质的真实性。正是通过李金发这种特有的感情，中国现代性的叙事性才见证了这种新话语的发生，而此后关于自我的塑造亦焕然一新。

至此，在郭沫若和李金发之间——在力比多能量经济的膨胀与力比多能量经济的危机之间；热烈、光明、激情、进步的自我与寒冷、黑暗、无力、颓废的自我之间；在太阳、光亮、火焰、黎明的叙述与冬天、夜晚、潮湿、反照的叙述之间，一种话语张力得以在中国现代性启蒙大业的力比多能量经济中构建起来。

注释

① 本文来自作者的长篇英文论文"The Decadent Body: Toward A Negative Ethics of Mourning in Li Jinfa's Poetry"，承蒙赵凡翻译成中文，特此致谢。

② 克尔凯郭尔的反省概念，亦可参看哈维·弗格森（Harvie Ferguson）：《忧郁和现代性批判：索伦·克尔凯郭尔的宗教心理学》，1995年版，第60—80页。

③ 就光明与黑暗的详尽讨论，参看安娜-特丽莎·泰门妮卡

（Anna-Teresa Tymieniecka）：《光明与黑暗的基本辩证法：生命之本体创造中的灵魂激情》（*The Elemental Dialectic of Light and Darkness: The Passions of the soul in the Onto-Poiesis of Life*），1992。亦可参看马丁·杰伊：《垂目》（*Downcast Eyes*），1993；大卫·迈克·列文编（David Micheal Levin）：《现代性与视像霸权》（*Modernity and the Hegemony of Vision*），1993。

④ 就人类自我与身份构成中的自反性功能的进一步讨论，可参看罗伯特·斯格尔（Robert Siegle）：《自反性政治：叙述与文化的本质诗学》（*The Politics of Reflexivity: Narrative and the Constitutive Poetics of Culture*），1986。

⑤ 对于亵渎启迪（profane illumination）的概念，我在此使用与瓦尔特·本雅明的涉及主体差异的"启迪"（Erleuchtung）不同。当然，我对本雅明的启迪论述进行了清楚阐明。就本雅明的亵渎启迪概念的讨论，可参看玛格丽特·科恩：《亵渎启迪：瓦尔特本雅明与超现实主义革命的巴黎》（*Profane Illumination: Walter Benjamin and the Paris of Surrealist Revolution*），1993。

⑥ 对分裂自我这一主题的研究，可参看《现代主义自我》，见于克里斯托弗·巴特勒（Christopher Butler）：《现代主义：欧洲的文学、音乐、绘画（1900—1916）》（*Early Modernism: Literature, Music, and Painting in Europe*，1900—1916），1994 年版，第 89—106 页；丹尼斯·布朗（Dennis Brown）：《二十世纪英语文学中的现代主义自我：自我分裂研究》（*The Modernist Self in Twentieth-Century English Literature: A Study in Self-Fragmentation*），1989。

⑦ 本文中李金发的诗作均引自于周良沛编：《李金发诗集》，成都：四川文艺出版社，1987 年版。不另加注。

⑧ 关于身份的反射/反思话语的一本有趣著作,可参阅鲁道夫·加谢(Rodolphe Gasche):《镜子的锡箔:德里达及其反思哲学》(*The Tain of the Mirror: Derrida and the Philosophy of Reflection*),1986。

⑨ 尼采:《瓦格纳事件》,卫茂平译,上海:华东师大出版社,2007年版,第 38 页。有关颓废中的人造概念,亦可参看斯沃特:《19世纪法国的颓废意识》(*The Sense of Decadence in Nineteenth Century France*),第 169 页。

⑩ 关于信仰塑造中的痛苦身体及其功能的详尽讨论,参看伊莱恩·思凯瑞(Elaine Scarry):《痛苦身体:世界的生成与毁坏》(*The Body in Pain: the Making and Unmaking of the World*),1985 年。

⑪ 就"被译介的现代性"对中国文化叙述之构成的影响的广泛讨论,参看刘禾:《跨语际实践:文学、民族文化与被译介的现代——中国(1890—1937)》(*Translingual Practice: Literature, National Culture, and Translated Modernity—China, 1890—1937*),1995。

⑫ 就诗歌中作为悼文出现的墓碑功能的研究,请参看 J.道格拉斯、尼尔(J. Douglas Kneale):《纪念碑书写:华兹华斯诗歌中的修辞》(*Monumental Writing: Aspects of Rhetoric in Wordsworth's Poetry*),1988 年。

⑬ 对三位一体理论的详尽讨论,参看皮特·霍曼斯(Peter Homans):《悲悼的能力:幻灭与精神分析的社会起源》(*The Ability to Mourn: Disillusionment and the Social Origins of Psychoanalysis*),1989。尤其是最后一章。

参考文献

[1] Matei Calinescu. *Five Faces of Modernity*[M]. Durham:

Duke University Press，1987：170.

［2］Richard Pine. *The Dandy and the Herald：Manners*，*Mind and Morals from Brummell to Durrell*［M］. London：Macmillan，1988.

［3］Theodor W. Adorno. *Kierkegaard：Construction of the Aesthetic*［M］. Minneapolis：University of Minnesota Press，1989：41—59.

［4］夏尔·波德莱尔.巴黎的忧郁［M］.郭宏安译.上海：上海译文出版社，2013.

［5］郭沫若.女神［M］.北京：外文出版社，1978：100.

［6］德里达.论文字学［M］.汪堂家译.上海：上海译文出版社，1999：50.

［7］阿西奥多·阿多诺.克尔凯郭尔：审美对象的建构［M］.北京：人民出版社，2008.

［8］Robert Siegle. *The Politics of Reflexivity：Narrative and the Constructive Poetics of Culture*［M］. Baltimore：Johns Hopkins University Press，1986.

［9］波德莱尔.现代生活的画家［M］//波德莱尔美学论文选.郭宏安译.北京：人民文学出版社，1987：501.

［10］Susan Buck-Moss. *The Dialectics of Seeing：Walter Benjamin and the Arcades Project*［M］. Cambridge，Mass.：MIT Press，1990.

［11］朱自清.毁灭［M］//庞秉钧，闵德福，高尔登.中国现代诗一百首.香港：商业出版社，1987：23—41.

［12］徐志摩.青年杂咏［M］//徐志摩全集：第一卷.石家庄：华山文艺出版社，1992：51—53.

［13］穆木天.谭诗：寄沫若的一封信［M］//杨匡汉，刘福春.中国现代诗论：上编.广州：花城出版社，1985：92—95.

[14] 李欧梵.漫谈中国现代文学中的"颓废"[J].今天,1993(23)：26—51.

[15] Henry Maudsley. *Body and Will*[M]. Chicago：Thoemmes，1998：237.

[16] Ward N. Jouve. *Baudelaire*［M］. London：Macmillan，1980：122.

[17] 金丝燕.文学接受与文化过滤：中国对法国象征主义的接受［M].北京：人民大学出版社,1994：232.

[18] Sigmund Freud. *The Standard Edition of the Complete Psychological Works of Sigmund Freud Vol. XIV*［M］. London：The Hogarth Press，1957：243‐260.

——原载《江汉学术》2020 年第 1 期：60—71

重识卞之琳的"化古"观念

冷　霜

摘　要： 在有关 1930 年代"现代派"诗歌的研究中，以及新诗与"传统"关系的问题上，卞之琳晚年提出的"化古"之说具有较大影响。这一观念得自艾略特，但在民族危亡的历史语境下，他对"传统"的认知与艾略特呈现出显著的差异，而在 1980 年代，作为一个诗论家和特殊的新诗史家，他关于"化古"的论述实际所要达成的目标，则是将欧美现代主义美学话语重新接引到中国文学中来。

关键词： 卞之琳；"化古"；传统；现代主义

在 1930 年代的"现代派"诗人中，卞之琳的诗所具有的某种独特的古典韵味很早就引起了评论家的注意，废名在其《谈新诗》讲义中曾言："卞之琳的新诗好比是古风，他的格调最新，他的风趣却最古了"，将其与温庭筠词、李商隐诗作比，这开了卞之琳诗歌研究一个先河。尽管"大凡'古'便解释不出"，[1]然而对于卞之琳诗与古典诗歌美学之间关联的讨论在此之后不绝如缕，卞之琳晚年大量的回忆、序跋文字中就新诗如何借鉴古诗的论述也为这方面的研究提供了丰富的佐证。这些，连同对他诗艺中西方现代主义诗歌观念影响的研究，使得他成为我们认识 1930 年代"现代派"诗潮乃至 20 世纪中国现代主义诗歌具有典范性的诗人之一，在新诗与

"传统"关系问题上,也已成为一个显著的例证,以表明新诗在借鉴或"继承"传统上的成功实践。

卞之琳晚年自述其写作观念:"我写白话新体诗,要说是'欧化',那么也未尝不'古化'。……就我自己论,问题是看写诗能否'化古''化欧'。"[2]459 在新诗如何汲取古典诗词的文学资源方面,卞之琳抗战前的诗歌实践表现尤为突出,这与他在写作意识上的自觉有极大关系。本文试图考察的,则是卞之琳这种"化古"观念的内涵,它在理解、诠释新诗与古典诗"传统"之间关系方面的特征,及其形成的文化、历史语境,也试图探讨这一观念在其晚年大量有关新诗的论述中所显示出来的变异,和这种变异就新诗史而言所具有的复杂意味。

一、1930年代的"传统"认知

卞之琳在1930年代的写作以诗与文学翻译为主,少有与诗有关的论述。李健吾曾在赞许的意义上谈到一些"不止模仿"而"企图创造"的新诗人:"然而真正的成绩,却在几个努力写作,绝不发表主张的青年。"[3]其中即应包括卞之琳等"汉园"三诗人。

而他在这一时期所发表的仅有的零星论述中,就表现出对于新诗与旧诗关系的关切。1932年,他从英国著名文学评传作家哈罗德·尼柯孙(Harold Nicolson)所著《魏尔伦》一书中选取一章译出,以《魏尔伦与象征主义》为题发表,在"译者识"中他写道:

魏尔伦底名字在中国文艺界已经有相当的熟悉了,他底几首有名的短诗已经由许多人一再翻译过。象征主义呢,仿佛也有人提倡过。魏尔伦底诗为什么特别合中国人底口味?象征派作诗是不是只要堆砌一些抽象的名词?这种问题在这篇文章里可以找出一点儿解答，虽然这篇文章并非为我们写的。……其实尼柯孙这篇文章里的论调，搬到中国来，应当是并不新鲜，亲切与暗示，还不是旧诗词的长处吗？可是这种长处大概快要——或早已——被当代一般新诗人忘掉了。[4]

这段话表明，对包括魏尔伦在内的法国象征派诗歌的接受引起了卞之琳对旧诗词的美学关注，使他产生了观念上的自觉，即他在文末所暗示的，有意在新诗中实现此种"亲切与暗示"的长处。卞之琳从一个"新月"诗派的学徒诗人超越出来，成为"现代派"的"前线诗人"，法国象征派诗人，尤其是魏尔伦对他起到关键的影响作用，就此而言，可以说他的现代主义诗歌实践从一开始就与对中国古典诗学的思考联系在一起，魏尔伦的影响乃是"结合着中国古典诗学一起对卞之琳发生作用的"[5]。

在中国现代文学的象征主义接受史上，它与中国古典诗学的关联是一个重要的议题，卞之琳以这一译介行为亦构成其中的一个环节。早期的象征主义诗人李金发曾提出"东西作家随处有同一之思想、气息、眼光和取材"，而欲"把两家所有，试为沟通"[6]，但所言既泛泛，作品也因其对中国自身文学的深刻隔膜，以及卞之琳前文中所不指名批评的对于法国象征派诗歌的生硬模仿，而未作出有说服力的表现。周作人也曾将"象征"与"兴"在技法的层面上联系起来："新诗的手法，我不很佩服白描，也不喜欢唠叨的叙事，不必说唠叨的说理，我只认抒情是诗的本分，而写法则觉得所谓'兴'最有意思，用新名词来讲或可以说是象征。让我说一句陈腐话，象征是诗的最新的写法，但也是最旧，在中国也'古已有之'……"[7]尽管提出了一个重要的理论命题，周作人本人并未就此给予更具体的阐明，也没有提供相应的写作实践。

而卞之琳一方面第一次从美学的层面上概括出法国象征派诗与中国古典诗的契合点，也通过自觉的写作将这一契合点融入新诗的审美新质的创造中。在 1930 年代，对此问题有所认识的尚有梁宗岱，他在其《象征主义》一文中亦认为象征"和《诗经》里的'兴'颇近似"，并举《文心雕龙》中"兴者，起也；……起情者依微以拟议"来说明这种相似性。[8]从比较诗学的角度，梁宗岱此文所作的阐发要具体得多。然而，只有卞之琳是作为一位"前线诗人"而非批评家、学者，将对这一问题的思考转化到自身的写作实践中，从而为我们认识这一命题在新诗领域提供了具有范例意义的实绩作为基础，这一意义是不同寻常的，正如孙玉石所指出的，"卞之琳与他们不同的地方在于：他真正地用自己的理论思考与卓越实绩，超越西方古典主义和浪漫派提供的抒情范式与空间，进入现代诗歌对于日常生活中诗性的发现；超越坦白直露的抒情方式，进入更深层的含蓄隐藏方式的探索；超越单纯模仿象征派造成的生硬晦涩，追求将西方的象征的精髓融入民族诗歌固有的灵魂；他在这样的构想框架中，与西方'现代主义'文学是'一见如故'，'有所写作不无共鸣'，自觉地探索着一条民族的现代主义诗歌的道路"。[9]

如果说，就卞之琳自身的写作历程而言，对法国象征派诗与中国旧诗词之美学契合的体认，其意义更多在于帮助他辨识出自己的诗歌禀赋、气质，初步形成其写作趣向，那么他在这一时期另一重要的译介活动，对艾略特著名论文《传统与个人的才能》的翻译，则深刻地影响了他在写作上"化古"观念的成型。此文是他应叶公超之嘱而译，发表于 1934 年 5 月《学文》创刊号，在卞之琳日后的回忆中，这篇译文对其 1930 年代的写作具有标志性的影响作用，而这里试图通过分析表明，卞之琳的"传统"认知与艾略特的论述之间存在着明显的差异，他对后者的接受有着特定语境下的"误读"性质，最终体现为两种不同的文学史观。

如前文所述，卞之琳在 1930 年代极少论诗文字，但如考察他直至新中国成立前的著作活动，仍可发现他对文学传统、文化传统的一些论述。如在 1944 年为于绍方译亨利·詹姆士小说《诗人的

信件》作序时,他曾就这部小说的内容发挥道:

> 传统是必要的,传统是一个民族的存在价值,我们现在都
> 知道,保持传统却并非迷恋死骨。拜伦时代和拜伦时代的世
> 界已成陈迹了,要合乎传统,也并不是为了投机取巧,随波逐
> 流,就应当学拜伦时代人对于当代的反映而反映我们的时代。
> 传统的持续,并不以不变的形式……[10]

在他稍早的长篇小说《山山水水》中,卞之琳借以他自身为原
型的主人公梅纶年之口也发表了这样的意见:

> 我们现在正处在过渡期中,也自由,也无所依傍,所以大
> 家解放了,又回过头来追求了传统。一个民族在世界上的存
> 在价值也就是自己的传统。我们的传统自然不就是画上的这
> 些笔法,也许就是"姿"。人会死,不死的是"姿"。庞德"译"中
> 国旧诗有时候能得其神也许就在得其"姿"。纯姿也许反容易
> 超出国界。[11]

尽管并非直接就新诗或新文学而言,但这些文字仍为我们把
握他的"传统"意识的内涵提供了一定的线索,而它与艾略特意义
上的"传统"体现出几个重要的不同之点。其一,在艾略特那里,
"传统"的含义主要是指在文学实践的意义上一种不断变动的秩
序:"现存的艺术经典本身就构成一个理想的秩序,这个秩序由于
新的(真正新的)作品被介绍进来而发生变化。这个已成的秩序在
新作品出现以前本是完整的,加入新花样以后要继续保持完整,整
个的秩序就必须改变一下,即使改变得很小;因此每件艺术作品对
于整体的关系、比例和价值就重新调整了;这就是新与旧的适
应。"[12]在此意义上,"传统是具有广泛得多的意义的东西。它不

是继承得到的"。而卞之琳使用这一概念时明显具有一种实体化的内涵,这很大程度上缘于英文 tradition 与中文"传统"在译介时发生的变异,卞之琳只是沿袭了它,即将它视为是在时间上属于"现代"之前的文化及其价值,因而在艾略特那里所表述的"新"与"旧"的解释学关系在这里被转化成了"古典"与"现代"的辩证。

其二,艾略特将诗人/作家与 tradition 应具的关系概括为一种"历史意识"的获得,即"不但要理解过去的过去性,而且也要理解过去的现存性","要感到从荷马以来欧洲整个的文学及其本国整个的文学有一个同时的存在,组成一个同时的局面",是这一意识"使一个作家最敏锐地意识到自己在时间中的地位,自己和当代的关系",也就是说,在时间的维度上,他强调的是文学实践由此历史意识而具备的当代敏感,在 tradition 之秩序与个人才能之间指向的是后者,是"真正新的"作品的生成,而在卞之琳这里,则更注重"传统"之于现代的价值。

其三,卞之琳对"传统"价值的强调是将之置放在民族/世界的论述框架中,这是艾略特在欧洲文学的范畴之内而带有普遍主义意味的表述中所没有的。这实际上延伸了周作人在"五四"时期就表达过的观点:"我仍然不愿取消世界民的态度,但觉得因此更须感到地方民的资格,因为这二者本是相关的,正因为我们是个人,所以是'人类一分子'(Homaraus)一般。……我相信强烈的地方趣味也正是'世界的'文学的一个重大成分。具有多方面的趣味,而不相冲突,合能和谐的全体,这是'世界的'文学的价值,否则是'拔起了树木',不但不能排到大林中去,不久还将枯槁了。"[13]

卞之琳不曾就艾略特此文发表过具体的见解,但他在前引文字中表露出来的"传统"观不可能不带有后者所影响的痕迹,如以他在题为《尺八夜》的随笔中结尾一句话两相对照即可看出这一点:"呜呼,历史的意识虽然不必是死骨的迷恋,不过能只看前方的人是有福了。"[14]事实上,卞之琳恰恰以此表明了他的"历史意识"

与艾略特的分野所在,即虽然反对一味地崇古,然而,正如《尺八夜》一诗所体现的故国式微之思一样,在卞之琳的"历史意识"中,有着艾略特文中所无的民族现实境遇的沉重内容,身处大敌临境的"边城"北平,巨大的危亡感使他并非从文学史秩序的抽象层面去领悟"历史意识",而是自觉融入了对民族文化命运的思考。

应当说上述"传统"认识框架并非卞之琳所独有,然而就其诗歌实践以及日后的有关论述来看,他仍然显示出某种代表性。首先,他很少孤立地去看待新诗实践中这一问题,而对这一问题所蕴含的西方现代文学的诠释中介具有充分的自觉,在如何"融会中国传统和世界现代感应性"问题上,[15]后者乃是基础,如他论及梁宗岱时所言:"由于对西方诗'深一层'的认识,有所观照,进一步了解旧诗、旧词对于新诗应具的继承价值,一般新诗写作有了他所谓'惊人的发展',超出了最初倡导者与后起的'权威'评论家当时的接受能力与容忍程度。"[16]在此意义上返观他于新时期的开端在《〈雕虫纪历〉自序》中提出的所谓"欧化""化欧"和"古化""化古"的说法,亦可察觉他以后者为其时仍为主流意识形态所戒备的欧美现代主义文学流脉张本的小心翼翼的意图。

其次,在卞之琳这里,"传统"所具有的内涵以及在此基础上生发的"化古"意识,在新诗与旧诗关系上,承续了1920年代闻一多对"地方色彩"的呼吁和周作人的"融化"论,就写作而言也是对它们更为全面和成功的实践,很大程度上可以说,闻一多曾经召唤的所谓"中西艺术结婚后产生的宁馨儿"[17],在卞之琳等"现代派"诗人这里真正得以成为现实,这也是李健吾在后者这里所兴奋地发现的:"他们属于传统,却又那样新奇,全然超出你平素的修养,你不禁把他们逐出正统的文学。……所以最初,胡适先生反对旧诗,苦于摆脱不开旧诗;现在,一群年轻诗人不反对旧诗,却轻轻松松甩开旧诗。"①而在终于"甩开旧诗"的同时,也意味着新诗与旧诗及其美学"传统"之间一种迥异于五四话语的认知方式开始被普遍接受,即新诗对于"传统"的"继承"。这种"回过头来追求传统"的认知方式正是在 1930 年代,尤其是在北平学院文人的氛围中获得有力的生长。同时,旧诗的"传统"被更充分地对象化,与同时期的诗人废名、林庚(尤其是后者)"以旧诗为方法"的诗观相比较,卞之琳的方式可以说是"以旧诗为对象"的,在前者那里,古今并无严格的区分,旧诗的某些概念体系(尽管已经经过了现代文学观念的中介)如"质"与"文"等仍然能够作为一种活跃的诠释力量参与到新诗的理论与实践之中,而在卞之琳这里,"传统"("古")已是诠释和"化"的宾体。

二、晚年的"化古"论述及其内涵

接下来,我想从一个较少为人注意的角度来继续考察卞之琳对于新诗与旧诗"传统"关系的论述,并将问题延伸到新诗史研究的层面。青年时代"绝不发表主张"的卞之琳,其有关新诗的论述多数都撰写发表于晚年,在以往对卞之琳和 1930 年代"现代派"诗的研究中,多把他晚年的新诗论述视为与他青年时代的相关表述具有等同内涵、同时在评价他早年诗歌时其权威性毋庸置疑的叙述,而对其间横亘的时间/话语作透明性的处理。然而,从 1930 年代到 1980 年代,这半个世纪之间所发生的政治、历史与文学思潮、观念的变化无疑是巨大的。对于理解这些论述的意义,两个时代各自的语境差异是否有必要考虑在内呢?

卞之琳是在《〈雕虫纪历〉自序》中首次提出"化古"这一说法的,这是他在新时期开始前后所发表的最早几篇文章之一,也是新诗史研究中一篇非常著名的文献。这篇序言既为卞之琳研究提供了丰富的线索,乃至奠定了新时期以来卞之琳研究的一些主要命题的基础,他对自己写作特征、艺术追求的一些概括,如"小处敏感,大处茫然""化欧""化古",都已成为不刊之论,同时它对 1930 年代"现代派"诗歌的研究也具有相当重要的价值,是这方面研究中被引用频次最高的文本之一。但它的话语构成的复杂之处却迄今尚未得到研究者的足够重视。

《〈雕虫纪历〉自序》作于 1978 年 12 月,由于这一时期特定的"美学和意识形态的双重规约"[18],此文在其发言方式上带着明显的当时流行的"语法"和"自我检讨"的特征。文章开头先后两次引用"主席语录"作为"通行证",在谈及 1930 年代他对西方现代主义文学的接受时也带着委婉的道歉式的口吻:"我自己思想感情上成长较慢,最初读到 20 年代西方'现代主义'文学,还好像一见如故,有所写作不无共鸣",[2]446在此意义上,他对其 1930 年代诗歌写作特点的自我总结"小处敏感大处茫然"就不仅只是"自谦"之辞,而是具有特定语境下的内涵,而且,它也并非仅是出于意识形态规约之下被动作出的措辞,就卞之琳自身的思想和写作经历来看,其中也包含着他在"小"与"大"之间的主动选择。与他的诗友何其芳一样,卞之琳在抗战开始后有一个思想上逐渐左转的过程,只是过程更为复杂,在新的政权建立之后,他也持较积极投入的态度,如他 1980 年代末一篇文章中还曾忆及在"文革"前的十七年中他"三度诚心配合当前形势,真诚(当时达到忘乎所以的程度)写几首诗",并为它们在官方文坛所受到的冷落而颇觉不平。[19]这种思想意识上的变化当然也是经历了和新中国成立后大多数知识分子一样的思想改造的结果;而落实在他晚年的有关论述中,则就可以看到毛泽东《新民主主义论》《在延安文艺座谈会上的讲话》等关于文化艺术的意识形态权威话语所作用的痕迹。同样涉及中国艺术的传统,卞之琳在 1985 年曾就昆曲发表过这样的意见:"复古不足为训;民族气派,却不容置诸脑后。……不保持与发扬我国优秀一方面的民族风格,我们绝不可能跻身现代世界文艺前列。"[20]这里或可感到他在特定"套语"之下婉转表达的良苦用心,但其中"民族气派"的所指已未必全是他青年时代所究心的"姿"或"中国精神"这些说法的内涵。这是第一重有必要加以留意的语境。

卞之琳在"文革"结束之后所写的、现在所可见及的第一篇文章是《分与合之间：关于西方现代文学与"现代主义"文学》，稍早于《〈雕虫纪历〉自序》的写作而均发表于 1979 年。和他的学生袁可嘉一样，作为外国文学研究者的卞之琳从新时期开始就在为重新恢复现代主义文学的"合法身份"而努力，这种努力甚至一直持续到了 1990 年代初期（如 1992 年撰写的《重温〈讲话〉看现实主义问题》）。这构成《〈雕虫纪历〉自序》写作、发表的另一重要背景。代表卞之琳诗歌主要成就的早期诗歌亦构成了《雕虫纪历》的主体部分，而它们的现代主义质地以及所受到的西方现代主义诗歌的滋养，在序言写作的时间显然存在着讲述与接受、意识形态与美学的双重困难。

此外，从这篇序言开始，晚年卞之琳除了在新诗诗律与译诗问题上专门撰写了多篇文章，通过序跋、回忆文字，也有意识地表述他对于新诗、新诗发展历史的各方面观点，正如他自己所说："1939年，我一度完全不写诗，特别从 50 年代起，谈诗就多了一点。形势一转，我对师友，今已大多数作古的，不论相知深浅的前辈或侪辈，著述阅读生涯中实质上与诗有缘的，无论写有诗篇立有诗说与否，我为文针对他们或他们的产品，都以诗论处，讨论也好，追思也好，写序也好，评论也好，推举也好，借以自己立论也好，……所收各篇都不扮起一副学术性面孔，只是都贯穿了我自己既有坚持又有发展的见解。"[21]这一方面使得他的这些文章别具分量，如其中纪念闻一多、梁宗岱、叶公超、何其芳的长文，和为徐志摩、冯文炳（废名）、戴望舒等人诗集文集所作长序，都成为有关研究中的重要资料；也形成了这些文字独特的、有时略显繁赘的文体，就《〈雕虫纪历〉自序》而言，它的历史价值的获得恰恰是由于它完全脱出了一般的自序文体的规格惯例，在自述写作生涯的同时着意借此场合不厌其详地缕述他对新诗的认识,在这方面,可以说他是带着明确的"历史意识"的。不过,他在文中也说明,新诗格律问题和利用古洋资源问题,虽然是他"一贯探索"的,文中所谈却是"今日的看法"[2]454,因此,在他晚年作为回忆者、作为诗论家和某种意义上的新诗史家的认识与表述,与他早年作为年青的"前线诗人"的诗歌观念之间,也存在着并非可以忽略的缝隙。

在此意义上,可以说《〈雕虫纪历〉自序》是一个"多褶层"的文本,它一方面似乎呼应了他在 1930 年代关于象征派与旧诗词气味相通的观点,另一方面又是在所谓"古为今用,洋为中用"这一论述框架下来展开他个人在"化古""化欧"方面的经验陈述,而在这些论述中,包含着三个层次:他以可以被接受的话语方式所表述的"今日的看法";他在特定语境中所使用的修辞策略;在这些论述中所折射的他早年的实际写作观念。这些层次并不可能被完全分解,但却有助于我们更深入地体察它的内涵。

以这样的眼光再来重读这篇自序中的这段话:

> 我写白话新体诗,要说是"欧化"(其实写诗分行,就是从西方如鲁迅所说的"拿来主义"),那么也未尝不"古化"。一则主要在外形上,影响容易看得出,一则完全在内涵上,影响不易着痕迹。一方面,文学具有民族风格才有世界意义。另一方面,欧洲中世纪以后的文学,已成世界的文学,现在这个"世界"当然也早已包括了中国。就我自己论,问题是看写诗能否"化古""化欧"。[2]459

就可以看出其中为"欧化"(这是卞之琳作品在新中国成立后常被批评的地方)、为新诗的"世界"性所作的辩解的努力。也就是说,在此文的场合,"化古""化欧"并非同等的关系,很大程度上,前者起着为后者"保驾""引渡"的作用,以这样的修辞方式,卞之琳试图重新伸张现代主义文学的观念与技巧。他接下来表示:"在我自己的白话新体诗里所表现的想法和写法上,古今中外颇有不少相通的地方",[2]459与他在1930年代谈象征派诗与旧诗词长处的相似,在内涵上已有所不同,后者是由西方诗而引发对中国文学的重新观照,并在后来的危亡感受中进一步发展为文化价值的认识,其重点在"古",而前者则是在意识形态禁锢刚获松动时,对异质文学因素的辩护,其重点在"欧"。

> 我总喜欢表达我国旧说的"意境"或者西方所说"戏剧性处境",也可以说是倾向于小说化、典型化、非个人化,甚至偶尔用出了戏拟。[2]446

迄今为止,只有极个别研究者对卞之琳这里所说的"意境"与"戏剧性处境"之间的相通表示了质疑,但主要是就其写作表现而言,认为他的作品更多前者的呈现,而在"戏剧化"上有所不足。这已可引出一个问题:在"意境"和主要从艾略特那里得来的"戏剧化"技巧(它与袁可嘉1940年代主要从肯尼斯·伯克那里借来的"戏剧主义"诗学是需要区分开的两个概念)这两个相当不同的范畴之间,卞之琳将之牵连起来的交叉点在哪里?此处无法就此作出探讨,而是从修辞策略的角度,认为卞之琳的表述在两者间是有所轻重的,两处均是以前者过渡后者,略于前而详于后,重点都在后者,这在另一处相似的表述里可以看得更明显:

> 我在自己诗创作里常倾向于写戏剧性处境、作戏剧性独白或对话,甚至进行小说化,从西方诗里当然找得到较直接的启迪,从我国旧诗的"意境"说里也多少可以找得到较间接的领会……[22]

这也就是前面曾经提到的,在"中国传统"和"世界现代感应性"之间,他所偏重的乃是后者。而综观卞之琳涉及"化古"的言论,也会发现,较之他分析、评价他和他的师友的写作中所受到的西方不同时期、不同风格诗人和不同流派诗学的影响时详尽细致的程度,他谈到他们"继承"中国诗"传统"的场合都是非常简略甚至语焉不详的。这当然与旧诗"影响不易着痕迹"因而难以指实有关,与他的关注点更多在于"新诗和西方诗"之关系有关。但也不尽然,在《〈雕虫纪历〉自序》中,他详细交代了波德莱尔、艾略特、叶芝、里尔克、瓦雷里、奥顿、阿拉贡等西方现代诗人在他写作的不同阶段以不同方式给他的启发,但谈到古典诗"影响"的一面时则是:

> 从消极方面讲,例如我在前期诗的一个阶段居然也出现过晚唐南宋诗词的末世之音,同时也有点近于西方"世纪末"诗歌的情调。[2]459

这些文字的口吻是耐人寻味的,一方面显得含混而作出了不少修饰性的限定,另一方面,它不像是经过汲取("化")古典诗词资源之后的作家的经验总结,倒近于旁观者置身其外的评鉴。作这样的"文本细读",并不是要质疑卞之琳的古典文学修养,以及他的诗作中古典文学影响的存在,而是想揭示出,同为 1930 年代的"现代派"诗人,有异于废名、林庚,卞之琳的写作直接从西方现代主义文学受益,他对于旧诗词的认知方式、态度也更接近于我们今天较普遍的那种宽泛和固定化的理解;与早期基于写作实践而发生的对旧诗词某些具体的艺术质素的观照体认不同,他晚年的有关论述更多是作为一个特殊的新诗史家的原则性的认识,而这种认识客观上正与新时期以来中国现代文学研究的某种期待视野相叠合,由此,他的一系列具有独特历史意识的忆述相当深刻地参与了迄今为止对 1930 年代"现代派"诗歌的形象建构。

注释

① 李健吾：《〈鱼目集〉——卞之琳先生作》，见《大公报·文艺》，1936年4月12日，第126期"星期特刊"。

参考文献

［1］废名.论新诗及其他[M].沈阳：辽宁教育出版社,1998：154.

［2］卞之琳.《雕虫纪历》自序[M]//江弱水,青乔.卞之琳文集：中卷.合肥：安徽教育出版社,2002.

［3］李健吾.新诗的演变[N].大公报·小公园,1935-07-20.

［4］卞之琳.《魏尔伦与象征主义》译者识[J].新月,1932(4).

［5］江弱水.卞之琳诗艺研究[M].合肥：安徽教育出版社,2000：184.

［6］李金发.食客与凶年·自跋[M]//李金发诗集.成都：四川文艺出版社,1987.

［7］周作人.《扬鞭集》序[M]//周作人批评文集.珠海：珠海出版社,1998：222.

［8］梁宗岱.象征主义[M]//梁宗岱批评文集.珠海：珠海出版社,1998：54.

［9］孙玉石.卞之琳：沟通中西诗艺的"寻梦者"[J].诗探索,2001(1—2).

［10］卞之琳.亨利·詹姆士的《诗人的信件》：于绍方译本序[M]//卞之琳文集：中卷.合肥：安徽教育出版社,2002：49.

［11］卞之琳.山山水水：小说片断[M]//江弱水,青乔.卞之琳文集：上卷.合肥：安徽教育出版社,2002：365.

［12］艾略特.卞之琳译.传统与个人的才能[J].学文,1934(1).

［13］周作人.《旧梦》序[M]//自己的园地.长沙：岳麓书社,1987：117.

［14］卞之琳.尺八夜[M]//江弱水,青乔.卞之琳文集：中卷.合肥：

安徽教育出版社,2002：12.

[15] 卞之琳.一条界线和另一方面：郭沫若诗人百年生辰纪念[M]//卞之琳文集：中卷.合肥：安徽教育出版社,2002：143.

[16] 卞之琳.人事固多乖：纪念梁宗岱[M]//江弱水,青乔.卞之琳文集：中卷.合肥：安徽教育出版社,2002：168.

[17] 闻一多.《女神》之地方色彩[M]//闻一多全集：第2卷.武汉：湖北人民出版社,1994：118.

[18] 姜涛.小大由之：谈卞之琳40年代的文体选择[M]//新诗评论：第1辑.北京：北京大学出版社,2005：28.

[19] 卞之琳.人尚性灵,诗通神韵：追忆周煦良[M]//江弱水,青乔.卞之琳文集：中卷.合肥：安徽教育出版社,2002：218.

[20] 卞之琳.题王奉梅演唱《题曲》[M]//江弱水,青乔.卞之琳文集：中卷.合肥：安徽教育出版社,2002：93.

[21] 卞之琳.《人与诗：忆旧说新》增订自序[M]//卞之琳文集：中卷.合肥：安徽教育出版社,2002：135—136.

[22] 卞之琳.完成与开端：纪念诗人闻一多八十生辰[M]//江弱水,青乔.卞之琳文集：中卷.安徽：合肥教育出版社,2002：155.

——原载《江汉大学学报(人文科学版)》(现《江汉学术》)2007年第6期：12—17

时空维度的戏剧化探索

——论穆旦 1940 年代诗歌的现代主义追求

［美］朱妍红

摘　要：1940 年代中期，袁可嘉提出了"新诗现代化"的观点，并称穆旦为"最彻底"的新诗现代化的追求者。从袁可嘉的诗歌理论入手，可讨论穆旦 1940 年代诗歌的现代主义追求。袁可嘉的"新诗现代化"理论建立在与西方现代主义思潮与文学相一致的非线性时间观上，可谓在新诗创作中追求一种"戏剧性综合"（dramatic synthesis），而穆旦的诗歌则充分体现了他在时间与空间维度进行诗歌戏剧化探索的努力。在穆旦的诗歌中，"戏剧性综合"首先表现在他对于诗歌结构以及情感的戏剧化表现的追求，使得诗歌呈现一种多层次的表现方式，也可以说是让诗歌获得了一种"空间形式"。以艾略特的《荒原》作为参照，可进一步讨论穆旦诗作中对于个人内心世界、心理空间的探索。在时间维度上，穆旦诗歌的戏剧性追求还表现在其颠覆线性时间观的历史反思上。穆旦有循环性的历史观，但抱着如尼采所推崇的"爱命运"之肯定的人生态度，穆旦在诗中表现出对"被围"命运的肯定以及对于冲出重围的决心。

关键词：穆旦；艾略特；袁可嘉；尼采；新诗现代化；戏剧性；现代主义诗歌

稍一沉思会听见失去的生命，

落在时间的激流里，向他呼救。[1]90

—— 穆旦《智慧的来临》

在《智慧的来临》中，诗人穆旦（1918—1977）把人描绘成"不断分裂的个体"，在时间的激流中，感叹生命的流逝，发出对"失去的生命"的呼救。这首诗所关注的个人在现代社会中的时间体验（temporal experience）以及与此体验相联系的个人"自我"的分裂是穆旦 1940 年代诗歌创作中最为重要的主题。同属九叶诗派的诗人和诗歌理论家袁可嘉称穆旦是 1940 年代新诗潮"名副其实的旗手之一"[2]157，因为穆旦是"最能表现现代知识分子那种近乎冷酷的自觉性的"，而这种"求之于内心的自我反省""自我搏斗"的自觉性也正是西方现代派诗歌的注重之点[2]313。

1940 年代中期，袁可嘉针对当时诗坛新诗流于"说教"、流于"感伤"的倾向[2]68，提出"新诗现代化"的观点，呼吁寻求诗的"新传统"，即"现实、象征、玄学的新的综合传统"①[3]15。这一"新诗现代化"理论与西方现代主义诗歌传统，特别是艾略特（T. S. Eliot）的诗歌与文论有密切关系，正如袁可嘉提出的，"新诗现代化要求完全植基于现代人最大量意识状态的心理认识，接受以艾略特为核心的现代西洋诗的影响"②[3]20。袁可嘉更把穆旦看作是新诗新传统追求中的领军人物，认为他在新诗"现代化"的追求上"比谁都做得彻底"[2]157。"九叶"诗人之一唐祈则称穆旦是"40 年代最早有意识地倾向现代主义的诗人"，并能把"艾略特的玄学的思维和奥登的心理探索结合起来"，形成自己特有的诗风[4]55。

探讨穆旦这位"新诗现代化"实践做得最为彻底的诗人其 1940 年代诗歌创作的现代主义追求，有必要先对袁可嘉提出的"新诗现代化"理论以及与之密切相关的西方现代主义思潮和诗歌传统做一些讨论。本文将从西方现代主义思潮中的非线性时间观入手，讨论时间观念变化对于西方现代主义文学的影响以及非线性时间观在袁可嘉诗歌理论中的体现。袁可嘉作为九叶诗派这"一群自觉的现代主义者"[5]中主要的诗歌理论家,其"新诗现代化"理论倡导的是一种"中国式现代主义"③[2]2,用以艾略特为中心的"现代西洋诗的经验作根据"[2]69,追求笔者所称的诗歌的"戏剧性综合"(dramatic synthesis),而这里的"戏剧性"在笔者看来则包含了两层含义:一是注重诗歌与戏剧的关系,用袁可嘉自己的话说便是"新诗戏剧化",以戏剧入诗或突出诗的戏剧性表现[2]65—72;二是强调对历史作颠覆性的反思④。这两个层面的"戏剧性"都反映出袁可嘉把非线性时间观作为新诗现代化的基础,希望新诗一方面能突破直线的、单一的表达方式,形成多层次的诗歌结构,另一方面又能表现出突破线性时间观念的现代历史观。探讨这两个层面的"戏剧性"如何在穆旦诗歌中体现,便可比较深入地研究穆旦诗歌的现代性。笔者认为,穆旦诗歌的"戏剧性"一方面体现在他对于诗歌创作的非线性结构以及对在支离破碎的现实世界中被孤立、被囚禁、被异化的个人内心的多层次的、极富戏剧张力的刻画的追求;另一方面,穆旦诗歌更反映出他强烈的、颠覆线性时间观念的历史反思。过去、现在、将来不再是线性时间流上互不相干的不同时段,它们相互影响,让诗人对过去矛盾、对将来怀疑、对现在执着。

一、非线性时间观与新诗的戏剧性综合

西方现代主义文学通常被认为是在 19 世纪和 20 世纪之交作家对所经历的文化危机所作出的直接反应。启蒙主义时期,在牛顿定律的基础上,自然科学得以充分地发展,因而科学家们普遍认为整个物质世界都可以用一系列抽象原理来解释。时间被认为是"绝对的""数学的",以线性方式"不与任何外界事物相关而均匀流动的",这样的时间观正是当时崇尚科学及抽象原理心理的反映,更表现出如黑格尔在其著作中所表述的坚信历史进步论的观念。[6]37—40然而,19 至 20 世纪之交,特别是第一次世界大战之后,战争的残酷摧毁了人们对科技以及物质文明进步的信心,而对时间这一概念的理解也随之发生了变化。哲学家们为了证明科学并不是表现现实的唯一方法,推翻启蒙时期的科学决定论,都努力"把抽象概念与具体感受的流动完全区分开",因而尽管他们提出的理论各不相同,如伯格森(Henri Bergson)的"真实的绵延"(real duration)、詹姆斯(William James)的"意识流"(stream of consciousness)、布拉德雷(F. H. Bradley)的"直接经验"(immediate experience)和尼采(Friedrich Nietzsche)的"混乱的感觉"(chaos of sensations),这些哲学家都认同一个观点,即现实世界并不能以静态的、抽象的科学原理来解释,而需要专注于动态的感受与经验。[7]这样的思想反映一种与启蒙时期线性时间观(linear temporality)相对的非线性时间观念(non-linear temporality),反映在现代主义文学中,便是按时间顺序的线性叙事结构被非线性的、多层次的结构所替代,作家们也因此更多地关注描写具体的、变化中的经历和感受,在作品中探索"多层次的意识状态",或者转向内心,专注于抒写个人的自我审视、反省与挣扎。[8]这种多层次的结构用弗兰克(Joseph Frank)的话说,便是"空间形式"。弗兰克在其论文《文学的空间形式》中提出现代主义文学这一反线性时间逻辑,注重并置的、分裂的、非线性的文学结构,让文学作品呈现出"空间形式",如庞德对意象的定义以及艾略特的《荒原》都是这一文学"空间形式"的代表作。[9]

  袁可嘉在其"新诗现代化"的理论中提出西方现代主义诗歌在各个方面都"显示出高度的综合的性质",因此中国的新诗也需要一个"现实、象征、玄学的新的综合传统"[3]14—15,而支持这一理论的正是在袁可嘉看来对现代主义诗歌创作至关重要的非线性时间观。在《诗与民主》一文中,袁可嘉提出"直线的运动"已无法应付"奇异的现代世界",因此诗歌从浪漫主义发展到现代主义是从"抒情的进展到戏剧的",现代主义诗歌要运用"曲折、暗示与迂回"的表现方式,"放弃原来的直线倾泻而采取曲线的戏剧的发展"[2]88—89。

要达到诗歌戏剧化,间接性地表达曲折变易的"感觉曲线",袁可嘉提出诗人可以运用意象以及艾略特所提出的"想象逻辑"和"客观对应物"来进行诗歌创作。诗人通过"想象逻辑"可以对全诗结构进行组织安排(sense of structure through logic of imagination)⑤[3]27,而"客观对应物"则可让诗人避免平铺直叙而选择与思想或情感对应的具体事物作表达,这种方法特别能加强诗歌的戏剧性,因为这样便不会直线地表达单一的情感,而是把不同的甚至是相对抗的情感融合在一起来表现人类情感的复杂性,使诗歌以多层次的结构展开[10]131。针对当时诗坛占主导的情感泛滥、表现单一的诗歌潮流,袁可嘉根据艾略特在《传统与个人才能》一文中提出的"非个性化"的观点,要求新诗也能做到如艾略特所说的"不是放纵感情,而是逃避感情,不是表现个性,而是逃避个性"[11]10—11。艾略特倡导"逃避感情""逃避个性"并不是完全去除感情与个性,而是主张在诗中戏剧化地表现情感,把正反两种感情,如"一种对于美的非常强烈的吸引和一种对于丑的同样强烈的迷惑",结合在一起而产生"新的艺术感情"[11]9—10。袁可嘉"新诗现代化"理论的重要观点之一也是要求在诗作中戏剧化地表现情感,这种戏剧化使得诗作具有非线性的结构,成为"包含的诗","包含冲突、矛盾,而像悲剧一样地终止于更高的调和"[2]78。

为了用具体的实例来更好地印证他所提出的理论,袁可嘉在《新诗现代化》一文的结尾处引用和分析了穆旦的《时感四首》中的第四首,并进一步强调了"paradox"的运用(意指矛盾与冲突)在现代诗歌中的重要性[3]14。穆旦在这首诗中写道:

我们希望我们能有一个希望，
然后再受辱，痛苦，挣扎，死亡，
因为在我们明亮的血里奔流着勇敢，
可是在勇敢的中心：茫然。

我们希望我们能有一个希望，
它说：我并不美丽，但我不再欺骗，
因为我们看见那么多死去人的眼睛
在我们的绝望里闪着泪的火焰。

……
还要在这无名的黑暗里开辟起点，
而在这起点里却积压着多年的耻辱：
冷刺着死人的骨头，就要毁灭我们一生，
我们只希望有一个希望当作报复。[1]222

  袁可嘉把这首诗看作是新诗新的综合传统的杰出代表，因为穆旦"并不采取痛苦怒号的流行形式"，而是把情感与思想结合为一体来控诉黑暗的现实，因此"绝望里期待希望，希望中见出绝望"这两支"Paradoxical 的思想主流"相互渗透在诗的每一节中，突出了诗歌综合的效果[3]19。这样的综合是戏剧性的，因为整首诗成功地把矛盾的情感与思想糅合成"新的整体"，以非线性的、多层次的结构表现复杂的、强烈的甚至有冲突的情感，而这样的结构也正体现了弗兰克所谓的"空间形式"。正如艾略特在《形而上的诗人》一文中所说的，现代人的经历是"混乱的，不规则的，支离破碎的"，而诗人却要时时刻刻在其脑海中让看似不相关的经历形成"新的整体"[12]246—247，现代主义诗歌也正是以"空间形式"把看似不和谐或不相干的事物、情感整合在一起，使诗作有更为戏剧性的表现形式。

"空间形式"在穆旦 1940 年代的诗歌中有较为集中的体现。如描述城市的现代生活的诗《绅士和淑女》,便是以想象逻辑与空间架构把碎片式的现代体验结合成一体,以这首诗的部分为例:

> 绅士和淑女,绅士和淑女,
> 走着高贵的脚步,有着轻松愉快的
> 谈吐,在家里教客人舒服,
> 或者出门,弄脏一尘不染的服装,
> 回来再洗洗修洁的皮肤。
> 绅士和淑女永远活在柔软的椅子上,
> 或者运动他们的双腿,摆动他们美丽的
> 臀部,像柳叶一样的飞翔;
> 不像你和我,每天想着想着就发愁,
> 见不得人,到了体面的地方就害羞!
> 哪能人比人,一条一条扬长的大街,
> 看我们这边或那边,躲闪又慌张,
> 汽车一停:多少眼睛向你们致敬,
> 高楼,灯火,酒肉:都欢迎呀,欢迎!
> 诸先生决定,会商,发起,主办,
> 夫人和小姐,你们来了也都是无限荣幸,
> 只等音乐奏起,谈话就可以停顿;
> 而我们在各自的黑角落等着,那不见的一群。[1]267

在这首诗中,穆旦把看似不相关的生活场景连接、并置,描述了两种截然不同的城市生活,一种以"绅士和淑女"为代表,而另一种以"我们"为代表,并突出展现了"绅士和淑女"的极度奢侈的生活与"我们"这"不见的一群"在生活底线痛苦挣扎的强烈对照。整

首诗以讽刺的口吻以及平行的空间架构展示了城市生活的整体面貌,而诗人则在诗的最后对这两种生活态度都作出了批判及劝诫,要求我们的下一代"别学我们这么不长进",而讽刺地敬祝绅士和淑女们"一代代往下传"但"千万小心伤风……"[1]268

通过意象或客观对应物的运用,将不同场景、不和谐的甚至有冲突的情感交错杂糅在一起,是强化诗歌空间化的非线性结构和戏剧性表达的一种有效的方式,而在诗中以戏剧的表现形式,运用多种声音或者角色则更能加强诗歌的戏剧性综合效果。艾略特的《荒原》作为西方现代主义诗歌的代表,一反过去诗歌传统中运用一种声音的"独白式"(monologic)结构而转向"小说式"(novelistic)的,通过结合不同声音来表现出如巴赫金所称的"众声喧哗"的特质[13]。这种具有多种声音、多层次表述的"小说式"结构与袁可嘉所称的"戏剧性"极为相近,而穆旦的《防空洞里的抒情诗》则是这一类新诗戏剧化追求的代表作品。在这首诗中,穆旦运用了独白和对话的方式展现了"众声喧哗"与"多音杂响",用"戏剧性抒情"的方式展示在战争背景下防空洞中"两种声音的尖锐对立",一是以"他"或"人们"为代表的大众的声音,他们不关世事、浑浑噩噩地在凡俗小事中得过且过,而与之相对的则是"我"的声音,诗中的"我"既"身在其中又心在其外",时时思索、体味着生命的悲苦[14]33—35。

让这首诗的非线性结构更为突出的,除了以多种声音入诗、多层次地展现防空洞这一具体的地理空间的情状之外,还有诗人对"我"的心理空间和内心挣扎的深层探索。这一心理与想象的空间在诗中是以缩进的两个小节来表现的,而穆旦在诗歌的格式上有意设置缩进,可见他对非线性结构的特别重视,使这两个表现"我"的内心世界、思维想象的小节既成为整首诗不可或缺的一部分又突出其与诗中所设定的防空洞的空间相隔、相左的特点。看着防空洞中人们"黑色的脸,黑色的身子,黑色的手","我"的思绪从防空洞中离开进入想象的空间，穆旦写道：

> 炼丹的术士落下沉重的
> 眼睑，不觉坠入了梦里，
> 无数个阴魂跑出了地狱，
> 悄悄收摄了，火烧，剥皮，
> 听他号出极乐国的声息。
> 看，在古代的大森林里，
> 那个渐渐冰冷了的僵尸！[1]49

　　缩进的格式让这一节诗显示出转变，这一转变不仅是从现实到想象的空间的变化，更是在时间维度上从当下穿越到古代，而这想象中的远古时空更是与现实中预示安全与防护的防空洞形成强烈的反差，充斥着阴暗、恐怖的意象，用"地狱""阴魂""僵尸"等暗示着痛苦与死亡。回到现实，"我"发现更可怕的是现实社会的同化作用，让"我"也有可能"染上了黑色，和这些人们一样"。为了抵制这磨灭个性的同化作用，诗歌再次回到想象空间，虽然痛苦依旧，却听到了战斗的呐喊，"毁灭，毁灭"！穆旦在诗中通过对想象中远古时空的描述，映射了现实中个人内心世界的挣扎与搏斗，整首诗的戏剧性表述更是在诗的最后一节达到高潮："胜利了，他说，打下几架敌机？/我笑，是我。"这一简短的对话，让读者发现这首诗虽然设置在战争的背景之下，然而其真正关注的却并不是现实中敌我双方的战斗，而是自我的搏斗，是寻求保持独立与个性的自我战胜被社会同化的自我的战斗，"我"成为分裂的个体，既是这场战争的胜利者，也是失败者，诗最后写道："我是独自走上了被炸毁的楼，/而发现我自己死在那儿/僵硬的，满脸上是欢笑，眼泪，和叹息。"[1]50

　　袁可嘉在《新诗戏剧化》一文中提出诗的戏剧化至少有三个方

向,一是较为内向的作者,他们"努力探索自己的内心,而把思想感觉的波动借对于客观事物的精神认识而得到表现";二是较为外向的作者,他们利用"机智,聪明及运用文字的特殊才能"把诗作的对象描绘、表现出来;三是"干脆写诗剧"。[2]69—71穆旦这位在新诗"现代化"追求上做得最为彻底的诗人,可以说是一位"内向"的作者,在诗歌的"戏剧性综合"方面,除了尝试多层次的、空间化的甚至小说式的"众声喧哗"的诗歌结构之外,更主要的是专注于探索与外部的现实社会空间相对照的个人的心理空间以及在此心理空间中自我的分裂与搏斗。在下一节探讨穆旦诗歌的现代性追求中,笔者将着力从穆旦诗歌表现内心的挣扎、矛盾的角度,以艾略特的荒原作借鉴,讨论穆旦诗歌的戏剧性追求。

二、自我搏斗:"冲出樊篱"、直面荒原

"九叶"之一诗人唐湜在《穆旦论》中称艾略特的《荒原》是"现代诗最典型的代表",描述的是现代与过去之间、"两种文化"以及"新旧传统间的悲剧",但大多数的中国诗人无法像艾略特这样,因为他们"忽略了诗人自己所需要完成的一种自我发展与自我完成"[3]337—338。唐湜认为穆旦是"中国少数能作自我思想、自我感受"的诗人,在诗中表现出一种"生命的肉搏",一种"深沉的生命的焦灼",因而"自我分裂与它的克服"成为穆旦诗作中一个"永无终结的过程"。唐湜同时特别指出穆旦的诗歌与艾略特的关系,称他的《防空洞里的抒情诗》与《五月》展现出"两种风格的对比",正如艾略特的《荒原》一样。[3]337—339因此,在讨论穆旦诗作中对个人生存状况的思索以及对内心世界的探求之前,也有必要进一步对艾略特的《荒原》作一些介绍与讨论。

艾略特的长诗《荒原》发表于第一次世界大战之后的 1922 年,

通过对战后社会的荒凉现实以及对分裂的、异化的现代经历的描述，揭示了西方整个文明的瓦解⑥。运用"客观对应物"的手法，艾略特以各种形式把历史、典故、神话、文学作品等与现实生活交织在一起，展现了人类文化的传统与境遇。作为诗人，艾略特认为"对诗人最有利的不在于有一个美丽的世界去刻画，而在于有能力看到美与丑背后的东西，看到寂寥、恐怖和辉煌"[15]55。因此，在《荒原》中，艾略特揭示了现代社会中"异位化与非人化"（dislocating and dehumanizing）的力量，使得现代社会成了一个"空心人的世界，以内在的空白思考外在的空白"，而"荒原"这一全诗的中心意象便同时映射了两个空间的现代体验，获得了内外双重的寓意，它既代表了外部世界中黑暗的现实与文明的瓦解，同时也代表了个人在面对自己的情感与精神危机时内心世界中"戏剧化的个人意识"（dramatization of individual consciousness）[15]57。

《荒原》展现了现代人的生存状况，一种支离破碎、百无聊赖的现代时间体验，现实社会是"非真实的"，如"虚幻的城市"，但这外部世界的"荒原"也正是现代人内心世界的"荒原"的表现，现代人的自我更是分裂的，这些自我呈现在诗中纷繁复杂的各个人物与角色中，如索梭斯特里斯太太、独眼商人、弗莱巴斯、泰瑞西士和渔王等等。然而在诗后的注释中，艾略特特别提到了泰瑞西士，称他"虽然仅是一个旁观者，不是戏中'角色'，却是本诗中最重要的人物，他贯穿所有其他人物"[16]108。如此看来，在看似毫无中心的诗歌的各种声音背后，却也隐藏着一个贯穿始终的、戏剧化的声音。这一声音所要指出的是现代人的囚禁：

> 我听到钥匙
>
> 在门上转动了一次，只转动一次
>
> 我们想起了钥匙，每个在监狱里的人
>
> 都想起钥匙，只是到夜晚时分每个人

> 才证实一座监狱，虚无飘渺的传说
> 才把疲惫不堪的科利奥兰纳斯复活片刻[16]102

　　这里艾略特引用《神曲》中乌哥利诺听到"钥匙"的转动之声而意识到自己与孩子们被监禁而将饿死的典故⑦，揭示了现代人被囚禁、被隔绝的生存状况。如果说艾略特刻意地把诗人的个性与自我分散于诗中各个人物与角色之中，那么这些分散的却又相互关联的人物与角色正是诗人自己内心的分裂与斗争的表现，诗人借助这各种声音间接地表达出既对囚禁绝望又渴望着解禁的心声，而对艾略特而说唯一的出路便是寄托于信仰，寄托于上帝。

　　在穆旦的诗中，人类在现代社会中的生存状况如艾略特在《荒原》中描述的一样，也是被隔绝、被囚禁的。在《隐现》中，穆旦写道："当人从自然的赤裸里诞生/我要指出他的囚禁"[1]237，而这种囚禁在穆旦的诗中更明确地指向了其时间性。在《牺牲》中，穆旦把现在与未来并置、对照，而人类感受的时间体验已不再是按线性模式自行流动的了。人们发现：

> 一切丑恶的掘出来
> 把我们钉住在现在，
> 一个全体的失望在生长
> 吸取明天做它的营养，
> 无论什么美丽的远景都不能把我们移动；
> 这苍白的世界正向我们索要屈辱的牺牲。[1]249

　　如果说《荒原》通过运用历史、典故、神话等暗示了一种停滞的时间体验，即所谓的"毫无任何希望转变的永久的现在"[17]，那在这首诗中，穆旦则是更明确地指出"丑恶"的"现在"的永久性，使得任何对未来、对进步、对变化的憧憬反而更加强了人们的失望与绝望,就好像乌哥利诺那样需在囚禁中目睹自己的死亡。同样在《三十诞辰有感》中,"现在"存在于"过去和未来两大黑暗间",而且是"不断熄灭的"、时时"崩溃"的,人被困于此,自我分裂,更"在每一刻的崩溃上,看见一个敌视的我",而这分裂、破碎的自我唯有目睹自己"跟着向下碎落""化为纤粉"。[1]228

在穆旦的诗中,人类的囚禁往往是出于现代文明对自然的背弃,而现代文明不仅仅是以永久性的、崩溃的"现在"为代表,更是具体地以"八小时"这一现代时间概念来展现的。《线上》写出了现代时间与自然的隔绝以及人类在这现代时间中的困顿:"八小时躲开了阳光和泥土,/十年二十年在一件事的末梢上,/在人世的卺酱里,要找到安全",而人在这样周而复始的"八小时"的现代时间的限制中,便连"自我"也无处找寻了,剩下的只是:

> 那无神的眼! 那陷落的两肩!
> 痛苦的头脑现在已经安分!
> 那就要燃尽的蜡烛的火焰!
>
> 在摆着无数方向的原野上,
> 这时候,他一身担当过的事情
> 碾过他,却只碾出了一条细线。[1]177

人"从自然里诞生"之初,本可以在"摆着无数方向的原野上"自由发展,却旋进了世俗人生,使得人们"在约定俗成中完成人生",因此这代表现代文明中的时间体验的"八小时"便成为使人类的"生命活力的丧失和人生理想的蜕化"的力量[18]180—184,也是现代文明的"制度化时间"对"生命异化的根源所在"[19]199。诗人在诗的开篇称"人们说这是他所选择的",也许在无所不在的社会习俗的"儒化作用"下这种选择更揭示了人的无从选择的困境[18]184,但诗人所要强调的却不仅仅是现代社会、现代时间对人的囚禁,而更重要的是从外界世界转到内心,揭示人类自我的囚禁。梁秉钧提出穆旦的很多诗作都"强调自我的破碎和转变,显示内察的探索"[4]43—44,其中《我》是探索人与自然隔绝,经受囚禁又渴望"冲出樊篱"的代表作。在诗中,人类与自然的隔绝以"从子宫割裂",人的诞生为标志,而人的囚禁也从此开始。诗人一语双关地指出人的生存状态:"永远是自己,锁在荒野里。"这一句点出了"自我"在外部世界的"荒野"中的囚禁,同时也暗示人类一出生便是"残缺"的,而这已"残缺"的自我在离开"子宫"的那一刹那,早已裂变成琐碎的自我的化身,人类内省的时候才发现自己竟也是被这"幻化"的自我囚禁着:

> 遇见部分时在一起哭喊,
> 是初恋的狂喜,想冲出樊篱,
> 伸出双手来抱住了自己。
>
> 幻化的形象,是更深的绝望,
> 永远是自己,锁在荒野里,
> 仇恨着母亲给分出了梦境。[1]86

在诗中被囚禁的"我"想"冲出樊篱",遇见"部分"时以为可以弥补自己的残缺,完成自我、超越自我,却发现"没有什么抓住",有的只是"幻化的形象"和无法逃脱的"更深的绝望"。人类被永远"锁在"外部世界、现代文明的"荒原",转向内心却发现更无奈的是永远被困在内心的自我搏斗、自我挣扎中,无法挣脱"自我"的樊篱。

写于 1940 年的《还原作用》以身陷在"污泥里的猪"被迫直视自己"变形的枉然"为意象,描写了青年一代在社会的"还原作用"

的力量的压迫下挣扎在美梦破碎之后的现实中。这首诗以"污泥里的猪梦见生了翅膀"渴望飞出泥潭开篇,却又马上把它从梦境唤回现实,让它在醒来时只能"悲痛地呼喊"。在开篇第一节诗中,穆旦便用梦境与现实的强烈对照给整首诗定了基调。正如艾略特在《荒原》中揭示现实世界的丑恶与空虚一样,穆旦在这首诗中也着重描绘了社会的黑暗与其异化的力量:

> 胸里燃烧了却不能起床,
> 跳蚤,耗子,在他身上粘着:
> 你爱我吗? 我爱你,他说。

> 八小时工作,挖成一颗空壳,
> 荡在尘网里,害怕把丝弄断,
> 蜘蛛嗅过了,知道没有用处。

> 他的安慰是求学时的朋友,
> 三月的花园怎么样盛开,
> 通信联起了一大片荒原。[1]85

　　穆旦在诗中特别强调了表达的间接性与戏剧化,运用了一系列的意象,创造出多种近乎丑恶而非诗化的角色,如跳蚤、耗子、蜘蛛等来展示现实世界的严酷,并通过"花园"与"荒原"两个相反相成的意象进一步揭示了现实与梦境的巨大落差。穆旦三十多年后曾给一位读者解释过自己当时写这首诗的想法,他说这首小诗"表现旧社会中,青年人如陷入泥坑中的猪(而又自认为天鹅),必须忍住厌恶之感来谋生活,处处忍耐,把自己的理想都磨完了,由幻想是花园而变为一片荒原"[20]212。这里诗中的"荒原"如艾略特在他的代表作中一样,不仅是衰败、萧条的现实境况的写照,更重要的是它代表了现代人的"思想状态"以及残酷的"现代机械的日常生活"给人的精神生活所带来的侵蚀。[15]58 正是在这精神的荒原中，人类的一切被腐蚀殆尽，只剩下"一颗空壳"。诗的最后一节点出了整首诗的主题，以"看出了变形的枉然"揭示现代社会的"还原作用"：

> 那里看出了变形的枉然，
> 开始学习着在地上走步，
> 一切是无边的，无边的迟缓。[1]85

"还原作用"这一主题一方面直接指向外部世界，意在批判社会现实中碾碎梦想、磨灭个性的力量；可另一方面，如"荒原"的双重意义一样，我们亦可把它看作是一种向内的自省，在经历忍耐、妥协、小心翼翼、举步维艰之后才发现所剩的只有内在的"空壳"和外在的"荒原"，那么"还原作用"更应该是一种还原自我的力量。这种力量不在梦境中的天上，因为美梦终将破碎，而在现实的地上，因此诗的最后两句凸显了一种新的人生态度，那是抛弃所谓挣脱现实的梦想，踏踏实实地"开始学习着在地上走步"，勇敢地去面对荒原，也许这荒原"无边"、过程"迟缓"，但毕竟这是一种植根于现实、直面人生、还原自我的积极的人生态度。

艾略特在《荒原》最后写下了这样的诗句："我坐在岸边/垂钓，身后是干旱荒芜的平原/我是否至少该把我的国家整顿好？"[16]103 这里的"我"坐在岸边，一面是水，一面是荒原，就好像处于毁灭与重生的中间地带，但是"我"是背对荒原的，并没有积极地去改变什么，即使觉得"我"有责任"把我的国家整顿好"，可并无建树，有的只是"用来支撑自己以免毁灭的零星断片"[16]103。于是，"我"只是在岸边"垂钓"，等待荒原的重生、文明的重建。身处 1940 年代战乱中的中国，穆旦的内心无法达到垂钓者的平静，如《在旷野上》这首诗中,当"心的旷野"与现实中"绝望的色彩和无助的夭亡"相碰撞,诗人写出了内心难以抑制的挣扎与激荡:"我久已深埋的光热的源泉,/却不断地迸裂,翻转,燃烧。"[1]75穆旦这位"生命的肉搏者",的确善于在诗中运用矛盾与冲突的情感、刻画分裂、幻化的自我,然而最为可贵的是他不仅仅止于此,而是努力正视现实世界如"可怕的梦魇"般的"一切的不真实",追求成为"那永不甘心的刚强的英雄",于是穆旦写道:

> 人子啊,弃绝了一个又一个谎,
> 你就弃绝了欢乐;还有什么
> 更能使你留恋的,除了走去
> 向着一片荒凉,和悲剧的命运![1]163

现实世界让人不断希望又不断幻灭、经历无穷的绝望,然而穆旦不愿背对"荒原"而等待救赎,他要的是直面"荒原",勇敢地"向着一片荒凉,和悲剧的命运"走去。穆旦的诗作关注个人在现实中的处境,特别是个人被现实、被自我囚禁的命运,并通过对自我在希望与绝望之间挣扎的焦灼与痛苦的描绘,戏剧化地展现了个人的内心世界,而在这挣扎与矛盾之外,诗人所透露的那种直面现实的坚定与勇敢值得敬佩。

三、颠覆性的历史反思:循环历史与永恒轮回

前文提到袁可嘉提出的"新诗现代化"理论追求一种"戏剧性的综合",而"戏剧性"不仅是讲究诗歌的戏剧化表达,更暗含了一种颠覆性的历史反思。袁可嘉指出对于现代作家来说,要表现复

杂的、令人目眩的现代体验,唯有用"极度的扩展"与"极度的浓缩"两种手法,前者"表现于乔伊斯(Joyce)在《尤利西斯》中以 25 万字的篇幅描写一天平常生活",而后者则以艾略特用"寥寥四百行反映整个现代文明"的《荒原》为代表。[3]21 这两种手法是现代主义文学"新的综合"传统的例证,而这样的综合不仅着眼于现在、着力反映"现实世界的感觉思维",更与过去、未来紧密连接,把跨越各个时间维度的"历史、记忆、知识、宗教"以及"众生苦乐""个人爱憎"结合在一起。[3]21 袁可嘉的表述反映出他对于时间、历史的思索以及对线性时间观的反驳,强调过去、现在、未来之间的流动性与相互渗透。袁可嘉欣赏、推崇的艾略特在《传统与个人的才能》一文中也表达了相似的观点,在文中艾略特提出了他对于历史意识的理解:

> ……历史的意识又含有一种领悟,不但要理解过去的过去性,而且还要理解过去的现存性,历史的意识不但使人写作时有他自己那一代的背景,而且还要感到从荷马以来欧洲整个的文学及其本国整个的文学有一个同时的存在,组成一个同时的局面。这个历史的意识是对于永久的意识,也是对于暂时的意识,也是对于永久和暂时结合起来的意识。就是这个意识使一个作家成为传统性的。同时也就是这个意识使一个作家最敏锐地意识到自己在时间中的地位,自己和当代的关系。[11]2—3

艾略特在这里提出的"历史意识"反映的正是一种非线性的历史观,强调过去与现在的辩证关系以及他们的相互作用与渗透。⑧更重要的是,对于艾略特来说,过去是以一种完美的形式而存在的,是灵感的来源,因而诗人要认识到"过去因现在而改变正如现在为过去所指引"[11]3,并在诗作中追求如他在《四个四重奏》中所写的"时间有限与无限的交叉点"[16]266。

　　以穆旦、袁可嘉为代表的九叶诗人在诗歌创作与理论方面受艾略特的影响颇深，但由于所处的时代与历史背景的不同，他们对于时间的思考、历史的反思与艾略特还是有很大的不同。尽管他们在作品与文论中也反映出与西方现代主义思潮相吻合的非线性时间观念，但艾略特在他的诗作中希望把过去转变成神话，创造一个"超越历史的事件"（transhistorical event），以达到"超越有时限的现实而追求永恒"的目的[21]115—118，而对于身处在战乱中的中国，作为中国新诗的新生代的九叶诗人们，完全取消时间的限定，超越历史、追求永恒却并不可能。他们心系国家的命运，因而对于他们自己在时间、历史中的位置与作用也特别关注。

　　《中国新诗》序言的开篇第一句就点出了他们强烈的时间意识："我们面对着的是一个严肃的时辰。"[3]366 这个"严肃的时辰"处于过去与未来之间，是深深地植根于现在的时刻，但这"现在"的时刻却是压抑的，于是在穆旦的《海恋》中，我们看到这样的诗句，"我们已为沉重的现实闭紧"，在压制一切的残酷的力量下，"比现实更真的梦，比水／更湿润的思想，在这里枯萎"[1]186。现实之所以充满痛苦往往是由于传统在现实中的持续作用，因此过去与历史在穆旦的诗歌中常常是现实痛苦的根源，在历史的重压下，诗人提出了他的《控诉》："这是死。历史的矛盾压着我们，／平衡，毒戕我们每一个冲动。"[1]133 历史是压制我们的黑暗势力，必须被摒弃、被拒绝。这里所反映出来的反历史、反传统的思想可以追溯到五四时期，但五四文人对传统的决绝的否定是建立在线性历史观上的，有着强烈的与一切传统决裂、以新代旧的欲望[22]158—159，而穆旦等九叶诗人却清醒地意识到过去、现在、未来的同时性与相互作用，因而他们对历史也有更为复杂的态度。正如保罗・德曼（Paul de Man）所说，现代性本身就是对历史的否定，但与此同时，要想真正地达到一个崭新的起点，还必须了解与掌握历史。[23]150 因此，在另一些诗作中,历史不再是压制一切的残酷力量。穆旦在《森林之魅》中写道:"没有人知道历史曾在此走过,/留下了英灵化入树干而滋生。"[1]214 这里历史是滋润万物,孕育新生的力量。在《饥饿的中国》里,诗人更是把昨天、今天、明天这三个时间概念直接放入诗中,"昨天"是过去,象征着"理想","是田园的牧歌",而"明天"是未来,象征着希望,因为"昨天"这"和春水一样流畅的日子,就要流入/意义重大的明天"[1]231。可见,跟艾略特在《荒原》中把过去神话化,希望以此来填补现实中精神世界的贫瘠不同,穆旦对于过去与历史的看法更为复杂,历史既可以压制现实又可能孕育未来,这种矛盾却让诗人更坚定地关注于现在,立足"现在"以进一步思索时间、反思历史。

穆旦诗作的"现在"是以非线性的时间概念出现的。"现在"因有过去的持续作用而可能成为压制、禁锢人类的力量,而这种压制与禁锢同时又使得与过去的决裂或向未来的进步变得困难重重,正如我们前文提到的,"现在"暗示了时间的停滞,让人们在现实中永远挣扎于希望与绝望之间。与此同时,"现在"又表现出与时间的割裂的特质,穆旦在诗中写道:"今天是脱线的风筝/在仰望中翻转,我们把握已经无用,/今天是混乱,疯狂,自渎,白白的死去——"[1]231 在这里,时间断裂了,"现在"与过去与未来脱离,在"混乱"与"疯狂"中失去了中心与方向。这让我们不得不联想到里尔克在《旗手克里斯多夫·里尔克的爱与死之歌》中所说的:"没有昨日,没有明日;因为时间已经崩溃了。他们从它的废墟里开花。"[24]55 这种"时间已经崩溃"的感觉在穆旦的《玫瑰之歌》中也能找到。这首诗分为三个部分,第一部分以充满希望的口吻写了"一个青年人站在现实和梦的桥梁上"希望"寻找异方的梦",然而第二部分的标题提醒我们,"现实的洪流冲毁了桥梁,他躲在真空里"。正是因为感受到时间的崩溃,现实才变得如真空一般,"什么都显然褪色了,一切是病恹而虚空,/……当我想着回忆将是一片空白,对着炉火,感不到一点温热".[1]68—69一切都是虚空,连记忆都将是空白,人所能感受到的正是里尔克所谓的时间的崩溃,"没有昨日"也"没有明日"。

这种对时间的断裂、崩塌的感觉让大多数的九叶诗人在诗作中表达出对现在的关注、对未来历史进步的渴望,而唐祈的《时间与旗》说出了他们的心声:"过去的时间留在这里,这里/不完全是过去,现在也在内膨胀,/又常是将来,包容了一切。"[25]237"现在"在诗中与过去、将来同时存在,一方面从过去的废墟中开出花来,另一方面又孕育着将来的进步,是一个真正的有转变性的时刻,而这一时刻在唐祈的诗的最后空间化成一面"人民的旗",预示历史的进步、人民的胜利。

在穆旦的诗中,诗人有时也表露出对未来的希冀,如在《玫瑰之歌》的第三部分,穆旦发出了这样的呼喊:"突进! 因为我看见一片新绿从大地的旧根里熊熊燃烧,/我要赶到车站搭一九四〇年的车开向最炽热的熔炉里",因为他看到"一颗冬日的种子期待着新生"[1]70。用"一片新绿""冬日的种子"等意象以及"突进!"的呼喊,穆旦表现出对变化的美好期许,然而第三部分以疑问句式"新鲜的空气透进来了,他会健康起来吗"做标题,以替代常用的肯定句式,让我们又看到了作者对进步与变化的怀疑。

在他的长诗《隐现》中,穆旦也运用了种子的意象,然而这里的种子已不再"期待着新生"。穆旦写道:"生活变为争取生活,我们一生永远在准备而没有生活,/三千年的丰富枯死在种子里面而我们是在继续……"[1]243"种子"在这首诗中没有任何生长的迹象,有的只是枯死与毁灭。三千年,年复一年,我们如同这从不生长的种子一样,永远处于准备的过程却永远无法真正地掌握生活,让我们觉得"生活着却没有中心",我们永远被禁锢着并在禁锢中迷失,如诗的开头所写:"现在,一天又一天,一夜又一夜,/我们来自一段完全失迷的路途上,/……说不出名字,我们说我们是来自一段时间,/一串错综而零乱的,枯干的幻想。"[1]234 时间在诗中被空间化、比喻成一段路途,而这段路途是迷失的,充满"错综而零乱的,枯干的幻想",而我们在路上的经历则是充满了矛盾的体验:"有一时候相聚,有一时候离散,/有一时候欺人,有一时候自欺,/……有一时候相信,有一时候绝望",于是诗人指出"我们摆动于时间的两级,/但我们说,我们是向着前面进行"。[1]234—235 "向着前面进行"这种历史进化论般的思想在这儿被诗人视作是我们幼稚的、一厢情愿的看法,诗人继续写道:

> 那曾经有过的将会再有,那曾经失去的将再被失去,
> 我们的心不断地扩张,我们的心不断地退缩,
> 我们将终止于我们的起始。[1]236

在穆旦看来,历史的进程并非直线向前,而是一个循环的过程,是缺乏变化和进步的,如诗中所说"我们终将止于我们的起始"。在《裂纹》中,穆旦进一步强调了进步的不可能性:"四壁是传统,是有力的/白天,扶持一切它胜利的习惯。/新生的希望被压制,被扭转,等粉碎了他才能安全。"[1]170 传统被比喻成可怕的围墙,把所有的人牢牢地困住于"现在",而这是在"时间的两级"的中点、在"过去和未来两大黑暗间"[1]228 的现在,无论是"年轻的"还是"年老的"都无法逃脱现实中传统的力量,只有任由希望被碾碎而看不到任何进步的可能,因为"那改变明天的已为今天所改变"[1]170。在《诗四首》的第一首中,穆旦开篇便呼喊"迎接新的世纪来临",但又马上在接下来的诗句中否定了这一句暗含的希望,并用"一双遗传的手"的意象作比,来点明人类文明与历史的代代相传,历史成为这一双手所画出的图案,里面只有"那永不移动地反复残杀,理想的/诞生的死亡"[1]269。人类历史充满了杀戮、矛盾和绝望,却在一代又一代中循环、重复着同样的轨迹,暴力成为人

类历史中"反复无终的终极"。[1]246

面对现实的禁锢与历史的反复,穆旦似乎找到了上帝作为可以依靠的精神力量,在《隐现》中穆旦是这样提到上帝的:"这一切把我们推到相反的极端,我们应该/忽然转身,看见你/……请你舒平,这里是我们枯竭的众心/请你揉合,/主呵,生命的源泉,让我们听见你流动的声音。"[1]244在诗中,上帝是救世主,是带领我们挣脱这永久现实的禁锢的主。对于深受艾略特影响的穆旦来说,在诗作中提到上帝并不奇怪,因为宗教的力量也是艾略特在《荒原》中特别关注的,但穆旦对于上帝的态度却是有所保留的,因为这关系到中国文人一贯面对的两种人生态度间的选择,即选择出世还是入世。如果把一切寄托于上帝,那么便是以出世的态度把自己与现实分隔开来,但穆旦却要入世,要与现实以及他周围人民的疾苦紧密相连。[26]268—269

既然把一切寄托上帝并不是可取之法,那么在不断重复循环的黑暗现实和历史废墟中思索个人与国家境遇的穆旦便必须做出一个决定,而他做决定时所处的情境与尼采在《快乐的科学》中描述的关于"最大的重负"的故事十分相近。尼采假设如果一个恶魔在你最寂寞的寂寞中跟你说:"这人生,如你现在这样的生活和曾经生活过的,你将再经历一次,并无数次地经历它;其中没有一件事是新的,但每个痛苦和每个快乐,每个思想和每个叹息,以及你生命中无法言说的一切渺小和伟大的事物,都将再次发生在你身上,而且以相同的顺序和排列发生——甚至这蜘蛛,这林间的月光,这一刻和我自己。人生存的永恒的沙漏将无尽地翻转,而你这微尘也将随之而动!"那么人会有什么样的反应呢?是会诅咒恶魔还是接受这永恒的轮回?[27]194—195尼采把这个"永恒轮回"的想法作为一个"是/还是"(either/or)的问题提出,是对人的生存态度的一个测试,而尼采所推崇的当然是肯定的态度,要求对人生的一切接受与肯定,即使是最艰难的部分。

穆旦所面临的也是一个相似的问题。当暴力成为人类文明的代名词,蔓延到现实的各个角落,当人被困于痛苦、黑暗的现实,循环往复却毫无出路,人们该作何反应?是痛苦绝望还是接受与肯定现实的一切?穆旦的抉择与尼采一样,都相信肯定的人生态度。尼采宣告"上帝死了",他提出"永恒轮回"是要人们把注意力转向现在和当下而不是幻想上帝的天堂,他更提出"爱命运"(amor fati)这一命题,要求人们能勇于接受现实生活的一切。"爱命运"并不代表完全接受宿命,而是暗示着与命运作抗争的力量,因此"爱命运"也是热爱与命运抗争的机会与结果。[28]199穆旦抱着相同的想法,写下了前文提到的勇敢地直面"荒原"、直面命运的诗句"……走去/向着一片荒凉,和悲剧的命运!"在植根社会现实的《活下去》中,穆旦表现出同样坚定的信念:"活下去,在这片危险的土地上,/活在成群死亡的降临中",因为只有坚持在"无尽的波涛的淹没中"活下去,才有可能在黑夜中"孕育难产的圣洁的感情"[1]172—173。深感国家危亡与时代的召唤,与尼采那样从哲学高度去思索人生、肯定人生不同,穆旦的思想与中国 1940 年代的社会、政治现实息息相关,因此与命运抗争的态度,特别是要冲破这黑暗现实的无限轮回的决心也更为坚定。在《打出去》中,诗人明确地表现了冲破现实禁锢的决心:"现在,一个清晰的理想呼求出生,/最大的阻碍:要把你们击倒,/……最后的清算,就站在你们面前。"[1]204最能体现穆旦的循环的时间与历史观念以及对于打破循环的希冀的是《被围者》,在诗中,时间背离了我们的意愿,形成一个永恒的圆把我们困住:

> 一个圆,多少年的人工,
> 我们的绝望将使它完整。
> 毁坏它,朋友!让我们自己
> 就是它的残缺,比平庸更坏:

闪电和雨，新的气温和泥土

才会来骚扰，也许更寒冷，

因为我们已是被围的一群，

我们消失，乃有一片"无人地带"。[1]179

把我们围住的时间与历史的圆，在穆旦看来，最终是我们自己的杰作。当我们放弃希望，停止斗争，让绝望占领，这个圆才变得完整。正如诗人在《裂纹》中写的，当"年轻的学得聪明，年老的/因此也继续他们的愚蠢"[1]170时，这种缺乏跟现实作斗争的勇气、软弱地接受现实的态度才让围困我们的圆更为坚固。因此，随着"毁坏它，朋友！"的呐喊，穆旦鼓励大家行动起来，而这行动是建立在肯定人生、摒弃绝望的基础上的。与此同时，要想真正冲出重围，成为这个圆的残缺，人们必须首先接受"永恒轮回"这样的观念，因为梦想一定会被碾碎，而我们不是回到黑暗的深渊就是处在崩溃的峰顶，只有在反复斗争，反复失败，再反复斗争中，只当我们经历无数次失败甚至死亡，却依旧坚持的时候，这个圆才有可能被破坏。我们这"被围的一群"，只有在肯定我们的囚禁后才能冲破这个牢笼，这个肯定和与之相应的无限循环的、不懈的斗争让我们真正地感受到现实生活的真谛，即生活充满了"丰富，和丰富的痛苦"[1]151，而"现在"就好像罗马神话中的双面神雅努斯那样，一面对着过去，一面望着将来，是一个承载过去又孕育将来的转折的时刻。拥抱现在，拥抱这"丰富，和丰富的痛苦"，才能看到"光明要从黑暗站出来"[1]256，才能真正拥抱现在并改变未来。

四、结　语

针对当时诗坛盛行的"说教""感伤"之风，九叶诗人之一袁可嘉在 1940 年代中期提出了"新诗现代化"的观点,希望建立起新诗的新传统,而这种新传统他在多年后称之为"中国式现代主义"。如果说现代主义诗歌传统发源于西方,那么所谓"中国式现代主义",正是一种将中西相结合的综合传统,袁可嘉称之为"现实、玄学、象征的新的综合传统"[3]15。这一"新诗现代化"的理论是建立在与西方现代主义思潮与文学相一致的非线性时间观上的,而非线性时间观表现在文学中便是以非线性、多层次的结构代替线性叙事,并且更多地专注于具体多变的经历与感受以及个人多层次的意识状态,用袁可嘉的话说,便是"从抒情的进展到戏剧的"[2]88,达到新诗戏剧化。

袁可嘉的"新诗现代化"理论是希望在新诗创作中追求一种笔者所称的"戏剧性综合"(dramatic synthesis),这一"戏剧性综合"一方面是让诗歌以迂回、暗示的方式,突破线性结构,达到多层次的、戏剧性的表达(dramatic expression),而另一方面则是严肃审视自身在历史中的位置,从而对历史作颠覆性的反思(dramatic rethinking)。穆旦作为"最彻底"的新诗现代化的追求者,在其1940 年代所创作的诗歌中充分体现了他在时间与空间维度进行诗歌戏剧化探索的努力。"戏剧性综合"在穆旦的诗中,首先表现在他对于诗歌结构以及情感的戏剧化表现的追求。他常常把看似不相关的事物、相反相成的情感,甚至多种角色、声音并置在诗中,使得诗歌打破线性模式,呈现一种戏剧化的表现方式,或者用文艺理论家弗兰克的话说,便是让诗歌获得了一种"空间形式"。

袁可嘉的"新诗现代化"理论提出要"接受以艾略特为核心现代西洋诗的影响"[3]20,而穆旦的诗如周珏良在对他的诗评中所说,最能表现"现代中国知识阶级的最进退两难的地位",他们"虽然在实际生活上未见得得到现代文明的享受,在精神上却情不自禁地踏进了现代文化的'荒原'"[3]319,这里的"荒原"一词正是出自艾略特最著名的长诗《荒原》。因此,在讨论穆旦诗歌现代化追求的同时，以艾略特的《荒原》作为参照，可以进一步对穆旦诗作中"戏剧性综合"最为显著的方面，即对与个人内心世界、心理空间的探索进行深入的探讨。一如《荒原》，个人在穆旦的诗歌中也是分裂的，经受囚禁之苦，内心充满搏斗与挣扎，然而不同于艾略特笔下背对着荒原、较为被动的个人，穆旦追求的是积极直面现实的个人，有勇气直面"荒原"、勇敢地"向着一片荒凉，和悲剧的命运"走去的个人。

在时间维度上，穆旦诗歌的戏剧性追求还表现在其颠覆线性时间观的历史反思上。艾略特在《传统与个人的才能》一文中反映出非线性的历史观，强调过去与现代的辩证关系以及他们的相互作用，而他的长诗《荒原》不仅以破碎、分裂的形式表现现代文明的崩溃，更希望通过诗歌以完美的过去来拯救分裂、崩溃的现在。与艾略特一样，穆旦也把过去、现在、未来看作是相互作用的，甚至同时并存的时间点，但穆旦却希望更多地把目光放在现在与未来。在诗歌中，穆旦常常表达出循环性的历史观，把人类文明所带来的暴力认为是使历史被禁锢在恶性循环之中的主要力量，而人类则需面对被困、被围的生存状态。抱着如尼采所推崇的"爱命运"之肯定的人生态度，穆旦在诗中表现的是对"被围"命运的肯定以及对于冲出重围的决心。

注释

① 袁可嘉的《新诗现代化》一文也被收录在《半个世纪的脚印——袁可嘉诗文选》，但在本文中笔者选择被收录于王圣思所编的《"九叶诗人"评论资料选》的版本，因为这个版本保留了当时原作中所运用的英文原文，对后文的引用有帮助。

② 袁可嘉的《新诗现代化的再分析——技术诸平面的透视》一文笔者也选择了王圣思所编的《"九叶诗人"评论资料选》中的版本。

③ "中国式现代主义"是袁可嘉在 20 世纪 80 年代提出的术语,如今已被很多学者在他们关于九叶诗派的著作中广泛运用。例如,孙玉石:《中国现代主义诗潮史论》,北京:北京大学出版社,1999 年版,第 2—9 章;刘强:《中国式的现代主义艺术——对九叶诗派及其创作的研究》,《当代作家评论》1996 年第 6 期,第 86—93 页;王德禄:《九叶诗派:中国新诗历史综合的界标》(上篇、下篇),《贵州社会科学》1995 年第 6 期,第 51—57 页;1996 年第 2 期,第 67—70 页;蒋登科:《西方现代主义诗歌与九叶诗派的流派特征》,《社会科学研究》2000 年第 1 期,第 143—147 页。

④ 在英文中,"新诗戏剧化"可译为 dramatization in poetry,而"颠覆性的历史反思"可译为 dramatic rethinking of history。因而,笔者把这两方面结合起来,称袁可嘉提出的新诗"新的综合传统"为"戏剧性综合"(dramatic synthesis),意在用一词把这两方面的思想都能融会于其中。

⑤ 此处所引用的英文为袁可嘉《新诗现代化的再分析——技术诸平面的透视》中的原文。

⑥ 《荒原》是艾略特最著名的作品,对中国现代主义诗歌也影响深远。董洪川的著作《"荒原"之风:T.S.艾略特在中国》对艾略特的作品和诗歌理论在中国的译介以及其在中国的影响与接受作了系统的讨论。参见董洪川:《"荒原"之风:T.S.艾略特在中国》,北京:北京大学出版社,2004 年版;另外关于艾略特的诗作、文论在中国的传播,可参见张松建:《现代诗的再出发:中国四十年代现代主义诗潮新探》,北京:北京大学出版社,2009 年版,第 35—48 页。

⑦ 关于此处的用典,请参阅翻译者在当页的注释 4 以及原注第 411 行。参见艾略特:《荒原·艾略特文集:诗歌》,汤永宽、裘小龙等译,上海:上海译文出版社,2012 年版,第 102、112—113 页。

⑧ 对于艾略特的历史观,笔者认为与詹姆逊所称的"存在历史主义"(existential historicism)相近,是要否定线性的、进化论的历史观而强调一种近乎"超历史的事件",是通过现在的历史学家的思维与过去某一共时的文化相接触而产生的。詹姆逊提出存在历史主义可以给所研究的对象极大的"审美体验",但同时也有理论上的缺陷,因为有时展现出的仅仅是实际经验的罗列而缺乏整体性。笔者在此提到"存在历史主义",目的是要指出穆旦以及九叶诗派的历史观与此观念在否定线性历史、强调过去与现在的交集与相互作用方面的共同性。关于詹姆逊对"存在历史主义"的阐述,请参阅 Fredric Jameson, *The Ideologies of Theory: Essays, 1971-1986, Vol.2 Syntax of History*, Minneapolis: University of Minnesota Press, 1988。

参考文献

[1] 穆旦.穆旦诗全集[M].李方.北京:中国文学出版社,1996.

[2] 袁可嘉.半个世纪的脚印:袁可嘉诗文选[M].北京:人民文学出版社,1994.

[3] 王圣思."九叶诗人"评论资料选[M].上海:华东师范大学出版社,1995.

[4] 杜运燮,袁可嘉,周与良.一个民族已经起来:怀念诗人、翻译家穆旦[M].南京:江苏人民出版社,1987.

[5] 唐湜.新意度集[M].北京:三联书店出版社,1990:21.

[6] Schleifer, Ronald. *Modernism and Time: The Logic of Abundance in Literature, Science, and Culture, 1880-1930*[M]. Cambridge: Cambridge University Press, 2000.

[7] Schwartz, Sanford. *The Matrix of Modernism: Pound, Eliot, and Early Twentieth Century Thought*[M]. Princeton: Princeton University Press, 1985: 19.

［8］Bradbury Malcolm，James McFarlane. *Modernism 1890 - 1930*［M］. London：Penguin Books，1991：46-50.

［9］Frank Joseph. *The Widening Gyre: Crisis and Mastery in Modern Literature*［M］. Bloomington：Indiana University Press，1968：9-12.

［10］袁可嘉.论诗境的扩展和结晶［M］//论新诗现代化.北京：生活·读书·新知三联书店,1988.

［11］艾略特.传统与个人才能［M］//艾略特文集·论文.卞之琳,李赋宁等译.上海：上海译文出版社,2012.

［12］T. S. Eliot. The Metaphysical Poets［M］// *Selected Essays: 1917 - 1932*. New York：Harcourt，Brace and Company，1932.

［13］Childs Peter. *The Twentieth Century in Poetry: A Critical Survey*［M］. London and New York：Routledge，1999：80-81.

［14］张岩泉.论"九叶诗派"的抒情表达方式［J］.海南师范学院学报,2001(6)：30—35.

［15］Weiskel，Portia Williams. On the Writings of T. S. Eliot［M］// *T. S. Eliot*，ed. Harold Bloom. Broomall：Chelsea House Publishers，2003.

［16］艾略特.荒原·艾略特文集：诗歌［M］.汤永宽,裘小龙等译.上海：上海译文出版社,2012.

［17］Nicholls Peter. *Modernisms: A Literary Guide*［M］. Berkeley：University of California Press,1995：253.

［18］张岩泉.分裂的自我形象与破碎的世界图景：穆旦诗歌研究之一［J］.社会科学,2013(11)：177—186.

［19］马春光.论穆旦诗歌对现代"异化"个体的抒写［J］.中南大学学报,2015(4)：197—202.

[20] 穆旦.穆旦诗文集：第 2 卷.[M].北京：人民文学出版社，
2014.

[21] Leung Ping-kwan. *Aesthetic Oppositions: A Study of the Modernist Generation of Chinese Poets*, *1936 – 1949* [D]. San Diego：University of California，1984.

[22] Leo Ou-fan. Modernity and Its Discontents：The Cultural Agenda of the May Fourth Movement[M]//*Perspectives on Modern China: Four Anniversaries*. Kenneth Lieberthal, ed. New York：M. E. Sharpe，Inc.，1991：158 – 177.

[23] De Man Paul. Literary History and Literary Modernity[M] // *Blindness and Insight*. Minneapolis：University of Minnesota Press，1983：142 – 165.

[24] Rilke R M. *The Lay of the Love and Death of Cornet Christophe Rilke* [M]. M. D. Herter Norton，trans. New York：W. W. Norton & Company，Inc.，1959.

[25] 唐祈.时间与旗[M]//王圣思.九叶之树常青："九叶诗人"作品选.上海：华东师范大学出版社，1994：237—246.

[26] 蒋登科.九叶诗人论稿[M].重庆：西南大学出版社，2006.

[27] Nietzsche，Friedrich. *Nietzsche: The Gay Science* [M]. Bernard Williams，ed. Josefine Nauckhoff，trans. Cambridge：Cambridge University Press，2001.

[28] Thiele Leslie Paul. *Friedrich Nietzsche and the Politics of the Soul: A Study of Heroic Individualism* [M]. Princeton：Princeton University Press，1990.

——原载《江汉学术》2016 年第 6 期：33—44

"我是在新诗之中，又在新诗之外"

——重评闻一多诗学观念的转变及其他

摘 要： 闻一多身兼诗人、批评家和文学史家等多重身份，其诗歌批评方式也因之呈现多重面貌。考察其诗学观念转变的过程和原因，可分析其新诗批评的调整与其身份迁移之间的关联，对其《死水》之后的停笔原因给出新的解释和评价。闻一多从一位崇尚古典美学并强调格律的诗人转变为一个高度肯定"生活之力"并拒认"技巧专家"的诗评家，其转变背后有深意存焉。思想变化的原因既然来自诗歌之外，或许写作的问题也就无法在诗学内部得到解决，亦即那种转变不仅发生在诗学内部，也影响到其人生道路的选择。

关键词： 闻一多；新诗批评；新诗格律；古典美学；社会批评

1943 年冬，闻一多在写给臧克家的信中提到自己正在进行的诗歌翻译及诗集编选等工作，在信的末尾，他说：

> 不用讲今天的我是以文学史家自居的，我并不是代表某一派的诗人。唯其曾经一度写过诗，所以现在有揽取这项工作的热心，唯其现在不再写诗了，所以有应付这工作的冷静头脑而不至于对某种诗有所偏爱或偏恶，我是在新诗之中，又在

新诗之外，我想我是颇合乎选家的资格的。[1]382

这段师友之间的私房话不仅体现了闻一多刚直坦率的个性，更体现了他与诗坛之间的微妙关系。他对自己"在新诗之中，又在新诗之外"的定位，既是对自己"选家的资格"的辩护，也是对自己批评姿态和角度的自审，他对于自己曾出入诗坛、有过诗学观念和身份的变化等问题都有相当的自觉。有意思的是，在新诗史——尤其是批评史——上，批评者和选家的"资格"一直是个隐在的重要问题，至今仍然。"在新诗之外"的批评者可能由于没有写作经验而受到质疑，而"在新诗之中"的经验作者又有可能被认为"代表某一派"或"有偏爱或偏恶"。闻一多的自我辩护在一定程度上反映了他对这一问题的认识。

论身份和经历，闻一多是比较复杂和全面的。他"曾经一度写过诗"，后来虽"不再写诗"，但始终坚持撰写诗评诗论，并在深入研究古典诗歌的同时偶尔从事诗歌翻译和诗集编选。朱自清在他去世之后曾说："他是一个斗士，但是他又是一个诗人和学者，这三重人格集合在他身上，因时期的不同而或隐或现。""然而他始终不失为一个诗人"，"他将诗和历史跟生活打成一片"，"他要创造的是崭新的现代的'诗的史'，或'史的诗'"。[2]442—445 多样的身份的确对闻一多在诗歌方面的工作产生了影响，也勾勒出一条思想转变的轨迹。在肯定他全面多元成就的同时，同样带来思考的是：他的诗学批评如何在身份迁移和视角变换中调整和变化？他的诗学观念转变的原因究竟是什么？而思想的转变与身份的迁移之间又有怎样的关系？换句话说，思想变化有可能影响其人生道路的选择，而身份的改变也有可能带来诗学批评的调整。希望探讨闻一多的个人经历能对理解新诗批评方式与"资格"这个老话题提供一些启示。

一、"在新诗之中"

闻一多首先是个诗人。从 1920 年在《清华周刊》上发表第一首新诗《西岸》始，至 1931 年发表最后一首《奇迹》，十余年间他发表作品约一百六十首，大多收入《红烛》《死水》两部诗集。他在 1920 年代的新诗诗坛上占有重要的地位，不仅是"新月派"诗人的重要代表，也是"新格律诗"运动的理论领袖。他在 1926 年发表的《诗的格律》一文中提出的"三美"理论已成为新诗史上最著名的诗学主张。而那些以《晨报·诗镌》为园地的作者群，其实也正是从闻家的"黑屋"聚会开始聚集在一起的①。这些都是早期闻一多"在新诗之中"的实践与成就，而这些经验与实践也决定了其早期诗学批评的面貌。

1921 年，刚刚开始写诗的闻一多曾在清华文学社做过一次题为《诗底音节的研究》的英文报告，汉译稿改题为《诗歌节奏的研究》。从保存下来的提纲看，这个报告的内容相当理论化，其理论来源以西方——尤其是英语——诗学资源为主。他列出的 23 种"参考书目"中，外文著作 21 种，其中包括布里斯·佩里的《诗歌研究》、西蒙斯的《英国诗歌的浪漫主义运动》等。仅有两种中国新诗文献是胡适的论文《谈新诗》和刚出版的《尝试集》。这种选择一来与当时中国新诗刚刚起步的状态有关，二来也与闻一多在清华进行的广泛的英语学习和阅读有关。而更为重要的是，作为新诗第一代探索者，闻一多这样关注音节和节奏问题，显然与初期白话诗的理想和第一代诗人的写作实践直接相关。他在报告中重点关注诗歌节奏的作用和特性，尤以专节讨论"自由诗"的意图和效果，列出了"在抛弃节奏方面的失败""目的性不明确""令人遗憾的后果：平庸、粗糙、柔弱无力"等批评性观点。虽然这份明显不成熟的报告的具体内容已不可知,但仍能看出此时闻一多对白话诗的自由体式和抛弃格律的主张是在进行有意识的反思乃至批评的。而对比他同时期的诗作却会发现,他当时的作品全都是不讲格律的彻底的"自由诗",也就是说,他对诗歌音节问题的思考并不是出于理念止于空论,而是伴随着他自己的写作实践,在切实的经验与教训之上进行的摸索和反思。这一点至关重要,说明了闻一多最早就是以经验作者的身份开始他的诗学批评并由此确定立场与角度的。

有经验的作者当然特别关注"怎么写"。虽然多年之后闻一多对于别人称他为"技巧专家"很是不满,但事实上,早期的他的确比很多同时代诗人更关注写作的技术问题,应该说,之所以是由他而不是别人举起新格律诗的理论旗帜,也多少与此有关。

闻一多早期并不提倡格律,但始终关注音节。在 1922 年撰写的第一篇诗评《〈冬夜〉评论》中,他就提出:"《冬夜》给我最深刻的印象的是他的音节。关于这一点,当代的诸作家,没有能同俞君比的。这也是俞君对于新诗的一个贡献。凝练,绵密,婉细是他的音节底特色。"[3]63 他对俞诗音节的评价很高,并对其新诗写作中化用词曲格律表示认同。他认为:"所谓'自然音节'最多不过是散文的音节。散文的音节当然没有诗底音节那样完美。俞君能熔铸词曲的音节于其诗中,这是一件极合艺术原则的事,也是一件极自然的事。用的是中国底文字,作的是诗,并且存心要作好诗,声调铿锵的诗,怎能不收那样的成效呢?我们若根本地不承认带词曲气味的音节为美,我们只有两条路可走;甘心作坏诗——没有音节的诗,或用别国底文字的诗。"他的观点很明确:"总括一句:词曲的音节,在新诗底国境里并不全体是违禁物,不过要经过一番查验拣择罢了。"[3]64 此文涉及问题很多,而如何处理新诗音节与词曲传统的关系——尤其是如何在写作中实践以及如何评判这种实践的意义——则是重点讨论的问题之一。虽然闻一多本人在早期诗作中并未表现出对词曲音节的亲近和征用，但其评论中的观点已透露出日后走向新诗格律建设的端倪。

事实上，不久之后闻一多本人的写作也发生了变化。他在给朋友的信中说："现在我极喜用韵。本来中国韵极宽；用韵不是难事，并不足以妨害词意。既是这样，能多用韵的时候，我们何必不用呢？用韵能帮助音节，完成艺术；不用正同藏金于室而自甘冻饿，不亦愚乎？"[4]写作的变化反映了也影响着诗人理念的变化，两者相互促动，这也正是所谓"在新诗之中"的一种特性和优势吧。正是在写作实践中不断发现音节的重要和废除格律带来的困境，才使得闻一多逐步走向新诗格律的建设。在《诗的格律》中，他的表述已明显体现出这种注重实践应用和艺术效果的倾向：

> 诗的所以能激发情感，完全在它的节奏；节奏便是格律。莎士比亚的诗剧里往往遇见情绪紧张到万分的时候，便用韵语来描写。歌德作《浮士德》也曾采用同类的手段，在他致席勒的信里并且提到了这一层。韩昌黎"得窄韵则不复傍出，而因难见巧，愈险愈奇……"这样看来，恐怕越有魄力的作家，越是要戴着脚镣跳舞才跳得痛快，跳得好。只有不会跳舞的才怪脚镣碍事。只有不会做诗的才感觉到格律的缚束。对于不会作诗的，格律是表现的障碍；对于一个作家，格律便成了表现的利器。[5]

与著名的"三美"说相比，这段话并不算广为人知，但正是这段话体现了闻一多格律主张的意图和前提。这里不再重复讨论这些理论的内容和价值，我想强调的是，闻一多的格律主张不是空泛的理论演绎，也不是某种观念争执的产物，而是切实源自创作实践的经验与需求的。毋庸讳言，早期白话诗的倡导者存在一定程度的理念先行实践滞后的问题，比如尝试者胡适，他的白话文学和自由诗观念都极具革命性,但他的诗作却被自嘲为"放脚鞋样",典型地体现了理念先于创作的问题。闻一多不是概念先行的理论家,他从自身的写作出发,经历了一个明显的探索过程,在实践中走向了理论。他尝试自由诗,同时反思自己的写作经验,观察同时代诗人的道路,逐渐注意到音节的重要和词曲音节的合理性,强调格律对诗歌表现的助益,最终提出新诗格律的主张。他的理论出于写作也忠于实践,表现出更具体切实的活力,也得到了一定范围内的认同。可以想见,"黑屋聚会"中的朗诵和讨论正是诗人们切磋写作经验,逐步走向群体共识的过程。因此,如果仅从理论的逻辑看,新格律诗像是自由诗的一种倒退,但事实上,它却是在写作与理论的互动中生成的一种写作对于理论的调整。它不是理论的倒退或古诗格律的复活,而是建立在现代汉语的基础上,为新诗"相体裁衣"而成。

也正因为出自实践,所以闻一多的格律理论非常切实,他很少纠结于概念,而是偏重艺术效果和实际操作层面,无论是"三美"理论还是"音尺"说,都是如此。包括他在评论俞平伯《冬夜》时曾指出俞诗在"音节上的赢获"造成了"意境上的亏损",是因为古典式的词调和意象可能"不敷新文学的用",间接造成了俞诗"弱于或完全缺乏幻想力","诗中很少浓丽繁密而且具体的意象"的效果。在他看来,造成"亏损"的原因在于:"音节繁促则词句必短简,词句短简则无以载浓丽繁密而且具体的意象。——这便是在词曲底音节之势力范围里,意象之所以不能发展的根由。词句短简,便不能不只将一个意思底模样略略地勾勒一下,至于那些枝枝叶叶的装饰同雕镂,都得牺牲了。"[3]66 这一分析是否准确尚可讨论,有意思的是他这种批评的思路确是"在新诗之中"的写作者所特有的。

与之类似的还有他对诗歌形象的强调。作为"三美"之一,"绘画美"与音节格律并列在闻一多诗学观念中最重要的位置。他曾经说:"我是受过绘画的训练的,诗的外表的形式,我总不忘记,既是直觉的意见，所以说不出什么具体的理由来，也没有人能驳倒我。"有趣的是，这又是一个从经验中得来的"直觉的意见"。对于这个直觉，他虽未进行更多的理论阐释，但却也称得上是在古今中外的诗学之中融会贯通，将王维的"诗中有画，画中有诗"与西方的"先拉飞主义"等理论都纳入相关思考之中，为自己的"直觉的意见"找到了一定的理论资源和依据。

作为诗人理论家的闻一多在早期的诗学批评中特别关注写作实践的艺术效果，引领了新诗格律的探索，其影响涵盖了诗歌理论与创作实践两个方面。当然，并不是说没有写作经验的人就不会思考这些问题，或是思考的结果就一定不同，但显然，"在新诗之中"会造成立场和角度的某种特殊性，而考虑这种特殊性也将更有助于理解批评本身。

二、"在新诗之外"

对于闻一多在《死水》之后停笔的原因，一般认为与他在青岛大学被学生"驱逐"有关，其背后隐含着新文学在传统学术体系中地位低下的问题。而在我看来，闻一多虽然性格中有倔强刚烈的一面，但他是否真会因为文坛以外一些年轻学生的反应就彻底放弃对写诗的热爱，还是颇可怀疑。或许有其他原因导致他的停笔和转向，而这原因，应该仍出自新诗内部。换句话说，闻一多可能因被误解为"不学无术"而转身钻研学问，但没必要为此终止长期的诗歌创作，能导致他停笔的原因应该只能是自己诗学标准和写作观念的变化。而他由此脱身于"新诗之外"，或许也不仅是停止写作这么简单，而可能是隐藏着与当时诗坛的某种分歧，酝酿着诗歌观念的调整。

闻一多的变化最早发生在 1926 年"三一八"事件之后。从艺术方面说,他在"三一八"之后的《天安门》《飞毛腿》等几首诗中即表现出较为明显的变化。"土白入诗"看似是一种语言层面上的实验,但在深层上已经构成了对"三美"式的古典、匀称、均齐、节制等美学原则的撼动。更直接的表达则是在《文艺与爱国——纪念三月十八》一文中。闻一多说:"《诗刊》的诞生刚刚在铁狮子胡同大流血之后,本是碰巧的;我却希望大家要当他不是碰巧的。我希望爱自由,爱正义,爱理想的热血要流在天安门,流在铁狮子胡同,但是也要流在笔尖,流在纸上。""诗人应该是一张留声机的片子,钢针一碰着他就响。""也许有时仅仅一点文字上的表现还不够,那便非现身说法不可了。所以陆游一个七十衰翁要'泪洒龙床请北征',拜伦要战死在疆场上了。所以拜伦最完美、最伟大的一首诗也便是这一死。所以我们觉得诸志士们三月十八日的死难不仅是爱国,而且是最伟大的诗。"[6]这样的表达在闻一多的思想脉络里并无特别,毕竟他从学生时代起就具有政治热情,早期诗作中也常抒发家国情怀;但是,在他的诗学观念中,这样的表达却意味着对其原本偏爱的古典美学的反叛。依他以往的理论主张,"表达上的克制和留有余地,避免过分直露和激烈"是重要的艺术原则,而格律作为"遏制热烈情感之赤裸表现"的方法,正好有效地服务于"节制"与"均齐"的古典美学。但是,这一思路在现实环境中受到了冲击,从"三一八"到1930年代初的几年间,闻一多的古典美学正在因为美学之外的原因而逐渐发生变化。表面看来,他的转向学术与"热血流向笔尖"的说法有点背道而驰,但选择的矛盾或许正是诗人内心矛盾的反映。当诗人闻一多难以继续坚持其"均齐""节制"的古典美学,希望以一种更具行动性甚至战斗性的方式刷新自己的理念和写作时,面对内在的转变,他对自己的写作和对他人的评论都曾多少表现出某种失语或矛盾的状态。因而,对于这个阶段的闻一多,重要的不是看他为何或如何获得学者的新身份,而是关注作为诗人的他究竟如何改变了原来的写作与批评方式,最终完成了转变。事实上，闻一多的转向不是返身进入书斋、走入历史的故纸堆，而是相反，他走出了诗歌与艺术的小圈子，进入了一个通过文化评论展开与历史和现实互动的新天地。

由此也就可以理解他在 1933 年给臧克家诗集《烙印》作序时所提出的，为了保留某种特殊的现实"生活"经历与"生活的态度"，"而忽略了一首诗的外形的完美"，是一件"合算"的事。他把臧克家与孟郊相比，引出"所谓好诗的问题"：

> 孟郊的诗，自从苏轼以来，是不曾被人真诚地认为上品好诗的。站在苏轼的立场上看孟郊，当然不顺眼。所以苏轼诋毁孟郊的诗，我并不怪他。我只怪他为什么不索性野蛮一点，硬派孟郊所做的不是诗，他自己的才是。因为这样，问题倒简单了。既然他们是站在对立而且不两立的地位，那么，苏轼可以拿他的标准抹杀孟郊，我们何尝不可以拿孟郊的标准否认苏轼呢？即令苏轼和苏轼的传统有优先权占用"诗"字，好了，让苏轼去他的，带着他的诗去！我们不要诗了。我们只要生活，生活磨出来的力，像孟郊所给我们的。是"空螯"也好，是"蛰吻涩齿"或"如嚼木瓜，齿缺舌敝，不知味之所在"也好，我们还是要吃，因为那才可以磨炼我们的力。[7]

这确实不再是几年前提倡"戴着脚镣跳舞"的闻一多，他已经全面推翻了以往对"诗"的评判标准，以一种"新的标准"否定了原有的"诗"，抛弃了"外形的完美"和格律的追求，也彻底放弃了古典美学和浪漫抒情的艺术方向。他所谓的"我们不要诗了。我们只要生活，生活磨出来的力"，显然代表着一种由生活和现实所决定的新的标准，而且这个新标准与旧标准已经"站在对立而且不两立的地位"了。这让人不禁想起鲁迅的《我的失恋》，也是在以一种不美也不雅的新标准颠覆古典式的"美"与高贵，给文学赋予符合时代特征的新内涵。在这个意义上,闻一多与鲁迅所见略同,他用现代生活的"力"取代了"诗"的成规与古典之"美",也堪称是具有革命性的。十年之后,在评论"时代的鼓手"田间时,闻一多又一次提道:"这些都不算成功的诗,……但它所成就的那点,却是诗的先决条件——那便是生活欲,积极的,绝对的生活欲。它摆脱了一切诗艺的传统手法,不排解,也不粉饰,不抚慰,也不麻醉,它不是那捧着你在幻想中上升的迷魂音乐。它只是一片沉着的鼓声,鼓舞你爱,鼓动你恨,鼓励你活着,用最高限度的热与力活着,在这大地上。"[8]在闻一多的新标准里,写"不算成功的诗"不要紧,要紧的是"摆脱了一切诗艺的传统手法",表现出那个特定时代的"生活"。同样就像鲁迅曾说过的那样:"现在的青年最要紧的是'行'不是'言'。只要是活人,不能作文算什么大不了的事。"[9]"世上如果还有真要活下去的人们,就先该敢说,敢笑,敢苦,敢怒,敢骂,敢打,在这可诅咒的地方击退了可诅咒的时代!"[10]可以说,闻一多与鲁迅一样,不仅调整了自己的文学观念,以"活"与"行"、"真"与"力"取代了陈旧的"美",同时,也在改变文学观的过程中改变了自己的人生道路。

闻一多自《死水》之后几乎不再写诗,或许并非由于投身学术无暇写作,而可能是因为诗学观念的变化而出现的写作中断,甚至可能是像他自己说的"做不出诗来"了。虽然在评论中他认可"不算成功的诗",但对一个诗人来说,写自己并不认可的诗确是一件困难的事。标准变化了而写作却滞后甚至停顿,这也不是不可能的事,因为,思想变化的原因既然来自诗歌之外,或许写作的问题也就无法在诗学内部得到解决。

与此同时,就像他自己所说的:"在自己做不出诗来的时候,几乎觉得没有资格和人谈诗。"[11]这话本身虽有偏颇,但反映了闻一多在诗学批评方式上也同样面临调整。最明显的一个变化就是,他不再多谈艺术内部的问题,更不多谈技术技巧,甚至对别人称他

为"技巧专家"表示出极大的气愤。他在给臧克家的信中说:

> 你还口口声声随着别人人云亦云地说《死水》的作者只长
> 于技巧。天呀,这冤从何处诉起? 我真看不出我的技巧在那
> 里。假如我真有,我一定和你们一样,今天还在写诗。我只觉
> 得自己是座没有爆发的火山,火烧得我痛,却始终没有能力
> (就是技巧)炸开那禁锢我殴斗地壳,放射出光和热来。只有
> 少数跟我很久的朋友(如梦家)才知道我有火,并且就在《死
> 水》里感觉出我的火来。说郭沫若有火,而不说我有火,不说
> 戴望舒、卞之琳是技巧专家而说我是,这样的颠倒黑白,人们
> 说,你也说,那就让你们说去,我插什么嘴呢?[1]38

这里不仅包含了对自己写作的定位,同时也隐约表达了对戴
望舒、卞之琳等"现代派"诗人的看法。闻一多并不否认技巧,但他
确实已将批评的重心放在了技巧之外,并将自己与"现代派"和"技
巧专家"区别开来。即如前文所推测的,闻一多之退出诗坛并不仅
表现在停止创作,同时也表现在对当时诗坛流行的某些观念和流
派的差异上。这种差异当然还算不上截然殊途,但在某些诗学观
念上是存在较大分歧的。比如,对于 1930 年代的"纯诗"论,他也
有不同的思考:

> 在这新时代的文学动向中,最值得揣摩的,是新诗的前
> 途。你说,旧诗的生命诚然早已结束,但新诗——这几乎是完
> 全重新再做起的新诗,也没有生命吗? 对了,除非它真能放弃
> 传统意识,完全洗心革面,重新做起。但那差不多等于说,要
> 把诗做得不像诗了。也对。说得更确点,不像诗,而像小说戏
> 剧,至少让它多像点小说戏剧,少像点诗。太多"诗"的诗,和
> 所谓"纯诗"者,将来恐怕只能以一种类似解嘲与抱歉的姿态,

为极少数人存在着。在一个小说戏剧的时代,诗得尽量采取小说戏剧的态度,利用小说戏剧的技巧,才能获得广大的读众。[12]

这些零星的说法汇集在一起,大致可以呈现闻一多的观点和心态。停笔的诗人对"诗"的看法发生了很大的变化,他将自己的变化以诗歌批评的方式来呈现,并认为这是自己应尽的责任。对此,他说:"政府是可以指导思想的。但叫诗人负责,这不是政府做得到的;上边我说,我们需要一点外力,这外力不是发自政府,而是发自社会。我觉得去测度诗的是否为负责的宣传的任务不是检查所的先生们完成得了的,这个任务,应该交给批评家。"[13]219这里所说的批评家指的不是诗坛之内的艺术评论家,也不只是深谙艺术技巧的经验读者,而是一个社会文化的批评者。这是一种特殊的"资格",因为"诗是社会的产物,若不是于社会有用的工具,社会是不要它的。诗人掘发出了这原料,让批评家把它做成工具,交给社会广大的人群去消化。所以原料是不怕多的,我们什么诗人都要,什么样诗都要,只要制造工具的人技术高,技术精。……所以,我们需要懂得人生,懂得诗,懂得什么是价值的批评家为我们制造工具,编制选本"[13]222—223。也就是说,真正合格的批评家不仅要懂得诗,而且要懂得人生,更要懂得时代所需的"价值"。这是闻一多对自己的期许,也是对同时代其他批评家发出的呼唤。

三、批评的方式与"资格"

闻一多的思想变化和身份迁移是比较复杂的。他投身学术后曾一度被认为是"钻到'故纸堆里讨生活'","好像也有了'考据癖',青年们渐渐离开了他"[2]445。但事实上他的古典文学研究不同于传统的训诂或文献考证,而是结合了西方现代学术的理论与方法,注重文学和时代的关联,明确提出打破"经学的、历史的、文学的"传统,引入社会学、文化人类学、民俗学、心理学等多种研究方法,并倡导具有世界视野的大文学史的建构。他在给朋友的信中说:"在你所常诅咒的那故纸堆内讨生活的人原不止一种,正如故纸堆中可讨的生活也不限于一种。你不知道我在故纸堆中所做的工作是什么,它的目的何在","你想不到我比任何人还恨那故纸堆,正因恨它,更不能不弄个明白,你诬枉了我,当我是一个蠹鱼,不晓得我是杀蠹的芸香。虽然二者都藏在书里,他们作用并不一样"。这话可能有几分言过其实,但闻一多提醒别人不要简单以他的身份或专业来判断他的诗学立场,也确是值得注意的。闻一多的阅读与研究融会中西古今的诗学传统,在几十年的过程中形成了复杂且不断变化的看法,直至 1940 年代也未能成型,他计划中的论著也都未能完成。但从这些看似混杂变动的观点中可以看出的是,他不仅已经彻底远离新月时期的审美趣味,而且也已走出古典文学研究的书斋,正在展现出一种新的气象。

昆明时期的闻一多渐渐地更多投身于社会和文化的实践行动。他在给家人的信中说:"曩岁耽于典籍,专心著述,又误于文人积习,不事生产,羞谈政治,自视清高。抗战以来,由于个人生活压迫及一般社会政治上可耻之现象,使我恍然大悟,欲独善其身者终不足以善其身。两年以来,书本生活完全抛弃,专心从事政治活运〔动〕(此政治当然不指做官,而实即革命)。……总之,昔年做学问,曾废寝忘餐,以全力赴之,今者兴趣转向,亦复如是。"[14] 这个"转向"与他对现实的观察和反应有关,也与他多年未变的知识分子情怀有关,他后来的"拍案而起"和走向街头,也是那个时代的一种带有必然性的选择。而在这一步步完成的转变中,确乎可以看到闻一多不断的摸索和调整,艺术方向的调整与人生道路的转轨往往是这样相生相成的。

1943 年,闻一多编选《现代诗钞》,虽然其实"并未完成,其中有些准备收入的诗还未及收入,已收入者后来亦有看法上的改变"[15],但从已有的面貌看,已显示出眼界开阔、观念前卫、兼顾思想与艺术等特色,堪称是合格选家的手笔。闻一多用诗选的方式表达了他对于新诗历史与前途的理解。他说:"我是重视诗的社会的价值"的,"我以为不久的将来,我们的社会一定会发展成为Society of Individual,Individual for Society(社会属于个人,个人为了社会)的,诗是与时代共同呼吸的,所以我们时代不单要用效率论来批评诗,而更重要的是以价值论诗了,因为加在我们身上的将是一个新时代"。"诗是要对社会负责了,所以我们需要批评。……而且需要正确而健康的批评。"[13]222 在我看来,真正让闻一多感到自己具有"选家的资格"的信心,并不仅仅来自他曾经出入诗坛的丰富经历,更重要的是,他非常自信地知道,自己对即将到来的时代的新的"价值"已经有足够的认识与准备。

事实上,新诗的"内"与"外"本就很难界定,而"选家的资格"说到底也是个假问题。理想的批评者和选家应该如闻一多所说,既懂诗又懂社会,既通晓艺术内部的技巧,又能跳出艺术之外,获得全面开阔的眼光,把握艺术之外的社会、文化乃至政治的影响因素。至于这个眼光是否来自"经验"或"专业",实在不必一概而论。

当然,必须承认,批评者的身份确实与批评方式有关。比如,诗人对写作经验的敏感、对现场感的重视、对同代人相互阅读和影响程度的切身感知,都是"新诗之外"的人所不能及的。这种差异在当代诗歌批评中表现得更为明显,就像有批评家指出的:"当代一批最活跃的诗人同时又是最敏感的诗歌批评家,而批评家从事诗歌写作也不是稀见的例外。很少有小说家对同行的写作进行批评,而诗人写出诗歌批评文章的人难计其数。""诗歌批评是一种深入诗人们的写作、交流与生活层面的需要。"成为"一种别样的写作"。[16]但与此同时,学者、文学史家、翻译家也都是诗歌批评的重要力量,他们的视野、角度与方法各有不同,贡献同样不可忽视。何况,至今仍有很多批评者像闻一多一样,或曾出入诗坛,或身兼数职,能够自如地运用多元的和跨界的批评方式。纵观新诗百年历史,批评的舞台上一直都是这样多声部的交响,正是这些不同身份、不同视角的批评者以不同的方式进入理论建设和批评,才使得新诗理论批评的园地特别丰富多彩,更使得新诗在诸种文体之中显示出最先锋的探索姿态。因而可以肯定地说,无论身份如何、角度怎样,每个批评者都在以其自身的方式和"资格"参与新诗的历史。也只有多元的批评、互补互动的方式,才是最健康最有效的新诗批评。

注释

① 徐志摩在《晨报·诗镌》创刊号上的《诗刊弁言》中说:"我在早三两天前才知道闻一多的家是一群新诗人的乐窝,他们常常会面,彼此互相批评作品,讨论学理。"

参考文献

[1] 闻一多.致臧克家[M]//闻一多全集:第12卷.武汉:湖北人民出版社,1993.

[2] 朱自清.《闻一多全集》序[M]//闻一多全集:第12卷.上海:开明书店,1948.

[3] 闻一多.冬夜评论[M]//闻一多全集:第2卷.武汉:湖北人民出版社,1993.

[4] 闻一多.致吴景超[M]//闻一多全集:第12卷.武汉:湖北人民出版社,1993:78.

[5] 闻一多.诗的格律[M]//闻一多全集:第2卷.武汉:湖北人民出版社,1993:139.

[6] 闻一多.文艺与爱国:纪念三月十八[M]//闻一多全集:第2

卷.武汉：湖北人民出版社,1993：134.

［7］闻一多.《烙印》序［M］//闻一多全集：第2卷.武汉：湖北人民
　　出版社,1993：176.

［8］闻一多.时代的鼓手：读田间的诗［M］//闻一多全集：第2卷.
　　武汉：湖北人民出版社,1993：201.

［9］鲁迅.青年必读书［M］//鲁迅全集：第3卷.北京：人民文学出
　　版社,2005：12.

［10］鲁迅.忽然想到：五［M］//鲁迅全集：第3卷.北京：人民文学
　　出版社,2005：44—45.

［11］闻一多.论《悔与回》［M］//闻一多全集：第2卷.武汉：湖北人
　　民出版社,1993：165.

［12］闻一多.文学的历史动向［M］//闻一多全集：第12卷.武汉：
　　湖北人民出版社,1993：20.

［13］闻一多.诗与批评［M］//闻一多全集：第2卷.武汉：湖北人民
　　出版社,1993.

［14］闻一多.致闻家骝［M］//闻一多全集：第12卷.武汉：湖北人
　　民出版社,1993：402—403.

［15］闻黎明,侯菊坤.闻一多年谱长编［M］.武汉：湖北人民出版
　　社,1994：683.

［16］耿占春.当代诗歌批评：一种别样的写作［J］.文艺研究,
　　2013(4).

——原载《江汉学术》2020年第5期：50—57

屈辱、受难与诗人艾青的自我意识及国家认同

段从学

摘　要：作为中国现代新诗史上最具影响力与代表性的诗人之一，艾青从他早年遭遇的屈辱经验出发，以受难型认同机制为基础，在个人身份建构和抗战时期的民族国家命运之间，建立了亲密的血肉关联。个人因为民族命运而获得了崇高价值，民族命运因为个人的融入而从宏大叙事变成了切身性的日常世界。这种独特的认同机制，贯穿了艾青从上海到延安的整个创作历程，也构成了其诗歌创作中诅咒与赞美杂糅、深广的忧郁与坚强的信念并存、死亡与新生交织等一系列复杂而独特的诗学景观之根源。厘清这种独特的认同机制，不仅有助于理解艾青丰富而复杂的诗歌创作，理解现代中国"被迫现代化"的特殊语境如何进入个体生命，最后又反射到了民族国家的历史命运上，也有利于理解中国现代新诗中潜含着的一种普遍的人类经验及其相应的诗学形式。

关键词：艾青；现代性；中国新诗；新诗史；国家认同

　　"知耻而后勇""哀兵必胜"之类的说法，表明古人早已注意到了屈辱、失败等负面经验在个人身份建构和共同体意识形成中的积极作用。19 世纪中后期以来，近代中国以"被迫现代化"的特殊形式，汇入了世界性的现代性进程，开始了对"西方"主导的"异族

的物质文明、整体模式乃至文化价值的模仿和接受"[1]，也开始了中国知识分子痛苦而充满了悖论、充满了矛盾的现代性认同，给20 世纪中国带来了复杂而深远的影响①。相关的研究也对此有过专门而深入的探讨②。本文想要进一步具体探讨的是："把忧郁与悲哀，看成一种力"，一种"扫荡这整个古老的世界"的积极力量的艾青[2]43，如何在中国"被迫现代化"的特殊历史语境中，从他遭受的屈辱、失败等切身经验出发，最终形成了他独特的国家认同，成为中国现代文学史上最具影响力的诗人之一。

一、"被迫现代化"里的乡村体验

正如安东尼·吉登斯所说，现代性包含了"脱域"（dis-embedding）和"再嵌入"（re-embedding）两个互相关联的侧面[3]。前者意味着从切身性的、具体的传统生活秩序中脱离出来的非连续性断裂，后者意味着在前者的基础上，转而以抽象的符号系统为根基，建立起一整套不同于传统的社会生活新秩序。在理想情境——是否存在则是另一回事——或者说所谓"主动现代化"的历史语境中，"再嵌入"崭新的美好生活新秩序的期待和想象，才是推动个人挣脱眼前切身性的生活世界，建构现代性认同的动力源泉。但中国社会"被迫现代化"的历史语境，却让艾青一开始就走上了另一条道路。

不管事后看来是推动了历史进步的"现代化"，还是总体上阻碍了历史发展的"殖民化"，都改变不了艾青最初遭遇的历史事实。当他开始用自己的眼睛来打量这个世界的时候，中国社会已经被世界性的现代化进程撕裂了。率先加入这个历史进程的区域变成了"城市"，变成了"先进的"城市文明，与之相对的乡村社会则变成了"落后的"存在。这些不仅在空间位置上往往和前现代城镇所在地相重合,而且在形态上似乎也只是旧有城镇空间的简单扩展的现代性城市,"根据几乎完全不同于旧有的将前现代城市从早期的乡村中分离出来的原则"对相关元素进行了系统性的重新组织[3]6,割裂了古代中国社会的整体性,把传统的乡村变成了被侵蚀和被凌辱的"内部的他者"。艾青最早的身份自觉,就来源于"先进的"城市对"落后的"乡村的侵蚀。

对艾青来说,这种侵蚀既是经济的,也是文化的。以资本主义生产方式为根基,通过对人口、生产资料、生活空间的高度集中和重新组织而建立起来的现代城市,首先以"先进的"生产方式,构成了对乡村的经济剥夺。1940 年代写下的《村庄》,愤怒地描述诗人早年遭遇到的这种不平等的经济关系,他说:

> 连傻子也知道那些大都市是一群吸血鬼——/他们吞蚀着:钢材,木材,食粮,燃料/和成千成万的劳动者的健康;/千万个村庄从千万条路向他们输送给养……
>
> 我们所饲养的家畜被装进了罐头;/每天积蓄下来的鸡蛋被做成了饼干;/我们采集的水果,收割的大豆和小麦,/从来不会在我们家里停留太久;/还有那些年轻的小伙子借了路费出发,/一年年过去,不再有回家的消息;/只让那些愚蠢和衰老的人们,/像乌桕树一样守住那村庄。[4]555

资本主义不仅发明了新的生产方式,而且发明了一整套相应的观念体系。在这套观念体系中,"先进的"城市文明不仅牢牢占据了"生产—分配"食物链顶端,更在直线式的进化论时间轴上牢牢占据了"情感—价值"等级链的顶端,以居高临下的"情感—价值"优势,瓦解了古老的乡村文明,让后者陷入了被侵蚀和凌辱的"落后的"精神陷阱。作为"农人的后裔"(《北方》),艾青自然也不可避免地卷入了这种"被迫现代化"的精神陷阱。仍然是在回顾性

的《村庄》里,艾青坦率地承认,并尖锐地批判这种心理和精神层面的不平等关系,说:

> 我是一个滨海省份的村庄的居民,/自从我看见了都市的风景画片,/我就不再爱那鄙陋的村庄了,/十五岁起我开始在都市里流浪,/有时坐在小酒店里想起我的村庄,/我的心就引起了无尽的哀怜,/那些都市大街上的每一幢房子,/都要比我那整个的村庄值钱啊……/还有那些珠宝铺,那些大商场,/那些国货陈列所,/人们在里面兜一个圈子/也比在家乡过一生要有意思,/假若他不是一只松鼠/决不会回到那可怜的村庄。/我知道这是不公平的,背义的,/人们厌弃他们的村庄/像浪子抛开他善良的妻子,/宁愿用真诚去换取那些/卖淫妇的媚笑与谎话,/到头了两手插在口袋里踟蹰在街边。[4]554—555

不必站在今天的高度,也不必考虑写下这首诗的时候艾青已经到了延安的特殊语境,即便从当年的社会科学常识出发,也不难看出《乡村》的批判性叙述里包含着的偏颇。但诗人不是社会科学家,而是一个活生生的人。他有权利,而且必然只能从他的切身遭遇和相应的感受出发来面对世界③。面对自己遭遇的被侵蚀和被凌辱的不平等关系,作为"地主的儿子"(《大堰河——我的保姆》),艾青理所当然地背叛了血缘的"自然关系",踏上了反抗这种不平等关系的历史道路。诗人在《少年行》里回顾自己早年的精神历程,说:

> 像是一只散着香气的独木船,/离开一个小小的荒岛;/一个热情而忧郁的少年,/离开了他的小小的村庄。
> 我不喜欢那个村庄——/它像一株榕树似的平凡,/也像一头水牛似的愚笨,/我在那里度过了我的童年;

> 而且那些比我愚蠢的人们嘲笑我，/我一句话不说心里藏着一个愿望，/我要到外面去比他们见识更多些，/我要走得很远——梦里也没有见过的地方：
>
> 那边要比这里好得多好得多，/人们过着神仙似的生活；/听不见要把心都舂碎的舂臼的声音，/看不见讨厌的和尚和巫女的脸。[4]522—523

但悖论和陷阱就在这里。这种为了"到外面比他们见识得更多"而"要走得很远"的反抗，其实并没摆脱，反而更深地陷入了"被迫现代化"的精神陷阱。马克思和恩格斯的《共产党宣言》说得很清楚：

> 资产阶级使乡村屈服于城市的统治。它创立了巨大的城市，使城市人口比农村人口大大增加起来，因而使很大一部分居民脱离了乡村生活的愚昧状态。正像它使乡村从属于城市一样，它使未开化和半开化的国家从属于文明的国家，使农民的民族从属于资产阶级的民族，使东方从属于西方。[5]255

近代中国"被迫现代化"之后形成的城市—乡村不平等关系本身并不是一个独立的结构，而是从资本主义主导的世界性的现代化进程中的"中国—西方"不平等关系里派生出来的，是对后者进行复制和简单再生产的历史结果。在这种情形之下，"热情而忧郁"地比"那些比我愚蠢的人"走得更远的结果，是让艾青更深地卷入了资本主义的"情感—价值"等级链，陷入了马克思和恩格斯所说的"东方从属于西方"的更广大也更复杂的精神困境。作为来自东方殖民地的"人之子"，艾青曾在《马赛》里这样描述巴黎三年里被侵蚀的屈辱经验时说：

　　海岸的码头上，/堆货栈/和转运公司/和大商场的广告，/强硬的屹立着/像林间的盗/等待着及时而来的财物。/那大邮轮/就以熟识的眼对看着它们/并且彼此相理解地喧谈。/若说它们之间的/震响的/冗长的言语/是以钢铁和矿石的词句的，/那起重机和搬运车/就是它们的奇怪的嘴。/这大邮轮啊/世界上最堂皇的绑匪！/几年前/我在它的肚子里/就当一条米虫般带到此地来时，/已看到了/它的大肚子的可怕的容量。/它的饕餮的鲸吞/能使东方的丰饶的土地/遭难得/比经了蝗虫的打击和旱灾/还要广大，深邃而不可救援！/半个世纪以来/已使得几个民族在它们的史页上/涂满了污血和耻辱的泪……/而我——/这颓败的少年啊，/就是那些民族当中/几万万里的一员！[4]45—46

　　在童年的村庄里，艾青遭到的是城市对乡村的"侵蚀"。在巴黎，艾青遭到的是西方对东方的"侵蚀"。形式和样态变了，但"先进的"的西方现代文明发明出来的"情感—价值"等级链，却依然如故。唯一的变化是：作为阶段性完成形式的结果，这种不平等关系披上科学和文明的外衣，掩盖了它原初的罪恶，把自己变成了"世界上最堂皇的绑匪"，变成了现代文明本身，把中国"被迫现代化"的历史困境，转化成为"追寻现代性"的主动探索。

　　置身于阶段性的历史开端，而不是置身于阶段性的完成形式中的艾青，没有看到马克思和恩格斯所说的"使很大一部分居民脱离了乡村生活的愚昧状态"的结果，只是清晰而深刻地感受到了这种结果的前置性历史形态。那就是广大的中国乡村的愚昧、破败和封闭：

　　而寒冷与饥饿，/愚蠢与迷信啊，/就在那些小屋里/坚强地盘踞着……[4]314

以及中国农民亘古以来的悲哀命运：

> 灰黄而曲折的道路啊！/人们走着，走着，/向着不同的方
> 向，/却好像永远被同一的影子引导着，/结束在同一的命运
> 里；/在无休止的劳困与饥寒的面前/等待着的是灾难、疾病与
> 死亡——/彷徨在旷野上的人们/谁曾有过快活呢？
>
> (《旷野》)[4]311—312

但就像背叛了以自然血缘关系为根据的"地主的儿子"身份，转而认同了"大堰河的儿子"身份一样(《大堰河——我的保姆》)，艾青之为艾青的宝贵而特殊的诗学品质，就在于面对中国社会内部的"城市—乡村"，和资本主义世界体系中的"西方—中国"两大生存领域里反复遭遇的侵蚀和凌辱的时候，都选择了站在被侵蚀者的立场上，把个人的屈辱经验变成了一种积极的反抗性力量。在 1940 年 7 月写下的另一首同名诗作《旷野》里，诗人直面中国乡村亘古以来就"喘息在/贫穷与劳苦的重轭下"的悲惨宿命，坦率地承认了自己的真实身份：

> 为了叛逆命运的摆布，/我也曾离弃了衰败了的乡村，/如
> 今又回来了。/何必隐瞒呢——/我始终是旷野的儿子。/看
> 我寂寞地走过山坡，/缓慢地困苦地移着脚步，/多么像一头疲
> 乏的水牛啊[4]438—439

在无数次的逃避和背叛背后，始终屹立着不变的被侵蚀和被凌侮的"地之子"的形象。艾青最初的出发点和最后的归宿，都在这里。

一个人既可以通过张扬自我意识，或者如通常所说的高扬主体性精神，在征服自然、控制他者的高歌猛进中，也可以通过勇敢

地选择和承受被给定的命运，在受难与承担中来寻求自我肯定，获得相应的身份认同。相对于我们熟悉的现代性精神来说，后者是一种更为古老，也更为深厚而广阔的认同伦理。几乎所有的宗教都是在承受苦难和不公正的命运中来肯定个体生命的意义的。艾青对被侵蚀和被凌侮的"地之子"身份的选择和担当，就发生在这种古老而深厚的人类精神土壤里。

《秋晨》《矮小的松木林》等作品，都曾反复书写过这种受难型认同对诗人的魅惑。著名诗篇《我爱这土地》，同样也是这种受难型认同的产物。通过对"被暴风雨打击着的土地"和"永远汹涌着我们的悲愤的河流"站在一起的认同，艾青获得了与被侵蚀和被凌侮者站在一起，共同面对暴风雨的无情打击的受难感和献祭感。对"卑微的，没有人注意的小小的乡村"（《献给乡村的诗》）的关注和感激，同样也是这种认同机制的产物。

全面抗战爆发后，这种从近代中国社会内部的"城市—乡村"不平等关系和世界性的现代性进程中的"西方—中国"不平等关系两者的叠加中孕育出来的受难型认同机制，又顺理成章地促成了诗人对"受难的中国""悲哀的国土"的认同。在著名的《北方》里，在受难型认同机制的作用之下，不是对未来的美好想象，也不是什么未来的光明前景，而是无尽的荒凉、贫穷和困难交织而成的"悲哀的北国"，反过来激发了诗人那样强烈而深厚，那样执拗而坚不可摧的爱国主义感情：

> 我爱这悲哀的国土，/一片无垠的荒漠/也引起了我的崇敬/——我看见/我们的祖先/带领了羊群/吹着笳笛/沉浸在这大漠的黄昏里；/我们踏着的/古老松软的黄土层里/埋有我们祖先的骸骨啊，/——这土地是他们所开垦/几千年了/他们曾在这里/和带给他们以打击的自然相搏斗/他们为保卫土地，/从不曾屈辱过一次，/他们死了/把土地遗留给我们——/

我爱这悲哀的国土,/它的广大而瘦瘠的土地/带给我们以淳朴的言语/与宽阔的姿态,/我相信这言语与姿态/坚强地生活在大地上/永远不会灭亡;/我爱这悲哀的国土,/古老的国土/——这国土/养育了为我所爱的/世界上最艰辛/与最古老的种族。[4]175—176

《雪落在中国的土地上》,也同样以这种隐秘而古老的受难型认同机制为根基,表达了诗人在和寒冷而悲哀的"中国的土地"一起受难,一起在承受命运的狂暴打击中油然而生的崇高感。孤独的个体生命,在主动选择的受难中,和广大的、抽象的中国共同组成了休戚相关的命运共同体。有限的、孤独的个体生命通过承受民族国家的苦难而获得了崇高价值,抽象的、宏大的民族国家则因为个人的受难而获得了带着体温的亲切感,变成了个人可以触摸到的切身性存在。

二、"地之子"的依恋和诅咒

与高扬主体性精神、通过对他者的征服和控制建立起来的扩张性认同不一样的是,艾青的受难型认同虽然源于同时也包含了反抗不公正、不合理的世界秩序的积极因素,但由于这种反抗的前提乃是对命运、对苦难的承受,反抗者本身就已经通过对世界和命运的承受,预先把自己植入他所要反抗的世界之整体性当中,所以,这种反抗也就不可避免地与诗人对同一个世界的承受,以及这种承受的魅惑交织在一起,而形成了艾青独特的诗学品质。

《大堰河——我的保姆》是艾青的成名作,也是诗人第一部诗集的名字,因而也可以看作是诗人最早的自我命名和形象建构。作品以"地主的儿子"和"吃了大堰河的奶而长大了的大堰河的儿子"的双重身份,把诅咒和赞美杂糅在一起,展示了诗人复杂的精神世界。作为"大堰河的儿子",艾青献给大堰河的是一首深情而朴素的赞美诗,喊出了对"不公道的世界的咒语"。但换个角度看,无论"地主的儿子",还是"大堰河的儿子",乃至大堰河本人,实际上都是中国乡土社会内部的"地之子"。虽然有压迫者和被压迫者之分,但更有"地之子"的共同身份。从这个共同身份出发,才能理解大堰河为什么会以"不公道的世界"及其命运的承受者的身份,赢得了诗人深情而朴素的赞美。

所以,诗人虽然背叛了"地主的儿子"的身份,勇敢地向着造就了大堰河"四十几年的人世生活的凌侮"与"数不尽的奴隶的凄苦"的乡村,大声喊出了对"不公道的世界的诅咒",但"在经历了长长的漂泊回到故土时",也在同一首诗里,对同一片土地,献出了自己深情的赞美:

> 呈给大地上一切的,/我的大堰河般的保姆和她们的儿子,/呈给爱我如爱她自己的儿子般的大堰河。[4]28

背叛和诅咒背后,隐含着"地之子"更隐秘,也更深邃而复杂的依恋与回归。艾青后来坦率地承认说,自己早年之所以一心想要"到一个远方的都市去",离开养育自己的"可怜的田野"和"卑微的村庄","去孤独地漂泊,/去自由地流浪"(《我的父亲》),其实是为了最终的回归:

> 再见呵,我贫穷的村庄,/我的老母狗,也快回去吧!/双尖山保佑你们平安无恙④,/等我也老了,我再回来和你们一起。[4]523

法国留学期间的经历和遭遇,不是改变,而是进一步强化了这种以依恋和回归为最终目标的背叛与诅咒。《巴黎》确实对给自己带来了无数的屈辱体验的巴黎发出了诅咒,称巴黎为"铁石心肠的生物"。但更大的篇幅,却在反复表达着对同一个巴黎深深的热爱和依恋,表达着再次回到这个"患了歇斯底里的美丽的妓女"怀抱之中的强悍决心:

> 巴黎,/我恨你像爱你似的坚强:/莫笑我将空垂着两臂/走上了懊丧的归途,/我还年轻! /而且//从生活之沙场上所溃败了的/决不只是我这孤单的一个! /——他们实在比为你所宠爱的/人数要多得可怕! /我们都要/在远离着你的地方——经历些时日吧/以磨练我们的筋骨/等时间到了/就整饬队伍/兴兵而来! /那时啊/我们将是攻打你的先锋,/当克服了你时/我们将要/娱乐你/拥抱着你/要你在我们的臂上/癫笑歌唱! /巴黎,你——噫,这淫荡的/淫荡的/妖艳的姑娘![4]40—41

如果说《巴黎》还因为有"公社的诞生""攻打巴士底"等资产阶级革命的光荣传统,有丰富深厚的现代艺术传统而让艾青的热爱和依恋有了正当理由的话,《马赛》就完全不一样了。诗人清楚地看见了这样的事实:

> 在路边/无数商铺的前面/潜伏着/期待着/看不见的计谋,/和看不见的欺瞒……[4]42—43

也从借助现代社会科学的眼光,清楚地看见了马赛的真实面目:"掠夺和剥削的赃库"和"匪盗的故乡"。但所有这些,并没有妨碍诗人对这座"可怕的城市"深切的依恋和热爱:

　　马赛！/当我临走时/我高呼着你的名字！/而且我/以深深了解你的罪恶和秘密的眼，/依恋地/不忍舍地去看着你[4]47

　　事实上，评论者一开始就注意到了艾青这种把强有力的诅咒，和同样强有力的依恋杂糅在一起的奇特悖论、评论。胡风结合《芦笛》等作品，解释艾青在诅咒巴黎、马赛的同时，也"感到了恋爱"的原因说："因为那里也有诗人波德莱尔，兰布，阿波里内。"他用通行历史主义的发展论，提出了对巴黎、马赛的依恋将会随着"作者的另一视角和心神的健旺"而从艾青的诗歌中"自然而然地消泯"的乐观预言[6]，从而完全忽略了诗人独特的精神结构。

　　另一位理论家杜衡，也从《巴黎》《马赛》两首诗里，看到了同样的事实：

　　　　正在这个"男盗女娼"的欧罗巴的土地上，那大堰河的单纯的少年却开始把灵魂分开了两边。他诅咒，诚然，但他也赞美；他厌弃，诚然，但他也耽爱；一方面是渴望着毁灭的暴徒，一方面是虔诚的艺术的巡礼者；一方面带回来怨毒，同时却悄悄地带回来了一只虽南面王不易的芦笛。

　　但和胡风不一样的是，他没有把这两种截然相反的情感分开来，放在线性时间轴的"发展论"中来解释。在他看来，这是艾青精神世界里的结构性冲突：

　　　　那两个艾青一个是暴乱的革命者，一个是耽美的艺术家，他们原先是一对携手同行的朋友，因为他们是从同一个地方出发的，那就是对世界的仇恨和轻蔑；但是，这一对朋友却到底要成为相互不能谅解，除非等到世界上只剩下了这两类人，而没有其他各色人等存在的时候，（就是说，没有了暴虐者，没有了掠夺者，没有了野心者的时候，)那才自然而然地会言归于好，并且发现了他们不但出发点相同，而且终极的归向也是一样。[7]

在杜衡看来，正是由于这种矛盾的结构性冲突，艾青也才成为由"两个艾青"组成的风格独特的现代诗人。

杜衡这个说法，随即招致了左翼文艺界的反驳[8]，艾青也曾一度讥之为"不可思议的理论"[9]。但在 1941 年写下的《强盗和诗人》里，艾青却用自己的语言，承认了杜衡当年那敏锐而深刻的洞见。诗人最初的出发点，的确就是那个"暴乱的革命者"：

> 在我年轻的时候/曾经有一个幻想：/为了人间的混乱和不平/我想到群山里做一个强盗
>
> 我要向剥削的人去抢劫/戮杀欺侮弱者的恶棍/抗议袒护富人的法律/和犯罪的人们交往[4]545

不幸的是，由于最终未能实现"做一个强盗"，"每天在仗义的冒险里高歌"的最初理想，"暴乱的革命者"艾青，被迫成为"耽美的艺术家"艾青——也就是"诗人"艾青：

> 书籍毁去了我的健康/我终于爱上了流浪/让自己不安定的灵魂/彷徨在这陈腐的世界上[4]546

由此也就把"暴乱的革命者"精神，牢牢地刻在了诗人的灵魂深处，把艾青变成了永远仇恨着不公正的社会，永远向着不公正的社会开火的"强盗诗人"：

> 但愿"诗人"和"强盗"是朋友/当我已遗失了竹叶刀的时候/

我要用这脱落了毛羽的鹅毛管/刺向旧世界丑恶的一切。[4]546

杜衡没有意识到的是,作为"强盗诗人"的艾青,追求的并不是和现实世界的妥协,获得统一与平衡。如果那样的话,艾青实际上也就成了历史主义"发展论"环节中的存在。"诗人"艾青的选择,乃是以受难者的姿态,承受"永远在挣扎的人间"(《那边》)的沉重命运,在永恒的不可克服的矛盾和冲突之中建立自己的生存世界。在《诗人论》里,艾青明确宣告说:

为了努力使艺术与生活之间取得统一与调和,诗人们常把自己搁置在理想与现实之间,像顺水的船与那反逆的风所作的抗御一样,使自己的生命在不安定与颠簸中前进······[2]92—93

三、受难与认同的力量

如前所述,这种与被侵蚀、被凌侮的人类一起承受苦难命运的认同机制,也构成了艾青建构个人与民族国家同一性关系的基础,成为他抗战初期影响巨大而深远的一系列爱国主义诗篇的情感生产机制。

在回顾自己抗战初期的创作活动的时候,艾青曾经这样写道:

一九三七年七月六日,我在沪杭路的车厢里,读着当天的报纸,看着窗外闪过的田野的明媚的风景,我写下了《复活的土地》——在这首诗里,我放上了一个解放战争的预言:

······我们曾经死了的大地
在明朗的天空下

已复活了!
——苦难也已成为记忆
在它温热的胸膛里
重新漩流着的
将是战斗者的血液。

是的,"将是战斗者的血液":这话语在第二天就被证实了。卢沟桥的反抗的枪声叫出了全中国人民的复仇的欢快。

(《为了胜利——三年来创作的一个报告》)[2]119—120

撇开其中连诗人自己也觉得过于巧合的戏剧性色彩,从诗人如何理解民族抗战的角度来看,这里的叙述有着无可置疑的确切性:艾青把民族国家的命运内化为土地的命运,在以土地的敞开与遮蔽双重属性为基础的"受难—复活"的永恒轮回中,获得了对古老的中华民族在全面抗战中的必然命运的朴素信念。

在这种情形之下,"土地的受难"也就成了他抒写全面抗战初期的中国命运的基本模式。传诵一时的《雪落在中国的土地上》,围绕着土地的寒冷这个带有浓厚的自然色彩的中心意象,把作为"农人的后裔"的艾青个人"在时间的河流上"遭受的侵蚀和中国遭受的侵略联结在一起,把个人的受难与民族国家的命运联结在一起,化成了悠长而厚重的咏叹:

雪落在中国的土地上,寒冷在封锁着中国呀……[4]157

这种悠长而沉重的咏叹及其深厚的受难感,其实不仅仅是《雪落在中国的土地上》这首诗,同时也是整部诗集《北方》的情感基调和内在旋律。再放大点,也可以说是艾青全部爱国主义诗篇共同的情感基调和内在旋律。

对于一个在受难中感受自我和肯定自我价值的生命来说,个人的承受和担当的苦难越沉重,他也就越能够从中感受到个人的主体性力量。大地上的苦难和不幸有多沉重,承受这种苦难和不幸的艾青,就能感受到自己有多么刚强,多么深厚而博大。忧郁、悲哀等负面情感,因此在艾青这里获得了积极的力量。诗人这样写道:

> 把忧郁与悲哀,看成一种力! 把弥漫在广大的土地上的渴望、不平、愤懑……集合拢来,浓密如乌云,沉重地移行在地面上……
> 伫望暴风雨来卷带了这一切,扫荡这整个古老的世界吧!

他虽然也为自己的忧郁找到了时代的根源,为之发出辩护说:

> 叫一个生活在这个年代的忠实的灵魂不忧郁,这有如叫一个辗转在泥色的梦里的农夫不忧郁,是一样的属于天真的一种奢望。[2]43

但毫无疑问的是:如果没有他独特的受难型认同机制,作为外部因素的"这个年代"就不可能成为"浸透了诗人灵魂、永远摆脱不掉的忧郁",成为"构成艾青诗歌艺术个性的基本要素之一",艺术性地成为诗人的"艾青式"的忧郁[10]。

忧郁与悲哀成为一种积极的力量之后,弥漫在抗战初期的《北方》等诗篇里的悲哀情调,在艾青笔下也就有了它双重的功能。它是灾难深重的中华民族苦难命运的直观写照,从古老的历史里绵延到现在,又因为现在的沉重而照亮了历史,让几千年的历史命运同样沉重地堆积在今天,惊心动魄地写出了民族的苦难、人类的苦难。另一方面,它又是中华民族在反抗和复仇中获得解放的力量源泉。苦难有多深重,它反弹出来的力量就有多巨大。就像在对苦难的承受中感受个人的强悍一样，不是什么积极乐观的情绪，也不是什么现实的历史根据，而是我们这个民族几千年来所承受的深重灾难，让艾青深切地感受到了其中蕴含着的顽强而巨大的生命力，看见并毫无保留地认同了我们这个民族"永远不会灭亡"的未来。这是一种信念，所以无法也不可能从客观的社会历史事实得到保证。当年的社会历史事实，也无法为艾青这个信念提供保证。《北方》写于 1938 年 2 月。那是"抗战最艰苦、最绝望的年代里"，任意一种基于客观事实的、"理性"的计算和估量，"都指向中国必败的结论，在任何一个'清醒'的旁观者眼里，中华民族的反抗与牺牲都只能是无谓而徒劳的挣扎"[11]，而不能得出"永远不会灭亡"的结论。

唯其如此，艾青从对苦难的勇敢承受与担当中生发出来的确信，才最恰切地诠释了认同的力量：不是简单地从属于既有的经验与事实，而是一种能够推动人类超越既有的经验和事实，创造应该有和可能有的历史空间的信念。这也是人类之为人类的命运标志。个体生命勇敢地承受着，也反抗着终有一死的生存论事实，由此而在大地上创造了自己的生存世界，把自己变成了命运的创造者，历史的创造者。

四、"死亡"的诗学景观

因为受难型主体把自己置入了他整体性世界内部，变成了苦难和命运的承受者，所以艾青从苦难和不幸中获得的肯定性力量，又必然和他所要反抗的世界纠缠在一起，形成了一个漩涡式的生存悖论。那就是：没有他所要反抗的苦难和不幸，诗人也就无法感受到生命的价值和重量。1937 年 5 月在"吴淞炮台湾"写下的《浪》这首诗里，这种悖论就通过对"残忍地折断桅杆/撕碎布帆"，永远和"航行者的悲惨故事"不可分割的"无理性的"海浪的感激，被揭示了出来：

> 而我却爱那白浪／──当它的泡沫溅到我的身上时／我曾起了被爱者的感激[4]140

这个结构性的内在悖论，迫使艾青把个人的受难感和献祭感推向极端，让一种独特的死亡意识悄然进入了诗人的笔下。对受难型主体来说，死亡既是受难，也是主体获得肯定性的积极力量的最高形式。艾青的《土地》《吹号者》《他死在第二次》《时代》等重要作品，都表达了这种独特的死亡意识。在"为川灾而作"的《死地》里，活着的人们在死亡的压迫之下聚集起来，汇聚成了一股可怕的毁灭性力量，撼动着不公正的社会秩序殿堂：

> 而那些活着的／他们聚拢了──／像黑色的旋风／从古以来没有比这更大的旋风／卷起了黑色的沙土／在流着光之溶液的天幕下／他们旋舞着愤怒，／旋舞着疯狂……[4]152

这是群体性的力量的聚集。而《他起来了》，则以同样的心理机制为基础，把作为个人反抗和复仇的力量源泉的死亡，推向了极端：

> 他起来了──／从几十年的屈辱里／从敌人为他掘好的深坑旁边
>
> 他的额上淋着血／他的胸上也淋着血／但他却笑着／──他从来不曾如此地笑过
>
> 他笑着／两眼前望且闪光／像在寻找／那给他倒地一击的敌人
>
> 他起来了／他起来／将比一切兽类更勇猛／又比一切人类

更聪明

　　因为他必须如此/因为他/必须从敌人的死亡/夺回来自己的生存[4]155—156

　　从再也无法逃避的死亡里,从自己的和敌人的鲜血交织而成的血泊里,中华民族获得了反抗和复仇的力量。死亡的压迫有多重,反抗和复仇的力量就有多强。这个从死亡中,从血泊中站起来的"他",正是在这个意义上,准确、形象地刻画出了我们这个民族在全面抗战初期的历史境遇。

　　在个体生命的意义上,艾青也不惜以主体的死亡为代价,捍卫自己在受难和献祭中获得反抗和复仇力量的强大决心。旧世界的毁灭、新世界的诞生和"我"的死亡三者,由此难解难分地纠缠在一起,构成了艾青所特有的一道诗学景观。最典型的是长诗《向太阳》的结尾:

　　这时候,/我对我所看见　所听见/感到了从未有过的宽怀与热爱/我甚至想在这光明的际会中死去……[4]219

　　在延安写下的《时代》,也体现了同样的情感:

　　我沉默着,为了没有足够响亮的语言/像初夏的雷霆滚过阴云密布的天空/抒发我的激情于我的狂暴的呼喊/奉献给那使我如此兴奋,如此惊喜的东西/我爱他胜过我曾经爱过的一切/为了他的到来,我愿意交付出我的生命/交付给它从我的肉体直到我的灵魂,/我在它的面前显得如此卑微/甚至想要仰卧在地面/让它的脚像马蹄一样踩过我的胸膛[4]553

　　此外,《太阳》《他死在第二次》《吹号者》等诗篇,同样表达了用

"我"的死亡作为献祭,来迎接新世界诞生的极端情感。在这些诗篇中,死亡变成了受难的最高形式,也变成了诗人自我肯定和自我建构的最高形式。

在诗人看来,既然土地上的一切生命,从"虫与花草",到作为"地之子"的人类,都无法摆脱土地的"死亡—复活"这个亘古不变的永恒轮回:

> 冷露凝冻了我们的胸膛/尸体腐烂在野草丛里/多少年代了/人类用自己的生命肥沃了土地/又用土地养育了自己的生命(《他死在第二次》)[4]278

那么,勇敢地面对和承受这个无法逃避的"自然的规律",也就成了一种积极的诱惑:在"自然的规律"面前那样渺小而卑微的个体生命,因为把被动的承受扭转成了主动的承担,"死在自己圣洁的志愿里",死在"民族的伟大的意志里"而获得了崇高的历史价值。被迫的、给定的"自然的规律"压迫之下的个体生命,变成了自我选择,自我建构的强大主体。一如个体生命的死亡无法被任何一种力量抹去,这样的信念,同样也不可能被任何一种力量抹去,而必将以大地一样永恒的姿态,屹立在这个世界上。死亡作为一种生存事实有多坚固,这样的信念就有多强悍。

就这样,从为了反抗"那些比我愚蠢的人"的嘲笑而离开"小小的村庄",前往"一个大都市"开始,艾青不断地逃离和反抗的背后,一直隐含着失败和屈辱经验的依恋,始终以受难者的姿态和故乡那"小小的村庄",和被凌侮、被剥削的"大堰河"站在一起,以此建构自觉的身份意识,获得反抗和诅咒的积极力量。这种受难型、而非积极向外的扩张型身份意识,让艾青从"地主的儿子"变成了"大堰河的儿子",变成了朴素的无产阶级左翼诗人;随后,又让他在中国抗战最艰难的岁月里,从弥漫着失败、灾难、屈辱的大地中获得了中国"永远不会灭亡"坚强信念，让他成为"艾青式"的忧郁的爱国主义诗人。

这个独特的受难型认同机制，不仅构成了理解艾青独特的精神历程和诗学景观的内在线索，也完整而生动地展示了"被迫现代化"的"现代中国"如何从失败开始，从失败和屈辱中获得强大力量，最终完成了民族国家的现代性建构的历史运作机制。反过来，诗人从"小小的村庄"带给他的个人经验出发，以大地的"死亡—复活"这个古老的原型模式来感知战争、死亡、民族国家等一系列宏大话语认同机制，也就成了重新思考现代中国国家意识、文学经验和历史欲望等重要话题的诗学入口。如果我们把发端于关于1990年代诗歌的讨论，随后又在不断地深化中与冯至、朱自清等人的写作和论述联系起来，拓展成为"当代写作一个绕不开的话题"的"中年写作"[12]，引申到以个人解放为目标的自由伦理，和以民族解放为目标的责任伦理这样一个更为开阔的话题上来，艾青这种受难型主体的自我意识和国家认同问题，或许还能超越近代中国被迫现代化的特殊历史境遇，成为一种普遍性的诗学元素。

注释

① 但如果把资本主义理解为一种与过去截然不同的新型社会生活秩序，联系到文化迁移过程中必然相伴而来的"文化震撼"，以及马克思和恩格斯早就注意到了的工人捣毁机器等"自发反抗"想象来看，有机的"主动现代化"，似乎反而是历史的例外，而非主导倾向。

② 据我所见，美国学人石静远（Jing Tsu）的《失败、民族主义与文学——现代中国认同的形成（1895—1937）》(*Failure*, *Nationalism*, *and Literature—The Making of Modern Chinese Identity*, *1985 - 1937*，Stanford University Press，2005)是其中最有理论自觉的一种。

③ 就本文所关心的话题而言,这种"社会科学"其实也是被现代性的生产方式发明出来的知识装置,一整套精致而复杂,更具"科学性"和魅惑性的话语体系而已。

④ 双尖山是诗人故乡的山,其1950年代的长诗《双尖山》有更翔实的描写与说明。

参考文献

［1］陶东风.社会转型与当代知识分子［M］.上海:上海三联书店,1999:6.

［2］艾青.艾青全集:第3卷［M］.石家庄:花山文艺出版社,1994.

［3］安东尼·吉登斯.现代性的后果［M］.田禾译.南京:译林出版社,2011.

［4］艾青.艾青全集:第1卷［M］.石家庄:花山文艺出版社,1994.

［5］马克思,恩格斯.共产党宣言［M］//马克思恩格斯选集:第1卷.北京:人民出版社,1972:255.

［6］胡风.吹芦笛的诗人［J］.文学,1937(2).

［7］杜衡.读《大堰河》［J］.新诗,1937(6).

［8］雪苇.关于艾青的诗［J］.中流,1937(5).

［9］艾青.谈杜衡［M］//艾青全集:第5卷.石家庄:花山文艺出版社,1994:16.

［10］钱理群,温儒敏,吴福辉.中国现代文学三十年［M］.北京:北京大学出版社,1998:559.

［11］段从学.《呼兰河传》的"写法"和"主题"［J］.中国现代文学研究丛刊,2014(7):1—13.

［12］方邦宇.诗的中断与诗的"中年":以冯至、闻一多、朱自清为中心的讨论［J］.江汉学术,2022(1):73.

新诗的出版与教育

"选本"之中的读者眼光

——以《新诗年选》（1919 年）为考察对象

姜　涛

摘　要：新诗作为一种实验的产品，就是要打破阅读与写作之间的成规性认同，呼唤一种新的"阅读程式"。以 1922 年出版的《新诗年选》为个案，可以探究出其编者对读者"阅读程式"的塑造意识是如何渗透到具体诗选的编辑策略当中的。《年选》评语所体现出的，则是另一种阅读的逻辑，即借用"传统"的权威，为新诗提供阅读上的参照。正是在阅读、评价标准的缠绕中，新诗的成立受到了两种冲动的约束：一是对既有的诗歌想象的冲击，在文类规范外追寻表意的可能；一是某种与传统诗艺竞技的抱负，即它要在白话中同样实现古典诗歌的美学成就，这造成了"新诗"合法性的基本歧义。

关键词：新诗；阅读程式；《新诗年选》；评价标准

在新诗的历史展开中，诗人写作与读者阅读之间的紧张，无疑是一种挥之不去的困境，并一次又一次激起批评、辩难的波澜。事实上，这一困境也由来已久，从新诗的发生之日起，在某种意义上，它就作为一种前提性的机制，暗中制约了新诗的历史。在讨论新诗与旧诗在接受方面的差别时，诗人吴兴华的一段话值得在这里引述：

（古典诗歌）拥有着数目极广，而程度极齐的读者，他们对于诗的态度各有不同，而对于怎样解释一首诗的看法大致总是一样的。他们知道什么典故可以入诗，什么典故不可以。他们对于形式上的困难和利弊都是了如指掌的。总而言之，旧诗的读者与作者间的关系是极其密切的。他们互相了解，写诗的人不用时时想着别人懂不懂的问题。读诗的人，在另一方面，很容易设想自己是写诗的，而从诗中得到最大量的快感[①]。

与古典诗歌相比，诗人与读者之间的这种融洽关系，在新诗的发生过程中却瓦解了。作为一种历史创生物，新诗本身就是一种实验的产品，所谓不用"陈言套语"，换一个说法，也就是要打破阅读与写作之间的成规性认同，呼唤一种新的"阅读程式"。

"阅读程式"是乔纳森·卡勒提出的一个概念，在卡勒看来，具有某种意义和结构的作品，之所以能够被读者当作文学来阅读，在于读者拥有一种"文学能力"，而这种"能力"是落实在一种无意识中的、基于"约定俗成"的"阅读程式"之上的[1]。对于某种新兴的文学体式而言，既有的"阅读程式"往往失效，在读者中建立一种崭新的、有效的"阅读程式"，是其成立与否的关键所在。在晚清新小说的浪潮中，一位署名无名氏的论者，就在《读新小说法》一文中敏锐地指出了这一点：

> 窃以为诸书或可无读法，小说不可无读法；小说或可无读法，新小说不可无读法。既已谓之新矣，不可不换新眼以阅之，不可不换新口以诵之，不可不换新脑筋以绣之，新灵魂以游之[②]。

"新小说不可无读法"，这一论断言简意赅，但切中了问题的要害。同样，"新诗"成立与否，也不只是写作和理论上的问题，它还是一个阅读上的问题，即能否在一般读者那里，形成一种有效的"读法"（"阅读程式"）。因此，新诗的"正统以立"，也就必然显现为一个"教化"和普及的过程，即少数新诗人和经验读者间的先锋性探讨，必须从"同人圈子"向外扩散，影响甚至塑造一般读者的阅读程式。当然，这一过程包括许多环节：现代"文学常识"的大规模介绍、新诗作品的广泛阅读、书报上的批评与争论、新诗集的序言，以及国文课堂上的教学实践，都有所贡献。本文尝试以1922年出版的《新诗年选》为个案，讨论对读者"阅读程式"的塑造意识，如何渗透到具体诗选的编辑策略当中。

自古以来，诗文的编撰、成集，一方面有积累、保存和流传的功能，另一方面也暗中完成着价值的估定和经典的塑造，"孔子删诗"是这一传统最古老的象征。对于初创的新诗来说，这种自我拣选、自我经典化的努力从一开始便存在，仅在1920—1922年的两年之间，就出现了四种新诗选本：1920年1月上海新诗社出版的《新诗集》（第一编），1920年8月上海崇文书局出版的《分类白话诗选》，1922年6月上海新华书局出版的《新诗三百首》，以及1922年8月上海亚东图书馆出版的《新诗年选》（1919年）。其中，《新诗集》不仅是第一部新诗选，其实也是新诗史上最早的出版品，在序言中，编者就这样写道："我们还记得从前学做老诗的时候，什么《千家诗》《唐诗三百首》……都要念熟，总能试作。"③后来的《新诗年选·弁言》也提道："自从孔子删诗，为诗选之祖。"从《诗经》到《唐诗三百首》，将新诗选本置于这样的历史线索中，无非是暗示，新诗"选本"也会像古老的经典一样，奠定后来人们对"新诗"的想象。

当然，实际的历史功效并不一定与编者的期待吻合，不同的选本之间，也存在精粗、优劣之分。最早出现的《新诗集》《分类白话诗选》似乎都力求完备，采用写实、写景、写情、写意的分类，意图全面展示新诗最初的实绩，譬如，由许德邻编选的《分类白话诗选》（又名：《新诗五百首》），选诗232首（并非500首），诗人68家，阿英曾言："此集为初期新诗之完备的选集，各主要杂志，主要报纸上的著作，网罗靡遗。"[2]296 然而，由于作品收集的庞杂，选家的目光反而不够鲜明，朱自清后来就说，这两个选本"大约只是杂凑而成，说不上'选'字；难怪当时没人提及"[3]379。相比之下，由"北社"策划的《新诗年选》，则是一个较为精当的选本，不同于单纯的抄录：一方面在数量上"瘦身"，只选诗90篇，诗人40家；另一方面，在诗作之外，还有编者撰写的评语和按语。阿英说："中国新诗之有年选，迄今日为止，也可谓始于此，终于此。北社编辑此书，颇是慎重，逐人均有按语。"[2]对前两本诗选颇为轻视的朱自清，对此集也十分看重，认为它"像样多了"："每篇注明出处，并时有评语按语。"[3]不难看出，《年选》诗后的评语、按语，引起了阿英、朱自清二人共同的关注，这似乎是《年选》的价值所在。评语、按语，执行的功能是有所不同的：按语的署名都为编者，主要是和交代诗歌的编选、删改情况，起到一般性的说明作用；而评语则有具体的署名，四位评者分别是愚庵、溟泠、粟如和飞鸿，作用在于具体诗人、诗作的评价和解读。前者，可以说是编者身份的体现；后者，则传达了编者"北社"成员的另一种身份认定。

《新诗年选》的编者，实际上是康白情以及应修人等一批年轻的新诗人，1922年5月2日，应修人在写给潘漠华、冯雪峰信中说："白情信上说的《新诗年选》，第一期稿已将到上海，一切当予静之说，请勿外扬。"[4]知情人似乎只有湖畔诗人和他们的老师朱自清④。如此隐秘，不仅体现了选诗者态度的审慎，对于身份的敏感恐怕也包含其中：诗人选诗难免会留下"戏台里叫好"的口实，署名"北社"，与这种顾虑或许也不无关联。据《新诗年选》后附录的《北社的旨趣》一文，所谓的"北社"发起于1920年，主要由喜欢鉴赏文艺的同志组成，成员包括教育家、学生、公司职员、记者等，其宗旨是一个读书的社团，并将读书的结果发表出来："北社重在读书；而读书是为己的，不是为人的。有时候也把读书的结果，总括的发表点出来。"[5]换言之,四位评者同时又是四位"经验读者",他们的目的是要将自己的"阅读"发表出来,从这个角度看,《年选》执行的功能,恰好体现在"经验读者"对一般读者"读法"的影响和塑造上。编者与读者身份的重叠,"选"与"读"的结合,应是《年选》的特色所在。选家的眼光,主要体现在作品的选择上,按语的功能只是辅助性的,而体现读者旨趣的评语,则更突出地体现了新诗阅读的某种内在歧义。

《年选》中的评语一共有 36 条,四位评者各自的份额为愚庵19 条、溟泠 10 条、粟如 3 条、飞鸿 4 条。据胡适的说法,愚庵就是康白情[6],从评语数量上看,他在其中所占的绝对主导作用,不言自明,其他三人大概是参与编选的湖畔社诗人。如果仔细分析,四位评者(读者)的声音在《年选》中交替起伏,虽然在相同中又有差异,构成一种微妙的"混响"效果,但某种评价的焦点还是相对集中的。

具体来说,36 条评语大致指向以下几个方面:第一类是随意写下的阅读感受,或是印象式的风格把握,或是对诗的主题、背景作简要评述,在评价上没有鲜明的倾向性,目的都在为读者提供"阅读"的门径:如飞鸿评李大钊的《山中落雨》:"此诗音节意境,融成一片,读者可于言外得其佳处。"[5]64 如作简单归纳,这一类评语大约有 14 条。另一类侧重于"新诗"特殊品质的解说,推重具体、清新等新的美学可能。如溟泠评傅斯年的《老头子和小孩子》:"这首诗的好处在给我们一种实感,使我们仿佛身临其境",认为其创造力"更有前无古人之慨"[5]187。评价虽然有点夸张,但显然是为了向读者解说新诗的"新异"所在,这一类评语有六七条左右。

上面两类评语,大都针对作品的本身,没有过多的展开环节,与之相比,第三类评语的思路更令人关注,即在与古典诗歌或外来资源的比较中,寻求"新诗"的价值定位。许多评语都主动将古典诗词的美学成就,当作新诗评价的主要参照系,予同的《破坏天然的人》让粟如联想起李清照的词调[5]20，溟泠认为傅斯年的《咱们一伙儿》与屈原的《九歌》异曲同工[5]190。这一点在愚庵（康白情）那里，表现得最为突出，他的 19 条评语中，除少数几条对诗歌主旨发表感想外，大部分都依照上述思路展开：评玄庐的《想》一诗，他说："读明白《周南》的《瘝！》，就认得这首诗的好处了"[5]29；称赞周作人《画家》"具体的描写"时，也作大幅度跳跃："勿论唐人的好诗，宋人的好词，元人的好曲，日本人的好和歌俳句，西洋人的好自由行子，都尚这种具体的描写。"[5]86 这种"读法"，目的十分明确，无非是要为"新诗"接受找到合法的参照，将新诗的追求放大成为普遍的价值。这是从美学效果上着眼的，另一种比较则试图发掘新诗中传统的延续，譬如沈尹默"大有和歌风，在中国似得力于唐人绝句"[5]55，"俞平伯的诗旖旎缠绵，大概得力于词"[5]109，"康白情的诗温柔敦厚，大概得力于《诗经》"[5]154。这些说法被后来的文学史家屡屡引用，当作新诗中传统价值的明证。然而，相对于具体的结论，更值得关注的是这些评语的功能，在传统的线索中的谈论新诗，在表达某种美学认识外，目的在于以传统为阅读参照，以便帮助读者辨识新诗的价值，换而言之，它指向的主要是诗歌的阅读。

如上文所述，既有阅读程式的失效，造成了新诗接受的某种困境，但《年选》评语所体现出的，则是另一种阅读的逻辑，即借用"传统"的权威，为新诗提供阅读上的参照，对新诗历史合法性的追求也包含在其中，从某种意义上说，这也是一个新的"读法"。无论是"断裂"的鼓吹，还是对"延续"的强调，曾是新诗史上争论不休的话题，其实从总体上看，对于一种反叛性的历史创造，上述两种话语，都是新诗在自身合法性和独立性寻求中，产生的不同的技术方案⑤。这样一来，某种历史宿命也随之发生，即无论是"断裂"还是"延续"，新诗的形象，必须是在传统文类规范的参照中，才能得到辨认，由此带来了矛盾，也折射了《年选》提供的"读法"中。

作为一个评诗的读者，普遍的阅读趣味自然是愚庵的标准，在自评时就说"其在艺术上传统的成分最多,所以最容易成风气";但作为一个热衷"新诗"实验的诗人,他又不得不对公共习见以外的"尝试",抱有充分的同情和期待。在评价自己"浅淡不及"的胡适时,他说胡适的诗以说理胜,然而说理"不是诗的本色,因为诗元是尚情的。但中国诗人能说理的也忒少了"[5]130。"本色"的期待与写作的追求,在句中造成了前后的断裂。说到自己"深刻不及"的周作人时,矛盾语调也暗藏其中:"他的诗意,是非传统的;而其笔墨的谨严,却正不亚于杜甫韩愈。"[5]80一为普通读者的代表,一为观念激进的新诗人,两种角色交织一处,身份的歧义形成表达上的悖谬、盘曲,但评者自身的态度还是勉强地表达了出来,在承认"大抵传统的东西比非传统恶毒容易成风气"的同时,愚庵也强调"各发展其特性,无取趋时"的重要性,因为"若干年后,非传统的东西得胜也未可知"[5]90。比起另外三位评者,《年选》中愚庵的声音尤其暧昧、丰富,复杂性与其说来自传统/现代之间的对话,毋宁说是"读者"与"作者"两种身份,普遍的"阅读"与新锐的实验之间的碰撞。

这种矛盾状态,在许多新诗人身上都有显现。新诗作为历史的创生物,是对另一种美学可能的追寻,但既有的诗歌"期待"仍是其阅读的前提,这就形成了某种"标准"的错位。胡梦华曾对胡适等人整理旧文学的态度,提出过异议:"用白话的标准去估量诗词歌曲的价值,以为白话化的程度越高,这作品的价值越大,那就失去了评量艺术的正当的态度了。"⑥用"白话的标准"去估量古典文学,自然有不正当之嫌,同样,用旧诗的标准前提去衡量新诗,也忽视了两者表意体系的差异,在某种意义上,这种"错位"一直贯穿在新诗的历史评价中。

然而,正是在阅读、评价标准的缠绕中,新诗的成立,受到了两种冲动的约束:一是对既有的诗歌想象的冲击,在文类规范外追寻表意的可能;一是某种与传统诗艺竞技的抱负,即它要在白话中同样实现古典诗歌的美学成就,这就造成了"新诗"合法性的基本歧义。这种歧义不仅抽象地存在于构想之中,它还会具体化为诗歌作者与读者间期待的矛盾:当诗人要求特殊的可能性,读者更欢迎熟悉的品质。在一般的论述中,某种妥协(或言融合)似乎是值得鼓励的倾向,有关传统与现代、新与旧相互融合的诉求,也是新诗史上最具势力的一种话语。但写作自身的扩张,与阅读期待的矛盾,又在内部反复发生。这也就是《年选》中评诗者的处境。

作为一个参照,另外一些阅读实践,却体现出不同的逻辑,俞平伯对朱自清《毁灭》一诗的阅读,就是一个代表。在《读〈毁灭〉》一文中,他提出了这样一种评价标准:"我们所要求;所企望的是现代的作家们能在前人已成之业以外,更跨出一步。"而"以这个论点去返观新诗坛,恐不免多少有些惭愧罢,我们所有的,所习见的无非是些古诗的遗脱译诗的变态",当不起"新诗"这个名称。这种要求,显然已将"新诗"成立的合法性,放在了"新"的审美空间的开拓上。有意味的是,此文也不断将这首长诗《毁灭》与《离骚》《七发》等古诗比较,但目的不在建立其间连续性的同一,而是说明不同和差异,认为"这诗的风格意境音调是能在中国古代传统的一切诗词曲以外,另标一帜的"[7]。在俞平伯的"读法"里,"新诗"是不能由既有的诗歌规范来评判的,相反,他所关注的恰恰是"另标一帜"之处。朱湘在评价郭沫若时,更是将这种标准推进一步,说郭沫若的诗歌贡献"不仅限于新诗,就是旧诗与西诗里面也向来没有见过这种东西的"⑦。这一判断准确与否暂且不论,但它却揭示了新诗史上另一种话语,即无论"新诗"与传统诗歌或西方诗歌的资源间有多少千丝万缕的影响、渗透关系,其根本的历史合法性以及阅读程式,还是要靠自己来提供。

注释

① 吴兴华:《现在的新诗》,原载《诗论》,夏济安编(台北:文学杂

志社,1959 年版);转引自奚密:《诗的新向度:从传统到现代
的转化》,唐晓渡译:《学术思想评论》第十辑《在历史的缠绕中解
读知识与思想》,长春:吉林人民出版社,2003 年版,第 415 页。

② 原载 1907 年《新世界小说月报》第 6、7 期;转引自王运熙主编,
邬国平、黄霖编:《中国文论选·近代卷》(下),南京:江苏文艺
出版社,1996 年版,第 144 页。

③《吾们为什么要印〈新诗集〉》,《新诗集》,上海:上海新诗社出版
部,1920 年 1 月版。

④ 应修人在 5 月 11—13 日的信中说:"年选第一期已到,是 1919
年的,所选不多,大半后续短评",并请漠华说给朱先生。参见
楼适夷编:《修人集》,杭州:浙江人民出版社,1982 年版,第
215 页。

⑤ 这种逻辑是有普遍性的,20 世纪文学史上的诸多运动(即种种
"主义"),均是为了从整体上表现过去与未来的对抗关系而设
置的技术纲领。参见斯班特:《现代主义是一个整体观》,袁可
嘉主编:《现代主义文学研究》,北京:中国社会科学出版社,
1989 年版,第 157 页。

⑥ 胡梦华:《整理旧文学与新文学运动》,《学灯》第 5 卷 2 册
10 号。

⑦ 朱湘:《郭君沫若的诗》,《中书集》,北京:中国文联出版公司,
据生活书店 1934 年初版排印,第 193 页。

参考文献

[1] 乔纳森·卡勒.结构主义诗学·文学能力[M].盛宁译.北京:
中国社会科学出版社,1991.

[2] 赵家璧,阿英.中国新文学大系·史料索引[M].上海:良友
书出版印刷公司,1935:296.

[3] 朱自清.选诗杂记[M]//朱乔森.朱自清全集:4 卷.南京:江

苏教育出版社,1996：379.

［4］楼适夷.修人集[M].杭州：浙江人民出版社,1982：214.

［5］北社.北社的旨趣[M]//新诗年选.上海：亚东图书馆,1922.

［6］胡适.评新诗集《草儿》[J].读书杂志,1922,(1).

［7］俞平伯.读《毁灭》[J].小说月报,1923(8).

——原载《江汉大学学报(人文科学版)》(现《江汉学术》)2005年第3期：8—11

论 1960 年代以来的台港新诗教育

林喜杰

摘　要：新诗自产生起就与现代语文教育的进程息息相关，语文教育的改革是新诗依靠的重要制度力量，学生对于新诗的集体印象更多来自语文课本。新诗教育的普及问题，台湾、香港地区由于历史和语言的原因，相对于大陆新诗教育情况有所不同。台湾、香港诗歌创作是新诗的有机整体，台湾、香港诗歌进入教育建制，也是对当代文学观念的有效建构。台湾、香港的新诗教育的探索，像一项"改造工程"，不但要改变教师和学生以往持有的新诗的观念，甚至有意对整个海外中文教育结果作出有效的修正。

关键词：语文教育；新诗教育；课程改革

在整体语文教育体制和文化氛围里，新诗面对着一个颇为奇怪的困境。一方面它被视为太艰深晦涩，精英味太浓；另一方面它又被视为太简单通俗，显得肤浅。太艰深晦涩，是因为它和我们所熟悉的古典诗词差异太大，不容易解读；太简单通俗，大众的理解是只要会说汉语，皆可写新诗，或是由于它似乎不要求深厚的文化素养或专业的文学知识和语言训练。新诗作为 20 世纪中文诗歌的代表，此一情势已然确立。所以，新诗要确立其地位，必须培养一个能够接受和欣赏此种书写形式的读者群。大陆语文教育中有关新诗教育的问题近年来多有讨论和见解。台、港、澳的中文教育都是汉语教育的组成部分,澳门用大陆语文教材或者香港语文教材,仅有个别学校自己编写语言文学课本,新诗教育目前还不太突出。台、港新诗创作对新诗发展的影响很大,所以了解台、港的新诗教育情况,有利于展现汉语新诗教育的整个面貌和图景。

一、新诗教育背景

汉语诗歌教育最终是一种语言的教育,通过语言到达审美教育。台湾、香港新诗教育都是特殊语境下的汉语语言教育。基于特殊的语言文化背景,台湾和香港的中文教育带有很浓厚的政治色彩。台湾由于历史上的原因遭受日语的强势压力,1949年国民政府全面撤退来台后,所谓"国语运动"更成为巩固政权的根本。全面禁止日语并同时压抑其他母语的过激手段,"讲一句,罚一元"的惩戒手段,在基础教育的阶段被严格执行。由于语言的原因,新诗进入台湾教育体制是从1960年代开始。另一方面,台湾岛屿的环境,除了丰富的原住民文化之外,又融合了华夏、欧洲、日本和美国等多样元素。许多诗人通晓两种或多种文字:中文、英文、日文是目前台湾最普遍的语言。双语或多语的诗人轻松又自信地跨越语言的界线,向其他传统的文学、音乐、艺术、哲学或宗教汲取源源不断的灵感和资源。因此,台湾新诗的教育资源十分丰富。[1]

香港受重英轻中语言政策和社会上讲求现实的功利思想影响,教学语言成为一个严重问题。1960年代以后,英文中学的数目逐渐增多,中文中学逐渐减少。至1990年代90%以上的中学生接受非母语教学,给香港教育带来很大的损失,接受中国文化熏陶的机会大大减少。在课堂上中英混杂授课,造成学生既学不好英语也学不好中文。相当长的时期新诗在语文教学中没有位置。

在整个汉语教育圈里,古典诗歌教育一直好于新诗教育。台湾的古典诗歌传统始终不曾中断,在社会上一直受到高度的推崇。直到 1950 年代初,新诗和旧诗的地位仍悬殊。在《现代诗季刊》第二期的社论里,纪弦发出这样的感慨:"旧诗在朝,新诗在野。"在台湾认为自从纪弦主编《现代诗》,成立"现代派"后,"现代诗"在台湾已被"确定为新诗的通称"[2]。香港在长期的殖民背景下,古典诗词作为民族文化的象征,还是得到了良好的发展。

新诗体现的是迥异于古典诗的新美学典范,新诗用日常语言写作,写的是眼前世界的种种感情和事物。所以,语言紧紧追随生活的流动和地区用语的变化。新诗比起白话散文来更需要老师的引导,学生才能熟悉新诗的语言。近些年随着大范围内的新课程改革,台湾、香港都开始重视新诗教育,但是存在的问题很多。

二、新诗选篇

中学生第一次接触新诗,大概都是从中学课本上的指定作品开始。台湾 1950 年代以降至 1980 年代,教科书均是"国定版",在义务教育的"国小""国中",免费供应教科书,以便管控教育内容。这一时期台湾新诗在教材中的反应并不明显。台湾高中"国文教材"在 1984 年初版、1994—1997 年版的编本中,只录有郑愁予的《错误》和林泠的《不系之舟》两首新诗。

初中"国文教材"历年选诗情况如下[3]:

《鹅銮鼻》(余光中)、《狮子》《月夜》(胡适)、《乡愁四韵》(余光中)、《自然的微笑》(刘大白)、《负荷》(吴胜雄)、《只要我们有根》(王蓉芷)、《小云周岁》(施善继)、《一只白鸟》(王志健)、《竹》(陈启佑)、《金门四咏》(李孟泉)、《新疆》(罗家伦)、《谒黄花岗》(于右任)、《志未酬》(梁启超)、《台湾杂志诗二首》

（梁启超）、《水稻之歌》（罗青哲）

所选之诗自是名家名篇，但大多数不是诗人的最优秀之作，而是从道德涵养和励志的角度考虑。

台湾教材放开民间编辑的速度缓慢，自从1996年开放教科书版本后，每年放开一个年级，这是保护既得利益者的官僚作风。打破原来由"国立编译馆"统编教材，各版本选录新诗比例都大幅度增加了。

九年一贯七、八年级国文新诗选录情况①：

《育成》（光复）、《夏夜》（杨唤）、《阿爹的饭包》（向阳）、《泥土》（吴晟）、《老鸦》（胡适）、《车过枋寮》（余光中）、《小小的岛》（郑愁予）

南一A版：《夏夜》（杨唤）、《老鸦》（胡适）、《鸭》（守真）

南一B版：《夏夜》（杨唤）、《老鸦》（胡适）、《麻雀》（李魁贤）、《春回凤凰山》（向阳）、《嫩叶》（陈秀喜）

康轩版：《夏夜》（杨唤）、《负荷》（吴晟）、《车过枋寮》（余光中）、《黄昏时》（詹冰）、《风筝》（白灵）

翰林A版：《菊》（蓉子）、车过枋寮（余光中）

翰林B版：《夏夜》（杨唤）、《眉》（商禽）、《风筝》（白灵）

"国编版"：《夏夜》（杨唤）、《车过枋寮》（余光中）、《伞》（蓉子）、《射手》（梁云坡）、《小小的岛》（郑愁予）

"国编版"选修本全三册：《老鸦》（胡适）、《鸭》（守真）、《一个小农家的暮》（刘半农）、《ㄇㄚ·ㄇㄚ》（林彧）、《再别康桥》（徐志摩）、《五衣词》（杨令野）、《水稻之歌》（罗青）、《一枚铜币》（余光中）、《一盏小灯》（文晓村）

高中部分（各版本）[4]：

三民：《错误》（郑愁予）、《七尺布》（苏绍连）、《寻李白》（余光中）、《碑》（李魁贤）

大同资讯：《错误》（郑愁予）、《梦与诗》（胡适）、《等你，在雨中》（余光中）、《雕刻家》（纪弦）、《立场》（向阳）、《冷热饮贩卖机》（苏绍连）、《成长》（冯青）

正中：《再别康桥》（徐志摩）、《吹箫者》（覃子豪）、《成都行》（余光中）、《水墨微笑》（洛夫）

龙腾：《错误》（郑愁予）、《再别康桥》（徐志摩）、《番薯地图》（吴晟）、《恢复我们的姓名》（莫那能）、《十四行集之十六》（冯至）、《港》（方思）

翰林：《错误》（郑愁予）、《再别康桥》（徐志摩）、《白玉苦瓜》（余光中）、《坤伶》《乞丐》（痖弦）

南一：《错误》（郑愁予）、《一棵开花的树》（席慕蓉）、《土》（吴晟）、《立场》（向阳）、《茶的情思》（张错）、《麦当劳午餐时间》（罗门）

台湾高中教材各版的新诗，其选材有差异，亦有其共同特色：台湾教材新诗入选的基本上是岛内著名诗人作品，大陆诗人也只限于 20 世纪二三十年代的重要诗人作品。除注重乡土诗的阅读，也注重充满现代感、现代形式的"现代诗"，而对于贯穿古典诗、现代诗的"抒情"流脉，更是各家版本所必选。其中又以徐志摩《再别康桥》、郑愁予《错误》为代表。国、高中均没有选录外国诗歌，台湾英文诗歌原文选在英语课本里。

香港目前有多家出版社出版语文教科书如昭明、启思、星河、长河、燕京、长春、伟文、文达、龄记、麦美伦、现代教育研究社和香港教育图书公司，历年进入教材的新诗情况[②]：

《再别康桥》（徐志摩）、《我是一条小河》（冯至）、《雨巷》

（戴望舒）、《死水》（闻一多）、《致橡树》（舒婷）、《答客问》（臧克家）、《柚子三题》（王良和）、《听陈蕾士的琴筝》（黄国彬）、《凉衣竹》（胡燕青）、《珍珠项链》（余光中）、《几片碎瓷》（钟伟民）、《画卷》（木斧）、《紫荆赋》（余光中）、《给苦瓜的颂诗》（也斯）、《乡愁》（余光中）、《漂给屈原》（余光中）、《与李贺共饮》（洛夫）、《错误》（郑愁予）、《水果族》（也斯）、《水巷》（郑愁予）

香港新诗的选材重视名家经典之作，对新月派、现代派、朦胧诗和台湾现代诗歌比较关注，并且也选录当地优秀诗人的作品，王良和、黄国彬、胡燕青都是当下著名的香港中青年诗人、学者。

集中看近年来香港中学的选诗情况，香港1990年中学《中国语文科课程纲要》精读教材只选了七首新诗[5]：

中一：《纸船寄母》（冰心）、《早晨，好大的雾呵》（傅仇）；中二：《雨说》（郑愁予）、《采莲曲》（朱湘）；中四、五：《也许》（闻一多）、《再别康桥》（徐志摩）、《听陈蕾士的琴筝》（黄国彬）；中七：《白螺壳》（卞之琳）、《成都，让我把你摇醒》（何其芳）、《雪落在中国的土地上》（艾青）

所选绝大部分是格律诗，其中新月派占三首，几乎接近一半，这种格律诗的选材倾向，反映选诗者对新诗的保守观念；另一方面也可能考虑到中学老师对新诗的接受程度。只熟悉某种形式的诗歌，由于视野所限，一遇到形式不同，表达手法大异的新诗，往往感到阅读困难，不利于提升理解和欣赏能力。最明显的实例是《听陈蕾士弹琴》入选1991年的中学中国语文新课程，成为中四会考范文。诗中大量运用拟人、比喻、通感等修辞手法，通过一连串联想的视像，摹写琴音的变化，表达琴声的感受。由于目前对新诗的研习准备不足，教师和学生都感到晦涩难懂，令学生对新诗变得抗拒

甚至讨厌,自此以后也再不会主动接触新诗。课程纲要中指定的
《听陈蕾士弹筝》给香港新诗教育带来巨大的负面影响,该负责的
是选诗的人,他们选了一首不适合做教材的诗做教材。由于中学
课程的选诗和老师的态度及视野问题,课本上所选取的新诗,似乎
不但未能引起同学对现代诗的兴趣,甚至摧毁了产生兴趣的可能。

三、新诗考试与教师教学态度

新诗推广不成功除了语言背景的问题还有教育制度的问题,
在中学阶段,学生对文学的界定已产生一种根深蒂固的看法——
为应付考试。由于台湾、香港行的是填鸭式的教育制度,课程都是
以考试为主,故此从小学开始,学生对新诗的概念非常模糊。

新诗进入基础教育考试是对其地位提升的重要方式。台湾自
从 1997 年的大学联考开始以新诗作为阅读测验的题目,题目的设
计常常在新诗常识、新诗欣赏上。大型考试如大学联考、学科能力
测验、联合模拟考中的新诗考题,则是以考课外的新诗为主,尤其
是开放版本之后,这种趋势更加明显。比如 1997 年大学联考是冯
至的《蛇》,就是非课内的新诗范文。其后出现的许多课外新诗的
考题,以新诗来命题的作文题型,1998 年大学联考作文借助郑愁
予的《错误》写关于"等待"的作文:郑愁予《错误》有诗云"那等在
季节里的容颜如莲花的开落"。等待的心情也许平静,也许焦躁;
等待的滋味也许甜蜜,也许苦涩;等待的过程也许短暂,也许漫长;
等待的结果也许美好,也许幻灭。凡人都有"等待"的经验,请以
"等待"为题,写一篇文章,内容至少应包括:等待的对象(人、事或
其他)、等待的过程、等待的心情、等待的结果……这是第一次以新
诗为题材的大学联考作文题目。

台湾大学 1998 年联考新诗试题:

下列是一节现代诗,请依诗意选出排列顺序最恰当的选项( )。

长夏山水,山深如古钟

这一带山间有一位隐士(甲)

把廊外一排排高肃的古松(乙)

他来时长袖翩翩地飘摆(丙)

要多少寂静才注得满呢/这样浑圆的一大口空洞(丁)

不经意轻轻地抚弄弄响了千弦的翡翠琴

A. 甲乙丙丁;B. 甲丙乙丁;C. 乙丁甲丙;D. 丁甲丙乙

答案:D

香港新诗主要为了中学会考,对古典诗词比较重视,每年会考都会出古典诗词,而新诗却是隔年出,主要考查艺术手法。

台湾、香港教师上课的主动权比大陆的教师大,教师对新诗的态度和认识不够,也是新诗教学的一个障碍。台湾教师课堂讲授比较重视文本艺术特点分析,收集各种资料,从诗人写作背景、文本的艺术特点分析、诗歌潮流等入手讲解,将其课堂内容尽可能丰富。但是课业和考试的压力使中学教师无暇从容考查学生对新诗的感悟和理解。

台湾小学和大学都设有诗歌写作教学课程,小学里设童诗写作课,中学里不单设新诗写作,教不教学生写新诗全凭教师对新诗的兴趣和理解程度。通常是从诗歌构思方面进行思维训练,造句练习式的教学法并不可取,新诗写作教学必须摆脱语言游戏的仿写阶段,从语言、修辞层面入手学习新诗方面更为有益。

香港严肃文学在商业社会中艰苦挣扎却是事实,各类文体中,诗歌的境况最差。香港教师的对新诗态度不屑导致剥夺了学生们视野的机会。诗人王良和感叹"笔者当了八年半中学教师,由于自己对新诗的偏爱,颇鼓励学生写新诗,且认为在香港的中学(即使是第五等)推动新诗创作并非不可为：当中最大的困难，是力量单薄——很多中文教师都不喜欢新诗，他们自有一套新诗的观念"[6]。很多中学老师，往往只能用闻一多的三美说（建筑美、绘画美、音乐美），向学生解说新诗，指引欣赏新诗的途径。香港中学教师对新诗的态度更重视古典诗歌，认为新诗随便写就好，对新诗怎么教学不清楚。新诗课堂学生自己看，对闻一多、徐志摩的新诗稍微好一点。有些老师会教读英文诗歌，每学期读一本外国诗歌选。

四、解决方法及对策

1. 诗歌界与教育界的沟通

香港《呼吸》1998 年 6 月第五期专辑：《诗与教育（一）（二）》，《诗潮》2002 年第 3 期开辟《诗教专辑》，台湾《台湾诗学季刊》第 8 期曾做过《新诗教学经验谈》专题，新诗的教法确实是一个令人苦恼而又极具挑战性的话题。新诗研究学者黄粱认为"新诗教育第一要义大概就是不能把诗等同寻常文章来对待，作诗如作文，写诗读诗还有什么乐趣而言！"[7]转变教师对新诗的态度是新诗教学的关键，这一步需要重新考虑。诗人学者胡燕青认为"文学界常常责怪教育工作者不读书，其实这多出于误解。老师常看的书，例如教育学、辅导学作品，文学界未必会看，文学界视为经典的必读书，也未必能够列入老师的阅读优先序。文学界最好能够对开放肯学的老师提供新诗教学上的各类支援——例如开设工作坊，提供解读、欣赏和写作新诗的指导，把中文教师带入新诗的领域——最理想的是使他们成为诗人（或诗的创作者）；退而求其次，是帮助他们欣赏、研习新诗"[8]。所以，从长远看，师范大学的中文系应该设立新诗写、读课程，从根本上培养教师"如何教授新诗"这样的问题。目前香港、台湾的一些大学都开设新诗选修课。

开设中学教师新诗研习坊已经成为香港新诗教育的推广行为之一。文学编辑关梦南的《中学教师新诗研习坊——往校园推广新诗的一个梦》计划获得香港艺术发展局的资助,服务八所中学。备有专门的新诗教材,深入中学与教师们讲述欣赏新诗的几种方法、谈创作及欣赏新诗的经验。香港新诗的课外研习读物,有《现代中国诗选:1917—1949》《中国新诗选》《现代中国诗选》《香港近五十年新诗创作选》等。[9]

台湾知名诗人萧萧、白灵多年坚持推广新诗教育。萧萧本人也是诗人兼中学教师,被痖弦称为"新诗总教练",足以表现出他新诗教育所下的力度。他的新诗创作方法是限定三分钟"随幻想法"。其著《现代诗创作演练》,自1991年出版到2000年已销售六版,这是相当难得的成绩。台湾和香港之间关于新诗教育交流比较多,研究者将新诗的课外教育书籍分成几组[10]:

(一)方法研究组。渡也:《新诗补给站》(台北:三民书局,1995),萧萧:《现代诗游戏》(台北:尔雅出版社,1997)、《现代诗入门》(台北:故乡出版社,1982),杨昌年:《现代诗的创作与欣赏》(台北:文史哲出版社,1991)

(二)阅读策略组。黄维樑:《怎样读新诗》(香港:学津书店,1982),尹肇池等编:《中国新诗选》(香港:海山图书公司,1983),罗青:《从徐志摩到余光中》(台北:尔雅出版社,1978),胡燕青:《小丘初夏》(香港:新穗出版社,1987)

(三)通识教育组。林以亮:《林以亮诗话》(台北:洪范书店,1976),里尔克著、冯至译:《给一个青年人的十封信》(北京:三联书店,1994),杨牧:《一首诗的完成》(台北:洪范书店,1989)

2. 中学课外的诗歌学习活动

香港每年有4个校际比赛性质的艺术性课外活动,中小学生都可以参加,1948年开始举办学校朗诵节,分中英文诗词、散文、剧本节录、演讲等项。很多中学生对诗歌的最初印象是来自此。[11]香港中文社团的征文比赛极多,但是新诗的比赛极少,除了青年文学奖和中文文学奖,前者新诗适合中学生参加,后者不分年龄界限,奖金丰厚,老手云集,水平甚高,中学生极难染指。所以间接鼓励中学校长开设"诗作坊"一类的课外活动很有益。

台北市政府倡导校际大型诗歌朗诵比赛(台北"国中",如中正、敦化、大安、再兴中学等),创办校园刊物台北建国中学《建中青年》、师大附中《附中青年》、台北一女中《北一女青年》等。创作比赛有政府倡导教育部行之有效的文艺创作奖,产生过许多诗人。新诗教育在台湾还有一些体制外的活动,如新诗函授班、文艺营之类,不外乎邀请诗人作专题演讲,不同的文艺营活动也类似。最大的功能大概是容易结识同党,毕竟写诗这回事仍然还是文学社区中的小小异端。[12]

台湾、香港诗歌创作是新诗的有机整体,台湾、香港诗歌进入教育建制,也是对当代文学观念的有效建构。台湾、香港的中文教育研究者、诗人、诗歌研究者对新诗教育所下的力度很大,课程发展处、教协等机构常常邀请时任教授以中文科的教师为对象的新诗创作课程,鼓励老师创作,通过实践深化对新诗的认识;校际成立联校"诗作坊",教师和学生都可以进行新诗写作;新诗教材多样化趋势,鼓励教师考虑一些有生活感,具本土色彩和口语节奏的自由诗作教材,扩大学生的阅读面;台湾、香港尽管新诗教材有所改变,但是新诗教材还需扼要的旁注与教学参考资料,新诗教材的参考书编撰规范合乎新式教学的规律也是问题。就整个汉语教育圈来看,中学生对新诗的感受性差,大抵是源于新诗教育的迟滞僵固,是整个语文教育中应被诟病的一环。制式教育的语文教材取向偏重基础语言教育,轻忽文学教育,而基础语言教育往往是以道德取向、意识为主。目前,整个新诗教育还处在探索时期,还需要诗歌界和语文教育界的共同努力。诗教是"修习"本民族语言的最好方式之一,因为青少年时期的生命历史只是一个纯粹的语言积淀时期,人们借助听觉与视觉思维的合作,感知母语,感知生活历史意义。诗是语言艺术的最高形态,一国语言的精微、气势、情韵、色彩、节奏、巧妙等因素,大多在诗中才可以得到充分发挥和完美统一。台湾、香港的新诗教育的探索,像一项"改造工程",不但要改变教师和学生以往持有的诗的观念,甚至试图对整个海外中文教育结果作出有效的修正。

注释

① 宋裕等:国民中学国文(1—2 册),台南:翰林出版事业股份有限公司,2003—2004 年版;国立编译馆:国文(1—4),台北:"国立编译馆",1997—1999 年版;张文彬等:国民中学国文(1—4),台南:翰林出版事业股份有限公司,2002—2004 年版;庄万寿等:国民中学国文(1—4),台南:南一书局企业股份有限公司,2002—2004 年版;杨昌年等:国民中学国文(1—4)[M],台北:育成书局企业股份有限公司,2002—2004 年版;董金裕等:国民中学国文(1—4)[M].台北:康轩文教事业股份有限公司,2002—2004 年版。

② 由香港教育学院中文系讲师王良和统计。

参考文献

[1] 奚密.导论[M]//二十世纪台湾诗选.北京:中国社会科学出版社,2003.

[2] 叶珊.写在《回顾》专号的前面[J].现代文学(台北):诗专号,1972,3(46).

[3] 教育部人文及社会科学教育指导委员会.选文研究:中小学国语文选文之评价与定位问题[M].台北:三民书局股份有限公司,1993:150.

［4］仇小屏.下在我眼眸里的雪：新诗教学［M］.台北：万卷楼图
　　书有限公司,2001：339—341.

［5］香港教育学院中文系.语文和文学教学：从理论到实践［M］.
　　香港：香港教育学院中文系内部发行,2004.

［6］王良和.在中学推动新诗创作的困难、经验和建议［M］//林锦
　　芳.第一届香港国际诗歌节论文集：诗歌之吻.香港：香港艺
　　术中心、临时市政局,1998.

［7］黄梁.台湾新诗教育弹拨［J］.呼吸(香港),1988(5).

［8］胡燕青.围观一种带壳的可能：新诗教学的切入点［J］.诗潮
　　(香港艺术发展局),2002(3).

［9］中国语文教育组.中六中国文学名著选读简介［M］.香港：香
　　港教育统筹局课程发展处,2003.

［10］陈智德.新诗自学中心［J］.呼吸(香港),1988(5).

［11］黄浩炯,何景安.今日香港教育［M］.广州：广东教育出版社,
　　1996：113.

［12］潘丽珠.台湾现代诗教学研究［M］.台北：台湾五南图书出版
　　有限公司,1999.

——原载《江汉大学学报(人文科学版)》(现《江汉学术》)2007
年第 2 期：15—19

当代诗潮与诗人

博大普世襟怀的矛盾与偏执

——昌耀晚期精神思想探析

燎　原

摘　要： 1998 年诗人昌耀在随中国作家代表团出访俄罗斯后，写出了他晚期最重要的作品《一个中国诗人在俄罗斯》。这是一个在博大的襟怀中，充满了偏执与矛盾的文本。其时政评论指向上机锋迭出的雄辩与高蹈，与他诗作中一贯的苦难感和生命感大相径庭，却与同一时期的"新左派"思潮不谋而合。而这一"意外表现"的根源来自何处？值得我们根据文本详加探析。

关键词： 昌耀；《一个中国诗人在俄罗斯》；矛盾偏执；"新左派"

一

1997 年 9 月初，昌耀接到了中国作家协会的一个电话，通知他作为中国作家代表团的成员，准备出访俄罗斯。

10 月 17 日，昌耀出现在了莫斯科的红场和莫斯科作家机构的长条会议桌前。接下来，则是身着黑色风衣的他，在薄雪初降的俄罗斯第二大城市圣彼得堡的一幅幅照片：阿芙乐尔巡洋舰上、涅瓦河桥头、阵亡烈士纪念碑广场、俄罗斯国家博物馆、林木枝冠金黄的文化公园和作家故居……

1990 年代中期以后，对于不少的中国人而言，不用说走上一趟毗邻的俄罗斯，就是再远一些的法兰西、英格兰、美利坚，甚或是更远更小的洪都拉斯、毛里求斯，也算不上什么。但对于昌耀来说，这却是他人生中的一个大事件。

这个自小就在自己神秘的血液冲动中，自作主张到处闯世界的人；这个 17 岁时刚从朝鲜战场进入河北荣军学校不久，就表示要"以郭老（郭沫若）为榜样"，怀着作家梦想的人；这个接着就在专业作家的道路上，付出了沉重人生代价的人，此时终于以一位中国诗人的身份，出现在了国际文学交流的"圆桌会议"上。因此，这应是他抵达自己人生理想一个最具象征性的标志。

还是在 1953 年进入河北荣军学校不久，昌耀在寄给其供职于北京中科院历史所的五叔王其榘的明信片上，就有过这样的志向表示："想主攻俄语，打算将来做些翻译工作。"也就是从此时起，他开始了对于莱蒙托夫、勃洛克，包括侨居苏联的土耳其诗人希克梅特等大量苏俄诗人作品的悉心阅读。后来的诸多迹象表明，从这个时候起，俄罗斯就已成了昌耀隐秘的精神故乡。

的确，这个世界上再也没有第二个国度能超过俄罗斯对昌耀的吸引力。它广袤、雄浑、严寒的大地，大地上无垠的山川、河流、森林、草原以及"新垦地"，与昌耀所置身的青海高原，有着最为相近的地理物候特征。在这样的大地上隆起的那种具有史诗感的文学艺术，早在这个 1950 年代就通过俄罗斯作家们的作品，对昌耀形成了一种美学气质上的召唤。

当然，那更是一个由无数伟大作家艺术家汇聚成灿烂银河星系的俄罗斯。假若由我站在昌耀的视角上看过去，这个灿烂的星系起码可以划分成这样三个系列：

其一，是沙俄时代的列夫·托尔斯泰、普希金、莱蒙托夫、屠格涅夫、涅克拉索夫、陀思妥耶夫斯基，创作了油画《伏尔加河纤夫》的画家列宾，写出过交响音画《在中亚细亚草原》的作曲家鲍罗丁。

其二,是"十月革命"稍前至"卫国战争"之后的勃洛克、叶赛宁、马雅可夫斯基、高尔基,写出了《铁流》的绥拉莫菲维支,写出了《毁灭》《青年近卫军》的法捷耶夫,写出了《静静的顿河》《被开垦的处女地》的肖洛霍夫,写出了清唱剧《森林之歌》和诸多著名交响乐的作曲家肖斯塔科维奇。

其三,与第二类诗人艺术家们生活的年代重合或稍后,但应该用"斯大林时代和后斯大林时代"来称谓的作家们:布宁、阿赫玛托娃、茨维塔耶娃、帕斯捷尔纳克,以及 1997 年仍活在当世的索尔仁尼琴——他们又是被称作"流亡者"的一群。此外,还有一位时间更晚的流亡诗人,1940 年出生于圣彼得堡的布罗斯基。他于 1972 年被"驱逐出境",此后一直定居美国。

当然,这远非一个详尽的名单,而只是一个在我看来与昌耀有着重要精神联系,或者应该具有重要精神联系的诗人艺术家的名单。而就是在这样的名单中,先后有 5 人获得过诺贝尔文学奖。他们是:1933 年获奖的布宁,1958 年获奖的帕斯捷尔纳克,1965 年获奖的肖洛霍夫,1970 年获奖的索尔仁尼琴,1987 年获奖的布罗斯基。

并且,事情还不仅仅如此,这还是一个点燃了昌耀红色人生理想,曾以穷人的天堂为目标,缔结了昌耀人类大同梦境的俄罗斯。

现在,昌耀来到了这个国度。

或者说,他用大半生的艰难跋涉,回到了自己的精神故乡。

二

三个月之后的 1998 年 2 月,昌耀在对这次俄罗斯之行经过充分反刍消化之后,一气呵成地写出了《一个中国诗人在俄罗斯》,副题为"灵魂与肉体的浸礼:与俄罗斯暨俄罗斯诗人们的对话"这部作品[1]726。这部作品约八千字,既是昌耀面对这一题材,也是由此引发他对自己人生和社会理想回顾总结的、一次穷尽性的书写。

就形式而言,这是一篇无法用现成的文体归类,但却可视之为交响乐式的作品。整部作品共分五个部分,《之一:独语》《之二:与俄罗斯的对话》《之三:我们在涅瓦大街狂奔》《之四:与俄罗斯诗人的对话》《之五:独语》。从文体上看,除了居于中间的"之三"是分行排列的诗歌外,两边的其余篇章都是"独语"或"对话"式的诗性散文语体。这样,又使这部作品显示出交响乐式的严谨结构:中间的这段诗歌仿佛一个中轴线,外侧的"之一"和"之五"以作者的"独语"构成一种对称;内侧的"之二"和"之四"以"对话"的形式构成了另一种对称。

这只是就它的形式结构而言,把这部作品视之为交响乐,更因为其中以时政评论所统领的有关历史、山河、人生、社会、现实、理想等广阔场景中,多声部的宏大叙事,以及作者风起云涌的言说语势和激情。

这样的现象几乎令人惊诧:自作为中国作家代表团的成员踏入俄罗斯的那一刻起,昌耀这位在 1990 年代长期流连于社会底层的"诗歌流浪汉",立时恢复了他封存已久的民族诗人或国家诗人的感觉,其诗思更是如喷泉组群,反冲出此起彼伏的壮观花雨。

尽管这是一个他所熟悉的、说不尽的俄罗斯,但当中国和俄罗斯——这两个早年以"社会主义"——人类大同之梦而结盟的国家,几十年后的此时又都处在社会经济转型期,纠集在昌耀心中一个核心性的情结,则是彼此共同面临的社会现实问题。于是,他以一个中国诗人的身份,发表自己之于俄罗斯过去与现今的感想;并与拟人化了的整个俄罗斯,与俄罗斯的诗人甲、乙、丙、丁,以及来自黑山共和国、阿尔泰共和国他的同代诗人们展开对话。他如数家珍地列举着一个个俄罗斯作家诗人的名字,复述着他们作品中的人物、情节乃至细节；他纵横捭阖地在理想与现实问题中出没，语锋犀利地回应着俄罗斯同道相同方向上的话题，可谓参人类忧患同心，骋诗人天纵之才。终而在与同代诗人共同的精神背景和现实立场上，达成了高度的默契。于是，在一种沉醉性的气氛中，他甚至情不自禁地用俄语朗诵普希金的诗篇，以作为对俄罗斯同仁的答谢。

无论是在以往的现实生活中或是诗歌作品中，我们从未看见过一个如此光华照人的昌耀，这位曾经做过画家之梦摆弄过画笔的人，志愿军文工团的器乐演奏员和内行的音乐鉴赏者，1990年代时常跻身于青海省摄影家协会采风团队的摄影发烧友，汉字书法的热衷者和墨客，早年发奋学习俄语的少年——这一切佚散、零落在他迢迢人生历程中的文化艺术才具，此刻都突然集合在了一起，成了他一生中这唯一一次国际文学论坛上发言的光源。的确，那是一种只有回到故乡的场景中，才能焕发出来的状态。此中的他，激烈、峻厉而又汪洋恣肆；雄辩、宏富且机锋迭出，一派腹有诗书气自华的大国诗人气象。

然而，我们随即便会发现，被昌耀视作精神故乡的，并不是整个的俄罗斯，而只是十月革命时代的俄罗斯。对于现今的俄罗斯，他的笔下则充满了绝不认同的荒芜和忧患。在他的眼中，这还是一个"美丽而万事荒废的俄罗斯"。为此，他用大量笔墨，对比性地描述了他之亲眼所见：

> 我看到历尽艰辛的俄罗斯人，至今有效享用的巨大财富仍是十月革命创造的物质成果：结实的房屋，镶木地板，煤气管道提供的热流，为每一个百姓冲洗去隆冬的寒气……

而作为鲜明的对比，其他大量图像显示的，则是现今俄罗斯的"万事荒废"：

这已经是通往帕斯捷尔纳克故居的乡间路途,翻耕过的田野拖曳着涡流状的漩儿……有数垄向日葵,过分成熟,蓬乱如苍老之蒿莱,聚在地头一角,性情沮丧。

有一只渡鸦——或者是棕鸟,悄然飞临了莫斯科作家组织的庭院,落在托尔斯泰铜像的额头啼唱,留下了一泡污,带着铜锈,好像老人头颅永不愈合的伤痕……——这也就是说,连雀鸟都敢站在文豪头上拉屎,肆无忌惮地亵渎神圣。

而在他们所住的彼得堡宾馆,"妓女的电话每夜轮番骚扰,睡卧不宁/'要不要 SEX? 十八岁。炉火纯青'"(所谓的"SEX",亦即"性活动"——燎原注)。

不只是如此,他还看到了这样让他疼痛的一幕幕:

哦,我看到工人巴维尔的母亲,手持圣像,跪在彼得堡街头求人施舍小钱。离她不远,排列在过街地洞门,迎着穿堂风,浑厚的和声,是四个挽臂相依的盲妇人,微摆着身子,以四个声部演唱一首似曾相识的民歌。人们匆匆走过,不忍看她们朝天仰望的瞽目充溢艺术女神屈辱的泪流……

即便是他们与俄罗斯诗人们地下室餐厅简朴的聚餐,也仿佛成了一种地下活动,就像出席当年布尔什维克分子的秘密会议。

而与以上这些形成鲜明对比的,则是莫斯科的新贵们,带着保镖的车队在大街上呼啸。

这一切的描述,似乎都支撑着昌耀的这样一个倾向和结论:原本在十月革命后,已进入人人平等和社会富足生活的俄罗斯广大民众,重又回到了革命之前的日子。

然而,这样的倾向和结论,在我看来却是令人生疑的。我要说的是,在昌耀如此描述了他亲眼所见的真实事实时,却忽略了大量相反的事实。

我与此相关的疑惑，还来自昌耀对俄罗斯诗人作家们不同的兴趣和情感倾向。在这部作品中，他如数家珍般列举的作家诗人们都有哪些呢？他们是：普希金、莱蒙托夫、陀思妥耶夫斯基、勃洛克、高尔基。被他复述其作品的作家诗人，则有屠格涅夫、肖洛霍夫、绥拉菲莫维奇、法捷耶夫、列夫·托尔斯泰，以及作曲家肖斯塔科维奇。我在前边已把俄罗斯的诗人作家们归类为大致上的三个系列，其中提到的普希金、陀思妥耶夫斯基和列夫·托尔斯泰为第一系列，生活于沙俄时代。他们的作品，或代表着俄罗斯诗人先天性的崇尚、热爱大自然的情怀（如普希金），或体现了俄罗斯文学那种大地性的品格和苦难感（如陀思妥耶夫斯基和列夫·托尔斯泰）。其余的诸如勃洛克、高尔基、法捷耶夫等，则为第二系列，属于十月革命前后苏俄时代的诗人作家，他们的作品所贯穿的，则是穷人、无产阶级和红色革命的主题，这也是中国现当代的作家们，从 1930 年代的抗日战争直到 1950 年代初的经济建设期所仿效的样板。但是，对于第三系列那些他最该有感受的诗人作家们，帕斯捷尔纳克、阿赫玛托娃、索尔仁尼琴等，他不是施之以沮丧性的笔触，就是只字不提。而恰恰是这些人，曾与他处在相似的社会人生遭遇和命运轨迹中。他们不但是在俄罗斯的苏联时代受尽屈辱的一群，并且是在这样的屈辱中坚持艺术家的良知和人性尊严，以他们辛酸、苦难而伟大的作品，赢得了俄罗斯人民乃至世界普遍尊重的一群。正因为如此，这一系列中就有多位获得过诺贝尔文学奖。由他们所经受的监禁、流放或被驱逐出境的遭遇，集中地折射了俄罗斯的苏联时代最黑暗的部分。然而，在昌耀强调着"煤气管道提供的热流"这类十月革命的物质成果时，竟完全忽略了如此触目惊心的相反史实。

而昌耀自己，就是从 1957 年的反右到 1979 的"文革"结束，这长达 22 年的岁月中，遭受了与之极其相似的一幕，并在 1981 完成的《慈航》这部长诗中特别表示："我不理解遗忘。"

然而，在进入这部作品的书写时，他却"遗忘"了。

这显然折射着昌耀精神世界中的巨大矛盾——由他所秉持的"社会平等"这一一贯立场，与转型期的社会现实之间的矛盾。

这种矛盾，在他书写于1993年的《一天》中[1]564，就已显现出了端倪。

从主题上看，这首《一天》与《一个中国诗人在俄罗斯》之间，存在着一种深层的内在呼应关系。或者说，它是昌耀书写后边这部作品的一个前奏。

《一天》一诗长约一百行，由于意象密集，压缩了书写这首诗作时缤纷的社会图像，以及昌耀自己人生片段的诸多信息，所以，在感觉上具有一首中长型诗歌的容量。

写作时间是解读这首诗歌的一个重要参数。此诗写于1993年的1月23—24日，这是一个什么样的日子呢？它是农历1993年的正月初一和初二，也就是这一年的农历新年。所以，这个"一天"中首先贯穿了新年的主体信息："今天终于是一个痛快的日子，炮火连天"，亦即爆竹声震耳欲聋，更还有"肥羊佳禾美食，鼓乐吹歌吟诗，是百姓年景"这样的诗句。但就是在这样的"一天"中，昌耀起码又剪贴叠合了另外的三幅图像。

其一，是"大街涌动着去海上游泳的人们。/底楼沿街的墙面正被凿开，闺中名媛冲决而出，/她们披发朝前追赶，投入海上游泳的队列"。这种乍读起来莫名其妙的意象，其实是带有隐喻色彩的写实。它所指说的，就是1993年前后的数年间，中国社会中全民性的"下海"经商浪潮。那也是我本人曾在青海省会西宁亲眼所见的图像：处在西大街闹市区原本是省属各机关的办公大楼，底楼沿街的墙面一一被凿开，改造成了经营服装之类的商铺商场。所谓的"闺中名媛"，也就是服装店中那些身着泳装和各类时装的木制模特。她们尾随"去海上游泳"（下海经商）的队列，披发朝前追之唯恐不及的情态，无疑表达了昌耀的一种揶揄。

其二，是"鼓号队的少年齐立城中之城热烈吹奏"，"红地毯使集会猛然提高了规格。/我亦将自己的尊容佩戴前襟，窥如镜中之镜"。这显然是在元旦过后至春节之前这一段时间，昌耀参加每年一度的青海省政协会议开幕式的场景。不过这一次，昌耀的身份已不同于以往，他已从1988年开始的第六届省政协委员，在1993年于此时召开的第七届省政协会议上，晋升为常委。想来作为参政议政的政协委员继而是常委，他也的确具备了一个参政议政者的素质。因为就在这一场合，他政治经济学方面的潜质，就"大当量"地释放了出来。话题还是顺着全民经商的热点顺延下来："有人碰杯，痛感导师把资本判归西方/唯将'论'的部分留在东土。/但我更欣赏一位经济学家的智慧：/向东？向西？请予我们的战略以可操作性。"

此中关于"资本"与"论"的表述，显然是把马克思的《资本论》这一经典著作标题拆解开来的发挥——在我们把《资本论》奉为经济理论圭臬的几十年间，西方国家一直实实在在地积累并占有"资本"，唯有处在东方国土的我们，似乎只对理论感兴趣，因而一直在"论"的问题上纠缠不休。这几行诗句，可谓犀利尖刻，但却在调侃性的语气中，隐含着对于社会转型方向的深切关注。这也是昌耀在《一个中国诗人在俄罗斯》中进一步延续，并充分展开来的一个话题。

其三，是昌耀自己几个人生片段的回顾：朝鲜战场、中小学时代体育课上的跳跃木马、1950年"土改"时母亲被农会关押并将他"啼哭不止"的小妹送人——而昌耀自己，就是在这种家破人亡的创痛中，跨过"鸭绿江、清川江、奔赴三八线"的。对于这一行为的本质，他当年也许并不明晰，但若干年后的此时却非常清楚：从那时起，他已将自己投身于实现民族社会平等理想的队列之中，并一直朝着这个理想奔赴。

　　的确,这是让他悲欣交集的"一天",尽管后来成为囚徒的他,此时已贵为省级政协常委,并在这样的会议上高谈阔论,参政议政,但眼下的社会现实并不能安抚他的心灵。到底是什么地方出了问题? 此时的他似乎还未梳理清楚,但他最直接的反应,就是心理上的不能认同。并因此而情感另有所寄,那么,又到底是寄往何处呢? 在这首诗的最后终于水落石出:

> 下雪了。向日葵眩目的色彩照亮空间。
> 我见公园缤纷的气球在儿童手心里牵动。
> 但在我的心际仍留有彼得堡飞雪的大街,
> 耶稣和十二门徒随着诗人勃洛克的红旗行进。

　　也算是天遂人愿,四年之后,他果真来到了作为自己精神故乡的俄罗斯,站在了他憧憬已久的圣彼得堡大街。但此时,飞雪之后的圣彼得堡大街没有勃洛克的红旗。

三

　　那么,十月革命之后苏联时代的俄罗斯,是否真的存在过一个昌耀理想中的社会呢? 这其实是一个他所不能回答的问题。但有人却可以回答,这就是曾对十月革命后的苏联怀有美好情感,并在那里有过亲身经历的法国作家罗曼·罗兰。罗曼·罗兰在访问了苏俄后的 1935 年写成了一部《莫斯科日记》,由于其中的内容所涉敏感,他特意立下遗嘱,要求这本书在 50 年之后才能公开出版。而在 1985 年终于公开出版的这部书中,人们看到了罗曼·罗兰对彼时发生在苏联大地上狂热的斯大林个人崇拜,极端的厌恶和忧虑。尤其令人震惊的是,早在那个时候,他就看出了这个政权中许多危险的征兆,并深怀痛苦地发出警告:"可要小心震动,有朝一日,在一个美丽的日子里,那震动也许会突然发生!"果然,那个震动——"苏维埃社会主义联盟"的解体,就真的在五十多年后的1991 年底发生了。

而昌耀,又凭什么认定那里存在过一个他理想中的社会呢?对于这个问题,如果我们再更深一层地推究就会明白,那其实只是昌耀心目中的一个幻象;他为对应自己的理想,而拼接出来的一个概念。这个概念的核心,就是他在《一个中国诗人在俄罗斯》中所归纳的:"我一生,倾向于一个为志士仁人认同的大同胜境,富裕、平等、体现社会民族公正,富有人情。"由此可见,这实际上是一个乌托邦式的、终极性的人类社会理想。而这样的理想国,又正是当年的十月革命宣称自己所要建立的。尽管这样的社会图景并没有真正实现过,但它却置换成了昌耀的精神信念。他不但要坚持这一无疑是美好的理想,并且还需要证明它能够在世界上实现,于是,就以自己的意念嫁接,把它落实在了十月革命后的俄罗斯身上。

而 1997 年 10 月,当他终于来到俄罗斯,按图索骥地展开自己的视野时,却发现眼前的所见几乎是面目全非。在社会财富的分配上原本已人人平等(尽管是低水准上的平等)的这个社会,重又分化成了穷人和富人的两个世界,并且贫富之间的鸿沟正一再加宽。财富来路可疑的一夜暴富者趾高气扬,曾经使俄罗斯骄傲的文学艺术家们则灰头土脸。金钱,重新主宰了这个社会。

但又岂止是俄罗斯的问题,在 1993 年书写《一天》这首诗时,昌耀已为他所置身的现实中,类似的问题所困扰,而其中的关键症结,同样是一个金钱问题。

1993 年,在他的《命运之书》被挤兑到自费出版的行列时,他曾为出版资金而投书告呼。

1994年12月,他收到了"第二届国际华文诗人笔会"在深圳召开的邀请函,因省作协不能报销车旅费而忍痛放弃;待后来得知邀请方可以负担费用时,已来不及如期到会。

1995年2月,他在给诗人邵燕祥的信中作了这样的省情困境讲述:"传闻我单位当月的工资年前(春节前——燎原注)已难发出,而且事实上已拖欠十几天了,工会先给每家无偿发放了一袋面粉。真是人心惶惶,前景堪忧(我省州县拖欠职工工资事常有所闻,且一拖数月)。不过,目前工资尚可保住。12月份工资虽难产了一阵,终于在年前发了……老实讲,这些年一提起钱我就心灰意懒,觉得做人'没劲'。"[2]

1996年底,他与女友修篁长达数年的恋情,因对方选择了一个有钱的"走江湖的药材商贩"而分道扬镳,但痛心之至的他并未怨恨修篁,而是直指事情的根源——"她本也就是圣洁的偶像,而金钱才是万恶之源。"[3]

于是,也就是在这一时间区段的数年间,当整个社会以金钱为神明时,他却以《地底如歌如哦三圣者》《与蟒蛇对吻的小男孩》《冷风中的街晨空荡荡》《灵魂无蔽》《过客》等一系列作品对于中国社会底层众生大规模的书写,烛照出自己心灵中的神明。

而饱受金钱折磨的,又岂止个别现象?从他此前集中书写的中国社会底层众生,到圣彼得堡"工人巴维尔的母亲"跪在街头求人施舍小钱,昌耀所看到的,是曾经被他视作理想社会的整体变形。于是,在《一天》中梗塞于他心头那一未曾梳理清楚的症结,至此豁然开朗,并被他追溯出了更深一层的根源:金钱固然是"万恶之源",而操纵这个金钱肆虐之手的,则是"资本"和它的"主义"。因此,一直闷气淤胸的他,便突然地唇枪舌剑:"看哪,滴着肮脏的血,'资本'重又意识到了作为'主义'的荣幸,而展开傲慢本性。它睥睨一切。它对人深怀敌意。它制造疯狂。它使几百万儿童失去父母流落街头……"

　　而俄罗斯诗人响应着他的话题,同样是语锋犀利:"我们的祖国正成为西方的人质。一个政府应让多数人生活得好,如果只让少数人富裕,那么连傻瓜也能办到……"

　　于是,时间仿佛回到了俄罗斯十月革命的前夜——国际无产者诗人的秘密聚会。在黑山共和国诗人随之发出了"工人的事业天然无国界"的声音之后,来自阿尔泰共和国的诗人更是意欲重举"英特纳雄耐尔"的旗帜:"全世界的左派都不喜欢资产阶级政府。如果我们不能肩并着肩,我们就会背对着背……"

　　这是我们曾经非常熟悉的声音,但于今听来却恍若隔世。

　　那么,是他们落伍于这个社会了呢,还是这个社会变得让他们看不明白?当他们再次申述这些过时了的话题时,该是觉察到这个社会在它总是宣称正确的发展轨迹中,其实只是走出了一个圈套性的圆周?——原先趋于平等的社会复又产生了大批的穷人,而享有话语权的主流社会,则对此视若无睹。

　　就在这样的背景中,沉潜在茫茫浮世这不同国度的诗人们,却以诗歌的名义不期而遇,在层层递进的深入交谈中,他们几乎同时惊喜地发现,各自那些不合时宜的思想,原本有着超越国界的广阔国际空间。这因而更使昌耀有理由相信,这种不合时宜的思想,在本质上非但没有过时,反而因着世界性的贫富鸿沟的加宽,正在凸显为一个严峻的时代问题。而这样的思想和立场,不但不分国度地为一些诗人和知识分子所持有,而且更与这个世界上的广大穷人,以及弱小国家和民族的现实处境相联结。不是吗?就在这一纯粹是不期而遇的场合,他与这些完全是陌生的异国诗人却一见如故,并在思想光束的相互映照中,达成了一个国际主义的精神同盟。这因而使昌耀产生了一种"吾道不孤"的惊喜,进而做出这样的陈述:"我在物欲横流的世间,'堕落'为一个'暧昧的'社会主义分子……而现在,我能够用平静的心境,称自己是半个国际主义信徒。"

四

什么是"'暧昧的'社会主义分子"呢？他在4个月之后的《〈昌耀的诗〉后记》中，有了进一步的表述："我从创作伊始就是一个怀有'政治情结'的人。当如今人们趋向于做一个经济人，淡化政治意识，而我仍在乐道于'卡斯特罗气节''以色列公社''镰刀斧头的古典图式'，几疑自己天生就是一'左派分子'，或应感到难乎为情？"而由这段文字中的语气来看，昌耀不但对自己这样的左派情结并不感到"难为情"，并且还有一种调侃意味中的坦然。

一直以来，作为政治术语使用的"左"与"右"，是被用来表述思想上的"激进"与"保守"的。激进谓之"左"，保守谓之"右"。非但如此，在中国的1950年代直至1970年代，"左"，代表着红色、革命；"右"，则代表着黑色、抵触革命。因之，在那样的几十年间，"左"倾红色风暴可谓在中国大地上"横扫一切"。这种情形，直到1978年底中共中央的十一届三中全会之后才逐渐结束。

这的确是集结在昌耀身上一个极为耐人寻味的现象：当年左派思潮大行其道的时候，他被打成了右派；眼下左派声名狼藉的时候，他却坦然地自诩为左派。他似乎真是一个放在任何时代，都显得不合时宜的人。那么，昌耀果真是一个老左派吗？他早期的诗歌并不能对此做出证明。尽管他的写作中时隐时现着一条政治情结脉络，但政治情结并不等于思想上的左或右。

然而，到了1990年代的这个时候，令人惊奇的一幕出现了。此时的昌耀，不但在当代诗人中罕见地表现出这种不合时宜的左翼思想，并且，这种思想更是与1997年以后，在中国思想界蔓延的"新左派"思潮不谋而合。

关于中国的"新左派"思潮，是一个比较复杂的话题，并且迄今为止仍有着诸多未明的内涵。但它的一个基本理念,就是针对当代社会之于市场主义的狂热崇拜,资本与权力的狼狈为奸,坚持反对弱肉强食的社会关切。然而,它的内涵却要更为复杂一些,比如,在坚持公平正义的社会理想,持守拯救众生的使命感这个核心,又以单纯理想主义的诗意顾盼,满怀对于 20 世纪五六十年代的传统社会主义的眷念。与此相应的,是对市场经济主宰社会生活的绝不认同;继而希望通过强有力的民主政治的影响,实现社会生活中的人文关怀。关于"新左派"的脉络,还可以追溯到 1930 年代英国等西方国家思想精英的学说。而作为世界性的"新左派"思潮,还有一个共同的特征,这就是与资本主义强国霸权的尖锐对立。亦即"全世界的左派都不喜欢资产阶级政府"。

对于中国"新左派"思潮的社会起源,从 1997 年起在《天涯》杂志发起这一讨论的该刊主编、作家韩少功,此后有过这样的描述:从社会均衡发展这一点来看,1980 年代前期和中期应该说是做得最好的。但进入 1990 年代以后,贫富分化开始出现,地区之间、阶层之间、行业之间、个人之间,都分灶吃饭,吃得有咸有淡、有多有少不一样,差距拉得非常大。

韩少功因此对中国的"新左派"思潮做出了这样的评价:它对于打破 1990 年代以来物质主义、发展主义、市场主义、资本主义的一言堂是有积极意义的。贫困问题、生态问题、消费文化、道德危机、国际公正秩序、权力资本化与资本权力化……这一系列问题,如果不是因为尖锐刺耳的左翼批评出现,恐怕很难清晰地进入人们视野,就会在市场化的高歌猛进和莺歌燕舞之下被掩盖。[4]

当然,这是韩少功归纳并认同的"新左派"的主潮,在这个主潮之外,还有各种极端性的"新左派"思潮。

应该说,对于主要是在学术思想界出现的"新左派"思潮,昌耀并不熟悉。但他却凭着一个诗人深刻的现实忧患和尖锐直觉,早在这一思潮远未形成气候的 1993 年,就在中国诗坛独自操载出场。由此我们不难明白，还是在这一年，曾经作为右派的他，何以书写了一首题名为《毛泽东》的诗歌。那应该是基于当下现实，而对秋收起义时代的毛泽东的指认——"因为他，就是亿万大众心底的痛快"。

在我看来，也就是从这个时候开始，昌耀真正进入了一个大诗人本该具有的博大、矛盾和偏执。虽然，对他此时拿出俄罗斯的苏联时代作为"人人平等"社会理想的参照，而无视其极权专制的精神控制本质，我绝对不能认同；但另一方面，我们却由此看到了一个在社会学的着陆点上，获具了人类博大襟怀的昌耀。他站在大众立场上所展开的激烈的现实批判，无疑体现了一代理想主义诗人直面现实的犀利，以及庄严的社会道义承担。应该说，正是在这种极端的状态下，他打通了自己之于世界的道路。

因此，就在对自己刚刚做出了这种左派同盟性质的国际主义者的体认后，身处异国的昌耀，眼前突然幻现出一片奇观："看哪，这是太阳向着南回归线继续移行的深秋。天有些凉。空气湿润，弥散着磨砂玻璃似的苍白。倒是在月明的夜空，天际高大、幽蓝。从波罗的海芬兰湾涌起的白色云团，张扬而上，铺天盖地，好似升起的无穹宫。而东正教堂的晨钟，已在纯金镶饰的圆形塔顶清脆地震荡。"

铺天盖地的云团和教堂塔顶震荡的天堂福音，这是何等辽阔而澄明的景象。在笔底幻化出这段文字时，这一年的昌耀62岁。在他迢递的人生旅途上，世界是如此辽阔，而日子又是这般紧窄。此刻，既有的一切并没有改变，但蓄积已久的精神势能，却在一个必然的瞬间使他化蛹为蝶。无疑，这是他一生最具华彩的经典时刻，苦难、疲惫、孤独的一生在与无产者诗人们国际性的精神结盟中，而徐徐幻化成人类大同梦境上空瑰丽的云朵。作为一个"黎明的高崖"上，始终朝着东方顶礼的诗人①，他一生的精神之旅，至此已经完成。

注释

① 见昌耀《纪历》一诗："黎明的高崖,最早/有一驭夫/朝着东方顶礼",《昌耀诗文总集》,西宁:青海人民出版社,2007 年版,第197 页。

参考文献

［1］昌耀.昌耀诗文总集[M].西宁:青海人民出版社,2007.

［2］昌耀.致邵燕祥信 2 封:之二[M]//昌耀诗文总集.西宁:青海人民出版社,2007:798.

［3］昌耀.无以名之的忧怀:《伤情》(之二)[M]//昌耀诗文总集.西宁:青海人民出版社,2007:689.

［4］韩少功.韩少功、王尧对话录[M].苏州:苏州大学出版社,2004.

——原载《江汉大学学报(人文科学版)》(现《江汉学术》)2009年第 1 期:5—11

"下午"的精神分析

——诗人柏桦论

敬文东

摘　要： 柏桦是 20 世纪 80 年代初期以来的一位重要诗人。通过对柏桦的心理分析、对诗歌词汇的分析、对修辞的分析以及对抒情模式的分析,可以较为全面地展示柏桦的诗歌特质:敏感、即兴、偏执和疾速。柏桦受制于自身的激情,在快速中展开了他的诗歌抒情,这一点既成就了他,但在某种程度上也为他的写作带来了危险,因此,他试图在诗歌中尝试减速,不过这是不成功的。或许正是因为这一点,在一个需要减速的 1990 年代,柏桦停止了他的写作,最终成为一个未完成的诗人。

关键词： 柏桦；下午；减速；抒情；肉体诗人

一、"下　午"

20 世纪 80 年代成长起来的诗人中,柏桦是极其特殊的一位,在正统和主流的文学批评界也是几近被人遗忘的一位。这与时代潮流有关,也和批评家们拉帮结派、有意无意的短视和势利有关①。W. 本雅明说过,如果歌德错误地判断了荷尔德林,那不是因为他的判断力患了感冒,而是他的道德感出现了倾斜。诗人钟鸣把这唤作道德的躲闪性。本雅明据此坚定地认为,批评是一个道德问题。道德不是历史学家黄仁宇先生在《中国大历史》里所说的那样属于最后的判断。恰恰相反,道德自始至终都是批评的起点,也应该是起点。

一般来说,柏桦不是那种哗众取宠、热衷于某个圈子的人,尤其是在诗艺上始终与所谓的主流七不沾八不挨、不附和批评家既定话语的那种诗人。在掌握了"批评舆论制空权"的批评家手里,"主流"是差不多唯一标准。柏桦为批评家提供了操作上的难度:在中国,批评总是渴望在一尺深的水或三十厘米高的标杆面前玩术语花样游泳和推理跳高游戏。总之,批评的没有出息,已经让不少有志于批评的人掉头而去,也让有出息的创作对批评不屑一顾。而另一种情况是,在当今中国文坛,"商定文豪"是随时都可以出现的,但这有一个前提:你得想方设法加入、拱入、混入、挤入某一个可以商定的"圈子"。柏桦似乎对此一直缺乏足够的兴趣(我不是说他毫无兴趣)②。这可能与柏桦的个性有关,虽然个性一说是非常虚幻的。不过,人生的有趣之处恰恰在于:我们往往被未知的、非常虚幻的东西弄得死去活来、呼天抢地,直到有一天恍然大悟或至死未悟、盖棺不悟。

柏桦自称是一位有着下午情结的诗人。在自传中,他把这一情结形成的根源归结为自己的童年经历。对下午,柏桦做过这样的精神分析:"下午(不像上午)是一天中最烦乱、最敏感同时也最富有诗意的一段时间,它自身就孕育着即将来临的黄昏的神经质的绝望、啰啰唆唆的不安、尖锐刺耳的抗议、不顾一切的毁灭冲动,以及下午无事生非的表达欲、怀疑论、恐惧感,这一切都增加了下午性格复杂而神秘的色彩。"[1]76在诗人下午性格的形成中,诗人的母亲和伟大的时光一道,共同起着主要施教者的作用:"时光已经注定错过了一个普通形象,它把我塑造成一个'怪人'、一个下午的'极左派'、一个我母亲的白热复制品,当然也塑造成一个诗人。"[1]76我们在暂时听信诗人自供的前提下,可以毫不夸张地说,柏桦是那种典型意义上的肉体诗人③,柏桦自己就说过:"美并没有在'革命'中超越肉体,而是抵达肉体,陷入肉体,它在夏季多风的时刻或流汗的时刻让我情欲初开、气喘吁吁、难以启齿……"[1]82这显然和各种革命的初衷是背道而驰的:所有革命的教义在它的起始处都无不打上清教徒的色彩。革命排斥肉体,尤其是生殖器。八个革命样板戏中的女人都没有丈夫,男人都没有妻子;李铁梅要是活着,恐怕到今天还不会出嫁。而床作为道具,在正面场合是不允许出现的,因为按照罗兰·巴尔特的理论,床的所指是性——在革命眼里,性交是不可想象的。如此等等,柏桦的诗歌写作几乎全部听凭于他的肉体所感受到的事件,其含义也就再清楚不过了:

> 一些伪装的沉重与神圣
> 从我们肉体中碎身。

> ——《美人》

这与荷尔德林是不同的。荷尔德林说:"啊,我们几乎不认识自己/因为身体里有一个神在统治。"荷尔德林始终在试图超越肉体,唯一的理想就是揪住肉体中那若隐若现的"神",而这个神也是可以被捉住的,这一切都要取决于你的耐心;据目击者卡夫卡证实说,由于我们缺乏耐心,我们永远也不要指望会捉住我们体内的那条大虫。柏桦倒是根本不做任何超越状。难道他预先就知道这个中秘诀?我建议,我们也可以听信柏桦自己的陈述:在本质上(这是肉体极不喜欢的一个词),他是个受下午性格所支配的诗人,而这一切早在童年时代就已成型。我们有理由说,诗人所寄存的现时代只有被下午性格重新包装、组合后才得以进入诗歌。肉体有对抗所有理性时代的天然癖好,它喜欢的是白肉滔天、男女同浴的古罗马时代。淫荡、肥胖、裸体的古罗马是肉体的真正天堂。这个天堂不需要耐心，它在本质上是即兴式的。肉体反对一切禁欲主义式的革命。欧阳江河对此有一个十分简练、准确的描述：柏桦是那种"熔沧桑之感和初涉人世于一炉"的肉体诗人④。在此，"沧桑之感"正是现时代的生活之流强行赋予的，而"初涉人世的天真"无疑关涉着诗人的童年，那下午性格最初形成的时间段落。

柏桦的自述比欧阳江河的冷静描述来得既具体，又不乏切肤之痛："下午成了我的厄运。克服下午，我就会变作一个新人、一个军人、一个工程师或一个合法的小学教师；培养下午，就是培养我血液中的怪癖，就是抒情的同志嚼蜡，这同志施溺灌汤、夸大其词、无中生有，他会地久天长吗？"[1]76 这自然是典型的宿命论。然而，对宿命论批判也好，否定也罢，作为一种未知的、神秘的事物，它注定成了我们每一个人难以摆脱的东西。和四川"方言"之于四川诗人具有浓厚的宿命色彩一样，肉体也是宿命论的。这个特殊的宿命论表明了：你只能按照它的逻辑，选择和构架你的生活方式——你无法"克服"，只能"培养"，直到成为"厄运"，当然，也可能是好运。谁又能绝对明了了厄运和好运那汤清水白的界限呢？是啊，拿出证据来吧！

许多诗人在回忆自己的创作时，都喜欢说童年经历对自己如何如何重要，我们没有必要把这些言过其实的话太当一回事，因为这里边难保没有虚构、杜撰的成分。柏桦是一个例外。理由很简单，仔细检索就会发现，他诗学观念的核心就建立在下午性格之上：迄今为止，他的全部诗歌写作，几乎都是对下午和下午性格的回忆与复制，是对下午性格所作的精神分析——他把下午性格表现为肉体版本。下午性格差不多成了柏桦式肉体写作的全部内驱力。

尽管这样，我仍然要说，性格，尤其是某种语言的性格，它来到某一个人身上并不总是一成不变的，而是在时间和现时代不断生成的事件中推演、变形，更主要的是它自身的受动成长。事件与时间之上不可避免地沾染了性格的血肉。性格，它在万变之中保持了恒常，而在恒常之中则又不断演化：正是在这种似是而非、似非而是的辩证关系里，下午和下午性格才可望成为柏桦诗学观念的核心。

二、"下午"的诗学

法国女作家埃莱娜·西克苏说："父亲命令，母亲歌唱。"这个诗意性的、一般性的说法并不对柏桦的胃口，至少不对柏桦母亲的胃口：对于柏桦，母亲意味着命令。也许里尔克那个近乎宿命的说法是正确的：只有有母性的人才能充当诗人，或者，只有女人才能成为诗人。这口气宛若萨特说，他从不和25岁以上的人，尤其是老人交朋友，以其无激情也。钟鸣在那篇评价柏桦的精彩文章里正误交加地指出过："柏桦的诗是在世俗与不朽，在女性的精致和政治的互渗中建立自己的隐喻的。"⑤后半句很准确，前半句则显然有待考察。1984年，柏桦正式写下了他的诗观，其中有这样的句子，与里尔克的腔调可谓如出一辙："我有些怀疑真正的男性是否真正读得懂诗歌，但我从不怀疑女性（或带有女性气质的男性）。她们寂寞、懒散、体弱和敏感的气质使得她们天生不自觉地沉湎于诗的旋律。"[1]57仔细推敲起来，柏桦的自说自话、现身说法很可能和他的母亲有关：母亲不仅意味着命令，而且还是那种"沉湎于诗的旋律"的命令，是歌唱式的命令。关于这一点，成年后的柏桦有一段胆战心惊的回顾："在我的记忆中，我的童年全被母亲的'下午'所笼罩，被她的'词汇之塔'所禁闭。母亲是下午的主角，冥冥中她在履行一种可怕的使命。"[1]76

这又是什么样的使命呢？追溯起来，那就是下午的激情。也就是那种敏感的绝望、极端的反抗和狂热地表达的复合体——这些都是柏桦诗学观念的核心内容，也是柏桦式肉体写作的支撑点。

奥·帕斯曾在某处说过,诗人只是语言中的一个时刻。但帕斯也没有忘记这样一个事实:任何人都只可能是语言中的一个时刻。母亲也把有关下午激情的词汇给了柏桦。从下午到下午性格再到下午激情的多重转换,是靠了下午的词汇("词汇之塔")来实现的;这是一笔巨大的财富:靠了它,诗人柏桦终于可以在诗歌写作中出将入相、破房平蛮了。

柏桦那种敏感的绝望不大可能,或一般地,也不愿意是形而上的,它更多的只能是孩子气的、禀赋上的、来源于肉体上的绝望。正如歌德在某处说荷尔德林,任何一件在别人看来只是伤及皮肤的事件,在他看来都有可能是伤筋动骨、鲜血淋漓乃至致命的一击,柏桦在早期的一首诗中写道:

> 这夏天,它的血加快了速度
>
> 这下午,病人们怀抱石头的下午
>
> 命令在反复,麻痹在反复
>
> 这热啊,热,真受不了!
>
> ——《夏天啊,夏天》

尖锐、刺耳、歇斯底里:这是一个十分敏感的人的大嗓门狂呼。正如欧阳江河在一首题赠柏桦的小诗中写道:"他太尖锐,有着针在痛中的速度。"欧阳江河相当准确地点明了这种肉体上的绝望。看看柏桦惯用的那些词汇吧,它们几乎在上引的几行诗中来了一次小小的集中:下午、血、麻痹、热、受不了……除了"下午",其他的词都是对种种肉体上的感觉的快速描摹,而且,首先是针对肉体。而"下午"却给这所有的词赋予了内涵:只有柏桦的下午才有这样的肉体感觉,只有这样的肉体感觉才能使诗人拥有如此"语言的一个时刻"。

一般而言,绝望是一种万念俱灰、彻底丧失过去与未来、只剩下令人忍受不了的此时此刻的一种沉重情绪,它取决于一个理智的人审时度势后的茫然无解,一句话,绝望应该是理智破产后的最后审判。但柏桦下午式的绝望却不是这样:它是毫无理性只有肉体感觉的性急的结果,度过这一时刻,一切又都充满了希望。它带有明显即兴的性质。即兴是肉体的语言表达:它的快速既是肉体渴望的实现,也是肉体内在的需求形式。正是这种肉体和语言相互需要并共同获得快感的即兴成分,带来了柏桦诗歌中希望和绝望、多情和无情、歌唱和破罐破摔的双重性。如果我们把《教育》("但冬天的思想者拒受教育/冬天的思想者只剩下骨头")、《这冬天值得纪念》("冬天啊,冬天/让孩子去哭吧/让心伤透吧/生活的经济学已达到极限")与《节日》("你该感激什么呢? /这景色,这细节/这专心爱着的大地/生活,现实,而不是挑剔!")、《夏天还很远》("再不了,动辄发脾气,动辄热爱。")等诗作两相对照,情形就会更加明了。

即兴式的绝望既是下午性格的主要内容之一,同时也是下午激情的重要内涵。有趣的倒是柏桦的处理方式:他一方面听凭肉体对具体事件的绝望体验(如果不是对具体事件的体验,也就不能称他为肉体诗人了),而在用尖锐的语言表达它们时,却又把具体的事件隐匿起来。坦率地说,在他成功的时刻其诗句是饱满的,语言是充满弹性的,宛若一则挺身而起的谣言,一个鼓鼓囊囊充满肉感的乳房,事件在其中若隐若现,藏头露尾,既让人看得见,又让人无法确认,因而钟鸣称它为"反事件的陈述风格";而在他相对不成功甚至完全失败的时刻,则是将事件完全隐匿起来,这难免不影响他诗歌的清晰和抒写的准确。这情形恐怕与即兴性质有逃脱不了的干系吧。

诗歌曾经被人盗用,接着被人误用,现在则是被人歧视,这差不多算得上是对中国诗歌史的三大发展阶段最简明的概括了。盗用和误用姑且不去论及,因为这和我们的主旨暂时看起来还发生不了多大干系;而歧视就不一样了。人们终于发现,当诗歌已经失却了被盗用与误用的价值后,它的无用性也就昭然若揭了。而诗歌作为一种手段也是所有堪称手段者中最没有用的一种,比如说,在金钱面前,在权力面前,在暴力面前,在毫无人性而又独断专行的法西斯面前,诗歌作为一种反抗器具又有什么用呢?意味深长的是,柏桦正好不幸地选择了这一无用性器具。

尖锐刺耳的抗议、不顾一切的毁灭冲动,是柏桦下午激情和下午性格的另一内涵。和即兴式绝望相类似,他的反抗也是出乎纯粹的肉体感觉,也是急躁的、盲目的和即兴的,尽管有可能是对某些具体事件的反抗:"一个不顺眼的老师、一张必须填写的表格、一把滑稽的木匠的工具……""我只有反抗,哪怕一次小小的毫无必要的反抗都会让我获得一种舒坦的平静。"美国佬戴维·格(David Guy)曾经教导我们:"我相信谈论我们的身体的生活是有必要的。因为如果我们不了解它,如果我们不让它成为我们自己的一部分,它就会毒化我们的生活,它就会使我们成为我们自己的敌人和他者(strangers)。"[2]不幸的是,柏桦既了解自己的身体又不了解;既感觉到自己情绪上的需要却又盲目、即兴。

当他用下午的语言表现出这种尖锐刺耳的抗议和不顾一切的、只有"下午"才具有的毁灭冲动,也就意味着,他制造并选择了诗歌这一无用性的器具,因而他的诗句就本己地感染了一种尖锐,甚至是张牙舞爪的气概。这种对下午激情淋漓尽致的表达——当然,只是在极成功的时刻——不仅使柏桦诗歌中客观、具体的东西有了一种鲜明的实体性,连语言自身都是实实在在的、有血有色的丰满肉体。借用奥·帕斯的话,柏桦触到了词与词之间、词与事物之间的辉煌关联。我要再加上一句,也触到了词与情绪之间的幽微关联,并成功地将情绪外化为无用性的器具(即诗歌形式)。因此,柏桦的反抗具有了明显的神经质和惊人的准确性。这当然要归功于"下午词汇"的自述性功能。在《衰老经》一诗中,诗人虽然也声称自己为认识了时光的性质而感到深深的谢意,我们也以为他会在这个光明的尾巴扫出的空地上结束写作,可柏桦仍然恶作剧地说——用一个"但"字死命地把感激拉向了公然的反抗——"但冬天并非替代短暂的夏日/但整整三周我陷在集体里。""集体"在此正是一个"看不顺眼"的对象。

反抗在通常情况下,也应该是理智、理性、顶好还是深思熟虑的结果,尤其在一个人际网络错综复杂的现时代,逢人点头、问好是基本格局,不到万不得已,谁也不该、谁也不会傻到动用反抗——当然,流氓无产者除外。柏桦不同,他那大声武气的、滔滔不绝的、绝对化的反抗几乎是非理性的、不计后果的。比如说,"集体"有什么不好?"陷入集体"就一定意味着某种缺失吗?柏桦的反抗经不起理性的一丁点推敲。柏桦的反抗拒绝理性的光顾。但正是这种"初涉人世的天真"对"饱经沧桑"的老练反驳,是柏桦得以在诗歌中每每可以得胜回朝的重要原因,其无用的反抗获得了一种语言上的自慰式满足。这种极左式的偏执在《态度》一诗里表现得非常充分,诗人玩世不恭地,几乎是破罐破摔地问道:

> 一些你们的事你们得做
> 一些他们的事他们得做
> 一些天的事天得做
> 但问题是我们该不该重复?

经验告诉我们,在更大的程度上,重复是人生的常态:不仅是重复我们的祖辈,也得重复我们自己;不仅是观念上的重复,而且是行动上的重复——没有任何一个人胆敢说他的下一个动作比起上一个动作是决然相异的。想想米兰·昆德拉的教诲吧:动作不仅少于面孔,也少于人数(《不朽》)。T. S. 艾略特也说:"你说我在重复/从前说过的东西/我将再说/我将重提。"艾略特的意思其实就是，我们的人生，我们的生活动作，都是第二度的，都是可重复的，是必然要重复的。为什么要反抗"重复"呢？说到底，天的事归根结底还是人的事（这一点，连大讲天道的儒家也承认），除非它不与人相关涉。反抗到了这一个份上，已经成了诗人柏桦的天性，这就宛若福楼拜说的："一切政治我只懂得反抗！"摹仿这种语气，我们也可以替柏桦说出他的心里话："对一切有碍我情绪的东西，我都只懂得反抗，并且要把它表达出来！"

钟鸣说得对，柏桦的诗具有浓郁的政治幻觉。应该这样来看，柏桦之所以自称为"毛泽东时代的抒情诗人"，主要就在于他把毛泽东一生服膺的斗争哲学肉体化为"反抗哲学"。对他那一代的诗人来说，恐怕很难有人完全走出斗争哲学的阴影，柏桦只是公开承认罢了。诗歌界的起义和陈胜、吴广难道还少了？柏桦早期热爱过波德莱尔，而正是这位以丑为美的"逐臭之夫"疯狂地叫嚣道："我说'革命万岁'一如我说'毁灭万岁'、'苦行万岁'、'惩罚万岁'、'死亡万岁'。我不仅乐于做个牺牲品，做个吊死鬼我也挺开心！"[3]与此极为相似的是，柏桦在《回忆》中写道："回忆中无用的白银啊/轻柔的无辜的命运啊/这又一年白色的春夜/我决定自暴自弃/我决定远走他乡。"很明显，将斗争哲学肉体化为反抗哲学，结果只能是如此的引火烧身、养虎贻患，以至于柏桦自己都开始哀鸣："我始终虔诚地在这个世界上寻找一个妥协或者和解的对象，这个对象却杳无踪影。"[4]41这显然是一副"饱经沧桑"的面孔了。

柏桦诗学的第三个核心是显而易见的：在敏感的绝望和极端的反抗的驱使下，必然（这实在是一个讨人嫌的词！）是疯狂的表达。这是不难理解的：疯狂的表达本身就是四川"方言"带出的一个重要结果。柏桦这样描述过："表达即言说（无论多么困难），即抒情（无论多么迷离），即向前（无论多么险峻），即返回（无论多么古老）。"[4]49这中间显然隐含着一个速度问题。一开始，表达还是很缓慢的："我要表达一种情绪/一种白色的情绪/这情绪不会说话/你也不能感到它的存在。"(柏桦《表达》)度过这个口吃期后,他表达的速度很快就加码了,以风掠过海面的急速在纸上、在诗中掀起了波浪。在《夏日读诗人传记》里,柏桦说:"他表达的速度太快了/无法跟上这意义。"柏桦自己的情况也是这样。

在他的诗歌写作中,一种是在看似的漫不经心里,我们窥到了那光一样急速的表达,比如《献给曼杰尔施塔姆》《琼斯墩》。急切、烦躁,按诗人自己的说法就是:"性急与失望四处蔓延。"(《琼斯墩》)这种品性贯穿于整个这一类作品。另一种则是明显的疯狂表达,比如《麦子》《初春》《祝愿》。在这些作品里,诗人把下午激情中特有的绝望、反抗以极端的速度表达了出来。

欧阳江河在论柏桦的那篇短文里,注意到了柏桦诗歌语言的减速换挡现象并将他与茨维塔耶娃遇到的同样难题做了对比。江河认为,茨维塔耶娃的减速通过从诗歌写作到散文写作的置换来完成,柏桦的减速则自始至终在诗歌写作的范围内来进行。⑥没有理由怀疑江河的眼力,却并不意味着必须同意江河的判断。我的看法是,疯狂的表达固然是柏桦式肉体写作的主要方式,它的不为普通灵魂所堪承受也自不待言;但是,柏桦自从将表达的速度提起来后——这是他那被四川"方言"所暗中支持的下午诗学逻辑规定好了的——便再也没有减下速度来。我疑心欧阳江河很可能把我上面所说的第一类诗误认为减速与换挡了,虽然它们的确有这样的嫌疑。

三、"减　　速"

柏桦的确试图减过速。诚如欧阳江河所说,太快的速度首先是对诗人自身的伤害。柏桦采取的减速方式是向后看,是怀旧,是回忆。他说:"母亲的先锋和尖锐之后是父亲的平和与韧性。漫过母亲的'海的夏天'进入父亲的'唯有旧日子带给我们幸福',从母亲的'对抓住的人施溺、灌汤',到父亲的'小竹楼,白衬衫,你是不是正当年'?"[5]往事、旧日子可以减缓表达的快速带来的疯狂与痛苦。柏桦把这叫做父亲的形式,而我更愿意把它称作下午的形式——一种试图减速的形式。

奥·帕斯说得好:诗歌的形式"永远是一个持久的意志",是"为了渡过岁月与世纪的海洋,人类记忆的方舟"。[6]不排除柏桦诗歌中采取的下午形式具有帕斯所说的那种寓意,但它首先是以对抗下午激情、减缓表达速度的面目出现:柏桦的确想在诗歌写作的内部来解决问题了;关键倒在于,下午形式(父亲的形式)真的可以对抗、缓解下午激情(母亲的激情)吗?

《夏天还很远》《唯有旧日子带给我们幸福》《往事》……是这一类怀旧诗、"减速诗"的代表。从整体上看,它们的确是缓慢的、娓娓道来的,但同时又是回肠荡气的;仿佛下午激情真的已被下午形式所化解,汹涌的洪浪已变作了涓涓细流。但正如齐天大圣纵有七十二变也无法掩盖那条倒霉的尾巴,即使是这些代表作,在整体的平缓中也露出了自身的破绽——

真快呀,一出生就消失
所有的善在十月的夜晚进来
太美,全不察觉

——《夏天还很远》

我暗自思量这勇敢的身躯
究竟是谁使它坚硬如石
一到春天就枝繁叶茂
不像你,不像我
一次成长只为了一次飘零。

——《唯有旧日子带给我们幸福》

我已集中精力看到了
中午的清风
它吹拂相遇的眼神

——《往事》

这些诗句"描写"的"细节"都发生在一刹那,发生在快速流动的时间段落里,或仅仅是一个特定的转瞬即逝的快速时刻。诗歌中的时间往往都是虚拟的,这固然不错;但对于一个成熟的诗人,在诗歌中之所以需要这种而不是那种虚拟的时间,说明这种诗歌中只有镶嵌上这种时间才合适;而之所以发生这样的情况,则完全是诗歌自身的需要。诗歌自身对时间的需要方式归根结底取决于诗人的心理需要,它以诗人对某种形式的渴求为准的。如果上述说法不幸是正确的,那我只能说,柏桦减速诗代表作中快速流动的时间刚好证明了他并没有真正做到减速,而只是相当成功地把速度给隐藏起来了,只留下一些让人轻易发现不了的破绽,几乎已不是破绽。

因此,在柏桦所谓父亲形式的怀旧诗歌中(我要说,这是他最成功的作品),拥有了两种速度。一种是内的,另一种是外在的。前一种速度仍然以惊人疾速飞驰,其中包含着天真的焦虑、烦躁以及渴求对这一切的缓冲与解放;后一种则以饱经沧桑的老练手法对抗这种速度,想最大限度地减低这种几乎快要脱轨的急速。这当然是两种错位的速度,却又奇迹般地互相牵扯、制约,有如孟德斯鸠在《论法的精神》中提倡的那种以权力制约权力来防止腐败的必然出现,在这里,柏桦成功地防止了诗歌自身腐败的必然出现。老实说,在当今中国诗坛,能这样做的人极少,即便是有能力在语言最幽微的地方,体察到两种速度带来的互不相同而又相互作用的素质者,也不会很多。钟鸣对柏桦有一句赞词:"我不能再从别的地方来理解卓越了。"我建议,这话也可以用在这里。

一个有趣的现象是颇值得一提的,那就是柏桦诗歌中多情和无情的同时并在。理解这一现象可能有多种线索,但我宁愿用两种不同速度的不同诗学功能来解释。下午激情的快速使柏桦的诗歌具有一种残忍、暴力和毁灭的特征,而下午形式却又分明具有了平缓、柔情、温婉的质地;前者以"破四旧""扫除一切害人虫,全无敌"的激烈语速表达了下午激情的残忍与无情,后者却以"此情可待成追忆,只是当时已惘然"的平缓,表达了下午形式的柔情蜜意。两种相互矛盾、互相牵制的情绪始终交织在一起,构成了柏桦诗歌中让人难以忘怀的特质。

因此,两种共在的不同速度和两种截然相反的情绪时而分离、时而化合,彻底说明了柏桦的减速是不成功的。柏桦以其直觉上的成功"欺骗"了素有聪明人之誉的欧阳江河。理解这一点很容易。柏桦试图在一个结构中注入不同的内涵来限制这个结构,甚至改变这个结构自身,注定只是痴人说梦:父亲形式的出现,归根结底是母亲激情引发的,在这一系统中,一方不可能反抗另一方,更不可能革掉另一方的命,而只能改良或调节。柏桦的确想减速,但他做不到;而要真正做到减速与换挡,需要一次脱胎换骨,这关系到语言、个性和由此带来的一切。

四、"下午"的抒情

尽管柏桦在 1990 年代也写过一些诗,但并不表明他属于1990 年代:从诗歌写作的意义上说,柏桦是个从未进入 1990 年代的诗人。我曾经说过,1990 年代的汉语诗歌与热热闹闹的 1980年代比起来,已从对过去的记忆和对未来的向往,转为对今天、对当下的高度重视;由纯粹的抒情转为成分很重的叙述。[7] 我们只要把孙文波、肖开愚甚至欧阳江河与半个翟永明拿来和柏桦一比,情

况就很清楚了。在《节日》中,柏桦写道:

> 再集中一些吧
> 集中即抒情
> 即投身幸福的样子
> 即沉迷的样子
> 当夜色继续暗下去

　　他很可能实在不喜欢稀释的充满了吃喝拉撒睡的非诗意的生活。"生活就是在家吃饭/其中一个人开口了/他说:我是歌德/不是吃饭。"(柏桦《家人》)这完全可以看作诗人的夫子自道。正是在这种若即若离中,柏桦拒绝了1990年代的诗歌主潮,也拒绝了进入1990年代。同样,我们也可以说,柏桦拒绝对自己来一次脱胎换骨,拒绝改变自己那得之于下午激情的语言方式。

　　柏桦的诗歌始终保持着抒情成分的极度浓郁。在1990年代,庞大的现实生活删除了诗人们的情感、想象力,也删除了诗人们的过去与未来,时间只剩下现在和此刻。"现在"的生活又排除了抒情。1990年代的诗歌主潮之一就是像逃避艾滋病一样躲避抒情,这该死的抒情被认为是不合时宜的、矫情的和作态的。不排除"饱飨此时此刻"(肖开愚语)的合理性,但同时,没有了抒情,诗歌又会怎么样。美国科学家兼作家阿·莱特曼(A Lightman)说,在没有未来的日子里,生离即死别,孤独一时便是孤独一世,在没有未来的日子里,现在之外空空如也,人们攀附着现在,就好像悬挂在悬崖边。而没有过去,情况未必会更好更妙。可笑的是,柏桦为了迎合1990年代的时尚,也写了一些仅仅有关现在的诗歌,但更大的讽刺却在于:他通过这些写作,并没有删去抒情,而是返回到老路上,即下午的抒情。在他脱胎换骨之前,下午的抒情将一如既往地牢牢掌握他,如同一个伟大或渺小的思想掌握了群众。

有两种说法：其一，抒情是不可能的。因为时代始终是个大于我的存在，是个大于个人语境的存在，而个人语境之所以出现，是在于对时代语境的改造，而人没有这种"敢叫日月换新天"的能力。其二，抒情是可能的。因为个人语境总是抒情性的，或总是倾向于抒情的，抒情是无诗意的时代语境的一个强制性结果，它的珍贵性也显现在这里。柏桦在下午激情和下午性格的驱使下，选择了后一种说法。这不是个勇气问题，而是天生的性情使然。

要注意的是，从来就存在着两类抒情。第一类，青春时代的抒情。米兰·昆德拉说，青春真是一个可怕的东西啊，年轻的尼禄，年轻的拿破仑，一大群狂热的孩子，他们假装的激情和幼稚的姿态会突然真的变作一个灾难的现实。类似的青春时代的抒情柏桦也曾有过，他的偏执、狂热、尖锐以及毁灭一切的冲动，在一定程度上，可谓昆德拉的一个注脚。1990年代的诗歌主潮抛弃的应该是这一类的抒情。但还有第二类，成人的抒情。它是对生活发出的哀鸣或赞美，是在不可知之流面前发出的一声尖叫。柏桦其实很早就依靠直觉进入了这种抒情的氛围。不同的只是，他以少不更事的天真为手段，进入了饱经沧桑的现实生活，是集快速、尖锐、法西斯的残忍与从容、大度、柔情蜜意于一体的复合性抒情。

这实际上就是下午的抒情。下午的抒情依然需要从对下午的精神分析中求解，关于这一点，我不用再啰唆了，这里只需指明一点：这种截然对立而又相互交织的抒情方式正是依靠下午形式对下午激情的调节和改良来完成的。临了，我们最不能忘记的是，下午形式之所以出现，只源于诗人对下午激情的过于恐惧，一句话，是下午激情造就了下午形式并最终造就了下午的抒情方式。

注释

① 需要说明的是，这里针对的是1990年代中期以前的柏桦诗歌在文学批评界所处的状态，其时的柏桦虽然早已写出了他的所

有优秀作品,也在诗歌创作界建立了相当的名声,但在批评界除了在少数几个有眼光的先锋批评家那里得到论述外,并没有多少批评家注意他。

② 钟鸣回忆说:"1988 年,我到南京去看柏桦","柏桦认为,一个外省诗人只有到北京得到承认,才算得上成功"。(钟鸣:《回顾,南方诗歌的传奇性》,载《北回归线》1995 年号,杭州,第 155 页)

③ 1998 年 3 月 7 日下午,在成都钟鸣家,当我说柏桦才是真正意义上的肉体诗人时,在座的翟永明立即就同意了。我的意思是,柏桦完全在凭感觉写诗,他有钟鸣所谓"能够准确地甄别具体的、每天都向我们围拢的语境,并立刻作出反应,获得语言的特殊效果"的那种能力。(钟鸣:《树皮,词根,书与废黜》,载民刊《象罔》"柏桦专号",成都,第 8 页)这里的肉体诗人的"此肉体"和时下女性主义批评中使用的肉体写作的"彼肉体"在内涵上没有什么直接关系,此肉体主要是指一种凭肉体感觉驾驭语言、即兴创造语境的能力。

④ 欧阳江河:《柏桦诗歌中的道德承诺》,载民刊《象罔》"柏桦专号",第 12 页。

⑤ 钟鸣:《树皮,词根,书与废黜》,载民刊《象罔》"柏桦专号",成都,第 1 页。

⑥ 欧阳江河:《柏桦诗歌中的道德承诺》,载民刊《象罔》"柏桦专号",第 11 页。

参考文献

[1] 柏桦.左边:毛泽东时代的抒情诗人:卷一[J].西藏文学,1996(1).

[2] David Guy. *The Autobiography of My Body*[M]. London:Penguin Books,1991:10.

[3] 瓦尔特·本雅明.发达资本主义时代的抒情诗人[M].北京:

三联书店,1989:10.

［4］柏桦.左边：毛泽东时代的抒情诗人：卷二［J］.西藏文学,
1996(2).

［5］柏桦.左边：毛泽东时代的抒情诗人：卷三［J］.西藏文学,
1996(3)：122.

［6］奥·帕斯.批评的激情［M］.昆明：云南人民出版社,1995：
72—73.

［7］敬文东.对现在的陈述［J］.上海文学,1998(3).

——原载《江汉大学学报(人文科学版)》(现《江汉学术》)2006
年第 3 期：19—25

心 灵 的 纹 理

——骆一禾、海子情爱主题和孤独主题比较研究

西　渡

摘　要：骆一禾和海子被视为一对具有共同诗歌趣味和诗歌追求的诗人，其诗歌主题也多有重合。情爱主题和孤独主题在骆一禾和海子的诗歌书写中都占有极为重要的分量，但其中体现的诗人的心灵向度却各不相同。在情爱主题上，骆一禾把情爱视为通向世界的桥梁，最终走向了宗教性的"无因之爱"；海子则把情爱视为一个封闭的天地，它在本质上是一种自我之爱。在孤独主题上，骆一禾一开始把孤独视为反思的对象，相信人不止拥有一个灵魂；海子则一直沉溺于孤独的体验中，最终走向了石头似的自我封闭。体现在情爱主题和孤独主题上的这些深刻差异反映了两位诗人深层心灵构造的不同纹理，呈现了各自鲜明而难以混同的个性。

关键词：骆一禾；海子；诗歌主题；情爱主题；孤独主题

　　骆一禾和海子被视为一对具有共同诗歌趣味和诗歌追求的诗人，但实际上两人各有其不同的"诗歌心象"；作为活生生的人，也各有其鲜明的个性。我们曾经从时间主题和死亡主题的比较中，考察骆一禾、海子在精神构造和心理结构上的差异[1]。事实上，这种差异不仅反映在两位诗人意含各别的时间主题和死亡主题中，也展开在情爱主题、孤独主题、历史主题以及其他主题的表现中。

本文将从情爱主题和孤独主题在两位诗人作品的展开脉络，考察他们深层心灵构造中那些曾被人忽略的不同纹理，以求最终认清两位诗人各自"活生生的个性"。

一、升华与冷凝：情爱主题的两样风景

骆一禾和海子都是当代诗人中写情诗的圣手，他们都写出过我们这个时代最美丽、最深挚的情诗。尤其是海子，情诗数量之多、质量之高，在当代诗人中罕有其匹。就海子本人的写作而言，情诗也是其全部作品中最引人注目的部分。然而，骆一禾、海子情诗所呈现的风景却大不相同。骆一禾的情爱从一开始就有一种升华趋势，他从爱人的身上看见世界，或者说，他在爱人的身上爱着整个世界。这种爱的升华最终把他带到了一种没有原因、没有条件的绝对的爱——无因之爱。海子的情爱却缺乏这样一种向上的动因。他的爱一往情深，如痴如醉，于他本人更是性命攸关，但也患得患失、疑虑重重。他的爱是和忧郁、病，甚至是和死亡联系在一起的。事实上，海子在恋人身上看见的是他自己，也可以说，他在恋人身上爱着自己。在海子看来，爱情正是从自恋中产生的。在他的短篇小说《取火》(1986?)中，他写道："长久地凝望自己，产生了爱情。"[2]1145这样，当爱的愿望不能得到满足时，他就走向了爱的反面：蔑视和憎恨。这正是后期海子一个解不开的情结，也是弥漫于其后期诗歌中的暴力修辞和黑暗修辞的心理根据。

骆一禾的情爱咏唱是从对少女的赞美开始的。1982年的《少女》一诗写出了一个还没有恋爱的少年对女性世界的向往。从1983年8月到1984年，骆一禾集中写了一批情诗。尽管这些诗在艺术上并不成熟，但呈现了骆一禾情诗的两个特点：一是他的爱是和世界相联系的，显示了他通过爱情进入世界的能力；二是他的爱是和生命相联系的，因为爱情，他更深地爱着高贵的生命。在《给我的姑娘》中，诗人说"能在你的手腕上/宽广地进入夏天"[①]；在《激动》中，他说"世界是从两个赤裸的年轻恋人开始的"；在《爱情（二）》中，他还说"我们通过爱情/获得有河流的城市/有河流的梦/与有河流的身体"。爱情在这里是成长的过程，也是通向世界的桥梁。与此同时，骆一禾对生命的信念和热爱也因为爱情获得了新的能源。在《爱的祈祷》中，他说："要你活着/要你活着/哪怕你痛苦"；在《四月》中，他说"我不愿所爱者死去"；在《爱情（二）》中，他说"我想/你是不会死的"。

正是这样的爱情使没有翅膀的人类有了飞行的能力，并体验到万类一体："听屋顶的飞鸟萧萧鸣叫/世界的尘土飞扬/天下的花儿盛开/我爱的只是你我要的只是你/灵敏的双耳贯穿白花/我聆听着幸福"（《爱情（三）》）。这样的爱情不是自我包裹的蚕茧，而是通往世界的道路。诗人在一只耳朵聆听爱的幸福的同时，另一只耳朵却聆听着人间的苦难："在这个辽阔无边的世界上/只有人间是这么苦难/世世代代建立在我的身上"（《爱情（三）》）。这里的情感逻辑是：我爱她，故我爱世界；我幸福，故我愿普天下人幸福。——沿着这爱情的上冲曲线，诗人最终来到了那个被诗人称为"无因之爱"的绝对爱的领域：

> 这是自心中产生的
> 光线自天空产生
> 这无因之爱是我所新生
>
> （骆一禾《爱情（四）》）
> 一个人需要有那种无因之爱
> 那种没有其他人的宁静
> 幸福在天空中闪闪发光
> 也许一生只是为了它

> 只是短暂的一瞬
>
> （骆一禾《落日》）
>
> 而我将热爱她
> 因为这雨水是这样的无因之爱
>
> （骆一禾《世界的血·飞行》）

至此，骆一禾的情爱主题从对少女和女性的赞美出发，经由在彼此倾心、彼此合一的爱情中的成长，终于登上了绝对的爱的顶峰："而生命此刻像矿石一样割开矿脉/爱的纯金把我彻底地夺去"（《身体：生存之祭》）。这是说，生命通过把自身彻底地让渡给爱，而完成了自身。

与骆一禾的情况相似，海子的情爱主题也是从少女颂开始的。海子对女性的感受开始于 15 岁的日子，也正是他初入大学的日子，"最初对女性和美丽的温暖感觉"，让这个少年诗人感觉"夜晚几乎像白天"。他这样形容这些少年的黄金日子："每一年的每一天都会爱上一个新的女性，犹如露珠日日破裂日日重生，对于生命的本体和大地没有损害，只是增添了大地诗意的缤纷、朦胧和空幻。一切如此美好，每一天都有一个新的异常美丽的面孔等着我去爱上。每一个日子我都早早起床，我迷恋于清晨，投身于一个又一个日子，那日子并不是生活——那日子他只是梦，少年的梦。"[3]海子最早发表的一首诗《女孩》，是对骆一禾《少女》一诗的仿写，两者的纯洁心境也相似。海子曾经为少女写过最美丽的诗句："少女们多得好像/我真有这么多女儿/真的曾经这样幸福/用一根水勺子/用小豆、菠菜、油菜/把她们养大"（《歌：阳光打在地上》）[2]，"少女/一根伐自上帝/美丽的枝条"（《诗人叶赛宁》），"伞中裸体少女沉默不语//贫穷孤独的少女像女王一样住在一把伞中"（《雨》）。

在小说《太阳·你是父亲的好女儿》中，海子对少女的赞美达于顶点："一切少女都会被生活和生活中的民族举上自己的头顶，成为自己的生活和民族的象征。世界历史的最后结局是一位少女。"在这部幻想小说里,海子塑造了一个光辉的少女形象——也许是中国文学中最光辉的少女形象——血儿。血儿的形象与歌德笔下的迷娘有诸多相似之处,她们都是精灵似的人物,美丽非凡,能歌善舞,身世离奇,向一个腐朽的世界挑战性地散播着光明灿烂的诗意。实际上,她们都是女性之美、世界之美的诗意产物。她们是黑暗人间仅有的光明,是腐朽的世界上唯一值得拯救,和应该拯救的部分。在血儿的形象中,凝注了海子关于女性的最美好的想象和体验,小说中叙述者的独白,应当也是诗人的独白:"我在你身上倾注了我所爱的一切,倾注了我所有的爱情与灵感,我把你当成理想的女伴,小小的女孩,如今你已长成人,要离我而去了,去吧,我的印度洋的少女,雪山的女儿,你几番在我梦中出现,变成了不同的模样。在我的这个故事,这本寂寞而痛苦的书中,你是唯一值得活下去的。你乘着这第一阵大雪,或第一阵春风,或第一片落叶,去吧,从我的呓语和文字中走出,在印度洋的和风下,长成一个真正女儿的身体。"在这段话中,有几点值得注意:一是血儿是"从我的呓语和文字中走出"的,表明她是诗人想象的产物;二是在血儿身上,诗人倾注了"我所爱的一切""我所有的爱情与灵感",表明她是诗人对女性之美的理想化产物;三是血儿身上概括了诗人所系恋的几位女性的形象,特别是其初恋女友的形象——这就是所谓"你几番在我梦中出现,变成了不同的模样",或者说这些现实中的女性,在海子看来都是血儿形象在现实中的不同化身。

塑造血儿形象之时的海子,是他最接近骆一禾的时刻。在这部小说里,诗人对爱情和生命的不朽获得了和骆一禾类似的信仰:"她不会属于死神。她不会死亡。"血儿的形象也就是骆一禾《飞行》中那个不可伤害的女孩形象在叙事中的展开。我们已经说过,海子这部小说在主题和构思上都深受骆一禾影响。但进一步研究,我们会发现海子的少女想象总的说来与骆一禾的意趣并不相同。从源头上说,海子最早的少女想象中缺少骆一禾诗中的纯洁气息和青春热情,而多了某种不安和骚动,甚至与死亡想象纠缠一起。在《九盏灯》中,海子对于少女的想象集中于她的月事:"海底下的大火,经过山谷中的月亮/经过十步以外的少女/风吹过月窟/少女在木柴上/每月一次,发现鲜血/海底下的大火咬着她的双腿。"对女性生理的这种特别关注,实际上表明了海子对于女性世界的隔膜。《病少女》表现了海子对于"少女"和"病"的固执的爱好:"病少女清澈如草/眉目清朗,使人一见难忘/听见了美丽村庄被风吹拂//我爱你的生病的女儿,陌生的父亲。"在《八月尾》中,海子把少女想象成危险的豹子:"月亮是红豹子/树林是绿豹子/少女是你们俩/生下的花豹子。"海子还难以置信地把少女和暴力联系起来:"少女/头枕斧头和水/安然睡去"(《诗人叶赛宁》),"还没剥开羊皮举着火把/还没剥开少女和母亲美丽的身体"(《汉俳·王位上的诗人》)。在某些时候,海子甚至在少女身上读到死亡气息:"大黑光啊,粗壮的少女/为何不露出笑容/代表死亡也代表新生"(《传说》),"但我的手指没有/碰过女孩的骨灰"(《但是水、水》),"瓮内的白骨飞走了那些美丽少女"(《吊半坡并给擅入都市的农民》),"月亮的众神,一如既往在戽水/只有戽水,纺织月光/(用少女的胫骨)"(《太阳·土地篇》)。可以说,海子既倾心于爱情,又倾心于死亡,或者说他像倾心爱情一样倾心死亡。

不同于骆一禾通过爱情走向世界,海子的爱情似乎反而成了成长的阻碍。1985 年前后,海子于初恋期间写了一大批优美的情诗,表现了海子对女性与女性世界独特的想象力和感受力,但与此同时,这些诗也表现出失败的预感,和不愿成长、畏惧成长的心理倾向。《你的手》是一首独具魅力的情诗,诗中把恋人的手比作两盏小灯,把"我"的肩膀比作被恋人的手照亮的两座旧房子,确是非海子不能想、不能写。而这首诗结束于这样一句诗:"只能远远地抚摸。"这里已经隐伏失败的预感。在《海子诗全编》接下来的两首诗《得不到你》《中午》中,这种失败的预感更加明显:"得不到你/我用河水做成的妻子/得不到你/我的有弱点的妇女/……我们确实被太阳烤焦,秋天内外/我不能再保护自己/我不能再/让爱情随便受伤//得不到你/但我同时又在秋天成亲/歌声四起"(《得不到你》),"你在一生的情义中/来到/落下布帆/仿佛水面上我握住你的手指//(手指/是船)/心上人/爱着,第一次/都很累,船/泊在整个清澈的中午"(《中午》)。初恋的甜蜜并没有消除海子内心的焦虑和不安全感,因此诗中弥漫着一种紧张的气氛和对难以预料的命运的无力感。

写于 1985 年的《北方门前》《写给脖子上的菩萨》《房屋》《蓝姬的巢》《莲界慈航》《城里》是海子最温暖的情诗,应该写于海子对幸福最有信心的时刻。从字面上看,这些诗写的全然是爱情的甜蜜:"我愿意/愿意像一座宝塔/在夜里悄悄建成//晨光中她突然发现我/她眯起眼睛/她看得我浑身美丽"(《北方门前》),"呼吸,呼吸/我们是装满热气的/两只小瓶/被菩萨放在一起/……/两片抖动的小红帆/含在我的唇间"(《写给脖子上的菩萨》),"爱情房屋温暖地坐着/遮蔽母亲也遮蔽儿子//遮蔽你也遮蔽我"(《房屋》)。但我们仍然难以把这些诗称为快乐的诗、幸福的诗。在我看来,海子一生只写过三首幸福的诗,那就是 1986 年的《幸福(或我的女儿叫波兰)》、1987 年的《幸福的一日——致秋天的花楸树》和《日出》。《日出》写的是另一种幸福——诗人作为创造者的幸福,不是这里所说的情爱幸福。《幸福的一日》则没有摆脱死亡意念的纠缠:"在劈开了我的秋天/在劈开了我的骨头的秋天/我爱你,花楸树。"所以,海子的诗中只有《幸福(或我的女儿叫波兰)》是一首完全幸福的诗。

海子其他的诗,那些似乎表现情爱的甜蜜与幸福的诗,却总是隐藏着不祥的预兆。这些诗有一种和表面的字句不相称的孤寂乃至凄凉的气氛。这些诗意象优美,想象独特,但缺少一种幸福的节奏。这些诗近乎静止的节奏暴露了诗人内心的秘密——他的那种不安全感从来没有完全消除。另外，我们看到这些诗的中心意象都是封闭的——塔、房屋、巢、热水瓶、菩萨，等等——全然没有幸福感所有的那种敞开和明亮的感觉，相反，它们都呈现出一种封闭空间中的枯寂、灰暗的色调。犹如出土的秦俑，虽然栩栩如生，生命却已从内部枯萎。海子即使在叙述情爱经验时，我们也看不到那种恋人之间身心交融的感受，倒好像是在听他讲时过境迁的回忆，"只是当时已惘然"。这种孤寂的氛围，在那首有名的《打钟》中最为显著："打钟的声音里皇帝在恋爱／一枝火焰里／皇帝在恋爱／……钟声就是这枝火焰／在众人的包围中／苦心的皇帝在恋爱。"深宫中的、众人包围中的皇帝是一个孤独者的形象，而他的爱人是大野中央的一只神秘生物，她是"敌人的女儿"和"义军的女首领"，皇帝和她之间除了互相为敌，没有别的交集。这些隐喻形象，也许透露了海子的一种独特的情爱观，爱人就是敌人，爱情是一场谁也无法取胜的战争。另一方面，它们也许还曲折地表达了诗人对爱的恐惧。事实上，海子对于失败的预感很快变成了现实："我轻轻走过关上窗户／我的手扶着自己像清风扶着空空的杯子／我摸黑坐下询问自己／杯中的幸福阳光如今安在？"（《失恋之夜》）失恋在海子那里造成的孤寂之感和自我怜惜之情令人动容："我的名字躺在我身边／像我重逢的朋友／我从没有像今夜珍惜我自己。"（《失恋之夜》）

奇怪的是，即使那个理想的、光辉的少女血儿，也不能帮助诗人从孤独、封闭的自我走向世界，而似乎仅仅不断重复着诗人的自我之梦："我的血儿，我的女儿，我的肋骨，我的姐妹，我的妻子，我的神秘的母亲，我的肉中之肉，梦中之梦，所有的你不都是从我的肋间苏醒长成女儿经过姐妹爱人最后到达神秘的母亲中。所有的女人都是你。"（《太阳·你是父亲的好女儿》）这里不断重复的"我"，暴露了海子自我中心的心理和情感定势。所以，对海子来说，爱人也是自我的一部分，是"从我的肋间苏醒长成女儿"的。在《四姐妹》中，海子则把他一生爱过的四个女性比作"我亲手写下的四首诗"。如果说骆一禾在爱人身上看到世界和宇宙，海子则在世界和所有女人中看到同一个女人。正如他在《日记》中说的："姐姐，今夜我不关心人类/我只想你"，世界因此缩小为一个爱人——实际上她只是另一个自我的镜像。

另一方面，海子似乎既不能使自己在爱情中获得成长，也不能使对方在爱情中成长。他似乎不愿成长为一个男人和一个父亲，也无力让一个少女成长为妻子和母亲。在 1987 年的一篇日记中，海子说："我还要写到我结识的一个个女性、少女和女人。她们在童年似姐妹和母亲，似遥远的滚动而退却远方的黑色的地平线。她们是白天的边界之外的异境，是异国的群山，是别的民族的山河，是天堂的美丽灯盏一般挂下的果实，那样的可望而不可即。"[3]因此，海子的情爱主题缺少骆一禾那样的上冲力。海子让自己止步于一个情种，他说"我就是那个情种"（《七月不远》），而没能像骆一禾那样从一个爱人成长为一个爱者。这样，即使海子倾注了所有爱情与灵感的血儿，当她从一个少女成长为一个真正的女人时，她还是要离诗人而去："我的流浪和歌唱中的女孩儿如今已经长成了一个女郎。她带着我的愿望，我赠予的名字和思想，带着对北方的荒凉的回忆，回到了印度洋的大船上。"（《太阳·你是父亲的好女儿》）所以，血儿对海子始终是远方，是异国他乡："你具有一种异国他乡的容貌。你的美丽不是那种家乡的美丽而是那种远方的美丽，带着某种秘密，又隐藏了某种秘密。"这个秘密就是女性世界的秘密，诞生和成长的秘密，是作为少年诗人的海子无法窥破，也无法触及的，或者说是他不愿窥破、不愿触及的。

就在海子写作他那些温暖情诗的同时，死的愿望已悄悄渗入诗行。几乎与《北方门前》《给脖子上的菩萨》《房屋》的写作同时，海子写出了《我请求：雨》。这是海子第一首明确表达了对死的向往的诗："我请求熄灭/生铁的光、爱人的光和阳光/我请求下雨/我请求/在夜里死去//我请求在早上/你碰见埋我的人。"不久,海子又写了《早祷与枭》,另一首以死亡为主题的诗。从此,海子的情爱主题就和死亡主题纠结在一起。也许就在1986年,海子写了两首奇特的情诗《半截的诗》《爱情诗集》③:

> 你是我的
> 半截的诗
> 半截用心爱着
> 半截用肉体埋着
> 你是我的
> 半截的诗
> 不许别人更改一个字
>
> 　　　　　　　　　　　　　(海子《半截的诗》)
>
> 坐在烛台上
> 我是一只花圈
> 想着另一只花圈
> 不知道何时献上
> 不知道怎样安放
>
> 　　　　　　　　　　　　　(海子《爱情诗集》)

这里出现了一种不祥的,或可以称为诗谶的东西,似乎已经预言着海子后来的结局。或许,海子在这时候已经开始规划他自己的死亡。稍后的另一首诗《葡萄园之西的话语》更把恋人之间的关系比作互为棺材,"你这女子中极美丽的,你是我的棺材,我是你的棺材",其中分明透露着海子之死与其情爱之间的因果。《泪水》写于海子初恋失败之后,在诗中海子声称:"在十月的最后一夜/我从此不再写你。"爱情的死亡在这里引起了一系列的死亡,用诗中的话说,引起了一系列死亡的"疯狂奔驰"。"背靠酒馆白墙的那个人"应是诗人自指,"家乡的豆子地里埋葬的人"则暗示了自己的死亡。"背靠酒馆白墙的那个人/问起家乡的豆子地里埋葬的人",是自己问起自己的死亡,是对自己的死亡和埋葬的想象。

海子同一时期的诗作《给1986》《海水没顶》《七月的大海》都属于这死亡奔驰留下的脚印。事实上,这三首诗不过是在不同情境下表达了同一凄凉的心境。对海子来说,初恋的失败确是"海水没顶",造成了永远无法磨灭的创伤——磨灭的办法只有一个,那就是死亡。《七月不远——给青海湖,请熄灭我的爱情》则把爱情视为一种难以药治的疾病,请求青海湖给予治疗的力量,同时再一次表达了被爱情抛弃的无尽凄凉,仿佛生命的鸟群已从心上飞去,空留下行尸走肉:"只有五月生命的鸟群早已飞去/只有饮我宝石的头一只鸟早已飞去/只剩下青海湖,这宝石的尸体/暮色苍茫的水面。"在《眺望北方》中,海子将这种难以割舍的爱称为"孤单的蛇",必得在"痛楚苦涩的海水里度过一生"。透过这些诗作,我们不难发现海子的死亡主题和情爱主题之间的关联。

这种爱与死的纠缠不但醒目地存在于海子的短诗里,也溢入他的《太阳·七部书》中。《七部书》的主题一言以蔽之,正是:爱与死。在《断头篇》中,海子试图在创世的图景中完成一首伟大的行动的诗,结果一不小心却写成了一首死亡的颂歌:"除了死亡/还能收获什么/除了死得惨烈/还能怎样辉煌"(第一幕第二场),"死亡是事实/唯一的事实"(第二幕第三场)。而其中最感人的还是死亡背景下的情爱言说:"我需要你/我非常需要你/就一句话/就一句/说完。我就沉入/永恒的深渊"(第二幕第三场),"诗人/被死亡之水摇晃着/心中只有一个人/在他肉体里/像火焰和歌/心中只有那个人//除了爱你/在这个平静漆黑的世界上/难道还有别的奇迹","我孤独积蓄的/一切优秀美好的/全部倾注在你身上","永远、永远不要背弃我的爱情"(第二幕第三场)。——在海子的心中,世界再大,大不过这一个人,宇宙背景、创世的爆炸,似乎都只为推出这几行爱的表白。《土地篇》中情欲老人与死亡老人的合一,重复了这个爱与死合一的海子式母题。《大札撒》的残稿化用了多首海子关于死亡的短诗,而把女人和斧头相联系("女人躲在月亮形斧头上/血红色的斧头/一只母狮/一只肉养育家乡"),也显示出海子以爱与死展开想象并以之作为结构动力的定势。在《你是父亲的好女儿》中,海子虽然力图创造一个完美的少女形象,但爱与死的纠缠仍昭然若揭。事实上,在血儿的形象中,也融入了海子的死亡想象,似乎爱情也是互相杀戮:"可有谁能用斧子劈开我那混沌的梦?! 我抱着我的血儿,裸露着我们的身体。我把精液射进她的刚刚成熟的子宫里。那里是黑暗的。我觉得我就要断气了。血儿每个毛孔都是张开的。我不应该这样写我的血儿。但那混沌就是这样的。谁是我手头嘹亮的斧子? ……但是在梦和一片混沌中,我还抱着血儿睡在这青稞地中。混沌中,我用镰刀割下了血儿的头颅,然后又割下自己的头颅,把这两颗头颅献给丰收和丰收之神。两条天堂的大狗飞过来。用嘴咬住了这两颗头颅。又飞回去了。飞回了天空的深处。"在《弑》中,爱与死的联系得到了情节化、叙事化的展示,剧中的公主红因爱而疯、因爱而死,几个主要男性人物剑、青草、吉卜赛、猛兽也在爱与疯狂中自戕或互相杀戮,最后结束于收尸人"打碎。打破头。打死"的嬉笑中。《诗剧》一边慷慨悲歌"我走到了人类的尽头",一边朗声高吟"一切都源于爱情"。事实上,写到《诗剧》,海子身上爱的力量似乎用尽,代之而起的是蔑视和憎恨。这样的感情在海子以往的诗中从未出现过:"我走到了人类的尽头/我还爱着。虽然我爱的是火/而不是人类这一堆灰烬。/我爱的是魔鬼的火太阳的火/对于无辜的人类少女或王子/我全部蔑视或全部憎恨。"这时候,海子似乎已走到人类的对立面:"在伟大、空虚和黑暗中/谁还需要人类? /在太阳的中心谁拥有人类就拥有无限的空虚。"因此,"他离弃了众神离弃了亲人/弃尽躯体了结恩情/血还给母亲肉还给父亲/一魂不死以一只猿/来到赤道"。但海子在这里仍试图从仇恨和愤怒中自我恢复："我的儿子/仇恨的骨髓/愤怒的骨髓/疯狂的自我焚烧的骨髓/在太阳中央/被砍伐或火烧之后/仍有自我恢复的迹象。"而到《弥赛亚》，海子已完全被仇恨占据，所谓"一阵长风吹过上书'灭绝人类和世界'"。这个时候，海子确已无法还原为人。在《弥赛亚》中，死亡的主题最终战胜了爱的主题，充斥《弥赛亚》的是末日的疯狂杀戮。然而，在全剧临近结束的时候，象征爱的疯公主上台了。她在末日的大火中高喊："把我救出去！/让我离开这里！把我救出去！"但她终于支持不住了："啊……我的双手/没有任何知觉了。啊/呀！我的手，我的脚，我的腿呀！/……我的手颤抖得厉害/我的脚也颤抖……"最后一次，在公主的眼中出现象征爱与生命的火："我的面前出现了一堆火。/……我的双手感到很疼痛/……好像烧着了。"火光终于熄灭了："火渐渐地熄灭下去——灰烬变成了一条粗大的/灰褐色的、陶土似的虫子"——这是爱的最后死亡。随后舞台上响起盲人合唱队所唱盲目的颂歌，这是献给光明的最后的颂歌，然而也是黑暗的颂歌。这是海子最后的挣扎，是他向光明发出的求救信号。这歌队叫视而不见，这歌声叫听而不闻。在天堂沉默的大雪中，剧幕拉上，一切结束。

二、孤独与拥有不止一个灵魂：
孤独主题的两般景象

孤独是海子诗歌除了爱和死以外最重要的主题，也是另一个贯穿其全部诗歌履历的主题，就其在海子诗歌中的重要性而言，远远超过另一重要的青春主题。海子早期诗歌追随江河、杨炼的史诗，其主题集中于对农耕文明和自然诗意的咏歌和文化寻根，虽然表达上已显示出个人特质，但主题的个人色彩却不明显。海子诗歌主题上个人特质的最早表现，开始于孤独主题在自然和农耕咏歌中的侵入，这一侵入使得海子诗歌在主题层面突破了寻根诗的文化围城，同时开创了海子个人化的表达领域。

实际上，在海子的创作履历上，孤独主题的出现要早于情爱和死亡主题。它最早出现于组诗《燕子与蛇》中的一首《手》："离开劳动/和爱情，我的手/变成自我安慰的狗/这两只狗/一样的/孤独/在我脸上摸索/擦掉眼泪/这是不是我的狗/是不是我最后的家乡的狗？"用手来表达孤独的心理主题也许不算海子的发明，但把手比喻为自我安慰的狗，却充分显示了海子独特的感受性和诗意地处理经验的能力。以狗喻手中有自我爱怜，更有对孤独的强烈指示——这是一种连狗的陪伴也没有的孤独。所以，诗人只好把自己的手想象成"最后的家乡的狗"来安慰自己。这首诗蕴藉而昭著地写出了少年海子在异乡的孤独体验。

《孤独的东方人》是一首叙述视角独特的诗，它以月亮的口吻谈论东方人的孤独，实际上把月亮和东方人视为一体，一个在天，一个在地，却共有一种孤独。月亮和孤独的东方人想象爱人"像一片叶子完整地藏在树上"，想象孩子"是落入怀中的阳光"，然而"几番追逐之后"，终于还是"爱情远遁心中"，"我在树下和夜晚对面而坐"。这是少年人向往爱情的孤独，却透出一种沧桑以至苍老的心态。海子早期诗歌中，最淋漓尽致地抒发孤独主题的还数《在昌平的孤独》：

> 孤独是一只鱼筐
> 是鱼筐中的泉水
> 放在泉水中
>
> 孤独是泉水中睡着的鹿王

梦见的猎鹿人
就是那用鱼筐提水的人

以及其他的孤独
是柏舟中的两个儿子
和所有女儿，围着桑麻
在爱情中失败
他们是鱼筐中的火苗
沉到水底

拉到岸上还是一只鱼筐
孤独不可言说

这首诗在收入海子、西川的诗合集《麦地之瓮》时，题为"鱼筐"（词句也有不同，这里采用的是《麦地之瓮》的文本），大概诗人嫌这标题还不够显豁，后来直接改为"在昌平的孤独"。这一改动限制了读者对诗意的理解，在艺术上并不见得成功，但传递了一个重要的信息：诗人对自己在昌平的孤独状态确已到了忍无可忍的地步。泉水中的鱼筐和泉水各自隔离，各自孤独，就像鹿王和猎人各自隔绝而孤独。鹿王和猎人的比喻，以及"柏舟中的两个儿子""在爱情中失败"的暗示，说明海子在此抒发的孤独和情爱有关。但这一关系中的奇妙之处在于，鹿王和猎人的相遇，不是孤独的化解，而是死亡。

此后，海子的孤独主题大致沿着三个方向展开：一是和情爱主题相联系，表现爱中的孤独；二是和写作主题相联系，探讨孤独、写作和诗歌的关系；三是和远方主题相联系，阐发孤独和远方的关系。其实，这也是克服孤独的三种可能选择。然而，在三个方向上海子都未能抵达对孤独的克服，反而加深、强化了孤独的体验。

《打钟》是海子诗中孤独主题与情爱主题最早的合题之作。事实上,海子早期的情诗都有一种封闭倾向,透露着诗人内心的焦虑——即使在情意浓密的时刻,诗人的孤独也一如既往。正如他在《但是水、水》的"代后记"中所写的:"另一个人……她给我带来了更多的孤独。……河流本身,和男人的本质一样,是孤独而寂寞的。"[4]把孤独视为男人的本质,实际上是诗人自身心理定势的一种映出,同时也证明诗人始终未能拥有一种可以彻底交托自身的爱情。在《太阳·断头篇》中,我们看到正是爱情把人引向孤独的深渊:"第一次也是最后一次/我第一次抱起被血碰伤的月亮/相遇的时刻到了/她属于我了/属于我了/永远/把我引入孤独的深渊。""第一次抱起被血碰伤的月亮"显然是性爱的隐喻,然而这里的性爱中却没有理解,只有更深的孤独。单向的爱情让孤独变得更加难以承受:"你的头发垂下像黑夜/我是黑夜中孤独的僧侣。"(《无名的野花》)在《七月不远》中,海子写道:"青海湖上/我的孤独如天堂的马匹"——这还是因爱而生的孤独。因此,诗人请求青海湖帮助熄灭他的爱情。但是,苍茫的湖水却不能熄灭已经在另一人心中死去的爱情。在《太阳和野花》中,海子这样写道:"太阳是他自己的头/野花是她自己的诗。"这是各怀心思的太阳和野花。诗人希望有朝一日太阳和野花能够共有一颗心,那时候,"太阳是野花的头/野花是太阳的诗"。然而,梦想难以成真,诗人只能在期待中"写一首孤独而绝望的诗歌/死亡的诗歌"。在同一首诗中,他还说:"一群鸟比一只鸟更加孤独。"在心上人移居大洋彼岸之后,海子把太平洋作为倾诉对象,写了多首献给太平洋的诗。他把太平洋当作自己的新娘:"我的婚礼染红太平洋/我的新娘是太平洋/连亚洲也是我悲伤而平静的新娘/你自己的血染红你内部孤独的天空//上帝悲伤的新娘,你自己的血染红/天空,你内部孤独的海洋/你美丽的头发/像太平洋的黄昏。"(《献给太平洋》)太平洋的内部是孤独的天空,天空内部是孤独的海洋,这种同义反复中涌起的是孤独洪波和孤独长涌。

爱情不能克服孤独,诗人转而把克服孤独的希望寄托于远方。这是诗人一生中多次远游,浪迹天涯的原因,他希望远方能帮助他恢复爱情的创伤,走出无法忍受的孤独。然而,远方回报他的是"一无所有"和"更加孤独":

> 更远的地方更加孤独
> 远方啊除了遥远一无所有
>
> (海子《远方》)
>
> 西藏,一块孤独的石头坐满整个天空
> 没有任何夜晚能使我沉睡
> 没有任何黎明能使我醒来
>
> 一块孤独的石头坐满整个天空
> 他说:在这一千年里我只热爱我自己
>
> 一块孤独的石头坐满整个天空
> 没有任何泪水使我变成花朵
> 没有任何国王使我变成王座
>
> (海子《西藏》)

海子把克服孤独的最后希望寄托在诗歌事业上,诗人试图从中找到治疗孤独的药方。这在文学上有着久远"知音"传统的中国,本来是最正当的选择。海子开始也对此寄予厚望。在他为自己最早的自印诗集《小站》所写的后记中,海子引用了惠特曼的诗句:"陌生人哟,假使你偶然走过我身边并愿意和我说话,你为什么不和我说话呢? /我又为什么不和你说话呢?"他说:"我期望着理解和交流。……对宽容我的我回报以宽容。对伸出手臂的我同样伸出手臂,因为对话是人性最美好的姿势。"[5]然而,诗歌虽然为他找到了骆一禾、西川这样的朋友，却并不能消除他的孤独。海子的诗歌选择在同时代诗人中没有得到充分认同，甚至因为"搞新浪漫主义"和"写长诗"同时受到官方和先锋诗坛的批判。诗歌界的人际踩踏则使他备受伤害。[6] 他的诗歌理想，就是与他的朋友骆一禾、西川等人也有很大区别。因此，海子在诗歌事业上同样深感孤独："我孤独一人/没有先行者没有后来人/……/让我独自走向赤道。/让我独自度过一生。"（《太阳·诗剧》）他把自己想象为孤独的诗歌皇帝，只能高处不胜寒地享受自己的孤独："当众人齐集河畔高声歌唱生活/我定会孤独返回空无一人的山峦"（《汉俳·诗歌皇帝》），"两半血红的月亮抱在一起/那是诗人孤独的王座"（《黎明和黄昏》）。

通过爱情、诗歌和远方克服孤独的努力都归于失败。在这样的情形下，诗人宣称放弃事业和爱情，坦然接受孤独的命运："你要把事业留给兄弟留给战友/你要把爱情留给姐妹留给爱人/你要把孤独留给海子留给自己。"（《为什么你不生活在沙漠上》）他甚至反其意地把孤独和幸福联系在一起，把它视为积极的心理体验："孤独是唯一的幸福。"（《太阳·断头篇·葬礼之歌》）沿着这个方向，海子走向了最彻底的封闭和最彻底的孤独。这就是石头的形象所披露的内心秘密："我没有一扇门通向石头的外面/我就是石头，我就是我自己的孤独。"（《弒》第一幕第五场）这是海子后期诗歌中到处堆砌着石头的原因。海子诗歌履历的一种写法，就是从活泼流动、亲润万物的水走向紧抱自身、完全封闭的石头的过程。这也是爱和生命在海子诗歌中逐渐耗尽的过程。

孤独主题在骆一禾诗歌中展开的方式，与海子的诗歌完全两样。孤独作为主题进入骆一禾诗歌，最早是在 1984 年的《滔滔北中国》，此诗的第二部分的标题即为"孤独"。诗中说："黄昏里/没有什么在死去/那洞穴似的声音还能感召谁呢/如果龙不肯放过幸福/我们就此孤独/也不为它哀号而凶残/佩金络子的马儿到远处去了/卧龙的山莽莽苍苍不使人向往。"我们看到,"孤独"作为诗歌主题,在骆一禾的诗里它从开始出现就是一个反思的对象,而非仅仅停留在情感和心理体验的范畴。在骆一禾看来,孤独是爱的反题,它使人与人彼此隔绝,自限于自我的小天地。从个人角度来说,它将使人们失去成长的机会;从民族、文化和文明角度而言,它将褫夺一个民族、一种文化和一个文明自新的可能。因此,在骆一禾看来,突破孤独的状态,走向理解和爱,正是诗人与诗的目标。骆一禾很早就对当代诗歌中"孤独"的泛滥进行了严厉的批评。他说:"写诗像气功师一样'轻松'或闹个'孤独'的不二法门,把其他切除,是能力的抽缩变简"(《艺术思维中的惯性》),"对于自我极度自大造成的孤独的过度玩味,这种玩味正揭示了自我的装饰性风度。把孤独当作上帝以修饰自己,到处可以见到一群人在六层或十二层的楼上,将这个话题当作每日的一项嚼谷,在一批新诗里充满了这种自大的夸饰造成的细细的咬啮声。我并不是一概地反对描写自我与孤独的两个母题,而是说,不可忘记在十二层楼上嚼谷的时候,首先要看看自己与地面相去的距离,它与其说是一个题目,不如说是一种促使我们去写作的压力"(《美神》)。

可见,骆一禾一开始就把那种夸饰性的孤独视为盲目自大、与世隔绝造成的一种心理症候。与海子试图通过情爱、诗歌和远方寻求克服孤独的路径不同,骆一禾通过打破隔绝,广大自己的生命来克服孤独。他说:"我时时听见/人类中传道:孤独/绿色和声音是与地层和鼎力对应/不能广大的孤独,孤独便毫无生命。"(《大海·第十一歌新生》)对骆一禾来说,生命是一个大于我的存在,"我"只有把自己献给这个更大的存在,才能获得自身存在的意义。因此,"我"的生命关联着世上的一切生命。孤独所具有的自闭、自满和自大心态正是他所严加拒斥的。他说:"他从未与我无关"(《塔》),"这是我所行的/为我成为一个赤子/也是一个与我无关的人"(《漫游时代》)。成为"一个与我无关的人",就是走向世界,与

大生命全体融会沟通。这样，即使在只身一人的时刻，诗人也会感
到自己与另一些隐身的人、另一些灵魂在一起：

> 当年我只身一人跋涉
>
> 我只身一人渡河
>
> 石头飘过面颊
>
> 向天空挥出水滴，有一些面颊
>
> 在空中默不作声
>
> 时远时近

（骆一禾《渡河》）

事实上，人每时每刻都与其他的灵魂在一起。我们来到此时
此地，并非全靠自己的力量。我们眼前的道路、桥梁、渡船，都是其
他灵魂在场的证据，它们是另外的人们伸向我们的手臂，是他们向
我们挥出的水滴，也是他们对我们的祝福。自闭的孤独无视众多
灵魂的在场，而使自己隔绝于世界，实在是一种不恰当的自大。孤
独最坏的地方就在于使我们变得冷漠，对世界和他人漠不关心，把
自我的心智一角当作整个世界。那么，所谓孤独其实是精神的萎
缩和作茧自缚。这样的状态就是生命的冷冻。这冷冻的生命要联
通于世界，前提是解冻。在骆一禾看来，解冻的办法只有一个，那
就是"燃烧"。只有"燃烧"能为解冻提供足够的热量，也只有"燃
烧"才能融化"孤独"自造的坚冰：

> 于是我垂直击穿百代
>
> 于是我彻底燃烧了
>
> 我看到
>
> 正是在那片雪亮晶莹的大天空里
>
> 那寥廓而稀薄的蓝色长天

斜对着太阳

有一群黑白相间的物体宽敞地飞过

挥舞着翅膀连翩地升高

（骆一禾《灵魂》）

这正是骆一禾钟情"燃烧"的原因。对于"燃烧"的情状，骆一禾在诗论中有更直接明晰的表达："仿佛在燃烧之中，我看到历史挥动幽暗的翅膀掠过了许多世纪，那些生者与死者的鬼魂，拉长了自己的身体，拉长了满身的水滴，手捧着他们的千条火焰，迈着永生的步子，挨次汹涌地走过我的身体、我的思致、我的面颊：李白、陶渊明、叶芝、惠特曼、瓦雷里……不论他们是贬谪的仙人，是教徒，是隐士，是神秘者，是曼哈顿的儿子，或者像河马一样来自被称为 Linbo 的监狱，他们都把自己作为'无名'整个注入了诗章。"（《美神》）诗人认为每一个体都是这一心脏连成的弦索上的一环。这弦索从时间上贯穿古今，从空间上纵横五洲，把生者与生者、死者与生者，把李白、陶渊明、叶芝、惠特曼、瓦雷里……和"我"联系在一起。从灵魂的视野来考察，没有什么前无古人，后无来者，也没有什么天上地下，唯我独尊。灵魂永远与灵魂在一起。因此，骆一禾认为，真正的人不止拥有一个灵魂。他在给友人的信中说："即使在我感到停顿的时候，我仍然感到我在继续，这就是朋友对我最重要的意义。这得以使我不是只有一个灵魂。"[7]骆一禾在诗里一再发挥这一思想：

我正在长久地凝望着你

一个灵魂的世界

绵长而黝暗

一个人绝不是只有一个灵魂

（骆一禾《黄昏（二）》）

对于息息相通的灵魂

死者对于生者

必定灵魂附体

只有一个灵魂，不能称为活着

（骆一禾《零雨其濛：纪念两个故人》）

如果我活得很久

就会吸附很多灵魂导者

和大海

只有一个灵魂的人

我不能称之为具有灵魂

就在北极星很大的节日里

我们已共存日久

（骆一禾《大海》第二歌）

　　生命就广大于这样一种共存的意识。我以为，这一意识正是骆一禾诗歌气质最突出的特征和标志。在骆一禾看来，诗歌是天下的公器，并不是个人的名山事业；诗歌的目标是"真正地为他的民族谋求真理"，而不以追求个人不朽为标的。骆一禾在他的诗歌编辑生涯中所以能把不同地域、不同主张、不同派别的诗人为新生的事业聚于一堂，正是出于这一诗歌为公的信念。

　　在骆一禾"愿尽知世界"的远游中，也有感到孤独的时刻。他说："当你在长途之上／你感到自己是孤独的。"（《屋宇》）这似乎和他所信仰的灵魂相通的信念矛盾。事实上，这种孤独感正是从现实中灵魂的隔绝状态中产生的。这种"事实"状态和"理想"状态的矛盾造成了诗人的信仰和情感的矛盾。但他没有屈服于显明的"事实"状态，而愿背负这份孤独向着光明迈进。他说："我不能让光明先于我／被刻薄地考验／孤独应当能够承担。"（《闪电（三）》）也就是说,诗人始终坚持灵魂相通的信仰。在一只运粮的蚂蚁身上,他也看到了灵魂和光明的存在,并与之有灵犀相通的对话:"一只背粮的蚂蚁/与我相识/放下身上的米粒/问我背着大地是否还感到平安。"(《渡河》)

显然,骆一禾所体验到的"孤独"并不使人与世隔绝,诗人始终与世界、与一切而至万灵俱在。对于骆一禾来说,"孤独"的最高境界乃是"万般俱在":"但丁使孤独达到了万般俱在/在其中占据的,必为他所拥有。"(《为了但丁》)孤独如何达到万般俱在?骆一禾曾经严厉批评的"孤独"拜物教产生于自我的膨胀,它以自我为世界,当然绝无可能达到"万般俱在"。骆一禾这里所谓"万般俱在"是这种孤独的反面,它一开始就以自我的广大和尽知世界为目标,其最高的成就就是万般俱在——生命与生命全体达到了汇通,从而"与一切而至万灵"。这就是所谓"使孤独达到了万般俱在"。

通过以上考察,我们不难认识到情爱主题和孤独主题在骆一禾和海子的诗歌书写中都占有极为重要的分量,但体现其中的诗人的心灵向度却各不相同。在情爱主题上,骆一禾把情爱视为通向世界的桥梁,最终走向了宗教性的"无因之爱";海子则把情爱视为一个封闭的天地,它在本质上是一种自我之爱。在孤独主题上,骆一禾一开始把孤独视为反思的对象,相信人不止拥有一个灵魂;海子则一直沉溺于孤独的体验中,最终走向了石头似的自我封闭。体现在情爱主题和孤独主题上的这些深刻差异反映了两位诗人深层心灵构造的不同纹理,呈现了各自鲜明而难以混同的个性。

注释

① 骆一禾:《给我的姑娘》,见张玞编:《骆一禾诗全编》,上海:上海三联书店,1997年版,第57页。本文骆一禾引诗、引文均出上海三联书店1997年版《骆一禾诗全编》,下文不另加注。

② 海子《歌：阳光打在地上》，西川编：《海子诗全编》，上海：上海三联书店，1997 年版，第 106 页。"把她们养大"原作"把它们养大"，据作家出版社 2009 年版《海子诗全集》（西川编）改。本文海子引诗均出上海三联书店 1997 年版《海子诗全编》，下文不另加注。

③ 这两首诗均收入自印于 1986 年夏天的海子、西川诗合集《麦地之瓮》。

参考文献

［1］西渡.灵魂的构造：骆一禾、海子时间主题和死亡主题比较研究［J］.江汉学术，2013(5).

［2］海子.取火［M］//西川.海子诗全集［M］.北京：作家出版社，2009：1145.

［3］海子.日记：1987 年 11 月 14 日［M］//西川.海子诗全编.上海：上海三联书店，1997：884—885.

［4］海子.寂静：《但是水、水》代后记［M］//西川.海子诗全编.上海：上海三联书店，1997：878.

［5］海子.《小站》后记［M］//西川.海子诗全集.北京：作家出版社，2009：1117.

［6］西川.死亡后记［M］//西川.海子诗全编.上海：上海三联书店，1997：926.

［7］骆一禾.致袁安［J］.倾向，1990(2)：108.

——原载《江汉学术》2014 年第 4 期：42—51

无焦虑写作：当代诗歌感受力的变化

——以王敖的诗为例

臧　棣

摘　要：在以往的新诗写作中，诗歌中的平衡被过分关注。一旦诗歌中的平衡寄身于对诸多诗歌元素的综合把握，它就成为写作的焦虑的最显著的体现。从这个角度说，王敖诗歌中的综合能力则表现在他对想象力的不平衡的出色而又凌厉的驾驭能力上。就当代诗歌的地理特征而言，这种不平衡标示着一种新的诗学的赫然登场。也可以这样认为，这种不平衡源于作者对诗歌力量的独特的把握。这种新型的诗歌力量最独异的地方就在于，它全然漠视流行的诗歌趣味，径直为当代诗歌建构了一种面貌卓然的诗歌记忆。

关键词：王敖；当代诗歌；写作焦虑；感受力

有很多时刻，我都觉得有必要感谢"新诗"这个冠名。白话诗，现代诗、现代汉诗、新诗，人们用这许多称谓来指陈同一种诗歌现象，并认为它们之间的每一次差别都标志着对诗的本质的回归。可以说，每一次新的命名，都提供了看待中国新诗的新的角度；并且，这些角度也确乎在某种程度上涵容了对诗的自觉。

但是在这些命名中，我还是钟爱"新诗"这个称谓。我特别看重这个命名所包含的差异性。每一种诗歌，都应该为它自身的"诗歌之新"提供充分的可能性。诗歌之新，是诗歌得以永恒的最主要的动力。诗歌中的新，可能并非像很多人所认为的那样，必须和旧相对应。在理解"诗歌之新"的问题上，我觉得应该对那种把新与旧作为一种二元对立模式的观念保持高度的警惕。诗歌中的旧是绝对的，至少对诗歌写作而言是如此；这种绝对源于诗歌中的旧与诗歌规约扭结而成的一种传统的力量。当然，从阅读的角度，才智活跃而又有耐心的读者，可以把诗歌中的旧误读成一种新；在这方面，经典的例子是艾略特（T. S. Eliot）对玄学派诗人所做的解读。而诗歌之新，则是相对的；只是这种相对性并没有模糊掉它拥有的巨大的可能性和新异性。诗歌中的旧（它多半以诗歌传统、诗歌规约、诗歌史惯性为其温床），必须依赖新的变革才能凸显出它的价值。诗歌之新，则可能完全不必依赖诗歌之旧而彰显它的独特的魅力；因为在很大程度上，诗歌之新来源于诗歌的可能性。换言之，在诗歌领域，新往往并不对称于旧。我认为，新诗这一文类之所以有魅力，恰恰是它包含了丰富的诗歌之新。这种诗歌之新——它自身包含的革命性、审美的疏异能力、探求的冲动、更宽广的参与世界的沟通能力，还远远没有被我们挖掘出来。这也是新诗至今还保持巨大的活力的一个重要的但常常被忽略的原因。

从新诗的起源上看，与其说新诗是反传统的诗歌，不如说它是关于差异的诗歌。也就是说，从五四时期开始，新诗从自己的语言肌体上发掘新的冲动和努力，远远多于它对古典诗歌的反叛。从诗歌史的角度说，对传统的反叛，仅仅是一种文化上的姿态；新诗真正的驱动力在于它所采用的语言，以及它所展示的崭新的参与世界的文学能力。按胡适的解释，这种新的诗歌语言立足于模糊诗歌与散文的界限，它包含着比文言文更多的实践的可能性。是的，"可能性"，胡适早在 1919 年就明确而又富有远见地使用过这个词。这种诗歌的可能性，不仅涉及语言的活力，对现代生活的适应力,精确的表达能力;也触及了新诗的人文主义精神,对现代性的文化参与(如五四知识分子所设想的),对自我的发现与探索,以及一种将人的存在和新的历史意识联系起来的视野。换句话说,在五四知识分子为新诗设定的目标里,包含着这样一种想法:新诗不仅是可用于提示主体(如胡适所指认的"现代中国人")的全新的文化标本,它也是反映生活在现代的人们的思想与情感的最切合的工具;但是,更重要的,新诗是用于改变我们与世界的关系的文化机遇。新诗的本质就在于它比别的现代文类向我们提供了更多的新异的文化机遇。换句话说,如果有人问什么是新诗,最简洁的也是最深邃的回答就是,新诗是一种机遇。这种机遇观念源于对文学的历史化。当然,由于20世纪中国文学和现代性的关系既特殊又复杂,新诗的这个目标主要是通过文化功能来转化的,而不是以审美功能来实现的。1980年代以后,这种状况才有很大的改观。

新诗,像20世纪中国所有现代文类一样,它的文学实践深受两种文化形态激烈的冲撞的影响——古典与现代的冲突,东方和西方的纠葛。这种冲撞,其本身很难用好坏来判定,但由于中国现代历史的曲折与动荡,它对新诗的文学场域——写作过程、写作心态、发表渠道和阅读机制——产生的负面影响更多,特别是在写作心态方面。最典型的症候就是,新诗历史上,几代诗人都曾被一种写作的焦虑深深地困扰着。这种写作的焦虑,极大地磨损了新诗这一文类所包含的写作的可能性和实践的魅力。甚至可以说,1980年代以来,新诗的写作,无论是它的生产机制,还是它的阅读方式,尽管有了相当大的改观,但写作的焦虑一直像幽灵一样妨碍着新诗充分展示自身的文学能力。也就是说,写作的焦虑遮蔽了人们对新诗这一文类所包含的诗歌之新的认知。

上述这些视角和线索,或许有助于我们鉴别王敖的诗歌写作所展示的意义。王敖的诗歌写作,也许在某些读者看来不够平衡,

比如,认为他的想象力过于依赖对诗歌幻象的领悟;但我们也可以
这样说,王敖诗歌中的不平衡,恰恰是因为他的诗歌展示了当代诗
人所很少具备的诗歌资质,即完全没有焦虑的写作。传统意义上
的或者说假借传统而自我申明的某些诗歌原则,大多把诗歌中的
平衡看成涉及诗歌写作秘密的最基本的东西;甚至很多人误将诗
人的平衡能力视为衡量诗人是否成熟的标准。这样,在以往的新
诗写作中,诗歌中的平衡被过分关注;诗歌中的平衡从一种写作的
自我意识蜕变为一种文学忧郁症。几乎所有的诗歌中平衡衰变为
过分的平衡,或是平衡的自我平庸。一旦诗歌中的平衡寄身于对
诸多诗歌元素的综合把握,它就成为写作的焦虑的最显著的体现。
从这个角度说,王敖诗歌中的综合能力则表现在他对想象力的不
平衡的出色而又凌厉的驾驭能力上。就当代诗歌的地理特征而
言,这种不平衡标示着一种新的诗学的赫然登场。

也可以这样认为,这种不平衡源于王敖对诗歌力量的独特的
把握。王敖几乎凭借个人的文学能力重建了新诗实践中的音乐与
幻象之间的关联。流行的观点认为诗歌中的音乐越纯粹越好,王
敖则反其道而行之;他把诗歌中的音乐幻象化,从而为新诗的写作
引入了一种活力盎然的新型的诗歌力量。这种新型的诗歌力量最
独异的地方就在于,它全然漠视流行的诗歌趣味,径直为当代诗歌
建构了一种面貌卓然的诗歌记忆。在具体的写作中,王敖则显示
了新的表达方式：对诗歌而言,记忆就是能量。记忆之源也就是
能量的漩涡。

至少,我是从这个角度去看待王敖的诗歌姿态的。他凭借一
种疏异的诗歌才能,把诗歌记忆作为一种直接的审美元素来使用。
这和绝大多数诗人的处理方式不同。对诗歌记忆的直接处理,增
强了诗歌对幻象的整合能力,同时,它也有助于把诗的幻象作为一
种能量释放在诗歌中。更难能可贵的是,在所有这些过程中,王敖
在诗歌的审美态度上显示出一种全新的放松：这种放松绝不是一

种对诗歌语言的无节制的松懈,也不是对诗歌风格的有意的怠慢,它体现为一种真正的创造意义上的放松。

这种放松并不仅仅是一种表露在写作过程中的行为特征,更具有启示意义的是,它直接对应于诗歌写作的情态和原型。这种放松源于诗人对诗歌想象力的新的关注,源于诗人对诗歌的修辞力量的新的洞悉,源于诗人对诗歌精神的新的把握。这种放松实际上是一种诗歌能量的释放状态,将名可名与随物赋形高度结合在一起,它绝非仅仅是简单的写作心态的自我调整。由于漠视当代的诗歌规约,这种不断在其内部释放能量的放松,其实已脱胎成一种语言自身的可生成多重寓意的自主行为。也就是说,可能并不像我们所习惯以为的那样,它仅仅表现为一种写作态度的特异,它更是一种以写作原型的面目出现的一种语言的自我书写。从王敖对诗歌主体的展示和对诗歌主题的开掘的能力上看,可以说,这种放松充分调动了诗人的感受能力,并且也让诗人对语言内部的联系变得更加敏感。这种放松,容易被误解和被简约的地方在于,人们也许会把它当成一种对新诗的写作程式的反拨和疏离而低估了它所凸显的重要意义。王敖的可贵之处在于,他所采取的诗歌姿态,直接源自新诗写作中所缺失的一种诗歌原型,他在诗歌写作中展示的放松,主要不是针对通行的新诗的写作程式以及相关的默认规则;他的放松,更多的是一种新的诗歌想象力的自我反应,是对一种诗歌原型的深刻的自我洞察。也就是说,王敖把他对诗歌的新的领悟带进了我们的新诗。他的诗歌之新,不是在与诗歌之旧的对抗或反驳中产生的,而是在诗歌想象力的自我争辩中生成的,并且已然衍生成一种卓异的诗歌原型。

初读起来,王敖的诗,容易给人造成错觉。我猜想,它引起的困惑可能更激烈。人们会被他的诗歌中某种类似童话的东西所误导。因为他很少借用人的经验说话,也很少对人的经验说话。这样,他的诗歌,就与目前流行的诗歌观念——诗歌是经验(如里尔克传授给中国诗人的）——相抵牾。当然，这不是说他的诗没有包含人的经验，而是说，他的诗不把人的经验作为一个诗歌的出发点；从想象力的角度进行归类，也不妨这样说，他的诗歌经验是一种幻象经验，其核心是，正如我在前面指出的，是要把记忆变成诗歌的能量。那种希望在他的诗中寻找某类关于人生经验的读者，在他的诗歌面前肯定会感到困惑的；并且，这样的困惑始终会很强烈，假如读者不习惯反省自己的阅读习性的话。从另一个角度看，王敖的诗不是常见的那类关于见证的诗。他的诗不诱导我们屈从我们的阅历和见识，而是猛烈地、专注地将我们拖曳到新的诗歌幻象中。他的诗也主要不是把记忆改进成一种认知，而是直接将记忆更新为一种生成新的感受力的创造行为。对此，新诗的读者或许还没有在审美心理上完全准备好。人们也许不再轻信诗歌是现实的反映，无论是直接的，还是复杂的；但从阅读习性上讲，人们隐约地总希望诗歌是一种见证，希望诗歌在我们混乱的异化处境中能带有更多一点的伦理色彩。并且，由于自身的狭隘，这种伦理性在大多数情形里还被肤浅地简化为诗歌的政治性。从责任的角度说，诗的见证这个词所包含的道德意味，是每一个优秀的诗人所难以拒绝的，这在很大程度上也是诗歌和人类的历史发生关联的一种依据。如果没有见证作为阅读期待的话，那么，诗歌就不会在认知的意义上吸引人们。但是，如何提供见证呢？这种来自诗歌的见证是否和社会文化的自我生产具有同一性呢？在新诗的历史上，诗的见证总有一种向证据乃至谎言蜕变的趋向。人们习惯于认为诗的见证是对人类经验中的已知的观念和原则的申张，而不懂得诗的见证其实是诗的意志和诗的想象力的一种自我确认，这种自我确认的核心针对着我们对自身的无知。所以，诗中的见证，在本质上是一种幻象的自我生成。它更倾向于我们对自己还不甚明了的东西发出某种声音：或是平静地言说，或是大声疾呼：我看见。

王敖的诗包含了这样的声音，这样的命名的冲动。并且，这样的声音更趋于内在：之所以如此，是因为他的诗歌想象力把记忆变成了一种审美能量的自我释放。王敖基本上不对已知的事物进行排列；在通行的诗歌程式里，这种排列的目标是使事物在审美的意义上各就各位，或使它们重新整合于一种新的经验。王敖属于这样的诗人，他更擅长把想象力变成一种敏锐的幻象记忆。更为特出的，他的诗歌，也让我们对诗歌见证事物的方式有了新的理解。以往，诗的见证总是指向外在的事物；这样就产生了一种审美惰性，似乎诗的见证总意味着把外部的事物引入（或说植入）诗歌的肌体。而王敖的诗则规避了这样的套路。他的诗歌并不缺少见证，事实上，他的诗包含着更多的诗的见证的力量。因为不拘泥于日常存在的描绘，不囿于经验的复述，而是着眼于幻象的自我生成，他的诗反而展示了一种新的语言图景：他的见证主要是对想象力自身和语言自身的见证。而这样一种见证方式，也有助于激活语言自身的修辞结构。

如果要尝试对他的诗歌品质作出某种说明的话，可以说，他的诗体现了人的创造力中一种永恒的冲动：用想象力观察世界，甚至更令人激动地，用幻象经验来触摸世界。并且，必要的话，用想象力创造一个世界，就如美国诗人华莱士·史蒂文斯（Wallace Stevens）所做的那样。这种创造冲动通常又展现为两种取向：一是对更高远的、未知的事物的渴望。反映在诗歌中，人们所能做的，就是用想象力来抵达新的现实。每一种现实都需要抵达，这一点经常为人忽略。与此相对称的是，在诗歌中，远方则可能是一种体验的范畴，它传递着高度真实的信息。二是通过与观察力的比对，运用想象力更丰沛地返回到对世界的专注。这种专注既是幻象经验的自我生成，又是诗歌记忆的自我确认。换句话说，它既是一种语言对世界的自我呈现，又是一种通过更高级的创造行动来改造我们自己的一种审美体验。王敖的诗较为倾向于后一种取向。经过诗的想象力的变形，我们并没有失去我们熟悉的世界，相反，我们的世界在诗歌的变形反而变得更充满奇趣了。有意思的是，卡尔维诺也倾向于使用"奇趣"一词来辨认世界的基本特征。在某种意义上，正是由于奇趣的可辨认性，世界也变得比较容易忍受了。奇趣始终是现代诗歌的秘密的道德源泉。

从视觉诗的角度看，也可以说，王敖的诗是关于幻像的见证。一方面，创造世界的幻像；另一方面，在创造的同时，提供快乐的见证。而且，这见证还保留了足够多的激活我们想象的审美空白，供读者亲自去诉诸体验。《鼹鼠日记》可以被认为是在这方面发挥到淋漓尽致的一个范例。

读《鼹鼠日记》这样的诗歌，领略显形其中的画面，我不禁回想起自己在阅读法国诗人兰波的诗时感受到的东西。那些生机勃勃的诗歌图景就像有时候我们可以真切地对自己说的：沉溺于轻逸，率性于想象。就视觉记忆而言，它们还包含着人在遭遇世界时的最热烈的原始情境：黑暗，无限，虚空。但是我们只能在这样的情境里捕捉我们的经验，并尝试着去寻找那勾画我们形象的痕迹。现代诗人对审美的依赖，不像古典诗人那样单纯依赖于人文经验，而更多地垂青于审美体验。就诗歌的认知方式而言，很显然，诗的体验比诗的经验包含着更纯粹的更积极的行动能力。或者，也可以说，体验的审美动机总是倾向于摆脱人类的成见，它更单纯，更敞开，更多接纳的愿望。从诗的结构的角度说，两者之间的差别也许无关孰优孰劣，体验在诗歌方式上比经验更具有接纳未知事物的能力；经验工作起来更像一个筛了，而体验则像一个四散开来的捕网。王敖的诗，不论在风格上采用何种面目，始终都内含着一种体验的强度。在《鼹鼠日记》里，体验具有清晰的线形，进而它扭结成一种修辞结构，向各种神秘的幻象情景开放。"空旷"的意象作为一种起源的表征出现（"花田空无一人"）。活动的场景也和日常生活拉开了距离，它被确定在"冒着烟"的"夜空"。不过，"夜空"

"如果适用于散步"的话,说明这一意象中包含着"家园"的意义。而且,很可能,这"家园"就是卡罗尔所描绘过"奇境"的翻版。"鼹鼠要去散步"则更像一种生活的神秘的告白。在以往的诗歌写作中,在夜空中行进的标准速度是"驰骋"或"穿梭",而王敖则有意将它减缓为"散步"。表面上,这是一种速度的调整,但实际上,它涉及的是对我们体验世界的方式的自我修正。"散步"的方式原本用于居家范畴,但现在诗人将它转换到天空这一浩渺的宇宙意象,这就改变了"夜空"通常向我们所显示的含义。从行为的方式看,"散步"其实是体验的具体动作。同时,"散步"也是为世界发明新的意义的过程。而如果从隐喻的角度说,"散步"作为一种揭示世界方式,则恰好意味着我们和人类自身经验所达成的契约的一种姿态上的自我调整。这种调整表面上看去,显得非常散漫,随意而又任性,漫不经心,因为散步的主体是即兴的角色:谁都可能是鼹鼠。正如诗人表明的:"谁先起身,并舍得离去/谁就是鼹鼠"。但实际上,这种随性生成的"散步"方式却包含更深邃的企图:它要将人们对自身的发现转入到对偶然性的完美的诉求。一种彻底的审美上的松弛,不是反羁绊,也不是反寮臼,而是自由于"就像星星要溜达"。换句话说,千万不要小觑体态乖巧的鼹鼠,在它的身体里可是孕育着巨大的天文能量:谁能拦得住想出去溜达的星星。这样的姿态,也可以说是王敖最本质的诗歌姿态:它们不仅展现在他对词语的使用中,也体现在他对风格的把握中。

阿什贝瑞(John Ashberry)在评论另一位美国诗人奥哈拉(Frank O'Hara)的诗时,谈到过一种诗歌倾向。我认为也适用于人们理解王敖的诗。阿什贝利说:"他的诗歌绝对不是文学。它是一种现代传统的一部分,这种传统是反文学和反艺术的,可追溯至阿波利奈尔和达达主义者……"阿什贝利用"不是文学"来概括奥哈拉的诗歌精神,我以为非常准确。因为这一洞见,有力地见证了奥哈拉所发展的并且也一直存在于现代艺术传统中的那种执着探求新的表现方式的自主的创造精神。那是一种源于神秘体验的真正的骄傲。在很大程度上，王敖的诗也可以说不是文学的，它特别不依赖于 20 世纪中国文学的新诗传统。但王敖的写作，丝毫没有偏离诗歌的范畴。相反，他的诗是对我们的诗歌经验和诗歌传统的一次有力的复活，它充分汲取了新诗本身所包含的可能性。

现在流行的关于文学的观念中，首要的一条就是，要求文学显示出和社会的关联。这也许不容忽视。这种观念已变成我们面对文学作品时的一种无意识。有时，它甚至是一种无形的无所不在的压抑装置。不过，王敖的诗不可简单地遵循反映论的文学惯例来解读。从另一个层面上，我们也可以说，王敖的诗与其说是反文学的，不如说它是一种为文学重新发明诗歌的诗。而且，更为卓异的是，这种发明并不着眼于一种刻意的颠覆，而是意指着一种与流行的文学规约的自觉的疏离。王敖的诗，几乎很少不和我们的新诗习性发生关联。这在以往的新诗实践中是很难想象的，也很难为人接受。因为我们本能地相信任何一种个人的诗歌实践总要和他的前辈诗人产生对接行为。但是，王敖的诗既不源于朦胧诗的启示，也不参与第三代诗的审美哗变。它甚至也无意修正新诗的传统。也就是说，他的诗既不依赖与新诗的继承关系，也不依赖反叛既有的新诗传统而显示出它自身的位置。他的诗卓然于为当代诗歌发明新的诗歌原型。当然，最终的情形很可能仍然是，他的如此疏异的诗歌方式反而会成为我们的新诗传统的一部分。

重新发明新诗，并不一定意味着反诗歌，或反新诗。它可能只意味着在新的语言层面上向诗的真谛的回归。事实上，每一种新的诗歌，作为类型出现的时候，它都包含了对诗的真谛的回归。换句话说，每一次出现在诗歌中新的努力，都包含着重新提出"什么是诗歌"这样的问题。诗歌，如果不是必须，但也不妨最好是"新于诗"的那种语言实践。优秀的诗歌方式总带着创造的双重面具：一方面，出于责任，它需要显示它仍是诗歌；另一方面，出于神秘的召唤，它则必须显示它新奇于诗歌。这双重的创造机遇，或许正是诗歌最终诱惑我们去书写它的原因；很可能，这也是诗歌作为一种高级的审美吸引我们去亲历并体验它的理由。王敖的诗对通行的诗歌观念最大的疏远在于，它不是关于题材的诗歌，它不依赖于题材的力量。或者，也不妨说，它坚持把想象力本身作为诗歌的唯一题材。诗是想象力的自我启迪。在他的诗歌中，想象力既是表达的工具，作用于语言直觉的纽带；同时，它又是诗歌本身的目的。人们可以说，华莱士·史蒂文斯采用的也是这样的方式，但与史蒂文斯在采用这种方式时表现出的严谨与复杂不同，王敖的诗从一开始就显现出了一种轻逸的活泼的奇趣般的姿态。这种奇趣姿态，看起来更像 W. H. 奥登在评论希腊诗人卡瓦菲斯时所指认的"喜剧的可能性"。换句话说，王敖的诗以罕见的大胆的方式专注于语言自身的愉悦，特别是语言作为一种仪式的愉悦。有时，我能感到，在王敖的诗中，愉悦就像一个屏幕，被诗人发明出来，专门用于展示诗歌自身不断喷发的能量。在这一屏幕上，各种色彩和各类形体经过隐喻的快乐变形汇聚成了全新的诗歌形象。这些形象会在适当的时候督促我们更新自己的感受力。这就如同王敖在这首《绝句》中所作的：

> 最后离开的赢了，他们找到的地狱
> 香渺幽邃的一枝，仍在猜想，仍在节律之滨
> 微转。他们传递的浮花，为什么不朽
> 像海之镜上，浪蕊的荧光，让我们在岸边奔跑
> 边相信，太平犬也来自一颗星。

诗歌中的纯粹，让一代又一代写作新诗的人伤透了脑筋。究竟要诗歌纯粹于什么呢？纯粹于超验的渴望？纯粹于内心的声音？纯粹于唯美的天真？纯粹于审美的高傲？纯粹于不合目的

性？对于种种潜在的可能，王敖的诗或许提供一种积极的选择。他的诗歌方式也许不是唯一的。但是，他的写作实践表明，诗，确实可以纯粹于想象，并且在审美经验的意义上仍能吸引人。王敖的诗擅长酿造一种意识氛围：有时近似于童话，有时又类似于寓言；更多的时候，甚至类似于启示录的自我嬉戏。他的诗经常迫使幻象本身发出强大的声音。这几乎是他的最主要的诗歌方式。纯粹于想象，同时又保持充分的活力。这的确很难得。这也是我指陈他的诗远离文学，而且亲缘于现代艺术的缘故。

从文学的标准看，他的诗也不是关于意义的诗歌，而是关于意味的诗歌。习惯于寻找意义的读者，在读王敖的诗时，需要养成新习惯（不仅是阅读意义上的）：读者应该转入对意味的敏感。也就是说，在王敖的诗中，有意味的形式，不是一个外在的对象，一种背景性的东西，它本身就是一种体验作品的环境。当然，诗的意味并非完全不指涉经验和意义，而是说，它指涉的角度和方式不同于我们所熟知的诗歌常规。王敖的诗指涉的是我们的经验中对于寓言的那种更内在的亲近感。比如，《我的狗不会叫》，这首诗中的意味甚至带有强烈的社会政治的寓指，但即便如此，它仍不能从一般文学的意义来看待它所包含的批判性。诗的政治，说到底，其实是对自我的极端辨认。

在他写得最好的时候，王敖的诗中会泉涌般溢出一种"专注"的美妙："我幸福的转入她的绸缎/就像蝴蝶住进花瓣的客栈/她扔下维特根斯坦的口红/我赠给她密娜发的猫头鹰"。又如，"我收紧星空的铁丝网/说全世界的，无数的花，包括警察和/小偷之花，和鼹鼠之花，和崩溃之花/你们酿造吧，用你们共同的美"（《鼹鼠日记》）。

这种美妙，既作用于我们和语言（特别是自己的母语）的命定的关系，又发酵于我们和诗人作为一个永恒的他者之间的神秘的关系。这作用的结果，就如同其他优秀的诗歌所显示的，最终这些关系转变成了我们的感受力的纤维，它们不再是一些冷冰冰的毫无弹性的带状物。

新诗历史上，差不多每一代诗人都对写作的即兴性充满了复杂的渴望：可以说，从没有一种风格的标记，会激发起如此强烈的既爱又恨的心理反应。很多诗人对诗歌的即兴性抱有巨大的期待，但往往又不知道如何把它带进诗歌。他们太迷恋有效性，从而丧失了对诗的即兴性的敏感。从写作实践的角度看，即兴性在以往的新诗实践中展露的方式，可能太受限于汉语的音节的影响，所以，往往缺乏必要的强度和深刻的内涵。而王敖则从音乐的角度，提升了（也可以说改变了）诗的即兴性的实践方式。所以，他的诗歌才通过即兴性展示出一种独特的语言魅力。

从修辞策略上看，1980年代中期后的中国诗歌一个最惹人注目的变化，就是更多地诉诸即兴性。这也涉及一种针对诗的结构的观念的解放。在新诗的传统中，雕塑曾一度作为一种诗的结构的原型被不断推举。人们倾向于认为，诗歌的结构最好呈现为一种类似于雕塑完美的有机体。这样的文本结构向诗人索取的是匠人般的虔诚与劳作；它也引发了诗歌措辞的禁欲主义，即诗人们大都相信通过对词语最佳的排列可以臻于诗艺的完美。这种观念本身并没有错，但是毫无疑问，它们并不适合所有的诗歌写作。而如果把这种结构观念供奉为最高的样本，那么，它就蜕变成一种自我束缚。诗歌措辞的禁欲主义，用于特殊的写作类型（比如说咏物诗），也许会收到绝佳的回报，但如果把它无限推广，那么，它的收益就会显得极不可靠。诗歌语言在表达是否完美的问题上存在着一个深刻的悖论，即语言的完美能引发无与伦比的愉悦，但这完美本身又是对经验和审美的缩减。因为在写作的实践中，几乎所有的完美都过于依赖文学习性。有些诗人喜欢来自语言内部的这种悖论的挑战，而另有些诗人则迷失于语言自身的这种悖论。王敖的诗，从写作上看，全然是反禁欲主义的，它呈现的是诗歌和语言发生关系时的另一种面貌：欢快，轻盈，单纯，猛烈，奔放，直接，专注，深邃。表面上看，他的诗歌类似于语言自身的狂欢，但在更本质的方面，他的诗呈现的是一种语言之醉。这里，语言之醉既可以谐音成最高的"最"（比如说，用于说明表达的适用性），也可以引申成陶醉的"醉"（比如说，用于凸显洞察力的深刻）。更值得珍惜的是，王敖的诗中所彰显的语言之醉和他的采用的即兴风格有着互为因果的关联。当然，这是指他在写作中所展现的最好状态而言的。此外，在我看来，他的诗歌语言还显示出一种神秘主义的倾向：它几乎很少求助于艺术的自觉，而是直接诉诸诗歌本身所包含的生命的直觉。这种直觉总是与最活跃的创造力联系在一起的。

诗的即兴性与诗人对语言的开放态度有关。这种开放的语言态度，曾被视为缺少必要的节制而遭到批评的贬抑。新诗的历史表明，这种贬抑通常是正确的，一种类似于政治正确的正确。但也可能存在着例外。如果这样的感觉以前还是模糊的，那么，在阅读王敖的诗时，特别是在他最新的诗歌中，我们可以断言，例外的情形的确存在。而且，通过诗人的创造性的更新，例外很可能不是例外，而是诗歌和语言发生关系时的一种常态。我经常为王敖在他的诗歌中显示的开放性感到着迷，并且，这种开放性也很容易延伸为一种难得的阅读快感：在他的诗歌中，不节制，准确地说是，拒不节制，常常会衍生出一种风格的力量，并且奇妙地具有审美说服力。我并不十分肯定我的结论，但我认为，他的诗歌态度中不节制，体现的是一种语言自身的开放。这种修辞的开放既舒展着诗歌的结构，又滑翔于诗歌语义的网络。这种开放，在某种程度上，也极大地缓解了诗人在和语言打交道时的焦虑。另一方面，我认为王敖出色的比喻能力，对寓言的敏感，措辞上的机敏，又为这开放的语言姿态增添了一种新颖的活力。换言之，我们可以说，他的诗在流行的结构意义上或许显得松散，不拘常规，但在寓言的意上，它又异乎寻常地紧凑于强烈的讽喻意味，或者说，紧凑于一种语言自身的喜剧性和超越能力。

语言是一种疯狂的经验，如同法国诗人兰波显示的。而在我们的实践类型中，人类关于诗歌语言的经验，有时候确实会如此显现。诗歌的写作经常滑向这种语言的癫狂，虽然新诗史从文学的标准出发，极少对此作出相应的正面的评述。在王敖的诗中，我们也会看到来自语言的癫狂的痕迹。比如，他的诗的意图很少依赖于我们对于经验的界限感。而诗中的幻像几乎都是以整个人类的生存图景作为一种深层背景而建构起来的；所以从表面上看，它们在类型上更多地倾向于寓言，甚至是神话，而不是确定的可加以还原的审美经验。我希望读者不要误会我的意指，我的意思是说，语言的癫狂与主体的癫狂是有区别的。语言的癫狂，在以往的新诗历史上，几乎算不上一种审美的类型，但在王敖的诗中，它开始显示为一种写作类型，并具有风格的说服力。比如在《长征》这首诗中，机趣，狂想，神秘的怒意，讥刺，怪诞，奇妙的暗示，混合成了一种诗的超级修辞。在显示诗的意义的同时又超越着诗的意义，这样，诗的意味便显影为一种历史的启示。《长征》的优异之处在于，它不仅把诗的含混戏剧化，而且将诗的含混构建成一种深刻的讽喻机制。在增强诗的意味的同时，也让含混释放出盎然的趣味。这种新的写作的类型，无疑会极大地改变未来的中国诗歌的版图与走向。重要的也许不是王敖的诗提供了怎样的诗歌范型，而是它们显示了我们和诗歌发生关系时的一种新的路径。这种路径，在我看来，可以把诗的想象力更多地引入到诗的创造中，也就是说，它可以把想象力作为充满意趣的过程呈现在我们称之为诗歌的那种东西里。这里面当然包含了强制的成分，但更多的是创造的成分。强制的成分是说，诗的神圣性和诗的力量必然体现为斯蒂文斯所指认的"内在的暴力"，创造的成分则是说，诗的意志必然执着于审美天性的自我确认。

　　到目前为止，作为文学规约的"现实"在王敖的诗中很少被涉及。它占有位置可以说极其有限，但"现实"在他的诗中并没有消失，它作为一种不在场存在着。或者说，它作为一种隐晦的提示存在于诗的幻象的自我生成中。王敖的诗绝少直接对现实说话，相反，它对一种超现实的情境却喋喋多语。这两种情形在阅读层面形成了强烈的反差。在他的诗中，虽然充斥着各种各样的形象，但它们基本上疏远我们所熟知的人文经验，它们也无意于连缀成总体性的意义。这些形象，不是以我们熟知的方式和意义发生关联，它们是作为一种体验的标志分布在诗的过程中的，它们所包含的游戏特征构成了独特的氛围和情调。对于这些氛围和情调，无疑可以有多种解读的方法；但毫无疑问，一种喜剧性的专注在其中居于主导地位。在他的诗里，轻逸的东西非常丰富，多到常常令人困惑；但如果把它们归入一种喜剧性，从写作类型上加以辨认，我们也许会把其中的困惑降低到最小状态。在当代诗人中，有能力把诗的喜剧性转化成诗的力量的诗人屈指可数，而王敖正是这样的诗人。

　　王敖的诗更像是一种诗歌记忆的复活。正是这种复活的特性，使得诗的记忆区别于历史的记忆。诗的记忆在本质上是对生命的一种发明，所以有时它显露出某种不无怪异的色彩。之所以有时显得怪异，是因为我们常常忘记我们有过怎样的生命。有时，我甚至能感到王敖在诗歌中显示的某种极端的表达有着神圣的原因。就纯粹的形式意义而言，语言本身似乎比我们包含了更多的生命的痕迹。对一些诗人来说，正是这种信念，促成诗歌的诞生。在某种程度上，也可以说，用诗歌向生命致敬，是王敖所采用的一种隐秘的诗歌仪式。他的诗，在我看来，具有比其他当代诗人多得多的仪式的成分。这种仪式的成分也加强了他的诗歌感染力。就诗的说服力而言，他的诗还触动了人们不太习惯的一种语言的能量。这种能量，被诗人导入幻象的自我生成，直接作用于我们的生

存记忆。也不妨说,它就是一种针对生命本身的题词。这种对记忆的重视,偶尔也会以佯称丧失记忆来强化。如在另一首《绝句》中:

> 很遗憾,我正在失去
> 记忆,我梳头,失去记忆,我闭上眼睛
> 这朵花正在衰老,我深呼吸,仍记不住,这笑声
> 我侧身躺下,帽子忘了摘,我想到一个新名字,比玫瑰都要美

在驾驭诗歌形式方面,王敖表现出了令人震惊的从容。表面上,他显得非常率性,放任随意。但我认为,王敖对诗歌形式的把握其实是值得人们深思的。在诗歌写作中,形式究竟是本源于意志的力量,还是起源于自然的力量? 一直是让诗人感到困扰的问题。一般而论,无论怎样选择,诗歌的形式靠向自然的力量,都算不上一件坏事。正如王敖在他的诗中所作的:形式如何呈现,不妨依赖于诗人在驾驭语言时所进入的那种直觉状态。通常,诗人们会用修辞和风格来润色他们的直觉,而王敖则利用修辞来充分暴露诗人和语言相遇时的那种原始状态。

——《江汉大学学报(人文科学版)》(现《江汉学术》)2008 年第 2 期:5—11

轮回与上升：陈东东诗歌的
声音抒情传统

翟月琴

摘　要：陈东东是与传统结合较为紧密的诗人之一，他以声音的诗学传统来完成诗歌轮回与上升的抒情功能。陈东东诗歌的声音指向音乐性的情感表达，在情绪与意义的追求中寻找其自觉的生命律动，从而为新时期以来声音诗学系统的建构提供了个案性的依据。

关键词：陈东东；诗学传统；音乐性；声音；抒情

20世纪80年代，朦胧诗潮在争议中席卷而过，一部分第三代诗人试图颠覆诗学传统，在断裂的轨迹里勾勒新的诗歌脉络；而另一部分则选择在艰难的语境中延续传统，返归诗歌之根本。就后者而言，可以说，陈东东是那个时代与传统结合较为紧密的诗人之一，他不断地在中西方诗歌的交叉影响中，重拾比兴与声音，幻化出理想的诗句。在他的诗歌中，我们看不到于坚、韩东等口语化的诗歌表达，抒情的意象化书写以及节奏的音乐性传达，成为他诗歌与传统之间最贴切的对接。陈东东极为重视声音与诗歌的关系，他提到过："需要一行诗，一个词，甚至只需要一个声音，去重新落实悬浮的世界。"[1]声音所彰显的内涵，已不再停留在平仄、格律等诗学话语与评价系统中，随着诗歌内蕴丰富性的加强，又被赋予了新的内涵。在他的诗歌中,复沓、回环的诗歌结构、情绪化的诗歌语调,以及词语或者句子之间的承接中断,都构成了他诗歌创作中的声音美感,凸显出自觉的生命律动和剧烈的情感浪潮。他在诗歌中,反复提到"一种节奏超越亮光追上了我""她跟一颗星要同时被我的韵律浸洗"(《夏之书》),而他的诗歌文本《流水》,更是将音乐的空境发挥到了极致,"空气传递音乐,将抵达宝塔和寺僧之时,音乐却已经变成了空无"。音乐重复出现,吐露出诗人对于音乐的敏感性,犹如东坡奏起的琴歌。而诗歌中,陈东东所流露的恰是音乐性所带来的轮回与上升的抒情功能。

一、音乐性的自律

陈东东对于音乐的感觉,向来颇有自律性。从这个角度而言,把握诗人的这种自律,是一件极为困难的事情。因为,我们似乎无法抵达诗人感觉上的一种自动性。然而,陈东东在一次题为《诗跟内心生活的水平同等高》的访谈中,为其诗歌在声音上的探讨,打开了局面。"把握语言的节奏和听到诗歌的音乐,靠呼吸和耳朵。这牵涉到写作中的一系列调整,语气、语调和语速,押韵、藏韵和拆韵,旋律、复沓和顿挫,折行、换行和空行……标点符号也大起作用。写诗的乐趣和困难,常常都在于此。由于现代汉诗没有一种或数种格律模式,所以它更要求诗人在语言节奏和诗歌音乐方面的灵敏天分,以使'每一首新诗'都必须去成为'又一种新诗'。"[2]事实上,"有效的诗歌理论是被建构出来的"[3],即使新时期以来诗歌中的声音在形式上缺乏规律,但也正因为此,才更体现出声音在诗学体系中的渐趋成熟。那么,面对词句在诗篇中的存在,至少在揣摩语言的呼吸时,能够捕捉到一些节奏上的情绪。

陈东东的父亲是上海音乐学院的教授，而他的母亲曾在越剧名老生张桂凤门下学戏，后成为上海越剧院的演员。在音乐的家庭背景中成长的陈东东，对于声音的敏感，有一种与生俱来的骄傲。与之相关的是，对于词语所造成的特殊声音效果，在他的诗歌中，也较为明显。柏桦称陈东东的诗歌具有"吴声之美"[4]，祖籍江苏吴江芦墟，生活在上海，地域文化的浸润，已渗透于他的诗篇中。因为古时吴歌产生于江南地区，"四方风俗不同，吴人多作山歌，声怨咽如悲，闻之使人酸辛"[5]。陈东东的诗歌可谓承继了吴歌复沓、婉约优美、低沉的乐音。

> 黑暗里会有人把句子点燃／黑暗并且在大雨之下／会有人去点燃／只言片语，会有人喃喃／低声用诗章安度残年
>
> 在青瓦下，在空旷的室内／会有人用灯把意义点燃／会有人惊醒／独自在黑暗里／听风吹雨
>
> 独自在窗下／会有人看清点燃的街景／马车驰过，似乎有千年／早已在一片夕照里入海／马车驰过，像字句被点燃／会有人看清死已可期
>
> （《残年》，1986）

诗人渴望在黑暗里表达与残年相关的情感基调，字句所勾连起的诗章成为残年的灯盏，将意义与幻想点燃。陈东东的诗歌，被臧棣指认为"华美"的言辞[6]。似乎与叙事类诗歌或者口语诗歌相比，其诗作在华美的外表下，显得较为抽象，无法触摸到具体的所指。但华丽并不意味着空洞，因为无意义的空洞只能指向虚无主义，但在陈东东诗歌中读到的反而是形而上意义层面的实在。《残年》开篇，两次提到黑暗，是黑暗将句子点燃，同时，在黑色的雨境中，诗人的喃喃最终构成了诗篇。在铺展与延伸中，黑色被渲染至极限，从而引出"会有人"做的事。第二节中，诗人进一步延宕

"会有人用灯把意义点燃/会有人惊醒",在落笔与思索间,返回到黑暗与雨水中。第三节,"会有人看清点燃的街景/马车驰过,似乎有千年/早已在一片夕照里入海/马车驰过,像字句被点燃/会有人看清死已可期",再次拉伸了情绪的表达,从黑色背景中,剥离出想象的空间,那点燃的意义是"夕照里入海",是"马车驰过",是"死已可期",这三种场景都淹没在思绪中,又被灯点燃,幻化为字句。这首诗歌,在声音的表达上,不断地拉长抒情语调,延长抒情细节,如一摊泼开的液体,在黑暗与死亡的对照中戛然而止。而写于1981的《诗篇》,是他早期诗歌创作中的一首代表作,陈东东的青春写作,便开始尝试声音的奏鸣音效,可见,他已意识到,倘若没有声音的节奏和呼吸,那么,诗歌与散文、小说则无异。

> 在土地身边我爱的是树和羔羊/满口袋星辰岩石底下的每一派流水/在土地身边/我爱的是土地是它尽头的那片村庄/我等着某个女人她会走来明眸皓齿到我身边/我爱的是她的姿态西风落雁/巨大的冰川她的那颗蓝色心脏/琮琤作响的高大山岭我爱的是/琴弦上的七种音色/生活里的七次失败七头公牛七块沙漠/我爱的是女性和石榴在骆驼身边/我爱的是海和鱼群男人和狮子在芦苇身边/我爱的是白铁房舍芬芳四溢的各季鲜花/一片积雪逃逸一支生命的乐曲?

> (《诗篇》,1981)

吴歌复沓回环的乐感,加之陈东东在创作中腾跃的效果,可以说,这种低沉、婉转、腾跃的音乐感觉,一直包孕于他的诗歌生命中。《诗篇》中以"我"为抒情主人公形象,在语词音乐之间寻找着关联。荷尔林德说过,语言既是最清白无邪的事业,也是最危险的财富,而这种危险则来自对个体存在的威胁。"语言不是人所拥有的许多工具中的一种工具；相反，唯语言才提供出一种置身于存在者之敞开状态中间的可能性。唯有语言处，才有世界。"[7]语言即存在本身。与众多 20 世纪 80 年代创作的诗人一样，关注词本身，返回语言之乡，成为其思想的皈依。陈东东将语词的追逐，与音乐之间进行了衔接。"七"在陈东东的诗歌中是一个特殊的数字，这数字首先是音乐中的七个音符，在某种意义上，其代表的更是一种声音上的命数，它指向音乐本身，也指向词语的生命律动。这种命数的规律，在陈东东 27 岁那年变得尤为明显，因为他从唐代诗鬼李贺身上看到了 27 岁生命终结的命运。读陈东东的诗行，很自然地有种让人吟唱的冲动，《诗篇》的首句不断地重复"我爱的是"，在平稳的诗行中，却凸显了细微的情感变化。"树""羔羊""流水"，同样不断地加长名词的修饰成分，以绵延爱的深意。而"在土地身边"与"我爱的是土地"，"我爱的是她的姿态西风落雁"与"琤琮作响的高大山岭我爱的是"之间形成了一种回环的音响效果。结尾处又一次延续诗句的长度，又一次获得了一种情感的延宕。其中，诗篇中间"七种音色"和最后的"生命的乐曲"，无疑完成了节奏层面的音乐与词、与生命的勾连。

这种听觉上对音乐的兴趣，一直在陈东东的诗歌中存在着，从早期诗歌中直接的表达，到他的《流水》中对于音乐的抽象书写，以及最终将音乐幻化入诗句当中，渐渐成熟地升华了声音在诗歌中的独特性。可以说，陈东东是一位诗人，更是一位歌者，他将词与音乐交相融合，在不断地诗学尝试中，更坚定了诗歌之精髓。正如，"没有形式，就没有诗歌"的论断，诗歌首先是一种形式的艺术。然而，形式本身又不仅仅是形式，其必然因情绪与意义而生，并最终返回情感与意义。所以，探讨声音与抒情传统在陈东东诗歌中生成的可能，不得不考察其诗歌中意象的情感追求。就这点而言，笔者从他的诗歌创作中，归纳出禅意与上升两种并生的主题，从中反观声音的抒情性。

二、禅意的轮回

> 这是清凉的芦席,这是清凉的水/这是粗糙的太阳/户外浩大的太阳/这是我的居所,半个夏天的居所/这是我的诗章/供你诵读的诗章/这是街口,光滑的汽车,湿润的面容/如同黑色卵石的季节/这是鸣蝉高唱的树木/下午的余荫,耀眼的玻璃,这是/遮挡艳阳的屋檐,灿烂的/鲨鱼,归帆的姿态/这是帷幕背后的裸体,黯淡的短发/黄金的左腿/一群雨燕向街心聚拢/这是出门看海的日子,独坐的日子/低语的日子,这是/芦席清凉的,海/就在手中,背后的墙上呈现出诗章

(《诗章》,1986)

陈东东的诗歌创作开始于 1981 年,在他 1980 年代的早期诗歌中,饱含着青春的尝试,将诗歌推向了更广阔的无限中。在这些尝试性的创作中,我们能够清晰地读出一种情感与意义所延展出来的节奏感,这无疑提升了诗歌在听觉上所造成的音响效果。《诗章》创作于 1986 年,诗歌中以"这是"的句式开头,展开诗歌的节奏,在对称的抒情语调里,诗人遵循一种情绪上的匀称性。其中,"这是鸣蝉高唱的树木/下午的余荫,耀眼的玻璃,这是/遮挡艳阳的屋檐,灿烂的/鲨鱼,归帆的姿态",则切断了诗歌的这种匀称感,以短句和断裂的方式,加快了情感运行的速度。"这样的对称里,另一个对称的反例出现,目的则几乎是为了打破这对称的格局。"(《流水》)的确,在陈东东的诗歌中,常常出现这种回环往复的艺术特征。《词语》一诗,诗歌的每节都以"巨石之上/正对净化物质的大海"结尾,但在诗篇的中间又有些微的变化,两个相对的"正对净化物质的大海"分别出现第二节的结尾和第三节的开端之处,形成

一种半封闭的诗章结构，既呈现出对称性，又加入了变化的元素。诗人在波动中延续着对于词本身的思考，与个体的思维律动感保持一致，词语已不再是词语本身，而是通向真理的符号，在诗歌结构的递进中，催化了诗歌的明确指向。同样，诗歌《点灯》，"把灯点到石头里去"，"把灯点到江水里去"，在重复中反复营造一种诗歌的匀称性，而最后的"点灯"，则打破了这种速度，变得短促、简练。如此的创作方式，在陈东东的诗歌中多次呈现，表露出诗人创作中对于声音的自在性表达。

如果说，石头、灯、雨，是他营造诗歌意境的惯用语词，那么，我们同样能够看到在色彩的多样性上，在禅意的发挥上，在思考的纵深方向上，以及在音乐与语言的追求方面，他都试图挖掘诗意上的深度。陈东东的诗歌中平静和节制多于激情，他所追求的是一种个人空间感极强的生活方式，他内心的禅境，在少林寺的生活以及在西藏的游历，都或多或少地与诗歌中的场景构成了某种关联。敲打、钟声、匀速的节奏感，总能在诗歌中隐隐出现。他的诗句，在长短句之间变换，并且已经形成了一定的自觉。1999 年冬季，他曾在嵩山少林寺生活了九个月，夜晚在寺庙中看繁星的感觉，像"自己的天灵盖像是在为整个夜空打开了，可以让这片夜空沉降下来，进入我体内，我的丹田……"黑暗中，远离尘世的喧嚣后，冲淡的气息遍布诗人的词句中。在陈东东看来，写长诗是耗费体力和时间的事情。的确，对于尊重诗歌语言的诗人而言，每一次诗歌创作，都意味着一种精神上的洗劫，那么，长诗的创作更是掏空似的让诗人难以继续。就这点而言，陈东东诗歌具有一定意义上的封闭性，他的组诗创作，由短诗连接而成，相对完整。如他的《夏之书》：

> 黄道十二宫传递着消息/传递着消息　在石头筑成的高
> 台之上/乌有之王卫护的手　探寻的手　从一个白昼/向另一

个白昼/黄道十二宫传递着消息

黄道十二宫传递着消息/传递着消息 斧钺的反光把语言映照/我开口的时候有水滴凝结 像一种落花/像射日的弯弓收缩进冬天/黄道十二宫传递着消息

黄道十二宫传递着消息/传递着消息 粉白的四壁间有我的记忆/我是在舒展的翼翅下说话 在冷风吹打的回廊里趺坐/我叙述的是我那唯一的旅行/黄道十二宫传递着消息

黄道十二宫传递着消息/传递着消息 更高的星宿是更黑的阴影/在这座五月的城市里 乌有之王已敞开了梦境/他倾听又倾听/黄道十二宫传递着消息

又或者：

我生于荒凉的一九六一 我见过街巷在秋光里卷刃/有多少次 我把手伸给黑暗之树/死亡之树 和太阳在葱郁中完整的另一面

我生于荒凉的一九六一 我潜行于秋天古老的檐下/看风景黯淡/如记忆衰退的悲恸年华/我触摸过最为寒冷的星宿/那一颗翻车鱼封冻的/太阳 看蝙蝠飞翔如疼痛的信号

我偶然弹拨毛发和琴弦 在深冬仅有的春天里对雪/我接受指引 枕放头颅于语言的河上/雾霭的窗前

鲜花里绿松石花蕊的肩头/我生于荒凉的一九六一 我衣袋里兜满了/细沙和火焰

我生于荒凉的一九六一 在酸涩的叫喊间/学会了记忆/我见过苍茫里黑暗的神 仇恨的神/阴毛卷曲的失望的神/我生于荒凉的一九六一 从一种饥饿到另一种饥饿

都能看出，诗人在结构诗歌时，一种轮回的习惯性创作方式，自动地调整句子与句子间隔的距离。无论"黄道十二宫传递着消息"，还是"我生于荒凉的一九六一"，都像是有始有终地完成一种情绪上的完满。除此之外，较具有说服力的是他的诗歌《秋歌二十七首》，全诗分为 27 首，每首 27 行，每首 6 节采用 5—4—5—4—5—4 的行数安排，可见，陈东东在诗歌音乐性的节奏安排上有强烈的自觉意识。然而，与翟永明、杨炼等叙事诗人不同，陈东东的诗歌并非在诗歌空间结构上有意为之，他所表达的也与情节无关，他的诗歌指向的永远都是一种情感上的动态，一种思绪上的意义合成。因此，在回环的封闭式形式中，陈东东将禅与词语、与音乐融为一体，集中地展现了诗意的追求。也正是由于在诗歌形式层面上的自律，才造成了其创作中缺乏开放性，他所延展的情感，在较多意义上，是偏向于节制与冷静的。也许陈东东的诗歌，在阅读上，不会唤起读者激越的心理动荡，而是通向了圆融的克制，这点正与他柔软的意象和尖锐的词语搭配，所产生的效果相仿。

三、意象的上升

大海是诗人惯用的意象之一，在海水中，能依稀感觉到诗人的情感起伏。海已经成为其诗歌中固有的生命表征。他曾经提到过，之所以对海如此着迷，一方面是因为诗人从小生活在上海，上海这座城市带给诗人的是，流动、漂泊，正如刘漫流曾为海上诗歌群体的命名一样，"被推了过来""或者正向岸靠近，或者正在远离，而诗是他们脚下的船，一种'恢复人的魅力'的手段"[8]。倘若说，他 1990 年代创作的与城市相关的诗歌，更强调的是都市的不真实感，那么有关大海意象的诗篇，则关注的多是一种被推动的远离感，以及动荡所带来的不安：

这正是他们尽欢的一夜/海神蓝色的裸体被裹在/港口的雾中/在雾中,一艘船驶向月亮/马蹄踏碎了青瓦

正好是这样一夜,海神的马尾拂掠/一枝三叉戟不慎遗失/他们能听到/屋顶上一片汽笛翻滚/肉体要更深地埋进对方

当他们起身,唱着歌/掀开那床不眠的毛毯/雨雾仍装饰黎明的港口/海神,骑着马,想找回泄露他

夜生活无度的钢三叉戟?

（《海神的一夜》,1992)

《海神的一夜》将诗人创作中的两个显著的意象凝结为一体,即"海"和"马"。这两个意象在陈东东诗歌中呈现出不同的心理状态。就"海"意象而言,在杨炼的诗歌中也频繁地出现。而陈东东诗歌中的海,更强调一种距离上的疏离,与"马"一起腾向远处,所谓的远处,指的更是精神上的流浪。肉体的对话以及城市的回响,在诗歌中得到了统一,在"海"意象的包裹中,诗人瞬间变成了浪子,在旷野奔驰、幻想,毫无限度地魂游,逃向夜的深处。诗歌以"这正是他们尽欢的一夜"或者"正好是这样一夜"展开,都将流浪推向了以下降为参照的更远的追寻。因此,从"马蹄踏碎了青瓦""肉体要更深地埋进对方"到"海神,骑着马,想找回泄露他/夜生活无度的钢三叉戟",从空间意义上,构成了跳跃的思绪,使得诗歌的音乐感觉溢出文本之外。

喷泉静止,火焰正/上升。冬天的太阳到达了顶端/冬天的太阳公正浩荡/照彻、充满,如虚构的信仰/它的光徐行在中午的水面

在中午的岸上,你合拢诗篇/你苏醒的眼睛/看到了水鸟迷失的姿态/那白色的一群掠过铁桥/投身于玻璃反光的境界

　　排遣愁绪的游人经过／涌向喷泉和开阔的街口／他们把照
相机高举过顶／他们要留存／最后的幻影

　　钻石引导，火焰正／上升。赞歌持续俾特丽采／在中午的
岸上你合拢诗篇／你疲倦的眼睛／又看见一个下降的冬夜

（《冬季外滩读罢〈神曲〉》，1990）

　　在 1980 年代以来的诗歌创作中，"鸟"意象频繁地出现，在北
岛、欧阳江河、西川、柏桦的诗歌中也不乏其例。"鸟"这只在高空
中飞翔的生物，几乎成了诗人们形而上追求的一个意义符号，飞行
的姿势无疑通向了一种仪式性的神圣。而在陈东东诗歌中的"鸟"
又多了一重迷失的情景。在《冬季外滩读罢〈神曲〉》中，火焰上升
与迷失的鸟处于同一水平线上，抽象化地演绎了读罢《神曲》后的
升腾感。"喷泉静止，火焰正／上升"与"钻石引导，火焰正／上升"，
标示着两次情绪的膨胀，这情绪在冬季，在中午，在外滩的语境中，
显得格外的突出，因此，两次突兀的"上升"，更加剧了对抒情环境
的表达。一方面在精神层面上追逐，另一方面，则渐渐进入迷失的
情景中。两者交织出现，使得诗歌本身在声音表达上既激越，又迷
离，陷入两种精神状态的制衡中。很明显，诗歌的第一和第二节依
循情绪的高涨，而中间两节则相对克制。正如整首诗歌，即使是以
上升起篇，但诗人仍在"它的光徐行在中午的水面""投身于玻璃反
光的境界""又看见一个下降的冬夜"这样的诗句中徘徊，于是，上
升与下降也同样在诗歌中形成意义层面上的制衡。在犹豫中，加
深了"鸟"所蕴含的迷失意蕴。他的诗歌《起身》，"清晨也是欲望苏
醒的时刻／是饥饿之鸟飞离峭壁的时刻／是想晒太阳之鸟飞离峭壁
的时刻／也是寻找幸福之鸟飞离峭壁的时刻"，这在陈东东的诗歌
中，已是较为激越的情绪表达，一次次地升华清晨之音，不断地加
强句子在听觉上的难度，延长了抒情的时间。后两节中相继出现
了"清晨也是精神抖擞之树"，"清晨也是雄心勃勃之日跃出大坝的

时刻",不断地明确诗句所要传达的意蕴,似升腾的血液一冲而上,凸显出内心的汹涌。结尾处,"等到我终于穿好衣服,窗下就能听见/鱼群歌唱,也能看到上学的孩子",思绪又渐渐地平息了下来,像海水的浪波,又像是歌曲的音浪,有高潮,又有平静。创作于1995年的《乌鸦》,"而我却梦见另外的乌鸦/从廊柱隐秘的阴影里脱胎/它升到象征的戏剧之上/看黑夜到来——黑夜多奇异",也同样隐喻性地将这只黑色之鸟置于上升的境地,颇具知性地思考乌鸦在黑夜中的形态,诗歌冷静、克制,诗节没有明确的情感表征,较客观地叙述了思索情境中的生命,破折号的使用,延宕了乌鸦生存背景的叙述时间。

奔马与海、鸟意象不同,如果说,"海"打开了诗人宽广的怀抱和思绪,鸟常常处于飞翔的迷失状态,而"奔马"则无疑增强了诗歌的灵动、迷幻与超现实感。这三种意象的出现,为陈东东诗歌中声音的抒情化表达,起了至关重要的作用。《雨中的马》是陈东东表达这一意象的代表作之一:

> 黑暗里顺手拿一件乐器。黑暗里稳坐
> 马的声音自尽头而来
> 雨中的马
>
> 这乐器陈旧,点点闪亮
> 像马鼻子上的红色雀斑,闪亮
> 像树的尽头木芙蓉初放
> 惊起了几只灰知更鸟
>
> 雨中的马也注定要奔出我的记忆
> 像乐器在手
> 像木芙蓉开放在温馨的夜晚

走廊尽头
我稳坐有如雨下了一天
我稳坐有如花开了一夜
雨中的马。雨中的马也注定要奔出我的记忆
我拿过乐器
顺手奏出了想唱的歌

（《雨中的马》，1985）

早在1980年，陈东东就受到超现实主义诗人埃利蒂斯长诗《俊杰》的影响，使得幻想与词语之间发生了剧烈的碰撞。西方超现实主义更强调的是一种行为，这种行为指向的是对传统的颠覆与破坏，"陈东东的'超现实'情结其实多半源自横亘在书写者与现实的那层紧张关系"[9]。这种紧张感，更多层面上来自与意识形态间的现实疏离感，而并非西方语境中的断裂，然而恰恰成为与传统的连续层面上的诗艺转折。超现实主义诗歌天马行空的艺术特色，幻觉的流溢，为陈东东的诗歌提供了更为宽广的想象空间。雨中的马与乐器交织在一起，自动地在记忆与黑夜中跳跃，诗歌中无论是重复，抑或长短句的变奏，都极为迅速地展开，又结束，彰显出跳跃的诗歌律动。意象的腾跃与诗句的变奏，钩织出诗句的灵动与飘逸。而这种跳跃的音乐感，在陈东东21世纪以来创作的40首诗歌中也不乏其例，与之相呼应的是，戏仿与超现实的诗风变迁，更加剧了声音的动态感。以诗歌《梳妆镜》（2001）为例：

在古玩店/在古玩店/手摇唱机演绎奈何天/镂花窗框里，
杜丽娘隐约像/弥散的印度香，像春宫/褪色，屏风下幽媾
　　滞销音乐被恋旧的耳朵/消费了又一趟；老货/黯然，却终
于/在偏僻小镇的乌木柜台里/梦见了世界中心之色情
　　"那不过是时光舞曲正/倒转……"是时光舞曲/不慎打碎

了变奏之镜/鸡翅木匣，却自动弹出/梳妆镜一面/梳妆镜一面
映照三生石异形易容/把世纪翻作了数码新世纪/盗版柳
梦梅玩真些儿个/从依稀影像间，辨不清/自己是怎样的游魂
辨不清此刻是否即/当年——/在古玩店/在古玩店：胶
木唱片/换一副嘴脸；梳妆镜一面/映照错拂弦……回看的
青眼

如此梦幻的、不连贯的情感表达，在陈东东21世纪以来的诗
歌中变得尤为突出。这无限的跳跃，在整个新时期以来的诗歌文
本中都较为罕见。诗人创作中复沓回环的痕迹逐渐消失，所遵循
的是更自然的生理与情绪上之共鸣。陈东东不但青睐超现实主义
诗歌，他个人对于中国古典诗人辛弃疾和李贺也偏爱有加。除此
之外，包括对于诗人卞之琳诗风的吸取，从其诗歌中也可窥见一
二。可以说，陈东东诗歌创作的灵感，主要来自阅读和旅行。在阅
读中，汲取中西诗歌的精髓；在旅途中，融入了对于生命本身的理
解。如果说李贺、辛弃疾或者卞之琳，在其诗歌创作中起着关键作
用的话，那么天马行空、洒脱、跳跃，以及对意象的多面向追求，无
疑是陈东东对现实变形、幻想的创作基点。由此，多元化的尝试，
自始至终在陈东东的诗歌中表现得都较为明显，这也不断地唤起
读者对其诗歌的期待。

四、结　语

声音作为一种诗学观念，已延续至今，但缺乏较为系统的建
构。探讨声音，其实从根本而言，是在探讨诗歌的传统，梁宗岱早
在《新诗低纷歧路口》中就认为："从效果看，韵律底作用是直接施
诸我们底感官的，由音乐和色彩和我们底视觉和听觉交织成一个

螺旋式的调子，因而更深入地铭刻在我们底记忆上；从创作本身而言，节奏、韵律、意象、词藻……这种种形式底原素，这些束缚心灵的镣铐，这点限制思想的桎梏，真正的艺术字在它们里面只看见一个增加那些散的文字底坚固和弹力的方式，一个磨练自己的好身手的机会，一个激发我们最内在的精力和最高贵的权能，强逼我们去出奇制胜的对象。"[10]事实上，自胡适所倡导的白话诗歌运动发生至今，新诗已走过了将近百年的历程。回首，对于诗歌与声音话题的关注从未消失过，然而，迈入新时期以来，声音在诗歌中是否还存在，如果存在又以何种方式而存在，可谓一直是当代诗学研究中的一个焦点。在文中，笔者阐释了陈东东诗歌与声音之间的关系，在他所遵循的抒情传统中，提炼出轮回与上升的诗学追求。值得一提的是，对陈东东诗歌节奏的讨论，从来都是与情感，与意义不可分割的。因为陈东东的诗歌写作"背后却仍然联系着诗人对于诗歌的文明使命的承担及其对人类普遍生存境遇、精神性问题和终极事物的形而上思虑"[11]。尽管声音在诗人的创作中带有某种自律性，阐释也许并不能抵达其内心的绝对丰富性，但不可否认的是，对诗歌律动节奏的把握，始终是声音在新时期以来诗歌中存在的重要方式。

参考文献

［1］陈东东.一排浪[J].青年文学,2000(11)：109.

［2］陈东东,木朵.陈东东访谈：诗跟内心生活的水平同等高[J].诗选刊,2003(10)：85.

［3］M.M.艾布拉姆斯.以文行事：艾布拉姆斯精选集[M].赵毅衡,周劲松译.南京：译林出版社,2010：206.

［4］柏桦.左边：毛泽东时代的抒情诗人[M].南京：江苏文艺出版社,2009：264.

［5］张邦基.孔凡礼点校.墨庄漫录：卷四[M].北京：中华书局,

2002：116.

［6］臧棣.后朦胧诗：作为一种写作的诗歌［M］//中国诗歌九十年代备忘录.北京：人民文学出版社,2000：205.

［7］海德格尔.荷尔德林诗的阐释［M］.孙周兴译.北京：商务印书馆,2004：40.

［8］徐敬亚,孟浪,曹长青.中国现代主义诗群大观 1986—1988［M］.上海：同济大学出版社,1988：70.

［9］李振声.季节轮换："第三代"诗叙论［M］.上海：复旦大学出版社,2008：127.

［10］梁宗岱.梁宗岱选集［M］.北京：中央编译出版社,2006：139.

［11］钱文亮."学院派诗歌"：概念与现实：兼论中国当代诗歌的处境［J］.江汉大学学报：人文科学版,2010(6)：9.

——原载《江汉大学学报(人文科学版)》(现《江汉学术》)2012年第3期：12—17

两种时间观念交织下的对望

——探析陆忆敏诗歌中的语调特征

李大珊

摘　要：纵览中国现当代文学 1980 年代的诗歌群体，我们会发现陆忆敏发出了与众不同的声音。陆忆敏的诗歌语言具有轻柔缓慢的质地，带给读者丝绢般柔软的触觉特征。需要我们分析的是，在这种感受性判断背后，女诗人对诗歌保持什么样的内在逻辑能够让诗歌文本显露出与众不同的语言形式。陆忆敏诗歌语调特征及其形成原因主要在于诗人在诗歌语言中形成了两种不同的时间观。在两种时间观念的交织下，诗人可以不断地移动自己的位置来对现实世界进行解释。通过这种方式，诗人克服了时间带来的焦虑和恐惧，在语言中实现了与传统相互对望的抒情姿态，并在抒情过程中实现了传统的再生。

关键词：陆忆敏；女诗人；《陆忆敏诗选》①；第三代诗歌；1980 年代诗歌；语调

按照时间顺序纵览中国现当代文学 1980 年代的诗歌群体之后，我们会发现陆忆敏发出了与众不同的声音。她的个体声音与时代环境和大众语调一起高歌着人的存在，探索着诗歌中现代性和古典特征，找寻着死亡的终极奥秘。正是由于陆忆敏在诗歌内容上如此多面地分割了时代环境，才凸显了其在诗歌语调上的异质特征。陆忆敏的诗歌语言具有轻柔缓慢的质地，带给读者丝绢般柔软的触觉特征。质地的轻缓来自其对待生命的从容感和贵族气质。然而，更需要我们分析的是，在这种感受性判断背后，女诗人对诗歌保持什么样的内在逻辑能够让诗歌文本显露出与众不同的语言形式？如果语言形式和感性有关，为了在最大程度上挑逗感官欲望而设置，那么语言形式的目的在于我们的身体。就在身体引起关注之时，极具个人色彩的感官欲望又重新回到内在逻辑，被已经获得的经验理性放在手术台上，进行条缕式剖析。作为读者，在注意到陆忆敏如此异质的语调之后，是要将形成的观念重新放回手术台，对共有的感官欲望进行第二次手术，即对原有的感官欲望进行文本化解读。批评和诗人的任务不同，如果说诗人的任务是将感官欲望所带来的挑逗用语言形式进行缝合，并形成自己独有的语言质地和语调特征的话，那么批评的任务是从特征入手，通过诗人缝合好的语言形式，重新放回到感官欲望之中，拆解语言的思维方式。或说正是支撑诗歌语言形式背后的逻辑形式不同，诗歌才形成不同的语言质地和语调特征。

批评者应观察到诗人介入世界的经验立场和思维形式，如此这般，才能对文本内部秩序形成敏感的洞察。在分析了诗人和批评者的工作之后，两者之间的鸿沟得到显现，其形成在于个体思维的异质性，如同世上并不存在绝对相同的双胞胎。从多元共生的角度看，过分地要求抹杀这条鸿沟，只能让诗人和批评者被孕育成畸形连体婴，如果连接部位仅是手足四肢，为了保持主体性，做个小手术便可摘除掉对方；如果连接部位是心脏或大脑，让一方的主体性完全依赖于另一方的话，分体手术定会对双方都造成毁灭性的灾难和破坏。鸿沟的存在恰恰是双方精神自足的表征，若消除了鸿沟，反倒只是让双方都成为精神上的死人罢了。

鸿沟不仅存在于诗人和批评者之间，更存在于诗人与诗人之间。诗歌形成群落特征的原因在于个体思维形式的多样性和异质性。社会存在所形成的立场位置,在面对芜杂世界时的介入角度,或说对世界进行经验秩序上的整合和置换都能够以变量方式,进入思维方式,进一步进入语言层,形成语言质地和语调特征。

在汇集了众多语调的时代,或说一段时间中,诗歌形成了多个发音部位,那么根据发音部位的不同,诗歌与历史发生了众多纠缠不清的交媾和杂糅。依靠什么练习发声,或说从哪里发声都成为诗歌构筑历史的基础,而发出什么样的声音则成为历史内部形态各异的风景。对于陆忆敏的诗歌语调分析,我们可以上溯到五四时期新文化运动那场以线性时间观为内核的文化运动。如果说唯物主义恰恰来自我们羞于承认自己是唯心主义者,那么当我们揣着一颗唯心主义的心脏进行唯物主义进化论的时候,就会发现进化史观也不过是个被神学摆弄的提线木偶[1]403而已。在为现代经验进入思维和语言疏浚管道的同时,对于时间的观念也获得了相应改变。当过去和未来在不断地进行拉锯战的时候,主体观念成为主宰历史的关键。如果原始初民面对这个世界最棘手的问题是找到一条能够涵盖宇宙万事万物的规律,那么我们现在面对的是究竟应该选择哪一个规律来面对世界,从而铸就存在的主体性?在万众呐喊着"前进、前进,再前进"的口号下,陆忆敏巧妙地将历史融入诗歌之中,对嘶吼的众生保持着菩萨般的微笑时,我们能感受到支撑其语言背后那发达而强悍的理解力和包容力,也就是说,陆忆敏在众生狂奔、裹挟前行的时候,保持了一张面向过去的脸孔,这也正是每一个能够抵达个体内心的"新天使"[1]408所应持有的姿态,恰恰是这个姿态所形成的思维特征让陆忆敏的语言呈现出了与众不同的异质性。

一、我们应该如何面对时间

如何面对时间的问题关乎如何规划历史。在对问题进行拆解的时候，问题则转化为存在的主体性和时间之间的关系。那么有必要把"五四"新文化运动所革除掉的时间观念重新捡拾回来，对其保持一种不离不弃的态度。"五四"新文化运动成为时间进程中的界碑式存在，它标志了两种对时间不同的阐释观念，也就是说，虽然时间依旧保持其固有特性，对时间阐释的不同观念恰恰在于思维形式异质。

思维转换成为时间流动的指示标准。大众思维一腔热血地向时间前端进发，且试图叫嚷着超越时间的行为，不过是潜在预设了一条时间基准，并在其上进行自我突破。毫无疑问，在这种时间观念支配下的行动会对人的主体意识进行激素式培植，同时，社会主体会逐渐发现，无论何种超越时间的方式都来自对时间的信仰。正如本雅明所言："历史唯物论归其根本只是受到了神学控制的历史发展历程。"[1]403

在中国古典哲学中，古人并非如此认识时间。老子言"道生一，一生二，二生三，三生万物"[2]，宇宙万物是个从混沌而来，终将归为混沌的过程。庄子在其《天地》篇中提到，"泰初有无，无有无名：一之所起，有一而未形。物得以生，谓之德；未形者有分，且然无间，谓之命；留动而生物，物成而生理，谓之形；形体保神，各有义则，谓之性。性修反德，德至同于初。同乃虚，虚乃大"。[3]宇宙万物来自天地的道德演化。时间带来的并非未知，而是能够化约在普遍规律中的已知。

进化历史观和循环历史观的异质性决定了处理事物观念的不同。依照进化史观的发展轨迹，主体通过排斥"非我"来明确"我"，而古典循环史观则通过找寻"非我"与"我"的同质性，将"非我"化归于"我"。

二、这取决于我们如何分割我们的生活！

纵观陆忆敏的诗歌题目，就可以发现这位女诗人在诗作中设置了一座座区分生活混杂性的界碑,比如《美国妇女杂志》《年终》《街道朝阳的那面》《死亡是一种球形糖果》《避暑山庄的红色建筑》等。现实生活是混杂多元且结构繁复的,然而值得质疑的是在一个特定层级对生活划分,或者在一段特定时间对同质事物归类的方式。如果诗歌呈现出与众不同的语调特征,那么批评则需要返回诗人对于生活层次的划分和重组,也即她在诗歌中对社会秩序重新建立的方式开始。从单质时空关系分割生活的角度看,就会发现诗人的分割利器多质且繁复。由于诗人的分割方法与大众单质分割法迥然不同,才能让诗人在单质分割后,将无数混杂多元的异类元素重新融合进诗作之中。虽然诗人与大众共同分享生活资源,却因不同的时空分割方法而呈现异质。也就是说,由于诗人在诗作中采用了不断变换的历史观将同一空间内的混杂事物重新进行秩序确认,才让诗歌的语言质地和语调特征呈现出异质性。

三、圆 心 和 半 径

陆忆敏在诗歌中首先展示出的是对死亡的接受,她没有力图让诗歌飞升到形而上去超越生活本体,也没有寻求民族主义式的大包大揽,而是在个体生命的限度内完成了对死亡的接受。每个人都对死亡抱有焦虑,或说是对个体时间有限性抱有极大的焦虑。从进化发展而言,死亡具有极大的淘汰意味,同时也是对世界无限性的有限度截取。如果个体要超越这种时间限度,需要克服生活本体带来的焦虑感,或说将个体时间循环依托于整体时间循环之中,那么无论过去或未来都会出现与自我共生的个体。从这个视角进入陆诗,就会发现其丝滑质地来自主体时间观的变幻。时间观规束下的诗歌内在秩序,让内心克服了死亡焦虑。那么陆诗采用什么角度,在多大程度上混杂了两种时间观念成为问题的关键。

一个中心的中心有一个中心

这种现象就是一盏孤灯

灯光下，寂静中我听到你的琴声

我像一只白色的现代鸽子依床而睡

嘴角挂着几滴乳汁般的句子

《六月二十一》

当以个体为圆心在时间中开辟出时间场域来处理自我生活的时候，个体时间圆圈的外部还存在着包容性和解释能力更为强大的时间圆圈，也就是说，个体循环时间被宇宙循环时间所包围，最大范围的循环中心里面包含着无限层级的个体循环。当依靠中心和半径确定了一个又一个时间循环场域之后，个体意识在时间中出现了断层，以个体为中心规划的圆圈犹如"一盏孤灯"，灯光范围是自我存在对于总体存在的分有。双重时间循环场域重叠之后，时间范围存在于圆心与圆心之间，表现为个体意识出现的差异。那么个体时间是如何交杂在一个更为广域的时间循环之中呢？事物只要在不停变化，时间就会前行；反之，时间向前进发的时候，事物必然发生变化，那么在时间流动中不可能遇见过去的存在个体。为了实现个体相遇，我们依靠声音，能够代表声音的个体语调。当语调与其他语调形成共振的时候，个体之间相遇了。诗中提到"你的琴声"，恰恰成为维系个体存在的力量，通过聆听来自另外一种时间观的声音来延长自我的时间限度，此举使诗人心态上的焦躁得到了缓解，成为一只"白色的现代鸽子"。诗人的"现代"得自于"乳汁般的句子"的营养成分，也就是说，这"琴声"传来的辐射强烈地影响到了诗人"依床而睡"的平缓心态，以及维持自我主体性的语言形式。

寂静中我只看到你的眼睛

它们如漆地紧贴在墙上

我照拂着西面这堵墙壁

在其中存放长袖和舞蹈

我撤走桌上的书籍

盘踞其上如一只红色熨斗

忽而变冷或忽而变热

（《六月二十一日》）

在这一节中,诗人与传统形成了更为近距离的对视,然而圆心与圆心之间的距离在诗中化成一堵墙。"我只看到你的眼睛/它们如漆地贴在墙上","眼睛"的官能不同于耳朵,如同看不等同于听。欧阳江河在《玻璃工厂》中提到"从看见到看见,中间只有玻璃/从脸到脸隔开是看不见的"[4]。听比看更能明确事物形态发生变化时候的本质。看的动作在规避了传统压力的同时,给诗人带来了最大限度的主体性,这让诗人将自我投靠于总体时间循环的同时,能够"盘踞"在自己的"室内",进行"忽而变冷或忽而变热"的个体时间循环。

临夏,身边尽可闻到棉布的芳香

灯光寂静,我猜想你的手如树叶

绿色的伸向墙后的黑键

我干燥的灵魂只是淡淡的影子

久居室内也不会留下气味

（《六月二十一日》）

诗人在个体循环时间中,闻到的是"棉布的芳香",气味成为"树"的现代社会对应物。在个体循环时间中,诗人无法解除另一个圆心,而只能通过时间场域的辐射——"灯光",来"猜想"对应的主体形态。重新回到上一节诗歌分析中提到过的论述,看的动作阻隔了事物本质,却能让诗人的主体性获得最大自由。如果诗人站在自己开辟出来的园地内为主体进行高声呼喊的话,语调不会是丝滑轻缓的,这种语调形成的潜台词来自共生心理。诗人将自我的主体性逐渐淡入"墙壁"的另外一端,成为"淡淡的影子"进入总体时间循环之中,"久居室内"而"不留下气味"。诗人通过在自我循环时间之外进入另外一种更为广阔的时间循环,从而建立独有的诗歌语调。同样诗人在《静音》中称"我是世界上写作背景音乐的人",也能够看出诗人对主体性的消隐和进入时间大循环的努力。

四、有限性与时间循环

语调形成的关键在于诗人强大的解释能力,正如人在生理官能上,拥有强大的肠胃消化功能一样。各种精神形态与身体感受的密切关系,让诗歌形式极富感官上的挑逗性。如果视角转换一下,从广域总体时间观念来观察,个体会在现在的时间点上向过去眺望,个体的时间经验与过去形成了对应关系。如果对应关系超过个体进入到群体经验的范围,就需要动用更为广阔的文化经验,或说文明的力量,来与之对应,个体循环时间便融合进了总体循环时间之中。上述分析从总体广域视角开始,在与个体对应的过程中,可借鉴的经验范围也非常广阔,然而如果从个体视角进入,文字即会拥有一种完全不同的心理路径。

> 我不能一坐下来铺开纸
> 就谈死亡
> 来啊,先把天空涂得橙黄

支开笔,喝几口发着陈味的汤

小小的井儿似的生平
盛放着各种各样的汁液
泛着鱼和植物腥味的潮水涌来
药香的甘苦又纷陈舌头

死亡肯定是一种食品
球型糖果　圆满而幸福
我始终在想着最初的话题
一转眼已把他说透

(《死亡是一种球形糖果》)

　　死亡被诗人称为"一种球形的糖果""圆满而幸福"。诗歌从写作行为开始以说透死亡结束的过程跨过了广域时间循环,成功地转化了个体时间有限性的焦虑。诗人将写作行为聚焦于"舌头",人体器官承载了言说功能和味觉官能。对官能的意识由诗歌中"喝汤"的动作触发,在说"喝汤"之前,有必要先对"汤"做一个简要说明,当然不是将这种食物与液体的混合物做化学分析,而是首先要明确,"汤"这种食品是游移而散漫的液体,物质在液体中达到溶解混合。当我们评价汤品高低的时候,都会对其浓淡程度做一个判断,如此说来,汤是一种均匀质地的,不存在食物硬块的事物。从"铺开纸"到"喝几口陈味的汤",诗人将容器的形状转化为井口,"井"成为诗人连接两个空间,或两个时间循环的中转站。食品的混杂成为生命的初始状态,成为盛放着"鱼和植物腥味的潮水",成为存在于现在时间中的"药香",也成为"盛放着各种各样""生平"的容器。容器逐渐成为一种超凡的存在,它从个体时间循环雀跃而出,转入总体时间循环,成为包容性存在。

糖果相对于汤成为个体在总体时间循环兜转之后的对应物，"糖"相对于"汤"有着质的区别，它是高浓度且硬质的物体。"糖果"的存在形式就是内容。"汤"和"糖"之间的联系不仅于语音上相似，还在于群体与个体之间的辩证关系。如果将个体浸泡在广域时间范畴中，那么个体的自由程度会受到巨大的限制；反之，如果个体完全脱离于传统，便会出现语调上的嚎叫，歇斯底里的凄凉与绝望。于是诗人"糖"的甜度来自"汤"的浓度。平稳地接受个体时间的终结，即生命限度，或说死亡，等于接受传统并将自我归顺于传统，也就是将具有现代色彩的"糖"融入"汤"，成为"汤"中的一味食材。

诗人从个体对时间的焦虑开始，拐入广域时间之中。这让诗人从位于传统集合的"汤"回溯到了具有现代色彩的"糖"，语音转化成为确立主体性且将之与传统相联系的思维方式。在这种思维方式的支撑下，诗人"一转眼已把他说透"。

五、近视与远观，或说"远观"的
"近"和"近视"的"远"

诗人在转换时间观念的时候，总带着位置的裂变。观看事物的方法问题就可以被两个拆分过的句型表达：抒情主体的位置和主体观看客体的距离。在这一段中要论说的问题与前面的问题稍有差异，上文的焦点落在时间循环的个体存在到社会存在，或者从社会存在到个体存在给诗人处理事物方式带来的改变，进而影响到诗人语调的异质性，那么下文将要论述的是抒情主体的位置变化所导致的时间变化带来了什么样的抒情效果。主体对于当下发生的事情是再清楚不过的，然而在观看当下事情的时候，使用的却是过去所知晓的经验，也就是说使用了过去的经验方式去体会当下；虽然无从得知过去发生的具体事件，只能从文字记载中意识到古人的经验，无法观看到事情最鲜活的面貌，如此说来，对于当下发生应该是近距离检视的，对于传统则应远距离观看。秉持这样的视角进入陆诗，主体的远近视域发生了巨大颠覆。在陆诗中，时间秩序不断发生变化，无论采用线性发展的进化论时间观还是采用循环时间观进行安慰都不能脱离因抒情主体位置变化而导致的观看方式的变化。诗人远距离观看当下，来缓解线性的进化论时间观对其造成的焦虑感，这是一种远观的近；那么诗人近距离观看循环时间观所带来的过去经验，才能够与过去的思维主体相遇，从而形成一种近视的远。诗人正是凭借着抒情主体的移位来完成两种时间观念的转换。

> 我所敬畏的深院
>
> 我亲近的泥淖
>
> 我楼壁上的红粉
>
> 我楼壁上的黄粉
>
> 我深闺中的白色骷髅封印
>
> 收留的夏日，打成一叠，浓黑签收
>
> 它尚无坟，我也无死，依墙而行
>
> （《避暑山庄的红色建筑》）

在这首诗中，诗人将抒情主体的功能扩大到能够破除时间观念的隔阂，形成与传统对望的姿态。诗人将自我从线性进化史观中的存在脱离出来，融入与传统共生的时间维度以进入总体时间循环。共生的时间维度成为诗中塑造的内部秩序，即诗人重新安排了时间发展线条和主体之间的位置。诗人与避暑山庄建筑所代表的传统之间，形成了一种既远距离观瞻，又近距离窥探的姿态，这种视线上的调整，让诗人的抒情主体既融合于传统又保持着极大的自主性,从而形成一种与传统对望的姿态,这也正是诗人写道"它尚无坟,我也无死,依墙而行"时的姿态。当传统裸露的时候,我们也正爆发出蓬勃的生机,主体之间的时间距离得到了消解。主体的间性关系被化约为主体间的深情对望。在这次对望之中,传统能够借尸还魂,在找寻主体性的过程中焕发生机,那么个体便成为视听动作的主宰者,成为能够被传统借用的有机生命体。

> 心如止水
> 在鬓须飘飘的墨马之前
>
> 碎蹄偶句
> 叩阶之声徐疾风扬
> 携书者幽然翩来
> 微带茶楼酒肆上的躁郁
> 为什么
> 为什么古代如此优越
> 荒凉的合色
> 使山水迹近隐隐
> 也清氛宜人

> (《墨马》)

这首诗的主体间性更加模糊,传统与自我对望的距离逐渐消解,也就是说,两者成功地实现了共生互融的姿态。首先诗人面对的不是马而是"墨马",这一非同于自然存在的人工创造物。能够让"墨马"存在的主体既来自传统,也来自个体。对待同一创造物的主体并非单质的,而是呈现出时间流动性。诗人从"在鬓须飘飘的墨马之前"逐渐进入到"携书者"的时间范畴,从时间线条上沿路返回,向上追溯,一直到达传统。诗人再次从传统全身而退的时候,带着的是"荒凉的合色"。诗人带着最大程度的自由沿路返回,同时这自由折射出色彩的重合形式。那么"墨马"则成为诗人与传统对望的寄托之所,诗人与传统时间的距离获得了最小值。最近的一次对望,是通过诗人的抒情主体在循环时间中与传统的重叠与融合而完成的。

六、结　语

陆忆敏诗歌体现出轻柔缓慢的语调与创作思维密切相关。是什么形成了陆诗独有的语言形式,又是什么让其拥有这种语调,这些都暴露了其背后的思维基础。个体克服时间有限性带来焦虑的方法是依靠时间循环,这种方法一面克服了个体对生命有限性的焦虑,另一面克服了个体被裹挟向着未来的恐惧与未知。精神危机的克服让诗人的抒情主体便逐渐缩短了与传统之间的距离,从时间循环的视角去重新发现现代与传统在语调上的交合方式。在这一动作中,诗人能够在最大程度上消解掉传统与现代抒情主体之间的距离,并与传统形成对望的姿态,从而获得这种轻柔缓慢的语调。

注释
① 本文中所引用陆忆敏的诗歌都来自柏桦 2011 年选编的《陆忆敏诗选》。

参考文献
[1] 本雅明.历史哲学论纲[M]//陈永国编.本雅明文选.北京:中国社会科学院出版社,1999.
[2] 陈鼓应.老子今注今译[M].北京:商务印书馆,2003:233.

［3］陈鼓应.庄子今注今译：中册［M］.北京：中华书局，2009：335.

［4］欧阳江河.玻璃工厂［M］//欧阳江河.事物的眼泪.北京：作家出版社，2008：15.

——原载《江汉学术》2013 年第 1 期：20—24

巫师、史官与建筑师

——论叶辉诗中的物象与抒情主体

李倩冉

摘　要：叶辉的诗以语言的简洁凝练和对日常物象隐秘性的发现著称。在他1990年代至21世纪初的诗歌中，抒情主体语调渐趋笃定，"真理在握"如占卜的巫师，而想象力的延展也由灵光乍现稳固为对万物生灭规律的揭示，形成了愈发熟稔的风格。近年来，叶辉尝试突围，在诗中引入现实试触、历史重构与地理空间拓展，这一新变也为抒情主体带来了姿态的位移和情绪的流露。此外，对世事的洞悉、对过度知识化的警惕以及意象与关联词之间的巧妙联结，都为叶辉的轻盈诗风增加了内在硬度，对当下诗歌创作中浅白和繁复的两极均构成启迪。

关键词：叶辉；当代诗歌；日常物象；隐秘性；历史重构；抒情主体

在一篇十几年前的笔谈中，叶辉自述："我宁愿像个巫师，在一定的季候里完成他的仪式。"[1]这部分道出了诗人之于语言的秘密。尽管在比喻的意义上，所有诗人都应该是语言的巫师，道场各自迥异，法术也各不相同，但这一身份对于叶辉尤其。作为一位深居高淳乡镇并对世间隐秘怀有特殊兴趣的诗人，几十年来，叶辉专注于探究南方小镇的日常物象，从中悟到了一些世事的奥秘。他以简省、可靠的语言道破它们，构筑一种神秘的氛围，为日常物象在当代汉语诗歌中的激活和生长提供了一个独特的向度。近年来，叶辉寻求自我风格的突围，在日常神秘的存在中引入对时代历史的思考，而组诗"古代乡村疑案"则将经由物象虚构历史的兴趣推向一个完成度较高的实践。值得注意的是，在这一系列新变中，早年凝练的结构仍在发挥着微妙的平衡作用，在历史编纂所可能导向的具体繁复中进行镂空，这又为我们思考南方轻盈诗学的涵纳能力提供了启示。

一、先知语调的获得

就作品的语言来看，叶辉几乎没有学徒期，早年的诗作就已具备了成熟、凝练的语言形态。但倘若仔细考察叶辉诗歌中神秘性的延展方式和抒情主体语调，仍会发现它们经历了一个逐步生长的过程。

> 有一回我在糖果店的柜台上
> 写下一行诗，但是
> 我不是在写糖果店
> 也不是写那个称秤的妇人
> 我想着其他的事情：一匹马或一个人
> 在陌生的地方，展开
> 全部生活的戏剧，告别、相聚
> 一个泪水和信件的国度
> 我躺在想象的暖流中
> 不想成为我看到的每个人

如同一座小山上长着

本该长在荒凉庭院里的杂草

——《在糖果店》[2]67

　　作为叶辉早期的代表作,《在糖果店》或许构成了很多人对叶辉的第一印象。诗中并没有太多神秘的色彩,仅仅再现了一个灵魂出窍的美妙时刻,构想着另一种生活的可能。如草一般疯长的愿望,它的茂盛发生了不在此地的位移。整首诗带有温暖熨帖的调子,因为"糖果店"和"想象的暖流"自带的安谧温馨的气息,诗人对于"另一种生活"的冥想丝毫不意味着对此地的厌恶或逃离,而只是对异在空间片刻的冥思神游。这种"神游"在同时期的另一些作品中增加了物象本身的神秘感:

我们经常在各自的阳台上交谈

他看着对楼的房间说:那里像是存有一个

外在空间,因为那里的人很缓慢

……

我低着头在想。但他总是把头伸向望远镜

在深夜,脸朝上

像个祈雨的巫师

附近的工地上,搅拌机如同一台

灰色的飞行器,装满了那些可能曾是星星的砂石

——《天文学家》[2]84

树木摇曳的姿态令人想起

一种缓慢的人生。有时我想甚至

坐着的石阶也在不断消失

　　　　而重又出现在别处

　　　　　　　　——《树木摇曳的姿态》[2]78

　　　乃至一位"家神"的出现：
　　　雨天的下午，一个砖雕的头像
　　　突然从我时常经过的
　　　巷子的墙面上探出来
　　　像在俯视。它的身体仿佛藏在整个
　　　墙中，脚一直伸到郊外
　　　在水库茂盛的水草间洗濯

　　　要么他就是住在这座房子里的家神
　　　在上阁楼时不小心露出脑袋
　　　这张脸因长期在炉灶间徘徊
　　　变得青灰

　　　　　　　　　　　　——《砖雕》[2]79

　　　　正如这首《砖雕》由墙上的头像想象它被遮蔽住的身体，叶辉
对小镇日常物象背后所隐含的神秘的想象，大多紧贴这些物象进
行延伸，与祈灵于宗教而获得的神秘性大相径庭。用叶辉自己的
话来说，这是"用日常的手边的事物来呼唤'神灵'"[1]，这形成了叶
辉诗歌的基本模式：由身边某个日常场景或物象起兴，通过联想
和想象，将与之关联的另一个世界召唤进来。或许是一种人生的
可能性，又或许是物件的前世来生，这些冥想带有一种鬼魅的气
质，与肉眼所见的日常景象几乎不加过渡地榫接在一起，成为生活
中"通灵"的时刻。这样的例子还有很多："我靠在一棵树上/另一
边靠着/一个小神，如果他离开/我就会倒下去"（《空神》）[2]57；"鸟
飞过来了//那些善意的鸟，为什么/每次飞过时/我都觉得它们会

投下不祥"(《飞鸟》)[2]47;"它树叶中的那只黑鸟/我不知道它叫什么,但说不定/曾衔走过某个人的灵魂"(《考试》)[2]15;"癞蛤蟆的表皮起了泡/是因为他们古老的内心/一直在沸腾"(《魔鬼的遗产》)[2]30;"这时一个我一直以为已经死去的人/向我们走来。他蹲下系鞋带/可是我突然觉得,他像是/在扎紧两只从地下冒出来的袋子"(《我在公园里讲述的故事》)[2]37;一个已经去世的人在相册里有三张挥手的照片,仿佛"再三道再见是为了/最终永不再见"(《合上影集》)[2]39……这些灵光乍现、"脑洞大开"的时刻,对微妙瞬间的捕捉,与罗马尼亚诗人索雷斯库的"奇想"颇有共鸣——电车上后座人的报纸边沿像是在切割前座人的脖颈(《判决》)[3]160、不知哪颗星球的光正敲打我的墙壁(《镜框》)[3]162……

但叶辉并未止步于这种灵光一现的想象方式,在对命数持久的研习与观察中,他愈发专注于事物之间的隐秘联系,尤其是独属于古中国南方小镇的世代如常、因果报应。它首先呈现为对隐没于现代线性时间之下的循环时间的揭示:"我知道每棵树上都有/附近某人的生活,一棵树被砍掉了/但生活仍在延续/它变成木板,打造成一张新婚的床铺,在那里生儿育女,如此/循环不已"(《量身高》)[2]69。这种循环往复正如《遗传》中那道"桌沿上的压痕"[2]74,与楼上女同事漂亮的眼睛一样,来自一种世代的层累。或如《老式电话》中那些相似的下午、远处酷似父亲的男人,《砖雕》中与这一天相似的"以前的一些时刻",欢乐、梦、悲哀会像天气的巡游一样在每个人的脸上风水轮转(《天气》)[2]53,一根木头在斧头的作用下可以不断变成椅子腿、衬子、楔子(《一个年轻木匠的故事》)[2]71……在一种几乎静滞的时间中,常与变,万物的转化、消长、盈亏,散布在叶辉所构筑的江南小镇上,几乎消弭了时间性与地域差异性,正如诗人在《一首中国人关于命运的诗》中所写:"其实这是一种古老的说法,无论我在哪里/总是同一个地方。"[2]81 而《萤火虫》在以更为笃定的语调讲述世代如常的命数时,将其推入一个互相关联的命运之网中：

> 在暗中的机舱内
> 我睁着眼，城市的灯火之间
> 湖水正一次次试探着堤岸
> 从居住的小岛上
> 他们抬起头，看着飞机闪烁的尾灯
> 没有抱怨，因为
> 每天、每个世纪
> 他们经受的离别，会像阵雨一样落下
> 有人打开顶灯，独自进食
> 一颗星突然有所觉悟，飞速跑向天际
> 这些都有所喻示。因此
> 萤火虫在四周飞舞，像他们播撒的
> 停留在空中的种子
> 萤火虫，总是这样忽明忽暗
> 正像我们活着
> 却用尽了照亮身后的智慧
>
> ——《萤火虫》[2]61

　　这首诗以先知般的语调，从容地处理了视角的转换，尤其是不同时空的联结。"我"在机舱中俯瞰城市，小岛上居民仰望天空滑过的飞机，诗人并不过问两者间是否有联系，而是将这一动作中隐含的离别以一种时间的加速度带过——"每天，每个世纪/他们经受的离别，会像阵雨一样落下"，使之成为一种普遍存在的命运。这几乎让人联想到波德莱尔笔下那幅命定的、永恒的图景："他们的脚陷入像天空一样荒凉的大地的尘土里，他们露出注定要永远抱着希望的人们的逆来顺受的表情缓慢前进。"[4]人类的孤独、离合、悲悯、希望、失落，星辰的感应、昆虫的自在、命运的起伏、挣扎……它们被布设在短短数行诗中，各安其位，又仿佛冥冥之中互相作用。而叶辉对不同人命运之间隐秘联系的驾驭，在诗集《对应》的第一辑中愈发臻至成熟。

> 每一个人/总有一条想与他亲近的狗/几个讨厌他的日子/和一根总想绊住他的芒刺//每一个人总有另一个/想成为他的人，总有一间使他/快活的房子/以及一只盒子，做着盛放他的美梦
>
> ——《关于人的常识》[2]3

> 要知道，人在这世上/会有另一样东西和他承受/相同的命运
>
> ——《一棵葡萄》[2]4

> 征兆出现在/天花板上，我所有的征兆/都出现在那里//……//每个重大事件/都会引起它的一阵变形
>
> ——《征兆》[2]9

> 我们的记忆/有时，如同你那些懒得整理的抽屉/上个月我听人说：如果/人失去一种爱情、就会梦到一个抽屉/失去一片灵魂（假定它像羽毛）/就会捡到一把钥匙
>
> ——《信》[2]31

> 我的生活，离不开其他人//有些人，我不知道姓名/还有些已经死去//他们都在摇曳的树叶后面看我/如果我对了/就会分掉一些他们的幸福
>
> ——《飞鸟》[2]46

在这一批诗作中,叶辉的想象力主要集中于对事物之间因果、对应、影响关系的演化。尽管"物无非彼,物无非是""方生方死,方死方生""是亦彼也,彼亦是也"[5]等道理早已在《老子》《庄子》《周易》等典籍中被道尽,但叶辉在当代汉语诗中重新发明了它们。他以极度简省的语言建构这些关系,容纳了生灭、世变,无限循环又无法穷尽,形成了一种氛围、一个微型世界乃至一种诗歌风格,给人以既奇妙又惶惶然的感受。而他也从中获得了"莫若以明"的观照事物的方式,创造了与之相应的语调。

如果说《在糖果店》中,叶辉对异在空间的想象还带有一种温暖迷濛的调子,那么在这批作品中,他逐渐习得了一种笃定、沉静、中立的先知语调。这首先体现在诗句中大量条件关联词和全称判断的运用中,俯拾即是的"如果……就……""每一个……总……""所有……都……"增加了抒情主体的自信和通透,让抒情主体逐渐成为一个宣喻的巫师或先知。叶辉越来越娴熟地制造诸多事物之间的对应和联结,仿佛不再需要依赖有形的存在,万物之间的联系早已了然于胸,以先知的口吻一次次说出,成为一个遍在的真理。而诗中结论之外的具体场景,即便是生活中真实发生过的片段,也由于抽离了具体的时间性,而似乎变成了为这些结论提供印证的例子。诗中许多由"如同""好像"连接起来的比喻,不再起到一种增加诗歌感性肌质的修饰功能,而是负责串联起一些有着隐秘相似性、关联性的场景。尽管丰富的细节和奥秘仍不乏迷人的感性,比如妇人梦中的葡萄树和远方男子梦中前来啄食的黑鸟,但往昔小镇生活具体的日常不再成为一个绝对的触发由头,而是在一个渐趋稳定的抽象结构内部成为起着说明作用的软性存在。这些基于"对应"结构的诗歌,在经由抽象、普遍化而获得一种似真性的同时,它们的迷人,也暗含了可能滑入"迷人的惯性"的风险。

二、历史的试触

　　或许是意识到万物消长的结构在诗中已逐渐成为一种固定的格式，而过于顺滑的写作容易导向风格的危险，在 2010 年往后的一批诗作中，叶辉开始了一些突围的尝试，在他所熟悉的结构中，引入了对现实的触碰和对历史的重绘。

　　一些惊诧的元素开始陡然出现在安宁恒常的景物中，比如《远观》，在用寺院、暮霭、溪水、农舍、土豆等搭建起的古朴宁静的气息中，诗人突然写到"这一切都没有改变//除了不久前，灌木丛中，一只鸟翅膀上的血/滴在树叶上"（《远观》）[6]75。这让人联想到洪磊的摄影作品《紫禁城的秋天》（1997）中那只卧于血泊中的鸟，或《中国风景——苏州留园》（1998）中那片血色的池塘。相似地，在《广场上的人群》中，诗人由小镇广场上跳舞的人群、玉兰树上的布谷鸟，陡然宕开一笔："透过窗幔，广场显得神秘/有一会儿我觉得/我们之间隔着时光、年代/人群四处奔跑、焚烧/叫喊"（《广场上的人群》）[6]76。或如《新闻》中将"我"开车路过的风景与收音机里的新闻交叠在一起：灾难、凶杀与远处的河流，政治家的登场与"我"经过的危险路段，朋友在暴雨中等待救援的联想与广播里"渡过危险期"的儿童以及"火势仍然旺盛"的别处……[6]77还有从萦绕的蚕丝想到"大革命前/江浙一带，被缠绕着的/晦暗不明的灵魂"（《蚕丝》）[7]8，某个风景地"海鸟飞离，码头躺在血和腥味的/晚霞中"，"在镜头之外，一条狗掉入深渊/棕榈立刻烧毁了自己"（《留影》）[6]76，等等。从叶辉诗歌惯常的结构来看，他的大多数作品都由手边的平常物象、场景开始，在诗行的行进中，这些物象开始升腾，或发生一些变化，或产生一些喻示。而变化、喻示延伸的方向，就是其诗歌意义提升的向度。由此可以推断，这批诗歌中突然加人的灾变场景，或许是诗人着意冲破以往诗中世代轮回、波澜不兴的氛围，将其导向复杂和动荡，造成"混响"。而顺着这些作品继续往下看，又会发现，这些意外的变数在突然闯入之后又倏忽而去，诗歌的结尾往往又回落到"空无"的音调上。上述几首诗的结尾几乎都呈现了这样的特点："大雾看起来像是革命的预言/涌入了城市，当它们散去后/没有独角兽和刀剑/只有真理被揭示后的虚空"（《远观》）[6]75；"不知从何而来的人群/他们正一个个走向夜空//只有空荡的广场感到茫然//一条流浪狗不抱希望地/检查着人们丢弃的垃圾袋、果皮/有如十分可疑的历史事件"（《广场上的人群》）[6]76，以及《留影》结尾剩下"浮动于尘世"的"寂静的教堂"[6]76；《新闻》最后遁入"思想快乐的晦暗之处"、逐渐含混的声音、记忆中一张模糊的脸[6]77……这或许说明了叶辉的历史观，即永远在一个宏阔的时间线索上去考察历史，即便有偶然的惊异，也仍然遵循旋起旋灭、忽明忽暗的规律，历史的记忆又未尝不可以是未来的先声。这种生灭无常的古老东方智慧，在《遗址》《邻居》《隐秘》《回忆：1972年》《在展厅》等作品中，进一步发展为人类历史的短暂、速朽与草木自然世界的恒常、无情之间的对举，前者正如《拆字》结尾那个落入门外深渊的"拍翅的回声"[8]47。

这一历史观念，在2016年的组诗"古代乡村疑案"中，被移置到一个远古的时间点。诗人从当下日常生活显影出的历史遗存里，虚构出一些古代南方生活的故事（以及它们的最终消亡），发展了《浮现》一诗尚未充分展开的主题。诗人在组诗的题解中认为："所谓疑案也只是我对以往生活的一些想法"，"关于南方生活的由来并不是历史书能给出的，有时它就在我们附近，就在日常生活中不时地流露出来。当我走在旧城中，看到古老的石凳上放着一只旅行箱，或者在泥土里嵌着一小块瓷片（有些可能是珍贵的），细想后你会觉得惊讶，以往的一切时时会浮现出来，在地下"。[9]33这组颇为整齐的作品充分发展了虚构历史的兴趣，情节性前所未有地增强。

县　令

没有官道
因此逃亡的路像厄运的
掌纹一样散开,连接着村落
在那里
雇工卷着席被,富农只戴着一顶帽子
私奔的女人混迹在
迁徙的人群里
道路太多了,悍匪们不知
伏击在何处
但县城空虚,小巷里
时有莫名的叹息,布谷鸟
千年不变地藏于宽叶后面
无事发生
静如花园的凉亭,案几上
旧词夹杂在新赋中
最后一个书吏
裹挟着重要,可能并不重要的文书
逃离。也许只是一束光
或者几只飞雁
带着并不确切的可怕消息
但无事发生
火星安静,闲神在它永恒的沉睡中
县令死去,吊在郊外
破败寺庙的一根梁上,在他旁边
蜘蛛不知去向
县内,像一张灰暗下来的蛛网

一滴露珠悬挂其上
如圆月。而记忆
则隐伏于我们长久的遗忘中[7]13

《县令》是其中颇具代表性的一首,将一个县城的败落和人们的逃亡写得张弛有度,极富戏剧性和节奏感。人们逃荒的张皇失措、县令吊死的在劫难逃、悍匪伏击的威胁,与空无一人的县城里"无事发生"的永夜的安宁、闲神和死寂彼此交织冲撞,构成张力。结尾,县内蛛网般荒芜的道路和上空永恒的圆月再次将动荡的历史凝定在千年不变的图景中,而末句"记忆/则隐伏于我们长久的遗忘中"则再一次重复了历史循环往复、生灭不定的主题。这组作品中,还有一个村民诡秘又平凡的失踪(《绣楼》)[10]260—261;一具溺水的美丽女尸和一个县官的恋尸癖(《鳗》)[9]31—32;一次古代的审讯与落在邻村的流星之间隐秘的关联(《流星事件》)[10]258;一只木偶逃脱后狗和葫芦的异象(《木偶逃脱》)[10]260;《驿站》[9]30中古代城池的闪现;或者乡村先生的起居(《先生》)[9]33,无论朝代更迭仍照常生活的村民(《新朝》),偷伐树木的要领和禁忌(《偷伐指南》),儿童看到故去的老族长时水中钻出的乌鱼(《儿童》),青蛙般在井壁上来回浮现的记忆(《青蛙事件》)[10]259……这组"疑案"因为丰富的故事情节而获得了具体的时间性,不再将万物间隐秘的联系抽空为普遍的"对应"定理,而是以散布于不同年代、时间的具体情节展现它们,作品的感性程度大大增强。但万物的应和、消长,历史波澜的生灭等观念仍在背后隐隐地起着作用,使得叶辉对历史的虚构并未落得很实:一方面,所有这些历史均由一个物件引发的想象构成,就像《县令》从一条已经消失的驿道虚构出逃窜、动荡的历史,《穿墙人》[9]31的故事极有可能只是从墙边的一双鞋延伸开去,其目的并非真正的历史记述,而在一种美学趣味、一种气息的建立;另一方面,叶辉在建构的过程中也不忘时时对历史发出怀疑和消解，他不断泄露出这些物件、历史消亡的结局，同时表现出对文字构成的历史的不信任——历史可能就像《一行字》[9]32中没有几个人能读懂的布告，以及香案灰尘上的一行字，随时会被识字的"意外新故者"伸手抹去，而无从流传。

值得注意的是，在这一系列历史虚构中，叶辉诗歌中抒情主体的角色也悄悄发生了位移，不再是《对应》系列中始终持握真理的巫觋或先知。他大部分时候是记录乡村逸闻的史官，是传说的讲述者，偶尔也会成为故事中的角色："我"有时排在古代县衙受审队伍中，是个身负小罪、偷听到秘密的草民（《流星事件》）[10]258；有时是在宇航员探索太空时"正在给朋友写信"的小镇居民（《在太空行走》）[8]46；参观外地一尊佛像时，"我"突然丢失了自己——"每个人都找到了自己/池塘、桥、小庙，几只仙鹤//我是什么？/内心没有痛苦、只有焦虑/仿佛此刻田里闷燃的麦秸"（《解说》）……以往诗歌中仅作为功能性存在，且永远静观、沉稳、不介入的"我"突然出现了主体情绪，而这种情绪在《鳗》的结尾得以喷涌："我决定任其腐朽，我要看着/窗口狼眼似的眼光渐渐暗淡/任奸情的状纸堆积成山/而人世的美竟然是如此深奥莫测"（《鳗》）[9]32，面对女尸的美，老成持重的内心突然焕发出少年般狂暴的激情，压倒了有关断案和兴衰的所有理性，爆发出对美毅然决然的耽溺和挥霍，这一被激活的县令形象，在这部虚构的史册中搅出了轻微的震荡。

或许可以认为，"古代乡村疑案"对村庄佚史的虚构，一定程度上解决了叶辉在《对应》系列中面临的抽象、空泛的危险，从"先知语调"到"史官语调"的转变，使得他在处理以往熟稔的消长、转化主题时更为从容。尽管内心仍然持握宇宙万物相互生化、历史生灭无常的认知，但抒情主体不再直接地宣告出联系、对应的秘密，而是节制地待在具体物象或场景的内部，通过描摹它们的形态变化、空间挪移、想象它们的前身后世来表现这一切，乃至随物应和，角色化为其中必然消失的一环。

　　这一变化也体现在近期的几首新作中。《在暗处》《划船》《幸福总是在傍晚到来》涉及了物象明暗、光影的变化，并在其中看到往世与来生、记忆与遗忘的秘密。这似乎是对以往主题的回归，但诗人并未急于用背后或许隐含的定律来统摄它们，而是耐心地沉浸于光线变化本身的美妙，比如，"幸福总是在/傍晚到来，而阴影靠得太近//我记起一座小城/五月的气息突然充斥在人行道和/藤蔓低垂的拱门//在我的身体中/酿造一种致幻的蜜""几只羊正在吃草，缓慢地/如同黑暗吃掉光线"（《幸福总是在傍晚到来》）[7]8，"……犹如在湖上/划船，双臂摆动，配合波浪驶向遗忘/此时夕阳的光像白色的羽毛/慢慢沉入水中，我们又从那里返回/划到不断到来的记忆里"（《划船》）[7]12，而站在露水中秘密交换种子的树木、地平线后面滚落进海洋的半个世界、中世纪女巫"艳如晨曦"的长裙内衬、驱动我们的"沉重的黑色丝绒"、感到喜悦时身体内可能会出现的一道闪电（《在暗处》）[11]7……也将驱动万物的神秘力量写得绚丽感性。《大英博物馆的中国佛像》则是关于地理空间拓展的诗作中较为成功的一首：

　　　　没有人
　　　　会在博物馆下跪
　　　　失去了供品、香案
　　　　它像个楼梯间里站着的
　　　　神秘侍者，对每个人
　　　　微笑。或者是一个
　　　　遗失护照的外国游客
　　　　不知自己为何来到
　　　　此处。语言不通，憨实
　　　　高大、微胖，平时很少出门
　　　　……

　　　　　　　　　　——《大英博物馆的中国佛像》[7]5

整首诗较长,写了一尊中国佛像在异域的博物馆中微妙的"违和感",并想象了它从中国的无名村落运到英国的旅途,曾拜倒在它脚下的村民由信徒摇身变成中介人,而他的脸与旅客、学者、另一展区的肖像画彼此酷似……结尾处,闭馆的博物馆外,"水鸟低鸣,一艘游船/莲叶般缓缓移动/仿佛在过去,仿佛/在来世",将地域迁徙、历史文化的流动收纳到带有佛教意涵的莲叶中,凝定为世代生灭轮回的永恒图景。正如《候车室》试图展现"我们的生活很可能是其他人生活的影像,可能是历史生活的影像,也可能是未来生活的影像"[12]这一类似于博尔赫斯《环形废墟》的主题,叶辉或许正在尝试通过空间上的延展继续探索现时、此地与别处"过往人类的反光"间的关系,《高速列车》《上海往事》《临安》《异地》[11]6—8等作品或可看作是同一尝试的初步结果。此外,《在北京遇雾霾》《大地》《高速公路》《蜘蛛人》[7]5—7中引入的现代城市意象,以及《灵魂》《笑声》《卷角书》[11]5—7中对"神性失落"与"历史混沌"的喟叹,亦可视为叶辉新一轮的试触,其美学效果还有待更多的作品提供观察。

三、轻盈的奥秘

就总体风格而言,叶辉是当代汉语诗歌中为数不多成功发展了"轻盈"特质的诗人。在语言的简洁、瘦硬与附着于物象的想象、虚构之曼衍间,叶辉总能获得一个较好的平衡,像是一位出色的建筑师,在稳固与空灵之间找到一个恰当的形态。尽管文学中的"轻盈"概念经由卡尔维诺和昆德拉的著名论断,已传播甚广,但汉语新诗中能够真正窥得此奥秘并成功熔炼为作品风格的诗人着实不多,以至于这一词汇反而常常成为中国评论者面对能力不足的"轻飘"作品时的粉饰托词。然而,须知真正能够掌控自己航向的"轻盈"，必然不同于"轻飘"，要以足够的内在力度为支撑。

正如前文所论述的，叶辉对日常物象的观照总带有一种探究其背后隐秘的兴趣。这让他能够快速地离开物象表层的迷惑与牵制，迅速抓住事物的内核。叶辉自己也承认，他有一种"对于事物探究的执迷"[12]，这一定程度上成为他诗歌轻盈的奥秘之一。这种探究，首先意味着对事物的倾听。主体清空自身的偏见，清除凌驾于物象之上的欲望，让事物自身所携带的气息被主体充分感知，主体也得以突破自身的个体有限性。而基于这种感知对事物间关联的发现，由于并非主体强加上去的，因而不必依赖对事物烦冗的捏塑、涂抹或修饰，而是直取世事秘密的核心，获得一种遍在的结构、一个独特的视角。叶辉正是在一个"被动"的层面上理解诗人使命的："诗人的命运，似乎也是这样，最终，你只能以某种'继承者'的身份出现，但这也不是你努力能够能做到的，是它找到了你，而不是你自己，所以所谓独特和创造都是不重要的，关键是你是否能在自己的母语中找到回响，看到自己远久的样子。"[1]这颇有些济慈"消极感受力"(negative capability)的影子。他声称自己是诗歌的"练习者"，只是记下了"对生活的觉悟"，且不论其中自谦的成分，其中对主体"我执"之局限的放弃，对更广阔命运的体察，或许是抒情获得轻盈飞升力的方式之一。

另一方面，尽管崇尚对事物的钻研，叶辉对事物内在规律的"研究"并不太依赖书本所提供的知识。作为一位"研究《周易》数十年"、对地气、风水、运数非常着迷的诗人，叶辉诗歌中的智性元素，更多是基于一种类农耕时代的生活经验的累积。这让他有效避免了知识的围困。在与木朵的访谈中，叶辉流露出对诗坛论争术语和理论"大词"的抗拒，表示对 1990 年代诗人提出的理论策略和当代诗歌的年代变迁并不太关心。与处于"中心"的诗人相比，深居在高淳石臼湖边的叶辉呈现出较少与外界联系的封闭状态，尤其是在网络进入之前的 1990 年代。但有时，"常常是貌似远离的东西更具有吸引力,远离即主见,自我放逐、沉迷和隐匿正是一种态度,一种自我选择"[13],正是偏居一隅的叶辉敏锐地发现了时代的谎言:"我的整体印象是:1990年代的诗,仿佛只是言论的引用部分,言论似乎更重要了。"[1]的确,1990年代诗歌的泡沫之一,在于阅读资源的堆砌和理论建构的空洞成为诗人才华平庸的掩体。很多在这时开始经营自己声名并显赫一时的诗人,往往将经由他们所提出的"叙事"作为诗歌复杂性的必然保障,但充其量只是以分行的形式留下了一些拉杂的事体,使得这些作品显得表面繁复,实则缺乏精神内力。与这一风潮相比,叶辉的轻盈,在于他不会遁入理论和修辞的漩涡。他对日常物象的亲近和研习,并不意在于导向某种知识的炫耀,而是着力于一种美学趣味和气质的养成——"要紧的是你是否有能力离开诗,进入真正的生活"[1],这让他的诗中留有足够的缝隙供语言和物象自由呼吸。

但需要说明的是,轻盈并不意味着简单和怠惰,它仍然有赖于诗人足够的创造力,在语言中塑成风格。尽管在前文中,叶辉强调了自己聆听物象背后可能性的"消极承袭"能力,但落实到具体的诗歌形态上,轻盈的诗风仍然是他在语言中主动创造的结果。其中,意象与关联词的关系值得注意。一方面,叶辉诗中意象众多,往往并不具体展开,但每个意象都自带一种气息、一个自身的小宇宙,构成了一个丰盈的世界。他认为,《易经》中强调一个事物的变化带来整体变化的观念和写诗很像,给他以很大影响。由一个字、一个意象的改动来带动诗歌整体观感的变化,比如2010年之后一批试触现实的诗歌就以现实意象突入的方式,充分发挥了汉语诗歌中"意象"的灵活性。另一方面,叶辉并未简单地将这些意象堆叠在一起,而是用关联词将它们组合起来,因而有效地控制了诗歌内部的张弛度,连接词的果决、简省,乃至通过否定词达成的多重转折,比如《县令》中的"但""而"、《远观》中的"除了",或《在糖果店》中的"不是""也不是",使得诗歌内部的层次和褶皱丰富起来,构成了一个紧凑的内部空间。但这些关联词并非强加上去的，而是基于诗人对物象间联系的发现或构想，正如前文所述，这有赖于诗人对事物自身声音长期的倾听和思考。时下与叶辉同被归在"江南"名下的几位诗人，诗风也大多简洁。但一个显见的问题便是"轻"造成的失重感。他们当中有些以呼天抢地的家国指涉，有些以声色绮靡的江南营构，形成了各自的写作特征，但主体往往是怠惰的。他们经常只是以排比的方式摆放、堆叠出了一些意象，由这些意象自身携带的暗示力，组合成一幅似是而非的图景，以唤起人们心中的江南想象；又或者过于紧贴物象的浮表，亦步亦趋地织就景物，而仅仅在诗歌结尾腾空一跃，砸下喻指。相比之下，叶辉以更为持续地深入，呈现了主动镂空的姿态和诗歌结构上的平衡。他通过精准的描述、视角的选择、繁简的调配、臻于极致的概括力来抵达诗歌的轻盈，而非依赖或此或彼的暗示。如果确乎存在一个南方小镇，它绝非仅仅是一团似有还无的雾气，它包含着更多的复杂性——循环、静滞中的冲撞，奔突之后的陡然柔弱，或无数世代的诞生与寂灭，均需要写作者去主动建筑起来。这提示了即便是一种轻盈的诗学，也永远是透彻的产物，而非懒散的结果。

"我将不断吃，不断重建/一些飞鸟、一些野蛮的东西"（《树木摇曳的姿态》）[2]78。就已经呈现的作品来看，叶辉以一种轻逸而富有力度的方式，构筑了时代、世变、无常，以及属于东方古老智慧的此消彼长的奥秘，并且，他仍在不断地建筑和吐纳着他的南方，或某个他处。他的小镇空灵，但并非完全神秘莫测，那些雕镂得当的诗行至少构成了某种召唤：放弃永远有千百种滑落的方式，而唯有持续掘进的诗人，才具有偶然窥得轻盈奥秘的资格。

参考文献

［1］叶辉,木朵.我宁愿像个巫师[J].中国诗人,2004(2).

［2］叶辉.对应[M].广州：花城出版社,2009.

［3］马林·索雷斯库.水的空白［M］.高兴译.上海：上海人民出版
社,2013.

［4］夏尔·波德莱尔.人人背着喀迈拉［M］//恶之花　巴黎的忧
郁.钱春绮译.北京：人民文学出版社,1991：388.

［5］庄子.齐物论［M］//庄子今注今译.陈鼓应注译.北京：中华书
局,2016：60.

［6］叶辉.叶辉的诗［J］.大家,2011(13).

［7］叶辉.叶辉的诗：组诗［J］.诗潮,2018(6).

［8］叶辉.在太空行走：组诗［J］.诗歌月刊,2010(9).

［9］叶辉.古代乡村疑案：组诗［J］.草堂,2018(6).

［10］叶辉.古代乡村疑案：四首［M］//川上.象形 2014.武汉：长江
文艺出版社,2014.

［11］叶辉.木偶的比喻：十二首［J］.江南(江南诗),2019(2).

［12］李乃清.叶辉以往的一切时时会浮现出来［J］.南方人物周刊,
2018(30).

［13］朱朱.空城记［J］.东方艺术,2006(3)：116.

——原载《江汉学术》2020 年第 3 期：13—21

从素朴到丰富：潞潞的短诗

西　川

摘　要：潞潞的短诗具有由外向内，由表象而及内心的真实，由印象式的书写而及悲悯以及悲悯中的沉思。这同时也是一个从素朴到丰富的过程。作者所落脚的丰富性，由缜密的深思和写作的难度所构成。但是，作者在其诗集中似乎有意要遮去其写作过程，从而实现一种共时性呈现。这种共时性呈现所呈现出来的，也许就是诗人潞潞的精神结构和他所理解的世界。在潞潞短诗中，其表达具有罕见的从容，其思想具有罕见的深度，它使我们见识了一个孤寂、封闭的灵魂在广大的困境面前竟然拥有怎样的觉悟。

关键词：潞潞；《潞潞短诗选》；丰富性；写作的难度

诗人潞潞自编了《潞潞短诗选》，这部诗集的编排方式看来颇有意味。这本书并没有按照作品的创作年代编排，也就是说，这本书并不服务于个人编年史。作者将不同时期，甚至不同风格的作品，按照"北方与南方""家园·记忆""世界的剧痛"等主题编排，显然是对于那种常见的追索个人成长史式的诗歌批评或文学批评的蔑视。那么，如果一本诗集拒绝向个人编年史屈服，它所要呈现的是什么呢？在这种编排方式的背后，会否蕴含着一种愿望，那就是要向读者说明，这部诗集乃是出自一种心理结构，或精神结构？有经验的诗歌作者一定会明白，他今天的写作与昨天的写作也许并无关联，反倒与半年前的写作搭得上关系。一个作者一生的工作，其实不过是使自己的精神结构得到完善和推进，或者超越自己旧有的精神结构，建立起新的精神结构。

这本《潞路短诗选》的第一首诗是《城市与〈勇敢的野牛之血〉》。它写的是上海音乐厅中的一段西方音乐呈现。从广义上说，这是一首以城市生活为题材的作品。在将它编入本书时，作者略去了写作年代。但作为潞潞的朋友，我知道他这首诗写在 1980 年代初，大约是 1982 年。那也是全国人民忽然爆发出对于现代文明或曰城市文明的渴望的年头。但作者现在略去写作年代，我想不光是为了遮掩一个事实，即此系"少年"之作，我敢肯定它存在于这本诗集中必有其特殊的含义。大略翻一翻这本诗集，我们就会发现，这大概是这本诗集中唯一一首写城市题材的诗。城市的霓虹灯乍然一闪，作者便迅即离开了这一题材，并且离开得如此之远，远到了《黄河一夜》。

《黄河一夜》写于 1986 年 5 月，被收在潞潞于 1991 年 3 月出版的诗集《携带的花园》（北方文艺出版社）之中。1980 年代中期，潞潞写过一些关于北方乡村的简约、深情的诗篇，比如收在本诗集中的《石头屋子》《夜的海》《落雪的日子》《唢呐手》等。这些诗歌所书写的多为简单的农业物象或对于那些农业物象的诗意的感受。当时潞潞似乎是想返回质朴，并以简约的文字直接传达出建立在原始生存之上的诗意。我自己也有过这样一个时期，所以很理解潞潞当时的努力。当时，"意象"之说正在国内诗界风行，但庞德的"意象"原已多少被艾米·洛威尔和威廉·卡洛斯·威廉斯所改造，到我们把"意象"的概念接到手上时，它已经变得有点像"物象"了。

但是这一次，在编辑本书时，潞潞将上述 1980 年代中期的作品与《北方的井那样黑》《秋风来了》《北方原野上的榆树》《冬日的花园已经残败》等质地完全不同的作品编在同一辑中，看来是有所用意。在《冬日的花园已经残败》中，潞潞写道：

> 乌鸦在落日的光晕里盘旋
> 冬日的花园已经残败
> 数不尽的花朵被风雪卷走或掩埋
> 这里从来没有人死于忧郁的爱
> 更多的人未老先衰然后患上绝症
> 我所发现的冬日生活的迷人之处
> 赤裸。苍白。在雪地里冻僵

这样的诗歌虽然与《黄河一夜》一样，也是以北方乡土生活为书写对象，但其中的主观因素，更确切地说，是悲伤、悲悯的因素，将《黄河一夜》等诗变成了《冬日的花园已经残败》这类诗的序曲或辅助篇章。于是一种结构浮现了出来。

从《城市与〈勇敢的野牛之血〉》到《黄河一夜》再到《冬日的花园已经残败》是一个收缩的过程：由外向内，由表象而及内心的真实，由印象式的书写而及悲悯以及悲悯中的沉思。这同时也是一个从素朴到丰富的过程。作者所落脚的丰富性，由缜密的深思和写作的难度所构成。但是，作者在这本书中似乎有意要遮去其写作过程，从而实现一种共时性呈现。这种共时性呈现所呈现出来的，也许就是诗人潞潞的精神结构和他所理解的世界。

《冬日的花园已经残败》《北方原野上的榆树》《秋风来了》等诗，原来没有这些题目。它们本来有一个共同的题目：《无题》。在将它们收入本书时，或许是为了便于区别，作者从这些《无题》诗中抽出个别句子权作每一首诗的题目。《无题》作为一本完整的诗集1997年由作家出版社出版，题为《潞潞无题诗》，共收《无题》诗47首。这些诗在正式出版之前我就已读到。它们写在1989年8月到1994年2月之间。这是一部强有力的诗集，在中国诗歌界，其表达具有罕见的从容，其思想具有罕见的深度，它使我们见识了一个孤寂、封闭的灵魂在广大的困境面前竟然拥有怎样的觉悟。这是一些深入存在的诗篇，当时读到它们，我感到惊讶不已。作为一个诗歌读者，我意识到这是我所需要的诗篇：

> 看起来我终于发现了一些东西
> 不然不会盯着空洞的世界不放
>
> 　　　　　　　　　　　　　（《无题》，1989.10.21）
>
> 我将随着苹果在大地上的转动
> 看到沉重生活的秩序直至观察上帝
>
> 　　　　　　　　　　　　　（《无题》，1990.8.8）
>
> 也许有一天人们真的能看到
> 那梦想者一人单独停留在空中
>
> 　　　　　　　　　　　　　（《无题》，1990.6.17）

这样的诗歌不是偶然灵动的产物，不是一逞才情的东西，而是诗人的深思熟虑，在孤寂之中被偶然激发。它们甚至不像是个人的产物，而像是历史的产物。从 1989 年到 1994 年，在几年的时间里，诗人竟然既保持住了一种稳定的、高端的写作状态，又保持住了一种智慧的成色，也保持住了一种有别于他人的语调。不可思议。不是说在整部《无题》诗中没有败笔，我们也会读到这样的句子，例如，"火焰中的火焰。存在中的存在／永无休止地在黑暗里蜕变"（《无题》，1991.3.8），这里习惯性修辞造成了空泛的感觉。但就《无题》的整体而言，这是瑕不掩瑜的。看得出，潞潞的《无题》诗对于读者或其言说的对象是挑三拣四的。诗人由于这些诗歌而将自己放置在了少数人之中。尽管诗歌本身的语言还算平实，但一种基于思想的骄傲隐隐透露出来。这种骄傲伴随着寂寞，所以诗人说：

> 月光照耀着一支铁砧。这
> 浅灰色冰冷的平面多么寂寞
> 一支游弋的天鹅多么寂寞
> 人们从春天的倦怠中恢复过来
> 而温度计中的水银多么寂寞
> ······

(《无题》,1991.7.7)

　　同是在这首《无题》诗中,诗人写到了耶稣的寂寞。在其他《无题》诗中,他还写到过上帝、裁判日、未知的天使的合唱、信仰之海,等等。单看这些词和词组,你会疑惑为什么诗人要将诗作的精神方向引向基督教。他是要与里尔克一试高低吗? 我们知道里尔克在《杜伊诺哀歌》第十首的开头曾经这样唱道:"愿我有朝一日,在严酷的认识的终端/向赞许的天使高歌大捷和荣耀。"在第八首中他说:"······自由的动物/始终将自己的衰亡留在身后/前方有上帝,它若行走,则走进/永恒,一如泉水奔流不息。"里尔克对于基督教个人主义的沉思导致他最终放弃了圣子和圣子的世界,并且抵达了一个空间的永恒之境。相比之下,潞潞的基督教要简单得多,但其含义却是深刻的。上帝和耶稣出现在他的诗中,为他的诗歌提供了高度和强度,是存在所绕不开的悲剧的高度和强度。

　　更有意思的是,潞潞的上帝和耶稣是与中国北方的乡村、水井、矿井、农人、军阀、粮食、棉花、丁香、雏菊等同时出现在他的诗篇里的。这让我想到 2000 年初我在山西汾阳乡下所见到的场景:戏台、场院、农民破烂的房子、墙上褪色的标语、门框上的红纸金字对联,还有土塬子上干净的小教堂。教堂外的黑板上竟然写着根本无人认识的拉丁文短句! 也许这就是上帝无处不在的证明吧。你不必是一个基督徒,但在这样的环境中看到这样的拉丁文短句,你会怎么想呢? 也许深深的静默是恰当的反应。如果洪秀全可以有洪秀全的上帝,那么潞潞也可以有潞潞的上帝。这与你是不是一个基督徒无关。如果你内心悲苦而寂寞,那么你的上帝就会出现。

但是,潞潞的《无题》诗写的真是中国的农业生活吗?如果是这样,那么为什么潞潞写作的基本进程却是由外向内并且最终导致对于外在真实的放弃?统观潞潞的《无题》诗,我们会发现,他虽然使用农业意象,但诗中并未集中地书写农业场景;诗中既无场景也无事件(如果说有一个事件的话,它在诗中的存在也只是模模糊糊,甚至模糊到了极点)。从潞潞的词汇表看,除了宗教词汇、农业词汇,还有一个序列的词汇,那就是与思想、情绪有关的偏重于抽象的词汇,例如,记忆、幻象、品质、法则、破碎、恐惧、伤害,等等。这是一些颇带"洋"味的词汇,暗示出一种外来风格的影响和对于高端对话的渴求。如果从风格上讲,我们就会发现一个有趣的现象,那就是作者虽然写到农民,却并没有使用人们潜意识中所认同的书写农民的语言方式来写。那种特定的所谓的书写农民的语言方式其实是一个迷信。潞潞不在乎这一套。他对于书写"部分生活"保持着警惕,他试图追问普遍意义和价值。至少当时写《无题》时他是处在这样一种状态。

那些偏重于抽象的词汇在他的诗中分量如此之重,它们带动着,或者说牵引着其他序列的词汇共同指向诗人的内心。正如前面引用过的潞潞的诗句,他反复使用"看到"一词。但诗人并非完全用眼睛看到,可以说他也是用灵魂看到,是"真理"意义上的看到。所以,凡被他"看到"的东西,都起身迎接他的观看:

> 我们关注着清晨露水的破灭
> 转瞬即逝的瓷瓶上雕满了太阳
>
> (《无题》,1990.7.8)
> 我看见大地的白光中粮食在沉睡

它们依靠空心的根茎吸入黑暗

（《无题》，1990.8.8）

因此，他所写下的诗歌，既非关乎农业的，亦非关乎城市的，亦非关乎信仰的，而是关乎灵魂的。一般说来，灵魂即主体，但有点奇怪的是，作者虽然反复说到"我"，但"我"只是一个观看的角度，或者只是一个存在的背景，并非诉说苦难、不幸、寂寞的抒情主体。诗人的灵魂本身是空落的，这导致了对世界的发现。

《无题》系列本来大概是作者雄心勃勃的作品。但不知为什么，它一直没能在诗歌界和批评界引起足够的重视。现如今的中国诗歌界，较之1990年代初，在风气和趣味上都有了很大的变化。这也许并没有什么不正常，只是有些诗人死活不承认，这种风气和趣味上的变化，是被高歌猛进的消费文化所促成的。多少新一代的"愤青"或没脾气的人们，争先恐后地展现自己的蒙昧、肤浅和小情小趣，以人的"有限性"为借口，抗拒真正的创造性劳作。"有限性"本来是我所热爱的东西，但眼看着它与宿命、与创造性激情、与孤独的沉思默想和独特的语言方式脱离了干系，我不禁怀疑我所理解的"有限性"是不是真正的"有限性"。如果这样一种时代状况可以解释为什么其昨天的优点就变成了今天的缺点，那么，我要说，潞潞的《无题》诗在1990年代初期和中期同样没有被足够认识确实使人费解。

1997年《潞潞无题诗》出版的时候，我本来打算为这本诗集写一点读后感，但长久的忙乱使我未能如愿。这一直是我一件隐隐的心事。现在得以将我当时阅读《无题》诗的感受会同我现在的一些想法一起写出来，算是我对老朋友有了一个初步的交代。但这篇我已写下的文章依然不能令我满意。原因在于我不敢肯定我已吃透了诗人的用意，所以本文并未试图将《无题》诗所表达出的思想理出一个清晰的脉络。而《潞潞无题诗》值得我们花时间去研究,去求证,并得出我们自己的结论。我敢说,这本诗集的成就已经高出了中国现代文学史上一些我们耳熟能详的诗人,甚至是处理存在的诗人的成就。也许我们需要一本新的《中国现代文学史》。

——原载《江汉大学学报(人文科学版)》(现《江汉学术》)2008年第 6 期：11—13

诗歌的"当代"研读

江河"现代神话史诗"的
英雄转化与叙事思维

陈大为

摘　要： 透过"英雄转化"和"史诗轻量化"两个角度，可探讨江河的现代神话史诗《太阳和他的反光》在中国当代诗歌史上的意义与价值。12则中国古老神话所蕴含的巨大创作潜能，沸腾了江河的诗歌生命，继而产生了英雄转化和叙事轻量化，反过来丰富了这12则古老神话，并赋予全新的精神意涵。带有悲剧成分的创作心灵、错综复杂的朦胧诗发展背景，轻巧地浓缩在精简的叙事里面，再加上颠覆性的解构诠释，江河精彩地完成了一次现代神话史诗的先锋实验，也完成了自身"心灵图像"的建构，对第三代诗人的逆崇高、反英雄、平民化的先锋美学实验，有很大的示范作用。

关键词： 江河；神话；史诗；叙事；英雄转化；朦胧诗；第三代诗人

一、前　　言

在史诗概念和艺术形式输入中国之前，汉语诗人对孕育过许多伟大诗人的中国古典汉语诗歌传统，一向十分自豪。在这个由强大抒情传统建立起来的诗歌国度,史诗或叙事诗从来都不是创作的重心,直到五四诗人跟世界诗歌接轨之后[①],才不得不去面对一个以西方文学霸权为中心的史诗美学。荷马史诗在这个"初步全球化"的人类诗歌谱系中,被推举为最崇高、伟大的诗歌类型和艺术境界,偌大的中国却找不到与之分庭抗礼的史诗巨著。黑格尔(Georg Wilhelm Friedrich Hegel,1770—1831)在其巨著《美学》中提出影响深远的史诗理论,他认为东方史诗是此一文类尚处"粗枝大叶"的雏形阶段,唯有各方面都熔铸得十分完美的《伊利亚特》和《奥德赛》才能评定为人类史诗的正宗与典范(甚至是诗歌艺术的极致表现),后起的基督教史诗则是较芜杂的、浪漫型宗教史诗。[1]102—187

关于史诗的文类界定,黑格尔首先确定了"叙事性本质"[②],他认为"史诗以叙事为职责,就须用一个动作(情节)的过程为对象,而这一动作在它的情境和广泛的联系上,须使人认识到它是一件与一个民族和一个时代的本身完整的世界密切相关的意义深远的事迹。所以一种民族精神的全部世界观和客观存在,经过由它本身所对象化而成的具体形象,即实际发生的事迹,就形成了正式史诗的内容和形式"[1]107。史诗的叙事性本质在记述重要历史事件或伟大人物方面,具有强大的口头传播功能,在各种形式的说书活动中,史诗故事对广大听众的影响力极为深远。

黑格尔将史诗定位在非常崇高的位置,在他看来,"史诗就是一个民族的'传奇故事''书'或'圣经'"。每一个伟大的民族都有这样绝对原始的书,来表现全民族的原始精神。在这个意义上,史诗这种纪念坊简直就是一个民族所特有的意识基础。[1]108 这个理论观点几乎将史诗等同于先民文化的深层结构,甚至是某种历史性的根源。在无史的年代,史诗除了记史,还吸纳了民族的共同记忆和集体潜意识。不过,黑格尔的史诗理论是以荷马史诗为尊的,其他文明地区的英雄史诗全都遭到贬值,尤其"中国人却没有民族史诗"[1]170的评价对当时的中国诗界而言,简直是一道无从愈合的巨大伤口。

这番严重伤害了中国诗人自尊心的评议,后面还有几句不能忽略的话,黑格尔指出史诗在中国的缺席,是"因为他们的观照方式基本上是散文性的,从有史以来最早的时期就已形成一种以散文形式安排得井井有条的历史实际情况"[1]170。黑格尔的说法与事实有相当大的落差,他把古代中国文人的观照方式完全归属到古典散文上面,简化了中国史诗缺席的问题。

俄国理论家别林斯基(Vissarion Grigor'evich Belinskij,1811—1848)和巴赫金(Mikhail Mikhailovich Bakhtin,1895—1975)都曾提出史诗理论,但在这个问题的讨论上,可以透过别林斯基的观察,来延伸探讨中国诗史的史诗缺口(或史诗罩门),他认为:"长篇史诗只可能出现在一个民族的幼年时期,那时,它的生活还没有分裂成为两个对立的方面——诗歌和散文,它的历史还仅仅是传说,它对世界的理解还是宗教的假想,它的力量、强力和朝气蓬勃的活动仅仅显现在英勇的丰功伟绩中。"[2]

中国古代文学过于早熟的发展进程,比其他西方文学传统提早进入散文叙事和理性思维的时期,于是史诗的创生条件,在"民族的幼年"即被这两股力量肢解了:

第一,"散文体史书"的高度发展,使得原本可能构成史诗叙述的主题或素材,率先进入先秦史书的撰述系统当中,无论是以《春秋》为代表的编年体,或《史记》首创以"传"记史的纪传体,都比典雅的古诗体更完整、更自由地记述历代英雄的丰功伟绩,历史人物的性情与事件的情节发展,在散文体叙述中得到生动且翔实的记述。若将《史记》的本纪、世家和列传全部贯连起来,它既是一部格局恢宏的史诗,同时又是一部深邃的政治思想史。在中国,古典诗歌将叙事功能交付给散文体史书之后,英雄史诗自然失去用武之地,尧舜禹汤、春秋五霸、战国七国、楚汉相争的英雄传说,全都成为散文叙事下的故事。

第二，"理性政治思维"的早熟，让殷商文明的政治体制"由巫转史"，随即形成一种"重祭祀，轻幻想"的政治文化。在如此严肃、理性的思想教育体制底下，天子的君权逐步凌驾于神权之上，知识分子对世界的理解也适度摆脱了原始宗教的假想，加上"不语怪力乱神"的圣训，不登大雅之堂的民间神话创作与搜集，势必受到很大的影响。原始神话失去让情节持续衍绎、繁殖的感性（其实是迷信）土壤，造成大部分中国神话的情节延展性不足，往往只有寥寥数行或短短几句的叙述③，根本无法跟荷马史诗的叙述规模相比。不过正因为如此，这个"史、诗分立"的古老中国，才能够同时拥有优异的抒情诗歌传统，以及严谨地考证、记述史实的二十四史。

同属东方文明帝国的印度则是重文轻史，虽有《摩诃婆罗多》和《罗摩衍那》两部足以媲美荷马史诗的巨著，又有《薄伽梵往世书》等18部由古代神话和传说汇编而成的"往世书"，但其史书撰述的成就却非常有限。相较于中国史官好将神话和传说人物改造成历史，不设史官而设宫殿诗人的印度，却把神话等同于历史，他们"将古代某些历史神话化的过程或进程，和中国的由神话到历史的进程相反"[3]。正因为印度神话和历史相互渗透，使得历史的神话含量高于史实，英雄人物的事迹在不求考据的前提下，吸收大量的野史和杜撰的想象，遂成为史诗创作的丰沛资源。历史与传说混为一体的印度"史、诗合一传统"，正好成为中国"史、诗分立"传统的参照对象。

古代中国传记史学的早熟和史官系统的建立，夺去了孕育英雄史诗的土壤，文学叙事的机能交付给同样早熟的散文，丰富的史书著述和古典诗歌无比庞大的抒情传统，一直都是中国文人的骄傲，直到五四时期留学欧美的现代诗人，经由西方诗歌美学的洗礼（或洗脑）之后，才产生巨大的创作压力和焦虑。

面对欧洲和印度史诗的绝对优势，偏偏在古典汉语诗歌传统中找不出与之对称的史诗④，当时中国学者的心理反应十分微妙，文坛和学界都弥漫着"一种心有不甘的心态，一种自足的中国文学传统第一次受到西方文学传统强烈的挤压时，典型的复杂而矛盾的心态。这毋宁等于承认了中国文学传统的不完足性，但同时又急于弥补这种不完足性。由此引发两种新的心理：一种是维护中国文学传统的承继性，强调中国文学尤其是诗歌的抒情传统乃是白话新诗所应接受的主要遗产；另一种则是强调创造性转化，引进'史诗'，并以此为基点建立'本土'的'史诗'传统"[4]。

郭沫若的诗集《女神》(1921)是第一波中国现代史诗创作潮的代表作，他企图结合泛神论的思想和浪漫主义的激情，创造出一种以崇高美学和悲剧美学为取向的，属于现代中国的"本土型"抒情史诗。可惜他没有成功，即便是最著名的《凤凰涅槃》也经不起时间的考验⑤。五四诗歌毕竟只是中国现代诗的实验阶段，在未能熟练地运用白话诗歌语言的状态下，贸然为之的史诗创作，终究难逃失败一途。第二波本土史诗创作潮在1950年代掀起巨浪，那是倡导英雄崇拜的时代，郭小川、贺敬之等人以颂歌和战歌思维模式铸造的"无产阶级英雄抒情史诗"，一无是处的民歌形式，加上政治理念挂帅的创作意图，只能打造（并非创造）出大而无当的政治抒情诗。于是"振兴中华诗歌帝国"的史诗创作压力，自动转移到新诗潮诗人身上，北岛、顾城、舒婷的诗风取向不符合史诗的路数，最接近这个轨迹的是杨炼和江河。杨炼以《礼魂》(1985)和《𝕀》(1994)作为"民族文化史诗"的创作尝试，但他太过偏重"杨式哲理"的传达，及其浪漫主义情怀底下的抒情成分过高，史诗据以为本的历史和叙述成分过于微弱，只能称之为"民族文化组诗"[5]，兼具神话（上古史）和叙事特质的江河诗集《太阳和他的反光》(1987)遂成为唯一的讨论重点。

二、史诗情结：梦想和梦魇的无尽纠结

如前言所述，史诗创作对 20 世纪中国当代诗坛而言，绝对是一座巨大的梦想，同时也是巨大的梦魇。前仆后继的失败者当中，不乏名重一时的大诗人，它渐渐成为中国诗界的一柄"石中剑"，各世代的诗人都忍不住去挑战这个魔咒。

在"文革"后崛起的诗人群中，江河（1949—　）率先提到现代史诗的创作："为什么史诗的时代过去了，却没有留下史诗。作为个人在历史中所尽可能发挥的作用，作为诗人的良心和使命，不是没有该反省的地方。"[6] 严格来说，传统定义上的史诗及其时代确实已经过去，在巴赫金看来，"史诗的世界，是民族英勇的过去，是民族历史的根基和高峰构成的边界，是父辈和祖先的世界，是先驱和精英的世界。……长篇史诗从来不是描写现在、描写自己时代的长诗"[7]515—516，江河对古代诗人错失史诗创作的黄金时期深感遗憾，这事无法回头去弥补，他只能站在当代的位置重新建立一个属于 20 世纪中国诗歌的史诗地景。江河对自己的信心，主要来自《纪念碑》（1977）和长达百余行的长诗《祖国啊祖国》（1980），他对历史文化的感受力，以及诗歌语言中表现出来的雄浑气象，在同辈诗人中只有杨炼可与之相提并论。当江河的诗笔驰骋于祖国江山的时候，在叙述中展开的景象就相当壮阔，不但主体情感高度融入其中，朦胧诗人特有的承担意识展露无遗，当有如此的情怀和抱负才能写下动人的诗篇：

> 在英雄倒下的地方
> 我起来歌唱祖国
>
>
> 我把长城庄严地放上北方的山峦

像晃动着几千年沉重的锁链

像高举刚刚死去的儿子

他的躯体还在我手中抽搐

我的身后有我的母亲

民族的骄傲,苦难和抗议[8]29

江河在英雄殉难的地方开始反省历史周而复始的苦难,不是喊,而是编织出仿如悲剧英雄的神话臆想画面。长城作为困顿与困缚的象征,高举儿子尸体即高举苦难,高举对未来的绝望,向上天和"天赋"的王权诘问。中国的老百姓总是被告知祖国地大物博、锦绣河山,还有数千年的骄傲文化,可是那些事物和条件并没有壮大这个国家。江河指出这个民族曾经发明了火药和指南针,并以丝绸开辟了不可思议的国际贸易,那么,还有什么理由让锦绣江山把玩在帝王手里,却将苦难分配给天下的百姓? 对此,江河发出低沉的诘问:

让帝王的马车在纸上压过一道道车辙

让人民像两个字一样单薄、瘦弱

再让我炫耀我的过去

我说不出口

只能睁大眼睛

看着青铜的文明一层一层地剥落

像干旱的土地,我手上的老茧

和被风抽打的一片片诚实的嘴唇

我要向缎子一样华贵的天空宣布

这不是早晨,你的血液已经凝固[8]31

这首《祖国啊祖国》在篇名的设定上,很容易让人产生类似"颂歌"的空洞错觉,其实刚好相反,江河面对祖国河山的情感十分复杂,充满惋惜、悲怆,和找不到出口发泄的苦闷。美好的文化事物在现实世界中不断耗损,难道现代中国的子民只能反复回味陈年的辉煌,来粉饰倾颓的现实,麻醉自己的反思?江河忍不住流露出朦胧诗特有的承担意识:"祖国啊,你留下这样美好的山川/留下渴望和责任,瀑布和草/留下熠熠闪烁的宫殿、古老的呻吟……"[8]32,诗人能够为国家所做的事,不外乎写作,一股为祖国创作史诗的使命感开始驱动着他的笔,以及潜藏着宏伟的文化蓝图的胸臆。于是祖国成为一幅供他翻山越岭的山水画,滚动条在手中如鹰翼展开,悲痛的思绪驾驭激昂的语言,情感结实的山河意象在阅读中川流不息。这种主体情感对客体的深层渗透,同样表现在《纪念碑》《葬礼》《从这里开始》等诗当中。一旦他的目光触及饱含文化基因的中国古代神话,汹涌而至的感慨与再诠释的写作冲动是可想而知的。

进入中国传统神话世界的江河,赫然发现了最具潜能的史诗元素。

江河对神话的看法,跟黑格尔的史诗理论有雷同之处,他认为"任何民族都有自己的神话,自己心理建构的原型。作为生命隐秘的启示,以点石生辉。神话并不提供蓝图。它把精灵传递到一代又一代人的手指上,实现远古的梦想"[9]129—130。在江河的理解中,古代中国神话蕴含了中华民族的精神气质和文化性格,透过神话即可解读出这尘封已久的历史文化讯息。《追日》《填海》《射日》《治洪》和《补天》等流传千年的上古神话,都是一些无比强韧,充满英雄气概的民族精神之表现,江河却发现那股理应不朽的民族精神特质至今早已荡然无存,神话里的英雄人格也不复出现。站在"英雄倒下的地方",目睹华夏民族精神的真空状态,江河内心的文化使命感再度驱动,仿佛重新唤醒在神话背面沉睡千年的上古龙族精灵,就是他必须承担的重责大任,去规划新的蓝图,进而构筑一座黑格尔所谓的"民族精神标本的展览馆"[1]108。

江河的创作心理却不同于巴赫金的理解,巴赫金认为"作为史诗基本要素的作者意向(即讲说叙事人的意图),实为一个讲说者叙述他所无法企及的过去时代的意向,实为后代人一种虔敬的意向"[7]516。史诗时代是绝对的崇高,后人只能抱持虔敬的态度,他甚至取消了现代人在史诗创作上的理由,因为"它已是完全现成的体裁,甚至已经僵化、几近死亡的体裁。它的完美、稳定、艺术上的绝对不涉及幼稚,都说明它作为一种体裁已进入垂暮之年"[7]516—517。巴赫金的观念过于保守,他对诗人创作心理的了解远不及哈罗德·布鲁姆(Harold Bloom,1930—2019),在真正的强者诗人(strong poet)⑥眼里,没有任何体裁会达到完美的境界,所谓的僵化和死亡,正是传统史诗在当代文化语境中的转生契机。

史诗不死,只是转型。

以中国神话素材入诗已非创举,但从来没有任何一位中国现代诗人如此看重民族神话,江河对现代史诗的创作构想确实是前所未见的。江河的野心不仅于此,他企图塑造出一个"有待承接"的伟大汉语诗歌传统,来强化自己的天命。他是这么说的:"传统永远不会成为一片废墟。它像一条河流,涌来,又流下去。没有一代代人才能的加入,就会堵塞,现在所谈的传统,往往是过去时态的传统,并非传统的全部含义。如果楚辞仅仅遵循诗经,宋词仅仅遵循唐诗,传统就会凝固。未来的人们谈到传统,必然包括了我们极具个性的加入。当然,过去的传统会不断地挤压我们,这就更需要百折不挠地全新地创造。不但会冲掉那些腐朽的东西,而且会重新发现历史上忽略的东西。使传统的秩序不断得到调整……"[10]

江河所谓的"传统"指的是一个具有传承性结构的"文学谱系",拥有辉煌的过去,和充满创造性的未来,江河期许自己的现代神话史诗能够"继承大统",延续这个伟大的谱系。他在1984年10月24日写了封信给评论家吴思敬,信里说:"这次的神话,早有夙愿,正如您说,想借尸还魂,但灵气相通。说是神话,也是反神话,把神话与超现实相呼应。另意也在将诗写得超脱现实,摆脱依附政治、影射等等,使其复归文化。"⑦最值得注意的是:"超脱现实"和"摆脱依附政治",它更意味着超脱在各种诗歌批评活动中约定俗成的"朦胧诗的美学规范",换言之,这是江河诗歌彻底蜕变的契机。原发表于《黄河》诗刊1985年第1期的神话组诗《太阳和他的反光》(12首)⑧,对江河的创作生命和当代中国诗歌发展史而言,都可说是意义非凡。

杨炼和江河分别选择了古代文化和神话为创作的主力,但相较于杨炼那些意象越来越繁密艰涩,情感与题旨越来越冷硬深沉的诗篇,江河的诗路反而显得更富有开创性与可读性,尤其《太阳和他的反光》在神话题材和创作主体的心灵史的融合,让江河借此现代神话史诗的先锋实验,突破了逐渐僵化的叙事模式,更以举重若轻的语言技艺,成功营造了一组意义非凡的心灵史暨文化图像。

《太阳和他的反光》整体的思维格局十分庞大且厚实,乍读之下,其背后蕴含的文化意涵很容易被误读为朦胧诗精神的延续或变型,一旦深入其意象操作与思维结构的缝隙中,便能解读出另一种隐而不发的内心矛盾。这种矛盾忠实地记录了江河(以及朦胧诗世代)担负文化和诗学振兴之大任,长久营造题旨宏大的诗篇之后,潜意识里不自觉流露的文化疲惫,还有对"宏大叙事"风格转型的自觉,所以在《太阳和他的反光》和江河更晚期的一些诗歌里(如《交谈》等),能够读出某些类似第三代诗人的诗歌美学特质。

在众多有关世代交替的论述中,往往将杨炼和韩东在"大雁塔"上的对决,视为从朦胧诗过渡到第三代诗歌的指标,其实江河的《太阳和他的反光》是另一个更加内敛的诗史地景。

三、英雄转化：创作主体的心灵史

声势浩荡地重返中国远古神话的上游，是一项深具挑战性的长征，江河必须解决史诗里的"英雄问题"、掌握将古典史诗转型为现代史诗的技艺，去面对 1980 年代的文化语境。

英国历史学家卡莱尔（Thomas Carlyle，1795—1881）曾经如此论断英雄的价值："伟人是他的时代必不可少的拯救者，是离开了他干柴就不会燃烧起来的火光。我已经说过，世界的历史就是伟人们的传记"[11]，这番见解完全正确，不管是"英雄造时势"或"时势造英雄"，每个大时代都少不了一个或一群让后人津津乐道的英雄，史诗也不例外。作为史诗最主要的叙述动力来源，神话英雄的民族文化意义与价值，是不可回避的大问题。神话学大师梅列金斯基（E. M. Мелетинский，1918—2005）在论及史诗中的英雄人物时指出："在充满神话虚幻的古代史诗中，主人公往往豪气满怀、壮志凌云，不向任何人服软，从不认输，敢于向神瘊挑战。他们的行为表现出一种崇尚人的价值的人文精神。"[12]中国神话里的英雄人物，也非常符合这个定律。如果江河照本宣科，将神话英雄的事迹老老实实地演练一遍，肯定无法在人物形象或人格特质方面有突破性的诠释，那么这部神话组诗写来也是多余的，古老的招魂仪式终将成为一堆复古的空洞诗篇。

至于现代神话史诗的定义与定位，取决于作者的"历史思维"和"叙事技巧"的综合性表现，这两项作为史诗基础的元素，直接影响到全诗最终"格局"。一如前文所述："史诗以叙事为职责，就须用一个动作（情节）的过程为对象，而这一动作在它的情境和广泛的联系上，须使人认识到它是一件与一个民族和一个时代的本身完整的世界密切相关的意义深远的事迹。"[1]107江河选择了民族文化蕴藏量相当可观的古老神话,先天上已取得一定的文化优势,所有的中文读者在阅读《太阳和他的反光》之际,脑海中的长期累积下来的各种与神话相关的"前文本",自动跟江河的神话史诗产生对照,在彼此异同之处,激起新的问题和思考。

江河在《太阳和他的反光》中的叙事表现很重要,原本就过于简短的中国神话,必须进入一个"再创造"的叙事过程。江河的叙事策略至少有两项选择:一是虚构一些新的情节来膨胀它,活化扁平的英雄人物,以撑起一个千百行的大篇幅,在形式上往"古典史诗"靠拢;二是透过古老神话的"解构",铸造出最符合现代读者视野的叙事形态,重新设定"现代史诗"的功能和特色。前者的创作价值不大,所以江河选择了后者——透过12首短诗拼贴出一个崭新的神话图腾,来叙说他内心的故事,以及对诗歌语言技艺的锤炼。

吴尚华认为"江河对传统文化有着自己清晰的认识,他诗歌的文化走向不是反思的视角而是力图从神话模式中再造生命的辉煌。这组诗歌总体上看试图通过民族神话传说,再现中华民族创世以来的精神状态,尤其是对创世英雄的精神人格的现代性改写,从中提升和弘扬一种刚健浑重的创造性生命力量和人格精神,提升现代人的精神气质。诗人把英雄崇高悲壮的生命审美形态放大在太阳的永恒照耀之下,置于和谐宁静的天人合一的生存状态之中,他们也因此获得太阳的永恒。太阳作为宇宙生命之光的源泉,他们是太阳的'反光',是人类生命永恒的源头"[13]。吴尚华所谓的"再造生命的辉煌"和"再现中华民族创世以来的精神状态",果真落实在诗里,势必沦为空泛且脆弱的宏大题旨(那江河就得步上杨炼的后尘),这只是大部分评论家对此诗的共同错觉;倒是"现代性改写"一语较能贴近事实,可以成为一个关注点。

吴思敬对英雄作为太阳的"反光",提出这样的看法:"组诗中的神话人物多是失败的英雄,并时时流露出一种'反英雄'的情绪,比如《追日》中夸父的手杖变成了普通人在春天的草上拾到的'一根柴禾',这就把英雄与普通人的意识沟通起来了。"[14]吴思敬的说法必须加以修正,原始神话英雄的"悲剧性",蕴藏着先民对大自然和命运的抗争,英雄人物集合了人民的希望、奋斗、挫败、悲怆,从后羿和夸父神话可以印证这个看法。江河选择了 12 个神话人物,同时也接收了(古典史诗中英雄们共同拥有的)悲剧性成分,但不能因此直接认定为"反英雄"情绪,"一根柴禾"本是原典的情节之一,不能视为证据。吴思敬指称的"反英雄"思考,跟第三代诗歌"蓄意为之"的反英雄精神有实质上的差异,它是更深层的叙事,比较准确的说法是:"英雄转化(heroic transformation)。"

神话学大师乔瑟夫·坎伯(Joseph Campbell,1904—1987)在经典之作《千面英雄》(The Hero with a Thousand Faces,1949)归纳出世界各地神话英雄的典型成长历险——召唤、启程、回归,他认为英雄的历险暗喻了人类心灵试炼和追寻的过程。英雄在重重历险中超脱了困境,并达到另一个常人难以企及的精神境界,得到日常生活匮乏的事物。但英雄的形象和人格不是平板的,不但会随着(故事中的)试炼不断转化,他的角色形塑与功能赋予也会因应人类文明的演进而逐步调整,由神圣的崇高,逐步转向现实的伟大,最后完成心身转化之后而离世。这是宇宙永恒不变的循环,英雄的历险即一个小型的宇宙循环。乔瑟夫·坎伯在"英雄的转化"(transformations of the hero)一章里谈到的转化概念[15]345—399,跟江河在史诗创作的心路历程十分契合,这是一种由外显、雄伟、高蹈的英雄诗人阶段,转化或内化到另一种平民、生活化的现代诗人状态,但又没有完全放弃胸臆中恢宏的史诗蓝图。这个转化是多层次的。

北岛、江河等几位曾在诗歌创作中表现出鲜明的英雄主义色彩的诗人,渡过了诗歌革命(以及世代交替)意识最强烈的崛起阶段,其创作心理和语言状态随着生命阅历的累进,自然步入另一个风格转变的沉淀阶段。原来那股为"一代人"发声的立言与代言的英雄意识,或消退为低调、单纯的抒情与叙事;或转型为较内敛、深沉的姿态,重新寻找一个足以对应时局变迁的制高点。不管诗歌中的英雄主义思想是否弱化,它含蓄地反映了创作主体的内心世界。

吊诡的是:神话史诗属于崇高精神的创作,江河的"英雄转化"却隐含"逆崇高"的意味,两者存在着两极化的矛盾。若是要落实像韩东《有关大雁塔》那般单纯反英雄与逆崇高的理念,一首《追日》已经足够,不必花 12 首诗来陈述相同的一个理念。江河选择了逆向操作,深入神话的腹地进行故事人物和自我主体的"英雄转化",但《太阳和他的反光》在整体气势和结构上,却处处显露出现代史诗的实验性意图。

远古的中国神话对任何读者而言,都只是单纯的老故事,很少人会深入思考其中的文化意涵,一篇重写的神话根本无法在当代文化语境中发挥它在上古社会的功效,它必须经过诗人以当代的艺术视野重新诠释,调整它的情感结构和精神结构,使之有效激起精英读者的深层共鸣。从理论上来说,既然神话能记录上古中华民族的精神,如果逆向操作的话,神话就可以倒过来激发潜伏于现代人血液里民族精神的遗传基因。当然这仅仅是理论上的揣度。

比较值得关注的是:溯返神话上游的江河,如何构筑他的现代神话史诗?

尽管江河在写给吴思敬的信函中仅提及神话而不谈史诗,但他在组诗里的结构设计,却以充满开创性寓意的《开天》一诗来述说心中蓝图。江河并没有很庸俗地以雷霆万钧之势来描述盘古开天辟地的大场面,反而把视觉上的声光效果,转成更为内敛、复杂的精神状态:

他的胸脯渐渐展宽郁闷地变蓝

他的心将离他而去

辽远的目光在早上醒来[8]3

　　一向以动作取胜而缺乏内心刻画的中国神话英雄,终于有了可供分析的心理活动,这是江河在"英雄转化"上的第一项尝试。透过开辟之功,穿越了"浑沌"和"幽闭"的世界阶段,遂有了前人无法企及的视野,所以"胸脯渐渐展宽";然而,这片从零开始建构的天地,逼使他独自面对创始时期万物的粗糙与匮乏,心情因而"郁闷地变蓝",也反映了江河在完全空白的汉语史诗版图上的创作心境。

　　身为朦胧诗代表诗人之一的江河,面对第三代诗人在1980年代中期高举的"反英雄"大旗,以及热情急速冷却且不断流失的大众读者,其感受特别强烈,他应当觉悟到不能再以英雄姿态抓住祖国大地登高呼喊,原本激昂澎湃的"类史诗"创作风格已经不适用,蜕变的焦虑随之萌生。江河的诗歌创作思维因而产生结构性的变化,去应对主张"反英雄""平民化""稗史化"的第三代诗歌,但他并未放弃史诗创作的梦想,整个社会文化语境的急速变迁,反而让他有机会思考得更深刻。原以"大我"为视野的英雄主义宏大叙述,逐渐内化成对现代史诗的纯粹技艺性思考,同时也融入更多主体情感和思维活动,由此催生了一次隐藏在神话叙事里的"英雄转化"。

　　创作主体的"英雄转化"直接投射在神话史诗创作里头,成为"主体的英雄意识"与"神话的英雄姿态"的"双重转化"。江河一并抽离了朦胧诗和中国神话的"英雄元素",让大家原本熟悉的神话人物和事迹变得陌生,企图诱使读者在错愕里重新反省其中的意涵变化。"英雄元素"是神话英雄(以及朦胧诗人)固有的人格特质,更是神话的精神内核,它的缺席立即引发显著的结构性蜕变。在此诗,江河隐去了盘古开天过程中所有大气磅礴的情节及影像叙述,仅仅刻画盘古(以及江河自己)自混沌中开辟新局面的重重思虑,让我们读到英雄的孤寂和空虚。当盘古和他的神话隐退到叙事的背面,诗人江河的创世大业便在叙事的最前线之处展开,他感慨地说:

> 而大地如此粗糙
>
> 他伏在海洋空阔的案头
> 面对无字的帆,狂风不定的语言
> 珊瑚礁石互相吞噬的鱼
> 寂静凶狠地在他腹中鼓噪[8]3—4

仁立在史诗梦想的起点,20世纪中国诗史的版图上找不到可以借镜的文本,脑海如同"空阔的案头",他还得面对"无字的帆,狂风不定的语言",虽然荒芜之处充满了创造性的机会,庞大的孤寂和艰巨的使命却在相互纠缠。停止了英雄式的呼喊之后,江河的叙述格局依旧辽阔,隐藏着一股低分贝的雄浑。

这股低分贝的"英雄转化"在《追日》一诗表现得最突出。

"夸父追日"首见于《山海经·大荒北经》:"大荒之中,有山名曰成都载天。有人珥两黄蛇,把两黄蛇,名曰夸父。后土生信,信生夸父。夸父不量力,欲追日景,逮之于禺谷。将饮河而不足也,将走大泽,未至,死于此"[16]42,以及《山海经·海外北经》:"夸父与日逐走,入日。渴欲得饮,饮于河渭;河渭不足,北饮大泽。未至,道渴而死。弃其杖,化为邓林。"[16]238又见于《山海经·中次六经》:"又西九十里,日夸父之山,……其北有林焉,名曰桃林。"[16]139著名神话学家王孝廉认为:"夸父逐日的形成,其原始是由古代人以神话解释昼夜循环现象而生的幽冥神话,……所谓'逮日于禺谷',在神话的意义上是说太阳沉落而黑夜来临的象征。"[17]陈建宪在王孝廉的研究基础上提出进一步的解说:"夸父族的人们为了解开昼夜交替之谜,跟随着太阳运行的方向,不断向西迁徙,试图找出太阳究竟降落到什么地方去了。……于是,他们就借自己的想象,来为这件事找一个答案。"[18]

尽管王孝廉和陈建宪的分析都很具有吸引力,也合理,然而对自然现象的探索和解释,本是大部分神话主要的、共同的创生因素,要从这个相当普遍的角度去归纳出夸父神话的精神特质恐怕有困难。倒是台湾学者尉天聪在《中国古代神话的精神》中的论点,比较能够在叙事过程中捕捉到关键性的元素:"古代所谓的神实际上是'人'的扩大,也就是说,他们都是发挥人的'力'以克服各种灾害的英雄。《山海经》有关夸父的故事,便是最好的说明……所谓'不量力',正是面对困境时不屈服的奋斗精神,这种精神有人称之为'悲剧精神',是一种从苦难之中孕育出来的力量。中国先民处身于苦难与忧患之中,凭生命的搏斗建立起自己的天地,故其所体验出来的便也是生生不息的、知其不可为而为之的悲剧情操。"[19]"不量力"所代表的"悲剧精神"比先民对大自然现象的"解释",更能展现出先民与自然对抗的苦难过程中,激发出来的生存态度。虽然"不量力"一词在不同版本中或隐或现,事实上这份悲剧精神已作为一种深层结构普遍存在于各版本的追日或逐日叙事中,当可视为夸父神话的核心精神。

如果江河的神话史诗写作,完全以重现中国上古文化精神为首要的宗旨,他应当去诠释这份"不量力"的悲剧精神。从另一个角度来看,追日神话的悲剧精神也是读者最能够预设的诠释向度。谁都意料不到的是,江河竟然把夸父的英雄形象作了180度的惊人转变:

上路的那天,他已经老了

否则他不去追太阳

青春本身就是太阳
上路那天他作过祭祀
他在血光中重见光辉,他听见
土里血里天上都是鼓声
他默念地站着扭着,一个人
一左一右跳了很久
仪式以外无非长年献技
他把蛇盘了挂在耳朵上
把蛇拉直拿在手上
疯疯癫癫地戏耍
太阳不喜欢寂寞

蛇信子尖尖的火苗使他想到童年
蔓延地流窜到心里

传说他渴得喝干了渭水黄河
其实他把自己斟满了递给太阳
其实他和太阳彼此早有醉意
他把自己在阳光中洗过又晒干
他把自己坎坎坷坷地铺在地上
有道路有皱纹有干枯的湖

太阳安顿在他心里的时候
他发觉太阳很软,软得发疼
可以摸一下了,他老了
手指抖得和阳光一样
可以离开了,随时把手杖扔向天边
有人在春天的草上拾到一根柴禾

抬起头来漫山遍野滚动着桃子[8]9—10

　　这首《追日》是《太阳和他的反光》组诗的思想核心，也是江河的诗歌世界和心灵世界的双重缩影，其关键便是“太阳”意象背后的隐喻。全诗解读之钥，就在这三句有关英雄心理的描写：“上路的那天，他已经老了/否则他不去追太阳/青春本身就是太阳”，江河在描写夸父追日的同时，亦在描写自己对现代史诗之梦和全新的叙事语言的追寻。朦胧诗时期的宏大叙事风格，经过一代人在数年间密集的创作之后，诗人的创作心理和大众的阅读心理皆日趋疲软，原本适用于代言与立言的叙事语言，必须透过另类主题的创作来加以改变。老去的心，需要庞大的激情才能复活，语言技艺的提升也一样。当江河拟订出神话史诗的创作大计时，语言和心都“已经老了”，因而更有理由展开对全新的心灵境界与诗歌境界的双重追寻（“否则他不去追太阳”）；于是他将自己的心境，投注到夸父身上，去追寻那颗“太阳”——用来激活创作心理和诗歌语言的“青春”，因为他深信可以“在血光中重见光辉，他听见/土里血里天上都是鼓声”，充满开创性和难度的神话史诗创作，足以活化他的诗歌。这场大规模的创作，遂有了更内在、实在的追寻目标，不仅止于民族文化大业的空泛理想。

　　跟《山海经》里万里独行的夸父一样，江河的史诗追寻是绝对孤独的，但他没有像杨炼那么急迫。他从容地完成结构、题旨、语言、意象系统等方面的设计，每一首诗各自肩负不同的题旨和实验目的，一如夸父从容地完成祭祀，“一个人/一左一右跳了很久”，“疯疯癫癫地戏耍”。

　　江河在崭新诠释过程中，没有错过原典的重要情节和意象，尤其“珥两黄蛇，把两黄蛇”和“弃其杖”。首先，在江河笔下除了很形象化的“把蛇盘了挂在耳朵上”“把蛇拉直拿在手上”，还进一步深化了蛇的意涵，蛇作为追日欲望的象征物，它在主体内部的漫延就像"蛇信子尖尖的火苗使他想到童年/蔓延地流窜到心里",宏大的计划,私密的意图,一切都在祭祀活动中展露无遗。尤其对一个老去的英雄而言,他对太阳(青春)的追寻比任何人都有正当性,也来得悲壮。其次,值得注意的是"弃其杖",它可能是江河诠释夸父的灵感来源。神话里的夸父不一定是个老者,虽然拄杖而行似乎不符合英雄万里追日的无敌形象,但这个讯息却很真实,手杖对长途跋山涉水的旅者而言,有实际的作用,在此也透露了夸父身为人的成分。江河读到夸父的"手杖",仿佛读到自己用来支撑史诗梦想的精神手杖,一股难以言说的共振,让江河把个人的"心灵史"植入夸父神话的"追寻母题"当中⑨,对夸父进行了英雄转化(和投射)。夸父不量力的追寻亦成为江河不自拔的追寻。

从夸父,以及其他11则中国神话的内部,江河感受到巨大的共振,这个多年来没有现代诗人成功诠释过的文化宝藏仿佛在等待他的开启,古老神话需要一种现代感的叙述语言来重获生命,语言疲惫的诗人也需要丰富的神话意涵来激活诗笔,这趟追寻是双向的,并没有如想象中那般"渴得喝干了渭水黄河","其实他把自己斟满了递给太阳/其实他和太阳彼此早有醉意",当江河在写作中抵达内心追寻的诗歌境界,"太阳安顿在他心里的时候/他发觉太阳很软,软得发疼",所有的技艺和感觉一次到位,这里即终点⑩。此诗的结尾三句很有意思,他告诉我们(和自己)说:"可以离开了,随时把手杖扔向天边/有人在春天的草上拾到一根柴禾/抬起头来漫山遍野滚动着桃子",似乎在暗示:追日的史诗英雄终于完成他的伟大旅程,跋涉万里而来的诗歌,不着痕迹地转化、融合为大自然的优美景致,看似消失,其实是另一种类型的存在。这个结尾留下辽阔的诠释空间和诗意十足的余韵,早期的江河是写不出来的。

心境老去的江河,并没有因为神话史诗创作而勇猛起来,他选择转化成一个更合适的姿态。经过一番锤炼和挑战,"他把自己在阳光中洗过又晒干/他把自己坎坎坷坷地铺在地上/有道路有皱纹有干枯的湖",这是一片坚实的诗歌版图,鹤立于群雄奋起的诗歌乱世之外,也不落入各种西方美学潮流之中,固若磐石的存在。

古老神话宏大的背景,是《追日》在先天上的优势(也是读者的前阅读印象),在角色心理与动作描写都十分清晰的叙事过程中,江河轻松地启动了那个神巫独有的时代氛围,盘旋在夸父的举止之间。江河舍弃了大气磅礴的刚性叙事,改以柔韧有力的叙事语言、寓意丰富的追寻母题、心灵史的深层结构,营造出辽阔的神话与传说视野,这是神话史诗的先天优势。英雄转化的机制,从非常核心的部位改变了史诗的肌理和骨架,并构成这组神话史诗的重要价值。

经过英雄转化之后的江河诗歌,在庄柔玉眼里却产生了某些疑虑:"透过这个重新塑造的民族神话,读者不禁质疑:民族传说中的奇能异士是否存在?如果所谓民族英雄只是普通人,我们为什么还对这等人物推崇备至,甚至活在依靠民族英雄复兴民族的空想中,而不自力更生?"[9]132这项疑虑是多余的,根本不会有现代人会天真到"活在依靠民族英雄复兴民族的空想中",或把传说中的奇能异士当成真实的存在,尤其盘古、女娲、夸父、后羿等绝对传奇性的神话人物!他们的事迹都是虚构出来的上古神话。

此外,萧驰的意见也充满误解,他说:"诗人就这样发现了民族精神中的乐观主义。所以他把固有的悲剧色彩都处理成喜剧。"[20]类似的看法也出现在《新编中国当代文学发展史》一书:"他几乎使所有悲剧故事都失去了悲剧色彩;使人与大自然不再对立而浑然为一;使所有的奋斗和拼搏都轻松自如。"[21]萧驰仅仅将"喜剧"一词一笔带过,并没有清楚界定它究竟是"以嘲笑惩戒邪恶为目的的"的古希腊喜剧,或只是"欢喜收场"的一般喜剧,故在此不予讨论,但悲剧成分的降低则是事实。

江河的神话史诗不必陷入传统的(悲剧)英雄史诗的诠释窠臼

当中,它应该置于一个较自由的诠释架构,只有在适当时候才去释放它的悲剧含量,"英雄转化"和"史诗策略"才是此诗的论述重点。

四、相应之道:轻量化的史诗策略

《追日》一诗可作为江河(创作)心灵史的核心据点,从这里辐射出去的其他诗篇,即可构筑出其中的"英雄转化"或"英雄成长模式"(heroic cycle),整体而言,这个转化/成长是围绕着"太阳"来进行的,亦由此衍生出一套跟杨炼《礼魂》背道而驰的"轻量化的史诗策略"。

"太阳崇拜"是原始农业社会非常普遍的现象,太阳对整个大地和所有农作物的直接影响,让它在先民的敬畏和想象中,获得主宰万物的地位。在中国现代及当代诗歌史上,太阳长期被当作"伟大""崇高""进步""力量""希望""光明"的代名词,从郭沫若、贺敬之、郭小川、"大跃进"诗歌、红卫兵诗歌,甚至朦胧诗,都贯彻着"太阳 vs 黑暗"的操作模式。江河的早期诗作常常陷入黑暗的、倾颓的、低气压的叙事氛围,因此对"太阳"的追寻便成为潜意识里的习惯动作,《葬礼》一诗中的太阳虽然是隐形的,但它最能够说明太阳跟英雄之间的关系:"为了黎明的诞生/又一个英雄死在夜里/……/时辰到了/英雄最后一次/把自己交给火/在没有太阳的时候/熊熊燃烧。"[22]英雄的人格光辉和群众魅力,在江河看来就等同于太阳,隐含其中的是一股自焚或殉难的革命情节。从这个思考结构来观察,"英雄"即太阳的"反光",每一则神话的英雄,都是一道撼动人心的反光。

当诗歌文本中的太阳熊燃如火,在黑暗里奋战的英雄形象(和情绪),便同步升级到为道殉国、从容就义的烈士状态;反之,"太阳像温驯的北鹿卧在莽原"(《补天》)[8]6、"太阳慈祥如镜复归圆满"

（《结缘》）、"太阳像一只结实的橘子悬浮在眼前"（《燧木》）[8]22、"太阳小得仅仅是一颗麦粒"（《思壤》）[8]24、"酒中绽裂的太阳露出茫茫微笑"（《水祭》）[8]26，那么太阳的"反光"（英雄形象）就相对柔软了，史诗的叙事重量也相对减轻。《太阳和他的反光》的命名结果，明确地宣示了两者的意义链接，也提醒读者当"英雄"形象及其符号内涵产生变化的同时，"太阳"势必转换了原来的隐喻。

随着"文革"的结束，以及"后文革"激情的完全落幕，诗歌已经失去原来的启蒙功能，这个时代不再需要诗人，也不需要英雄，更不需要大篇幅的史诗或重量级组诗。况且"接踵而来的经济体制改革，则把外部更加复杂和多元的世界带入这一代人的社会生活乃至精神生活之中。价值判断的重要性明显降低，地区间的战争、大众传媒的冲击、消费性的社会文化心理的出现等，使先锋诗人充分感受到的是平民生活的无奈，而不再是英雄主义殉道的激情"[23]，再加上第三代的反英雄思潮，朦胧诗的声势已大不如前。

换个角度来观察，便可发现经过 1970 年代末期的大规模"崛起"之后，北岛等朦胧诗人在启蒙主题和大叙述的表现力道，已经是强弩之末，诗歌语言和文化意识的双重疲惫，不约而同地反映在 1980 年代中期的诗歌创作，和步入中、壮年的朦胧诗人心里。身处两个世代的诗学视野交替之处，江河的位置相当尴尬，但神话史诗创作是他的"夙愿"，不能轻言放弃。

在这样的一个无需英雄和史诗的年代，怀抱着史诗夙愿的英雄偏偏不能退场，唯有连同那颗崇高的太阳一起转化。江河书写的命运，即一出悲剧。《追日》只是一出英雄悲剧的起点，到了《射日》《移山》《燧木》，江河创作心灵中不同层面的问题，一一显露出来。

英雄转化的决定，直接影响了神话史诗的整体叙事策略，它大量吸附了创作主体本身的心灵讯息，却大幅削减了神话原典中的重头好戏，也减轻了叙事重量。乍读之下，对某些经典的神话情节抱持高度期待的读者，恐怕会感到失落；甚至连史诗格局的构成与否，都不免存疑。

细读之后，才发现江河在看似最单薄的叙事片段，浓缩了十分深刻的生命体悟，有时可由此窥见一位朦胧诗人在时代变异下的心境，有时则可由此探究诗人构筑其诗歌世界的思路。加上较舒缓的叙事节奏、软硬适中的意象系统、脉络清晰的题旨，反而增强了史诗的吸引力。这种舍弃了庞大的叙事结构与篇幅，不再固守传统英雄史诗的崇高叙事、悲剧精神、大历史铺陈，篇幅转趋精简、视野更多元，并透过解构或拼贴手法来营构全诗主题，却仍旧保有史诗的雄浑气势或格局的"轻量化的史诗策略"，是现代史诗的一条充满发展潜能的创作路径。

在最简短的叙事片段，注入最丰富的诠释线索，即江河经营"史诗轻量化"的要诀。

江河的神话史诗既是个人的心灵史，也是缩写的朦胧诗简史，此二者分别以不同比例融入作为大背景的神话古史，如此层层交叠的叙事题旨，从神话被解构之后的缝隙中切入，重新撑起史诗的格局。江河正是透过这套吊诡的叙事策略，企图打造出轻量化的现代史诗，去面对一个对诗失去耐心的消费社会，以及学院与诗界为主的少数精英读者。

《射日》一诗，即一段朦胧诗接受史的缩影。

朦胧诗的崛起对中国当代诗坛的冲击力和反作用力之大，恐怕是空前的，江河也是首当其冲的朦胧诗核心分子，他在写作此诗时，刚刚度过官方诗界和地下诗界双方大论战的尾声。孙绍振在回顾这场四回合的诗歌大论战时指出："正是由于触及了传统诗歌美学的根本要害，双方就有一种迎头相撞的感觉。占有发表优势和组织优势的传统派，特别是长期遵循正统文艺政策，追求政治鼓动的民歌、古典诗风并取得了权威地位的人士，就借助手中行政力量，对朦胧诗，特别是他们的理论代表，组织了长达三年的'围剿'。……最严峻的 1983 年,孙绍振甚至被绑到'反毛泽东文艺思想的纲领'(郑伯农)的十字架上去。"[24] 任何一件改朝换代的大事,真正置身危机与生存压力之中的,仅仅是那少数的策动者与执行者,他们所承受的精神压力和苦难都铭记在文字之外,在广大民众体验和想象之外。"射日"的素材,正好可以寓指崛起的诗群面对前代诗人的"权威"之挑战。神话中的十个太阳,被江河塑造和定位为失控、野蛮、无知,铺天盖地却乱无章法的言论力量:

> 泛滥的太阳漫天谎言
> 漂浮着热气如辞藻
> 烟尘如战乱的喧嚣
> 十个太阳把他架在火上烘烤
> 十个太阳野蛮地将他嘲弄
> 他像群兽,围着自己逡巡[8]13

置于主流诗界的烈阳下被烘烤与嘲弄着的后羿,即朦胧诗人的化身,"射日"原是江河等人的心愿和文化姿态,在这么一个严峻的文化语境当中,他们的诗篇当如射日之箭,反扑以轰轰烈烈的射日行动。但江河在诗中并没有这么做。他用独立的第三段来刻画内心的想法,这段只有一行:

> 他起身做了他应该做的[8]13

如此而已。读者最可能期待的大阵仗全数落空,只有一个小小的动作——他起身,做了他应该做的。就这样。这神来一笔,是全诗最单薄又最厚实的部位。江河完全颠覆了大家的期待视野,也高度压缩了他对这段诗史经历的感受和态度。很多看似不可一世的壮举,事过境迁之后,对后人而言可能根本不值一提,只有当事人知道事件的价值和背后的艰辛。尤其在英雄光环逐渐消散之后,无比艰巨的革命在众人眼中已变得无足轻重,平凡得可以一笔带过。刚参与过朦胧诗的崛起,转眼又见第三代诗歌的逼近,感触很深的江河遂写下——"他起身做了他应该做的"——如此感慨的诗句。

轻描淡写,却一语道破英雄(朦胧诗人)心中的自嘲与失落。

江河的心境变化相当复杂,既有不屈之志,又有疲累之意,在《移山》一诗当中,流露出他对自己长期以来那股舍我其谁的使命感,忽然感到莫名的疲惫,以致他在书写这辑神话史诗的时候,一股拂袖而去的念头不时涌现,英雄迟暮的感觉令他笔下的愚公有了强烈的落寞感:

> 他已面临黄昏,他的脚印
> 形同落叶,积满了山道
> 他如山的一生老树林立
> 树根,粗藤紧抓住岩石[8]19

这股英雄迟暮的感慨跟追日中的夸父大不相同,夸父虽老,仍不忘追逐象征着青春或朝气(力量)的太阳。愚公"已面临黄昏"的心境,却像病毒般感染了整片山川大地,"形同落叶,积满了山道"。心老了,世界也就老了。可他还有一根读者看不见的龙头拐杖,虽老,但老得有分量,老得有足够的智慧传承给后世。一念之间,江河在迟暮的英雄身上再度寻获自身存在与传承的价值,不动如山,根盘如树,"紧抓住岩石"。非常遗憾的是:薪火相传的意念,在当代中国诗歌发展史上,乃最不切实际的妄想,因为每一世代的新锐诗人,都是奉行美学裂变的"无父的子们"[25]。"断裂"与"篡夺",永远比"传承"更吸引年轻诗人。

《移山》的重点不在移山,而在愚公跟"山林"结合为生命共同体的"如山的一生"。

山,是愚公的全部记忆,是伙伴,是事业,也是他的镜像。在江河笔下,这两个对弈多年的伙伴,即将一起步入生命的终点,内心的无限苍凉唯有彼此能够意会。移山,等于瓦解、终结了一切。江河跟朦胧诗的关系与处境,何尝不是如此? 英雄的悲剧心理和命运,在此演绎得非常精湛,且沉稳:

> 他面山而坐,与山对弈
> 已多年,此时太阳就要落下
> ……
> 他的话语像蚕丝微明铺展
> 安静得虫鸣清晰,他说:
> 把山移走。面对亲人们自言自语
> 而后,他在太阳的余晖中投下
> 山谷似的影子,踩出砺石磕碰的回声[8]19—20

这是一个没有丝毫杂质、噪声的宁静画面,再怎么细微的声音,都逃不过十面埋伏的听觉。意图移山的是他的族人,大家屏息以待,就等愚公那一句低沉,却具有强大的穿透力的——"把山移走"。最简单的句子,同样是最深刻、沉痛的句子。那不是命令,而是放弃。胸臆中的宏大理想很难再引起众人的共鸣,英雄不得不向现实低头,放弃他的山林(形同放弃他如山的一生),放弃他存在的凭借。移山,是被形势所逼的决定。可悲的是,居然没有任何人察觉他是在告别一生的记忆和功业:

> 谁也没有察觉他是在告别
> 把如山的一生重新翻起
> 布下丛林的火焰焚烧黄昏

让子孙叩石听到他年轻时的声音[8]20

　　江河深信，有些事物的价值是不朽的，超越物质性形躯之外，山不在，石在，未来的叩石者依旧可以听到过去的前行者的声音。未来的精英读者和诗人，一定会读出他（们）这一代诗人苦心经营的诗歌版图，再度"听到他年轻时的声音"。江河的文化疲惫里，仍旧葆有那一股自信，和不甘心。愚公跟夸父的差异，在于前者回归到更深层的内在追寻，让这首没有太多肢体动作的叙事，充满暗潮汹涌的悲壮。

　　轻量化的史诗叙事，在《燧木》一诗中有很细微、立体的演出。

　　火的发明使人类在饮食文化和生理机能的层次，同时跨入全新的阶段。江河在伟大事件的缝隙中，解构了原有的神话，把一件文明史上的燧火大事淡化成一件轻松平凡的居家琐事，使之平凡得令人错愕，英雄的内心世界因而丰富得足以产生许多细节：

　　　　雪下了整整一夜
　　　　茅屋外小动物嘀嘀咕咕地交谈
　　　　那棵独自生长的老树显得矮多了
　　　　仿佛坐下来想事情
　　　　……
　　　　象形文字的小爪爬满树身
　　　　它们攀上去嘶嘶地吃雪花
　　　　像是传来昆虫翅膀脆裂的响声
　　　　孩子们睡得正香
　　　　妻子的头发安详地伏在手臂[8]21

　　写诗可以很单纯、渺小，也可以怀抱一幅伟大的诗史革命宏图。燧火也是如此。这个划时代的创造性举动到了江河手里，动机和功能都变得十分简单且实在。"蓝色的火苗"并非全诗的重点，它只是日常生活中的一件寻常小事。江河用十分平静、抒情的笔触，凡化了英雄，再植入、放大了某些不会出现在神话里的次要细节①。逆崇高的书写策略下，一幕充满动人细节的温馨雪景，以童话的氛围笼罩着整个叙述，全长 26 行的第一段，主要在铺陈一个字"冷"。除了"忙把兽皮盖住腿"[8]22，唯有火，才能驱寒。但驱寒不是火在人类进化史上的革命性功能。江河只用了一个句子来完成第二段"屋檐的水滴敲着他的胃"[9]22。是的，因为饿，才有了燧木生火的动机：

> 他抓起一根树枝钻来钻过去
>
> 蓝色的火苗轻柔蹿动
>
> 风中飘来烤鹿的味道
>
> 太阳像一只结实的橘子悬浮在眼前
>
> 天已大亮[8]22

比起那些虚幻的伟大功业，辘辘的饥肠和寒风里的烤鹿香味，显得更加实在。火的运用改变了全人类的饮食习惯，正式脱离茹毛饮血的野蛮时期，这才是火的革命性机能。燧木的瞬间，念头是绝对纯粹的"饿"（好比写诗的瞬间，念头也如此纯粹），天地万物，皆处于无争状态，连太阳看起来，都像一只结实的橘子。风云即逝，"天已大亮"，回到现实生活的中心，曾经风风火火的诗人江河果然有了一些透彻的心思、超越性的想法。这想法落实到诗里，就有了上述的画面。

文明史上的燧火英雄，成了雪地里的一名平凡男子。究竟是远离了，还是贴近了最原始的事实？都不重要，江河心境的英雄转化，和史诗叙事的轻量化才是重点。

在李新宇看来，江河诗歌"抒情主体的隐退，诗中不再有激情，不再有前期诗作中那种按捺不住的冲动,不再有心潮撞击,也不再有痛苦。在变得'古老'的同时,他平静了,显示出一种异常宁静与安谧的心态。因此,在他的笔下,不再有斗争和对立,人与自然浑然一体。他对上古神话的改写,一个突出的特点就是使一切拼搏、奋斗、复仇、开拓都显得平和而轻松,一切壮举都不再轰轰烈烈"[26]265。这番见解同时指陈了另一个事实:成熟。《纪念碑》时期的冲动与激情,固然有效点燃了革命的诗歌气势,但理念先行的写作方式,往往导致语言的精彩度不足。激情不是永久的,也不是诗歌创作的唯一动力,随着诗歌阅历和人生经历的增长,日益成熟的江河必然在思想和诗歌语言上,产生变化(否则就不长进了)。平静,让他的语言得以从容,思考因而缜密。这种转化,不能视为退步。

同样体现了轻量化叙事的《补天》,除了英雄转化后的宁静与安谧,还多了几分典雅与空灵:"她如虹的手指轻扬滑过山腰/抚摸金黄的兽皮使白云点点/她炼石柔韧生辉,波纹返照/太阳像温驯的北鹿卧在莽原。"[8]5—6补天原是女娲对人类世界最大的贡献,江河把这则神话炼得柔韧生辉,让惊天地泣鬼神的补天大事变得轻松、写意,"她在近处隐没/谦逊地洗去遍身花朵"[8]6。举重若轻的叙事策略,在英雄转化与史诗轻量化的实验/实践过程,确实产生了决定性的影响;这个策略没让江河走进杨炼以理驭诗的智力迷宫,也没走向任洪渊汇聚百家的杂货小铺⑫,反而以篇幅短小却充满颠覆性的系列组诗,让每一则大家耳熟能详的古老神话,获得一种非常另类的全新面貌。出奇制胜的轻量化史诗叙事,比较能够在读者的"前阅读印象"跟"读后的疑点"之间,激起多元的思考。

五、结　语

远离了斗争、反抗、对立、牺牲等壮烈的精神姿态,转而表现宽容、宁静、安谧、空灵,对习惯朦胧诗宏大叙事的学者来说,一时间很难接受。在他们看来,如同文化英雄之陨落。李新宇觉得:"似乎诗人对悲壮、崇高等已经厌倦。"[26]266洪子诚认为:"理性叙说和激情冲突的风格明显淡化;从喧腾、躁动走向温情、平静,甚或某些'衰老'(自然,中国当代'先锋'作家大多过快'衰老',不独江河为然)。组诗中,夸父追日、精卫填海、吴刚砍树……与自然的抗争,很大程度上失去了英雄的姿态。"[27]从本文的两节论述可知,上述说法并不准确。江河并非"失去"英雄的姿态,而是"舍弃"因长年冲锋陷阵而兵疲马惫的宏大叙事,将之"转化"成另一种较内敛、成熟的姿势,以面对汹涌而至的第三代诗歌美学和消费主义社会的阅读大众。故不能名之为"衰老",当视之为"成熟"。

当年以《在新的崛起面前》(1980)全力支持朦胧诗美学的评论家谢冕,对江河这项"成熟"的转变,又有不同的评价:"江河早期的创作充盈悲怆的理想精神,'如果大地每个角落都充满了光明/谁还需要星星,谁还会/在夜里凝望/寻求遥远的安慰'(《星星变奏曲》),这诗句典型地传达了当代人寻求和祈愿的情怀。此后,江河以组诗《太阳和他的反光》的写法,迅速转向现代史诗的试验。随后的江河重视对传统的现代改造,重视对古典精神的综合融和,他在诗中开始追求静穆和谐的境界。这种过早地关于完熟圆润之美的追求,当然减弱了江河早期的先锋性。这说明,在中国古老文化的诱惑下,坚持锐气的批判精神和先锋立场是相当困难的。"[28]谢冕所谓"追求静穆和谐的境界"和"完熟圆润之美的追求",正是江河在这部史诗中追求的境界,说得很对。但他指出江河的追寻错在"过早"进入中国古老文化的世界,以致减弱了先锋性,这番见解恐怕难以成立。

如果江河直接取用中国古老神话素材,按剧本,演出大家熟悉的老故事,那就没什么好说的了。古老的神话不是这首现代神话史诗的"招魂幡",它们比较像是一枚深深吸引着诗人,将"自己作为一位朦胧诗人的心灵史"，全心全意地"神入（移情）"其中的"魔戒"。这个情况正如乔瑟夫·坎伯所言："神话在所有人类居住的地方、各个时代和情境中盛放着；它们一直是人类身体与心智活动产物活生生的启发。若说神话是一扇开启的秘密门扉，宇宙无穷无尽的能量经此注入人类文化的展现，是不为过的。宗教、哲学、艺术、史前和历史人类的社会形态、科技的重大发现，以及扰动睡眠的梦境，都是从这基本、魔术般的神话指环中沸腾起来的。"[15]212一枚中国古老神话的指环（魔戒），就是令江河的诗歌生命再度沸腾起来的巨大诱因，继而由此产生的英雄转化和叙事轻量化，反过来丰富了这12则古老神话，并赋予全新的精神意涵。带有悲剧成分的创作心灵、错综复杂的朦胧诗发展背景，轻巧地浓缩在精简的叙事里面，再加上精辟的解构技巧，故能精彩地完成一次现代神话史诗的先锋实验，也完成了江河自身"心灵图像"的建构。自五四以降，现代汉语诗歌对古典神话素材的再诠释，没有比江河更突出的了。

英雄转化本是两刃之剑，放弃了跟"神话里的自然"以及"现实里的文化语境"的抗争，神话英雄和诗人江河同时进入一个前所未见的实验状态。作为一次重要的现代神话史诗的创作，具有突破性和颠覆性的实验精神，比什么都重要。这正是先锋性的最佳体现。《太阳和他的反光》对神话原典进行的颠覆性的解构诠释，以及江河本身的英雄转化，对第三代诗人的逆崇高、反英雄、平民化、稗史化的先锋美学方针，有很大的示范作用。它绝对是当代中国先锋诗歌的大前锋。尤其"英雄转化—史诗轻量化—语言柔软化"三位一体的联动结构，让《太阳和他的反光》拥有其他同期诗歌难以企及的诠释深度和广度。

注释

① 根据中国的诗史研究学者朝戈金所见，"中国最早使用'史诗'

术语的人大概是章太炎(炳麟)"。他在《正名杂义》中已径直使用"史诗":"盖古者文字未兴,口耳之传,渐则亡失,缀以韵文,斯便吟咏,而易记忆,意者苍、沮以前,亦直有史诗而已。"他认为"韵文完备乃有笔语,史诗功善后有舞诗",史诗包括民族大史诗、传说、故事、短篇歌曲、历史歌等。该文附入其著作《訄书·订文》(重订本),详见朝金戈:《朝向21世纪的中国史诗学》,《国际博物馆(全球中文版)》2010年第1期,第135页。这部《訄书》(重订本)在1904年于东京出版,其后郑振铎在1923年发表了《史诗》一文,傅东华在1929年以散文体译出《奥德赛》,中国诗坛及学界开始重视史诗的问题。

② 亚里士多德在《诗学》里曾提出一个粗略的"叙事本质"概念,他认为史诗应该编制完整的戏剧化情节,去描述一个有始有终的行动,有别于历史叙事的事件编排方式。见亚里士多德著,陈中梅译注:《诗学》,北京:商务印书馆,1996年版,第163页。

③ 以本文征引的几则夸父神话为例,都很短,除了夸父和简单的场景,完全没有其他配角参与这个故事。

④ 有部分学者主张《诗经》和《楚辞》中的长篇叙事诗亦可视为史诗,但其规模与格局,根本无法跟《伊利亚特》《奥德赛》《摩诃婆罗多》和《罗摩衍那》等史诗相提并论,那不是同一量级的创作。

⑤ 许多中国现代诗史专著很宽容地从创作精神和主题上肯定了它,避开了审美上的批判,但它在语言技艺上所表现的粗陋是不争的事实。

⑥ 强者诗人指的是:以坚韧不拔的毅力,向其强大前驱展开至死方休之角力的诗坛主将。详见 Harold Bloom, *The Anxiety of Influence: A Theory of Poetry* (2th ed.) New York: Oxford U.P., 1997, p.5.

⑦ 此书信内容转引自原收信人吴思敬的记述,吴思敬在文章里提到这首组诗在正式公开发表前,原来的总题为《神话》,底下各

首各别命名为《神话一》《神话二》，以此类推。详见吴思敬：《超
越现实超越自我——江河创作心理的一个侧面》，《走向哲学的
诗》，北京：学苑出版社，2002年版，第266—267页。

⑧ 这辑组诗分别由《开天》《补天》《结缘》《追日》《填海》《射日》《刑
天》《斫木》《移山》《燧木》《息壤》《水祭》12首短诗组成，共369
行。同年，全辑完整收入于老木编选的《新诗潮诗集》（北京大
学五四文学社，1985年版）当中，此为新诗潮/朦胧诗最重要的
一部选集。两年后，江河以此辑组诗为主干，结集成第二部诗
集《太阳和他的反光》（人民文学出版社，1987年版），其中还收
录《纪念碑》《祖国啊祖国》《交谈》等41首长短诗作。在此必须
特别指出：江河在早一年出版的处女诗集《从这里开始》（花城
出版社，1986年版）已收录大部分诗作，第二部诗集《太阳和他
的反光》真正的出版意义，在于这辑神话组诗《太阳和他的反
光》。本文主要讨论的是作为诗集主力的神话组诗（12首），并
非整部诗集《太阳和他的反光》。行文中提到的《太阳和他的反
光》，若无特别注明"诗集"，即专指"组诗（12首）"。

⑨ 江河在《斫木》里描写吴刚时，透露了更多的讯息："那被砍伐的
就是他自己/他和树像两面镜子对视/……/那个人也许是我也
许是吴刚。"（见江河：《太阳和他的反光》，第17页）。

⑩ 回顾江河的创作生命，《太阳和他的反光》确实是他的巅峰之
作，从风格、心理、意图等角度综合言之，《追日》是最具代表性
的一首。本文称之为"终点"，因为它抵达了巅峰，之后，就开始
走下坡，乃至停笔。

⑪ 燧人氏的神话版本中，最富有传奇性的当属《太平御览》卷八六
九所录的《王子年拾遗记》："申弥国去都万里。有燧明国，不识
四时昼夜。其人不死，厌世则升天。国有火树，名燧木，屈盘万
顷，云雾出于中间。折枝相钻，则火出矣。后世圣人变腥臊之
味，游日月之外，以食救万物；乃至南垂。目此树表，有鸟若，以

口啄树,粲然火出。圣人感焉,因取小枝以钻火,号燧人氏。"江河略去了原神话的大背景,以及传奇性的成分,锁定"取小枝以钻火"一句,再扩大其日常性应用的想象。

⑫ 任洪渊的组诗《女娲十一象》(1989)长达三百余行,从女娲的人首蛇身写起,逐步融入司芬克斯、嫦娥、后羿、普罗米修斯、佛陀、庄周等对照性角色,十分混乱。详见任洪渊:《女娲的语言》,北京:中国友谊出版社,1993 年版,第 71—91 页。

参考文献

［1］黑格尔.美学 第三卷:下册[M].朱光潜译.北京:商务印书馆,2006:102—187.

［2］别林斯基.诗歌的分类和分科[M]//文学的幻想.满涛译.合肥:安徽文艺出版社,1996:460.

［3］刘安武.中国的重史轻文与印度的重文轻史[M]//印度文学和中国文学比较研究.北京:中国国际广播出版社,2005:379.

［4］麦芒.史诗情结与中国新诗的现代性[J].诗探索,2005(3):49.

［5］陈大为.知识迷宫的考掘与破译:对杨炼"民族文化组诗"的问题探讨[M]//中国当代诗史的典律生成与裂变.台北:万卷楼出版社,2009.

［6］江河等.请听听我们的声音:青年诗人笔谈[M]//璧华,杨零.崛起的诗群:中国当代朦胧诗与诗论选集.香港:当代文学研究社,1984:1371—1350.

［7］巴赫金.巴赫金全集:第三卷[M].白春仁,晓河译.石家庄:河北教育出版社,1998.

［8］江河.太阳和他的反光[M].北京:人民文学出版社,1987.

［9］庄柔玉.中国当代朦胧诗研究:从困境到求索[M].台北:大

安出版社,1993.

[10] 璧华,杨零.崛起的诗群:中国当代朦胧诗与诗论选集[M].香港:香港当代文学研究社,1984:149.

[11] 卡莱尔.英雄和英雄崇拜:卡莱尔演讲集[M].张峰,吕霞译.上海:三联书店,1988:21.

[12] 梅列金斯基.英雄史诗的起源[M].王亚民,张淑明,刘玉琴译.北京:商务印书馆,2007:385.

[13] 吴尚华.中国当代诗歌艺术转型论[M].合肥:安徽教育出版社,2004:241.

[14] 吴思敬.超越现实超越自我:江河创作心理的一个侧面[M]//走向哲学的诗.北京:学苑出版社,2002:270—271.

[15] 乔瑟夫.坎伯.千面英雄[M].朱侃如译.台北:立绪文化出版社,1997.

[16] 袁珂.山海经校注[M].台北:里仁书局,1982.

[17] 王孝廉.中国神话世界 下编:中原民族的神话与信仰[M].台北:洪业出版社,2006:256—257.

[18] 陈建宪.神祇与英雄:中国古代神话的母题[M].北京:三联书店,1994:261.

[19] 尉天聪.中国古代神话的精神[M]//陈慧桦,古添洪.从比较神话到文学.台北:东大图书公司,1988.

[20] 萧驰.中国诗歌美学[M].北京:北京大学出版社,1986:261.

[21] 金汉等.新编中国当代文学发展史[M].杭州:杭州大学出版社,1993:385.

[22] 江河.葬礼[M]//老木.新诗潮诗集.北京:北京大学五四文学社,1985:120—121.

[23] 程光炜.中国当代诗歌史[M].北京:中国人民大学出版社,2003:289—290.

[24] 孙绍振.历史的裁决:朦胧诗二十周年祭[M]//审美价值结构

与情感逻辑.武汉：华中师大出版社,2000：19.

[25] 荣光启.历史焦虑中坚持的美[M]//李青松.新诗界：第四卷.北京：新世界出版社,2003：495.

[26] 李新宇.中国当代诗歌艺术演变史[M].杭州：浙江大学出版社,2000.

[27] 洪子诚,刘登翰.中国当代新诗史：修订版[M].北京：北京大学出版社,2005：192.

[28] 谢冕.20世纪中国新诗：1978—1989[M]//当代学者自选文库：谢冕卷.合肥：安徽教育出版社,1999：495.

——原载《江汉学术》2014年第2期：55—68

道德归罪与阶级符咒：
反思近年来的诗歌批评

钱文亮

摘　要：当下诗歌批评出现了比较严重的简单化、本体论化的倾向。一些批评家在以"道德归罪"的习惯和传统的阶级论视角谈论诗歌与现实、历史和文化等之间的关系，臧否不同的诗歌现象时，被种种新本质主义"身份学""立场学"和"政治正确"所迷惑，明显忽略了现代诗学问题的复杂性、诗歌方式的特殊性和中介性。在辨析"草根性"写作、"打工诗歌"和"中产阶级趣味"等批评概念的基础上，应反思近几年诗歌批评中所存在的问题，重申一种理解现代性悖论机制与合法性危机的诗歌批评意识。

关键词：诗歌批评；草根性；底层生存写作；道德归罪；阶级论；现代性

进入 21 世纪以来，"民间写作"与"知识分子写作"的论争硝烟尚未散尽，"共识"破裂之后的诗歌实践，或受学院氛围的支持，或因民间资本的介入，或受大众媒体的引导，或为政治威权所鼓励，尤其是受益于网络空间的自由，面目越发暧昧。在此情形下，诗歌批评一度显得窘迫无措。然而，随着文化研究这一超级学科的迅速崛起和冲击，以往的文学观念、文学视野开始受到越来越广泛的质疑与批评，特别是因为受全球化浪潮冲击而益发强烈的本土意识，因社会贫富分化而激发的现实关怀，却使短暂晕眩后的诗歌批评获得了新的话语资源与命名冲动，于是，有了"草根性"写作的提出，有了"打工诗歌"和"底层生存写作"乃至"新批判现实主义"的倡导，以及对所谓"中产阶级趣味"和"小文人诗歌"的激烈批评。

一、"草根性"说法：问题何在？

在近几年的诗歌界，《天涯》杂志主编、诗歌评论家李少君所提出的"草根性"说法影响广大。虽然李少君的言论①明显受国际汉学界激烈否定新诗观点的影响，但他在此基础上提出将"草根性"写作视为新诗发展的正道，却是分外引人瞩目。

如果不是以"观念性"/"草根性"的二元对立作为新诗史描述结构，并将新诗受西方新思潮、新观念的影响视为新诗发展历史"误区"的话，李少君提倡的"草根性"写作可能并不会引起人们太大的争议。可以说，在今天全球化、资本化力量日益强盛的现实文化语境中，相对于其他概念，"草根性"算得上是比较有阐释力、比较中性的说法，可以看作诗歌界对当下现实所作出的正面回应。而且其提倡者李少君将之与个人经验、生命冲动、地域背景、生存环境和传统之根相联系，在诗学意识上既与"第三代诗歌"中强调本然生命的一脉相承续，又有对 1990 年代诗歌"个人化写作"理念的采纳与吸收；同时，这一说法也很容易唤起长期积淀于国人文化心理中的平民主义和民族主义的"政治无意识"，迎合社会各界对于诗歌"介入性"（"及物性"）和本土性（"民族性"）特征的阅读期待，暗合关注苦难与底层的社会主导舆论，甚至还可以被理解为对先锋诗歌写作中"不及物"倾向和"技术主义"倾向的含蓄反拨，包含着诗人对于自然大地、生命存在及其身边细微之物的价值关切或悲悯情怀。由此看来，"草根性"的概念有其一定的诗学渊源与文化轨迹。除此之外,"草根性"的提法也试图在一定程度上为1990年代以来歧见日深的文坛各方展开自己对于诗歌的不同诉求与想象,搭建一个共同的话语平台。正因为这样,上至中国作协,下至许多民间诗歌群落,都表现出谈论"草根性"概念的巨大热情[②]。

但这一概念的意义也仅限于此。因为它包含的东西太多,对诗歌的期待太多——虽然它并不想为诗歌制定清规戒律。而且,从李少君所列举的具有"草根性"写作倾向的诗人名单[③]来看,与其说他们"均表现出某种共同的新的倾向与追求",不如说表现出的是相互之间从诗学意识、审美趣味到艺术追求等各方面根本性的差异。如果笼统地说"他们的诗,具有了某种原生性和深度,一种将个人的独特内在的生活、经验、脾性甚至背景自然地转化为诗的创造性与独特性",那么所谓"草根性"的特点又实在没有什么新的特点(仅仅是换了一种比较形象的说法)——这种东西难道不是每一个诗人都必须具有的艺术自觉和写作目标吗?对于一个进入诗歌写作的人来说,这是他应该遵循的基本的艺术准则。所以,相对于复杂万端、异彩纷呈的当下诗歌实践,作为一个野心勃勃的诗歌概念,"草根性"因其明显的外延模糊、指称对象含混等问题,而最终成为一个自我稀释的空洞的能指。

反思"草根性"的问题,不难看出,这一概念并非产生于诗歌实践的内在困难——因为它所涉及的问题自1980年代以来,已经在路数不一的各种诗歌探索中不同层次地得到了触及和处理,只不过一直没有得到集中,更没有被提升为一个笼统的"共名"[④]。那么,作为风行于台湾1970年代现代化运动、基层民主化浪潮中的一个文化政治概念,"草根性"能否借用为新世纪汉语诗歌写作的一个时代"共名",显然是颇为可疑的。从这一概念在台湾的语源及其应用来看,"草根性"在社会分层上指称与精英分子相对的市井小民组成的底层社会,在文化的历时性区分上指称与西方文明相对的"在地性"（即本土性）传统文化，在政治结构中指称相对于官方的民间文化，在文化品质上指称文化较少的原始的生命力。所以，作为一种文化的品质构成，"草根性"固然具有冲击僵化文化秩序的解构性活力，但其本身的低俗、粗鲁、劣质，更容易与非理性的"民粹式"思维结合，产生巨大的破坏力。从这一点来说，在新诗经历了"非崇高""非理性""反文化"的 1980 年代诗歌运动之后，在自然生命的直接性"体验"已经成为合法挥舞的大棒的今天⑤，"草根性"对于诗歌实践能有多少助益，的确是大可怀疑的。

特别应该指出的是：李少君在提倡这一概念时，为强调其重要性，以"草根性"/"观念性"的二元对立结构梳理新诗发展的历史脉络，甚至将"草根性"写作视为新诗从"观念性""误区"中转型的高度。这种将适用范围有限的特殊概念泛化绝对化，草率树立评判标准的方式，已经弄巧成拙地抵消了这一概念本身所可能具有的启示性蕴涵。

二、"底层生存写作"及什么样的诗歌"写作伦理"

如果说，在目前诗歌批评并不景气的情况下，"草根性"还算是一个比较开放、具有一定启示性的概念的话，近年来比较热门的"打工诗歌"和"底层生存写作"等说法则需要打上更多的问号。

尽管因为"打工诗歌"特殊的题材背景与道德敏感性，对此不宜作过多的诗学辨析，但对于一些诗歌论者把它视为诗歌"再生"的新大陆，刻意强调它与所谓"技术主义"的对立等[1]说法，笔者还是不敢苟同。作为对弱势的"打工者"群体的道义声援，重视"打工诗歌"固然值得赞扬，但如果因此而将它提升为关乎当代总体诗歌实践的某种宏大叙事，甚至裁判标准，恐怕就太过矫情而危险，即使把它升华成更为动人的"底层生存写作"。至于"打工诗歌"提倡者所作出的一些论断,诸如"中国主流诗人集体性走上了技术主义道路","一些掌握了'话语霸权'的形式主义者对打工诗歌与打工诗人的全盘否定和居高临下的冷嘲热讽,让我们看到了技术主义在诗学上的反动达到了无以复加的地步",等等,已经不仅仅是言过其实的问题了[1]。

不可否认,无论是"打工诗歌"抑或"底层生存写作",在当下中国都具有呼应普遍性的社会伦理吁求、直接介入现实的正当性,也联系着21世纪以来理论批评界重建新的文学视野、丰富理解文学的方式、导引文学进入深广境界——这样的企图。但我的怀疑与问题是,如果没有近年来蔚然而成的整体性社会话语风尚,批评家们会否热衷"打工诗歌"之类的说法? 提出这一点,并非为了简单地评判什么人的是非,而是由此想说明,无论一种说法怎样动听,当它已经成为风尚或时髦后,诗人与批评家都需要给予更多的警惕与反省。与整体性的社会话语风尚保持必要的距离,这是一个诗人或批评家起码的自觉,是检验其是否具有韦伯意义上的诗歌职业伦理或"责任伦理",是否真诚的基本尺度。正如诗人凌越所言:"如果你足够真诚和敏感的话,那些苦难和时代的脉动会自动投身到你的诗句之中,而且遵从着'美'的拷问,根本无需做出那样外露和不得要领的标榜。这也是为什么那些最能体现时代精神的诗人,倒往往是一些貌似冷漠的离群索居的遁世者,比如荷尔德林、狄金森、卡夫卡、佩索阿等",如果诗歌"所持的道德立场和社会的主流立场没有明显的差别,在这样的背景下,这些立场就失去了原本该有的道德张力,最终变得轻浮和有几分投机之嫌"[2]。换句话说,无论是伦理意识还是艺术观念,只有当它是从诗人或批评家个体内心顽强生长出来时,它才可能是有效的,才可能真正提升诗歌的品质。即便是这样,这种基于诗人或批评家个体经验而生成的特殊意识与观念,能否成为普适性的规范、法则甚至"真理",也仍然是需要受到严格怀疑和检测的。

然而，当北京师范大学教授张清华在使用"底层生存写作"概念进行诗歌批评时，恰恰在这个地方出了问题。近年来，张清华据此将重点转向对所谓"中产阶级趣味"的猛烈抨击，使得问题愈发凸显。

如果追索思想文化渊源，无论是"底层生存写作"概念还是"中产阶级趣味"，张清华所集中阐发的这些说法，实际上都是1990年代以来人文社会学界重审左翼文学经验和当代中国社会主义遗产这一思潮的必然结果，也与近年国内文化研究热中引入葛兰西和印度庶民研究（又称为"贱民研究"或"底层研究"）的视野直接相关。从这一点上看，这些概念并非简单针对诗歌实践问题而提出，其本身即聚焦着当下众多人文学者特殊的文化想象与政治诉求；不仅如此，也因为这些说法在一定程度上表达了当下国人的公共经验，从而变成为社会各阶层都能够参与的公共话题，所以，很快便引起诗歌批评界内外普遍的反响与推崇，类似的言论一时间层出不穷，而其中最极端的，果然出自鲁迅研究专家林贤治在2006年第5期《西湖》杂志上发表的长文《新诗：喧闹而空寂的九十年代》——在直接将1990年代以来的诗歌写作定义为一座无意义的喧闹"空山"，并将这期间的诗人判定为以"后七十年代诗人"为主体的"新兴中产阶级"（或译作"新生小资产阶级"）予以挞伐的同时，对郑小琼、卢群等打工诗人和纯然以传统农村和农民为题材的杨键、泥马度、杜涯等几位"乡土的忠实的歌者"，以及被误读为写底层的雷平阳、李南的诗歌进行了大力推举。

不过，尽管许多批评文章都以"关注底层"为口号，但相比较而言，在学术性和影响力上均未超出张清华的系列论文。作为一个训练有素的文学研究者，在较早引起反响的《"底层生存写作"与我们时代的写作伦理》一文中，为了证明"打工诗歌"⑥所带出的"伦理问题"的"庄严可怕"，张清华在将现代文学史上对底层劳动者的书写归纳为鲁迅等带有拯救意识的悲剧性书写，和沈从文式的诗化处理——这两种写法之后，提出了另一种"在现时代最朴素和最诚实的写法"——"打工诗歌"这种再现和呈现式的表达；张清华认为，不同于"中产阶层趣味"写作本质上的虚伪性，"打工诗歌"真正符合"现实""真实"这一写作者基本的伦理标尺，达到了应有的深度——因为所谓"深度"就在"底层的现实"中。

也许是意识到简单地以题材内容抬高诗歌写作的价值，容易重蹈当年庸俗社会学批评的覆辙，张清华在《"底层生存写作"与我们时代的写作伦理》一文中表现出颇不自信的犹疑：除了经常在"打工诗歌"与"底层生存写作"之间跳来跳去之外，张清华一方面强调"写作者的身份"的重要，另一方面又认为"也可以不那么重要，他只要是在真实地关注着底层劳动者的命运就可以了"；所以，杨克同柳冬妩、宋晓贤、卢卫平、游离、马非一样，都是"打工诗歌"，伊沙的《中国底层》当然"相形之下，写得更好"，"这就是还原到生命个体的真实！"

然而按照张清华莫衷一是的"身份"论，读者很难弄明白杨克、伊沙这两位成名诗人的"关注底层"与鲁迅等人的关注方式有什么区别？也不太清楚张清华为什么敢于断言杨克、伊沙们的"底层生存写作"就比鲁迅等人的更"真实"？——实际上，中国 20 世纪以来的诗歌最大的问题恰恰是来自这种被动跟从现实，将现实作等级化、本质化的"真实"观。

当然，作为一个经历过 1980 年代诗歌启蒙运动的文学研究者，张清华不会意识不到将"打工诗歌"的特殊性放大为普适性的文学法则或"伦理"的牵强生硬。为此，除了将"打工诗歌"悄悄置换为相对开放的"底层生存写作"命题之外，在《"底层生存写作"与我们时代的写作伦理》一文中，张清华更多的是将"打工诗歌"与"生命""命运""生存"这些"初始的概念"相联系，特别是"命运"这个概念——因为"命运正是诗歌的母体。历史上一切不朽和感人的写作，都与命运有着密不可分的关系"，而"在我们的时代，职业却连着命运"。通过"我们的时代"这座桥梁的托举，"打工""职业""命运"与"历史上一切不朽和感人的写作"就这样轻而易举地实现了过渡或汇合，那么由此一来，无论把"打工诗歌"/"底层生存写作"怎么往高处大处说，也就不足为奇了——按照张清华的逻辑，"打工诗歌"/"底层生存写作"岂止是在某种程度上"挽救了叙事"，就是说它挽救了当代诗人的道德良知与整个"病入膏肓"的当代诗歌都"并不为过"。

三、什么样的"中产阶级趣味"？什么是严肃批评家"真正的敌人"？

既然有了从"打工诗歌"/"底层生存写作"那里抽取出来的"现实""真实"这一把基本的伦理标尺，张清华也就不难量出"我们时代的写作中的中产阶层趣味"及其"本质上的虚伪性"，发现"中产阶级趣味"成了大多数写作者，尤其是成名诗人的普遍病症——以此类推，谭克修、沈浩波等也不难量出"与现实和大众非常隔阂""没有真正的具体的面对现实"的诗人之"小"⑦。

在一年不到的时间里，张清华抨击的诗坛病症从《"底层生存写作"与我们时代的写作伦理》一文中的"中产阶层趣味"上升到了后来文章中的"中产阶级趣味"⑧，这种关键概念使用上的一字之差，实在过于随意或儿戏。尽管他在文章中表示"这是个复杂的问题"，但在行文当中，却仅仅引用了一段美国人丹尼尔·贝尔的话，就把它轻巧地打发了。

实际上，尽管问题比较复杂，但人文社科学界关于"中产阶层"/"中产阶级"及其文化、"趣味"的研究却能足够证明：张清华所说"今天的中国也已经界临了这样一个时代"——贝尔所针对的美国中产阶级"日益丰裕"的一个时代（中产阶级占总人口的

80%），这一点并不符合事实。"所以中产阶级这一概念在中国更多的变成学者争议、媒体炒作和国外学者研究概念。"[3]

另外，今天中国的"中产阶级"（姑且借用这个时髦的名称）也绝非张清华所言，是从"很不合理的分配中分得了一杯羹"，"在政治上还是孱弱、苟且和暧昧的"。从改革开放以来的历史发展情况看，中国的"中产阶级"既非一个静止的本质化概念，也非一个固定不变的实体。以 1992 年为界，此前进入中间阶层的群体，大部分人倒的确是因为与权力中心特殊的关系，或利用国家体制和政策上的漏洞，在不够合理的财富分配中，迅速攫取了最大量的社会财富。但这一部分人与其称之为"中产阶级"，倒不如将之归入上层"资本集团"或特权阶层更恰当。

按照张清华的行文逻辑推，他真正想批评的应该是 1993 年以来至今形成的新中间阶层。但恰恰是在这一点上，张清华的批评表现出"荆轲刺孔子"式的荒诞。因为这样的一个群体不仅与那些特权阶层大不相同——他们主要是以自己的知识技能作为"软资本"在有序的市场竞争中取得竞争优势的，"在政治上"与精神"立场"上也并不符合张清华的论断。张清华以丹尼尔·贝尔的话来论证（中国）"严肃批评家"也应该以"中产阶级文化"为"真正的敌人"，这种结论是非常不严肃的。这是因为，今天的新中间阶层，即使符合"中产阶级文化"，在目前中国的社会文化转型中，它也是一种建构性的力量。许多国家的现代化历史均表明，受过现代教育的中产阶级往往是革命的力量，是法治民主的急先锋。即使在西方发达国家，韦伯和米尔斯关于被锁进巨型官僚组织的新中产阶级将会变得很驯顺的担心也并未成为事实；尽管从韦伯到拉什均正确地警告当代官僚世界中个人生活的自私和私人化本性，但是公民精神和人道主义的关怀并未死亡[4]。

西方发达国家中产阶级的情况尚且如此，作为一个在特定的时期（多种经济社会发展阶段浓缩期）和混合制度（市场与计划）下快速衍生的多元群体,中国"中产阶级"的文化与趣味问题都远非张清华所说的那样单一、绝对。因为在这个由不同群体混成的"阶级"中,其内部的文化、品位、价值观念并不同质,能体现这一"阶级"整体性特征的生活方式与品位也并未成型。而张清华仅仅依据《中国中产阶级调查》一书公布的调查结果——有85.5％的城市居民认为自己是中产阶级,以及该书作者之一沈辉所谓当前我国的"中产意识"占据了社会主流的结论,就作出这样的判断——"我们时代的知识分子还没有完成自己在经济地位上的中产阶级化,却早早地实现了在精神和文化趣味上的中产阶级化",实在是过于匆忙和武断。

按照张清华的说法,他所攻击的"中产阶级趣味"实际上应该是费瑟斯通所揶揄的新型小资产阶级——他们拥有很少的经济和文化资本,却渴望自己比本来的状况要更好,因而一味地对生活投资[5]。但这种喜欢享受的"小资"恰恰与"中产阶级"相距甚远,在整个社会结构中也并未成为主流。就像那个可疑的数据一样,张清华所谓"我们时代的诗人和写作者集体向着'中产阶级'的趣味滑行"之类的全称判断,实际上已经以真理的伪装形式,将真实与真理革除到了门外。

四、道德归罪与阶级符咒：
诗歌批评的危险之旅

在张清华等人的诗歌批评中,有许多整体主义思维模式下做出的全称判断:什么"诗歌普遍地患上了苍白与虚浮的病症",什么"冷漠是艺术的真正敌人",什么"是物质的富有带来的相应的精神贫困",诸如此类充斥强制性和指令性的命题和判断,为了简明而牺牲复杂,为了抽象而牺牲真实,严重抹杀了近些年来诗歌自由多元发展的事实,贬损了众多诗人艰苦寂寞而执着的诗艺探索,这种论断方式显然没有充分意识到将具体历史时期条件本体化的狂妄与僭越。

但问题还并不止这些。从上述言论在诗歌界的受追捧,恰恰说明中产阶级在中国的发育不足,说明知识分子"观念人"的传统仍然影响巨大。这种产生于传统社会结构之中的知识分子"观念人"更具有激进的理想主义的倾向性。在中国当今社会,由于出现了发展中社会面临的种种问题与困境,如贫富两极化、官员腐败、社会不公与种种矛盾,使传统的观念型知识分子具有了以道德理念的话语权力来进行诠释的巨大机会,使他们追求完美的"乌托邦情结"仍然有用武之地[6]。然而,中国在现阶段的进步,虽然仍需要这种保持道德热情的知识分子,但这却并不能因此而得出只能以激进的乌托邦来主宰人们对问题的思考,而对专业人员的方式大加排斥。遗憾的是,在近年的诗歌批评中,以传统的题材论和时代论等集权话语,用经历、出身、阶级、性别、职业等来谈论当代诗歌,以对"实际生活""生命体验""命运"和"技术"之类的粗糙理解来否定、贬斥诗歌对生命的多种表达,简单化地贬低诗人们从诗歌的个性、特征、独特性和自主性的角度去探询诗歌,伦理化地斥责批评家对于诗歌文本的"技术"研究的提倡,已经蔚然成风。在这种诗歌批评中,"技术化"或"玩弄修辞"已经不仅仅是一个需要讨论的美学问题,而俨然成为精神堕落与道德不良的红字标志。这种情形非常类似于刘小枫在研究叙事伦理学时所批评的"道德归罪"问题。在人民民主文化制度中,道德归罪是日常生活的基本现实,也是罗蒂所说的"现代社会文化中的旧文化形式"。其最大的问题不是理解一个人的生活,而是习惯于依国家意识形态或普遍性的道德理想和典范,其他什么预先就有的真理,对个人生活作出或善或恶的判断;或者说,它所依据的是意在教化、规范个人生命感觉的人民伦理,必然会抹杀个体生命的具体性和差异性,它要使某一种道德理想成为绝对的道德神，对其他人来说，就出现了道德专制[7]158—173。

如果将哲学家刘小枫的论述与历史学家黄仁宇的观点联系起来，人们会更容易明白近年来诗歌批评中道德归罪与"阶级"论调对于诗歌良性建设的危险性。在研究中国以德治国的官僚政治传统的多本著作中，黄仁宇曾经反复强调说，不是万不得已，轻易不要把具体问题上升到道德的高度，一味地强调某种价值观或道德观，结果势必会制造出太多的争论和对立，无助于认识历史和解决问题："因为道德是真理的最后环节，人世间最高的权威，一经提出，就再无商讨斟酌之余地，故事只好就此结束。"[8]

除了将诗歌艺术问题道德化之外，"冷漠""苍白与虚浮"等也是近些年诗歌批评对诗歌文本中情感表现的普遍判断。且不说这些批评家对情感与诗歌之间关系的理解是否单一狭隘，对艾略特以来现代诗歌在情感问题上的观念变化是否无知或故作无知，至少在将情感道德化或将道德情感化这一点上，对20世纪中国历史有所经历和研究的诗人、批评家都不难意识到它的严重问题。正如刘小枫曾指出的，事事都要问情感如何，是一种"心灵的恐怖"，双手沾满鲜血的狂热分子从来就吹嘘伟大的情感。道德专制与情感专制是一个铜板的两面，所以，应当结束愚蠢的情感调查，学会让情感非道德化[7]167—168。

五、结语：重建诗歌批评的现代性起点

综上所述，在当下中国日益纷繁复杂的社会文化实践面前，在文学理论与研究发生重大文化转向的情况下，似乎是与复杂多元的诗歌实践背道而驰，近年来的诗歌批评反而表现出比较严重的简单化、绝对化倾向。在一些时髦的批评家那里，对所谓"纯文学"

观念的反思与批判,变成了对诗歌本体研究的轻薄与鄙视,对有本质化危险的"纯文学"趣味的超越变成了对传统的社会历史批评甚至是庸俗社会学的深情怀旧与本质化回归;特别需要指出的是,以一种取样式的论证逻辑,抓取浮世一角、只言片语,以一己之道德理想、情感形态及其表现方式,伦理化地贬损、诽谤诗歌实践和追求中的异端,甚至从所谓思想界的精神立场(实际是道德立场)或大而无当的泛文化批评视角,强横地宣称"从整体上说,九十年代的诗歌是'流行诗歌'、媚俗诗歌"[9]之类,已经丧失了对于 1990 年代以来诗人劳动的起码尊重——实际上,当代诗歌经过 1980 年代对现代汉语诗性空间"运动"式的多方面探索实验,到 1990 年代时,在诗歌意识的成熟上、在对诗歌与社会现实、历史传统和文化资源等关系的深邃理解上,在诗性众多向度的恢复上,取得的成就都是空前的。而在这些以"道德""伦理"之名倾巢而出的喧嚣里,曾经受到严肃反思的道德全能主义和再现论文学观——这些"对智力和伦理的任何升华莫不敌意相对"[10]的诗歌天敌,再一次借尸还魂,张志扬所揭示的阻碍"个人的自律的自由"之"确立",阻止民族苦难意识激生个人苦难意识的两大历史镜像——"传统性"和"意识形态性"再次浮现,"道德理想主义"与"文化保守主义"仍然在遗忘中谈论着民族和人类的未来⑨。或者,"换句话说,人家(指西方学者——笔者注)已经过了思维方式、思想情绪的现代转型,从而在学理建构上十分自觉而明确'防范两极化的自律机制'乃当今社会理论的'拱心石'。而我们连不甚了了的现代哲学还像热过了的旧棉袄弃置在 80 年代。90 年代'解构'了一阵子、'后学'了一阵子便痛感道德家园的失落而欲重建民族精神以拯救 21 世纪。如此迅速地'变脸',恰好显示了'板结'与'沙化'两极摇摆的本土性或国民性"[11]。直面当下诗歌批评的糟糕现实,我们不能不沮丧地承认,张志扬经由"创伤记忆"对当代学风的反思仍然没有过时[11]160,经 20 年的思想开放,中国诗歌界究竟沉积了哪些"属己的"生长点，也并未得到应有而深入的探讨。

正是有鉴于此，笔者认为，当代诗歌批评迫切需要一个建立于理解现代性悖论机制与合法性危机之上的理论出发点，除了必要的学理准备，诗歌批评界尤其需要一种防止理论自以为是的本体论化的自我反省与检测意识，在此基础上真正养成宽容的生活态度和精神素质，真正开放我们的诗歌观念。也只有以此为前提，才会最终避免对于诗歌实践的非此即彼的价值判断和道德声讨，才不会简单化地将一些诗人对诗歌艺术/"技术"的专注或"探险"视为与"精神"无关或截然对立的道德"原罪"，也只有这样，自 1980 年代以后才逐渐得到恢复与建立的现代性诗学意识与视野不会因激进的"颠覆"而后退，现代诗学问题的复杂性与现代汉语诗歌建设的深幽微妙，也不会因为"形式主义"的轻慢解读而消失无迹——我们的诗歌批评家才不会因为有社会历史批评的前理解，而轻易地"凌空一跃"，拒斥和鄙薄以语言论为背景的文本主义各话语，直接滑入接受美学、读者批评和文化研究[12]，最终，在这个相对主义的多元对话时代，寻找到能够深入复杂的现代诗学内部，呈现与揭示现代诗歌建设深幽微妙之处的更宽广、更富张力的话语方式。

注释

① 李少君的"草根性"观点，主要来自他在《诗生活》网站 2004 年 8 月 2 日发布的《草根性与新诗的转型》一文。凭借该文，李少君于 2004 年 9 月获首届"明天·额尔古纳中国诗歌双年奖"评论奖。不久，该文的纸文本在《南方文坛》2005 年第 3 期发表，后又收录于李少君主编的《21 世纪诗歌精选第一辑·草根诗歌特辑》（长江文艺出版社，2006 年 1 月版）。2005 年春，李少君曾以此为题，在上海撒娇诗院举行过一次演讲。在那次演讲及其后的讨论中，因为涉及举国关注的"三农"问题与诗人的态度，

发生过一次情绪化的争吵；其间，一著名诗人意气之下大叫："必须再来一次反右！"这一戏剧性的场景，在笔者看来，其实是一个缩影，再生动不过地折射出近年人文学界在一些现实社会问题上的重大认识分歧与思想交锋。

② 笔者在《伦理与诗歌伦理》（载于《新诗评论》2005年第2辑）一文中，曾对李少君的新诗史描述框架等简单地表示过质疑，但是尚未专门对"草根性"概念进行辨析。此文后来引起了一些人的"误读"，已经远非本义。

③ 被李少君纳入"草根性"写作的诗人包括："直面支离破碎的山河大地、对世事人心深怀悲悯之心的安徽马鞍山青年诗人杨键，呈现都市场景、体察都市人情的香港青年诗人黄灿然，从个人日常生活出发，以其草根性打破女性主义神话与陷阱的女诗人王小妮，质朴而直接地表达现代乡村情感的山东小镇诗人辰水，最近以关于河南'艾滋村'为主题的组诗《文楼村纪事》引起广泛关注的沈浩波，全方位展现当代社会与生活复杂纷纭世象的谭克修，从知识分子视角深入时代方方面面、充满自我反省精神的桑克，擅长解析当代青年自我内心经历的广州青年诗人凌越，以及江非、雷平阳、树才、朵渔、雷武铃、叶辉、潘维、尹丽川、江一郎、蓝蓝、北野、胡续东、李小洛、魔头贝贝、莫小邪等。"李少君认为"这些诗人还有一个共同的特点，那就是他们大部分都生活在边缘地区或身处边缘位置，受主导性思潮、观念冲击较少，自然的、朴素的、原生性的成分较多，本能地具有了某种'草根性'"。这种"统一战线"式的结论明显与事实不符。

④ "共名"概念借用自陈思和《共名与无名》一文，载于《写在子夜》，上海：上海人民出版社，1996年版，第11—29页。陈思和认为："当时代含有重大而统一的主题时，知识分子思考问题和探索问题的材料都来自时代的主题，个人的独立性被掩盖在时代的主题之下。我们不妨把这样的状态称之为共名。""无名"

则产生于多元化时代。

⑤ 这是一些为 1980 年代诗歌运动的文化惯性所控制的诗人与理论家顶礼膜拜的尊神——例如在 2005 年 7 月海南召开的"尖峰岭诗歌研讨会"上，就有一位 1980 年代"崛起"的著名诗歌批评家，以此抨击臧棣的"诗歌里就没有生命"，只代表文化。它直接导致了对诗歌"技艺"和"生命自然"的双重误解，1990 年代以来对于诗歌"技艺""知识化"的攻击，均与此相关。关于诗歌技艺与经验、精神的关系问题，可以参看一行在《诗歌中的技艺》(载于《文景》杂志 2007 年第 2 期)一文中所作的精辟论析。

⑥ 张清华的《"底层生存写作"与我们时代的写作伦理》(载于《文艺争鸣》2005 年第 3 期)一文，题目显示其论述对象应该是"底层生存写作"，但行文所及却谈的都是《中国打工诗选》以及"打工诗歌"。

⑦ 谭克修：《自杀路上的小文人诗歌》、沈浩波：《诗人能否直面时代》，见于诗生活网站 2006 年 7 月 3 日"诗观点文库"。

⑧ 张清华的《关于现实写作中的中产阶级趣味的问题》一文，先后发表于《星星》诗刊 2006 年第 2 期、《诗刊》2006 年 5 月号上半月刊。同时另有《我们时代的中产阶级趣味》，发表于《南方文坛》2006 年第 2 期。

⑨ 参见陈剑澜：《缺席与偶在》，《二十一世纪》网络版 2005 年 4 月号，总第 37 期。

参考文献

［1］柳冬妩.从乡村到城市的精神胎记：关于"打工诗歌"的白皮书[J].文艺争鸣,2005(3).

［2］凌越.不能回避道德，不要挥霍道德[N].南方都市报,2005 - 07 - 19.

［3］郁方.中国中产阶级的消费文化特征[J].新经济,2005(3).

［4］毛寿龙.中产阶级与民主制度［M］//东方·人文备忘录.北京：光明日报出版社,2002：3.

［5］迈克·费瑟斯通.消费文化与后现代主义［M］.南京：译林出版社,1991：132.

［6］萧功秦.中国：中产阶级与知识分子［J］.东方,2001(9).

［7］刘小枫.沉重的肉身：现代性伦理的叙事纬语［M］.上海：上海人民出版社,2000：158—173.

［8］黄仁宇.赫逊河畔谈中国历史［M］.北京：北京三联书店,1997：133.

［9］林贤治.新诗：喧闹而空寂的九十年代［J］.西湖,2006(5).

［10］布勒东.第一次超现实主义宣言：1924［M］//柳鸣九.未来主义·超现实主义·魔幻现实主义［M］.北京：中国社会科学出版社,1987：242.

［11］张志扬.现代性理论的检测与防御［M］.北京：社会科学文献出版社,2000.

［12］金元浦.重构一种陈述：关于当下文艺学的学科检讨［J］.文艺研究,2005(7).

——原载《江汉大学学报(人文科学版)》(现《江汉学术》)2007年第6期：5—11

"大国写作"或向往大是大非

——以四个文本为例谈当代汉语长诗的写作困境

颜炼军

摘　要：近几年诞生的四部汉语长诗或说大篇幅的诗歌作品：欧阳江河的《凤凰》、西川的《万寿》、柏桦的《史记》、萧开愚的《内地研究》，多半是诗歌强力"转向"所谓当代中国复杂生活现场的产物，它们显示了这一代诗人写作的一种集体性的转向。它们的横空出世，似乎满足了不少读者和批评家的期待，甚至满足了一些汉学家们寻找当代中国隐喻的需求。可就当代汉语长诗两个方面的困境——精确性和整体性，即技艺层面和观念层面而言，这些作品有诸多不足；从写作立场的角度看，在这些长诗写作中，诗人的非诗学立场没有成功地转换为词语立场，进而却对写作造成了干扰。一首理想的长诗，应该拨开"现实"的云雾，展开一幅令我们沉迷的新的语言"现实"，这才是它应追求的大是大非。

关键词：长诗；精确性；整体性；隐喻；欧阳江河；西川；柏桦；萧开愚

一、长诗之"大体"

"为了发出声音，他们每个人都不得不首先要确定自己在我们眼前形成的这个世界中究竟处于何种位置。"[1]伟大的诗歌女性曼德尔施塔姆夫人在回忆斯大林时期诗人们的处境时,曾精确地洞察到现代诗人与世界之间的紧张关系。极端社会的或美学化的压迫与诱惑,与消费社会的枯燥、甜腻以至刃不见血,是现代诗歌遭遇的两大劲敌。面对前者,诗人已经坚韧地发出了夜莺的声音;而面对正经历着的后者,诗歌正在练习新的苦吟。对当代汉语诗歌写作者来说,后者也是烙在脑门儿上的魔咒:来自社会历史的压抑,让当代汉语诗歌写作整体陷入另一"如何确定自身的位置"的焦虑。许多热爱诗歌的人也被这个魔咒附身:他们常常认为,比起极端社会下的夜莺,被我们这个时代的齐声合唱淹没了的诗歌,已经陷入一种令人失望的哑火状态;而之所以如此,多半是因为诗歌没有进入时代复杂的"现场"云云。最近几年先后诞生的几部汉语长诗或大篇幅的诗歌,堪称是从这种焦虑出发的代表作品,它们似乎满足了不少读者的期待,甚至满足了一些汉学家们寻找当代中国隐喻的需求。其中特别引起瞩目的作品,有欧阳江河的《凤凰》、西川的《万寿》、柏桦的《史记》、萧开愚的《内地研究》等。①

要确定诗歌写作的出发点,就得一定程度地定义写作主体置身的困境。欧阳江河在最近一篇诗学笔记中,表达了他长诗写作的几个基点:"单纯的美文意义上的'好诗'对我是没有意义的,假如它没有和存在、不存在发生一种深刻联系的话。"欧阳江河认为,"长诗有可能变成什么或者已经变成什么,是一个只有极少数大诗人才问的事情",他将"长诗"与"大国写作"这一自己发明的概念联系起来。[2]这种"大国写作"意识,部分地说出了当代汉语诗人面临的那种康德—利奥塔式的崇高感:由全球化、现代化、消费、高速GDP、生态危机、核危机、矿难、高房价、民工、雾霾、转基因、地沟油、微博、恐怖袭击、微信……构成的当代中国社会,以及置身其间的十几亿个体,每天都在发生各种远超乎文学想象力的事件,都足以让诗歌写作者望洋兴叹,无从置喙,唯有祈望分泌激素般,发明诗歌得以成立的某种精神力量。诗人萧开愚在近期的一篇文章里，也讲到这种困惑："当代文化的共享能源是共谋之枯竭，所谓左右不适、横竖不对。为治疗失眠而失眠，排空愚蠢的愚蠢：将自我设计为无法把握的差异社会中能够自我把握的玩偶。"[3]置身于这样的混沌里，艺术中的主体构建本身，已经无奈地玩偶化，任何一般意义上的抒情，一不小心都会沦为虚伪或矫情的语言面具，成为欧阳江河所谓的美文意义上的"好诗"。

这种处境，一方面让诗人对诗歌写作产生一种持守的态度："诗歌的文化触角除了吸血、输血和引导关注，还承担着明确自身界限、性质和功能的任务，诗歌只是诗歌，不是烹调、栽培、升天和政权，它的范围极端有限。"[3]同时，也对诗人发出了写作的诱惑：通过词语的吸星大法，把世界的喧嚣与寂寥内化为诗歌的爆发力；把当代中国人面临的崇高感，置入诗歌之中，把世界的复杂、碎片和诡异，通过诗歌庞大固埃（《巨人传》的主人公）式的胃消化为魂灵的丰富。这正如贝多芬、肖斯塔科维奇把大革命或世界大战的激昂和悲怆置入音乐的交响中一样。

由于近代以来中国强大的文学现实主义批评传统，实践"大国写作"式的诗歌梦想，不仅诱发了诗人创作的野心，也诱发了批评家们的阐释冲动。比如，资深批评家李陀在为欧阳江河《凤凰》写的序言中，就高度赞扬了诗人进行的这种"由外至内"的转换。李先生的逻辑简单明确：一方面，他痛切地表达了对大众文化无所不在的愤怒和恐慌，由此表达了对诗歌处境和未来的担心；同时，他也充满了革命者式的乐观：我们处于一个前所未见的"文化大分裂"时代，而《凤凰》显示了当代诗歌对这种大分裂的"宣战"。他认为这样的"诗的锋芒不是指向大分裂本身，而是形成这个大分裂背后的更深层次的动力和逻辑"[4]。他由《凤凰》欣喜地联想到波德莱尔、艾略特、庞德所标志的伟大诗歌时代。李先生看到，北岛、翟永明、西川等诗人近期的长诗作品，都显示了攻击这个"大分裂"

时代的"勇气"[4]。这种赞美,得到了不少批评家各个角度的呼应。当然,也有一定的质疑,比如诗人批评家姜涛撰文指出了这些长诗面临的历史想象力与诗歌想象力之间失衡的问题。[5]

那么,"诗人览一国之事以为己心"(孔颖达《毛诗正义》)的这种抱负,在他们的作品中是怎样展开的? 萧开愚的长诗《内地研究》虽佶屈聱牙,以至满纸"乱文",但开篇的一句诗,却讲出了长诗写作的处境:"摸黑接近大体,经验宏观逼供。"这里的"大体",一方面是"差不多"的意思;按齐泽克式的理解,也有"世界整体"之意。两者连起来,其实就是当代长诗写作困境的两个方面:命名的精确性和命名的整体性。

二、"意不指适"之病

就精确性而言,现代诗歌越来越明显地进入一种前所未有的处境:文字语言的传统功能领域自 17 世纪以来越来越缩小,首先是科学语言与文学语言的渐趋分野,随后是图像语言大面积占领了日常生活的各个角落,再接着是人类有史以来最剧烈的信息革命。它们对长诗写作的直接影响就是,现代长诗不可能再像但丁、弥尔顿、歌德那样,可以有兼容巨细的知识、真理抱负和语言抱负,可以用词语大江大海的雄辩或戏剧场景来命名剧变的生活世界。现代诗人的长诗写作虽因克服上述不可能而自铸伟辞(比如艾略特的《荒原》《四个四重奏》、庞德的《诗章》),他们将精确命名"大体"的艰难,通过各色反讽结构转换为诗歌的晦涩,但其中显示的现代长诗可能的展开方式,显然已经成为现代长诗写作的通则,不断地被轻松重复演绎。诗歌语言与世界之间的重重隔阂,也在这种渐趋固化的写作图示中加厚。

汉语新诗一开始是作为现代启蒙话语的一部分,可惜启蒙之

期未竟,却宿命般先后被革命话语利用和遗弃,当代以来又被消费
社会边缘化。由于自身独特的历史,它反思工业现代性和全球化
危机的传统非常弱,直到 1990 年代以来的当代诗歌,才在这方面
有所作为。现代以来成功的欧美长诗都是以批判现代性为主题,
梦想新的精神统一性为主旨,它们在这两方面都走在了思想与政
治反省的前面,因此而显出特殊的历史价值。对当代汉语诗人来
说,要以长诗写作来大面积地发明精确性命名,面临着种种困难。
首先,经典意义上的现代性反省修辞,在西方的现代长诗写作中已
然消耗殆尽,不可复制;同时,针对中国当下面临的复杂体验,已有
的新诗技艺资源则显得捉襟见肘。现实内蕴的超级想象力,对诗
歌命名的精确性,提出了近乎残酷的要求,对长诗写作犹然。诗歌
的精确性涉及各方面的因素,我们可以在最近诞生的几部长诗中
看到。

欧阳江河的长诗近作《凤凰》中,精确性的不足主要体现为两
方面。

首先是诗歌主题的方面。以第一章为例。开头三行"给从未
起飞的飞翔/搭一片天外天,/在天地之间,搭一个工作的脚手
架"[4]为全诗打开了一个元诗的起点,即说出现代诗歌的基本特
征:"飞翔""天地之间""工作的脚手架",这既指涉了当代社会的物
象特征,也指涉了诗歌写作本身。在现代诗写作里,这已是常见的
手法。接下来的部分,在精确性上就出现了问题:

> 神的工作与人类相同,
> 都是在荒凉的地方种一些树,
> 炎热时,走到浓荫树下。
> 树上的果实喝过奶,但它们
> 更想喝冰镇的可乐,
> 因为易拉罐的甜是一个观念化。

　　诗人想建立一个隐喻,举重若轻地呈现人类从伊甸园/农业社会进入超级工业社会的过程。如果在西方语境中,神种树,可以与伊甸园自然地联系起来,比如读者从艾略特的"荒原"(waste land)中的各种现代物象的词根或语意双关的隐喻结扣中,就可以联想前工业化的西方社会;但我们从上面的诗句里,就不能明确地被唤起某种文化上的类似联想。"荒凉""树""炎热""奶"这些诗句中的核心名词,显得很单调,没有复义。这几行诗的读者,可能直到"可乐"的出现,才恍悟其主旨。"可乐的甜",料想是欧阳江河在好友张枣那里得到的启发。张枣在《跟茨维塔伊娃的对话》中写过"英雄早已隐身,只剩下非人与可乐瓶,围观肌肉的健美赛",在他生前最后的访谈中,专门阐释过诗歌对甜的向往:"诗歌也许能给我们这个时代元素的甜,本来的美。"在这个互文关系的基础上,我们便可知晓欧阳江河的主旨:"元素的甜"被"可乐的甜"取代,"众树消失了:水泥的世界,拔地而起"。除去这个现代艺术中陈旧的现代性批判主题,这部长诗的开篇一章给了我们什么新的见识呢?原因在于,诗人没有做出一个精确的、纯然的词语建筑,能够让词语的延展,摆脱对陈旧观念的演绎,按照米兰·昆德拉的话说,这样的诗没有成就一种"彻底的自主性"[6]。"凤凰"这个意象以及诗人由此展开的词语魔术,与徐冰的凤凰雕像、与古典意义上的"凤凰"之间,虽然成功地构成了从德国浪漫派批评家开始辨认出的那种主宰了现代诗歌内在逻辑的反讽结构或悖论修辞,但由它散开的意义暗示空间,由此生成的种种命名,只是呼应、演绎而非超越了当下中国社会批判的常识。在《凤凰》全诗的各部分中,不同程度都有"自主性"不足的问题。

　　其次是诗歌素材自我重复的问题。就前述演绎"陈旧观念"的方式而言,熟悉欧阳江河诗作的读者很容易发现,诗人常常以他早期作品中一再出现的诗意逻辑,来展开《凤凰》的长诗写作。他写于1985年的著名短诗《手枪》中的诗句:"而东西本身可以再拆/直到成为相反的向度/世界在无穷的拆字法中分离"，道出了欧阳江河写作中"强词夺理"的特征，可以说，这正是他早期创作中的核心诗意逻辑。这种欧阳风格的诗意逻辑，也大量地出现在长诗《凤凰》的字里行间。只是，诗人后者中把构成"相反向度"关系两端的元素做了替换，置入了更为"时髦"的内容。比如，《凤凰·19》开头写道："凤凰把自己吊起来，去留悬而未决，像一个天问。"早在1989年写的《快餐馆》中，已经有类似的诗句："货币如天梯，存在悬而未决。"货币被置换成了"凤凰"，其他成色基本不变。这类例子能找出不少。

许多作家、诗人会对自己最为天才的那部分发明过于痴迷，这可能也是《凤凰》中有许多细节是对此前诗歌素材的直接重复的原因之一。作为一个不算高产的诗人，欧阳江河诗歌的素材重复率集中体现在了《凤凰》一诗中。下面举出几例：

诗人在《凤凰·13》中写道："孩子们在广东话里讲英文。/老师用下载的语音纠正他们。/黑板上，英文被写成汉字的样子。"[4]熟悉欧阳江河诗作的读者，一定会想起欧阳江河1987年的诗《汉英之间》："英语在牙齿上走着，使汉语变白。"诗人在《凤凰·2》中写道："飞，或不飞，两者都是手工的，/它的真身越是真的，越像一个造假。"[4]而在《感恩节》中有相似的诗句："……分离出一个皇后，或一只金丝鸟，/两者都带有手工制作的不真实之美。"诗人在《凤凰·13》中写道："穿裤子的云，骑凤凰女车上班，/云的外宾说：它真快，比飞机还快。"[4]在2005年写的《一分钟，天人老矣》中，诗人写过这样的诗句："你以为穿裤子的云骑车比步行快些吗？/你以为穿裙子的雨是一个中学教员吗？"这样的例子，还可以找出不少。重写自己写过的素材，这不是什么怪事，许多伟大作家的写作中都有过。但是，在欧阳江河的诗中，我们没有看出前后之间具有足够的"变形"。他那些先前的发明是如此迷人，以致喜爱他诗作的读者，在《凤凰》中一眼就看出它们，这种似曾相识感，泄露了这部长诗的局限：诗人并没有兑现他的"大国写作"蓝图，仅就这些局部的"砖瓦"看，他并没有摆脱自身已经"石化"了的那些诗歌发明，那些欧阳江河式的"美文"。一句话，他在细处写得太像自己了。

比起欧阳江河曲折的雄辩，北方诗人西川的长诗，向来被认为有宣言式的风格，至少在诗歌的声音上更具统摄力。他的尚未最后完工的长诗巨制《万寿》，显示了张开诗歌的大嘴来吞吐近现代中国史的雄心，可以说，这就是他十多年前的长诗《致敬》中那头"嘟囔着厄运的巨兽"[7]的变形。我们先从诗人西川的长诗《万寿》随便拿出一段：

吾皇万岁万岁万万岁。
吾皇三百二十二人中也有好的。
吾皇宽宏大量，把宣武门的一小片土地卖给了利玛窦。

利玛窦穿儒服，徐光启有面子。
康熙道："难道我们满洲人在祭祀中所树立的杆子
不如尔等的十字架荒唐吗？"

艾儒略不得不瑟瑟发抖。
他写完《职方外纪》，也就写尽了天下的边边角角，
只是未写到脚下生虱子的土地——这不是他的使命。

艾儒略瑟瑟发抖，请求上帝饶恕自己不务正业
——
他没能广布福音，
却殚精竭虑为中国皇帝尽了点"绵薄之力"。

作为现代中国的开端，晚清民国在时下广受思考和阅读，这是

当下中国所处的境地使然。西川一向被认作诗人中的博学者,他也从这里取材写诗,当然不能以时髦等闲视之。一路读下来,可以感觉到,诗人告别了自己此前的长诗写作中那种高密度的隐喻修辞,而代之以对历史细节的磨洗和呈现。而遗憾的是,诗人过分依赖于被挑选出的历史细节,即这些历史细节的精确,某种程度替代了诗歌自身的精确,当然,这些细节足够精确吗?它们组合起来的诗歌肌理的精确性,必然要受限于诗人的历史感与历史见识;还有一个老问题,也是最重要的一点,诗人对历史的调度方式,能否凭空发明出一个秩序,来容纳历史的庞杂与凌乱?这首长诗细节精确性上的问题,似乎应该回溯到对诗歌本身雄辩的声音——这些细节的分泌者的反省。在词语的精确与历史的精确之间的平衡上,诗人柏桦《水绘仙侣》《史记》系列的写作,至少在表面上不像欧阳江河与西川那样有一以贯之的史诗抱负,因而可以在片段的精确与优美上,发挥他出色的抒情才华。他撷取的素材,加上剪裁的方式,更像一位高妙的文抄公或糊裱匠,在攒造一部晚明至近现代历史小品或掌故集。从注释看,他似乎比较酷爱汉学家略显陌生化的中国史表述,善于触摸革命美学器官中那些最敏感的末梢,善于在他提取的素材里,找出一种独特的词色和语调。诗人学者杨小滨在评价柏桦这个系列的作品时曾说,它们"出色地探索了现代性宏伟意义下的创伤性快感"[8]。的确,"创伤性快感"就是给不熟悉近现代史的当代读者们,重现近现代中国各个角落里的创伤性记忆,让我们在重返历史的途中,获得段子或短信般的消费快感。从这个意义上讲,"史记"系列寻租历史想象力的方式,暗合了当下的历史消费癖好;当然,不可避免的是,如果诗歌借助历史的转基因,然后退化为掌故,诗歌命名的精确针芒,是不是也会随之变幻成如意,把创伤摩挲成快感?

从面目上看,在这几部长诗中,萧开愚的《内地研究》也许是焦灼感最强的一部。这种焦灼感体现为主题意识、文体意识和语言意识。主题意识体现为长诗所涵盖的经验与景观的庞杂多样,诗中可以看到取自当下中国社会的各种语汇、情节或素材,充满了"反诗"之诗;文体意识体现为诗人对于长诗文体的实验勇气与把握能力,诗人非常用力地编织每个交叉或延续的纹理;语言意识,在萧开愚这首诗里,如他近期不少诗文一样,显示为一种过犹不及的修辞之浓腻。比如,诗中屡屡有这样费解的诗句:"兽性流动和自毁豹变因缘超觉接触,不为未知而发动,为对已知实行清扫""否认新娘由于腐烂,因为遵守唯一。/否则淫秽如多妻制,机制的清晨受控于陌生"。②强扭的瓜不甜,诗人的雕琢之苦,不时地把词语的长征推进了呓语的泥淖。陆机《文赋》曾讲过一种写作病兆:"文繁理富,而意不指适",似可用来批评上述品种的诗句。其中的隐喻关节过分扭曲,导致语义超载,影响了诗歌命名的有效兑现。以乱写乱,固然是一种充满挑战的长诗写作策略,但错杂终究需成文,遵守基本的语词伦理,才能将各种经验和景观焊接为流利的诗歌履带,所向披靡。质言之,想通过对词语的揉捏、拉扯和浇铸,来完成关于"内地研究"的诗意建构,可能首先得在词语面前持守某种谦卑之心,才能避免才识学力在词语的暗处纵欲过度,使其面目全非。

三、"化"功之不足

就整体性而言,这些长诗也不约而同地显示出类似的问题。汉语新诗在过去的一百年里,基本上耗尽了政治乌托邦—语言乌托邦(这是世界现代诗歌传统中的两个基本发力点)分泌的激情,转入到一个新的阶段。作为语言巫师,当前的汉语诗人必须面临复杂的崇高性处境:人类自造的拥堵的物质世界带来的种种灾变和不确定的未来,已科学化的宇宙观导致的人类的现代式孤独。

当代长诗写作者面对的,不仅是民族处境或"大国写作"内蕴的复杂性,也同样面对着人类的整体处境——比如宇宙处境:地球在宇宙中的微茫,太阳系最后将转换为另一种能量,人类也可能将随之终结……在走向这一结局的路上,我们还要继续承受工业化、信息化、核武器、地球环境的彻底恶化等随时可能失控的风险。现代人的这些困局,已然内在于我们的精神困境,使一切思考、写作都可能变得没有意义。面对这些,我们不约而同地陷入了惊惧、茫然,以及由此生发的特别美感和哀伤。如何在词语的建筑中,像一颗露珠折射无限宇宙天空,包含亿万微生物那样,包含我们面临的这一切,同时又保持诗歌的风度? 这一定是长诗写作者们面临的整体性困难。

在我们所见的这几部长诗里,虽然有"前所未有的包容性和扩展性"[9],但都可以看到其缺乏一种内在的诗歌整体性——如果对现代体验反对、诅咒或内化的态度,不能算作一种长诗意义上的新的整体性的话。这实在不能责怪诗人,毕竟这是精神困境在诗歌写作中最直接的内在体现。堂吉诃德通过把世界想象为游侠骑士的世界,然后在对桑丘的讲述中,在朝向世界的冲杀里,成功地展开了梦想,即使他伤痕累累,却信以为真。在我们的时代,任何品种的乌托邦都宣告失败,已无一个神话或传奇,能够作为长诗写作信以为真的想象基础了。我们敬佩这些长诗作者的勇气和尝试,但不得不遗憾地说,他们的写作,还没有显示出某种命名汉语复杂处境的整体性神话框架,而只是借着历史与当下现实的复杂性,来构造自己的复杂性,虽大张旗鼓,却没有逃脱前者的无所不在的手掌心。模仿柏拉图有点恶毒的话说,这只是对于模仿的模仿。回想一下当年的朦胧诗吧,诗歌从政治乌托邦一片光明的黑屋子里率先醒过来,英勇地向宏大的革命、历史发起进攻,最后,却不慎让自己被同化为革命话语的回声。当下集中出现的几部长诗,在指向李陀所讲的"文化的大分裂"背后的形式与逻辑时,是否也同样会因为类似的原因,而被钙化为"大分裂"欢娱的一个部分?

有长诗写作者也许依然会说:面对这个时代之种种快与不快,他们笔下的主题指向是多么重要! 这让人想起在恩格斯致考茨基那封著名的信中,曾经提到的所谓"倾向性"文学。恩格斯认为,"倾向性"最好毫无痕迹地掩蔽在艺术的纹理中,深有同感的纳博科夫也强调过孔夫子"言之无文,行而不远"的道理:"使一部文学作品免于蜕变和腐朽的不是他的社会重要性,而是它的艺术,也只是它的艺术。"[10]在主题重要与诗歌的重要之间,从来都不能建立因果关系。"文"或"艺术"在长诗写作中,应是不变的基质。

古老的周易曾给我们留下一句解读空间很大的箴言:"物相杂而成文。"今天,是一个真正的"物相杂"的时代,物相杂构成的天文、地文、人文,如此这般残酷地令人迷思。在迷思中,创造当世之"文",以化成"天下",是长诗写作最大的困难所在。就此而言,当前这些长诗,在"文"上,虽偶有诱人的绚烂,但"化"功显然有所不足。读这些长诗,让我想起奥古斯丁的一个小故事,据说奥古斯丁想写一部包揽万物的书,他常常憋着困顿在地中海边散步。有一个小孩每天在他散步的路边海滩玩耍。小孩从海里捧起水,然后跑上沙滩,倒入一个小沙坑。奥古斯丁不解其中乐趣,问其故,小孩说,他想把海水都放进沙坑。奥古斯丁提醒他说,你这小小的沙坑如何装得下大海? 小孩反问道:先生您不是也想把万物都写到你的一本书中吗?

有人会引用瓦雷里"一滴美酒令整个大海陶醉"的著名比喻,来反驳上述故事背后的寓意;但问题在于,得有瓦雷里式的比喻才能,这个反驳才能成功。亚里士多德早说过,发明隐喻,是诗人天才的标志。[11]上述所谓"化成",即铸就关于这个世界的鲜活的隐喻体系,它能够以改变语言来改变世界。长诗写作得建立足够包容力的隐喻建筑,"就我们人类的境遇说出任何社会学或者政治学都无法向我们说出的东西"[6],这才称得上是长诗向往的"大是大非"。加缪说过:"伟大的感情到处都带着自己的宇宙,辉煌的或悲惨的宇宙。"[12]理想的当代长诗建筑,应凝聚着这种至大无外、至小无内的伟大情感。

四、回到词语的立场

对当代汉语长诗写作者来说,甚至对任何诗歌写作者来说,社会批判是容易的,甚至是廉价的;因为每个专业的知识分子甚至是普通公民,只要具备一定的良知与见识,都能对社会进行直接的批评或指责。一个诗人发明一个珍贵的隐喻,发明一个惊人的命名,产生的贡献一定远远超过他的社会诅咒——这最多是诗人的业余工作;在文学史上,可见的例证比比皆是。

从这个意义上,把上述几部长诗放到20世纪现代长诗传统中考虑,我们会发现一些有趣的参照结果。庞德《诗章》更大程度上是个诗歌观念的胜利,他的写作以一种超级强大的长诗方法论,辉煌地响应了现代西方古典崇高性坍塌之后的诗学困境。换言之,他在观念上成功地把社会、历史、文化的困境,转换为一个巨大诗学困境来突破。就像画家杜尚以小便池为泉,生动地展示出古典美感在现代人造物境中的尴尬处境,诗人庞德也把种种古典崇高性坍塌后的纷繁碎片,在诗歌中焊接起来,制造了一个篇幅巨大的诗歌尴尬。庞德式的长诗观念,让许多后来的长诗写作者着魔不已。但遗憾的是,焊接碎片的理想总是相似的,如何焊接这些碎片,却回到诗歌最为核心的问题:词如何命名物——在这个问题面前,诗人之气清浊不同,诗人之才力高下有别。曾经被庞德修改过的艾略特之《荒原》,因文本完美的内在统一性,加之庞德式的长诗观念的渗透,成了现代长诗的典范。就诗本身,它比庞德的《诗章》更为成功。在这首诗中,诗人真正发明了一种词语的液态,成功地溶解了社会历史的焦虑。以"荒原"为首的一系列意象,成了西方工业社会场景最为有效的诗歌命名。而我们所见的这几部当代长诗,虽有庞德、艾略特式的抱负,我们在其中却似乎还看不到"荒原"式的有效命名。一个重要的原因,可能是诗人们过于看重或依赖自己所写的所谓"现实"了,他们笔下的诗意形态、词语的指标,是直接通过其社会历史批判性呈现来完成的,有意思的是,许多批评家却也喜形于色地认同这一点。

固然,一个诗人足够的观察、阅世和体验,会增加他命名的穿透力,但它们不能直接转换为诗歌本身。这一点上,诗人瓦雷里的精辟论述可以提醒我们:"令我感动和向往的是才华,是转化能力。世上的全部激情,人生经历的全部事件,哪怕是最动人的那些事,也不能够写出一句美丽的诗行。"[13]在诗人操控的词语面前,一片叶子呼吸尾气的疼痛,不应该比汶川地震或恐怖袭击渺小;蚁族在地下室潮湿发芽的灵魂,与被情人以跳楼胁迫写情书的官员的灵魂之间,应有着隐秘的共鸣;被污染的地球在宇宙的虚无,有时可以等同于某阔太太遛狗的虚无……总之,内在于诗歌的民主、正义与同情,与知识分子追求的民主、正义与同情,有着本质的区别。后者,只应是前者的一部分。在本文提及的几部长诗写作中,后者常常因为比重过大,而成为诗意展开的一个重要干扰,导致了诗歌描写的对象不能锻炼为诗歌本身。如果诗歌的社会批判,像知识分子批判那样只能依赖其批判对象而立言,那么诗歌就必然沦为它的批判对象的附庸,诗歌的反讽,也就势必成为一种戴着诗歌面罩的社会学反讽。长诗写作,需将诗人的现实立场有效地转换为诗歌的立场或词语的立场;否则,它们所持有的现实立场再尖锐,语言再绚丽,也只是借诗歌的肉身发言,时过境迁,便是一堆词语的破铜烂铁。在诗歌的词语建筑里,是不包含所谓现实立场的,只有从中折射出的一些光芒,会时常照亮"现实"的幽暗角落。我们对荷马所处的现实一无所知,却丝毫不影响他笔下的阿喀琉斯或奥德修斯的词语辐射力；从这个意义上，一首理想的长诗，应该展开一幅令我们沉迷的新的"现实"，这才是它应追求的大是大非。

注释

① 欧阳江河的《凤凰》初刊于《今天》2012 年春季号"飘风"特辑，同年由香港牛津大学出版社出版单行本，批评家李陀、吴晓东两位先生分别作序和专论，2014 年 7 月中信出版社出版了《凤凰》注释版；西川《万寿》刊发于《今天》2012 年春季号"飘风"特辑；柏桦《史记》系列，体量庞大，至今未全部正式出版或刊发，部分散见于《诗建设》等书刊，已出版《别裁》《一点墨》等两本诗集；萧开愚《内地研究》全文首先刊发于蒋浩主编的民刊《新诗》第十八辑（2012 年），2014 年刊发于三联书店《诗书画》杂志第 13 期，其单行本 2014 年 11 月由广东人民出版社出版。

② 本文所引《内地研究》，乃据余旸提供的《内地研究》电子版。

参考文献

［1］娜杰日达·曼德施塔姆.曼德尔施塔姆夫人回忆录［M］.刘文飞译.桂林：广西师范大学出版社，2013：182.

［2］欧阳江河.电子碎片时代的诗歌写作［M］//于坚.诗与思.重庆：重庆大学出版社，2013：29、31、33.

［3］萧开愚.当代诗歌的一些文化触角［M］//臧棣，萧开愚，张曙光.中国诗歌评论：诗在上游.上海：上海文艺出版社，2013：6、8.

［4］欧阳江河.凤凰［M］.香港：香港牛津大学出版社，2012：7—10.

［5］姜涛."历史想象力"如何可能：几部长诗的阅读札记［J］.文艺研究，2013：4.

［6］米兰·昆德拉.小说的艺术［M］.董强译.上海：上海译文出版

社,2012:132.

[7] 西川.深浅[M].北京:中国和平出版社,2006:6.

[8] 杨小滨.法镭.毛世纪的"史记":作为史籍的诗辑[M]//臧棣,萧开愚,张曙光.中国诗歌评论:诗在上游.上海:上海文艺出版社,2013:17.

[9] 吴晓东."搭建一个古瓮般的思想废墟":评欧阳江河的《凤凰》[M]//欧阳江河.凤凰.香港:香港牛津大学出版社,2013:24.

[10] 纳博科夫.独抒己见[M].唐建清译.杭州:浙江文艺出版社,2012:34.

[11] 亚里士多德.诗学[M].陈中梅译注.北京:商务印书馆,2002:158.

[12] 阿尔贝·加缪.加缪文集[M].郭宏安,袁莉,周小珊等译.北京:译林出版社,1999:629.

[13] 瓦雷里.文艺杂谈[M].段映虹译.天津:百花文艺出版社,2002:4.

——原载《江汉学术》2015年第2期:19—25

白昼燃明灯，大河尽枯流

——论当下作为"症候"的知名诗人长诗写作

李海英

摘　要：针对当下一些知名诗人积极写作"里程碑式"长诗文本的现象，以柏桦《水绘仙侣1642—1652：冒辟疆与董小宛》、欧阳江河的《凤凰》、萧开愚《内地研究》、西川《万寿》等最近的几部长诗为例，可分析他们的写作抱负、写作特点、诗体模式和审美属性，以查看当前长诗写作中可能存在的问题：一是长诗文体创新的华而不实，他们所实验的元诗歌写作、史诗写作、地方志写作和百科全书式写作，均显露出勉力而为的窘蹙；二是创作者艺术感知力与创造力的明显消减，这些长诗文本的艺术水准不仅远未达至他们之前的优秀之作，且多呈粗糙生硬之相；三是诗学理念与创作实绩之间的严重脱节；四是被评价过程中过多的虚与委蛇与牵强附会。在此过程中，可进一步探析当下长诗写作中普遍出现此类问题的动机或缘由。

关键词：长诗；元诗歌；反史诗；地方性；柏桦；欧阳江河；萧开愚；西川

　　长诗写作，在近几年来很令人瞩目。一批1980年代成名的诗人，柏桦、欧阳江河、萧开愚、西川等都陆续有长诗作品出现。据与一些诗人的私下交流得知，还有不少人正在长诗写作的进行中，或许很快就会有另一批文本出现。诗人们的意图在长诗文本中毕露无遗：柏桦在重启某种中国文人士子的内在追求，欧阳江河试图为我们这个民族重塑某种崇高精神，西川用新历史主义的态度以诗歌完成一部近现代中国社会的百科全书，萧开愚似乎要站在地方志的某个支点上把脉当下社会的种种症候。至于技巧上更是令人眼花缭乱，可谓穷尽了现代诗歌写作的种种，其中有对百科全书式巨大文本的追求，有对元诗歌写作的探索，更有创造史诗写作的幻象……这些长诗一经推出，皆在诗歌界引起很大的"轰动"并获得广泛的赞誉。[①]

然而，作为一个阅读者，我感受到的却是这些长诗文本里面普遍存在着一些问题：首先是语言的美感变得极为艰难，其次是言说的诗意极为扭结，再次是经验的内化非常生硬，同时也没有接收到"负审美"或"恶之力"应该带来的震惊。此外，我个体对诗歌文本真实感受与已有的某些知名评论家的观点也存在很大偏差，比如被誉为"当代史诗"的文本，而我恰恰认为是反史诗的。因此，本文以几位知名诗人最近几年的"长诗"文本为例，分析他们的写作特点、诗体模式和审美属性，并非一次自负的诊断，仅是期望了解当下长诗写作的因由与现象，并诚实地说出自己的观察与疑惑。

一、"元诗歌"还是"导游解说员"？

这些长诗文本给我留下的第一个深刻印象，是大量的、事无巨细的注解和过度阐释。

欧阳江河注释版的《凤凰》一书中，吴晓东教授的"元批评"几乎对每个句子都做了注释，详细介绍了该诗创作的起因、经过以及每句诗可能包含的指向与意义。柏桦在长诗《史记：1950—1976》中加了更多的注释，有对那个历史阶段出现并风行的词语的梳理，比如"检查""革命""老三篇""政治学习""不爱红装爱武装""大寨""神仙会""斗私批修""革命委员会"等；有对某些事物在中国现实生活中的特殊性进行放大，如"淘粪工""厕所""赤脚医生"等；更不缺个体生命经历的复述，比如"上学"等。而他的《水绘仙侣1642—1652：冒辟疆与董小宛》（以下简称《水绘仙侣》）一书由四个部分组成：序（江弱水作）、一首长诗、99 个注释、一篇近三万字的评论式附录（余夏云作），其中的 99 个注释多达十几万字。

诗人如此大量地使用"注释"，其目的何在？

欧阳江河说，他的意图是恢复某些"中国的古传统"，并提高阅读诗歌的门槛，"这个恢复（中国古传统的努力）又把这个注、批评、阐释、阅读、开放性，包括李陀的两个序放在里面，构成了一个词序的序列，这个序列非常有意思，呈现了一种多样性和开放性。而且某种意义上讲，也是提高诗歌文本阅读的门槛，不是降低"[1]。

柏桦的意图，则是达到"精确"："我需要经手处理的只是成千上万的材料（当然也可以说是扣子），如麻雀、苍蝇、猪儿、钢铁、水稻、酱油、粪肥……这些超现实中的现实有它们各自精确的历史地位。在此，我的任务就是让它们各就各位，并提醒读者注意它们那恰到好处的位置。如果位置对了，也就无需多说了，犹如'辞达而已矣'。"[2]

从几位诗人的创作意图和文本实现看，他们都有着明确的诗学意图，其中之一是探索"元诗歌"的创作。但其效果如何？我们以柏桦的创作为例。

按照张枣的说法，柏桦是从一开始写作就具有"元诗歌"意识的诗人，他敢于"展露写者姿态和诗学理想，并使其本身成为最具说服力的人文感召力的诗意暗喻"[3]。《史记：1950—1976》与《水绘仙侣》这两部著作中，柏桦所引资料包括文史哲与报章杂志，看起来很是详赡，似乎要在"互文"中完成对某种历史本质或人之本质的呈现。从文本来看，柏桦做的互文工作主要是"引证"：《史记：1950—1976》引证的文本主要是旧报刊；《水绘仙侣》中"诗"的部分引证的前文本是冒辟疆的《影梅庵忆语》,"注释"部分引证的前文本主要是胡兰成的著作,具体到不同的方面则是引证各方面的名人名作,"心理时间"这样的哲学命题引证柏格森,现实主义方面引证杜甫,浪漫主义方面引证李白,现代主义方面引证艾略特、布罗茨基……从叙述意义上讲,这四个部分是相互参照的,序言与诗歌、诗歌与注释、评论与诗歌、评论与注释,都在互相说明,呈现出的是一个几乎没有歧义的大解说。以文本为例:

家　　居[25]

人之一生:春夏秋冬[26]。
很快,你发现了新的喜乐:
女红。饮食、财务及管理[27]。

子曰:"仁者静"[28]。
你就在静中洒扫庭除[29]　并亲操这份生活。
"其德性举止,乃非常人。"[30]

家务是安详的,余闲情也有情[31]:
白日,我们在湖面荡舟。
逸乐和洗钵池[32]　最让人流连;
夜里,我们在凉亭里私语,
直到雾重月斜[33],
直到寒意轻袭我们的身子。[34]
曾记得多少数不清的良夜,
你长饮、说话,若燕语呢喃[35],
而我不胜酒力,常以茶代酒[36]。
有时,我们又玩别的游戏,

譬如读诗或抄写[37]：

"人闲桂花落，夜静春山空[38]。"

这一切不为别的，只为闻风相悦[39]，

只为唯美，只为消得这水绘的永夜[40]。

　　"家居"这部分中，共有三小节20行，注释为15条，计30个页面。我们先来分析文本，然后观照注释及注释与文本的关系。

　　就文本内容来讲，并不存在阅读上的障碍，每个句子都清楚明白地在转喻的横向轴上指向了"爱情与婚姻"完美结合之后的美满状态上，这一美满状态覆盖的范围，既有日常柴米油盐的"安详"，也有琴棋书画的"闲情"，既是举案齐眉又是两情相悦。这是对一种理想婚姻描述，你情我浓并无特异之处。

　　文本诗意则极为平淡。语言上可以说是陈词滥调的汇聚，选用我们已经形成惯性思维的词语来指向所谓的"人生""女德""闲情逸致""恩爱""风情卓绝"时，完全没有对这些词语涵义进行新维度上的开掘。结构上，第一小节看似挪用了一个大词"人生"，把整个结构置于大命题之下，第二小节在伦理的赞扬中把叙述对象置于光辉之下，然后第三节平铺而下地讲述了一对有情人终成眷属之后的"理想生活"，节与节之间的勾连很平淡，毫无曲折与张力。而这种理想生活，不过是一个未亡人对逝者的追思罢了。

　　从技术性上讲，或许可以称之为是注解性元叙述。柏桦的注解性元叙述不只是一个局部技术，除了对一个词语、一句话、一段文字、一个人物或一桩事件完成叙述后要加一段甚至是一篇注解说明去补正含义之外，诗人还不断地直接站出来去揭示他之所以要注释的动机，对所言之物进行揭伪示秘。这样做的效果，明的是把两个文本放在一起进行比较，暗的是把隐喻意义、象征意义含在里面。在其逻辑关联上，是按照时间的连续性，从古论到今，对不同时期的同一事物进行比对，把事物内在的矛盾性与一致性的东西凸显出来，想从本质上揭示时代、命运、人物具有的普遍性。

可这节诗歌文本多达 30 个页面的 15 条注释里，是繁复细致地讲述其对"家居""人生""女红""饮食""女德""闲情"等事物的理解，其间洋洋洒洒地引证中国古典诗文《春日田园作》《鸟鸣涧》（王维）、《陇西行》《新嫁娘》②（王建）、《客至》《江汉》《宿府》（杜甫）、《逸园放生歌》（施闰章）、《幽梦影》（张潮）等，西方经典诗歌文本《白夜》（帕斯捷尔纳克）、《论闲逸》（蒙田）等，现代才子佳人胡兰成和张爱玲（胡的《山河岁月》与《禅是一枝花》，张的《自己的文章》），以及诗人自个儿的一些相关短诗，当然还有其前文本冒辟疆的《影梅庵忆语》与李孝悌的《恋恋红尘：中国的城市、欲望与生活》。这些前文本的指向皆在说明董是一位"德艺双全、福慧双修"的好女子，这个好女子不仅"好"在其美貌资质与持家才能的卓绝，更"好"在同时能把俗常的家庭生活打造得充满甜蜜的、诗意的、醉人的艺术气息。

但我们知道，即便没有这些注释甚至没有诗人的重新讲述，我们仅仅根据关于董小宛的种种传说也会获得这些知识，柏桦的这些材料不过是增强了一点儿已有的固化的印象而已。在柏桦把这样一堆历史材料转化为诗歌文本的过程中，其目的自然不仅仅是再次复述一下故事而已。

我们再来看诗人的目标。柏桦说《水绘仙侣》选择晚明冒、董二人的小世界是要"对个体生命做一番本体论的思考"，并阐释"逸乐也是一种文学观"。因为他认为"逸乐作为一种合情理的价值观或文学观长期遭受道德律令的压抑，我期望这个文本能使读者重新思考和理解逸乐的价值，并将它与个人真实的生命联系在一起"[4]。那么诗人是否实现了他的目标呢？

"逸乐"精神，不是今天的发明，这是中国文人骨子里的情结。"逸乐"在宋代达到了它的顶峰，这和当时的文化、经济、社会语境都有极大的相关性，到明末时再次掀起风潮，其中却有许多"不得已”的情愫在里面。因为在晚明时期,“逸乐”作为一种相当普遍的生活状态,和那个时期的社会价值、人生理想、生活观念的嬗变保持着历史的一贯性。由于政治避祸和经济发展,士人阶层逐渐出现了一种“生活美学”的观念,如以钱谦益、陈继儒等为代表的提倡“一人独享之乐”的精致优雅的“生活美学”,以李渔等为代表的倡导以“闲情”和“慧眼”看待生活、经营生活的“大众生活美学”。这些上层文人士大夫成为探索和践行“生活美学”的主体力量,投身于个人化的日常生活、物质体验中,以“快乐”为人生和生活的主题,追求感官和趣味的满足,并影响了整个社会风气。[5]

诗人选取的是秦淮名妓“董小宛”与江南才子“冒辟疆”为叙说对象,这里面就有极大的矛盾性。才子佳人的风流缱绻一旦变成了夫妻恩爱,那么精神上的自由与感官的愉悦便自然而然地转换为操持家务的辛劳和遵守婚姻契约的约束,“逸乐”最本质的精神也便荡然无存了。我们也很容易发现,尽管诗人竭力以展现冒、董二人(以及他们身边的小圈子)的优雅与逸乐,把一对才子佳人的爱情泯化到“对于时光流逝,良辰美景以及友谊和爱情的缠绵与轻叹”。我们偏偏看到了怀才不遇的忿忿不平与落落寡欢,其实晚明士子才人在追求“个性解放”“反对传统”的浪漫行动中(周作人的观点)总是深藏着“关心世道”“佩服‘方巾气’”的纠结(鲁迅的观点),即便是李渔那样的生活艺术家,也不过是“用狡狯伎俩,作游戏神通”。

那么,这里所谓“逸乐”精神的重说、解说,以及不厌其烦的细节设计,除了起到提供信息的作用之外,还有什么? 或许诗人所想达到的是艾柯所言“双重译码”的效果:一方面诗人对其他著名文本的直接引用,或是对那些文本的几近直白的指涉;另一方面直接向读者发话,体现文本对自身特质的反思,意图实现同时照顾“少数精英和普通大众”的效果。[6]其实诗人是用互文也好,用元叙述也好,都好理解,因为互文不仅仅是写作的一种现象,也是写作的基本机制和存在原因。在创作之前进行互文性构思，说明作家有明确的意识要在一个宽广的视角下利用更充分的资源去创造一个具有综合性包容性的巨著，但是另一方面，也可能会使创造性个性化的东西减少。那么，一个文本中使用"注释"，最基本目的应是在文本中发挥它的有效性。

但《水绘仙侣》的许多注释让人困惑，它是为了使文本更深刻、更复杂、更丰富？或是为了起结构上的、意义上的"关节"作用？或是为了制造某种非注释不能达到的效果？这些似乎都没有达到。退而求其次，它拟想的读者是谁？不熟悉中国历史和文化的外国人，未来的可能对历史模糊的中国人？固然读者以及潜在读者的在场或者缺席并不重要，然而如果文本本身的写作意图并不明确进而呈现出含糊和雾化的样态，究其原因就是因为诗歌文本本身并没有形成一个完整的场。显然，今天的读者对那些被注释的"事物"并不陌生，但诗人像个热情的"导游解说员"，生怕我们对眼前的风景缺少发现、不会欣赏，不厌其烦地在那儿指指点点，不时地制造陈词滥调的暴力灌输，比如那些反复解释的"春夏秋冬""仁者静""洒扫庭除""燕语呢喃""闻风相悦"等词条，最终成为毫无张力和艺术感染力的废料。

二、"历史想象"还是"提线木偶"？

西川也是一个对"晚世"怀有特别兴趣的诗人。如果说柏桦倾情"晚明"，想写"一部古代中国文人思想和生活的总志"[7]，那么西川则要依托"晚清"完成一部近现代"中国社会的百科全书"。如果说《水绘仙侣》是在展现历史风云际会中诉说个人的命运与际遇，《万寿》则更像是有意展现一个覆盖从晚清到现代的历史事件、风俗习惯、风云人物共时的历史场面。

现代文学中百科全书式的文学创作，最开始是在小说领域，"现代小说是一种百科全书，一种求知方法，尤其是世界上各种事体、人物和事物之间的一种关系网"[8]。其出现的一个原因，是在"传统现实主义衰落之后，对叙事的多种可能性进行试验的一种方法，也是小说在各种各样的现代知识体系和现代传媒中寻找自身新的价值的独立价值的尝试"。就像在普鲁斯特、卡尔维诺的小说中，"对生活经验的叙述性探索与对叙述形式本身的探索构成了小说的双重主题"[9]。当这样一种探索方式用于现代诗歌中，会产生什么样的效果呢？

西川似乎有着新历史主义的批评意识，他对历史进程中零散插曲、轶闻轶事、偶然事件、异乎寻常的外来事物、卑微甚或不可思议的情形等事物都有着特别兴趣。《万寿》涉及的历史事件至少包括：慈禧太后的六十大寿、太平天国运动、传教士入华引起的中西文化交流的变化、印度与鸦片贸易、革命政变等；文化现象：戏园子代表的黑白两道、黄色读物与文明的多样性、天象预兆、"土产"的资本主义的萌芽及夭折、男扮女装的戏剧艺术等；风云人物：康有为、郑孝胥、庄士敦、利玛窦、康熙、艾儒略、洪秀全、萧朝贵、赛金花、隆裕、慈禧、辜鸿铭，还有得了诺贝尔奖的莫言。如此包罗万象，目的是"有意要进入历史内部，有意揭示交织在中国近现代历史内部复杂的人性、文化逻辑"[10]。这是常见百科全书式文本的雄心，他也着力于去抓取这些内容：

> 康有为作《大同书》，娶小老婆，
> 泛舟西湖复活了苏东坡泛舟西湖的情景。
> 文明的两面：大老婆和小老婆，有如孔孟之道和黄色小说

> 海关大楼里坐着忠心耿耿的英国人，
> 罗伯特·哈特。
> 比中国人还中国人的外国人傍着青花瓷打盹。

这些历史细节或许在"创造性"的意义上可以被视为"诗学的"，"因为它们对在自己出现时占统治地位的社会组织形式、政治支配和服从的结构，以及文化符码等的规则、规律和原则表现出逃避、超脱、抵触、破坏和对立"[11]。那么诗人在叙述历史时把过去的事件转变为一种叙述策略时，目的何在？西川说，是让它"帮助我们再一次想象这个世界和我们的生活"，帮助我们与"其他文化对于世界和生活的想象"展开"真正的对话"，甚而进一步与"自己展开对话"[12]。

愿望固然是好的，可是柏桦汇聚着衣食住行、经济文化、社会风尚的互文性文本《水绘仙侣》与西川新历史主义观照下的《万寿》《潘家园的旧货市场》，为何没有产生"百科全书式"的力量，反而变成一种信息的堆积与循环重复、复制甚至戏谑？

固然这和当下语境有关，我们今天新技术时代，借助电脑网络，各种信息传递似乎都变为即时的了。我们如果为了获得"知识"，文学文本肯定不是唯一的也不是最便捷的，如果不能进行新知识的传递，"百科全书式"其实是无效的。此外，百科全书不仅仅是知识的汇编，狄德罗编写《百科全书》时，汇编的不仅是知识，他更是从涌现的大量新知识中看到了所处时代的症结所在。诗歌创作中，将历史、社会、时代做一个百科全书式的聚合则特别需要个人功力的驾驭，不仅要把思想、精神、材料、词汇等元素完美融合在一起，且要成功地转化为诗歌经验。

《万寿》的问题恰恰在这里。从内容上来讲，尽管诗人试图把晚清至现代的人物、风俗、事件囊括在一起，可他是以直接植入的方式把它们简单罗列，一个事件与另一个事件并不形成意义上或呼应或对峙或增殖或消解等关系，更像是一种无序的堆砌。杂乱的历史材料在未经加工的状态下是无意义的，一组特殊的历史素材在诗人的想象建构和经验提炼中，无疑需要赋予特殊的意义，"从纯形式的角度来看，历史叙事不仅是对其所报道事件的一种复制，而且也是一种复杂的象征系统，它指引我们在我们的文学传统中找到有关那些时间结构的一种像标"[11]。可在《万寿》中，诗人给予他所罗列的历史人物、历史事件、历史情形的态度与情感，多半时候是模糊的暧昧的，比如说，作为士大夫的康有为一面"作《大同书》"一面"娶小老婆"这样一种具有象征意义的行为，原本是可以引导我们去发现与此相关的文化、文明、习俗等一系列现象背后的本质，然而诗人却把它简单地归结为"文明的两面"，并用"大老婆和小老婆"与"孔孟之道和黄色小说"作为戏谑。这是西川语言的一贯作风，随意混合"箴言"语式与油滑修辞：一方面通过复述历史中某些通常被认为是至关重要的事件把语言制作成一本正经的警世箴言，另一方面又通过抖搂各种历史八卦和小段子把语言变成毫无重量的油嘴滑舌。诗歌不是不可以幽默，但它至少不能沦为轻浮好笑的段子，诗歌中幽默运用得好时完完全全可以直抵我们心底最柔软的地方，而不是油嘴滑舌地把语言上、诗意上、观念上的"轻"和"重"不加分类地随意抛掷。

与此同时，更要命的地方是该文本因为在"戏说历史"中的游戏态度，呈现的是"破碎且无创见的历史观"，既然文本选择从晚清到现代至当下这段时间作为历史语境，那么与文本同时复现的那个时期有关的一切事物的名称，都应不同程度地承担着诗人对这一段历史的某种理解甚或思索，但"从该诗中丝毫看不出一个写作者本应有的对晚清以来历史的深刻理解或洞见"[13]。

最后，作为诗歌创作，诗人理应很清楚，不是所有的历史素材都可以转化为诗歌素材，可以转化为诗歌的素材也不是简单地排列下去就可以结构为诗。诗歌从本源上讲，不管选用何种材料作为言说之物，其关键的地方是材料要在每一处发挥其诗意，局部的诗意还必须相互应和着形成一个整体的诗意。如果仅仅是传达一些历史信息、一些逸闻趣事，完全可以用其他的表述方式，比如历史传奇或历史演义，在这一点上，它们似乎更有效。然而《万寿》却"类似于一篇篇用诗写成的读史札记"，仿佛是从一个历史的书袋中抽取的一些卡片,被诗人变戏法般耍成了一把扑克牌。其"诗歌想象力"与"历史想象力"几乎没发生有效的关联,我们既不能通过细节去证明"到底发生了什么",也不能从大的意义上(如国家、民族和文化)上去把握那些值得我们把握的人类传统与记忆之物,就连反思的依据也被嬉笑掉了。那么重构历史、重述历史、想象历史,有何意义?

西川在一篇访谈中也无意中透露过写作此事物的隐在动因:"我现在就实话跟你说:头两天有一个芝加哥大学的学者到我们那儿交流,他讲到当代艺术和现代艺术的区别。据他的看法,当代和现代的区别首先在于:当代艺术具有历史指涉,也就是多多少少你得处理政治问题;现代文学和艺术才只处理文学艺术问题……你走遍全世界,所有好的作家、诗人都在谈这个东西,你可以说我不进入,那好,那你就别着急了,说怎么不带我玩儿啊?对不起,不带你,因为你不关心,不谈论这个。"[14]此段心声不仅显示出作为一个诗人的西川不仅没有作为一个诗人应有的骄傲的自主性意识,更有着流俗与轻易被误导的倾向。走向群体意味着个体的消亡,诗歌恰恰要处在"个体性"的基础上。被动仓促接受某种貌似主流的思考,于是诞生了仓促写就的局促文本。而且,在诗人说来,似乎自己俨然成了一个先锋人物、迈出了关键的一步,向着"优秀作家和优秀诗人"高歌前进了——借用"历史""/传统"作为"想象"的支点去开阔人类的认知范围。然而这个噱头中遮掩的恰恰是想象力的危机,"历史"像一个"提线木偶"被提溜着随意耍弄。

三、"超觉接触"还是"信息堆积"?

萧开愚早就谈论过这种写作现象:"很久以来,我们写作的资料主要出自三个方面，风景、爱情和书面文献。我们巧妙地用修辞术改造了风景、爱情和各类文学或历史典故的含义，使其变得美丽中藏有'恶意'。诗人的改造将诗作制造成曲折、隐蔽、晦涩而又人人能懂的象征系统，作品的确因为'全体隐喻'而多了一层意思，诗人的兴趣点多数布置在暗指的一层意思上，但是其弊端显而易见，我们无法在作品遇到正面写作必然陷入的困境和阶梯，换言之，风景和爱情作为屏障遮蔽了诗人本来想要看见观察、透视的目标区域，爱情和风景反倒成了沾满污汁的牺牲品。"[15]

当一些人扭过脸不去理睬现实土壤中暗藏的沟壑，以便返回前工业时代的那种安全的社会环境、风俗、神话或语言风格的时候，萧开愚曾把目光锁定在极具难度的"地方性"上。在回到地方性或者说以地方性为立足点处理我们的生活方式、风俗习性、伦理关系、生产方式、人际关系以及物种、气候、风土、血缘、家庭等生命经验之过程中，萧开愚要探讨的是地方秩序中深层的生理与心理结构，以便摸索到人性恶变的病因。

他的长诗《内地研究》某种程度上说延续了之前的《破烂的田野》，同样指向当下我们所置身的时刻，不过却进行了挖井钻头式的开掘。该诗对河南、山西、陕西三地展开"调查"：以"地质队"混合着"考古队"方式，进行一场关于文化、经济、政治、工业和人的"无律反复"，对其"兽性流动和自毁豹变因缘"进行"超觉接触"。虽然明确把"内地"限定在河南、山西和陕西这三个省，但我们知道所谓的"内地"在中国其复杂性是超乎想象的，尤其在涉及政治和文化方面。这块区域在中国传统社会中，原本是一个"核心"地区，而在新时期（尤指 1980 年代以后）却发生了断断续续的变化，像一种慢性病。比如说传统文化和生活习俗，其演变过程从未像沿海地区那样迅猛，也不会像边疆地区那样坚固，海外的风即便是猛烈凌厉的，在吹遍了沿海地区之后进入内地也早已减势为轻风一缕，它可能会使身体发肤有所感知，但很难吹到人的心窝和脑袋中去，从城市吹到乡下又得一些时日,你很容易发现,新事物虽不断出现,但旧的习俗巍然屹立,就像穿着婚纱拜天地。

正是这种缺乏确切的传染性生物病因证据,此地域如果产生病变,其病症会很复杂:"从豫东到豫西,并没移植到南方的戾气,在囵囵的午睡中,在忘我的夜睡中,很多地方在争吵中,在谅解中,一个接一个一样地解体容积。"在这样的一个地方,经济运作、社会风气以及思想意识,都是探不到底的"渊薮":农业种植在科技致富的掩饰下进行的是恶性破坏,财政数据在政策条文的编织中真假难辨,工业建设在"蛮性翻覆"中全是漏洞,传统文化和道德礼仪在贫穷的羞辱里摇身为廉价的娼妓……这些"渊薮"每一个都被装饰得流光溢彩,流光溢彩之下却是一个被各种病毒交叉感染的接近枯槁的实体:

> 略加辨识,谨以河南为例。
>
> 只有河南,财税立项透明。
>
> 黄淮汉海四大水系,授受上下东西两股利益。郑州适中稠密,市县记得根基,过亿忧患籍贯尔尔,早睡继以晚起,日常的厉害只是日常经济的一点警惕。钱国玉厅长的报告排除经济反驳派的危筝,怠慢农业披沥的怔忡。不弄沿海的高,但将平中的层,为葱茏这些薄田和薄面,轩轾那些纵横和中计。
>
> 税收占一般预算收入的比重低。
>
> 1994年,87.6%;2006年,69.5%。
>
> 县级落到56.7%,矮于全省12.7%。
>
> 县级非税收入蹿升,
>
> 小税种税去的结合未获留意。
>
> 主体税种长得快不及税收总量长得陡,年减2%以上,与国均维持3%的差距,
>
> 财政岁入赫然不稳。

土地的使用税、增值税和耕地占用税，2004、2005、2006
年，狂突 118％、58.4％、61.9％，立椎开掉的低头和房子销掉
的举头并不计作亏损。

莫非无产者的老本不抵成本？

无产者的本金是他的泥巴身体，

每枚硬币洞穿了一具。

该诗的五个部分中，前四个部分中很多细节是由政府工作报
告中的财政报告、经济指数、工业建设、农业发展与少年犯、艾滋
病、黑煤窑等新闻事件转述而来，第五部分以附录的形式，命名为
"五个动机的无律反复"。哪五个动机？我个人认为是对政治、经
济、文化、社会、人性的一个"调查研究"（尽管诗人说对应的是"金、
木、水、火、土"）。此文本具有强烈的新闻气息，其中关于"少年犯"
的转述直接来自一个新闻报道，关于 GDP、税收立项、高铁建设、
转基因农作物、上访、矿难、生态环境等材料的语式、节奏、叙述策
略以及抒情方式，都有新闻体的强烈气息。为何要以"新闻报道"
为次级文本？按照本雅明的说法："新闻报道的价值无法超越新闻
之所以为新闻的那一刻，它只存在于那一刻，即刻向它证明自己存
在的价值。"[16]萧开愚是要以这种本质上荒诞、虚构的即时性材料
作为诗歌材料，从看似各不相关的事物中，呈现出一个地区（内地）
的"日记"？ 当然，萧开愚的抱负不止于此，"三地本是留白，影射旁
边的硬黑，/顺带四面边缘，层级深阔的空缺"。"内地"的问题绝不
是一个地区的局部问题，至少它是一种普遍蔓延在各处的问题。

可见《内地研究》想做的是要把宏观的结构框架（上层建筑）与
个人环境之间的相互作用、这个框架的变迁以及它对个人环境所
造成的影响，全景式地展示出来。就像威廉姆斯的长诗《佩特森》，
发掘出地方、文化、经济、技术等社会因素之间盘根错节的过程中
所形成的合力是如何形塑了一个人"佩特森"（和一座城）的境况。

确实,威廉姆斯塑造的佩特森的自我形象、他的良知以及心智的成长,他的恐惧、憎恶、爱恨情仇等等情感和心态,都和他所处的社会生活历程和社会情感密切相关。但萧开愚所塑造的盗窃集装箱的"少年犯"与"内地"却都不算成功,我个人认为,其中的一个原因是他没有把新闻话语转化为诗歌话语。

新闻和诗歌的叙述技巧中,尽管都可以对各种事件进行突兀并置或罗列,但两者之间是有本质差异的。比如说时间性,时间性是新闻事件本身最主要的一种构成要素,可新闻的时间性是最缺少真实性和同时性的,山西的矿难事件、河南的假药制作事件、上海发生的少年抢劫案、西安发现的古墓群、地方政府推出的税收改革,这些事件在新闻话语中并置一起时并不构成真正的联系,它们可能来自各自的历史时间层。而诗歌对不连续性事物的并置,则需要在一个确切的时间尺度或确定的语境中赋予事物一种内在的关联以及新的意味,诗歌中的时间性不仅仅是一个隐喻的使用,更是形成隐喻的过程。

新闻话语表述的是"事实本身",语言只是一个透明的媒介,它摈弃一切不能直接交流、直接理解的经验和语言。而诗歌话语则与之相反,"诗歌本身的话语形式比它实际上说了什么更加值得关注",当"一个诗歌文本向我们'报道'一件事情或一个时刻,不是把它变成一个自命的、概念性的和已知的事件,而是模拟这个时刻,显现一个未命名的事物"。当代诗歌对日常事物和日常生活进行模态性的叙述时,是要特别强调感知力的极致深入,"用感知力深入事物的细节,或在不同的层次之间建立起联系,直到这个事物和事件看起来成了一个想象,一个隐喻,以及一种转义形式"。[17]《内地研究》并不缺少细节:

> 我们遵道而行,道而不是道德,
> 我们逐路而居,迁就道路而不使道路迁就我们,

我们迁就规划，无视已有，有项目才有活路，

我们不管荒谬与否，不问方向，管活不管生活，

我们开山，在山上、山下和山间铺铁轨，

我们在硝烟中抽烟并且向前，

我们沿着铁道进步，在大小火车站周边盖起大小城市，在煤灰和煤烟中排泄和亲嘴，我们方便出来的后代比我们还要还童，还要迷信闪电平铺和雷霆立交，我们修啊修啊，

我们赶、趴火车，倒卖鸡蛋和钢材，

我们批条子，干部和亲戚，盖章和签名的条子，转弯抹角接头的条子，

我们睡下铺，闻着脚和鞋臭与中和上铺畅谈国运，

我们吞盒饭，三十块降到二十块最后五块，冰冷纯粹地沟，

我们制造黄段子，圣贤与烈妇同着伪善者与卖国贼搞气，我们平等伦理，超额实现计划生育，我们的黄色不结果……

每一行似乎都有一个关注点（拆迁、规划、修路、城镇化、倒卖、地沟油、计划生育等），但这些细节却没有活力，因为每一个细节又都是一个概括，而不是一个生命形式，细节中原本沉积的痛感、无助感、绝望感和愤怒，在看似反讽和自嘲的语调中又被化解，反讽又因词语游戏而变得轻飘，"道而不是道德""管活不管生活""在硝烟中抽烟""还要还童"等，很像词语的游戏，可诗人要谈论的却是生活中极为重要的、关涉到我们日常生活的方方面面的问题，而且正因为现实生活中大家不去思考，诗人才越发需要提供严肃的参照。《内地研究》的语言倒不是新闻语言那样透明，而是人为的晦涩。比如，我们所选文本中这句"不弄沿海的高，但将平中的层"，"中"相对于"沿海"是指"中原"？相对于"高"是指"中等"？还是把"中层"拆分开了？这种人为的晦涩给阅读造成的障碍，不是来自

言说之物或语言本身的深度与复杂性，而是词语被任意缩减、增加、组合后造成的不清楚。

由于语言的晦涩并不深植于内部，它使经验的内化变得极为生硬，这牵涉出来的是新媒介下诗歌创作中信息如何处理的问题。该诗吸纳了很多东西，它涉及政治方面的民主与公平、经济方面的恶性循环、科技方面的不可信任、新媒介方面的虚拟与无孔不入、地方性知识方面的质变，当然时事方面更是包罗万象。或许正是因为它吸纳了太多的东西，过多地把各种信息加入进来，信息本身具有的对当下问题的关注化解了诗意经验的生成。作为一个优秀的诗人，萧开愚自然清楚要把当下时代的一些敏感的、即时的问题，比如说留守儿童的教育问题、土质水质被污染破坏的问题、经济虚假问题、农民工权益问题引入诗中，就必须对它们进行一番处理，抹去它们原本的"问题样态"，把可能是粗糙的或不具有典型性、深刻性、独特性的原态问题转化为具有诗歌活力的诗歌经验，以此达到对"新的感觉混合物"的探索。然而遗憾的是，《内地研究》中许多地方都像是新闻报道的直接平移，虽然里面会不时地冒出几个反讽性的句子（"财政岁入赫然不稳""无产者的本金是他的泥巴身体"），却也不能将大量的信息引爆为诗意的灿烂烟花。

四、"当代史诗"还是"反史诗"？

欧阳江河的《凤凰》被吴晓东教授称之为肩负起了当代史诗的重任。吴教授的长篇评论《搭建一个古瓮般的思想废墟——评欧阳江河的〈凤凰〉》为《凤凰》找到的最直接的谱系，是 20 世纪现代诗歌写作中艾略特的《荒原》《四个四重奏》、庞德的《诗章》、威廉姆斯的《佩特森》。对其"史诗品质"从如下几个方面展开的论证：一是追求史诗品格的《凤凰》"具有宏大叙事的特征"；二是《凤凰》"摒弃了抒情诗类型中固有的抒情主人公形象，拟设了一个与史诗类型相适应的拥有高屋建瓴的观察视角的历史叙述者"；三是"史诗追求的宏大气魄还表现在《凤凰》中蕴涵了一种世纪性以及全球化的使命意识"；四是《凤凰》"史诗追求的宏大还表现在历史时间的纵深感中"；五是《凤凰》"为当代生活赋予了整体图式"。此论是否周延？让我们回到诗歌文本。吴教授是以下面这一段文本为例：

> 人啊，你有把天空倒扣过来的气度吗？
> 那种把存心放在天文的测度里去飞
> 或不飞的广阔性，
> 使地球变小了，使时间变得年轻。
> 有人将飞翔的胎儿
> 放在哲学家的头脑里
> 仿佛哲学是一个女人
> 有人将万古交给人之初保存。
> 有人在地书中，打开了一本天书。

猛一看，确实有一种"宏大视野"的特征，该诗一开始就要把"飞翔""思想""精神""文化""神的工作""人的欲望""工业建设"，还有"诗歌写作""艺术创造"等勾连在一起，力图催生出"全诗向上飞升的整体势能"。

而略加细读，会发现其中的修辞套路极为可笑：一是伪装成一个对宇宙有着深沉思考的大诗人。在此，诗人似乎要站在一个全新高度上开启民智、要对话世界、对话民族、对"人"（人类）进行发问。二是用一些看起来具有天马行空般想象力的词语，如"把天空倒扣""使地球变小""使时间变得年轻"，这是伪浮士德式的野心与郭沫若《凤凰涅槃》里修辞模式的仿制，这个仿制又缺少他们身上无法遏制的改造世界之激情；比如，"哲学家""哲学""女人"，把凤凰"飞翔"的这一具有神显性质的象征，先是比作"哲学"，然后又进一步比作"女人"，在短短的三行之内对自己要树立的"精神"彻底地亵渎了一番，且不说其所倡导的"精神"是什么；"万古"与"人之初""地书"与"天书"，这两组俗常的修辞对照无任何新意产生。三是整节文本是借助了时间与空间这样一个大概念中的常识性知识，时间上谈古论今，空间上谈天说地。而文本的构架却既不是时间性的也不是空间性的，时间与空间不过是支撑一个脚手架的钢管，以便"展开大规模的词语施工"[18]。四是所描述到的事物之间缺乏内在的关联性。欧阳江河重启远古神话"凤凰"进行现代史诗的书写，其"历史思维"和"叙事技巧"的综合显得尤为牵强。而"历史思维"和"叙事技巧"的综合能力，恰是现代史诗的"基础的元素"，将直接影响到全诗最终"格局"。[19]

仅从此四点看，此段文本仅是"具有宏大叙事的特征"，此外它既没有在形式上追求"整体性、目的性、历史性和现实批判"，也没有实现"在叙事法则之下的结构性要素和审美性要素"，更不要说完成了"一种人类思维方式和精神性追求"[20]。

此外，关于叙述者的权威。当然史诗的叙述者必须具有一定的权威，因为他要发掘某一信仰、精神、观念的重大意义并为之代言，要对历史进程中人类和社会的重大问题洞若观火并作出反思、批判或建议。欧阳江河《凤凰》中所谓的"历史叙述者"缺少权威性，其症结在于：首先是对神话原型启用的不当，《凤凰》的潜文本是艺术家徐冰的"凤凰"，该作品是工业废品回收再利用后的创造，将原本不是艺术的东西制作为艺术，从而在将非艺术的转化为艺术的过程中"延展艺术的概念""打破艺术的边界"，这符合后现代前卫艺术的基本诉求。而欧阳江河在互文利用中要启用的"凤凰"象征是原型意义上的"神性"，（应该）是"天下有道，得凤象之一则凤过之。得凤象之二则凤翔之，得凤象之三则凤集之。得凤象之四则凤春秋下之。得凤象之五，则凤没身居之"。[21] 而他使用的召唤"凤凰"到来、飞翔的材料，则是当下时代中失去秩序之后的后工业时代的碎片，他提供的"凤凰"形象在历史的风尘中，由"非竹实不食，非醴泉不饮，非梧桐不栖"的神鸟沦落为"女工跨在身下"的交通工具，由"五色成文章"的华贵变身为"建筑废料"的组装，神性的存在被渎神至此，这本身就具有极大的反讽性。既然如此，文本叙述者如何为之代言？代言它的什么？原型启用的不当必然导致原型精神的暧昧，在我们传统文化中对"凤凰"的期盼针对的主要是天下太平、社会和谐，当今时代的困境则远远不止于此，我们困扰于心的惶恐远大于身外的破碎。在此语境中，文本叙述者要在哪个维度和深度上显现原型精神？换言之，"凤凰"作为一种精神或信仰它能对症我们时代的哪一病症？如果不能，凭什么说它"蕴涵了一种世纪性以及全球化的使命意识"，其"使命意识"表现在哪里？

　　吴晓东教授的说法是，在"追求对时代的全景式和立体性的观照和把握，试图以史诗的形式，甚至可以说当代神话的形式，为当代的生活提供一种全景式或美学抽象"[22]。是否如此？我们以其他诗人的文本作一参照，以色列诗人耶胡达·阿米亥和墨西哥诗人奥克塔维奥·帕斯有一些此种向度的文本。阿米亥的创作中有很多是以犹太民族的宗教和历史为背景展现当代以色列社会的境况，比如其长诗《耶路撒冷，耶路撒冷，为什么是耶路撒冷？》以"在耶路撒冷，一切都是象征"为起点，把日常与神圣、爱情与战争、个人与民族等内容叠加于其上，像一个最柔情的爱恋者和最悲绝的祈祷者，描述出其"圣城"的过去和现在、艰难与期望。即便他的文本中有反讽的游荡，其反讽带来的是直抵内心的疼痛，他采用的个体经验中包藏着大量的集体记忆。帕斯的《太阳石》结构上以印第安人神话的圆形时间来构思，在不同文明的不同时间观的交叉中重新沉思人类的基本境遇中"时间""自我""生死"的古老命题，同时完成了他个人创作上从现实主义向超现实主义的转变。《凤凰》一诗虽然也涉及神话、历史和当代生活中工业建设、艺术问题、精神失落、神话流俗等的问题,但却是蜻蜓点水的扫描,所谓的对当代生活全景式的"洞察",其实不过是将"一种失败感转瞬化为崇高的审美胜景",且"包含了享乐的气质"[18]。文本中看不到"凤凰"精神可以重构在何处,而这一在当今时代被失落的"神物"也远没有显现出其不可失落的因由。

基于此,我认为《凤凰》恰恰是反史诗的。对于《凤凰》的"反史诗性",吴教授其实看得很清楚。他自己也说《凤凰》的矛盾性表现在一方面它"承担着总体性的追求",另一方面它表现的恰是"当代世界的本相"。然而他认为这个基本的悖论是可以解决的,"当代生活的本质可能在于整体性的无法获得,《凤凰》恰恰揭示出这一现实。因此,当代世界中如果存在一种史诗,也是以反史诗的形态呈现的,在反史诗的过程中成就了史诗的形式"[22]。这种解释看起来相当滑稽,在承认当代史诗不可能的同时,为何还要千方百计地为一个较长的文本按图索骥地寻找"史诗"的某些零星片段?难道仅仅是因为"毫无疑问,文学史诗是诗歌的最高形式,它要求作家广见博识,富于创作灵感,善于在那些一些囊括当时社会及广博学识的诗篇中展现其视野、壮观和权威"[23]。

五、结　语

长诗有其自身的规范,长诗之所以称之为"长诗",无关乎数量的长短比对、空间体积的大小、时间距离的跨度、信息数据库的容量,它不是局部相加等于整体,也不是很多短诗的排队集合,尽管现代长诗多数是由一组组短诗组成,但毫无疑问,那些被认可的长诗文本,通常有其可指认的规范性,比如结构内在的完整性、意义内在的同一性与关联性、形式上的独立性与建构性、内容上的包涵性与拓展性。在这之上更重要的是，不管言说之物是什么，文本必须首先是"诗"，而不是观念阐释、文献汇编、读史札记、调查报告、短诗拼贴之类的东西，史蒂文斯的《最高虚构笔记》借用象征体系，在把世界理解为一个形而上学的过程中讨论了现代诗歌创作的一些本质性的问题，成为一个创作哲学的典范，但它首先是首卓越的诗。20 世纪以来，艾略特、圣-琼·佩斯、威廉姆斯、史蒂文斯、塞弗里斯、聂鲁达、埃利蒂斯、帕斯、阿米亥、沃伦等诗人早已提供过可资参照的杰出文本。

国内这些曾创造出优秀文本的诗人，近些年致力于长诗写作，我想最根本的原因之一是诗人的使命感所促使的：一是要呈现所处时代的各种症结所在，非规模宏大不可展现；二是要完成一个时代的代表之作，达至艺术的制高点，树立里程碑式的标记。本文所列举的几位诗人，都是在 1980 年代就成名，经过 30 年左右的写作，在处理材料与探索技艺上都曾有过不凡的文本，也都有过长诗写作的实践。可这些长诗文本呈现的结果，为何让人觉得如此惨败？

从对这些长诗的观察来看，确实存在着一些值得思考的东西。柏桦、欧阳江河、萧开愚和西川等几位诗人可以说都是当代非常重要的诗人，其重要性自然来自他们曾经创造过一些重要诗歌文本这一事实。问题似乎也正是出在这里，即他们要处理一个巨大的题材并建造一个巨大的实体时，采取的方式深受其原来写作思维的影响。

柏桦有元诗歌意识，善于写历史、写温婉细腻的东西，他的《表达》《在清朝》《苏州记事一年》等诗都处理得很精巧，在《水绘仙侣》中偶尔也可以看到这些精巧，然而他陷入了对性情、语词、感觉、故事、事物、人物的"晚世风格"的过度把玩中，并对之进行无限放大和高蹈，也就无限地稀释了所谓的"逸乐"的真精神。

欧阳江河在 1980 年代到 1990 年代中期善于使用对立修辞，

创造了一些代表性的文本,如《玻璃工厂》《最后的幻象》。2000 年之后曾一度停止创作,2010 年推出的长诗《泰姬陵之泪》,除了体积膨胀了许多之外,其思维方式、修辞方式、话语方式甚至世界观都没有更新。而《凤凰》一诗,则是遍布了诗人自己的前文本,很多个细节都是照搬他之前的一些诗作,像是对自己重要作品的一个采撷之后的汇编,空洞而矫饰。

萧开愚原本善于处理复杂的题材,长诗《向杜甫致敬》便是例证,同时他也有从细枝末节中直抵现代社会核心问题的能力,短诗《北站》《母亲》便是例证。在 2007 年写作《破烂的田野》时,使用的虽是新闻材料(山西黑煤窑事件),却能以"双性的农妇女"和"孩子们"展开对农民命运的隐喻式描述,语言是浩浩荡荡中喷薄着冷峻、毒辣、沉痛,可以说言说方式与内容达到了极高的配合。此后在诗集《联动的风景》中,语言的有意晦涩已露端倪,因为多是短诗,其缺陷还不明显。到了《内地研究》,大量的新闻事件与扭曲语言的挤压在一起,诗意几乎被完全屏蔽掉了。

西川原本是一个对语言有着独特见解的诗人,虽然曾一度被质疑有游戏语言的倾向。近些年的写作中逐渐增加了对本土历史和当下状况的关注,然而《万寿》的语言路数却是他一贯的做派,"关注"下滑为"戏说"。

总的来说,这几首长诗共有的现象是文本结果与诗学意图恰好成反比。此种状况的出现,我想与他们近些年的创作状态有关。在最近的五至十年,这些诗人虽不断有新文本产生,新文本也引起过大大小小的热议,但就文体创新和诗思开拓来讲,实在并无什么出新之处,甚至还远未达及之前的代表作:柏桦貌似站在元诗探索,实则成了主题先行的强行拼装,西川百科全书式汇聚的"历史断片"成为历史材料的戏说,萧开愚的综合写作成了写作综合征,欧阳江河的当代史诗不过是自我与他人文本的剪辑而已。换言之,他们的创造力似乎有些停滞。我不知道这是否曾引起他们的焦虑，但毫无疑问的是，他们不约而同地把目光盯在了鸿篇巨制上，试图推出自己里程碑式的作品。但是，在短诗写作都不能处理完善的状态下，如何能强行建设庞大的构想？其呈现的样态必然是仅仅对文本进行了量的扩展，而没有对其进行质的探索、推进，那么失败也便是必然的了。

注释

① 柏桦的《水绘仙侣 1642—1652：冒辟疆与董小宛》获得第 16 届柔刚诗歌奖，该作由东方出版社 2008 年 5 月出版；欧阳江河的《凤凰》赢得了知名文人李陀、格非、吴晓东、翟永明等人的高度称赞，该作先发表于 2012 年《今天》"飘风"专辑，很快在 2012 年 10 月由香港牛津大学出版社出版，后由中信出版社 2014 年 7 月推出注释版；萧开愚的《内地研究》被认为："创造了一种文白夹杂、骈散交替的特殊语体，它的伸缩性、扩展力极强，能波澜运势，将描写、考辨、讽刺、质询、想象，贯通于盘旋的语言气脉之中……"（姜涛语）该作由广东人民出版社 2014 年 11 月出版；而西川的《万寿》是以"诗歌的方式去严肃应对重大的思想、历史、政治问题，锻造'此时此地'的历史想象力"。（姜涛《诗歌想象力与历史想象力——西川〈万寿〉读后》，《中国诗歌》第 37 卷），该作发表于 2012 年《今天》"飘风"专辑。与西川《万寿》同期刊登的，除了欧阳江河的《凤凰》，还有北岛的《歧路灯》与翟永明的《随黄公望游富春山》。由于北岛《歧路灯》中存在着与欧阳江河《凤凰》很类似的问题，而翟永明的《随黄公望游富春山》中呈现的问题样态在柏桦和西川的诗歌中更突出。所以本文主要论述的对象是柏桦、欧阳江河、西川和萧开愚，仅是典型文本的选取，并不意味着他们所呈现的问题只是他们个人的问题；相反，这恰是一种相当普遍的现象。

② 这首诗的引用中，把"三日入厨下，洗手做羹汤"，解释为"她连

续三日下厨房为婆婆做羹汤"。但这原是传统婚俗,新嫁娘在新婚第三日入厨做菜肴,既是新嫁娘尊敬公婆的表态,也是新家庭对新人的能力检测。诗人在这里似乎对中国传统婚俗中最基本的礼节都不清楚了。参看柏桦:《水绘仙侣 1642—1652:冒辟疆与董小宛》,北京:东方出版社,2008 年版,第 74 页。

参考文献

[1]打开:欧阳江河、吴晓东、李陀、徐冰谈《凤凰》[EB/OL].[2014 - 09 - 10].http://new.ifeng.com/a/20140.2014-07-08.

[2]柏桦.史记,20 世纪 60 年代[J].大家,2010(9).

[3]张枣.朝向语言风景的危险旅行:当代中国诗歌的元诗结构和写者姿态[J].上海文化,2001(1).

[4]柏桦.逸乐也是一种文学观[J].星星诗刊:上半月刊,2008(2).

[5]赵强,王确."物"的崛起:晚明社会的生活转型[J].史林,2013(5).

[6]安贝托·艾柯.一位年轻小说家的自白:艾柯文学演讲集[M].李灵译.桂林:广西师范大学出版社,2014:37.

[7]江弱水.文字的银器,思想的黄金周[M]//柏桦.水绘仙侣 1642—1652:冒辟疆与董小宛.北京:东方出版社,2008:9.

[8]卡尔维诺.未来千年备忘录[M].杨德友译.香港:社会思想出版社,1994:74.

[9]耿占春.叙述美学:探索一种百科全书式的小说[M].郑州:郑州大学出版社,2002:75.

[10]姜涛.诗歌想象力与历史想象力:西川《万寿》读后[J].中国诗歌,2013(1).

[11]海登·怀特.作为文学虚构的历史文本[M]//张京媛编.新历史主义与文学研究.北京:北京大学出版社,1993:106.

[12] 西川.传统在此时此刻[M]//大河拐大弯：一种探求可能性的诗歌思想.北京：北京大学出版社，2012：260.

[13] 张桃洲.近年来诗歌的观感及反思：一份提纲[J].红岩，2014(3).

[14] 西川.答徐钺问[M]//大河转大湾：一种探求可能性的诗歌思想.北京：北京大学出版社，2012：220—221.

[15] 萧开愚.当代中国诗歌的困惑[J].读书，1997(11).

[16] 本雅明.经验与贫乏[M].王炳均，杨劲译.天津：百花文艺出版社，1999：253.

[17] 耿占春.在经书和报纸之间[M]//叙述与抒情.北京：中国社会科学出版社，2005：298.

[18] 姜涛."历史想象力"如何可能：几部长诗的阅读札记[J].文艺研究，2013(4).

[19] 陈大为.江河"现代神话史诗"的英雄转化与叙述思维[J].江汉学术，2014(2).

[20] 马德生.后现代语境下文学宏大叙事的误读与反思[J].文艺评论，2011(5).

[21] 韩婴.韩诗外传集释[M].许维遹校释.北京：中华书局，2009.

[22] 吴晓东.搭建一个古瓮般的思想废墟：评欧阳江河的《凤凰》[M]//欧阳江河.凤凰.北京：中信出版社，2014.

[23] 艾布拉姆斯.文学术语辞典[M].吴松江译.北京：北京大学出版社，2009：155.

——原载《江汉学术》2015 年第 2 期：26—36

以自身施喻：当代汉语诗歌中的
精神疾病诗学

[德]彭吉蒂（文）时　霄（译）江承志（校订）

摘　要：疾病、受苦、疼痛与创伤常常带来边缘性经验，并提供一个让人类能意识到自身围限与脆弱的语境。以疯狂为主题的文学——精神疾病或心理创伤在小说人物和诗歌话语中的再现——清晰地描写了此类经验，通过不同的形式、隐喻和结构，并能够表达主体的痛苦与集体的创伤，传达病痛的经历，为健康、疾病与身份等更广阔的语境提供个人与社会的洞见。就食指、温洁而言（其他人很可能也是如此），书写疾病之诗的快乐与其说来自对主体感受的表达，不如说在于一种对技巧和形式的追寻，即追寻如何将个人经验整合进集体，无论是悲苦的经验，还是独特的诗词传统。食指和温洁勇敢地写诗来表达其自身的病苦，因此也成就了反诸自身的隐喻，即关于自身之乖悖、健康、身体与心灵之脆弱、寻找归宿的身份之痛苦挣扎的隐喻。①

关键词：食指；郭路生；温洁；汉语诗歌；精神疾病；疾病诗学；疾病隐喻

开药方容易，了解人却难。

————弗兰茨·卡夫卡

诗出来了，火就没了。

——郭路生

内心一片狼藉，却貌似完好无损。

——温洁

医学人文（medical humanities）基于一种认为文学能够"阅读伤痕"的理论[1]537，认为艺术、诗歌、小说以及其他创造性写作对于理解和医治病人而言十分重要。文学和艺术不仅凸显了疾病怎样得到体验，而且表达并处理了意义与受苦的问题。[2]疾病、受苦、疼痛与创伤常常带来边缘性经验（Grenzerfahrungen），并提供一个让人类能意识到自身囿限与脆弱的语境。以疯狂为主题的文学——精神疾病或心理创伤在小说人物和诗歌话语中的再现——清晰地描写了此类经验，通过不同的形式、隐喻和结构，并能够表达主体的痛苦与集体的创伤，传达病痛的经历，为健康、疾病与身份等更广阔的语境提供个人与社会的洞见。

学界关于医学人文已经有了许多讨论，而相信"叙事"拥有处理并代表疾病的能力，仍是这一领域的核心信念。[3]作为一位文学研究者，尤其令我感兴趣的是那些"批判性医学人文"的主张者的相关讨论：他们提倡厘清多种文类和形式的叙事构成，研究这些文类和形式以何种方式来"言说"。这当然涉及文学研究的核心，但在安吉拉·伍兹（Angela Woods）看来，就医学人文研究而言，"在对医学与疾病叙事的文学与语义学研究中，对文类的详尽论述仍付阙如"[4]。除此之外，她还暗示，医学领域中与叙事相关的学者或从业者常常忽略叙事形式的文化与历史维度。某种独特的叙事常常被呈现为超越特定文化和历史的人类经验性真理，但这就妨碍了对表达焦虑的特定语词进行更具历史性和人类学性的理解。[5][2]

本文将解读中国诗人郭路生（笔名食指，生于1948年）和温洁（生于1963年）的作品，文类批评和跨文化（而非超文化）方法是本文的两个重点。⑥郭路生被诊断为精神分裂症,而温洁则自童年起就受困于抑郁症。在我看来,无论在他们与疾病相关的内容方面,还是其继承自中国诗词传统的形式方面,都反映出一种独特的"疾病诗学"。而且,就此二人而言(其他人很可能也是如此),书写疾病之诗的快乐与其说来自对主体感受的表达,不如说在于一种对技巧和形式的追寻,即追寻如何将个人经验整合进集体,无论是悲苦的经验,还是独特的诗词传统。

20 世纪的中国文学可分为三个时期:1917—1941 年为近代文学,白话文学与许多新的写作形式与翻译在此时勃兴;1942—1976 年为社会主义文学,其主要的作品都具有说教与政治性;1976 年至今为当代文学,其开端为毛泽东的逝世与"文革"的结束。在 1970 年代末和 1980 年代初,新的主题与风格频现迭出。中国当代文学的第一个阶段被称作"伤痕文学",处理了"文革"与多年极端统治与审察所带来的创痛;第二个阶段"寻根文学"则致力于追溯中国文化的根源与遗产,为创伤寻找解释,同时,有些作家也在追寻中国传统宗教与哲学的复兴。20 世纪 90 年代,一种新兴的城市文学处理了新兴的经济腾飞与城市生活。诗歌在这一时期出现了许多短暂的潮流,往往富有文体实验的性质。当下,传统的叙事文学、诗歌与数量庞大的网络文学并存共生。我曾经讨论过,文学疯狂的主题在中国虽然从未像在西方传统中那样盛行,但却在 20 世纪 20 年代和 80 年代的小说中得到了大量的表达。这些表达大致局限于将疯狂呈现为由现代文化压抑、个人或历史创伤所导致的病症,以及一种现代书写中普遍的空虚感。⑦

然而,第一人称疾病叙事(不同于虚构或半虚构的记述)在中国并未出现。在中国书店中放眼望去,通常较小的流行心理学图书区往往有许多讲解情绪紊乱的自修书籍,关于抑郁症的则数目尤多。这些书的目的在于让读者了解自身的疾病、症状、诊断与治疗方法,主要讲解心理疾病"是什么"而非"会造成什么样的感觉"。

除了少量译介的自传性畅销书外，直接处理心理疾病的疾病叙述的作品几乎不存在，甚至，由于强烈的成见，这类书也不会成为畅销书。中国疾病叙事的相对不足所反映的文化与社会语境表明，"对价值的喜好与评价并非普世一致"[8][2]。或者，如布莱恩·席夫（Brian Schiff）所论，将一个西方概念作为普世概念，"认为所有人都与我们一样，是一个错误"[3]。在这一语境下，对于医学人文的跨文化路径与中国的"疾病诗学"而言，郭路生和温洁的作品是两个重要贡献。

考虑到中国缺乏心理疾病的信息与教育，以及情绪紊乱遭受歧视的现实，疾病之诗遭受冷遇也并不出乎意料。[9]张枣（1962—2010）曾称赞温洁的诗展现出"一切激情的节奏、词的音乐都追寻着缭绕那个名字写在水上的'你'"[4]。但其他读者虽然看到其审美表现中的阴暗层面，却更愿意阅读其与传统诗歌及其美感相联系的其他主题。相较之下，尽管郭路生并不公开谈论自己的疾病经验，他却成了文化精神分裂症和集体性"克服过去"（Vergangenheitsbewältigung）的象征，在中国文学史上是一个独特的声音。

当然，还有一些其他中国诗人偶尔从各个不同角度书写疯狂与心理疾病，但郭路生和温洁勇敢地写诗来表达其自身的病苦，因此也成就了反诸自身的隐喻，即关于自身之乖悖、健康、身体与心灵之脆弱、寻找归宿的身份之痛苦挣扎的隐喻。本文将探索心理疾病、身份，与诗歌写作之间的关系，以及这种诗歌对医学人文的潜在价值。

一、食指（郭路生）、精神分裂及其诗歌

（一）郭路生与精神分裂

郭路生笔名食指，1948 年生于山东。他的父亲曾经在红军中

做过军官,母亲是一名教师。他年轻时紧张多虑,但学习勤奋,也参与体育与各种学习活动。据说,当他中考失利的时候,他一夜之间白了头。[5]197 1965 年,17 岁的食指第一次认真写诗,并经历了更深重的焦虑。在最煎熬的"文化大革命"时期,郭路生因其大胆而坚毅的诗歌而广受尊重。他 1971 年入伍,但提前退伍;他持久沉默、焦虑并有自杀倾向。其父亲为他担忧,将他送往医院,诊断结果为精神分裂症。[5]205 郭路生的住院治疗是不连续的,最长一段达 12 年,结束于 2002 年,其间食指再婚并回到了他北京的家。他的传记和自述都没有太多对疾病的记述。2011 年,他解释说:

> 我离开部队,是因为无法理解身边的事情——我甚至可以说,我已经完全无法理解所发生的事情,而其他人则再也无法理解我的言语和行为;在这之后,我于 1973 年 11 月 25 日被送往精神病院。这是我生命中痛苦之时,但这仅仅是个开始。这时我写了几首诗,确切说是两首:《痛苦》和《灵魂之二》(作于 1974 年 10 月)。[6]

在《灵魂之二》这首诗中,他用意象恰切地表达了自己的悲痛:"假如黑夜是我的满头黑发/那么月色便是我一脸倦容。"[7]56 这首诗进而描述了他的孤独与痛苦,但没有提到疾病。当郭路生被诊断为精神分裂症时,该疾病在中国仍然只有相对性的界定——1979 年,《中国精神疾病分类方案与诊断标准》的出版方才结束了这一状况。郭路生的友人和其他学者将他呈现为一种"人民的声音",而在这种"元文本"的表现中,他们或是刻意地不去探讨他的疾病,或是由于缺少充分的医学信息与知识背景。除了他的住院记录之外,只有为数不多的传记细节能够让人去窥见他的疾病。例如,他的传记描述了两例早年的"旅途性精神病(travelling psychosis)",而且两次都被送入医院治疗。⑩他的钱包和亲友的地

址被人偷走，本人则下落不明，20 天之后，"神志忽然清醒"[5]206。虽
然这一记述之中不乏细节，但并没有解释他究竟是如何在这 20 天中
活下来的；其中所突出的是他的一般形象，即遭遇困厄但不屈不挠、
持守自我。郭路生自己则没有在诗歌或其他叙述中提及这一事件。

（二）先锋诗人

郭路生的声望既来源于其诗歌作品，也在于他在变化的社会
中有一个不变的诗人（患有精神疾病的）角色。很多批评家并不认
为他的诗歌是伟大的，但承认其坚韧不拔的精神令人击节。文学
史和文学选集中往往仅录述其著名作品，其地位并不突出。尽管
他非常关注诗歌韵律，却很少有学者对此进行分析。柯雷（Van
Crevel）曾形容郭路生在"文革"及其之后是"异端诗歌的持火炬
者"[8]，并认为他及其诗友黄翔"让诗歌重新获得藐视政治权威的
能力（这也是传统中国诗歌的权利），使之言说个体的声音，而不是
使之成为意识形态的艺术延伸"[9]。

作为一位年老而受到尊重的疯子，郭路生说道："诗人的命运
都是时代决定的，我……就是写了几首受当时青年人喜欢的
诗。"[10—11]他认为自己在极端残酷的时代高举自由是极为重要的，
并认为自己是那时候书写"真实东西"的唯一诗人。[12]写作也让他
得到了内心的平衡，而且他认为，在他 12 年的精神病院生涯中，是
诗歌挽救了他。[6]

郭路生将自己的诗歌划分为三个阶段：在早期阶段，他虽然
经常抑郁，但对诗歌风格重视有加；第二个阶段中，他"疯了"，以诗
歌描写世态炎凉，抒发愤怒；第三个阶段是在精神病院中度过的，
其间他感到沉静，并进行哲学思考。[13]92—93他曾经有几年时间未曾
写作，他称这几年为"地狱年岁（years of hell）"，利希（W. T.
Reich）曾将这种现象定义为"沉默的苦痛（mute suffering）"，是对
抗疾病的三个阶段中的第一阶段。[14]一方面，郭路生声称坚持自

己的观点不断地促使他回到医院,并曾抱怨在其中受到不公正的对待。[11][6]另一方面,他又承认自己在医院感觉更安全。尽管他的和善与体谅为人所称赞,他也常常谈论自己的愤怒和沮丧,无论是被诊断之前还是之后。在《愤怒》(1980)一诗中,他写自己的愤怒已非雷霆万钧,而是"已化为一片可怕的沉默"[5]98。他不断地抱怨自己需要为了政治和治疗的原因(或两者兼有)而克制自己,但他并没有论及为何无法写作,虽然原因肯定不仅仅是医院的环境和药物治疗。

尽管他的创造力曾经枯竭一时,在五十年里,他基本没有背离其灵感的最初来源——其早年导师何其芳(1912—1977)的诗歌形式。何其芳等人采用了一种有韵律的调式,但与传统诗歌格律并不相同。《在精神病福利院的八年》即一首"现代格律诗",它有四五个诗节,每节四行,每行五顿,语法结构相同并押韵,亦有通行的例外(常常是音节数目、顿,或韵式)。每行虽然字数不齐,但除了第二行外,都有五顿。无论如何变化以及采用何种韵式,每行结尾都是两顿。显然,无论对于规则性还是不规则性,构造这一诗歌形式的诗人都倾注了心血。[12]

郭路生并非有意识地试图表达其疯狂,虽然其风格反映了自身心理疾病的许多方面——通过形式的技巧,而非"两面性(janusian)"或"同空间性(homospacial)"的思考甚或"思想情感分裂(intrapsychicataxia)"等(Karl Jaspers 观点)。[15]26这并不是说,对诗歌形式的使用证明了他的精神疾病。由于思想和感觉必须被塑造成一个结构,在整合诗歌效果的过程中,形式扮演了重要作用,其自身是一种"反身性(reflexivity)"的模式。然而,郭路生的诗并不试图捕捉折磨他的疾病,他也不试图反映任何症状或现象性经验。他并没有展现出心理学界所认为的精神分裂症的典型特征,如超乎寻常的见解或"超逻辑思考"(陈维鄂的观点)[13],以及过度的反身性和正常自我性(ipseity)的萎缩(Louis A. Sass 的观点)[16]。张清华对这位诗人的评价有些夸张——他怀疑郭路生的病理诊断，并称赞其诗歌"形式完美而有序"，却没有意识到这样一个事实：有序的诗歌反映的可能是思想的偏执。[17] 奚密认为郭路生的诗歌是其疯狂的表达，似乎更接近真相：

> 反讽的是，疯狂的核心观念通过清晰布置的形式展现了出来：整齐的四行诗，句尾的韵律，因果的逻辑演进结构，立论与驳论。[18]

无论如何，诗歌的形式并不能证明诗人的疯狂。问题在于，郭路生在 50 年里坚持的是同样的诗歌形式。语言和心理相互依赖的过程"以言说语言、解释语言的诸种风格"[15]176 来展现自身，但阿尔伯特·罗森伯格（Albert Rothenberg）发现，卓越的创造性并不必然关联于某种人格类型。事实上，患有精神疾病或抑郁症的人，写作风格往往按部就班、一丝不苟。[19]6 郭路生的诗也展现了同样规整的反身性形式，在节奏、句法构造、语义层叠等方面的变化是有限的；同时，批评家也普遍同意，郭路生的风格和人生观都没有发生大的变化（后者往往博得许多称赞）。但纵使郭路生的诗歌形式刻板，其设计却可以体现出意图。他曾自学诗歌理论与传统，并喜欢大声诵读诗歌。通过格律和声韵，他有意识地试图去反映生活中的波动，以及悲喜的更迭。[13]93 韵律创造了字与音之间意义远近关联的幻象，而重复则成了一种表达意义的方式。[20]557 劳拉·萨里斯伯里（Laura Salisbury）称，韵与韵的关联并不是没有意义的：

> 因为诗歌恰恰运用了诸种耳朵能听见、中枢神经能够感觉到的连接方式，这些连接方式关乎对世界整体的经验如何像主观取向的一极那样类型化、愉悦、可把握，关乎对语言元素之间联系的促进，这些联系并非直截了当的命题形式，而是

可以被用于有意识的反思。[21]

对诗歌的精心建构让郭路生有了一种成就感和美学愉悦。这种推敲的诗歌风格让他调控其内心的失望和可能的混乱，同时反映了利希所说的对抗疾病的第二个阶段："表达性的痛苦（expressive suffering）"。

（三）献祭的羔羊

撇开旅途性精神病的经历和时而畸怪的行为，可以谨慎地说，郭路生的精神分裂症（及其诗歌）是"缺乏症状"的。我们可以从他的诗歌中发现什么？他的住院治疗、诊断和被贴上的标签仍然是一个事实，他时而自我矛盾的行为也有见证者，其诗歌仍可被视为一种对抗疾病的反映。他与疾病的对抗并不是"存在论"的，其诗歌中的抗争也不是"超验"的。郭路生的主要挣扎仍然关乎他的诗人身份和住院治疗。他曾抱怨，读者往往只读他早期的诗歌，而他自己则更喜欢后来的诗作。在《诗人的桂冠》（1986）中，他抱怨他的名声取决于其在"文革"中作为诗人的角色：

> 人们会问你到底是什么
> 是什么都行但不是诗人
> 只是那些不公正的年代里
> 一个无足轻重的牺牲品[5]129

如上所述，大多数学者认为郭路生的声望来自他在大规模的意识形态话语中所表达的个体抒情之声，虽然如此，郭路生却将自己视为这种评价及时代的受害者。他的诗歌创作已有几十年之久，而他的地位仍然来自"文革"时期地下诗人的身份，一个"无足轻重的牺牲品"，既受诗歌之害，也因诗歌而获得赞誉。他难以获得一个纯粹的、与早期诗歌中的政治语境无关的诗人身份。郭路生成了一个替代性的、治疗性的集体诚实的声音，表达了历史的伤痕、背井离乡的恐怖，以及许多人感受到的"困惑的世风日下"[22]（尤其是1976年毛泽东逝世之后）。让郭路生被铭记的东西，是他在时间中所创造的形象——"人性、心灵冲突、善良、坚定的信念、敏感的情感、不可动摇的意志以及一种有些悲剧的人格"[17]。

在上述一诗中，如果郭路生将自己视为时代的受害者，那么他也将自己视为一个可以随心所欲地思考的疯子。[23]这一文化与精神疾病之间的互动早已得到承认。然而，即使在西方，"精神分裂早已成为精神病学的核心难题"[24]，有些人认为，精神分裂症是"在灵魂最私人的幽闭处的现代世界的幻影"[15]373。饶有兴味的是，一个四十余年来患有精神分裂的诗人，却因其精神的坚韧不拔而广受尊敬。[25]在一个审察制度仍然存在的语境中，郭路生与读者的共鸣也反映出，其读者需要一个替代性的（同时是安全的）"克服过去"的声音。

（四）住院治疗

郭路生将其住院治疗描述为一个痛苦的经历。爱德华·威特蒙（Edward Whitmont）和约拉姆·考夫曼（Yoram Kaufmann）曾认为，"一个艺术家创作作品，不是因为他患有神经官能症，而可能是因为他具有创造力，并且不得不与自身内部的强大力量进行斗争"[26]。虽然郭路生相信，住院治疗对于他的疾病是有帮助的，他同时也抱怨，医院是个不文明的地方。没有安静的写作环境；除了他自身内部的情感之外，他还要应对医院中带来困难的环境。他说精神福利院的其他病人"野蛮、自私"，是一些生活逻辑扭曲的个体[13]90，"一帮疯子，由医生和护士看管着"[27]。其《在精神病院》（1991）贴切地传达了他的沮丧之情：

为写诗我情愿搜尽枯肠

可喧闹的病房怎苦思冥想
开粗俗的玩笑，妙语如珠
提起笔竟写不出一句诗行

有时止不住想发泄愤怒
可那后果却不堪设想
天呵！为何一年又一年地
让我在疯人院消磨时光
……

当惊涛骇浪从心头退去
心底只剩下空旷与凄凉……
怕别人看见噙泪的双眼
我低头踱步，无事一样[5]135

与其他在住院之前的诗歌一样，这首诗中的悲伤是因为他不得不将自己的真实情感加以隐藏。如果他将愤怒发泄出来会怎样呢？在那里，他应该是可以将积压的情感诉诸声音的。这首诗有力地表现出，他的疾病和治疗将他控制住了，同时也透露了医院对他的不利影响——实际上，当他初次患病时，政治环境给他带来的影响，是同样的东西，即个人自由的缺失、持续不断的监管，以及无人为他代言的现实。

他在"文革"及之后所遭受的苦痛影响了他后期的许多诗歌。2001年，他的诗歌终于得到了认可，郭路生似乎不再纠结其诗人身份，而是转而表达其生命的痛苦；或许，他这时候将生命之痛视为自己最真实的病痛。在2004年末，他在《五十多岁了》一诗中写道：

早就失去了自我可谁都不知道

之后在精神病院里唯唯诺诺

病房里不是打架就是争吵
为点烟、沏茶甚至为看新闻
不得不低三下四地向护士讨好
一直无奈地在人前装着笑
没一点做人的尊严与自豪[7]157

郭路生将其疾病的开始视为"失去自我"，而其治疗则成了一个"唯唯诺诺"的过程。然而，他自我满足的姿态却让他在医院中得到了诸如探望、抽烟、发怒的特权。其行动能力的程度和心智的敏锐程度让人迷惑，从而让某些人怀疑，他究竟是真的病了，还是有某些假装的成分。回答这些问题，需要去注意其诗歌的"字里行间"。郭路生曾在多个阶段中没有任何作品问世，所以，他写下的诗歌可能并不能反映其经验的全貌。就他（其他人亦如此）而言，这些沉寂和他的诗歌一样，都应当被视为其处境的表达。

他还有几首诗表达了对生活之徒劳、自己无法留下遗产的恐惧，但他将自己定位为一个希望将光亮给予"饥寒受冻者"的人：

懒惰、自私、野蛮和不卫生的习惯……
在这里集中了中国人所有的弱点
这一切如残酷无情的铁砧、工锤
击打得我精神的火花四溅
……
点着它，给赶路人以光亮
让饥寒受冻者来取暖
而我将化为灰烬
被一阵狂风吹散[7]129

他常常将自己置于浪漫的心境之中，叙述其痛苦是诗歌的源泉。诗歌从本质上说能够带来一种审美体验,能够通过艺术的建构,将痛苦升华,从受苦中获得意义。或许,他忍受苦难的能力中的这种诗性的升华,恰恰将其疾病经验降为一位"献祭的"诗人形象。郭路生经常摇摆于两个极端:绝望于这就是生活的全部,企盼生活不止于此。这两种感受都与他作为诗人和病人的身份有关。希望与绝望,身份与疾病的纽带可以让人明白这样的道理:

> 有一些痛苦是人们不想要也不应该遭受,但是必须经历的;关于万物的自然秩序,在简单的乐观主义假象背后,人们对那条由消极事件和烦扰所构成的黑暗而危险的河流有着更深的恐惧。[28]54—55

乐观主义和恐惧都试图进入郭路生的诗歌。其中总有一定程度的失落感,既关乎其听众的缺失,也关乎文字的本质——如诗人丁尼生(Lord Tenneyson)在其《纪念 A. H. H.》(In Memoriam A. H. H.)一诗中所言,"将内在的灵魂隐匿一半(half conceal the soul within)"。

二、温洁、药物治疗及其诗歌

温洁于 1963 年生于延安。她曾学习中国文学并在出版编辑行业工作多年。其诗歌写作始于 1980 年代初,但并不归属于某个诗派。在其 2003 年的诗集《片面之词》的引言中,其诗歌被称作"个体言说",即没有意识形态(或反意识形态)语言和教育目的的羁系——在当代诗歌语境中,这种言说仍然是少见的。[29]无论过去还是当下,郭路生的个体声音以言说去对抗时代的风险与无意义,温洁的个体言说则让人注意到对诗歌语言的另一种运用:以对话的方式表达自己，同时使用原创的隐喻和巧妙的主观性。她的诗歌并没有郭路生那种固执的形式主义特征，而是使用了多种诗歌手法，如拟人、隐喻、客观化、重复、排比、跨行等等。比如，她的组诗《我的精神病医生》就有一个有趣的结构：其篇幅之长，包含八首；诗与"副歌"相交错，但副歌并不重复。四首"主诗"是她对医生说的话，而副歌则表达了她的感受、恐惧和疑惑，对自身问题的质问，以及对痛苦时刻的追忆。清楚描绘医疗诊断和治疗过程的主诗与表达内心混乱与破碎的副歌交叠在了一起，读者可以从中感受到医疗现实和病人经验之间的距离。

（一）抑郁

温洁的人生经历并不复杂。她的诗歌并不着眼于特定的大事件，而是呈现一种对生活的总体性感觉，即郭路生曾付诸诗歌而没有在对话访谈中直接透露的沮丧之感。对此，温洁曾这样解释：

> 由于当时的历史原因，1960 到 1980 年代，我的双亲长期分居两地。从我有记忆开始，几乎一年到头见不到父亲。而长年的独自操劳和艰辛，也磨损了母亲的温柔和耐心。长期不在一起生活，造成了双亲感情的隔膜和疏淡，自然造成儿女的惊慌、惶恐和不安。彼此在忙碌和忧心中的父母，无暇多顾及孩子的感情和感觉。这样的家庭氛围，使我沉湎于个人的内在感觉多于对外部世界的关注，当我有一天终于抬起头，才茫然发现，我的世界和外部世界，有着不小的差距。这也长久地影响了我与外部世界的关系和沟通。[14]

温洁几乎所有的诗歌都表达出这种孤立和冷漠。在《礼拜六夜晚的手套》(1986)的描述中，她丢了一只"你"所赠予的手套，而自此之后，一只手将永远冰凉，即使在炎热的夏日。这首诗的结尾是：

> 也许整个冬天都不会下雪
> 也许我的手还会伸向你
> 但是有一只手套再也找不到
> 我一生中的礼拜六
> 永远是一只丢失手套的寒冷的手[30]28

　　这个手套所隐喻的是保护与归属，而寒冷的手隐喻的则是她自己。她用重复和排比，将其希望与现实并置在一起：失落之物一去不返已是现实，纵使她的希望并非如此。

　　根据她的解释，其抑郁始自童年，并自此之后影响了她的人生。尤其是，她哀叹自己无法像其他人一样去体验幸福，无法在温暖的家庭生活中获得满足。这种持续不断的痛苦可见于她 1994年的《凝望》一诗：

> 痛苦把我悬挂起来，像一枚红透的果实
> 在树的顶端高不可及，你已将我培育得
> 如此丰腴，嗅着你遗留的气息像一只
> 受伤的狼，我之所以活下来是为了
> 能够凝望你，凭借它我已活过多年
> 活在自身的疯狂之中[30]61

　　她向自己的抑郁说话，并将抑郁的"丰腴"等同于疯狂。无论呈现为果实的红色、气息带来的嗅觉，还是受伤的狼，她的抑郁可以被所有的感官所感知，并充满了她的生活，在生命中不知不觉地久驻不去。在《隐匿性抑郁症》(1991)中，她描述隐秘而持久、同时拒绝被医治的疾病感。除了对疾病之痛苦的表达之外，这首诗也透露了一个复现在她其他诗歌中的主题：疾病并不是一种需要攘除的恶，而是她自身的一部分，需要将之接受下来。考虑到其抑郁是慢性的并将要贯穿她的一生这一"论题"对她尤为重要。在中国语境中，温洁是一位非常勇敢的诗人。带来情感紊乱的抑郁症仍然被视为一种令人羞耻的事，在专业医学的语境之外去谈论它的情形并不多见——而温洁却将心底的感受展露无遗，这很不寻常，同时也启迪人心。

（二）身份

她的诗中常言及抑郁症所带来的羞耻感，而这种羞耻感即使在医生面前依然存在。前文所述的早期诗歌主要表现了对抑郁症的抵抗，而在她后期的诗歌如《我的精神病医生》（2001）中，疾病则成了她的身份。

心理卫生中心

我知道这个世界上，一些人
是医生，另一些人是病人
一些人是另一些人的敌人
他们就像好和坏，彼此

互为存在的依据，就像是
一枚硬币的两面，质地相同
却以不同的面目示人，是否你
有永远不坏的钢筋铁骨

我却随时随地
需要修理，医生！请告诉我
这并不可靠的秘密，需要怎样的技巧
才能保持一颗战无不胜的心，需要

何等的力气，才能心中一片狼藉

却貌似完好无损，我看到大多数人

他们的脸，像你的脸一样游刃有余

他们是这个世界最正确的部分

最普遍，也最有力量

而我的脸，却是你的脸的反面

凹陷在自己的血肉里，在其中

腐烂，变质，发出令人掩鼻的气味

也就是被这个世界弃绝的气味⑮[30]117—118

在此，规则的形式（并不是其诗歌的典型特征）反映了世界强加给她的秩序。最后一节只有孤零零的一行，正如诗人—病人的孤绝。温洁的诗比郭路生更多决绝之气，但两者的内心都是"一片狼藉"，而且他们都不去质疑这种感觉的合理性，也不去对灵魂进行更深的追索以寻找疾病的原因。郭路生的挣扎主要是试图克制其愤怒，针对的是政治、不文明行为、自己的命运、其诗人身份遭受的忽略，同时，他也使其自身的脆弱性被别人获知。他希望被承认为一个诗人、一个其心理疾病应当被忽略的诗人。温洁的挣扎却指向一种存在性的身份，这种身份包括了她的疾病，以及病人反对这个世界的独特姿态。在《精神分析疗法》中，她甚至暗示，这个世界既需要健康，也需要疾病：

［我］是一个亟待救治的标本，但谁

是可以救治我的人，谁可以从这个世界上

拿走痛苦，只留下欢乐

拿走我，只留下

你们[30]122

这首诗几乎运用了一种深思熟虑的阴阳哲学：没有疾病，就没有健康。这是一种呼唤：她的疾病是其生命之过去（与将来）的一部分，因此，不应当贬损她自身内在的、无法改变的那个部分。她意识到自己是一个"他者"，但坚持认为，仅有健康和疾病被一视同仁的时候，她才能够成为健康人的"他者"。而且，这位诗人在其身份斗争中将价值赋予了精神疾病的痛苦境况，可以说有创辟之功。她渴望超越其疾病，并获得一个强化的身份——这个身份染着抑郁症的颜色，但没有被它征服。

（三）药物治疗

她的诗歌也描写了药物治疗，其中反映了她对这种消极性身份指认过程的抵抗。在其自述中，她解释说：

> 我必须服药。很长一段时间我服食大量药片。看上去这的确减轻甚至治愈了某些症状。我也有患抑郁症的朋友的确因此痊愈了。不过我个人的感觉是，精神性越强的人，药物的作用就越弱。药物能减少外在症状，因为它能麻痹神经。但是不久，某种契机一旦出现，症状又再次出现。因此，虽然多年来我貌似正常，但内心却空空如也。如同我的诗中所言：心中一片狼藉，却貌似完好无损。⑯

温洁与药物的抗争是显而易见的。她之所以抵制，似乎因为药物来自一个对她完全没有理解，反而自以为知晓她的需求并能够为她的感情"开药方"的人。在其《在诊断室》（2001）强有力的描述中，最初阶段的药物治疗并没有明显的效果，反而带来了副作用；她在其中被视为一个"病人"而非一个"人"，并透露了焦虑感。

《处方笺》中,她对自己的无力感和药物治疗的副作用感到沮丧:

> 药物堆积在身体里
> 日积月累,出人意料地长出它
> 自己的意志,代替我
> 在世上横行,药的身体
> 成了我的身体[30]114

虽然医生是治病救人者,开药的目的也在于帮助治疗,这首诗的后半部分却向精神病医生提出了指控。就医疗而言,她显然不觉得药物对其健康的提升有所助益。惯例性地开处方而缺乏对个体的关注,是药物治疗中常见并令人痛苦的情况,至少在 1990 年代尤为常见。更为重要的是,她笔下的身体是一个社会性异化的身体。病人感到药物抑制了身体的声音,让她疏离于其社会性自我。药物不仅没有促进有效的治疗,反而加剧了自我与身体的异化;而她也憎恶医生,认为后者令她看不到作为社会性存在的自我。这种感觉存在于许多病人之中,布罗(Bologu)对此解释说,"其中所显露的一个问题是,医生这个阶层自身没有处理那些引发疾病或者可能有助于治疗社会性身体的社会条件"[31]190。换言之,这种治疗针对的是一个内在于其自我之中的身体,但医生仅将之作为一个客体对象来对待。病人对精神疾病的感受尤为强烈,或许因为,药物作用于精神和身体的方式会让一个人产生难以预料的无力感;若没有这些药物,其身体则可能是健康的。一方面,这让人们注意到,身体和精神密不可分;另一方面,当病人被当作一个客体对待时,这种密不可分的关系恰恰被忽略了。这首诗的第二节中,这种客体化显然让病人产生了一种对医生的屈从感,从而带来了其独立与尊严的丧失。

病人被贬抑至"事物"的层面，医生却被提升到"超人类"的层面。医生拥有一种优越感，与病人的无力感恰恰形成对照；这种优越感与他们的治疗方式相一致，并被认为是自然的，意料之中的。[31]197

这首诗唤起了一种深切的孤独和无助感。那些有能力并愿意帮助她的人被视为敌人。然而，没有这些人的帮助，她也无法生存。

(四) 追求意义的意志

温洁表现药物治疗的诗歌传达了固执的声音，但最令她感到悲哀的并不是药物的问题：

> 让我最为伤痛的是，我发觉自己无法获得情感上的满足。孩提时代欠缺的爱抚，想在长大成人之后，从两性关系中获得，这本身就是一个错位。……过去了这么多年，如今回首，我才能够清晰地看到，导致我当时逃离家庭生活的原因仍然是内在的绝望感，那时觉得我无福消受那种日常的安宁和幸福，总是有什么不安的东西在遥远地呼喊我。我不知道那是什么，却一直都在茫然地追寻……所以，怀着这样的心态，无论多少年，都不可能找到期待的幸福。⑯

《我的精神病医生》中的一首副歌表达了这种厌倦的痛苦：

副歌：异域的黄色信笺

> 我平面的生活场景，不变的客厅
> 通向陈年的宿疾，我低首检衽
> 不愿被往事看见。脚步靠边
> 并且习惯夜行[30]119

她对病情恶化感到悲伤,并为日常行为和自信心的身体性根基而哀叹,这些都表现在这首诗之中。哈特曼(Geoffrey Hartman)主张:

> [这类诗歌]不断地与现实、身体的健全性、身份等问题搏斗。这种怀疑(有时候是一种沉思性的狂喜)让意指机能(这是否真实,或者是否至少是真实的一个符号?)、主体性(对"我"的言说以及将之赋予意义的可能性)、记忆或故事(掌控一个人生命的"情节"而非某种其他的、未知但致命的叙述)受到折磨。[1]547—548

温洁诗歌中一个复现的主题是,人成为其生命情节的一个部分。对于这一主题,医学人文也试图解释物理性、心理性、社会性、精神性表征之间的关联。医生不再仅仅是一个从业者,而是被期望与病人有一种更为个人化的关系,并展现"同情性共契(compassionate solidarity)的痛苦感受"⑰。例如,诗人表达其痛苦的能力对于持守自我是很重要的。如果缺乏这种能力,就会引发"生命的自我反噬"的感觉。[32]在这一语境中,阿瑟·克莱曼(Arthur Kleinman)认为,我们的视角需要变化:

> 当我们受到震惊、丧失了看待世界的常识性视角的时候,我们就进入了一个过渡性的境况。在这一境况中,我们必须让我们的经验采用另外的视角。我们可以使用一种道德视角,以之对困难中令人烦扰的道德方面加以解释和控制,也可以使用一种宗教视角来获取意义,并努力超越不幸,或者,逐渐更多地采用医学视角来应对抑郁症。[28]27

温洁敬重诗歌的宣泄性层面。与郭路生一样,她将生活中的痛苦和她自身的敏感托付给缪斯。医院中压抑的环境，以及诗人身份所得到的接受都令郭路生感到沮丧；温洁则与此不同：她似乎想要"超越不幸"，其诗歌不仅仅是一个"临时的解决方案"；她追寻灵性（spirituality），将之作为更为持久、更为深入的药方。

> 我想实际上抑郁让我成了一个诗人。要是像别人一样有体验幸福的能力，可能我不会写诗。很多年，写诗是我自我宣泄和自我疗愈的一种方式。一首诗歌的写作，可以缓解内心中不断累积的复杂感受。回想起来，这种方式只是暂时延缓了我的痛苦，并不能消除。对佛法的了解，效果似乎更有效和持续……至少我觉得生活有了方向。[16]

与精神性和治疗相关的诸议题已经成为医学人文研究的重要方面，因为它们常常表达未被言说的世界观和价值[33]。多学科研究的一个目的是，"病人—医生"或"人—治疗者"的新型关系的目的是帮助受苦之人超越其痛苦。托马斯·伊格纽（Thomas R.Egnew）解释说，"当与个体性整全的新感觉相一致的意义被加入进去，痛苦就可以被超越。个体性的整全通过以连贯性为标志的个体性关系而得到促进"[34]。温洁渴望这种超越，因为她新找到的信仰显然让她进入了健康的轨道，让她感受到了一种有意义的"斗争"。而这也让她对于一直以来不健康的路径十分敏感；这些路径已经制造了她之前没有经历过的严重的精神疾病。她将诗歌视为临时的救助而非长期的治疗，凸显了诗歌只是一个工具，而非一种解药。同理，精神性作为一种人类追寻意义之欲望的表达，也并不能永远被视为或者被体验为一种解药，虽然它可能是一个有价值的动机性力量，类似于弗兰克尔（Viktor Frankl）所定义的"追求意义的意志（will to meaning）"[18]。温洁的经历表明，无论是诗歌、精神性还是其他对痛苦的超越，只有在事后回顾，才能确定它们是否"成功",是否带来了持久的"人格的整全性"和"以连贯性为标志的个体性关系"。这是一个脆弱的地方,这或许也是温洁为何渴求被"如其所是"地接受,而非必须依靠一个变化的语境的原因。

三、结　语

葛林·莫斯特(Glenn Most)解释说,"诗的语言回应着两种根本需求,一个以心理为本质的需求和一个以社会为本质的需求"[20]558。他还加上了一个哲学转折,并申明,对语言的掌握可以反映出对自身命运的掌握:

> 那些在优化生活、实现欲望方面最成功的人,通常不是试图排斥机运的人,而是那些以才智和灵巧使机运和需求彼此适应的人,即不将令人惊愕之事加以排斥,而是对之加以利用。对语言之材料性的掌握一方面可以提供一种(幻觉性的)满足,能够暗示我们掌控机运、主宰身体之上的机运之国的可能性;另一方面,对生成与转变的重复能够产生一种(虚幻的)安慰感,暗示我们能够最终将时间理性化,打破不可抗拒的时间之轮(我们有限的时间),并创造我们自己的时间之轮(无法打破,无限重复——也就是永恒)。[20]558—559

对于那些倾向于叙事或诗歌表达的人来说,写作毋庸置疑是一种治疗的方式。罗森博格(Albert Rothenbert)研究发现,虽然所有具有创造力的人都各不相同,但他们都有一个共同点,即来自"其创造性的能力的直接、强烈、意志效果"的动机[19]4。因此,写诗的能力能够常常被认为是健康的标志,而不是诗人深切痛苦的直接表达。郭路生和温洁两位诗人都曾纠结于长期的创造性沉寂，以及直接关联于健康的身份问题。然而，当他们拥有足够的动机性力量去从事写作的时候，他们都体验到"将叙事结构加诸混沌之上这种美学的愉悦"[35]。对读者而言，对于仍然被认为是不可解释的东西，这种诗性再现或许提供了最切近的理解与解释。

据奥登（W. H. Auden）所说，"诗并非让什么东西发生（poetry makes nothing happen）"，这或许是诗与小说的不同；虽然如此，诗歌仍然表达了感受，并促使我们"思考我们的感受有何意义"[36]。除此之外，这两位诗人的诗尽管语言风格有所不同，但都反映了医学人文的目标："探索医疗的语境；洞察健康、疾病和保健的经验；检审思想、精神与表现的关系。"[37]郭路生将情感压缩进相同诗歌形式的倾向反映了一种令人钦佩的克制，这种克制也继而反映出他处理疾病与生活的方式。温洁也将其愤怒和无助感构造为表现性的语言，将形式加诸经验，运用多种诗学技巧如句首重复、拟人、间接对话、诗性循环、副歌等。尽管两位诗人对形式极为关切，但福柯（Michel Foucault）归之于文学（浪漫化的）疯狂的"疾病的抒情焕奕（lyric glow of illness）"确是缺失的。与之相反，两位诗人的诗歌中，一种追求脆弱性的强烈意志却格外醒目。它让人瞥见了精神疾病的潜在经验，让我们能够分享他们对治疗和接纳的关注。痛苦和疾病常常是文化性和主观性的，对于历史和医疗语境而言，这两位诗人都提供了宝贵的洞见。如果痛苦不仅是主观的，而且是文化性的，那么西方的观念、理论和治疗方法就不是绝对的。医学人文中，仍然遭受忽略的跨文化层面可能为这一领域带来新的思想和疗法。一方面，阅读郭路生和温洁的诗歌，我们能够体会"将愤怒视为一种表达性的力量"[38]这一说法；另一方面，更仔细地思考某些问题也对我们是有益的，例如，健康地接受"生命的被给予性"（段义孚语）的优势⑩。

思考郭路生（食指）与温洁诗歌的基本要点在于，疾病具有慢性的特质,并且与长期的痛苦与意义建构相互关联。从文学角度对心理疾病的检审阐明了这种慢性疾病的轨迹和意义;这一轨迹构成了人生的漫漫长途,并且与生活和痛苦的意义密不可分。两位诗人的生命视角和感受都被持续的痛苦和希望的缺失所影响,或许正因此,他们将这样的信息清晰地传达给读者——"问题不在于治愈与否,而是如何生活"[39]。心理疾病不是一个生命选择,但任何面临生命难题的读者都可以从郭路生的固执顽强和温洁的勇力呈现中得到治疗性的启发。

注释

① 本文原刊于 *Literature and Medicine*,2015 年第 2 期,第 368—392 页,原题为 Metaphors Unto Themselves:Mental Illness Poetics in Contemporary Chinese Poetry。

② "疯狂"指的是人物或虚构作品中叙事者的一种乖张或"疯"的行为,而非临床上的病理学含义。在文学中,这些行为在特定的社会文化语境中往往被认为是难以令人接受或者极端的。"心理疾病"则指的是得到诊断的精神紊乱,或者是可以得到确认的认知性或情绪性紊乱。

③ 近来对"批判性"医学人文的讨论表明,这一领域与其被划分为"医学人文"和"健康人文",不如被视为一个完整研究领域。在这一领域中,除了医疗和健康的相关领域,还应该囊括一些非毗邻的领域和路径,比如批判理论和文化理论,基于社群的艺术和健康实践,行动派诸种运动的反文化实践。对医学人文领域更具体的相关讨论、文献与观点综述,以及关于"批判性医学人文"更具体的探讨,参见 Sarah Atkinson,Bethan Evans,Angela Woods 和 Robin Kearns 的文章 "'The Medical' and 'Health' in a Critical Medical Humanities",出自 *Journal of Medical Humanites*,2015 年第 36 卷第 1 期,第 71—81 页;对

批判性医学人文的特点的逐条总结，参见 William Viney，Felicity Callard 和 Angela Woods 之文 "Critical Medical Humanities：Embracing Entanglements，Taking Risks"，出自 *Medical Humanities*，2015 年第 41 卷第 1 期，第 2—7 页；对 "健康人文" 的深度探讨，参见 P Crawford，B Brown，V Tischler 和 C Baker 的文章 "Health Humanities：The Future of Medical Humanities?"，出自 *Mental Health Review Journal*，2010 年第 15 卷第 3 期，第 4—10 页。

④ 参见 Angela Woods 的文章 "The Limits of Narrative：Provocations for the Medical Humanities,"出自 *Medical Humanities*，2011 年第 37 卷第 2 期，第 76 页。在这篇文章中，伍兹反思了盖伦·斯特劳森(Galen Stawson)的文章《反对叙述》(*Against Narrative*)并暗示了一种囊括非临近领域和方法的 "批判性医学人文"。

⑤ 关于医学人文最大化地表达西方文化价值的相关问题，参见 Claire Hooker，Estelle Noonan 的文章 "Medical Humanities as Expressive of Western Culture,"出自 *Medical Humanities*，2011 年第 37 卷第 2 期，第 79—84 页。

⑥ 虽然超文化的路径认为特定的文化价值是普遍的、跨文化的，跨文化的路径则集中于不同文化和价值之间的差异与相似之处。本文从 "西方" 理论视角(医学人文)去看待中国的文化表达(诗歌)。

⑦ 对现当代中国文学中文学疯狂的深入研究，参见 Birgit Linder 的文章 "Trauma and Truth：Representations of Madness in Chinese Literature"，出自 *Journal of Medical Humanities*，2011 年第 32 卷第 4 期，第 291—303 页。

⑧ 从跨文化的视角来看，有意思的是，疾病叙事在某些国家比其他国家更为流行。心理学或精神病学方面的流行作品的缺乏，以及对心理疾病的羞耻化是其中的部分原因(比如中国)；其他

社会和文化因素是另外的部分原因(比如许多欧洲国家)。但我同样不愿不加区别地使用"西方"一词。在我看来,疾病叙述,以及对心理疾病在文学中的再现——包括小说和诗歌——在某些西方国家比其他西方国家更流行,对这些多种文化之间的不同进行研究将饶有兴味,从中可以发掘对疾病和健康的不同体察。

⑨ 对"面子"、疾病和儒家思想之间关联的综述,参见 Lawrence Hsin Yang 和 Arthur Kleinman 的文章 "'Face' and the Embodiment of Stigma in China: The Cases of Schizophrenia and AIDS",出自 *Social Science and Medicine*,2008 年第 67 卷第 3 期,第 398—408 页。

⑩ 《中国精神疾病分类方案与诊断标准》第三版将"旅途性精神病"作为精神病的一种特定文化类别。对中西方精神疾病分类学之差异的综合性讨论,参见 S. Lee 的文章 "From Diversity to Unity: The Classification of Mental Disorders in 21st-Century China",出自 *Psychiatric Clinics of North America*,2001 年第 24 卷第 3 期,第 421—431 页。

⑪ 在其他地方,他曾说是自己为无法应对日常生活因而被送往医院。

⑫ 这首诗的中英文版,可参见 Jonathan Stalling 翻译的 *Winter Sun: The Poetry of Shi Zhi 1965 - 2007*,第 128—129 页。

⑬ "超逻辑思考"指的是一种思维模式,其中思考过程超越了日常逻辑思考的普通模式。其中包括"两面性"或"同空间性"的过程。"两面性"思维是一个将悖论性和对抗性对象结合为一个整体的意识过程。"同空间性"的思维过程是将多个不相关联的对象进行叠加;这种思维是隐喻思维的本质。参见 David W. Chan 的文章 "The Mad Genius Controversy: Does the East Differ from the West?",出自 *Education Journal*,2007 年第 29 卷第 1 期,第 7 页。陈维鄂论述中所用文献,见 Albert Rothenberg 著作 *Creativity* and Madness: *New Findings and Old Stereotypes*，Baltimore，MD：Johns Hopkins University Press，1990 年版。

⑭ 引自温洁给笔者的私人邮件，2010 年 9 月 16 日。

⑮ 笔者曾将此诗译成英语，见 Wen Jie 诗"My Psychiatrist"，Birgit Linder 翻译，出自 *Renditions*，2004 年第 62 卷，第 86—102 页。

⑯ 引自温洁给笔者的私人邮件。

⑰ 关于"同情性共契"概念的定义，参见 Jack Coulehan 的文章 "Compassionate Solidarity Suffering，Poetry，and Medicine"，出自 *Perspectives in Biology and Medicine*，2009 年第 52 卷第 4 期，第 585—603 页。

⑱ 这一观点关联于弗兰克尔的"逻各斯治疗（logotherapy）"概念，即存在性分析（existential analysis）和心理疗法的一种形式；此概念首见于弗兰克尔的《人的意义追寻》（*Man's Search for Meaning*）一书。弗兰克尔认为，当一个人在受苦中能够找到意义时，痛苦更容易承受。出自 Viktor Frankl 著作 *Man's Search for Meaning: An Introduction to Logotherapy*，London：Random House，2004 年版。

⑲ 段义孚曾认为，西方文化鼓励强烈的自我意识，这将导致对个体力量与价值的信念被过分夸大；这带来一种独立和个人责任意识，但同时也会导致孤立和孤独，或者"一种在被给定的世界中自然活力和天真快乐的失落"。见 Tuan，Yi-fu（Duan Yifu）著作 *Segmented Worlds and Self: Group Life and Individual Consciousness*，Minneapolis：University of Minnesota Press，1982 年版，第 139 页。

参考文献

［1］Geoffrey H Hartman. On Traumatic Knowledge and Literary

Studies[J]. *New Literary History*，1995(3).

［2］Angela Woods. The Limits of Narrative：Provocations for the Medical Humanities[J]. *Medical Humanities*，2011(2)：76.

［3］Brian Schiff. The Promise (and Challenge) of an Innovative Narrative Psychology[J]. *Narrative Inquiry*，2006(1)：21.

［4］张枣.温洁与每个人的拜伦[J].作家,2001(1)：90.

［5］郭路生.食指的诗[M].北京：人民文学出版社,2000.

［6］Guo Lusheng (Shi Zhi). To My American Readers[J]. *Chinese Literature Today*，2011(2).

［7］Guo Lusheng. *Winter Sun: The Poetry of Shi Zhi 1965 - 2007*[M]. Jonathan Stalling，trans. Norman：University of Oklahoma Press，2011.

［8］Maghiel van Crevel. *Language Shattered: Contemporary Chinese Poetry and Duoduo*[M]. Leiden：Research School CNWS，1996：29.

［9］Maghiel van Crevel. *Chinese Poetry in Times of Mind*，*Mayhem and Money*[M]. Leiden：Brill，2008：15.

［10］徐熠.朦胧诗代表食指归来[J].青春,2001(1)：88.

［11］李羿,陈梓莽.写给人类的诗：食指诗歌研讨会发言纪要[J].南京理工大学学报(社会科学版),2010(1)：57.

［12］雷鸣.食指诗歌的意义[J].凯里学院学报,2010(4)：66.

［13］崔卫平.诗神眷顾受苦的人[M]//廖亦武.沉沦的圣殿：中国20世纪70年代地下诗歌遗照.乌鲁木齐：新疆青少年出版社,1999.

［14］Warren Thomas Reich. Speaking of Suffering：A Moral Account of Compassion[J]. *Soundings*，1989(1)：83 - 108.

［15］Louis A Sass. *Madness and Modernism: Insanity in the*

Light of Modern Art, Literature, and Thought [M].
Cambridge：Harvard University Press，1998.

[16] Louis A Sass. Self and World in Schizophrenia [J].
Philosophy，Psychiatry，and Psychology，2001(4)：252.

[17] Zhang Qinghua. The Return of the Pioneer：On Shi Zhi and
His Poetry[J]. Chinese Literature Today，2011(2).

[18] Michelle Yeh. The Poet as Mad Genius：Between Stereotype
and Archetype [J]. Journal of Modern Literature in
Chinese，2005(1)：13.

[19] Richard M Berlin. Poets on Prozac: Mental Illness,
Treatment, and the Creative Process[M]. Baltimore：The
Johns Hopkins University Press，2008.

[20] Glenn W Most. The Languages of Poetry[J]. New Literary
History，1993(3).

[21] Laura Salisbury. Aphasic Modernism：Languages for Illness
form a Confusion of Tongues [M] // Whitehead Anne，
Woods Angela，et al，eds. The Edinburgh Companion to
the Critical Medical Humanities，Edinburgh：Edinburgh
University Press (Forthcoming)，2016：12.

[22] Melinda Liu，Katharina Hesse. Puzzled Anomie [N].
Newsweek International，2001-02-14.

[23] 杨子.食指：将痛苦变成诗篇[N].南方周末,2001-05-25.

[24] Janis Hunter Jenkins，Robert John Barrett. Schizophrenia，
Culture，and Subjectivity：The Edge of Experience[M].
West Nyack，NY：Cambridge University Press，2003：29.

[25] 刘志荣.食指与一代人的精神分裂[J].渤海大学学报(哲学社
会科学版),2007(4)：51.

[26] Nicholas Mazza. Poetry Therapy: Theory and Practice

[M]. New York: Brunner-Routledge, 2003: 9.

[27] Zhang Lijia. Mad Dog: The Legend of Chinese Poet Guo Lusheng[J]. *Manoa*, 2002(1): 109.

[28] Arthur Kleinman. *The Illness Narratives: Suffering, Healing, and the Human Condition* [M]. New York: Harper Collins, 1988.

[29] 倪卫国.个体言说丛书序言[M]//温洁.片面之词.上海：上海三联书店,2003.

[30] 温洁.片面之词[M].上海：上海三联书店,2003.

[31] Roslyn Wallacli Bologh. Grounding the Alienation of Self and Body: A Critical, Phenomenological Analysis of the Patient in Western Medicine[J]. *Sociology of Health & Illness*, 2008(2).

[32] David Le Breton. *Schmerz* [M]. Maria Muhle, Timo Obergöker, Sabine Schulz, trans. Berlin: Diaphanes, 2003: 268.

[33] Therese Jones. Introduction[M]// Therese Jones, Delese Wear, Lester D Friedman, ed. *Health Humanities Reader*. New Brunswick, New Jersey: Rutgers University Press, 2014.

[34] Thomas R Egnew. The Meaning Of Healing: Transcending Suffering[J]. *Annals of Family Medicine*, 2005(3): 258.

[35] Paul Crawford, Charley Baker. Literature and Madness: Fiction for Students and Professionals [J]. *Journal of Medical Humanities*, 2009(4): 238.

[36] Ronald Carson. Poetry and Moral Imagination [M] // Thomas R Cole, Nathan S Carlin, Ronald A Carson, ed. *Medical Humanities: An Introduction*, New York:

Cambridge University Press，2015：174.

[37] C Gardner，L Golestaneh，B Dhillon，et al. People Say There Are No Accidents：Poetry and Commentary[J]. *Journal of Medical Humanities*，2010(3)：258.

[38] Sarah Atkinson，Bethan Evans，Angela Woods，et al. "The M6edical" and "Health" in a Critical Medical Humanities [J]. *Journal of Medical Humanites*，2015(1)：78.

[39] Sally Vickers. *The Other Side of You*[M]. London：Harper Perennial，2007：18.

——原载《江汉学术》2017 年第 2 期：35—46

"今天"：俄罗斯式的对抗美学

柏　桦　余夏云

摘　要：诞生在"文化大革命"之后的今天派，从命名到写作，都受到了时代巨大的影响。他们通过语言的革命进行政治对抗，发出了一代人的声音。他们对激情和苦难的强调，是对体制话语的一次有效反拨。因此，今天派的写作是一种政治美学写作，这与俄罗斯诗歌具有相似性。今天派以俄罗斯诗歌为资源，借翻译体对抗权利的声音，完成了一个时代的使命。但是随着体制生活的解体，苦难的消失，今天派更换了背景，那种对抗式的写作失去了意义，他们的写作已经汇入世界诗歌的潮流中。

关键词：今天派；俄罗斯诗歌；对抗美学；激情

一、对抗从命名开始

从一开始，"今天派"就被异议者称为"古怪诗""晦涩诗"[1]，而拥护它的人则把它看作"新诗潮"的重要部分。它上承"文革地下诗歌"，下启"新生代"诗潮[2]1-4。它既代表了新的美学原则[3]，同时又未曾乖离"五四"的强大传统[4]。作为一种探索，它在数年间成为"古老"的象征，汇入传统，并成为其中的一部分[2]3，后来的人们试图超越它、PASS它，乃至打倒它①。但无论偏执，还是拥戴，"古怪"和"新潮"都没有被广泛接受，在更多的时候，它被称为"朦胧诗"。这个"后设概念"[5]代表了对峙双方的一种合谋关系。"朦胧""作为双方唯一的共通点"，使得论争有了交锋，甚至也帮助这种"特殊的诗歌现象最终确立其实体性"[6]58—59。围绕"朦胧"，意见相左的两方似乎都有意要把它视为一种美学原则或根本的诗学特征加以褒赞或贬抑，借此，他们可以从本质上把握到这类诗歌的性质，并据此做出价值优劣的评判。这样一来，"朦胧"的命名既可能为人诟病，却也正是它的价值所在[7]179—180。"朦胧诗成了一种中性的、大家都乐于使用的标识。"所以，唐晓渡说："时至今日，已经没有谁再去费神考察或重新审定这一命名。"[6]59

但是这个皆大欢喜的结论，无论从哪个角度看，都像是后来者一厢情愿的结果。北岛本人就说过："我不喜欢朦胧诗派这个说法，它是强加在我们头上的。"[8]546钟鸣和王家新也对此表述过相似的看法。钟鸣说："'朦胧诗'——我再次申明，这个术语'非法的滑稽性'，那是批评家为了养活自己戴在诗人脑袋上的兔皮帽，但得先活刮兔子……"[9]王家新也认为："存在的只有'今天派'，而所谓朦胧诗只不过是它在历史上形成的某种'氛围'。"[10]

当事人和旁观者对"朦胧"一说的异议，从底子上讲，是由论争本身造成。论争双方并非像通常假定的那样是以其对手为起点，而是以其自身的阅读体验为开端。章明把"令人气闷"的阅读感受作为问题提出来[11]，本无可厚非，但孙绍振的出场则显然使得这种"艺术革新与阅读习惯、鉴赏心理之间"的讨论[7]178迅速升格为一场"美学原则"大论争。这样，"晦涩"的阅读体验和"朦胧"的美学原则被等同起来，论争的内容开始偏离当事人和他们的诗歌，而论争的双方则凭借各自的理论预设，规定了一种文学写作的历史定位。因此，"朦胧"从本质上不是文本特征或诗学表征，它在更大的层面上，是对一种阅读体验做出过高美学评定的结果。它从本质上改写了一种诗歌品貌，使它演变成一种言说的策略，或话语权力，这样"论争的真正意义是拖延了诗歌边缘化的时间"[8]545。据此，在考察"朦胧"这一命名时，我们不仅要与其对手意见相左地解读，而且要在两者之间的合谋关系上来考察。甚至还有必要把通常对"朦胧诗"的理解颠倒过来，即把"朦胧"看作是一种表意策略，而把"对抗"当作其本质的美学属性。

一旦我们承认"今天"的美学特征是对抗，而非"朦胧"，那么便可以清楚地看出它的个性风格。它对诗歌的贡献不仅局限在对"五四"传统的复活，实际上这类诗歌抒发了普遍的中国情感，特别是"文化大革命"一代的心声。从此意义上，我们可以理解刘禾为什么将"今天派"对 1980 年代后文学创作的持续影响称为"文学的游历"[12]。"今天派"作为一种历史性产物，它既有效地对抗了"文革"话语，又暗示了一种新的文学传统的产生，而且如此强劲的创造力和综合力就集中在少数几位诗人身上，我想这是需要一个强大的时代去支撑的。而幸运的是，他们出生的时间不是过早，也不是太迟，历史给了他们机会，而且是一个受难的机会。

今天派诗人所处的时代，是一个在诗歌创作方面无甚活力的时代。这是一个物质全面匮乏而精神高度单一、集中的时代。今天派诗人和当时的青年一样身不由己地（那个时代没有选择）接受了那个时代的精神特征——持续燃烧的激情火焰以及那个时代所包含的所有诗意。这诗意从另一面培养了他们"独特的"理想主义、英雄主义和浪漫主义情怀。他们运用这一"情怀"充分表达了他们自己：幸福和光明的感觉、痛苦的泪水的闪光、专注和深邃的反抗、苦难的震惊及全新的战栗：

> 告诉你吧，世界，
> 我——不——相——信！
> 纵使你脚下有一千名挑战者，
> 那就把我算做第一千零一名。

> ——《回答》

这激情在震动北岛的同时也彻底地震动了我们。这是何等的声音，几乎不是声音，是叫"地震"。《回答》理所当然是激情的震中（正如舒婷所说北岛的诗是"八级地震"）。我们的激情终于在此刻落到了时代的实处，这时代不包括"今天"以后，尤其不包括1990年代。它从"今天"开始，从"我不相信"开始，从一个英雄的声音开始。

"今天"的发声是对一个时代的回应。他们的姿态、声音、价值，都因为那个时代而具有意义。这意味着他们的诗歌使命不在于超越，而在于那些正在经历的现实。他们不是要在新诗的发展史上书写功名，而只是为完成一个时代给予的重任。这就是说，他们的定位不是要成为历史的英雄，而是时代的人。"在没有英雄的年代里／我只想做一个人"，北岛的自白在今天看来或许已经无法成立。但是，那些敢于承受一个时代重轭的人却注定要成为一个时代的英雄。"过去的已经过去，未来尚且遥远，对于我们这代人来讲，今天，只有今天！"②对于受难的灵魂而言，今天才能确认它的重量，放在红色激情的政治乌托邦里，它们永远都不能找到自己的位置。对于受伤的一代来讲，只有在此刻的中国，他们的疼痛才有真正的力量，投放在世界历史的洪流里，他们不过是沧海一粟。因此，对今天的强调，就是对生命的强调，对苦难的强调，它是对抗和怀疑的意义之源，是诗歌质感和重量的出发地。围绕今天，也就是围绕对抗！

二、"萨米兹达特"一样的"今天"

1960年代初开始的"地下诗歌"，是"今天"的"前史"[7]181。在这段时期内进行秘密写作的诗人，成为"今天"派诗人的"一个小小传统"③。同时，他们的作品成为后来《今天》（尤其是最初几期）的主要稿源[7]180。这些曾经"被埋葬的中国诗人",经过当事人和后来者的努力,已纷纷浮出历史的地表,并占据文学史写作的大部分篇幅。地下诗歌的秘密流传方式,为它聚集文学史资本起了事实上的大作用。我们知道,地下诗歌产生是在一个精神备受钳制的恶劣时期,正常的思想传播路径被主流的官方话语左右,成为一种模式的机械化复制。通过反复地宣讲、演习形成的强大话语,成为一种压抑性力量。它的压抑使人活得安全、有惊无险,但这也就同时暗示了"事实"的另一面可能是精神上冒险的振奋。换言之,对于秘密的追求就是对公开言论的反驳和对抗,是对当前精神状态的完善和提升。这样,秘密地阅读、写作和传播成为认识自己、介入现实的重要通道。而后来《今天》的诞生也是为了延续这种以对抗为目的的秘密写作。

作为中国当代第一本地下文学刊物,《今天》于1978年10月成立编辑部,12月23日第一期出刊。当天,北岛、芒克等人就把它张贴在北京城内。无疑,这一事件正是"秘密即对抗"的又一力证。《今天》一共出版了9期,到1980年停刊。1978年12月23日——让我再重复一次这个时间——从这一天开始,中国诗歌就以一种独具特色的运作形式出现在世界诗歌的版图上,并与它地理上的近邻苏联遥相呼应。可以说,在秘密就是对抗这一点上,它们完全契合。当然,造成这一点的原因在于他们几近相同的历史遭遇和文化气氛。

"今天"的成功模式与苏联的地下刊物的运作过程极为相似。马克·斯洛宁对此有详尽叙述:"二十年代,自由刊物遭到禁止,革命前的一些出版社都被封闭;从此以后,国家对文学艺术所施加的压力就逐年加强。结果,许多诗歌、文章和短篇小说都因有'颠覆性'或暧昧的内容而没有获得在'合法'刊物上发表的机会;于是它们开始以打字稿的形式在主要是知识分子中间流传。……从那时起,它就具有广泛而有组织的活动的特征,成为自由发表意见的一种出路，并获得'萨米兹达特'（俄语的意思是'自发性刊物'）的名称，这一著名的名称不仅在苏联，而且在西方也使用了。'萨米兹达特'以莫斯科和列宁格勒为中心，并小范围地在一些省城逐渐扩展成为打字的、油印的，以及照相复制的一种真正的地下刊物。"[13]

一定意义上可以说，20 世纪 70—80 年代的中国地下文学简直就是苏联地下文学运作的翻版。中国当时的地下诗人在西方走红，几乎与布罗茨基如出一辙，都是首先在国内地下刊物上发表作品，当在国内的"象征资本"积累到一定程度的时候，作品必然传播到国外，并由国外出版社出版。早在 1983 年左右，"今天"诗人的作品就已引起国外汉学界注意了。瑞典的马悦然、法国的尚德兰、美国的杜博妮都译过今天派诗人的诗集，香港中文大学的《译丛》杂志还于 1985 年出版过"今天"诗人的专号。这时的"今天"诗人已汇入全球文化资本的流通。而促成这一事实的关键就在于它秘密流行的"对抗美学"。

三、"预言家的终结"

尽管顾彬的这篇名文可能招致非议[14]93—116，但他确实为我们点破了"今天"的某些关键个性，比如，它是以一代人的声音对抗权力的声音，它是以俄罗斯的诗歌资源……进行语言的革命[15]133—145。显然，顾彬对"今天"作了最常见的政治阅读。欧阳江河说："这是一种有意识的集体误读。"因为它带有显而易见的消费成分，他们需要通过对诗作的政治性阅读将"前阅读"中的"中国幻想"消费掉，而这也就从根本上取消了真正意义上的个人阅读[16]。尽管欧阳江河的这一疑虑不无意义，但不可否认的是，今天派的出场注定就是对政治事件的回应。它是一代人的使命。

今天派是对一个时代的终结，也是对一套权力话语的反拨。

对于权力话语的雄浑叙事，今天派所能启动并可与之抗衡的资源相当有限。虽然他们接续了"五四""感时忧国"的文学传统，却没有一个古典传统可以依靠。用北岛的话说，他们当时依赖的只能是翻译文体，即以翻译体对抗当时的意识形态文体。而显然这些被翻译的文字大部分来自俄罗斯。"根据各种当事人的回忆，……40本左右的'内部读物'对这一代人的思想发生过重大的影响"，而这些"灰皮书"和"黄皮书"的作者"几乎无一不是闻名中外的所谓国际共运中的'叛徒'或'修正主义作家'。"[17]前述顾彬的文章显然也注意到了东欧地下诗歌与今天派诗歌的某些相似之处。但是，"实际上除了在马雅可夫斯基的苏联诗歌——顾彬指出其特征是强调集体献身，崇尚'把诗人的笔当作刺刀'的暴力美学、欢呼新人的诞生——这种诗歌后来成为斯大林钦定的苏联官方诗歌；还存在另一类苏俄诗歌，即曼捷尔斯塔姆、阿赫玛托娃、茨维塔耶娃及晚些时候的布罗茨基的俄语诗歌。它们与朦胧诗人及更年轻的一代中国诗人的精神成长有极为密切的联系，其影响持续至今"。[14]112而俄罗斯的另一位代言人帕斯捷尔纳克在中国的影响更是巨大，它不仅影响了"今天派"，甚至还影响了后来的活跃于1980年代的"后朦胧"诗人（如王家新等）。

今天派对苏联诗歌的自然亲近，一方面得因于这类书籍、作品的"内部交流"性，即它们秘密的传播使得它们能够成为另一种阅读——秘密即对抗。有关这一秘密的阅读之美或强力之美，北岛在《时间的玫瑰》一书中有多次提及，如他在《曼德尔施塔姆：昨天的太阳被黑色担架抬走》一文第41页中，就为我们传递出一种身临其境的时代感觉："那时友谊往往取决于政治上的信任程度，而我们并没有做任何政治试探，一下就谈到文学和书，就想对上了暗号。我把我的诗给他看。他让我把诗留下，并答应帮我找书，包括《人·岁月·生活》。"[18]这是北岛与早期地下文学的传奇人物赵一凡在1971年初识的一个细节，非常耐人寻味。而另一方面，作品所传递的信息显然焕发了这一代人。

但是，面对时代的强势话语，面对那些通过写作获得超人意志的革命主体，任何个人的思考都是淡薄的，它必须有效地连结一代人的声音，以此作为对抗的地基。北岛说："诗人应该通过作品建立一个自己的世界，这是一个真诚而独特的世界，正直的世界，正义和人性的世界。"[19]江河也说："艺术家按照自己的意图和渴望造型，他所建立的东西，自称一个世界，与现实世界发生抗衡，又遥相呼应。"[20]

"了解之同情"，是我们解开"今天派"的唯一一把钥匙。尽管后来许多人指责今天派的政治情结，但是应该看到，为了获取现实的意义，他们就必须在政治层面上与时代的强势话语发生正面交锋。正如北岛在后来的访谈中意识到的那样，这是一种无法摆脱的影响。他说："现在如果有人向我提起《回答》，我会觉得惭愧，我对那类的诗基本持否定态度。在某种意义上，它是官方话语的一种回声。那时候我们的写作和革命诗歌关系密切，多是高音调的，用很大的词，带有语言的暴力倾向。我们是从那个时代过来的，没法不受影响，这些年来，我一直在写作中反省，设法摆脱那种话语的影响。对于我们这代人来说，是一辈子的事。"[21]北岛对自己的政治态度的敏感表明：作为一个诗人，他很清楚自己美学上的追求。

四、第三世界的民族寓言

爱德华·萨义德在《知识分子》一书中描绘了一种具有国际胸怀的知识分子形象，他说："除了这些极其重要的任务——代表自己民族的集体苦难，见证其艰辛，重新肯定其持久的存在，强化其记忆——之外，还得加上其他的，而我相信这些只有知识分子才有义务去完成。……我相信,知识分子的重大责任在于明确地把危机普遍化,从更宽广的人类范围来理解特定的种族或民族所蒙受的苦难,把那个经验连结上其他人的苦难。"[22]

显然,萨义德描述的这个形象并不适用于今天派,同样也不宜于用来描述俄罗斯的知识分子。从某种意义上看,这两种知识分子都具有鲜明的民族特性和时代特征,即他们着力强调和关注的只是自己民族的苦难,他们书写的是"今天",而非"未来"。

正是出于这种民族受难的考虑,俄罗斯的现代诗与西方的现代诗有着截然不同的面貌,帕斯捷尔纳克、曼杰斯塔姆、茨维塔耶娃,他们写的不是西方所谓的"世界主义诗歌",而是有一个鲜明的苏联社会主义背景。他们首先要用诗歌解决个人生活中每天将遭遇的严峻现实政治问题,为了突破"政治"、歌唱自由,他们不惜用尽一切"细节"、一切"速度"、一切"超我",像一只真正泣血的夜莺。

而今天派的背后同样有一个社会主义的背景,俄罗斯诗歌自然而然成了它的姊妹。从这一点上说,今天派是那个时代的必然产物。毋庸置疑,同样的内容、同样的背景,当然就采用同样的形式,甚至在爱情观上也是俄罗斯式的幻美。今天派诗歌中的爱情,确定了整整一代正当青春并渴望爱情的青年们的爱情感受方式和表达方式。正如张枣曾对我说过的:"北岛的《黄昏·丁家滩》使大学生们懂得了谈恋爱时如何说话。"在一个阴雨天,我和张枣——两个幽暗而亲密的吸烟者,在重庆歌乐山为这首诗的每一行所叹息、所激动。

北岛的一系列抒情诗最能代表那个时代年轻的心之渴望,他安慰了我们,也焕发了我们,而不是让我们沉沦或颓唐。"以往的辛酸凝成泪水,用网捕捉我们的欢乐之谜。"仅这《雨夜》中的两句就足以激起几代人的感情波涛。它不是简单意义上的当时的"伤痕文学",这两句不但足以抵上所有的伤痕文学,而且是更深地扎向伤痕的最深处,它的意义在于辛酸中的欢乐之谜,只有辛酸(或伤痕）是不够的，重要的是辛酸中悄悄的深刻与甜蜜和个人的温柔与宽怀，甚至要噙满热泪，胸怀欢乐去怜悯这个较为残酷的世界。《雨夜》又一次体现了北岛抒情诗的伟大性之所在，它与俄罗斯式的抒情是相通的，《雨夜》寓意了社会主义国家里一个平凡而真诚的人的故事，一个感人而秘密的爱情生活故事，这故事如一股可歌可泣的电流无声地振荡了每一个读者的心，唤醒了他们那沉睡已久的生活。

时代越消解个人生活，个人生活就越强大，个人生活的核心——爱情就更激烈、更动人、更秘密、更忘我、更大胆、更温情、更带个人苦难的倾诉性、更易把拥抱转变为真理。正如帕斯捷尔纳克所吟唱的"天色破晓之前已经记不起，我们接吻到何时为止"。

而另一些话，另一些黑夜中的温柔细语，另一些乌黑的卷发和滚烫的呼吸在北岛的"雨夜"中歌唱，我们会情不自禁地念出这些我们记忆中的诗行（而不是戴望舒的《雨巷》）：

> 即使明天早上
> 枪口和血淋淋的太阳
> 让我交出自由、青春和笔
> 我也决不会交出这个夜晚
> 我决不会交出你
> 让墙壁堵住我的嘴唇吧
> 让铁条分割我的天空吧
> 只要心在跳动，就有血的潮汐
> 而你的微笑将印在红色的月亮上
> 每夜升起在我小窗前
> 唤醒记忆

出其不意的"铁条"，我们生活经验中一个熟悉而"亲切的"词汇,在这里,它带着一种近乎残忍的极乐刺入我们欢乐的心中。"爱情"作为一种"民族寓言"在此昭然若揭。公与私、艺术与政治在此融为一体,不分彼此。"铁条"和爱情与受难和我们日常性的束缚与"伟大的"政治纠缠在一起。这样的抒情诗(或爱情诗)当然会在人们的心中一石激起千层浪。这"雨夜"中的"铁条"正好就是人们内心珍贵的铁条、幸福的铁条,它已升华为一种普遍的英雄象征——当一个人即将成为烈士时,他会含着这个象征(或这个崇高的微笑)从容地面对死亡。

"雨夜"式的爱情成了1960—1970年代被压抑的人民心中至高无上的偶像,一个我们自己才能理解的神话。

五、汇入世界诗歌

1990年11月19日,美国汉学家宇文所安在《新共和》发表长文《何谓世界诗歌? 全球影响的焦虑》,以一种不屑一顾的口气指责中国现代诗,其锋芒直指北岛的诗。[23]此文即出,若一石激起千层浪,立刻引起海内外关于中国现代文学的民族性与现代性的大争论。而另一美国汉学家琼斯(Andrew F. Jones)却从"文化交换与创造文化资本的机制"这一层面谈论了宇文所安这篇文章:"最引人深思的是欧文(即宇文所安)最后考察了翻译怎样在多国文学交换中成为文化资本流通的中介。他断言,由于这个制度中内在的不平等,有些非西方诗人不仅能够把他们自己推销给渴求'政治美德'和易于消化的'地方色彩'的英美读者,而且可以把国际名望在家乡兑现为文化资本。由于例子又是北岛,这个意见比其他任何意见都更激起了欧文批评者们极大的反感。"[24]

显然,宇文所安这里讨论的"世界诗歌"是指在一种"东方主义"暗示下进行的诗歌写作,它以迎合英美读者为主要方向。而我这里借用该名词,则是试图表明一种赫鲁晓娃意义上的诗歌写作状态,即在对抗的政治美学失效后,苦难撤离人们的生活视野,民族特征被世界观念所超越,这时诗人应当如何在一种更广泛的意义上书写共通的人性。换言之,一个具有中国背景或俄罗斯背景的知识分子如何汇入萨义德所说的那种世界胸襟的知识分子之中。

1990 年代以后,今天派诗人纷纷星散海外,开始了"词的流亡"。正如许多译论者注意到的:"漂泊"和"变化"开始成为他们的诗歌主题。这一类主题表明,在国际化背景和中华性之间做出选择的今天派往往倾向于一种政治怀乡,即"当他们带着参与意识回顾过去时,老是挣不脱二元化的世界观,即治—乱两极模式。经历的冤屈渐渐成为过去;他们渴望依照伦理观念建立起一个新的全体秩序"[15]145。所以从此意义上,人们习惯于把北岛的《背景》中的这两句诗看作对一种"中华性"的政治缅怀:

> 必须修改背景/你才得能够重返故乡

显然,政治读法并不能完全解释这两句诗。北岛说:"所谓'修改背景',指的是对已改变的背景的复原,这是不可能的,因而重返故乡也是不可能的。这首诗正是基于这种悖论,即你想回家,回家的路是没有的。"[25]借助北岛的夫子自道,我们发现,所谓的"修改背景"实质上是在说"背景的丧失"和不可复建,而且可以肯定的是,这个背景不是通常所谓的中国性问题,而是一种杨小滨所谓的"元历史陈述"。杨小滨说:"启蒙主义的历史模式正是我所说的元历史(马克思主义历史秩序当然也是其中类型之一),它规定了从苦难到幸福的社会历史或者从罪性到神性的精神历史。"[26]言外之意,元历史陈述就是一种受难美学、对抗美学,它必须在与"文革"浩劫的参照对立中彰显自己的意义。所以,当我们从中华性和世界性来理解"今天"时,事实上忽略了"今天"得以成立的根基。对抗与反对抗之间正是这种充满悖论的相反相成,一者的失败,并非另一者的胜利,它意味一个意义的丧失。

对抗已经失效,背景已经修改。正如欧阳江河在一篇文章里所说的:"任何来自写作的抵销都显得不足轻重,难以构成真正的对抗。写作既不能镇痛,也不能把散落在茫茫人群中的疼痛集中起来,使之成为尖锐的、肯定的、个人性质的切肤之痛,极限之痛;既不能减缓事后的、回想中的恐惧,也不能加速恐惧的推进";"抗议作为一个诗歌主题,其可能性已经被耗尽,因为它无法保留人的命运的成分和真正持久的诗意成分,它是写作中的意识形态幻觉的直接产物"。[27]在这样的情形下,今天派诗人则开始向世界寻找新的背景。一股汇入世界诗歌的进程不同程度地在他们身上发生。正如译论者每每指出的,北岛身上已越来越多地聚集起一种非俄罗斯气质的写作,在用语、意向上不断地接近超现实主义,甚至还出现了典型的达利式的世界[28]。

> 我们笑了
> 在水中摘下胡子
> 从三个方向记住风
> 自一只蝉的高度
> 看寡妇的世界
>
> ——《夜》

在此,中国性已经开始淡出,而一种国际性的现代主义开始不断伸展。"无人失败的黄昏/鹭鸶在水上书写/一生一天一个句子"里很可能有叶芝的声音:"像水面上一只长腿蚊,/他的思想在寂静上移动";"琥珀里完整的火焰/战争中客人们/围着它取暖"则类似于斯蒂文斯的《坛子轶事》……此时的北岛已经更多地在语词中搏斗,而非在政治中对抗。所以,当我们还用政治读法去理解北岛和今天派时,势必是要碰壁的,因为背景已经彻底修改。激情的一代人已经退回自身,开始一种世界意义上的普遍化写作。

注释

① 自 1983 年左右开始的"第三代诗歌运动"就是在一片"pass 北岛"的声音中拉开序幕的。

②《今天·致读者》(创刊号),1978 年 12 月 23 日。

③ 这里主要是指食指。李宪瑜:《食指:朦胧诗人的"一个小小的传统"》,《诗探索》1998 年第 1 期。

参考文献

[1] 丁力.新诗的发展和古怪诗[J].河北师院学报,1981(2).

[2] 谢冕.新诗潮的检阅:《新诗潮诗集》序[M].老木.新诗潮诗集:上集.内部交流:Ⅰ—Ⅳ.

[3] 孙绍振.新的美学原则在崛起[J].诗刊,1981(3).

[4] 谢冕.在新的崛起面前[J].诗刊,1980(1).

[5] 万夏,潇潇.选编者序[M]//后朦胧诗全集.成都:四川教育出版社,1993:2.

[6] 唐晓渡.心的变换:"朦胧诗"的使命[M]//唐晓渡诗学论集.北京:中国社会科学出版社,2001.

[7] 洪子诚,刘登翰.中国当代新诗史:修订版[M].北京:北京大学出版社,2005.

[8] 马铃薯兄弟,北岛.访问北岛[M]//李岱松.光芒涌入:首届"新诗界国际诗歌奖"获奖诗人特辑.北京:新世界出版社,2004.

[9] 钟鸣.旁观者[M].海口:海南出版社,1998:652.

[10] 王家新.夜莺在它自己的时代[M].上海:东方出版中心,1997:56.

[11] 章明.令人气闷的"朦胧"[J].诗刊,1980(8).

[12] 刘禾.编者的话[M]//持灯的使者.香港:牛津大学出版社,2001.

[13] 马克·斯洛宁.苏维埃俄罗斯文学[M].上海:上海译文出版社,1983:395—396.

[14] 欧阳江河.另一种阅读[M]//站在虚构这边.北京:三联书店,2001.

[15] 顾彬.预言家的终结:二十世纪的中国思想和中国诗[J].今天,1993(2):133—145.

[16] 欧阳江河.北岛诗的三种读法[M]//站在虚构这边.北京:三联书店,2001:188—119.

[17] 萧萧.书的轨迹:一部精神阅读史[M]//廖亦武.沉落的圣殿:中国20世纪70年代地下诗歌遗照.乌鲁木齐:新疆青少年出版社,1999:7—10.

[18] 北岛.时间的玫瑰[M].北京:中国文史出版社,2005:41.

[19] 北岛.谈诗[M]//老木.青年诗人谈诗.北京:北京大学五四文学社,1985:2.

[20] 江河.随笔[M]//老木.青年诗人谈诗.北京:北京大学五四文学社,1985:23—24.

[21] 北岛.热爱自由与平静:北岛访谈录[M]//李青松.新诗界:第四卷.北京:新世界出版社,2003:417.

[22] 爱德华·W.萨义德.知识分子论[M].单德兴译.陆建德校.北京:三联书店,2002:41.

[23] 宇文所安.何谓世界诗歌:对具有全球影响的诗歌之期望[J].倾向,1992:118—159.

[24] 琼斯.世界文学交换中的中国文学[J].今天,1994(3).

[25] 李岱松.光芒涌入:首届"新诗界国际诗歌奖"获奖诗人特辑[M].北京:新世界出版社,2004:543.

［26］杨小滨.今天的"今天派"诗歌［M］//肖开愚,臧棣,孙文波.从最小的可能性开始.北京：人民文学出版社,2000：349.

［27］欧阳江河.1989后国内诗歌写作：本土气质、中年特征与知识分子身份［M］//站在虚构这边.北京：三联书店,2001：51,53.

［28］江弱水.孤独的舞者,没有背景与音乐：谈北岛的诗［M］//中西同步与位移.合肥：安徽教育出版社,2003：173.

——原载《江汉大学学报(人文科学版)》(现《江汉学术》)2008年第1期：45—50

当代诗歌的"南北之辨"与
戈麦的"南方"书写

吴　昊

摘　要：戈麦作为一位崇尚想象力的中国当代诗人，其诗作中"经验"与"想象"之间的界限并不是截然对立的，而是呈现出模糊状态。从地域角度来说，戈麦是一位成长、求学、工作在北方的诗人，但从他的自述和诗作中却可以看出他有着强烈的"南方"情结，其南方题材的诗作中也渗透着对"南方"的"想象的经验"，但这并不意味着戈麦就是一位"南方"诗人。也由此可以看出，中国当代诗人的写作中并不存在界限分明的"南方诗歌"与"北方诗歌"。戈麦对"南方"的书写与博尔赫斯的作品（诗歌、小说）有着密切关联，两者之间产生了"互文性"。另外，戈麦诗歌中对"南方"的书写，也体现了诗人对诗歌语言进行探索的努力，并且这种努力是与诗人对想象力的追求相结合的，从而使其诗作的语言也富有幻想特质。

关键词：戈麦；当代诗歌；南方；博尔赫斯；经验；想象

一、引　言

墨西哥诗人帕斯在《百年佩索阿》的序言中说："诗人们没有传记，作品就是他们的传记。"[1] 对于中国当代诗人戈麦（1967—

1991)而言,这句话在某种意义上同样适用。在思索"那强大地把他(戈麦)推向诗歌的东西,究竟是什么"这个问题时,诗人西渡认为:"对像戈麦这样的诗人,要从他的生活传记中寻找这方面的原因的努力,也许将是一个错误。"[2]戈麦现存的生平资料是有限的,但他的诗歌作品却透露了更多关于他心灵的真实信息,其中之一便是他的"南方"情结。

戈麦是一位成长、求学、工作都在北方的诗人,诗歌也不乏北方之文"体峻词雄"[3]的特点,但在他的一些诗作中却出现了对"南方"的想象。通过考察可以发现,戈麦诗歌中所指认的"南方",狭义上是指地理意义上的中国南方地区,广义上则是指与戈麦所居住的北京这一地点相对的整个"南方",其中不仅包括中国的南方地区,还包括南半球的一些国家和地区,如戈麦生前所喜爱的诗人豪尔赫·路易斯·博尔赫斯的故乡阿根廷。据戈麦长兄褚福运、友人桑克、西渡所编《戈麦生平年表》来看,戈麦生前曾在1991年1月到上海访施蛰存,5月到四川访艾芜,这是目前仅有的关于戈麦与地理位置意义上的"南方"发生实际关系的两次记录。[4]由此看来,戈麦诗歌中的"南方"书写有部分的经验来源,但他在南方停留的时间过于短暂,在诗作中显现出的生活经验相比于一些长期生活在南方的诗人而言是较为模糊和抽象的,所以其诗歌中的"南方"在很大程度上是出于想象。

戈麦诗歌中的"南方"书写还与他所推崇的博尔赫斯有关。博尔赫斯的短篇小说《南方》是一个"打破现实/非现实二元对立"[5]、充满幻想特质的故事,诗作《南方》也具有梦幻色彩,从某种意义上来说"南方"即幻想。而戈麦的"南方"书写也模糊了现实与梦幻的界限,从而与博尔赫斯的作品有着某种共通性。不仅如此,从写作日期来看,诗人对自己"南方"题材的诗作均进行过精心修改,从而形成了"一题两诗"的状态,这体现了戈麦对诗歌语言"精确性"的追求。因此,戈麦诗歌中的"南方"书写不仅是深植在诗人心灵之中的"想象的经验",也是对诗歌语言可能性的探索。

二、中国当代诗歌"南北之辨"

在出生于四川的诗人钟鸣的认识中,"朦胧诗"是"北方诗歌",而"后朦胧诗"则是"南方诗歌",他在随笔集《旁观者》中为"南方诗歌"的边缘地位感到焦虑,并深情呼唤和赞美"南方":"谁真正认识过南方呢? 它的人民热血好动,喜欢精致的事物,热衷于神秘主义和革命,好私蓄,却重义气,不惜一夜千金散尽。固执顽冥,又多愁善感,实际而好幻想。……这就是我的南方!"[6]另一位川籍诗人柏桦也认为,自 1978 年来,中国"诗歌风水"发生了几次转移:北京"今天"派(1978—1985)是最先登场的,然而四川诗歌又以"巫气"取而代之,1992 年之后,诗歌风水在江南[7]。柏桦还征引刘师培、梁启超等学者的观点来证明"南""北"诗歌之不同,刘师培所说的"南方之文,亦与北方迥异。大抵北方之地土厚水深,民生其间,多尚实际。南方之地水势浩洋,民生其际,多尚虚务。民崇实际,故所著之文不外记事、析理二端;民尚虚务,故所著之文,或为言志、抒情之体"[3],被柏桦引为同道。这些观点让人想到 19 世纪法国学者泰纳的"种族、环境、时代"为文学决定性要素的论断。诚然,对于诗人而言,他成长、求学、工作所处的地理环境或地理环境的改变或多或少会影响他的个人气质、创作素材和创作风格等。人们也可以在一些诗人的创作中指认出清晰可辨的地理特征来,如昌耀长期生活在青藏高原,他诗中的意象就多为雄浑壮阔的高山大川,呈现出一种"大"气象;而潘维的诗作,则以"江南雨水"作为关键词,体现了江南文化的清新秀美。就此看来,似乎"南方诗歌""北方诗歌"这种带有文化地理学意味的划分法是有确凿根据的。

可是,当代诗歌是否存在绝对的"南北之别",或者把后殖民话

语应用到"南北"划分中(即北方为中心,南方为边缘)是否得当,是
有必要详加辨析的。首先,无论是古代诗歌还是现代诗歌,文化地
理学意义上的"南北"差异肯定存在,但"南北"也只是一种相对的
风格辨析,难以概括诗歌的全貌,诗人的作品风格也存在复杂性。
所谓的"南北"之别,是整体风格上的概括,而非绝对。一位于"南
方"成长起来的诗人可能会用北方歌喉歌唱(如海子),一位"北方"
诗人也会在诗中书写南方(如戈麦)。其次,"南北"或许会存在政
治意义、群体意义上的差别,但无文学意义上的"中心—边缘"之
分。即使是《南北文学不同论》的作者刘师培,也在另外一篇文章
中提到评价"南—北"之文时要用客观的眼光,否定绝对的"南北之
别":"试以晋人而论,潘岳为北人,陆机为南人,何以陆质实,而潘
清绮?后世学者亦各从其所好而已。……一代杰出之人,非特不
为地理所限,且亦不为时代所限。"[8]再次,虽然洪子诚先生曾提
道:"朦胧诗运动的区域,是以北京为中心的北方;之后探索者的出
身和活动地,则主要在南方。"[9]但运动的地点并不等于诗歌的艺
术特质,因此绝对意义上的"北方诗歌""南方诗歌"并不存在,对
"话语权"的争夺并不能掩盖文学本身的特质,地理空间意义上的
"南北方"并不应该成为划分"北方诗歌""南方诗歌"的绝对标准。

　　戈麦成长于黑龙江,求学、工作于北京,可谓是一位地理意义
上的"北方诗人",他的诗作中也不乏"北国""冬天""冰雪"等典型
的"北方意象",在《冬天的对话》《一九八五年》《岁末十四行》等作
品中,这些意象得到了充分的展现;并且,戈麦诗歌语言冷峻、坚硬
的质地,也与"北方气质"相契合。但这并不影响戈麦在诗歌中对
"南方"进行书写,尤其是在 1991 年 2 月,戈麦集中创作了一组以
"南方"为题材的诗歌,分别为《眺望南方》《南方》和《南方的耳朵》,
并对这些诗稿进行过反复修改,形成了"一题两稿"的现象。在这
些作品中可以见到戈麦作为一位"北方诗人"对"南方"的经验与想
象,既体现了戈麦诗歌中来自北方的"体峻词雄"的语言特点,又糅

合了南方意象的精致与柔美。因此，戈麦对"南方"的书写可以视为一种"跨地域书写"。然而，戈麦对"南方"的书写是他个人"南方"情结的集中体现，其现实来源固然可以追溯到戈麦短暂的南方游历，但那并不足以让戈麦成为一位地理意义上的"南方"诗人，戈麦对"南方"的情结更多是他心中深藏已久的"向往"。他的"南方"书写在其诗歌创作中占有不可忽视的重要位置。

三、戈麦诗歌中的"南方"情结

戈麦作为一位地理意义上的"北方诗人"，却对"南方"有着深切的向往，在他作于 1991 年 5 月的《自述》(此时戈麦已去过上海)中可见一斑："戈麦寓于北京，但喜欢南方的都市生活，他觉得在那些曲折回旋的小巷深处，在那些雨水从街面上流到室内、从屋顶上漏至铺上的诡秘生活中，一定发生了许多绝而又绝的故事。"[10]这种对"南方"的眷恋，看似与戈麦成长于东北、求学于北京的生活背景相矛盾，但这可以反映戈麦思想的一个特点："他喜欢神秘的事物，如贝壳上的图案、彗星、植物的繁衍以及怀疑论的哲学。"[10] "神秘"这个词语可被视为理解戈麦思想的关键词，戈麦之所以崇敬博尔赫斯的一个原因也是因为"他给世界带来的是月晕和神秘的背景，而不是燃烧的花朵、火热的太阳"[11]。"南方"就是一个"神秘"的象征，诗人生前仅两次短暂地到过中国南方，不曾在南方长期居住过，现实意义上的经验可谓是浅薄的，"南方"对于戈麦来说更多的是一片未知、充满神秘感的地域。"南方"意味着一种"诱惑"，而这种"诱惑"来自虚幻的想象。对于见惯黑土白雪的戈麦而言，"南方"无疑意味着一种新鲜、别样的经验。因此才有"身为过客却念念不忘"的"南方"情结。

从《戈麦诗全编》收录的诗歌来看，"南方"这个意象在 1987 年

12月修改后的《刑场》一诗中首次出现："枪声尚未响起/青色的狼/嗥着南国的歌声"。"南国的歌声"在这首诗中显得比较突兀，因为前面的诗句一直在铺设寒冷、死亡、衰颓的场景："从寒冷的尸谷走来/墨黑的冰河上/漂浮着天主教堂/沉沉的钟声//数以万计的囚徒/如亿万棵颓老的病树/从冰层深处/沉郁地呼唤着回声。"而"南国的歌声"无疑给这充满末世感的景象带来一种新鲜的血液和生命的气息。但"南方"在戈麦的诗歌中也不总是代表"希望"的，相反"南方"这种"想象的经验"也蕴含着"失望"的因素，如"可江南女子的青春/只是一只苦涩的微笑/苦难过去了倦容依旧"(《失望》)。在现实意义上的"南方"经验尚未形成的时候，"南方"对于诗人只是一种纯粹的想象，诗人在向往"南方"的同时也想到了可能的失望感，南方的美丽中可能也隐含着衰颓。这种对"南方"的纯粹性想象还表现在戈麦对南半球地理景观的幻想性书写之中。如"在南极这样一个冰雪的夜晚，/南十字星座垂在明亮的海岸。/世界，已滑到了最后一个狭谷的边缘"(《南极的马》)；"亚马逊平原，黄金铁一样的月光/流满这昂贵而青色的河/阿斯特克人灰白的废墟/远处，大森林，虎豹的怒吼一浪高过一浪"(《黄金》)等。在现实经验匮乏的情况下，戈麦的"南方"书写完全借助于幻想来实现，对"南方"幻想的来源也许来自诗人的阅读体验。正如诗人在其后期诗歌《南方》中所说："我在北方的书籍中想象过你的音容"，或许由幻想而生的"南方"情结还过于浅薄，因此诗人此时并没有对"南方"这一题材进行集中书写。

戈麦真实的"南方"经验始于1991年1月。据《戈麦生平年表》和《戈麦诗全编》，戈麦从上海回到北京之后，在十天之内(1991.2.3—1991.2.13)集中创作了《眺望南方》《南方》《南方的耳朵》等一批南方题材的诗，并对这些诗作进行过修改，形成了一稿、二稿并存的格局，可见戈麦对自己诗歌技艺要求之严格，也可见戈麦对这些南方题材诗歌的重视。值得注意的是，虽然修改稿和原稿在诗句顺序、语言锤炼等方面有了较大改动,但诗句中最基本的意象却没有很大变化。如在《眺望南方》的两个版本中,都出现了"高原""草原""植物""冰海""星辰"等意象。与《眺望南方》想象中的南半球异国风情不同,《南方》和《南方的耳朵》更多地体现了秀美的中国江南风情,如"我在北方的书籍中想象过你的音容/四处是亭台的摆设和越女的清唱"(《南方(二)》);"我目睹南方的耳朵/开放在我洁净的窗前/开在水边/像两朵梦中出生的花瓣/像清晨,像菩雨,像丝绸的波光"(《南方的耳朵(二)》)。从"亭台""越女""菩雨""丝绸"这些意象来看,戈麦所认识到的"南方"具有古典意味,是一个传统的"杏花春雨江南"。不过,从现实的观点来看,1990 年代的中国"南方"却已逐渐离这种情调和氛围远去,现代化的世俗生活正在迅速蔓延,高楼大厦、车水马龙悄然替代了"亭台""越女"的存在。戈麦的"南方",与其说是南方生活现实体验的描写,不如说是诗人的"心象",这种具有幻想特质的"南方"在现实生活中是渐趋衰微的。

由此可见,戈麦诗歌中的"南方"情结的来源有戈麦为数不多的中国南方生活经验,但更多的是对"南方"的想象。所以戈麦诗歌中的"南方"书写呈现出"亦真亦幻"的状态。同时,戈麦诗歌中的"南方"情结又体现了戈麦对南方生活的向往。而这种向往在"北方"诗人写作中,是有历史渊源的。早在 1930 年代的北平"前线诗人"群中,就有对"南方"的"驰想",这与他们身处"荒街"一般的现实环境形成明显对比,卞之琳、何其芳等人的诗作中都有对"南方"的歌唱,"南方"在他们的笔下象征着"强大的生命力、繁荣美好的未来,以及母亲胸怀般的温暖和安全"。对"南方"的呼唤也是对失落的"精神家园"的向往与渴望。[12]这与戈麦的"南方"情结既有相通之处,又有所不同。卞之琳、何其芳都生在江南,对"南方"的呼唤多带有对旧日实际生活的怀想色彩,用来与现实的荒凉相对照;而戈麦是一位成长、学习、工作皆在北方的诗人,他虽有短暂的"南方"经验,但他的"南方"书写更多是基于对"经验"的"想象",因而多了一层梦幻的感觉,现实与幻想的距离变得模糊和不真。这样的状态,恰恰也是戈麦所尊崇的阿根廷诗人豪尔赫·路易斯·博尔赫斯在作品中追求的。

四、戈麦的"南方"与博尔赫斯作品的关联

在此可以探讨的是,戈麦的"南方"情结与豪尔赫·路易斯·博尔赫斯的影响之间的关联。博尔赫斯的作品自 1986 年之后被大规模地译介到中国,而这一时期也是戈麦开始诗歌创作的时期。戈麦曾在《文字生涯》中谈到博尔赫斯对其诗歌创作和人生选择的意义:"就在这样一种怀疑自身的危险境界之中,我得到了一个人的拯救。这个人就是豪尔赫·路易斯·博尔赫斯。"[11]并且戈麦有过这样的断言:"如果说维多夫罗(智利诗人——引者注)在某些方面还带着较为浓重的欧洲先锋文学的风范,那么博尔赫斯则更带有布宜诺斯艾利斯的情致与格调。拉丁美洲是一块巨匠辈出的新大陆。"[11]戈麦诗歌中对拉丁美洲这块南半球大陆的想象性书写,也时有体现:"亚马逊平原,黄金铁一样的月光/流满这昂贵而青色的河/阿斯特克人灰白的废墟/远处,大森林,虎豹的怒吼一浪高过一浪"(《黄金》);"在那曙光微冷的气色中/潘帕斯草原/你的茂盛有一种灰冷的味道/在这两块大洋,它佛手一样的浪花/拍击之下/你像高原上流淌下的铁"(《眺望南方(二)》)。这些描写无疑给人一种陌生感,它们更多与诗人的想象相关联,而非源于现实的场景。

或许是在博尔赫斯的影响下,戈麦的"南方"与后者笔下的"南方"发生了微妙的联系。博尔赫斯著有短篇小说《南方》,收入其《虚构集》中。博尔赫斯本人很看重这篇作品,并在《虚构集》的1956 年补记中写道:"《南方》也许是我最得意的故事。"[13]这篇小

说记叙了"一个具有阿根廷和欧洲血统的男子胡安·达尔曼内心冲突的戏剧化"[5]。故事的灵感来自博尔赫斯本人受伤住院的一段经历——他在败血症的折磨下，一度出现了幻觉——而小说中的主人公达尔曼也处在现实与幻觉的交错中：他被大夫宣布身体好转，可以去南方庄园休养了，于是坐上了去南方的列车；诡异的是，这趟列车停靠在达尔曼"几乎不认识的稍前面的一个车站"，在那里下车后，他决定做一次"小小的历险"，却莫名地卷入了几个醉酒年轻人的械斗之中，为了彰显自己的"南方"精神，达尔曼决定接受年轻人的挑战，"紧握他不善于使用的匕首，向平原走去"。小说在此出现了一个问题：坐上火车去"南方"的是现实中的达尔曼，还是达尔曼在病痛中的幻觉呢？现实与非现实之间的界限就此存在不确定性，经验和想象变得模糊，因而充满了开放性。而戈麦的诗歌《南方》则与博尔赫斯的这篇小说不仅在标题上形成呼应，内在肌质也有许多暗含之处。诗中，"像是从前某个夜晚的微雨/我来到南方的小站"，很容易使人联想到达尔曼坐火车到"几乎不认识的稍前面的一个车站"；同时，"我"也同达尔曼所做的"小小的历险"一样，"在寂寥的夜晚，徘徊于灯火陌生的街头"，并且"我"也在对自己的这一经历感到怀疑："我是误入了不可返归的浮华的想象/还是来到了不可饶恕的精神乐园"；"我"对自己经历的怀疑，与博尔赫斯《南方》的结尾带来的歧义性相类似，只不过戈麦诗中的"我"把博尔赫斯在小说中未明确提出的观念明确了。正如有译论者指出："在博尔赫斯那里，任何事物都可能成为心灵的罗盘，而它给出的向度则注定是形形色色的幻想。"[14] 戈麦正是把博尔赫斯的"幻想"进行中国化、诗意化，两者在"幻想"这个层面上遥相呼应，形成了关联。

博尔赫斯还有一首题为《南方》的诗歌，勾勒了一幅他心目中的"南方"场景："从你的一座庭院，观看/古老的星星/从阴影里的长凳/观看/这些布散的小小亮点/我的无知还没有学会叫出它们的名字/也不会排成星座;/只感到水的回旋/在幽秘的水池;/只感到茉莉和忍冬的香味,/沉睡的鸟儿的宁静,/门厅的弯拱,湿气/——这些事物,也许,就是诗。"[15] "星星""水""茉莉""忍冬""鸟儿""门厅"这些陌生的事物,究竟是"我"在现实中看到的,还是想象中的呢? 诗中并没有确定的答案。并且诗人也没有明确肯定"这些事物就是诗",而是插入"也许"一词,使得这些本来亦真亦幻的事物更添了一层不确定性。这样的"双重虚幻"也出现在戈麦的诗歌中,他在《南方的耳朵(一)》中写道:"我在一个迷雾一样的早晨/目睹了南方的耳朵/开在我的窗前/像两朵雨水中闪亮的贝壳/或是两朵清晨的梦中出生的兰花/这一景致并非寻常的幻象/幻象是一种启示/这一景致也非寻常的梦境/梦境是一种宫怨/但它不是。""我"在"迷雾一样的早晨"看到的"南方的耳朵",既像"贝壳"也像"兰花",非"幻象"也非"梦境",看起来它离诗人距离很近("开在窗前"),却又是诗人"此生此世难以接近的纯洁"。"南方的耳朵"在此成了一个具有悖论性的超现实意象,从而比一般的想象更为神秘。因此,戈麦的"南方"题材的诗歌与博尔赫斯的诗歌《南方》在"幻想"这个层面也有着共通之处。

五、戈麦的"南方"书写所展示的语言探索

从更深层面来说,戈麦对"南方"的书写以及《眺望南方》《南方》《南方的耳朵》出现的"一题两稿"现象,显示了他对诗艺的精益求精的态度。具体而言,即一种严苛地对待诗歌语言的态度。

戈麦是一位高度重视诗歌语言的诗人,他在《关于诗歌》一文中这样说:"诗歌应该是语言的利斧,它能够剖开心灵的冰河。在词与词的交汇、融合、分解、对抗的创造中,一定会显现出犀利夺目的语言之光照亮人的生存。"[16] 这种对语言于诗歌之重要性的强

调,类似于马拉美"将语言的无穷潜能作为自己诗歌的真正内容"[17]的主张。恰如西渡提出,将戈麦某些诗歌的一、二稿的差异进行比较,就会看到一首诗是"如何在艰苦的劳作中逐渐锻造成型的",这也是"与传统的写作方式迥然相异的一种写作方式"[18]。戈麦书写"南方"的诗歌中"一题两稿"的现象,正是他对自己诗歌语言进行精心锤炼的结果。在戈麦的诗句中,"读者会经常听到一种清晰的挖掘的声音,那声音来自一个神秘歌唱者的语言的暗夜融入了发现的新生"[19]。戈麦的诗歌时常迸发出一种警句般的震撼力量,词与词、词与句、句与句之间呈现出尖锐的张力,渗透进读者的心灵。戈麦这种对语言的重视使他对语言的使用更接近于波德莱尔所指称的"语言魔术":"艺术地处理一种语言,意味着进行一种召唤魔术。"[17]

以下仅以两个版本的《南方》诗稿为例,分析戈麦对诗歌语言的严格要求和精益求精的语言探索:

南 方 (一)

那是前一个晚上遗落的微雨
我脚踩薄绿的青苔
我的脚印深深地印在水里
一直延伸到小巷的深处

这是一个不曾破译过的夜晚
我从早晨到达的车站来到这一爿屋檐
浅陌、迷濛,没有更多的认识
因而第一个傍晚
我仍然徘徊于灯火萧索的街头
耳畔是另一个国度的音乐,另一种音乐

那种柔软的舌音像某些滑润的手指
它在我心头抚起一层不名的陌生
我是来到梦里
还是被世界驱赶到经验的乐园
从此的生活是要从一种温暖的感觉开始

还是永远关闭了走回过去的径巷

南方,从更高的地方不可能望到你的全貌
在那雾一样的空气下层
是亭台的楼阁和越女的清唱
我还能记得这漫长的古国
它后来的几百年衰微的年代中
那种欲哭欲诉的情调

但我只能在狭窄的木阁子里
静静地倾听世外的聊赖
一缕孤愁从此永恒的诞生
它曾深深埋藏在一个北国人坚实的肺腑
今日我抑不住心中的迷茫
我在微雨中摸索,从一种陌生到另一种陌生

(1991.2.3)

南 方 (二)

像是从前某个夜晚遗落的微雨
我来到南方的小站
檐下那只翠绿的雌鸟

我来到你妊娠着李花的故乡

我在北方的书籍中想象过你的音容
四处是亭台的摆设和越女的清唱
漫长的中古,南方的衰微
一只杜鹃委婉地走在清晨

我的耳畔是另一个国度,另一个东方
我抓住它,那是我想要寻找的语言
我就要离开那哺育过我的原野
在寂寥的夜晚,徘徊于灯火陌生的街头

此后的生活就要从一家落雨的客栈开始
一爿门扉挡不住青苔上低旋的寒风
我是误入了不可返归的浮华的想象
还是来到了不可饶恕的经验乐园

(1991.2.13)

　　从篇幅来看,《南方(二)》明显对《南方(一)》(28 行)进行了压缩(16 行)。在形式上,《南方(二)》将《南方(一)》的不规则的 4—6行一节,调整为整饬的 4 行一节,而且每行字数也大体相同,更体现出"句的均齐",节奏感得到进一步突显,产生了良好的听觉效果。正如西渡所说,戈麦的诗体具有如下明显的特点:"句子长度大体相等,三、四、五行为一单元的整齐、匀称的音节,饱满、充盈的诗歌节奏。"[2]这样看来,戈麦追求的乃是马拉美式的"讲求智识的、形式严整的抒情诗"[17]。不仅如此,《南方(二)》在锤炼语言(表现为剔除冗余、精简词句)的同时,还凸显了语言的张力的运用,如该诗最后两句"我是误入了不可返归的浮华的想象/还是来到了不可饶恕的经验乐园",否定词"不可"和自我疑问的运用,"想象"与"经验"二词的对峙,使读者更为深入地进入戈麦构筑的经验与想象交错的"南方"世界。

那么,这是一个怎样的"南方"世界呢?诗中的叙述者"我"在"夜晚遗落的微雨"中来到"南方小站",来到在"北方的书籍"中想象过的地方,从"哺育过我的原野"来到"灯火陌生的街头",所置身的无疑是一个充满神秘感的国度。"我"徘徊于现实的"经验"和梦境中的"想象"之间,现实与梦境之间的距离变得模糊,所感受到的是一种空濛与迷茫,但正是这种全新的"想象"中的"经验",才让人向往,因为神秘的也是迷人的。这种神秘感正是其诗歌语言带来的。

有必要指出的是,《南方(二)》较之《南方(一)》,抒情的成分少了许多:"我"不再倾诉,"我只能在狭窄的木阁子里/静静地倾听世外的聊赖/一缕孤愁从此永恒的诞生"。诗人把情感浓缩在诗句中,虽未言明自己的心态,读者却能够从"误入"与"来到"之间的犹疑和矛盾中感受到"我"的"一缕孤愁"。而正是在独处之中,"我"才能回到内心,进入灵魂栖居的空间,更好地倾听"另一个国度的音乐"。此种"孤愁"或许可与林庚《沪之雨夜》中的"幽怨"("雨水湿了一片柏油路/巷中楼上有人拉南胡/是一曲似不关心的幽怨")相提并论,两者都是通过"听"而产生的情绪,体现了置身于陌生环境中的孤独感。

此外,就这两个版本的《南方》中所包含的主要意象来看,也体现了戈麦作为一名北方诗人对"南方"的独特体认。虽然,戈麦是怀着某种古典情怀想象"南方"的,他笔下出现了诸如"青苔""小巷""亭台""越女""落雨的客栈"等富有典型"南方"特色的元素,但在这两首《南方》中,戈麦似乎更关注"南方"元素的组合所烘托出的具有朦胧效果的氛围,而并不在于具体的元素本身。这也进一步强化了戈麦诗歌中"南方"的"经验"与"想象"边界的模糊感。

"那可能与不可能的使我们沉迷。"诗人穆旦曾在诗中如是说。对于戈麦而言,他似乎更倾向于"让不可能的成为可能"。无论是他的"南方"情结,还是他诗歌中的"南方"书写,都存在着经验与想象边界的不确定性。经验伴随着想象产生,而想象中又混杂着经验,但想象始终要胜于经验。戈麦正是试图用"想象"的语言来表现自己心中的"南方",而非单纯地再现。这种"想象"中的"经验"正如西渡所说:"戈麦在诗歌的诸手段中把想象力提高到独一无二的位置。他认为,诗歌直接从属于幻想,他相信,'现实源于梦幻'、'与其盼望,不如梦想'。"[2]因此,戈麦的诗歌"不愿再用人们通常所称的现实来量度自身,即使它会在自身容纳一点现实的残余作为它迈向自由的起跳之处"[17]。

戈麦的"南方",是语言造就的"南方",是他充满幻想的产物。这种"幻想"的成分也渗透到戈麦的众多"南方"书写之外的诗歌中,如《圣马丁广场水中的鸽子》《黑夜我在罗德角,静候一个人》《南极的马》《帕米尔高原》等。这些诗歌中流露出的幻想特质,暗示他追寻着比现实更高远的生活,而不是普通意义上的"俗世生活"。因为他声称"通往人间的路,是灵魂痛苦的爬行"(《空望人间》)。

参考文献

[1] 帕斯.不识于"我":序《百年佩索阿》[J].新诗评论,2012(1):206.

[2] 西渡.拯救的诗歌与诗歌的拯救:戈麦论[M]//戈麦诗全编.上海:三联书店,1999:451—465.

[3] 刘师培.南北文学不同论[J].国粹学报,1905(9).

[4] 诸福运,桑克,西渡.戈麦生平年表[M].彗星:戈麦诗集.桂林:漓江出版社,1993:269—270.

[5] 肖徐彧.《南方》的幻想性质探讨[J].世界文学评论,2010(1):112.

［6］钟鸣.旁观者[M].海口：海南出版社,1998：807.

［7］柏桦.左边：毛泽东时代的抒情诗人[J].青年作家,2008
(11)：79.

［8］刘师培.论文学不可为地理及时代之见所囿[M]//中国中古
文学史讲义.长春：时代文艺出版社,2009：115.

［9］洪子诚,刘登翰.中国当代新诗史[M].北京：北京大学出版
社,2010：211.

［10］戈麦.戈麦自述[M]//戈麦诗全编.上海：三联书店,1999：
424.

［11］戈麦.文字生涯[M]//戈麦诗全编.上海：三联书店,1999：
428.

［12］张洁宇.荒原上的丁香：20世纪30年代北平"前线诗人"诗歌
研究[M].北京：中国人民大学出版社,2003：265.

［13］博尔赫斯.1956年补记[M]//虚构集.王永年译.南京：江苏文
艺出版社,2008：88.

［14］陈众议.心灵的罗盘：纪念博尔赫斯百年诞辰[J].外国文学评
论,1999(4)：40.

［15］博尔赫斯.南方[M]//外国二十世纪纯抒情诗精华.王三槐译.
北京：作家出版社,1992：260.

［16］戈麦.关于诗歌[M]//戈麦诗全编.上海：三联书店,1999：
426.

［17］胡戈·弗里德里希.现代诗歌的结构[M].李双志译.南京：译
林出版社,2010.

［18］西渡.编后记[M]//戈麦诗全编.上海：三联书店,1999：467.

［19］臧棣.犀利的汉语之光：论戈麦及其诗歌精神[M]//戈麦诗全
编.上海：三联书店,1999：445.

从性别想象到技艺对经验的转换

——论沈杰、青蓖、水丢丢和梅花落的诗

赖彧煌

摘　要：性别想象往往被看作"女性主义诗歌"的重要标识，但作为建立在女性/男性二项对立基础上的批评框架，性别经验极易仅仅作为争辩的、对抗的要素被强调。从经验的开放以及诗的想象方式的角度看，这遮蔽了女性诗人写作的丰富性。疏离二项对立的经验处置立场，假以诗歌技艺的互动，不少女性诗人的作品对于"女性诗歌"既校正了其概念又丰富了其内涵。

关键词：诗歌；女性主义；经验；想象方式；对话诗学

长期以来，在各种思想风潮的推波助澜下，人们被不断告诫要警惕无所不在的权力，要和它拆解，予以颠覆和瓦解。林林总总的女性主义文学批评通常都建立在这个反抗逻辑上，试图改写或重写被男性遮蔽和扭曲的性别经验，并做出了巨大的成绩。对于纠正种种霸权宰制下的单边主义的固执偏见，女性主义文学批评功不可没，它是思想、文化整体进程中的重要组成部分。但是，作为一种前设的二项对立框架，其狭隘性如此明显，以至如果轻易把女诗人的写作放在这个框架下讨论，很可能会损失许多比"女性写作"更有意味的东西。

本文选取的四位女诗人，无论诗歌风格还是与诗歌传统的关

联,抑或题材和主题,均很难从中抽取太多的共性。之所以将她们聚拢在一个标题下讨论,是因为,在题材处理和经验想象方面,她们不约而同地触及了当下诗歌写作中的一些重要问题。另一个原因是她们近几年都同时出现在一本名为《新汉诗》的诗刊中——其"偶然"性或不约而同的缘故涉及当下诗歌出版与批评的秩序,本文暂且不去探究。在这些诗人涉及女性经验的诗篇中,尽管性别想象常常是诗歌书写的出发点和基本动力,但其启发性远远大于"女性诗歌",这体现在对更广阔经验的接纳、日常与诗意的辩证、尖锐经验的诗艺转化等方面。很大程度上,她们的诗写实践超越了"女性诗歌"的狭窄内涵。在我看来,这些诗人作为个案,与其说,揭示了作为代际的"女性诗人"在书写性别经验方面的演进,不如说,汇流在整个诗歌写作的河流中而尤为显得独树一帜。

一、大于"女性诗歌"的文本

论及女诗人的写作,尤其是女性经验明显的篇章,人们往往先验地将其归入"女性诗歌"的谱系。一种几成定见的预设是,书写女性经验,无论就题材的规定性,还是内在的诉求,女性经验往往在与男性(权)世界的抗辩中才得以成立和命名,因而,女性经验革命的、政治的潜能理应得到足够的强调与肯定,其取向无疑是女性主义的。从社会学的层面看,彰显女性经验的价值作为社会规划的一部分,它对种种被压制的经验暗区的还原或拓展自有其重大意义。不过,具体到女性诗人的写作,经验的处置立场和效果却未必天然是女性主义的。这是因为,一方面,作为日常政治的女性经验和诗中的女性经验有质的差别,另一方面,女性经验的征用、组织也折射出立场的差异,在理论和实践上,它们可能从本体论的地位被强调,因而在立场上作为抗辩性的基质被体认,在诗歌书写中,也可能仅仅作为认知之一种的材料予以形式化,在营造诗歌话语形构的过程中,保持反思性的和对话性的维度。

诚如人们将会看到,这四位女诗人在处理女性经验的时候,有效地逸出了本体化地处置女性经验的二元框架,这使得她们的诗篇常常成功地从抗辩的、对立的经验本身的自限中游离出来,走向了多重经验的沟通与对话,并得以探及更为广阔的经验空间。很多时候,女性经验不再天然地作为无需检查的形而上学被放行,而是在省思的维度予以审视。因而,许多诗作虽然有或隐或显的女性视角(女性体验),但这种视角和体验通常只是她们在诗中展开想象的探测器,并没有局限于某种单一的女性经验。这就是说,即使一种写作从诉诸女性经验出发,但表达某种女性主义的诉求也许远非她们的旨归。正如有论者明确区分女性经验和女性主义诉求:"如果只因一本书将妇女的体验放在中心地位,就认为它具有女性主义的兴趣,这将陷入极大的误区。"[1]重要的是,女性经验仅仅是诸多经验的一种,在有作为的诗篇中,它应该被当作激活其他经验的媒介物,也只有在这时候,女性视角才是包容、深化进而体认更复杂的各种观感的一个有效途径。

在沈杰的《给祖父》中,孙女的视角中祖父暴戾,但当"所有的暴戾都撤下"后,诗中的说话者试图艰难体认的是祖父这个被世界压迫也压迫世界的男人,其间百感交集的领悟并非某种女性主义倾向所能概括,固然其中不断地回溯作为羸弱者的"我"被压抑的灰色童年,而诗的最后却以感叹的口吻写道:"情愿让整个不愉快的童年再来一次。"就这首诗而言,对自身之外世界的包容与体认与其说全然出于对亲人的缅怀,毋宁说是对更为复杂的作为承担者当然也是压迫者的男性世界(同时也是自己的世界)的体谅,并试图同它对话。在《给祖父》中,虽然有非常丰富的女性体验,把自己从童年到大学的若干记忆贯穿其中,女性经验面对男性世界(祖父的世界)尽管不乏压抑的、心酸的体会,但与其说是对抗的,不如说是对话的，自我的经验是对其开放的。

　　的确，女性经验不能作为一首诗划入女性诗歌谱系的可靠标识。因而，对于那些女性经验色彩浓郁的诗作应更为审慎地解读。一些诗人善于从细微的，甚至老旧的一类体验开始，书写一些微不足道的情愫，但可贵的是，她们并没有就此止步或拘泥于玩味女性独有的体验，而是跃升到对广阔而复杂的生活之领悟。在《春天复苏的行政助理》中，青蓖以一个女职员的视角，从一种幽闭的情怀出发，"独自一人听外国歌曲"，但很快转向了面向外部的开放，在"立春后的小南风"吹拂下，把自我的敌意和沮丧这一类对抗的情怀予以摒弃，而后以反讽式的"明天她还会让人们看到她可敬的职业精神"结尾，努力包容恼人的都市的、写字楼式的经验。

　　女性经验仅仅作为诗的引线而不被它们束缚，这与许多女性主义者以拆解的、对抗的方式处置经验，并据此反抗男性世界迥然不同。作为一种本质上求解放的诉求，女性主义专注于对男性世界的移置乃至颠覆，这必然使得女性经验作为一种形而上学被强调。但无论专注于以女性经验反抗男性世界，还是致力于重写女性经验的光辉，作为一种本体论意义上的立场，它同时是攻击性的和破坏性的，因此很难引入反思的维度，对女性经验可能的专断性和狭隘性保持警惕。在这些诗人那里，她们有效地冲决了女性经验专断的一面，通过诗的方式不仅保持了与外部世界的张力，而且保持了可贵的反思性。从这个层面看，她们在一定程度上矫正了"女性写作"可能的自反性的一面。

　　像水丢丢的诗，固然书写了许多细致入微的女性情怀，《人生若只初相见》《致 F 的两个版本之一》《情人节》等诗刻画了切身的境遇如爱情中两性的位置，不乏对不可把握的爱情的复杂感受，且这些诗主要倾向于对女性经验的捕捉和玩味，但在另一些更值得注意的诗中，女性经验并不是诗的中心，而是假以反思的维度，如《美容时刻》《一些叫维纳斯的女孩》。在后一首诗中，作为美的象征的维纳斯，水丢丢抓住的是"先是作为残缺的一部分，然后/才是美"，她试图呈现的是一种可疑的"美"——"她先是被抛弃的/然后，才被保留"，在艺术品的维纳斯的境遇和女孩的境遇之间构设了一种反讽的张力。不过，即使指向对一种假象的揭示，水丢丢也是节制有加的，这说明了她对女性经验的克制。更明显的是《致 F 的两个版本之二》，把两性关系处理成假设性的情境，在无物常驻的时间之流中既寄以有限的向往又以恰到好处的隐忍发出感叹：

> 此时，我们要不要停下来，说一说夜晚
> 说一说夜晚读书时的红袖，添香
> 或许说到这些的时候，两个人就像两条不上岸的鱼一样
> 幸福

　　说其有限的向往是因为带着犹疑"要不要停下来"，说其有节制的隐忍是因为这种想象的"停下来"仅仅是"不上岸"，即陆地（现实）之外的一个玄想。

　　在涉及女性经验的诗篇中葆有克制，就能清醒于经验可能的专注性，在《一些叫维纳斯的女孩》中，她对美之被塑造的揭示与感叹并没有过多地指向塑造者（从女性主义的观点看，美和美女当然是男权眼光下的命名），而是指向被塑造者在主体性上的不自知乃至不自觉。这一类题材，其处理向度可以指向对男性世界的激烈批判，也可以指向对女性自身的反思，水丢丢选择了后者。

　　有意味的是，梅花落从女性体验出发而后敞开更广阔的经验空间的处理方式，和上述诗人不太一样。譬如，她从一个物象，如佛朗明戈那样的舞蹈、玛塔·哈丽那样一个有争议的双面间谍等入手，触及的是更为开阔的一种领会。《玛塔·哈丽1917年在巴黎》，作为一个美色的牺牲品，从女性主义的观点看，男人的世界难辞其咎，不过，梅花落却更多地转向了对主角本身的反思，这反思

是在反讽中实现的。面对死刑,除了写下作为女性的玛塔·哈丽暴虐的一面外,"我要在世界的血肉里执行毁灭,在政治、军事的混杂中戳死父亲",此中的父亲无疑是男性世界,她没有一味地、决绝地对父亲予以颠覆,而是指向了对自我的反讽。如果从写作素材看,不妨说,梅花落总是处理一些过往的、历史上的题材,如文艺复兴时期的佛罗伦萨、旧时绿林好汉呼啸江湖,《本色》《江湖行》均是此类作品。诗中的说话者性别特征尽管昭彰,但诗的主旨往往不是对女性经验的挖掘,而是对混乱时代的想象,这时代如此之大,甚至超出了对女性/男性世界的争辩。

通观四位女诗人书写女性经验篇章,可以提出的一个重要诗学问题是,作为一个问题重重、歧义丛生的概念,"女性诗歌"因其概念阈值的先在限定,体现在批评框架中,女性经验或性别想象往往局限于二项对立的框架。在这种参照系下,"女性诗歌"只能建立在对立、反抗的逻辑上,因为有那么多不平等的、被压抑的东西需要反抗,其对立面就是或现实或想象的霸道的男性世界,体现在书写中,则需要以抗辩的、凌厉的姿态予以呈现。从这个层面看,不少"女性诗歌"必然面临的一个问题是,其自身经验的体认是以对立面的男性世界为参照的,它不可避免的是狭窄的,其意旨的表达与呈现只能在顺从/对抗的逻辑中颇受牵制地滑动。

顺从/对抗的逻辑体现在一些女性经验明显的诗中,如书写和爱情有关的篇什,其问题是,顺从的逻辑结论只能是膜拜,而反抗的对应物则是怨恨。但无论怨恨还是膜拜,必然指向经验的自闭,因为怨恨使得自我将关注焦点式窄化到对象的身上而不及其余,走向一种集中的削减,顺从则在追随对象的过程中涣散自我而丧失自主性(这两种情感均是女性主义批评颇为关注的——对于怨恨则与抒情主体一同展开控诉,对于膜拜则把抒情主体和诗一同展开批判)。具体到触及了女性经验的一类写作,无论顺从(膜拜的)还是反抗(怨恨的),其经验最终走向无反思性的自我指涉,并为经验所牵制，最终关闭了与外部空间的关联。

从这个层面而言，面对女诗人书写的诗篇，需要把握的是其处置经验的走向。在沈杰、青蒄等人的诗中，女性经验常常只是作为连接外部空间的关联物，在立场上，它不是先验地反抗或者顺从，而是中立化地反思或作为诸种经验的触媒。在这里，可以说，诗人从女性经验出发，打造了一种独特的链接更广阔世界的经验的"客观关联物"。假以这个关联物，既对它予以审查，也对被关联物予以了开放。我以为，这是最值得留意的一种新质，发掘经验的扩张与关联，这些诗人就不再对诸多情思进行二项选择式的抗辩或歌咏，而是从对这些情思的种种体悟起跳，跃进了更为广阔的生活。她们处理的经验显然大于"女性诗歌"的概念框架，从女性体验出发，而超出了"女性诗歌"的边界。

当然，对专断的、对立的经验处置方式实现疏离，很重要的一个途径是假以有效的考量题材、主题的方式，这和她们敞开诗的想象方式有关。他们的作品有力地证明了，即使以通达、开放的立场接纳更广阔的经验，但作为触媒或诗的开端，这些经验也远不是第一位的，"妇女的问题——妇女的洞察力——妇女的独特经验，这些都是材料。而严肃艺术中最重要的是写作技巧和新颖独到的见解"[2]。如果从这个角度进一步检视她们有着明显女性视角的诗作，则会发现，不仅诗歌的空间得到了拓展，而且通过经验与技艺的互动，其写作的确走向了比"女性诗歌"更为丰富的层面。

二、词语的编织与经验的形式化

我们注意到，不仅繁复的经验冲决了狭窄的"女性诗歌"的限定，她们对经验的组织也超越了女性经验的专断性，这对考量当下的新诗在挖掘和呈现经验方面不乏有益的启示。为什么不少女性主义文学批评不无狭隘地使用"女性诗歌"这一概念,并使其窄化和抽象化,除了这种框架本身的二项对立之外,很重要的一点是,仅仅将文学中的女性经验作社会学意义上的理解,而忽略了作为材料的经验在诗的想象召唤下的呈现方式。对这种呈现方式的考量,不仅是估量她们性别想象的含量、性质、形态的依据,而且也是估测她们在当下汉语诗歌处理复杂经验的位置的标杆。

沈杰的长诗《妇科病房》的重要性往往因题材的现代(内中涉及人流、现代医学命名的种种妇科疾病)可能被很多批评家忽略其独特的想象方式。在某种意义上,正是想象方式的召唤,使一种或几种经验得以和生活的复杂性展开对话。这首诗一如其题目所示,和种种需要诉诸妇科手段的疾病或问题有关,或因细菌引起的病变,或因种种原因实施人流手术。其实,沈杰诗歌的一个明显标识是近观性和亲历性,这体现为以现场或回溯性的经验构造自己的观物方式,这种特点在《妇科病房》《一周病历》等长诗中尤为明显。

《妇科病房》既写己也看人,最值得注意的是,作为许多女性疾病或妇科问题的始作俑者的男性在其间却是隐而不彰的(九节诗仅第三节和第九节涉及),即使出现,也是面孔模糊的,"我多次想象他们会带怎样的神情",而想象或看到的是"遮住了脸庞"。重要的是,这些印象指向过去,时间向度上是青春乃至孩提时代。颇有意味的地方在于,妇女/男性(情人丈夫们)这一天然的并置框架(在典型的女性主义话语中,男性作为控诉或怨恨的对象,并置是颇为简便的一种框架)被时光流动的(直线的)结构所替代,如书写自身的疾病是和青春时光贯通起来的,对立的空间更多地被流动的时间所占据:"……/在这里清宫、通液、后穹窿穿刺/我的病历上满是多发性肌瘤畸胎瘤/流产、流产、流产、子宫内膜的异位……//在这里,我的几样简单的用具/只需用掉寥寥几个单词,一如——//我们在南方的烈焰下曾经的大学/宿舍里,六个好女孩一直合唱着。"

这样一种纵向而非并置的结构颇为有力地彰显了女性自身的伤痛,"六个好女孩一直合唱着"的天真、美好是一种易碎的、脆弱之美,因为冰冷而简单的病历"只需用掉寥寥几个单词"。强调沈杰在这样的诗中转向了对女性自身的反思,并不是说她仅仅无批判性地将女性之痛书写成生理的病痛,而是要揭示一种为女性自身所忽略的精神之伤,譬如其第八节:

> 月光从西岸而来,化妆的女人
> 荡漾的女人在镜前打量
> 那花费十几年慢慢
> 长齐的一切:乳房、臀和毛发
> 后来,她的情人丈夫们来了
> 来了,来了又走得不见
> 中空的,没有子宫、乳房的女人
> 格外轻盈,从淮海路到枫杨树上端
> 或者在维也纳歌剧院的卵石广场上漫行
>
> 你看,你看,她们还笑着
> 在小弄堂,在大街上有那么多

这里的"性征"之确认或挥霍当然和"情人丈夫们"有关,不过或许更和女性自身有关,"她们"无知的或许天真无邪的笑是如此触目惊心。在我看来,沈杰在《妇科病房》中处理的经验是外现的,是指向女性自身反思的。把女性/男性的空间并置模糊化地处理,使得她可以从容地营造一种纵向的结构方式,有效地疏离了经验的对抗性。在其《博物馆,与西汉男尸》中,固然也以女性的视角揣摩、想象男性,但有意味的是,她在时间之流中展开想象,这使得诗中的女性/男性世界的互看互动在纵向结构中显得相当放松，充分释放了探测的、对话的诗歌气流。

和沈杰不同的是，青萍探索经验互动的方式似乎是反其道而行之的，并置而非纵向的结构非常突出。在组诗《未来的邻居》中，诗人构设的"邻居"和"我"是并置的，不过，这种并置很难用顺从/反抗的逻辑概括，或者说，青萍的并置结构并不是截然分明地作出顺从/反抗的简单应答，她的诗的丰富性在于，超越了这种二项式选择。固然其间有不少呼应相和的篇章，不过，这种篇章很快就被"心神难安"所打破，因为一种沟通（"他许诺教我"）的可能性，被发现是"也许我们都难以/用现代性表达自己"：

> 我看见柳絮沾满他身，有心人
> 跟随其后。我不过是刚好某个时辰
> 脱落的种子，内里胀满生命
> 我有孕育的心是"有所住"。
>
> 而他终有厌离心和挣扎
> 背离神秘语言。
> 他在受身心之苦，像盲眼的我的未来
> 面对黑夜使劲想一树繁花。

"有所住"和"背离"之间的矛盾表面上看是紧张的和不对等的，但不妨将其视为对"我"与"他"的某种对等境遇的刻画（身心之苦和盲眼的未来均是内心的挣扎），以此揭示与世界关系、你我关系乃至两性关系的复杂性。在这里，女性经验只不过是测知世界的一片片试纸。在另一首诗中，青萍将这样一种两性乃至人事之间的相互拉扯揭示得更为一目了然，经验不是相互碰撞（对抗），而是相互纠葛的，她再一次把这种关系放在对等结构中：

相遇引申为碰撞，更多
只是人与人的滑行
如凡士林、唇膏、冲浪滑板。

"你在坚持什么，
观念，成长惯性？
杯子有善良的一面，那意味
你不能将其打破"

他可以穿着浅色长裤，双手插在裤兜
看看星象，预测第二天的运势。
当他想要靠近
她就像冰上的花样选手。

　　我以为，正因了诗中重视对等结构，她才写出诸如《深切的金子》《我不要像地鼠一样活着》那样一种既保有深切之痛又释怀、旷达之作。无论是以过去比勘现在，还是以并置揭示复杂性，这在消解经验的专断上有其诗学价值。

　　水丢丢则是以切片式的组织，或追求事物本然面貌的写法呈现经验的。切片式地组织诗章自然就对小场景、片段情有独钟，不过，小场景下却有着复杂的内涵。经验和诗的同一性的那种粗陋的诗歌意识形态幻觉在这里不堪一击，很难给它加上一种沿着经验的直线给定的意义，需要人们求索的往往是经验投射在诗中的切线。水丢丢的这种特点使得她貌似简单的诗必须审慎地看待，其效果或许就是，在切片式的诗中翻转出事物的复杂性和矛盾性，譬如《嘿，女孩子们》：

　　偏远小镇，她们说着不一样的悄悄话

想要一条蓝布裙,赤脚去丽江

而丽江的女孩子,在火车上
清明时节,带来寒意

女孩子们未曾说起的话语,还有一些
就像小酒吧里的欲望,戛然而止

两条线索构设在想去丽江和在丽江(或从丽江返回)的女孩们
之间,蓝布裙的温朗(期许的)和清明时节的寒意(看到的)之间的
不平衡放置在令人迟疑的揣想(还有未曾说起的话语,如小酒吧那
样晦暗或暧昧),合并在"戛然而止"中。

从接纳经验的可计量层面看,这些经验、场景是小的,如她的
《温暖》,"像两只冬眠的熊/搂抱在一起/肥厚的手掌//巨大的蓬
松/覆盖着/荒草丛生",冬眠时节可以是散淡的,绷紧的戒备得以
松弛,这时攻击性(也可以是防守)的"手掌"终于向"蓬松"的本意
汇流,那些荒凉(也许还有寒意)的"荒草丛生"反而被"覆盖"了,这
种覆盖尽管可能是暂时的,却令人体会到温暖的刻度。在这里,
"温暖"的一个有意味的内涵完成了它的诗的构造。集中在小场
景、切片式的要素中,琐细的场景因此被源源不断地接纳进诗里。
《天涯共此时》是一种对爱情的"小写",全诗虽然是吁请式的语气
开始,"来,亲爱的/跟着我的音节悼念……",但它是在细节化的情
思中展开的,最重要的,这种小写与许多和爱情有关的所谓书写平
等或书写对抗的诗不一样,她抓住的是爱情之本然的样子。其实,
种种人事,如果抓住它们本然的样子,才不至于像贪大求全反而泯
灭了诸种可能性。

从水丢丢的诗中,人们可以看到一种独特的诗歌修辞学,它尽
可能地打开了语言的跨度,有力地反抗语言机械化的惯性,这种诗

歌修辞学一定会让雅各布森或什克洛夫斯基颇感受用。譬如《斑马》一诗的"城市里有斑马线/没有斑马"、《虚构或者写实》中的"除却巫山到处是云",均体现了一种保持诗语的新鲜与活力的努力。

与水丢丢的构设方式不同,梅花落对女性经验的呈现更多地倚重反讽和风格化的方式,在很大程度上,正是通过语言的嬉戏和风格化的处理方式,使她化解了经验的专制和尖锐性。颇有意味的是,诗歌语言中的有意的粗糙毛刺和精致考究并存于她的诗中。

与此相对,精致考究的语言也比比皆是,譬如《秋天的佛朗明戈》反复咏叹"时光交错的西班牙女郎",全诗非常讲究形式的对称。我以为这是梅花落的一种颇为有意味的风格:粗俗与雅致、奔放与节制等诸种相互对立的因素并存于一首诗中,这使得她的诗特别彰显出了一种反讽性意味。不断地呈现甚至夸张地展示某种反讽性,实在是梅花落处置经验的压迫性和专断性的有效方式,当反讽作为语言的游戏处理时,它有效地缓解甚至倒转了经验的专断性。例如《小凤仙》这首诗和电影《知音》形成了绝妙的反讽,在后者那里,小凤仙作为蔡锷琴瑟和鸣的知音被歌颂,而在这里,被戏访的却是小凤仙的麻木甚至盲目。"……有了我,你就大胆的去革你的命吧/老子有的是时间/想我的未来,并且发出《知音》的声音/促使你相信"最后四句的反讽与其说指向对男性世界(如蔡锷对小凤仙的某种利用)指控,不如说指向对小凤仙的质疑。一个有待做文章的身份——妓女以及自身的主体性之匮乏在梅花落这里却转向了一种叙述的冷静。这种处置尖锐之经验的方式令人想起克里斯蒂娃对"符号的"与"象征的"区分,前者指向语言的游戏成分,后者则与"父亲法则"即意义相关,专注于符号的而非象征的语言,这意味着一种解放:"在文学中,符号的与象征的交汇,符号的在象征的中释放出来,从而形成语言'游戏'。"[3]在其他诗篇中,梅花落同样体现了倚重语言的游戏性,进而释放或转换性别经验的偏好,如《你是鹿》《坠楼》《静候》那样的佳作,体现出作者风格化写作对定型与固化的有效抵制。

三、余论:"重要的是把经验转化为诗意"

从反抗的、拆解的层面看,女性书写可以读出许多"枷锁"式的问题,譬如有待破解和颠覆的男性中心主义,男权世界对女性专断的塑造、扭曲与压抑,等等,但在诗的想象域,这些经验远不只是社会学的或性政治的材质。作为一种独特的话语形构,诗歌把握世界的方式和单纯女性主义的逻辑不尽相同,前者遵循的最基本的逻辑是,在为女性经验所触发的基础上,不只是面向抗辩的社会、政治的维度打造经验的主体,而是通过形式、技艺的手段锻造诗的感觉的主体,说到底,它是感觉方式的营造,在这个层面,抗辩的、二元的逻辑往往被追求复杂性的诗歌所超越。

上述四位诗人的写作尽管有不少显著的女性体验的印记,但她们均没有就此止步,或在诗中构设纵向的结构、营造切片式的场景,或者以语言的嬉戏解开压迫人的经验。或许可以说,她们通过诗的想象方式的开放,或反思,或拓展了作为社会的、政治的女性经验在诗中的位置,尽管仅仅从经验的一维将诗中的经验作语境化的解读,自有其价值,但从诗歌与社会学的交汇点看,这四位诗人无疑展示了一种处理女性经验的独特诗学。一方面,为被遮蔽的经验廓清迷雾;另一方面,引入反思的维度,同时非对立化地理解人们存身的复杂世界,以诗的方式展开对话。

较之归顺/怨恨的二元结构,这是一种更具包容性也更具反思性的运思方式,在诗的想象域,它有自身的形而上学,诚如一位论者区分社会学或历史学与文学处理女性经验的差别时所说:"写作并不能讲述或论述它,但却可以玩耍或歌咏它。"[4] 玩耍或歌咏就是形式化地处置经验,这意味着,诗有要求比经验或"事实性内容"更多的东西的特权,诚如阿多诺所言,是技巧而不是经验或事实性内容造就了艺术："当艺术不可避免地生产出一种幻象,从而以其技巧手段的魔力使我们入迷之时,没有比它更令艺术自身感到负疚的东西了。无论怎样,技巧作为艺术凝结定形的中介,如此一来便超过平凡事物的水平。技巧确保艺术作品比事实性内容的堆砌意味着更多的东西。这一'更多的东西'便是艺术的主旨。"[5]从这个意义上说,一种值得肯定的"女性诗歌",应当是从女性经验出发而后假以技艺的互动而与世界展开对话的诗歌,在诗的想象域,这既是对女性的解放,也是对人们丰富的经验世界的解放。

参考文献

［1］罗瑟林·科沃德.妇女小说是女性主义小说吗?［M］//张京媛.当代女性主义文学批评.北京:北京大学出版社,1992:76—77.

［2］乔伊斯·卡洛斯·欧茨.存在女性的声音吗?［M］//玛丽·伊格尔顿.女权主义文学理论.长沙:湖南文艺出版社,1989:363—364.

［3］拉曼·塞尔登.当代文学理论导读［M］.北京:北京大学出版社,2006:163.

［4］埃莱那·西克苏.从无意识的场景到历史的场景［M］//拉尔夫·科恩.文学理论的未来.北京:中国社会科学出版社,1993:34.

［5］阿多诺.美学理论［M］.成都:四川人民出版社,1998:371.

——原载《江汉大学学报(人文科学版)》(现《江汉学术》)2010年第4期:19—24

"中生代"：当代诗歌写作中的一种"地质"

荣光启

摘　要：当代诗歌发展至新世纪初，一批主要是 1960 年代出生（也包括 1950 年代末、1970 年代初出生）的诗人以其独特的写作渐渐为人所瞩目。当代诗坛也出现了相关的命名问题。从这一类诗人与"第三代""70 后"诗人迥异的精神背景和写作取向、文本价值等方面思考问题，可以探悉到他们的写作具有不能以历史时间的"代"可以划分的"非代性"，以及无法成为流派、"集体"的成就突出的个人化风格。在此基础上，"中生代"的命名更有其合理性。有意识地运用这一具有象征意味的地质学名词，表明命名者看重的不是诗人在历史时间中占据什么位置，而是强调他们的写作状态作为诗歌写作的一种精神和品质。

关键词：当代诗歌；中间代；"非代性"；话语权力；中生代

一、当代诗歌命名的贫乏

2004 年以来，厚达 2 550 页、收录八十余位 1960 年代出生的诗人作品的《中间代诗全集》的面世是一件值得关注的事情。按照编者的意图，这本大书乃是"希望借着本书的编选与出版为沉潜在两代人阴影下的这一代人作证。谁都无法否认这一代人即近十年来中国大陆诗坛最为优秀出众的中间力量,他们介于第三代和70后之间,承上启下,兼具两代人的诗写优势和实验意志,在文本和行动上为推动汉语诗歌的发展做出了不懈的努力并取得了实质性的成果"[1]2306—2308。不过,意图虽美,但也问题重重:这一批"大都出生于60年代,诗歌起步于80年代,诗写成熟于90年代,他们中的相当部分与第三代诗人几乎是并肩而行"[1]2308的诗人,若是大部分既然与"第三代诗人""同行",而"70后"[2]的提法在一些诗人看来似乎又不能成立(因为它并没有"确立"什么),"中间代"命名的两个基础便值得怀疑:到底在什么"中间"?

认为"中间代"命名乃是"荒诞"这未免苛刻了,诗人安琪、远村、黄礼孩其实是看到了"当代诗歌史进程"中的问题,"中间代"作为一个可能的诗人群落、一种诗歌话语,它的被提出是要为一部分诗人"说公道话"。编者们之于当代诗歌史,应该说是有一定的贡献。"中间代"提法的产生,最重要的问题不在于它本身的准确与对错、该不该产生,而在于为什么在当代中国的历史时代,这种"代"的命名层出不穷?这一针对某些特定诗人的命名其真正的问题在哪里?我们应当在对话与交流中对之作哪些商榷与补充?"中间代"命名是在什么样的历史文化情境中成为可能的,它与中国当代诗歌的某种话语权力构成一种怎样的关系?"第三代"从何而来?"70后"又是什么?

"第三代"也即"新生代"。"新生代"是之于"朦胧诗"一代而来的,是对朦胧诗的承继与反叛、超越。那显而易见,朦胧诗人大约是"第二代"。那"第一代"呢?从当代诗歌的历史来看,可能是共和国刚刚成立时期为新中国热情讴歌的那一代诗人,包括何其芳、贺敬之、郭沫若、艾青等,他们的诗歌,抒写的是新的历史"时间"的"开始",是大写的"我"的"伟大的节日"。这一代诗人在当代的诗歌业绩主要是在1949年到1966年,即中国文学最"政治化"的"十七年"时期,诗歌基本上属"政治抒情诗"。也就是在这里,我们发现中国文学对诗人群体命名的问题。无论是"第一代"还是"第二代""第三代"
（"新生代"）"新时期""后新时期""晚生代""70后""80后"……我们
的命名通常只在时间和历史上做文章，只对时间和历史负责，根本
不触及诗歌内在的真实状况。而像"朦胧诗"这一针对一种新的诗
歌形态的本体性的命名，众所周知，最初经历了多少谴责和论争，仿
佛一场流血的革命！这个名目最初来自反对者的指责，它成为最终的
命名确实是意味深长，当代诗坛多么缺乏一种关注诗歌本身的普遍意
识和素质。至于像"归来诗人群"这种既暗示一群饱经患难的诗人"归
来"又暗示中国诗歌从政治到诗歌本体的"回归"的命名，则少之又少！

　　纵观当代文学史，"朦胧诗"之后的写作群体叫"新生代"或"第
三代"，也叫"后朦胧诗"[3]。"新生代"之后一点的作家们叫"晚生
代"，因为他们比前者生得"晚"。而"晚生代"之后的命名就出了麻
烦，总不至于叫"后晚生代"吧，干脆检查一下他们的户口本，终于
发现了他们的共同点：都是70年以后出生的孩子。那就叫"70年
代出生的作家"吧（诗歌界于是有了"70后"），这也接续了晚生代
的另一命名："60年代出生的作家"。在我们这个话语繁茂得过剩
的时代，命名方式却出奇的简单：干脆，谁什么时间（年代）出生，
就以那个时间（年代）命名。问题是：时间、年代能否标识个体诗
人的本质？"中间代"和"70后"、"70后"和"80后"的界限在哪里？
难道一个1969年底出生的作家和1970年1月的作家其心灵特征
有着"时代"的差别？数字化、时间化的命名法则表面上是这样一
些明显的荒谬和难题，而内在上，却是中国文学一贯的某种精神以
及部分中国诗人、批评家置身其中对之的并无觉察。

二、诗歌命名的"历史"情结

　　中国现代诗歌的诞生主要是以"新诗"的命名标识出来的（"新

诗"之前是"白话诗")。"新诗"是相对于旧诗而来。郭沫若的诗为新诗提供了一个重要的标准："时代的精神"和一个以"我"为核心的抒情机制(古典诗歌的抒情主体"我"作为主词是竭力掩藏的,郭沫若许多诗几乎每一句都是"我"为主语);再加上时人对西方自由诗的简单理解,"新诗"其实形成了这样一种机制:诗必须是"新"的,而"时代的精神"则是一个重要的指标,自我的情感和欲望的"本真"表露也是一个重要方面,而诗之所以为诗的重要因素——语言、句法、节奏、诗体等,则因对格律诗的简单拒绝和对自由诗的浪漫化理解,不再为人自觉地关注。但问题是:写一首"新"诗容易,写一首在语言、思想和艺术形式上均令人觉得"好"的诗恐怕要难得多。

中国现代诗由于特定的历史环境(建构真正独立的民族国家的现代性焦虑),诗歌的发展一直有偏于"新"而疏于"诗"的致命缺陷,这一缺陷到了 1942 年《在延安文艺座谈会上的讲话》之后的新的时期的中国文学,发展得更是到了极致。1949 年之后,诗歌完全是一个"歌唱""伟大的节日"的时代精神,非常之"新",迎来了一个"政治抒情诗"为主流的"十七年",迎来了语词和意象成为超级象征的"文革"时期的诗歌。朦胧诗一代人是对话语暴政的反抗,诗人们不愿再做国家话语要求的、社会主义乌托邦允诺的"英雄",而是要回到个体"人"的抒情本位,重建诗歌必需的个人的话语空间。朦胧诗人就像顾城那首著名的短诗的题目《一代人》一样,确实是肩负重任的一代,他们是中国当代文学的英雄,他们曾经为无数人崇拜也是理所当然。政治抒情诗的写作是依附于浪漫化的社会主义现实主义话语,是一种国家话语代替个人话语的写作;而朦胧诗人的写作,则是对这种政治性写作的反抗。

但朦胧诗的写作同样是"政治性"的,那就是它以人性解放和诗歌尊严的恢复的吁求来对抗那种国家话语对人性和诗歌本体的扭曲。朦胧诗的情感经验其实还是一种集体性的情感经验(即"一代人"的心声），个人化的情感总体来说还不够细腻；在对自我和诗歌语言的认识上，朦胧诗人还处在自发的阶段，未能深入探究。所以从诗歌本体的角度，朦胧诗的价值仍在于其"时代的精神"；对于当代中国文学，朦胧诗的价值在于它修复了文学的社会功能（文学是个体心灵的表达，而不是国家话语的传声筒、冲向社会主义乌托邦的号角），而不是回复到诗歌的本体。

朦胧诗其实也肩负了一定的历史重任，随着"解放思想、实事求是"的政治新时期的到来，朦胧诗的价值正在于其提供了人性复归的思想解放的前提。文学上的这种变革事实上是政治意识形态的一种推论实践。但朦胧诗的命名一定程度上还是切中了这一时期诗歌的要害的，当初正是这种晦涩朦胧的诗歌甚至引起许多曾经很"现代"的诗人的反对（譬如艾青），甚至有人认为这样的诗作妨碍人们进行现代化建设（参见署名"章明"的文章）。但朦胧诗的"时代的精神"、集体经验随着改革开放的深入，随着国家、"人"的社会共同想象的由统一走向分裂，其诗学立场和美学原则遭到了接下来一群诗人的反对。人们将这一群诗人称之为"新生代"，也即"第三代"。"新生代"的写作是一种以个体经验对抗朦胧诗的集体经验的写作，以破碎的自我对抗朦胧诗那个作为"一代人"的"我"，以口语化的方式戏谑崇高，在诗的语言和文本上，追求写作的"纯粹"，靠"写作"本身来深掘、发现自我与存在，甚至有"写作"大于"诗歌"的现象[4]。正在这个意义上，"新生代"虽然同样肩负着共和国成立以来诗人一代否定一代的第三代使命，但恰恰是"时代的精神"最驳杂的，离统一的"时间""历史"想象最远，最接近诗歌本体的一次。

但无论是"后朦胧诗"还是"新生代""第三代"的命名都不能反映这一代诗人的诗学贡献和写作状态，对诗人的命名总是与时间、历史联系在一起，而将诗人真正的生长状态和向诗歌本体的探索程度搁置一边。"朦胧诗"对应的是政治上的具备一个想象的社会共同体的"新时期",而"新生代"则对应这一想象共同体渐趋分裂的"后新时期"。"第三代"这一命名是与共和国成立以来有多少"代"诗人联系在一起,无形中还是将诗歌的功能和对诗歌的期待与国家意识形态联系起来。这种时间性的命名也将诗人放入了"历史"之中。尽管有的诗人本身可能命运悲苦,甚至可能已经穷困潦倒绝望自杀,但在他身后,人们仍然视之为文化英雄。

三、"新"诗逻辑的推论实践

"代"际命名以最直接的时间为标记,将诗人安放在历史的某个位置,使诗人获得一种参与"诗歌史进程"的幻觉。当代中国诗歌发展进程中这种一贯的命名方式是人们重历史时代而忽略诗歌本体的心态的表征。不是诗人们不追求诗歌的本体,而是通常将"新诗"理解为"新"的诗,直取其"新"而忘了更重要的主体——"诗",这是"五四"以来中国诗人的一种"情结"[5]。由于中国特定的历史境况,诗歌往往更愿意对"时代的精神"说话,而不是强调对"什么是诗"的追问(似乎诗是什么是个自明的问题)。诗人更愿意知道自己在历史中的位置,而不是自己的写作对诗歌的本体作出了什么样的探索。

应该说,"70后"不是一个诗人群类的审慎命名,1969年、1981年出生的诗人是否就一定不能算入"70后"? 十余年的年龄差距,诗人们的历史观念和诗学主张、语言能力差异甚大,不足以成为可以整体把握的一"代"。这一根据户口本的命名反映的是1970年代出生的、受第三代诗人影响长大的年轻诗人在市场经济成熟之后的中国语境内的一种浮躁心态:不是追求自己在诗学上对前辈的超越,而是急于成立集团公司来最大限度地获得诗歌市场份额,诗写得好不好是次要的,关键是能否借着这个时代的文化传播机制满足这一代人的文化明星梦想。在"70后"诗人中，名声最大的群体恐怕要数"下半身"诗人。坦率地说，"下半身"写作在这个文化白领时代是值得同情和重视的。嘲讽令人牙齿发酸的大众化的"诗意"是一个知识分子应有的批判性，但可惜"下半身"诗人的批判的武器太不新鲜也不太高明。在向来出言谨慎的中国人眼里，下半身诗人的诗歌主张无异于最"另类"的文学宣言。但事实上从中国诗歌的发展历史来看，类似于"下半身"的极端文学主张的出现，也不是罕见的事。如前所言，中国人对现代诗的认识是"五四"时期成形的"新诗"，"新"诗对今天的诗人差不多就是绝对的自由诗，就是思想的分行流淌，这样的话，诗就沦落为思想的分行排列的容器。很多人批判郭沫若，其实我们今天的诗歌很多还是郭沫若式的：我们的诗，值得分析的似乎就是其中深刻的"思想""时代的精神"，而"时代的精神"其实大多朝三暮四，单纯地珍视这类东西似乎不是谈论诗的方式，其他文类甚至非文学谈论"时代的精神"可能会谈得更好。新诗只是"新"的诗，是不是语言、句法、诗体、意识、经验完美契合的一种艺术倒无人过问。长期以来，人们对诗歌的评判标准往往是其思想、精神的深刻性，对"现代诗"的理解同样是偏重于思想、意识的"现代"而不是"诗"的艺术完整性。由于诗歌特殊的审美机制（追求字句简约、凝练含蓄），诗歌也就成为追求、呈现新、异（其实不见得"深刻"）的"现代"思想、意识、经验的最佳场域。诗歌陷入或艰涩或平白、平庸的歧途也就不难理解。正是这种唯"新"唯"现代"是举的思维模式，使中国诗人在"第三代"诗人的杰出成就之后要想玩出新的高招成为难事。"下半身"写作包括后来的"垃圾派"其实是在这样一个文化语境下产生的：为了追求思想、精神的"新"，无计可施，只好拿人性尊严的最后一点底线下手，决心什么都可以放逐、废灭，可以彻底，再彻底一些。至于这些是个体真实的生命体验还是年轻的幻想，不得而知。可以说，在只追求"新"不追求"诗"的道路上，中国诗人至今还在忘情地狂奔不已,这样的情形,产生"下半身""垃圾派"、更垃圾一点的派都是很正常的,一点也不异类。"下半身""垃圾派"这些所谓的"异类",其实只是中国诗歌的"'新'诗逻辑"下必然发生的推论实践。

从这个意义上讲,对"70后"命名的承认和高举,明显是"中间代"命名者对中国诗歌的历史劣根和当下病情的缺乏了解,同时还包含着实现自身梦想(也成为诗歌史上的"一代人")的急于求成。"第三代"的成绩有目共睹,按照伊沙的话,是一种"先确立",这大约是特定的历史时代和诗歌内在要求迫使诗人们在诗学上做出了非凡的成绩。而1970年代出生的中国诗人,确实有一些诗歌创作颇有成绩的作者,但"70后"作为诗歌"一代人"的命名、笼统某一种诗人群体、标举一种新的写作范式,一切都显得似是而非。将这样一个模糊的命名当真,当作自身行动的基石,实在不够审慎,也反映出命名者确立自身的历史位置的情结。其中,虽然诗人们的言语行为个个显得很极端、很前卫,其实最根本的意识还是中国诗人在写作上一如既往的"为时代代言"的历史情结(有些诗人即使是在写极端偏执的"自我",其实骨子里还是认为这个"时代"是这样一个"自我"的时代),至于诗歌本体方向上的探寻意识,不能说诗人们没有,但这一意识是否在整个写作行为中处于最主要的、最前列的位置不得而知。重要的是,"新诗"近百年来,追求"新"、轻视"诗",盲目追求精神、意识的"现代",将现代诗视为绝对的自由诗的诸多观念,已使当代许多诗人一提起笔,就先天丧失写作的"历史感"(T. S. 艾略特语)和对诗歌的本体意识(对汉语的不成熟和诗歌作为一种特殊文类其艺术形式相对稳定的自觉),即使许多诗人高举诗的"本质",在具体写作中还是不能拿出有效的策略,说来说去其重心还是"诗人"怎么样,"精神"又如何。由于是突出诗人在历史中的位置,而不是诗歌在自身历史中的演变,当代诗坛的命名运动热闹非凡,以至于有评论家不得不如是描述:前人刚"尘埃落定",后辈便"抢滩注册",而一批从前的旁观者、沉默者只好经过更艰难的努力，"带着一种迟到的无奈——多少有些被'淹没'的苦楚、缺少位置感的失落，以及多年苦熬，整体浮出水面的扬眉吐气……"[6]这种描述的对象让人以为不是改革开放后的谁人先富后富，便是某某朝代各类政治团伙的篡党夺权、阶级革命。如此的命名习惯其背后是"新诗"话语的某种权力。我们要的往往是以表征各样非常"现代"的"时代的精神"为价值的"新"的诗。诗人们要的是进入现代性意义上的直线发展的"历史"，寻找自己在此"历史"中的位置；而不是有限个体与永恒时间的拔河，探寻人性、语言与诗的奥妙，以语言和形式的自觉在诗自身的"历史"中留下自己"个人才能"的功绩。

在"第三代"和"70后"这一"代"之间硬要来一个"中间代"在当代中国诗坛并不是什么令人惊讶的事。虽然"中间代"的命名不能令人满意，不过他们的价值正在于他们提出了一个必须重视的问题：在"第三代"诗人之后或当中，确实存在一批与当时的主流诗坛保持距离而自寻出路且走得不错的诗人，他们的诗歌写作和"第三代"大不相同，与"70后"更是大相径庭。在《1998中国诗歌年鉴》之后纷纷扰扰的中国诗坛，这一群诗人的价值到底该如何评说？若是寻求一个能触及他们诗歌写作的某一大致共同特征的命名，怎样才算是合适？

四、"非代性"和个人化的写作

朱朱、臧棣、余怒、刘洁岷、马永波、叶辉、杨键、周瓒、沈杰、安琪等，许多当代优秀的诗人，他们皆生于1960年代，他们中大都是1990年代中期之后作品才为人瞩目，将这些诗人称之为在"第三代"和"70后"之间的"中间"代看似可以成立，但想想他们当中有的曾与"第三代""同行"，有的甚至根本就不想也无法与"第三代"

为伍；至于"70后"，他们大多根本不在乎，而且从其作品就能看出那种艺术向度和质地上的明显差异——这样的话，认为他们是"第三代"和"70后"的"中间"就显得不大妥当。很明显，他们既自觉地与"第三代"将自己分别出来，也懒得与"70后"唱和或斗争，对于这些大多写作观念、风格特立独行的诗人，时间性的"代"际命名是不能笼统概之的，我们顶多是从他们非常个人化的写作内部看看他们为当代诗歌带来了什么样的基质、提供了哪些值得存留的技艺与品质、之于当代诗歌的生长他们的存在给予了我们什么启示等等。

在论及这一批诗人之时，有一个必要的诗学背景我们必须清楚，那就是他们中一部分虽与"第三代"诗人"同行"，但事实上各自的出发点是不一样的。"第三代"诗人以朦胧诗为背景而产生，朦胧诗是以人性的尊严恢复了诗歌写作的基点，而"第三代"诗人则以自我的破碎和语言狂欢、形式实验展现出对人性的深思和对诗歌、语言本体的自觉，让诗由从"人"回到"诗"、回到"语言"。但无论怎样，朦胧诗和"第三代"都是"有诗可作"的年代，诗歌在时代的意识形态中仍有一定的位置和分量。而从"第三代"的边缘和1960年代出生的诗人当中分离出来的这一批诗人，他们在幼年、少年时期成长于"文革后"的时代空间，而在诗歌创作之初，又经历了"1989"前后的时代精神变化。他们写作的真正成形、旺盛期其实已在1993年之后，主要是在1995年之后，此时诗歌已经被放逐至时代的边缘，很多有名的诗人要么"下海"，要么自杀了，中国进入了一个崭新的经济就是一切的时代，一个看似无任何诗意可言的时代。毫无疑问，第三代诗人许多人的写作都是在反文化反崇高反价值反语言反……的动力下发生的，而1995年前后这一批诗人，他们的动力可能不是"反抗"，面对这样一个"权势"似乎不太明显的时代，他们面前更像是"无物之阵"。但看似"无物"，也可能是自由与丰富。缺乏明确的"反抗"目标，不再有读者公认的好诗或好诗人，甚至也不再有那么多读者关注诗歌，诗人回到了自己的内心，回到了变得更加复杂"权力"更加隐蔽的世界，写作的自由似乎变得更大了。这是这个贫乏的时代的诗歌的辩证法。

这是这一批诗人特立独行、处在"第三代"和1960年代出生的诗人边缘的主要原因，他们在一个非诗的年代展开自己的诗歌。除了写作内在的历史背景不同之外，即使在"第三代"诗人的阵营之中，出于诗人的个性和对诗艺的探索，他们当中许多人其实有意地与"第三代"诗人保持距离。像近年来成绩斐然的南京诗人朱朱，其实他一直与南京的诗人们保持着距离。对于《他们》等著名的诗人群体，朱朱似乎并不愿意置身其间。在《清河县》《皮箱》《灯蛾》《枯草上的盐》等一系列作品中，表现一种对"自我"的深刻寻思和内心图景的深度呈现。他优雅而节制的想象、情境，深刻或凝重的思想，在不动声色的平常言语当中呈现得非常从容。读朱朱的诗，让人想象这个作者似乎是一个远离世事又无所不知的人。可以说，朱朱的写作为当代诗坛提供了一种在诗体、语言和自我方面默默探索的范例。

在北方，在写作上和《倾向》诗人群体及在北京的一些知名诗人保持距离的恐怕要数臧棣。迄今为止，当代诗人中，对海子的诗歌写作提出疑义的大约要数臧棣较早且说出了较令人信服的理由。对我而言，诗人臧棣对于当代诗歌的价值至少有两点，而这两点，和这个时代关系不大，都是关乎诗歌的本质。第一就是臧棣的诗歌写作是一种新的诗歌写作范式。通常的诗歌写作，诗歌是个体的经验、情感思想的想象性表达，这无可非议，但在臧棣的诗歌中，我们会发现，经验与想象、想象与理智在语言当中形成一种互动关系，这种互动关系使诗歌不再与经验对称，而指向了更复杂的"不可言说"的世界。他的写作不是被动地为恢复"经验"、还原"现实"而作，而是在"写作"的"意识"中吸纳"经验"、想象"现实"的一种主动的心智活动，给人们带来了对现代汉诗的主体的意识与经验、语言与经验等关系的重新认识。臧棣使诗歌不再成为一种名词性的工具，而是使诗歌成了动词性的一种能力。正是对诗歌写作的一种新的认识，使臧棣似乎有了一只点石成金的指头，再无聊、卑微的事物，都能成为诗。臧棣将诗歌变成了一种能力，那些事物、景象只不过是陈述经验、展开想象和理智辨析的机缘，而不是"表现"的目标。

另外一点就是臧棣对诗歌写作本身的自觉意识。在"咏物诗""静物诗""地理诗""抒情诗""现代诗歌史""反诗歌"等一系列关于诗的"诗"中，臧棣要以一种所谓"元诗歌"的"新的方式揭示什么是诗歌"。在写作的过程当中诗人的意识指涉到"诗歌写作"这一状态的本身，使诗歌写作中的意识与经验、意识与语言、经验与当下、语言的象征功能与存在的本真状态的纠缠更加复杂，在写作中将诗人运用特定语言在写这一状态也写进诗歌，使诗歌文本的维度更加复杂了，仿佛镜中之镜。诗歌在表面上看是"晦涩"了，但其实内里更有意味。"元诗歌"的写作反映了诗人对诗歌写作的自觉意识，诗人不再是作为存在万物的代言者和命名者在说话，也不是语言的占有者和使用者。

在1960年代出生的中国诗人中，有一位诗人是应当提到的，那就是蛰居安庆的诗人余怒。余怒对当代诗歌的贡献在我看来就是他对"身体修辞学"。长久以来，当代诗人对于"身体"的描述要么陷入对"感觉"的在语言当中无边的延宕，要么简单地将"身体"的"感觉"最后归之为"性感"，很少有人能够将"身体"的独特"感觉"和语言表达像余怒那样以诗歌尖锐而准确地对接。读余怒的诗歌，你会感受到你自身的某种身体感觉在他的诗里得到了隐秘而准确的表达。很明显，余怒的写作是极端个人化的，但其诗作对读者又非不知所云。对于大多数的人，身体的许多特殊感觉一旦发生，你只能感受，不能表达，就如同一个死结，你知道它的存在，但不能以语言解开，而余怒的诗歌，却常常做着"解开身体的死结"

这种工作。

同时作为翻译家的诗人马永波，他的诗作有些确实透出对西方文化的熟谙。但《伪叙述：镜中的谋杀或某故事》《默林传奇》这些诗作中西方文化语言、典故的运用颇为恰到好处，使这些长诗在实验性、叙述性的同时充满了智慧的转折和阅读的戏剧性、趣味性。在《小慧》《眼科医院：谈话》《电影院》等诗中，马永波显示出他以长诗把握经验现实的能力。他的长诗一方面是充沛的激情，另一方面是足够的材料，这材料由一连串叙述性的场景构成，这些场景是历史的，也是写作中的想象，又是在此想象中的继续生长和机智的思忖。虽是长诗，但却因处处显露作者对细节处的精妙想象和叙述的智慧，读起来并不觉得冗长、晦涩。如此多的长诗和轻盈、机智又不失凝重与丰富的叙述性，使马永波的诗歌在当代诗坛显得别具一格。和马永波作品的"陌生化"和长度形成对比，诗人叶辉的作品大多是以乡村意象或自然意象为陈述和想象的机缘，他的作品可以说多为短诗。但是篇幅的短并不能决定诗歌的容量和重量。叶辉在往往诗歌中寥寥数语，却能呈现出一个令人惊讶的生存真相或生命感悟。对于诗歌写作，可能每个人都会标榜自己的作品是"个人化"的，但有些诗人之所以被我们单列出，乃是因为他们在漫长的时间当中单兵作战，以心血、心智和才情思忖存在的真相和省思自我、语言，以独特的个人风格或高超的综合技艺，得以从当代中国庞杂的诗人序列中"突围"，使人们不得不注意到他们的诗歌写作。

五、当代诗歌的"地质学"眼光

这里所论及的 1960 年代出生的中国诗人，及收录在《中间代诗全集》中其他一些诗人，至少从写作的精神背景、诗学立场和个人化的追求两个方面,我们可以认为,将这些人从历史的时间链上划分为"第三代"诗人和"70"的"中间"是值得商榷的。他们的写作,各自的艺术追求、思想精神的驳杂、相异是难以"代"来命名的。重要的是,1960年代出生,如此大的时间期限,其间出生的诗人在思想意识和写作技艺上的差异是不言自明的。这样,一个诗人到底是一九六几年出生的就并不重要,根本不能因其在一九六几年出生就算是"中间"的一"代"。对于诗人来说,我们起码的素质是要考察其写作起始时间、早年代表作出现的时间,因为这个时间与时代深处的精神变异息息相关。在这个意义上,我们认为这一批诗人的写作的初步成长期基本上在1990年、大多在1995年前后展开的,他们的写作的动力可以说没有动力的动力,那就是不同于朦胧诗人和"第三代"诗人的宣告或反抗模式,而是在一个诗意缺乏的年代回到自己的内心,回到语言和诗歌的本体之处寻觅,于是他们的写作留下了各样形态的个人化,为当代诗歌的语言、艺术形式、经验的呈现各个向度贡献了自己的探索。唯有在"写作背景"和个人化追求这些方面,他们的写作才有共通性可言。可以说,他们不是某一"代"人,而是某一"种"人。这样的话,大多被收纳进"中间代"的诗人,其实最不合适成为"一代",对他们的命名应该不能是直线时间意义上的某一"代"。

在这个意义上,我觉得诗人刘洁岷从"选题"的角度提出的一个命名方式倒显出一定的合理性。刘洁岷认为对于这一批独特的1960年代出生的中国诗人,在诸种命名当中,不如称之为"中生代"(主要指1960年出生的中国诗人,不过,以诗歌写作的质地而不是诗人的年龄论,少数1970年代初期出生和1960年代末期出生的诗人,也可以算为"中生代")。有意思的是,批评家陈仲义先生也提及"中生代",陈先生认为这两个命名其实差不多:"设想,如果早先有计划提出'中生代',我想也是可以成立的。历史看重的,主要是命名下的负载。"[6]看得出,陈先生的"中生代"不过是"在中间生出"的意思，他的使用也是不自觉的。但是刘洁岷却是在另外一个截然不同的意义上自觉地使用这一名词。他的"中生代"首先具有这个词原初意义上的地质学内涵——其意为2.5亿年至6 500万年前的一个地质年代。据研究，此时，地球的气候温暖湿润，一年中季节变化小，气候分带不明显，赤道不那么热，极地不那么冷，两极不结冰。在这种气候下，自然环境特别适合动植物生长。爬行动物此时最为活跃，其中最令人激动的就是恐龙的繁盛。鸟类和哺乳动物也开始出现并发现。被子植物在这一时期也开始出现并发展。这样的话，由于地质年代的久远，"中生代"之于当代，就不是一个现代性意义上的时间比拟，而是一种隐喻。鉴于"中生代"的气候的适宜和动植物的开始出现，这个词对于当代时间，意味的是环境的自由度和生命的生机，这恰恰是在诗歌意义上的判断。若将当代中国诗歌的发展比拟为不断变化的"地质"，那么这一"地质""生态"最理想的需求之一就是有类似"中生代"的环境和活跃的生命。这样，"中生代"就不是一个"代"性的命名（虽然有"代"字），而是一种"品质""性质"意义上的命名，意味某些诗人所出现的精神背景、诗歌理想和诗艺追求的一些共通性。这种个人化的诗歌理想和诗艺追求之于当代诗歌是一种必需的气候、品质。他们被称之为"中生代"，不是在历史时间的意义上在某某"中间"生出，而是在远离"时代的精神"、远离"诗歌运动"、关注自我和语言及两者之间关系的意义上对诗歌本体的追寻中生出。它强调的是诗人所需要的一种精神和诗歌写作所需要的一种品质，而不是写作者所期望的历史时间中作为"诗人"的位置或诗歌能言说哪一个时"代"的企图。可以说，"中生代"的涵义兼有"中间代"的意思，但强调了"中间代"缺乏的关乎诗歌本质的东西。"中生代"的命名与部分"中间代"诗人直接相关，但重点不是突出历史时间中许多诗人渴求的自己属于那一"代"的"代"，而是强调一种与诗歌本体的探寻有关的写作的精神、质地，这是一个"非代性"的命名，是考察当代中国诗歌生长变迁的一种"地质学"眼光。

当然，一切的命名都是蹩脚的，鉴于语言和诗歌的神秘、人性的复杂，不可能指望这一命名能涵盖上述诗人。只是，在已经出现的命名中，这一命名显得更有合理性和说服力。

注释

① 这一点以及认为"70"并未"确立"什么有意义的诗学命题均参考伊沙《从这个略显荒诞的命名开始》。见安琪、远村、黄礼孩主编的《中间代诗全集（下卷）》，第 2353 页。

参考文献

［1］安琪.中间代：是时候了！［M］//安琪，远村，黄礼孩.中间代诗全集.福州：海峡文艺出版社，2004.

［2］康城，黄礼孩，朱佳发，等.70 后诗集［M］.福州：海风文艺出版社，2004.

［3］万夏，潇潇.后朦胧诗全集［M］.成都：四川教育出版社，1993.

［4］臧棣.后朦胧诗：作为一种写作的诗歌［J］.文艺争鸣，1996(1).

［5］王光明.中国新诗的本体反思［J］.中国社会科学，1998(4).

［6］陈仲义.沉潜着上升：我观"中间代"［M］//中间代诗全集：下卷.福州：海峡文艺出版社，2004：2389.

——原载《江汉大学学报（人文科学版）》（现《江汉学术》）2005年第 5 期：5—11

当代汉语诗歌批评中的框架论述

郑慧如

摘　要：以当代汉语诗歌批评为例，可综论文学批评中的框架论述。框架论述具备问题意识，以逻辑推演逐步引向结论。它有思想性、戏剧性、文学性，彰显一定程度的真实，却不是宇宙恒常的真理。在某个层次上，划定方向的文学批评、评论均是戏论，然而又有隐约的游戏规则。就问题意识与论述方向、现当代诗批评/评论常见的框架论述、框架论述的导向作用、权力与思维的轨迹、文本阅读与理论运用，可探入以现当代文学史及台湾现当代诗评论的论述样态。可在例证中讨论现当代著名文学史的史观。在汉语当代诗发展已逾百年的今日，批评/评论界应重新审视文本细读的重要性，以精读文本支撑理论运用，并反思框架论述所显露的问题。

关键词：诗歌批评；文学评论；框架；台湾；现当代诗

一、问题意识与论述方向

文学批评/评论的论述方式表现论述者的逻辑思考，也是其文学观念、意识形态、美学印迹、人文素养等的整体表现。尤其在学术领域里，具备影响力的文学评论，必定从问题意识展开论述。不论是以作者的主体意识主导论述方向，还是被评论的文本以其内部脉络引领评论线索而产生最后的文章，经常显现一定的框架。框架很难避免。当代评论界不乏自我标榜不设框架的评论方式，然而一旦以"不设框架"为旗帜，"不设框架"就成了这类评论的注册商标，也就是一种框架。

框架论述的作者必然有心于论述效力，期待自己的评论有人认同，所以不可能完全避免人为的痕迹；换言之，操笔的那个"我"总是主导着论述。而一篇文学评论中，执笔者"我执"的轻重、使用数据的诚信问题，则是其公信力的基础。

发展了百年的汉语当代文学，我们更期待独创、深刻、有洞见、有个性、具备基本学术伦理的作品。问题意识明确的评论，既然有一定的论述方向，必定有所偏重；而有所偏重，也就意味着视野不全面。感染力强的评论，读者群容易向天平的两端倾斜：可能心有戚戚，也可能颇不以为然。然而不论读者是哪一种，成功的文学评论总验证了"全面数据"的无谓。奇妙的是，即使作者和读者都心知肚明，知道任何一篇，或一本文学上的评论不可能真正做到对被评资料、群体或个人滴水不漏的全面检证，然而，愿意坦然承认评论本来就是有所偏执的人，却很罕见。这背后的因素，可能是既定成见、眼人虚妄、道听途说、证据不足、论证过程疏漏等出在"人"的问题，在人文领域中，就是"'做'学问"的胸襟和态度。一篇无私、深刻的文学评论，可以从中窥见作者的人文底蕴。

1967年，颜元叔就说过："文学批评的标准应该是：文学是否达成批评生命的任务。""批评生命，是考察生命的真相，诠释生命的奥秘。""文学是哲学之戏剧化。"[1] 由颜元叔的个性而自成系列的文学评论篇章，热切、无私、清晰、独断、奋勇，非常有肩膀地扛起文学教育家对时代的使命。今日重读，许多话语仍有警钟之效。当今文学界与学术界的学者、评论家，当钻营一己的学术或文化生命而罔顾"文学批评的标准"时，颜元叔的话语犹如冷水浇背。类似的话语包括：颜元叔认为批评家应该以良知、良能区分文学作品的好坏，在其阅读经验中建立价值判断，推开坏作品、为严肃的好作品当尖兵，建立文学价值的尺度等等。[①]50 年前的那些话语，读之犹令人热血沸腾，整个人都精神起来。这就是一种问题意识，也是一种生命情态，一以贯之的；这样的框架论述，为有志于文学评论者所仰望。

因应学院的升等要求，如今训练有素的学者仰望各种"核心期刊"，许多论点不瘟不火或不痛不痒的"严谨论文"应运而生，诸如"某某溯源""某某考""某某传播过程"等类的文章，在"核心期刊"中颇占一定数量。这类文章除了具有问题意识与论述方向，主要的共性是戒备森严、防护周到；而其论题则趋向把当代的文学研究写成考据，又尽量不碰触说理，避免动辄得咎的好坏评价。

汉语新诗评论发展逾百年，各种评论形式包括随笔、骂战或论战、序跋、单一诗作的短篇评析、学术论文、专著等。整体而言，现代诗评论朝向周备、稳妥、言人之所未言的方向走。在这个趋向下，我们指望的现代诗评论，既应具备论述方向与问题意识，评论者更应多读书、多思考，护卫人文价值，发愿力挽狂澜，而不只是写个不停。尤其重要的，与其说是客观评价，不如说是遵守学术伦理。

二、现当代诗评论常见的框架论述

文学评论常因在地性而使得同文同种的文字或观念生发出迥异的样态，直接影响评论的姿容。在语言方面，虽然海峡两岸都用"现代汉语"，质地上有许多差别。大陆的现代诗研究角度比较着重作品在大时代的重量和视野，比较会凸显质地上紧张、坚硬的诗；台湾则否，大我、大时代、大格局、大叙述未必是评论者靠拢的对象。

比较台湾海峡两岸的当代诗研究,在相似性上,两岸的当代诗研究经常涌现的共同议题为:新诗/旧诗、内容/形式、都市/乡村、外来思潮/在地传统、感性/知性、自由/秩序、明朗/晦涩等等。在相异性上,两岸当代诗及其研究之别,经常带有某种实质性的条件与特征,而不仅表现为程度、范围,不只表现为事情发生的时间先后。比如,两岸的现当代诗研究或批评,在社会文化空间上都存在着对"中心"与"边缘"的选择,可是两边所侧重的选择与选择的结果刚好相对。奚密论述当代汉诗性质的时候,特别提出"边缘性"[2]。为学术或教育体制所"收编"、规范的现当代汉语诗史撰述,极大程度上仰赖"不规范""边缘"的论述。

与主流意识形态,与制度化的语言、情感、思维方式保持距离,加以质疑和再造,应该看作是当代诗存在的意义,和它获得生命力的主要保证。从台湾的学位论文观察现当代诗的论文书写,可看出以拈出"值得讨论"的诗人与诗作为其共通性。所谓"值得讨论",大抵是从已被肯定的诗人与诗作探入,或就已具相当声望而尚待深入讨论的诗人进一步探凿。在"值得讨论"的正向意义中,优秀的论述逻辑清晰,并可让读者体会到诗人较明晰的定位。

现代诗评论中很普遍的现象,是从作者、主题、时间断限切入而开展研究视域。以台湾的学位论文为例,即可见"作家论"之洋洋大观。[2]常见的评论方式为:评论者习于以某些评论家的论述作为范型,再放到历史长河的文学史常识里,然后追溯该诗人的文学养分、诗风谱系,再移位到当代的诠释情境,以叩问相关论题的承继与转拓。

且以有关林耀德的研究为例。在普遍的认知里,像郑明娳、刘纪蕙等具代表性的研究,都指出林耀德是都市文学、政治文学的旗手,特别提到林耀德富含现代性的议题如身体、情欲、科幻等,在一定程度上,体现了台湾文学史上思潮转变的轨迹。台湾对于林耀

德诗创作的共识,约如刘纪蕙所说:"林耀德的后现代是要脱离 80
年代垄断诗坛的体制,企图衔接上海 30 年代新感觉派作家、台湾
日据时代现代主义作家、台湾五六十年代现代派、台湾超现实主
义,以迄于台湾 80 年代他自己所提倡的'新世代'与都市文学。"[3]
都市文学、政治文学、身体、情欲、科幻,这些既定的评论,为林耀德
的文学创作划下相当稳定的论述框架,看起来周延而无疑义。既
起的研究者,既要在这些视域中匍匐前行,又要有独到的发现,委
实相当不易;然而硕士研究生翁燕玲却能在既有的材料上迈出新
局。林耀德在以为数惊人的作品主题与文类叩问当代思潮与文学
史的同时,很注重作品的质量、大众化、身份位阶等这几个内在有
些矛盾的部分,可是在翁燕玲之前,研究林耀德的资料中尚未有所
发现。把诗,而不是小说或其他文类,当作追求大众化的手段,虽
然林耀德自己说过,许多评论者却置若罔闻。在《八〇年代现代诗
世代交替现象》中,林耀德说:"追求'大众化'的梦幻幻灭之后,针
对'质'的思维必须成为我们品鉴诗格、编撰诗史的首要考虑。"[4]
翁燕玲不受定型的林耀德研究绑定,能勇于根据第一手资料提出
判断。在《林耀德研究——现代性的追索》里,翁燕玲说林耀德:
"林耀德向大众靠拢的最积极的尝试,当属现代诗。"[5]这的确是兼
具史胆与史识的洞见。此例也可以看出,框架论述对继往开来的
研究仍然有所帮助。

三、框架论述的导向作用

框架论述的定性、导向作用,对于被评者形塑的社会评价与心
理暗示,经过滚雪球似的传播作用,感染力不可小觑。框架论述画
出箭头、喻示方向,或贴了标签;被框定的作者或作品未必有回嘴
的机会。假如我们暂且将"标签"一词中性化:被贴上的标签或者

是正面,或者负面。在现代诗评论中,被贴上正向标签的人也许就微笑领受、颔首称是,因为对于别人赞美自己的话,总不好再锦上添花;但是被贴上负面标签,则可能烽烟漫起、炮火隆隆。台湾现代诗史中某些口水战的起因就是这样来的,引出了许多论战文章。以现代诗中的论战为题,篇幅已足可写成博士论文。③

框架论述的对特定对象的讨论方式,可能经过一整篇文章的论证,也可能采用点射式的一言定位。而一整篇文章的论证方式,大致有基于文本的阅读和基于对某种思想、理论或主义的认知两大类。为论述方便,我们暂且把基于文本阅读的讨论方式称为"精读式",而把基于对某种思想、理论或主义的认知的文学评论称之为"标签式"。以台湾当代诗评为例,在"点射式""精读式""标签式"的框架论述中,各展现不同的风貌。

点射式的一言定位,比如"诗僧""诗儒""诗魔"等称号④。基于文本的精读式阅读,比如洛夫的《论余光中的"天狼星"》、颜元叔的《细读洛夫的两首诗》。基于对某种思想、理论或主义的标签式认知,比如孟樊认为杜国清向表现主义靠拢而以"新即物主义"论杜国清;认为林耀德提倡的"都市精神"与"都市题材"无关,乃从巴特、福柯、德里达嫁接而致,而由此探入林耀德的都市诗学理论;认为 20 世纪 70—80 年代的张汉良,以新批评做现代诗所做的实际研究,主要针对文本做内缘的讨论,因而定位张汉良为"客观批评家";认为简政珍的诗学理论主要源自海德格尔等人的看法,而定位简政珍为"现象学的诗学家"。⑤"新即物主义""客观批评家""现象学的诗学家""后现代主义的都市诗学",即分别为孟樊替杜国清、张汉良、简政珍、林耀德圈定的论述框架。

中国文学批评固有"人格即文格"之说,寓阅读精义于一言的点射论述,表面上说的是作品,内里却往往指涉作者的品格⑥。有一种一言式的断语,在文章的主标题以总结被讨论对象的风格,但透过整篇文章去论证。例如,陈义芝在其新著《风格的诞生》里,以

"长剑错金"总结张错的诗风、以"胭脂苦成袈裟"总结周梦蝶的诗风[6]，就是撤去理论包装，直探诗作，精读后再契入诗人情性，结合作品风格与作者人格的观点。然而，即使透过地毯式的精读和诠释，一锤定音的论断都容易失真，何况掐头去尾、横空而至、缺乏前后文的断语。像"诗僧""诗儒""诗魔"等称谓，对理解文本没有说明，意义不大，不妨看作迎风招展的旗帜；回顾中国文学史，比"诗仙""诗圣""诗佛"等称呼更重要的，是相对应的作品，而非诗人的行为如何"仙""圣""佛"。这些仙、佛、圣、魔、僧、鬼的称谓，不能得知是褒是贬，就算是作者，其实不必笑纳。

台湾现代诗评中，基于文本的阅读，经过一整篇文章论证的精读式论述，洛夫的《论余光中的"天狼星"》和颜元叔的《细读洛夫的两首诗》有共同点：1. 对被评论者以负面意见为多；2. 被评论者都曾撰文回应；3. 评论者和被评论者一度，或永久，因而伤害彼此的友谊。

1961 年，洛夫以《论余光中的"天狼星"》全面剖析余光中的创作历程及特色，认为《天狼星》具有气势磅礴、音韵铿锵、意象丰美、技巧圆熟、声色兼备、将抽象概念具象化等优点。然而显而易见的情节与人物刻画使得主题太过强调、语言明白如话，而诗意稀薄。洛夫以细部诗行举证，切中《天狼星》的要害。余光中以《再见，虚无！》一文响应洛夫，以决绝的语调把讨论的焦点从作品本身转到现代主义的弊病，再转到洛夫写诗的偏执上。余光中在文末为《再见，虚无！》点题，以回归中国传统文学与唾弃认知中的现代主义作结。⑦

当年喧腾一时的公案，今天我们如此审视：洛夫的《论余光中的"天狼星"》并未批评《天狼星》"虚无"，如此一来，"再见，虚无！"的"虚无"，在题意上具备了转义与借代的作用。作为"再见"的受词，"虚无"若非指向论战的对手；就是把对手的话当作提醒或警示，指向自己可能或已然的写作历程。假如天狼星论战果真加速余光中回归中国文学传统，而有新古典主义时期的代表诗集《莲的联想》，则其影响只是一时；因为余光中很快创作了艺术评价远高于《莲的联想》，而手法仍偏向现代主义的《敲打乐》和《在冷战的年代》。撇除意气之争及术语上的精确性，《论余光中的"天狼星"》在洛夫的诗论中分量极重，其抽丝剥茧、犀利而精到的阅读，在 1960 年代的诗人中，是很难得的不凭借理论或学院派而深入诗核的评论。然而即使该文以缜密的观察及褒贬兼备的行文方式，对余光中首次且唯一以 626 行的组诗结构而成的《天狼星》予以痛击，仍无法抹杀《天狼星》在台湾现代诗史上，无论开创性或美学贡献的位阶。

回到当时这两篇文章引起的回响，余光中的《再见，虚无！》更胜一筹。《再见，虚无！》行文的语气更具煽动性，题目的挥别姿态做足，文辞的心理暗示造成的锚定效果铿锵有力；不像洛夫《论余光中的"天狼星"》一鼓作气钻到对方的文本里，而不在气势或修辞上耍弄。当时台湾的文学环境，虽然即将在 1970 年代提倡"精读细品"，现在看起来，洛夫的脚步毕竟超前了 10 年。在余光中的创作历程中，"新古典主义时期"唯一的一本诗集：《莲的联想》才是"麻疹"。《再见，虚无！》一文中所谓的"现代主义的滚滚浊流"，仍然牵引余光中跨越古典与浪漫的过渡时期，步向诗艺的高峰。

1972 年，颜元叔发表了《细读洛夫的两首诗》《罗门的死亡诗》《叶维廉的"定向迭景"》三篇文章，引起洛夫、罗门与其他诗人、学者的响应。[⑧]颜元叔发表系列的诗作细读文章，用意在对实际的诗作阐释，把新批评的观念与操作方法演示给台湾的现代诗评论界，强调从作品的前后文寻找诗的意义与艺术性，即所谓脉络阅读；但由此而引发关于新诗阅读与诠释的论争。[⑨]其中，《细读洛夫的两首诗》讨论了《手术台上的男子》及《太阳手札》二诗，肯定洛夫意象语之丰富、奇特与魄力，而质疑内在结构与外在世界的连贯性。颜元叔以"结构崩溃"批评《手术台上的男子》："手掌推向下午三点钟的位置"的必然性，以及"十九级上升的梯子/十九只奋飞的翅膀/十九双怒目/十九次举枪"的"十九"，为运用自动语言而有凑合之嫌。其后，洛夫《与颜元叔谈诗的结构与批评》提出"情感结构"响应颜元叔的"有机结构"，再以"用抽象语表示普遍状况，以夸张语强调艺术效果"响应颜元叔对《太阳手札》和《手术台上的男子》二诗的意见。从洛夫的文章，可看出颜元叔以新批评从事新诗研究时的局限：对结构与意象的认知过于机械化而导致误读。意象与结构的关系并不遵循既定的规则，而生发在随诗行进行中的语境。

　　1970 年代之前的这类精读批评，在台湾诗界立下典范。类似洛夫与余光中因《天狼星》或洛夫与颜元叔因《手术台上的男子》而起的笔战，两者都针对同一诗作展开论述，再扩及自己或社会氛围、文化环境、时代潮流等周边议题，即使双方观点不一，或某方论证有问题、部分误读，基本上都极其恳切，也不太借重理论使自己的论调"黄袍加身"。它们展现的评论风范是：对文学现象的最适切评论，应该就诗论诗，就文论文，以提出希望与全面阅读取代笃定的断语，避免误读误解、左支右绌、前后矛盾，力戒混淆、栽赃、歪曲事实。另外，这两个例子警示我们：当被框定的人还活着，负面批评将毒化评论者和被评论者之间的关系。负面的精读评论可能使被框定的对象"起义"，也写一篇文章响应，于是两者交锋。

　　基于框架论述的定音作用，处理现当代诗而加以定位时，应特别留意：其一，对发展中、变异中的现象不宜骤下断语；其二，评论者应善用标签效应的印象管理，维护创作发展。

四、权力与思维的轨迹

　　当代文学评论中，握笔的那只手容易让人联想到"春秋大义"，或笔或削，造神、造鬼，影影绰绰地来回浮动各种魅影，格外使人难以置身其外。杨宗翰提及现代诗评论中数据处理的纠葛困境，曾举周策纵的"双重传统""多元文学中心"为参酌[7]。出于被评论的物件与评论者的时空距离近，"多元""多方""多重"的评论视角似乎可以解决难题，事实并不是。"多"，还是有角度的问题：例如，是从中心向外放射？还是从各方向中心辐辏？如果是前者，权力论述的主轴还是稳定存在，而且向外放射的被评论对象依然有良莠强弱之分，评论者的诠释架构无法八面玲珑；而如果论述的角度是从不同文本与作者，四面八方向论述中心辐辏，那么被评论者更显得只是论点的例子，所谓"文本的自足价值"难以凸显，作为例子的文本越显得可有可无。

在现当代诗研究的各种论述中，"史"的背后经常涌动着权力的痕迹。李陀说过："文学史是任何一种文学秩序最权威的设计师和保护神。"[8]只要文学史出于一人之手，话语权的印痕就越明显。虽然徘徊在文学史外围、对文学史撰述有所期待的专业论述恒常冠冕堂皇：例如，"全景式的写法""地景式的写法""谱牒簿录式的写法""传记式写法""学术辩证式的写法""文本中心的写法""多元并存的写法"，等等。

当代诗史、史论及相关研究以台湾海峡两岸的学者为主，但是中国大陆和台湾对于当代诗史的关注与研究呈现方式不同：以史为书名的现代诗研究专著集中在中国大陆；而台湾则以较大规模、群策群力的论著编纂，或个别学者不外乎史论动机的专论，暂代酝酿久之的台湾现当代诗史。

概略估计，大陆学者编著，各种冠以台湾、中国、香港等等，或全面系统，或专题性质的现当代汉诗史著，将近二十种[10]。相对于此，台湾的当代诗史著作显得相当沉寂[11]；然而不论是台湾文学馆启动于1990年的《台湾文学年鉴》[12]、以研究生学位论文为主力的系列台湾研究丛书[13]，还是因学术研讨会而产生的史论式著作、以文体融入台湾文学史中的一部分[14]、作家资料汇编[15]，抑或围绕在台湾现当代诗史相关议题的周边文献,台湾学界聚焦在以台湾为核心的当代诗研究,文献以人文建设的样态存在,已经非常多。

2004年,王德威的《后遗民写作》首次发表,讨论了台湾现当代文学的身份认同与国族想象[9]。"末世"是观察"后遗民"史观的关键词。以后遗民的观点,王德威勾勒了从晚明以降,以遗民与移民为主轴的创作谱系。王德威运用中国文字的歧义性解释"后"和"遗民",说"后遗民"的"后"暗示一个时代的完了,也可暗示一个时代的完而不了;而"遗民"相容了"失""残""传"三种仿佛互相背离却又互相对话的意涵。于是"后遗民"以既相背又相连的语词嘲弄了"新兴的本邦",主要用来讨论当代汉语创作以记忆及时间为核心的国族论述[9]。"后遗民"观念是王德威对"想象共同体"的发挥。在集结成专书的《后遗民写作》中,王德威以"后遗民"史观讨论了姜贵、舞鹤、郭松棻、朱西宁、白先勇、张爱玲、陈映真、苏伟贞、朱天心、贾平凹、李永平、骆以军等当代汉语小说家的作品。"后遗民"一词成为术语,以相当的历史意识、文学底蕴、政治内涵,刺激出许多相关研究。蔡建鑫认为,以遗民作为"忠"的隐喻,则在世变下的文学场域里,后遗民不单是初始想法中的身份,更是一种批判视野,它提醒读者留意"遗民"所喻示的忠贞观念的变形,而以"与时俱进""开放包容"作为一贯的信念。[10]

作为台湾现当代文学史观,"后遗民"和"后殖民"对阵;作为1987年解严后的台湾文学的思潮主力,"后殖民"和"后现代"各据一方⑯。陈芳明撰写《台湾新文学史》之前,多次撰文表述自己的后殖民史观⑰。"后殖民"是陈芳明书写台湾文学史的一贯史观、一贯的方法论;最近陈芳明更以"殖民地现代性"阐述作家的风格,讨论"殖民地文学"的样貌[11]。"后殖民"的"后",在陈芳明的文章中,表现为"抵抗"与"之后"的意思。"后殖民"是"殖民之后""抵抗殖民",在阅读扎伊尔德《东方主义》的震撼下,陈芳明反思以"后殖民"寻找台湾文学的发言位置。陈芳明认为,台湾文学"绝对是属于第三世界的文学"[12]。用"后殖民"的观点,陈芳明诠释了以日据时期为主的诗人及左翼文学家,如杨逵、王白渊、张文环、吕赫若、吴新荣、郭水潭、杨炽昌等等。陈芳明并以"后结构"搭配"后殖民",以为解释台湾文学的利器。"后结构"的文学思考主要阐释了台湾在1987年解严之后的文学现象与作品,如同志文学、女性文学、眷村文学、原住民文学。在"后学"大兴的1980年代以降台湾文学界,"后殖民"的传播效应与声势似乎大于"后遗民"。⑱

2017年,由王德威主编、哈佛大学出版的英文版《新编中国现代文学史》问世。王德威在王晓伟翻成中文的序文中,说明该书的史观、旨趣与内容。这本《新编中国现代文学史》的英文版,由143位作者、161篇每篇约两千字左右的文章构成,共1 060页。时间起自公元1635年明末杨廷筠等,至2066年在韩松笔下"火星照耀美国"的科幻时代;空间包括中国大陆、香港、台湾、马华、南洋文学。每篇文章的写法,包含一个引题或引语,再下接正题。每篇文章只写一个时间点、讲一件事。王晓伟中译的王德威文章里说,这161个不同的时间点汇成一张"星座图":包含了文学现象、事件、"出格"的"文"体——例如电影、歌词、演讲词、政府协议、狱中札记。于是《新编中国现代文学史》由时空的"互缘共构"、文化的"穿流交错""文"与媒介衍生、文学与地理版图想象等四个主题,描述了编者心中:"世界中"的中国文学。[13]

从王德威的序文,得知其主编的《新编中国现代文学史》最大的特色是"跨":跨时间、跨地域、跨国族、跨文化、跨文类、跨语系。大幅度、各方面的"跨",让我们更留意这部现代文学史自我命名的布线方式:"草蛇灰线"[13]。以"草蛇灰线"取代通常文学史必备的纲举目张,用以比喻多处暗藏伏笔的史观,迥异于现当代文学史家以明确直陈的观点挺出自己的方式,因而挑战了汉语文学史生态对于面面俱到的成规。编者期望丰富却不求全、以等待增删填补的千头万绪串联文学面貌、以五花八门的各种文本与现象呈现

"史"与"文"的观察叙述,实践心中的文学性。⑲令读者好奇的是:这样的"跨",如何来区辨这部文学史与诸多孜孜矻矻血汗凝成的"资料汇编"之别?《新编中国现代文学史》的编年条录法,加上王德威在序文中的说法,更彰显文学史的权力论述。另一层的反思便是:一部文学史岂能仅止于异口异声的材料仓库?文学史,即使材料再不全,也需要撰史者从史学、史才、史料全面撑起,为读者点亮明灯。虽然以"后殖民"的观念阐释台湾现当代文学,与"后遗民""世界中的中国文学"类似,可视为各种创作或评论背后无中生有的动力。

尽管这些著称的史观各自旗正飘飘,值得注意的是,它们却未必脉络化到文学史最核心的文本中。《台湾新文学史》的"后殖民"史观,在论述日据时期文学时内化得自然浑成,然而在论述其他时期的文学时,"后殖民"显得存而不论。"后遗民"在王德威大开大阖的小说研究里,也不具备支配性的力量。例如陈芳明的著作中,屡次撰文致意、多次讨论的余光中、杨牧,用的切入点都不是他在《台湾新文学史》被视为代表史观的"后殖民",而是美感或主题。是不是文学作品有自行命名的欲望?还是,这个那个的各种术语,或者理论,正是巧扮过的"主题",而这些权力与思维的轨迹,印证的最终仍是文字不等于真理的"一场游戏一场梦";它们存在的目的,并非挑战文学史的实存,而是透过不断的重读,保持探索新知以及反省历史的眼光?

五、文本阅读与理论运用

中国文学注重感性的抒发。一篇文学评论或一首诗作,即使徒具饱和的感性而缺乏演绎与思辨的能力,仍然可以很讨喜。文学评论本具有相当的主观性,相同事实、相同文本,透过不同的评论者，可能呈现迥异的见解，这时，如果不具体扎根在文本解读上，文学评论的相对公允程度必然遭到质疑。

阅读现当代诗评，最动人的言语经常不是什么论、什么派，而是透过文本精读与阐释之后，闪耀出论述者个人性情与胸襟的文字。这些吉光片羽偶尔会闪电一般划过脑海，诱使我们重读或翻找这位评论者的其他作品。如郭枫说："牺牲晚年有限的珍贵时日，来写这部新诗史论，对我的创作理想而言其实是很大的侵害。"古添洪说："桓夫诗底唯美、喻况、若即若离的质量，无法使其走入'走向文学'的格局，而只能成为'泛'政治诗。"简政珍说："对于任何严肃的作家称呼某种'主义者'都可能是一种侮辱。'主义'或'主义者'像产品标示，评者以'主义'标示作家，意谓他无力洞察个别作家作品里的纤细繁复，将其归于'大一统'，分门别类以便记忆。"[20]

文学评论者面对不同评论对象或文本，自然会运用不同的术语以彰显论述效果。很多时候，我们在文学评论的学术文章里，看到作者借重某个理论分析或解释其论述。学者运用哪个"理论"，代表他认为那个化约了的思想片段可以佐证他要定名的对象。

"理论"在一篇文学评论中表现的，与其说是这位学者的学养，不如说更是他的态度。"理论"适度缓解了论述者的言说焦虑；从另一个角度也可以说，"理论"凸显了论述者的言说焦虑。

评论者面对庞杂的数据，经常需要找一个术语让自己的言说显影。那个术语有时是自己美学认知或文学经验的创见，而很多时候来自别人的思想片段。假如一个术语或思想片段越滚越大，以致被抽离思想成形的语境与时空，进而单薄、简化，成为空洞的躯壳，这时"套用理论"便经常以自欺欺人之姿，凌空而至。

"运用理论"不同于"套用理论"。区别主要在于"理论"是否内化于文本，是否和等待诠释的作家或文本融合无间，突出文本或作家的特质。如果是，叫做运用理论；否则即为套用、扣帽子。

术语或理论的作用应该是文本诠释的源头活水，而不是文学买办者的超额消费。拿术语或理论来扣帽子而不深入文本，就好像方便面，简便、口味重、热量高、没营养；一个文学研究者假如罔顾应该被仔细论述的文本，套用各种术语、替别人扣帽子而乐此不疲，则让人联想到《孟子·离娄下》"齐人骄其妻妾"的典故。

理论运用所以"自欺欺人"，关键在于论述者对于该理论了解不足，理论和被评论的文本之间扣合牵强，因而理论被曲解，文本被有意扭曲。当理论的运用不够成熟或内化，就变成干燥的套用；层层的套用与评论里，彰显的往往是隐匿在论文背后的研究对话，而不是文本本身，甚至文本变成研究的附属。在此情况下，诠释一首诗可能变成谋杀一首诗。遗憾的是，至少在台湾学界的期刊学术论文产出模式中，"是不是运用理论"经常在审查过程里被视为等于"有没有研究方法"，假如一篇投稿学术期刊的论文未标明"理论"或冠上一个漂亮的术语，而只是"细读文本"，不但不被采用，还可能被审查人说成学术水平低落——尽管可能读得很有见地。

术语、理论或主义之于文本，本来是辅助的关系，之所以被简化为某段时空文学风潮的总和，一个因素常是对主客观环境理解之异与数据取得难易之别，使得论述者对于自己熟悉的时空反而谨慎着墨，而对于稍远的评论范畴却"信手拈来"。这是一种善巧方便的文学教育方式，无可厚非。例如在台湾学界的共识里，20世纪50年代的台湾是"反共文学"，20世纪60年代是"现代主义文学"，20世纪80年代是"乡土文学"；洪子诚、刘登翰的《中国当代新诗史（修订版）》，在讨论第三代诗歌时，选择以政治、社会等背景与诗界内部的代谢状态，呈现诗史的板块运动，完全不提及西方理论或主义的影响；而在讨论台湾现代诗史的时候，则与台湾对当代文学的教育模式一样，以现代主义、现实主义对台湾诗界的影响[14]。术语、理论或主义喧宾夺主的另一个因素，也或许出于：当评论者发现自己的论述方向、诠释策略和被评论的对象不一致，甚至材料溢出自己的论定方向时，仍旧视而不见，挥戈为之。一旦如此，这样的定向论述将是当代文学评论很大的遗憾，因为这涉及的是学术诚信。最显而易见的例子，是评论者直接以某某主义将某位作者定位。通常一个创作者不太可能终身只浸淫于某一类主义或思想；倘若只援引被评论对象符合自己评论方向的某一类思想文本，而忽略彰显其他思想的文本，其用心很可议。

文本阅读与理论运用的理想操作，是把"文本"放到"作者"之上，先精读文本，再决定是否用理论、用何种理论去发挥自己看到的文本。在现当代诗的研究中，"文本"先于"作者"时，"诗"顺理成章为论述核心，相关的文学理论、文学观念、文化论述较更内化，语言、意象等"文本"本身的话语命题比"作者"本身更显扬。

六、结　　语

框架论述具备"建构"的体质。发展中的现当代汉语诗既在被建构中生成，复在生成中被建构、调整。发展中的现当代汉语诗评论亦如是：一边在文本风格变异、时代风潮所侧重、社会政治文化等外围脉动中左冲右突；一边在纵向的文学史流变和横向的文学理论中找出有新意的表述方式。除了针对文本本身的论述，我们可以发现，框架论述充斥着霸权操作的风云变幻，而众多论述其实是各种意识形态交锋的场域。我们这里说的意识形态，不只是政治意识形态而已，文字语言就是意识形态的体现。

面对当代诗的评论或研究成果，我们必须认知："绝对的边缘"和"清除中心魅影"一样不可能。边缘总是在浮动；客观的定向论述也只是相对于专断评论，在材料上更广博深入、在推论上更周延合理、在学术伦理上更对得起良心。

如何看待当代诗评论的话语权？权力避免不了操弄。经过人为选择、擘画、布局、勾勒的现当代诗评论，在某个层次上，我们必须承认且看开：那些都是戏论，不是真理。它们有局部的事实和大部分的文采、思维、感情的温度，并以之吸引读者，成为人文化成的一部分。大数据之下，谁要怎么说，较之以往更容易各自招兵买马、各据山头。"谁也不是谁的国王"，1995 年的年度诗选序文早就以此为题，何况 22 年后的今日。此时此刻免不了的"本位"，已经很难一方独霸；聚集许多各自表述的"本位"，则是 21 世纪现当代诗评论展现"众声喧哗"的方式。因此，在相当程度的政治目的下研究文学，或依据一定的学术理论行使话语宰制权、依照论者个人的美学素养替被评论的诗人做文学史上的定位，这些有所"偏"的表述，是大数据时代正常的评论现象。

在大数据的时代里，我们更需要能带动史料、诠释文本的文学史。纠集众力编成的巨著，如果没有一以贯之的论述姿态，也能叫做"史"吗？比如说，我们认同《四库全书》是一部中国学术史吗？如今有许多电子数据库，大抵都会有收录数据的说明，比如《中国大百科全书》，它能叫做中国史吗？我们可以换个角度说，"学案""百科全书""作家数据汇编"，以及某些大部头、集合专业领域人士编成的系列论述丛刊，隐含了"史"的企图。

在大数据的时代里，学者对当代文学史撰述的建议，如对同一现象采取多重相对的观点，以开放、收编、视境融合对治撰史者个人视野的局限等等，在如今铺天盖地、掘地三尺的数据环伺下，操作上的困境已与 20 世纪末大不相同。假如十几年前现当代文学史的撰述者担心文献不足而难以支撑自己的论点，那么如今的现当代文学史撰述者担心的反而是：因为资料太多，而要耗费更多心力反复阅读、消化、判断、诠释，以防自己有所疏漏而致判断错误。

透过大量的文本细读为论述打底，掌握被评论物件创作历程的生成起灭，以交错与贯串的史观，综合描述、评价、分析诠释各期作品,并留意各种风格形塑的背景,以文本中可靠而未被发现的细节来支撑论述,从而建构凸显"文本性""文学性"的现当代诗评论,是我们思索、努力的方向。

注释

① 同参考文献[1]。相关篇章亦可参考如颜元叔:《朝向一个文学理论的建立》,见叶维廉主编:《中国现代文学批评选集》,台北:联经出版社,1976 年版,第 281—303 页。

② 若据"台湾博硕士论文加值系统"所收数据,输入"现代诗"搜寻"论文名称""关键词""摘要",得 449 笔;输入"新诗",搜寻"论文名称""关键词""摘要",得 336 笔。若据杨宗翰的分期,以作家姓名为检索值,举证台湾学位论文中的部分研究资料,得"萌芽期"之诗人研究 8 笔、承袭期之诗人研究 15 笔、锻接期 24笔、发展期 27 笔、回归期 56 笔、跨越期 6 笔。

③ 例如陈政彦的博士论文:《跨越时代的青春之歌:五、六○年代台湾现代诗运动》,高雄:台湾文学馆,2012 年版。

④ 诗僧周梦蝶,诗儒痖弦,诗魔洛夫。

⑤ 参见孟樊:《杜国清的新即物主义论》,收于《当代诗学》第 3 期(2007 年),第 48—67 页;《为现代都市勾绘新画像——林耀德的都市诗学》,《人文中国学报》第 20 期,第 319—342 页;《张汉良的新批评》,《台湾文学学报》第 27 期(2015 年 12 月),第 1—28 页;《简政珍的现象学诗学》,《台湾文学学报》第 30 期(2017年 6 月),第 1—26 页。

⑥ 例如郭枫评纪弦:"依附政治虚夸张狂""把纪弦的文章读完,需要很大的忍耐磨炼。不只是因为太长的问题,而是因为论文中东拉西扯让人搞不清头绪,一下子钻进死巷,一下子歧路四出,像似急怒攻心般语无伦次。"见郭枫:《诗活动家狼之独步与现代派兴灭》,《新地文学》2013 年夏季号,第 7—46 页。

⑦ 洛夫:《论余光中的"天狼星"》,收于洛夫:《洛夫诗论选集》,台
北:金川出版社,1978 年版,第 191—216 页。余光中:《再见,
虚无!》,收于余光中:《掌上雨》,台北:大林出版社,1980 年版,
第 151—164 页。

⑧ 其中,《细读洛夫的两首诗》,原发表于《中外文学》1972 年第 1
卷第 1 期,第 118—134 页。

⑨ 例如唐文标认为颜元叔:"他的'细读'的评文,不过是用'新批
评法'对一首诗的文字分析,而并非通过批评文字来响应他的
社会文学见解。……批评是为艺术而艺术的。"见唐文标:《天
国不是我们的》,台北:联经出版社,1976 年版,第 249 页。

⑩ 自 1989 年古继堂的《台湾新诗发展史》之后,大陆学者陆续出
版各种现代诗史著作,如周晓风等:《中国当代新诗发展史》
(1993),洪子诚、刘登翰:《中国当代新诗史》(1993),谢冕:《新
世纪的太阳》(1993),王毅:《中国现代主义诗歌史论》(1998),
孙玉石:《中国现代主义思潮史论》(1999),龙泉明:《中国新诗
流变论》(1999),刘扬烈:《中国新诗发展史》(2000),李新宇:
《中国当代诗歌艺术流变史》(2000),朱光灿:《中国现代诗歌
史》(2000),罗振亚:《中国现代主义诗歌流派史》(2002),程光
炜:《中国当代诗歌史》(2003),王光明:《现代汉诗的百年演
变》(2003),杨四平:《二十世纪中国新诗主潮》(2004),陆耀东:
《中国新诗史 1916—1949》(第一卷 2005 年,第二卷 2007 年),
沈用大:《中国新诗史 1918—1949》(2007),古远清:《台湾当代
新诗史》(2008),张新:《20 世纪中国新诗史》(2009),刘春:《一
个人的诗歌史》(第一、第二部 2010 年,第三部 2013 年),谢冕
等:《中国新诗史略》(2011),林贤治:《中国新诗五十年》
(2013),刘福春:《中国新诗编年史》(2013)等。

⑪ 台湾学者编著,已出版的现代诗史有张双英:《二十世纪台湾新
诗史》,台北:台湾文学馆,2012 年版。

⑫《台湾文学年鉴》第一本由文建会在 1996 年出版,此后每年一本。目前由台湾文学馆负责。

⑬ 其中与现当代汉诗研究有关的,如蔡明谚:《燃烧的年代:七〇年代台湾文学论争史略》(台湾文学馆,2012 年版)、陈政彦:《跨越时代的青春之歌:五、六〇年代台湾现代诗运动》(台湾文学馆,2012 年版)。

⑭ 如陈芳明:《台湾新文学史》,台北:联经出版社,2011 年版。

⑮ 最大部头的作家资料汇编为台湾文学馆主事的《台湾现当代作家研究资料汇编》。目前收编入此套丛书的诗人包括了张我军(许俊雅编选)、周梦蝶(曾进丰编选)、陈千武(阮美慧编选)、林亨泰(吕兴昌编选)、杨唤(须文蔚编选)、赖和(陈建忠编选)、余光中(陈芳明编选)、罗门(陈大为编选)、商禽(林淇瀁编选)、纪弦(编选)。此前在各县市政府推动下亦出版过为数不多的作家资料编整,如《张我军评论集》《赖和资料汇编》《林亨泰研究资料汇编》《杨云萍文书数据汇编目录》;又如 1993 年"中央"图书馆规划策立"当代文学史料影像全文系统"的数字数据活化、1988 年由前卫出版社规划的《台湾作家全集》等等,皆保存、记录了台湾作家的作品与文献。

⑯ 陈大为认为,1980 年代以后的台湾文学界,明显陷入后现代的阴影,且迅速形成以"主义"为文学史断代的共识。如罗青、廖咸浩等学者,将 1980 年代以降的台湾定义为后现代时期;而陈芳明、邱贵芬等学者则倾向于后殖民时期。见陈大为:《中国当代诗史的后现代论述》,《国文学报》第 43 期(2008 年 6 月),第177—198 页。

⑰ 例如《我的后殖民立场》《后现代或后殖民——战后台湾文学史的一个解释》等文;后来与其他文章集结为专著:《后殖民台湾:文学史论及其周边》,台北:麦田出版社,2002 年版。

⑱ 姑以"台湾博硕士论文加值系统"检索结果为例,若在"摘要"

⑱ "关键词""论文名称"输入"后殖民",可得博硕士论文 719 笔；同样的查询条件,若输入"后遗民",可得博硕士论文 13 笔。但细部内容仍须验证。

⑲ 参见序文所说的,比如:"文学定义的变化是中国现代性最明显的表征之一""有容乃大""中国历史的建构不仅是'承先启后'的内烁过程,也总铭记与他者——不论是内陆的或是海外的他者——的互动经验",等等。王德威:《"世界中"的中国文学》,《中国现代文学》第 31 期(2017 年 6 月),第 1—26 页。

⑳ 分别见郭枫:《我为什么写〈台湾当代新诗史论〉》,《新地文学》2013 年秋季号,第 142—148 页;古添洪:《论桓夫的"泛"政治诗》,收于孟樊主编:《当代台湾文学评论大系·新诗批评》,台北:正中书局,1993 年版,第 293—336 页;简政珍:《洛夫作品的意象世界》,收于简政珍:《诗的瞬间狂喜》,台北:时报文化出版社,1991 年版,第 221—270 页。

参考文献

[1] 颜元叔:文学与文学批评[M]//叶维廉.中国现代文学批评选集.台北:联经出版社,1976:273—280.

[2] 奚密.从边缘出发[M].广州:广东人民出版社,1999.

[3] 刘纪蕙.林耀德现象与台湾文学史的后现代转折:从《时间龙》的虚拟暴力书写谈起[M]//何寄澎.文化、认同、社会变迁:战后五十年台湾文学国际学术研讨会论文集.台北:文建会,2000:218.

[4] 林耀德.八〇年代现代诗世代交替现象[M]//世纪末现代诗论集.台北:羚杰企业有限公司出版部,1995:51.

[5] 翁燕玲.林耀德研究:现代性的追索[M].台南:成功大学中国文学研究所,2001:136.

[6] 陈义芝.胭脂苦成袈裟:周梦诗蝶风格生成论[M]//陈义芝.

风格的诞生：现代诗人专题论稿.台北：允晨文化公司，
2017：54—72.

[7] 杨宗翰.重构框架：马华文学、台湾文学、现代诗史[J].中外文
学,2004(6)：147—161.

[8] 陈大为.中国当代诗史的发声焦虑和书写策略[J].思与言,
2015(4)：231—263.

[9] 王德威.后遗民写作[M].台北：麦田出版社,2007.

[10] 蔡建鑫.再论后遗民[J].台湾文学研究集刊,2016(9)：
83—116.

[11] 陈芳明.帝国论述与抵抗精神的交错[J].文讯,2017(383)：
16—20.

[12] 陈芳明.我的后殖民立场[M]//陈芳明精选集.台北：九歌出
版社,2003：286—299.

[13] 王德威."世界中"的中国文学[J].中国现代文学,2017(31)：
1—26.

[14] 洪子诚,刘登翰.中国当代新诗史[M].北京：北京大学出版
社,2010：293—425.

——原载《江汉学术》2018 年第 5 期：53—61

"坛子轶事"：近四十年当代诗歌批评发展线索纵论

周　瓒

摘　要：回顾近四十年当代诗歌批评的历史发展，可从中勾勒出一条较清晰的批评线索。始于对"朦胧诗"晦涩的困惑，广义的解诗学批评出现，从诗歌形式分析的兴盛和困境，进入理解诗歌文本与现实关系的重新定位，再到对诗歌写作伦理的关注，当代诗歌批评实现了它内部的成熟和蜕变。在此过程中，批评的主体性增强，近十多年来，批评界集中出现了反思当代诗歌批评的热点现象。从讨论批评与诗歌史写作"分界"，到构想一种新的批评范式，再到对批评学术化的检讨等，这些反思无疑反映了批评者可贵的严肃态度和进取意识。但从更开阔的时间跨度来讲，当代诗歌批评需要重新调整反思的位置，明确批评的总体功能，体认批评的哲学基础并打开批评的政治潜能等，进而，诗歌批评更坚实的成果可望涌现。

关键词：诗歌批评；当代诗；诗歌史；细读；批评范式

按当代中国文学史的分期法，近四十年来我们经历了学界描述为"新时期""后新时期"以及"新世纪"的几个历史阶段①。当然，诸如"新时期""后新时期"以及"新世纪"这样的概念，是文学与文化批评的在场者们对一个时代的社会文化总体面貌进行概括的结果。从接受角度来看，对这些概念文化内涵的理解既已达成一定共识，得到固化，变成一种历史描述，但也可能存在争议，后来的批评者或文学史家会根据新的问题意识，发明出回顾、总结那一时代特征与文学趋向的新概念，再命名相应的文学时段，赋予这些新概念另外的文化意涵。

文学批评工作的上述特点，使历史地观照一个时期的文学进程变得既具延续性，又趋于丰富化。有学者提到，研究历史"最艰难也最有趣"的方面，是"区别历史正在发生时那些亲历者对当下事件的参与、认识和愿景，与事后人们——包括历史书写者——对往事的建构，以及他们加在历史行动者身上的各种标签以及所臆想的历史'过程'及其意图"[1]。从"新时期""后新时期"和"新世纪"三个概念，我们可以理解文学和文化批评者略显粗率却也艰难的历史建构努力，这里面既包括了"亲历者对当下事件的参与、认识和愿景"和后来的书写者"对往事的建构"或"臆想的历史'过程'"，当然，又透露了他们面对纷繁复杂的历史与现象时尝试进行总体性概括的无力感。因为，显然从这些略显空泛的时段描述，我们往往难以触及并深入文学和批评场域里那些具体的理论议题。

对当代中国诗歌批评史中相关问题的展开研究亦如此。当代文学作为一门学科，概由现状的批评和历史性的研究两个部分构成。一方面，不断变化着、发展着的现状部分要求当代文学批评者有准确把握文学新现象，并将之转化为有价值的理论议题的应变力与判断力；另一方面，历史性的总体回望又期待着研究者在遵照基本的美学价值标准之前提下，将一个时期的文学放置在与社会、思想、经济、文化等诸因素的关系中，去总结和辨识独属于这一时期的伦理观念与精神现象。这两个方面并不是相互割裂的，或互不干扰地并行着，有判断力的批评家与有史识的研究者可以是同一群人。对当代诗歌批评的历史梳理和问题重提，正是试图联结这两方面的努力。而这一工作，也类似于那位执迷于"中心诗"[2]

的诗人，华莱士·史蒂文斯的著名诗作《坛子轶事》所提示的，用一个坛子，将零乱无序的荒野风景统一起来，使其趋于生动、整一、醒目，并深具意味。②

一、线索：从解诗实践到写作伦理论争

本文拟先回溯、梳理自"新时期"以降当代诗歌批评的重要现象与关键议题，并为近四十年诗歌批评整理出一条内在线索。此即从对当代诗歌的解读出发，历经对现代诗形式风格的普遍关注，进而转向结合诗歌文本细读与诗歌写作伦理的综合批评。

1980 年代初中期的朦胧诗论争，作为一次规模浩大的批评实践，意义深远，它促进了当代诗歌观念与评价标准朝着在内容层面上表达个人情感，以及艺术层面上的诗歌美学、形式本体的双重回归。那是当代诗歌精神的一次重振，也是文学批评功能的修复与现代诗学的重建之开端[3]。围绕如何看待新诗的晦涩问题，批评家们从语言学分析出发，探索了多种理解诗歌意象、结构与风格的方法。广义的解诗学也在批评的本体回归进程中得以催生。解诗学是从诗学意义上对于批评进一步的理论化和体系化实践。在当时，解诗热潮经历了符号学、"三论"（系统论、信息论、控制论）等"方法论热"的外部催化，而狭义的解诗实践又曾面临困境，主要表现为脱离了诗歌内容以及缺乏与外部现实关联的纯形式批评，导致解诗的封闭性和批评的泛形式主义倾向③。进入 1990 年代后，这一状况随着诗歌写作议题的转向而发生了变化。

"朦胧诗"之所以在当时获得命名，源于批评者对诗之晦涩的不满，命名之初虽带贬义，但随着被称为"朦胧"的诗歌作品被逐步明晰地解读，从而被读者广泛接纳乃至效仿，这个名称的贬抑之意逐渐消去，而"朦胧"也成了某种审美效果与诗意呈现的方式，在

"新的美学原则"的烛照下,获得了接受的合法性。曾经对一代诗人、知识分子造成过精神创伤的泛政治化批评终于随着时代的改变而淡出批评语域。在影响范围甚广的朦胧诗论争过程中,当代诗歌批评由之前的侧重诗歌内容与风格的笼统评说,转向具体而细微的形式分析、修辞研究及诗人个性特征的评析。

由于当代文学批评与创作几近同步的学科特征,以热点追踪、现象评说为主的思潮性的批评始终存在,并在各个文学时期担当学术化的基石。继朦胧诗论争之后,"第三代"诗歌运动、女性诗歌热、新边塞诗群与巴蜀诗群的活跃等,使得1980年代的诗坛显得生机盎然。当时的诗歌批评一方面从归纳诗歌现象入手,致力于发现新诗人、诗歌群体和新的诗歌观念,另一方面又注重好作品的评选与阐释。1980年代后期至1990年代,出现了大量诗歌选本与鉴赏类的辞书,即诗歌解读批评的成果。与此同时,经典重读、重写文学史以及当代文学的经典化活动等也在当代文学批评领域广泛展开。

1990年代诗歌在文化中位置的边缘化,促使当代诗人努力拓展抒情的边界,而从批评的角度看,诗歌如何呈现纷纭变化的社会生活也成为这一时期的主要议题,有关诗歌"及物性"的讨论受到了诗人与批评家的共同关注。拓展抒情边界,容纳纷纭的日常生活,当代诗双管齐下。"及物性"是指如何通过诗歌处理变化了的现实现象和存在内容而获得写作的"有效性",同时,也是指如何使诗歌成为真正意义上"当代的"诗歌或保持诗歌的切实活力的问题。概而言之,"及物性"和"有效性"作为一种修辞表达,几乎无法从传统诗歌和文学批评话语找到它们的对应项。我们习见的诗歌评价系统中,诸如抒情、想象、意象、叙事等批评概念似乎都不足以描述当时的诗歌现象与作品形态了,批评者们于是试图发明更加贴合时代特征的新诗批评语汇。从属于诗歌及物性这一批评话语,诗歌的"叙事性""日常性""戏剧性"、诗歌"介入"现实等话题,可以说是对此前局限于诗歌形式——从意象研究到符号分析等的拓展与超越。作为一种"写作"的诗歌、诗歌与语言的关系、诗歌的技艺问题等，成为批评者持续思考的问题。

20世纪末爆发的"知识分子写作"与"民间写作"的论争虽发生在诗歌界内部，但也极大地冲击了文学批评界①。这场内部论战除了暴露了部分批评者视诗歌（文学）工作为名利之所，因而在论争中竭力诋毁对方的粗暴行为之外，也带出了讨论当代诗歌的新视角与观念，涉及诗人身份、现代汉语诗歌的语言资源、语言的感性与身体性、诗歌在文化生产中的作用、诗歌与外国文学和文化传统的关系等纷繁议题。纵观这次世纪末诗坛之争，与其说通过论争，双方都已得出了相关议题的确定结论，不如说这些问题的提出本身不仅有价值且也依然有可持续探讨的空间。

20世纪末最值得一书的文化景观，当是互联网的广泛应用与普及，它对于当代诗歌及文学与文化的生产与传播方式产生了极大影响，也深入并强化了1990年代兴起的大众文化及文学商业化的进程。互联网时代促进了信息的流通、分享和互动，当代诗歌写作和批评的主要平台逐步迁移至互联网。网络酷评的涌现、诗歌论争的分散化、诗歌的话题化倾向等，都是这一时期比较突出的批评现象。对于现实议题的介入意识以及在论争中逐步完善与明晰的当代诗歌观念、理论主张，在这一时期变得多元而复杂，使得新千年以来的诗歌界分化更加突出。21世纪以来涌现的打工诗歌热潮、地震诗潮、底层写作现象等，激发了批评界对诗歌与现实关联性的阐释欲望，不过，在阐释放大这种关联性的同时，也带来了对于文学与现实关系的简单化理解。"诗歌伦理"或"写作伦理"的批评概念因此出现，是对这种批评局面的回应与反思，同时也是对1990年代诗歌"及物性"命题的深化和拓宽。

"写作的伦理"观不仅强调诗歌内容或诗歌与现实的贴近关系，而且也重视写作主体（或诗人）自身的伦理取向，即不但要关心他/她写了什么,而且也需拷问他/她是怎样写,又如何对待写作的。诗歌伦理概念的提出者旨在反思新世纪的诗歌批评局面,因而,它在批评界内部激起了强烈的反应,批评界内部产生了论争。与20世纪末的诗歌争论不同的是,诗歌写作伦理的论争是发生在学院内部的一次有关诗歌批评的讨论⑤。这场争论看似发生在持不同意见和看法的批评家和学者之间,从更广泛的意义上看,实则是1990年代在思想界发生的"人文精神大讨论"部分观点的延续,它也波及之后的当代诗歌批评界,可以说,中国当代诗歌批评界也因此发生了内部分化。有关诗歌伦理批评的相关议题在近十年来的诗歌批评界不断得到诗人和批评家们的触及和延展。

回溯近四十年当代诗歌批评话语之演变,不难看出,作为文化载体的诗歌与身为文化建构主体的诗人,在这四十年间也发生了位置、功能与身份的迁移。诗歌曾经是文化建设的急先锋,诗人也与同时代的其他知识分子一样,扮演着启蒙者的角色,而及至1990年代以降,曾经的"文化英雄"转变为"写作者""匠人",曾经位居政治文化生活中心位置的新诗,则在文化转型的过程中退居边缘,已然成为少人问津的"高雅读物"。当然,也有不少诗人与评论者认为这种边缘化其实是诗歌回到了其应有的适当的位置。

进入21世纪,一方面由于新兴的大众文化对于"纯文学"的挤压,另一方面也因为网络与智能移动终端的普及应用,人与手机、电脑的连接进一步切分了人们的日常生活,时间日益碎片化,因而文学阅读不断萎缩(普通大众不读书、很少读书,或仅读手机上的碎片文字),这无疑会影响文化及文明进程的危机受到普遍关注。"全民阅读"始自2006年,是由政府发起,自上而下开展的文化活动。"全民阅读"活动或许是新世纪最具征候性的文化现象,它既为意识形态层面的学习型社会建设之需,也是经济增长、物质生活条件改善后全民道德思想和文化素质提升的必要性体现。当然,从更深层面看,又是应对新媒介影响下文化沙漠化危机的举措。

早在半个世纪以前,英国文学批评家 C. S.路易斯就明确从划分
"敏于文学者"和"盲于文学者"这两种类型的阅读人群来判断现代
诗歌的真正读者,"一般而论,盲于文学者并不读诗。而且,除了诗
人、职业批评家或文学教师,现代诗歌很少有人问津"[4]。当代中
国诗歌目前的接受状况大抵不出 C. S.路易斯的这一判断。那么,
从批评的角度看,如何建立普通读者与当代诗歌的关系,则不能简
单要求当代诗人的负责,而更应是诗歌批评自身的使命。

当代诗歌的文化身份与诗人的角色的变化,被明敏的批评者
捕捉并加以描述,这与 1990 年代中后期文化研究的兴起不无关
联。文化研究不仅关注新出现的大众文化现象,而且也对传统的
文学形式在新的历史时期的位置、功能的变化进行考察与分析。
文化研究与文学批评两者相互激发、相互补充,成为近三十年来当
代文学与文化批评备受瞩目的批评现象。在诗歌批评领域,文化
研究的展开是对文学批评功能的再度确认与扩充。例如,对"诗人
之死"现象的阐释,对地震灾难、全球疫情等的诗歌写作热的文化
分析,对诗歌跨界现象的观察等,都属于有别于传统诗歌思潮和现
象批评的文化研究。

伴随着当代诗歌伦理批评的还有诗歌"细读热"这一主要发生
在学院中的批评现象。作为一种批评实践,细读诗歌既是英美新
批评推崇的研读现代诗的重要方法,同时也构成了广义解诗学的
基础。在中国当代诗歌批评中,诗歌细读仿佛是诗歌文化批评的
另一极,实际上两者共同构成当前诗歌批评的两个向度,也是诗歌
批评中的伦理话语建基其上的重要基础。

对于如何进行当代诗歌的批评工作而发生的论争,与诗人之
间就诗歌观念、语言态度等进行的论争并不相同。诗歌伦理话语
带出了对批评的功能与批评者的责任的思考,其中既有诗歌观念
的,也有关于批评态度和批评自身限度的内容。具体来说,诗歌与
现实的关系到底如何经由优秀的诗歌文本呈现? 如何避免要么骂

杀要么捧杀的批评惯习？而批评工作是不是需要有一个限度的自觉？随着诗歌伦理议题思考的深化，当代诗歌批评进入了新的阶段，这个阶段也许没有一个明确的标志性的时间节点，但却是我们可以借以思考当代诗歌写作与批评工作不断重临的起点。

综上所述，从近四十年来的诗歌批评话语中梳理出一条可能相关和递进的线索，用以理解当代诗歌批评的关键性议题。从诗歌形式分析的兴盛和困境，进入理解诗歌文本与现实关系的重新定位，再到对诗歌写作伦理的关注，当代诗歌批评实现了它内部的成熟和蜕变。在此过程中，批评视角从关注诗歌文本的内在形式之一种或几种，过渡到关心完整的文本本身，再到文本与写作主体的连接。而以上梳理的这条内在于当代诗歌批评的历史发展线索，从批评的功能的角度来看，隐现着从文学阐释到文化建构的批评主体性日益自觉自主的过程。被动地将朦胧诗等诗歌文本奉为圭臬，试图弄清楚一首诗的意义，揣度诗人的意图，阐明诗人对于文学和时代的立场态度，这曾是广义解诗学努力达成的批评目标；进一步专注于诗与时代、词与物、诗人的责任等的研究，从而积极肯定诗歌在文化生产中的作用，诗人技艺的重要性与诗歌的美学功能等，从总体上显示了批评视野的开阔与批评主体意识的增强。在这个过程中，自然也伴随着批评的自我反思与推进。

二、批评的主体性：范式建构与批评现状反思

在展开当代诗歌批评自身的反思与推进之前，让我换个角度，从诗歌批评理论的接受谈一下诗歌和文学批评几个关键的方法要素与相关概念的变化，涉及诗歌的形式、批评家的身份以及批评的主体性等议题。

对于一首诗或一篇文学作品，美国学者雷·韦勒克和奥·沃伦曾有外部和内部之形式和内容构成的区分，这一理论划分与批评观念（依赖于英美新批评确认的理论陈规）在 1980 年代中期引入中国，其形式与内容二元对立的批评法，对近四十年的当代中国文学批评产生过深远的影响⑥。而美国马克思主义批评家弗里德里克·詹姆逊所谓的"形式的意识形态性"中的"形式"指的是宽泛意义上的文学作为一种形式，文学构成的形式要素（比如诗歌语言风格、结构等）也经他的分析得出了意识形态意味⑦。詹姆逊的著作在 1990 年代中国的文学和文化批评界得到较广泛的传播与接受。及至英国批评家特里·伊格尔顿的《如何读诗》[5]一书，作者索性细致地举例讨论了诗歌当中"形式与内容"的不同种关系，它们既可以是完全分离的，也可以是一方主宰另一方的，或者又可以是难以割裂的。《如何读诗》首版于 2005 年，汉译本出版于 2016年，伊格尔顿通过这种具体而微的辨析，将文学理论命题——内容与形式的关系——不无幽默地微观化处理，使得我们意识到在具体的诗歌批评实践中理论的限度和可能性并存的状态。

之所以摘取这三个来自英美当代文艺理论中与诗歌批评相关的引介案例，是因为在我看来，它们也和近四十年当代中国诗歌批评理论脉络纠缠关联。针对现代诗歌的晦涩难懂而展开解诗实践，进一步吸纳英美新批评的细读方法，进入 21 世纪后，当代诗歌批评中的"细读热"及诗歌写作伦理论争中包含的问题，均与批评理论中的形式研究有着深刻的联系。文本细读如何进行？一般而言侧重从诗歌的形式要素入手，英美新批评的实践者视一首诗为一个自足、完整、封闭的构造，甚至可以剥离其中作者和写作背景的因素，但在当代中国语境中的文本细读批评者大多并未按照结构主义理论家们的逻辑，而是仍然将诗歌作者以及与文本相关的语境因素考虑在内。《在北大课堂读诗》⑧是洪子诚教授 2001 年9—12 月在北京大学中文系主持的一门诗歌讨论课的成果，课堂上选择的是活跃于当代的先锋诗人代表性诗作,参与讨论的大部分为中文系的硕士、博士研究生,拥有较充分的批评理论准备。尽可能细致地把握每一首诗的肌理与所传达的信息,是这个细读课堂的主要目标。另一支诗歌细读批评的实践者队伍由当代的诗人批评家构成,像欧阳江河、肖开愚、臧棣、西渡、姜涛等,基于诗歌写作经验而进行的文本解读工作,使其对当代诗细部的阐释更可靠,也更具启发性。

从纷繁、零散的诗歌批评现象中单拎出这么一条线索,还蕴含了一层意思,即学院派批评的不断成熟。近四十年无疑也可以归纳为批评的职业化、专业化、学术化逐渐形成和完善的过程。从广义的解诗学,发展到诗歌细读、"元诗"的实践与讨论,都发生在学院批评家或者诗人批评家群体中。"诗学"建构意识的增强,也可以纳入激发诗歌写作伦理批评的现象中。在这个过程中,我们或许可以说,当代诗歌批评确立了坚实的主体性。

主体性与某一群体的身份相关,"诗评家"曾是当代文学批评语境中的一个特殊概念,大约起于1980年代。字面上看是诗歌批评家或诗歌评论家的缩写,他们是独特的爱诗的一群,似乎是因为写诗的能力不足而转战批评,又或许自信自足于只评论与研究诗歌。作为一个特指,这一命名大概是为了用于区别于其他文类的批评群体。似乎只是对当代诗歌进行批评,其工作并不涉足其他的文体和艺术门类,可以说这是批评专业化的趋势的结果。简而言之,"诗评家"是只对诗歌有兴趣呢,还是只有评论诗歌的能力呢,似乎并不重要。相反,这个概念背后透露的可能是一种类似"诗歌崇拜"的态度。当然,随着1990年代学术化的深入,大学教师中有相当一部分从事诗歌研究和教学的,诗评家的队伍因之扩大了,仅只从事诗歌批评和研究也具有了合法性。诗评家这个概念反而接近消失。这个有趣的批评现象,或许说明了诗歌批评主体性内涵的复杂性。

概括而言,批评的主体性意指批评意识的独立以及指批评者反思的自觉。在西方哲学和思想史上,有关主体性的概念有一个关键的、不可逆转的变化时刻,即当笛卡儿有关"我思"的观念提出后,埃蒂安·巴里巴尔认为:"人类的本质,人之作为(一个)人,既存在于种属的普遍性之中又存在于个体的单一性之中,既作为一种现实又作为一种规范或可能性,这就是主体性。"⑨ 从文学和文化批评的角度理解,批评的主体性体现在批评者对于其作为文学生产、接受的参与者之一,对于所进行的批评工作有着更为清醒与自觉的态度,对于批评者身份和批评功能的反思和不断地调整。批评者有能力将其工作视为普遍性的,同时又是个体性的,这种普遍性指明了主体乃是由意识形态、语言传统等因素建构而成的事实,而个体性伸张了批评的能动性。

此外,法国哲学家吉尔·德勒兹则从完全不同的角度理解"主体"并给予当代批评的工作以启示,他以"游牧"一词指称一种"我性","在这种我性中,主体始终处于生成的状态,规避了许多即便不是全部规范的主体观念中隐含的静态位置"⑩。的确,如果用"生成性"来界定主体性,更能显示主体的不确定性、多元性和能动性。由于当代文学本身的生成性特征,在诗歌批评领域,日益自觉的"游牧"状态可以认为是批评主体性的充分实现。

对于当代诗歌及其批评而言,这种生成性的主体性既体现在诗歌批评家们自觉投身于对诗歌现状的追踪与评判上,也反映在不同批评观念之间的交锋与论争里,同时又呈现为批评自身的积累、总结与学术转化。如果说,上文的批评线索梳理大略触及了现状追踪下的批评要点和批评内部的论争,那么现在也有必要稍稍回顾当代诗歌批评对自身产生的话题的总结与推进。这部分工作因其介于对诗歌的时效性批评与以历史地分析相应的诗歌现象,重新厘清诗歌历史问题的学术研究之间,而往往不容易得到重视。换言之,在当代诗歌批评中,它是从诗歌批评向诗歌史写作过渡的，一种将批评议题的历史化的工作。

之所以称之为过渡阶段，是因为人们可能容易忽略这一点，即批评议题的历史化也是一项集体性劳作，而且，批评的传播与接受也是批评议题历史化过程中重要的环节。在这一意义上，各种类型的诗歌选本的出版，多样的谈诗文本的出现，都是诗歌批评的重要呈现方式。自20世纪末以来，诗歌年鉴、年选成为我们常见的从时间上总结、遴选优秀诗作的诗歌出版物。诗歌选本当然体现了编选者的批评眼光，同时也是一种诗歌观念的坚持和探索。在诗歌研讨会、诗歌奖、诗人采风等热热闹闹的诗坛活动中，诗人们通过交流，例如访谈、对话和争论所形成的文字，以及诗歌或文学期刊专辟的谈诗、点评诗歌的栏目，也属于回应和反思当下诗歌议题的批评文本。再有就是诗歌批评家自觉的批评深化努力，包括对有价值的诗歌话题的深度思考，对优秀诗人、诗人群体的专门论述和对批评本身的检省等。

来自批评家对有价值的诗歌话题的深度思考是批评的历史化沉淀。如何从纷纭的热点和思潮现象里面筛选出值得进一步讨论的话题，考验着批评家的判断力与诗歌观念。20世纪末诗歌论争的剧烈震荡过后，当代诗歌批评有了积极的话题积淀意识，比如关于新诗的语言、新诗的传统、诗人的角色或身份、女性诗歌及女性意识、诗歌与现实的关系、当代诗的先锋性等，从诗人、批评家的笔谈讨论到独立撰文，以"专题"形式或在"专栏"名下发表，这在新世纪前十年内，形成了一股强有力的批评深化势头[1]。这是由批评向学术研究过渡性质的批评实践，极其有益于当代诗歌批评范式的确立和诗歌史史识的建构[6]。

回到本文所梳理的那一条批评线索，从因理解诗歌的困惑而开始的解诗努力，到试图建构一种系统的理论对诗歌施以批评的解剖术，再到联系具体的经验现实与时代性而促成的诗歌写作伦理的深思，诗歌批评大约经历了一种"游牧"性质的努力。对这种批评主体性的提炼虽不是本文的主旨，但是，来自诗歌批评家对批评的反思现象，则可以佐证这种主体游牧的形态。

如果我们不把普通读者和部分对现代诗歌技法和风格比较隔膜以至于总是抱怨读不懂新诗的批评家对于当代诗歌的批评计算在内，那么，对当代诗歌浸淫颇深，无论是追踪新诗歌现象并进行研究，还是自己也有丰富的诗歌写作经验的一类批评家，他们对批评的反思就值得注意。与"诗人批评家"概念相对应，我称这群批评家为"批评家诗人"。套用 T. S. 艾略特对"诗人批评家"的界说"他的名气主要来自他的诗歌"，则我们可以说，"批评家诗人"们的名气主要来自他们的批评⑫。在近四十年的诗歌批评进程中，如陈超、唐晓渡、耿占春、敬文东、张桃洲等，即为批评家诗人的代表。但当然，本文并不打算谈论他们作为诗人的工作，而是特别留意他们对批评的反思。

正当学术壮年而早逝的批评家陈超（1958—2014）在他离世前两年写下《近年诗歌批评的处境与可能前景》一文⑬，此时读它，依然可以肯定它是迄今最重要的反思当代诗歌批评的文章。该文的副标题——"以探求'历史—修辞学的综合批评'为中心"，向我们揭示了他可贵而自觉的批评建构意识。在写下该文的 2012 年，陈超概括认为，"就总体看，近年的诗歌批评进入了自己的'衰退期'"，表现为"以价值不高的话语喧哗，体现出批评家在视野、心智和价值判断力上的萎缩"。在检讨当时的诗歌批评处境时，陈超谈到了外部环境，即新世纪网络媒体发达造成的"炒作"诗评的膨胀，批评队伍中专业人才流失，以及学院里的一些诗歌批评从业者，"僵滞于由学院传授的各种西方当代文论'范式'，使其批评要么偏离面对的批评对象，要么对之进行'过度诠释'"。应该说，这里提到的批评家"价值判断力上的萎缩"和学院里套用西方文论"范式"的诗歌评论，即使是十年后的今天也不鲜见。陈超期待以"增强诗歌与当下历史语境、文化生活对话的能力，寻求其介入当下诗歌写作的活力和有效性"为目标和动力的诗歌批评家的工作,由此,他自陈"杜撰"了一个批评概念,即"历史—修辞学的综合批评",可谓一种批评范式的建构。经他设想,这种批评范式"要求批评家保持对具体历史语境和诗歌语言/文体问题的双重关注,使诗论写作兼容具体历史语境的真实性和诗学问题的专业性,从而对历史生存、文化、生命、文体、语言(包括宏观和微观的修辞技艺),进行扭结一体的处理"[7]。用"历史"这一可能会引发争议的概念,来与"修辞学"这个更宽泛的语言学范畴的概念"扭结",是陈超对诗歌批评理论方法中,对传统的"内容"与"形式"概念的一次更改或替换。"历史语境"涵盖了诗歌最宽泛的内容因素(诗的题材、主旨和产生的社会文化背景等),"诗歌语言/文体问题"则显然是诗歌形式的另一种总体说法。

事实上,这并非批评家诗人、学者陈超第一次反思当代诗歌批评存在的问题,在这之前一两年,就当代诗歌史和诗歌批评的关系问题,他曾撰写过两篇文章,探讨诗歌批评和诗歌史写作相互间的制约性,并强调两者之间需要"分界"⑭。从思考诗歌批评对诗歌史写作的关系,到明确提出建构一种批评范式,陈超寄希望于当代诗歌批评的能动性上,只是这种能动性还基本停留在构想阶段,但不可否认的是,作为批评家的他,对于批评工作的积极反思让他走在同行队伍的最前面,尽管"综合""扭结"这类动词略显得临时而泛泛,但对批评新范式的发明并阐释,足以显示他开阔的批评视野与理论深度。

批评家对批评的反思体现了当代诗歌批评的主体性,这并不是一种牵强附会,因为只有主体才有反思的意识和行动的可能。几乎同一时期,诗人雷武铃、批评家耿占春、张桃洲也撰文检讨当代诗歌批评存在的问题。在《当代诗歌批评之批评》一文中,雷武铃认为"一个良好的诗歌生态系统有赖于诗人、批评家与普通读者之间建立起一种相互促进的有益关系",这从视野上明确了诗歌生

态的繁荣理想，而关于批评，他指出，"当代诗歌批评的核心是价值
判断，是对诗歌的价值做出甄别与判断；对当代诗歌做出理解"，
"很多也是为这种价值判断服务的；诗歌批评这种行为本身就潜含
着价值判断：从那么多诗中挑选出什么样的诗来讨论，什么样的
诗受到关注、值得深入的批评分析，这本身就是一种价值判
断"[8]71—75。耿占春在《当代诗歌批评：一种别样的写作》中，从文
体的角度理解批评，认为诗歌批评"既是对应于异常丰富的鱼龙混
杂的诗歌文本的一种阐释性的文体，亦是一种关于感受、感性、经
验世界与语言表达的论述"[9]5。"核心"也好，"文体意识"也罢，诗
歌批评从其性质与存在形态上，都得到了深入的思考。雷武铃和
耿占春在批评的学科化问题上观点接近，都不完全认同批评的学
科化，前者认为批评对作品的理解，"只能是一种可能性的解释，"
"永远是部分的，不完备的，无法充分包括所有可能性"[8]83；后者则
指出，"将诗歌批评纳入学科化的知识意图主要发生在当代诗歌史
的写作领域"，因此，耿占春也赞同陈超所提出的，批评与诗歌史写
作的必要"分界"[9]83。张桃洲则换了个角度，从学术研究的角度反
观诗歌批评，认为较之于现代文学研究的突破创新，当代研究存在
的问题是受限于一种"批评化"，缺少历史感与问题意识，当然他的
文章并不特指诗歌批评，但也完全适用于这个领域[10]。在另一篇
文章里，张桃洲也选取了学术研究的角度，借评论青年学者王东东
的博士论文，探讨了新诗研究的政治学视野。虽然并非直接讨论
当前的诗歌批评，但是显然张桃洲的"政治学视野"也是对一种已
经久违的批评话语的呼吁[11]。

在批评家反思诗歌批评的内部问题时，对批评状况的忧虑，体
现在理解诗歌时，存在着究竟是朝向美学体认还是文化阐释这两
种不同的目标，有趣的是，在中国当代诗歌批评家那里，这两种目
标分别被诗歌的修辞（或形式的独特性）与历史（或内容的复杂性）
坚定地替代了，而批评的文体也因此具有了别样的特征。

以上关于新诗批评之批评的声音出现在2009—2018年间,可以理解为新世纪或近十余年来,来自当代诗歌批评和研究者严肃的自我反思。这里涉及具体的批评问题,如关于诗歌批评工作的性质,批评之于诗人和读者的意义,批评在诗歌文化建设中的功能等,于我而言,相较于上文中梳理的近四十年来的诗歌批评线索,这些批评的声音意义何在?当然,它体现了当代诗歌批评的主体性,而这些文章所针对的问题既是迫切于一时的,也是延续至今的。因此,且暂时搁置其中透露的焦虑感甚至悲观态度,在更长的时段之中来理解当代诗歌批评,我们还可以如何提出问题,且又可以提出哪些问题呢?

三、新的可能性:以考察批评的哲学 根基与政治潜能为起点

诗歌批评家集中反思近年诗歌批评存在的各种问题,这一现象发生新千年的前十年结束之际,陈超讨论批评与诗歌史必须"分界"的文章刊发于2009年,他在稍后那篇提出"历史—修辞学的综合批评"范式的文章中,也回顾了1990年代和新世纪前一个十年里,诗歌批评的活跃状况,他称之为"壮年期"。20世纪末的诗歌论争影响持续了十余年,在21世纪前十年中,有小范围的网上诗歌论争(关于口语写作等议题),也发生了诗歌写作伦理批评论争,因此,接下来批评们感受到的批评的"衰退"并进而加以反思,也便顺理成章。但严格来说,这些批评反思总体上存在两个问题,一是用以检讨诗歌批评的概念术语显得贫乏而有争议性,这一点上文也已论及;二是批评的视点过于贴近现象,缺少距离感,虽针对性鲜明,但判断受限于非此即彼式的思维,像雷武铃的文中斩钉截铁地反对批评的学科化或专业化,即一例。或许因为张桃洲能从

整个新诗进程加以考察，并能站在学术研究的立场反观批评，这使他反而跳出了近距离声讨当代诗歌批评的视域，强调新的问题意识，呼唤诗歌的政治学视野。可见，我们需要打开视野，拉长视距，以获得历史的纵深感与相应的理性思维。

在更远阔的视野中，考察近四十年的诗歌批评线索和批评议题的更替，其中蕴含着值得注意的诗歌（文艺）批评的哲学根基与批评的政治性议题。一方面，是重新调整批评反思的位置，另一方面是进一步明确当代诗歌批评的功能，释放其政治能量，进而作为批评者和读者，我们可以呼唤时代的大批评家，或总结已经出现的扎实而沉潜的批评成果等。

首先，重新调整批评反思的位置，指的是假如我们从更长的时间区段考察，需要也可能获得谈论同一话题的新切入点。不从近距离看诗歌批评状况，不拘泥于讨论当下坏的批评倾向，而是拉开距离、在批评话语经年更替并与当代思想史、科技革命带来的传播媒介新变的时空中，重审这一命题，我们先需要突破诗歌的内容/形式二分法，需要克服文学批评和文化阐释之间的话语纷争，从总体上考察当代诗歌（也是当代文学）批评的哲学基础，辨析批评理论和方法背后的哲学倾向。由此，"修辞学""历史""价值判断"等容易引发歧义和争议的概念，或可被更具体也更明确的诗歌批评术语替代。事实上，当代诗歌批评迫切需要更新相关的贴近诗歌本体的概念，比如具体到一首诗的声音元素，使用诸如语感、音调、停顿、转折、肌理层次、内部韵律等，融合语言学、音乐学和心理学概念，重新发现当代诗歌声音的特征。这关乎诗人的情感质地、感受性和思维方式，也关乎批评家钱文亮曾期待的，"重建诗歌批评的现代性起点"，即诗歌批评能够"在这个相对主义的多元话语时代，寻找到能够深入复杂的现代诗学内部，呈现与揭示现代诗歌建设深幽微妙之处的更宽广更富张力的话语方式"[12]。优秀的诗人和诗歌文本都建立在坚实的哲学基础上，自现代文学以来，是早有共识的。夏目漱石曾以"文艺的哲学基础"为题做过演讲,思考意识、时间、空间、"我"与"物"的关系,然后由"我"之智慧、情感和意志分别对"物"施以何种力量,来区分不同类型的人等,并进一步给文艺家的理想分类,又谈及文艺家的理想与技巧的关系,以及"进步的理想与完善的技巧合二为一"如何成就文艺的极致[13]。当然,任何人现在都大可不必将夏目漱石的具体论点作为理解文艺的唯一路径,因为这些具体论述难免看上去有些陈旧,但我们需要体认并接纳的是,文艺有其鲜明的哲学根基,文艺批评工作者需要了解这个根基并且他/她的工作本身也必须拥有这一根基。

20世纪的欧美文艺批评理论大多与其时的哲学思潮有着密不可分的关系,从新批评到俄国形式主义理论、文学的精神分析、性别批评等,其背后都能找到对应的哲学思潮,如符号学、现象学、结构主义、精神分析等。但是,结合这些哲学思潮的批评理论渐渐变成了批评实践中固定而僵化的方法论,而失去了哲学原本与文艺相连接交叉的那部分含义。以诗歌文本细读这一新批评的重要批评手段为例,有读者和批评家抱怨,一首坏诗也可以经过头头是道的细读法而令人困惑地进入大众视野,究竟批评是为了让人区别好诗坏诗,还是为批评而批评,或为人情而吹捧呢?另外,还有一些文本细读,用上文陈超提到的感受即"过度诠释",使诗歌解读变成了批评者借题发挥的领地。为什么会出现这个局面?显然,文本细读作为一种方法,需要完善其基本的批评伦理。究竟为什么要读这首诗?文本细读最终要达到怎样的目的?以及,是不是所有的诗都需要细读?中国古典诗歌批评法中没有细读这种类型,但在服务于教育的目的下,通过不同时代的读者、批评者反复的注疏、释义和赏析,古典诗歌美学与文化得到了传承。也许方法本身并不是最重要的,重要的是批评行为中贯彻的精神、思想与意志。

其次,是对批评的总体功能的明确。与其说这一条是模仿 T. S. 艾略特的思考工作,倒不如说它是承接上一点有感而发⑮。从思考批评的哲学基础出发，当批评家以自己完善的精神、思想与意志投入一首诗或一个诗人的阅读中，他/她要明确地把自己的喜好、趣味和智慧，通过批评交付给读者，而这些读者是什么样的人呢？按照当代中国诗歌批评的现实情形，这些读者大部分是对现代诗歌接触不多，甚至还有不少误解的年轻学生，或者说，诗歌批评发挥其作用的空间，恰恰是上文提到的，C. S. 路易斯所谓的"盲于文学者"，他们集中在校园里。在这一层面上，我不同意一些诗歌批评家，他们的行文透露了他们预设的诗歌读者往往是一些文学知音，或至少是文艺青年之类。换句话说，当代诗歌批评需要以服务于教育为目的。这样，批评的功能就会既现实又具针对性。

《文学批评：一部简明政治史》[14]是美国学者约瑟夫·诺思反思 20 世纪以来主导英语世界的学院派文学批评的基本范式的著作，粗读过后，我们会发现，诺思所批评的批评现象和问题似乎在当代中国诗歌批评界中也存在着，比如，批评的"学术转向"问题，听上去好像在上文中耿占春、张桃洲等人也思考过。现象的类比当然可以也值得继续联想开去，但是，本书值得注意的一个方面，是诺思对英美新批评传统中，被背叛的遗产的揭示，此即，I. A. 瑞恰慈的贡献。诺思认为，瑞恰慈为 20 世纪早期文学研究的审美唯物论开辟了哲学基础，并在方法论上提出了后来被称为"文本细读"和"实用批评"的作业工具，由此把批评工程擢升至学科地位。但后来，他的工作遭受了普遍的误解和扭曲，无论是在英国还是美国，他的继承者们，将其"文本细读"和"实用批评"的方法论中心，"从培养读者的审美能力转移至培养读者的审美判断"，并将其注重审美经验的文艺观和注重文艺作品的"诊断"与"治疗"作用的批评方法，发展为唯心主义批评进行的"作品排序"和"文化分析"。诺思重申瑞恰慈批评观念中显示为一种政治潜能的，对审美教育功能的强调。介绍这部著作并非本文的目的，我们不妨类比和参照诺思的思考路径，也向瑞恰慈这位曾经多次到过中国、任教过清华大学和北京大学,深受中国文化影响,且其代表著作(《实用批评》[15]《文学批评原理》[16])也在中文出版,影响过中国新诗研究者的批评先驱,重新汲取其智慧的力量[17]。也许我们可以再次接受他的"指令":"喜欢'好诗'而厌恶'坏诗'并不重要,重要的是能够同时利用好诗和坏诗来整理思维。"

也是在这一意义上,我们期待着时代的大批评家出现,他们一方面能在批评的哲学基础与伦理根基上进行充分的自我建设,与此同时,又能在批评实践中不惧于激活诗歌和诗歌批评的政治潜能。当然,大批评家不会横空出世,他/她也是需要时代批评群体的积累,自觉或不自觉地,同时代的批评家们联合协作,然后,在他们当中,或下一世代的某一位,综合突围,成为批评的新标识。因之,我们有必要对已有的批评成果总结梳理,对诗歌批评家们的工作的集中出版,对当代重要诗人研究成果的编辑付梓,以及对我们诗歌批评传统中的诗话的当代继承的关注与鼓励等。可喜的是,这些工作已经在总体的学术研究领域里出现了⑯。

考察近四十年这个长时间区段内,诗歌批评的现象特征、议题演变,显然需要具备历史的感受性与判断力,这里的历史不单指这个时间段里发生的事实记录,而是一种对经验层次和经验之间的联系的把握能力。诗歌批评的哲学基础与其政治能量,作为批评历史进程中不可忽视的坐标点,或可成为华莱士·史蒂文斯那只坛子,成为当代诗歌批评新秩序形成的参照物。

注释

① 这几个概念是当代文学"思潮批评"的产物,受到当时的社会政治话语的影响,具有暂时性,而在文学史写作实践中,文学史家则通常采用新的分期法,或只是运用中性的自然时间分段。

② 华莱士·史蒂文斯诗《坛子轶事》:"我把一个坛子置于田纳西,/它是圆的,在一座山上。/它使得荒野/环绕那山。//荒野

向它涌起，/又摊伏于四围，不再荒野。/坛子在地面上是圆的/
高大，如空气中一个门户。//它统治每一处。/坛子灰而赤
裸。/它不释放飞鸟或树丛，/不像田纳西别的事物。"（参见陈
东飚译：《华莱士·史蒂文斯诗全集》，北京：作家出版社，2021
年版，第 110 页。）

③ 广义的解诗学指的是包括诗歌批评中的评注、诗歌赏析等传统
释读方法，以及现代文学理论指引下对诗歌意义和美学特征的
整体描述与评判在内的诗歌批评；而狭义的解诗实践则专指对
晦涩难懂的诗歌文本进行的理解阐发。

④ 论争的具体过程及相关观点、评述，参阅周瓒：《当代文化英雄
的出演与降落：中国诗歌与诗坛论争研究》（上、下），连载于《新
诗评论》2005 年第 1、2 辑，北京：北京大学出版社，2005 年版。

⑤ 这次论争的主角，是批评家钱文亮和龙扬志，钱文亮有关诗歌
伦理的文章最初发表在《新诗评论》（2005 年第 2 辑，北京：北
京大学出版社，2005 年版）上，龙扬志的商榷文刊发在《中国诗
歌研究动态》（2007 年第 3 辑，北京：学苑出版社，2007 年版）。

⑥ 韦勒克和沃伦所著《文学理论》一书在美国首版于 1942 年，
1984 年汉译本在中国内地出版，立即成为 1980 年代的理论畅
销书，至今仍是国内大学文学系学生的必读书。

⑦ 这是詹姆逊在马克思主义意识形态阐释学领域里的方法论创
新，经由《马克思主义与形式》《语言的牢笼》和《政治无意识》等
著作，詹姆逊对"辩证批评"，文学的概念和隐藏在形式中的"不
和谐因素"等进行了探析。以上三种詹姆逊的著作都于 1990
年代译介到中文语境中，对当代文学和文化批评产生了深远的
影响。

⑧ 《在北大课堂读诗》第一版于 2002 年由长江文艺出版社出版，
是文本细读方法在大学讲堂的重要实践成果，在 20 世纪的诗
歌论争背景下来看这本书，可以说，是学院式批评对当代诗歌

的一次深度介入,它从基本的解诗工作开始,却连带出诗歌批评包括诗歌精神和诗歌形式在内的诸种话题。

⑨ 转引自于连·沃尔夫莱著《批评关键词:文学与文化理论》一书中关于"主体/主体性"的词条,北京大学出版社,2015年版,第304页。

⑩ 同⑨,第309页。我们可以将德勒兹的"游牧"状态理解为埃蒂安·巴里巴尔主体性观念中"普遍性"与"个体性"的综合。

⑪ 这里仅举出两个代表性的例子,2003年,《扬子江》诗刊以"话题"为专栏,邀请诗人、批评家就专栏主持者选定的议题笔谈,这些议题有:"重识中国新诗传统""当代诗人的现实感""中国新诗语言:成熟及其他""诗人的角色意识""当代诗歌的先锋性""诗歌中的女性意识"等;自2004年起,《江汉大学学报(人文科学版)》(2013年更刊名为《江汉学术》)创设"现当代诗学研究"特色栏目,发表的批评和研究文章中有关当代诗歌的重要议题包括:"关于新诗的传统""关于新诗的文体和语言""关于新诗的出版""关于女性诗歌""关于新诗的阅读与阐释""关于新诗的先锋性""关于中生代诗人""关于新诗的翻译""关于城市诗歌""关于诗歌史写作""关于当代诗歌思潮与诗人重释""关于当代英美诗歌""关于新诗与政治文化""关于台港与海外诗歌""关于当代散文诗""关于新诗的教育""关于儿童诗"和"关于新诗的语言与形式"等。这些议题既延展了当代诗歌批评的视野,同时也为当代诗歌史的写作提供了坚实的基础材料和美学方向。

⑫ 参见T. S. 艾略特《批评批评家》一文,他在为批评家分类的时候提及"诗人批评家","身为诗人的批评家,我们不妨说,他是写过一些文学评论的诗人。要归入这一类批评家,有一个条件。那就是他的名气主要来自他的诗歌,但他的评论之所以有价值,不是因为有助于理解他本人的诗歌,而是有其自身的价

值"。显然，艾略特本人也属于这个群体。

⑬ 本文是陈超为 2012 年 10 月在北京召开的"诗歌批评与细读"学术研讨会而撰写的论文，发表于《文艺研究》2012 年第 12 期，后收入作者所著《诗与真新论》《个人化历史想象力的生成》二书中。

⑭ 两篇文章分别为《必要的"分界"：当代诗歌批评与文学史写作》，载《文艺研究》2009 年第 12 期；《汲取与掣肘：当代诗歌批评与文学（诗歌）史写作》，载《燕赵学术》2011 年秋之卷。

⑮ T. S. 艾略特曾撰文《批评的功能》，提到批评必须有明确的目的，"笼统来说，是界说艺术作品，纠正读者的鉴赏能力"，艾略特还强调"批评家必须有高度的实际感"等。

⑯ 这里列出几种重要诗学出版物：1. 洪子诚主编，北京大学出版社出版的"汉园新诗批评文丛"二辑（2010 年、2014 年），共出版 14 位诗歌批评家和学者们的评论选集；2. 张桃洲、王东东主编，华文出版社出版的"中国当代诗人研究集"二辑，第一辑（2019 年）包括当代六位诗人，第二辑拟于 2022 年出版；3. 沈奇主编，陕西新华出版传媒集团、陕西人民教育出版社出版的"当代新诗话"二辑（2015 年、2017 年），共出版九位批评家诗人的诗话。其他如诗人姜涛评论集《从催眠的世界中不断醒来》（华东师范大学出版社，2020 年版）、陈东东评论集《我们时代的诗人》（东方出版中心，2017 年版）、西渡评论集《读诗记》（东方出版中心，2018 年版）等，都是近年重要的诗歌评论成果。

参考文献

［1］李怀印.现代中国的形成：1600—1949［M］.桂林：广西师范大学出版社，2022：368.

［2］李海英."中心诗"观念：朝向现实的出发之旅：对华莱士·史蒂文斯诗学观念的一种考察［J］.江汉学术，2021（1）.

［3］姚家华.朦胧诗论争集［M］.北京：学苑出版社，1989：7.

[4] C. S. 路易斯.文艺评论的实验:重译本[M].邓军海译注.上海:华东师范大学出版社,2015.

[5] 特里·伊格尔顿.如何读诗[M].陈太胜译.北京:北京大学出版社,2016:11.

[6] 江汉大学现当代诗学研究中心,《江汉学术》编辑部.群峰之上:"现当代诗学研究"专题论集[M].武汉:长江文艺出版社,2011:6.

[7] 陈超.诗与真新论[M].石家庄:花山文艺出版社,2013:71,73,75.

[8] 雷武铃.当代诗歌批评之批评[J].新诗评论,2013(1):71,75—76.

[9] 耿占春.当代诗歌批评:一种别样的写作[J].文艺研究,2013(5).

[10] 张桃洲.由批评而学术:当代文学研究的重新确立[J].文艺争鸣,2018(6).

[11] 张桃洲.重构新诗研究的政治学视野[J].文艺争鸣,2017(8).

[12] 钱文亮.道德归罪与阶级符咒:反思近年来的诗歌批评[J].江汉大学学报(人文科学版),2007(6).

[13] 夏目漱石.文艺的哲学基础[M].杜星宇译.苏州:古吴轩出版社,2020:8.

[14] 约瑟夫·诺思.文学批评:一部简明政治史[M].张德旭译.南京:南京大学出版社,2021:21.75.

[15] 艾·阿·瑞恰慈.科学与诗[M].徐葆耕译.北京:清华大学出版社,2003(3).

[16] 艾·阿·瑞恰慈.文学批评原理[M].杨自伍译.南昌:百花洲文艺出版社,2010(5).

[17] 容新芳.I. A. 瑞恰慈与中国文化[M].北京:商务印书馆,2012:6.

论新诗批评中的价值判断

李文钢

摘　要：文学批评不可能与价值判断相分离，其目的并非充当终审法官，而是通过发掘文学现实中值得珍视的价值，启迪更好的文学未来。当前的新诗批评，在价值判断方面存在着诸多不足，集中体现于四个问题：回避进行明确的价值判断；价值判断与社会文化和大众的分离；价值判断的标准不明晰；对诗歌本体文学价值的忽视。但诗歌评论中的价值判断必不可少，当代诗歌批评家有着自己独特的价值判断方式，沉默法、点将法、阐释法、挑刺法是其中的典型，它们各具特色又各有其局限。在诗歌批评中充分发挥价值判断的作用，应重视其四种基本属性：建构性、关系性、理据性、历史性。当代诗歌界的很多论争，皆由价值判断的冲突而起。正确认识价值判断的含义及可能，积极发挥价值判断的建设性作用，必将对营造健康的新诗发展氛围有所助益。

关键词：新诗评论；价值判断；评价标准

美国文学理论家韦勒克曾指出："所有企图将价值排除在文学之外的尝试都已失败，将来也会失败，因为文学的本质正是价值。归根到底，一门使文学批评（即价值判断）与文学研究相分离的文学科学是不可能存在的。"[1]58生活常识也告诉我们，既然总是在面对着不安定的环境和未知的恐惧，既然人类的生命如此脆弱，我们几乎是天生地要根据事物的福祸价值来进行取舍和判断的,这实乃人类活动的一种天性。文学艺术对于人类认识自身、维护乃至促进人性发展具有不可替代的独特价值,人们对她的认识更是自然而然地与价值判断紧密联结在一起的。美国学者杜威说:"批评就是判断,无论在语源学上还是在观念上,都是如此。因此,对判断的理解是关于批评性质的理论的首要条件。"[2]文学评论家若想履行好自己的职责,也就不得不面对价值判断这一首要问题。

这里所说的价值判断,绝非很多人所误以为的那种一锤定音式的裁决,而是批评家按照自己的文学标准对评论对象种种潜在价值的理解和评估,其初衷不是为了充当终审法官,而是为了改善文学现状,朝向更好的文学未来。按照学者李德顺的考证:"汉语中的'价值'一词,对应于英语的 value……源于古代梵文和拉丁文的'堤坝',含有'掩盖、保护、加固'的意思。'价值'是在该词派生的'尊敬、敬仰、喜爱'意思之上进一步形成的。'价值'的本来含义就是'起掩护和保护作用的,可珍贵的,可尊重的,可重视的'。"[3]正是因为不同人群对于"什么最值得珍视"有着各不相同的认识,对于"哪种价值是具有更高价值的价值"这一问题的回答,常常是因人因时因地而异的,这就尤其需要我们给出自己的判断。这也是"判断"一词的基本含义:"给定的事实提供了线索却还不足以确立结论,我们才需要判断,已知情况足以确立结论,我们就不再说那是判断。"[4]也就是说,当我们对事物的价值产生怀疑或把握不准的时候,才需要我们做出价值判断。在鱼龙混杂、云谲波诡的文学世界,并不存在能立即给出最终结论的法官,便尤其需要我们做出自己的价值判断。文学评论家的职责,大概就相当于帮助人们在茫然无际的文学海洋中判断价值、引领航向的领航员:他是一位谨小慎微的价值判断和预言者,而非威风凛凛的价值鉴定和审判者;他当然并非全知全能,却比普通船员有着更为丰富的文学经验;他也绝非不会犯错的超人,却有着比大众更深入地理解和判断文学价值的可能；他的立场有时也难免偏颇，但他却能坚定地把持自己的美学观点，并乐于开诚布公地与他人对话争鸣。

然而，正是在价值判断工作的展开方面，当前的诗歌评论是不太令人满意的。学者刘纳曾深感忧虑地说："80 年代中期以后，西方批评流派陆续被引进到中国批评界，在各种批评方法的尝试运用中，我们能看到'解读'正在代替评价。……随心所欲的解读不需要尺度。没有了尺度便没有了以往意义上的'批评'，——随你怎么说都行。……评价尺度的缺失对于诗歌批评以及诗歌整体的摧毁性影响则是不容置疑的。"[5]刘纳所言的评价尺度问题乃价值判断的基准问题，基础不稳则危楼林立，更有了如臧棣所言的大遗憾："当代诗歌写得已很好，但是有个大问题：当代诗歌的认证机制，远远没有建立起来。这是非常大的遗憾。"[6]

一、当前的新诗评论在价值判断
方面存在的问题

(一) 回避明确的价值判断，并由此导致相对主义盛行

如欧阳江河在描述中国 1989 年以后的诗歌写作时所言："长时间徘徊之后，我们终于发现，寻找活力比寻找新的价值神话的庇护更有益处。活力的主要来源是扩大了的词汇（扩大到非诗性质的词汇）及生活（我指的是世俗生活，诗意的反面）。这种活力在很大程度上是由变化带来的阶段性活力，它包含了对变化和意外因素的深思熟虑的汲取，并且有意避开了已成陈迹、很难与陈词滥调区分开来的终极价值判断，将诗歌写作限制为具体的、个人的、本土的。"[7]一心寻找并探索新活力，避谈价值乎成为近年诗歌发展进程中的一个现象，但我们不应忘记欧阳江河在要回避的"价值判断"前面添加的一系列限定词："已成陈迹"的、"很难与陈词滥调

区分开来"的、"终极"的。如此这般的价值判断,其实不只是1989年以后的诗歌评论应该回避的,本来也是任何时刻的文学评论都应回避的,因为这样的价值判断并不具备如后文我们将要所述的"建构性""关系性""理据性""历史性"特点,是不合格的价值判断。欧阳江河也许没有意识到,他"将诗歌写作限制为具体的、个人的、本土的"倡导,正代表着另一维度上的价值取向,更可见价值判断之不可回避。

一味寻求新活力而避谈价值的结果,是相对主义的流行以及由此带来的价值观混乱。而有效遏制这一现象的办法,在于正视价值判断的历史性特点,充分发挥价值判断的阶段性职能。对于一个诗歌评论家来说,敢于坚持自己的价值标准,敢于明智,敢于冒风险,敢于从不确定的价值世界选定一种方向,敢于冲破观念的牢笼创造一种新的可能,并且乐于将自己内心真实的价值判断讲述出来接受公众检验,实乃一种最难能可贵的品质。正如韦勒克曾提示过的:"一件艺术品的全部意义,是不能仅仅以其作者和作者的同时代人的看法来界定的。它是一个累积过程的结果,亦即历代的无数读者对此作品批评过程的结果。"[8]30 每一个身处当代诗歌场域中的诗评家,都应该清醒地认识到任何人都不可能一劳永逸地解决价值判断问题,却仍旧应该摒弃隔岸观火的旁观者态度,甘做文学价值累积过程中的小石子,以真诚的批评实践履行当代诗评家的职责。因为诗歌评论与诗的写作一样,永远是一个不断更新、不断修正的过程。一个真正的诗评家,绝不会因为自己的价值判断几乎必然将被别人"修正"而变得不敢言语,我们在今天的诗歌现场没有缺席,才是一种值得嘉许的态度。

当前尤其应该加强的,是对于名家名作的价值评判工作。奥登曾提示人们不要把时间浪费在抨击低劣之作上,他说:"攻击一本低劣之书不仅浪费时间,还损害人的品格。如果我发现一本书的确很差劲,写文章抨击它所拥有的唯一乐趣只能源于我自身,源于我竭力展示自己的学识、才智和愤恨。一个人在评论低劣之书时,不可能不炫耀自己。"[9]15奥登所言是对的,但或许应该设置一个前提:这是针对那些默默无闻的低劣之作的,而非针对那些影响颇广的名家名作的缺陷。对那些影响本来就不大的低劣之作,保持沉默并最终令其自生自灭是最好的办法。而对于那些信者甚众乃至混淆视听的名家劣作,称职的批评家则本应发出理智的声音,发挥自己的在场职能,同时矫正作者与读者的趣味。法国学者伏尔泰曾在直言不讳地指出高乃依的《俄狄浦斯王》中的"毛病"时,如此解释道:"我们应指出哪些缺点呢?难道是平庸作家的缺点吗?批评应侧重伟大人物的不足;若由于偏见而连他们的毛病也欣赏,那么不久我们就会步其后尘。那么我们从名家那里得到的启示,或许便是如何将作品写坏了。"[10]而当前的诗歌评论恰恰是在给诗坛"大人物"挑刺这方面做得明显不够,致使某些"大人物"的缺陷也被视为典范,更增添了读者的混乱感。

尤其值得警惕的,是那些凭借完全没有说服力的依据,借题发挥乃至无限夸大的过度阐释现象。当前的诗歌评论中随处可见的表扬稿式写作,不同程度地存在着赋予一些诗人以"假想的美德"的问题,不仅让诗歌评论丧失了严肃性,更让诗歌评论丧失了公正和可信性。

(二)价值判断与社会文化和大众的分离

在新诗的诞生阶段,正是以关注社会问题、恢复诗歌与普通民众的血肉联系为动力,不过随着新诗的发展成熟,却日益成为一种与大众文化语境相分离的"专业化"实践。正是借"专业化"的深奥为由,发生了很多浑水摸鱼的现象。文学与那些专精的科学终究是不同的,割断了与社会文化的联系,也就切断了它最重要的营养供给线。诗歌评论只有参与到人类文化发展的进程中去,重新激发"诗可以群"的动力,才能在维护人性发展,擦亮人性精神的事业中更好地发挥自己的功能。

英国学者梅内尔认为："最后，大众的一致评判是艺术价值的最可靠的路标。"[11]12他还引述哈罗德·霍布森的话说："公众的艺术评价最终总是对的，批评家的任务只是使这个'最终'尽快到来。"[11]11法国学者蒂博代也持近似观点，他曾以法庭为喻打过一个生动的比方，来说明作者、读者、批评家这一三角关系："律师席，这是作者的位置，法官席，这是唯一的审判官的位置，但他不是批评家，而是公众。好的批评家，像代理检察长一样，应该进入诉讼双方及他们的律师的内心世界，在辩论中分清哪些是职业需要，哪些是夸大其词，提醒法官注意对律师来说须臾不可缺少的欺骗，懂得如何在必要的时候使决定倾向一方，同时也懂得（正像他在许多情况下都有权这样做一样）不要让别人对结论有任何预感，在法官面前把天平摆平。"[12]梅内尔和蒂博代都不约而同地强调了公众在价值判断中的决定性作用，而中国当代诗歌却常常抛开公众另立法庭乃至取消法庭，借"读者跟不上作者"为由，完全把公众隔绝在价值判断体系之外，使诗歌真的成为"少数人的事业"。由此便极有可能会出现如托尔斯泰所言的那种情况："无论艺术中出现怎样的荒唐，一旦被社会上层阶级所接受，就立刻会有人编造出一套理论来，以对其做出解释并使其合理化。"[13]

行使好诗歌评论家作为"代理检察长"的职能，做好诗歌评论中的价值判断工作，正是擦亮公众眼睛，恢复诗歌与公众生活紧密关联的关键环节。一个合格的诗歌评论家，不仅需要告诉公众发生了什么，更要对已经发生的事情做出价值和质量的评判，这可能也是公众对诗歌评论最基本、最直接的需求。诗歌评论的其他功能，都应附着于这一基本交流功能之上，而不是用其他诸如"文体追求""综合批评"等功能来代替乃至消泯其基本功能。当今的诗歌评论写作，却鲜有将普通公众作为预期读者的目标，导致其与公众的距离越拉越大，更增添了公众对于这位"代理检察长"的不信任。朱自清曾提示人们："大概文学的标准和尺度的变换，都与生活配合着，采用外国的标准也如此。表面上好像是求新，其实求新是为了生活的高度深度或广度。"[14] 如何借由诗歌评论的通道，恢复诗歌与公众生活的血肉联系，修补新诗艺术与普通读者间看不见的裂痕，应是当前亟须反思的问题。这绝不是要回到全民诗人的"大跃进诗歌"时代，而是相信普通大众也有接受并喜欢上"当代杜甫"的可能。

（三）价值判断的标准不明晰、互相混淆的现象，甚至消解了判断标准的多元普遍性

价值判断本就具有主观建构与客观论证相结合的特点，诗歌的审美标准亦是有其"相对客观性"的。故此，一篇诗歌评论的展开，首先应将自己预设的评价标准说明在前，分析判断的理据阐述在后，其价值判断标准能否经得起检验和商榷，是其观点能否获得人们认可的前提。一个批评家的地位的确立，更常常是与其所倡导的某种独特而重要的评价标准联系在一起的。同时，如华勒斯坦等人在《开放社会科学》一书中所言："我们相信，对于一个不确定的、复杂的世界，应当允许有多种不同解释的同时并存，这一点是非常重要的。只有通过多元化的普遍主义，才有可能把握我们现在和过去一直生活于其间的丰富的社会现实。"[15] 诗歌评论中的价值判断标准也既应是开放性的、多元化的，又是能够在一定范围、一定程度上达成普遍认同的。

艾略特曾说："文学的'伟大价值'不能仅仅用文学标准来测定；当然我们必须记住测定一种读物是不是文学，只能用文学标准来进行。"[16] 倘若我们在按照自己所理解的文学标准确定一种读物是文学之后，便不再仅仅用文学标准来测定其价值，则可供选择的标准体系近乎是敞开式的。而一旦选定了某种价值判断标准，也就暗示了评论者的价值倾向，并在一定程度上预设了可能的结

论。这样的话,评论者事先公布自己的价值判断标准,就显得更加重要了,因为判断标准的说服力,已预示了其结论的可信度。关心不同价值倾向的评论者,极有可能对同一部作品做出完全相左的判断性认识,但如果我们对他们各自的判断标准了然于胸,也就能明了谁的判断更具参考度了。倘若某位评论家的评判标准,能够成为世所公认的金科玉臬,则这位评论家依据此标准进行的价值判断,无疑也就更容易得到世人的认同。

而当前的诗歌评论的一个大问题在于,评论家常常并不亮明自己的评价标准,甚至时常在自己身上发生自相矛盾的现象。如前脚刚刚用 A 标准推举了某位诗人,后脚就又用 B 标准推举了另一位诗人,而 A 与 B 之间又互相冲突抵消,不免会令人充满了困惑,更会令读者丧失了对这位评论家的信任。这样的现象在那些印象式的评论写作中极为常见,也最容易混淆视听。

另一个常见问题,是用自己的评价标准,去质疑别人用另一标准作出的判断。严家炎曾形象地将这一现象称为"异元批评",他说:"所谓'异元批评'或'跨元批评',就是在不同质、不同'元'的文学作品之间,硬要用某'元'做固定不变的标准去批判,从而否定一批可能相当出色的作品的存在价值。譬如说,用现实主义标准去衡量现代主义作品或浪漫主义作品,用现代主义标准去衡量现实主义作品或浪漫主义作品,用浪漫主义衡量现代主义作品,如此等等。这是一种使批评标准与批评对象完全脱节的,牛头不对马嘴式的批评。"[17]此类现象在当代新诗评论中亦屡有发生,影响最大的莫过于 1990 年代末的"盘峰论争"。关于这场波及范围颇广的大论战,陈超说得十分恳切:"明明是不同审美创造力形态的差异,却被骇人听闻地归为权势者和受难者的势不两立。"[18]不同的"审美创造力形态",其实即不同价值判断标准的应用,不同审美创造力形态之间的混战,也就是不同价值判断标准的混淆,如同论斤称布、以尺量米。价值判断标准的选定本是在无限开放的可能性中选定了一种可能,每一种价值标准都可以各自论述其存在的合理性,并在其价值体系内部论述某些作品对其所推崇的价值维度的体现程度,进而据此在其内部建构价值等级关系。但不同价值标准之间,却一般并不具备优劣比较的可能。我们可以批评某位评论家的价值判断标准能否经得起检验和商榷,却不应指责他对自己的价值判断标准的坚持态度,更不能刻意用一种标准来排挤和碾压另一种标准,只要一个评论家的价值判断标准是有其合理性的,我们就应对他的坚持予以尊重。

一个主张只有得到人们自由而公开的检验,才能真正产生它的效力。必要的争论本是维护良好评论生态的有益环节,是防止出现唯我独尊的价值霸权的有效手段,我们应该鼓励评论家们充分对话,各自向人们展示自己的价值判断观点,并在热烈的讨论中促进文学的繁荣。但争论应该在明晰对方的标准和范畴的前提下展开,鸡同鸭讲,则是无效的争论,起不到建设性的作用。同时,有效的批评对话应以争取达成"多元化的普遍主义"为目标,即既是多元化的,每一"元"又都是各自能为有理性的人们所普遍理解和认同的,这与模棱两可、茫然无解的"相对主义"有着明显差异,对此我们应有清醒认识。

(四) 借题发挥的多,探讨诗歌本体价值的少

人们对于文学评论常常有一种误解:"批评被想象成不是说明关于一个对象的实质与形式的内容的工作,而是一个以其优缺点而宣布无罪或有罪的过程。"[19]实际上,文学评论中的价值判断的目的绝不是简单地进行裁决或宣判,而是为了更好地反思和建设文学,使文学更好地成为文学。因而,文学评论首先应该以关注文学作为"一个对象的实质与形式"作为前提,阐释文学的独特本体价值。重申这一点,对于今天的我们仍有着十分重要的意义,尤其是在很多与诗歌的文学本体价值无关的话题仍在左右着评论时尚

的时代。

学者刘纳曾令人信服地指出："无论'写什么'、无论'怎么写'，要写得好，才能使作品获得文学价值，这本是简单的常识，而在文学理论空前繁盛的现时代，常识往往被玄妙高深的理论淹没。"[20]尽管刘纳在提出这一问题时针对的是小说研究，但这一现象在当代诗歌评论中无疑是同样存在着的。当前的诗歌评论更多关注的，仍是诸如"底层写作""个人写作""及物写作"等"写什么"的题材问题，或者"象征主义""现代主义""后现代主义"等"怎么写"的题材处理方法或风格问题，而很少提出究竟"写得怎样"这一文学本体价值问题。

自新批评的文本细读法 1980 年代被中国大陆的学界接受以来，在诗歌评论实践中就十分流行，由此带来的一个后果却是，人们只是满足于拆解文本的游戏，满足于做一个阐释者，而不是争取去做一个矫正者或评判者，诗歌这样写究竟"写得怎样"的文学本体价值判断被完全搁置一旁。其实新批评的理论家们之所以提倡文本细读、内部研究，之所以会提出"朦胧""张力""悖论""反讽"等概念，其目的还是希望能够寻找到评价作品价值的客观依据，对文学价值做出正确的判断[21]。如果我们只学会了"细读"，着迷于提供新的阐释，却放弃了价值判断，无疑是误解了新批评的本意。

当前的诗歌评论，有相当一部分将评论作为了表现批评家个人性情或趣味的载体，因而常常喜欢偶遇那些与自己的情感发生共鸣的诗作并借机阐释发挥。在这种情况下，一首诗歌能否进入视野，全凭评论家个人心情，因而常常充满了随意性。针对这一现象，白璧德早有提醒："把批评贬低到只是满足气质的需要，只是说出某人的艺术爱好或爱憎的确就完全违背了批评这个字原来的字义，即辨别与判断……严肃的批评家所更关心的不是自我表现，而是建立正确的评价标准，用它来准确地观察事物。"[22]233理想中的诗歌评论家，应该是一位通观全局的战略家。他能在全局中洞察出手的契机,出手处便常常是最重要、最关键的要害,能让人们一下子就意识到今日之诗歌的格局,而非随心所欲的四处游击。

还有一类颇具才气的评论家,怀揣着更大的雄心,意图将批评与艺术相结合,创造一种艺术化了的新批评文体。此类评论家的追求当属难能可贵处,但在实践中却常常于艺术处雕章琢句,于批评处反而轻描淡写,令读者在云山雾罩中迷失了焦点,从而将所谓的艺术追求泛化为了跑题。此类评论家或许有必要重温韦勒克的这段话:"艺术的感觉可以进入批评中:许多批评形式在谋篇布局和行文风格上需要艺术的技巧;想象力在任何知识和科学中都占有一席之地。但是,我仍然认为,批评家不是艺术家,批评不是艺术(近代严格意义上的艺术)。批评的目的是理智上的认知,它并不像音乐或诗歌那样创造一个虚构的想象世界。"[1]13 如果文体追求越俎代庖地取代了批评的目的,则无异于以珠弹雀,反而会费力不讨好地将诗歌评论带入新的危机。

另有一类诗歌评论家,热衷于诗歌史料的搜集整理和编撰展示,却忘记了文学事实与文学价值的区分,以至于现象的罗列和资料的积累越来越多,价值的方向却越来越迷茫。如谢冕所说:"文学史研究和文学批评的开展,其基本法则是'减法'而不是'加法'。就是说,它必须不断从那些混合状态中选择有价值的东西,而剔除和扬弃那些无价值的东西。"[23]这项工作的继续开展,尤其需要研究者独具价值判断的慧眼,而不是眉毛胡子一把抓。

二、新诗批评进行价值判断的几种方式

当前的新诗批评,也绝非在价值判断方面无所作为,那些具有责任感的诗歌评论家,始终在用自己独特的价值判断方式①肩负着历史使命,其中较为典型有如下几种:

（一）沉默法

如果某位批评家，对另一些人眼中极为重要的诗人或诗歌现象始终保持沉默，实际上就已经体现了他隐晦的价值判断。奥登也曾推荐这一评论方法，他说："对于批评家，唯一明智的做法是，对他认定的低劣作品保持沉默，与此同时，热情地宣扬他坚信的优秀作品，尤其是当这些作品被公众忽视或低估的时候。"[9]14 问题在于，普通读者能一眼看到被推荐的作品，却很难有耐心和精力去研究一个评论家究竟对哪些诗人保持了沉默。因而，此种价值判断的有效性固然不错，影响力却是极为有限的，只有少数有心的"明眼人"才有可能洞悉其中的奥秘。一个评论家的不传之秘，也许永远只有在私人化的场合才会向极为信任的人提及。

（二）点将法

此种方法常常以某个诗歌写作的重要维度为入口，列举在这一维度上不同诗人做出的重要贡献，被列举的诗人则如同开路先锋般的将军，自然被赋予了非同一般的价值。这一方法在当代诗歌评论中极为常见，在很多具有代表性的文本中都可以见到。如陈超在《重铸诗歌的"历史想象力"》一文中，列举了西川、于坚、王家新等人的诗作，并认为："这些诗人对先锋诗歌的重要贡献，主要是改变了想象力的向度和质地，将充斥诗坛的非历史化的'美文想象力'和平面化展开想象的'口语诗'发展为'历史想象力'。"[24]这样的列举，即代表了陈超在价值维度上对这些诗人的认可。此种价值判断方式的问题在于，被点中的诗人的价值完全被维系在评论者所提出的某一维度上，若此一维度被证明是无效或无意义的，则这些诗人的价值也将消失殆尽。

（三）阐释法

对自己认为重要的诗人和作品进行阐释性解读，以求得更多读者的欣赏，也代表了一个评论家对阐释对象的价值认可。如西渡对穆旦《诗八首》的细致解读，即让人们重新认识了穆旦的丰富和卓异[25]。这一价值判断方法在当前的诗歌评论中是最为常见的，本不失为诗歌评论工作的一条正途，但问题在于此类解读大多展开得过于随意，随处可见的解读文章大多缺乏令人信服的价值标准严格把关，导致其过于泛滥并由此引发了如燎原所说的怪病："一方面是宏观批评中整个诗坛的乏善可陈，而一旦涉及具体的个人，每一位又都成了精英。这无论如何都不符合逻辑。"[26]

（四）挑刺法

即对具体作品或某类创作现象进行反省式的批判。这一价值判断方法因其显而易见的"伤人"性质在1990年代以后的诗歌评论中较为罕见，即使出现时，也常常是针对一些笼统的现象或一些名不见经传的"小诗人"，极少应用在那些声名远播的"大诗人"身上，让当代诗歌评论在"挑刺"时常常显得不够硬气。因而，诸如臧棣对北岛过于执着于知识分子的批判性身份而将诗写得"太紧张"的批评[27]、颜炼军和李海英对欧阳江河、西川、柏桦、萧开愚等知名诗人的长诗写作在技艺层面和观念层面的不足所展开的批评[28—29]，简政珍指出商禽、碧果、陈黎的某些"超现实"写作是"文字的戏耍"的批评[30]，作为近年影响甚众的案例，便显得难能可贵。

三、诗歌批评价值判断的几种属性

上述价值判断方式在承担起历史使命的同时，也存在着各自的明显不足。建构起诗歌评论中理想的价值判断，需要我们重新思考价值判断的基本属性和可能。

（一）它应是一种建构性判断

就终极意义而言，如何通过诗歌评论中的价值判断来阐明一种理想的诗歌方向，进而激励更多的诗歌实践沿此方向去实现期待的结果，创造出诗歌活动更大的价值，乃诗歌评论的根本任务。因而，不只是发现诗歌文本中已经出现的价值，更应借助诗歌现象中隐约浮现的苗头，去描绘、建构、培育可能会出现的价值，从而帮助诗人与读者形成新见解和新视野，才能更好地发挥诗歌评论的建设性作用。不同群体因不同的文学理想，会产生不一样的价值方向，正有助于形成多样化的文学建构，促成"百花齐放"的局面。在这一过程中，评判高下之所以必不可少，不是为了简单的褒贬，实乃建立文学金字塔的必要。因为没有高下就意味着没有建设的阶梯，也就必然会走向失序和盲目。任何一个价值判断的展开，都是选定判断的标准在先，高下的评判在后。价值判断标准的选定，也即意味着在当时的时空条件下，各项不同价值间孰先孰后的优先法则的确立，理智的思考始终伴随其中。一种价值维度当然不可能取消其他价值维度，却可以依照评判高下的过程中建立起来的优先顺序，帮助我们在泥沙俱下的文学现实里建构起通向更理想的未来的通道。也只有在建构理想价值方向的维度上，我们才能更好地理解德国哲学家李凯尔特的观点："关于价值，我们不能说它们实际上存在着或者不存在，而只能说它们是有意义的，还是无意义的。"[31]诗歌作为人类文化的精粹，唯有经过人们的辛勤播种和精心培育，才能创造出对人类更有意义的价值维度。诗歌评论也只有在这一维度上，才能实现如勃兰兑斯所言的理想："批评是人类心灵路程上的指路牌。批评沿路种植了树篱，点燃了火把。批评披荆斩棘，开辟新路。"[32]经由价值判断，确立一个新的典范，提出一个新的问题，都有可能实现这种改变文学的建构方向的作用。

（二）它应是一种关系性判断

无论是什么样的价值，若想获得人们的理解和认同，都需要联系到已经为人们所认可的价值上，也即需要建立起与已经被确立为某种价值典范的关系。通常，这一联系越是坚实可靠，后来者往往也就越具有更大的价值。但文学的复杂性在于，杰作常常是一种例外，是与庸常的断裂，故常常也会出现与人们所熟悉的各种典范相背离的现象，令人一时手足无措。但即便是此类令人拿捏不定其价值的叛逆性文本，也必然总是诞生于一定的时空关系中，因而，我们可以借由"关系思维"代替"本质主义思维"，借助各种关系搭建起来的网络来判断某一具体作品的位置和价值。对于一个诗歌评论家来说，不只要考察一个作品在诗歌史内部系统演变中的前后关系，还要考虑其在当时社会文化系统中与时代语境的对话关系，并在这多重关系的综合考量中来呵护并加固那些值得珍视的价值。如陈嘉映所言："判断不同，并不意味着你我把自己偏好的价值贴到事实之上，而是把同一个事实跟不同的情况联系了起来"[33]，也只有在诗歌史或传承或革新的演变里，在与具体社会文化语境的对话过程里，在广阔的文化视野的参照下，我们才能在多维关系网络中确立某一诗歌文本的价值。无论是美学价值的判断，还是思想价值的判断，都不太可能是超时空的，失去了上述关系网络的依托，就会让价值判断显得空洞而没有说服力，甚至成为完全无视现实的猜测，是信念的偏好，而不是理性的判断。反过来，有时一个新的价值判断的提出，又可以带动人们重新思考原有的关系网络，区分出无意义的变动和真正的创新，还有可能进一步产生颠覆既有的认识结构、重塑文学史的效果。

（三）它应是一种理据性判断

前文所述的价值判断的建构性特点，决定了它也必然是一种带有尝试性、主观性的判断,但这种主观性却绝不能等同于任意性,而同样是要以理服人,从而具备了一定程度的客观属性,实乃主观探索与客观论证相结合、评论家与诗歌作品间平等对话的理据性判断。文学欣赏的经验已经告诉我们,在一定时空范围内,人们对于何为文学名著、何为文学经典是有相对共识的,这些共识绝不可能只是某个人的偏好,而是由个体偏好逐渐演变而成的社会规范。文学评论家若想使自己的评论更好地起到影响乃至引领规范形成的作用,就必须用理据说服别人认同他的价值判断的标准和结论。英国学者梅内尔曾提醒人们,对于文学评论家而言:"审美的敏感性和专业性知识这两方面能力应相互配合,不断努力使两者尽量结合,只是在此情况下,称职的批评家才开始工作。前者可能使他赞扬一部艺术品……后者可能会使他正确地判定一部艺术品是完美的,虽然他自己至少到当时为止还没有从中得到一点愉悦。"[11]17 如果说对于普通读者而言,喜欢或者不喜欢某作品还是带有较多个人趣味的话,那么对于诗歌评论家而言,则必须要求自己拿出"一览众山小"的专业阅读功夫,直至将自己的审美敏感性锻造成为"衡文玉尺"般的标准度量衡,成为让很多人对其判断力充满敬意的那样一个人。在这一过程中,一般读者所不具备的专业性知识,则始终应该成为文学评论家矫正审美偏差、引领价值取向的压舱石。任何一个价值判断的展开,都首先应该将自己的标准和依据公开在前,让自己的标准去接受所有人的检验,并在接受检验的过程中去争取公众的认可,直至在一定范围内形成相对客观的认识,理性始终伴随其中。

(四) 它应是一种历史性判断

一个时代有一个时代的文学,但在千变万化的文学现象背后,有着不变的对于人的价值的追问与表达。文学评论中的价值判断,在辨认不同时代的文学价值方面,起着不可替代的作用,同时其自身也在随着历史进程的发展不断演变。任何一个价值判断都是在某一历史背景下做出的判断，都必然会带有那个时代的洞见和盲区，因而也都必然既有其不可替代的优势又有其无法避免的劣势，而不可能是终极性的盖棺论定式的判断。当代诗歌评论家，一方面应该站在我们今天所能达到的时代高度，反思过去的价值标准的局限，将作为"今人"的优势发挥到最大，建构起具有"当代性"的新的价值判断标准，回应当代诗歌发展进程中的新要求、新问题，而不是将自己矮化为生活在今天的"古代人"；另一方面，又应该努力超越今天的局限，像韦勒克所倡导的"透视主义"方法那样：力求"从第三时代的观点——既不是他的时代的，也不是原作者的时代的观点——去看待一件艺术品"[8]30—31，争取达至相对客观化的历史判断。促成普遍而统一的价值判断的难度是可以想见的，但"多元化的普遍主义"并非遥不可及，困难亦不应成为我们搁置价值判断的理由，今天的诗歌评论家理应肩负起自己的责任，积极参与介入到文学价值不断累积的过程中去。

当代诗歌界的很多论争，皆由价值判断的冲突而起。正确认识价值判断的含义及可能，将对营造积极健康的新诗发展氛围起到建设性作用。新诗的发生，本是必然中的一种偶然，也许还有更好的偶然，在等待着新诗评论的发现和矫正，让它逐渐步入自由的必然王国。"罗威尔说，在有美国文学以前我们必须先有美国批评"[22]248—249，我们也可以说，在有真正的新诗以前，我们必须先有新诗批评。真正有效的新诗评论，绝不会止步于阐释已有的诗歌作品，而是努力探索那些束缚了我们思维的边界和原则，并经由价值判断不断地改善现状，为后来者开辟出一个更新更广的驰骋疆域。真正欲有作为的诗歌评论家，必当肩负起对于"真正有意义和有价值的写作"的辨认的责任，去主动探索"意义"和"价值"的限制条件。这些使命的完成，离不开价值判断工作，在这一方面，新诗评论任重道远，仍旧大有可为。

爱尔兰诗人希尼说："我们知道我们是价值的搜寻者和收集者,知道我们的孤独和痛苦是可信用的,只要孤独和痛苦也是我们这不折不扣的人类的一笔保证金。"[34]诗歌评论家也应接续着诗人的话语说："我们知道我们是诗歌价值的发现者和培育者,我们的工作将会让那些孤独者不再孤独,让那些痛苦者迸发出光辉。"

注释

① 各类诗歌奖项的设置和评选活动,也是价值判断的一种方式。但因为它们更多地属于诗歌活动范畴,而非个人化的诗歌评论,故本文没有将其列入考察范围。这些诗歌活动常常因为过多、过滥,而在读者眼中失去了威信,同样没有起到有效的价值判断作用。

参考文献

[1] 勒内·韦勒克.批评的诸种概念[M].罗钢,王馨钵,杨德友译.上海:上海人民出版社,2015.

[2] 杜威.艺术即经验[M].高建平译.北京:商务印书馆,2016.

[3] 李德顺.价值论:一种主体性的研究[M].第3版.北京:中国人民大学出版社,2017:2.

[4] 陈嘉映.说理[M].北京:华夏出版社,2011:264.

[5] 刘纳.诗:在1986年和1986年以后:下[J].江汉论坛,1997(7):35.

[6] 臧棣.诗道鳟燕[M].西安:陕西人民教育出版社,2017:49.

[7] 欧阳江河.1989年后国内诗歌写作:本土气质、中年特征与知识分子身份[J].花城,1994(5):197.

[8] 勒内·韦勒克,奥斯汀·沃伦.文学理论[M].新修订版.刘象愚,邢培明,陈圣生等译.杭州:浙江人民出版社,2017.

[9] 奥登.染匠之手[M].胡桑译.上海:上海译文出版社,2018.

［10］伏尔泰.《俄狄浦斯王》：一七一九年的六封信［M］//丁世忠.伏尔泰精选集.北京：北京燕山出版社,2005：669.

［11］梅内尔.审美价值的本性［M］.刘敏译.北京：商务印书馆,2005.

［12］阿尔贝·蒂博代.批评生理学［M］.赵坚译.北京：商务印书馆,2015：124.

［13］列夫·托尔斯泰.托尔斯泰论文艺［M］.熊一丹译.北京：金城出版社,2011：41.

［14］朱自清.文学的标准和尺度［J］.大公报,1947－03－09.

［15］华勒斯坦.开放社会科学：重建社会科学报告书［M］.北京：生活·读书·新知三联书店,1997：64.

［16］托·斯·艾略特.现代教育和古典文学［M］//艾略特文集·论文.李赋宁,王恩衷译.上海：上海译文出版社,2012：149.

［17］严家炎.走出百慕大三角区：谈二十世纪文艺批评的一点教训［J］.文学自由谈,1989(3)：87.

［18］陈超.关于当下诗歌论争的答问［M］//王家新,孙文波.中国诗歌备忘录.北京：人民文学出版社,2000：63.

［19］约翰·杜威.艺术即经验［M］.高建平译.北京：商务印书馆,2016：346.

［20］刘纳.写得怎样：关于作品的文学评价：重读《创业史》并以其为例［J］.文学评论,2005(4)：26.

［21］李卫华.价值评判与文本细读："新批评"之文学批评理论研究［M］.北京：中国社会科学出版社,2006：206.

［22］白璧德.批评家和美国生活［M］//伍蠡甫.现代西方文论选.上海：上海译文出版社,1983.

［23］谢冕.文学是一种信仰［M］//阅读一生.天津：百花文艺出版社,2011：107.

［24］陈超.重铸诗歌的"历史想象力"［J］.文艺研究,2006(3)：5.

[25] 西渡.爱的可能与不可能之歌：穆旦《诗八首》解读[J].星星（下半月刊），2008(1)：77.

[26] 燎原.百年新诗的考量来自诗歌内部[J].延河·绿色文学，2017(6)：117.

[27] 臧棣.诗歌政治的风车：或曰"古老的敌意"：论当代诗歌的抵抗诗学和文学知识分子化[M]//萧开愚，臧棣，张曙光.中国诗歌评论（复出号）·细察诗歌的层次与坡度.上海：上海文艺出版社，2012：53.

[28] 颜炼军."大国写作"或向往大是大非：以四个文本为例谈当代汉语长诗的写作困境[J].江汉学术，2015(2).

[29] 李海英.白昼燃明灯，大河尽枯流：论当下作为"症候"的知名诗人长诗写作[J].江汉学术，2015(2).

[30] 简政珍.现实与比喻：台湾当代诗的意象空间[J].江汉学术，2017(5).

[31] 李凯尔特.文化科学和自然科学[M].涂纪亮译.北京：商务印书馆，1996：21.

[32] 勃兰兑斯.十九世纪文学主流·法国的浪漫派[M].李宗杰译.北京：人民文学出版社，1982：383.

[33] 陈嘉映.事实与价值[J].新世纪周刊，2011(8)：110.

[34] 谢默斯·希尼.相信诗歌：诺贝尔演讲1995[M]//黄灿然译.开垦地：诗选1966—1996：下.南宁：广西人民出版社，2018：670.

——原载《江汉学术》2019年第2期：36—43

台湾与海外诗歌

论1980年代以降台湾现代诗的现实书写

郑慧如

摘 要：从现实的四个命意出发，可列述现实书写的两个要件，进而聚焦于1980年代以降台湾现代诗的现实书写。可首先通过讨论外于共相的背景音乐式现实书写，即就诗作对现实的反应切入核心。1980年代之后，台湾现代诗的现实书写汇集各种手法而粲然大备，拓展观物方式而视野大开。1980年代以降，战后第一世代诗人成为台湾现代诗创作与论述的主力，出于各种推波助澜的主客观因素，台湾现代诗的现实诗学已完成。

关键词：台湾现代诗；诗性；现实书写；现实诗学

一、台湾现代诗中的所谓"现实"

自"日据时代"以迄21世纪，台湾现代诗中被冠以现实书写的作品，"现实"一词迭经数变，较诸非回复事件原貌的"写实"或"写实主义"，命意更周备。写实是现实书写的一部分，但是台湾现代诗的现实书写不完全等同于写实。

第一，现实书写表现了诗人对非私密情感的某种介入。吴潜诚在1999年提出的"介入诗学"可为后设的界定。吴潜诚以为，广义的文学作品都是根据实际人生而来,诗的文学性若介入现实政治的关怀,则诗人可表现、应表现的,除了艺术自由,还有社会责任。"艺术自由"与"社会责任"原为平衡杆之两端,而后在诠释者的演绎下独重社会责任,遂以"介入诗学"为吴氏诗学的单核而偏离艺术表现,成为宣告式诗作的隐形借口。①

第二,涂尔干(Emile Durkheim)对于社会事实的说法可以作为台湾某一层次现实书写的脚注。涂尔干认为,社会事实为普遍存在于团体中的强制力,它不但独立于个人本然的存在,而且作用于个人,使团体中的个人感受到这种强制。而这种压抑的、强迫的现象,有时透过对个人的直接压迫,有时透过被压迫者的反抗或群体内部的传播而呈现。②这种指谓下的社会事实,特别表现于诗人为社会弱势者或边缘人发声的姿态。

第三,部分以超现实为名而号称"比现实更现实"的诗作,因为表现普遍性的、人格结构最底层的无意识,以及世代的活动方式、历史经验等库存在人们脑中的痕迹,而接近荣格(Carl G. Jung)的"集体潜意识"之说,是台湾现代诗作的特殊现象。[1]出于时代的集体意识对文学的吸纳与收编,以及诗人自危而自发的抉择,诗作遵循飘扬、飘飞的想象力,借着类似"原型"的创作手眼而试图与现实切割,却在刻意打造的文字世界中呈现某些人生困顿的角落,反而使得"现实"与"诗艺"维持某种呼应与和谐的关系。

第四,趋近本真与诗性的现实书写,表现于诗人对日常生活的关注。简政珍在论述诗与现实时,引用海德格尔在《存有与时间》的说法,谓人的存有是无可奈何的"日日的存在",而生存的价值在"日日的存在"里变得模糊。[2]83"日日的存在"中的此在、本真、当代性、历史感所环绕的个人际遇、时代环境、自我与他者的关联等等,在语言中凝聚成为现实艺术化的充要条件,而经常展现为诗行中以意象为主的韵味,升华现实书写在社会性之外的艺术价值。

既成及演进中的台湾现代诗,现实书写有两个要件:(1)非关个人隐私的事件、情境或画面，以之作为诗行进行中的主题、脉络或背景。（2）对当代感或临即感的省思。

二、1980 年代以前的台湾
现代诗现实书写

台湾现代诗的现实书写既与政治社会环境绸缪纠葛而几乎失去诗之所以为诗的艺术独立性，也在时代的映照下凸显其价值。一般而言，论者习惯于划分几个区块来讨论台湾现代诗的现实书写：其一，日据时期；其二，1950—1969 年的 20 年；其三，1970—1979 年的 10 年；其四，1980 年之后。这种大致以十年为一代的权宜讨论，可与本文参照而得到更完整的面貌。本文以为，1980 年之后可谓台湾现代诗现实书写的完成期，而此前的各个阶段，依大致的时间序列可分为裹覆式的现实、宣告式的现实、探勘式的现实。

（一）隐藏式的现实

裹覆式的现实指的是有意经营诗的纯粹或某种浪漫以远离现实、逃躲生活的苦难，却反而在现实人生所自然形成的保护罩上架起冲破藩篱的刺枪，而在艺术表现上更贴近现实的诗作。《风车》的杨炽昌、李张瑞，主张以超现实主义表现诗创作，反对当时关注现实的普罗文学及提倡情感自然流露的浪漫主义。杨炽昌认为诗应该捕捉潜意识等"比现实还要现实的东西"，以探寻精神解放的途径；李张瑞则以"离开现实"趋近诗之纯粹性，在《诗人的贫血：本岛的文学》一文中斥责文学的说教意图。[3]蓄意与现实切割的而又亟欲破笼而出的声音，在杨炽昌几首著名的散文诗如《尼僧》《茉莉花》《无花果童话风な村の诗》中，一方面透过恍若无尘的画面以

建构精美的文字世界,一方面试图破坏既定的思考模式以重探诗性表达的可能,表面上逸离日常思维方式的语言而将现实世界予以裁断或重组,其实出于专力于诗中人的造型或意象与意象的碰撞,反而造成视觉战栗,比纯然诉诸概念的作品更动人心魄,而与现实若即若离的创作态度则成就另一种遗世独立的浪漫。以杨炽昌为首的《风车》所展现的"超现实"因而不同于 1950—1960 年代台湾盛极一时的超现实主义风潮。1950—1960 年代为人诟病的某些"超现实",诗趣往往建立在繁复的比喻上,抑或在纠结的意识中呈现物象,表现无以名状的感觉或游离的现实;《风车》的"超现实"则像是围绕层层蚕丝的茧,裹覆着的终究是现实。

(二) 宣告式的现实

宣告式的现实书写呈现抗争、呐喊、呼告、控诉的抵抗视野,在日据时期以降的台湾现代诗中保有颠扑不破的社会价值,而成为现实书写的大宗。1925 年赖和发表于《台湾民报》第 84 号的《觉悟下的牺牲——寄二林的同志》可谓其滥觞;1930 年代以写实笔触取胜的盐分地带诗人,如郭水潭与吴新荣等,为宣告式的现实书写添柴加火,渐成趋势。1930 年《台湾民报》"曙光"文艺栏开辟之后,更多作家迈入新诗书写行列,如赖和、杨华、杨守愚、虚谷等,都在小说之外跨界书写新诗,其诗与社会主义新潮流互动,呈现社会关怀与弱小族群的控诉声浪。这是宣告式现实书写第一波的态势。赖和的《南国哀歌》是著名的代表作。

宣告式现实的最大一波表现在 1950 年代,即素被冠以"反共文学"的十年。学者为这十年的现代文学赋予模式化的说法,略谓政治引导一切,几乎直接造成文学创作萎缩的艺术表现。论者惯于举例的政治举措,包括几件由官方推动的文艺事件:如 1950 年"中华文艺奖金委员会"以及"中国文艺协会"的成立;1953 年蒋中正完成《民生主义育乐两篇补述》;1954 年"立法院院长"暨文奖会主委张道藩发表《三民主义文艺论》,"中国文艺协会"成立"文化清洁运动促进会";1955 年蒋中正提倡"战斗文艺";等等。③配合当时的政治措施与文艺政策,一窝蜂涌现了不被诗学兴盛的 1980 年代之后任何诗选所选录的诗作,即所谓的"反共诗"与"战斗诗",诗艺在名利与权势堆积成的"现实"中坍塌。

宣告式现实书写的重点在宣告而不在现实,诗人有如时代的鼓手,诗作透显的则是伴随散文化的叙述与感叹所击落的鼓槌形象,而非鼓声的内涵与节奏。吴晟的《吾乡印象》《泥土》《向孩子说》《我不和你谈论》即为成例。然而宣告式的作品所以仍跻身于现实书写而且在作品数量上成为主轴,一则在于这些作品侧面彰显了左右诗人创作的利益之影,成为无法抹灭的纪录;二则在于 1970 年代之后,因为论战与大学诗社结社营诗的有效结合,便挪移、运用,辗转形成当时新兴世代有别于前代诗人的书写方式,以致读者仿佛看到大时代的政治及社会在个人身上的烙印与被迫表态。

(三) 流风所及的现实

所谓探勘式的现实,指的是 1970 年代的两种书写方向。其一为以随着国民政府来台的诗人为主要创作者,所作的远眺中国大陆的放逐书写;其二为以诞生于 1950—1960 年代的诗人为主,所作以历史或现实为素材的长篇叙事诗。前者是 1950—1960 年代所谓怀乡文学的延续。出于大陆来台作家在台湾以城市与眷村为重心的身体位置[4],怀乡文学在 1950 年代隐伏于反共文学和超现实主义的潮流底下,而在 1970 年代随着现代诗论战再擎旗帜,"以望乡做为现实"。[2]80 1970 年代末期,乡土文学论战前后掀起的民族主义加上写实主义文学风潮,扩大当时新生代作家的企图与视野,而建立正面价值,使得多数尚在大学校园中的写手将关心的触角伸向社会。例如第三届时报文学奖的叙事诗奖:陈黎《最后的王木七》与焦桐《怀孕的阿顺嫂》，均选择1980年瑞芳永安煤矿灾变为题材，而为罹灾的庶民代言。"见证"或"申冤"的语调背后，在人道关怀的底层，透显的是台湾自有现实书写以来，一种泛庶民的生活素描。1976年举办的两大报文学奖得奖作品中，现代诗的奖项体例特别定为"叙事诗"，郝誉翔认为，获奖作品如罗智成《问聘》、陈黎《后羿之歌》、向阳《雾社》、杨泽《蔗田间的旅程》，均以历史中国或现实台湾为写作的对象，在适合吞吐磅？热情的文学形式中，或追溯中国远古神话，或探索台湾社会，构组两百行以上的长篇叙事诗。这些作品既扬弃现代主义的学院象牙塔，又欲一肩扛起乡土文学的民族大义，民族激情加上古典文学新写，穿织突兀的爱国热忱，具备义正词严的凛然表象。[5]在放逐的心情中怀乡固然远离现实；在乡土文学论战的硝烟味中成长的世代，以创作吐露了流风所及的意识形态，诗中的缅怀、追摩、回顾，则是逸离现实的另一种表现。

三、1980年代以降的台湾现代诗现实书写

现实书写是自1970年代的现代诗论战与乡土文学论战之后关键的概念，解昆桦且认为："整波现代诗文体改革运动的走向、形貌，就是战后第一世代诗人现实性格浓重的投影。秉持现实性的战后第一世代诗人为自身的现代诗文体改革运动投入一系列具衍异性的词汇，然后透过筛选、连接、排挤、反省，形构出一个观念网络。在影响焦虑再释放的过程中，这具有开放与反省效力的现实精神，有效地建构了自我与前行代诗人，在'现实'与'现代'两种书写观念上的对比。"④所谓"现实"与"现代"两种书写观念的对比，同时指向内容与形式，也是1980年代之后，以战后第一世代及今

日的中生代诗人为创作与论述主力的现实书写样态。就 1980 年代以降的现实书写而论，作为现代意识的现实意识是较封闭的说法，在现实意识与创作手法的演变中，正如陈义芝所说，心理、自然、超现实、魔幻等各种写作方法都刺激而丰富了此一体系。[6]

即使相对于大多数 1980 年代以降的现实书写，仍属较隐而不显的例外，有些呈现现实的态度仍应一提。亦即"现实"在作品中显得被潦草应付而非坦然面对，而诗人又似乎不愿完全背过身去，只管写私我领域或意识流淌的情感。

以李进文为例。李进文迄今已出版《一枚西班牙钱币的自助旅行》《不可能；可能》《长得像夏卡尔的光》《除了野姜花，没人在家》《静到突然》五本诗集，屡获重要的文学奖，作品的质量备受肯定。然而李进文着意在周遭小我范畴的生活，诗中的感性依赖以小我为主的对象世界，而对于社会政治等大我，则选取比镜像更雾面的呈现方式。

李进文诗中的现实书写像背景音乐。令别人焦心的社会事件或政治议题，在李进文的诗中表现为独树一帜的哼唱风格。李进文用静谧、舒缓、流畅、轻飘飘、无所谓、无可无不可的调子，灌注诗行以舒畅、惬意、懒洋洋的居家风尚。例如 2005 年《长得像夏卡尔的光》的《政敌观察——To：昔日战友》《恋曲 2004：大选之后小唱》《祷词》。[7] 即使穿过 2008 年的《除了野姜花，没人在家》，李进文于 2010 年出版的《静到突然》，也从未面对大环境的现实，做一如对其他题材那般沉潜、迂回而带着沉思的因应。《静到突然》卷二"台湾追想曲"的《不景气》《开会了》《台湾追想曲》《我极小的岛屿颁奖给谁》等诗，表现的是诗化的闪躲；原本厚重的现实变成唱谣般诗行的衬托或桥段，有些成为观念的陈述。《我极小的岛屿颁奖给谁》："用露珠比赛不踩草皮／不擅闯称谓、眼泪与地雷／闲人都回到子宫比赛，比赛谁是／谁的民族，谁痛风／谁正统"，就用数来宝或莲花落的调子来陈述倒错的社会价值观。

大致上,从 1980 年代以降,台湾现代诗之所以大步迈开此前的现实书写,有四条足资观察的轨迹。第一,以大众为读者群的创作设定;第二,"诗化的现实"的艺术倾向[2]109—139;第三,观察轴心转变,以无奈的生活现实取代大时代的矛盾;第四,书写视角更易,从复数概念扩展为他者书写。⑤这四条轨迹时而平行,时而单轨,时而交错,使得 1980 年代之后台湾现代诗的现实书写汇集各种表现方式而粲然大备。

1980 年代之后台湾现代诗的现实书写,多以鲜明的在场模拟取得有别于此前的艺术高度,许多诗作赋予书写对象以生动的形象,而不若纯粹宣示、直接反映那般干枯;当代感和日常性也较强,呈现周遍、当下、即目的现实意识。就与现实的反应而言,表现为模拟在场、虚模拟、他者的书写。

(一) 模拟在场

所谓模拟在场:(1) 说话者(诗人)未必在场,而试图模拟在场的一切;(2) 模拟在场至少具有潜隐的目的,而呈现为现场的再现、涂写,或对现场的说明与判断。表现为议论及映象的两种在场模拟。

1. 议论

1980 年代之后现实书写的议论表现,承袭了 1980 年代以前宣告式书写的血脉而较着重艺术效果,可看作"有意味的说"。

议论式的在场模拟时而以代言体为诗中人发言,为自己表态。如大荒发表于 1990 年代的《拟态女人——某日中天电视报道大陆男性芭蕾舞者余某变性事件,问其缘由,答曰:"我喜欢男人。"》诗中的段落:"男人喜欢男人是仿冒的女人僭窃正牌女人/同性恋那种双重国籍/人妖式的介乎阴阳之间的暧昧/均为我所不取/我选择废除自己的男性,自立为女/正是通过性别鉴定/向女性世界移民"[8],有别于高论或滥情,透过代言体的议论特别显出情味。

　　议论式的在场模拟通常以显而易见的现实命题以支撑诗作，议论经常聚焦在大我的、复数的普遍价值认同，或长久未获解决的"家国"论题上，例如族群意识、"家国"观念、政治情境、文化归属、环保问题、经济状态等等，在陈述中寄寓批判。陈黎的《独裁》即以简洁的议论切入政治议题："他们是任意窜改文法的执行者／／单数而惯用复数形式／受词而跃居主位／／年轻的时候向往未来式／年老的时候迷恋过去式／／无须翻译／拒绝变化／／固定句型／固定句型／固定句型／／唯一的及物动词：镇压。"[9] 以文法构成嵌入政治话题，用"镇压式"的语法批判统治者的独裁行为，可谓直指模拟核心。

　　笠诗社诗选的书名：《多棱镜》《复眼思想》，以时代矛盾为观察焦点。其中如李敏勇，论者为其标示了"语调冷、主题关怀热"的"外冷内热"诗风。在笠诗社战后第一代诗人中，李敏勇以异议分子代言人树立了简明、节制的议论形象，其名作如《暗房》《底片的世界》《广场》等，宣说理想认知与现实相悖的现象，手眼大致均如李魁贤诠释作于 1977 年的《种子》那般："以知性的分析而不做滥情的申诉和诘难。"[10]

　　岩上的诗在"诗化的现实"和大众读者之间取得平衡，表现手法冷静。他的现实书写惯于从大我中取材，和笠诗社许多成员的关怀层面如出一辙，其基调也类似敲打乐器一般的宣告式现实；然而出手方式，假如一般的宣告式现实像固定音高的定音鼓，则岩上的现实书写就像没有固定音高的三角铁，比较轻盈、平淡，偶尔出现藕断丝连的连续音。丁旭辉论《岩上八行诗》的内在结构有三种：（1）单线深入，层层逼近：沿着同一主题、锁定同一诗题层层深入，最后逼出结论。（2）多现扩张，深刻收束：由诗题出发，因联想、引申而带出其他相关的意象，最后收束于诗题或其相关诗意。（3）平缓前进，高潮结尾：诗的前几段针对诗题、诗旨以平淡舒缓的语言进行说明、叙述、发展或辩证，而在结尾时突然扬起，以一个高潮作结。[11]曾进丰认为岩上惯于使用正反二分的对比手法以嘲弄或讽刺政治及社会，而《漂流木》的"树叶的手掌"一辑，"多做怆感无法愈合的历史伤口，喟叹文化的暧昧牵扯，弥漫着国家地理意识，诸如《瓜》的两半、《唇》的上下两片、《鞋》的左右成双，以及《桥》的接通两岸，多少影射敏感的政治议题；《伤口流液》的意旨，更是昭然若揭。辑二里的《政治游戏》《胸罩与口罩》《决战一颗子弹》《战争后的战争》则或寓指台湾社会，或关涉两岸现状，同样应划归为'政治诗'范畴"[12]。从《岩上八行诗》《更换的年代》《针孔世界》到《漂流木》，岩上诗作的主题恒常环绕着乡土物事、生活感发、社会观察，而如王灏所说的，呈现一种外烁式的社会写实录。[13]例如《更换的年代》的《举手》："冷气开放的/车站里/人群熙熙攘攘/有人看到久别的亲友/举手招呼/有人因为亲友要离开/而举手挥别/他们的举手/都是短暂的//只有/铜像，站在车站外的广场/他的身影/被烈日蒸蒸的热气/烤得发烫/也不放手"，[14]即是以车站里的人群对照广场上的铜像，展现丁旭辉说的第二种技法。而经过第一段铺叙之后，焦点所在的第二段，则以铜像与人群的疏离（"铜像，站在车站外的广场"），暗示虽被孤立却以人群为基底的高度，产生阅读上的内在连结。

1980 年代左右，家国认知与政治议题经常被诗人从放大镜中看待，然而重大的社会意义和强大的现实质感也经常遮掩疲惫的诗艺，而使得诗作徒然简化为散文式的说明或单薄的讽刺。例如刘克襄的《福尔摩沙》："第一个发现的人/不知道将它绘在航海图的那个位置/它是徘徊北回归线的岛屿/拥有最困惑的历史与最衰弱的人民"，[15]台湾长期的殖民位置与家国矛盾在诗中尽吐无遗。

奎泽石头在群峰并起的战后第一代诗人中，尽管相形之下诗名不彰，但是他已出版的数本诗集中，处处流露对社会议题的深刻关注。夹杂大量散文化的诗行，在线性叙述中表达诗人对社会现象的批判。例如《完整的他者》中《MSN》的诗句："堂堂登入一种/

后现代的强迫性重复/面对面跳舞的/使者升起说：谁又登入/谁又注销的报数/去猜，谁跟谁/在说什么/同时，听经写书/接电话，吃药/同时，假装/不孤独//想多说一点/以便结束/错别字堆砌而成的/实时讯息，按键导引/一面见时，不能的/形而下学，绝对应该设定为/忙碌，因为过昵则/戒无份际"，[16] 嘲讽网络社会中的人际关系，观察精准，下笔辛辣。诗人的批判隐于对现象的模拟中，因此虽然抽象语句及充满逻辑论的叙述方式减弱了诗意，仍以想象及现实模拟显现了人我关系的某种实质。

议论性的在场模拟可巧妙联系"议论"与"模拟"的特色，以耍弄的游戏姿态呈现诗行内容的严肃性，掳获读者的眼睛而不致流于说教。例如白灵《五行诗及其手稿》中的《论宝特瓶是漂浮的地球见宝特瓶未见水库说》："凡绿藻之上必是孑孑之上必是小吴郭鱼，或者/凡蝌蚪之下必是小虾米之下必是蜉蝣既然水库/上浪荡的一支支宝特瓶内，装着的世界都不同/因此都是相同的世界，所以宇宙中四处漂浮的/宝特瓶，一律是既互异又互仿又互异的地球们"。[17] 诗中的"凡……必……或者……因此……所以……一律……"出以谐谑，适当消解了议论式语调的逼迫感，而在对生态环境的谐拟中，"小虾米""小吴郭鱼"等，以"小"而"轻"的可爱语调，调和或减缓了对环境污染的控诉力道，然而主旨早于诗题暴露无遗，为自我拆解式的议论。

2. 讽喻

讽喻式的现场模拟，诗人或发话者往往站在压力的对面，以戏谑或嘲讽的描绘表达对现实的意见。向阳成于 1976 年的"家谱"系列，即属较早的讽喻式素描；其浮世绘的讥讽姿态，为台湾现代诗在 1980 年代之后各展风姿的现实书写奠定经典化的基础。1980 年代之后兴盛的都市题材中，也常见讽喻式的描写。

多位笠诗社诗人，如郑炯明、江自得、陈鸿森、曾贵海，作品均有讽喻倾向。阮美慧讨论郑炯明的现实诗学，即曾举《狗》《给独裁者》《不能不》《烤鸭店》《我是一只思想的鸟》等诗作,说明郑烱明如何以知性而精约的笔触表现思考性。[18]江自得的《从听诊器的那端》《盲》《癣》《喘息》《休克》暗示医与国、医与病的牵连,陈芳明认为江自得的"听诊器在他的诗艺中变成相当深刻的隐喻"[19];其《盆景》中的诗行:"在房间的一角/日日/我屈辱地埋首往下延伸/冀望能沾到些许大地的温馨/但总触及一道/顽固冰冷/且透着傲慢与猜疑眼光的/墙"[20],以室内的盆栽作为禁锢意象,而以暗示威权的高墙透露诗人的社会批判。

战后第一代的诗人,如焦桐、汪启疆、陈义芝,在1980年代之后出版的创作中,常以凝视的审美意象作为生活经验与在地意识的表征,其中不乏对社会变迁或文化构成的讽喻。饶富意趣的是,其中有些描写台湾在地生活的凝视意象,与1950、1960年代随着国民政府来台湾的诗人写大陆家乡的作品类似,有一种奇异的、辽远的乡愁;而开放大陆探亲之后,战后第一代诗人描写回到大陆的诗作,反而和所谓前行代诗人在1980年代之前写台湾生活的作品那般,呈现隔靴搔痒、"虽信美而非吾土兮"的隐隐浩叹。例如陈义芝,诗中迎向的现实常在遥不可及的远方,而近在眼前的现实则欠缺恰当的美学距离。《新婚别》中的《青苔》,"一山独高"暗示强人政治,"部落"暗喻威权体制,而说:"一山独高是从前部落的神话/如今山山峥嵘被翻滚的云簇拥/溪水打听雪融的消息/古松忍受风的袭击/太阳照着的地方,草根不断宣誓/照不到之处贴满了青苔布告。"[21]《青苔》作为台湾意象的象征,却缺少蕴蓄后的情致,好像急着要告诉读者什么,又随时可以咽下喉去,平整的意象、字质与结构里,欲吞还吐地透显出另一种目的性的书写。而在2009年出版的《边界》中,凡与现实钩上边的作品,若不是在典故的烟幕里"对话"——如《未完》;就是讽喻得太白,一语道破而略无韵致——如《蚊子世纪》。[22]整体而言,陈义芝写现实的动人之作犹出现于早在1989年出版的《新婚别》,"川行即事"系列的《麻辣小面》《破烂的家谱》《隐形疹子》《黄鹤楼下午》等诗。[23] 比如《隐形疹子》的末段："'尽管老家已没什么人，'父亲说/'但有墓要扫。'/我遥望梯田一阶低一阶像人在跪拜/豌豆、苞谷黄皮鹄瘦/高粱和大麦杂作/隐忍的荨麻疹又火飘飘/攻上心来了"[24]117，隐喻先建立于食物过敏之上，再将荨麻疹来去如风的血管神经性水肿连结乡愁来无影去无踪的属性，相依相扣以成诗，感染力比直接的议论或讽喻强烈。

讽喻式的在场模拟有时以戏剧化的演示展现诗艺，虚实相生、语带双关的手法把抽象概念演绎成生动的社会档案。例如焦桐《失眠曲》中的《她的故事》《茶花女》《小菊》《小媚》《小小游击兵》《娃娃兵团》《太极拳——闻镉米事件有感》《海瑞罢官——赠高新武检察官》等诗。[24]焦桐一系列以娼妓为主题的社会讽喻诗，余光中誉为"踏实而惨烈"："在悲惨遭遇的个案中，还有魔幻写实的艺术加工，亦兼有报告文学与极短篇小说之功。"[25]其实《失眠曲》的这几首诗仍不免散文化的概念叙述，但少数诗人将想象力根植于残酷的现实世界，如描写莫桑比克内战的《小小游击兵》："在莫三鼻给，每个人胸口都有一座弹药库"，及描写巴勒斯坦少年游击队的《娃娃兵团》："在巴勒斯坦，六岁的穆罕默德老练地教我：'用卫生纸浸香水，可以抵抗催泪瓦斯的攻击。'我认识他的时候，真想把他藏在口袋里。"每个小小游击兵的胸口都有一座弹药库，这是合理的写实，而弹药库也可比喻每个小孩无处喷发的怒火。六岁的孩子让诗中人怜悯得"真想把他藏在口袋里"，一则见其体型之瘦弱，再则见诗中人急于窝藏小孩却又无处可藏的焦虑。香水是资本社会的奢侈品，为战乱而贫苦的下层社会所不可能拥有，但是年仅六岁的孩子却"老练"地教诗中人以香水抵抗催泪瓦斯，如此的描写：（1）是魔幻写实的演绎；（2）香水凸显了年幼的孩子对资本社会的向往与认知；（3）在这首诗中，对于深富同情心的诗中人而言，香水无疑是催泪瓦斯的另一种形式。

3. 景象的推移

景象的推移着力于镜头般物象的对列,并诉诸直观的影像运动,强调意象或画面的对称或冲突,以冲击读者脑中的视觉转换,完成诗人对现实议题的思考。冯青的名诗《秋刀鱼》,即以映象式描绘凸显男女纠葛中的情感。[26]

詹澈在《西瓜寮诗集》之后,致力于以映象式描写模拟台湾农村或社会的各种现象。可以说詹澈把诗作为持续观察台湾的日记。抛开"农民诗人"这样的标签,像《海浪和河流的队伍》的多首诗作就展现了詹澈以台湾在地的自然景色为素材,所吞吐的壮阔场域。其速写深入景致,而所思与所写融合为一,如《海浪和河流的队伍》写阿美人的舞蹈,《瀑布抽打山的陀螺》写布农人的八部合唱,[27]都是映象式的抒发。

在1980年代政治争鸣的背景下,萧萧的《解严以后》偏向以接续的意象代替挞伐而描写一场游行示威,值得留意。诗云"铁蒺藜/从海边/涌向街口//录像机/从街口/辨认人头//有些石头静静地坐在咖啡杯里/有些木头默默绕道走过"[28],排比本来是机械性的句式而为自觉性强的诗人所尽量避免,但是此诗的排比句恰巧暗示了井然有序的游行队伍。"铁蒺藜"和"录像机"说明了进行中的游行示威。相对于示威游行的严肃性,"石头"和"木头"之喻,显出不必要的俏皮而稍露议论痕迹。"有些石头静静地坐在咖啡杯里",写的是固守意识形态、心如铁石之辈;"有些木头默默绕道走过",写无视于政治时空变异、侧身逃躲的无感之徒。

李癸云的《女流》中有几首以女性为关怀议题的诗,如《故乡的风景:女人的故事》《婚礼风景·光面与阴影》《编织的女人》《她乡》[29],均诗想浑厚,意象的叠映犹如流动的画面,诗行开展真切动人。如《婚礼风景·光面与阴影》第六段:"新郎吐出誓言时,如微明的清晨,霎时/刷白以后的日子,霹雳啪啦爆响长串的允诺/撒落一地的断字碎语都被感动的泪迹晕开。""微明的清晨"写出婚礼的"光面",而"阴影"则落在同时"霹雳啪啦爆响长串的允诺"里。新郎倾吐誓言,本是婚礼的重要仪式,婚礼大清早就进行也属常情;然而晨光初露的清晨原有的朦胧、清新,及怀抱对一整天未知与冒险的期待,却在有如预演多次、如鞭炮一般长串爆响的允诺中,随着新娘的泪水"晕开"。新郎"吐出"誓言,"吐出"蕴含"呕吐"之意而未明言,与新娘感动的泪水,同属仪式中的不得不,而使得"刷白以后的日子"中的"白"徒增深意。更进一层,"撒落一地的断字碎语都被感动的泪迹晕开",誓言与感动一并撒落,暗示这一大早的一切可能白忙或枉费。这段诗行从婚礼的光面写婚姻的阴影,但不是创造出奇的比喻、辩证婚姻制度的良莠,或强制意象的牵连,而是借由婚礼的正常过程,结合诗人对婚姻的思索,在有意的映象转换中,彰显一般走入结婚礼堂的新人不太愿意体认的真实。

(二) 虚模拟

虚模拟相对于模拟,指的是模仿不在那里的一切。简政珍在《台湾现代诗美学》中,援引并翻译麦克法蓝(Thomas McFarland)的说法:"最伟大的'虚模拟'艺术,不是放弃这个世界的形式,而到天外去寻求。它应该是从这些既有的形式出发,再指向现世的存有。"包括各种比喻的景观及间接的虚拟,虚仿真在某个层面上,是台湾版超现实主义的现实化。

1. 比喻的景观

比喻是诗常见的修辞方式,模拟在场的现实书写可能更常使用比喻。但是模拟在场的比喻运用往往以感叹或陈述抵消了相当的余韵,使得作品变成化约后的嘲讽。反而在虚模拟中,比喻发挥较强的作用。前者如郑炯明《绝食》的前两段:"有些神是不能批评的/正如有些东西不能吃一样//倘若不小心批评了/是会像误食毒物一般/突然变成一朵郁金香死去的/没有辩解的余地。"[30]"神"

所隐喻的威权政治可能造成比单纯讽喻更丰富的感受,或引发较深沉的思考,然而在场模拟的讽喻语调以使得诗味不再有什么空隙。后者如林丰明的《蜥蜴断尾》[31],借蜥蜴断尾再生的本能,将台湾比喻为蜥蜴的尾巴,就是以比喻式的虚模拟处理现实的例子。

虚模拟较常见的比喻景观,是在既定的主题下,选择符合常理的关联性,但是乍看与作品内容相悖的事物当作诗题,于习以为常的视觉景象中做非常理的组合,对诗题的描述性议论后,诗行停驻在诗意涌动的一瞬间,以跳跃的思维产生灵视与诗趣。例如奎泽石头《槟榔西施》:"失怙的群鸟,在/繁华的湿地过往招摇/以鲜艳的羽翅//笼子是透明的可以/望穿存在是多余的/找零,只要能芳泽/一亲//转为干涸,若有/这么一天,脱落殆尽/珍惜的羽毛/铅华掩面不再/年轻//就从笼中,吃力地走出/烟硝处处加入/避冬行列/茫然想象的起飞。"[32]此诗用"失怙的群鸟"比喻槟榔西施,描写台湾独有的景观。槟榔西施泛指贩卖槟榔而穿着暴露的年轻女性。台湾的槟榔摊,在透明的小方形区块中装饰着明亮的霓虹灯,在台湾西部的南北向纵贯公路和郊区马路上相当常见。货车司机是槟榔摊的主顾客,他们习惯在长途开车时嚼食槟榔提神。槟榔西施里常有高中职的中辍生或逃家的年轻女孩,闽南方言"落翅仔"一词,即形容逃家、逃课,并以非法性交易谋生的学龄少女。"失怙的群鸟"比喻槟榔西施,与"落翅仔"的指谓合拍,暗指卖槟榔的少女可能从事性交易,但是其笔法声东击西而不直接评断。

再以利玉芳《遥控飞机》的前二段为例:"那不断超越在广场四周/在群众头顶的/模型飞机耍弄纠缠和翻滚的演技/群众的颈子抬起酸痛的天空/叫赞/它狂爱这样热烈的拥护和呼叫/仿佛听着处女在初夜的嘶喊//鲁莽而失去了方向/模型飞机猛然栽在蔓草丛中/残骸喘着烟息/听见群众微弱的呻吟"[33],用以涉及政治现实。《遥控飞机》从头到尾有一个遥控群众情绪的人,失事的是群众,被遥控的是观众的情绪。

陈鸿森在 1980 年代一系列批判威权体制的寓言诗或生肖诗，在当时是非常激越的高音。李敏勇认为，一般所谓的政治诗大致有两种：一种是诗里面有政治指涉，另一种是政治诗作为政治运动或群众运动的工具。[34]陈鸿森的诗属于李敏勇说的第一种，但是少了大部分政治诗难以避免的宣传语调；亦即不把诗当作政治工具而较偏向文学的目的，以知性笔触表现政治诗在口号之外的艺术性。在散文式的叙述中，陈鸿森展开诗话和思想性的论述过程，常从浓厚的历史意识或文化系统里提炼出风干的抒情。像《郢有天下》《鸡三足》《卵有毛》《狗非犬》《白狗黑》《比目鱼》《花斑》《秋意》《蒲公英》等诗[35]，其诗题或取自战国时期的名家辩说而赋予新诠释，或从现象世界中撷取相类的意象以蕴含暗喻，具有强劲的投射力。如《花斑》写多氯联苯事件，《秋意》写堕胎，《蒲公英》写民族离散。其生肖诗所开辟的特殊视野及毫不闪躲的批判性，在 1980 年代的异议分子中实属先驱。陈鸿森诗可谓兼具社会介入、政治批评、文化意义与哲学意味。以《诺亚方舟》的部分诗行为例，"不知何时/我们也已困倦地睡了过去/当我们在曦光中醒来/那是一处/在世界地图以外的荒滩/我们看到/零落横陈在岬脚处的/自己的尸体/一些细微的嫩芽/自我们那失血的手脚爪端/抽生……"[35]诺亚方舟比喻当时台湾国际处境的孤立，"在世界地图以外的荒滩"，正好映现了今日所有外国地图的现实。又如生肖诗中《牛》的第一段："随着体制的成立/我们鼻孔被穿上了/共识的绳索/然后，各自架上/体认时艰的轭/驮负着/载运他们回乡的重荷"[35]56，在陈述的、辩证性的语气里，陈鸿森以荒诞表现理性，从奴役者和被奴役者的对立中，凸显被奴役者"各自架上体认时艰的轭"的荒谬，展现"牛"被奴役之余难能可贵的沉思。

虚模拟常见的另一种比喻，是把对现实人生的体悟提升到一个高度，再借着某个事物作为意象的接口，传达诗行的言外之意。例如罗任玲《逆光飞行》中的《墓志铭》："静静地说话/名字写在天空里/一只鸟就抹去了/多盐的/黄昏……"[36]，诗行描写黄昏的墓志铭。"一只抹去黄昏的鸟"和"墓志铭"作为接口，传达的意思在说与不说之间。由"名字写在天空里"，可知墓志铭前有一个隐而未现的人，独对墓碑，望着天空，想着墓志铭上的名字。于是原本第一句看起来省略的主词是墓志铭，这里多了一层可能。"静静地说话"顺着诗行指的是墓志铭；而就语境来看，指的更可能是墓志铭前的生者。在生死两隔的意涵就将落下沉重的一笔时，一只鸟迎头飞过，诗境顿时淡化。"多盐的黄昏"是刻意淡化后的呈现。在情境上，"多盐"指向在墓志铭前遥念的那人的眼泪，此处不说人而说黄昏多盐，既暗示墓前人伤心之甚，又放宽描写范围、推远镜头，以扩大作品的格局，进而"一只鸟抹去多盐的黄昏"就散发丰富的指涉：首先，对于沉浸在伤心氛围里的人，略过的鸟提醒时间飞逝，思绪应回到尘世中来；但是撇除泪水的指涉，"多盐的黄昏"也可普遍性地隐喻人到暮年的丰富生命历程，于是"一只鸟就抹去"的，竟是汲汲营营的一生。如此则"名字写在天空里"而不是写在人世间，终究有一生徒劳之意。诗人对生死与普世的价值观有独特的认知，却不借重拟真叙事，而虚构不在场的墓志铭以及对坟墓前的想象，幽微表现似有若无的对现实人生的体会。整首诗等于一个大的隐喻。

又如江文瑜在《阿妈的料理》中的《蚂蚁上树》一诗的后半段："隔壁的他有空就过来寒暄/抛出一种眼神/她，一个寡妇人家/站在窗户边，望过邻居对门/偶尔闪过她远赴南洋征战不归的尫/临去前的面容/桌上一盘冬粉/早已爬满不知来自何处的蚂蚁。"[37]配合诗行里的故事，"蚂蚁上树"这道粉丝肉末炒豆瓣酱的下饭热炒，隐喻了与食物同样热辣辣而在道德压力下不得逾举的情欲渴盼。虽然比起罗任玲的《墓志铭》，江文瑜这首《蚂蚁上树》刻意得多，然而"桌上一盘冬粉/早已爬满不知来自何处的蚂蚁"仍在合理的情境中设喻。

虚仿真的作用类似标题音乐，对诗旨或诗境具有引领、暗示的脚注功能。对于不是经常浸淫于现代诗里的人，虚模拟提供醍醐灌顶般的解题便利。

2. 魔幻想象的写实

所谓魔幻想象的写实，指的是为了强调某些观点或事件所出现的夸张或不合理的情节；注重表面上的不合理背后的暗示。此类作品是否出色，关键在于：(1) 暗示的内涵以及表面上不合逻辑的写法是否有创意；(2) 手法是否能彰显内涵；以及 (3) 是否因为不搭调而产生额外的趣味。台湾的诗评界常将此类魔幻写实说成超现实书写；就实际的语义而言，台湾版的超现实书写就是魔幻写实手法。而幻想式的谐拟则可视为弱化的魔幻写实，诗作出现的不合理情节未必能在比邻的意象中发现夸张的作用，夸饰经常只为了强调。

在 1980 年代之后的现实书写中，陈克华常使用幻想式的谐拟来处理人生中常态性的悲凉。虽然仍有据以倚重的现实经验，但是陈克华在碰触到现实的时候，恒常转化对现实及人世种种荒谬的厌离，而在非实存的语境里暴显正反相即的现实。⑥例如《列女传》《南京街志异》《兴宁街志异》。⑦《列女传·孪生女童工的故事》的部分诗行："在花莲海岸，未婚妈妈们在六点整开始堤上的散步/十二月虚弱的旭日一如/她最年轻的腹部/圆的成形需要艰苦挣动——她第一次感觉女人/女人生命中足以压伤脊椎的忧患；/和玛利亚相同命运的，她相信/这都叫做'纯洁受胎'——//同时在城市地下水道漂浮的/那些同被人间拒绝的璋和瓦/和她妹妹；/躺在禁忌围绕的解剖台上/实验课的医学生们/因为发现一具畸形的子宫/而爆起了金属一般锐利的欢呼……"[38]诗中的现实因避重就轻而益显其重，是这类幻想式谐拟的效果。一开始的"未婚妈妈们"即以夸饰法表现诗人对未婚女童工怀孕这一事件的嫌恶。所谓"散步"，其实是上班。严酷的工作环境让怀孕的女童工望而却步,但步履维艰而仍不得不去。"六点整开始堤上的散步"在此是深富同情的讥刺笔调。"压伤脊椎的忧患"虚实双写,一则指向隆起的腹部,再则暗示生活的压力。此时诗人跳出来,以诗中人的心态说话,指称未婚受孕的女童工自比为圣母,更进一步,以幻想的美好反衬生活的艰困与生命的荒唐。"地下道漂浮的同被人间拒绝的璋和瓦和她妹妹",指的是非法堕胎后的弃婴,以及被弃尸的女童工。"在地下道漂浮"与"躺在解剖台上"暗示诗中的"她妹妹"已死,成为实验课的材料。诗末医学生的态度侧面说明了解剖台上被物化的尸体。陈克华诗中的现实书写大抵如同《列女传·女童工的故事》那样,因为对某些现实生活中的现象无法视而不见又不可能完全超拔,故而以幻设的情节为现实加料,制造"彻底的丑陋"以挞伐无能为力的现实。

洛夫从 1960 年代就尝试魔幻写实,而且很成功。《西贡夜市》就是显例:"一个黑人/两个安南妹/三个高丽棒子/四个从百里居打完仗回来逛窑子的士兵//嚼口香糖的汉子/把手风琴拉成/一条那么长的无人巷子/烤牛肉的味道从元子坊飘到陈国甯街穿过铁丝网一直香到化导院/和尚在开会。"[39]诗笔落实在外在空间的事件上,初看像是人物、物象、事象的排列呈现,没有险奇的造句或加上去的议论,但是"黑人""安南妹""高丽棒子""士兵""和尚在开会"构成一种气氛,反射了某种未经说明的社会状况,而这些诗人所选择的意象也可引发出很多政治回响,等于是客观事物向内的逗引。叶维廉和多位论者都讨论过这首诗。[40]

洛夫的魔幻手法有时不免堕于卡通画面,因过度夸张而减弱作品的成就。例如发表于 1986 年的《剁指》描述"以手指丈量一幅地图",由他家附近的吴兴街向前延伸,直奔洞庭湖的万顷波涛,进而写自我与外在政治的双重压制,结尾的"亿万次的丈量/亿万次的忐忑/索性剁掉食指/剁掉一根/又长出一根/剁掉一根/又长出一根……",[41]其画面及节奏犹如"打地鼠"游戏机,地鼠的脑袋在棒槌起落中，"敲入一颗又冒出一颗"，耍弄过头而显得无聊。但是多数作品都能从奇想出发，在琐碎的日常生活中发展奇诡与谐趣，例如 1985 年的《剔牙》《挖耳》《刮须》《洗脸》[42]；或捕捉某些形象与动作，以嘲弄生命或社会现象的某些无奈，例如《丽水街》及 1985 年的《华西街某巷》⑧。以《剔牙》为例："中午，全世界的人都在剔牙/以洁白的牙签/安详地在/剔他们/洁白的牙齿//依索匹亚的一群兀鹰/从一堆尸体中飞起/排排蹲在/疏朗的枯树上/也在剔牙/以一根根瘦小的/肋骨。"⑧ "兀鹰用肋骨剔牙"在现实中不可能，但作为使读者惊觉的策略以凸显依索匹亚的饥荒和累累白骨，则由于诗思突然从人的世界转到动物的世界，而展现新的意义，即死亡不全然因为自然的狂暴。在会心的诙谐中，洛夫的诗沾上非比寻常的气氛，仿佛营造一个个凝聚读者注意力的镜头。又如《惊》："我们能说/死亡不是一种纯粹的事物吗？/一只丝袜/去年伸出的舌头/今天还吊在/晒衣绳上"[42]。"丝袜伸出去年的舌头"不合理，但是披挂在晒衣绳上的丝袜迎风招展，与诗行暗示的上吊死亡有内在的牵连，令人联想到丝袜的主人，或同样穿过丝袜、用丝袜上吊的女子。在"晒衣绳上晾着丝袜"这样的景象中，洛夫交织了不同空间，而以丝袜刹那的展现作为焦点。

　　魔幻写实的手法，洛夫之后，多位战后第一世代的诗人也常使用，如苏绍连、杜十三；然而在意象中穿插幻觉，而所写的又是不从自身着眼的现实，这样的诗作就不多见。许多诗人用游移于现实之外的手法，写的多半是不足为外人道而渴盼获知音赏的小我情怀，或是灵光乍现的玄思妙想，与现实无涉。

　　战后第一世代里，白灵是极少数能以魔幻手法写现实的诗人。《爱与死的间隙》以后的诗集，包括《女人与玻璃的几种关系》《五行诗及其手稿》《昨日之肉》，无不呈现和《后裔》《大黄河》时期迥然不同的诗艺，《爱与死的间隙》尤为高峰。白灵拿捏现实的诗笔犹如放风筝的手。放风筝时线要放得长，风来时才飞得起来，线太短，风筝只能跟在身边，但是手必得捏紧，以免一松手，飞去的风筝找不回来。白灵笔下的现实有如风筝，而诗人深谙其道，悠游在现实与想象、严肃与游戏的边缘，总能"拉着天空奔跑"。《子夜城》《独夫》《躺下来的列宁像》《金门高粱》《路标——记一位八十岁老战士》等诗，无不以不言说的意象迭景触及所思所感的现实，⑨其中运用魔幻笔法书写现实的诗，如《爱与死的间隙》的《金门高粱》与《路标——记一位八十岁老战士》。

《路标——记一位八十岁老战士》："一身负伤累累/立在路口，伸出许许多多的臂膀//他指着城里街道曲折的内心/他指着城外白杨遥远的茫然//多半则错失了方向/某某几里指着地面小狗的一泡镜子/某某几里指着天上白云的几朵逍遥//他累累像贴满药方，打着心结的老兵/披着岁月的勋章，他胡乱指着/族人唇语中的远方。"[43]诗写一出充满张力的哑剧。一位布满时代风霜的老兵颤巍巍在路口站成路标，"伸出许许多多的臂膀"写老兵站不稳的样子。路标的作用是指引路人方向，而站在路口茫然四顾的老兵需要指引，路标和老兵因含义上的背离而使诗行在拉锯间产生对比；然而在形象上，路口孤立无援的老兵与长时间竖立的路标具有相似性，故而路标与老兵形成第一层互喻。如果现实生活中的路标都像此诗中的老兵那样胡乱指引方向，还不如没有路标；而事实上现实中的路标的确有如同老兵的"多半错失了方向"，此为老兵与路标的第二层互喻。可知白灵以路标作为诗题，已暗示作品的主题，及带着幽默、无奈、同情的创作心态。此后以老兵为描写主体，借由意象的牵引而形塑与老兵命运彼此映照的关系，将老兵的纯粹形象提升为时代的普遍牺牲，而具备精神层次的暗示。"城里街道曲折的内心"写弯弯曲曲的街道和街心，"城外白杨遥远的茫然"写在远方以致看不太清楚的一片白杨树，也就从语言的组合中，使读者重新逼视社会边缘久已被忽视的老兵，而显现诗人对现实的重整。接着的"地上小狗的一泡镜子""天上白云的几朵逍遥"

在意象的进展里与"城里街道曲折的内心""城外白杨遥远的茫然"同属间接暗示的手法,空间的处理由地下到天上,呼应"街道"与"白杨"的从城内到城外。两句均由近及远,以外在空间暗示老兵的内心。而比起"街道"和"白杨"的意象,"狗尿"和"白云"更从对老兵的个人描写升华并拓展到普遍性的时代悲剧与文化虚位:老兵不死,只是凋零。《路标》一诗透过想象组合空间,令作品从写实升腾到非写实的描述,使得千篇一律的主题表现出新意。

3. 生命场域的营造

在 1980 年代以降台湾现代诗的现实书写中,从写我到写他是最大的跃进。所谓写他,指的是诗人凝视的对象是不攸关自身利害或情感的他者,而以意象叙述及知性的语言赋予同情或沉思,扩及对生命的普遍关切。在此前提下,"他"的书写往往:(1)呈现看似无所为而为的"松";(2)未必是真人真事,但至少是拟真叙事,或在情理中的事件;(3)具有或平视或俯瞰的视角,但常出于第三人称或全知观点;(4)平淡而连绵的意象;(5)以意象的表现代替叙述语的表达。

生命场域的营造并非如模拟或虚拟那样纯属创作手法,但在分类上平行并列,因为:(1)生命场域的营造为 1980 年代以降台湾现代诗的现实书写中最殊胜的观物方式,应单独提出;(2)生命场域的营造展现以映象为主的策略,综合了讽喻、描写、间接虚拟及曲折的隐喻,将超越的视角落实在现实人生上,而令诗作呈现崇高感。

简政珍的诗作与诗学互相辉映,其意象风景于诡谲中萦回现实人生的共相,往往透发出炎凉世态里的沉默。其诗富藏对政治、都市、生态、人情世事的人文关怀,且化为冷峻的观照,发现日常物象的歧义,转化现实。正如杨智钧说:"简政珍的诗里最多以意象叙述调变当下现实,题材上小至个人生活上的感怀,大致以自我代入社会上不同角度与各个层面事件的巨视。"张期达说:"简政珍诗具厚重的现实感,却不拘泥于现实,是其显著的特色。"⑩

简政珍《洗衣机》的诗行:"电线杆上/政客和裸女同一表情/以口水滋润灼热的眼神"[44]41,随意贴在电线杆上的竞选及色情广告是日常生活中随处可见的景象。政客与裸女的图像在电线杆上并陈,两者本质上的相似与相悖却能引发读者会心而无奈地一笑。政客以楚楚衣冠的形象试图赢取选票,裸女以一丝不挂的肉体引诱嫖客,两者在热烈眼神的底下都是营销招数。裸女暗藏的桃色交易是对政客诺言的反讽。"灼热"强调因缺水或欲望而导致的口干舌燥。贴在电线杆上的广告无语,暗示选民和嫖客都是愿者上钩;进一步也意谓:倘若未经慎重考虑就投下神圣一票给德行败坏的政客,这样的选民,与性冲动就找色情行业发泄的嫖客一样,有朝一日必须承担无可推诿的后果。此诗以电线杆上的图像撷取生活中俯拾可及的歧义,再以诗语言调节为有机的整体,逼视现实物象的本质。又如《庙》的诗行:"庙前,有人以骰子赌掉了一生/有人把赌来的声名/镌刻在石柱上"[44]84,借着赌博输赢双方对金钱的不同选择,简政珍营造以庙宇背后神明护佑的隐喻为前提的张力,产生强大的临即感。赌徒不在神明的保佑范围,这是普遍认知;而庙宇附近的居民群聚品茶、下棋、赌博以维持邻里关系,或信众在庙前搭台唱戏、表演、作醮、举办迎神赛会或大型祭典,形成特有的市街聚落文化,也是庙前广场在台湾自发性的社交、风俗与宗教功能。作为被遗忘的开放空间,简政珍运用俗称庙埕的庙前广场书写深富地域性的闽南文化特质,并保持观察者的距离。庙宇在石柱上镌刻捐钱建庙者的名字,一来以志感谢,再者这些名字也意味着在神明保佑的名单内。通常刻在庙宇石柱上的名字以士绅及望族为多。此诗谓赌博赢钱的信众名字刻在庙前石柱上,不无暗示信徒将前途托付给神明,在某种意义上是绝大的赌注;而赌徒孤注一掷也是一种信仰,与信徒无异。则得与失、赌徒与信徒、护佑与责罚、捐献与收贿、涂写与涂消等方面的问题都连锁而至,瞬间造成丰富的意涵。再如《归》的诗句"铁门拉下/店主颓废的眼皮/角落里摇曳的身影/正为报纸的销路/编织事件/令人虚惊的槟榔汁/在火柴的余光中/清洗街道"[45]，诗行由 2—3—3 的句式组织三件夜晚习见的都会景观，借主客易位、意象迭景及前后文字的相依引发语意的联想。前两句使用主客易位的写法，点明一天已过，店家打烊；而喻店主的眼皮如铁门般沉重。"颓废"比喻店主的眼皮，暗示：（1）店主疲惫；（2）生意不好。然而商家拉下的铁门却为出门搜寻新闻的记者拉开序幕。以"报纸的销路"为轴心的三句，与"铁门拉下"的首二句在语意上呼应。"摇曳"形容夜晚行人不稳的步履而不曰踉跄、颠簸或摇摆，从"报纸的销路"与"编织事件"二句可窥知缘由，因为"摇曳"所具备的朦胧甚或浪漫之美，对准的是媒体嗜血、好挖隐私、编造新闻、唯恐天下不乱的品位或品行。此处"角落里摇曳的身影"具有歧义性，可以是记者或其他夜行人。若诠释为记者，则"摇曳"乃嘲讽媒体从业人员专挑社会的幽暗处逡巡，早上不醒、晚上不睡的身姿；若诠释为步履蹒跚的夜行人，则夜行人背后已暗藏许多窥伺的眼睛。"虚惊"一句与"编织事件"环环相扣，意谓宛如吐血而随处可见的槟榔汁，与每日报纸上的事件一样，耸动而放大，都是假象。最后，槟榔汁取代大量清水"清洗街道"等三句，是蓄意夸大的间接技巧，表现出游走于现实与超现实之间的诗想。从《归》《庙》《洗衣机》的局部诗行，可印证简政珍以生活化的语言重组各种物象，关怀视野走出小我之私，而能剥离、揭示或储藏物象深层意涵的特质。

孙维民的诗以抒情为基调，知性与感性交融，呈现活生生的平常日子、简单的期盼、巨大的绝望，以及基于信仰而产生、对他者的关怀与对生命的反省。论者普遍认为，孙维民的诗："技巧在似有似无之间""充盈着冷肃批判的色彩""以繁复的意象进行严谨的思考"⑪。事实上，孙维民最难能可贵的特质，即是以抒情语调叙事，呈现而非捕捉生活情境中的形上思考。其诗之描写或比喻，恒建立在逼真的现实上。在已出版的《拜波之塔》《异形》《麒麟》《日子》四本诗集中,写给游民、扫地阿伯、忧郁症患者、权力顶峰的某人的作品,如《给一位精神病患》《为一游民》《给一位忧郁症患者》等诗,均展现安静、稳定、深刻、远离尘嚣的风格。例如《蝉》:"假期就快结束,蝉将无言——/一个小学生骑着单车/穿越光明曲折的巷弄/他未听到,在三楼的阳台/我正激动而自私地许愿:/'这样的夏日可以坚持。/你也无须长大……'""蝉"和"小学生"因诗人心灵的复眼而展现彼此映照的关联。"三楼阳台的我"发现"蝉鸣"和"小学生"的相似,因而暗自许愿小学生的生命停止于最美好的一刻。又如《为另一游民》:"前卫艺术、政治潮流、环保概念、全球化……/都像沉闷的古代的城邑/(有人倚靠廊柱观望/有人透过楼窗)/因一穿着自制的垃圾衣裙/宣讲臭味的先知走过/而被轻易地冒犯。"[46]在此诗中,作秀式的人文旗帜、无感的旁观者与落拓的游民,以三个不同的层次介入每日休戚与共的生活空间,而对此三者的描绘则侧面表现了诗人的态度。绾结讽喻与映像的在场模拟,此诗形容衣衫褴褛的游民"穿着自制的垃圾衣裙",是"宣讲臭味的先知";前卫艺术等概念是"沉闷的古代的城邑";观众的姿态是"有人倚靠廊柱,有人透过楼窗"。括号中的文字暗示旁观者对引导时代潮流的观念漠不关心。"沉闷的古代的城邑"既比喻前卫艺术等概念的缺乏活力与高不可攀,复暗示这些观念本质上暧昧模糊的时空。观众事不关己的姿态,仿佛质问:"我是什么时候属于这里的居民?"表面上,成日与垃圾为伍的游民超越两者,居于最高位阶,因为"穿着自制的垃圾衣裙"就是环保回收和"有创意"的前卫艺术,哀兵必胜就是政治潮流,没有统一的标准就是全球化的趋势,游民一身垃圾装扮于是凌驾其上。此诗固然讽刺高调、乏人问津、过度迷恋意义与观念的认知形态,对于在法律和道德的空隙中取巧的游民也冷眼看待,"宣讲臭味的先知"已含贬义。对于观众的负面评价则隐含在"有人……有人……"的语调中。看似纯然描写,实为层层讽喻,此诗以三个不同的层次,透显出现实是无法摆脱又无法把握的生存游戏。诗人未置一词,却从他者的书写中表现面对现实世界的矜持。

三、结 论

现实意识在台湾现代诗的勃兴可上溯自 1930 年代,其后虽香火未断,艺术性未有显著的进展,要到 1950 年前后出生的战后第一世代诗人渐渐从大学诗社中崭露头角,乃以现实书写别于此前的现代意识,而现身说法与自我证明,从 1980 年代之后大开现实书写的艺术之门。

现实意识在台湾从未以运动或论战的方式大张旗鼓,然而是各种论战或主义据以呼吸的空气。"反共文学"、超现实主义的相关论题、现代诗论战、乡土文学论战等时代坐标中,现实意识的含量及质量都具有决定性的因素,可见现实最重要也最难表现。

1980 年代之后,现实书写之所以取得较此前更高的整体成就,原因在艺术性的把握、观察轴心的转变、书写视角的更易,并非主题的表现或直白的议论。当诗人从显而易见的现实命题转移焦点到浸淫其中的日常生活之上,而着力于以映象式为主的他者书写,已为现实书写迈出了极大的一步。

虽然魔幻写实的间接虚拟不易掌控力道,但是融合魔幻写实与他者书写,从现实出发,面对现实,超越现实,再将超越落实于人间,呈现当代感或临即感,是迄今台湾现代诗现实书写最巅峰的展现。

注释

① 例如许达然《论介入文学》一文,谓:"介入文学的内容专注于一

些影响全面人间关键性的问题和问题所在：被忽视、歧视、凌辱的女性、'小人物'、弱势团体，以及被殖民的困境、人性的卑劣、礼教的糟蹋、思想的控制、制度的拗蛮、社会的凶残、政治的专横、经济的剥削和阶级的压榨。介入文学揭露并批判这些欺人太甚的问题。它的内容基本上是批判的写实。"收于《新地文学》第一期（2007年9月），第38页。介入诗学在台湾的缘起，参见吴潜诚：《岛屿巡航：黑倪和台湾作家的介入诗学》（台北：立绪文化事业有限公司,1999年版）。

② 参见埃米尔·涂尔干（Emile Durkheim）著,渠东译：《社会分工论》（台北：左岸文化出版社,2006年版）,冯韵文译：《自杀论》（台北：五南出版社：2008年版）。

③ 有关1950年代成立的文宣团体、设立的文艺奖章与奖金,及文学刊物与报纸副刊等,可参考"行政院文化建设委员会"：《光复后台湾地区文坛大事纪要（增订本）》（台北：文化建设委员会,1995年版）。

④ 同注[4],第298页。又,战后第一世代（1949—1959年出生）,即较诸《两岸四地中生代诗选》所谓的中生代（1950—1969年出生）少了后面的十年、其义等同于《台湾新世代诗人大系》中的"新世代",也就是为"前行代"取名而创发出台湾现代诗的代际区分,而在1980年代之后,逐渐担纲成为台湾现代诗创作与论述主力的诗人。

⑤ 陈义芝讨论战后世代的《笠》诗人,认为："1970年代以后,台湾诗人的现实亦是仍是复数概念。"所谓"复数概念",指的是以第一人称的存在意识介入大众状态的观察,以提升低下、化解屈辱、彰显惯性遮掩下的虚假和丑陋的现实意识。参见陈义芝：《战后世代〈笠〉诗人：从历史未解的矛盾出发》,收于陈义芝：《现代诗人结构》（台北：联合文学出版社,2010年版）,第98—141页。

⑥ 吴继文《孤寂的青春日》说："（陈克华）许多重要作品的场景,常

设在独立于天地之外的,一个非实存的宇宙,神话而又童话的幻想世界。"收于陈克华:《我捡到一颗头颅》(台北:麦田出版社,2002 年版),第 205 页。

⑦ 分别见陈克华:《星球记事》(台北:时报出版公司,1987 年版),第 260 页;《我捡到一颗头颅》(台北:麦田出版社,2002 年版),第 106、114 页。

⑧ 洛夫:《酿酒的石头》(台北:九歌出版社,1983 年版);洛夫:《因为风的缘故》(台北:九歌出版社,1988 年版)。

⑨ 参见白灵:《五行诗及其手稿》(台北:秀威资讯科技股份有限公司,2010 年版),第 71、96、127 页;白灵:《爱与死的间隙》(台北:九歌出版社,2004 年版),第 41、44 页。

⑩ 见杨智钧:《敞亮存有的诗性——简政珍诗研究》(台中:中兴大学中国文学研究所硕士论文,2005 年版),第 67 页;张期达:《不相称的美学——以洛夫、简政珍、陈克华诗语言为例》(台中:中兴大学中国文学研究所硕士论文,2007 年版),第 77 页。

⑪ 例如徐耀均:《知性与感性的婚庆——试析孙维民诗集〈拜波之塔〉》,《台湾诗学季刊》第 22 期(1998 年 3 月),第 23—29 页;简政珍:《诗在似有似无之间——评孙维民的诗集〈麒麟〉》,《文讯》第 237 期(2005 年 7 月),第 30—32 页;陈政彦:《冷冽的都市形上学——孙维民小论》,《创世纪诗杂志》第 162 期(2010 年 3 月),第 14—17 页。

参考文献

［1］卡尔·荣格.人及其象征:荣格思想精华的总结［M］.龚卓军译.台北:立绪文化事业有限公司,1999.

［2］简政珍.台湾现代诗美学［M］.台北:扬智出版社,2004.

［3］林巾力.追求诗的纯粹性:从杨炽昌到纪弦［J］.中外文学,2010(4):85—133.

［4］解昆桦.转译现代性：1960—1970台湾现代诗场域中的现代性想象与重估［M］.台北：学生书局,2010：315.

［5］郝誉翔.论1980年前后台湾新生代文学的发展［J］.中外文学,2000(26)：161—175.

［6］陈义芝.战后世代《笠》诗人：从历史未解的矛盾出发［M］∥陈义芝.现代诗人结构.台北：联合文学出版社,2010：98—141.

［7］李进文.长得像夏卡尔的光［M］.台北：宝瓶出版社,2005.

［8］大荒.剪取富春半江水［M］.台北：九歌出版社,1999：56—57.

［9］陈黎.陈黎诗选：一九七四—二○○○［M］.台北：九歌出版社,2001：74—75.

［10］李魁贤.论李敏勇的诗［M］∥李敏勇.戒严风景.台北：笠诗社,1990：97.

［11］丁旭辉.论《岩上八行诗》的内在结构［J］.台湾诗学季刊,2002(39)：153—158.

［12］曾进丰.追寻自己永恒的神：读岩上诗集《漂流木》［M］∥岩上.漂流木.台北：秀威资讯科技股份有限公司,2009：241—257.

［13］王灏.从激流到更换的年代［J］.台湾诗学季刊,2002(38)：140—144.

［14］岩上.更换的年代［M］.高雄：春晖出版社,2000：62.

［15］刘克襄.飘鸟的故乡［M］.台北：前卫出版社,1984：24.

［16］奎泽石头.完整的他者［M］.台北：唐山出版社,2006：195—196.

［17］白灵.五行诗及其手稿［M］.台北：秀威资讯科技股份有限公司,2010：175.

［18］阮美慧.郑炯明《现实诗学》的转折与建构［M］∥林明德.台湾新诗研究：中生代诗家论.台北：五南图书出版股份有限公

司,2007:172.

[19] 陈芳明.哀伤如一首诗[M]//江自得.遥远的悲哀.台北:玉山社,2006:3.

[20] 赵天仪等.混声合唱[M].高雄:春晖出版社,1992:597.

[21] 陈义芝.新婚别[M].台北:大雁文化事业股份有限公司,1989:166.

[22] 陈义芝.边界[M].台北:九歌出版社,2009:108,127.

[23] 陈义芝.遥远之歌:陈义芝诗选1972—1992[M].花莲:花莲县立文化中心,1993.

[24] 焦桐.失眠曲[M].台北:尔雅出版社,1993.

[25] 余光中.被系于一条艳丽的领带:读焦桐新集《失眠曲》[M]//焦桐.失眠曲.台北:尔雅出版社,1993:3—20.

[26] 冯青.天河的水声[M].台北:尔雅出版社,1983:144—145.

[27] 詹澈.海浪和河流的队伍[M].台北:二鱼文化事业有限公司,2003:131,146.

[28] 张默.七十七年诗选[M].台北:尔雅出版社,1989:76—77.

[29] 李癸云.女流[M].台北:台湾诗学季刊杂志社,2007.

[30] 赵天仪等.混声合唱[M].高雄:春晖出版社,1992:646—647.

[31] 林本明.蜥蜴断尾[J].笠诗刊,1986(135):32—33.

[32] 奎泽石头.完整的他者[M].台北:唐山出版社,2006:31—32.

[33] 利玉芳.猫[M].台北:笠诗社,1991:19.

[34] 李魁贤,李敏勇等.伤痕民族志:陈鸿森现代诗作品座谈会记录[M]//陈鸿森.陈鸿森诗存.台北:台北县文化局,2005:196—278.

[35] 陈鸿森.陈鸿森诗存[M].台北:台北县文化局,2005.

[36] 罗任玲.逆光飞行[M].台北:麦田出版社,1998:148.

[37] 江文瑜.阿妈的料理[M].台北:女书店,2001:37.

[38] 陈克华.星球记事[M].台北：时报文化出版企业股份有限公司,1987：260.

[39] 洛夫.魔歌[M].台北：蓬莱出版社,1974：105.

[40] 萧萧.诗魔的蜕变[M].台北：诗之华出版社,1991.

[41] 洛夫.月光房子[M].台北：九歌出版社,1990：130—131.

[42] 洛夫.梦的图解[M].台北：书林书店,1993：43.

[43] 白灵.爱与死的间隙[M].台北：九歌出版社,2004：44—45.

[44] 简政珍.意象风景[M].台中：台中市立文化中心,1998.

[45] 简政珍.季节过后[M].台北：汉光出版社,1988：14.

[46] 孙维民.日子[M].台南：自印,2010：94.

——原载《江汉大学学报(人文科学版)》(现《江汉学术》)2012年第4期：5—17

台湾当代诗的后现代理论轮廓

郑慧如

摘　要：在台湾当代诗的后现代文化思潮中，后现代的"后"同时具备"现代主义之后"及"对现代主义的反动"两种意涵。居于台湾"主流"位置的后现代论述，恒以简化的标签横扫文学界与文化界，昌言文类泯灭、意义崩解、游戏当道、解构至上，造成1980年代之后，文学创作者向边缘靠拢的风潮。权宜性的"后"字，极贴切地表述了后现代思维中的解构精神：既解构外于自我的一切，也趋向自我消解。台湾现代诗界对于后现代状况的发生与取名的意见大致可分为两派。不赞成或不喜欢后现代艺术表现的学者、炒作或消费后现代主义的评论者及从文化角度研究后现代的学者除外，对于后现代思想的论述意见也有分歧明显的两派。通过探讨理论演绎后的台湾后现代论述轮廓，从时间上与美学上的后现代意涵，可把握台湾现代诗坛理解中的后现代诗特质，追溯历史发展中的各种派别与意见，进而讨论奚密、廖炳惠、简政珍对后现代的思索。

关键词：台湾现代诗；后现代理论；奚密；廖炳惠；简政珍

一、两种意涵上的后现代

台湾现代诗史中的后现代有两种不同的意涵：时间上的后现代及美学上的后现代。时间上的后现代，指向 1980 年代以后；美学上的后现代，其哲学内涵重于拼贴的形式，而于 1980 年以前诗作中就已见蛛丝马迹。评论者谈到台湾的后现代诗，多半局限在 1980 年代以后，甚至 1987 年解严以后的作品，更以时间上的后现代笼罩美学上的后现代，为后现代诗定下简易而化约的标签；而那些被窄化、僵化、条列化的后现代主义诗作特质，与贴了标签的后现代主义诗人，可能歪曲未来的诗史[1]。另外，当论者认为后现代主义在台湾现代诗发展中的显著意义是断代，远大于作为"主义"的思想、风潮或美学趋向，隐藏的意义是现代与后现代的势不两立。①

二、"后"现代

不同于现实主义、超现实主义、现代主义等西方思潮的影响，后现代主义以"后"字既区别又连结现代主义，表现对现代主义的权宜性反思。它不像浪漫主义对古典主义的反动，或现代主义对现实主义的反扑，从立名上便截然划分以示泾渭分明；后现代主义的"后"字，本身没有强烈的主体性，而其内涵甚至倾向自我消解。就现代主义与后现代主义二元对立的思考方式来界定后现代主义，因而无法精确勾勒出后现代主义的轮廓。

其实后现代主义是不是有明晰而条理清楚的轮廓，都很值得深思。但是当台湾文学界在 1980 年代之后，风起云涌地高举后现代主义的大旗，评论家和创作者一窝蜂为后现代作品背书，已经不论后现代主义是否成熟或是否被接受，就被生吞活剥地成为创作者与评论者的新利器，各自围绕本身的需要、政治或美学的目的，加以界定、挪用或扭转，而在"理论的旅行"中，并未深入分析后现代主义在其他地区的发展脉络。正因为后现代主义已在台湾的文艺领域中，经由学者、文化工作者或作家以不乏创意的方式去推衍、扩散其历史效应，即使已知台湾版的后现代主义代表的是一个简化的图腾，评论者应做而可做的，仍是从较细致的作品诠释来演绎这个既成的历史脉络，而不再是将其对照于现代主义，找出其"特征"。台湾版的后现代主义，在现代诗这个领域，出于急切进入诗史的心态，以对号入座的方式，圈定"后现代主义诗人与诗作"的名单，及设定"后现代主义诗作"的特质；而这些既定的诗人、诗作与"后现代诗的特质"，不但未必完全为"后现代"，甚至在精读与诠释之后，展现的是"反后现代"的一面，反而未被标签化的诗人，某些作品的某些方面相当的"后现代"。②

三、派别与意见

台湾现代诗界对于后现代状况发生时间与取名的意见大致可分为两派：罗青、孟樊、廖咸浩等倾向于将 1980 年代以后的台湾定义为后现代时期，而邱贵芬、陈芳明、廖炳惠等则倾向将 1987 年解严后的台湾定义为后殖民时期。不赞成或不喜欢后现代艺术表现的学者、炒作或消费后现代主义的评论者及从文化角度研究后现代的学者除外，对于后现代思想的论述意见也有分歧明显的两派：奚密、简政珍对后现代精神的看法较为一致，认为真正的后现代创作无法化约为规格化的标签，应从细读中品味其繁复而不定于一尊的面貌；孟樊、萧萧、陈义芝为另一派，为所谓的后现代作品标示了显著而便于分辨的条件。整体而言,对于台湾的后现代思潮或诗潮,学者的态度不一而足,但是首先发表言论的学者,较其他学者在文章中的引用率较高,如罗青、孟樊、廖咸浩、陈义芝。

追溯历史发展,学界大抵以为后现代主义最早浮出现代诗界的是罗青发表于 1986 年的《七○年代新诗与后现代主义的关系》以及《诗与后工业社会:"后现代状况"出现了》两篇文章。③1987 年 6 月,《当代》月刊开始连载詹明信在台湾的演讲稿。之后台湾学者的后现代论述专著陆续出版,如 1987 年蔡源煌的《从浪漫主义到后现代主义》,1989 年罗青的《什么是后现代主义》、孟樊的《后现代并发症》、钟明德的《在后现代主义的杂音中》,1990 年路况的《后现代及其不满》,1991 年蔡源煌的《当代文化理论与实践》,1992 年叶维廉的《解读现代,后现代》,1994 年廖炳惠的《回顾现代——后现代与后殖民论文集》,1995 年孟樊的《当代台湾新诗理论》,2003 年孟樊的《台湾后现代诗的理论与实际》,以及 2004 年简政珍《台湾现代诗美学》的第二部分。在这些专著的中间,犹穿织重要的宣告或意见,如 1987 年,张汉良在象征当时诗坛主流势力的"年度诗选"中提倡罗青之说,宣称"台湾诗坛的新论争主题是后现代主义,以及环绕着这一思(诗)潮的种种实验,如科幻视域、计算机语言、录像诗等"[2]。1992 年,奚密在《后现代的迷障——〈台湾后现代诗的理论与实际〉的反思》,针对孟樊之书,讨论后现代主义对台湾诗坛的作用。1996 年廖咸浩的《离散与聚焦之间——八○年代后现代诗与本土诗》、1998 年廖咸浩的《悲喜莫若世纪末——九○年代的台湾后现代诗》两篇文章讨论后现代的深意,而于《悲喜莫若世纪末——九○年代的台湾后现代诗》一文,为后现代下了几个可以标识的特质:

1. 文字物质性的深掘;
2. 日常感动常在无心处;
3. 政治议题与文本交欢;

4. 情欲的欢庆、无奈与癫狂；

5. 网络文化与想象未来。[3]

后现代主义在台湾的兴发，刚开始外文系学者的引介起了定调式的效应。其后各领域的学者蜂拥而至，台湾文学界迅速陷入后现代主义的迷障，几乎形成以"后现代主义时期"为文学史断代的共识。而"何谓后现代"，也就以条列式的准则成为"台湾后现代诗"的基本标签。例如孟樊在《台湾后现代诗的理论与实际》中确定了台湾后现代主义诗的特征：

1. 文类界线的泯灭；

2. 后设语言的嵌入；

3. 博议的拼贴与整合；

4. 意符的游戏；

5. 事件的即兴演出；

6. 图像诗与字体的形式实验；

7. 谐拟的大量引用。[4]

陈义芝则认为台湾的后现代主义诗作之特征为：

1. 不再追求个人主义风格的创新，反而将仿造（pastiche）作为一种写作策略；

2. 以不连续的文字符号建构出有别于传统、不具意旨（signified）的语言系统；

3. 创作的精神不在于抒发情感，而在于表现媒介本身，不在于呈现真实事物，而在完成一种广告式的幻象；

4. 表现方法不依赖时间逻辑，而靠并时性空间关系的突出，景物与景物间、事件与事件间，因互不相属而留下更多想象的空间；

5. 要求读者参与创作游戏，读者可以在作者有意缺漏的地方填入不同的意符而产生不同的意指。[5]

孟樊、廖咸浩和陈义芝对后现代诗的定义，为评论者开了方便之门。例如古继堂编的《台港澳暨海外华文新诗大辞典》[6]中，"后现代主义"词条即根据孟樊之说，总结台湾后现代诗的特色为：寓言、移心、解构、延异、开放形式、复数文本、众声喧哗、崇高滑落、精神分裂、雌雄同体、同性恋、高贵感丧失、魔幻写实、文类融合、后设语言、博议、拼贴与混合、意符游戏、意指失踪、中心消失、图像诗、打油诗、即兴演出、谐拟、征引、形式与内容分离、黑色幽默、冰冷之感、消遣与无聊、会话等等[7]；萧萧根据罗青、孟樊、陈义芝对后现代主义的看法，而展开对于碧果、罗青、夏宇、陈黎诗中的后现代效应论述。④

四、庆贺氛围中的沉思

在铺天盖地的一片后现代声浪中，奚密、廖炳惠、简政珍对后现代的思索，特别值得沉浸在庆贺氛围中的创作者与评论者深思。

首先是奚密的文章。奚密的《后现代的迷障——〈台湾后现代诗的理论与实际〉的反思》一文，针对孟樊刊登于 1990 年的长文《台湾后现代诗的理论与实际》而发，对于僵化、片面化了的后现代主义论述，具有醍醐灌顶之功。奚密指出孟樊文章中运用后现代主义的偏执。从诗作的具体讨论上，奚密认为孟樊对于"现代"和"后现代"的区别过于牵强，此其一。从孟樊对于鸿鸿《小童和大龙》的二元讨论，判定孟樊对诗的"意义"的定义甚为狭隘、僵硬，此其二。从孟樊文中对林耀德等的讨论，奚密认为孟樊所说的后现代诗作之"任意""凑合""拼贴"，并不表示没有艺术转化的过程；而当孟樊高谈"移心""意旨失踪""主体的沦亡"与"精神分裂"之际，却自相矛盾地上溯、臆度诗人的创作动机与态度，此其三。由对陈克华《车站留言》的诠释，奚密认为孟樊所谓后现代诗形式开放的理解，应相对于现代主义所推崇的严谨而首尾紧扣的形式，而非绝对的开放或失控，此其四。就夏宇诗作的讨论，奚密认为孟樊所指的后现代的"无意义"颇待斟酌,因为夏宇实欲揭示"意义"的强大渗透性和创造性,以及意义和上下文、上下文和读者之间相衍相生的连锁关系,此其五。而奚密之文最具颠覆力的意见,在该文的"台湾诗坛的后现代"一节。奚密认为,孟樊的《台湾后现代诗的理论与实际》一文:"代表了对德里达解构理论最大、但很遗憾的,也是最普遍的误读和误用。德里达从未否认'意义'的存在和必要。他强调的是意义的产生永远是一复杂多面、不可界线的意符运作于上下文的结果。意义的不可归纳和界定,并不意味着意义的消失。"[8]

奚密对孟樊的批评并非无的放矢,尤其以诗作为讨论基础,更可以看出细致的诠释工夫;而该文后面援引并翻译德里达对意义的那一段文字,完全透显出奚密作为一个外文系出身的学者,对于解构学的深度认知与学养。比如奚密以孟樊文中引用的黄智溶诗为例,对照孟樊改写后的版本,以讨论女性主义对后现代诗观的影响与启发,经比较发现黄智溶的原诗具备含蓄的讽刺,而孟樊改写后,原诗的深刻寓意却被平面的二元论消解;又如在讨论陈克华《车站留言》的时候,奚密发现孟樊所指该诗的"支离破碎的意象、错综驳杂的诗句、意义不明的符号、缺少逻辑联系的词组"等看似"无中心意义"的指涉,以诗行中的一句:"本质和现象冲突得很厉害"即立可瓦解,因为那句话正是诗人主观意识介入的表征。[6]然而奚密此文相对于孟樊的文章,在台湾学界对后现代的认知上,仍不如孟樊起了较大的作用。孟樊对后现代的七个条件或界定长期而不断地在学界被反复征引,作为辨识后现代诗作的标准,以台湾信息流通之便捷来看,只得解释为学者习于以简化的图腾作为介入某个"主义"的快捷方式,以期掀起更大的后现代风浪,在有朝一日的诗史版图上预先插上自己对后现代诗讨论的旗杆,或表示自己尚未落伍,而并不打算深入了解后现代主义或思潮的绵密风景。于是,当1990年代那一波关于后现代的主要讨论静定下来,中间经过文化研究、新女性主义、后殖民论述、同性恋论述,而后现代又在时间上成为 21 世纪台湾现代文学正常或相对保守的位阶,那些经评论者某个程度"共谋"下的"后现代诗人与诗作"名单,以及简化的后现代标签,均亟待检视。

廖炳惠的系列后现代论述从比较文学与文化研究的角度着手。例如《比较文学与现代诗篇:试论台湾的"后现代诗"》,以一个俯望的勘查者来讨论台湾的后现代诗及其评论。在该文发表的 1995 年,廖炳惠已认为:"后现代主义在台湾的发展似乎走进'后'援会的阶段,已不再挥洒它的新鲜、舶来神采,反而大致上成为本土化、解严化之多元文化主体内的方便随缘主张。"因而达到"回顾'后'劲"的时期。[7]借由林耀德对罗门"刺猬学狐狸"之喻,廖炳惠旁征博引,在后殖民的论述基调中,讨论了罗门、林耀德、李敏勇等人的"后现代诗"。廖炳惠倾向于把解严前后的台湾文化环境当作与后现代主义互相呼应的场所,并依陆蓉之的意见,看待后现代为"历史解构重组而失序的时代"[9]。廖炳惠对后现代的讨论,重点不在以交互指涉式的论述去探究后现代主义在台湾的应合处,而在于彼此交错而不直接依赖的其他面向;换言之,文章的题目虽定为比较文学与现代诗篇,但是廖炳惠更关注的毋宁是跨国文化经济下的文化生产与消费,以及资以开展的格局。在那篇文章中,所谓的后现代诗其实也像廖炳惠批评林耀德的话一样,"被含混的大型理论一笔带过"。不过因整个后现代的格局放到一个更宽阔的领域中,看待台湾的后现代诗也有更宏观的视野,可以适度修整于后现代主义"见树不见林"的评论偏失。对于台湾评论界对后现代主义出于一知半解而导致的文化困境与焦虑,廖炳惠的结论与奚密雷同,他提出"本土"与"主体性",不无巧合地呼应了奚密文中提出的乡土文学对后现代的正负面影响。

从另一个角度来看,廖炳惠的文章调侃了台湾从 20 世纪 80 年代中期到 90 年代,文坛去脉络地挪用后现代主义的尴尬。假如

局限于特定的文学技巧和再现模式,而无法将后现代的哲学关怀
与创作连结,则只是赶流行地卖弄后设技巧和游戏姿态,然后一再
重复而疲态毕露。被廖炳惠戏称为"后现代大师"的林耀德,在
1990 年与孟樊合编的《世纪末偏航》总序中,曾就这种"去脉络的
后现代状况"反省道:"八○年代的文学主流是后现代主义
吗?……用当代的角度来看,在这个阶段我们'发现'并'创造'了
所谓的'后现代主义'。然而,后现代主义的出现并未蔚成这段文
学史上真正的主流,它的意义在提出另一种'文学创作方法'及'如
何看待文学'的选择。"[10]

因而当简政珍在《台湾现代诗美学》的第二部分,以"后现代风
景"作为整本书的重头戏时,"后现代的双重视野""结构与空隙"
"意象与'意义'的流动性""诗的嬉戏空间""不相称的美学",以及
"诗既'是'也'不是'"各章的明晰视野与批判的洞察力,等于打开
一扇落地长窗,厘清了长时间令人眼花缭乱的台湾后现代风景。
简政珍直接阅读并翻译西方有关后现代主义的论述,单刀直入而
简洁有力地切中后现代主义哲学的要害。杨宗翰曾批评"不相称
的美学"一词乃权宜性的说法,期盼来日代以更确切的用语;其实
权宜性正是后现代的主要精神,"不相称的美学"一词正说中了后
现代在依违之间的美学特征。[11]陈大为即以为《台湾现代诗美学》
无论在后现代诗学的理论分析、导读、诠释,都超过台湾的相关学
术著作,修正了读者对后现代理论的若干误解,可说是后现代主义
诗学最完整、最深刻的论述。原因即出于简政珍直接阅读,并充分
掌握了许多西方后现代理论的原典;对后现代始终抱持着超然的
批判省思的态度,因此更能够发现台湾批评家的缺失;能够兼顾文
学理论和诗歌美学之间的平衡;尤其"后现代的双重视野",让受困
于"标签化"或"表列化"的读者,以及对后现代依旧陌生的读者,更
能把握住后现代的"精神"———一个充满批判性和自我反省的双向
辩证。[12]

其实简政珍对于后现代的思索更早就表现于评论叶维廉的文章。在《后现代的反思：艺术作品的身姿——评叶维廉的〈解读现代·后现代〉》一文里，简政珍以"后现代是否全然是崩离无向"作为关键性的探问，引出后来《台湾现代诗美学》中的批评核心："有感的阅读"，并延展而以"意义"作为检视后现代是否为纯然文字游戏的判准。[13]简政珍认知中的后现代美学因层层叠叠的反思、解构而具备生命的哲思，绝非只停留在表象的游戏。《台湾现代诗美学》中的"双重视野""诗既'是'也'不是'"说的即辩证中的许多灰色地带，而不是"非是即非""非黑即白"的二元思维。再者，简政珍认为后现代背后的精神重心，与现代主义的结构思维无法幡然剥离，所以总是用"解结构"一词，代替台湾学界习用的"解构"，避免误会更深。先有结构，才有解构；先有现代，才有后现代。解结构既相对于结构，则消解后的状态也无法完全脱离结构；后现代的意义崩解是因为有一个待崩解的意义，那么崩解的过程本身就是意义。简政珍对后现代的诠释最重要的部分，就是点拨后现代美学最引人着迷，而被台湾许多批评家误解的"意义"与"哲思"；否则台湾现代诗中的后现代作品将很可能是一片虚无的意符游戏。《台湾现代诗美学》论述及评介台湾的后现代状况时，援用奚密对于孟樊的批评作为引子，而其实在该书出版的前9年，在写叶维廉的那篇书评中，早已点出台湾对于后现代的许多"误会"，很可能出于理论的引介者经常不能体会理论家真正的语调："此地的批评家在转介后现代的文学和文化时，一意（误解式地）标榜解结构及后现代的崩解无向。文学艺术在如此'理论'的培育下，不是纯然商品消耗取向，就是无任何人性指涉的游戏消遣之作。这些'批评家'因此也顺理成章地贬抑富于人性思维的深沉作品，而赞扬肯定文字游戏或实时消耗的商品文化。有些批评家更质疑是否有诗这种'东西'。"[11]在时间上的后现代强调人性与人文，而于诗论中格外重视作品的精读细品，强调新批评给予台湾文学阅读的启发，正是简政珍后现代论述很重要的特质。

五、结语：推移中的后现代论述

陈芳明在《台湾新文学史》中对后现代的诠释，着眼在作家对语言能否传达意义的质疑，而结合其后殖民论述，解释后现代现象为一除魅过程，乃对某思潮或权力核心的解构。⑤台湾的后现代现象，在陈芳明看来就是去中心化的过程——去核心的同时，树立自己成为新的核心——，因而"边缘"与"除魅"，归根结底亦无非是一种手段，使用这个手段的过程中，所呈现的种种看似新潮的语言实验，亦为哗众取宠而来。

后现代主义在台湾的热潮，连结了1980年代台湾经济虽繁荣却被边缘化的国际际遇，以及1979年美丽岛事件所促发的政治反对运动与本土化运动，在媒体与出版业的推波助澜之下，翻译后现代引发了许多连锁问题与效应。⑥居于台湾"主流"位置的后现代论述，恒以简化的标签横扫文学界与文化界，昌言文类泯灭、意义崩解、游戏当道、解构至上，造成1980年代之后，文学创作者向边缘靠拢的风潮。

评论家已设定好制式的辨识系统，在肉眼的"立即区辨"之后，出于纯然游戏的缺乏人生深度，经常非常矛盾地为本质上播散其至消散中的意义，寻找主题上的意义，于是读者往往看到"这首诗主要在写什么"这类主题上的解诗，把后现代精神中趋向隐约的目的导向，以躁进而缺少幽微观照的笔触透显出来。例如常见的把女性主体、感官描写、都市诗、超文本书写等对号入座，当成后现代诗的主要"题材"，而非聚焦在"这首诗怎么写"来展现后现代的多重、随意、朦胧、自省及反叛。

在台湾当代诗的后现代文化思潮中，后现代的"后"同时具备

"现代主义之后"及"对现代主义的反动"两种意涵。权宜性的"后"字,极贴切地表述了后现代思维中的解构精神:既解构外于自我的一切,也趋向自我消解。整体而言,"后现代"的精神内涵在台湾仍有颇待开发的空间。

注释

① 陈大为即认为:"'后现代'一词,对台湾文学史的最大意义在:断代。"见其《台湾后现代主义诗学的评议和演练——评简政珍〈台湾现代诗美学〉》,陈大为:《风格的炼成》,台北:万卷楼图书公司,2009 年版,第 165—178 页。

② 陈大为认为,台湾的"后学"大兴,凸显诗史的命名意识:"台湾(外文)学界将'后现代'视为前卫艺术与思想的旗帜,部分新锐作家视之为引领风骚的标签,前仆后继地投奔到后现代旗下,按照后现代的美学特质——拼贴、嬉戏、谐拟、不确定、零散化、平面化、图像化——来创作,然后急迫地等待后现代学者来'册封'或'冠名'。"见陈大为:《中国当代诗史的后现代论述》,《国文学报》第 43 期(2008 年 6 月),第 177—198 页。

③ 罗青之文后来收入其《诗人之灯》(台北:光复书局,1988 年版)。学界对此二文的讨论甚多,例如陈义芝:《台湾后现代诗学的建构》,收于台湾师范大学国文系编:《解严以来台湾文学国际学术研讨会论文集》(台北:万卷楼,2000 年版),第 384—419 页;孟樊:《台湾后现代诗的理论与实际》,台北:扬智出版公司,2003 年版。

④ 见萧萧《后现代主义的台湾论述——罗青论》,国文学志,2005年版,第 105—128 页。《夏宇与陈黎的藤原效应:后现代的自我实现与大我体现》,"中生代诗人——第四届两岸四地诗学论坛",抽印本,2011 年 9 月。

⑤ 陈芳明说:"后现代文学的特征,便是以质疑语言的真实性为起

点。""进入一九八〇年代以后,媒体与知识的爆发,大量提供丰富的秩序。尤其网络时代的到来,虚拟的符号大举入侵真实的世界。这种现象使'文字为凭'或'眼见为真'的文化传统产生剧烈动摇。""解严之后,政党林立替换了一党独大,多元媒体取代了官方控制。……这种政治环境,造就了台湾作家对现实的怀疑。""这是一种除魅的过程,凡属政治信仰,包括民族主义与意识形态,都成为不看闻问的一种亵渎。"陈芳明:《台湾新文学史·下册》(台北:联经出版社,2011 年版),第 654—714 页。

⑥ 相关意见可参考刘亮雅:《文化翻译:后现代、后殖民与解严以来的台湾文学》,《中外文学》第 34 卷,第 10 期(2006 年 3 月),第 61—84 页;廖炳惠:《台湾:后现代或后殖民》,周英雄、刘纪蕙主编:《书写台湾:文学史、后殖民、后现代》,台北:麦田出版社,2000 年版,第 85—99 页;廖炳惠:《后殖民研究的问题及前景:几个亚太地区的启示》,廖炳惠:《另类现代情》,台北:允晨出版社,2001 年版,第 247—285 页;陈芳明:《后现代或后殖民? ── 战后台湾文学史的一个解释》,周英雄、刘纪蕙主编:《书写台湾:文学史、后殖民、后现代》,台北:麦田出版社,2000 年版,第 41—63 页。

参考文献

[1] 郑慧如.台湾当代诗的后现代文化思潮及诗语言[J].长沙理工大学学报:社会科学版,2012(4).

[2] 张汉良.诗观、诗选,与文学史[M]//七十六年诗选,台北:尔雅出版社,1988:5—6.

[3] 廖咸浩.悲喜莫若世纪末:九〇年代的台湾后现代诗[C]//林水福.两岸后现代文学研讨会论文集.台北:辅仁大学外语学院,1998:36—50.

[4] 孟樊.台湾后现代诗的理论与实际[M].台北:扬智图书公

司,2003.

[5] 陈义芝.台湾后现代诗学的建构[M]//台湾师范大学国文系.解严以来台湾文学国际学术研讨会论文集.台北：万卷楼图书公司,2000：385.

[6] 古继堂.台港澳暨海外华文新诗大辞典[M].沈阳：沈阳出版社,1994.

[7] 孟樊.关于台湾后现代诗的论述[J].文学前沿,2012(3).

[8] 奚密.后现代的迷障：《台湾后现代诗的理论与实际》的反思[J].当代,1992(71)：54—68.

[9] 廖炳惠.比较文学与现代诗篇：试论台湾的"后现代诗"[J].中外文学,1995(2)：67—84.

[10] 林耀德.总序：以当代视野书写八〇年代台湾文学史[M]//林耀德,孟樊.世纪末偏航.台北：时报文化出版社,1990：5—12.

[11] 杨宗翰.构筑诗的美学史：评简政珍《台湾现代诗美学》[J].笠,2005,12(250)：99—101.

[12] 陈大为.台湾后现代主义诗学的评议和演练：评简政珍《台湾现代诗美学》[M]//陈大为.风格的炼成.台北：万卷楼图书公司,2009：165—178.

[13] 简政珍.后现代的反思：艺术作品的身姿：评叶维廉的《解读现代·后现代》[J].中外文学,1995(7)：130—134.

——原载《江汉学术》2013年第2期：22—27

对"古典"的挪用、转化与重置

——当代台湾新诗语言构造的重要维度

张桃洲

摘　要：由于各种历史因素的综合作用，当代台湾新诗在语言构造上有一个重要维度，是对"古典"的执守与坚持。通过考察台湾 1950—1960 年代的"现代派"、1970 年代的"乡土诗"和 1980 年代以后的"后现代"诗歌的状况，可分析当代台湾新诗语言对"古典"进行挪用、转化与重置的情形，"古典"资源一方面积极参与了当代台湾新诗语言的创造，另一方面也带来了某些负面影响，其间得失会给大陆新诗带来启示。

关键词：当代台湾新诗；语言；古典；现代派；乡土诗；后现代

一、背景：关联和承续

从历史的角度来看，中国新诗语言在 20 世纪的前 30 年经历了一个相对良性的发展过程，这个过程持续到 1940 年代后期——这一时期，新诗已形成较为成熟的语言形态和书写程式，其间尤以冯至、卞之琳、艾青及"九叶派"诗人的表现更为突出。正如叶维廉所作的总结："40 年代的诗人并没有排斥语言艺术世界所提供出来的语言的策略，除了文字、格律……形式、节奏的凝练之外，便是诗质的营造，这包括气氛的掌握……用冥思或梦汇通经验的飞跃……或把事物加以特别的凝注、时刻的凝注而达成'现在发生性'……或戏剧场景的营造以代替说明性……以上都可以用'玄思的感觉化'来概括。"[1]236-237 在说明 1940 年代新诗语言的特点后，叶维廉顺便谈道：

> 台湾的现代诗是承着这些新的语言策略而来的，但迁台初期与母体空间与文化的切断，知识分子在心里游离不定而新文化世界尚未能落根之际，遂又转入主观的世界，企图在文学世界里肯定生命的意义与完整，而作了以语言世界为对象更诡奇更深邃的追索，所产生的偏差和提供的更新的语言的策略，在偏向上和三四十年代这些诗人所面临的问题是相通的，但由于历史条件与读者的错交，二者在程度上是不同的。[2]238

实际的情形确乎如此。在 1950 年代后的台湾诗界，由于众多大陆诗人的涌入——这些诗人免不了将以往的诗学理念和写作习性带到岛内——台湾新诗的发展路向（尤其是 1950—1960 年代）自然要受到整个新诗传统的影响，况且两岸的诗歌原先就有交流和联系的根基。1940 年代末迁台的诗人有纪弦、覃子豪、钟鼎文、杨唤、张秀亚、彭邦桢、羊令野、上官予、胡品清等，他们身体力行地直接为台湾新诗输入了很多新的经验。其中，在 1930 年代参与组织"菜花诗社"并出版《菜花诗刊》，随后同"现代派"重要诗人戴望舒等合资创办《新诗》月刊，1940 年代又发起成立"诗领土"社并出版《诗领土》月刊的纪弦，于 1950 年代迁台后则以《现代诗》（及"现代诗社"）的创办，在岛内掀起了一场声势浩大的"现代派"运动，前后办刊的宗旨和主张具有明显的承续性，其在诗歌创作的语言、主题、风格等方面也有相当的一致性。很大程度上可以说，1950 年代以后台湾新诗比大陆的新诗保留着更多成熟期中国新诗的因子,既然同一时期大陆的新诗因受制于时代环境而摈弃了以往新诗的诸多丰富成分,走上了一条越来越单一、狭窄的"不归路"。

不过,在上述诗学的承续与融汇的过程中,还有另一些较为复杂的情形值得关注。这里格外有必要提及的是夏济安等人于1956年创办的《文学杂志》。有别于《现代诗》及同时期《创世纪》、"蓝星"等的运动式推进现代主义的做法,《文学杂志》显示出鲜明的"学院化"的沉潜风格(这一点大概是承继了1930—1940年代朱光潜主编的同名杂志)和"新古典主义"的趋向。虽然这是一份综合性的文学刊物,但它在诗歌创作、理论和译介诸方面推出了不少优异作品:在译介方面,黎尔克(通译里尔克)、佛洛斯特、艾伦坡、梵乐希(通译瓦雷里)、艾略特等的作品和理论是其重心所在;在创作方面,该刊发表诗歌作品最多的诗人是梁文星和余光中,梁文星即1940年代已享有诗名、时在北京大学西语系任教的吴兴华,此际他的不少曾经在1940年代发表过的诗作和诗论文章,是经好友宋淇(林以亮)之手在《文学杂志》上刊载的;在诗论方面,重要的文章有梁文星的《现在的新诗》、夏济安的《白话文与新诗》、林以亮的《论散文诗》、覃子豪的《现代中国新诗的特质》等。

《文学杂志》奉行"朴实、理智、冷静的作风"[2]而推出的一些诗歌作品和理论,尤其吴兴华诗作与诗论的重刊,其潜在的影响是不可低估的。吴兴华的创作和理论具有"新古典主义"的特点,他的《绝句》、"古题新咏"系列诗,在用字、音节、韵脚等方面均十分考究,严整性堪与古诗中的律绝相媲美,体现了其创造性的"化古"能力。吴兴华十分熟稔于中西诗学,他善于运用现代眼光勘探古典诗歌矿脉,在对古典诗学资源的征引中加入了更具活力的现代声息,他注重的是古典与现代诗学的真正融合;在此基础上,吴兴华提出了关于诗歌形式的独特见解,他认为"所谓'自然'和'不受拘束'是不能独自存在的;非得有了规律,我们才能欣赏作者克服了规律的能力,非得有了拘束,我们才能了解在拘束之内可能的各种巧妙表演","形式仿佛是诗人与读者之间一架公有的桥梁","固定的形式在这里,我觉得,就显露出它的优点。当你练习纯熟以后,你的思想涌起时,常常会自己落在一个恰好的形式里,以致一点不自然的扭曲情形都看不出来"①。吴兴华的观点,引发了《文学杂志》关于白话文与新诗、新诗的特质、新诗的发展等问题的讨论,这些讨论进一步扩大了吴兴华"新古典主义"诗观的影响,使之程度不一地体现在后来台湾新诗创作中。

与此同时,1950—1970 年代间台湾诗界围绕"现代派"诗歌展开的几次论争,也深刻地影响了台湾新诗语言资源的择取和整体流向。首先是纪弦在《现代诗》上标举"现代派"的"六大信条",其"横的移植"的断语引起了同为现代主义诗阵营的"蓝星"诗人覃子豪的强烈批评,后者反诘道:"若全部为'横的移植',自己将植根于何处?"②随后,论争范围迅速扩大,言曦、寒爵等给予"现代派"诗歌以措辞严厉的抨击,遭到了余光中等人的坚决反击。事隔十余年后,在乡土诗歌回潮的 1970 年代初期,关于"现代派"的论争再次爆发,对"现代派"诗歌持批评意见的文章包括关杰明《中国诗的困境》《中国诗的幻境》《再谈中国现代诗》、唐文标《僵毙的现代诗》《诗的没落——台湾新诗的历史批判》和高准《论中国新诗的风格发展与前途方向》等。这些论争的议题,主要集中在新诗的总体评价、新诗的西化与民族化、新诗与传统、新诗与现实等方面。痖弦后来在回顾这几次论争后,表述了对新诗与传统之关系的重新认识:"唯有根植在旧有广袤的泥土里,吸取传统的精华,再对现阶段有所自觉与体认,才有可能从而创造出新而现代的作品","对于传统,我们决不能硬生生拿来袭用、套用,而是要在学习过程中转化它,常常读它、神往它、思索它,活在传统的精神里,执笔行文之际,这平常不易察觉、渐渐累积形成的'感情历史',便都呼风唤雨,一齐涌向笔尖"[3]。尽管论争之后对阵双方的分歧并未完全消除,但论争无疑拓展了现代诗的生存空间与发展视野,并促使诗人们开始反思和调整自己的写作路向,比如纪弦提出了"从自由诗的现代化到现代诗的古典化"的主张。

早在 1960 年代,诗人白萩就说:"我们的语言,已失去了传统旧诗的含纳、简介和飞跃,我们需要正视我们现在语言的薄弱","对于我们所赖以思考赖以表达的语言,需给予警觉的凝视和解剖。我们需要以各种方法去扭曲、捶打、拉长、压挤、碾碎我们的语言,试试我们所赖以思考赖以表达的语言,能承受到何种程度"[4]。1950 年代后台湾新诗在语言上的种种经营,应可被看作补救"薄弱""承受""捶打"所做的努力。由于上面提到的各种历史因素的综合作用,当代台湾新诗语言较多承续了此前 30 年中国新诗语言偏于书面语或雅言的那一面。这类语言,在语词、句法上虽受"欧化"的影响较深,却又力图保持一种类似于古典诗歌语言的蕴藉、幽远的气质,因而不难看到,台湾新诗的很多作品表现出古雅的氛围和情调。在相当长的时段里,这种对"古典"(哪怕仅仅是一丝古意)的执守,是台湾新诗语言构造上格外重要的维度。

二、"现代派":挪用的表层与深层

诚如前引叶维廉所指出的,1950 年代后台湾新诗相较于先代新诗而言,在语言态度上更加激进,以至"作了以语言世界为对象更诡奇更深邃的追索"。不过,在进行激烈的语言实验和探索的同时,诗人们也十分注重语言的收束与规训,而他们进行语言的收束与规训的方式之一,正是萦绕于字里行间的某种古典意绪。即便在提出了"新诗乃是横的移植,而非纵的继承"[5]之类极端口号的纪弦那里,"古典"也是他诗中不忍割舍的元素,例如他的著名短诗《狼之独步》:

> 我乃旷野里独来独往的一匹狼。
>
> 不是先知，没有半个字的叹息。
>
> 而恒以数声凄厉已极之长嗥
>
> 摇撼彼空无一物之天地，
>
> 使天地战栗如同发了疟疾；
>
> 并刮起凉风飒飒的，飒飒飒飒的……
>
> 这就是一种过瘾。

  这首诗在极具现代感的语句之中，夹杂着"乃""恒以""已极""之""彼"等"旧"词，呈现了一种古今对照的张力，使得诗中抒情主体的飞扬凌厉姿态更为鲜明。

  实际上，在 1950 年代声势浩大的台湾"现代派"运动中，于激进的语言、形式探险之际有意保留"古风"的并不只有纪弦一人。同属"现代派"阵营的《创世纪》诗人和"蓝星"诗人，在他们的诸多作品中或浓或淡地留有"古典"的印痕。在此，"现代派"诗人的古典旨趣及其在作品中的表现具有深刻的象征性意义，不仅为当代台湾新诗平添了一道意味深长的语言景观，而且对后来的诗歌产生了持续的影响力。

  以倡导"超现实主义"写作闻名的洛夫在其完成于 1960 年代的长诗《石室之死亡》中，有一个颇显爆发力的起端："只偶然昂首向邻居的甬道，我便怔住/在清晨，那人以裸体去背叛死/任一条黑色支流咆哮横过他的脉管/我便怔住，我以目光扫过那座石壁/上面即凿成两道血槽。"这些诗行的"超现实主义"意味是不难被体会到的，但镶嵌在各句中的"只""向""以""任""即"等语词，将有可能流于泛滥的铺张气势，集聚在堪称凝练的行句间，增加了其"超现实主义"意味的强度，同时也有助于整首诗在"超现实主义"的灵光中不时展露出现实的指向。后来，洛夫在回顾自己的"超现实主义"取向时特别提道："我在中国古典诗中，特别是唐诗中，发现有许多作品，其表现的手法常有超现实的倾向，不仅是李商隐、李贺，甚至包括李白、杜甫的作品，都有介于现实与超现实的表现手法"③；他举出自己的诗句"清晨，我在森林中/听到树中年轮旋转的声音——"，自认"与杜甫'七星在北户，河汉声西流'的诗句，具有同样的超现实艺术效果"[6]；而他的"石破/天惊/秋雨吓得骤然凝在半空"（《与李贺共饮》）这样的句子，则是对李贺"石破天惊逗秋雨"的直接化用；不仅如此，他还以古典诗人为素材，写出了《李白传奇》《走向王维》《车上读杜甫》《与李贺共饮》等诗，并将白居易的《长恨歌》改写成一首包含了鲜明的现代主题、历史观和元素的诗作。

洛夫在古典诗歌中发现了"超现实主义"及由此引出的"诗的传承与创新"问题，令人想到《创世纪》创办之初，洛夫、痖弦、张默这三位创办者就曾在剧烈的现代主义和"西化"风潮中，倡导一种"新民族诗型"并表达了"现代诗归宗"的理念。洛夫提出"新民族诗型"的两个基本要素："一、艺术的——非诸理性的阐发，亦非纯情绪的直陈；而是美学上知觉意象之表现，我主张形象第一，意境至上。二、中国风的东方味的——运用中国文字之特异性，以表现东方民族生活之特殊情趣。"[7]虽然这一有着特定历史背景的倡导很快为他们自己的"超现实"实践所取代，但后来亦成为时常被提及的议题。

对于这批"现代派"诗人而言，古典性与民族性是紧密关联的范畴，正如传承与创新是诗歌创造的两面。同洛夫对古典诗歌的独到"发现"相似，余光中也以别样的眼光打量古典诗歌，他问道："我们是否可以学学'江南可采莲'一诗的抽象构成，'一树碧无情'的抽象感，'北斗阑干南斗斜'的几何趣味，是否可以心平气和地欣赏'波撼岳阳城'或是'乾坤日夜浮'的感性，'扇裁月魄羞难掩，车走雷声语未通'的移位法，'曾是寂寥金烬暗，断无消息石榴红'的暗示，'隔水问樵夫'或是'星垂平野阔'的空间感觉？王安石的'一水护田将绿绕，两山排闼送青来'，杜甫的'七星当北户，河汉声西流',不都是呼之欲活的现代诗吗?"[8]这些,无疑都是浸润着现代意识的对古典诗歌的重新"发现"。余光中本人在这一时期,尽管多有像《双人床》《芝加哥》《森林之死》这样极具"西化"色彩的诗作,但也写出了诸如《当我死时》《等你,在雨中》《呼唤》等古典气息浓厚、民族色彩鲜明的诗作,所以在人们印象中他较其他"现代派"诗人更偏向古典。据说他写作《湘逝》,是在将杜甫晚年的作品反复研读甚至吟诵后才动笔的。他的《呼唤》:"可以想见晚年/太阳下山,汗已吹冷/五千年深的古屋/就亮起一盏灯/就传来一阵呼叫/比小时更安慰,动人/远远,喊我回家去",把母亲的呼唤和母体文化的召唤进行比照,一种悠然的文化"乡愁"随之缓缓升腾。此外,余光中非常注重诗的音律和体式的均衡(如《乡愁》《民歌》),这仍可被视为古典施与他的作用。

可以看到,着眼于古典意绪的渲染、古典语词的羼入以至对古典诗句的化用,是1950—1960年代"现代派"诗人之与古典发生关联的常用技法。相比之下,郑愁予、周梦蝶等的诗更倾向于在意境和内蕴上接续古典诗歌。例如郑愁予的名作《错误》:

> 我打江南走过
> 那等在季节里的容颜如莲花的开落
>
> 东风不来,三月的柳絮不飞
> 你底心如小小的寂寞的城
> 恰若青石的街道向晚
> 跫音不响,三月的春帷不揭
> 你底心是小小的门扉紧掩
>
> 我达达的马蹄是美丽的错误
> 我不是归人,是个过客⋯⋯

诗中朦胧的情调和意境,令之宛若一阕温婉、清丽的宋词。郑愁予被称为"中国的中国诗人,用良好的中国文字写作,形象准确,声籁华美,而且绝对地现代的"[9]。他的诗带着 1940 年代辛笛诗歌的余韵,能够有效地将古典诗意置于现代感兴之中。郑愁予曾这样解释他诗中古意的由来:"为什么别人感觉到我的诗比较生活化和具有浓厚的中国传统呢? 第一就是我的诗从头到尾贯穿着传统的情操,就是仁侠精神。"[10] 对于中国传统文化,他有着颇为独到的领悟,譬如他由自己的《青空》一诗引出了对"青"的一番议论:"青的正面性在于它美的本质,有青在心便是'情',与水相溶便是'清',与人而立便是'倩'……而最使我时时在意的一个对生活与写作具有契机作用'静'字,则是青在楚辞中那种神力浩大的显灵,青竟能使争归于静。"[11] 他的一些诗里,隐隐跃动着一股源自传统文化的灵秀之气。

当然,活跃于 1950—1960 年代的"现代派"诗人中,更具探险意识的痖弦、罗门、商禽等人,其与古典的关联绝非仅止于词句的借用、意蕴的拓展等方面。他们看重的是现代诗歌与古诗在精神气质和运思方式上的相通。如痖弦的长诗《深渊》:"在三月我听到樱桃的吆喝。/很多舌头,摇出了春天的堕落。而青蝇在啃她的脸,/旗袍叉从某种小腿间摇摆;且渴望人去读她,/去进入她体内工作。而除了死与这个,/没有什么是一定的。生存是风,生存是打谷场的声音,/生存是,向她们——爱被人胳肢的——倒出整个夏季的欲望",两处"而"字虽是现代语,却在结构上使诗句显得古朴苍劲。《深渊》是对现代人生存之"荒原"景观的全景式描绘,其主题和语式极具现代色彩,但全诗却显出凝练的构架和古雅的气质。与此相似,被称为"都市诗人"的罗门,在写作中对古典诗歌养分的汲取也是从精神层面进行的,他如此自述其诗与古典诗歌的关联:

透过我永远强调的心灵转化能力,便在精神的运作层面上，使现代诗与中国古典诗仍有所呼应，甚至在相观照中，演化出现代诗从古典诗中吸取养分后尽可能呈现出一己的"新象"。

如古诗人写："黄河之水天上来。"

我在现代诗中写："咖啡将你冲入最寂寞的下午。"

古诗人写："相思黄叶落。"

我在现代诗中写："一呼吸/花红、叶绿、天蓝、山青。"

古诗人写："行到水穷处，坐看云起时。"

我在现代诗中写："海握着浪刀/一路雕过去，把水平线越雕越细。"

　　……

从上面的例证中，可看出将"对象"与"媒体"全部溶解予以整合再现的艺术创作观点，是能使现代诗吸取中国传统诗卓越的质素，在现代二元性乃至多元性的生存世界中，继续拓展它具有新的潜能的创作境域。[12]

从内在气质、诗思理路方面与古典相沟通，这在商禽的诗里尤为突出。商禽诗歌的古典旨趣，不仅体现为炼字的精确，如《鸡》："我试图用那些骨骼拼成一只能够呼唤太阳的禽鸟。我找不到声带。因为它们已经无须鸣叫"，"无须"的运用便陡然使此诗的荒谬主题得到强化；而且在诗思上"承接古典诗人的诗思方式——写诗是偶然外物的兴发触动"[13]。叶维廉认为，现代诗人借鉴古代诗人的一个重要方面，就是后者从自然物象中提炼意象的方式及意象营造过程中的"出神状态"："在这种出神状态中，时间和空间的限制不再存在，诗人因此便能将这一刻自作品其他部分及这一刻之前或之后的直线发展的关系抽离出来，使得这一刻在视像上的明彻性具有旧诗的水银灯效果"；他以商禽的《天河的斜度》"裙裾被凝睇所焚，胴体/溶失在一巷阳光/余下天河的斜度/在空空的杯盏里"为例,认为"在这首诗里,作者溶入外物,让它们的内在生命根据它们自己的自然律动生长、变化、展姿,但同时又保有其某种程度的主观性"[14]。如果细加分析就会发现,商禽的《逃亡的天空》中的意象重叠,《长颈鹿》《门或者天空》等诗作所呈现的全知视域,都是从"古典"那里习得的。

三、乡土诗:转化中的文化认同

在 1950—1960 年代风起云涌的"现代派"浪潮中,上述诗人对古典的趋近具有某种表征意义,显示了当代台湾新诗语言中现代与古典的复杂纠缠。这一时期,语言上作激进探险的诗人尚且如此,另一些较温和的"现代派"诗人更是普遍地在其作品中表现出对古典的挪用,如覃子豪、林泠、罗英、夐虹、杨牧等(其中杨牧、夐虹被余光中称为"新古典主义"诗人)。这些诗人的古典意向至少有两个来源:一是中国古典诗词的熏染,另一是受到了有着一定古典趋向的现代诗人废名、冯至、戴望舒、何其芳、辛笛等的影响。而更深的层面,则是中国传统文化所激荡的诗学回声。

如果说 1950—1960 年代以"现代派"诗人创作为重心的台湾新诗,对古典主要是从表层到内里进行了挪用的话,那么 1970 年代以后,台湾新诗与古典的关联便是另外一番情形了。1960 年代末期后台湾新诗的基本局面是:一方面,诗界内外掀起了一股新的反思"现代派"的潮流(已如前述),并促使"现代派"诗人自身进行较大的调整;另一方面,一种以回归民族文化为宗旨、面向本土现实的乡土诗开始迅速地崛起,逐渐成为 1970 年代台湾新诗最令人瞩目的现象。正如有人总结说:"就七十年代现代诗风潮的定位而言,相对于六十年代以高标的超现实主义为首的西化诗潮,七十年代的新世代诗人采取的毋宁是以民族传统为纵经,本土社会为横纬,从而确定坐标的现实主义。"[15]这一时期涌现的有影响的乡土诗社团有"笠诗社"、龙族诗社、大地诗社、草根诗社、诗潮诗社等。

乡土诗运动中规模最大、影响最广远的是成立于1960年代中期的"笠诗社",其乡土诗创作和理论所展示的实绩颇具典范性。诗评家萧萧将"笠诗社"的特色归纳为三点:"一是乡土精神的维护,二是新'即物主义'的探求,三是现实人生的批判。"[16]这里所说的"新'即物主义'"就是新写实主义,体现了"笠诗社"直面现实的立场。有必要指出的是,"笠诗社"的兴起,与"跨越语言一代"诗人的新的创作诉求和中国传统文化的激发有关④。"笠诗社"诗人赵天仪回顾说:"我以为中国现代诗的方向,正是笠所追求的方向。而笠开拓的脚印,正是树立了中国现代诗的里程碑。我以为现代诗的创造:在方法论上,是以中国现代语言为表现的工具,以清新而确切的语言,来表现诗的感情、音响、意象及意义。而在精神论上,则以乡土情怀,民族精神与现实意识为融会的表现。……笠同仁在这十六年来的一百期之中,正是朝着这种现代诗的主流,开创了一条踏实的创作的途径。"[17]"笠诗社"诗人李魁贤所写的《笠》一诗,堪称这群"目光向下""宁要草笠,而不要不属于自己的皇冠"的探寻者的真切写照:

> 月桂树下
> 浮雕一般的
> 挣扎冒出
> 那尊笠下的影子
>
> 浮雕一般的
> 笠是:
> 乡土的秋日
> 收获祭的穗冠

可以看到,"笠诗社"各代中坚人物林亨泰、陈千武(恒夫)、白萩、李魁贤、非马、李敏勇等的诗歌虽然风格迥异(他们之中不少诗人受到"现代派"的较大影响),但从根底上却具有某些趋近的气质,那就是:基于他们对中国传统文化的认同和对乡土现实的理解,展开了对古典资源的重新探掘与转化。

在贯穿整个 1970 年代的乡土诗运动中,尽管不同诗人社团、群体对于乡土的表述各异,但他们的诗歌理念有一个共同的趋向:对中国传统、民族文化表示强烈的认同。龙族诗社的组织者之一、《龙族》诗刊主编陈芳明在解释"龙族"的含义时说:"龙族是中国的,龙,意味着一个深远的传说,一个永恒的生命,一个崇敬的形象。想起龙,便想起这个民族,想起中国的光荣与屈辱。如果以它作为我们的名字不也象征我们任重道远的使命吗?"⑤为此,他提出了龙族诗社的旨趣,其中包括非常鲜明的两条:"第一,龙族同仁能够肯定地把握住此时此地的中国风格;第二,诚诚恳恳地运用中国文字表达自己的思想。"[18]龙族诗社被后来者称为"七十年代新诗风潮的第一个浪头,新世代文学反归传统、回馈本土、关切现实的第一面旗帜"[15]。大地诗社创办的《大地》诗刊发刊词中如此写道:"我们希望能推波助澜,渐渐形成一股运动,以期二十年来在横的移植中生长起来的现代诗,在重新重视中国传统文化以及现实生活中获得必要的滋润和再生","本刊亦拟讨论中外古今之诗论,深入批评中国的古典诗及民歌,以求再树立现代中国诗的理论基础,从而刺激新作品的产生"⑥,其重新整合古典与现代的意图十分显明。与此相似,草根诗社诗人们的想法是:"对过去我们尊敬而不迷恋,对未来我们谨慎而有信心。我们拥抱传统,但不排斥西方,过分的拥抱和过分的排斥都是变态"⑦,其中不乏理性而辩证的成分。诗潮诗社的诗人们明确提出:"要发扬民族精神,创造为广大同胞所喜见乐闻的民族风格与民族形式"⑧,表达了相当强烈的回归传统、认同民族文化的要求。当然,这些主张中所标举的

"本土""民族""传统"等意念,尚有诸多需要检讨、辨析的褊狭和含混之处。

毫无疑问,以"笠诗社"为代表的乡土诗潮及其回归传统、面向现实的诗歌观念,极大改变了这一时期台湾新诗的语言构造。具体来说,这种语言构造主要体现为两个方面:其一,勾画乡土中国的形象或意象。如果说作为诗社名称的"笠""龙""大地""草根"等意象,还只是某种诗歌观念取向的直接表露的话,那么,一些具有象征意味的符号或元素(从宏大的"黄河""长江"到微小的"稻草""葵花"),较为集中地出现在此际乡土诗人的笔下,则显示了一种构建乡土中国形象的努力。例如,非马的《黄河》借"黄河"这一充满历史感的意象,表达了对古老中华文明的忧思:"把/一个苦难/两个苦难/百十个苦难/亿万个苦难/一股脑儿倾入/这古老的河//使它浑浊/使它泛滥/使它在午夜与黎明间/枕面辽阔的版图上/改道又改道/改道又改道";高准的《中国万岁交响曲》虽然略嫌直白,但全诗视野开阔、气势磅礴,囊括了"帕米尔""黑龙江""昆仑""钱塘""黄河""巴颜喀喇""秦岭""长城""天山"等众多为人熟知的地理意象,及"穆王""黄帝""后禹""盘瓠""神农氏""嫘祖"等有着深厚历史内涵的名词,作者的思绪在这些意象和名词间纵横驰骋,尽情抒发了他对中国历史文化的由衷礼赞。

上述中国符号或元素的运用,固然有余光中等人1960年代诗作影响的因素,但更多地来自他们自身对于传统文化和乡土现实的体认。一边农耕劳作、一边从事写作的诗人吴晟,他的诗深深地扎根于乡土,其《吾乡印象》(组诗)、《泥土篇》(组诗)、《土》等作品散发着浓郁的泥土气息;他的诗歌选取的素材都是他所熟悉的乡村景物,特别是那些不起眼的事物,如古井、屋檐、晒谷场、稻草、葵花、含羞草、泥土等,这些构成了吴晟以其质朴的笔触描绘乡村图景的事物谱系。这与上述乡土诗人偏爱宏大意象是不同的。令人注意的是,包括吴晟在内的一些乡土诗人不约而同地写到了"稻"

这一常见于乡村的物象。这是吴晟的《水稻》:"一代又一代/你们的根,艰困的扎下土里/你们的枝枝叶叶/安分地吸取阳光";他的《稻草》一诗的末尾更有这样让人惊奇的句子:

> 一束稻草的过程和终局
> 是吾乡人人的年谱

这一微小的"稻草"意象出现在白萩的《天空》中,被赋予了某种怪诞的隐喻色彩:"阿火读着天空/一株稻草般地/在他的土地//'放田水啊'/天空写着/炮花/战斗机//一株稻草的阿火/在风里摇头/'天空不是老爹/天空已不是老爹'。"白萩的诗中也多有飞蛾、雁、壁虎、藤蔓、牵牛花之类寻常的物象,在《天空》中,稻草一般立在田里的农夫与阔大的天空形成了鲜明对照,其现实讽喻性不难体会。与此相异的描写出自罗青的《水稻之歌》:"早晨一醒,就察觉满脸尽是露水/颗颗晶莹透明,粒粒清凉爽身//……摇摇摆摆,把脚尖并拢/绿绿油油,把手臂高举//迎着和风/迎着第一声鸟鸣/成体操队形/散——开//一散,就是/千里!"此诗的巧妙之处在于,在采用拟人手法写出水稻的生动情态后结尾突然宕开一笔,以"一散,就是! 千里!"展现了一幅无垠的充满生机的乡村景象。显然,借助于一些细微却坚实如"水稻"的物象,吴晟、白萩、罗青等诗人试图表达的是不一样的对于乡土中国的想象。

其二,"复活我们的母音"。这本是"笠诗社"第三代诗人李敏勇诗作《说话》中的一句,似可用来描述 1970 年代乡土诗人在语言、文化上的追求。乡土诗主力"笠诗社"的第一代大多属于"跨越语言一代"的诗人,在找回自己的母语能力的过程中,他们要经受重新选择语言的迷惘与阵痛。而正当他们开始用母语写作之际,遭遇的却是一股强劲的现代主义诗潮,因此,他们面临的另一困难是如何找到现代主义与中国传统诗学的契合点,嫁接或沟通中西诗学。

早在 1950 年代,时为"现代诗社"成员、后成为"笠诗社"灵魂人物的
林亨泰针对当时的"西化风潮",大胆提出了"现代主义即中国主义"
的看法,认为:现代主义"(一) 在本质上,即象征主义。(二) 在文字
上,即立体主义"⑨。以此为准则,林亨泰写出了大量的"图像诗"
或"符号诗",如《乡土组曲》《轮子》《房屋》《进香团》《风景》(二首)
等。这些诗篇既有"现代派"的实验品质,又蕴含着明显的乡村主
题和乡土情怀⑩,譬如他的备受争议的《风景》(No.1"农作物"):

> 农作物的
> 旁边　还有
> 农作物　的
> 旁边　还有
> 农作物　的
> 旁边　还有
>
> 阳光阳光晒长了耳朵
> 阳光阳光晒长了脖子

有论者认为:"《风景》No.1 的'农作物'与 No.2 的'防风林'都
是农村景观的一环,农作物是农人的希望之所寄,防风林则是此一
希望能圆满完成的保证之一,因此二者构成的不只是外在的自然
景观,它们同时是农人精神上的内在风景……是林亨泰从土地的
实质感情中提炼出来的'心境'。"[19]这一论断无疑相当准确。

这里需要格外指出的是,所谓"图像诗"或"符号诗",其实是充
分利用了中国语言在象形、表意方面的优长的,除了形式实验的价
值外,其语言、文化归属的指向十分明确。"笠诗社"另一位核心诗
人白萩也曾尝试写"图像诗",他的著名的《流浪者》一诗以文字的
特别排列所塑造的"一株丝杉"的孤独形象,在突出"图像诗"的鲜

明特性的同时,也体现了强烈的文化归属的吁求。不能不说,这种为“复活母音”、探求文化母体而进行的语言实验,是乡土诗人在转化“古典”过程中采用的一种合理的方式。

四、“后现代”语境里的重置

在经过了 1970 年代的乡土诗(及文学)运动后,从 1980 年代初期起,台湾新诗进入了一个新的阶段——随着经济、社会、文化的发展变化,台湾新诗出现了某些所谓“后现代”的征候,多元、混杂、散漫是其重要特征,其间交错着种种解构实验和明显的语言嬉戏色彩。正如诗评家孟樊所作的描述:“台湾后现代诗大致有如下的特色:寓言、移心、解构、延异、开放形式、复数文本、众声喧哗、崇高滑落、精神分裂、雌雄同体、同性恋、高贵感情丧失、魔幻写实、文类融合、后设语言、博议、拼贴与混合、意符游戏、意指失踪、中心消失……”⑪当然,这并非说,进入后现代状态的台湾新诗已与古典绝缘。

实际的情形是,1980 年代后涌现的诗人(大多出生于 1950 年代以后)作品中,古典的印痕并未完全褪去。例如简政珍的《当闹钟与梦约会》:“当车身一一抛弃风景/速度和歌声迷惑方向盘的转向/窗外是默然无语的天色/旅途是电线丈量的心路历程/回首是路边抛弃的轮胎/前瞻是稻田焚烧的落日”;零雨的《剑桥日记 4——记 Emily Dickinson》:“潮湿的草地那儿众鸽/沉默,补充昨晚的梦境/众坟酣睡如家人”;杨子涧的《秋兴八首》:“夜深沉了;月光移照窗帷/晚风轻拍阑干,竟无人意会!/五陵少年垂垂老矣/世事蜿蜒一如江水的流逝风云幻变”;颜艾琳的《单性情人日》:“回到室内的小兽,/渐渐沥干狼狈的形象后,/才恢复‘我’人体原来的线条”……及至近年才出道的更新锐诗人的作品,如“逐渐死去的山/眉间仍有一道伤口/我的喊/回音以矿灾时凄厉的惊叫/台草读着无数人的墓碑/一辆煤车从额头推过"（林怡翠《九份五记》）；"几百年了/这雪落了这么久/却连一片殷红的屋瓦都没有盖住/我触摸树叶，想象遥远岛屿/总是夹层在绿意间的阳光/呼吸之际，霜花就融去/手指端是没有脉搏的寒冷"（杨佳娴《在北京致诗人某》）；等等。这些诗作的字里行间，某种古典的印痕依稀能够分辨出。

不过，上述诗句展现的还只是古典氛围的渲染、古典意蕴的渗透等方面，可视为1950—1960年代"现代派"诗歌的某些习性的延续。而更能彰显后现代语境中台湾新诗与古典之错杂关联的，当属一批以解构为目的、以拼贴为手段的先锋诗人的作品。这些先锋诗人，因受到"后现代"诗学（拼贴艺术、都市场景等）的多重影响，对古典诗歌采取了全然有别于前辈诗人的态度——在他们的作品中，或表现出对古典诗意的质疑和颠覆（一些古典词句、意象被戏谑式地引用），或展现为对古典素材（某些历史人物和故事）的重新书写并赋予之以新的涵义，因而他们的诗歌在技法和主题上显出某种"后现代"特征。其中，夏宇、陈黎、罗智成、林燿德等人的创作格外引人瞩目。

夏宇诗歌中与古典有联系的那些作品，表现的是对古典的讽喻式运用。这又可分为几种情况：一是像《譬如》这样的诗，行句虽然整饬，但显然只是一种戏拟，暗含对古典外形的嘲讽和拒斥；一是将古典诗词嵌入诗中，于古今对照中形成反讽语气或某种喜剧性效果，并凸显或强化诗的主题，典型的如《某些双人舞》：

香冷金猊

被翻红浪

起来慵自梳头

任宝奁尘满

日上帘钩

当她这样弹着钢琴的时候恰恰恰

他已经到了远方的城市了恰恰

那个笼罩在雾里的港湾恰恰恰

是如此意外地

见证了德性的极限恰恰

承诺和誓言如花瓶破裂

的那一天恰恰

目光斜斜……

从这首诗的主题来看,开头将李清照《凤凰台上忆吹箫》中的一节原文搬入,并迅速过渡到一句十分现代的"当她这样弹着钢琴的时候",不是为了延续李词中关于爱情(离别、思念)的抒写,而只是作为一个"同病相怜""似曾相识"的引子,借以消解爱情的神圣感和神秘感,尖锐地呈现了现代都市男女的物质化情状。

这种对古典诗句的戏谑式征引,时见于夏宇的诗中。比如《你就再也不想去那里旅行》引用了李贺的《神弦》,全诗的内容与之保持着一种疏离的、非演绎的关系。其他常被征引的古典诗文还有《诗经》(如《蜉蝣》)、《庄子》(如《太初有字》《吓啦啦拉》)等,夏宇对所征引的文字进行了剪裁、拼贴、重组乃至涂抹,在一种表面的互文中消除了原作所具有的微言大义,使之趋于平面化和原生态,而纳入自己诗作的主题轨道。不过,夏宇对古典诗句的戏谑式征引的背后,其实不乏严肃的动机,在她"后现代"诗写的隐秘深处,仍然潜藏着某种对古典的怀想与认同:

汉字,以其取象,特别美于急冻后的

诗之思维闪着透明冷光冒出暗示的轻

烟。它的无时间性。⑫

另一位被称为台湾"后现代"主力诗人的陈黎，同样善于别出心裁地引入古典诗句。他的《苦恼与自由的平均率》便是从阮籍的一句诗写起：

> 夜中不能寐，起坐弹鸣琴。
>
> ——阮籍

> 夜不能寐是对昼寝的惩罚
> 宰我昼寝。杀我，杀我无用的
> 时间。漫漫长日颓废一如漫漫
> 长夜。不可雕之朽木，不可圬
> 之粪土之墙……

但无疑偏离了所引原诗的正统主题和古雅格调，展示的是一幅后现代式的庸常、琐屑情景。不过，陈黎诗中的拿手好戏还是一种所谓"增字"或"减字"法，他的《添字〈添字采桑子〉——改造李清照》，从标题到内文都是对李清照词的戏拟或仿写。或许，这种故意的"误读"对古典的重置，仅仅是陈黎"发现语言"的方式："他热切地（重新）学习语言、发现语言。'语言'意味着什么呢？当然是一个全新的世界"；依陈黎的"马赛克理论"，"在一个语言里，其实每个字都曾是全新的马赛克：不知所终，只有晶亮的自己。但日子久了，光彩渐渐暗淡……陈黎所做的就是把马赛克逐一加以擦拭。但是有时候还不只是擦拭，而是着上新的颜色；让每一个字，又变成了全新的世界"[20]。就此而言，陈黎诗歌以语言的陌生化为动机，对古典诗歌所做的拆解、分割游戏，也是具有一定的积极意义的。

相较于夏宇、陈黎的极端戏谑中的严肃，罗智成更愿意以一种稳健的态度重新书写古典。他的《观音》仅有四行："柔美的观音已沉睡稀落的烛群里,/她的睡姿是梦的黑屏风;/我偷偷到她发下垂钓,/每颗远方的星上都大雪纷飞",奇特的想象隐隐透出一丝典雅之气。他十分引人注目的创作,是那些以历史人物和故事为素材或主题,并且篇幅均不算小的诗作,如《李贺》《徐霞客》《荀子》《墨翟》《庄子》《西守护麟(上卷)》《问聃》《离骚》《说书人柳敬亭》《齐天大圣》(后四首为长篇叙事诗)等。罗智成的诗歌具有鲜明的梦幻和"漫游特质"⑬,在这些诗作中,他的诗思能够穿越古今,在过去与现实的相互烛照中构建着一个个阔大的文化空间。罗智成按照自己对历史的理解,表现出独特地看待和处置古典的方式。譬如,同样写李贺,与洛夫《与李贺共饮》中的悲慨情怀及其直抒胸臆的路向不同,罗智成的《李贺》(该诗副题是改写的李贺诗句"窗外严霜皆倒飞")显示了鲜明的思辨色彩和追问姿态:

> 歌终
> 一双瞳仁截下一段秋天的小溪
> 一双银箸搁浅在无尽的筵席
> 你伸了个懒腰
> 媚烈的香气在药煎的肺腑
> 纠缠如千年木魅的根须。

其间还夹杂着"后现代"氛围中特有的含混的讽喻语气。素有"鬼才"之称的林燿德是台湾"后现代"诗学的积极倡导者和实践者,英年早逝的他著述甚丰,他的视野开阔、涉猎广杂,笔锋犀利、冷峻;虽然他擅长写当代都市题材,但其诗作仍然不时闪现出对古典文化的追思。1990年初,林燿德在前往上海拜谒了著名诗人、作家施蛰存后,发表了《中国现代主义的曙光——与新感觉派大师施蛰存先生对谈》的访问记,引发了施蛰存以《白马》一诗的回应,诗中有这样的句子:"我们俩,今天在一起,/你是我的未来派,/我是你的古典派，/谁都不是现代派。"这段逸事似可让人猜测林燿德的诗学取向和来源。概括而言，林燿德的诗关注的是现代人生存中的"文明断层"，如他的《黑瞳传说》写道："黑瞳的对岸，多么把握不住。我/多么把握不住你正穿越青色密林的眼神。/在黑瞳的对岸，我的憧憬正被无形无声/的气流吹向比想象更远的荒漠。"他的晚近的诗篇极具魔幻色彩，犹如一座座语词的"迷宫"，显示了令人眩目的后现代碎片写作的风采，其中不乏对古典资源的调侃式征用："端午节一整天/屈原都背着山/遥遥看对岸掷下的粽子/一只只坠落江面/每年，每年都如此……/粽子们在锅中煮着/冒着蒸汽的铁盖下/他们翻滚，呢喃/每年都如此"（《屈原一年一度死一回》）。而他的短诗《听你说红楼》，较为生动地传达了他对于古典的暧昧态度：

> 听你说红楼
> 我卸下防风的墨镜
> 让古典在脸上冻结小雪
> 在两鬓凝霜
> 走入失落的年代
> 你借语言的砖瓦重建陆沉的苑囿
> "那精巧纤细的爱情
> 的确是刻在米粒的背面"
> 我轻声地回应

值得一提的是，当林燿德等青年诗人倡导、实践"后现代"写作之际，已属于前辈诗人的罗门也对"后现代"诗学表示了很大的兴趣，他先后发表《从我"第三自然螺旋型构架"世界对后现代的省思》《读林燿德的〈罗门思想与后现代〉》《诗眼看后现代现象——谈其中具关键性的问题》等文章进行辨析，并写了《后现代A管道》

《长在"后现代"背后的一颗黑痣》等诗,以"后现代"的拼贴移位方式和揶揄口吻表述了对"后现代"的看法。不过,在与"后现代"发生"纠结"的过程中,罗门并未放弃他一贯的诗学立场,也没有终止其诗与古典的隐约联系,比如他写于 1980—1990 年代的《都市·方形的存在》等。

从夏宇、陈黎、罗智成、林燿德等为更新诗歌语言,借助于重置"古典"而进行的实验可以窥见,台湾新诗与"古典"之间的关联出现了某些新的形态。

五、结　语

通过以上的梳理与分析,我们不难辨察 1950 年代以降的数十年间,台湾新诗其实一直没有摈除"古典"的熏染(有时甚至是刻意趋近),古典诗歌的语汇、句法、诗式乃至意境等成为台湾新诗锻造自身语言的重要来源和维度(当然,当代台湾新诗的语言构造还有其他来源和维度)。对于当代台湾新诗而言,"古典"的意义恰如诗人杨牧在写于 1960 年代的诗作《招魂——给 20 世纪的中国诗人》中所表述的:

> 回东方来,季候的迷失者啊
> 歌台舞榭锁着两千年吴越的美学
> 当细雨掩去你浪人的归路
> 你苍白的吹箫人啊
> 山海寂寂,长江东流如昔

不过,"古典"作为一种重要的资源,一方面积极参与了当代台湾新诗语言的创造,但另一方面不可避免地带来了某些负面影响——过于浓重的古典意趣有时淹没了本应被凸显的现代意识。恰如有论者指出的："台湾现代诗的表现力和可能性由于过多地采用旧词汇而被削缩，这不但因为这些词汇的表现力早已被旧诗的传统榨干了，而且因为它们是与旧诗的审美传统联系在一起的，与现代性的审美意识很难兼容。"[21]而某些题材、主题、意象等的过分古典化，同样约束了台湾新诗之诗意的展开，这在1970年代部分乡土诗人的作品中尤为明显。至于台湾后现代诗，其对古典诗句的戏谑式征引，在增强讽喻、颠覆等效果的同时，有时也显现出消解力量大于建构性功用的不足。与同期的大陆新诗相比，当代台湾新诗似乎更易于接续、征用古典资源而自成风格，这除了地缘格局、文化形态的特殊性等因素外，更多的则是出于诗学传承与自身发展的需要，其间得失无疑会给大陆新诗带来启示。近年来，大陆诗界涌现出了不少"回到古典"的呼吁，或者以"古典"作为反对、衡估新诗现代性的标尺，表现出挥之不去的古典情结，然而少有人懂得如何使古典成为一种真正的建构性力量。值得留意的是，当代台湾新诗对于古典资源的择取仿佛是一种自然而然的举措，并无弥漫于大陆新诗中的"影响的焦虑"。这种与古典的关联方式，或许会引发人们对"中西融合"（一般认为，它主要体现在直接启发了1950年代台湾"现代派"诗歌运动的戴望舒等的创作实践中）这样命题的重新思考，并更深一步，进而重新检讨新诗的中西资源谱系，新诗中的传统和现代之纠结，新诗的语言构造及其与现实世界的关系等问题。

注释

① 梁文星（吴兴华）：《现在的新诗》，《文学杂志》1956年第1卷第4期。此文曾刊于《燕京文学》1941年第3卷第2期。

② 覃子豪：《新诗向何处去？》，《蓝星诗选·狮子星座号》，台北，1957年。

③ 洛夫:《因为风的缘故——午后书房访洛夫》,《联合文学》1988年12月总第50期。

④ 所谓"跨越语言一代"诗人,是指日据时期用日文创作、台湾光复后却因缺乏汉语(中文)能力而无法用中文创作的一代诗人。经过中国语言文化的熏染,他们中的部分诗人能够娴熟运用中文创作。

⑤ 陈芳明:《"龙族"命名缘起》,《龙族》诗刊第10期,1973年9月。

⑥ 《发刊词》,《大地》诗刊创刊号,1972年9月。

⑦ 《草根宣言》,《草根》月刊第1卷第1期,1975年5月。

⑧ 《诗潮的方向》,《诗潮》诗刊第1集,1977年5月。

⑨ 林亨泰:《中国诗的传统》,原载《现代诗》第20期,1957年12月;引自林亨泰:《找寻现代诗的原点》,彰化:彰化县立文化中心,1994年版,第223—224页。

⑩ 林亨泰自己就认为"《进香团》这首前卫符号诗,同时也是道道地地的乡土诗",见林亨泰:《现代派运动与我》,载《现代诗》复刊第20期,1993年7月。

⑪ 孟樊:《当代台湾新诗理论》,台北:扬智文化事业股份有限公司1995年版,第279—280页;另参阅孟樊:《台湾后现代诗的理论与实际》,台北:扬智文化事业股份有限公司,2003年版。

⑫ 夏宇:《Salsa》"后记",台北:自印,1999年版。

⑬ 徐培晃:《完美聆听者:试论罗智成诗中的梦、记忆与漫游特质》,《台湾诗学·学刊三号》2004年6月。

参考文献

[1] 叶维廉.语言的策略与历史的关联:五四到现代文学前夕[M]//叶维廉.中国诗学.北京:三联书店,1992.

[2] 编者.致读者[J].文学杂志,1956(1).

［3］痖弦.现代诗的省思［M］//痖弦.中国新诗研究.台北：洪范书店，1981：9—11.

［4］白荻.自语［M］//白荻.天空象征.台北：田园出版社，1969：86.

［5］纪弦.现代派信条释义［J］.现代诗，1956(13).

［6］洛夫.诗的传承与创新：代序［M］//洛夫精品.北京：人民文学出版社，1999：4—5.

［7］洛夫.建立"新民族诗型"刍议［J］.创世纪，1956(3).

［8］余光中.古董店与委托行之间：谈谈中国现代诗的前途［M］//余光中选集：第三卷·文学评论集.合肥：安徽教育出版社，1999：14—15.

［9］杨牧.郑愁予传奇［M］//叶维廉.中国现代作家论.台北：联经出版事业有限公司，1976：76.

［10］郑愁予.揭开郑愁予的一串谜［J］.中报月刊，1983(4).

［11］郑愁予.青，是距离的色彩［J］.联合文学，2002(216).

［12］罗门.心灵访问记［M］//罗门论文集.北京：中国社会科学出版社，1995：287—288.

［13］翁文娴.商禽：包裹奇思的现实性份量［J］.当代诗学年刊，2006(2).

［14］叶维廉.中国现代诗的语言问题［M］//叶维廉.中国诗学.北京：三联书店，1992：254—255.

［15］向阳.七十年代现代诗风潮试论［J］.文讯，1984(12).

［16］萧萧.现代诗史略述［M］//现代诗入门.台北：故乡出版社，1982.

［17］赵天仪.现代诗的创造［N］.民众日报，1980‒12‒13.

［18］陈芳明.新的一代新的精神：《龙族诗选》序［M］//龙族诗选.台北：林白出版社，1973.

［19］吕兴昌.走向自主性的世代：林亨泰诗路历程简述［M］//吕兴昌.林亨泰研究资料汇编：下集.彰化：彰化县立文化中心，

1994：366.

［20］廖咸浩.离散与聚焦之间：陈黎新诗集［M］//陈黎.岛屿边缘.
台北：皇冠出版社，1995：6.

［21］西渡.现代诗在台湾的命运［M］//西渡.守望与倾听.北京：中
央编译出版社，2000.

——原载《江汉大学学报（人文科学版）》（现《江汉学术》）2009
年第 4 期：5—14

论洛夫近晚期诗作"似有似无"的技巧

简政珍

摘　要：洛夫早期的诗作情境深沉，意象稠密，引人注目。他和 20 世纪五六十年代出生的众多诗人相比，技巧出类拔萃，洛夫也因为这些诗作，奠定了诗坛的地位。20 世纪七八十年代之后，洛夫的文字放松自然，技巧似有似无，但诗性却更浓密，成就或超越早期的作品。从隐约的比喻、隐约的转喻、偶发性因素、自然无比的创造力、叙述的流畅感、生命的场域、几近"无为"的技巧、技巧似有似无的沉默等角度探讨洛夫近晚期这类的作品发现：大部分的诗人文字一旦放松，情境没有适当迂回，诗性也面临崩解，但洛夫这些文字放松、情境自然的诗作，诗性却迈入高远的境界，是汉语诗史上的奇观。

关键词：洛夫；隐喻；转喻；无为；沉默；诗歌技巧

一、洛夫早期的诗作

洛夫开始引起诗坛注目的是那些惊人、让人震撼的意象，如"我以目光扫过那座石壁/上面即凿成两道血槽"[1]56，"语言只是一堆未曾洗涤的衣裳"[1]57，"棺材以虎虎的步子踢翻了满街灯火"[1]66，这些诗行让读者赞叹其意象思维的出人意表，意象让人瞠目结舌，比喻几近想象的极致。假如略微回溯过去这些诗作，大概下面几点是关键。

（一）超现实的诗心——非超现实的游戏

洛夫在 20 世纪五六十年代对外在世界的观照大都来自超现实的诗心。其实，大部分诗作想象力的展现，多少总有超现实的痕迹。就是浪漫时期留下来而现在已经几近陈词滥调的比喻"爱情像玫瑰"也有超现实的倾向。日常生活中如此的言语："那部法拉利速度如电光石火""这是一个老掉牙的故事""思念时，一日如隔三秋"都是超现实介入现实人间隐约的自白。

20 世纪五六十年代，很多诗人在观照人间现实时，超现实的诗心特别耀眼。诗人似乎有一种潜藏的默契，现实的物象若是不穿戴超现实的外衣，就无法登上诗作的舞台。写诗人经常有类似如此的思维：诗作的产生大都不能以物象直接呈现；物象必须加上某种色彩或是迂回思维的装扮；常理逻辑必然要翻转；日常的语句必然无法成为诗行，即使数词的单位也经常重新排列组合。因此，一部车子可能变成一条车子，一条毛巾可能变成一朵毛巾，一朵花可能变成一叶花等等。久而久之，超现实的想象变成另一种公式——一种游戏的公式。在那个时代，洛夫和痖弦的超现实诗作最没有游戏的痕迹，想象出人意表，意象的呈现虽然迂回，但仍然紧扣现实人生。

（二）震撼性的意象

洛夫在超现实的时代背景里，将意象的思维经过剪辑，使文字跨越现实。如"我以目光扫过那座石壁／上面即凿成两道血槽"，两个诗行之间留下空隙。扫过石壁的目光不可能凿成两道血槽。还原实际的情境是，目光扫过的墙面，恰好有人中弹死亡，躯体倒下，留下墙上的血迹。但是人死亡以及留下的血迹被剪辑消失，因而目光变成"凿成血槽"的主词。因为剪辑,意象更能凸显其震撼性的效果。

（三）惊人的技巧,创造力明显的展示——石室之死亡

类似的意象在他 1965 年出版的诗集《石室之死亡》中唾手可得。这些意象几近台湾现当代诗技巧的极致。如:"死亡是破裂的花盆,不敲亦将粉碎"[1]69,"而灵魂只是一袭在河岸上腐烂的亵衣"[1]74。除了洛夫之外,几乎没有其他人会以如此新奇的意象来书写死亡与灵魂。上述的两个意象表象是隐喻,但这些隐喻又来自纤细的转喻。用"是"来连接死亡与花盆以及灵魂与亵衣,以一般表象的修辞学来判断,是隐喻。但进一步思维,死亡能以花盆作为隐喻,在于想到死亡的当下,花盆就在眼前,瞬间抽象理念与具体物象的比邻与接续而产生联想,这是转喻的效果①。同理,灵魂与亵衣也是如此。也许看到死亡的场景或是想到死亡的概念,在那一刹那,亵衣变成死亡的比喻。再进一步思维,亵衣显然是女子的内衣,因此诗中人自觉死亡的想象有点不洁。再者,亵衣正在腐烂,正如死亡正在销蚀生命。诗行中有精巧的技巧,但又不是技巧的戏耍,与 1980 年代以后众多强调文字游戏的所谓后现代诗作迥然不同。可以说,洛夫当年以这本诗集奠定了他诗坛的声望。

（四）生命的形态

洛夫当年类似的诗作与其生活意识相关。那是一个文字必须缩头缩尾的时代,意识形态的检验,让文字的存在必须有所遮掩。因此,一个人在前线的坑道里中弹死亡,化成"我以目光扫过那座石壁/上面即凿成两道血槽"。现实事件的轮廓被大量稀释,只留下意识里的意象。隐喻与转喻是想象的支撑。而所谓隐喻与转喻又让现实的面目进一步朦胧。书写是想象的迂回,生活于现实,又必须跨越现实。生命的形态是发抒想象,但想象又必须小心不去

触动外在世界意外的想象。诗人的想象自然只能在文字的超现实世界里安身立命。

二、近期似有似无的技巧

(一) 从超现实到现实

到了 1970 年代,洛夫的诗作渐渐从超现实的角度回到人间。诗作仍然是想象的化身,但这些想象已经不必太做迂回、躲在超现实的遮掩后。一般误解,以为超现实是想象力的发挥,而现实诗作尽是周遭人间的具体事件,想象力必然匮缺。实际上,正因为现实情境过于熟悉,要有想象力的创意反而更具挑战性。在超现实的时代,读者所面对的是不熟悉的文字与意象,而现实的写作却要在熟悉的情境中让人感受不熟悉。熟悉且有新鲜感是对诗人极大的挑战。1970 年代很多诗作大都沦为社会的陈情书,大部分的诗作呼应现实空间社会的伦理观,写作经常从对理念的诉求变成口号的呐喊,诗性也在呐喊中沙哑而后荡然无存。

和大部分诗人相比,洛夫的"现实"诗作在完全不同的书写层次。试看他 1974 年的诗作《某小镇》:"一架喷射机/吵吵闹闹地/超过巨幅的广告牌/七星汽水冒着/去年的那种/泡沫//女理发师/捧着收音机/跟着哭/杨丽花的水袖/洒了一街的疲困/一个警察愣愣地站在那里/看着水果行的二小姐/在大门口/吐了一地的/甘蔗渣//小酒楼上的女人/午寐后的脸色/你说它白吧/偏偏又顿然黑了起来"[2]。诗中喷射机、汽水、理发师、杨丽花、警察、酒楼上的女人,都是现实事物。但各种人物、情境接续中自然留下空隙,让人回味。如警察愣愣地看着水果行的小姐"吐了一地的/甘蔗渣"。为什么"愣愣地",为什么是"甘蔗渣"? 这些问号都是语言的空隙,也是诗性之所在。是警察对水果行的二小姐有意思? 还是因为后者吐了满地的甘蔗渣,警察想说什么,又无法开口?另外,酒楼上的女子,午后脸色变白,又顿然变黑,也许跟脸上的化妆品在午睡中一部分被涂抹掉有关。也可能脸色白是睡醒后的苍白,顿然变黑,可能是本来就皮肤黑,或是想到什么心事导致脸上蒙上一层阴影。诗行几乎没有任何"美化"的修辞,只有事件的陈述。现实人生直接入诗,偶尔有跳跃性的诗兴,但不再是20世纪五六十年代迂回的超现实想象,书写的技巧似有似无。如此几近没有技巧的陈述,却洋溢着诗性。

(二)隐约的比喻——和一般比喻的比较

所谓似有似无的技巧,并不是没有技巧,而是技巧非常隐约。同样有比喻,但"刻意"写成比喻的痕迹非常淡薄,有时淡薄到读者错以为这不是比喻。

试以《河畔墓园》的诗行为例:

> 我为你
> 运来一整条河的水
> 流自
> 我积雪初融的眼睛
>
> 我跪着。偷觑
> 一株狗尾草绕过坟地
> 跑了一大圈
> 又回到我搁置额头的土堆我一把连根拔起
> 须须上还留有
> 你微温的鼻息

从技巧来说,诗的前半段与后半段形成对比。前半段是明显的隐喻:"我为你/运来一整条河的水/流自/我积雪初融的眼睛"。将整条河的水比喻成汹涌的泪水,而这些水来自"积雪初融的眼睛"。积雪暗示思念或是阴郁情绪的累积。多年累积的情绪无法消解,当看到母亲的坟墓,才第一次释放,而释放也暗示了眼泪的泛滥。诗行传达的感情非常浓郁,书写很有技巧。但接下去的意象,几乎完全摆脱了技巧的痕迹。扫墓的焦点,从思念母亲转移到坟墓上的狗尾草。诗行的推进似乎就是情境的白描。诗中人跪在坟前,眼睛偷看一株狗尾草"绕过坟地/跑了一圈"。一株狗尾草怎么可能跑一圈?细看,所谓一株并非一株,是一株接续一株,才能在观察者的眼中,有"绕"和"跑"的动作。狗尾草跑到"搁置额头的土堆",原来诗中人额头紧贴地面,正在向母亲做五体投地的跪拜。叙述的选择以及动作的细节,无不传达一种深沉的爱。最后诗中人拔起狗尾草,狗尾草的须须还有母亲的气息。须须是草的根,穿透坟地,深入地底,因而在诗中人的眼光中,狗尾草已经和母亲碰触,因而有母亲"微温的气息"。借由"微温",诗中人所要传达的是母爱的温暖,这对一个归来的游子,是一种奢望。反讽的是,真正享受温暖的是狗尾草——作为儿子的诗中人还不如狗尾草。表面上,拔起狗尾草是扫墓必然的动作,但这里似乎还夹杂了一些戏谑的妒忌。诗行的叙述与推进非常自然,一点都不刻意,是"似有似无"技巧的示范。

(三) 隐约的转喻——和一般转喻的比较

转喻以接续性有别于一般比喻的相似性,以随机的妙趣有别于隐喻隐含的指涉。当代诗学转喻得以发展,主要是来自雅各布森(Roman Jakobson)的启发。② 日常生活中,如果说:"你是一头猪",暗指"你"的个性或是长相有点像猪,是地道的暗喻或隐喻。因为属性的相近或相似,A 指涉 B。但假如"你"和猪并不会让人产生联想,但是在某一个瞬间和猪站在一起,而让人惊觉两者的相似，或是一个演讲者讲话时后面的黑板上刚好画了一头猪，而让听者产生讲者和猪的联想，这是转喻。转喻的基础是 A 与 B 在空间的毗邻。换句话说，隐喻是因为两者本来相似，转喻则是因为毗邻或是接续而让人发现两者竟然隐约相似。

现当代文学转喻的运用，让诗学更有随机性的动感。但使用时的刻意或是自然，也造成艺术的天渊之别。心存戏要，又以后现代的游戏论述当做挡箭牌，诗作很容易变成文字或意象的随意拼贴。反之，若是意象自然毗邻，透过时间性的接续或空间性的并置，以细致的"发现"打开读者的心眼，诗将更上一层楼。再者，转喻的接续翻转一般比喻，因为接续以偶发因素替代比较稳定的指涉。在书写中，偶发因素可能经过潜在严格的控制，变成刻意，不纯然是"偶发"；偶发因素也可能变成失控的无政府状态，而变成一种游戏③。在洛夫近晚期的一些作品中，接续的偶发状况处理得非常自然。试以下面这首《鸟语》为例：

> 总之，它们开怀地唱了
> 把柳枝上的新绿
> 醉得
> 摇摇晃晃
>
> 突然它们全部哑了
> 怔怔地望着
> 一只毛毛虫
> 缓缓地爬进了花蕊

整个诗节里，有两个明显不同的动作。一则，鸟唱歌让"柳枝上的新绿醉得摇摇晃晃"；二则，看着一条毛毛虫爬入花蕊，所有的鸟瞬间哑然无声。两个动作前后接续成对比，颇为戏剧化，但这个戏剧性的产生非常自然,关键在于现场景境的陈述与安排。鸟在树上唱歌、毛毛虫爬进花蕊是现实中自然的景象,整首诗的情境完全是读者在现实人生中习以为常的场景。诗意的产生来自诗中人的"发现",而不是诗人的"发明"。"发明"有时是"刻意做出来"的结果;"发现"是现实人生本来如此,但一般人视而不见,而诗人的慧眼让读者心眼大开。因此,有时"发现"所展现的创意可能比诗人绞尽脑汁所产生的"发明"更难能可贵。

诗的技巧是否似有似无,关键在于偶发因素是否经由明显的操控。在洛夫这首诗中,毛虫的出现是偶发因素,但树木是毛虫出现的场域,毛虫爬进花蕊更是自然界"自然"无比的现象。本诗以自然的现象与动作呈现了鸟的两种面貌,间接映显人生的情境。在心情愉悦的当下,鸟唱歌,柳树的摇晃可能是鸟本身的重量,也可能是风的吹动。诗行中柳枝的新绿"醉得摇摇晃晃",略有技巧的"拟人化"。但本诗最值得注目,也是诗性最浓密的焦点是:鸟看到毛虫的当下哑然无声。心情愉悦的刹那,看到攸关生命成长的食物毛虫,是一个正色凛然的瞬间。也许是面对上苍突然送来的礼物,鸟惊喜到哑然;也许是担心即将入口的美食被惊吓而消失,鸟压抑声音而哑然。整个意象营造出荒谬苍茫的喜气与无奈。

(四) 偶发性因素

假如诗人尊重现实既有的样貌,不刻意去操作,不去重新组合,物象之间、事物之间、人与人之间,便经常成为一种自然、"偶然如此"的状态。假如诗人善于"发现",事物静态的毗邻便经常让人耳目一新。事物动态性的接续,经常跳脱出惯性的思维模式。偶发因素是毗邻与接续的基本要素。似有似无的技巧的写作,是尊重呈现现实人生的偶发因素,而非把偶发性的意外变成必然的结构。试以洛夫《西瓜》一诗中的某些意象为例:

白色的瓷盘旁
冷冷地搁着一把水果刀
再过去
是一小碟子盐巴

西瓜无言

还来不及呼痛
刀光一闪而过
不知何时飞来一群青蝇
伏在窗口
唱起夏日最后的挽歌

　　整首诗前面两节除了"冷冷地"三个字用来描述水果刀要切要杀的冷酷,西瓜"无言"静静等待它的命运外,白色瓷盘、水果刀、盐巴、西瓜,几乎就是一般生活情境的描写。第三节西瓜"还来不及呼痛",虽然刀光已经一闪而过。但随之接续的是"不知何时飞来一群青蝇/伏在窗口/唱起夏日最后的挽歌",却是完全意外的情节。如此偶发性的接续是本诗诗性最浓密的所在。青蝇"伏在窗口"非常自然,是我们日常之所见。它们的出现,意谓有食物出现,或是有即将腐烂的食物(包括肉体)在召唤。表象青蝇与西瓜"被杀",完全无关,但青蝇唱起挽歌,暗示夏日即将过去,西瓜的季节也即将过去,而青蝇没有了西瓜等食物,也意谓自己的时日也即将过去。本来夏日切西瓜享受清凉的诗行,因为青蝇的偶发因素增添了生命的厚度。和上面那首《鸟语》一样,洛夫在叙述小动物细微的小动作时,自然而深邃地触及人的处境。

(五) 自然无比的创造力

　　1972年,台大颜元叔教授在《中外文学》发文说,洛夫《手术台上的男子》中有些意象夸张、夸大、不合常理。之后,洛夫曾经响应,为他的夸饰辩护①。谁想到洛夫 1980 年代之后的作品,那种夸饰的意象语渐渐被自然无比的意象所取代。其实,1974 年洛夫在《魔歌》的自序里,已经讲过这样的话:"诗贵创造,而创造当以自然为佳。所谓'自然',大概就是像一株树似的任其从土壤中长出。"[3]由于意象如一棵树任其自然地生长,不加以干预,当然就没有夸张刻意的修饰与技巧。所谓自然,就是技巧似有似无。

由此,洛夫近期诗作所显现的自然无比的创造力,和 1980 年代之后诗坛上一些刻意扭曲文字、任意拼贴、玩弄文字的游戏诗作迥然不同。试以《香港的月光》说明:

> 香港的月光比猫轻
> 比蛇冷
> 比隔壁自来水的漏滴
> 还要虚无
>
> 过海底隧道时尽想这些
> 而且
> 牙痛

第一节的意象是一连串三个比喻,非常鲜活。月光比猫轻是第一个比喻。读者可以透过这个意象感受到月光的出现静悄悄的,就像猫脚步的轻盈。第二个比喻是月光比蛇冷。也许是整个氛围的清冷,导致月光感觉也是凉凉的。而就在这个当下,诗中人想到冷血动物的蛇,想到触摸蛇时手指感受的冷。第三个意象以"隔壁自来水的漏滴"比喻月光的虚无。夜晚隔壁自来水漏水,水隔一阵子滴一下,并不规则,若是心里自问是否有漏滴,也不确定,因为有时刻意要仔细聆听,又听不到任何的声响。相较之下,有时香港的月光，比这样的漏滴，还虚无。所谓月光的"有"已经濒临"无"。

但更令人惊喜的是第二节的三行："过海底隧道时尽想这些/而且/牙痛"。原来第一节的比喻到这里，变成完全的"白描"，陈述诗中人过海底隧道的情境。但这三行的"白描"散发出浓密的诗意。过海底隧道时想到前面三个比喻，好似文学的创造、意象的发明，来自一个几乎完全无关的动作。进一步思维，若是意象的情境是在公交车上或是火车、飞机上，效果都会打折扣。三个比喻意象是过海底隧道随机的产物，没有必然性，但若是将海底隧道替换成其他的情境又让诗的效果折损。意象的选择似乎无意而随机，却又不能完全随意。海底隧道是人工挖凿潜入海平面的世界，在这样的世界想到天上的月光，气氛非常和谐而诡谲。在此，诗的意象犹如绘画，不是意义的丰富与否，而是情境的选择与光影的效果。

第二节的最后两行四个字"而且/牙痛"更令人赞叹。这个意象表象也是随机的，但在衬托三个比喻意象的产生以及经营过海底隧道的情境上，几近神来之笔。这三行的焦点是"牙痛"。为什么不是胃痛、头痛、手脚痛，或是心绞痛？从意象的选择来说，任何上述病痛（包括牙痛）都可以入诗构筑情境，没有绝对的必然性。但是若是以其他的病痛取代牙痛，诗质又似乎有所损伤。牙齿剧痛的时候难以忍受，必然要看医生，但平常的痛感悠悠的，似存在似不存在，衬托月光的无声、清冷，以及几近的虚无，非常和谐。如此的对应，跟前面的"过海底隧道"一样，是整体情境的气氛，而不是意象或文字所指涉的意义。

换一个角度思维，也许洛夫在通过海底隧道时真的牙痛，所以牙痛自然入诗。以创作来说，这样写极其自然，毫不费力。我们赞叹的是，当洛夫完全不费力写这个意象时，在非意识或是潜意识的内心里，似乎已经很明确这就是独一无二的选择，虽然在有意识的创作行为中，根本没有做任何选择。诗意的产生在于，意象是生活情趣自然的映显,没有刻意的选择,但如此不经选择的意象却是唯一的选择,无可替代。

在洛夫"似有似无"的诗行中,气氛的重要性经常远远超过指涉的意义。但若是因此认定这些似有似无的技巧所呈现的诗行完全没有意义,读者可能坠入严重误读的陷阱。上述"过海底隧道"以及"牙痛"细致地呈现现实人生的情境时,诗行已经非常"有意义"。不是具体的"什么"(what)或"为什么"(why),而是意象如何(how)勾勒生命的氛围。"如何"的意义是悠悠的,没有具体凸显的轮廓与框架,因而经常被忽视。进一步说,"似有似无"的技巧所展现的就是这种 how 的意义,而非 what 的意义。

再举一个例子,如《秋之死影》:

> 日落
> 最不能忍受身边有人打鼾
> 唠唠叨叨,言不及义
> 便策杖登山
> 天凉了,右手紧紧握住
> 口袋里一把微温的钥匙
>
> 手杖一阵拨弄
> 终于找到一枚惨白的蝉蜕
> 秋,美就美在
> 淡淡的死

从开始的日落,到旁边有人打鼾,两个情境衔接非常自然和谐,但在日落与不能忍受旁人打鼾之间,似乎暗藏一些空隙。旁边人是谁?若是一般人,走开就好了,为什么要去登山?似乎只有登山才能躲掉鼾声的"唠唠叨叨,言不及义"。因此,这个人可能是躺在自己旁边睡午觉的人，可能是妻子或是情侣。再者，为何是日落时？似乎日落带来一些人生的讯息，让人正色凛然，而鼾声破坏这个情境的氛围，更显得"言不及义"。最后一节，秋的"淡淡的死"是诗中人整个过程的体悟，应合一开始的日落。在沉静略带悲凉的秋天，日落时分更能让人逼视生命的面貌。但整首诗最值得注目的是，第一节最后的两行，这是日落时登山与发现蝉蜕的过渡诗行。诗中人登山时紧紧握住口袋里的钥匙，是一个自然无比的动作。钥匙"微温"与"日落""秋凉"带来反差。右手掌握的是"钥匙"，是回家的凭证。秋凉时节，对于诗中人来说，家更是温暖的化身。和《香港的月光》一样，诗行来自自然的情境，但诗性浓密惊人。

（六）叙述的流畅感

似有似无的技巧更使诗作的叙述产生流畅感，有些读者甚至将其误解成散文。诗与散文最大的差别在于其中是否有语意的空隙，但是刻意造成空隙的诗行经常会变成技巧的游戏。在这一点上，洛夫近期诗作达到了完美的平衡。

试以《习惯》一诗的三个诗行为例："习惯在雷声中解读春天/春终于有了消息/我想飞，但看到孔雀开屏的样子就想笑"[4]135。春雷是自然的现象，春天来，人想飞，因而兴起出国旅游的念头。但"飞"这个动作让人很自然想到鸟展翅飞翔。这一瞬间，"孔雀开屏的样子"很自然在意识里展现。词语与词语间的衔接，意象牵引的意象，似乎都是不经心的默契，叙述产生无比的流畅感。叙述流畅一般映显的是，语句的"平常"与意象的"平淡"。但洛夫这首诗，叙述的流畅却是意象的凡中带奇。诗行中的"就想笑"来得很突然，但并不突兀。读者似乎可以看到孔雀开屏那种炫耀的姿容，那种炫耀重叠了多少人世的影像。炫耀的人展现华丽的身姿与色彩，但映显的是个性浅薄所透露的苍白。因此，诗中人觉得可笑。

整体的诗质令人惊喜。

再以下面这首《雨想说的》进一步说明：

> 在顶好市场购得一把雨伞
> 其实当时并未下雨
> 胸中只有灯火，了无湿意
> 其实买它只是为了丢掉
> 我真的买了一把伞
> 其实我想说的
> 正是雨想说的
> 流过窗外的淡淡的水迹想说的

诗中人买伞的时候，并未下雨。在买伞与未下雨、了无湿意之间，留下一些需要填补的空隙。现实人间，下雨固然想买一把伞，但有时候买伞全然与天气无关，是一种心情，有时甚至是因为心中想到的都是灯火，而反向思维想到买伞。假如是如此，买伞"只是为了丢掉"。诗中人这一个瞬间的思绪，是一连串的反向逆转。他从当下瞬间看到可见的未来。假如不是因为下雨而买伞，雨伞的存在是瞬间偶发兴致的产物。但这个瞬间可以预见的是将在未来被另一个瞬间所逆转。不是绝对的必需品，可能随手随放，因此也可能瞬间出现瞬间消失。这些诗行，轻轻淡淡地呈现一个人生的现象。人生无奈，但并不是痛苦呻吟。得失之间，在时空中流转，不是明显的残缺，只是小小的缺憾。

接下去一行"我真的买一把伞"，好似诗中人先前"胸中的灯火了无湿意纯然是意识的状态，和外在情境的"没有下雨"相呼应。"真的买一把伞"隐含弦外之音。买伞似乎是无意识的动作；看到手上的伞，才意识到"真的"买了一把伞。这个动作让自己惊讶，但却是内心某种意识或是潜意识的映显。诗中人的意识里似乎有一段雨天的记忆,萦绕不去。这个记忆正如"流过窗外的淡淡的水迹"。"水迹"是雨中的实景,但也是记忆的隐喻,"淡淡的"。天没有下雨,但不知不觉中买了雨伞,原来是意识或是潜意识里有段雨天的记忆。诗行与诗行之间的情境似乎没有什么牵连,但自然微妙的呼应,几乎没有任何"刻意"的设计。

洛夫"似有似无的技巧",有时在其他"有技巧"的诗行的映显下,更能显现其难能可贵的诗性。从《邂逅》这首诗第一节的诗行:"巷口看到的背影是颇有春意的/星期天是烟视媚行的/麦当劳店是略带狐骚味的/黄昏是极其女性的"[4]24,读者很容易读出其中的"技巧"。⑤诗中人把女性的特质转化用来修饰巷口的背影、星期天、麦当劳店以及黄昏。进一步细看,所谓的背影就是某位女性的背影,诗中人因为看到这个背影,将感受的印象投射到星期天、麦当劳店与黄昏。这些意象的呈现很有技巧⑥,让读者感受到这就是一首现代诗。

第一节是由一个女子的背影分散成星期天、麦当劳与黄昏,第二节却将这些分散的特质重新凝聚成"黄昏的女子",在"分"与"合"的对比中,让人会心地微笑:"黄昏的女子/在巷口拐一个弯/就不见了"。文字没有任何所谓"诗"的特质,没有比喻,没有迂回,就是一个场景直接地叙述。但这三行的诗性却远远超越前面所有意象的累积。诗中人呈现一个媚人的女子,因为媚人,包括时间、空间以及现实的场域都是这个女子的投影。但这个女子出现于黄昏,一个从明到暗的过渡时间,在一个微不足道的空间巷口,拐弯消失了。诗作聚焦于一个媚人的女子,诗中人与读者因而得以养眼,但这样的女子或任何美好诱人的人事,都是瞬息即逝。从有到无,似乎完全不经心地出现于诗行,人生的感受如此凝重,但由一个完全没有技巧的诗行来承载。

(七)生命的场域

由于洛夫这类的诗作几近自然天成,文字的产生似乎就是现实的状态,诗的情境就是生命的场域。这些诗非常"写实",但是假如套用一般批评家僵化的写实主义论点的话,这些诗儿近被判了死刑。过去批评家以《石室之死亡》的"超现实"的书写,肯定洛夫超凡的想象力。但是笔者认为洛夫作品中,那些"似有似无"技巧的诗性与创造力更令人赞叹。洛夫在这些作品中,"微微地"触及了生命跃动的场景,这个场景不一定要为某一个时代造景,也不为某一特殊现象构图。诗中的世界是生命普遍的状态,因为太"普通",大部分都忽视它的存在。但我们就是在这样生命的场域里流转几千年,不是朝代的兴亡,不是战争的屠杀,也非种族的灭绝,而是一种静态无声的存在。生命不是在欢乐或是痛苦的吆喝中传递,生命的场域就是你我生活其中,似有似无的微笑与叹息。

洛夫的《斯人》一诗,开始的三行是:"酒瓶打翻了/捕鼠器忙了一夜/只夹住一小片寂寞"[4]126。这是千千万万平凡人的生活情境。酒瓶打翻,捕鼠器没有捕捉到老鼠,白忙一阵,文字犹如写实的日记。但洛夫在这样平凡无奇的叙述中,也能让人惊喜。没有捕捉到老鼠,"只夹住了一小片寂寞"。一般说来,现当代诗中,抽象用语的运用经常是写诗人想象的怠惰甚至是想象力的不足,但这里"寂寞"的运用,却比任何具体意象更具诗性。洛夫是极少数能在诗中如此巧妙运用抽象语的诗人。老鼠没被捕捉不在场,因此笼子显现空荡荡的寂寞,主人没有捕捉到老鼠,心里有点失落感的落寞。整个空间如静悄悄地,任何具体意象都无法勾勒这样多方面的"寂寞"。这样的"寂寞"事实上是现当代人生的普遍情境,因此表象似乎没有技巧,却深深渗入读者的心扉。本诗的结尾更进一步勾勒出这样的氛围:

> 于是他开始
> 理性地梳洗、看报、如厕
> 非理性地

　　　　把壁钟拨回到去年那个难忘的雨天

　　　　然后细数镜子里的鱼尾纹

　　　　然后苦思

　　　　下一句该怎么写

　　诗中人显然是个诗人。日常的作息，分成理性与非理性两种层面。理性方面是每天"梳洗、看报、如厕"，是地球上千千万万的你我所过的日子。非理性方面是"把壁钟拨回到去年那个难忘的雨天/然后细数镜子里的鱼尾纹"。去年难忘的雨天也许是情感或是情绪涨潮日子，那时诗中人做出非理性而心思一再缠绵不去的某些经验。将壁钟拨回到那个日子，是对这个经验的缅怀，那当然是非理性的动作，心底隐藏的秘密，因壁钟拨回，而打开了通往那个秘密的渠道。细数"镜子里的鱼尾纹"也是非理性的动作，因为鱼尾纹是时间留下难于抹灭的纪录。时间对人们"细数"的动作几乎无动于衷。

　　洛夫这些技巧似有似无的诗作淡淡但深沉地触碰读者的心坎。生活的场域是那么熟悉，人在不知不觉中走过一年又一年。岁月有时几近重复，因为是重复，即使是悲剧，也因习惯而变成轮回。而轮回久了，也不再感觉到什么是悲剧了。事实上，这是更大的悲剧。如《如此岁月》的结尾：

　　　　蝉的沉默与战争无关

　　　　仗早就不打了

　　　　这个夏天它把话都说完了

　　　　只是一些带秋意的叶子

　　　　还有点牢骚

　　想到战争，想到炮弹的轰隆巨响，想到人声的喧腾，现在连蝉都沉默了。但这个与喧嚣相对的沉默与战争无关，因为"仗早就不打了"。蝉的沉默是因为时间，因为季节。夏季已进入尾声，蝉的言语已尽，眼看时间已去，还有什么可说的呢？周遭还有一点声响的是"一些带秋意的叶子"，读者可以想象秋风起，树叶的沙沙作响，好像"还有点牢骚"。整个诗节，就是夏去秋来的场景，"非常写实"，但诗行中散发出浓密的诗意，使空气中弥漫一种说不出所以然的感伤。这不像《石室之死亡》中铿锵有声的诗句打到读者的胸膛，怦怦作响。这是微风过境，似有似无地掠过皮肤，似乎有点痒，有点鸡皮疙瘩，但有些"神经大条"的读者可能没有感觉，恍恍惚惚中，一个季节也就过了。

三、几近"无为"的技巧

假如技巧是意识里"有意的行为"，似有似无的技巧则类似一种"无为"。"无为"不是完全无所作为，否则就不可能有诗作的产生。"无为"是不刻意的行为，虽然为了呈现诗作不刻意的样貌时，诗人可能更意识到要避免刻意，因此也不免渗透出另一种刻意。美国批评家史林鸠蓝（Edward Slingerland）将"无为"翻译成"不费力的动作"（effortless action）很能抓住这两个字的精神。史林鸠蓝认为"无为"是春秋战国时代中国思想家的一种"概念性隐喻"（conceptual metaphor）。"无为"隐喻"执行动作的匮缺"（lack of execution）[5]29—30，主体不对客体控制。当主体不控制客体时，就会"顺""从""依""随""因"由客体的展现，而不刻意加以干预。主体不干预操控，因而自我能"安""适""静""息"[5]29—30。

有趣的是，execution（执行）有"技巧"的意涵，因此，很适合用来说明"似有似无的技巧"与"无为"的关系。顾名思义，"似有似无的技巧"就是几近没有技巧，也就是上述英文的 lack of execution。

这不是产业界的"缺乏执行力",而是作为主体的诗人不操控作品。当诗人呈现一个情境之后,他让情境自我发展,诗人"顺从、依随"情境的发展,而不强加自我的主体性。正如上述《秋之死影》的诗行:"天凉了,右手紧紧握住/口袋里一把微温的钥匙"。整个诗行的意象"依随"着情境进展,诗人不必刻意要做什么,诗行就已经散发出浓浓的诗意了。

必须一提的是,很多作品也是书写自然,似无技巧,但读起来松散乏味,诗意荡然。因此,单纯"似有似无的技巧"似乎并不能完全说明诗作的诗性。进一步观照,若是技巧似有似无,而诗性浓密,其中必然有"难以言说"的技巧,如此的技巧可能是最高的技巧。

技巧似有似无而诗性浓密,为何"难以言说"? 史林鸠蓝在他"无为"的论述里根据古代中国的哲人说,我们只能"依随"人性,而不是操控人性。"有所作为"经常是扭曲人性,而"无为"却是"依随"人性。同样,我们是否可以说我们要"依随"诗性,而非刻意制造诗性? 制造诗性事实上就是作诗,而非写诗。[⑦]制造需要技巧,刻意的技巧。当诗人"依随"诗性,他展现的是似有似无的技巧。洛夫在这些诗作中,并不是完全没有作为(no action),否则就不会有诗。但他很多时候几近一种"无为",不费力不刻意地作为,也就是英文的 effortless action。

四、技巧似有似无的沉默

上述《如此岁月》中"蝉的沉默"事实上是洛夫近晚期诗作的沉默。技巧的挥霍是一种喧嚣,当文字"轰轰烈烈"地走过时间,留下声音与记忆,这些声响终究要在沉默里归宿。《石室之死亡》铿锵有声在诗史里留下纪录,但如今是回味其中的声音过后的沉默。

多年前,我在《沉默与语言》时,曾经说"语言的开始和结束总在特定的时间下进行,而任何言语的周遭却是沉默"[6]。

以沉默来说明《石室之死亡》语言结束后的沉默,读者脑海里仍然翻阅了一页页这本诗集多年来在诗坛撼动人心的声响。但1980年代之后,洛夫的一些诗作所展现的,不是语言之前或是语言之后的沉默,而是文字当下进行中深沉的沉默。诗行不再宣扬自我标示的声音,而是在几近淡化无声中隐含诗质的沉默。

"淡化无声"当然跟上述的"无为"有关系。诗人让情境隐含诗性,让自我退却尽量不干预意象的进展,"压低"语言的声压,使它趋于沉默。沉默的特质,让诗作与读者产生微妙的关系。诗并非要引起大众的回响,它只跟某些特定的读者互动。这些读者和作品经由意识的交感,而进入深沉的沉默。因为沉默,众多的读者无法有感受,因为他们期待诗作的言说。因为沉默,诗作似乎完全摆脱了技巧。

上述蝉的沉默是因为"这个夏天它把话都说完了",语言非常淡,淡到几近比散文还要散文。蝉把话说完,意谓夏日的时光已过,生命已经了结。但对于这样的诗行,被现代品味腌制的"重口味"读者大都已经没有感觉,只有极少数的读者在静静的诗行中听到深沉的沉默。

人世间,深沉的沉默总默默地趋近一种宗教感。不一定是对神或是上帝的礼敬,而是感受人生的正色凛然。道恩豪(Bernard P. Dauenhauer)在其"沉默"的论述中提到宗教祭典的沉默(liturgical silence)[7]。面对上帝,人的沉默是要在静谧中聆听上帝的话语,而上帝所给的讯息也大都是沉默,只有极少数虔诚的信徒或是极其敏感的修行者能感受沉默其中的信息。人和上帝"主体交感"(intersubjectivity)或是佛教所说的"感应道交"的关键,在于人或信徒的沉默,只有沉默才能听到佛、神沉默的讯息。

皮卡(Max Picard)有类似的看法。他说,祷告永远不会终止,但祷告总是消失成沉默。一般来说，人所接受到的意义都来自言语，"但在祷告中，祷告经由和上帝沉默的交会，而接收到意义与完成感"[8]。神或是上帝总是沉默的，没有人间的喧哗，人只有沉默才能感受到上帝意味深远的沉默。

一首似无技巧的诗，且是不言说的诗，有丰富隐约的意义。一个已经习惯诗作中有明显技巧或是玩弄技巧的读者，大都对洛夫这样的诗行没有太大感觉。有些人甚至说，比起《石室之死亡》，洛夫退步了⑧。这是反讽，也是诗坛的悲剧。也许，当下我们最需要的，是让自己沉默去聆听洛夫这些作品中深沉的沉默。

五、结　语

当今汉语诗，不论是台湾或是大陆，经常呈现两种极端的现象。一则，自以为跟上后现代的潮流，写诗几近文字游戏。但吊诡的是，因为缺乏想象力，只好做文字的戏耍，却在贫血的诗学认知下，被批评家与读者吹捧成超凡的想象力。另一个极端是，所谓诗实际上是松散的散文，几乎没有任何回味空间，台湾 1970 年代那些凸显意识形态的抗议诗、陈情诗可为代表。

一般要展现诗人的创作力与想象力的诗，大都会对文字作相当的压缩、迂回，让人觉得有"技巧"，一旦没有这些技巧，文字放松顺畅，诗性大都崩塌成散文。商禽 20 世纪五六十年代的诗作与他自己 80 年代末的《用脚思想》对照，就是很明显的例子。技巧对很多诗人来说，经常是一种遮掩，以扭曲的文字、刻意压缩的比喻、形式的戏耍来遮掩诗性的苍白。在这样的情境下，洛夫是诗坛的异数。他早期的《石室之死亡》已经成为现代当代诗的一种"现象"。这本诗集达到几近技巧的极致。比喻蕴含丰富的想象，意象的接续开展了 20 世纪八九十年代转喻的天地。更可贵的是，这样"深具技巧"的诗集,并不是文字刻意的扭曲,也非形式的戏要。阅读完这本诗集后,读者不免好奇洛夫接下去要如何展现更进一步的技巧?

事实上,《石室之死亡》出版的前后期间,在洛夫的另外四本诗集中,有些现实的书写已经显露出技巧似有似无的倾向。这类诗作,到了 20 世纪八九十年代,也就是洛夫的近晚期,变成他诗作的大宗。呈现的是地道白话的文字、非常自然的情境,没有任何"造作"的痕迹,甚至几乎没有什么"技巧",但诗性却远远跨越《石室之死亡》的成就。这些诗作再次印证了我在《台湾当代诗美学》里的看法:诗性深远而技巧似有似无,是最高的技巧。

注释

① 参考笔者的另外两篇论文《当代诗中转喻接续性与意象产生的关系》(《文学与文化》2016 年第 3 期)与《转喻与抽象具象化》(《北京大学学报》哲学社会科学版,2013 年第 5 期)。

② 请参阅雅各布森的经典之作:"The Metaphoric and Metonymic Poles."

③ 郑慧如教授认为,洛夫现在诗的成就,海峡两岸无出其右者。但她也指出洛夫早期的作品,有些意象显得刻意。详见郑慧如:《洛夫诗的偶发因素》,《当代诗学》2006 年第 2 期。

④ 详见颜元叔:《细读洛夫的两首诗》,《中外文学》1972 年第 1 期;洛夫:《与颜元叔谈诗的结构与批评并自释〈手术台上的男子〉》,《中外文学》1972 年第 4 期。

⑤ 笔者的另一篇论文《洛夫接续性意象的诗性》也讨论到这首诗,但是焦点不同。该文是探讨这首诗意象接续的时间性与空间性,将在上海师范大学比较文学主办的《国际比较文学》刊出。

⑥ 当然,洛夫这些诗行的技巧,和那些玩弄技巧,或是玩弄文字游戏的诗行迥然不同。相较之下,他的技巧显得比较自然。

⑦ 有关"写诗"与"做诗",请参阅我的《台湾现代诗美学》,台北：扬智出版社,2004年版,第89页。

⑧ 洛夫多年前曾经告诉笔者说,1990年代他去大陆演讲,有听众站起来当着他的面说："洛夫,您的诗退步了。"

参考文献

［1］洛夫.石室之死亡[M].台北：联合文学出版社,2016.

［2］洛夫.洛夫诗歌全集Ⅰ[M].台北：普音文化事业,2009：251—252.

［3］洛夫.自序[M]//魔歌.台北：中外文学月刊社,1974：1—13.

［4］洛夫.如此岁月[M].台北：九歌出版社,2013.

［5］Edward Slingerland. Effortless Action（无为）：Wu-Wei as Conceptual Metaphor and Spiritual Ideal in Early China [M]. Oxford：Oxford University Press, 2003.

［6］简政珍.语言与文学空间[M].台北：汉光文化事业,1989.

［7］Bernard P Dauenhauer. *Silence: The Phenomenon and Its Ontological Significance* [M]. Bloomington：Indiana University Press, 1980：18‐19.

［8］Max Picard. *He World of Silence*[M]. Stanley Godman, trans. Chicago：Gateway Books，1952.

——原载《江汉学术》2018年第6期：75—83

狂欢与嬉戏：
台湾诗人管管的语言喜剧

杨小滨

摘　要：管管诗中的修辞特征与文化精神，可以从拉康的精神分析符号学及其他当代理论视角来观察。管管的超现实美学往往与狂欢风格融合在一起，以怪诞卑下的方式冲击了原本神圣的符号。从巴赫金的狂欢理论出发，可以一窥管管诗学中向怪诞与肉体的降格具有怎样的颠覆性潜能。管管还实践了一种不断滑动跳跃的言说策略，以历时性的超现实置换演示了能指的永恒变幻。从拉康对换喻与欲望的论述，我们也可以观察到管管的顶针修辞如何体现出对符号秩序的解构。管管诗学的主体困乏在很大程度上是传统文人狂放与自嘲精神的重新体现，古典狂狷形象与后现代主体可相互映照。而他诗中的游戏精神一方面是童趣的表征，同时也必须理解为对创伤经验及其符号化努力之间的永恒辩证：管管的诗歌语言是一次历险，一次对绝境的奋力突破。

关键词：管管；台湾诗歌；超现实美学；修辞特征；意指游戏

在台湾现代诗的脉络里，管管即使不能算是一个异数，也无疑是一位独树一帜的开拓性诗人。从1950年代末起，管管的写作就处在某种"前沿"的状态，动用了东西方文学艺术中众多资源，以激进的探索精神将汉语诗推向一种兼有狂欢与童趣的鲜明风格。在

《创世纪》的诗人群体(特别是痖弦、商禽、洛夫等)所汇聚而成的超现实主义潮流中,管管以其最具诙谐感和戏谑感的倾向,突出地实践了日后渐成显学的后现代写作。从这个角度而言,管管在写作上的突破性或超前性使得他在文学史上的意义、成就和地位长期以来处于被低估的状态。所以,尽管对管管诗的评论和研究不算太少,但如何发掘管管作品中更为丰富的文学和美学价值,仍然是可以继续推进的任务。

一、超现实的狂欢及其社会指向

在研讨班第 5 期《无意识的各种形态》上,拉康沿着弗洛伊德在《诙谐及其与无意识的关系》中的论述,着重讨论了笑、笑话和玩笑的话题:"弗洛伊德说,在笑话中让我们开心的——而这正与我之前称为着迷或换喻魅惑的具有同样功能——是我们感觉到说笑话者禁制的缺失。"[1]114"禁制的缺失"意味着大他者能指权威的下野,也就是说,符号秩序呈现出紊乱的面貌,致使能指元素本来可能具有的崇高或神圣特性发生变异,沉溺于怪诞、卑俗或嬉闹之中。正如巴赫金在谈论拉伯雷小说中狂欢(carnivalesque)美学的时候所说的:"几乎所有的愚人筵席仪式都是各类教会仪式和象征的怪诞降格,和向物质肉体层面的转化:圣坛上的狂唱和狂饮,不体面的姿态,脱去了神圣的外衣。"[2]巴赫金的狂欢理论聚焦在叙事小说的体裁,管管的诗歌写作无疑跨越了抒情诗的边界,纳入了"非诗"的表现方式。文学中的狂欢性本身就充满着喜剧甚至闹剧的色彩,而管管的不少诗作典型地体现出不羁的狂欢场景。比如这首《饕餮王子》:

吾们切着吃冰彩虹　把它贴在胃壁上　请蚯蚓看画展

把吃剩的放在胭脂盒里　粉刷那些脸　再斩一块太阳剐一块
夜　吃黑太阳　让他在肚子里防空　私婚　生一群小小黑太
阳生一群小猪　再把月和海剁一剁　吃咸月亮请蛔虫们垫着
咸月光做爱　吹口哨　看肉之洗礼　把野兽和人削下来　咀
嚼咀嚼　妻说　应该送一块给圣人尝尝[3]26

斯洛文尼亚的拉康学派精神分析学理论家阿莲卡·祖潘契奇
(Alenka Zupančič)在阐述拉康喜剧观时言简意赅地指出："喜剧
总是主人能指的喜剧。"[4]在上段文字中，不仅有"彩虹""太阳""月
亮"，而"圣人"更是典型的"主人能指"(master signifier)。但"彩
虹"成了"冰彩虹"，"月亮"成了"咸月亮"，而"太阳"成了"黑太阳"
(可以像小猪一样生出"一群"来，也可"斩"了入口)："吃冰彩虹
把它贴在胃壁上　请蛔虫看画展""斩一块太阳剐一块夜　吃黑太
阳""私婚　生一群小小黑太阳　生一群小猪""吃咸月亮　请蛔虫
们垫着咸月光做爱"这样的场面令人想起波希(Hieronymus
Bosch)的那些怪异的绘画，诗中各类神圣形象或符号不但成了盛
宴上"饕餮"享用的佳肴，而且拼合成了一幅奇诡的画面。"圣人"
代表了一种可能是餐风饮露的符号性牌位(当然是威权的大他
者)，而"送一块给圣人尝尝"则更明确地将卑下的肉体行为与神圣
他者连接在一起，体现出巴赫金理论中的"怪诞现实主义"。对巴
赫金而言，"怪诞现实主义"最重要的特征之一便是"降格"，即原先
设定为崇高与神圣的符号被置于卑下或低俗的肉体层面。

在论述主体对想象性自我整体的碎裂威胁时，拉康提到了波
希绘画中的"碎片化的身体"，即人体器官的奇特形象："当精神分
析活动碰到个体身上某个层面的富有攻击性的断裂时，这种碎片
化的身体总是呈现为断裂的肢体形式，或者是外观形态学中所表
现的器官形式。它长着翅膀，全副武装，抗拒内心的困扰——这同
富于幻想的耶罗尼米斯·波希在绘画中永远确定的形象是一样

的。"管管《饕餮王子》中拟人化的太阳、月亮等意象,也遭遇了"斩一块太阳剐一块夜""把月和海剁一剁""把野兽和人削下来 咀嚼咀嚼"这样破碎的命运,对应了主体在前符号化阶段的欢乐与恐惧。

在讨论拉伯雷小说的时候,巴赫金认为"拉伯雷肯定了人类生活中吃喝的重要性,努力从意识形态上为之正名……并树立起一种吃喝的文化"[5]。与性爱相似,吃喝体现了世俗生活在本能或肉体层面上的意义,也是对所谓的社会规范、礼节的冲击:"几乎所有的宴饮礼仪都是教会礼仪与象征的怪异降格,以及将它们向物质身体层面的转化:暴食与醋醉的狂欢在祭坛上,不雅的姿态,脱冕。"[2]巴赫金还在拉伯雷有关吃喝的文字里发现了对变形或怪诞肉体的夸张描绘,发扬了民间谐谑文化对官方严肃文化的消解力量。在这样的路径上,管管的诗,比如这首《老鼠表弟》,将肉体的舞蹈、暴食、疾病等生活场景以变形与狂欢的形态铺展出来:

> 一群黑人自鼓里舞出。践踏你的脑袋。自二楼。自这扇被小喇叭吹碎的彩玻璃窗。舞出。这种推磨的臀。这种纯流质的歌。这种月经的唇。溢在你张大牙齿的眼上。你的眼死咬住癌症花柳病。以及在高压线之上。警报器之下。这种被起重机吊起的大乳。这种系以缎带的什么什么弹。[3]24

这不仅构成一幅具有拼贴风格的、狂野的超现实主义画面,甚至从句法、结构和节奏上来看,管管也在很大程度上打破了正常的、逻辑的、规范的样式。一方面,"月经的唇""张大牙齿的眼""起重机吊起的大乳"等铺展出骇人的梦境般意象;另一方面,不完整的、零碎的词句在句号的切割下急速变幻拼接,在一定程度上实践了布列东(André Breton)倡导的以"自动写作"为法则的超现实主义诗学。作为创世纪诗群的一员,管管诗中的超现实主义风格十分显见①。这一类变形与破碎的视觉形象也与受到了波希深刻影响的达利(Salvador Dali)的超现实主义绘画(比如《内战的预兆》)有相当紧密的亲和关系。尽管达利绘画中的悲剧意味让位给了管管的狂欢怪诞风格，但超现实主义对于梦境般场景的营造，依旧在管管的诗中获得了充分的展开。20世纪欧洲的超现实主义运动当然受到了弗洛伊德精神分析学说的推动，也可以说，是致力于挖掘无意识深处的扭曲或破碎形象。不过，拉康多次引述弗洛伊德的观点，"梦是一种字谜"[6]424，或者说，是由能指组成的，必须从字面上去解读。那么，我们就更有理由可以将诗的文字看作是无意识的能指所体现的修辞结果。无论是巴赫金的狂欢理论，还是超现实主义的美学，都凸显了对崇高化、神圣化社会规范的叛逆姿态。这也正是管管诗歌狂欢化风格的关键指向。

二、换喻修辞下的喜感与荒诞

在雅各布森(Roman Jakobson)的启发下，拉康把修辞中"换喻"(metonymy)与梦境运作(Traumarbeit)中"置换"(displacement)的功能连结到一起。而"换喻"，恰恰也是拉康所说的笑话中至为关键的机制。拉康称之为"换喻魅惑"(metonymic captivation，见前文)，以此说明换喻与笑话之间的内在勾连，或者说，换喻作为笑话的基本形式要素。在拉康早期的重要论述《无意识中文字的吁求或弗洛伊德以来的理性》中，他为换喻的结构绘制了一个公式：$f(S...S')S \cong S(-)s$。这里的意思是：括号里能指与能指与能指与能指……之间的无限连结，作为意指关系的功能($f =$ function)，可以看作是所指从能指那里的逃逸(而形成了欲望空缺)。管管的狂欢式诗歌语言展现出能指他者的内在匮乏和可变，这也是为什么拉康会提到"换喻"，一种充分体现语言跳跃性的形态。作为大他者的语言一方面是主体依赖的对象，另一方面又同时被揭示出内在的不确定与不稳定。这样的换喻效应在管管的诗里显得尤其突出，因而更增强了喜感的效果。比如在上文所引的《饕餮王子》中，从"吃冰"迅速连接到"彩虹"，再连接到"贴在胃壁上""请蛔虫""看画展"……，可以说充分体现了能指尚未获得确定所指便跳跃到下一个能指的过程，从而形成了由意义陷落造成的欲望空缺。前后能指之间松散的连接显示出能指的不稳定，或者说，正是能指自身的不断漂浮，使得所指处于无限滑动的状态而无法止息或扣合。管管诗中的喜感很大程度上来自所指从能指那里的发生逃逸的结果。当能指的跳跃导致了所指与能指之间的错位，所谓"禁制的缺失"就意味着符号秩序暴露了内在的裂隙，展示出能指自身（特别是主人能指）的无能甚至荒谬。主人能指的失败，表明了符号秩序（在这里主要是语言体系）的不可能——借用阿甘本所言："在语言中，出示出一种交流的不可能性，并以此出示其可笑——这就是喜剧的本质。"[7]

对于一位高度自觉于汉语语言性的诗人而言，如何突破语言的桎梏，将语言的潜能发挥到极致，并且深入到对语言自身的辩证性甚至否定性反思，似乎始终是一个重要的使命。按洛夫的说法，管管诗中充满了"非逻辑性的组合而能在其间产生一种新的美学关系"[8]。管管在不少诗里实践了一种能指不断（甚至无限）跳跃以致所指也随之不断滑动的言说形态。最典型的要算《春天像你你像烟烟像吾吾像春天》这首：

> 春天像你你像梨花梨花像杏花杏花像桃花桃花像你的脸
> 脸像胭脂胭脂像大地大地像天空天空像你的眼睛眼睛像河河
> 像你的歌歌像杨柳杨柳像你的手手像风风像云云像你的发发
> 像飞花飞花像燕子燕子像你你像云雀云雀像风筝风筝像你你
> 像雾雾像烟烟像吾吾像你你像春天[3]79

在这里，"春天""你""梨花""杏花"等所有的意象……被"像"这个动词串联到一起，有如不同的元素组成了一首春天交响曲，但并不是共时性的意象并置或堆积，而是历时性的影像变幻与流转。在一种循环式的结构中，能指与能指貌似锁链般环环相扣；而实际上，在能指变化无端的过程中，所指却变得无所依傍。就春天而言，不再有确定的神圣或权威的喻词（比如某一种花或其他自然意象）可以成为一统天下的象征。似乎各种花名、自然景物都可以随意或随机换取，以成为这个能指链的一部分。"春天"也未必是终极的所指，或者说，任何所指也逃不过成为另一个能指，为了下一个同样转瞬即逝的所指而奉献牺牲。这一轮能指运动的终点看似回到了起点，但由于经历了能指漂浮流转的漫长过程，固定严格的意指结构已经让位给了自由开放式意指关系的无限可能。并且，本诗的最后，"春天"的符码经由更加迷乱的能指串联将历史上的枭雄和小说中的弱女子拼贴在一起（不仅造成巨大的反差，也通过"林黛玉秦始皇"对"成吉思汗楚霸王"的随意替换形成意指链的松动），再以白居易略带禅意的诗句作结：

> 春天像秦琼宋江成吉思汗楚霸王
> 秦琼宋江林黛玉秦始皇像
> "花非花
> 雾非雾"[3]79

已有学者如萧萧指出了这首诗"全盘肯定之后突然从本质上完全否定"的特征，以及"全满（色）因为'棒喝'而全无（空）的空间设计"[9]140—142。花和雾的自我否定一定程度上体现出佛教的色空观，也令人想起阿多诺有关"概念中之非概念性"[10]的否定辩证法。对阿多诺而言，任何给定的概念都包含了——内在于自身的——对自身的否定。这里，我们可以进一步看到能指之间的游移不仅是一种链接(本诗的第一段),也意味着一种脱落(本诗的结尾)——因而才形成了欲望的罅隙。那么,"花非花/雾非雾"的格言式结语似乎总括了对语言符号自我否定性的终极认知,而这,又是基于对上文中能指的无限延伸转换的一次变奏或逆反。

以《春天像你你像烟烟像吾吾像春天》这首诗为代表的基本句式时常接近传统的顶针修辞,不过在管管的诗里,这种顶针式的接续往往连缀得更为密集、紧凑。《缱绻经》这首诗就是一例:

七月七日长生殿

高高的草下有低低的虫
低低的虫上有高高的树
高高的树下有低低的草
低低的草上有高高的鸟
高高的鸟下有低低的树
低低的树上有高高的风
高高的风下有低低的鸟
低低的鸟上有高高的云
高高的云下有低低的风
低低的风上有高高的天
高高的天下有低低的云
低低的云上有高高的星
高高的星下有低低的天
低低的天上有高高的手
高高的手下有低低的星
低低的星上有高高的虫
……[3]59—60

除了从白居易《长恨歌》摘取的原诗文字之外,管管通过"高高

（下文中还有"浓浓的"和"淡淡的""远远的"和"近近的"）反复交错，加上"虫""树""草""鸟""风""云""天""星"……

的"和"低低的"（下文中还有"浓浓的"和"淡淡的""远远的"和"近近的"）反复交错，加上"虫""树""草""鸟""风""云""天""星"……的穿插和替代，编织出一幅缠绵悱恻、心灵交融的情爱璇玑图。诗题称之为"经"，却并无严肃高深的经文；与"经"的概念产生巨大错误的是，本诗的内容更像一曲词文通俗的歌谣，一首意念挥之不去的爱情回旋曲，消解了"经"的殿堂式崇高。但它在节奏和意念上又有念经般的那种执着，那种虔诚，仿佛情感上的痴迷才是真正的信仰。表面上看，全诗充满了各种重复的语词。不过，正如齐泽克在阐述德勒兹"重复"（repetition）概念时所言："德勒兹重复概念的核心在于这样的观念，与线性因果的机械（不是机器！）重复相反，在重复的恰当时机，重复的事件获得了重新创造：它每次都（重新）现身为新的。"[11][15]这种"新"包含了情感强度的不断递增，营造了对"缱绻"意蕴渐次堆栈的推进效果。由此可见，这里的重复并不意味着机械式循环往复以至无穷的驱力运动，而更接近于德勒兹所说的"欲望机器"。既然与欲望相关，这样的重复便体现为一种具有生成（becoming）特性的情动力。基于此，齐泽克还认为德勒兹所强调的不是"隐喻"（metaphor）的关系，而是"变形"（metamorphosis）的关系。[11][15]可以看出，这种与"隐喻"相对的"变形"，也恰好体现出"换喻"的形态。

这样的回旋式结构在管管的诗作中频繁出现。另一个例子是《脸》。比较特别的是，从结构上这首诗的回旋进行了两次，也就是，诗中"春光灿烂的小刀"经由顶针式的能指递进而归来之后又再度出发，直到将近末尾处抵达返回的高潮：

> 爱恋中的伊是一柄春光灿烂的小刀
> 一柄春光灿烂的小刀割着吾的肌肤
> 被割之树的肌肤诞生着一簇簇婴芽
> 伊那婴芽的手指是一柄柄春光灿烂的小刀

一叶叶春光灿烂的小刀上开着花

一滴滴红花中结着一张张青果

一张张痛苦的果子是吾一枚枚的脸

吾那一枚枚的脸被伊那一柄柄春光灿烂的小刀

割着!

割着![3]106

必须指出的是,这首诗中的换喻式的能指漂移显然展开了更具张力的欲望空间。将"爱恋中的伊"比作"一柄春光灿烂的小刀"具有非同一般的震惊效果,将作为他者(她者)的符号与无法遏制创伤性绝爽的符号能指之间所产生的冲突推向了前台。"割着……肌肤"的"小刀"当然指明了爱恋所蕴含的痛感(连"一柄"也暗示了握刀的姿态,从而使得整个场景更具视觉效果),而"春光灿烂"则不仅展示出亮晃晃的刀影,也建构了内心的刺痛与春光所带来的畅快之间的密切连接。换句话说,诗中顶针式的词语勾连还引向了痛感与快感的互相勾连,更突出了欲望与绝爽的辩证关系。

特别是最后"吾那一枚枚的脸被伊那一柄柄春光灿烂的小刀//割着!/割着!"不得不令人联想起最早的超现实主义电影——西班牙导演布纽艾尔的(Luis Buñuel)的《一条安达鲁狗》里用剃刀割裂眼球的骇人场景。值得注意的是,《一条安达鲁狗》里这个剃刀割开眼球的镜头也是经由对前一个云片掠过月亮的镜头的梦境般置换达成的,这种横向的替换式连接恰好体现出换喻的形态。

在管管的作品中,《荷》这首诗虽然短小,或许是将置换的诗学发挥得最为复杂的一首:

"那里曾经是一湖一湖的泥土"

"你是指这一地一地的荷花"

"现在又是一间一间沼泽了"

　　"你是指这一池一池的楼房"

　　"是一池一池的楼房吗"

　　"非也，却是一屋一屋的荷花了"[3]108

　　这首并没有明显的顶针手法，但接续的诗行通过量词的错用，一方面呼应到前一行将被覆盖的能指，另一方面又与新生的能指产生了可疑甚至冲突的关系——特别是"一地一地的荷花""一间一间沼泽""一池一池的楼房"，凸显了人工建筑与自然意象之间被强行耦合的现实；但量词与名词之间的相互抵牾和纠缠使得这种错位所引发的荒诞感在语法的层面上就令人晕眩。当然，在换行的过程中，一系列具有连接、转折或伏笔作用的词语——包括"曾经是""你是指""现在又""是……吗""非也，却是"——起着具有建构功能的作用，但大多明显地暗示了方向性的转换，使得下一行对上一行的承接体现出否定性的意味。因此，这一连串的否定经由持续的置换造成了极度蜿蜒的能指路径，从而促成了语义层面上对景物沧桑的崭新表达。

三、狂放、自嘲与主体困乏

　　在《俺就是俺》这首诗里，管管用文字构筑了一幅自画像，把自己描绘成了一个热爱文艺但随性不羁的山野粗人。在中国诗歌史上，从杜甫、白居易到苏轼、辛弃疾，都有不少自嘲的篇章，营造了程度不同的戏谑化抒情主体。管管的这首诗推进了这个传统，勾勒出一个一半是狂放（亦是狂欢），一半是自嘲的自我形象：

　　俺就是俺

　　俺就是这个熊样子

管你个屁事

俺想怎样

俺就怎样

俺要爱你

俺就大胆地来爱你

俺要恨你

俺就大胆地来揍你

哪怕你把俺揍个半死

俺要吃便痛痛快快地吃

俺就是这个熊样子

管你个屁事

俺喜欢走着路唱大戏

俺喜欢在山顶上拉野屎

俺喜欢赤身露体

俺喜欢做爱

俺喜欢写诗俺喜欢米罗、克利、石涛、八大、徐文长、齐白石

俺喜欢丁雄泉画的女人

俺喜欢丁衍庸画的写意

俺喜欢土里土气乡里乡气的人和东西

俺就是这个臭样子

管你个屁事

俺喜欢郑板桥、金圣叹、苏轼

还有他娘的超现实

俺喜欢那些青铜、那些古画，那些汉唐以前的玩意

但是这一些东西总比不上山坡上那棵桃树那么滋实

俺喜欢鬼

俺喜欢怪

俺喜欢那些稀奇古怪的东西

> 俺就是这个鬼样子
> 管你个屁事
> 能爱就爱总不是坏事
> 俺爱骂人[3]181—183

　　管管明言《俺就是俺》这首诗戏仿了法国诗人普列维尔（Jacques Prevert）的诗《我是我》。普列维尔诗中的"我"虽然也有某种任性的姿态，但基本上采取了温柔敦厚的取向，用词也朴实雅正——其中出现较多的词语，除了"我"，就是"爱"和"愉快"。相比之下，管管从标题里的方言词语"俺"开始，就演示出一个更加无礼、粗鄙、不驯的山野村夫形象（替代了中性的"我"）。首先当然是刻意地用"管你个屁事""俺喜欢在山顶上拉野屎""俺就是这个臭样子"这一类被唐捐（刘正忠）称为"屎尿书写"[12]的语句，严重冲击了诗学与社会的常规。与此相关的，还有遏制不住的粗话。在这首诗靠前的部分，管管先是沿袭了普列维尔的"爱"语，热烈诉说着"俺要爱你／俺就大胆地来爱你"，但不久后的下文，这个"爱"就变异成更加生猛的"俺喜欢赤身露体／俺喜欢做爱"了。如果说普利维尔诗中"我"的形象是一个略具个性的普通人，那么管管诗中"我"的形象狂放到了略带丑角化的程度："俺就是这个熊样子"。这差不多也是精神分析理论所提出的必要姿态。拉康曾经表示："甚至作为一个俳优，你的存在才获得正当性。你只需看看我的《电视》节目。我是个小丑。"[13]齐泽克在阐述拉康时也表示："真相只能以折射或扭曲的形态出现……以愚人（或更确切地说是小丑）的话语形态述说。"[11]63

　　对拉康而言，一个可以自我认同的完美主体（镜像状态下想象的理想自我，ideal ego）是必然被抛弃的虚假幻象，而按照社会权威的要求所塑造的主体（符号域的自我理想，ego-ideal）实际上也依赖于空洞的大他者指令。"主体困乏"（subjective destitution）的概念意味着主体只能占据一个自我划除的位置，因为他的根本命运在于与真实域(the real)的遭遇(tuché)。在这首诗里，难以抵挡的便是真实域的持续侵袭——"拉野屎""臭样子""喜欢赤身露体"……都一再标明了社会化规范的接连失效——当然，主体的困乏与他者的困乏是相应的。诗中多次出现了"管你个屁事"这样的粗话，但其中凭空而来的"你"究竟指的又是谁呢？我们不难推断，这个虚拟的"你"便是从不现身但又无所不在的社会大他者，那个暗中掌管或规范着主体性的父法式权威②。主体与他者的关系，在这里便呈现为一种"互消"(interpassive)的，几乎是同归于尽的关系：一个以"野屎""臭样子"为标志的主体自然应和于一个其实只着眼于"屁事"的他者。那么，甚至主体与他者之间的差别也十分微小了——要"管"的"屁事"或许也正是"管管"的"屁事"，尽管不值一提，却是主体与他者两者的共同命运——或者更准确地说，两者的共同困乏——尽管从根本上说，"大他者并不存在"[6]700（拉康的箴言），因为诗中的这个"你"，只不过来自诗人管管假想出来的声源。这是为什么这首诗的标题是《俺就是俺》：这几乎是一种拒绝他者的姿态，但通过拒绝，主体确认了他者的（空洞）存在——也就是丧失功能的虚假存在。沈奇在一篇评管管的文里设问："谁来管管管管？"[14]14 这里前一个"管管"的执行者无疑也是设定为一个大他者，却是一个在疑问中寻找不到的大他者（"谁"）。这种要为管管的抒情主体寻找一个大他者的愿望，注定是无法实现的。沈奇甚至批评管管"奢侈地仅在游戏中自娱"，流露出"空心喧哗与意义困乏"[14]41。这样的观点或许代表了某种"正统"的"诗教"传统对"深沉的社会使命"或至少是"崇高的个人心灵"的崇尚（这在中国大陆的主流诗坛尤其突出），但未能把握到管管超前的诗学风格恰恰是通过对现实或理想的调侃和嬉玩来揭示外在规范作为符号秩序的压迫，以敞开主体性的匮乏来追求精神自由的。管管的诗风汪洋恣肆，放浪不羁，也可以说承继了古典诗的豪放传统。

和《俺就是俺》类似的自嘲之作还有《邋遢自述》③。用"邋遢"来作主体形象塑造的关键词,同样是一种丑角化的展示:

小班一年中班一年大班一年

国中三年高中三年大学四年硕士二年博士三年

还好,俺统统都没念完。

五次恋爱,二个情人,一个妻子,三个儿女

几只仇人,二三知己,数家亲戚。当兵几年,吃粮几年,就是没有作战。

在人生的战场上,曾经小胜数次,免战牌也挂了若干

一领长衫,几件西服,还有几条牛仔裤

一斗烟,两杯茶,三碗饭,一张木床,天生吃素。

不打牌,不下棋,几本破书躺在枕头边装糊涂

几场虚惊,几场变故,小病数场挨过去。

坐在夕阳里抱着膝盖费思量

这是这六十年的岁月么

就换来这一本烂账

嗨！说热闹又他娘的荒唐

说是荒唐,又他妈的辉煌

回头看看那一大堆未完成的文章,荒唐,荒唐里的辉煌

挂在墙上那一把剑也被晚风吹得晃荡

这就像吾手里这被冲过五六次以上的茶一样

不过,如果可以,俺倒想再沏一杯茶尝尝

管他荒唐不荒唐。甚之辉煌。[3]177—178

假如从传统文人形象来考察,"邋遢"就让人很容易联想起济公式的丑角英雄角色④。这从一方面反映了管管对民间文学的爱好(正如管管经常爱唱民间小曲)。当然,济公的原型——宋代的

道济禅师，传说在辞世前曾经写有诗偈一首，劈头第一句就是"六十年来狼藉"[15]，其中"狼藉"一语与"邋遢"可谓殊途同归。这一类困顿或乡野的文人形象传统或许还可以上溯至魏晋南北朝时期那些放浪形骸的文人形象："属辅之与谢鲲、阮放、毕卓、羊曼、桓彝、阮孚散发裸裎"[16]或刘伶"脱衣裸形"，"以天地为栋宇，屋室为裈衣"[17]便描绘了当时文人的狂放生活风格——管管《俺就是俺》中的"俺喜欢赤身露体"显然与此相应和⑤。

拉康在对喜剧性的论述始终提醒我们意指关系与符号秩序的关键作用："喜剧展示了主体与他自己的所指之间的关系，作为能指之间关系的结果。……喜剧从关联于某种与意指秩序产生根本关系的效应中拥有、集聚并获取快感。"[1]246比如，先出示"小班一年中班一年大班一年/国中三年高中三年大学四年硕士二年博士三年"这样的社会建制，然后表明"还好，俺统统都没念完"，一举解构了崇高的大他者符号秩序。用"还好"一词，明显地带有调侃的口吻，那么，也可以说，这个自我漫画化的主体不仅仅是能指（被划除的能指）的主体，也是绝爽的主体——从能指规范的失序中获得快感的主体。类似的，还有在"当兵"这样一种社会体制模塑的主体化过程中，"吃粮"和"没有作战"又相继挖空了"当兵"的严肃意味。祖潘契奇亦指出喜感与被划除的符号大他者之间的关系："一般意义上喜剧的关键结构特征：阳具的显现，属于符号秩序根本结构及其权力关系的隐秘能指的喜感出现。"[18]这里提到的阳具符号，也可以理解为权杖的象征；而在精神分析的语境下，它只能呈现为被去势的状态，正如教育和从军这样的能指结构，不得不暴露出其空洞的"喜感"。

四、在童趣与嬉戏之外

不少论者都曾提及过管管诗歌创作中的童趣（这在汉语现当

代诗的范围内并不多见，大概只有大陆的顾城可纳入对比，但相当不同），如萧萧称之为"童心无邪"[9]127，沈奇称之为"童心不泯"[14]29。甚至进入耄耋之年之后，管管的一大批诗作仍流露出难得的天真和童趣，这甚至成为管管近期写作的主要面貌。假如笑话往往基于某种世故（sophistication），那么从表面上，它与童真（naivete）相距甚远。但拉康引述弗洛伊德的观点来说明这一点："与笑话最接近的正是乍看上去可能离笑话最远的，也就是天真。"[1]114弗洛伊德说，天真基于无知。很自然，他举的是来自儿童的例子。那么，所谓的"无知"，就可以解释成符号化能力的空缺——而这并非不可能是一种面具，如同苏格拉底所声称的那样——或者，符号化过程本身的内在匮乏。无论如何，管管的诗既来自这种天真，又从天真中也透露出对想象域中虚假完整自我的不信任。他的诗集《脑袋开花》——每页都穿插着管管自己带有童稚风格的、色彩斑斓的画作——几乎可以看成一本童诗（诗集中大部分诗作是以动植物为题材的）。其中的《鸟笼》一诗便是在童趣的范围内又蕴含了超越幼齿的哲理：

捡到一只鸟笼

把鸟笼放进客厅

我把鸟笼打开

看清笼里没有鸟

我再把鸟笼关紧

我看到我关进了鸟笼

那么我应该是只鸟了

不必惊慌

地球也是一只鸟住在鸟笼

谁不是一只鸟呢

谁又不是一只鸟笼呢[19]110—111

　　管管的诗往往并不追求辞藻的华丽或古雅,而是在平常甚至简单的语言中铺陈出不平常亦不简单的效果。这里,"我"和"鸟"之间本来可能具有某种潜在的关系发生了一系列的变异,空间概念随着这些变异也产生了裂变。本来,从一开始捡到鸟笼,放到家里,打开鸟笼,都还平淡无奇。但从"把鸟笼关紧/我看到我关进了鸟笼"起,本诗开始峰回路转,场景变得奇崛起来,展示出超现实主义风貌甚至埃舍尔(M. C. Escher)风格的自我缠绕式多维空间图景。比如埃舍尔的版画《画廊》,就描绘了一个在画廊的观画人,看到画幅里的街区及画廊一直延展,直到把他自己也收纳进这幅画中。

图 1　埃舍尔:《画廊》

　　在《鸟笼》里,管管发现自己关鸟时,自己也被关进了鸟笼,并且怀疑自己也成了一只鸟。这样的体验一方面有点"庄周梦蝶"的意味,也或许是更多地揭示出"关"的行为与"被关"的状态之间的因果关系。到了"地球也是一只鸟住在鸟笼"——山外有山,天外有天,鸟笼外有鸟笼,地球外有宇宙——我们又感受到这个多维空间延伸到了宇宙太空:内与外、小与大、主体与他者……无不处于相互转换的可能性中。"谁不是一只鸟呢/谁又不是一只鸟笼呢"再次强化了这样的画面：万事万物都同时拥有了囚禁（鸟笼/加害）的功能与被囚禁（鸟/受害）的命运。

《脑袋开花》汇集了管管以动植物和各类自然意象题材为主的童趣短诗（也可以说是成人的童诗）。在很大程度上，我们可以把童趣理解为一种游戏的精神。而在诗的范畴里，游戏往往是通过语言上的变幻达成的。按拉康的说法，"儿童从语词游戏中获得快乐。"[1]77 在精神分析学的案例中，有关儿童语言游戏的经典故事之一是弗洛伊德在《超越快乐原则》中提及他一岁半的外孙恩斯特自己发明的"Fort-Da"游戏：他在母亲外出时，恩斯特把线轴丢入床下，嘴里大叫"去啦！"（"Fort！"）然后，再把线轴从床下抽回，同时喊"那儿！"（"Da！"）在线轴的往返间，儿童以行动和语言上的主动操控，补偿母亲缺席时的失落感。拉康认为，"在这语音对立形态中，儿童将在与不在的现象放置到符号的台面上，从而完成了超越"[20]。尽管这是一次意指的行为，但没有对大他者的吁求。相反，这是一次祛除创伤的努力，在升华为意指行为的过程中通过语言的重复保持了意指的张力。我们甚至可以说，在这里，能指没有生产出任何意义，而只是通过把握创伤的行为——将创伤语言化、符号化的努力——出示了意指的绝境。

在诗集《脑袋开花》中，管管有一首趣味横生的四行短诗《月亮魔术师·月亮吃月亮》也演示了欲望辩证法的无尽过程：

> 月亮是一只自己吃着自己的无鼻无眼无嘴雌雄兽
> 吃光了又吐出来，吐出来又吃进去
> 雌吃着雄，吃瘦了又吐出来
> 雄吃着雌，吐出来又吃进去[19]72

在诗里，管管将月亮的盈亏过程看成一场吃和吐的游戏，这在很大程度上也是一种把玩创伤性绝爽的方式，回应了近千年前苏轼的经典词句"人有悲欢离合/月有阴晴圆缺/此事古难全"——苏轼也是通过对于月亮圆缺的观察来思考人世间不完美的、令人慨叹的命运。一方面，管管把月亮的圆缺看成一场类似"Fort-Da"游戏的吃和吐之间永恒往返的运动，表达了主体自身作为欲望能指的分裂状态；而从另一个角度来看，管管对月亮盈亏的描绘也暗示了中国的太极图式——"阴晴圆缺"还意味着阴阳转换的过程，或雌雄交合的情势。"无鼻无眼无嘴"的形象很像是《庄子·应帝王》中描写的"混沌"："人皆有七窍，以视听食息，此独无有。"[21] 庄子的混沌概念，对于中国绘画美学产生过相当大的影响，特别是石涛在《画语录》中提出的"氤氲不分，是为混沌"[22]，可以看作是对中国绘画美学的精妙概括（而我们也不难从在《脑袋开花》这本诗集里管管自己绘制的水墨画插图中发现至为显见的"混沌"面貌）。

　　恰好，拉康在第十四期研讨班《幻想的逻辑》上挪用了石涛《画语录》中提出的"一画"（unary stroke）观，并将之勾连到精神分析理论中的"单一特征"（unary trait）概念。简单地说，"单一特征"的符号性恰恰在于它作为能指的匮乏，作为主体的欲望，或遭到去势的阳具，成为符号秩序衰微的表征。而由"一画"论所衍生的后本体论美学图式关键也在于此："一"既是具体的一笔，又是万千气象中的鸿蒙与空灵。换句话说，混沌的概念可以理解成"一"自身作为欲望空缺的符号。因此，管管对自然变化或阴阳转换的描绘也可以看作"单一特征"式的莫比乌斯带游戏：从有到无或从无到有，也是创伤的欲望化或欲望的创伤化之间的无穷转换。

　　"Fort-Da"游戏表现出孩童对母亲匮乏情形下欲望戏剧的演示，那么管管的月亮戏剧同样展示出将创伤情意（traumatic affect）语言化的尝试——也就是将"此事古难全"的伤感置入能指游戏之中（把月亮盈亏的自然现象纳入雌雄吞吐的能指体系里），以符号化模拟并祛除内心的不安。这样的游戏在拉康看来都可以看作是逗弄婴儿时的"遮脸露脸"（peek-a-boo）这一类："你遮上面具，再脱掉面具，小孩就笑起来了。"[1]311 因此，也可以说，管管几乎是用调皮玩笑的方式处理了近乎伤感的题材——而这里的符号化过程反倒暴露了秩序与混沌的不可分离。不仅如此，从另一个角度来说，游戏也通过对符号化的模拟，挑战了现存的符号秩序。正如阿甘本依据本尼维斯特（Emile Benveniste）的说法来表明的："游戏不仅源于神圣的领域，而且也以某种方式代表了它的翻转。……游戏将人类从神圣的领域中解放与疏离出来，但又不是通过简单地废除它。"[23] 那么，我们不难看清，管管的嬉戏策略正是借用了儿童的天真视角，通过将创伤经验符号化的尝试进入了诗意的语言，并创造出一种永远带有欲望动力的风格，朝向对自然混沌的无尽追索。

注释

① 创世纪诗社与超现实主义的关系，已有众多批评家与文学史家曾经进行过广泛论述。如向阳就指出："进入六〇年代之后，创世纪诗社以更彻底的、全面西化的超现实主义取代了'现代派'的诗坛位置，担当了台湾诗坛最前卫的角色。"见向阳：《喧哗与静寂：台湾现代诗社诗刊起落小志》《浮世星空新故乡——台湾文学传播议题析论》，台北：三民书局，2004 年版，第 144 页。

② 在一首只有两行的短诗《斧斤》里，管管明确表达了某种弑父情结："这是谁来把吾父亲的脸砍出这么深的伤痕/低下头吾看见吾手上拿着一把锋利的斧斤。"见管管：《世纪诗选》，台北：尔雅出版社，2000 年版，第 121 页。

③ 这首"自述"作为一首诗作，并不一定要看作是诗人管管真实的自传式写作，也完全可以读作是一次面具化的演示。管管有一篇散文《邋遢斋》曾以类似的语句记叙了他"二舅"的自述，看起来《邋遢自述》一诗的口吻更接近于"二舅"的——只不过"二

舅"也可能只是虚构的假面:"二舅一面喝着一面用调侃的口气说:'俺打四岁开始,小班一年,中班一年,大班一年,幼儿园毕业了,然后是小学六年,中学六年……接着是过我美丽的人生啦,五次恋爱,可歌可泣,二个情人,悱恻缠绵。一个妻子,……生了三个儿女,还结下了几个仇家,也许他们倒是我的恩人,当然还有几个知己,……一斗烟,几碗茶,几杯酒,……还有几本破书,都传了二三代了。一次火灾,三次水灾,一场车祸,还有小病几场。'"见管管:《邋遢斋》,《联合报》1978年12月19日。

④ 白灵也曾用"半诙谐半正经"的济公形象或精神来描述管管。庄祖煌(白灵):《不际之际,际之不际——管管诗中的生命热力和时空意涵》,见萧萧、方明主编:《现代诗坛的孙行者:管管作品学术研讨会论文集》,台北:万卷楼图书公司,2009年版,第207—208页。

⑤ 管管的作品中也多次出现过刘伶的形象,如诗作《不是刘伶演的戏》(《联合报》2015年6月10日)。更早的《松下问童子》(《联合报》1980年11月27日)是童子与刘伶二人的一段戏剧式对话。《青蛙案件物语》一诗的"后记"里也提到"想酒中八仙想刘伶想竹林七贤"的语句。见管管:《烫一首诗送嘴,趁热》,台北:印刻出版有限公司,2019年版,第139页。对刘伶形象描绘最充分的可能是《竹林七绝》一文,其中"酒痴"一节便以刘伶为主角。见管管:《早安·鸟声》,台北:九歌出版社,1985年版,第150—152页。

参考文献

[1] Lacan J. *Formations of the Unconscious: The Seminar of Jacques Lacan*, Book V[M]. Cambridge:Polity, 2017.

[2] Bakhtin M. *Rabelais and His World*[M]. Bloomington:Indiana University Press, 1984:74—75.

［3］管管.管管诗选［M］.台北：洪范书店,1986.

［4］Zupančič A. *The Odd One In: On Comedy*［M］.Cambridge MA：MIT Press，2008：177.

［5］Bakhtin M M. *The Dialogic Imagination*［M］. Austin：University of Texas Press，1981：185.

［6］Lacan J. *Écrits: The First Complete Edition in English*［M］. New York：W. W. Norton and Company，2006.

［7］Agamben G. *Pulcinella: Or*，*Entertainment for Kids in Four Scenes*［M］. London：Seagull，2018：17.

［8］洛夫.管管诗集"荒芜之脸"序［M］//管管：荒芜之脸.台中：普天出版社,1972：6.

［9］萧萧.后现代社会里"玄思异想"的空间诗学：以管管诗中"脸"与"梨花"的措置/错置为主例［M］//萧萧,方明.现代诗坛的孙行者：管管作品学术研讨会论文集.台北：万卷楼图书公司,2009.

［10］Adorno T. *Negative Dialectics*［M］. London：Routledge，1973：12.

［11］Žižek S. *Organs without Bodies: On Deleuze and Consequences*［M］. New York：Routledge，2004.

［12］刘正忠.违犯·错置·污染：台湾当代诗的屎尿书写［J］.台大文史哲学报,2008(11)：149.

［13］Lacan J. La Troisième［J］. *La Cause Freudienne*，2011(79)：15.

［14］沈奇.管管之风或老顽童与自在者说：管管诗歌艺术散论［M］//萧萧,方明.现代诗坛的孙行者：管管作品学术研讨会论文集,台北：万卷楼图书公司,2009.

［15］济颠语录［M］//路工,谭天.古本平话小说集.北京：人民文学出版社,1999：58.

[16] 房玄龄.晋书[M].北京：中华书局,1974：1385.

[17] 刘义庆.世说新语译注[M].上海：上海古籍出版社,2007：348.

[18] Zupančič A. Power in the Closet (and Its Coming Out)[M]// Patricia Gherovici, Manya Steinkoler. *Lacan，Psychoanalysis，and Comedy*. New York：Cambridge University Press,2016：220.

[19] 管管. 脑袋开花[M]. 台北：商周出版社,2006.

[20] Lacan J. *The Seminar of Jacques Lacan: Book 1: Freud's Papers on Technique(1953–1954)*[M]. New York：Norton,1991：173.

[21] 郭庆藩.庄子集释[M].北京：中华书局,1961：309.

[22] 道济.石涛画语录[M].北京：人民美术出版社,1962：7.

[23] Agamben G. *Profanations*[M]. Brooklyn, NY：Zone Books,2007：75—76.

——原载《江汉学术》2021年第3期：63—73

"我们自身内的外来者"

——论多多海外诗歌的"双重外在性"

亚思明

摘　要：流散者所特有的双重经验或双重视域使得流散文学具有"双重外在性"的美学特征，它是游牧的、去中心的、对位的。具体以多多的海外创作为例，可知其"外位性"视角主要表现为一种与声音和韵律有关的音乐性结构，其表现已不再是传统的"被归化"的协调，而是相互矛盾的"背离"。总体而言，这种由多行诗节和单行诗节组合而成的彼此"背离"的结构频现于多多1990年代的诗歌创作，几乎成为他流散写作的一个特色。即便是在诗节对比并不明显的作品之中，或者同一诗节内部，极具反差的声调转换也构成了离心式的要素，不仅带来了文学形式的创新，更是对传统与现代、记忆与现实、原乡与异域、民族与世界等一系列二元对立向度与思维模式的超越。

关键词：多多；流散；汉语新诗；海外诗歌；外位性；双重外在性；对位

从1972年的"白洋淀"出发，至今保持着不衰的创作活力和高超的艺术水准的多多曾经坦言自己深受波德莱尔的影响，他说"没有波德莱尔我不会写作"[1]。而在"白洋淀三剑客"①之中，他又走得最为坚决、彻底，以一种"眺望原野的印象力量"[2]去看太阳西沉。多多的诗里很早就有一种"异"视野，这在中国当代文学作品中并不多见。如《当人民从干酪上站起》(1972)、《悲哀的玛琳娜》(1973)、《手艺——和玛琳娜·茨维塔耶娃》(1973)、《玛格丽和我的旅行》(1974)仅标题就不乏"异国情调"。他在一组题为《万象》②(1973)的短诗中信手裁剪诸国印象：法兰西(你放浪的美少年的侧影/刚好装饰一枚硬币)、德意志(像一只黑色的大提琴)、英吉利(偶尔又会流露出/大不列颠海盗的神气)、美利坚(那儿的天空倾落下金币/那儿的人民，就会幽默地撑起雨伞)、阿拉伯(别了，遗落在沙漠中的酒具、马鞍)、印第安(远处，一息古罗马的哀愁/从叮当响着的钥匙声中传来)。这些从书本里得来的剪纸艺术自然不够丰满立体，但透着几分凭栏远眺的自在想象。多多曾说，他有犹太血统，"外祖家是世居开封的犹太人"[3]。若属实情，便不难理解他诗里的"流散"③情结的存在。

一、介于怀乡与流浪之间

1989 年离国的多多，经历了历史变故和个人命运的转折，体味到旅居异国的悲凉。十四年来他先后辗转漂泊于荷兰、英国、加拿大，后定居荷兰，2004 年回国。往返于中西两界，但又两头不靠，仿佛一个站在母语与外语交会十字路口的旁观者，如萨义德在《知识分子论》中描述的那样："存在于一种中间状态，既非完全与新环境合一，也未完全与旧环境分离，而是处于若即若离的困境，一方面怀乡而感伤，一方面又是巧妙的模仿者或秘密的流浪人。"[4]纵观多多的海外创作，许多作品正处于这种"中间状态"，并产生了一种相应的"双重外在性"(double exteriority)的美学特征："既处于部分之中又游离于部分之外"；在自我与他者相遇时，"属于两种文化，但又不认同其中的任何一种"。[5]《阿姆斯特丹的河流》(1989)便是一个典型例子：

> 十一月入夜的城市
>
> 唯有阿姆斯特丹的河流
>
> 突然
>
> 我家树上的橘子
>
> 在秋风中晃动
>
> 我关上窗户，也没有用
>
> 河流倒流，也没有用
>
> 那镶满珍珠的太阳，升起来了
>
> 也没有用
>
> 鸽群像铁屑散落
>
> 没有男孩子的街道突然显得空阔
>
> 秋雨过后
>
> 那爬满蜗牛的屋顶
>
> ——我的祖国
>
> 从阿姆斯特丹的河上，缓缓驶过……[6]

开篇直奔主题，时间地点全交代清楚了：十一月份的一个夜晚；水城阿姆斯特丹。但城市面貌隐去，唯有河流奔流不息。"突然"，一个急转弯，老家树上的"橘子"在眼前晃动，作者的乡愁涌上心头，而且无论如何也挥之不去。即使到了第二天早上，阳光灿烂，"鸽群像铁屑散落"（欧洲街头的鸽子远比人多），作者依然想念故乡热闹的街景；即使阳光过后是秋雨，即使雨过天晴，不经意的一瞥——"那爬满蜗牛的屋顶"，还是勾起了追思无限："祖国"像一艘船，"从阿姆斯特丹的河上，缓缓驶过……"

对于"语不惊人死不休"的多多来说，《阿姆斯特丹的河流》是他的清新之作，全篇语言流畅，富有音乐性，特别适合京腔（乡音）

朗诵。但技法依然是超现实主义的。事实上多多想念的也许并非真实的,而是记忆中的北京:"橘子""鸽群""蜗牛",这些自然景观交叠在一起,令他依稀仿佛看见"祖国"之船载着往昔的生活,从眼前的河上驶过。幻想与现实、家乡与异域奇妙地交织在一起。初读这首诗时,笔者推测,"橘子"盖为"柿子"一词的巧妙置换。因为多多是北方人,而"江南有丹橘,经冬犹绿林"(张九龄《感遇十二首》之七)早已确定了橘子的南方属性。也许多多纯粹是出于音乐性的考虑,挥动他手中的魔杖,将"我家树上"的"柿子"全部变成了"橘子"。

但深思之下,"橘子"在历史深处还暗含另一层寓意:基因学家发现,起源于中国的柑橘之所以现在种满了地中海的果园,首先是要归因于犹太移民的宗教传统。公元前 6 世纪,味道酸涩、常用作中药的柑橘从中国、印度和东南亚逐渐通过陆路和海路向西传入米底亚王国和波斯帝国,并在公元前 4 世纪随着亚历山大希腊化逐渐扩散到了地中海。香橼(Citrus medica)是最早到达地中海的柑橘类水果。而在以色列犹太教的传统节日住棚节(Sukkot)中,佛手柑(Citron)——一种半野生的柑橘类植物被封为圣果,并在公元 6 世纪左右从也门流入迦南。之后,随着以色列被罗马军团征服,佛手柑蔓延到了整个地中海,与其他香橼类杂交,发生了基因变异,果实甘甜无籽,只能通过嫁接来延续自身,由此衍生出世界上最好的柑橘品种之一——雅法橘(Jaffa)。

也许,多多是想借着这个"花果飘零,灵根自植"的橘子典故来影射诗人自己的文化处境:陌生性即诗人的家国和命运,让人想起茨维塔耶娃的那句名言:"所有诗人都是犹太人。"恰如谢默斯·希尼所曾说过:"诗人具有一种在我们的本质与我们生活其中的现实本质之间建立意料不到和未经删改的沟通的本领。"[7]多多是这方面的行家里手,异域漂泊的"双重外在性"更是给了他一种参悟现实的参照视野。他笔下的"祖国"是船,载着过客,载着记忆,而风景并非这边独好,只是物是"船"非,令人不禁叹惋。唐晓渡注意到,多多出国后的作品中,"运用复沓手法的频率和密度大大增加了";此外,"自然的元素、农业文明的元素,在其作品构成中的地位也获得了强化"。[8] 这种改变无疑凸显了多多诗歌的音乐性,平添一种田园梦想的回望,并因一种本质上的勾连而熠熠闪着永恒之光,例如这首《依旧是》(1993):

> 走在额头飘雪的夜里而依旧是
> 从一张白纸上走过而依旧是
> 走进那看不见的田野而依旧是
> 走在词间,麦田间,走在
> 减价的皮鞋间,走到词
> 望到家乡的时刻,而依旧是
> ……
> 每一粒星星都在经历此生此世
> 埋在后园的每一块碎玻璃都在说话
> 为了一个不会再见的理由,说
> 依旧是,依旧是[9]

原诗很长,因篇幅所限只能摘取其中的几小节,但不难看出,这首诗讲的是"变"中的"不变"。多多曾在访谈中说,他的大学就是田野,他从那里开始写作,无论是后来回城工作、海外漂泊,在他身上只有诗歌最自然的一种形成,"决不受什么外在生存环境影响而改变而有任何影响"[1]。对他而言,写作已经成为必需和更为本质的生命及生活[10]。

这首《依旧是》就是永恒追求的体现。从词句上来看,时空跨越很大,原诗跨越寒暑衰荣、生离死别——因删节不能完全体现,而贯穿其中不变的字眼就是"依旧是"。

生命的真实与写作的隐喻在多多这里是打成一片的，"白纸"不是"白纸"，"田野"不是"田野"，又或者，"白纸"是"田野"，"田野"是"白纸"。作者以一种翻阅书页的速度穿越于经验世界和虚拟世界之间："词间""麦田间""减价的皮鞋间"，视域的切换并未令他感觉冲突，反而却是"依旧是"。遥远如天上的"星星"，切近如埋在后园的"碎玻璃"，因为诗意的存在，它们都在说话，而这诗意是穿透世间万象的永恒之光，因为一个万变不离其宗的理由："依旧是，依旧是。"

多多这首诗是对超现实主义的隐喻手法的巧妙借用。在传统诗歌中，隐喻是为了揭示两个对象之间已经存在，只是还没有被认识到的相似性，因此具有与真理相似的地位。而对于现代诗歌来说，它并不适用，"因为现代诗歌不是用隐喻为一个现存者唤起一个相似者，而是借用隐喻强迫彼此分离者汇合为一"[11]。现代隐喻往往希望有一种尽可能极端的差异性，同时以诗歌的方式取消这种差异性。例如"白纸"和"田野"，"词"和"麦田"，"星星"和"碎玻璃"无不是最出人意表的组合，却在多多的语言实验室里融合成了一个整体。其中"田野""麦田""家乡"是原乡意象，是早年记忆里的东西；"白纸"和"词"属"元诗"语素，源于一种语言自觉意识；"减价的皮鞋"是过量生产和市场经济的产物，意喻着庸俗、琐碎的现实生活。看似毫不搭界的不同向度里的事物，多多却用现代的技法将它们"对位"整合到了一起。

类似的代表作还有《小麦的光芒》（1996），仅以前两节为例：

> 摘三十年前心爱的樱桃，挑故乡
>
> 运来的梨，追射向青春的那支箭
>
> 世上，还有另一种思念
>
> 没有马送我来，用留在门上的
>
> 三下叩门声，人们为我命名：小麦的，小麦的小麦的光芒

走过中国城的酱菜园，高丽参店，

棺材行，看我的前半生怎样

从一片麦地走出，羞愧的时刻

也是幸福的时刻，黄昏的分分秒秒

从红绸子店中闪耀的，依旧是小麦的光芒[12]

细读此诗，第一节的"怀乡"与第二节的"流浪"相映成趣，而穿透岁月的永恒之光是"小麦的光芒"。整体而言依然不失为一种两头不靠的"双重外在性"的"流散写作"。值得注意的是，全诗的诗眼"小麦的光芒"以单行诗节的形式不断复沓出现，形成一种循环往复的韵律结构，类似于古典律诗的平仄安排或者英语诗歌的音步设计，以此来增进余音绕梁的节奏感或音乐性。这在现代汉语诗歌日趋口语化乃至口水化的当下实属难能可贵——因为新诗在旋律方面的散漫一直令其饱受"汉语性"缺失的诟病，而多多是为数不多的几位在新诗的音乐性上颇有建树的诗人之一——这或许又与他本人的音乐素养有关：早在尝试新诗写作之前，多多是以业余男高音的身份出现在"徐浩渊沙龙"④里。

二、相互矛盾的"背离"

读多多的诗，会发现新诗原来也是一种与声音有关的艺术形式。黄灿然指出："多多诗歌中强烈而又独特的音乐感，又使他跟传统诗歌接上血脉——这就是诗歌的可吟可诵和可记。"[13]具体而言，多多最常用来构造诗歌的音乐手段又包括："一、相同或者相近的词组和句式；二、押韵以及其他类型的同音复现。前者是句法结构方面的相近关系，后者是语音方面的相近关系"，它们在多多作品中"是作为一个整体而出现的"。[14]例如这首《没有》(1991)：

没有人向我告别

没有人彼此告别

没有人向死人告别，这早晨开始时

没有它自身的边际

除了语言，朝向土地被失去的边际

除了郁金香盛开的鲜肉，朝向深夜不闭的窗户

除了我的窗户，朝向我不再懂得的语言

没有语言

只有光反复折磨着，折磨着

那只反复拉动在黎明的锯

只有郁金香骚动着，直至不再骚动

没有郁金香

只有光，停滞在黎明

星光，播洒在疾驰列车沉睡的行李间内

最后的光，从婴儿脸上流下

没有光

我用斧劈开肉，听到牧人在黎明的尖叫

我打开窗户，听到光与冰的对喊

是喊声让雾的锁链崩裂

没有喊声

只有土地

只有土地和运谷子的人知道

只在午夜鸣叫的鸟是看到过黎明的鸟

没有黎明[15]

　　《没有》一诗的写作背景是 1991 年，多多流浪到了荷兰，不懂荷兰语也不学荷兰语，陷入一种失语状态。但"无语的时候，词语仍是中心"[16]。对此，布罗茨基曾有一种说法：对于作家这个职业

的人士，"流散"首先是一个语言事件："他被推离了母语，他又在向他的母语退却。开始，母语可以说是他的剑，然后却变成了他的盾牌、他的密封舱"，他与语言之间那种隐私的、亲密的关系，变成了命运——"甚至在此之前，它已变成一种迷恋或一种责任"。[17]

了解到这一背景，便不难理解，《没有》表现的依然是那种"没有语言"和"只有语言"之间的"双重外在性"，与之相应的是三行诗节与单行诗节的交替出现，以及"没有""只有"句式的回旋反复。这里的音乐结构已不再是传统的"被归化"（eingebürgert）的协调，而是相互矛盾的"背离"（Abweichung）。正如德国哲学家特奥多·W. 阿多诺对"三度无家可归者"⑤古斯塔夫·马勒的作品解读："各种背离（Abweichung）是其本质（Inbegriff）。"[18]阿多诺认为，"任何艺术的意志都无法解决的高雅音乐与低俗音乐之争在美学上得到了反映，它在马勒的音乐中得到了革新"；为了实现这一点，"马勒在无意义的东西中寻找意义，在意义中寻找无意义的东西"，他的音乐"既不以抒情的方式来表达音乐中的个体，也不把音乐膨胀成众人的声音，也不因为大众的缘故而简化音乐。它矛盾的张力在于两者的互不相让"[18]。

多多的诗歌也具有类似的特点。具体到这首《没有》，全诗有两个调式、两种说话的声音：三行诗节的宣泄和单行诗节的矜默；一个汪洋恣肆、一个淡定悠远，彼此独立，又相互映衬，表达着自我分裂的激烈冲突，由此也构成一种诗学的"背离"结构。这样的一种诗歌形式不仅仅是出于音乐性的考虑，更令一个"深刻根植于'中文之内'写作的诗人"、一个"外语世界的漂流者"的外表冷静、内心狂热的形象跃然纸上。

总体而言，这种由多行诗节和单行诗节组合而成的相互"背离"的结构频现于多多1990年代的诗歌创作，几乎成为他流散写作的一个特色。譬如：《静默》（1992）、《在墓地》（1992）、《依旧是》（1993）、《锁住的方向》（1994）、《锁不住的方向》（1994）、《从不做梦》(1994)、《没有》(1996)、《节日》(1996)、《小麦的光芒》(1996)、《等》(1998)、《四合院》(1999)等。即便是在诗节对比并不明显的作品之中,或者同一诗节内部,记忆与现实、原乡与异域、传统与现代的画面所交织构成的极具反差的声调转换也好比"两个小人在打架",例如:

> 一阵午夜的大汗,一阵黎明的急雨
> 在一所异国的旅馆里
> 北方的麦田开始呼吸
> 像畜栏内,牛群用后蹄惊动大地[19]

(《北方的记忆》,1992)

"午夜的大汗"和"黎明的急雨"都是"随风潜入夜,润物细无声"的东西,这与"牛群用后蹄惊动大地"形成鲜明的对比,其实也是一种心理情绪的反映。可以想象,一个"梦里不知身是客一晌贪欢"的异乡客在"异国的旅馆里"幡然醒转,思乡的悲凉在他内心深处发出的那种惊天动地的鸣响。这一节诗里其实也蕴含着两个调式,两种声音。再如:

> 多少小白教堂,像牡蛎壳粘在悬崖边缘;
> 多少飞倦的大鸟,像撑开记忆的油纸伞。
> 我在童年见过的海,是一只七百年前的大青碗,
> 此刻,大海是亿万只嘶叫的海鸥的头
> 举着火把出门,为见识大海。
> 彻夜倾听海底巨石滚动的声响,
> 为见识冬日大海的凄凉。
> 在冬日的威尼斯吃章鱼,
> 手,依然搁在锄把上。

葡萄牙海上的云让我醉，

指头，依旧向往泥土。[20]

（《五亩地》，1995）

"牡蛎壳""油纸伞""大青碗"都曾经历风雨、见过世面，它们安安静静地见证着岁月的惊涛骇浪，但到了这一节的末尾，"亿万只嘶叫的海鸥的头"陡然将音量提高了近百分贝。与之相对，下一节的声音又由"海底巨石滚动"的喧嚣入耳转为"在冬日的威尼斯吃章鱼"的悄声细语。这样的两组声调转换也与作者从向往远洋历险到渴望田园安逸的心态变化遥相呼应。

三、"我们自身内的外来者"

综合以上分析，多多对不同调式、"背离"结构的独具匠心的运用不仅丰富了其诗歌的音乐性表达，而且"总是能够超越词语的表层意义，邀请我们更深地进入文化、历史、心理、记忆和现实的上下文"，这也正是黄灿然所认为的多多"再次跟传统的血脉连接的美德"[13]所在。

写到这里，似乎不得不提及多多与传统的关系。早在现代诗歌秘密潜隐地下的 1970 年代，多多便从波德莱尔、洛尔迦、茨维塔耶娃等世界诗歌的创造者手中接过了诗行和音节的传递，并因其早熟的超现实主义风格而显得尖峭怪异。如果对其早期的诗歌做一次小小的抽样回顾，相信任何诗人和读者都会像黄灿然一样，被震退好几步："怎么可以想象他在写诗的第一年也即 1972 年就写出《蜜周》这首无论语言或形式都奇特无比的诗，次年又写出《手艺》这首其节奏的安排一再出人意表的诗？"[13]但远超同辈的创新使得多多注定不被理解或者迟被理解，就像他诗里的讽喻："他们是误生的人,在误解人生的地点停留/他们所经历的——仅仅是出生的悲剧。"[21]超然物外的姿态也令多多即使到了"新时期"也对那场关于"朦胧诗"的懂与不懂的论争免疫,颇有几分波德莱尔式的自绝于时代:"不被理解,这是具有某种荣誉的。"因此在杨小滨看来,多多是少数几位"能归为'今天派'而不能归为'朦胧派'"的诗人之一:"如果说'朦胧'还暗示了一种半透明(translucency)的状态,多多的诗从开始就由于缺乏那种对光明的遐想而显出绝对的晦暗(opacity)。"[22]这种晦暗实属有意为之,经历了哈罗德·布鲁姆(Harold Bloom)所言的一种"魔鬼化"和"逆崇高"⑥的过程,亦是对波德莱尔诗歌精神的弘扬与延续。

1980年代末期以来,流散语境的"双重外在性"令多多更多地游走于忽明忽暗的灰色地带,就像他在诗里所说:"是航行,让大海变为灰色。"[23]他时而"作无风的夜里熄灭的蜡烛",时而"作星光,照耀骑马人的后颈";与之相应的是他忽高忽低的声音,时而"作风,大声吆喝土地",时而"作一滴水,无声滴下"[24]。这样的一种"背离"令多多偏离了任何一个轨道的单向度前进,因为当他"朝任何方向走","瞬间,就变成漂流"[25]。不同于"五四"时期的"留洋者",1980年代以后的"流散者"是"一个被国家辞退的人/穿过昏热的午睡/来到海滩,潜入水底"[26]。在与国家告别之后,权力,即使是被否定的权力,也不再是(唯一的)思维对象。一代人的"我们"终于变成了流寓海外的"我",这个"我"尝试"对着镜子说话"或者"把影子挂在衣架上"。

没有了读者的关注,也没有了敌人的诅咒,突如其来的巨大自由仿佛浩无边际的宇宙。布罗茨基做过这样一个比喻:一位身居异国的作家,"就像是被装进密封舱扔向外层空间的一条狗或一个人(自然是更像一条狗,因为他们从不将你回收)。而这密封舱便是你的语言"[17]。只有具备足够"自我强健"和"承受能力"的"流散者"才经得起这样的宇宙漂流。多多说:"在中国,我总有一个对立面可以痛痛快快地骂它；而在西方，我只能折腾我自己，最后简直受不了。"[27] 1993 年，顾城自杀；此前不久，杨炼刚刚在纽约写下："黑暗中总有一具躯体漂回不做梦的地点。"[28]那是到了非得置之死地而后生的时候，"那个从不可能开始的开始，才是真的开始"[29]。从 1989 年到 1995 年，也是北岛生命里最黑暗的时期：六年之间搬了七国十五家，差点儿没搬出国家以外。"在北欧的漫漫长夜，我一次次陷入绝望，默默祈祷，为了此刻也为了来生，为了战胜内心的软弱。我在一次采访中说过：'漂泊是穿越虚无的没有终点的旅行。'经历无边的虚无才知道存在有限的意义。"[30]

张枣曾表示，1980 年代出现的文学流散现象虽然有外在的政治原因，但究其根本，美学内部自行调节的意愿才是真正的内驱力[31]，并认为："中国流亡诗人既不能像西方发达资本主义时期的诗人那样，带着殖民者的优越心态，陶醉于异国情调，又不能像居家者那样悠闲地处理波澜不惊的日常生活。必须把自己确立为一个往返于中西两界的内在的流亡者和对话者，写作才具有当代性与合法性。"[32]"往返于中西两界"的内在对话来自流散者所特有的双重经验或双重视域，即苏联文艺理论家巴赫金所言的"外位性"（exotopy）视角。对此，巴赫金指出：

> 存在着一种极为持久但却是片面的，因而也是错误的观念：为了更好地理解别人的文化，似乎应该融于其中，忘却自己的文化而用这别人文化的眼睛来看世界。……诚然，在一定程度上融入别人文化之中，可以用别人文化的眼睛观照世界——这些都是理解这一文化的过程中所必不可少的因素；然而如果理解仅限于这一个因素的话，那么理解也只不过是简单的重复，不会含有任何新意，不会起到丰富的作用。创造性的理解不排斥自身，不排斥自身在时间中所占的位置，不摈弃自己的文化，也不忘记任何东西。理解者针对他想创造性

地加以理解的东西而保持外位性,时间上、空间上、文化上的外位性,对理解来说是了不起的事情……在文化领域中,外位性是理解的最强大的推动力。别人的文化只有在他人文化的眼中才能较为充分和深刻地揭示自己(但也不是全部,因为还有另外的他人文化到来,他们会见得更多,理解得更多)。[33]

"外位性"视角打破了传统民族文学的自我中心主义(egocentrism)、我族中心主义(ethnocentrism),颠覆了西方与东方、自我与他者、主体与客体、殖民者与被殖民者、移民与土著之间的二元对立的思维模式。保加利亚裔法国思想家、文学批评家朱丽娅·克里斯蒂娃(Julia Kristeva)认为,"在现代世界中,既不愿(或不能)融入当地,又不愿(或不能)回到故土的外国人的数量不断增加",而这群人发展出一种新的个体主义——"脱离常轨的主体、渴望一切的主体、献身于绝对的主体,无法满足的流浪者"[34]。现代个体不仅依恋于自己民族与传统的独特性,更是唯恐失去本质上属于主体的、不可化约的陌生性,"我们要承认自己内在的奇异性、陌生性;只有在我们将自己视为与自己陌生的人、视作自身的外人之后,才能更好地尊重、接纳外国人,与他们共同生活"[35]。

"外位性"视角所产生的"双重外在性"是流散文学的本质特征。它是游牧的、去中心的(decentered)、对位的(contrapuntal)。"对位"本是一个音乐术语,意指把两个或两个以上有关但是独立的旋律合成一个单一的和声结构,而每个旋律又保持它自己的线条或横向的旋律特点。具体到流散汉语新诗,则表现为在不同文化和语言空间里进行向度切换的"双重化"(doubling)技巧。"双重化"技巧在每一位诗人那里也会有个性化的表达。例如张枣对"对话体"形式的偏好、北岛"漫游者"身份的凸显、木心的古诗新作等等。而在多多的海外创作中,则更多的是通过某种音乐结构来表现"自身内的外来者",有些类似于巴赫的《托卡塔与赋格》,"轻巧、缓和、散逸,镌刻在一个正在形成的演奏技法中,毫无目的、毫无制约、毫无终局。陌生性——方才触及,业已远去"⑦。如前所述,"对位"的音乐结构和"背离"的诗学原则相得益彰。有趣的是,马勒的"背离"来自巴赫的影响:在他的第五号交响曲至第七号交响曲中都是不加入声乐的纯器乐作品,充满了来自巴赫的体验,巧妙地运用许多复节奏、复对位法的方式处理主题,形成了"既是地地道道的,又是一种陌生的音乐"[18]。多多也是采用类似的手法来游刃于传统和现代之间,黄灿然认为,"他的成就不仅在于他结合了现代与传统,而且在于他来自现代,又向传统的精神靠近,而这正是他对于当代青年诗人的意义之所在:他的实践提供了一条对当代诗人来说可能更有效的继承传统的途径"[13]。

综上所述,在流散的语境下,多多获得一种反观内外的视野和"对位"思考的契机,其创作空间的"双重外在性"不仅带来文学形式和美学观念的创新,更是对传统/现代、东方/西方、民族/世界等一系列的二元对立思维模式的超越。在多多看来,"诗歌是精神的整体性的结晶",诗歌存在的意义之一,就是"炸开实证性的逻辑语法","解放想象力,扩大现实感,呈现生命的秘密"[36]。而在这个意义上,新诗与古诗并无二致。中国古典诗人的群像"带着字里行间一路而来的山脉,河流,重量与压力,和我们在一起,不只在语文的中断处,也在地质的断层,等待我们接说——这生命草坪的又一季"[37]。虽然在现代社会,无论本土还是海外,诗歌已沦为边缘,但"边缘靠近家园","诗歌享用这边缘,并继续为生病的河流提供仪式,为心灵提供可阅读的风景",而这正是"我们绵延的理由"[37]。

注释

① "白洋淀三剑客"是指:根子、芒克、多多。多多在这三人之中创作时间最长、成就最大。

② 多多以《万象》命名的组诗现有两种版本,此诗收入《行礼:诗

38首》，另一组组诗《万象》收入《里程：多多诗选1972—1988》。参见多多：《万象》，李润霞编：《被放逐的诗神》，武汉：武汉大学出版社，2006年版，第240—243页。

③ "流散"(Diaspora，又译飞散、离散等)一词源于希腊语，原指植物通过种子和花粉的随风飘散繁衍生命，后引申为犹太民族在"巴比伦之囚"以后离开耶路撒冷而播散异邦。而它的新解，是指民族文化文学获得了跨民族的、世界性的特征。在当代的文学创作和文化实践中，流散成为一种新概念、新视角，"含有文化跨民族性、文化翻译、文化旅行、文化混合等意涵，也颇有德勒兹(G. Deleuze)所说的游牧式思想(nomadic thinking)的现代哲学意味"。参见童明：《飞散》，《外国文学》2004年第6期。

④ "文革"时期，北京存在一些地下文化沙龙，"徐浩渊沙龙"是其中之一，其成员读禁书、写禁诗，学习音乐或者绘画。多多和根子起初都是以歌者身份加入"徐浩渊沙龙"的，根子唱男低音，多多唱男高音。参见多多：《1970—1978北京的地下诗坛》，刘禾编：《持灯的使者》，桂林：广西师范大学出版社，2009年版，第89页。

⑤ 据马勒的妻子阿尔玛·马勒在《回忆录》中的叙述，马勒感到自己"三度地无家可归……一个生活在奥地利的波希米亚人，一个生活在德国人中间的奥地利人，一个在全世界游荡的犹太人。无论在哪里都是一个闯入者，永远不受欢迎"。参见彼得·富兰克林：《马勒传》，王丰，陆嘉琳译，桂林：广西师范大学出版社，2001年版，第85页。

⑥ 关于"魔鬼化"和"逆崇高"，参见哈罗德·布鲁姆：《影响的焦虑——一种诗歌理论(增订版)》，徐文博译，南京：江苏教育出版社，2005年版，第101—114页。

⑦ 约翰·塞巴斯蒂安·巴赫(Johann Sebastian Bach)，巴洛克音乐集大成者，《D小调托卡塔与赋格》为其知名作品。托卡塔

(toccata)与赋格(fugue)均为音乐形式。托卡塔,有"轻触"之意,速度轻快、节奏均匀;赋格,源于拉丁文 fuga,意为"逃逸",各声部按对位法写就,彼此模仿,相继演奏。参见朱丽娅·克里斯蒂娃:《我们自身的外人》,陆观宇译,上海:上海文艺出版社,2022 年版,第5—6页。

参考文献

[1] 凌越,多多.我的大学就是田野:多多访谈录[J].书城,2004(4).

[2] 多多.同居[M]//李润霞.被放逐的诗神.武汉:武汉大学出版社,2006:282.

[3] 宋海泉.白洋淀琐忆[M]//刘禾编.持灯的使者.桂林:广西师范大学出版社,2009:118.

[4] 爱德华·W.萨义德.知识分子论[M].单德兴译.北京:三联书店,2002:45.

[5] 张德明.流浪的缪斯:20 世纪流亡文学初探[J].外国文学评论,2002(2).

[6] 多多.阿姆斯特丹的河流[M]//张枣,宋琳编.空白练习曲:《今天》十年诗选.香港:牛津大学出版社,2002:1.

[7] 谢默斯·希尼.舌头的管辖[M]//布罗茨基等.见证与愉悦:当代外国作家文选.黄灿然译.天津:百花文艺出版社,1999:254.

[8] 唐晓渡.多多:是诗行,就得再次炸开水坝[J].当代作家评论,2004(6).

[9] 多多.依旧是[J].今天,1994(2).

[10] 夏榆,陈璇,多多."诗人社会是怎样一个江湖":诗人多多专访[N].南方周末,2010-11-17.

[11] 胡戈·弗里德里希.现代诗歌的结构:19 世纪中期至 20 世纪

中期的抒情诗[M].李双志译.南京：译林出版社，2010：194—195.

[12] 多多.小麦的光芒[M]//多多四十年诗选.南京：江苏文艺出版社，2013：247.

[13] 黄灿然.多多：直取诗歌的核心[J].天涯，1998(6).

[14] 李章斌.多多诗歌的音乐结构[J].当代作家评论，2011(3).

[15] 多多.没有[M]//多多四十年诗选.南京：江苏文艺出版社，2013：196—197.

[16] 多多."第三届华语传媒最佳诗人奖"受奖演说[J].当代作家评论，2005(3).

[17] 布罗茨基.我们称为"流亡"的状态，或浮起的橡实[M]//文明的孩子：布罗茨基论诗和诗人.刘文飞，唐烈英译.北京：中央编译出版社，1999：59.

[18] 阿多诺.论瓦格纳与马勒[M].彭蓓译.上海：上海人民出版社，2022：183—185，182.

[19] 多多.北方的记忆[M]//多多四十年诗选.南京：江苏文艺出版社，2013：218.

[20] 多多.五亩地[M]//多多四十年诗选.南京：江苏文艺出版社，2013：234.

[21] 多多.教诲：颓废的纪念[M]//李润霞编.被放逐的诗神.武汉：武汉大学出版社，2006：279.

[22] 杨小滨.今天的"今天派"诗歌[J].今天，1995(4).

[23] 多多.它们：纪念西尔维亚·普拉斯[M]//多多四十年诗选.南京：江苏文艺出版社，2013：219.

[24] 多多.从不做梦[M]//多多四十年诗选.南京：江苏文艺出版社，2013：234.

[25] 多多.归来[M]//多多四十年诗选.南京：江苏文艺出版社，2013：229.

[26] 北岛.创造[M]//午夜歌手：北岛诗选一九七二—一九九四.
台北：九歌出版社,1995：189.

[27] 顾彬.预言家的终结：二十世纪的中国思想和中国诗[J].成川
译.今天,1993(2).

[28] 杨炼.黑暗们[M]//大海停止之处：杨炼作品 1982—1997 诗
歌卷.上海：上海文艺出版社,2003：412.

[29] 杨炼.冥思板块的移动：与叶辉对话[M]//唯一的母语：杨
炼：诗意的环球对话.上海：华东师范大学出版社六点分社,
2012：197.

[30] 北岛.自序[M]//失败之书.汕头：汕头大学出版社,2004：2.

[31] 张枣.当天上掉下来一个锁匠[M]//北岛.开锁：北岛一九九
六—一九九八.台北：九歌出版社,1999：9—10.

[32] 宋琳.精灵的名字：论张枣[M]//宋琳,柏桦编.亲爱的张枣.
南京：江苏文艺出版社,2010：159.

[33] 巴赫金.答《新世界》编辑部问[M]//钱中文编.巴赫金全集：
第 4 卷.石家庄：河北教育出版社,1998：370.

[34] 朱丽娅·克里斯蒂娃.我们自身的外人[M].陆观宇译.上海：
上海文艺出版社,2022：151,5.

[35] 陆观宇.译者序[M]//朱丽娅·克里斯蒂娃.我们自身的外人.
上海：上海文艺出版社,2022：xiv.

[36] 多多.雪不是白色的[J].今天,1996(4).

[37] 多多.边缘,靠近家园：2010 年纽斯塔特文学奖受奖词[J].名
作欣赏,2011(13)：8.

——原载《江汉学术》2024 年第 2 期：91—97,原刊作者名：
崔春

翻译与比较诗学

翻译与诗学

——对西方现代诗的挪用、取舍与转化

梁秉钧

摘　要：从比较文学的角度，可以有效地研讨现代主义诗作翻译与创作的关系。译诗也是一种诗观的实践，与更大的文学或文化脉络相连；译诗需要对诗学的了解，并不是逐字译过来便可以；译诗可以作为文学关系的具体例证，译诗的动机和影响，牵涉到两种文学间传播、借镜、冲突或是调和等各种关系。

关键词：译诗；诗学；象征派；现代性

本文尝试从比较文学的角度，讨论现代主义诗作翻译与创作的关系。文中作为举例的诗作和译作集中于 1930—1940 年代，亦即汉诗现代风格的形成阶段。类似的讨论，当然也可引申至后来的现代汉诗。依过去文本分析的方法，论者会批评某篇翻译用字对不对、准确不准确。从比较文学的角度看，译诗也是一种诗观的实践，与更大的文学或文化脉络相连；译诗需要对诗学的了解，并不是逐字译过来便可以；译诗可以作为文学关系的具体例证，译诗的动机和影响，牵涉到两种文学间传播、借镜、冲突或是调和等各种关系。

就以五四以来的中国新诗人来说，他们的译诗不仅是介绍和引进，也是一种创造性的转化，是一种借以改革诗体的策略。他们

的译序和后记往往是诗学的宣言,译诗是创作的变奏,与当时的社会文化背景有复杂牵连的关系。要深入了解新诗作者,不能不了解他们的译诗;要讨论他们的译诗,也不能不同时认识他们的创作。五四以来新诗人的译诗不仅是译诗,也在他们的文学贡献中占了重要的比重,与他们的创作和诗观不可分。胡适的《尝试集》里有一首《关不住了》,他说是他的新诗成立的纪元,但那却是一首译诗,译自美国女诗人莎拉·蒂斯黛尔(Sara Teasdale)的 Over the Roofs①。徐志摩的诗集《猛虎集》书名来自集中一首诗,那也是首译诗,译自英国诗人威廉·布莱克的 The Tygre②。李金发也喜欢把翻译的法国诗收入诗集里,作为对他自己的象征派诗作的佐证或说明,他自己的创作有时也引一段法文诗在前头,或者插入诗中,创作和翻译真是浑成一片了。徐志摩、闻一多和朱湘与英国诗的关系,李金发、戴望舒、卞之琳与法国象征派诗的关系,都可以是比较文学研究的课题,而要研究就不能忽略他们的译作。

一个诗人的翻译与创作往往是平行的,戴望舒早期比较强调诗的音乐性,写出较舒缓的《雨巷》,那正是他翻译魏尔伦的日子③;到他翻译艾吕雅的《自由》等自由诗:

> 在我的小学生的练习簿上//在我们书桌上和树上//在沙上在雪上//我写了你的名字④

他自己的作品也逐渐变得明朗自然和口语化了;晚期翻译《西班牙抗战谣曲选》⑤,正是在中国抗战期间,而从这些翻译见出他诗学的理想:想调和艺术手段和对现实的关怀,这亦可以与他后期较成熟的作品如《狱中题壁》《我用残损的手掌》并读。

从当代文学理论,比如接受美学的角度来看,文学不同于数学的地方,就在于它的开放性和不确定性,每个读者自然受到自己历史文化背景和阅读习惯的影响。正如海德格尔所说,任何存在都是在一定时空条件下的存在。人对事物的理解不是空白而透明的理解,是带着原有的主观成见的。如果要说文学作品是在阅读过程中产生及表现出来,那么翻译可能是一个明显而有趣的例子,因为译者首先是一个读者,读了又再译写出来让另一些读者去读,在翻译过程中自然见到不同的历史文化背景和置身这背景中的读者的期待视野,而不同的译者在其中或是追随主流,或是反叛,或是作出种种调整,因各种不同需要而对作品的开放性和不确定性作出规限,或者加以转化。

译诗一般的情况是这样,但翻译现代主义的诗作,可以见到这问题特别显著,值得进一步探讨。这是因为现代派诗作,尤其强调诗的开放性和不确定性。现代主义作品,因为对传统价值观念的质疑、对一般习惯生活模式的对抗、对人类心理和潜意识的探索、对既定形式的舍弃,以及对言语文字是否可以顺利传意感到怀疑,造成种种阅读的困难。依照符号学的学者洛特曼(J. Lotman)所说,如果是读者从作者那儿见到一套熟悉的传意符号系统,那么彼此的关系是一种认同的相处的美学;但如果相反,彼此相抵触,则是相抗衡的美学。现代主义的作品正是如此!所以对读者的挑战特别大,对译者的要求也特别多。过去谈译诗,许多人喜欢说文字美不美、优雅不优雅、流畅不流畅,但如果现代派诗的要求根本不是这样,我们又怎能要求译诗这样? 原诗是不易懂的,我们能要求译诗明白如话吗? 原诗打断了语法,如果在译诗中规规矩矩地拼起来就没有意思了。译现代诗,有时视乎需要,可能要保留诗中的暧昧性和歧义性,译者有时又为了填补与读者的距离而作出种种补充解说。中国新诗人往往也是译者,译诗作为创作的探路石和辩白书,作为修养和练习,也作为对某种诗观的宣扬支持,对自己诗作的注释和补充等。在 1930—1940 年代中国现代诗兴起的时候,我们也见到相应的较多的波德莱尔(C. Baudelaire)、艾略特(T. S. Eliot)、奥登(W. H. Auden)和里尔克(R. M. Rilke)等人诗作的翻译,诗人用译作来锻炼自己的诗艺,辅以前言和后语向读者介绍这新的诗观,翻译和创作的关系是非常密切的。

一、认同与抗拒：译介象征派诗的例子

1926 年,李金发译魏尔伦的《巴黎之夜景》[1] 既介绍象征派诗,其实亦希望帮助读者了解他自己作品《微雨》费解之处。诗人译诗的一个作用,是带领读者或提示批评家,令他们明白或接受另一种诗观。但要读者改变其阅读习惯是不容易的事,尤其当这种诗观与他们原来的诗观相距太远,阻力就更大了。象征派诗讲朦胧的气氛和情调,不用阐释性的直述语言而要含蓄地贴近事物的核心去体会,不要写实而要用文字营造意境,运用的是私人的而不是公众已接受的象征等等,较难为当时中国读者所接受。因此,李金发被称为"诗怪",他的诗亦被认为是晦涩而难以理解。在把象征派诗译介过来的过程中,最见到认同与抗拒的种种极端。

在李金发之前,1920 年代初最早把象征主义介绍到中国来的文字,如雁冰(茅盾)的《我们现在可以提倡表象主义的文学吗?》主要不是在介绍这一派的诗作,而是觉得写实文学令人失望,而"表象主义是承接写实之后,到新浪漫的一个过程,所以我们不得不先提倡"(《小说月报》第十一卷第二号,1920 年)。茅盾当时曾一度对梅特林克、叶慈、霍斯特曼、安德烈夫等人的戏剧和小说感兴趣而作译介。而另一位作者谢六逸辑的《文学上的表象主义是什么?》在介绍了一些象征主义的特色后,主要的结论还是说：当时的中国文艺其实还没有经过写实主义,劝作者们不要一蹴而学象征主义(《小说月报》第十一卷第五及六号,1920 年)。两位作者表面的分歧,主要在他们对中国当时写实主义文学的失望和期盼,而不重视象征主义的各种实在含义。茅盾本人的文艺观发展到后来,坚持为无产阶级服务的写实主义,就彻底否定了象征主义以及其他现代主义的作品了。反而是当时一些诗人,对象征主义的诗观有兴趣,才开始对这类诗作本身的特色作译介。如穆木天和王独清,就借对象征主义的介绍,提出了"纯诗"(pure poetry)的观念⑥。

其实徐志摩早在 1920 年代《语丝》第三期就译介了波德莱尔的《死尸》(Une Charogne)⑦,不过一直较少人提及。他说"这首《死尸》是波特莱尔的《恶之花》诗集里最恶亦最奇艳的一朵不朽的花,翻译当然只是糟蹋"。他认为诗的好处在哪里呢?"诗的真妙处不在他的字义里,却在他的不可捉摸的音节里"。又说:"我深信宇宙的底质,人生的底质,一切有形的事物与无形的思想的底质——只是音乐,绝妙的音乐……"⑦这种说法,强调文字的音乐多于意义,把客观的外在世界化为主观感受,很接近象征主义的诗观。不过徐志摩并没有继续走象征主义的路,他只是借《死尸》来说他理想中的纯诗罢了。他的说法基本上是强调艺术的纯粹性,与当时为人生而艺术的看法是对立的。他是借认同译介过来的诗观,以抗拒当时作为主流的意识形态。

但因为象征主义的诗比较难被读者接受,所以作品中带有这种倾向的诗人又往往会通过翻译,把这类诗和它的特色——比如音调的和谐、情绪的朦胧、"通感"的手法等——用读者比较能认同的文艺观介绍过来。戴望舒、梁宗岱、李金发、陈敬容、卞之琳等都译过象征派的诗,而在译介过程中,用种种方法去拉近与读者的鸿沟。比方说,梁宗岱在介绍象征主义时,就提出几句陶渊明的"采菊东篱下,悠然见南山"和谢灵运的"池塘生春草,园柳变鸣禽"作比较,指出渊明诗"一片化机,天真自具,既无名象,不落言诠"⑧。把一种陌生的诗观,用读者所熟悉的诗观去体会,令它更易为人接受。但是象征主义的诗观,往往要经营一个自给自足的世界,在这方面来说,象征主义的诗观可是强调人工巧意雕砌,而不是浑然天成呢!

早年文艺界往往强调象征派的怪诞,比如田汉写《恶魔诗人波陀雷尔的百年祭》⑨，王维克《恶魔诗人波特莱尔》（《小说月报》二十二卷一号，1931年1月）。后来相对"恶魔派"的说法，卞之琳译出了哈罗德·尼柯孙论魏尔伦的论文，并且在译文前提到"魏尔伦底诗为什么特别合中国人底口味？"他的策略是轻描淡写地否定了"晦涩难解是象征派底不二法门"，强调了魏尔伦的"亲切"与"暗示"这两个特色，然后说"亲切与暗示，还不是旧诗词底长处吗？"⑩这种用中国旧诗词去比附象征派诗的做法未尝没有道理，值得再深入讨论。当时的做法也是一种权宜的策略。但正如比较文学的理论所强调的：除了比较相同，阐明相异之处也是重要的，不然就见不到介绍进来这文学本身的特色。有些诗人在译介象征派诗时化晦涩为明朗，把多义的语法用字平易化，可能是较能令读者接受，但翻译能带来的对原有诗观的冲击就不大了。

比如，波德莱尔的名诗 Correspondences 的题目，梁宗岱译为"契合"，戴望舒译为"应和"，陈敬容译作"通感"，则无疑是呼应了钱钟书谈中国古诗的特色，这可以是用以体会象征主义诗观的角度之一，但作为题目，虽有解释作用，却并不能包括全诗的主旨，也不能完全概括象征的诗观，至少对诗中的"象征"就未囊括在内。

又比如，王了一用中国旧诗形式译《恶之华》[2]，可能较易为中国读者认同，但失去波德莱尔诗的特异性与反叛性。如 Correspondences 一诗首段四行，译为五言八句："宇宙一兰若，楹柱皆有情。偶然相攀谈，隐约笑语生。行人此经过，森然见群形。逢人如相识，凝视不转睛。"虽可说是有趣的尝试，意境变得"亲切"了，译诗处处带入佛教的意象，亦未尝不可细论；但波德莱尔的象征诗观，却在其中失落了。

二、复杂性、现代性、形式的探索

现代派诗作处理复杂多样的题材，其中如城市的题材，自然是

现代化生活的一种特色。由李金发、卞之琳而至陈敬容、唐湜、唐
祈、杭约赫等人有关城市的诗作，可以跟当时翻译过来的波德莱
尔、桑德堡、布洛克、艾略特诸人的诗作互相参照，其中有影响也有
转化，有启发也有变异。即使相类似的题材，现代派独特的认知角
度和表达方法，也带给中国新诗新的刺激。比如在 1930—1940 年
代中日战争期间产生的抗战诗，其中有些在内容上流于浅露，在艺
术技巧上显得粗糙，所以也有些诗人企图通过翻译，介绍比较深刻
和复杂的战争诗，以弥补当时抗战诗的不足。戴望舒 1930 年代末
译介《西班牙抗战谣曲选》，可从这个角度了解。英国诗人奥登的
作品，也就是在这时介绍过来的，尤其他 1938 年来过中国，写了一
辑名为《在战时》(In Time of War)的十四行诗，先后也有几位诗
人把这些诗翻译过来。

　　诗人译诗的用心可见于细致的译作，若与一般不了解现代诗
视野的译作比较，更是昭然可见。奥登《在战时》组诗之 18 开头有
这么两句：

Far from the heart of culture he was used；
Abandoned by his general and his lice[3]

　　奥登在汉口一个文艺界举行的茶会中朗诵了这首诗，翌日在
大公报的报道中刊出了译诗，其中第二句被译成："穷人和富人联
合起来抗战。"⑪这大概可算是因为不了解现代诗观而闹出的笑话
了。卞之琳后来的翻译，依原本的意思译为"他用命在远离文化中
心的场所，遭受了将军以及虱子的遗弃"[4]。最初的译者因为不了
解现代诗把高贵和卑贱糅合在一起的技法，也不了解现代诗从平
实、反高蹈的角度去描写平凡英雄的苦心，看见把"将军"和"虱子"
放在一起就觉得冒渎，没法译出，唯有随便检一句抗战诗的滥调敷
衍塞责了。

　　这位译者的态度是尽量认同一般读者的期待视野,希望符合当时文艺界的主导意识、流行风气,不惜歪曲译诗。现代派诗人刚好抱持相反的态度。比如卞之琳等诗人,则正是通过翻译奥登的诗来标示另一种抗衡的诗观。卞之琳后来在《大公报·文艺》上的《写诗和读诗》批评了那位译者。卞之琳认为原诗里有高贵的视野,字里行间也有同情心,问题是:我们一般读者总是期待诗人教他该"忧伤"或"愤怒",不然他就不懂怎样感觉、怎样读诗了。卞之琳显然希望通过翻译的讨论,提出现代诗的复杂性和现代性,想更多人了解。他理想中的读者是主动、参与、明智的,不是任人煽动的被动的群众,这也是现代诗的理想罢。

　　如果我们看了当时卞之琳、袁可嘉等在译诗或诗论中的观点,再看他们写战时,(比如卞之琳的《慰劳信集》[5])和战后情况(比如袁可嘉的《上海》《南京》[⑫])的作品,就可以看到,他们作品中强调的复杂性、理智的态度和反滥调的观看方法,是与他们的译作同步的。

　　奥登这几首诗都是十四行,袁可嘉和卞之琳也尝试过十四行诗体,也是在普遍自由诗的气氛中,回过头去寻求节制与凝练。卞之琳的译诗往往讲究顿(音节)甚至韵式,翻译也似形式的锻炼。五四以来,译诗亦一直是一种寻觅形式借镜诗体的手段。新诗人从旧诗形式解放出来,希望参照西方模式得到启迪去寻觅诗体。闻一多、徐志摩、陆志苇、朱湘、孙大雨等人都参考过西方诗格律,卞之琳译诗后记往往不厌其烦解释押韵格律问题,可见他用心所在。另外一些诗人则吸收西方自由诗的做法,运用口语的节奏。此外如颂诗、讽刺诗,戏剧性独白等,也对一些诗人有影响。五四以来对诗形式的种种探索中,翻译诗带来的影响很大,其中当然有些外国诗体有比较适合转化的,亦有比较难以融合而不得不舍弃的。

　　袁可嘉在 1940 年代发表了许多诗论,鼓吹新诗的现代化,论

文中也常引用新批评的理论、奥登和艾略特的诗作为借镜。比如
《新诗戏剧化》⑬一文，引用奥登的《小说家》以举例说明现代诗的
浓缩、具体、生动和机智，以对当时一般松散和伤感的诗提出批评。
新诗的戏剧化也可以是不限于外在格律而追求内在的凝聚力的诗
体探索。

三、借鉴与取舍：现代抒情诗的例子

在 1930—1940 年代，有些诗人有感于许多诗作的口号化和松
散，所以除了有人翻译奥登写战时在中国的诗，也有人翻译里尔克
的抒情诗，主要是欣赏他们诗中的观察和内省、凝聚力和深度，从
这些译诗，可见新诗如何追求更成熟的模式。

冯至译过里尔克的《给一个青年诗人的十封信》⑭，在《新诗》
上译过里尔克诗钞（《豹》《一个女人的命运》《呵朋友们》《这并不是
新鲜》《呵诗人你说》《你作什么》等）⑮。从冯至和受过他影响的郑
敏、袁可嘉、陈敬容等人的翻译和介绍中，可见他们重现的是观看
的方法，那种对万物的沉思、由外察而内省又由内而外的物我感
应，这样的诗代表了一种现代的抒情诗，既有主观的抒情，又有节
制，既有玄思，又有具体的呈现。

冯至一度在文集中谓他自己的《十四行集》"内容和形式都矫
揉造作"，也自认是一时偏激之言，比较公平地承认十四行集比前
两部诗集思想上深沉了一些，艺术上更纯熟一些，他说"我写十四
行，并没有严格遵守这种诗体的传统格律，而是在里尔克的影响下
采用变体，利用十四行结构上的特点保持语调的自然。我有诗在
行与行之间，节与节之间，试用跨句，有成功也有失败，成功的可以
增加语言的弹性和韧性……"[6]冯至说："我们身边有多少事物，在
向我们要求新的发现。"⑯里尔克种种对现实的观察，凝浑的风格，

对艺术的兴趣，也影响了冯至和郑敏等诗人。

除了冯至，还有好几个人译过里尔克，比如梁宗岱译过《严重的时刻》《这村里》《军旗手的爱与死之歌》[7]，还有里尔克谈罗丹的专书[8]。比较少人提的是：徐迟写过热情的《里尔克礼赞》，称赞他有纯粹并且浓厚的感情，使人类的言语到达了一个最高峰……这样一种语言，表现了人类感情的最深刻的府奥。他说"是里尔克，使我第一次感到我的童年的幸福，在他启示了我以后，我更听懂了巴哈的乐曲。是里尔克，使我第一次感到恋爱的幸福……里尔克使我懂得纯粹"。（《时与潮文艺》创刊号）他的介绍明显地宣扬他喜欢里尔克的原因，也是相对于当时诗风的一种批评。里尔克重视节制，不是泛情。徐迟特别强调里尔克的说法："我们的诗，当写出来的时候，写得太早了，就不深刻了。"陈敬容在《诗创造》的翻译专号上译了《少女的祈祷》等五首诗，特别在后记中强调他超越了浪漫主义诗人，"转向了克腊西克的成熟"⑰，呼应了刘西渭强调理智和节制的诗观。

另外还有一位比较少人提到的诗人吴兴华，他也是喜欢里尔克及译过里尔克的，选译的诗跟其他人稍有不同，谈到的角度也比较深刻，可以帮助我们了解现代抒情诗的一些特质。吴兴华在《谈黎尔克的诗》中说："黎尔克把金针度与后人的地方却在他处理的手法。"[9]73

里尔克的处理方法是"走入人物事件的深心，而在平凡中看出不平凡"。在里尔克的种种诗艺中，吴兴华特别强调他的一种特色："在一大串不连贯或表面上不相连贯的事件中选择出'最丰满，最富于暗示性'的片刻。"[9]75这种处理，不同传统的叙事诗，不强调顺序的交代情节，强调人物的心理描写，把时间作空间化处理，正是现代诗的特色。

这种做法又可以吴兴华所翻的里尔克诗《奥菲乌斯·优丽狄克·合尔米斯》作为引证。吴没有选译一般常见的里尔克诗，而是选了《给奥菲乌斯的十四行》中比较艰涩深沉的诗[9]。在这首诗里,当里尔克处理奥菲乌斯的故事时,没有顺序叙述奥菲乌斯怎样与妻子优丽狄克相爱,当她不幸死亡,他又如何悲伤,他如何走下地府把她领出来,又如何因为怀疑而回首,致令她永远消逝。里尔克特别的地方正在他选择其中一个片刻——那就是奥菲乌斯突然回过头来的片刻——诗中甚至连转身的动作也没写,只是由神的口中说出来:

> 当突然之间那神祇
> 把她止住,痛苦在他的声音中
> 说出这个几字:他转过身来了——
> 她并不明了,悄声地说道:谁?

这种现代抒情诗与传统叙事诗最大的不同,就在不用一笔一画地把人物的外貌和行为作工笔的细密描写,而是追踪他们的心理,善用跳跃和省略,以意象和场景的空间性连接,代替了时间性的叙事。这诗的现代性,也在体会死去重生的女子优丽狄克的心理,探入比较暧昧而难以界定的心理状态。吴兴华在译诗的讨论中说:里尔克知道怎样跳过平常的或假装出来的外貌,突然进入人们故意或无意中掩藏起来的"真心"。人的内心的曲折多变,也是受到了现代心理学启发的现代诗的认识。由这种了解回头来看吴兴华写历史人物的新诗,如《西珈》《刘裕》《柳毅和洞庭龙女》《盗兵符之前》《弹琵琶的妇人》等⑱,可以见到他的作品与新诗中其他写历史人物的作品不同之处,正在那种企图在一瞬间突然进入人物的真心的做法,他的《弹琵琶的妇人》由白居易的《琵琶行》而来,但他的诗作不同的地方,它的现代性所在,正是在于能捕捉强烈的抒情气氛,不强调叙事的因果关系,而把握整个故事"最丰满、最紧张、最富于暗示性的片刻"。了解他创作态度的锁钥,正是在他的翻译和介绍里尔克的文字里。

注释

① Sara Teasdale,"Over the Roofs"（关不住了），胡适译，见《尝试集》，1920 年上海亚东图书馆初版。北京人民文学出版社重印，1984 年版，第 44—45 页。有关胡适译《关不住了》的讨论参看《比较文学与翻译》（梁秉钧卷），香港：三联书店，1989 年版，第266—280 页。下文有关吴兴华的讨论最先见于梁秉钧：《翻译与诗学》，载于《市政局中文文学周十周年志庆纪念论文集》。香港：市政府公共图书馆，1988 年版，第 130—137 页。

② William Blake,"The Tygre"（猛虎），译诗原刊于 1931 年 4 月20 日《诗刊》第二期，诗题后附有英文原题"The Tiger"徐志摩译；亦见《猛虎集》1931 年 8 月上海新月书店出版，再版见长沙：湖南人民出版社，1989 年版，第 24—25 页。

③ 参阅《小说月报》第十九卷第八号，1928 年 8 月。

④ 参阅《诗创造》第六期，1947 年 12 月。亦见《戴望舒译诗集》，长沙：湖南人民出版社，1983 年版，第 90—94 页。

⑤ 戴望舒参考 1937 年西班牙马德里出版社刊行的《西班牙抗战谣曲选》（*Romancero General De La Guerre De Espana*）西班牙原作，辅以英、法语译本选译其中作品。亦见诗人增补译作。部分西班牙抗战谣曲译诗散见于 1939 年《星岛日报·星座》第154 期、1939 年 7 月《顶点》创刊号等。戴望舒刊行 20 首抗战谣曲选译单行本的计划，在 1946 年 12 月《文艺春秋》第三卷六期中曾刊登出版广告。戴望舒在 1948 年 12 月在《华侨日报·文艺周刊》第八十七号发表《跋〈西班牙抗战谣曲选〉》。参看《戴望舒全集·诗歌卷》，王文彬、金石主编，北京：中国青年出版社，1991 年版，第 558—592 页。

⑥ 穆木天：《谈诗——寄沫若的一封信》。王独清：《再谈诗——

寄木天、伯奇》,《创造》月刊第一卷第一号,1926 年 3 月。

⑦ 原载于《语丝》第三期,1924 年 12 月。可参阅《语丝》合订本,上海:上海文艺出版社,1982 年版,第 5—7 页。

⑧ 梁宗岱:《象征主义》《诗与真,诗与真二集》,原 1930 年代商务印书馆出版。北京:外国文学出版社,1984 年版,第 62—83 页。

⑨ 田汉:《恶魔诗人波陀雷尔的百年祭》,载《少年中国》第三卷第四、五期,1921 年。

⑩ Harold Nicolson:《魏尔伦与象征主义》,卞之琳译,《新月》月刊第四卷第四期,1932 年 11 月,第 1—21 页。

⑪ 见《写诗和读诗》,这是卞之琳在西南联大冬青文艺社演讲的讲词,由杜运燮记录,后刊于 1942 年 2 月 20 日《大公报·文艺版》。

⑫ 袁可嘉:《十四行二章》,见《中国新诗》第二期,1948 年第 3 页。此旧杂志为袁可嘉先生 1980 年所赠,谨此致谢。《上海》亦收入《中国现代新诗选(1917—1949)》第二册,香港大学出版社及香港中文大学出版部,1974 年版,第 1791 页。

⑬ 袁可嘉:《新诗戏剧化》,原刊于《诗创造》十二期,1948 年 6 月。亦可参阅《论新诗现代化》,北京:三联书店,1988 年版,第 26—28 页。原刊于《诗创造》第十二期,1948 年 6 月。

⑭ 里尔克:《给一个青年诗人的十封信》,冯至译,原于 1937 年由商务印书馆出版,北京:三联书店,1994 年版。

⑮《新诗》月刊第一卷第三期,里尔克去世十周年纪念特辑,1936 年。

⑯ 冯至:《文化生活》1942 年版,第 53—54 页。又见《冯至选集》第一卷,成都:四川文艺出版社,1985 年版,第 148 页。

⑰ 参阅《诗创造》第十期(翻译专号),1948 年。

⑱《西珈》原以梁文星笔名发表于《文学杂志》第二卷第三期;当时国外读者最先读到林以亮以"梁文星"代替"吴兴华"把诗作发

表在香港《人人文学》(1952年创刊)。但部分诗作,如《柳毅和洞庭龙女》,之前曾发表在《燕京文学》1940年第一卷第一期,及台湾《文学杂志》(1956—1960)上。现部分诗作收入《吴兴华文集》,上海:上海人民出版社,2005年版。

参考文献

[1]魏尔伦.巴黎之夜景[J].李金发译.小说月报,1926(2).

[2]波德莱尔.恶之花[M].王了一译.北京:外国文学出版社,1980.

[3] Wystan Hugh Auden. *Journey to a war*[M]. London: Faber,1973.

[4]卞之琳.英国W. H. 奥登:战时在中国作[J].中国新诗,1948(2):11—14.

[5]卞之琳.慰劳信集[M].昆明:明日社,1940.

[6]冯至.序[M]//冯至诗文选集.北京:人民出版社,1955.

[7]梁宗岱.梁宗岱译诗集[M].长沙:湖南人民出版社,1983.

[8]里尔克.Auguste Rodin[M].梁宗岱译.成都:四川美术出版社,1984.

[9]吴兴华.谈黎尔克的诗[J].中德学志,1943(1—2).

——原载《江汉大学学报(人文科学版)》(现《江汉学术》)2005年第6期:21—26

不增添不削减的诗歌翻译

——关于诗歌翻译的通信

黄灿然

摘　要： 翻译的基本原则，是不增添，不削减，诗歌翻译尤其如此。通过诗歌翻译的具体实例，可以深入研讨这一原则的必要性和可能性。此外，诗歌翻译中还需要注意语言的清晰度，保持原作的节奏、语调等问题。

关键词： 诗歌翻译；语言节奏；语调

一

对于一位诗人，从事翻译的好处是明显的。就诗人最切身的一点也即创作而言，翻译是一种准备，一种练习，使诗人处于持续的写作状态中。如果你没有从事翻译，那么，当你有了创作的冲动时，你往往要酝酿良久，尤其由于创作是困难的，你得克服遇到困难时会产生的心理阻力。当你一切准备就绪，提笔写作时，你已消耗掉不少内存，用于创作的元气已打了折扣。这时候你写出来的诗，并非只是元气打了折扣的诗，而是掺杂了习惯性写作的诗，即说，你会用习惯性的写作技巧来弥补你元气的不足，造成风格化或重复。我说好处是明显的，但对你来说却未必如此，因为你刚刚开始学习写诗,还不存在创作遇到困难或创作源泉枯竭的问题。再过几年,问题就会出现。大约到了有 15 年创作经验的时候,你会发现自己几乎寸步难行。从事翻译不仅可为创作铺路,不仅使你在有了创作的冲动时立即付诸实行,而且可诱发你潜在的创作冲动——这一点,倒是你现在就可以感受到的。

翻译的基本原则,是不增添、不削减,一般称为忠实,尽管这个原则实际上比忠实更严格。我刚读到西蒙娜·薇依一段谈写作的话,亦可用来阐明这个原则:"真正的写作方式是像翻译那样写作。翻译一个用某种外语写的文本时,我们不会寻求给它添加任何东西;相反,我们会一丝不苟,小心不添加任何东西。写作就是尝试翻译一个尚未写下的文本。"但是,任何从事翻译的人,哪怕是不从事翻译的人,也知道这个原则是不可能完全贯彻的。所以,在确立基本原则之后,还必须灵活处理,诗歌翻译尤其如此。碰巧我也是在几天前读到王佐良谈诗歌翻译的一段话:"除了句对句、行对行的忠实之外,还应使整篇译文在总的效果上与原作一致。仅仅注意细节易使译文支离破碎,缺乏全局的连贯性。语言达意,总要依靠上下文;上下文一连贯,译者也就对细节的处理产生新的看法,或须突出,或当省略,或应变动,总之要同全局的情调或气氛一致。"基本原则与灵活处理之间的关系应是本与末的关系,不可本末倒置。

你学习写诗之余,亦想学习翻译,并希望我提出批评,我当然欣赏你这种诚意。你翻译的,是意大利诗人翁巴托·萨巴一首诗的英译(在此我姑且称它为"原文"),现在让我们来比较一下。

To My Soul

You delight in your unending misery.
Such, my soul, should be the worth of knowledge,
That your suffering alone should do you good.

Or is the self-deceived the lucky one?
He who can not ever know himself
or the sentence of his condemnation?
Still，my soul，you are magnanimous;
yet how you thrill to phantom opportunities，
and so are brought down by a faithless kiss.
To me my misery is a bright summer
day，where from high up I can make out
every facet，every detail of the world below.
Nothing is obscure to me; it's all right there，
wherever my eye or my mind leads me.
My road is sad but brightened by the sun;
and everything on it，even shadow，is in light.

你的译文：

给我的灵魂

你对着自己那无穷的悲伤欢喜雀跃。
那样我的灵魂便是知识的价值。
仅仅你的苦难也能使你有所裨益。
或者欺骗自己的人是幸运儿？
他能不能明白自己
或者他诅咒时说的话？
我的灵魂，你仍然慷慨大度，
但幽灵般的机会，甚至一个
不可相信的吻，都能使你如何的颤抖。
对我来说我悲伤是个明亮的夏天，

而站在高处我能够刻划出眼下世界的

每一个正面，和每一项细节。

没有什么在我身后隐藏：一切清晰可见，

无论我的眼睛或是我的脑袋把我引向哪里。

我的忧伤的路途被一片太阳照亮。

那里一切都在光明中，甚至是一片影子。

　　首先，我们用基本原则来检视一下。在行使这个原则之前，还得补充一个重要条件，也即对原文的正确理解。如果理解错误，那个原则就无从行使。第一节第一句"自己"是多出来的，原文并没有，misery 是痛苦、不幸，而不是悲伤。"欢喜雀跃"用来翻译 delight 大大扩充了词义，也太夸张。此外，悲伤与喜欢雀跃并排，也不好。我译成：

　　　　你在无尽的不幸中感到愉悦。

　　不增不减的译法是：你愉悦于你无尽的痛苦。现在这样译是为了获得与原文相称的说话的语调。不增不减的原则是就词义而言，但词与词组成句子便产生语调，这就必须灵活处理。用"不幸"而不用"痛苦"是因为下面还有 suffering，而它必须译成痛苦。

　　第二句你理解有错误。"such, my soul, should be the worth of knowledge"应读成"such should be the worth of knowledge, my soul"。knowledge 在这里不是知识，而是认识、理解的意思，它指的是对下一行的认识或理解。alone 译成"仅仅"是正确的，但在语调上略稍拉长了些。suffering 是受苦、痛苦的意思，译成"苦难"不够准确。do you good 是"对你有好处"，译成"使你有所裨益"稍微收缩原意，但在语调上却更接近原文，因此是成立的，而且是较好的。我译成：

> 认识的价值就在于此,我的灵魂:
> 单是你的痛苦也使你有所裨益。

第二节中,sentence 是判刑,而不是句子,condemnation 是定罪,而不是诅咒或谴责,这两个词都是多义词,你理解错了。我译成:

> 抑或自欺者才是幸运儿?
> 那永不了解自己
> 或自己遭受的惩罚的人?

第二节讲的刚好与第一节相反,自欺者不认识、不理解自己,甚至自己遭受惩罚也不知道,但也许他是幸运的。

第三节中,你没有把 brought down 译出来。其他基本上没有错,但我猜你仍未彻底领会上下文的意思。第二句刚好是第一句的相反:虽然你颇完美,但还有瑕疵,还会被虚幻的机会欺骗,追求快乐,并因此碰了一鼻子灰。我译成:

> 我的灵魂,你仍然高尚;
> 但你怎样激动于虚幻的机会,
> 并因此被一个不忠的吻击倒。

第四节中,bright 是形容 day,而不是形容 summer,你译成明亮的夏天,便等于只译出 bright summer;make out 是辨认的意思;below 译成"眼下"不是很准确,尤其是会产生此刻、目前的歧义。我译成:

> 对我来说,我的不幸是夏天
> 一个明亮的日子,我从高处可以辨认出

底下世界的每个正面，每个细节。

第五节是对第四节的进一步说明，obscure 是模糊、朦胧、隐晦的意思，你译成"在我身后隐藏"是错译，并且是增添式的错译。mind 是思想、头脑的意思，你译成脑袋是错译。My road is sad but brightened by the sun，后半句与前半句构成对比，你没有译出这层对比。太阳用一片来形容，也不准确，并且"一片"是增添式翻译，原文并没有。分号被你译成句号，这样，它与接下去的一句也即最后一句的紧密联系便被切断了。我译成：

> 对我来说没有什么是模糊的，一切都在那儿，
> 无论我的眼睛或思想把我引向何处。
> 我的路途悲伤，却被太阳照亮；

最后一句，it 是指上面那一句中的道路，shadow 被你译成一片影子，"一片"是增添的。此外，在中文里，影子与阴影在词义上有细微差别，影子较倾向于人或动物投下的阴影，而阴影既可指动物也可指植物的阴影，而既然是路途上的一切，采用阴影会较准确。我译成：

> 而路途上的一切，甚至阴影，都在光明中。

萨巴这首诗乍看很具体，实际上有两三处省略得很厉害，有点抽象，故并不大好理解，并造成你的误译。现在你读一读我的整首译诗：

给 我 的 灵 魂

> 你在无尽的不幸中感到愉悦。
> 认识的价值就在于此，我的灵魂；

单是你的痛苦也使你有所裨益。

或者自欺者才是幸运儿？

那永不了解自己

或自己遭受的惩罚的人？

我的灵魂，你仍然高尚；

但你怎样激动于虚幻的机会，

并因此被一个不忠的吻击倒。

对我来说，我的不幸是夏天

一个明亮的日子，我从高处可以辨认出

底下世界的每个正面，每个细节。

对我来说没有什么是模糊的，一切都在那儿，

无论我的眼睛或思想把我引向何处。

我的路途悲伤，却被太阳照亮；

而路途上的一切，甚至阴影，都在光明中。

　　你应该可以看到，我的译文大致遵守翻译的基本原则，词义方面大致做到不增不减，语调大致与原文吻合。此外，可能也是最重要的一点，你会发现我在译文中保留了原诗的清晰度，这种清晰度主要是由于对上下文较透彻的理解获得的，另一方面是由于我对个别词语的运用（翻译）与你不同，更结实，也表达得更流畅。例如你用"慷慨大度"，两个词合起来很空泛，选择其中一个就足够了。再者，我还可以看出，你并没有很认真去查词典。关键词一定要查词典，哪怕是你觉得你已经熟悉的。查词典的好处除了确保不会译错之外，还提供与你原来的理解不同的释义，或你原来想不到但可能更恰当的同义词。多查词典的另一个好处是节省你的精力和脑力，你对着一个你已理解（原文）但表达不出（中文）的词想十多分钟，可是你翻开词典，词典里往往已经有了，还提供更多不同的选择。若你把自己苦思冥想的那份精力和脑力用于理解上下文的

关系,我相信效果会更好。

下次你不妨试译以色列诗人耶胡达·阿米亥一首诗的英译,它比较简明,却有深奥的含义。我相信,通过三几次这样的练习,你就可以对如何把握基本原则与灵活处理有所领会。

二

你说对照了我的译文之后,你觉得自己还是太粗心了。这种反应是可以预料的,因为有些错误和缺陷是比较明显的。也许你会觉得,我比较严谨。事实上,严谨是翻译本身的要求,是一种客观的要求。经过这次比较之后,我相信你会更认真地查词典,而词典本身就是比较客观的。当你查一个你以为认识的词,你往往会在词典中发现你原来的认识是错的,或发现你原来的认识还不够。查词典的过程,就是矫正我们主观臆想的过程。

对照别人的译诗,也是学习的好途径。我自己在学习过程中,有三个人给我很大启发。第一个是巫宁坤先生,他译的狄伦·托马斯几首诗,亦步亦趋,又保持原文的力量和节奏;第二个是香港诗人和散文家淮远,我在几本 1970 年代的《罗盘》诗刊里读到他译的几位外国诗人的诗,也几乎是逐字直译,又保持现代汉语的流畅性。第三个是一位美国诗人,他到广州外语学院做访问诗人半年,他妻子是香港人,让我把他的几首诗译成中文。那位美国诗人请人把我的中译注成拼音,然后检查我是不是做到不增不减。他不懂中文,当然不能像一个懂中文的人那样逐字检查,但我明白他的秘密。譬如说,萨巴那首诗的第一句 You delight in your unending misery,他会检查什么呢? 他会检查词义相关的"你""你的"中,"你"是不是发音相同;他还会检查"不幸"跟下面还会出现的那个"不幸"是不是发音相同;"我的灵魂""我的不幸""我的路途"中"我的"是不是发音相同；"你的"和"我的"中，"的"字是不是发音相同。
在一首诗中，有 the surface of the water，我问他，在中文里，可翻
译成"水面"，也可直译成"水的表面"，我自己也无法决定哪个更
好，他愿意选择哪个，他毫不犹豫地选择"水的表面"。

现在我们来比较你翻译的阿米亥这首诗。原文：

God Has Pity on Kindergarten Children

God has pity on kindergarten children.
He has less pity on school children.
And on grownups he has no pity at all，
he leaves them alone，
and sometimes they must crawl on all fours
in the burning sand
to reach the first-aid station
covered with blood.
But perhaps he will watch over true lovers
and has mercy on them and shelter them
like a tree over the old man
sleeping on a public bench.

Perhaps we too will give them
the last rare coins of compassion
that Mother handed down to us，
so that their happiness will protect us
now and in other days.

你的译文：

上帝怜悯幼儿园的孩童

上帝对幼儿园的孩童充满怜悯。
他对学童较少怜悯。
对成年人他完全没有怜悯，
他留下他们独自一人。
有时他们必须四肢匍匐于
炽烈燃烧的沙地上
才能抵达救护站
全身被鲜血覆盖。
但或许他会看顾真正的恋人
恩待他们而且庇荫他们
像一棵树覆盖着
睡在一张公共长凳上的老人。
或许我们也会向他们投下
一枚出于最后同情的珍贵钱币
那是圣母传给我们的，
这样在现在和其他的日子里
快乐也会保护我们。

　　你这首译诗要比上次那首好多了。在理解方面，错误大大减少，仅有一两处；也大致保留原文的语调。现在我们再仔细检查一下。在原文里，标题和第一句是一样的，你却分别译成"上帝怜悯幼儿园的孩童"和"上帝对幼儿园的孩童充满怜悯"。如果让那位美国诗人用注音检查，他立即会发现这里有问题。

　　开头三行，每行都有 has pity on，你都以"对……怜悯"译出来了，若用那位美国诗人的注音检查，是很严谨的。但是，"充满"是加上去的，并且太重了。这首诗的难处就在这里。最好当然是不增不减地译成"上帝怜悯幼儿园的孩子",可是接下去两句必须译成"对……怜悯"读起来才顺畅,这样,三行诗的句序就不完全一样了:原来是 bbb,现在要变成 abb。可是,如果三行都采用 bbb,也即"对……怜悯",则第一行肯定要用上"很怜悯"或"充满怜悯"。这就必须选择,要么按句序,但必须加上"很"或"充满";要么打破句序,改为 abb,第一行译成"上帝怜悯幼儿园的孩子",另两行译成"对……怜悯"。我会选择打破句序,理由之一是我认为"充满"或"很"都太重;理由之二是我认为"上帝怜悯幼儿园的孩子"非常贴近原文,并起到奠定全诗语调的作用。但是,我打破了句序,对原文的整体语调也有所损害。

　　School children 指学生,通常指小学生和中学生,仅译成"学生"好像太宽泛,译成"中小学生"太充溢,译成"小学生"略微收缩原意,但层次上倒是挺分明,我会选择把它直译成"学校的孩子"。标题和第一句的 kindergarten children 我会译成"幼儿园的孩子"。leaves them alone 意思是不管他们,不理会他们,译成"留下他们独自一人"不是很准确,也略嫌拖沓;另外,这一行应是用逗号而不是句号。"四肢匍匐"中"四肢"可删去,"炽烈燃烧"中"燃烧"或"炽烈"可删去。first-aid 是急救,译成"救护"略欠准确。"全身被鲜血覆盖",改为"全身是血"或"全身披血"会形象些、简练些。

　　第二节中,has mercy on 也是怜悯或仁慈的意思,若译成怜悯,用那位美国诗人的注音检查,又会令他生疑;若译成仁慈,则又要打破句序,变成"对……仁慈"。你译成"恩待",为这个两难处境提供了第三个选择,我认为很好,老实说,我是想不出的。在"庇荫他们/像一棵树覆盖着/睡在一张公共长凳上的老人"中,"覆盖"应换成"庇荫"。

　　第三节中,coins of compassion 意思是同情的硬币,这是一个隐喻;Mother 是母亲而不是圣母。这首诗,焦点是上帝的怜悯,真正的主题则是倒数第二行的 happiness(幸福、快乐)。人间的幸福很少,孩子最天真无邪,也最幸福;多长大一点,幸福就少些;到了成年,就没有了,除了爱情,但爱情也是短暂的。尽管如此,但已足够保护我们,让我们不至于完全绝望。值得注意的是,除了我们自己会经历的爱情之外,还有我们看到真正的恋人时产生的同情(我们也对孩子们寄予一样的同情),而这是母亲传给我们的,也是代代传承的,很少,也很珍贵。当作者说恋人们的幸福会保护我们的时候,他也是说我们会维护他们的幸福。这样,人间就存有一线希望。

Last rare coins of compassion 意思是最后几枚同情的珍贵硬币,你译"一枚"是疏忽了。如上所述,同情的硬币是隐喻,你译成"出于最后同情"也就不够准确了。我把全诗译成:

上帝怜悯幼儿园的孩子

上帝怜悯幼儿园的孩子。
他对学校的孩子怜悯少些。
对成年人他一点也不怜悯,
他不理会他们,
有时候他们必须匍匐于
灼热的沙上,
爬向急救站,
全身披血。

但也许他照顾真正的恋人,
恩待他们和庇荫他们,
像一棵树庇荫
睡在公共长凳上的老人。
也许我们也会把母亲

> 传给我们的最后几枚
>
> 同情的硬币投给他们，
>
> 这样他们的幸福将会保护我们，
>
> 在今天和未来的日子里。

　　你会发现，我把 rare（珍贵，稀少）省略了，这是因为我觉得"最后几枚"已经是很珍贵了，把 rare 译出来，反而拖沓，而且在中文里念起来很不顺口，所以就破格把它删了。（写到这里，我翻看最早的企鹅版阿米亥英译本，里边恰好没有 rare，只译成"最后几枚同情的硬币"！）最后两行，你译得很准确，除了在"快乐"前少了"他们的"。另外，我觉得原文 now and in other days（在现在和其他的日子里）放在最后，是寓有深意的，它给我们一种绵延的未来感，你的译文把最后一行放在倒数第二行，这种感觉便没有了或减弱了。但是，在中译里若把"在现在和其他的日子里"放在最后，则似乎不及原文生动，尤其是"在现在"念起来很不好听，看起来也不好看。我的译文作了较大改动，我觉得效果不错，可是跟原文已有出入了。话说回来，我把"现在"换成今天，并非完全没有根据：后面是"和其他的日子"，即暗示"现在"也是"日子"。now 无论读音或字面感觉，都比较宽广和抽象，而 other days 则较具体。我把 now 译成今天，变得具体了，如果再把 other days 译成同样具体的"其他的日子"，整个句子便会显得很具体、拥挤甚至琐碎；于是我把 other days 译成较宽广和抽象的"未来的日子"，这样，便取得相应的平衡，等于是把维持原诗之平衡的"砝码"对换。

　　也许你已发现，在讨论萨巴那首诗的翻译时，我较着重不增不减的基本原则；而在讨论阿米亥这首诗的翻译时，我较着重灵活处理。在阿米亥这首诗中，我的译文最后一行作了改动、第一节打破句序、省去"珍贵"、把 happiness 译成"幸福"，都不表示我比你优胜，而只是提供几个灵活处理（甚至是大胆地灵活处理）的例子，而翻译的美学分歧及其带来的争论也往往产生于此。有些读者会倾向于支持你的译法,有些读者会倾向于支持我的译法。我相信,就萨巴那首诗的翻译而言,读者会压倒性地支持我;但是,就阿米亥这首诗而言,如果不把你一两处误译和两三个拖沓的地方计算在内,你的支持者可能会增加到一半。就是说,如果你再谨慎一点,你这首译诗就是成功的译诗了。

——原载《江汉大学学报(人文科学版)》(现《江汉学术》)2005年第 6 期:34—38

二度创作：在诗歌翻译中如何接近原诗的风格神韵

赵振江

摘　要：关于诗歌的翻译一向争议颇多，这里涉及诗歌是否可译的问题。应当说，诗歌有可翻译的部分，也有不可翻译的部分。一般说来，诗歌的内容是可译的，诗歌的形式一般是不可译的。通过翻译实践，并结合墨西哥诗人帕斯翻译的中国诗词，可进一步阐明我们对诗歌翻译的认识。

关键词：诗歌；翻译；二度创作；帕斯

从某种意义上说，中国的新诗是借鉴外国诗歌的产物。20世纪二三十年代，有许多诗人既创作又翻译，即所谓"双枪将"。但新中国成立以后，由于种种主客观的原因，创作界与翻译界近乎"分道扬镳"，"井水不犯河水"，这是不正常的。可喜的是，现在不少中青年诗人都可以直接阅读并翻译外国诗歌了。但诗歌翻译还是必不可少的，因为任何人都不可能掌握所有的语言。

有人说，诗歌是不可译的。这话有一定的道理，但不全面。应当说，有可译的部分，也有不可译的部分。一般说来，诗歌的内容是可译的，诗歌的形式一般是不可译的。诗歌的内容可译，但不容易，我们说的是抒情诗，因为它不同于叙事文学，后者有情节，有故事，有逻辑性，而抒情诗则不同，尤其是现当代诗歌，没有情节，没有故事,甚至没有逻辑性;它靠的是意象,是比喻,是丰富的想象力;译者很难吃透原诗的内涵,翻译起来自然就不容易了。就我个人的体会而言,理解原诗,很重要的一点是"设身处地",是"进入角色",是体会原诗作者在彼时彼地的情感和心态。这样,离原诗的内容总不会太远。译诗与原诗,只能"似",不可能"是",译者的最高追求无非"最佳近似"而已。我说"进入角色",是因为译者有点像演员,是二度创作。比如,人艺的舒绣文和李婉芬都演虎妞,但她们的扮相、神采、韵味,各有千秋,但却都没有离开原作,都是老舍先生《骆驼祥子》里活灵活现的虎妞儿。你一定要说哪一个更像,恐怕就众说纷纭、见仁见智了。

诗歌的表现形式一般是不可译的(当然,"硬译"也不是不可以,但往往事倍功半),尤其是将汉语译成西方语言或反之。汉语是表意文字,每个字都是单音节,而且有四声的变化;欧美语言是表音的,每个单词的音节数目不等,可以长短搭配,加上重音,可以产生鲜明的节奏,但没有汉语的声调变化。就西班牙语而言,它只有五个元音(A E I O U),韵脚比较单调,因此现当代诗歌多采用自由体,重节奏而不再押韵。而汉语呢,几乎是"无韵不成诗",即便是自由体,也要大体押韵。否则,很难为大多数读者所接受。

既然诗歌的形式一般是不可译的,而译者却要把外文诗化作中文诗,就只有靠二度"创作"了。所以说"二度创作",因为它不是自由创作,而是用自己的语言表达别人(即作者)的意思,"带着镣铐跳舞"之谓也。

这只是我个人对诗歌翻译的理解。有人可能认为,只要把原诗的意思一五一十地译出来就可以了,"意境"译出来就行了。既然节奏、韵律是不可译的,何必管它呢。我个人认为,那样做,只是翻译,而不是诗歌翻译。

自严复提出"信、达、雅"以来,不断有人对文学翻译提出各种各样的标准。诸如"形似与神似""表层含义与深层含义"以及"化"

的理念等等。但我认为，这些都是对译作的要求。至于如何达到这样的要求，却没有也难以提出具体的方法，因而不具可操作性。记得有一次，我去参加一个文学翻译研讨会。许多翻译名家聚集一堂，研讨了一整天，最后达成的共识是：要想做好文学翻译，译者的外语和汉语水平都要好。大家听了这样的"结论"都笑了起来：为了达到这样一个结论，难道需要开一整天的研讨会吗？当然，这是简而言之。实际上，在那一整天的发言中，与会者还是在不同程度上从同行的翻译经验中受到了启发。

翻译本身是一项个人的脑力劳动，劳动成果的好坏取决于译者译入语和译出语水平的高低。水平高的译者对原诗有透彻的理解，然后又能用准确、鲜明、生动的语言来转述原诗的内容，同时还要关照原诗的风格与神韵。不同的译者具有不同的特点，这就是为什么"十个译者会译出十个不同的莎士比亚"来。但如果他们都是高手，他们译出的都应是莎士比亚，就像前面所说的：舒绣文和李婉芬演的都是"虎妞儿"一样。因此，我认为，诗歌翻译的水平，一般只是相比较而言，总有待完善之处。"没有最好，只有更好"。

说到译诗，我想到 20 年前在西班牙格拉纳达大学翻译《红楼梦》诗词时的情况：为了保证译文的忠实，首先由我做两种形式的翻译。一种是不管西语的语法结构，逐字硬译，"对号入座"，并标出如何发音。这样做的目的在于使与我合作的西班牙诗人对原文的"本来面目"（包括韵律）有个总体印象，并了解每句诗包含的内容。当然，这样的翻译，有时他根本看不懂，我要逐字逐句地给他解释。另一种则是按照西班牙语的语法规范所做的真正意义上的翻译。我的合作者在这两种翻译的基础上加工，使其成为名副其实的西班牙语诗歌。他修改之后再交给我审定。经讨论，我们两人的意见一致后，再把稿子交给几位诗人朋友传阅，请他们提出意见并帮助修改。从这个过程，不难看出，诗歌翻译实在不是一件易事。

说到翻译《红楼梦》，我也想说说自己对汉译西的想法。经常有人问我：某某人译的西班牙文版的唐诗怎么样？我一般都会说：你只要知道他用西班牙文会不会写诗就行了。他如果会用西班牙文写诗，自然能翻译诗；如果他根本不会用西班牙文写诗，请问他如何能把中国诗歌翻译成西班牙文诗歌呢？这是最简单不过的道理。因此，当有的诗人朋友要我把他（或她）的诗作翻译成西文时，我从不敢贸然承诺。非不为也，实不能也。我偶尔也作汉译西的诗歌翻译，但一定有一个前提条件：与一位西班牙语诗人合作。否则，我个人绝不做这力所不及的事情。有人说，你译的《红楼梦》里不是有许多诗吗？我前面已经讲了《红楼梦》的诗词是如何翻译的。其实，何止是诗歌呢？要是让我一个人翻译《红楼梦》，我无论如何也是不敢接受的。我只是其中的一位译者，还有另外两位西班牙朋友与我合作呢，更何况我们还参考了若干其他的版本呢。

看了外国学者翻译的中国古典诗词以后，就更不敢做汉译西的诗歌翻译了，因为他们的译文与原文的差别实在太大了。墨西哥著名诗人、1990 年诺贝尔文学奖得主奥克塔维奥·帕斯（1914—1998）也是一位杰出的翻译家。在十六卷本的《帕斯全集》的第十二卷中，有一些他翻译的唐诗宋词。下面，我举两个例子，看看他是如何翻译的。

比如杜甫的七律《春望》，原诗是这样的：

> 国破山河在，城春草木深。
> 感时花溅泪，恨别鸟惊心。
> 烽火连三月，家书抵万金。
> 白头搔更短，浑欲不胜簪。

帕斯的译文（直译）是这样的：

> 帝国破碎了，山河还在，

三月,绿潮淹没了街巷和广场。
现时严峻:花上有泪水,
鸟儿的飞翔,描绘着别离。
碉楼和垛口说着火的语言,
斑驳的黄金是家书的价格。
我搔着头,头发花白而又稀少,
已经留不住轻轻的头簪。①

　　以上是直译过来的译文,如果再进行一下深加工,可能会好些,但大致如此吧。应当说,与《春望》的内容还是大体吻合的,但从字面上看,差距却已经相当大了。尤其是"城春草木深"一句,可以说完全不一样了,(记得诗人西川也曾提及这句诗的英文版本类似的译法,或许帕斯就是从那个英文版翻译成西文的)但仔细推敲起来,意思也没变呀:"三月"不是春天吗?"绿潮"不是植被(即草木)吗? 有街道和广场的地方不是城镇吗?"淹没"不是意味着"草木深"吗? 如果这样理解,译文有什么问题吗? 倘若意思没有错,帕斯的译文应是西班牙文的好诗。但是,中国的译者,有谁敢于或者能够译成这样呢?
　　再看看他译的苏轼的《江城子》,原词如下:

江城子

十年生死两茫茫。
不思量,自难忘。
千里孤坟,无处话凄凉。
纵使相逢应不识,
尘满面,鬓如霜。

夜来幽梦忽还乡。

小轩窗，正梳妆。

相顾无言，唯有泪千行。

料得年年肠断处：

明月夜，短松冈。

帕斯的译文直译回来是这样的：

忆亡妻

十年了：越来越遥远，

越来越模糊，死者与生者（之间）。

并非愿意想起：而是无法忘记。

她孤独的坟墓远在千里。

想着它，向着它：没有它。

就算我们能够重逢，

你也认不出我了：

白白的头发，

灰尘的脸即我的脸。

昨夜我梦见自己回家了。

透过你房间的窗户看见了你。

你在梳头，看见我但没言语。

我们相互对视，哭泣。

我不知自己的心会碎在何方：

月光下，柏树的山冈。[②]

在这里，以帕斯的译文为例，因为他是大诗人，是大译者。他的翻译是为广大的西班牙语读者认可的。记得当年我在墨西哥学院进修结业的时候，我的一位老师送给我的临别纪念就是一本帕斯的译文集《译事与乐事》(Versiones y diversiones)。就是这样一位大家，他翻译成的诗肯定是诗，这恐怕无人质疑，但与原诗是否有出入，就难说了。尤其是帕斯又不懂汉语，即使有出入，也不一定是他的问题，可能是在转译的过程中产生的，是第一译者的问题。由此，又引出了另一个话题：转译诗歌一般是不可取的。

但不可取并非不可为。新中国成立前和新中国成立初，我国根本没有西班牙语教学，懂西班牙语的人才极为匮乏，而西班牙语世界向来又是诗人辈出的地方，要介绍那里的诗歌就非转译不可，有总比没有强吧。我们对那些转译者一向是满怀尊敬与感激之情的。现在的情况就不同了，经过几十年的培养，一代又一代的西班牙语译者已经成长起来，再要从其他语言转译就大可不必了：诗歌还是从原文直译为好。

注释

① 帕斯的译文：

El imperio se ha roto, quedan montes y ríos;

marzo, verde marea, cubre calles y plazas.

Dureza de estas horas: lágrimas en las flores,

los vuelos de los pájaros dibujaban despedidas.

Hablan torres y almenas el lenguaje del fuego,

oro molido el precio de una carta a mi gente.

Me rasco la cabeza, cano y ralo mi pelo

ya no detiene el tenue alfiler del bonete.

② 帕斯的译文：

Pensamiento en su mujir muerta

        Su Shi

Diez años: cada día más lejos,

Cada día más borrosos, la muerta y el vivo.

No es que quiera recordar: no puedo olvidar.

A miles de li su tumba sola.

Pensamientos de ella, hacia ella: sin ella.

Si volviesemos a encontrarnos,

No me reconocierías:

El pelo blanco,

La cara del polvo mi cara.

Anoche soñé que regresaba a casa.

Te veía a través de la ventana de tu cuarto.

Te peinabas y me veías pero no hablabas.

Nos mirábamos, llorando.

Yo sé el lugar donde se rompe mi corazón:

La cima de cipreses bajo la luna.

——原载《江汉大学学报(人文科学版)》(现《江汉学术》) 2011年第 1 期: 10—12

"通向现实的新途径":
在历史与语言的交汇之中

——以特朗斯特罗姆的中文译本个案为中心

桑 克

摘 要：通过比较由译者李笠反复修订瑞典诗人特朗斯特罗姆《给防线背后的朋友》中文译本而生成的四种版本之间的文本差异，可阐释特朗斯特罗姆的诗歌写作不仅具有历史性，且以多种隐蔽的语言方式呈现，进而可论述诗歌翻译之中历史性与创造性的具体表现。这种历史与语言的多重交汇其实正是我们"通向现实的新途径"。这一新途径，既直接通向我们身处其中的新鲜而荒谬的社会现实，也曲折地通向我们朝思暮想的新鲜而特殊的艺术境界。

关键词：特朗斯特罗姆；《给防线背后的朋友》；李笠；译本修订；历史性；诗歌语言

一、对特朗斯特罗姆的翻译、
误读及其历史性

在 2011 年 12 月 10 日的诺贝尔奖晚宴上，莫妮卡·特朗斯特罗姆代表她的丈夫，诺贝尔文学奖获得者，瑞典诗人托马斯·特朗斯特罗姆致辞。在感谢"所有的翻译者"之后,莫妮卡说:"翻译诗歌的唯一现实基础,那应该被称为爱。"[1]2

我不想据此讨论翻译伦理之中存在的具体问题,虽然这个问题在当代中国变得越来越焦灼,而只把莫妮卡的认识和感情,作为研究"翻译特朗斯特罗姆的诗"这一课题的个人动机,进而吸引读者关注从这一课题之中引申出来的语言和历史之间的逻辑关系问题。

正如莫妮卡的其他描述,特朗斯特罗姆不仅受益于翻译者,而且其作品被翻译的广度和深度都是其他瑞典诗人所不及的。在1983年(特氏52岁)之前,"他的诗歌被译成三十多种文字"[2]426,这时没有中文译本;"据2011年12月瑞典日报披露的最新统计,现在,特氏作品有54种语言的译本"[3]4。这时他的中文版诗歌全集已经出版(未收录的新作也将进入新版全集),而且译本众多。其中较有影响的是从瑞典文翻译过来的李笠译本。

梳理译本构成是必要的讨论前提。依据现在的观察,针对特朗斯特罗姆的部分误读可能源于某些译本的俭省程度。比如诺贝尔奖委员会对特朗斯特罗姆的评价通常被译成:"诺贝尔文学奖会帮助人们重新认识他,人们将重新认识他诗歌语言精练、精准的魅力。"[4]

李笠看出其中存在的症结:"'语言的精练、精准的魅力'一说没错,但这句评语的中文翻译好像跟原文有出入。"原文是:"用凝练、透彻的意象为我们提供了通向现实的新途径。"[4](Through his condensed, translucent images, Transtromer gives us fresh access to reality.)"诗歌语言精练、精准的魅力"与"凝练、透彻的意象"之间的差异一目了然:前为大众修辞,后为专业术语。"意象"是一种精微的确认,而此处"语言"的应用则显得有些笼统。"通向现实的新途径"则是一串被有意无意缺省的关键性词语。它的缺省究竟意味着什么?缺省的是现实还是现代性?两种不同的表述，看起来似乎只是一个翻译问题，而本质却是一个理解问题，一个宽阔的超越"意象"层面的历史性问题。

诗人胡续冬从其他角度阐释误读产生的维度："许多诗人都在两个维度上误读了特朗斯特罗姆：一是稀里糊涂地接受了美国诗人对特朗斯特罗姆的误读，把他的诗歌非历史化、原型化了；二是把特朗斯特罗姆的空无和中国古典诗歌的空灵、留白弄混了。"[5]

"非历史化、原型化"正是本文清算的主要目标之一。这一错误认识的传播不仅造成对特朗斯特罗姆个人作品的延伸误读，而且为继续葬送当代诗歌评价体系之中的历史性标准提供了一把锋利的小铁锹。这种把特朗斯特罗姆的诗纳入类似于瓦雷里"纯诗"轨道的企图，实际上属于一种一厢情愿的追求。"纯诗"固与审美关联，但它与历史性其实只是多元并置的关系，而非对立或者非此即彼。真实的特朗斯特罗姆始终保持欧洲极为重要的书写历史回声的传统，他与保罗·策兰、布罗茨基、米沃什一样关心现实问题，关心历史问题，只不过他的方式，既不是米沃什的直接，也不是策兰的简洁，更不是布罗茨基的现代。

从技术特征来说，特朗斯特罗姆的技术与策兰的技术之间似乎更易沟通一些，因为他们都是那么隐蔽，只不过隐蔽方式有所不同。特朗斯特罗姆的技术隐蔽方式，既具有深度意象的东西，又带有超现实主义的痕迹。比如《果戈理》中"彼得堡和毁灭位于同一纬度"[6]10。《上海的街》中"这里每人背后都有一副十字架，它飞着追赶我们，超越我们，和我们结合/某个东西在背后跟踪我们，监视我们，并低声说：'猜，他是谁！'"[6]242 在特朗斯特罗姆的多种隐蔽方式之中，这些诗句属于比较直接的隐蔽，因其涉及内容的理解线索是清晰的，不必引入更多的经验、知识与材料；而《俳句诗》中"太阳低垂/我们的影子是巨人。一切/很快是影子"[6]283，《风暴》中"……在黑暗中醒着/能听见橡树上空的星宿/在厩中跺脚"，这里的意思虽然能被部分敏感的读者感知，但是他们仍旧不能非常确定地把它讲出来。这种间接的隐蔽，即使祛除新批评的细读方式（"影子"和"黑暗"不仅语义确定，而且置身其中的语法关系也是确定的），仅仅依靠能够感知的部分就能指向"我们"的生存状态。

　　将特朗斯特罗姆的"空无"和中国古典诗歌的"空灵""留白"混淆，因而使它合法地在中国传统诗歌之中找到相关的阐释材料以及美学依据，实际上是一条根本行不通的道路。其中的主要差异不仅是文化的，还有美学的。比如《车站》中"火车已经到站。一节节车厢停立在这里/可是门没有打开，没有人上下"[6]211，只是一种物理现实，而非精神性的象征；比如《孤独》中"被撞碎前/你几乎能停下/喘一口气"[6]101，在车祸之中感受到的孤独也是非常具体的；比如《树和天空》中"一棵树在雨中走路/在倾洒的灰色中走过我们身边"[6]58，它接近中国传统美学"空灵"的境界说，实际表现的却是一种雨后的主观感受。如果生硬地把似是而非的这样两种元素纳入比较诗学的框架，同样也会加大误读的深度。

　　而翻译中的有意误读则带有明显的创造性和个人的经验特征。其历史性不仅表现在译者对"社会现实就是历史的当代显示"的表达方面（特氏的法文版译者就认为"他的诗歌是对生存的反思，对每个个体存在的反思"[7]62，与"原型化"毫无关联），也在于选择的翻译词汇自身具有的历史性（不同历史时期都有特殊的或者固定的词汇；词汇在历史长河中的应用与演变），在于作者表达历史的艺术才能（如找出一个既包含现在又囊括历史的词/物）。

二、翻译样本：《致防线背后的朋友》的历史性

　　特朗斯特罗姆多样化的深度隐蔽方式，不仅使他的作品具有纯诗的外表，而且有益于表现现实与历史之间的复杂关系。如果

考虑瑞典的民主社会环境，那么特朗斯特罗姆的隐蔽可能就只是为了形成蕴藉的个人风格。对某些读者而言，他是隐晦的，对他本人来说却并非如此。他说："我希望能够以清楚的方式描述那份现实，那我所体会到的、充满神秘的生命。"[8]32

为了发现特朗斯特罗姆表现现实与生命背后的历史性的"清楚方式"，有必要聚焦他写于 1970 年的作品《致防线背后的朋友》。李笠的中文译本是这样的——

> **1**
>
> 给你的信如此简短。而我不能写的
> 就像古老的飞船膨胀，膨胀
> 最后穿越夜空消失
>
> **2**
>
> 信落在检察官的手上。他打开灯
> 灯光下，我的言辞像栅栏上的猴子飞蹿
> 抖动身子，静静站立，露出牙齿！
>
> **3**
>
> 请回味句中的含义。我们将在两百年后相会
> 那时旅馆墙上的高音喇叭已被遗忘，
> 我们终于能安睡，变成正长石[6]141

根据特朗斯特罗姆 1970 年 4 月 19 日写给美国诗人罗伯特·勃莱的信中所述，这首诗写于旅行期间。按照瑞典学院的安排，特朗斯特罗姆访问了苏联波罗的海地区的列宁格勒、里加和塔林等地。他在那里看到了历史与现实的分离，他的拉脱维亚语译者夫妇生活与写作的麻烦，他所受到的电话骚扰或者监控，等等。事后，他给勃莱写信说："我将给你一首在那里写的或许很烂的诗，此诗在特殊情感状态下是有作用的。离开里加前，我把此首诗交给

了那里的朋友,将来他们在收到我那些枯乏无味的信时可以阅读。避免那些收信者被查出来是很重要的,所以我把这首诗命名为:《给防线背后的朋友》。"[9]

"防线"的确切意思是什么？参照罗宾·弗尔顿的英译本"To Friends behind a Frontier","Frontier"的意思是指国界、边界,边境、边陲、边疆、国境,那么防线的核心内容也就不言自明,甚至可以展开联想：界碑、电网、铁丝网或者栏杆、柏林墙。

把这样一首诗送给苏联的朋友们,特朗斯特罗姆在自己感同身受的同情("特殊情感状态")之中,夹杂着一些认识("将来他们在收到我那些枯乏无味的信时可以阅读",言外之意,这首诗才是一封真正的书信)与判断("避免那些收信者被查出来")的元素。

全诗只有9行,却被特朗斯特罗姆分成3个相对独立的诗节。在诗歌的形式构成中,诗节比段落具有更强的封闭性和独立性,它使极为简短的9行诗具有了更长的时空停顿。读者完全可以从中体会到特朗斯特罗姆的严肃、隐忍与迟滞。

第一节中,"给你的信如此简短"。这个"简短"想必就是鲁迅所言的向秀《思旧赋》的那种简短。在这样一个具有强烈控制性的苏联环境里,存在两种表达：一种是不能随意发言,另外一种就是不能多说。即使可以说,也只能选择无关紧要的内容,如同特朗斯特罗姆说过的"枯乏无味的信"。这里的"简短"明显是指第二种情况。"而我不能写的/就像古老的飞船膨胀,膨胀/最后穿越夜空消失"。不能书写的内容只能消失,不论消失在自己的嘴巴里、肚子里、心里,还是消失在"夜空"之中。"夜空"的含义与黑暗的含义关联,而关于古老飞船的比喻则显得有些深奥。飞船是自由的,它代替或者搭载人类飞行,而古老的飞行或许与古老的自由之梦相关。在这样的环境里,自由之梦仅仅"膨胀"了一下然后消逝。无奈与微弱的努力都是可以触摸的,它或许只是存身于"膨胀"这样的词语选择之中。

第二节中，"信落在检察官的手上"。这是特朗斯特罗姆想象的或者猜测的情景，也可能是历史事实，如同德国电影《窃听风暴》展示的类似细节。上节着力描写书信之短，这节直接描写书信在传递过程之中遭受的命运，等于间接回答上节提出的疑问。检察官"打开灯"，审视或者查找信中存在的危险与罪证。在明亮的灯光下又能藏得住什么秘密？所以，接受审查的信中词语就像"栅栏上的猴子飞蹿"。无论猴子"抖动身子"（颤抖与恐惧），还是"静静站立"（麻木与从容），甚至"露出牙齿"（惊骇与挣扎），一切都在检察官的控制之中。而信的发出者和接收者，要么一无所知，要么如同哈姆雷特"默默忍受命运暴虐的毒箭"。这种情形或许间接地证明，个人尊严只在彼此纠结的瞬间才能产生和滞留。

第三节中，描写未来以及未来对现在的回忆。不管信中的句子多短，多么省略，也"请回味句中的含义"，体会句中真正表达的意思，体会微言大义。"我们将在两百年后相会"，解决问题的未来虽然遥远，但是毕竟得救有望。"那时旅馆墙上的高音喇叭已被遗忘"，高音喇叭是指一种悬挂于公共场所和重要单位高处的公共传播工具。在未来，它不仅控制无效，甚至相关记忆也随之丧失。"我们终于能安睡，变成正长石"，从现在的无法入眠到未来的能够安睡，是一种多么令人喜悦的变化。正长石是什么？李笠在注释中说它是"一种化石，被人认为能带来好运"。化石是一种存留在岩石中的古生物遗体或遗迹，"我们"变成化石，意味着"我们"变成遗迹，而遗迹恰好能为我们带来历史的教训。

勃莱1970年4月26日在给特朗斯特罗姆的回信中写道："我喜欢《致防线背后的朋友》，但我渴望在第二、三节之间能有更多的恐惧。这种恐惧就像通过向审查官'露出牙齿'而清楚表达出来的一种奇妙敌意。"[9]勃莱敏感地察觉到"恐惧"的存在，但没有体会出特朗斯特罗姆为保护苏联同行或者读者而采取的克制方式。或者说，勃莱在向特朗斯特罗姆提出更高的诗歌要求：既能保护困境之中的读者,又能提高"恐惧"的表现力。

三、修订译本的语言要求以及
针对真实的努力

在 2011 年 10 月 6 日特朗斯特罗姆获得诺贝尔文学奖之后,李笠修订《致防线背后的朋友》,标题改为《给防线背后的朋友》。"致"和"给"的词语差异不大,但仍存在细微的区分:前者比较文学化,后者比较生活化。分节数字序号则由阿拉伯数字改为中文小写数字。

> 一
> 给你的信写得如此枯涩。而我不能写的
> 像只古老的飞船膨胀,膨胀
> 最后滑行着从夜空消失
> 二
> 信落在审查官手中。他打开灯
> 灯光下,我的言辞像笼里的猴子飞蹿
> 抖动,静立,露出牙齿!
> 三
> 请读句外之意。我们将在两百年后相会
> 那时旅馆墙上的麦克风已被遗忘
> 我们终于能安睡,化为正长石[10]

通过比较,读者可以发现修订版的诸多变化。

第一节中极为关键的形容词"简短",现在修订为"枯涩"。显然这里的关注点是非常不同的。"枯涩"指出内容的变化,与"枯乏无味的信"构成互文——即前面提到的第三种情况。虽然"简短"的含义仍旧保留在"枯"中，但已不如原来的效果那么突出。"最后穿越夜空消失"则修订为"最后滑行着从夜空消失"。"穿越"的动作幅度比较强烈，"滑行着"则显得柔和一些。弗尔顿的英译本是"... drifted away at last through the night sky"[11]141，drifted away 的意思明显倾向于"滑行"和"漂移"。

第二节的修订倾向于事实与历史的精确，把"检察官"修订为"审查官"。检察官属于司法系统，审查官具有明确的特殊职能：对书信、书报、电影、戏剧进行审查，验看其中是否存在违禁的内容。将"栅栏"修订为"笼"，平面的束缚变成立体的拘囿，弗尔顿的英译本倾向于前者，显然没有"笼"具有更为强悍的力度。而将"抖动身子，静静站立，露出牙齿！"修订为"抖动，静立，露出牙齿！"可能并非出于词义准确性的考虑，而是由于诗歌的节奏。一般来说，读者更加重视语义分析，以及由此衍生的社会历史批评，而忽视其中存在的美学问题——虽然在特朗斯特罗姆身上，前者的问题显得更为严重，但是有必要保持全面的视野和基本的观察结构，以使问题在更为开放的灯光下得到充分显示。

在句子的处理上，原来的译本是四字一个短句，整齐而有力；现在的译本则是两个双字，再加一个四字短句，形成节奏先短促后延长的变化，读起来比较舒服。我不知道瑞典文版本的实际情况，而英文版虽有相应的微弱显示，但是远不如中文版这么明显。翻译其实就是创造，原文主体存在的大小程度有赖于翻译语言和译者选择。这与传统翻译观有着较大的分歧：传统强调译本与母本的对应，现在则着重强调译本的独立性与在译本语言环境之中的艺术高度。杰克·路德维说："翻译者必须勇敢地，也许是危险地，为词语、声音和戏剧性对抗挑选隐喻的对等词。"[12]164 这里的关键词是"挑选"，它实际上就是一种创造性的显示。

对苏联以审查为特征的控制形态，以塞亚·伯林有过温和的阐释。他说在苏联，外国的"访问者也不总是被怀疑是在刺探情报和图谋不轨"。特朗斯特罗姆在苏联旅行中受到的电话骚扰以及他所推测的背景极有可能属于这样一种情形。但是为什么会有这样一种社会管理方式？伯林说："要是你和一个俄国人谈论其他的政治或文化的价值标准，则会被认为是转移他们对目标的注意，浪费他们的精力。"[13]91 如果目标指的是苏联人民的工作与生活目标，那么特朗斯特罗姆所致力的诗人之间的交流在苏联的高管们看来就带有腐蚀苏联人民心灵的意味，因而必须受到限制。这当然是对苏联心灵温和的心理揣摩，而苏联的实质，即使按照降调考虑，仍旧无法逃脱围绕等级制度和意识形态控制而构成的极权社会的命名。

第三节中，"请回味句中的含义"和"请读句外之意"的语义基本相同，但是形式色彩存在明显的差异："回味"带有修饰性与强调重新体验的意味，而"读"则比较直接；"句中的含义"，强调字里行间的潜在内涵以及上下文的联系，而"句外之意"则是中文"言外之意"的翻版。在这里我要着重强调，我们的分析注意的只是表达差异，以及不同语言形式带来的不同阅读效果，并不谋求对形式本身的优劣做出判断。诗歌语言极为微妙，稍有不同，都会构成形式与效果的双重差异。因此在译本之中，每一个中文词的挑选其实都是对母本不同侧面的精心呼应。不同的译者做出不同的选择也就在情理之中，并不存在真正的权威性，即并不存在唯一的合法译本，且不说译者个人气质的自然渗透。

译者对言辞的反复选择和反复斟酌，其实也是对特朗斯特罗姆写作方式的一种呼应。罗宾·弗尔顿说过："特朗斯特罗姆对选择和修剪的需要可能少于其他任何诗人。"[14]这就是说，特朗斯特罗姆最后达成的文本效果其实已是一条把水拧干之后的毛巾。

重要的修订出现在第三节里，如把"高音喇叭"修订为"麦克风"。开始的时候我为这样的修改觉得可惜，因为高音喇叭的历史属性契合读者关于 20 世纪 50—80 年代初期的社会体验。在讨论中，李笠赞同我的阐释，但是同时指出"麦克风"属于原文，它是当时一种比较原始的窃听器。这可能就是防线背后的社会现实。译文尊重原文表述，没有将之甜蜜地置换到中文的语言环境之中。这可能再次印证，翻译与诗歌的历史性源于对真实性的追求。同时表明，针对真实的努力不可能顾忌事实的陌生性所造成的接受难度。

关于"正长石"，特朗斯特罗姆在信中是这么解释的："'正长石'是一种特殊化石，常常会在巴尔干一带的石灰石里找到（从地球形成后），它的形状有点像石化的麦克风。"[9]将这个解释与李笠的"好运石"解释结合起来，意思就变得更加完整了。从监视器性质的实体的麦克风，到能带来好运的麦克风形状的正长石，蕴藉丰富的双关语其实恰恰预示着社会变革的未来："我们"经历的正是历史的一部分，同时在历史中埋葬不堪回首的罪恶。

四、修订版 2 重新考虑节奏并且延伸历史经验

2011 年 12 月底到 2012 年 1 月初，我在云南大理参加"天问中国新诗新年峰会"期间，与李笠面对面探讨特朗斯特罗姆的作品。他说他仍在修订 10 月份的修订译本（即上面提到的译本，下面简称"修订版 1"）。1 月 7 日，他通过电子邮件给我发来《给防线背后的朋友》修订版 2——

一

给你的信写得如此干瘪。而我不能写的
像一只古老的飞船膨胀，膨胀

　　　　最后滑行着从夜空里消失

　　二

　　　　信落到检查官手中。他打开灯

　　　　灯光下,我的言词像铁栏上的猴子飞蹿

　　　　抖动身子,静静站立,露出牙齿!

　　三

　　　　请读句外之意。我们将在两百年后相会!

　　　　那时旅馆墙上的麦克风已被遗忘

　　　　我们终于得以安睡,化成一块块正长石。[①]

　　第一节中,第一句的句式与修订版 1 相同。直到这时我才意识到,修订版 1 第一句与原版第一句,句式是有微妙变化的:原版"给你的信如此……",修订版 1 则是"给你的信写得如此……"增加"写得"两字,实际上延缓了节奏。此外,明显的变化是:修订版 2 以"干瘪"一词替换了修订版 1 的"枯涩"。"枯涩"是枯燥不流畅或者干燥不润滑的意思,"干瘪"则是干而收缩与不丰满或者内容贫乏枯燥无味的意思,两者语义接近而所强调的形式侧面(每个词汇突出强调的语言色彩)不同。"枯涩"间接显示写信者的精神状态,而"干瘪"倾向于对信的内容本身予以客观性的显示。第二句,把修订版 1"像只古老的飞船"修订为"像一只古老的飞船",增加"一"字改变原来比较紧凑的节奏,语感随之产生变化,原本音阶平滑而短促的词汇"像"由于"一"字的参与而得到强化和突出。

　　第二节中,第一句原版"检察官",修订版 1"审查官",改为修订版 2"检查官"。虽然检查的内涵变得更加清晰,但是"审"的严厉性就此终结。第二句,把修订版 1"言辞"改成修订版 2"言词"。按照现代汉语语法规则,两个词通用。但是如果非要强调两者的差异,那么可能就是,前者带有一定的修辞意义,后者仅仅指称词汇。特朗斯特罗姆在《自 1979 年 3 月》中就曾经反复强调过"语言"和"词"

的差异。李笠对词语的反复琢磨与选择，及其个人的诗人身份，都
比较符合特朗斯特罗姆心中的译者标准，"人可以和要翻译的诗取
得自我确认，而认识你要翻译的那人，也具有特殊价值……"[15]35

　　第二节较大的变化是为"猴子"处所进行的词汇选择。李笠撤
销修订版1的"笼"，倾向原版的"栅栏"。或因"栅栏"突出拦截而
囚禁之意并不明显，李笠才对它加以创造性的修饰："铁栏"。"铁"
字的硬度和冷度会使"栏"字具有一定的负面色彩。

　　一个词或者标点符号的增删必然导致语言效果的变化。比如
《公民》，原版"罗伯斯庇尔每天早晨用一小时盥洗/他把剩下的时
间奉献给了人民/在标语天堂里，在道德机器里"，修订版不仅为首
尾两句添加句号，而且把尾句改为"在标语的天堂里，在道德的机
器里"，"的"字限定两个名词之间的关系，并在两个重音词汇之间
加入轻音词汇，使诗句的节奏起伏有致。特朗斯特罗姆在给他的
英译者勃莱的信中②说："《公民》译得好极了！我想划掉的唯一的
词是'无论如何'（从结尾倒数第三行）。去掉它。在这个世界上
'无论如何'太多了……"[16]多个词，少个词，看起来无所谓，但对
微妙的诗来说却是致命的。

　　"铁栏"的修订不仅牵扯微妙的语言效果，更是直接与"牢狱"
的历史经验关联。1970年处于经过解冻思潮之后的后斯大林时
期，"虽然政治生活趋于温和，但苏联仍旧可以说是一个警察国
家"[17]535，1972年布罗茨基被驱逐出境，1973年索尔仁尼琴被驱逐
出境。虽然这个时期，微弱的政治宽容已经显示端倪，但是极权体
制本身并未得到调整，检查制度仍在强力运行。为"猴子"处所进
行词汇调整或者选择的历史性，在于引入附着于"铁栏"一词之中
的历史经验（比原文更多的历史延伸），强化检查制度具有的威力。

　　"一首诗被翻译时，在整个翻译过程中，很多东西都能被发
现。"[18]51由此观之，那些被原文唤醒的本来属于延伸的阅读感受
与联想的东西，被译者直接应用到译本之中。这也正是诗歌翻译

的创造性法则之一,只不过它的界限与尺度在中国传统译者们中间容易引发争议而已。特氏的西班牙文版译者说,"翻译或多或少都是一种再创造……这意味着削弱或拆解甚至有的时候是亵渎(通过省略或添补的方式)原文……接下来就该用西班牙语重写、改造或是伪装诗歌了,从而最终创造出一个新的文本";"我的翻译试图做到的也就是这些:翻译、可能的含义、等同的含义、近似的含义、再创造、重写、伪装"[19]70。与此相比,被中国传统译者们视为大胆的李笠(偶尔增加原文的行数)其实还算是相当保守的。

第二节的第三行,将修订版 1 的句子恢复为原版,可能还是考虑句子之间的平衡关系,而没有强化一种舒服的节奏。

第三节的变化主要发生在第三句,修订版 1"终于能安睡"变成修订版 2"终于得以安睡";修订版 1"化为正长石"变成修订版 2"化成一块块正长石"。添加词汇的主要目的还是为了延缓节奏。这也是修订版 2 的一个形式特点。李笠可能觉得原来的行文过于简洁,现在趋向语调的从容,利于阅读过程之中情感的积累。得失或在力量强弱的选择之间。

修订版 2 另外一个比较突出的变化是标点符号,尤以第三节表现明显。一个是第一句末尾使用惊叹号,最后一句末尾使用句号。而前面两个版本的句尾只在第二节的最后一行用了惊叹号(修订版 2 保留了这个惊叹号),其他句子的末尾并没有使用标点符号。这就形成修订版 2 的特征:延缓节奏,强化词语选择和语调形式的力度。

五、修订版 3 的综合调整和
强调语言的历史性

1 月 10 日,李笠发来《给防线背后的朋友》修订版 3,他说这是

最后的修订版。他在 13 日给我的电子邮件中说："我感到这次我译出了特朗斯特罗姆的气息和脉搏。"

一

我的信写得如此枯涩。而我不能写的
像一条古老的充气飞船膨胀，膨胀
最后滑行着穿过夜空消失。

二

信落在审查官手里。他打开灯。
灯光下，我的词语像栅栏上的猴子飞起，
抖动身子，静静站立，龇牙咧嘴。

三

请读句外之意。我们将在两百年后相会。
那时旅馆墙壁内的窃听器已被遗忘。
我们终于得以安睡，化成正长石。

　　第一节中，第一句恢复到修订版 1。第二句修改幅度较大，"飞船"改为"充气飞船"，表述更为具体，呼应后面的"膨胀"，同时前面的量词改"只"为"条"，显示飞船的具体形状。第三句，保留修订版 2"滑行着"，后半句则恢复为原版表述，同时将书面化的"穿越"改为略微平实的"穿过"。充盈内容的同时，节奏再次得到延缓。

　　第二节，首先值得肯定的是"审查官"一词的完全确定，因为这个职位与审查制度相辅相成，它的文化含义和社会含义比较固定。其次，"猴子"处所再次调整为原版的"栅栏"。根据我的猜测，这可能是由于原文谨慎地推动，虽然我倾向于"笼"（它的效果过于强烈而缺少隐蔽）。"笼"的佐证由特朗斯特罗姆提供："我 1970 年曾到过拉脱维亚和爱沙尼亚，那里完全是封闭的。有时候，你感到仿佛就像是格雷厄姆·格林③早期小说中的人物。"[18]41再次，李笠舍弃"言辞""言词"，改为"词语"。这种直接性也表现在将"飞蹿"改为"飞起"上。"飞蹿"其实更具表现力，而且比较符合猴子的动物行为特征。最后，由前面三个版本强烈的"露出牙齿！"改为比较细腻而又平实的"龇牙咧嘴"。（注意其中标点符号的变化），这个变化较大，或许因为这样的改变更含蓄，更符合人物此时此刻的心情？

诗人北岛敏锐地意识到"检查员所代表的防线（即语言边界）"，从而将现实的屏障与语言的边界结合起来，具有历史与语言的双重深度。他进而阐释第二句和第三句，"语言所具有的行为能力，是对检查员所代表的防线的挑战"[20]238。明确地指出，诗人的私人语言具有对抗现实（即未来的历史）/强权政治的可能性。

饶有意味的是，如此鲜明的关于检查制度的历史性问题，本应对此更敏感的俄文版译者却说："特朗斯特罗姆在诗里不涉及政治或者社会主题，他让我们看到的只是现实"[21]64。表达貌似高妙，实则取缔政治主题的存在，因为类似的内容不仅出现在《给防线背后的朋友》之中，也出现在其他的诗篇之中，如《里斯本》《东德的十一月》以及前面提及的部分作品。

第三节的变化，首先是句尾都用了干脆的句号，感情不再奔放而趋于冷峻。第二句，把伪装成麦克风的窃听器直接改为"窃听器"，虽然表面的意义变得清晰，但是它的真实性和丰富性也被相应地取缔了。相应的改变还有"墙上的"变为"墙壁内的"。一种伪装的窃听器和一种隐藏的窃听器，事实与体验皆有不同。翻译或许只能顾及其中一种，而不能全都顾及。这就是版本多元化的意义之所在，尤其在涉及不同语种的双关语的时候。第三句的变化，采取一种综合方式，将节奏控制在一定范围之内，使之略有延缓，袪除原来的绵长。

在李笠修订译本的过程之中，读者可以看出特朗斯特罗姆在汉语之中呈现出来的丰富性。无论出于语感还是逻辑，考虑语言必须结合历史，如此一来，对事实本身的敬畏可能就会变得突出一些（强化语言与强调事实并行不悖）；如何应用有些属于体验性或者倾向性的词语选择，比如对读者隐晦的阅读需求采取何种语言方面的保护措施，如何在事实基础之上阐释自己的认识和情感。这些其实已经涉及历史叙述（历史修撰）的问题（运用语言进行转述/复述/重构）。李笠选择和缓的词语可能出于这些考虑。激烈的表达固然效果惊人，但没有顾及特朗斯特罗姆行事的温和与文风的稳重。至于如何综合考虑语言的历史性与语言的现代性之间的关系问题（给予彼此更为适当的位置）可能需要进一步的研究。④

　　在气质上接近一个诗人非常难，所以努力只能从语言开始。在语言的较量之中，不断创造新的译本。这些不同的译本既属于特朗斯特罗姆本人，更属于译者。把译者的气质充分地体现在各自的译本之中，说是借题发挥不算刻薄。且不说其他译者（董继平、北岛、黄灿然等）的不同译本，单以李笠为例，他自己的译本就不止一个。而且我更愿意相信，他还将有新的修订版问世，这不仅仅是关于语言能力的问题，还包括人生与知识，包括理解的真正达成。这需要时间，而历史正是由时间组成。通过分析《给防线背后的朋友》的修订，我们不仅可以理解1970年的苏联历史，也可以浏览与之匹配的中文译本的语言简史。

　　从这个角度的前端来看，超现实主义者特朗斯特罗姆，与保罗·策兰、米沃什、布罗茨基一样，"把见证人的活的记忆纳入历史叙述之中"[22]26。如何在诗歌之中进行历史叙述（涉及记忆和个人经验的处理），其实才刚刚开始，它对现在的读者来说至少可以澄清"非历史化"的误读。而从这个角度的后端来看，对中国诗人的技术启迪更为重要，因为诗永远是诗，不是新闻报道，不是时政评论，不是历史纪录，虽然它看起来近似历史纪录，但是它真正的活动范围只在复杂的人性之中。特朗斯特罗姆说："我对政治很有兴趣,但更多的是出于人性的方式,而不是意识形态层面的。"[18]43 对诗人来说,就是在有限的审美之中工作。

注释

① 还有一个修订版,可能位于修订版 1 和修订版 2 之间。全文如右:"我的信写得如此枯乏。而我不能写的/如古老的飞船膨胀,膨胀/最后滑行着穿过夜空消失//信落在审查官手里。他打开灯/灯光下,我的词语像栅栏上的猴子飞蹿/抖动身子,静静站立,露出牙齿!//请读句外的词语。我们将在两百年后相会/那时旅馆墙上的麦克风已被遗忘/我们终于得以安睡,化成正长石。"木叶:《一个诗人的分身术——读特朗斯特罗姆》,载《上海文化》2012 年第 1 期。本文没有讨论该版本而把思考的机会留给读者。

② 正是在这封信中,当时年仅 26 岁的特朗斯特罗姆,一边和勃莱讨论《公民》的英文翻译,一边向勃莱直播电视机里的诺贝尔奖颁奖典礼。他敏感地发现文学奖获得者、意大利诗人蒙塔莱在听到颁奖辞的时候"撇嘴",而且领奖的时候"走路困难"。特朗斯特罗姆预言勃莱 80 岁的时候能够获得文学奖,但是这一预言最终应在他自己身上。

③ 通常认为,格雷厄姆·格林把通俗的间谍小说提升到真正的文学高度。在他的小说中,不仅有紧张的情节,而且反映出人性与社会、历史的复杂性。在冷战环境中,特朗斯特罗姆此处关于间谍说法的黑色幽默才得到了西方读者的响应。

④ 可以参考黄灿然的"现代敏感"说。我想以此说明语言的历史性问题与它的现代性问题是如影随形的。对于其中的分寸怎么拿捏,既是功力问题,更是选择问题。而它本身同样涉及翻译的创造性问题。黄灿然:《译诗中的现代敏感》,载海岸选编《中西诗歌翻译百年论集》,上海:上海外语教育出版社,2007 年版。

参考文献

[1] 莫妮卡·特朗斯特罗姆.诺贝尔文学奖晚宴谢词[J].玛依译. 万象,2012(1).

[2] 谢尔·埃斯普马克.瑞典战后文学[M]//瑞典文学史.李之义 译.北京：外国文学出版社,1985.

[3] 王晔.我醒来到那不可动摇的"也许"：托马斯·特兰斯特勒 默和他的诗[J].万象,2012(1).

[4] 李笠.一首诗是我让它醒着的梦,谈特朗斯特罗姆获诺贝尔文 学奖[EB/OL].新浪微博.[2011-10-07].http://talk.weibo. com/ft/201110072090.

[5] 胡续冬.国内诗歌界尴尬是因诗歌活力传递不出去[N].南国 早报,2011-10-30.

[6] 特朗斯特罗姆.特朗斯特罗姆诗全集[M].李笠译.海口：南海 出版公司,2001.

[7] 特朗斯特罗姆.把谜弄清楚[J].王晔译.外国文艺,2012(1).

[8] 雅克·乌坦.特朗斯特罗姆的诗歌是具有普遍性的[J].黄小 涂译.外国文艺,2012(1).

[9] 特朗斯特罗姆.特朗斯特罗姆致美国诗人布莱的一封信[N]. 李笠译.南方周末,2011-10-14.

[10] 特朗斯特罗姆.给防线背后的朋友[EB/OL].李笠译.新浪微 博.[2011-10-18].http://weibo.com/u/1648774052.

[11] Tranströmer. *Paavo Haavikko and Tomas Transtromer Selected Poems*[M]. Translated by Robin Fulton. Middlesex, Victoria：Penguin Books，1974.

[12] 罗伯特·冯·霍尔伯格.诗歌、政治和知识分子[M]//剑桥美 国文学史(8)：诗歌和文学批评：1940年至1995年.杨仁敬, 詹树魁,蔡春露等译.北京：中央编译出版社,2008.

[13] 以塞亚·伯林.苏联的心灵：共产主义时代的俄国文化[M].

潘永强,刘北成译.南京：译林出版社,2010.

[14] Robin Fulton. Foreword[M]// Tomas Transtromer. *The Great Enigma: New Collected Poems*. Translated by Robin Fulton. Canada：Penguin Books，2006.

[15] 特朗斯特罗姆.交叉"音色和足迹"的"小径"[J].王晔译.外国文艺,2012(1).

[16] 特朗斯特罗姆.一九七五年十二月十日特朗斯特罗姆致布莱尔[EB/OL].新浪博客.[2011 - 12 - 10].http：// blog.sina. com.cn/s/blog_5f90ae5201010u45.html.

[17] 尼古拉·梁赞诺夫斯基,马克·斯坦伯格.俄罗斯史：第七版[M].杨烨,卿文辉译.上海：上海人民出版社,2007.

[18] 特朗斯特罗姆.向孤独致敬：托马斯·特朗斯特罗姆访谈录[J].邓中良译.外国文艺,2012(1).

[19] 罗伯特·马斯卡洛.平凡的词句书写伟大的作品：主要西班牙语译者之一眼中的托马斯·特朗斯特罗姆[J].刘岁月译.外国文艺,2012(1).

[20] 北岛.时间的玫瑰[M].北京：中国文史出版社,2005.

[21] 阿·普罗科皮耶夫.俄罗斯人眼中的特朗斯特罗姆[J].陈淑贤,译.外国文艺,2012(1).

[22] 詹姆斯·E·扬.在历史与回忆之间[M]//社会记忆：历史、回忆、传承.季斌,王立君,白锡译.北京：北京大学出版社,2007.

——原载《江汉大学学报(人文科学版)》(现《江汉学术》)2012年第4期：18—25

异 域 诗 歌

华裔美国诗歌鸟瞰

张子清

摘　要：和美国黑人的诗歌相比,华裔美国诗歌的历史并不长,亚裔/华裔美国诗歌形成气候是在 20 世纪 80 年代。围绕华裔美国诗歌的种种问题(一般来说,也许是种族性的文学建构)可以被概括为两方面的矛盾,但无论怎样,我们都承认华裔诗人或作家的艺术个性和审美趣味与他们族裔意识的强弱不无关联,而他们族裔意识的强弱,一般来说,又与他们的血统和出身不无关联。华裔诗人或作家群体所处的历史条件和文化环境在不以个人意志为转移地常变不息。

关键词：华裔美国诗歌；华裔诗人；种族性

一、用英语创作的华裔美国诗歌概况

在研究用英文创作的华裔美国诗歌时,我们自然地要回顾到它的发祥地加利福尼亚,特别是它在旧金山成长与发展的过程。直至 19 世纪 30 年代,只有很少华人学会英语,他们被称为"出番",他们的主要任务是同当地的白人打交道,而在法律纠纷或移民等事务上充当华人当事人的翻译(被称为"传话")。这些少数华人所掌握的英语是实用英语,谈不上文学英语。[1]因此,早期华裔美国诗歌应该回溯到旧金山唐人街华文报纸上刊载的古体汉诗和对联以及 20 世纪初叶创作、1980 年代整理出版的《埃仑诗集》(1980)和《金山歌集》(1987)这两本原来用汉语创作的诗集。

20 世纪三四十年代在美国留学的精英用英文写回忆录和诗歌,记录他们在美国的生活。第二次世界大战后,留在美国的中国留学生和新从中国去的移民丰富了中国语言文化景观。1950 年代,由于美国政府反华,出生在美国的许多华裔作家不能公开描写中国大陆。直到 1970 年代尼克松访华之后,华裔美国作家才有了创作自由[2]。

和美国黑人的诗歌相比,华裔美国诗歌的历史不长,可以说很稚嫩,据王灵智和赵毅衡两位学者考证,华人最早用英语创作诗集是洛杉矶的学生匡月(Moon Kwan,英译)在 1920 年出版的《钻石塔》(A Pagoda of Jewels,1920)[3]。鉴于从发源地位置看,亚裔和华裔密不可分,我们在考察华裔美国诗歌时,往往要连带讲述亚裔美国诗歌(其实在美国,华裔美国诗人也同时被称为亚裔美国诗人),因此据另一位学者黄贵友(Guiyou Huang,音译)考证,亚裔美国诗歌始于一个世纪以前的日裔美国诗人米野口(Yone Noguchi,1875—1947)的创作,出生在日本,移民至美国,能用日、英两种语言创作,他的诗集《被看见和不被看见》(Seen and Unseen,1897)发表于 19 世纪末。黄贵友对亚裔/华裔美国诗歌的发展作了如下的描述:

尽管自从米野口之后,亚裔美国诗歌的创作仍持续不断,但直至 20 世纪六七十年代才引起人们的注意,这个时期正是民权运动轰轰烈烈开展的时代,在政治集会上,诗歌被用作呐喊和歌颂少数民族自豪的工具,听众更多地倾听而不是阅读这些富有政治色彩的激进诗歌。即使如此,除了对这些激进诗歌作简短的评介外,鲜有认真的研究文章面世,这是一个令人困窘的事实：它不仅反映了诗歌被忽视的局面，而且也反映了人数上和政治上被忽视的人群——在美国的亚洲人。20世纪70年代出版的亚裔美国诗集上的前言或序言很少受注意。这方面比较认真的学术研究直到20世纪80年代才出现，这个时期的亚裔美国文学在小说、戏剧和诗歌方面推出了引人注目的作家，不过对美国诗歌的研究依然微乎其微。在有限的诗歌批评中，更多地注意到整个亚裔美国诗人群，对单个的亚裔美国诗人的关注，相对来说则很少。[4]

由此可见，亚裔/华裔美国诗歌形成气候是在20世纪80年代。据著名日裔美国诗人本乡（Garrett Hongo, 1951—）的亲身经历，也印证了黄贵友的论断。本乡认为，许多亚裔美国诗人在这个时期开始在族裔研究杂志、通俗杂志、大学期刊上发表诗作，接着出版诗集，很快在美国诗歌界显示了不可忽视的力量。1989年，包括本乡在内的几个亚裔/华裔美国诗人被邀在美国公共广播公司电视台"话语的力量"电视系列访谈节目里对公众露面。亚裔/华裔美国诗人也有代表应邀参加美国国家级诗歌奖评选委员会评奖。他们有的诗篇被收入教科书和每年出版的诗选里。我们还发现，姚强的作品在1983年被美国著名诗人约翰·阿什伯里选入美国诗丛；日、非和印第安混血裔美国诗人爱（Ai, 1947—　）、本乡和李立扬的作品被美国诗人学会分别收进1978、1987年和1990年的拉蒙特诗歌选集；1989年，刘玉珍的诗集获美国图书奖。更引人注目的是，宋凯西和李立扬双双入选两部大型主流文选《诺顿美国文学选集》（*The Norton Anthology of American Literature*，1998）和《希思美国文学选集》（*The Heath Anthology of American Literature*，1994）。这意味着亚裔/华裔美国诗人已从被歧视、忽视的地位上升到被注意和重视的地步，并且进入了美国文学贤哲祠。和宋凯西、李立扬同时入驻这座文学贤哲祠的还有亚裔/华裔美国作家黄哲伦、本乡、汤亭亭、潭恩美、任璧莲。如果用《希思美国文学选集》第二卷最后一部分"从1945年到目前"这个时期入选的98位作家的组成为例，就更能看清楚亚裔/华裔美国文学取得的显著成就。他们之中有两位诺贝尔文学奖得主索尔·贝娄和托尼·莫里森、两位桂冠诗人理查德·魏尔伯和丽塔·达夫、大戏剧家阿瑟·米勒和田钠西·威廉斯以及其他重量级的小说家、戏剧家和诗人。

当然，宋凯西和李立扬的入选主流文学选集并不表明他们就一定比其他所有的亚裔/华裔美国诗人强。为此，黄贵友提出诘问：

> 宋凯西和李立扬的入选就表明他们比和他们同等的亚裔美国作家更重要吗？这是不是意味着他们在教育界和学术界被以白人为主的主流读者所接受？为什么该文选编辑看中这两个在1950年代后期出生的诗人而不提老一代的日裔美国诗人稻田（Lawson Inada, 1938—　）和菲律宾裔美国诗人维拉（Jose Garcia Villa, 1908—1997)？[4]

他的答案是："至于谁入选或谁不入选，纯文学文选的主编的决定带有一定程度的个人武断性；主编在选择作家时既有个人因素也有政治因素。"[4]他说得没有错，但至少可以说明入选率高的诗人或其他体裁的作家备受关注的程度比较高。例如宋凯西，她还入选同样权威的《诺顿现代诗选》(*The Norton Anthology of Modern Poetry*, 1988)，不但如此，早在1982年，她的作品被选入任何美国诗人都羡慕的耶鲁青年诗人丛书，这是包括白人在内的任何美国青年诗人进入主流诗坛的一道坎。如果用入选主流文选或诗选衡量一个诗人的成就的话，幸运的宋凯西受到美国主流诗坛如此的追捧，在一定意义上讲已算功成名就了，尽管对坚持族裔性、不认同白人主流审美规范的亚裔/华裔美国作家(例如赵健秀)来说也许不屑一顾。

二、华裔美国诗人现状

崭露锋芒的华裔美国诗人有施家彰、姚强、梁志英、刘玉珍、朱丽爱、吴淑英、陈美玲、张粲芳、白萱华、李立扬、刘肇基、林小琴、宋凯西、林永得,等等①。相对小说家而言,他(她)们的人数虽不多(其中有人同时写小说,例如张粲芳、梁志英,而汤亭亭以写小说为主),但遍布美国,西到加州,东到新英格兰,南到新墨西哥州,北到华盛顿州,甚至远至夏威夷。在他(她)们之中,有的诗人出版了数本个人诗集和获奖诗集。以小说著称于美国文坛的汤亭亭在新世纪也出版了颇得好评的诗集,为华裔美国诗歌增添了光彩。亚裔/华裔美国诗歌创作中一直存在两种倾向,本乡(Hongo)对此有很精辟的描述:

> 在这历史时期,围绕亚裔美国诗歌的种种问题(一般来说,也许是种族性的文学建构)可以被概括为两方面的矛盾,一方面有人希望在美国经验(不管是少数民族的还是主流的)范围里坚持个人主观性和诗歌艺术,另一方面有人在我们的文化范围内,用他们的优先权进行创作,对占统治地位的意识形态作辩论性的批评。这些本身不一定是举世无双的视角,但存在着一个有争议的倾向,它显露在少数批评家的批评里,这些批评家具有公众的影响力和学术机关的权威性,在众所周知"亚裔美国文学"领域里掌权,对多样化的项目采取霸权支配,结果把特准一些最有争议的、讲究等级的做派导致到文学创作中来。[5]

如何对待种族性的文学建构成了亚裔/华裔美国文学创作界和批评界的热门话题。熟悉华裔美国小说界的人都了解,以汤亭亭为一方,赵健秀为另一方的关于什么是地道的亚裔/华裔美国文学争论之激烈之广泛席卷了整个亚裔/华裔美国小说界和评论界,虽然这种争论较少地波及华裔美国诗歌界,但华裔美国诗人中不乏像赵健秀那样具有鲜明种族意识的诗人,例如朱丽爱和吴淑英。作为父母曾经在天使岛被拘留的后代、美国种族歧视的目击者和受害者、女权主义者,朱丽爱始终努力充当抵制社会不公正的人们的代言人。白人学者欧内斯特·史密斯(Ernest J. Smith)没有种族偏见,在评论朱丽爱及其诗作时给予很高的评价,说:

> 朱丽爱的诗歌在主要的文学杂志上没有得到广泛的注意或评论,然而它作为开拓性的成果屹立在新兴的亚裔美国文学领域里。在最近几年,文学批评注意力大量地集中在亚裔美国作家及其与包括朱丽爱在内的老一代艺术家的联系上。乔治·尤巴(George Uba)写道:"20世纪60年代晚期和70年代早期的亚太裔美国激进主义诗人的原生活力推动了在自我发现的进程中的文学。"朱丽爱为把文化身份作为主题进行探索的诗人们开辟了新天地,而她对不同媒体的艺术家起到了激进主义分子和代言人的作用。[6]

须知美国的主要文学杂志掌握在白人主编和评论家的手里,朱丽爱反主流的言行和艺术追求自然地不合主流评论家的审美趣味,受不到他们的青睐不足为怪。朱丽爱为自己的女权主义和社会主义的观点而自豪,她说:"我越来越多地看见一些人回击,我也就越来越多地看到大家获得回击的力量,要不然,我关上门说:'再见,世界。'但那不是我。"她赠给吴淑英的一首诗《在我们的翅膀下——赠吴淑英,一个姐妹》(Under Our Own Wings—For a

Sister，Merle Woo）充分体现了她以及她的姐妹们的激进政治观点：

> 许多许多人的面孔盯视着
> 我们不被人看见的隐身，我们的被人
> 以为的同化。男人就是相信
> 犯错误人皆难免，并相信我们
> 在白种人、黄种人、少数朋友之中捣蛋。
> 耳朵和舌头感知
> 一个个的历史意象
> 被吞没在一尘不染的教室里，
> 越南战场上，
> 房间、色情电影院里，杂志
> 和美国电视的荧屏上。
> 想要知道吗，亲爱的姐妹，想要知道吗
> 姐妹兄弟们必须通过仪式、形式、
> 诗篇、歌曲、故事、文章、戏剧
> 以其自己的速度
> 驱除白人美国的病症。

这首诗收录在她的诗集《长气婆之死》最后一个诗组"红色之旅"里的最后部分，特别富有艺术震撼力，最后几行诗大胆地显示了诗人作为工人阶级的成员和社会主义的积极分子的勇气，大有金斯堡当年在《嚎叫》中振臂高呼的恢弘气势：

> 沉寂打破了。沉寂在高涨。沉寂在悲叹，天空
> 曾经对我们的生命保持缄默，对我们的傲慢、
> 我们的勇气、我们黄种人坚强的双腿大发雷霆。

让我们怒吼,变成狂风。

让我们的声音嚎叫,让我们的声音歌唱。

让金山②移动,永不停止。

在死亡中我们的尸体回归到清白的骸骨。

在爱中我们努力工作,生活在我们自己翅膀下的美国。

朱丽爱所称的"姐妹"既可指妇女解放运动成员,也可暗示女同性恋伙伴,而她的"姐妹"吴淑英比她更激进,勇于宣称自己女同性恋的性取向。在美国,当白人女子表露自己是女同性恋时,一般人往往觉得是很自然的事情,而亚裔/华裔女子很少敢于或羞于公开自己这方面的隐私。吴淑英却打破了亚裔/华裔女子不公开承认同性恋的禁忌,例如她在她的《无题》(*Untitled*, 1989)中这样地描述她的性体验:

我的双腿绕着那匹大马的颈子

不是骑

但我的身体在下面唱着歌

在这长着美丽黑发的头前面

感受到她潮湿的舌头在我的中间

我为了这些时刻正冒着生命危险

我的头可能撞向岩石……

1977年,在演出朗尼・卡内科(Lonny Kaneko)的戏剧《贵夫人病危》(*Lady Is Dying*)时,吴淑英还与赵健秀同时扮演剧中的角色。1970年代后期,她曾经一度和朱丽爱以及另一个女同性恋诗人基蒂・徐(Kitty Tsui, 1953—   ,音译)组织"三个不裹足女人社"(Unbound Feet Three),走遍整个加州,进行政治与艺术相结合的活动,一起举行诗歌朗诵会,一起到各个大学里去演讲,反对阶级压迫和种族歧视,争取少数民族平等权、劳动机会均等和女权。这与她的家庭出身有直接的关系。她父亲 13 岁时移民美国,但在上岸前被拘留在天使岛上有一年半时间,在唐人街做两份苦力工作。她不但把自己看成作家,而且自认是社会主义的女权主义者、亚裔美国女同性恋教育者和工会主义者。女学者黄素清(Su-ching Huang,音译)在评价吴淑英的诗作时指出:

> 她的诗篇表露了多议题的女权主义的重要性。努力反对种族主义、性别歧视、阶级压迫和其他种种形式的压迫是反复出现在吴淑英的诗篇里的主题。她在诗作中传达她作为有色人种女子、女同性恋、大学讲师、移民之女的种种体验,尤其阐明个人和政治结合的体验。吴淑英强调艺术与政治的联系,在这个意义上讲,她的诗篇传递鲜明的政治信息。她坚信把语言作为一件反压迫的工具使用的功能。[7]

可以这么说,朱丽爱和吴淑英这类华裔美国诗人激进的政治色彩与赵健秀及其同道相比,有过之而无不及。以上只是把朱丽爱和吴淑英作为例子,突出说明华裔美国诗歌族裔性强和政治色彩浓的一方面,但我们不能忽视它的另一方面:一大批亚裔/华裔美国诗人在不同程度上摒弃少数民族常使用的弱势话语,运用为主流出版界接受的强势话语。对此,亚裔评论家金伊莲说:"白萱华的《随意的拥有》、刘肇基的《献给贾迪娜的歌》、三井(James Mitsui,1940—)的《穿越幽灵河》和姚强的《跨越运河街》和其他诗人的诗集显示亚裔美国诗作家难以局限在'亚裔美国'主题上或狭义的'亚裔美国'族裔性上。他们的作品之所以更具'亚裔美国性'是因为他们扩大该专有名词的含义。"[8]说得直白一些,她的意思是:亚裔/华裔美国诗人的视角正从少数族裔边缘走向美国主流文学。

关于亚裔/华裔美国诗人的现状,可以用施家彰精辟的话来概括:

> 我相信,亚裔美国艺术家在当下正创作出色的作品。其活力的表征之一是精彩和多样化。但就诗歌而言,要数白萱华、姚强、陈美玲、本乡、宋凯西、戴维·穆拉(David Mura, 1952—)、喜美子·哈恩(Kimiko Hahn)、刘玉珍和其他诗人的作品。我不认为他们的作品可以"缩减"到单一的政治、社会或美学线条里。相反,他们正在一起创造崭新的文学,在情感的范围和深度、复杂和大胆的想象力上无与伦比。
>
> 我也相信,目前对亚裔美国艺术家的接受与太平洋沿岸地区各国的经济繁荣有关。当亚洲各国变成经济强国时,它们的文化不再可能被忽视或被减低到单一的刻板模式。[9]

在施家彰看来,赵健秀在反对白人种族主义强加给亚裔/华裔美国人的刻板印象、反对亚裔/华裔美国作家"白化",大力提倡地道的亚裔/华裔美国文学时,却给亚裔/华裔美国文学造成了新的刻板印象。他说:"我认为,可能有地道的亚裔美国人感知力,但其界定需要'开放式'而不是'封闭式'。它需要把亚裔美国人经验的多样性和复杂性结合起来。"[9]他的看法符合实际,亚裔/华裔美国诗人的族裔意识有强有弱,风格各异,绝无千篇一律的刻板印象,而是保持着他(她)们鲜明的艺术个性,用他(她)们焕发的才华和丰富的想象力,给我们描绘了色彩斑斓的华裔美国乃至美国文化景观。

但是,我们不得不承认,亚裔/华裔诗人或作家的艺术个性和审美趣味与他(她)们族裔意识的强弱不无关联,而他(她)们族裔意识的强弱,一般说来,又与他(她)们的血统和出身不无关联。例如上述的朱丽爱和吴淑英,她们的父亲是典型的华人移民,都遭受过被拘留天使岛的羞辱,甚至有过"冒牌儿子"③的经历,而她们在成长过程中都受到过种族歧视,因此像她们这类华裔一旦获得能用并且善于用文字表达的机会,她们自然地要宣泄心中的愤恨。有欧美亚混杂血统的或与异族人通婚的华裔美国诗人的族裔意识则相对地比较弱。例如,白萱华是中荷(荷兰裔美国人)的混血女诗人,丈夫是白人画家;姚强的父亲是混血儿(姚强祖父是华人,祖母是英国人),妻子是白人画家;张粲芳的父亲是华人,母亲是欧亚混血女(一半血统是爱尔兰人),丈夫是白人小说家;施家彰的第一任妻子是美国印第安人,第二任妻子是美国犹太民族诗人;刘玉珍的父亲是夏威夷土著,第一任丈夫是白人;宋凯西的母亲是第二代华裔,父亲是朝鲜移民的儿子,丈夫是白人医生。他(她)们不是不喜欢或不寻中国根,不过白人主流文化的亲和力对他(她)们比对朱丽爱和吴淑英这类诗人要大得多。质言之,他(她)们首先具有美国人的感知力,如同白人诗人一样,从美国人的视角观察和描写自然、社会和感情生活。美国社会是一个国际性的移民社会,多元文化的社会,北美原主人——土著印第安人只是这个移民社会的一员。来自英国、法国、德国、荷兰、瑞典、挪威、芬兰、澳大利亚等国的白人后裔诗人或作家如今很少因不同民族的血统而在作品中强调该民族的族裔意识,而是共同创造具有鲜明美国风格的文学。这一部分亚裔/华裔诗人或作家像他们一样,自觉或不自觉地与美国主流文化认同,参与具有美国特色的文学建构。

实际上,亚裔/华裔美国人是一个流变的社群,且不说与白人通婚或通婚后的混血子女族裔意识逐渐淡薄,我们发觉 20 世纪 80 年代去美国留学的亚洲/中国人定居美国后所生的子女也已经成年,新一代亚裔/华裔美国人中的诗人或作家对美国主流文化的接受,由于历史条件不同,显然与朱丽爱和吴淑英这一代人迥然不同。例如,2004 年才 17 岁的华裔女孩王文思(Katherine Wang)在三岁半跟随留学美国而事业有成的父母从哈尔滨移居美国,就读于加州昂贵的私立中学,受到良好的教育,所以她在 17 岁时就能发表一本反映美国中学生活的非小说《此时,彼地》(*Been There，Done That*),书中充满一片阳光、春风和雨露。王文思在书的最后说:"我们都想长大成为了不起的人。如果我们站在一定距离之外,我们就能发现我们所经历的旅程。不管我们是黑种人、白种人、黄种人还是棕种人……不管我们的头发是黑色的、金黄色的还是红色的……不管我们用手、筷子还是刀叉吃饭,我们都有那种关联,在某些方面都互有联系。我们甚至分享相同的体验。我是华人女孩,碰撞在与中国迥然不同的文化里。毫无疑问,美国改变了我。"亚裔/华裔诗人或作家群体所处的历史条件和文化环境就是这样不以个人意志为转移地常变不息。

注释

① 收录在王灵智和赵毅衡主编的英文本《华裔美国诗歌选集》(1991)的华裔美国诗人有 22 人之多;收录在王灵智、黄秀玲和赵毅衡编译的《两条河的意图：当代美国华裔诗人作品选》(上海文艺出版社 1990 年版)的有 20 人之多。

② 指我们通常称的旧金山。

③ "冒牌儿子"(paper son)是指中国移民通过冒充已经在美国的华人的儿子混入美国。

参考文献

［1］Marlon K. Hom. *Songs of Gold Mountain: Cantonese Rhymes from San Francisco Chinatown*［M］. Berkeley：University of California Press，1987.

［2］Russell C. Leong, "An Informal Talk on Asian American Studies".

［3］L. Ling-chi Wang, Henry Yiheng Zhao, eds. Introduction

[M]//*Chinese American Poetry: An Anthology*. Berkeley：
Eastwind Books of Berkeley，1991.

[4] Guiyou Huang. Introductions：The Makers of the Asian
American Poetic Landscape[M]// Guiyou Huang, ed. *Asian
American Poets: A Bio-Bibliographical Critical Sourcebook*，
Westport，Connecticut • London：Greenwood Press，2002.

[5] Garret Hongo, ed. *The Open Boat: Poems from Asian
America*[M]. New York：Doubleday，1993：xxxvii.

[6] Ernest J. Smith. Nellie Wong[M]// Guiyou Huang, ed.
*Asian American Poets: A Bio-Bibliographical Critical
Sourcebook*，London：Greenwood Press，2002：316 – 317.

[7] Su-ching Huang. Merle Woo[M]// Guiyou Huang, ed.
*Asian American Poets: A Bio-Bibliographical Critical
Sourcebook*，London：Greenwood Press，2002：325.

[8] Elaine H. Kim. Asian American Literature[M]// Emory
Elliot, eds. *Columbia Literary History of the United
States*，New York：Columbia University Press，1988：821.

[9] Arthur Sze. Response[M]//Amy Ling, ed. *Yellow Light:
The Flowering of Asian American Arts*，Philadelphia：
Temple University Press，2000.

——原载《江汉大学学报(人文科学版)》(现《江汉学术》)2006
年第 6 期：5—9

叶芝诗歌：民族的吊诡与东方的悖论

——论其文化民族主义、身份、主体与东方传统

龚浩敏

摘　要：作为爱尔兰现代诗歌的代表，叶芝自信地承担着对爱尔兰民族性构建的历史责任，然而叶芝自身暧昧的盎格鲁—爱尔兰的民族身份对他构成了一种挑战。因此，诗人试图寻求一种文化的民族主义成为其构建爱尔兰民族性的基础，爱尔兰原始的乡土文化被视为其民族根性的源泉，然而这种民间性又与诗人精英性的气质相抵触。在建立现代的民族诗歌的过程中，叶芝瞥见了神秘的东方传统这一蹊径，用东方文化的宇宙观与美学观为灵感来抵制西方文化中的裂隙。可是强烈的民族诉求又决定了诗人强力主体性的始终存在。通过对东方传统中"无我"的挪用来确立"自我"的民族意识，叶芝的诗歌始终显现出无法超脱的种种悖论。然而，这种悖论的存在也正凸显了叶芝的诗歌美学。

关键词：叶芝诗歌；爱尔兰性；文化民族主义；强力主体；东方主义

　　虽然西方学界很早就注意到东方传统对叶芝诗歌创作的影响，但至今还并没有给予这一影响以应有的重视，其主要原因或许

是叶芝仍然被视为西方文化框架内的现代主义民族诗人[1—3]。随着比较文学学科的发展,在过去二十年中,中国学界陆续出现了一些讨论叶芝与东方的文章[4—9]。这些文章试图挖掘叶芝诗歌中东方文化影响的价值,然而却往往透露出这种影响的有限,导致近来的某些研究虽显努力却略有牵强。究其原因,这些研究往往囿于东—西影响论的窠臼,而有意无意忽略了民族主义这一核心议题对于"民族诗人"叶芝的重要性。本文拟通过对叶芝诗歌中民族主义这一颇有"问题"的问题梳理,来探讨叶芝对东方文化的挪用和误读,试图解释为何东方这个叶芝诗歌中历久弥新的主题却构建了诗人西方的、现代的、民族的身份。

一、精英文化民族主义与爱尔兰文学复兴的修辞策略

在叶芝诗歌研究当中,民族主义问题可以作为一个有效的切入点,来探讨其诗歌中身份、主体、文化民族主义和东方主义这几个问题间错综复杂的关系。长期以来,西方学界对叶芝与民族主义问题保持着浓厚的兴趣[10—11],这主要源于两方面的因素:其一,"爱尔兰性"(Irishness)——或"盖尔性"(Celticity)——对于叶芝来说始终是一种挥之不去的文化(潜)意识,诗人对其想象性的构建贯穿了他整个写作生涯;其二,"爱尔兰性"与叶芝对几乎所有重要问题——从个人的爱情到其文化观、历史观与哲学观等等——的冥思交织在一起。其中与本文研究最直接相关的是民族主义与叶芝的盎格鲁—爱尔兰人的身份之间难以厘清的种种纠葛。

叶芝始终抱有一个信念,那就是在爱尔兰"有一种可辨认的、广为各种族所共有的种族成分,那便是'爱尔兰性',它表现为与现

代世界的敌意"[12]95。但是叶芝很清楚,这样一种广为种族成员所共有的成分不可能简单地建立在种族一致性的基础上,因为他自己作为盎格鲁—爱尔兰人中的一员,亲身经历了盎格鲁—爱尔兰人与天主教—爱尔兰人之间的激烈斗争。那么,他所找到的那个坚固的民族统一构成基础就是麦克尔·诺斯所说的"文化民族主义"[13]387—393,这成为叶芝建构爱尔兰民族根性的一贯策略。这种"文化民族主义"引导了本研究的两个相互交织的方向:第一,在叶芝建构爱尔兰文化以及他意识中这种理想化的文化反过来影响其创作的这个过程中,他的盎格鲁—爱尔兰人的身份扮演了什么样的角色;第二,叶芝对于神秘的东方文化的挪用。

叶芝的文化民族主义从本质上讲是一种精英主义。他所说的文化能够统一和代表一个民族,但这种文化却并不是广大普通民众所拥有的大众文化。叶芝从其创作的初期,便开始建构理想的"爱尔兰性"的概念。此概念主要根植于原始的、非理性的、女性化的爱尔兰乡间,但这并不表示普通的爱尔兰民众在叶芝那里具有道德上的优势。相反,该概念进一步确认了叶芝对高雅的贵族文化的信心——他认为只有这些人才是真正精神性的拥有者,这与诗人对于精致的日本能剧的兴趣是一致的。在一篇写于 1890 年的文章中,叶芝谈到,"没有民族性就没有伟大的文学",同样"没有文学也就没有的伟大民族"。[14]74 其中传达出两个思想:其一是叶芝对于民族文学创作重要性的确认;而更重要的一点是他对在民族身份建构的过程中美学所起到的绝对重要作用的肯定。许多评论家都特别指出了叶芝思想中所表现的精英民族主义。例如,约易普·里尔森写道:

对于格里夫斯和其原著民主义的新芬党的理念来说,民族的对立面是"国外";而对于叶芝和他的集体来说,民族的对立面则是"地方"。对于格里夫斯和拥有相似理念的民族主义者来说，建立民族戏剧是指培养自己的、根植于民间的、不受外国污染的文学。与之相对应，允许国外的影响进入艾比剧院就意味着抛弃了自身的国内价值观，迎合国外的异乡情调，将爱尔兰置于欧洲颓废思潮的困境之中。相反，对于叶芝及其圈中人士来说，民族的则意味着超越地方性以及阿林汉学派伤感主义的浅薄。他们的目标是将爱尔兰带出维多利亚地方主义的漩涡，将其提升至一个成熟的水平，使得其能够与欧洲其他民族并列于民族之林。为了这个目的，将勃迦丘以及欧洲传统中的其他伟大人物作为比照对象也是可以接受的。[15]219

加里·史密斯同样强调了两者间的差异："民族主义……产生民族主义（nationalistic）诗歌，而非民族（national）诗歌。这一点给叶芝、约翰逊和其同僚批评家带来一个问题，尽管这个问题对于盎格鲁—爱尔兰有着实用意义。"史密斯接着论述道，许多"青年爱尔兰"爱国诗人，如托马斯·戴维斯，都怀有这样一种"问题性的民族主义"，它"激发了一种大众主义的、缺乏复杂性深度的文学，并不适合代表一片新近被想象为充满传奇和英雄、质朴与精神的土地"[14]74。正如我们所见，在叶芝的"文化民族主义"中（如果我们暂且不论史密斯所言的该词在词义上值得进一步探讨的差别），"文化"，特别是高雅文化，是该词的核心因素。

另外，我们可以进一步说，曾经使得叶芝相信法西斯主义的文化贵族倾向，源自他作为盎格鲁—爱尔兰人的那种"介于两者之间"（in-betweenness）的身份。在叶芝身上，似乎总有一种内在的要求——他对于爱尔兰自由国家的政治、天主教会、爱尔兰民主以及由现代性所带来的庸俗主义和物质主义的不满和恐惧等等——驱使着他走向精英主义。这样一种要求一直刺激着叶芝去创造一种"爱尔兰性"，支持着他"反文艺复兴"倾向的斗争。我们不难看出这种要求下的叶芝对于自身身份问题的一种自觉或不自觉的执着探寻。他在这个问题上与自己和他人的不懈斗争反映了他根深蒂固的关切与焦虑。特里·伊格尔顿曾富有洞察力地指出，盎格鲁—爱尔兰复兴主义者求助于"现代主义者为人称道的形式主义与美学主义"，是对于"他们自身无根性的境况"的一种行之有效的且具有抵触性的合理化举动[16]300；也如麦克尔·诺斯所言，文化统一是"强制性的"（coercive）[13]390。

如果我们将叶芝对于文化民族主义的执着看作是对自身身份问题采取的一种防御机制，那么很明显，他的复兴主义立场则是挪用爱尔兰古文化来确立盎格鲁—爱尔兰中心性的一项策略。所谓的民族性格仅仅只是一种建构和创造，缺乏坚固的核心理念。在考察爱尔兰文学复兴中的冲突中，诺斯指出，叶芝民族主义所依靠的文化是基于"人为的、武断的（arbitrary）概念"[13]390。叶芝与天主教的国人间的身份认同危机构成了他民族主义斗争中的裂隙，同时也促使他去弥合包括此裂隙在内的种种断裂。

格利高里·卡斯特尔对"爱尔兰式的人类学现代主义的修辞、想象力量"的富有启发性的研究可以使我们对于这种策略理解得更加清晰：

> 这种[现代主义的文化代偿（cultural redemption）]美学是凯尔特复兴运动中最具争议的一种成分，其部分原因是它背后的人类学意义上的权威性使得它具有内在的矛盾性——有一种表现传统、试图用理想化、本质化的爱尔兰乡间"原始的"社会境况来使得爱尔兰文化获得救赎，这种权威性既与该传统合谋，又与之为敌。这在叶芝和辛格等作家身上表现得尤为真实。他们对于爱尔兰文化的思考运用了文化差异理论并借用了（类似于）人类学的话语手段和策略。英国或欧洲的现代主义者将人类学作为将非西方的感受和视角纳入西方参

照框架的一种手段，而爱尔兰复兴主义者一定为能够与这种学说合谋而感到满意——该学说在极其重要的方面，通过生产认识被殖民人民的具有权威性的知识体系，而巩固扩大了帝国主义者的利益。[17]3

卡斯特尔对于英国、天主教—爱尔兰和盎格鲁—爱尔兰之间复杂关系的勾画，加深了我们对于叶芝挪用古代本土爱尔兰文化的理解。这种挪用是真诚的，用以建构他心目中理想的"爱尔兰性"，既区别又平等于其他欧洲民族。而"人类学"这一措辞深刻又昭然地揭示，这种理想化的古老爱尔兰文化并非叶芝所在文化中的"不可分割的、内在的"一部分。叶芝以一种超然的视角将其视作一个原始的"他者"，虽然他的眼光中也不乏真挚的温情。从另外一方面来说，这一措辞也同时损害了该问题的复杂性与丰富性。使用"人类学"一词无异于将叶芝简单地与帝国主义者并列（叶芝的对手"青年爱尔兰"者便是如此批评他）。正如叶芝的朋友莱昂内尔·约翰逊所说，"'艺术'成了'英格兰性'的诅咒，而非'爱尔兰性'的赞美"[18]93。在这个问题上，里尔森的论断似乎更为接近要点："一方面，叶芝求助于爱尔兰想象来激发他的创造力，逃避英国主流文学的预势；另一方面，他将欧洲大陆象征主义的所有自以为是的、萎靡不振的颓废注入爱尔兰文化，产生当代都市性的道德两难与复杂，使得爱尔兰乡间生活的简单真理复杂化。"[15]218英国的文化遗产对于叶芝来说，既是祝福，又是诅咒。

二、强力诗人的"自我"主体

叶芝的写作生涯也是不断探讨他命途多舛的国家命运的过程——爱尔兰面临着即将到来的现代性、帝国主义的占领和宗教冲突等种种威胁。在叶芝的写作中，交织在一起的身份问题与民族主义问题不仅仅在他诗歌创作的内容之中，同时也在他诗歌表达思想的方式里有所表现。叶芝是一位自我意识很强的诗人，这一点是有目共睹的。在他的诗歌中，牢牢确立着"我"这个概念。他将自己作为祖国和一个确信的"自我"的代言人，这个立场似乎是无需证明的。但是，为了这个强力的"自我"主体，叶芝使用了各种手段以实现其合法性。首先，"介于二者之间"的诡谲身份给他提供了一个十分有利的位置，他可以立于双方而又不被任何一方所约束。

以叶芝早期诗歌《致时光十字架上的玫瑰》为例，这首诗是他于 1892 年出版的诗歌集《玫瑰》中的第一首诗①。该诗总起全集，是叶芝走向诗人之路的宣言书。起始两行为："红玫瑰，骄傲的玫瑰，我一生的悲哀的玫瑰！/请来到我近前，听我歌唱那些古代的故事。"诗人在此呼唤爱尔兰缪斯赐予他诗情的灵感，誓言"歌唱那些古代的故事"。这朵柏拉图式的、永恒的、神秘的、女性化的玫瑰是精神性的所在，很明显，它象征着爱尔兰民族间以及基督教的手足之情。在此呼唤中，诗人从古老爱尔兰乡间文化里获得了诗歌的力量；与此同时，也从他的盎格鲁继承身份中积累了文化资本：读者很快就被他极其浪漫优美的诗句所吸引（如第 7 行："脚跟银屑在海面上舞蹈"）。作为强力诗人的主体，叶芝既与爱尔兰民族传统紧密相连，又有着盎格鲁的美学特征，在两者中同时获得了合法性证明。如卡斯特尔所示，盎格鲁—爱尔兰复兴主义者占据着一个十分模糊的社会地位，既作为占主导地位的统治阶级，又作为民族主义者自我确认的反对派。在伊格尔顿所说的、由古老和现代所构成的张力所统治的社会里[17]2，这样一种社会地位给予他们一个非常有利的位置。在此意义上，他们的身份在政治和美学上似乎更是一种祝福而非诅咒。

批评家们已经注意到了叶芝的一个无法化解的困局——"民

族排他性与民族自我充实间的冲突"[15]218，认为这是他写作的一个很重要的动力。史密斯给我们提供了一个很有趣的解构主义的解读。他在"补充性"(supplementarity)的意义上分析了冲突双方的关系：

> 真实的民族经验必定为一种"补充性"所占据，这种"补充性"将为盎格鲁—爱尔兰在当代爱尔兰中确保一个位置。在政治意义上，这种补充性被认作是都市的一个必要维度，以抵制地方性和孤立性的邪恶。在美学意义上，它意味着与风格、技巧和真正的艺术——道（例如与戴维斯式的宣传鼓吹相对立），批评(criticism)被列为真实民族经历的组成成分。该概念中的根本矛盾在于，叶芝一方面坚持自己的生活与自己的艺术应该等同，而另一方面却否认源自批评对象的批评的真实性，或否认引起自身批评的艺术。批评一定通过与其文化客体发生关系来确认盎格鲁—爱尔兰经验，这既统一又有差别。[14]75

在叶芝民族特性的建构中，"自我完满"的（基于乡村的）爱尔兰身份的中心性却诡异地需要由"都市的一个必要维度"来补充。或许我们可以进一步说，鉴于其介于两者之间的身份，叶芝自我确认的主体也需要有其他外来资源作为"补充"。如上所述，他既有对爱尔兰民族主义的忠诚，又从盎格鲁都市美学中得到了主体合法性的确认——从后者中获得的诗学文化资本"补充"了他对建构真实的"爱尔兰性"的执着追求。

在哲学层面上，叶芝的文化民族主义中的内在二元性不仅可以追溯到他模糊的身份，也可以上溯到从柏拉图以来根植于西方形而上学中的二元主义，古代哲学中本质与形式间的张力转化为现代的主体与客体间的张力②。这种本质上的二元主义深深地系于西方思想中对主体的根本确认。叶芝的矛盾同样源于他自我意识强烈的身份与主体问题,它只是这种分裂一种特例的展现而已。

三、强力主体与东方神秘主义的挪用

叶芝似乎也从一开始意识到这种潜藏的分裂,他试图通过从非西方的文化中寻找灵感来解决这个问题。他似乎从古老的印度哲学中发现了慰藉,来寻求自我与宇宙本体(梵)的统一。如约翰·里卡德写道:"被困于现代爱尔兰国家给他带来的痛楚与他对法西斯主义的越来越不信任之间,叶芝建构了一座想象中的印度文化的山峰,以建构一种未受现代性污染的、有近似于他认为是盖尔和印—欧文化本原特性的哲学和种族。"[12]110

叶芝寻求于印度乃至整个东方文化的行为,一直被认作是对面临现代性来袭的真正的"爱尔兰性"的救赎——"对于原始的回归受到欢迎,同时也是已然被确定的——它被当作是 18 世纪理性主义和 19 世纪物质主义的解毒剂"[19]153。叶芝在两种文化间所发现的共同点——包括精神性所依托的古老的原始性、受英国殖民者的共同压迫——可以解释叶芝对印度文化的兴趣。但是主体性在现代西方思维中的——特别是在叶芝的事例中的——中心性,使得整个问题变得复杂化:一方面,叶芝寄希望于东方文化能为民族主义和身份问题的危机找到一条出路,不仅仅通过给他提供精神性的神秘文化作为类比,而且还给他展示一条通过降低并最终消除自我来绕开西方哲学中裂痕的途径;但在另一方面吊诡的是,这些"他者"文化同时也加强了他自我肯定的主体性。

我们可以看到,上文中里卡德对印度文化在叶芝诗歌中所扮演的角色的评价,同时也暗示了叶芝挪用古代印度文化来作为爱尔兰文化对抗现代性的拯救策略。如果我们能理解叶芝处理古代爱尔兰文化中的想象性、挪用性的立场，那么我们就不会对他对待古印度文化中的类似态度发生误解。对于叶芝来说，后者在地缘政治和心理上是更加遥远的客体。这种对印度文化的挪用（而非与其产生共识），包括主体走向客体的过程，反过来也证明了具有强烈自我意识的"我"在叶芝诗歌中的重要分量。另外，叶芝所挪用的印度以及其他东方文化也是额外的却有效的方式，以对他自我肯定的主体性进行合法化。印度的情人、玫瑰、星辰，日本的宝剑，中国的雕刻、佛教、禅宗——所有这些神秘的、异域的、具有异国风情的文化"他者"象征，都强化了叶芝作为一名知识渊博的、自己文化的合格代言人。如果叶芝确实从益格鲁这个"（半）他者"中获取了文化资本，那么他对东方文化的诉求不也可以作为他确认自己为有良知的爱尔兰文化代表的另一种尝试吗？

在下面部分中，我将着重考察叶芝是如何在他解决自身问题的议程中利用东方文化象征的。在这个过程中，他或许也曾试图去把握这些文化的本质，以从消除自我的视角提供给他对付自身危机的道路，但是他对东方的强力误读却重新确立了他的主体性，加强了他作为一位伟大诗人的地位。

叶芝与东方传统的经历已有多种论述，此处不赘[4][6]。叶芝早期以印度作为主题的诗作《印度人致所爱》（1886 年 12 月）便反映出他对印度文化的殷羡之情。但是我们也不难看出，这首田园爱情诗是欧洲抒情诗歌传统和诗歌形式与印度主题的有趣结合：

> 诉说世俗中唯独我们两人
> 是怎样远远在宁静的树下藏躲，
> 而我们的爱情长成一颗印度星辰，
> 一颗燃烧的心的流火，
> 带有那粼粼的海潮、那疾闪的羽翮

（第 11—15 行）

除了说话的印度男子和作为他爱情象征的印度明星,全诗没有任何特别意象将印度展现为独特的文化参照。在此,印度被用作一种神秘主义的符号,而叶芝相信有一种永恒的美藏身于此。总体上来说,这只是一个想象中的理想化的印度。

叶芝曾于1908年写道:"我写作之初,是阅读引导我四处寻找创作主题,我倾向于所有其他国家,如雅卡迪和浪漫的印度,但现在我说服了自己……我不应该在除我自己国家以外的任何地方寻求诗歌的画面。"我们可以看到,叶芝诗歌本质上是爱尔兰的,年轻浪漫的避世主义者叶芝通过创造一个梦幻之岛印度,将自己乌托邦式的爱情之土投射过来——这片热土远离"不平静的土地",梦幻之岛也是抽象的、普适的。

在写于1923年的《内战期间的沉思》一诗中,一柄远古的仪式用剑成为在现代性物质主义的变动不居中永恒不变的高雅文化的象征("就像这剑一样不曾变更")。此剑是日本外交官佐藤纯1920年赠予叶芝的,在此成为东方文化的又一代表。它被当作高雅文化的真正拥有者("一件不朽的艺术品")以及不变的精神性(为了"一颗疼痛的心")的象征;它将灵魂带入天堂,"可以做戒/我的日子免于无目的的虚抛"(第三章《我的桌子》,第4—5行)。

这柄剑在写于1929年的《自性与灵魂的对话》一诗中再次出现:

横在我膝上的这神圣的剑
是佐藤的古剑

(第9—10行)

依然像从前一样,
依然快如剃刀,依然像明镜一样,
不曾被几个世纪的岁月染上锈斑;
扯自某位宫廷贵妇的袍衣,
在那木制剑鞘上围裹包缠,

> 那绣花的、丝织的、古老的锦缎
>
> 破损了，仍能保护，褪色了，仍能装饰。
>
> （第 10—16 行）

但是叶芝对于该剑象征的取舍在这六年中似乎发生了很大的变化。此处所强调的不变的部分是剑的"物质性"而非以往所拥有的"精神性"。当"我的灵魂"宣布精神之塔的垮掉，"我的自性"却在肯定这柄利剑仍熠熠生辉的物质层面：

> ……它周围躺着
>
> 来自我所不知的某种刺绣的花朵——
>
> 像心一样猩红——我把这些东西
>
> 都当作白昼的象征，与那象征
>
> 黑夜的塔楼相互对立……
>
> （第 26—30 行）

叶芝不仅解释了该剑的历史与外形，而且还将它的物质性（"像心一样猩红"的刺绣）与塔楼的精神性相对立："我把这些东西/都当作白昼的象征，与那象征/黑夜的塔楼相互对立"。在这里，此剑不再是精神与仪式的象征，而成为物质与世俗的象征。它赞颂了世俗的英雄主义，并暗示着男性的权威。该剑象征的转变——甚至可以说是逆转——伴随着诗人思想的发展。

在这里，同一件事物（一柄日本古剑）作为象征的巨大转变（尽管它本质的稳定性没有发生改变），使得诗人对该事物的掌握与挪用意图更为明显。东方的象征物被作为一个符号，可以灵活地用以指征。通过使用异国之剑的象征，"我的自性"在与"我的灵魂"的对话中实现了它决定性的地位。在与"我的灵魂"的争斗中，诗人的自性通过带领灵魂进入物质性的话语之中而取得了上风。

"我的灵魂"无法发言,因为当它一旦使用了("物质性的")声音,就已经落入了"我的自性"的话语之中了。因此,"我的灵魂"之舌从第一节结束便成了"石头",在接下来的诗节中完全保持沉默。那个曾经是决定性的灵魂失去了对神秘宝剑的支配,将自己的中心地位交给了"补充性"的自性。但在这场争夺文化资本的斗争中,除了叶芝,并没有最终的胜利者。他是本诗的作者(author),也是人类内心斗争权威(authoritative)的代言人。"我的自性"与"我的灵魂"之间的对话便傲慢地普适化为《自性与灵魂的对话》,诗人英雄化的主体在此得到充分的展现。

尽管"我的灵魂"在绝大部分时间里都沉默不言,但是我们不能忽视它受佛家思想的影响:

> 想一想祖先留传下来的夜,
> 只要想象藐视凡尘世界,
> 理智藐视其从此到彼
> 又到其他事物的游移,
> 夜就能使你脱离生与死的罪恶。

(第 20—24 行)

对于"我的灵魂"来说,超验的精神性可以类比于永恒的涅槃,超越生死轮回与尘世间的孽。根据佛家教义,到达涅槃之理想境界,需经过仪式性的冥思以求得自我意识的消除、欲望的泯灭。但是灵魂认为,人类过于受制于尘世间的事物,不再能够辨识"'在'与'应在',或'能知'与'所知'"(第 37 行)之间的差别,这使得他们无法升入天堂。"唯有死者能够得到赦免"(第 39 行),因为他们已从悲剧性的无限轮回中解脱。

但是"我的自性"因为拥有话语权,沉溺于当下、自我和此世世俗的无限可能性:

> 我满足于在行动或思想中追溯
>
> 每一事件，直至其源头根柢；
>
> 衡量一切；彻底原谅我自己！
>
> 当我这样的人把悔恨抛出，
>
> 一股巨大的甜蜜流入胸中时，
>
> 我们必大笑，我们必歌呼，
>
> 我们备受一切事物的祝福，
>
> 我们目视的一切都有了福气。

（第 65—72 行）

和灵魂的世界形成鲜明反差，这里"活者"得以宽恕。更重要的是，此宽恕的过程也是自我合法化过程，反之确证了主体的确然性。

或许叶芝过于强烈的自我意识使得他无法把握佛家之道，通过降低直至最终消除自我的意识来解除自身的痛苦——"他几乎已经触摸到了真谛！"但他选择了入世、作为和介入，而非避世主义，是由于他强烈的民族意识与责任感不允许他超然于这个世界之外。换而言之，他选择了确证、斗争与痛苦。

叶芝对于东方哲学情有独钟的更为明显的例子是他哲学中的"目光"和"旋回"（gyre）。在他的哲学理念里，月亮的圆缺对应着人生的起伏，"旋回"的开放与收缩循环往复，对立成分相互包容，这都与佛家的轮回和道家的阴阳形成类比。不同的是，佛家与道家都以宣扬"无我"的状态于世，而叶芝的哲学却强调特别阶段与时刻的实际效用，因此，更为确证后者中自我作为行动的主体。

说到佛家和道家，《天青石雕》一诗（1938）是一个有趣的例子。该诗在不经意中运用了道家哲学来阐述诗人"悲伤的快乐"这一哲学思想，而超越了外在的灾难。诗的一开头故意使用了非正式的、随意性的描述来减轻社会灾难所带来的沉重，然后策略性地将"悲

伤的快乐"的事例由西方转向（精心挑选的）希腊——因为它横跨
东西的文化地理位置，最后到达中国/东方——精神之都：

> 天青石上雕刻着两个中国佬，
> 身后跟着第三个人，
> 他们头顶上飞着一只长腿鸟，
> 那是长生不老的象征；
> 第三位无疑是仆人，
> 随身携带一件乐器。

（第 37—42 行）

前面几行诗句介绍了作为佛家哲学精髓之一起起落落的永恒
轮回［"一切都倾覆又被重造，/重造一切的人们是快乐的。"（第
35—36 行）］。有了这几行作为转承，本节这一描述性的诗节似乎
是以把握中国艺术之精髓为目标的。从某种程度上讲，本节的确
传达了一些传统中国画的精神和韵味：白描的、非聚焦的，或者说
多点聚焦的描述特点正是道家绘画的特色。道家绘画尽量降低人
的作用，表达他们与外在世界合而为一的境界。但是本诗中主体
性的"目光""/自我"（eye/I）却得到了某种暗示："无疑"一词十分
突兀，暗示了观察者由外部强加的判断。

叶芝本人从未企图掩盖他对这件艺术品注视的目光，他十分
明确地宣称："……我乐于/想象他们在那里坐定"（第 49—50 行，
笔者的强调）。同时，该描述也被证明是想象性的重新建构：那
"熏香了半山腰上那小小凉亭"的"杏花或樱枝"实际上是一棵松
树。另外，在中国传统艺术中，山中隐士很少是英雄式的人物③，
而叶芝则在这东方的艺术品中看到非常西方化的"绝望中的英雄
的呼喊"[21]116。这种对中国雕刻叶芝式的"创造"说明了诗人先入
为主的"悲伤的快乐"的概念。

　　叶芝对东方艺术的兴趣同时也见于 1938 年的另一首诗《仿日本诗》。正如诗人对友人所说，该诗的灵感来自一首赞美春天的日本俳句[13]116。叶芝确实在音步与节奏形式上模仿了深受中国古典诗歌传统影响的日本俳句，但是他却不愿深究。就拿最为方便寻找却又最为重要的一首西方俳句——埃兹拉·庞德的《在地铁车站》(1913)——作为比较和对比的对象：

> 这几张脸在人群中幻景般闪现；
> 湿漉漉的黑树枝上花瓣数点。

　　我们在这两行诗句里读到的，或者说看到的，是好几个叠加的意象，用来传达特定的感觉与感受。此叠加中十分重要的一点是连接词（辅助语）的少用或不运用。这样一来，诗人给意象留下足够的空间，让它们彼此自由联系，在读者脑海里产生各种可能性，以达到制造足够多义的目的。或者说，诗人根本就无意说明和确定任何实在的意义，只是想通过意象间的张力来传达一些可触摸的感觉而已。这与道家的某些思想不谋而合。另外，自然中的无我境界也正是道家哲学的特点④。我们可以说，庞德的这首意象诗把握住了传统东方诗学的这些要点，但是叶芝的模仿却没有：

> 极其稀奇一件事，
> 我已活了七十年；

> （欢呼春天繁花开，
> 因为春天又来临。）

> 我已活了七十年，
> 没做褴褛讨饭人；

> 我已活了七十年，
> 七十年来少与老，
> 今始欢乐而舞蹈。

从句法上来说，叶芝过于依赖助词，让诗中的逻辑联系显得十分清晰——这是由于中文和英文在语言学上的差异所造成的。相比较而言，庞德的努力在"模仿"的意义上来说似乎更有成效。另外，叶芝没有试图通过纳入更多的意象而使这首短诗更加丰满和具有诗意，而是在这种形式所允许的有限空间内，颂歌般地为他生命之泉的"第二次降临"近乎奢侈地欢呼。而这个极其中心化的"我"确然占据了诗歌空间的绝大部分，没有给读者留下太大的空间。

诗人所表现出的确然的主体似乎成为他真正"进入"东方文化的障碍。换而言之，他的这种自我意识和对民族主义和身份问题的执着，使得他无法真正地把握东方哲学。诚如许多论者指出，叶芝抓住了东方传统中"实用"的部分，为其民族诗歌的现代表达所用。但从另一个角度来看，叶芝平生的诗学追求不允许他去消除自我，他需要将自己确立为一个介入性的知识分子；他对东方文化的强力借用与误读使他获得了他所渴望的强力诗人的地位，使他能够以他自己的方式应对爱尔兰问题、解决哲学上潜在的分裂——尽管他的这种诗学在许多方面引起各种矛盾和悖论。

四、叶芝的诗学暴力/诗歌美学

如我们所见，叶芝深潜于西方传统之中，拥有过强的个性，虽然他试图从东方世界寻找灵感，但还是无法解决其自身的哲学问题。作为一个富有良知的强力诗人，叶芝英雄化的却又未能完成的斗争,赋予他的诗歌一种悲剧性的气息和永恒的魅力(如他的诗集《最后的诗作》,特别是其中《不尔本山下》一诗中所表现)。但同时我们也看到他在美学上通过诗的破格和诗学暴力所建构出的他孜孜以求的统一性。他早期诗歌中呈现出对立状态的意象和力量,在他晚期诗歌中神秘地实现了统一,或者说暧昧地交织于一处。

麦克尔·特拉特纳论述道,叶芝的诗歌创作"可以看作是早期和晚期集体主义和现代主义的桥梁——连接着对大众的恐惧和对大众的融入",他作品中"由个人主义者向集体主义者"的转变可以从他的"暴力诗学"来解释[20]135。叶芝本身真正集体主义者的立场值得怀疑,这也是特拉特纳论述中潜藏的逻辑矛盾。但是我认为,他的"暴力诗学"的观点确实很有洞见地指出了叶芝试图克服各个层次的裂隙与矛盾所采取的策略。特拉特纳将"暴力"解释为对垂死的男性理性毁灭性的力量,这种力量昭示着由失落、痛苦甚至恐怖所带来的具有女性精神性的新世界。特拉特纳的该"性别化"论述在何种程度上合理,需要另文再讨论,这里只想说明的是,特氏所指出的叶芝诗歌创作中的暴力倾向,有助于我们对其诗歌产生新的认识。我认为,如果我们将该暴力理解为诗歌美学,在叶芝的诗歌中转化了众多矛盾,形成了矛盾的统一,那么这种解释将更富有建设性。

在叶芝的许多诗歌中,一些概念和思想彼此矛盾对立,但它们又会在诗人的长期思索中同时成立;或者在另外的情况下,它们会共存抑或被强行拗在一起,形成极其复杂的意象。例如上面所说的日本宝剑,通过互文性解读我们知道,纯粹的物质性或者精神性都不足以构成民族建构的充分条件,或许文化根性与英雄举动的结合可以共同构成所需要的条件。自我与灵魂间的对话也是一样——尽管在第二诗章中"我的自我"通过话语权力使得"我的灵魂"完全沉默,但是我们也可以这样理解:对于"此世界"过于傲慢的确认,反而会使得其让对立面的完全隐退更加困难,这样就暗示了同样重要的、一个相对立的立场,那就是对"彼世界"的认可。"彼世界"的暂时隐形仅仅只是因为它与当前的话语不协调,而此话语又是当前唯一存在的话语,因此留下的空白在一种反讽的意义上——或者在道家的意义上——却显示了一种别样的力量。

叶芝的诗学暴力更加明显地体现在那些具有统一性和已经统一的意象之中。特拉特那写道:"意象是暴力转型(violent transformation)的同义词:和柏拉图哲学不同,意象创造非连续性"[20]161。叶芝许多晚期的诗歌作品都运用了意义模糊、晦涩的意象,不仅仅是为了实现书写上的政治暴力,更重要的是为了用诗歌美学来克服业已存在的断裂。最诡谲的一个意象是经常被提及的"舞者"。她最早出现在写于1919年的《麦克尔·罗巴蒂斯的双重幻视》一诗中,是一个女子的雕塑,在一个"生着女人胸脯和狮爪"的斯芬克斯和"一手安住/一手举起祝福"的佛陀间起舞。这个特殊的位置处于一个象征智慧的女性形象和一个象征情感的男性形象之间,暗示着二元对立的沟通的可能性——这对于诗人来说极为重要。他(或者说是叙述者)在月亮升起的"第十五个夜晚"思考,认为:"我有生之年没有什么比这更为坚实"(第26行)。在许多不同的情况下,舞者呈现为一个完美的组合形象,因为他/她是一个统一的、思考的个体。《在学童中间》(1927)是一个很有说服力的例子,诗歌是这样结束的:

> 呵,栗树,根须粗壮繁花兴旺,
> 你究竟是叶子、花朵还是枝干?
> 呵,身随乐摆,呵,眼光照人,
> 我们怎能将跳舞人和舞蹈区分?

(第61—64行)

在这首诗当中，前面几节在年老与年轻、男性与女性、盎格鲁—爱尔兰人与天主教信徒、过去与将来等关系之间构成了张力。在最后一节里，这种紧张非常诗化地，或者说非常暴力地消解于两个有趣的意象中：作为无法分割的整体的核桃树，和一个无性别的、无种族的、不老的舞者，象征着主体与客体的结合。

在复杂性方面，这种结合更为晦涩的表达是在《拜占廷》(1930年)一诗的结尾：

> 舞场铺地的大理石
>
> 截断聚合的强烈怒气，
>
> 那些仍在孳生
>
> 新幻影的幻影，
>
> 那被海豚划破、锣声折磨的大海。

（第 36—40 行）

那些意象是如同"那被海豚划破、锣声折磨的大海"一样没有被净化，还是它们是属于已被净化的精神性的世界，如同"舞场铺地的大理石"？抑或两者都是？另外，作为精神性象征的拜占廷在这里值得质疑，因为其中的许多意义模糊的意象，例如皇帝的酒醉的士兵们，以及充满人类血脉的怒气和淤泥的世界等。正如特拉特纳写道："这首诗非常暧昧，因为它本身就是关于暧昧这个话题的——这是一个以消除意义来产生新的意义的过程。"[20]163正因如此，我认为叶芝所使用的意象跨越两个对立却又同时成立的范畴，因此，其中的对立被转换成为二律背反。

五、结　语

东方传统时而彰显时而隐灭地贯穿于叶芝的写作生涯。或许诗人从未"特意转向东方寻找创作题材和灵感了,而只是偶尔利用东方的感性形象来象征他的抽象理念"[4]56;或许是他所处的世纪之交的社会历史情境、他父亲的哲学影响、他自身的诗人气质和追求以及他政治、情感、交友经历等各种因素共同造就了他与东方剪不断理还乱的遭遇[6]。另外,爱尔兰与东方同作为"他者"的地位,于叶芝而言也有着某种情感上的同构性[22]。印度哲学和东方文化中的整体统一性确实给予了叶芝灵感的瞬间及自信,来克服一直困扰他的、深潜于西方思维中的断裂以及其不同形式的变形。但是,诗人未能也无法把握东方传统的本质,而只能是挪用它们和对它们进行误读,这样只会强化诗人本身的主体意识,又恰恰与东方哲学中的"无我"的概念相悖。这种悖论显现于诗人对东方传统追求的各个方面,如其所追求的世俗人生之永恒而非超脱六道轮回之永恒,以及科学实证的神秘学信仰等。

叶芝在构建自己个人哲学的过程中触摸到了东方这一蹊径,但是作为一个民族的和民族主义的诗人,且拥有强健的个性与美学诉求,叶芝自信无法放弃自己的历史与文化责任。因此,他对东方文化的诉求只能限于一种颇具良知的、英雄性的挪用行为,这使得他确证而非消除自己的主体性,与其梦寐的东方南辕北辙了。如此,(当然还有通过其他途径)叶芝获得了他作为一位强力诗人的地位,拥有了合法性的主体,得到了行使诗学暴力而可被豁免的权利。在艺术创造的意义上,我们或许可以说,叶芝的创作生涯起始于想象(imagination),而结束于想象性的意象(imaginative images)。

注释

① 本文叶芝诗歌译文均选自傅浩译:《叶芝诗集》,石家庄:河北教育出版社,2003 年版。

② 阿多诺写道:"如果说一切决定性(determinants)——也就是那

些决定某事物成其为某事物本身的因素——确实是由'形式'
(form)所发生;反之,如果'实体'(matter)确实是不确定、抽象
的,那么,在这种前主观(pre-subjective)、本体论的思维之中,
早已包含了后来的唯心主义信条的精确轮廓。根据该信条,认
知实体是绝对不确定的,要从它的形式之中,也就是主观性之
中,获得它一切的决定性和内容。"参看 Adorno, Theodore W.
Metaphysics: Concepts and Problems. Stanford, California:
Stanford University Press, 2001: 49.

③ 该资料感谢讨论课上谢文姗女士的论文"Recreating a Stone:
Yeats's 'Lapis Lazuli'"中提供的信息。她参考了 O'Donnell,
William H. "The Arts of Yeats's 'Lapis Lazuli'." *Massachusetts
Review 23* (Summer 1982), pp. 353 - 367; Chung, Liang. "A
Humanized World: An Appreciation of Chinese Lyrics." *In
Literature of the Eastern World*, edited by James E. Miller,
JR., Robert O'Neal, and Helen M. McDonnell. Illinois:
Scott, Foresman, and Company, 1970.

④ 叶维廉在中国诗学和东西方比较诗学方面做出过许多深富洞察
力的研究,参看 Yip Wai-lim, ed. and trans. *Chinese Poetry:
Major Modes and Genres*. Berkeley, CA: University of California
Press, 1976; Yip, Wai-lim. *Diffusion of Distances: Dialogues
between Chinese and Western Poetics*. Berkeley, CA: University
of California Press, 1993; Yip, Wai-lim. *Between Landscapes*.
Santa Fe: Pennywhistle Press, 1994.

参考文献

[1] Wilson B M. "From Mirror after Mirror": Yeats and
Eastern Thought[J]. *Comparative Literature*, 1982, 34(1):
28 - 46.

［2］Boehmer E. *Colonial and Postcolonial Literature: Migrant Metaphors*［M］. Oxford, England and New York：Oxford University Press,1995.

［3］Clarke J J. *Oriental Enlightenment: The Encounter between Asian and Western Thought*［M］. London and New York：Routledge, 1997.

［4］傅浩.叶芝诗中的东方因素［J］.外国文学评论,1996(3).

［5］张思齐.叶芝诗歌创作中的东方神秘主义［J］.武汉大学学报（人文科学版）,2002(4).

［6］杜平.超越自我的二元对立：评叶芝对东方神秘主义的接受与误读［J］.中国比较文学,2003(2).

［7］张跃军,周丹.叶芝"天青石雕"对中国山水画及道家美学思想的表现［J］.外国文学研究,2011(6).

［8］周小聘,胡则远.论叶芝文学作品中的中国文化元素［J］.杭州电子科技大学学报(社会科学版),2013(3).

［9］肖福平.叶芝心灵之旅的中国驿站：重释《天青石雕》与诗人的道家情怀［J］.延安大学学报(社会科学版),2013(6).

［10］Cullingford E. *Yeats, Ireland and Fascism*［M］. New York：New York University Press, 1981.

［11］Howes, Marjorie E. *Yeats's Nations: Gender, Class, and Irishness*［M］. Cambridge and New York：Cambridge University Press, 1996.

［12］Rickard J. Studying a New Science［M］// *Representing Ireland: Gender, Class, Nationality*, edited by Susan Shaw Sailer. Gainesville：University Press of Florida, 1997.

［13］North M. W. B. Yeats：Cultural Nationalism［M］//*Yeats's Poetry, Drama, and Prose*, edited by James Pethica. New York and London：W. W. Norton and Company, 2000.

［14］Smyth G. *Decolonisation and Criticism: The Construction of Irish Literature*［M］. London and Sterling，VA：Pluto Press，1998.

［15］Leerssen J. *Remembrance and Imagination: Patterns in the Historical and Literary Representation of Ireland in the Nineteenth Century*［M］. Cork，Ireland：Cork University Press，1996.

［16］Eagleton T. *Heathcliff and the Great Hunger: Studies in Irish Culture*［M］. London and New York：Verso，1995.

［17］Castle，Gregory. *Modernism and the Celtic Revival*［M］. Cambridge，UK：Cambridge University Press，2001.

［18］Johnson L. Poetry and Patriotism［M］//*Poetry and Ireland since 1800: A Source Book*，edited by Mark Storey. London：Routledge，1988.

［19］Innes L. Orientalism and Celticism［M］//*Irish and Postcolonial Writing: History，Theory，Practice*，edited by Glenn Hooper and Colin Graham. New York：Palgrave Macmillan，2002.

［20］Tratner M. *Modernism and Mass Politics: Joyce，Woolf，Eliot，Yeats*［M］. Stanford，California：Stanford University Press，1995.

［21］Yeats W B，Dorothy W. *Letters on Poetry from W. B. Yeats to Dorothy Wellesley*［M］. London and New York：Oxford University Press，1964.

［22］Lennon J. *Irish Orientalism: A Literary and Intellectual History*［M］. Syracuse，N. Y.：Syracuse University Press，2004.

生命之重的话语承载

——论罗伯特·哈斯诗歌的"催眠"艺术

盛 艳

摘 要：罗伯特·哈斯是集创作、翻译与文艺评论之大成的美国现代派诗人。哈斯用词语流开辟进入潜意识的通道，在创作中自觉地以诗的节奏完成了诗之"催眠"。诗人用催眠性的语言缔造梦一般的感受，同时又清醒而自知，常在结尾处唤醒梦境。从三个方面可对哈斯诗歌中的催眠艺术进行解读和阐释：第一，哈斯将词语流植入到诗中，借助由季语构成的词语流，打破时间与空间的界限，缔造诗之催眠与梦的营造；第二，在哈斯的诗中"光"有柔化现实、净化记忆、唤醒噩梦的功能。"光"多次在诗歌中将"我"从梦境或是回忆中唤醒；第三，诗中催眠术的实质是对于现实的柔化，将诗作为承载现实重量的容器，通过"诗"消解生命不能承受之重。

关键词：罗伯特·哈斯；美国诗人；词语流；催眠；话语

罗伯特·哈斯于 1941 年出生于美国旧金山，在 1995—1997年间任美国桂冠诗人，是波兰诗人米沃什(Czeslaw Milosz)的英译者。哈斯思维深邃、视野广阔、情感细腻、论著颇丰，是一位集创作、翻译与文艺评论之大成的诗人。

哈斯早年希望成为小说家和散文家，后受到加里·斯奈德

(Gary Snyder)和艾伦·金斯堡(Allen Ginsberg)的启发,最终转向诗歌创作。哈斯生长于加利福尼亚,他吸收了西海岸的文学传统,受到了加州的亚系影响(California's Asian influence)、激进的政治观念和地理风貌等因素的熏陶[1]。哈斯常被称为"加州诗人"或"西海岸诗人"[2],他的诗呈现了美国自然风貌并多次获奖,其中包括1984年国家图书文艺评论奖和2008年普利策诗歌大奖等。哈斯的主要诗集有《奥利玛的苹果树》(2010)、《时间与物质》(2007)、《阳光下的树林》(1996)、《人类的愿望》(1989)、《赞美》(1979)、《野地向导》(1972)。诗学文集有《二十世纪的欢愉:诗歌视角》(1984)和《光可以做什么》(2012)。大多数西方读者对于哈斯的认识缘于2009年他在华盛顿邮报开设的专栏"诗人的选择",在专栏中哈斯或自创诗歌或推荐诗人。

哈斯的诗有秉承加州传统的享乐主义倾向,绝望与伤心的情绪在哈斯的诗歌中也有体现。这也许源于诗人童年时母亲酗酒的经历[3]。享乐主义常与诗人营造的如梦般的景象同时出现,而在结束处,哈斯诗歌又呈现出与梦境不符合的幻灭、消极情绪。另一方面,哈斯的第二任妻子,诗人布兰达·希尔曼(Brenda Hillman),为他的诗歌创作提供了新的动力。在布兰达的影响下,哈斯综观了艾米丽·狄金森(Emily Dickinson)和塞尔维亚·普拉斯(Salvia Plath)的诗歌,书写下很多通过催眠和冥想而深入潜意识的诗[1]。在与催眠艺术相关的诗歌创作中,哈斯隐匿地表达了他对日常生活的态度:缔造梦一般的感受,自我催眠,对现实清醒的自知使得诗人每在结尾处将梦境唤醒。尽管哈斯在诗歌中传递了脆弱和敏感,但是在诗的起伏转折中并未屈服于现代诗中常见的自白性语言,他传达了一种严肃的自知感[4]。从现实到梦境,再回归现实,哈斯将"诗"作为承载现实重量的容器,用诗的语言柔化现实的沉重,通过催眠般的梦境最终消解残酷的现实。

一、梦的介质：词语流

催眠是利用语言符号，意象以及细节感受进入人的潜意识。同样，诗的语言也正是经由语言符号，塑造意象，提升感受的敏锐度，由此可知"催眠"是诗所不可回避的功用之一。然而，经由语言进入催眠，并不是诗歌所独具的，萨满、先知、僧侣等一系列与玄学相关的人，都具备某种借助语言激发潜意识，从而实施催眠的能力。诗之催眠本质着眼于对于独特的诗之语言的应用，这包含节奏、意象、能指和所指之间的张力，或者诗歌以其结构所展现的某些理念等。

并非所有的诗人在创作中都会强调诗的语言所具备的"催眠"功能，但是哈斯在创作中有意识地以诗的节奏完成了诗之催眠，梦的塑造和唤醒。哈斯利用词语流开辟进入潜意识的通道，通过词语流将梦嵌入暗示，并通过意象，隐喻，极大地提高了感觉的敏锐度，从而进一步加强了暗示。

1965 年，英国医学会将催眠定义为"由他人引起的被试者一时性的注意改变的状态。在这种状态下，被试者可以自然地，或由言语及其他刺激产生多种不同的现象，如意识和记忆的改变、暗示性增高，并出现一些非同寻常的反应和观念。"[5] 因此催眠中很重要的两个要素是言语刺激和暗示。言语刺激在哈斯的诗中主要表现为与季节相关的"词语流"的使用。

"词语流"与艾略特所说的客观对应物不相同，它的范围更宽泛，更为多元化与立体。词语流具有极强的意向性，并构成了诗人的意象之网。词语流的表现方式是有意地打破词语出现的正常秩序，在直觉的引导下，用语言来表现心灵的即兴感应。哈斯对于词语流的使用有其特别之处，这些词语流大多是用季语构成的。日

本是四季变化丰富的国度,对自然感觉细腻的日本人对季节有着
自己独特的感受,并形成了有独特日本特色的季语。季语是日本
文学最独有的特征之一,亦是其审美意识的综合反映。哈斯的诗
中多有与季节相关事物和景物的描述,一方面是因为诗人对于季
节四时有着细微而敏感的领悟,另一方面则是由于哈斯受到了深
厚的东方文化,特别是日本俳句的影响。哈斯是翻译俳句以及创
作俳句的高手,曾翻译日本著名的俳句诗人松尾芭蕉(Matsuo
Bashō),谢芜村(Yosa bason)和小林一茶(Kobayashi Issa)的俳
句。哈斯着迷于俳句的语法,以及它的清晰和简洁,开始学习并且
修订其他译者的俳句译文。虽然他的日语并不娴熟,但是他试图
对这种俳句独特的诗歌形式,对其进行研究与解码[6]。这说明哈
斯对于季语的语法、功能和应用非常熟悉。由季语构成的词语流
是哈斯营造梦境的介质。《暮春时节》提到了"催梦的叙述"。使催
眠术得以实现的则是哈斯对于类似俳句中的"季语"的娴熟的应用。

　　暗示则是催眠现象的心理机制,颜色、语言、嗅味,都可以对我
们构成某种暗示,形成一种观念,转化为一定的行动或产生某种效
验[7]。词语流正好是用语言的方式通过描述颜色和嗅味,形成某
种暗示。词语流中的季语不仅与季节紧密相关,而且可以反映出
诗歌中的情绪,因此词语流能增强暗示,使得读者自然地进入诗人
所营造的梦境中。哈斯将季语移植到英诗中,由季语构成的词语
流带着催眠的魔力,打破了时间与空间的界限,使得哈斯完成了诗
之催眠与诗之梦境的营造。

　　在《里面有黄瓜的诗》[①]中,诗人写到记忆中的某一个夏日。
在诗的第一节,哈斯写道:

　　　　有时从这片山坡刚刚日落
　　　　天边呈现一抹极苍白的
　　　　绿,像一条黄瓜的肉

当你小心翼翼削它的时候

山坡成为日头坠落的延长线,加深了坠落感。同时这也与催眠常用的光点刺激法相契合,阅读者跟随着诗人的描述,凝视着山顶绿色的微光,此时,山的主体已经淹没在暮色中,天边的绿是在日落后微暗的暮色中山坡顶部显现的苍绿色。从浓暗到微亮的色彩变化,使得景物被柔化。而这种色彩的渐变,是通过动词"削"(peel)来表达的。"削"传达出的锋利感仿佛是探入潜意识深冰的斧头,正如卡夫卡所言:"一本书必须是能劈开我们心中冰封的大海的破冰斧。"[8]

在第二诗节,哈斯追忆了在克里特岛的一个炎热的夏日,用诗的语言塑造了梦一般的景象:

一次在克里特,夏日,
午夜依然很热,
我们坐在水边的酒馆
望着捕鱿鱼船摇摆在月光里,
喝着松香味希腊葡萄酒,吃着混杂
凉拌碎黄瓜、酸奶
和一点儿小茴香沙拉。

克里特岛(Crete)是世界上最大和最著名的希腊岛屿,也是地中海第五大岛屿。克里特岛形成了希腊的经济和文化遗产的重要组成部分,同时保留了地方诗歌和音乐的文化特质。它曾是最早的欧洲文明—克里特文明的中心。[9]这节诗是自由体和偶尔的俳句式碎片的结合,展现了不同的地域情调,这表现于诗人对于词语流的娴熟应用。"水边的酒馆"中的"酒馆"(taverner)特指希腊的小酒馆,"摇摆在月光里"的"捕鱿鱼船""希腊葡萄酒"充满了欧式风情。小茴香又称为"莳萝",它的起源之一是地中海,这是克里特岛的独特香料。1640 年英国国王查理一世要求在腌黄瓜添加莳萝,现在莳萝黄瓜是美国最常见的泡菜品种[10]。美国元素正是隐藏在加了小茴香的凉拌黄瓜中。所有这些词语都向读者传递出了夏夜悠闲沁凉的感觉。哈斯先入为主地写下"夏日午夜依然很热",树立了"热"的概念,然后用诗的语言去消解它。概念的消解是用词语流进行催眠式的描述过程中得以实现的,这使得哈斯的诗歌仿佛罩着朦胧的面纱,具备梦一般轻、软的特质。

在阅读中,读者的期待感得到满足,一方面是因为词语流提供的意象繁多的催眠信息,由"依旧热的午夜"和词语流传达出的沁凉感是矛盾的,这种矛盾感唤醒了阅读中的个人经验,使诗歌成为进入催眠的通道成为可能;另一方面,词语流又超越个人经验,呈现出一幅能被所有人默许的夏日图景。在读诗的过程中,读者很容易将自身经验融入诗中。这使得阅读成为双向的交流,而诗歌本身也呈现出开放的特质,这正和梦境类似,做梦人并不知道何时进入的梦境,梦中的一切对被催眠者而言都是合理的存在。

第三节通过小茴香味道的黄瓜在口腔所激发的味觉,完成了黄瓜与舌头之间看似荒诞的演变。

> 少许盐味,在舌头上有像淀粉的东西,
> 一种草或绿叶的香精油的东西
> 是舌头
> 和黄瓜
> 相互朝对方演变。

哈斯想表达的也许只是小茴香的味道布满舌头,但是诗的语言却使得这一过程呈现出色香味相互转变的动态。第四节将第三节的荒诞感通过 cumbersome(累赘)、cumber(拖累)、encumbered

(受到拖累)和 cucumber(黄瓜)读音上的相似做了一个文字游戏。

> 既然累赘的(cumbersome)是一个词,
> 拖累(cumber)必然也是一个词,
> 我们现在无从知晓了,即使那时,
> 对于一个受拖累(encumbered)的人,
> 站在水槽边,切一条黄瓜(cucumber),
> 必定依然感觉到秩序和公正。

在这一节翻译中,译者(远洋)使用了用括号加注原文的办法,这反映出这节诗某种程度上的不可译性,这主要是因为整节诗的意义是以相似的读音和拼写为线索不断推进的②。而这种枯燥的音节重复也是催眠常用的技巧之一,譬如在《拉古尼塔斯冥想》的结尾,哈斯用了三个降调的 strawberry(黑莓),结束了冥想,这种音节的重复也暗示了从冥想进入睡眠。第五节,哈斯戏谑道:"假如你以为我要在这首诗里制造/一个色情笑话,你就错了。"这时,意识又从茫茫的看似无逻辑的潜意识中跳跃出来,展现了现实与梦境的相互混杂的荒诞无序感,也暗示着催眠之梦即将结束。

可以看到,第三、四、五节呈现出了梦的无逻辑感和偶尔出现的转瞬即逝的秩序。这三节仿佛是做梦人在梦的荒诞和现实的理性边缘徘徊,处于浅梦的状态。在第六节中,哈斯用黄瓜多层次的绿色来表现时而清晰时而模糊的梦境:

> 而那个梦,模糊
> 但逐渐清晰,以水的
> 形式,而就在此时,
> 仍然更模糊,它想象的
> 那黄瓜的暗绿色表皮和猫眼石绿的肉

这与第一节的"削"相呼应,诗的语言打破了潜意识的坚冰,最终呈现出了"暗绿色的表皮和猫眼石绿的肉"。这表现出诗人潜意识内对于美好事物的期待。

六节诗均用 * 号连接,仿佛每一节都是独立的,但彼此又通过"黄瓜"的颜色、味道甚至是 cucumber(黄瓜)一词的拼写与读音,相互交缠,仿拟了梦境中蔓延的、不断生长的潜意识的藤蔓。这首诗不仅反映了哈斯的潜意识,同时也能够让读者汇入完全属于自己的个人独特经验于阅读过程中,使得整首诗成为一个开放的,不断生长的文本。黄瓜在诗中不仅充当了连接起了现实与梦境,当下与回忆的引子,果实的绿色也表明了对于美好的向往。哈斯写这首诗的真实意图也许就是营造一个表面看上去与现实似乎有着微弱联系,实质上却格格不入的梦境。

同样,《暮春时节》展现了催眠如何作用于平凡的日常。变形的现实、扭曲梦境和消极的幻觉充盈着整首诗。诗歌的开头,"草莓""桃子""鱿鱼"组成的词语流将五月的景致铺陈开来。接下来,哈斯用"广口瓶""八爪鱼""月光"将梦透明、巨大、奇诡等特征表现得淋漓尽致。

> 也正由于光会扩展你的白天,你晚上的梦将奇怪如广口瓶般的八爪鱼——你曾在夏夜月光下一个渔民的船上看见过。

这充分展示了哈斯优秀的造梦和催眠的潜质。梦境的营造离不开"雾",在白天与黑夜的交错时分,"当无人喜欢的雾滚滚而来——嗨,雾,米沃克人唱,他们先居住在这里,你最好回家,塘鹅在把你的妻子敲打——""雾"的亦真亦幻,模糊难辨,帮助哈斯完成了一次梦的营造。在结尾处,诗人写道:"世事多变;无需这种催梦的叙述;那将使我一直醒着的节奏,在改变。"能够清醒地认识到自己所使用的诗的语言是"催梦的叙述",这说明在某种程度上哈斯并不是无意识地营造梦境,而是故意而为之。而这种"故意"却不落窠臼,不留痕迹。

二、"催眠"的唤醒:上升与光

"光"常作为隐喻出现在文学作品中。究其原因,是因为人类对光有着强烈的生理和心理反应。自然光将人类从睡梦中唤醒,人类对于一年四时和一天内不同时刻的光都有着不同的感受,反映在文学作品中则是诗人既歌颂春光,又留恋秋光,既爱慕朝阳,又吟咏日暮。同时,光又对人类心灵有着深远影响。以圣经为例,"起初神造天地。地是空虚混沌,渊面黑暗",上帝说"要有光",于是就有了光,有了昼夜,其后上帝又造日月星辰。因而有了"节令、日子、年岁"[11]。"光"代表着至高无上的神力,给混沌的世界带来了光明和生机,由此,中世纪圣·奥古斯丁等神学家所提出的"光照说"也是一种光的唤醒,光象征着理性、神力和秩序。

催眠术的重要步骤之一,即催眠的唤醒。唤醒使得现实的沉重得以在催眠中卸下,同时现实与梦境又相互映射,使内心真正的愿望得以抒发。催眠的唤醒方式通常有两种:一种唤醒的方式是与坠落感相反的感受,即飞翔感。催眠师常会通过营造一种模糊的沉重的坠落的感觉(譬如勾勒从高处乘坐下行电梯的景象)来帮助受术者进入催眠状态。以《七月笔记:鸟儿》为例,这首诗不仅彰显了哈斯娴熟的催眠和造梦技巧,也呈现了从催眠到唤醒的完整过程。

在第一诗节中,哈斯写道:"睡眠像下行电梯/对记忆减退的模仿"。"减退、下坠"带有强烈的催眠感。诗人一再重复"晨光"这个词语,笔下意识流般的描述荒谬而浪漫,从"英俊,西装革履,无可挑剔/吃饭全部点了可口可乐"的"非洲人"到"正在去斯德哥尔摩路上"的"年轻的美国女孩/来自哥伦比亚特区的兽医助理",再到与女孩乘坐一列火车的"美国人/黑头发,在最近记忆中任何时候/都没梳理过,昂贵的意大利衬衫"。从男人手中正在阅读的葡萄牙语短语手册,诗人猜测他"应有一个恋人在里斯本或法罗"于是诗人尽情展开想象"应有一短语适于这乘客的款款柔情/忽隐忽现的看法像稍后涅瓦河上/白色浪花,当芬兰湾的风/吹皱河流水面,并撒落小小的花瓣——那堤岸灰石上的/白紫丁香"这描述似梦境般流畅而缺乏逻辑,人物、事物、名词短语不断涌入,对梦境进行填充,最后所有的画面淡出,成了风、河流和风中的花瓣。

向上而轻盈的动作和下坠而沉重的感觉相反,常被用作唤醒催眠。哈斯似一个老练的催眠师,在梦境的结尾处写道"堤岸上方,两只黑脸鸥/斜掠在空中,尖锐而又尖锐地,高声叫喊"。"向上""斜掠""尖锐的高声叫喊"刺破了梦的模糊。

催眠术中常用的另一种唤醒手法则是光的唤醒。光的介入暗示着催眠即将结束,受术人要苏醒过来。在哈斯的诗歌中,"光"多次将"我"从梦境或是回忆中唤醒。阳光将人们从睡眠中唤醒,而格外炫目的夏日之光,则更被视为唤醒睡眠,打破梦境的暗示。

在《七月笔记:鸟儿》中,诗人用问话的方式与"你"对话,而问题均与催眠结束有关:"你现在醒了吗"和"你在哪儿? 你仍然沉浸于梦里吗?"。在造梦的同时,诗人清醒地控制着梦的节奏,并通过对于光的描述,力求将诗歌中的"你"唤醒。光由柔和变得强烈,首先是"晨光",其后是"太阳聚焦于一个发光点/在沿路蓝房子门廊/未点亮的门廊灯泡里/盯着它几乎会灼伤",最后光变得无比强烈,成为"黑头盔上聚焦于一个发光点"。光的逐渐强烈,使得催眠感被唤醒,而诗结束于"这是一个男孩在滑板车上,在夏日清晨。/我说了光在抚摸着万物吗?"。速度、柔和的光线、梦境与现实的亦真亦幻,使得一切仍然恍如梦中。虽然现实中的黑脸鸥叫声尖锐,光线聚集形成刺眼的光点,哈斯最终仍选择了折中,用柔和万物的光让读者随着他一起徜徉在半梦半醒中。哈斯的诗中"光"有柔化现实、净化记忆、唤醒噩梦的功能。

《给花朵命名的孩子》勾勒了相悖的童年画面,一方面"我曾是小山上的英雄,在明净的阳光中",另一方面"我被扔下/落入童年的恐怖,落入镜子和油污的刀丛,/黑暗/无花果树下的柴垛/在黑暗里。/这只有/恶意的声音,古老的恐怖/算了的了什么,父母亲/吵架,有人/喝醉了"。从诗中可以窥探到母亲酗酒给哈斯童年打下的烙印。当书写无法避免要进入童年的黑暗,哈斯又是如何运用诗的语言自我唤醒呢?

诗人通过"光"唤醒噩梦,实现自我救赎:"在这个阳光的早晨,在我作为成年人的生活里,我看着/纯净晶莹的桃子/在一幅乔治娜·奥基弗的绘画中。/这是万物在光中的丰满。"奥基弗(Georgia O'Keefe)是美国现代派艺术的先驱者,被誉为"美国最伟大的女性艺术家",她的作品的色彩简洁、明快、纯粹、干净、透明[12]。奥基弗常用放大的比例对物象,特别是花朵进行呈现,这表现了画家对于世界与细节的体察。

哈斯用一幅巨大的有关桃子的画作驱走童年记忆阴霾的原因也隐藏于诗人的其他诗歌中。在《九月初》这首诗中,哈斯两次写道:"夏天/桃子那日出之色"和"桃子的内部/是日出之色"。代表艺术之光的"桃子"是和光线烂漫的夏日联系在一起的,是有关夏日的季语。诗中的"光"并非自然光,也非心灵之光,是介乎两者之间的,来自"桃子"的"光",是兼具了自然性和心理性的艺术之光,是照亮心灵的日出之光。这种"光"兼具唤醒和净化作用,"光"涤荡了恶,带走黑暗,丰满万物。哈斯深知生命的不能承受之重,他写道:"生活的抗拒/和颓朽之感,萦绕着我/这两者可怕的联合/迫使我总是更多的/为生命而辛苦劳作。"[13]哈斯的诗像阳光和水一样,充满了救赎并怀有诗人独有的悲悯。

三、"催眠"实质：消解生命不能承受之重

弗洛伊德认为，文学创作的目的，就是为了实现无意识的本能冲动。但这种本能冲动在文学作品中并不是赤裸裸地表现出来，而要进行净化和升华。因此，在某种意义上说，文学又是无意识的升华。[14]虽然哈斯在诗歌创作时似一个技巧熟练的催眠师，但是这种文学活动并非有意识的，它们常常是无意识的，哈斯的诗中的催眠，无论是对自我的，还是针对他人的，都具备自发性。一方面，如前文所论，这种催眠是"故意"而为之；另一方面，这种"故意"而为之又是自发的诗歌行为。即哈斯诗歌中的催眠艺术是因为诗人深谙现实的沉重，而不由自主地在诗中通过冥想乃至催眠来释放潜意识的真正需求。这种矛盾行为究其本质不过是对于现实的柔化，是通过"诗"消解生命不能承受之重。

在《九月初》一诗中，哈斯写道："危险无处不在，助动词，鱼骨，纯粹的粗心。"诗人笔下的男女都是负担沉重的都市人："无人真的喜欢天竺葵的气味，既不是做白日梦、上班总是迟到的妇女，也不是在新环境里会非常快乐的男人。"女人们做白日梦，上班迟到，男人们即使变换了环境，仍旧闷闷不乐。"半是谋生，半是鼹鼠"不仅是街边残疾的乞讨者的生存状况，也映射了大部分现代人的生活处境。在《艺术与生活》一诗中，哈斯写道："……我们想持续不断地重生/但是真的去做——你注意到了吗？/似乎有点多余。……"诗人表达了在生活中重生的渴望，这种对渴望的描述与《荒原》中艾略特描述宗教仪式中水的重生有着同样的目的，均是为了从日常的生活中挣脱，希望从生命的净化过程中汲取新生的力量。

在接下来的诗行中，诗人描述了画家维米尔的日常生活，"这儿是选择了你/并且你选择了的生活"通过绘画，"我们不能拥有的

东西留下来,因为我们不能拥有它而栩栩如生"。艺术使日常生活重获新生,与此类似,诗歌中的催眠术帮助诗人暂时卸下生活不能承受之重。哈斯对于人类的生活状态一直有着清醒的自知,在《春日图画之一》中,哈斯写道:"世事多变,无需这种催眠的叙述,那将使我一直醒着的节奏,一直在变。"自发的催眠行为后是"使我一直醒着的节奏,一直在变"。对于生活的真实面目,诗人是内省和自知的。在催眠过程的最后,催眠师会唤醒受术者,让他们逐渐清醒,回到当下的现实。哈斯诗歌中的催眠叙述与此有异曲同工之妙。诗人宛如娴熟的催眠施术者,用诗的语言将自己和读者带入催眠状态,再慢慢将其唤醒。

以构造了婴儿之梦的《博物馆》为例,婴儿的父母在哈斯的笔下被描述为:"他的头发凌乱,她的眼神浮肿。"走进博物馆餐厅夫妻二人"几乎没有交换一个眼神"。现实中虽然表现默契但无任何情感交流的夫妻和凯绥·珂勒惠支的木刻中"没有忍受苦难的才能或能力的人们在忍受各种各样痛苦的最麻木的面孔"相互对照。在木刻家的刀下,"饥饿,无助的恐怖"使人们有着麻木的面孔;而现实生活中,能够饱餐并自由阅读报纸周刊的夫妇同样有着麻木的生活状态。当饥饿不再成为麻木的理由,是什么使得博物馆餐厅内进餐的夫妻仍呈现出这种麻木状态呢?哈斯并没有直接提出这个问题,仅在诗中呈现出"并置"(juxtaposition)的状态,从而使读者自发地提出问题并思考原因。

在结尾处,哈斯用诗的语言,进入了婴儿的睡眠"婴儿睡熟了,那翠绿色已经开始从哈密瓜的外皮/浮现"。哈斯用香瓜的绿色描述婴儿的梦境。各种深浅不一的绿色是哈斯描述梦境时常用到的颜色。只有在梦中"一切看起来皆有可能",哈斯用柔软的笔触继续着婴儿的梦境,用"梦"隔开了成人和婴孩的世界,纯净的事物正因为在梦里,才可以不受到外界的侵蚀。婴儿之梦将现实的一切柔化,沉重的生活最后在哈斯营造的梦境中被消解,在分不清的现实与梦幻的虚幻之地,人们可以暂时卸下生之重担,这亦成为哈斯作品中最打动心弦之处:哈斯借诗中呈现的对比唤起对人类困境的思索,在面对痛苦生活的同时保留了对美好与快乐的渴望。

此外,哈斯在催眠叙述中独特地应用了镜头的转换。这些不动声色的镜头变换实现了色调的转换,并且最终定格到颇有深意的镜头上,流露出哈斯对于生活不能承受之轻的真正态度。以《幸福》一诗为例,与常识中自发的幸福相反,哈斯笔下的"幸福"并非自然发生的,三个诗节以表示强烈因果关系的"因为"(because)开头,试图为主观的感受寻觅客观的证据。

根据诗歌文本,以诗节为单位,镜头的转换以及远近、颜色的转换和象征物,如下表所示:

诗节	镜　　头	色彩转换	象　征　物	画面定格
1	远—近—远	红—绿	警觉 (wakefulness)	绿眼睛
2	远—近	黑/黄—白/黑	神秘(mystery)	黑眼睛
3	近—镜头放大并定格	淡蓝色—黑色	蝙蝠(bat)	眼角扬起似倒挂的蝙蝠

在第一节中,"我们"从蒙着雾气的窗看到一对红狐狸蹿过那条小河,在雨中吃最后几枚被风刮落的苹果。一对狐狸吃苹果呈现出一幅幸福的景象。但是"狐狸""苹果""雨""小河",营造了氤氲的气氛和模糊的感觉,让人情不自禁地追问幸福的真面目究竟是什么? 其后,诗人传递给读者的是模糊的幸福感后的警觉(wakefulness)。在第二诗节中,"我"与"她"分道扬镳,色彩从暖色"黄"逐渐到中间色"黑"与"白"。在这一诗节中,诗人用"雾"这一意象具体描述了"模糊",并通过啄食新草的一群天鹅,为幸福增加"神秘"之感:"在日记上写下——雾从海湾中升起/好似意图的

面貌,明亮且不确定/一小群冻土原上的天鹅/第二次来这里越冬排成行啄食新草/那刚从湿地长出的;它们象征着神秘,我猜,/它们也被叫做吹瞭哨的天鹅,非常之洁白/并且它们的眼睛是漆黑的——"(笔者译)

第三节中的色调是淡蓝色,诗歌结束于"我们醒得早,在清晨/躺在床上吻着/我们的眼角扬起像倒挂的蝙蝠"。"蝙蝠"在西方文化中充满了哥特色彩,常和吸血鬼相联系。中世纪欧洲的艺术家总是典型地用蝙蝠状翅膀和尖耳朵来描绘魔鬼。[15]诗节定格为"眼角扬起像倒挂的蝙蝠","蝙蝠"和"幸福"之间的距离,它们之间的内涵冲突,诗人所铺陈的故作恩爱的镜头使得读者在一瞬间并不能辨识出哈斯写诗的真实意图,有恍惚和惶惑的感受。

这首诗在色调上呈现出从暖色到中间色最后到冷色调的转变,象征物从抽象转化为具体的蝙蝠的形象,镜头也从远逐渐拉近。催眠般的语言如同潜流,悄无声息地完成了这一系列的转变,呈现出幸福的虚幻和不真实,而诗篇开头的那种美好的好似梦境般的感受,最终被消解。

由此可以看到,《幸福》这首诗并非对幸福的追寻,而是有关幸福的悖论。整首诗塑造了梦境般的"狐狸在雨中吃最后几枚被风刮落的苹果"和"天鹅排队啄食新草"的景象。这两个景象和"我""一个人在咖啡馆"的孤独呈现出鲜明的对比,使"幸福"成为现实生活的镜像;真实的生活看似清晰,实则模糊,看似幸福,实则麻木。诗歌题名中所出现的"幸福",被诗的语言消解。现代人的孤单、失落、情感的无助被精准地投射在诗中,而这也似乎揭示出哈斯之所以用催眠性的语言造梦的本质——为了消解生命不能承受之重。

注释

① 除《幸福》为笔者自译,本文引用的其他诗歌均为远洋译。译本

见罗伯特·哈斯：《亚当的苹果园》（远洋译），南京：江苏凤凰文艺出版社，2014 年版。

② Poem with a Cucumber in It 的第四节的英文原作为：Since cumbersome is a word，/Cumber must have been a word，/Lost to us now, and even then，/For a person feeling encumbered，/It must have felt orderly and right-minded /To stand at a sink and slice a cucumber. 见 Robert Hass, Poem with a Cucumber in It. The American Poetry Review，Vol.36，No.5（SEPTEMBER/OCTOBER 2007），p.34。

参考文献

［1］*Robert Hass' Biography*［EB/OL］.（2008－12－12）［2016－06－01］. http：//www.enotes.com/topics/robert-hass.

［2］顾悦. 当代美国诗学的自然之音：评罗伯特哈斯文集《光可以做什么》［J］.外国文学动态，2014(6).

［3］O'Driscoll, Dennis. Beyond Words：the Poetry of Robert Hass The Poetry Ireland Review［J］. *Special North American Issue*，1994(43/44).

［4］Gery John. Robert Hass and the Poetry of Nostalgia［J］. *The Threepenny Review*，1981(5).

［5］催眠的定义与解释［EB/OL］.（2012－02－19）［2016－06－01］. http：//www.cnpsy.net/ReadNews.asp?NewsID＝8904.

［6］Hauf Kandice. Review on The Essential Haiku：Versions of Basho, Buson, & Issa edited by Robert Hass［J］. *Harvard Review*，1994(7).

［7］卡夫卡.致奥斯卡·波拉克（书信）［M］//论卡夫卡.北京：中国社会科学出版社，1988.

［8］Wikipedia encyclopedia. *Crete*［EB/OL］.（2005－11－24）

[2016 - 06 - 01]. https://en.wikipedia.org/wiki/Crete.

[9] *History of Dill*[EB/OL].(2010 - 03 - 27)[2016 - 06 - 01].
http://www.indepthinfo.com/dill/history.htm.

[10] 杨志芳,邰启扬.关于催眠术的心理学思考[J],心理学探新,
1990(1).

[11] 中国基督教协会.圣经[M].南京:爱德华印刷有限公
司,2000.

[12] 陈玲洁.一花一世界:美国女画家欧姬芙的花卉艺术[J].美术
大观,2010(12).

[13] Robert Hass. *"In Weather" from Field Guide*[EB/OL].
(2007 - 11 - 22)[2016 - 06 - 01]. http://www.blographia-
lit.eraria.com/2007/11/in-weather-robert-hass.html.

[14] 邱运华.文学批评方法与案例[M].北京:北京大学出版社,
2005:87.

[15] 叶锡铮.从蝙蝠形象看中西文化精神[D].长沙:湖南师范大
学,2007(6):22.

——原载《江汉学术》2016 年第 5 期:55—61

诗 学 对 话

对话：诗·精神自治·公共性^①

唐晓渡 ［韩］金泰昌

金：唐先生作为一个诗人，从事诗歌创作多年，有无一贯的主题？

唐：20多年来我主要从事诗歌批评。诗歌创作虽说开始得更早，但写得不是很多。对我来说，诗歌和批评是同一种写作的两翼，互相平行而又彼此补充。在写作中会有一些阶段性的主题考虑，比如我1980年代写作的基本主题就是"困境"和"突围"；至于"一贯的主题"说不好，如果一定要说，也许可以说是"精神自治"。

金：是从什么方面的精神自治？

唐：最初是从体制化的意识形态垂直控制的阴影下，然后是从更加复杂的历史语境中。您知道，我们这代人无论从个人经历还是受教育的角度说，都长期处于体制化的意识形态强控制之下，属于一种"受控的成长"。总体来说，这种状况一直持续到1970年代末，然后开始发生变化。当时兴起的"思想解放运动"本质上是一次启蒙或再启蒙运动。我是"文革"后恢复高考入学的第一批大学生，此前插过队、当过工人，但一直喜欢文学。您也许知道《今天》，那是创办于1978年底的一份民间或"地下"文学刊物，尽管形式简陋，但在一代人中影响巨大。我还记得1979年初第一次读到《今天》上北岛、芒克等人的诗作时那种近乎毁灭性的内心震撼。1949年后中国大陆的诗歌被逐渐纳入一条"钦定"的轨道，即"古典＋民歌"的轨道。本来这也是一种可能的维度,问题是一旦被奉为"天条",就变成了框框,褊狭的"为政治服务"的尺度则使之变得更加粗暴和僵硬。这样的强制性情境造就了大批的伪诗和伪诗人,甚至一些早已成名的诗人,也陷身于必须遵从意识形态以至一时政策所需写作的桎梏。《今天》上的诗彻底粉碎了这种桎梏,并提供了一代人写作的新起点。这是朝向诗所要求的自由自主意志,并且本身就体现着这种自由自主意志的写作。1980年代中国先锋诗的发展基于一个共识,即"回到诗本身",或"回到个体生命和语言本身",这是在特定历史语境中有关自由自主写作的集中表达。

金: 这在当时是要承受一定压力的吧?

唐: 当然有压力,有时甚至是很严酷的压力,尽管改革开放是大势所趋。我曾在中国作协的《诗刊》工作多年,同时又完整地亲历了当代先锋诗运动,不但是主要的评论者、编辑者之一,而且先后参与发起创办了"'幸存者'诗歌俱乐部"(1988—1989)和《现代汉诗》(1991—1994),这双重的身份使我在这方面见多识广,感受尤深。事实上,自1980年代至1990年代的大部分时间内,非官方的民间文学社团和刊物无论怎样活跃,都只能处于或地下或半地下的状态;现在的情况要宽松些,但仍不能说得到了完全的法律保障,至少不具备充分的自我保护能力。

不过,我所谓的精神自治主要还不是指与既定秩序的紧张关系,而是指一种内在的、独立不依的精神立场,一种基于批判和自我批判所形成的对不断变化的现实作出敏锐反应的能力,一种自我超越和生长的可能性。没有这样的立场,没有这样的能力,没有这种内在的可能性,就无所谓现代知识分子,也无所谓现代艺术家和诗人。您多年来从事公共哲学的研究,我想,我所说的这些也是不断拓展公共空间、推动公共哲学发展的前提吧?

金: 当然。这是一个很有意思的话题,请结合您的个人经验接着谈。

唐：按照自己的意愿写作，包括组社团、办刊物等等，都是精神自治的不同方式，也体现着在不同层面上建立和拓展公共空间的努力。精神自治和公共空间是同一枚硬币的两面，是一种双向的建构。1990年冬我和一帮朋友之所以要创办《现代汉诗》，除了考虑在诗艺上保持探索的连续性外，一个现实的动因就是当时的大气候非常严峻，无论思想界、文化界还是艺术界，都普遍存在某种严重的身心挫败感。我们认为，在这种情况下，必须由我们自己来创造一种"小气候"，一个可以同呼吸、共命运的精神空间。这是一个创造的空间，也是一个交流的空间，一个参与者人人都可以发出自己的声音的空间。作为也许是当代唯一的一份具有全国性的民间诗刊，《现代汉诗》以诗歌的名义，在强势面前重申了不可剥夺、不可让渡的公民权利，同时自身也试图建立某种制衡机制，以防止权力过分集中、导致话语霸权，具体做法是只设编委会，不设主编，由北京、上海、杭州、成都四个编辑组轮流执编。尽管因为外部的压力太大，这一做法未能贯彻到底，但毕竟是一次有益的尝试。当然，作为写作者，我更看重精神自治的内在方面。前面已经说到1980年代的个人主题是"困境"和"突围"，而到了1990年代，一直抓住我的一个意念就是：怎样把早已渗透到我们身体和血液中的意识形态语言、体制化语言的毒素，一点一点地从我的写作中清除出去。与此同时，我越来越强烈地意识到了"对话"这一概念的重要性。

金：为什么1990年代会发生这种变化？其机缘是什么？

唐：一位诗人认为，1989年像一道分水岭，把我们的写作分为"之前的"和"之后的"。这也许有点绝对，但非如此似乎不足以指明其重要性。这里的"重要性"与其说是时间上的，不如说是心理上的；与其指事物本身，不如指它所导致的变化。曾经有过一段混乱以至空白期，那是一时的软弱和无助感所致；但很快我们就开始反思,反思所发生的一切对我们,对我们的写作,包括之前和之后的,到底意味着什么?后来我用一篇文章小结了当时的思考。在这篇文章中,我试图用一些新概念来描述我们所置身的历史语境,并借用哈维尔所谓"方便/不便"的说法,从日常生活和写作的双重角度,比较了它与以前的语境在社会文化形态/结构和策略/心理方面的异同。我不指望通过一篇数千字的论文完成一部专著才能完成的工作,而只希望经由一系列提纲挈领式的分析,突出坚持"正当的写作"——即在任何情况下都以精神自治为前提的写作——的必要性。在我看来,这是一种需要我和我的同代人,以至几代人不断学习的经验。

金: 怎样理解你所说的真正"精神自治"的难度?

唐: 包括对历史语境的复杂性和长期性始终保持清醒意识、对消费主义和大众文化的"方便"所带来的"自由"幻觉始终保持警惕等等;不过在那篇文章中,我更多相对的还是摆脱前面说到的长期制度化的受控经验。当然我们一直在做这件事,但做得远远不够,尤其是考虑到,一个积极的反抗者,同时也可能是其后果的消极承纳者。这种后果有些已经为我们所充分意识,例如文明的贫困、理性的匮乏等;有些则还没有,尤其是它对我们思想、语言和行为方式的暗中支配。因为这里的"制度"并非只是指那些可以从外部一目了然的"硬制度",它还是一套意识形态的"软制度";它不仅是一种政治学还是一门心理学;它当然也有自己的哲学。如果说它当下的方针主要倚恃前者的话,那么它长远的战略则主要倚恃后者,倚恃从一个人的童年开始就反复进行的意识形态灌输所造成的"制度内化"。内化的制度具有较之外在制度远为长久的生命力。它使自身即便在被迫改变其外在形态,甚至其外在形态濒临崩溃的情况下也仍然保持着有效性,而这种有效性的更有力的证据往往不是来自那些驯顺的臣民,而是来自其对立面,来自那些确实是或自以为是的反抗者。语言是观察这种同构现象最直接的窗口。我多次注意到,某些人士一方面在大谈民主自由,另一方面,其使用的句型、语式,特别是那种真理在握、不容分说的独断语气却透露出,他无论在逻辑上还是在潜意识中,都和其抨击的对象一样遵循着非此即彼、非黑即白的二元对立模式。这时你不仅会感到不适,而且会感到荒谬。

金:你对难度的强调是否表明了这样一种隐忧,即没有得到彻底清算的受控经验会伤害以精神自治为前提的写作?

唐:事实上对前述后果的消极承纳一直在伤害着我们的思考和写作。回头看1986年前后声势浩大的现代诗运动,可以说既是一场盛举,又是一道伤口。就后者意义而言,从中可以看到我们所受伤害的程度。那种轰轰烈烈的大生产或红卫兵式的运动方式尚在其次;更值得反省的是众多宣言所透露出来的那种独霸语言、独霸诗歌、只此一家、别无分店的话语姿态,以及急于在一场很可能转眼就被撤掉的诗歌筵席中分得一杯羹的实用心理。艺术个性、诗歌本身、以承认差异为前提的彼此理解和宽容,所有这些在极权主义美学中找不到自己位置的,在这里也很少得到起码的尊重。1999年我曾被卷入一场诗歌论争,在这场论争中我惊奇地发现,一些"文革"时年纪尚幼,甚至压根儿还没出生的写作者,其语言方式及其内在逻辑,却打着深刻的"文革"烙印,只不过被混杂在各种来自消费时代的"八卦"花招中而已。这使我意识到,伤害不仅可以成为某种集体无意识,而且可以像文化一样遗传。

金:由于工作关系我接触过不少中国学者,也触及过类似的话题,但从没谈过这么深。中国近二十多年来在加速度地进行向现代社会的转型,经济发展一直走在快车道上,文化上也趋于多元,与此同时也和其他转型中的国家和社会一样,存在着自己的种种问题以至危机。造成这些问题和危机的原因既有历史性的,也有当下的,且两者往往交织在一起,形成投向未来的阴影。我想,您所说的对制度后果的消极承纳及其造成的伤害就属于这种情况吧？

唐：是。每一个当下瞬间都包含着过去、现在和未来。我所谈的当然不限于写作，但请允许我继续从写作的角度多说几句。我想说的是，更大的伤害或许还是来自强控制在失去张力时所导致的虚无化：首先是它自身的虚无化，其次是社会/文化的虚无化。某种意识形态宣称它发现了人类历史的基本规律和法则并以其唯一的体现者自居。它用某种"铁的必然性"阐释历史的过去和未来，将其转变成现实中无所不及的强力（包括对写作的）并彼此辩护，从而既毁灭了过去的多样性，也毁灭了未来的开放性，最终毁灭了自身——正如哈维尔所说："如果历史以其不可预见的方式呈现，来显示这种意识形态是错误的，这将令权力丧失其合法性。"然而，在这一自我虚无化的过程中化作虚无的绝不仅仅是它的"自我"。作为一种曾经占绝对统治地位并被强制推广的社会/文化"元意义"和"元价值"系统，其后果同样是社会/文化性的。当然这里并没有出现意义和价值的真空，无论是从生活还是从写作的角度看，所谓"社会/文化的虚无化"与其说是指意义和价值的持续阙失或危机，不如说是指缺少关注、追问、反思这种阙失或危机的持续兴趣和勇气，缺少将这方面的经验转化成当下创造行为的内在活力。社会/文化的虚无化本能地倾向于按照消费的原则对待现实，就像意识形态的虚无化本能地倾向于使一切成为维持其统治的权宜之计一样。消费性写作在1980年代的中国可以说是在欣快症和抑郁症之间循环不已的非意识形态化写作的一个副产品，然而进入1990年代不久，就成了弥漫全社会的文化消费主义思潮的一部分。向市场"转型"的热情似乎不仅掩盖了，而且不断消解着写作与现实之间，以及写作内部的紧张关系。没有比这更富于讽刺性，但也没有比这更顺理成章的了。这与其说是商业主义的一个胜利，不如说是上述虚无化的一个胜利，或者说是两者合流以至合谋的一个胜利。事实上，后来的社会和文化之所以可能，就在于它发现并牢牢抓住了这块新的基石,据此而构建一个充满物欲的"无物之阵";而写作者不但必须面对这"无物之阵",而且随时会发现,他也是这"无物之阵"的一部分。

金: 您前面说到1990年代之后越来越意识到"对话"的重要性,是否也与这"充满物欲的'无物之阵'"有关?

唐: 是应对和破解它的一种策略,同时也是进一步深化精神自治的要求。1980年代初的先锋诗写作带有意识形态对抗色彩,但很快就超越了这一阶段。围绕"自我表现"展开的论争致力于解决两个问题,一是生存权,二是价值观。个体的主体性因此而得以确立,并和文化开放所带来的巨大活力一起,导致了创造力的极大解放。事实上,到1980年代末,一种多元的诗歌格局已经形成。另一方面,先锋诗写作也越来越多地面临自身的问题。比如多重困境中的"失语"问题,价值相对主义造成的"失范"问题,等等。在这种情况下,即便没有突发事件,那种主要诉诸群体和运动方式的诗歌写作也将难以为继。进入1990年代,随着商业大潮的冲击和消费主义的盛行,诗歌被迅速边缘化,一部分先锋诗人停止了写作,而坚持下来的在经过了自我清算后,也适时调整了自己的写作方向和策略,变得更为成熟。越来越意识到对话的重要性并在写作中实践对话,在我看来正是成熟的标志之一。我所谓的"对话"同时包括和特定语境中的"他者"对话,和内部分裂、冲突的自我对话,以及和渗透在这两者中的历史和传统对话。就写作而言,对话不仅意味着面对共同的问题,应对共同的挑战,建设共存的精神生态,而且意味着相互尊重个性和差异,意味着活力和能量的彼此汲取和交换。

顺便说一句,这次中坤帕米尔文学工作室访问日本,目的也是尝试在民间层面上,建立和拓展中日诗人、艺术家之间的长期对话交流渠道。您知道"帕米尔"(Pamire)一词不仅指称一片地域,一种高度,还意味着历史上不同文化,包括中国文化、古罗马文化、印度文化和伊斯兰文化的交流融汇。

金：听了你刚才的一番话，很是令我感动。您的诗人经历和我作为知识分子的经历在寻求自由发展这一方面有着惊人的相似之处。无论是诗人还是知识分子，虽然我们使用的话语各不相同，但都在进行着为了摆脱意识形态的支配，达到精神自治的斗争，也就是说，摆脱让强势正当化的意识形态，知识分子是运用知识，诗人是靠诗歌。在这方面。中国知识分子有着中国的特色。知识分子有着一种近乎生理的本能，寻求自由，当追寻到一定程度时，就回归到了自己。如果过度地追求自我，就难免不陷入个人主义、自我中心主义、自私自利，但作为知识分子，首要的职责还是要帮助人们从一种所谓的整体主义的强势中解脱出来。一个诗人，一个知识分子，只要写一些服膺当时的诗歌或文字，是可以过上安定的生活的，但那样就玷污了诗人或知识分子的称号。为了追求精神上的自由，敢于冒险，这也许就是诗人和知识分子的共同命运吧。他们各自都在和巨大的事物对峙着，试图挣脱出来，摆脱着受控的命运，当奋战之后，一个人静下来的时候就会产生一种孤独感，就会需要有志同道合的战友通过对话来共同分享的愿望，这时就会从单纯的自我表现转向"对话"。这也是我从您的话中感受到的。

我多年一直将"对话"作为实践课题。但通过多年的尝试和努力，我向自己提出了这样一个问题：为什么而对话？固然需要为了对话而对话，但也必须找到对话的下一个目的，那就是通过对话来达成协动，也就是"共动"，然后再"开新"，开拓出新局面。如果没有这样一系列的目标，只停留在对话上，就会被人指责是一种语言游戏。必须将对话和开新这一过程一直拓展延伸下去，是我多年从事公共哲学对话的体会。

唐：我完全同意您的这一观点。真正的对话是有载荷的对话，开拓出新的可能性的对话。

金：下面想和唐先生交流一下哲学家和诗人的关系。您知道，柏拉图在他所描绘的"理想国"中是要将诗人赶出共和国的。他认为由哲学家领导的国家才是一个理想的国度。哲学家重视知识，而诗人则是靠狂想，诗人的胡言乱语，对国家来说是有百害而无一利的。所以希望将诗人赶出共和国。但我并不这么认为，我认为诗人和哲学家是可以携手共创世界的。

唐：柏拉图是我最尊崇的哲学家之一，但在这一点上，我觉得他比一个庸人强不了多少。当然他说这话有自己的上下文和特指性。康德提出了审美的"无用之用"，诗人可以说最极端地体现了这"无用之用"。话又说回来，无用之用，还是落在了"用"上。对人类想象力的伸张和捍卫，对人类语言，首先是母语的丰富和纯洁，对人类存在的有机整体性，尤其是其深度和微妙之处的探索和守护，所有这些的"用"处还不够大吗？我们不能像看待一把菜刀或一根手杖那样来看待诗和诗人。

金：关于无用之用，哲学也是如此。一般认为哲学很无聊，但有时候最无聊的正是最受用的。尽管如此，在诗人和哲学家进行对话和开新这一共动点上，诗人是什么？诗人的目标是什么？哲学家是什么？哲学家的目标是什么？有人说哲学家追求的是真理，诗人追求的是真实；哲学家是根据理性进行思考，而诗人是根据感性进行想象；哲学家注重普遍性，诗人注重特殊性。通过对话，可以达成一个什么样的东西？

唐：一般意义上可以这样区别，但事实上一个好的哲学家和一个好诗人之间并没有如此判然的分别。也许可以这么说：一个好哲学家必有一颗诗心，而一个好诗人的内部必有一个哲人。让我们想一想海德格尔和荷尔德林。我说不好哲学家和诗人的对话可以达成一个什么样的东西，我只想说，如果没有这样的对话，我们就将什么都不是。

金：如果是一位达到了至高境地的人，无论是诗人还是哲学家是不分高低的。但一般而言，人们对哲学家和诗人都有着一个固定的认识。我希望能够解除人们的误解，因为真正出色的诗人和哲学家是有着共通之处的。我希望通过我们的努力来实现这个目标。我不太了解中国的情况，只知道一些日本和韩国的诗人。我把他们大致分为三类，一类是公诗人，一类是私诗人，一类是公共诗人。请问中国现在还有这样的诗人吗？

唐：中国的情况比较复杂；如何定义"公共诗人"或"诗歌的公共性"或许是一个更复杂的问题。在这方面，我希望您的"三分法"不会成为一个容易被简单化的美学标签。由于长期受大一统意识形态的支配，由于这种意识形态恰恰是假"人民"和全社会之名，当代中国诗人往往对诗歌的公共性持有一种特别的警惕，以致过敏。他们在这方面有太深的精神分析学所谓的"创伤记忆"。另一方面，当代中国公共空间的发育和拓展步履维艰，而且往往采取被扭曲的形式，这种情况也大大削弱了发话者与受话者之间直接的精神交流和互动。1980 年代初期北岛、白桦、叶文福等诗人应该说具有相当广泛的公共性，如果说他们的声音可以比喻为打破了鲁迅所说的"铁屋子"后发出的呐喊的话，那么，更困难的或许是怎样在哈拉兹蒂所说的"天鹅绒监狱"中发出诗的声音，以及怎样倾听这种声音。对不起，也许我说"玄"了；我的意思是，我更愿意把您的提问当成一个有待研究的问题。

金：所谓公共诗人，并不是自己承认自己是否是，而是客观地起到了公共诗人作用的诗人，是由后人来评价的。

唐：问题是怎样考量您所说的"客观"作用。是用公共舆论的尺度还是用诗的尺度？或是同时兼顾这两种尺度。这两种尺度未必对立，但显然有着本质的区别。就我所理解的诗的公共性而言，呼吁是一种方式，但远不是唯一的方式；更准确地说，呼吁是诗人在非常以至紧急状态下不得不动用的一种方式，而在更多的时候，他会倾向于能更久远地作用于人心，即更丰富、更深邃、更具有美学特质的方式，"非诗不能"的方式，而且这种方式一定会打上个人风格的强烈印记。一个总是在呼吁的诗人,会令人怀疑他是在借公共性掩盖其美学上的无能。极端地说,无论某一公共问题怎样尖锐和紧迫,牺牲诗美和个人风格也未必是一个诗人不得不付出的代价,因为他完全可以采取其他方式;反过来,一首即便是具有充分公共性的好诗,其中也必定有无法以公共方式解读的、类似隐私那样的语言成分。在这方面,还必须考虑到由于经验、教育和自我训练的不对称、不均衡所造成的差异甚至隔阂。中国历来是一个重视诗教的国度,然而在很长一段时间内,现代诗的教育严重缺失,从小学到中学到大学,都是如此,其结果是,不但众多普通读者很难进入现代诗,甚至若干专家学者也自认被现代诗拒之门外。更悲惨的是那种"未经解读的误读"。就我们正在讨论的问题而言,在经历了 1980 年代持续的"向内转"之后,1990 年代起不少先锋诗人都在考虑并尝试如何处理个人写作和公共经验、公共视野的关系,然而,这种事关公共性的新的"转向",在公共视野中却完全变了形。西川提出诗歌应"在质量上与生活和历史对称",却被当作了一个"公众人物";欧阳江河因在诗歌方式上提出"异质混成"而显示出了重大突破,却比以前更容易被归入您所谓的"私诗人"。这种错位现象和廖亦武等诗人无法进入公共视野一样令人心酸。

金:我也认为诗人不可能被简单地划分为三种,同时三者之间的关系也不那么简单,往往是你中有我,我中有你的。下面我想接着您谈到的自我清算这一话题说几句。我们知道,在日常语言中也渗透着体制化的意识形态话语,还有各种各样社会上的"公"话语,这些都会无意识地进入到我们的血肉中,让我们在不自觉中受到污染。还有一种您也涉及了,就是大众消费文化,或企业为了追求利润所使用的广告语言,也会渗透到我们的血液里,让我们不自觉地使用电视广告语。这些都属于"私"语言,也是一种污染源。

诗人的一个重要职责就是运用其天才,摆脱形形色色的意识形态语言的控制,创造出"诗语"。我所谓的"诗语"既不是国家式的"公语",也不是广告词式的"私语",而是一种能够打动人心、鼓舞人心的公共话语。我希望诗人们能创造出更多的"诗语",让这个世界变得更加美好。在这方面,我觉得诗人比学者更能发挥作用。

唐: 我理解您的意思;但对"诗语"和"公共话语"的关系恐怕还需要再辨析。我所理解的"诗语"不仅是一种独特的语言系统,而且本质上是超越语言的,是一种"不可言说的言说"。"诗语"来自沉默并倾向于沉默。这里的"沉默"和弗洛伊德所发现并揭示的"本我""潜意识",或在地层下奔突的岩浆互为隐喻,喻指生命和世界内部那看不见的、未经揭示的,或被压抑、被遗忘、被忽视的部分。我们也可以说它是一个"潜世界",这个世界较之受您所谓"公语"和"私语"操控,或它们自以为能操控、在操控的表象世界远为博大深邃。从根本上说,所谓"自我清算",正是为了更彻底地回到和深入这一世界。它更加生生不息,并且如同海德格尔所说,有着"被看见""被揭示"的自我要求。诗人的职责就在于运用最恰当的语言方式,赋予其可见、可感的形式,帮助它完成并重返这一自我要求。在这一过程中被创造,或者说被发明出来的所谓"诗语",因此而迥异于所有既定的、现成的语言系统,不但与意识形态话语格格不入,也与日常话语、传媒话语和知识话语不在一个层面上。它最显著的特征就是生命本身的特征,可以用一个字来概括,那就是"活",因"活"而有表情、有体温、有韵律,因"活"而生动,而空灵,而复杂多变,而意味无穷。相比之下,意识形态或意识形态化的语言是僵化,以至"茧化"的语言;日常语言虽然有时也很"活",却因过于随意而显得芜杂;至于传媒语言和知识语言,则或受限于背后的利益驱动,或受限于过于明确的传达目的,而无法摆脱其先天的狭隘和机械。这里,"诗语"的独特性和"潜世界"本身要求不断被揭示的普遍性互为表里,它往往源于"灵光一闪"的瞬间,这一瞬间也就是"诗语"和"潜世界"相互照亮、彼此揭示的瞬间。从这一角度看，"诗语"尽管可以也应该被纳入"公共话语"的语境，其本身却不是一种"公共话语"，至少不是我们通常所谓的"公共话语"。"公共话语"要求透明、清晰、确切，而"诗语"相对之下则显得含混、游移，充满可能的歧义。所谓"诗无达诂"。也许我们可以说它是一种处在"个体"和"公共"的临界点上，而又反身包容了两者的语言，它的"公共性"基于其"自性"而又回到自性，而这种"公共性"往往不是后设的，而是原发的，所谓"人人心中有，个个笔下无"。这就是诗人为什么有时显得像是一个预言者，而西班牙诗人希门内斯为什么要把他的诗"献给无限的少数人"的原因。

现代世界的混乱、分裂、单维化、大机器化使"公共话语"的重要性更显突出，同时也构成了对"诗语"的新的挑战。事实上，诗人和社会、和读者的关系从来没有像今天这样隔膜，这样尴尬。在社会普遍漠视甚至排斥诗歌的情况下，诗人怎样一方面忠实于内心，忠实于那"潜世界"的要求，另一方面又使自己的作品能自由出入"公共话语"的语境，参与公共空间的拓展、公共哲学的建设，这确实是一个值得认真探讨的问题。当然情况也未必那么悲观。中国当代先锋诗二十多年来一直被"读不懂"的抱怨所纠缠，所困扰，但在各种"广场"场合，被认为风格晦涩的北岛的诗句却一再成为标识。另一种现象则富于讽刺性。比如海子写了那么多优秀的抒情诗，可流传最广的却是那首不怎么样的《面对大海，春暖花开》，以致不少沿海城市的房地产商纷纷用这行诗做他们的广告语。

金：那么按照您的说法，诗人的语言不仅不招高层喜爱，而且很难被大众所理解，同时还会被商人们随意乱用；尽管如此，诗人们还是在不断地创造着诗歌，以便有朝一日被有良知的民众所运用，促进社会进步。您对此抱有希望吗？

唐：至少没有绝望。同时我也不指望诗歌直接作用于社会进步，那种情况极为罕见，是可遇而不可求的。诗歌作用于人心、人性,作用于我们灵魂中柔软和隐秘的部分。它通过更新和丰富语言影响我们对世界的感受和感受方式,影响我们的人生和语言态度。这种影响在更多情况下是"润物细无声"式的,并因此而无所不在。即便是那些不读诗,甚至不识字的人,也会经由其他媒介多多少少受到诗的影响。我不知道韩国和日本的情况如何,但中国当代先锋诗确实深刻影响了小说、戏剧、影视等其他艺术领域的变革。在1990年代初"全民经商"的热潮中,许多三四流的诗人投身广告界,结果大大改善和提高了平面媒体的品质。

金:您提到了小说和其他媒体。我在想,如果美丽动人的诗歌语言,通过小说、戏剧、影视等反复作用,其对社会影响力是很大的。所以说诗人和小说家、戏剧家以及电视剧导演之间的对话也很重要,通过互动合作,可以提高社会素质,让全社会向好的方向发展。那么,究竟是哪一个环节在从中作梗,使操作朝坏的方向发展呢?

唐:人们一直在试图指认这样一些环节:极权政治、商业主义,等等;这些都没有错,不过实际情况要复杂得多。社会发展是许多力量合力作用的结果,诗歌和文学艺术只是其中的一股力量,而且是相对较弱的力量。所谓"合力作用",换一个说法就是自发的盲目性,这是人类社会,尤其是现代社会发展一直致力摆脱,却迄今未能摆脱的某种总体特性。现代社会的分工越来越细,每一个领域都有自己的问题,都有自己的兴趣和利益所在,因而都倾向于自我封闭,而封闭必然导致盲目。没有迹象表明这种状况会很快得到改观,或许这也是一种"类"的宿命吧,然而却不会成为我们放弃努力的理由。您之所以多年致力于"公共哲学"的研究和推广,不也是希望通过促进各领域的交流、对话和互动,能为社会发展注入更多的自觉因素吗?

金:归根结底,是应该重新思考诗人应该如何成为诗人的问题。如果诗人因为生存问题就去媚俗赚钱,或是向强势屈服,那将是诗人的悲哀；但如果诗人不能靠写诗生存，那诗人不是会越来越少吗？柏拉图的哲人王国不需要诗人，那么现在的商业共和国也不需要诗人了吗？

唐：也许商业共和国正试图实现柏拉图的想法。但我相信诗歌和哲学、宗教一样，根源于我们生命的内在需要，所以诗人的数量不妨减少，诗歌却必将永远伴随着人类。那些等着为诗歌送葬的人将一代代地失望下去，何况现在还远远不是讨论诗人是否会消亡的时候。至少就中国目前的情况看，无论商业主义和消费主义怎样甚器尘上，爱诗、写诗的人也还是层出不穷。据一份材料统计，其绝对数量不会少于二百万！如果说 1980 年代许多人写诗往往基于生存空间的困顿，混杂着博取功名的"有用"动机的话，那么，在今天，在生存空间远为开阔、人生选择远为多样，而诗歌也显得空前"无用"的今天，还有那么多的人执迷于诗歌，又是因为什么呢？人不能不做梦，人也不能没有诗，这大概同是生命的神秘之处。

注释

① 对话时间：2006 年 5 月 19 日；地点：日本大阪。本刊对该文略有删节。

——原载《江汉大学学报(人文科学版)》(现《江汉学术》)2007年第 1 期：14—18

栏目研究与年度综述

开放观照"当代"的诗学视域

——论"现当代诗学研究"专栏对诗学"当代性"的建构

陈培浩

摘　要:《江汉学术》"现当代诗学研究"特色专栏创办近十五年,推出诗学专题六十多个,成为新诗研究领域最重要的学术窗口,亦为获得首届教育部名栏建设优秀奖的全国唯一的现当代诗学类栏目。以 2012 年以来该平台上发表的当代诗歌研究为主要对象考察其对诗学"当代性"的建构,不难发现,此专栏以"专栏·专题·专家"的三专策略深入介入了对当代诗歌的学术诊断和主动拓展中。一方面尽量容纳对"当代"内部不同的阶段、传统、倾向、流派、思潮的探讨,另一方面又以更前瞻的问题意识反思当代内部日渐固化的话语方式。我们既看到它对"当代"诗歌研究失衡状态的勉力匡正,从其视域中窥见当代诗歌内部如"主体变迁""技艺更新""声音研究""倾向与经典"等诸多重要侧面,又能看到其对"学报体"的超越以扶持个性化诗歌批评的卓识和努力。

关键词:《江汉学术》;现当代诗学研究;教育部名栏;当代性;诗学视域

从学报编辑的角度看,学报并非一个被动接受高质量来稿的学术平台,有创造力的学报往往以鲜明的问题意识介入对学术前沿的探索。这往往通过专栏和专题的形式来呈现,如何保证专题的学术前瞻性则往往通过专家主持人来实现。然而"专栏·专题·专家"的三专策略并非独门暗器,毋宁说是公开的秘密。关键在于,一般学报仅仅偶一为之使用三专策略,《江汉学术》(2013年更名以前为《江汉大学学报:人文科学版》)"现当代诗学研究"却以一以贯之的立场将"三专"路线推进到底。专栏以近十五年的努力,推出专题六十多个,刊发了近三百篇优质的现当代诗学研究论文,不但获得了"教育部名栏"称号,更获得来自专业研究领域的普遍赞誉,成为诸多学者学术研究"非常离不开的参考的视野"(臧棣语);"它持续推出的专题,成系列又葆有开放性,有力地推动了人们对一些关键性诗学命题的关注和思考"(赖彧煌语)。[1]

"现当代诗学专栏"的专题视野非常广阔,涵盖了比较诗学与台港海外诗研究、外国诗歌前沿及其研究新路径、现当代诗人诗作的创造性阐释、当代诗歌批评的问题意识和有效性、当代诗歌现象的命名及探究、新诗技艺与新诗诗学的本体建设、现当代诗歌批评与诗学研究的文体衍进等。我们既可以之为窗口看到中国现当代诗学的风云变幻和内部风景,又可以观察此专栏所倡导的诗学立场如何融入当代诗歌场域,有效地发出自己的声音。本文将以2012年以来该专栏刊发的聚焦当代的文章为对象,探讨其建构的"当代"诗学视域,从而透析一种严谨、独立的当代诗学趣味、立场与编辑策略之间的互动关系。

一、匡正失衡的"当代"

当代文学之"当代",无疑依然是一个歧义纷纷的概念。文学史一般以1949年作为现代/当代的界限。这种以政治标识作为文学尺度的划分方式在1980年代就开始被"20世纪中国文学""新文学整体观"等概念所反思。洪子诚在《"当代文学"的概念》一文中对"当代文学"的概念建构进行了历史化的考察。"当代文学"的产生最初来自"从意识形态和政治观念上来估断文学作品的等级"[2]63的冲动,它也确乎缔造了一个确立了绝对支配地位的"'左翼文学'的'工农兵文学'形态"[2]68,因而成为很多人不得不借用的概念。然而,在1980年代"当代文学"的革命传统受到了冲击,"当代文学"越来越指向"现代主义文学""先锋文学"等面向。在这两种不同的"当代"中,其实存在着一种相近的"当代"观念装置——即将"当代"作为一种"更高级"的等级程序来使用。1949年,新政权通过"当代"的更高级程序建构了"工农兵文学"高于此前一切文学形态的文学史位置;而进入新时期,"当代"的使用则为"现代主义""后现代主义""先锋文学"建构了超越"革命"的合法性。在当下诗歌领域,"当代诗"代表了诗人们创制更有效回应时代和诗歌本体双重迫切性的写作焦虑。"我们整个诗歌'行当'在经历了1978年之后自我活力的重新找寻,到20世纪八九十年代之后,这个'行当'就找回了一套'行规'——无论是相互对立的话语形式,还是占有统治性的话语方式,已经逐渐地形成了这样一种'行规'。但是这'行规'有时候过于强调汉语诗歌在1978年之后从其内部生出的中国式的现代诗歌的表达规律,这不免扼杀了新的思考诗歌与当下关系的可能性。"在这种问题意识推动下,当代诗就意味着"注重对当代话题的有效回应;另外就是对诗歌写作本体论的探究"[3](胡续冬语)。

"当代"作为一个分裂的概念,容留了各种文学话语力量的相互博弈。然而,作为文学研究的生产平台——学报的"当代观"必须是开放性和超越性的结合:一方面必须尽量容纳对"当代"内部不同的阶段、传统、倾向、流派、思潮的探讨,另一方面又必须以更前瞻的问题意识反思当代内部日渐固化的话语方式。显然,《江汉学术》正是以这样的学术姿态建构一个观照"当代"诗歌的有效位

置。不难发现,在《江汉学术》的文章体系中,"当代"是偏向 1980
年代以后的现代主义诗歌传统的,这意味着所谓的"十七年诗歌"
所代表的"当代"其实是较少登场的。这种"失衡"与其说呈现了编
辑和主持人的"偏好",不如说呈现了"当代"诗歌研究失衡的现状。
21 世纪以来,对当代文学前 30 年进行重新的历史化和学术化成
为一个新热点,其中既有以文学社会学方法重新激活十七年文学
与社会历史微妙关联的研究,也有以新左思维试图重新赋予革命
合法性的研究。相比之下,当代诗歌研究特别是批评界对前 30 年
显示了某种"厌倦"和"傲慢"。事实上,洪子诚先生的《中国当代新
诗史》对 1949—1966 年中国诗歌的存在状态、社会语境、文学制度
有着深入的洞悉和阐发;王光明《现代汉诗的百年演变》在涉及此
阶段诗歌时也有精彩的发挥。可是,整体上,当代诗歌研究与批评
显然将更多的精力、兴趣投放于朦胧诗、第三代诗、1990 年代口语
诗与叙事性、新世纪底层诗歌等层出不穷的诗歌现象中。这既源
于 1980 年代重新得以确立的现代汉诗本体立场对政治化诗歌的
不满,也暴露了当代诗歌批评以至研究的某种乏力和尴尬:一般
研究者自然不愿重复庸俗社会学的方式为政治诗歌赋值,但也找
不到更新、更有效的研究方法重新激活这个沉沉睡去的诗歌阶段。
在此背景下,颜炼军的《"远方"的祖国景观——论当代汉语诗歌中
的少数民族文化元素》在《江汉学术》的当代诗歌视域中便显得特
别有趣。作者以崭新视角探讨了十七年文学中少数民族景观的建
构及其政治文化功能。它既拓宽了对十七年诗歌的研究思路,也
丰富了人们对现代汉语诗歌与少数民族文化资源关系的认识。作
者认为"1949 年之后,不少重要汉语诗人,都曾不同程度地借助少
数民族文化以及地方文化元素来写作:一方面,文化和地域的差
异性隐喻,给汉语诗歌带来了新的美学活力;另一方面,这些诗歌
也满足了表达各种属于祖国的'异域'和'远方'的需要"[4]。这篇
文章刷新了以往对十七年边地诗歌的研究视域,在汉族与少数民

族、古典中国与新中国、诗歌与政治的多重缠绕中梳理了"远方""异域情调"和"爱情恋歌"的诗学和政治学:"似乎只有将其背景设在边疆或少数民族地区,这样的故事和场景才具有'真实'和'浪漫'的双重性质——正如在对革命史的重构中,敌与我、压迫阶级与被压迫阶级、英雄与落后分子等脸谱化的二元对立,才能衬托革命的正确性一样。在新生的'祖国'里,得有生动的情节来使宣扬社会主义新生活抽象的口号形象化、诗意化,少数民族地区的浪漫爱情故事显然可以胜任。""被政治化了的民间语体翻译出来的'多元'作品,很大程度上成了政治抒情诗或新生国家形象的另一种隐喻,有效地生产出一套关于祖国'远方'的诗歌常识。"[4]

颜炼军的文章令人想起王光明的《重新开始的尴尬——以卞之琳〈天安门四重奏〉为例》①和张桃洲的《"新民歌运动"的现代来源》[5],两文都有效激活了对一个过分政治化的研究对象的探讨可能。正如王光明先生所说:"客观地看,《天安门四重奏》的确不是一首好诗",问题在于此诗引申出的聚焦于"读不懂"上的话语博弈,"中国当代文学史,甚至整个的中国新文学史,该如何正视这样的'不懂',区分和辨析这样的'不懂'?"①这显然是当代文学史依然没有解决好的问题。1980年代以来的诗歌如果说留下什么遗产的话,那无疑是关于现代汉诗的本体论自觉。然而,因此得以确立的"现代诗学"和"现代诗教"也并非完全不值得反思,在对当代诗歌情境中"学院化"习性的反省中,姜涛指出"要在意识层面脱掉诗人紧巴巴的行业制服,从那些'正确'的诗歌知识、规则、谱系中解放出来,看一看自己的写作到底面对什么,需要触及什么,在环境的迫切、历史的纵深,以及腾挪变动的视野中,而不是凝定的行规中,思考写作的位置"[6]。这意味着,无论是写作还是研究,没有什么无需反思的对象。同样,在看似繁荣热闹的当代研究中,建构一个多元丰富的"当代视域",显然是《江汉学术》的内在追求。

二、关联"当代"的多个诗歌侧面

透过《江汉学术》所建构的诗学视域，不难辨认出当代诗歌场域的诸多关节性问题。这些问题包括：现代汉诗的声音、诗歌经典化、主体变迁、技艺更新、代际更迭、写作倾向的遮蔽与博弈、经典诗人个案等等。这些问题都是当代诗歌的真问题，围绕它们，诗歌的内与外、现象与个案、本土与异域、倾向与流变等不同向度都得到探究和讨论。

新诗声音的探讨早在新诗草创阶段就已经开始，闻一多、卞之琳、何其芳、林庚、王力等人都曾贡献创见。当代诗人同样不乏对诗歌声音敏感者，诗人西渡既创制了悠远绵长的诗韵，同时也是新诗声音研究的勠力而为者。张桃洲新著《声音的意味：20世纪新诗格律探索》[7]也是这方面的力作。应该说，新诗的声音研究是一个群贤毕至、硕果累累的领域。但是，李大珊和翟月琴在这方面的研究可谓别出心裁。在以往关于新诗格律的探讨中，研究者最孜孜以求的是为新诗的声音确定一个可资分析、借鉴并反复使用的模型，他们探究的其实是新诗声音的外在律动或节奏。值得注意的是，这些研究虽不无启发但事实上在自由体占主体的新诗中从未获得真正应用。有趣的是，李大珊《两种时间观念交织下的对望——探析陆忆敏诗歌中的语调特征》探究的则是诗人的时间观念、哲思趋向所形成的内在律动对诗歌语调的影响。换言之，作者探寻的是诗人灵魂的内在律动及节奏。作者探究陆忆敏诗歌"与众不同的声音"，那种"具有轻柔缓慢的质地，带给读者丝绸般柔软的触觉"的诗之源泉时指出，"由于诗人在诗作中采用了不断变换的历史观将同一空间内的混杂事物重新进行秩序确认，才让诗歌的语言质地和语调特征呈现出异质性"，"其丝滑质地来自主体时间观的变幻"。这里对诗人哲学观对其诗歌语调影响的辨析不无启发:"如果诗人站在自己开辟出来的园地内为主体进行高声呼喊的话,语调不会是丝滑轻缓的,这种语调形成的潜台词来自共生心理。"[8]翟月琴对陈东东诗歌音乐性的探讨同样并未诉诸某种带有范式性的概念尺度,而是以"禅意的轮回""意象的上升"等带着鲜明陈东东印记的诗歌特征进入对其写作中声音变迁的细读。譬如作者敏感地指出陈东东诗歌在进入 21 世纪以来,"复沓回环的痕迹逐渐消失,所遵循的是更自然的生理与情绪上之共鸣"[9]。作者无意通过陈东东建构一个普适性的新诗声音研究范式,却对研究对象有着探微发幽的体贴。

"第三代诗歌"是早已进入文学史叙事的诗歌概念,然而任何叙述的背后都存在着种种权力博弈。罗执廷的文章《选本运作与"第三代诗"的文学史建构》从"选本"的角度探讨第三代的自我建构及其经典化的关系。虽然某些地方的论述有语焉不详之嫌,比如在指出"由于这些选本及其代表的诗学倾向的影响甚至左右,后来的许多诗评文章和诗歌史叙述[如洪子诚《中国当代新诗史(修订版)》]形成一种相当普遍的突出与拔高'第三代诗'的倾向"[10]。在做出这番强判断时,文中并未有相应的佐证。然而,作者对第三代诗歌选本的列举之详以及文章的问题意识依然深具意义。特别是"与第三代诗同时的其他诗歌群体则大有被遮蔽之嫌"[11]的判断显然是真知灼见。有趣的是,研究者赵飞近年便一直致力于梳理与第三代诗歌同时期的另一种诗歌倾向——新古典主义。她的文章《论张枣"言志合一"的诗歌写作向度》便是对此一倾向的突出代表者张枣诗作的精彩细读。在她看来,张枣诗中"'言'作为名词的语言之意,与'志'为并列而非动宾关系""它关注诗的过程而超越最终表达,因为表达的目的将在表达的工夫中水到渠成"[12]。与第三代普遍的"反崇高""口语化"倾向不同,新古典主义倾向的张枣在"言志合一"中迎面相逢的是语言本体论。诗人西渡近年努力研究的也是二个在"第三代诗歌"叙事中难以归位的杰出诗人——骆一禾、海子。他将二位经常被作同质化处理的北大诗人进行比较研究,既深入地论述了骆一禾独特的诗学价值,同时也为海子研究别开生面。其研究既有紧扣命门关节的线索提炼,更有耐心、精湛、抽丝剥茧的细读功夫,以一个诗人批评家的内在经验令人信服地指出两位杰出诗人截然不同的思想倾向:"骆一禾的新生主题与海子的原始主义信仰的对立,骆一禾对于生命的信仰与海子的思维情结对立,骆一禾对不止拥有一个灵魂的信念与海子孤独主题的乖忤,骆一禾的光明颂与海子夜颂的大异其趣。"[12]骆一禾"从爱人的身上看见世界,或者说,他在爱人的身上爱着整个世界",而海子的爱则"和忧郁、病,甚至是和死亡联系在一起"[13]。以上研究的意义在于超越了日渐定型化的诗歌叙事,既辨析了1980年代强势诗歌倾向的内在建构,又显影了暂处弱势或模糊不清的诗歌倾向的精神面貌。

写作主体和语言本体同样是当代诗歌的重要话题。在时代话语气候和诗歌内在生态的转换中,诗人们既无法从上代诗人中继承一成不变的主体姿态,更无法在既往的语言装置中获得有效的表达。如此,主体的蜕变和技艺的更新便构成了当代诗歌内在的衍变。梁小静的《诗人的"主观个体"与萧开愚的"综合意识"》指出"萧开愚以'限度意识''中年写作'等诗学命题,纠正和丰富了支配着'朦胧诗'写作范式的'文化英雄主体''对抗式主体',突出了写作主体中的'成年形象',也促使诗歌中的视角和语气做出了相应的调整"[14]。这里借萧开愚探讨1980年代的诗歌主体如何在1990年代以后完成自我调适的话题。欧阳江河说,"1989年并非从头开始,但似乎比从头开始还要困难。一个主要的结果是,在我们已经写出和正在写的东西之间产生了一种深刻的中断","那种主要源于乌托邦式的家园、源于土地亲缘关系的收获仪式、具有典型的前工业时代人文特征、主要从原始天赋和怀乡病冲动中汲取主题的乡村知识分子写作,此后将难以为继"[15]。这种中断和失效,其内在其实正是主体策略的失效。与"主体"的更新相映成趣的是"本体"的更新,人们通常能够感受到不同时代语言的差异,但如何将这种差异理论化则是一个巨大的挑战。王凌云《比喻的进化:中国新诗的技艺线索》挑战了诗歌语言进化史的课题。描述整个的诗歌技艺显然并不现实,以"比喻"作为切口可收四两拨千斤之效。只是,"进化"用之于诗歌语言,不免令人狐疑,生物学的解释之于诗歌审美是否有效?比喻的内部是否有"进化"的等级性?王文以精湛的内行工夫打消了"质疑",使"比喻的进化"成为一个可以在比喻的意义上被接受的描述。王文事实上贯穿了现代汉诗的整个过程,因此便自然有对当代比喻的精彩点击。它回避了那种抽象出一个网罗一切的解释模式的共时性结构主义思维,而是通过卓越的辨析力遴选出多多、海子、欧阳江河、臧棣、哑石、蒋浩、王敖等诗人语言历程中的高光时刻来编织这条"进化"链。作者也警惕着"进化论"的后来优胜性,所以"多多诗歌中的比喻是有'魅力'的,而臧棣或欧阳江河诗中的比喻是有'效果'的。魅力神秘莫测,对具有它的诗作的每次阅读都会让人着迷;而效果则主要发生在初次阅读中,其后的每次阅读都会造成减损"[16]。这样的论述确是行家的独具只眼。

三、开放"当代"批评的活力

文学研究领域存在着一种不成文的等级规则,即文学理论高于文学史,文学史中古代高于现当代,而现代又高于当代,当代文学史研究又高于文学批评。这种成规对于追求"学术化"的学报来说尤其普遍。当代文学批评被普遍认为是缺乏学术性的工作。事实上,韦勒克的文学理论/文学史/文学批评三分法框架并无价值高低之分。应该说,优秀的文学批评和文学史、文学理论研究一样艰难。文学批评不仅要对具体作家作品进行创造性阐释,更要面对尚处于混沌的现场做出准确诊断,并以宏阔的理论眼光甄别出有价值的道路。这对批评家和学术刊物同样提出挑战,批评家是否愿意把批评激情投寄于尚不能被学术体制充分认可的领域;学术刊物是否敢于大力鼓励和扶持有立场有价值的文学批评,对文学现场发声,既以批评声音介入文学生产,也突破学术刊物的既定认知模型,这是衡量刊物开放还是压抑"当代"批评活力的重要标志。在此背景下便可以发现《江汉学术》通过超越学报体开放当代诗歌批评活力的持久努力。有一定研究经验者都知道,学报体不仅表现在烦琐的格式规范上,更体现为选题、篇幅、结构、行文风格的行业成规。它貌似生产着某种知识规范,其实却扼杀了无数光彩照人的个性可能性。

《江汉学术》对当代诗歌批评的扶持和倡导不仅体现在对个性化的诗人论的大力支持,更体现在对当代重要诗歌现象的及时反应和大胆针砭。长诗写作是近年诗坛的热点,《江汉学术》也以专题的方式回应并反思这股热潮。"内在于诗歌的民主、正义与同情,与知识分子追求的民主、正义与同情,有着本质的区别。后者,只应是前者的一部分。"在颜炼军看来,即使是西川、欧阳江河、柏桦、萧开愚等成熟诗人的长诗中,"后者常常因为比重过大,而成为诗意展开的一个重要干扰,导致了诗歌描写的对象不能锻炼为诗歌本身"。[17]李海英也直言当代长诗的问题:"首先是语言的美感变得极为艰难,其次是言说的诗意极为扭结,再次是经验的内化非常生硬,同时也没有接收到'负审美'或'恶之力'应该带来的震惊。"[18]观点可以争鸣,但基于专业分析的诤言却值得称道。

透过具体批评而观照整体性现象或症候是《江汉学术》当代诗歌批评的重要特点之一。比如米家路基于1980年代"中国大陆的文学、艺术、电影、政治书写经历了一场河流话语的大爆发"为背景,"考察在海子、骆一禾及昌耀的抒情诗中对于民族河流认识学上的建构"[19],文章体现了当代批评的宏阔视野。又如李海英对海男《忧伤的黑麋鹿》的批评就力图由个案透视当代诗写与评价的失衡,反思中国诗人在对西方诗歌的模仿过程中"脱离了最基本的地方性知识,无法承载原型的功能",失却"最本质的民族经验、文化经验、地方经验与生活经验"[20]的问题。彭吉蒂由食指和温洁的作品而力图触摸当代汉语诗歌中的精神疾病诗学,文章"通过不同的形式、隐喻和结构""为健康、疾病与身份等更广阔的语境提供个人与社会的洞见"[21]。白杰则以李亚伟诗歌为样本,在中国"莽汉主义"与美国"垮掉的一代"构成的比较视域中做出反思,指出莽汉们"从尖锐的学院教育批判急速转向空泛的历史文化巡游,鲜活的生命经验遭到抽离,之于社会现实的批判力度亦大大降低"[22]。批评一针见血却具有深厚的学理说服力。

《江汉学术》的当代诗歌批评也包含了大量当代重要诗人的个案研究。其批评的开放性当然并非表现在对诗人分量不再设限,而是将外在的经典化分量转化为诗学创造分量。因此,虽然被聚焦的当代诗人既有像牛汉、北岛、顾城、江河、多多、郑愁予、海子、骆一禾、西川等被充分经典化的诗人,有臧棣、萧开愚、陆忆敏、陈东东、西渡、朱朱等在行业内广受认可、实力突出的诗人,也有沈杰、青葽、水丢丢、梅花落、罗羽等看似并不具备全国名气的优秀诗人。《江汉学术》诗歌批评的开放性还体现在对篇幅和文体风格的不设限上。西渡坦言"我的有些文章确是在被其他刊物退稿之后转投学报,而在学报刊出后产生了反响的"[1]。其被退稿的原因很可能正源于篇幅,他的海子、骆一禾比较论系列文章动辄两三万字,确实很难被一般学报、学术刊物接受。

更重要的是,《江汉学术》兼容不同的批评范式和思想资源,支持多元化、个人化甚至异质化的批评风格的存在。因此从中既能窥见当代诗坛的内在暗涌潮汐,更能看见诗歌批评家们在批评路径上的独特探索,在"批评何为"上的百花齐放、争奇斗艳。这里我们既看到历史透视批评、随笔批评、命名阐释批评、比较式批评、文本细读批评,也看到了比较文学、历史学、心理学、语言学、社会学、民族学等多学科理论资源的介入。柯夏智将西川诗歌置于比较文学和世界文学史视野中考察,指出西川的写作"创建一个可以容纳地方小叙事(如未曾僵化成保守的'中国性'的中国文化传统)的双重必要性。经由'国际风格'建筑的现代主义走向在局部逻辑和普遍逻辑中从语言学和文化的角度审视现代主义,西川的创作既呼唤对既有文学史的再定义,又呼唤世界文学出现新景象"[23]。张伟栋的《当代诗中的"历史对位法"问题》便是历史学理论资源的移用,他以萧开愚、欧阳江河、张枣为例,指出当代诗中三种历史观:"分别是'历史救世''历史终结'以及'历史神学'的观念。"[24]岛由子的《论顾城的"自我"及其诗歌的语言》认为"对内心世界的探求使顾城对理性的自我和认识到的日常语言产生怀疑","但突破了界限的非理性不断侵袭他的理性世界","为了克服这种恐惧感,他要恢复原先跟大自然自由交欢的诗歌创作状态和心境"。[25]正是精神分析理论使作者完成了对诗人"自我"精神结构及语言关系的深入辨析。

陈大为的《江河"现代神话史诗"的英雄转化与叙事思维》便是精彩的历史透视批评的典型。他以江河为个案,在中外史诗理论和实践的历史透视中定位江河现代神话史诗的探索性和先锋性。重要的不仅仅在于对江河史诗实践的重评丰富了人们对当代新诗史地形图的认识,更在于作者纵深的诗学视野重构当代新诗文化坐标的努力。他破解了进化叙事下朦胧诗/第三代诗、史诗/抒情诗、文化诗/口语诗的多重对立,在更深广的视域中重识了从朦胧诗到第三代诗歌的代际转化:"(江河现代神话史诗)对第三代诗人的逆崇高、反英雄、平民化、史化的先锋文学风针,有很大的示范作用。它绝对是当代中国先锋诗歌的大先锋。"[26]陈培浩的论文《命运"故事"里的"江南共和国"——论朱朱的近期诗歌》主要以文本细读的方式处理朱朱的诗集《故事》,但作者指出朱朱语言还乡的写作观时说"朱朱不但共享着 1980 年代的文化创伤,事实上也共享着 1990 年代以来此种文化创伤的治疗方案"[27],这里显然也使用着历史透视的方法。

《江汉学术》的诗歌批评家,常常能辨析繁复的当代现象并为之命名。李海英便提炼并命名了罗羽写作中的"植物诗学":"'植物'既是诗歌内部必不可少的组成元素与诗人情感的图腾,也是一种对自我、对社会、对人类的表征与人类生存处境的转喻,同时他诗中的'植物'还是一种地方志的命写,是使写作更加有效的特殊的感受方式与感受力的显现。"[28]而海外作者米家路提出"水缘诗学"的概念以回应"1980 年代的十年间,中国大陆的文学、艺术、电影、政治书写经历了一场河流话语的大爆发"和"后毛泽东时代民族理想主义冲动的社会—文化想象"[19]就是历史透视能力和诗学命名能力的结合。

《江汉学术》的诗歌批评者中,张光昕无疑是风格独特的一位。他的批评将一系列后结构主义哲学、语言学资源跟随笔化、修辞化的批评风格熔于一炉。他的几乎每篇文章都铸造着对于诗歌的解释模式,都烙上了牢不可破的个人风格印记。他通过"肖像""游移""风湿病"三个自造的关键词观照西渡诗歌,诸如"阴郁、多愁的南方经验传染给西渡一种诗歌风湿病"[29]这种带着强烈修辞性、不确定性的描述在其他学报的规范视域中很难被接受。张光昕的批评写作显然不乏争议,他显然将批评也作为另一种创作来对待。所以,贴着文本阐释已经无法令他满足。他既阐释了作品,也创造了自身的论述模型和写作风格。虽然这便存在着写作主体压倒研究对象的危险。因此我们更不能不佩服《江汉学术》在倡导批评个性方面的勇敢和胸襟。

《江汉学术》"现当代诗学研究"专栏以"专栏·专题·专家"的

三专策略深入介入了对当代诗歌的学术诊断和主动建构中。我们既看到它对"当代"诗歌研究的失衡状态的勉力匡正，从其视域中窥见当代诗歌内部如"主体变迁""技艺更新""声音研究""倾向与经典"等诸多重要侧面，又能看到其对"学报体"的超越以扶持个性化诗歌批评的卓识和努力。《江汉学术》的贡献是双重的：一方面是对现代诗学研究的学术推进；另一方面则是对学报学术姿态和编辑策略的启示。专业和专注成就影响力，其双重的贡献都值得充分重视。

注释

① 王光明：《重新开始的尴尬——以卞之琳〈天安门四重奏〉为例》，《诗歌批评与细读学术研讨会论文集》，第135—136页，北京大学中国新诗研究所、首都师范大学诗歌研究中心主办。

参考文献

［1］赖彧煌,姜涛,西渡,钱文亮,唐晓渡.首届"教育部名栏·现当代诗学研究奖"颁奖仪式录音实录［J］.江汉学术,2013(1).

［2］洪子诚.当代文学的概念［M］.北京：北京大学出版社,2010：63.

［3］张桃洲,孙文波等.当代诗的概念：范围、内涵与阐释——有关《当代诗》杂志［M］//内外之间：新诗研究的问题与方法.北京：社会科学文献出版社,2012：123—126.

［4］颜炼军."远方"的祖国景观：论当代汉语诗歌中的少数民族文化元素［J］.江汉学术,2012(5).

［5］张桃洲."新民歌运动"的现代来源：一个关乎新诗命运的症结性难题［M］//现代汉语的诗性空间：新诗话语研究.北京：北京大学出版社,2005：59—68.

［6］姜涛.当代诗歌情境中的"学院化"习性［J］.江汉大学学报(人

文科学版),2010(6).

[7] 张桃洲.声音的意味:20世纪新诗格律探索[M].北京:人民文学出版社,2012.

[8] 李大珊.两种时间观念交织下的对望:探析陆忆敏诗歌中的语调特征[J].江汉学术,2013(1).

[9] 翟月琴.轮回与上升:陈东东诗歌的声音抒情传统[J].江汉大学学报(人文科学版),2012(3).

[10] 罗执廷.选本运作与"第三代诗"的文学史建构[J].江汉大学学报(人文科学版),2012(1).

[11] 赵飞.论张枣"言志合一"的诗歌写作向度[J].江汉大学学报(人文科学版),2011(6).

[12] 西渡.灵魂的构造:骆一禾、海子诗歌时间主题与死亡主题比较研究[J].江汉学术,2013(5).

[13] 西渡.心灵的纹理:骆一禾、海子诗歌情爱主题和孤独主题比较研究[J].江汉学术,2014(4).

[14] 梁小静.诗人的"主观个体"与萧开愚的"综合意识"[J].江汉学术,2014(1).

[15] 欧阳江河.站在虚构这边[M].北京:三联书店,2001:49—50.

[16] 王凌云.比喻的进化:中国新诗的技艺线索[J].江汉学术,2014(1).

[17] 颜炼军."大国写作"或向往大是大非:以四个文本为例谈当代汉语长诗的写作困境[J].江汉学术,2015(2).

[18] 李海英.白昼燃明灯,大河尽枯流:论当下作为"症候"的知名诗人长诗写作[J].江汉学术,2015(2).

[19] 米家路.河流抒情,史诗焦虑与1980年代水缘诗学[J].赵凡,译.江汉学术,2014(5).

[20] 李海英.影响无焦虑釜底且游鱼:以《忧伤的黑麋鹿》为例谈

当代诗写与评价的失衡[J].江汉学术,2015(5).

[21] 彭吉蒂.以自身施喻：当代汉语诗歌中的精神疾病诗学[J].时宵译.江承志校订.江汉学术,2017(2).

[22] 白杰."莽汉主义"诗歌："垮掉"阴影下的游走[J].江汉学术,2016(3).

[23] 柯夏智.注释出历史的缺失："国际风格"、现代主义与西川诗歌里的世界文学[J].江承志译.江汉学术,2014(5).

[24] 张伟栋.当代诗中的"历史对位法"问题：以萧开愚、欧阳江河和张枣的诗歌为例[J].江汉学术,2015(1).

[25] 岛由子.论顾城的"自我"及其诗歌的语言[J].江汉学术,2014(2).

[26] 陈大为.江河"现代神话史诗"的英雄转化与叙事思维[J].江汉学术,2014(2).

[27] 陈培浩.命运"故事"里的"江南共和国"：论朱朱的近期诗歌[J].江汉学术,2015(1).

[28] 李海英.论罗羽诗歌的"植物诗学"[J].江汉大学学报(人文科学版),2012(3).

[29] 张光昕.肖像·游移·风湿病：西渡诗歌论[J].江汉大学学报(人文科学版),2012(3).

——原载《江汉学术》2018年第6期：68—74

重构诗学与批评的乌托邦

——《江汉学术》教育部名栏"现当代诗学研究"的探索之路

李海英 邵莹莹

摘　要：教育部名栏"现当代诗学研究"栏目是《江汉学术》[2013 年前名为《江汉大学学报（人文科学版）》]2004 年起推出的特色栏目，该栏目十多年间秉承显豁问题、思索现象的求真理念，坚持平正的办刊姿态、策划诸多诗学专题，不仅打破了当下刊物论文拼盘式的模式，也更多面多维地考察了现当代诗歌艺术发展的历史背景、社会环境、文化思潮和个体因素，并以新的理念和文论观探讨着诗歌艺术的演化与沿革，逐渐形成一条有意义的研究路径。该栏目的办刊理念、姿态及组稿策略均为当下同类栏目提供了有益的借鉴。

关键词：教育部名栏；《江汉学术》；现当代诗学研究；办刊理念；栏目策划

一、诗学追求：理解文学和评价文学

不过这一次不出其外，意图依然不出所料地产生了意义。

他们坐在编辑室的凳子上，将不得不回忆起 15 年前幻梦萌生的那个时刻。坐在那里，15 年之后，既是编辑又是诗人身份的刘洁岷和张桃洲二人那时所萌生的幻梦成就了这个专门研究中国现当代诗歌的栏目——始初的《群峰之上："现当代诗学研究"专题论集》(2011)[1]，继而的《群岛之辨："现当代诗学研究"专题论集》(2014)[2]，近日的《群像之魅："现当代诗学研究"专题论集》(2018)[3]，命名中包含着理想与意图，也显示了随思考而扩展的诗学理念。如是，"群"包含着不止以下深义：

最初，可能是想借用 W.S.温默诗句"群峰之上正是夏天"(《又一个梦》)作为至高追求，"群峰之上"意味着要为诗人和研究者提供至高的诗学理论与批评样本，或者改变研究现状的野心，此时力邀的正是新诗研究领域的顶尖学者洪子诚、王光明、陈超、耿占春、唐晓渡、程光炜、张曙光、王家新、李怡、敬文东等，既有精湛的学术素养又有翔实的文献史料。

数年之后，他们的目标有所扩展，构思着如何打破当下显得比较统一的"大陆"和整体主义，建立一种类似于——但又不局限于，更内在，所以弃"辩"择"辨"——勒内·夏尔"群岛上的谈话"的开阔性，于是便有了"群岛之辨"。"群岛之辨"即意味着尊重甚至要促使当下诗歌写作和批评研究的多元性，让每个个体都能够作为独立存在的"岛"而发生，各有其个性和特色——言说的自由和公平，让批评不再是批评的终结——批评面前的众声一口，同时也将诸岛联结起来，大海中散布的个体岛屿遥相呼应：争辩、对话、自语或沉默，此间的每一个体均不再是存在状态中的孤立，而是成为存在之链中的节点。

而近来，尊重写作与研究个体的独立性，以及尊重共同场域的公共性，显得同等重要。这既是当下前沿理论家思考的核心问题，也是我们面前无可逃避的事实：在一个相同的语境下写作和思考，独立与个性理应保留，而关联和影响天然存在，较恰当的办法或许就是，让个体之魅保持自己的影像，既"在群"又"逸群"，刘洁岷的诗意说法是"……接受人像采集器的采集,他酒后坦承/我与他在天色阴沉时候互为父亲"。(《在杨市镇我作为刘氏杂货铺店主的一个时辰》)

可以说,"群峰"标识出了开端意图,"群岛"因汇聚而辨正幽明,"群像"因独立而各抒己见,正如韦勒克所言,无论在立场上多么大相径庭,大家都是致力于"理解文学和评价文学"[4]。

十多年里,栏目的每一期专题都力图厚实且平正。迄于今,"现当代诗学研究"已在《江汉学术》[2013年前名为《江汉大学学报(人文科学版)》]上推出六十多个诗学专题,以新诗为主体,研究新诗及新诗所涉要素:新诗理论、中外文学思潮、相关诗歌流派和团体、诗人重释、新诗进程中的诸种现象等。可以说,这些研究已形成了一个生动的现当代诗歌批评史,栏目本身也成了中国现当代诗学研究的重要平台。于是,有必要了解该栏目的办刊理念、姿态及策略,以期为当下同类栏目提供有益的借鉴。

二、栏目理念:求真是最庄严的 想象的一个活动

从曾经的《江汉大学学报:人文科学版》到现今的《江汉学术》所提供的专栏,"现当代诗学研究"这个平台,实际做出了对现当代诗歌研究最有力的支持。

基于当下大学与科研机构对学者的评定考核机制及诗歌自身的状态,目前新诗研究和批评面临着微妙境遇:一方面国内专门的新诗研究和批评的专业刊物极少,除了首都师范大学的《诗探索》和北京大学《新诗评论》两个官方机构主办的专业刊物以外,只剩下一些民间刊物专门开辟一定分量的诗歌研究栏目,这些刊物又几乎全是以书代刊的形式,不符合目前高校对个人业绩考核体

制的要求,使一些极有希望成为优秀诗歌批评家的年轻学者在投稿上不得不犹豫。虽然他们很想将专业文章发在专业刊物,但为了满足所任职部门的业绩要求,不得不将更"专业"的文章投给所谓的"核心期刊",这在一定程度上影响着诗歌研究与批评作为一个学科的成熟及权威性的确立[5]。另一方面与古典诗歌论述不同的是,现代诗歌尤其是当代诗歌研究与批评所涉及的对象大多属于正在写作中的诗人,一边呐喊时代精神匮乏,一边高举自信大旗。他们宣称评论和研究无助于诗歌本身的发展,他们宣称批评和理论无助于触动诗歌写作的实质性问题,他们宣称自身对读者态度的蔑视,他们也宣称自己的写作是最有意义的行为,并且坚信理想读者抵达现场为时不远。当写作者以拒绝的态势拒绝了外界的声音和诗学分析,表示出学习可能的缺乏与低下,也表明了反思和自知的迷失,表面上对自我的充分信任直接指向了内在自我的无知,同时这种表演姿态,在无意识之中掩饰被冷落的尴尬,否认异己的存在,这是一种诗歌暴力与独裁倾向的行为。由此,为了各自的利益,当前国内学界又盛行着一种风气,同人之间抛弃了技艺较量的传统,却着力于友情式的相互吹捧,比如当某文本横出江湖后,当文本被认为意义生发时或者有必要判定为有意义可以生发时,学者私下的交谈从不乏真知灼见,而我们视野里看到的书面文字则是镶着蕾丝花边的情话。那些漂亮朋友想忽略并忘记"有任何苦难在风的声音里,在每一片叶子的声音里"。(史蒂文斯《雪人》)[6]风气之下,很多刊物主编实事求是做法,约来"名家"文章,追求转载率,忽略文章本身的质量,助长"友情式评论"的横生与垃圾场的建立。在这个空间,象牙塔里,俯瞰垃圾场和广告牌正合适。此景由来已久,痼疾已深。

在这里,作为当代诗歌写作在场的诗人刘洁岷和张桃洲,提倡的是怀有"一颗冬天的心"来打量霜和覆盖着雪壳的松枝了,而且,要"冷下去"很长时间(史蒂文斯《雪人》)[6]。他们致力于"现当代诗学研究",策划诸多专题——深具难点,约请相关领域的学者持续讨论,呈现中国现当代诗歌进程中出现的各种问题——连续不间断,那些被藏匿的问题也不断地豁显出来:现代神话史诗问题;新诗的技艺、体式、语言问题;当代诗歌的实验主义背后的情结;各种诗潮及背后的动机、外来影响的问题;新诗本土化的问题等。至此,诸多诗学问题不断地被提出也被严肃地面对,推动现当代诗歌研究达到一种较深入更多面的状态。

那么,当下语境之下,该栏目做了什么。无他,生性爱好幻梦,还有些胆量,说了些真话,办了些实事。简单,仅此而已:一个异声汇聚的"诗学研究"栏目,一个喧嚣的辩论场和病菌的清除剂——坚持多年,执意办刊。如有刊物如它,幸甚至哉,放在一起比一比也挺好。"真正的批评"绝非毫无价值,恰恰相反,"因为批判意识的必然轨迹,就是在每一文本的解读、生产和传播中必然带来对于政治的、社会的和人性的价值与事物所得到的某种敏锐意识",并且还可能对社会、政治和道德判断——"进行揭示和去神秘化"[7],而豁显现象与叩问问题,乃是探究现象和问题背后的原因与动机,乃是对现当代诗歌进行诊断,乃是为当下诗歌写作提供了可靠的支撑和契机。

三、办刊姿态:奏出事物恰如其所是

在办刊理念之后,办刊者的姿态尤为重要。他们采取了"平正"的基本姿态,用"群"命名诗学论文集就是一个最明显的证明。姿态造就栏目特色,影响了"现当代诗学研究"的专题设计——一条有意义的学术路径。

2011年,栏目文章首次精粹编辑成《群峰之上》的诗学论文合集,按照专题的形式收录了研究文章三十余篇。2014年,《群岛之辨》作为诗学合集又将栏目文章再次精编收录,同样按专题的形式分类整理。2018 年,《群像之魅》诗学专题论集中的文章显得更加尖锐也更为前沿。可见,该刊的姿态,就是要打破当下刊物论文拼盘式的模式,将现当代诗学研究托举、保持在一个艰难的高度。

以下陈词,请止步绕道:新诗诞生百年来,从胡适等人初期的白话诗歌的尝试,到舶来品的自由体、翻译体,再到徐志摩和闻一多等人从内在节律与外在形式的探索,再到诗歌大众化运动,以及1949 年后的民歌体与新时期出现的朦胧诗、先锋诗等进程中,东学西借,艺术探索和修正进行艰难,但毫无疑问,新诗百年来其内容题材和体式形态达到了前所未有的丰富,并且充分展示了汉语在新语境下的艺术力量。

然而当下已有的几部中国新诗史,像朱光灿《中国现代诗歌史》、洪子诚与刘登翰的《中国当代新诗史》、程光炜《中国当代诗歌史》等专著,其写作的范式基本上是在社会背景考察下,推行的是诗人作品、思潮运动、流派社团等简介,比如,"新月派""现代派""九叶派""七月派""今天"等诗人即是以他们所归属的流派为划分,或以地域、性别、代际身份为标准进行归类为"白洋淀诗派""女性诗歌""归来者之歌"等。从我个人求学和教学的经历中,深感这样的诗歌史确实会提供一个清晰甚至比较全面的历史轮廓,但也会存在对所言之物大而化之的勾勒,很少有章节能够历史性地将当时的社会、政治、文学要求对创作的影响置于时代背景与文学传统的双重关系中考察,更难将诗歌本身的魅力和精神展现出来,而这一点应该是尤为重要的,文学史的阅读和学习带来的不是对诗歌本身的兴趣,也不是对诗歌背后之物的深刻理解和认识,这种缺陷值得警惕。

幸甚,"现当代诗学研究"十多年来持续以"专题"研究的方式进行,使新诗史进程中的诸多分支(比如"诗歌大众化运动""新诗格律化""古典与民歌的结合""现代神话史诗""当代诗歌的反学院情结""台湾诗歌""异域诗歌"等)得到了深层的开掘。诗学专题研究不仅是全面考察诗歌艺术发展的历史背景、社会环境、文化思潮和个体因素,更是以新的理念和文论观探讨诗歌艺术的演化与沿革。因它将文本放在自身承上启下的关系,及横向的联系中加以对比分析考察其来龙去脉、形式更迭及艺术魅力,所以这种研究与专门的诗歌史研究之间具有明显的区别,它打破了诗歌史系统研究中必须均分史料、均衡编排、面面俱到、难以纵深探究的局限。

并且,令人高兴的是,专题的分类折射出栏目主持的治学态度。当然为了达到研究效果的预设性,专题设计必然如此:在全面系统的宏观诗歌原野中将诸多起伏多样的地表穿透,并将其上横生交错的枝蔓理清——"奏出事物恰如其是"[6]。

四、组稿策略:所建即所想

转化萨义德的说法,理念或姿态不仅只是一种思想框架,一种意图和意识,也是一种工作,一种行动。当产生某一个理念的时候,我们会进一步思考实现理念将从哪里开始,一旦确定了起点,将意味着选定一条充满冒险却也充满机遇的道路,当然也并非设想出一个理想的模式然后加以证实,批评必须产生反抗性才可谓之批评,研究必须产生不确定性才可让研究继续深入。"现当代诗学研究"它坚守了本初理念与否,是否具备应有的姿态,自不必说。除此之外,其组稿策略也应提及。略举一二:

"新诗技艺、体式和语言",这一专题自然是针对新诗本体进行研究。百年来新诗的技艺、体式和语言都曾被不断地讨论,也使新诗存在的某些形式问题、语言问题、技艺问题一再被呈现。在呓语与自语症发作后,在诗人那儿多半是从发生学来思考,在批评家那儿多半是对某一已经完成的文本进行辨认、分析和归纳,并不一定会起到纠偏的效果。"现当代诗学研究"栏目组织的研讨方法极具针对性意味就不言自明：诗学系统与具体个案相结合，比如《群岛之辨》中共推出七篇文章。就撰稿人来讲既有名家学者如陈仲义与雷武玲——从整体上详赡分析中国新诗技艺的演化与沿革，也有学术新锐王凌云、颜炼军、濮波、李海英等——从具体的新诗技艺比如"比喻""咏物""并列""语言"等方面展开微观分析，甚至还有日本学者岛由子撰写的关于顾城诗歌语言问题的精妙分析。不同类型的研究者汇聚一起，隐隐构建出了一个更生动的"新诗技艺史"的轮廓。大枝干——雷武玲的《与新诗合法性有关：论新诗的技艺发明》一文讨论的是诗歌研究中的大问题"技艺"。通常我们会将诗歌技艺视为一种不涉及价值判断的客观工具，人人都可以用同样的诗歌技艺为自己的诗歌意识形态服务。但雷武铃在深入研究之后，提出"技艺的公共属性和技艺的独立属性并非这么绝对，并非没有其限度。新诗技艺重在结构与形式的发明与想象以及对内容的审查；但诗艺又不仅仅是一种工具，它更是个性与风格的体现，技艺不能完全脱离内容，好的技艺必然是在表达内容的压力之下的发现或发明，也是来自对生活与世界的认识"[8]。雷武铃的这种溯源式的本质研究，为认识新诗呈现的样态及新诗存在的诸种问题找到了一种更好的解析方式；陈仲义《现代诗索解：纵横轴列的诗语轨迹分析》[9]一文以西方结构主义语言学为参照，以结构主义语言学的轴列坐标为基点，分析现代诗歌中语词与诗语的运动轨迹，特别是横纵向轴列在交织、混合的协调中形成的合力，这种从"语词"与"诗语"入手，将历史文化、社会现实与语言、诗意在纵横轴列上关联起来，也是从诗歌研究中的大问题"诗歌语言"来探讨现代诗歌的基质和效果。王凌云的《比喻的进化：中国新诗的技艺线索》[10]是通过对不同时期中的代表诗人的作品的微观分析，讨论具体的"比喻技艺"在不同诗人那里获得的具体形态及其后的历史情境，从而倡导出一种新诗历史研究的新路径；颜炼军

《迎向诗意"空白"的世界——论现代汉语新诗咏物形态的创建》[11]一文,是在中西诗学比较的背景下看新诗的"咏物"问题,将新诗"咏物"的形态的创建、新诗"咏物"展开诗意的限度与现代中国人的主体建构联系起来,对现代汉语新诗写作中"咏物"进行现代性思考。日本学者岛由子《论顾城的"自我"及其诗歌的语言》[12]则是从诗人个体的"内在自我"入手,探究其诗歌语言特点的成因,将诗歌语言研究推广到人本身。

"现代诗潮与诗人重释"与"当代诗人与诗潮"两个研究栏目,则在更系统的脉络中将新诗百年来的重要现象进行了历史叙事与建构,以更具体形象的面孔组成一个可感可视的理解范畴:深刻反思"20世纪新诗大众化运动"重大诗歌运动,重新理解一些关键诗人,如郭沫若、李金发、废名、戴望舒、徐志摩等;同时,也推介当下写作力旺盛的诗人,如罗羽、陈东东、西渡、臧棣等。其中,华裔美籍学者米家路,从精神分析和现代性追求的悖论性中对郭沫若[13]、戴望舒[14—15]等现代诗人进行重释,在更真实的空间中将诗歌本身的艺术性展现出来,也将诗人的情感史、社会心态史及表述方式的历史明晰起来,让我们看到已被经典化的诗人的研究新路径。

此外,该刊引入别样的视角、改变讨论方式或重新设问,特别是针对当前诗歌创作与批评研究的种种乱象,比如诗歌创作中模仿西方、抄袭剽窃、活动颁奖、中国制造等行为,以现实功利性为参照将诗歌文体破坏活动合法化。在批评和理论界中虽不乏有识之士多次指出的这些问题,却既无力于解决诗歌创作的问题,也鲜能触及诗人实际的写作活动和智性思考,因为批评家通常会就现象谈现象,很少在分析弊端症结时将具体问题、具体诗人勇敢地指出来,于是诗人们会想当然地以为问题是别人的、与己无关。《江汉学术》的办刊者针对这种沉疴痼疾,组织年轻学者来挑战虚伪的创作幻象。它有一期栏目就是针对当代国内知名诗人在长诗写作中的问题（包括写作问题与评价问题）进行论析，两位年轻学者颜炼军与李海英从具体文本（柏桦《水绘仙侣》、欧阳江河《凤凰》、西川《万寿》与肖开愚《内地研究》）入手，论证当代长诗写作的困境以及评论界的不堪之处。[16—17]

从更严谨、更广阔的理念出发，《江汉学术》的"现当代诗学研究"针对新诗研究呈现的种种困境，最近几年更是推出了"异域诗歌"研究、"台湾与海外诗歌"研究、"翻译与比较的诗学"研究等专题。其中，郑慧如教授对台湾诗人"数字诗""当代诗的命名"，著名诗人洛夫、简政珍及内地读者较为陌生的诗人罗任玲的研究[18—19]；简政珍教授对"台湾当代诗的意象空间"的深入分析[20]，为内地诗界介绍了台湾地区诗歌的写作姿态及诗歌研究的理路；杨小滨教授则独辟蹊径，通过对拉康关于"揾学"及相关概念的阐释，探讨台湾诗人是如何建立新的诗学范式[21]，真是费心费力地动员国内学者抛开学术之外的顾虑而致力于现当代诗学研究的深度。"异域诗歌"研究，则力图展现域外的诗学关注的检验，比如，罗伯特·哈斯的"催眠艺术"[22]、伯恩斯坦的"回音诗学"[23]，此类专题既对当下诗歌写作进行一种深刻的回应，也为目前国内的诗歌批评建构诗歌研究学科化的意图提供了参照。

从文学与社会的关系上来看，诗歌中频繁出现的问题可能是社会问题的一种迹象，而社会问题最终也必然会成为人的问题，于是我们在某种程度上可以如是理解，诗歌问题是人的问题的一种反映：诗歌通过对当代生存经验的介入以实现揭示当下生命/生存境遇的功能。尽管人的问题与诗歌的问题并不等同，解决诗歌的问题并不一定就是解决了人的问题，然而，诗人和研究者都必须有强烈的问题意识，去叩问问题和思考现象，因为真实并不自然呈现。

如是，《江汉学术》的"现当代诗学研究"栏目，正在搭建的是一个不懈地追索"真实"的舞台，道阻且长。

参考文献

［１］江汉大学现当代诗学研究中心.群峰之上："现当代诗学研究"
专题论集［Ｍ］.武汉：长江文艺出版社,2011.

［２］江汉大学现当代诗学研究中心,《江汉学术》编辑部.群岛之
辨："现当代诗学研究"专题论集［Ｍ］.武汉：长江文艺出版
社,2014.

［３］江汉大学现当代诗学研究中心,《江汉学术》编辑部.群像之
魅："现当代诗学研究"专题论集［Ｍ］.武汉：长江文艺出版
社,2018.

［４］雷纳·韦勒克.近代文学批评史：第一卷［Ｍ］.杨自武译.上
海：上海译文出版社,2009：16.

［５］耿占春.当代诗歌批评：一种别样的写作［Ｊ］.文艺研究,
2013(4).

［６］史蒂文斯.弹奏蓝色吉他的人［Ｍ］.陈东飚译.南宁：广西人民
出版社,2015.

［７］萨义德.世界·文本·批评家［Ｍ］.李自修译.北京：三联书店
出版,2009：41.

［８］雷武铃.与新诗合法性有关：论新诗的技艺发明［Ｊ］.江汉学
术,2013(5).

［９］陈仲义.现代诗索解：纵横轴的诗语轨迹分析［Ｊ］.江汉学术,
2013(2).

［10］王凌云.比喻的进化：中国新诗的技艺线索［Ｊ］.江汉学术,
2014(1).

［11］颜炼军.迎向诗意"空白"的世界：论现代汉语新诗咏物形态
的创建［Ｊ］.江汉学术,2013(3).

［12］岛由子.论顾城的"自我"及其诗歌的语言［Ｊ］.江汉学术,
2014(2).

［13］米家路.张狂与造化的身体：自我模塑与中国现代性：郭沫

若诗歌《天狗》再解读[J].赵凡译.江汉学术,2016(1).

[14] 米家路.反镜像的自恋诗学:戴望舒诗歌中的记忆修辞与自我的精神分析[J].赵凡译.江汉学术,2017(4).

[15] 米家路.自我的裂变:戴望舒诗歌中的碎片现代性与追忆救赎[J].赵凡译.江汉学术,2017(3).

[16] 颜炼军."大国写作"或向往大是大非:以四个文本为例谈当代汉语长诗的写作困境[J].江汉学术,2015(2).

[17] 李海英.白昼燃明灯,大河尽枯流:论当下作为"症候"的知名诗人长诗写作[J].江汉学术,2015(2).

[18] 郑慧如.翻转的瞬间:简政珍诗的意象美学[J].江汉学术,2017(4).

[19] 郑慧如.论台湾现代诗中的"沉默":以罗任玲诗作的陈述表现为中心[J].江汉学术,2018(1).

[20] 简政珍.现实与比喻:台湾当代诗的意象空间[J].江汉学术,2017(5).

[21] 杨小滨.作为文滓的诗:陈黎的搵学写作[J].江汉学术,2018(1).

[22] 盛艳.生命之重的话语承载:论罗伯特·哈斯诗歌的"催眠"艺术[J].江汉学术,2016(5).

[23] 冯溢.论语言诗人查尔斯·伯恩斯坦的"回音诗学"[J].江汉学术,2018(4).

——原载《江汉学术》2019年第3期:63—67

祝贺、观感和期冀

陈　超

　　《江汉大学学报（人文科学版）》"现当代诗学研究"栏目创办已经七年，作为诗论从业者，我一直留心这个栏目。说实在话，起初我对它并没抱太大希望，一家普通院校的社科学报，有自己的想法就很好了，至于它在学术和时效助益上的实现程度已经不再是首要的。然而，随着时间的推移，我愈来愈感到它的分量。无论从选题的设置，还是不少论文的质量上看，我要说，这个栏目的重要性和贡献，早已超出了提升地方院校学报质量的意义，对中国现代诗学界来说，今天它已是不可忽视的三两家必读刊物之一。当此栏目创设七年的精选本《群峰之上——"现当代诗学研究"专题论集》付梓之际，我作为近三十年来从未中断过诗论写作"工龄"的老壮工，向它的组织实施者表达专业内部最朴实又是最郑重的祝贺。

　　借此机会，也略陈一下我对诗学研究——特别是当下诗歌批评——的观感与期冀。

　　在我看来，自 20 世纪 90 年代后期以来，诗歌理论批评进入了持续的"疲惫期"。与 1980 年代到 1990 年代中期相比，似乎诗学批评的"兴奋期"已经结束。除专业人士外，那些关心诗歌状况的普通读者已很少阅读严格意义上的批评文章，而铺天盖地的所谓"媒体评论""舆论化评论"乃至"恶搞评论"却迎来了自己的"蜜月期"，它们赢得了可观的读者群，并自诩已经成功地"取代"了专业的诗学批评而行使其功能。这是当下困扰诗歌批评的"生存处境"之一。

诗歌批评专业人才的大量流失，也是当下困扰诗学批评的"生存处境"之一。我不无怅惘地看到，近些年来诸多本来有能力的诗歌批评家朋友也丧失了对诗学本身的热情——有的专注于去作所谓"公共知识分子"，纵论普遍的社会道义、历史批判命题；有的回到"做学问"，其实是以"做材料"或"准文献综述"的方式，来显示自己诗歌研究的"学术化""学理化"；有的一门心思并不在研究诗歌文本，而是借作品操演自己刚习得的时新的"后某某"或"文化批评"框架；有的则在"边缘的边缘"的低回感受中，对诗歌现实长久地失语，去写一些泛文化思想遣兴式的随笔、小札；有的去做高俸画评、乐评、楼盘广告策划人……

以上种种态势或许自有价值。由于其自身性质决定了它们离诗歌创作及批评建构的现实都比较远，因此，尽管它们对诗学批评的大生存环境构成困扰，但在此我只想不无遗憾地略加指陈，而不予进一步论列。

我真正感兴趣的是另一种对诗学批评构成困扰的"生存处境"——它体现在某类在初衷上对诗歌创作的现实抱有浓厚的探询、言说兴趣的批评家身上。一般地说，他们有一定的"学力"和高学历，有较扎实的理论积累，较好的批评素养和表达能力；但是看他们的许多文章，却明显感到其僵滞于由学院传授的各种西方当代文论"范式"，使其批评要么偏离批评对象，要么对之进行"过度诠释"。读这样高度"专业化""行规化"的文字，我仿佛是在读文德勒、德·曼、米勒、巴尔特、海德格尔、布鲁姆、卡勒……诗学理论的东方"亚版"，甚至是"小人书版"。因此，这样"高射炮打蚊子"式的专业批评很可能也难以对诗歌现实产生实际有效的影响。

批评介入当下诗歌创作的活力和有效性，一直是新时期以来我国诗歌批评界的可贵传统，我想，我们不要让这条"金链"在此时段中断。毋庸讳言,其实我们都心仪于当代外国文论特别是其诗学,但我们应该知道,它们再好,也无法代替我们对当下中国诗歌创作及批评现实的思考。规行矩步于当代某一种西方文论的已成范式,的确使许多批评家论域独特、言说有"根",但是其讨巧的一面也是明显的。似乎我国诗学的标准已经被西方某几种诗学理论彻底厘定好,并被他们掌握,剩下的只是以此标准来"量裁"当下的诗歌创作。这样一来,既有的范式不但没有激活,反而遮蔽乃至"删除"了批评家对具体历史语境下的诗歌的思考。而且,具体到批评写作,还常常会造成批评家以自己批评文本中不同引文的关系递进,来代替——如果不说"冒充"的话——自己逻辑运思的真实推进。

批评文本介入当下写作语境的活力和有效性,应是批评家工作的前提。因此,我以为我们的批评文字从价值确认、诠释模式、运思向度,直到措辞特性上,应该经历一个较大的调整或转变。我们看到许多诗学理论批评,或是贴近文化阐释,或是固持于表面修辞形式的研究,或是专注于实验某一种"批评模式"的功效。这些批评文本各有佳境,但也有明显的缺陷——它们之间很少被真正有效地打通,至少未曾出现有说服力的先例。

当然,诗歌于社会、历史、文化大有关系,其本体形式也是诗之为诗的存在理由。但是,说到底,真正有力的诗学批评,探讨的应是综合性的事关具体历史语境下"写作"诸方面的问题。而要对"写作"这个综合性概念进行整体的考察,则必须树立"舞蹈与舞者不能分开",这个不简单二分的、求实准确的理念。缘此,批评家们围绕综合性的当下"写作"问题,应会感到以往批评中将本体与意义"分治"的做法,或依赖于某种单一的形式主义"范式"进行批评写作,是"不顺手"和"不够用"的。

我们或许应该尝试转入一种有活力的有效的难以归类的"综合批评"。它要求批评家保持对当下生存和语言的双重关注,使评论写作兼容具体历史语境的真实性和诗学问题的专业性,从而对语言、技艺、生存、生命、历史、文化,进行扭结一体的思考。这样,在批评家自觉而有力的文化批评、形式探究、修辞学批评的融合中,就不但具有介入当下创作的有效性,而且还能对即将来临的话语可能性给予"历史话语想象"的参与。自觉地将对话语的省察与对生存的省察交织在一起,是一个时代的诗学批评富于活力的标志。我相信,如果我们能完成这个转变,就会带来更为开阔而求实的批评视界,并可能将赢得比现在更多的诗歌批评文字的读者。

我所说的"综合批评",绝不是指批评家将各项维度打磨得温吞而"全面",而是对语言和生存双重关注的理论批评自觉。比如,拙著《中国先锋诗歌论》就在寻求或尝试着"综合批评"的可能性,诗论界有些同行认为"它为诗学'综合批评'即共时处理生存/话语问题,提供了具有可操作性的方法或参照"。我也看到,近年耿占春出版的专著《失去象征的世界》里,"综合批评"意识的展示,或称为"文化诗学"方法论的自觉。或许我们程度不同地在努力实践着一种以话语的历史生成为重心,并由此激活文化阐释的新的综合批评模式;并扬弃了以往诗歌文体学把文体局限在语言形式单一范围内的狭隘观点,而是把文体看成一个系统。这里的文体就是话语体式,文体作为话语,包含了各种复杂因素。文体首先体现为外在的物质化的以语言学为核心的文本体式,其中包括语言样式、吟述方式、隐喻和象征系统、功能模式以及风格特征种种。第二个层次则是通过文本体式折射出来的诗人的体验方式、思维方式与精神结构,它与诗人的个性心理紧密相连。第三个层次则又与诗人所在的时代社会历史文化语境相联系,体现的是支撑诗歌话语的纵深的文化场域。这样一来,诗歌研究就成为思想与语词共在的场所,从历史话语与文体学融会的角度的切入,或许就可以做到从形式到内容的层层剥笋式的整体研究,从而有效打通了内容与形式、内部研究与外部研究的界限。正如占春对我所言:"现在我不满足在封闭的诗歌语境中论诗。我想努力从一个诗人,扩展到更真切的历史语境。"而用一句大白话说,就是要有能力"拔起萝卜带出泥"。而不是单论萝卜、单谈泥。

我理想中的"综合批评",除了应有思想深度和对形式感的自觉外,还必须能做到紧贴诗歌创作的实际,不发空言。既要在学术上训练有素,又避免以生硬的某个既成"理论框架"去硬套文学现实。对诗歌作品的细读、论述,应能够做到直入腠理,令人(有一定诗歌教养的普通读者)会心。这样的批评话语,应不乏丰富的信息,但又是准确、求实的,要尽力避免牵意就词或"以其昏昏,使人昭昭"之处。这种学术品格和审美敏感的自觉培养,或许使我们有可能将某些真正有重要"意味"的诗学话题延伸、廓清、引向深入,并给人以启迪。让我们记住诗学批评的价值、职能和广大可能的阅读对象,在实践中进一步寻求"综合批评"的活力和有效性。

——绕了一圈儿,我其实是希望《江汉大学学报(人文科学版)》"现当代诗学研究"栏目,今后能更加自觉关心当下诗歌状况,并在诗论文体的有效性创新上体现自己的价值眼光,而不必过度重视什么表面的"学报体规范"。

——选自《序一:祝贺、观感和期冀》,《群峰之上:"现当代诗学研究"专题论集》,武汉:长江文艺出版社,2011 年版

热爱和责任

唐晓渡

　　如果八年前有人告诉我，要把一份普通高校的学报办成中国现当代诗学研究的重镇，我会在大表赞成的同时投以暧昧的一笑。大表赞成是因为愿望良好，没有理由不赞成；暧昧一笑则是因为操作的难度太大，甚至可以大到令愿望本身无足轻重——根据以往的见闻，别说是"重镇"，即便是想以诗学为"亮点"，把刊物办出点"特色"来，也是尝试者众而成就者寡，所谓"靡不有初，鲜克有终"。既然如此，似乎也就没有必要过分当真了。

　　然而，说《江汉大学学报（人文科学版）》是中国现当代诗学研究的重镇，却不是在表述一个良好的愿望，而是在指陈一个众口皆碑的事实。面对这样的事实，我唯一能做的就是由衷致敬。没有谁可以测量从愿望到事实之间的距离，因此八年在这里也不只是一个时间概念，它同时意味着独到的胆识、准确的定位、广阔的视野、精心的组织和坚持不懈的努力。更重要的是贯穿其间的"问题意识"，正是敏锐的问题意识使读者可以把四十多期近一百八十篇文章看成一个开放的整体，尽管水准还有参差，但足以据此多角度、多层次、多侧面地勾勒出一幅动态的中国新诗勘探图。据我所知，全国范围内另有一些大学学报也辟有不定期的现当代诗学专栏，但若说到系统、扎实、追求专业水准，则《江汉大学学报》绝对是一枝独秀。

诗歌(更遑论诗学)的"边缘化"近二十年来一直是大众传媒乐此不疲的话题,但从来就不是,或不应是真正的诗人和诗学工作者需要特别关注的问题。"边缘"相对于"中心",而所有的"中心"都是权力的代码,都或隐或显地体现着权力的意志,至少包含着来自权力的考虑。正如"中心"的合法性和存在依据来自权力一样,"边缘"的合法性和存在依据来自远离中心面对更为广阔的世界,并自成一个世界。如果说以此追溯《江汉大学学报》创办"现当代诗学"栏目的初始动机过于理性,那么,以此概括其成功所带来的启示则恰如其分。这里的"成功"当然包括它所获得的相关荣誉,但在我看来,更大的成功在于:基于热爱和责任而汇集、凝聚了更多的热爱和责任。

"现当代诗学研究"栏目七年来以全方位开展的态势,已经建立起自己的格局,呈现出自己的气象,因而,读者也有理由寄以更高的期望。多年来不断有人抱怨当代诗歌批评和诗学研究远远落后于当代诗歌创作的发展,尽管动机复杂,但未必不是实情,甚至可以说,这是现当代诗学研究的一个基本"问题情境"。没有什么捷径能一蹴而就地改变这一局面,唯有诉诸艰苦而坚韧的劳作。一批成熟的"诗人批评家(学者)"日见深切的介入很可能是最重要的"增长点";与此相应的是比较研究,由此或可大大提升两个相互关联的关键界面,即新诗自身传统的清理、整合,以及现当代诗歌,尤其是当代诗歌经典化的有效性。我注意到《江汉大学学报(人文科学版)》在这两方面所做出的特别努力和取得的实绩,而这七年来耀眼的实绩正是精选结集的《群峰之上:"现当代诗学研究"专题论集》。

——选自《序二:热爱和责任》,《群峰之上:"现当代诗学研究"专题论集》,武汉:长江文艺出版社,2011年版

引导当代新诗潮流，
培育民族现代诗学

王泽龙

在新诗坛一片寂寞的园地里，《江汉大学学报（人文科学版）》"现当代诗学研究"专栏悄然盛开，以七年近四十个诗学专题，用诗心文骨作为养料，苦心培育民族现代诗学硕果，在学术界独树一帜，成绩卓越，现又将论文分专题版块精选结集为《群峰之上："现当代诗学研究"专题论集》，真是可喜可贺！

当我们所共同呵护的现代诗歌面临困境之时，更需要我们心境澄明，思虑广远，为中国现代诗歌的振兴提供有效的理论动力与思想资源。我以为当下诗歌面临的困扰之一，来源于社会上下的厚古薄今思潮。许多人不大看新诗，谈起新诗来却不屑一顾，或者以古代诗歌蔑视现代诗歌。我们应该看到，中国现代诗歌是从传统中生长蜕变的，它从来没有抛弃传统，切断血脉，昔日的辉煌可以回眸张望，但是我们已经不能回到传统，我们必须创造今天，走向明天。现代诗歌的语言载体与表意系统是与现代人的生成状态、思想观念与思维方式互为共存的，远传统已经被改造、被融化为新的传统。我们的现代诗歌只有在面向未来中，更有效地借鉴传统转化传统，才有无愧于古人、无愧于后人的贡献。一味地固守传统，就不会有新的创造。何况，在当下文化语境中，诗歌的抒写、传播、消费方式有了很大的不同，我们对诗歌的观念应该逐步转变。否则,我们就会越来越远离诗歌。

当下诗歌的困扰之二,是诗人自身精神的懈怠。我们要敬重诗歌,敬重诗歌,不是要诗歌都去担当启蒙天下的责任,但是诗歌应该追求精神的高度,我们的诗人要多用心感应历史与时代的精神脉搏,体验人类心灵深处的苦乐忧伤。我们也需要个人情绪的抒写,也不反对世俗生活欲望的宣泄,这些太多、太满、太随意的抒写,降低了诗歌的精神与品格。今天更需要有大的情怀、大的境界、大的智慧来提升我们诗歌。这些不容易做到,但是,我们起码要有对诗歌的敬畏之心。

当下诗歌的困扰之三,就是现代诗歌没有了规范与固定形式之后,我们如何表达诗歌。现代诗歌没有了传统诗歌的格律规范,并不是不要规范,这个规范与传统诗歌比较,可谓无形之形,它再不是简单地见之于外的固定格式,作用于听觉的规定韵律;它应该是作用于意、形成于整体的内在之形,是作用于心官的感受与濡染的心中乐感。在白话语体与自由的诗体中,我们把诗歌的现代节奏看作是诗歌"血脉的流动"(徐志摩语)。现代节奏是包含了白话口语节奏、内在情绪节奏、书面语言的音节节奏、现代汉语的韵律节奏、诗歌外在的句法、章法节奏的多元节奏形式。现代节奏是提升现代诗歌内在表现力,凝练诗意的有效手段。

经过了近百年历史嬗变的中国新诗,又面临着大众现代传媒时代的新挑战,我们的新诗理论与新诗批评,应该担当起引领新诗潮流的一份责任,为中国新诗的发展提供有意义的诗学理论指导。这也是我们对《江汉大学学报(人文科学版)》"现当代诗学研究"栏目及其作者的一份殷切厚望,而这部呈现在我们面前的在中国现当代诗学研究领域有着标志性意义的集成之著《群峰之上:"现当代诗学研究"专题论集》正是对我们厚望的坚实回馈。

——选自《跋:引导当代新诗潮流,培育民族现代诗学》,《群峰之上:"现当代诗学研究"专题论集》,武汉:长江文艺出版社,2011 年版

打造学术名栏,寻求质的突破

——《江汉学术》"现当代诗学研究"栏目创设回顾

刘洁岷

《江汉学术》"现当代诗学研究"专栏创设于 2004 年,开栏后推出至 2024 年为 20 周年。《江汉学术》[原《江汉大学学报(人文科学版)》]依托江汉大学现当代诗学研究中心,创设"现当代诗学研究"特色栏目后每期刊发诗学论文从未间断。专栏主要以选题为单元,每期集中研究一个诗学课题,已刊发专题专辑六十多个,共发表来自英、美、德、斯洛伐克、日、韩、新加坡、中国大陆和台港澳等国家和地区的专家学者的论文三百六十多篇。江汉大学于 2011 年与教育部社科司签约名栏建设工程项目,经过 5 年耕耘后于该诗学专栏于 2016 年获得教育部名栏建设优秀奖。

一、栏 目 宗 旨

"现当代诗学研究"特色栏目旨在对 20 世纪以来汉语新诗理论、思潮、流派、现象和新诗文本进行诗学意义上的专题研究,栏目长年不间断地集成当下具有创造力和深邃视野的诗界学人研究成果,呈现多层、多维、多元的诗歌观念和艺术方法的学理演化,以全力实质性推动中国新诗诗学的深入研究和立志描绘我国的新诗文化发展图景。

相较于相当成熟的中国古典诗学，新诗诗学理论是芜杂和整体无序的，这既为人们评价、分析和研究新诗提出了难题，也为我们的学术探讨提供了选题的机遇。从更深的层面上来说，相关问题的探讨关涉新诗乃至新文学在当代社会的位置、新诗作为一种文体的"合法性"。一直以来，我们注意到学术期刊界对新诗诗学的研究缺乏有规划的、长远的专题探讨，该领域研究的不成熟与难度构成了其研究场域的宽度与深度，且具有持续学术研究的价值，而《江汉学术》编辑部、江汉大学现当代诗学研究中心在多年从事新诗诗学研究的同时，与国内、海外的百余名最具实力的诗歌理论家、批评家、学者以及著名诗人有着长年的学术和诗艺交流互动关系，具有对该研究领域前沿动态的高度把握能力与拥有核心作者群的优势。

二、历史沿革

该栏目自创设起，除不定期刊发有价值的新诗诗学单篇论文外，主要以选题为单元，每期集中研究一个诗学课题，这些课题有些是新诗历史上多次出现的老问题，有的具有很强的现实针对性。课题的选择是规划性与即时性并重，与该领域的整体研究状态形成互动与引领的关系。

栏目设置之前，除了向国内一百多位该领域专家问卷调查外，我们还专程前往北京、上海、广东、四川、江苏等地进行广泛的调研摸底，多次联系出版界、诗学研究界的专家学人，或登门拜访，或组织小型座谈活动，就该栏目的相关核心问题进行咨询、论证，作出了详尽的可行性分析报告。在学校校长主持、分管校领导出席的校长办公会会议中,专题讨论了"现当代诗学研究"栏目的现状、发展目标与强化栏目建设的措施,以及新增人员、资金与规划的配套落实。之后,特别是江汉大学与教育部社科司签约,栏目纳入教育部名栏建设序列后,在年度编委会上,诗学栏目的名栏建设情况更是重点议题,相应的资金与人员配备越来越得到加强。在大的选题下,涉及一系列的整体规划、微观把握、操作原则,该栏目的主持编辑团队靠的不仅是拍脑门的点子,而是靠持续的专业策划力与严格到位的执行力。

三、办 栏 经 验

"现当代诗学研究"栏目既不是依托地方、地域性的人文资源、传统特色——"人无我有",也不可能拥有现存的在全国意义上的科研强项——"人有我优",当然更不可能是两者兼而有之。我们选取的是一个看似传统、每刊都可涉入的彼时被相对冷落的"萧条"领域,但其持久的学术生命力和巨大的学术前景仍具有高层次的学术性与品牌、精品意识,加上我们多年的努力,在该研究领域已形成具有广泛的号召力与公信力——"人有我全、人优我精"。

(一)专题性的组稿策略

专题性、单元性研究的专辑组稿难度大、获得稿件时间周期长,但我们绝大部分专辑采取了这种专题性论文的集束推出,而且这种专题选题的选择是对该研究领域进行了纵横两个向度的考量与探究后有规划地确定的。

(二)宽进严出的择稿原则

广泛、多渠道邀约新诗诗学稿件,同时,坚持严格执行"低平台高门槛"的原则不动摇，注重问题意识与第一手的择材释材，讲究论文文体之美，选稿眼光和尺度经得起业界苛刻的检验，使选题和论文的学术含金量高。

（三）顶尖作者的扎堆效应

在该栏目刊发过论文的作者，几乎囊括了所有该专业领域最有能力和最具声望的学者，同时，致力于挖掘推出有才华与爆发力的新锐学人，致力于挖掘推出受过专业学术训练的著名诗人的诗学论文。栏目从未被业内有话语权与影响力的杂音左右，已形成较高美誉度与品牌效应。

（四）栏目主持人的号召力

栏目除由编辑部相关资深编辑任责编与主持外，还外聘了专家主持人张桃洲教授以及专题特约主持人臧棣、钱文亮、王家新、荣光启、林克、林喜杰等，他们在诗学界地位颇高、人脉广泛，对整体研究的现状把握到位，明察学术前沿动态，对平庸稿件回避与谢绝，对新锐作者的发掘敏锐而有效。

（五）转载期刊机构的认可

栏目主持人、编辑已经与《新华文摘》《中国社会科学文摘》《高校文科学术文摘》《人大复印报刊资料》《北京大学学报》《中国教育报》《社会科学报》等权威转载期刊的主要负责人和责编建立了一定程度上的互动关系。与相关的学术评价机构也逐渐建立了学术交流的关系，并取得其尊重和认可。

（六）主办单位的一贯支持

江汉大学历任党委书记和校长都非常支持刊物的发展，无论是在日常工作，还是编委会议程上，都积极为刊物的建设和发展出思路、作指示,学校始终在诗学栏目和江汉大学现当代诗学中心的建设上给予人力、财力、物力上的支持。

四、社 会 反 响

(一) 栏目的学术影响与评价

1. 国内外学术会议与权威报告的评介

"'20世纪中国:妇女,现代性与机遇'国际学术研讨会"(悉尼)、"新诗100年国际学术研讨会"(北京)和《中国诗歌研究动态》《高等学校文科学术文摘》《中国诗歌年选》《诗选刊》《读书》《扬子江诗刊》《中国新诗年鉴》等书刊都对本栏内容及时进行了大力推荐和评介。在中国社会科学院重大课题项目《中国文情报告》(社会科学文献出版社)系列中,连续多年以较大篇幅对"现当代诗学研究"栏目的系列文章进行了介绍和评述,该栏目选题策划和有关论文内容均被认为"对学术研究的拓展具有深远的意义"。

2. 突破性选题的栏目策划及影响

(1)"关于'中生代'诗人研究""关于学院派诗歌"研究专题

2005年第5期"现当代诗学研究"栏目经过精心策划,并尝试学理化命名的"关于'中生代'诗人研究"专题,其编者按及论文引起诗歌理论和创作界的广泛关注,诗歌理论家、批评家吴思敬等在《文学评论》《诗刊》《诗探索》《文艺争鸣》《西南大学学报》等刊物发表对此命名的针对性论文。此后,2007年3月,"两岸中生代诗学高层论坛暨简政珍作品研讨会"在珠海召开,至2023年9月,该论坛已经持续举办到第十一届。2009年作家出版社出版《两岸四地中生代诗选》。2008年开始《诗探索》连续开辟"中生代诗人研究"专栏至今。凡此种种现象表明,此命名已经被诗歌理论界纳入实体性研究范畴,在向其学术的纵深开掘。另外,由该栏目首创命名的"学院派诗歌研究"专辑已出两期,反响较大,被《新华文摘》《人大报刊复印资料》转载多篇。

(2)"关于当代长诗""关于当代诗歌的研读与反思"研究专题辑

2013年10月在江汉学术编辑部策划组织的首届两岸诗学峰会上确立的对当代长(组)诗的研究选题,历时一年多,于2015年第2期、2015年第5期以专题专辑的形式刊出,目前已经获得诗学界诗歌界的赞誉,如著名诗人和批评家钟鸣、宋琳、赵野、朱朱、蓝蓝、子张等已经以各种方式对该辑论文的水准和价值表达了高度认同。专题论文已被《新华文摘》《中国社会科学文摘》《高等学校文科学术文摘》《人大报刊复印资料》等转载(摘),其中,颜炼军博士的论文《"大国写作"或向往大是大非——以四个文本为例谈当代汉语长诗的写作困境》被五家刊物转载(摘),打破诗学栏目优秀论文单篇被转载次数的记录。

(二)开栏以来二次文摘情况

该栏目论文在《新华文摘》《中国社会科学文摘》《高等学校文科学术文摘》《人大复印报刊资料》《北京大学学报·学报概览》《中国教育报·学刊萃华》《社会科学报·学术看台》等报刊转载114篇次。其中,被《新华文摘》转载十几篇,被三家以上权威刊物同时转载的论文有多篇。

(三)知名专家与学者的评价

河北师范大学博士生导师、北京大学新诗研究所特聘研究员陈超教授评价:"这个栏目的重要性和贡献,早已超出了提升普通院校学报质量的意义,对中国现代诗学界来说,今天它所在的刊物已经是不可忽视的三两家必读刊物之一。"中坤文化艺术研究院院长、海南大学特聘教授、中国诗歌协会理事唐晓渡教授评价："说《江汉学术》是中国现当代诗学研究的重镇，却不是在表述一个良好的愿望，而是在指陈一个众口皆碑的事实。"

四川大学教授李怡、北京师范大学教授陈太胜、暨南大学教授贺仲明、首都师范大学教授王光明、首都师范大学教授张桃洲、华中师范大学教授王泽龙、中国当代文学研究会常务理事周晓风教授、中央民族大学教授敬文东、南开大学教授罗振亚、北京大学诗歌研究院研究员臧棣、武汉大学教授荣光启、中山大学教授陈希、云南大学教授段从学、福建师范大学教授陈培浩、厦门大学教授刘奎、上海大学教授钱文亮、黑龙江大学教授张曙光、中国社会科学院研究员周瓒、中国人民大学教授张洁宇等纷纷撰文对本期刊所在诗学栏目予以高度赞誉，被认为是"引领新诗潮流，为我国民族诗学发展提供富有重大指导意义"的诗学重镇。

（四）栏目在期刊界的影响

1. 载入《共和国期刊60年》史册

"现当代诗学研究"栏目的业绩情况被载入1949年至2009年新中国期刊发展为主题的大型"传记"图书——《共和国期刊60年》，该书由中国大百科全书出版社出版。它以独特的图文书形式书写新中国期刊历史，以期刊发展史折射共和国的社会变迁和文化发展，对推动中国期刊历史研究有重要的资料价值，对认识期刊与国运、社会及文化发展的息息相关性有实证意义。该书对推动中国期刊历史研究有重要的文献价值。

2. 学术期刊文学研究类领域排名靠前

据中国知网2010年的统计数据，该栏目所在学报在学术期刊文学类的影响力近年排名为第21位，这是包含了两千余种社科类学术期刊的统计结果。这种非常靠前的研究领域排名，无疑也与该诗学栏目密切相关。

（五）栏目论文精粹的结集与全国研讨会

1. 专栏论文专题精粹结集出版

栏目论文精粹的结集为《群峰之上：“现当代诗学研究”专题论集》(2011)、《群岛之辨：“现当代诗学研究”专题论集》(2014)《群像之魅：“现当代诗学研究”专题论集》(2018)、《群翼之云：“现当代诗学研究”专题论集》(2022)。选本与选本之间具有衔接与延续性，四部专题论集在手，可以较为充分地掌握诗学栏目创办以来的核心成果，另外，也有传播形式和传播渠道的变化带来的加深延长科研成果传播时效的功用。另外，诗学专栏创设20周年专题论集《21世纪现当代诗学鉴藏》近期由东方出版中心出版。

该书系获得陈超、唐晓渡、王泽龙等众多专家的联袂推荐，专家们在该书系的研讨会上认为，该书系是新时期三四十年来中国新诗诗学研究的标志性成果。“‘20世纪中国：妇女，现代性与机遇’国际学术研讨会”（悉尼）、“新诗100年国际学术研讨会”（北京）和《中国诗歌研究动态》《文学评论》《诗探索》《中国诗歌年选》《诗刊》《诗选刊》《扬子江诗刊》《读书》《中国新诗年鉴》以及中新社、《光明日报》《京华时报》《北京日报》中国新闻网、人民网、新华网、中国台湾网、中国日报中文网、凤凰资讯、中国社会科学网、中国高校社科网等报刊，都对诗学专辑的论文进行了实体性的研讨以及报道。

（六）首创颁发“教育部名栏·现当代诗学研究奖”奖项

2012年10月，作为教育部哲学社会科学名栏建设的专项工程之一，由江汉大学现当代诗学研究中心主办的首届“教育部名栏·现当代诗学研究奖”颁奖仪式在北京举行。

来自北京大学、北京师范大学、中国人民大学、中央民族大学、北京外国语大学、首都师范大学、福建师范大学、上海师范大学、四川师范大学、中国艺术研究院、作家出版社、中国计划出版社、诗刊社、北京文学杂志社、北京海淀区教科所的专家、学者和诗人以及主办方负责人和工作人员参加了仪式。颁奖嘉宾臧棣、朱现平、邵红、潘国琪、洪子诚分别将奖杯、证书和奖金颁发给了赖彧煌、姜涛、西渡、钱文亮、唐晓渡5位首届"教育部名栏·现当代诗学研究奖"得主。

北京大学中文系洪子诚教授在颁奖仪式上感言:"诗歌理论批评是一个独立于诗人的行当,理应获得自己的荣耀。设立一项诗歌批评大奖是我多年的一个心愿,很高兴今天圆了我的这个梦!"教育部社科司特聘专家、第二届全国高校文科学报研究会会长潘国琪教授感言:"《江汉大学学报:人文科学版》(现《江汉学术》)'现当代诗学研究'栏目创设以来以数百篇优质论文和数十个诗学专题将现当代诗学研究提升到了一个新的学术高度。此次颁奖会非常成功,是名栏建设首创之举,值得向其他正在建设中的教育部名栏推广。"

作为第二批教育部哲学社会科学名栏建设的专项工程之一,首创颁发首届"教育部名栏·现当代诗学研究奖",除了上述2012年颁发的首届外,还在2015年、2018年、2023年另外颁发了三届,四届诗学奖颁发给了海内外17位为诗学栏目建设作出实质性长期学术贡献的海内外优秀学人(大奖得主为赖彧煌、姜涛、西渡、钱文亮、唐晓渡、颜炼军、李海英、张桃洲、郑慧如、米家路、杨小滨、盛艳、周瓒、张洁宇、段从学、李心释、陈培浩)。

(七) 主办、承办多届高质量的现当代诗学研讨会

《江汉学术》编辑部和江汉大学现当代诗学研究中心主办、承办过多届高质量的现当代诗学研讨会。如2013年9月"橘颂·首届两岸现当代诗学研讨峰会"在荆州市举办;2014年11月特聘洛夫先生为荣誉驻校诗人仪式暨洛夫诗歌品读会在江汉大学举行;

2016 年 8 月"年度现当代诗学研究论坛"在北京举行；2017 年 6 月"新诗的代际、流派与群体"主题研讨会在潜江举行；2018 年 9 月《群像之魅："现当代诗学研究"专题论集》研讨会在北京大学举行；2019 年 6 月《21 世纪两岸诗歌鉴藏》首发式、"穿过平原的河流：诗歌与地理"诗学研讨会在湖北潜江举行；2023 年 8 月"21 世纪现当代诗学的探索进路"主题论坛在上海大学举行。

（八）名栏纳入中国高校系列专业期刊网刊，名栏辐射功能增强

目前，名刊联合体与中国知网（CNKI）合作的网刊势头很好，其刊载论文的下载率、引用率等数据较以往有了显著提高，其平台的学术影响力越来越大。经过本刊的努力和名刊专家组比较论证，《江汉学术》2015 年第 1 期起，诗学名栏论文已经纳入相应的网刊，即每期以栏目的形式加入对口的网刊，"现当代诗学研究"纳入中国高校系列专业期刊《文学学报》。分配给本刊每期可以纳入中国高校系列专业期刊的指标为 4 篇，如本诗学栏目提供的论文不足 4 篇，则可提供其他论文，不限制研究领域——目前《江汉学术》刊发的优秀论文除《文学学报》外，还被《经济学报》《法学学报》《社会学报》《马克思主义学报》收录。这样，由名栏影响力构成的对刊物其他栏目的辐射带动力得到增强。

（九）所获荣誉称号与奖项

2006 年该栏目被评为"全国社科学报优秀栏目"。2008 年因该栏目的"研究特色和独到的研究领域是使用者的关注点"，所在期刊《江汉大学学报（人文科学版）》被《中国人文社会科学核心期刊要览》（2008 版）评为"中国社会科学院专家推荐期刊"。2010 年和 2014 年均被全国高等学校文科学报研究会评为"全国高校文科学报特色栏目"。2010 年该栏目被全国地方高校文科学报研究会

授予"全国地方高校学报名栏"称号。2011年该栏目入选"教育部高校哲学社会科学学报名栏建设"工程。

栏目所在的《江汉学术》为"全国人文社科学报核心期刊""RCCSE中国核心期刊""全国高校百强社科学报""人大《复印报刊资料》重要转载期刊""中国社会科学院专家推荐期刊""美国《乌利希国际期刊指南》收录期刊"。

栏目建设是一项全方位的系统工程,"现当代诗学研究"是一个有待深入和完善的覆盖海内外的广阔的研究领域。在教育部社会科学司的组织领导下,我们将密切关注学界动态,深入把握学术焦点,加大栏目所在学报平台拓展与内质转型的改革,不断调整办刊与办栏思路,力争充分发挥自身的特点和优势,保持目前《江汉学术》"现当代诗学研究"栏目的学术地位,保证栏目的稳定性和连续性,在主办单位和业界专家、社会的支持下加大对栏目的有效投入,不断探索,寻找突破,做精做深栏目,加强、完善如江汉大学现当代诗学中心等旨在葆有诗学栏目学术生命力与影响力的多种园地、杠杆。我们有志于在此诸多方面竭尽绵薄之力,不辱使命地完成教育部主持的哲学社会科学学报品牌建设,与学界同仁携手继续打造、守护汉语新诗的诗学重镇。

诗学研究的"历史"问题与经典重探

——2017—2022 年中国新诗研究综述

张凯成

摘　要： 2017—2022 年的中国新诗研究总体上讨论了以下四种诗学问题：其一，在探讨作为概念的"新诗研究"时，学者们将其放置在历史化的境遇之中进行观看，呈现出其中所蕴含的历史空间，唤醒内在的活力；其二，近年来写作的新诗史既包含传统意义上新诗发生与发展的时间脉络，又包括由文化、政治等因素构筑而成的社会空间，总体上形成一种"生产性"的时空结构体；其三，新诗研究表现出对既定结论进行质疑与反驳，这并非研究者对新诗史的有意疏离，而是在与之保持自觉对话关系的基础上，以敏锐的意识重新考量本质化、对象化的诗学观念，从而跳出固有的笼子；其四，研究者从自身的理论体系与诗学观念出发，重新探讨了百年新诗发展历程中的经典诗人、诗集与诗作，发掘出颇具研究价值的新问题。①

关键词： 中国新诗；新诗研究；历史化；新诗史；新诗经典

新诗研究虽已形成一些可供参照的研究观念与诗学问题，但由于特定历史语境的限制与研究意识的掣肘，大多数研究尚不具备稳定的结构体系，其内部通常包含许多驳杂的、矛盾的因素，乃至重构的力量。比如学界在探讨"新诗研究"这一概念时，不断尝试着使其进入历史化研究的轨道之中,展示出较强的理论建构意识,而建构本身即带有重新探究已有问题的可能。近年来的新诗史写作则表现出对既有结论的反驳,历史在此显然并非固定的名词,而是处于不断的运动之中,具有可供探察的多重空间。面对如此多元的研究对象,研究者通过与前人之间的对话,形成对已有问题的"再解读",其中隐藏着的诸种争论也经由"再解读"得到重新审视。与此同时,学界虽然对一些经典诗人、诗集、诗作有许多解析类的书籍或文章,但我们不能一味地将其视作理论权威,经典需要在细读基础上不断重释。

总体而言,2017—2022 年的中国新诗研究一方面表现出对既有新诗理论与研究观念的重新审思,从中建立起新的诗学观与历史观;另一方面则通过重新探讨已经确立的新诗经典,注意到研究观念的基本限度与经典重释的合理性问题。尤其就 2020—2022 年来说,新冠疫情带来更加复杂的社会背景,不断变幻的时代语境正为新诗研究提供着特殊的、多样的思考空间。

一、作为概念的"新诗研究"

在以往的新诗研究中,学者们更多地从方法层面探讨研究对象,而对"新诗研究"本身并未给予充分重视。尤其当作为概念的"新诗研究"摆在学界面前时,如何对它进行有效、深入的观察成为关键问题。"新诗研究"这一概念来源于研究主体在具体操作时的主动创造,形成于特殊的历史语境之中,具备生成性与行动性的特质。研究者一旦把概念进行本质化的理解,抑或不加辨析地将其运用到研究对象中去,那么由此导致的固化思维方式便随之产生,进而影响到概念的本体内涵。就新诗研究的概念而言,研究者需将其放置在历史化的境遇之中进行观看,尤其要把握好围绕它本身所形成的历史空间,以唤醒内在的活力。这同时有助于研究者摆脱一味地拘囿于概念之中,甚至是"为概念而概念"的思维方式,能够以概念为视点来形成研究的关联域,获得更为多元的研究效力。

王光明在发表于 2015 年的《新诗研究的历史化——当代中国的新诗史研究》[1]一文中,通过考察学界自 1950 年代开始的新诗研究状况,确立了研究的"历史化"视角,不仅表现出强烈的理论建构意识,而且对于新诗研究自身经验的总结与未来的发展大有裨益。冷霜有关"传统"概念的思考,正回应了王光明所提出的"历史化"视角。他在对"传统"的理解中加入诠释性、生成性的维度,使"传统"概念成为"现代性的认识装置",进而开掘了新诗研究的理论空间。在这一"装置"下,有关新诗与旧诗、新诗与传统的提问,就转换成了对"诗人如何在具体实践中征用、转化、改写古典诗歌中的文化、美学和记忆资源"问题的思考。[2]王泽龙与高健在《对称与五四时期新诗形式变革》一文中,将五四时期新诗形式变革的完成归结于诗歌"对称形式"的现代转变,在改变以往研究中所忽视的从形式变革角度来研究"对称形式"的同时,为"形式研究"的理论化提供了新的维度。因为"对称形式"在此作为能动的结构体,涵括了新诗在诗形建构、节奏安排以及诗意构筑等方面的内容,具备了"形式学"的自足空间。[3]

学界还针对当前新诗研究的某些概念重新进行"历史化"的处理,通过加入自觉的"历史意识",使得概念本身具备更大的表现空间。如姜涛从"新诗"概念出发,通过体察"新于诗"的内在冲动,挣脱了线性的历史叙述。他以新诗现代性为基本装置,围绕着新诗的"现代性""汉语性""主体性""历史性"等问题的探讨,在胡适的"蝴蝶"、郭沫若的"天狗"以及当代诗的"笼子"之间建立了能动性的结构关系。这种研究跳出了线性的逻辑论述,而将新诗概念的探讨置于重构性的视野之内,形成了新的视域空间,即"怎样从'真纯自我'与'糟糕社会'的对峙中跳脱出来,进入状况、脉络和层次,怎样在广泛的关联中内在培植丰厚的心智"[4]。已故学者赖彧煌在审视"自1980年代以来绵延近四十年"的"当代诗歌"时,发掘出不同代际(指"1980年代""1990年代"以及"最近十几年")的诗人们在构建"当代诗歌"概念过程中的代际转换问题。[5]与之相应,张伟栋的《修辞镜像中的历史诗学:1990年代以来当代诗的历史意识》[6]一书将自身对于1990年代以来当代诗歌发展的思考,溶进了"历史意识"的装置之内,尤其关注到与"当代诗"相关的"历史性""政治性""古典性""地域性"等问题,在深入探析"当代诗"内核的同时,廓清了"当代诗"的概念、范畴与效力。

西渡将骆一禾置放在"1980年代诗歌"的语境之内,通过分析他对朦胧诗与第三代诗歌的批评、具体的诗论与创作,及其与海子之间的关系,再现了骆一禾与1980年代诗歌之间的结构性关联[7]。这不仅形成对骆一禾诗歌的清晰认知,而且还将历史意识融入对"1980年代诗歌"概念的重读之中。易彬主要致力于穆旦"新见材料"的内容再现与价值分析,表现出对穆旦进行"历史化"研究的可能性。如对待坊间新见的"穆旦交待材料"时,易彬一方面评介了这些材料所包含的大体内容及其独特价值,另一方面则特别提出要对这些材料进行"辨伪"工作,发现其中的"臆造性"[8]。这同时为新诗史料研究提供了"历史化"的基本路径,即研究需在严谨的态度下完成对史料的鉴别与筛选,客观地呈现其在文学史(新诗史)上的意义,而不能被史料本身所牵制,通过观念的预设来夸饰其本有的价值。

上述研究者首先将新诗研究的相关概念进行去本质化,在此基础上加入独特的历史意识,在还原历史面貌的同时,使得单一的、扁平的概念变为饱含历史性的结构空间,有效地激活了趋于固化与板结的研究方式。这不仅有助于研究中历史思维的建构与运用,同时也在很大程度上激活了诗学研究的多重路径。

二、今天怎样写作新诗史

就一般的新诗史而言,写作者面向更多的是集体性的生产空间,他们将目光投诸新诗历史脉络的梳理、新诗发展现象和诗人个体的定位之上,历史则被简单地处理成固定的对象物,从而失去本有的活力。究其原因,这一方面是因为写作者自身无法摆脱集体潜意识的诱惑,认为写作新诗史的过程即是对既定历史的搬运与重组,这便自然框囿在集体写作形态之内;另一方面,这种写作也与特殊时期的历史语境关系密切,在此基础上生成的写作意识则垒筑出集体的联动场。当写作者面对历史所塑构的集体空间时,如何摆脱集体化的思维束缚,形成个体化的思想观念,就成为新诗史写作的本体追问。

2018 年的新诗史写作有着个体化写作方式的建构,加之深刻历史意识的置入,写作者得以建立起个体化的话语空间。此种"新诗史"既包含着传统意义上新诗发生与发展的时间脉络,又包括了由文化、政治等因素构筑而成的社会空间,总体上形成一种"生产性"的时空结构体。谢冕的《中国新诗史略》[9]可以视为以个人的方式来写作新诗史的积极尝试,这里的"个人"主要指的是其中所包含的个人化写作思维。该著尽管也采用历时性的时间脉络来进行架构,将新诗发生与发展的历程分为八个时段,但这种划分抛置对象化的历史分期与集体化的思维方式,而充分涵括在个体回望的意识空间之内。谢冕在写作中充分熔铸他对于新诗发展历史(尤其是"当代新诗史")的在场体验,不仅完成了对新诗百年历程的个人化观察,而且实现了对个体研究经历的有力总结。与谢著相比,张桃洲的《中国当代诗歌简史(1968—2003)》[10]则将目光投向"短的当代诗歌史",既有着对于诗歌史既定现象的"再问题化"

（如对北岛《回答》的再认识、对"现代史诗"背后隐藏的整体历史观的呈现、对"女性写作"的再诠释等），又有着对新的诗学问题的发掘（典型的如对1980年代后期至1990年代初期这一诗歌"转型期"的定位），由之形成他对当代诗歌发展的个人化体察。同时，他并非以诗学概念的提出与阐释为目的，而是在写作中加入文本细读的思维方式，通过对诗人个案、诗歌文本的细致观察，实现了细读理论与细读实践的相互融构。可以说，这两部著作均是作者在个人化写作思维的指引下，所进行的对于中国新诗发展历程的历史性观察，通过加入自觉的历史意识在某种程度上拓展了新诗史的写作空间。

张洁宇的《民国时期新诗论稿》[11]则依靠独特的民国视域，进一步推进了当下的新诗史写作。该著意识到百年新诗史中存在的"个人/历史"和"写什么/怎么写"的疑惑，努力廓清新诗百年历史所内蕴的"诗与真"问题。该著将新诗发展历史上的已有问题重新问题化，在"当下场域"与"民国语境"的关联空间中对问题进行适度剖析，以全新的视野凸显写作的活力。姜涛的《"新诗集"与中国新诗的发生（增订本）》[12]也将焦点放在现代新诗的发展历史之上，只不过其论述时段集中于新诗的"发生期"。严格上说，尽管该著并不属于2018年的新作（在其2005年出版的《"新诗集"与中国新诗的发生》一书基础上修订而成），但从其"增订本前记"与"附录"的四篇文章中，我们可以发现某些新的写作质素。"增订本前记"一方面提出原著尚未处理及展开的某些诗学问题，另一方面则对"附录"部分的文章做出整体概述。值得关注的还有郑慧如的《台湾现代诗史》[13]，该著将视域放在1920—2018年的台湾诗歌之上，以宏阔的诗史视野与扎实的史料搜集和文本细读能力，历时地观看了台湾现代诗的发展历程——包括"启蒙期""经典形成期""新兴诗社的世代议题""专业化、正式学院化时期""台湾现代诗史的观察期"五个主要时期。该著最主要的贡献在于以台湾现代诗发展过程中的诗学问题为导向,对长期固化的流行观点进行观念的重构,写作出独具个人化特征的台湾新诗史。另外,刘奎的《诗人革命家:抗战时期的郭沫若》[14]尽管以"郭沫若"这一诗人个体作为研究对象,但他显然没有局限于"诗人论"的视角,而是将"诗人论"与"文学社会学"的方法结合起来,在"主体—表达—时代"的合维度之上,认识到"抗战时期"郭沫若的各种身份与社会时代命题之间的相互纠葛,以及在这种纠葛与缠绕中彼此展开、相互作用的发展历程。

　　除新诗史的写作外,2017—2022 年的新诗研究还在"新诗史"理论视野中观看了既存的诗学问题。研究者或以新诗史的叙述为主体,呈现其对于固有概念或理解的追问与反驳;或将"新诗史"作为基本视野,探究新诗发展历程中的诸种诗学现象;或关注到"新诗史"影响下的形式建构,以确立新诗形式变革的主体性。如洪子诚运用"新诗史"视野,历时地考察了马雅可夫斯基在当代中国的"死亡"与"重生"问题,并透视了该现象背后隐含的复杂原因[15]。在他看来,这种考察"有助于学界认识文学接受中的错位、误读、改写,与社会政治、意识形态以及文学观念变迁之间的复杂关系"。冷霜观察到的"中西诗艺的融合"这一叙述便被固定在某种装置性的认识内,这种认识虽然符合文学现代性的基本诉求,但其在确立主体性的过程中,新诗与古典诗歌的关联问题随即被悬置起来,新诗自身实践在新诗史生成过程中的重要作用则更加模糊[16]。张桃洲则以谱系学的方式细致梳理了当代诗学观念中的"手艺"概念,将固有的"手艺"认知重新问题化[17]。在他看来,中国当代诗人的写作和谈论中逐步建构出"手艺"概念,而对"手艺"的具体认知则包含了"自然美/艺术美""技艺/生命""语言本体/社会功能""写作/现实"等诸多命题,可以透视出当代诗人所持有的诗歌观念。段从学将"路"看作是大后方文学(诗歌)的中心意象,抑或一种"生产性的装置",重点分析了它所具备的联结性功能[18]。在他看来,

"路"意象一方面将"现代中国"联结成了统一的空间整体,另一方面则通过这种"空间同一性",打通古代和现代的时间断裂,发明了"现代中国"自身的历史同一性。与此同时,由于普通民众也参与了"路"的修筑与维护活动,他们便从匿名的"农民"变成崇高的现代"国民","路"也据此完成"民众的发现",显现出独特的新诗史意义。

此外,米家路在探究李金发诗歌时,并未采取一般意义上的新诗史视角(主要关注李金发与同时代中国诗人的互动关系),而将其置放在"欧洲现代主义诗歌与现代性思潮的语境"之内,观察到李金发诗中所蕴含的"强烈的力比多能量的经济危机"[19]。王东东则在闻一多"民主理念"的视域下,集中审视了他的文学史研究和文学批评[20]。他认为闻一多对中国文学史的研究与现代政治和文化理念之间产生了联系——具体表现在"贵族文学/平民文学"之辨、诗的前途之"民主"要求等问题的探讨中——其最终指向的是民主理念与美学表现之间的内在张力。颜炼军以细读张枣佚诗《橘子的气味》为中心,指明该诗在张枣诗歌写作谱系中的多重价值,这种价值尤其体现在它所具备过渡性特征上——即张枣诗歌从"室内"主题向社会性主题的过渡[21]。

三、既有诗学观念的再审视

虽然新诗观念已较为完备地建立起来,但其中的许多观念也需要进行辨析,尤其当我们把政治、经济、文化等社会因素考虑进去时,那些看似十分牢固的观念多少会表现出松动感。这意味着今天的新诗研究需要对既定结论进行质疑与反驳,这并非研究者对新诗史的有意疏离,而是在与之保持自觉对话关系的基础上,以敏锐的意识重新考量本质化、对象化的诗学观念,从而跳出固有的笼子。

敬文东在 2017 年选择"词语"这一诗歌本体性要素作为研究刺点,有效地反思了新诗百年的发展历程[22]。他指出,词语问题生发于欧阳江河有关"词语……直接等同于诗的状况和命运"的诗学之问,进而引申出"新诗现代性"意义上的"词语的一次性原则"("对新诗而言,词语及其分析性只可能是一次性的,亦即一个诗人不能两次在同一含义上使用同一个词")。欧阳江河在其写作初期敏感地捕捉到这一原则,但随着时间的推移,其写作中逐步生成由"词语的直线性原则""瞬间移位""诗歌方法论"等要素所构筑的"词语装置物",这不仅从根本上破坏了新诗的现代性,而且使得"新诗现代性严格要求的唯一之词,还有唯一之词自身的唯一性,终于被'欧阳牌'咏物诗替换为任意一词",欧阳江河的写作也从"词语的一次性原则","反讽地走向了欧阳江河诗学之问的反面"。李海英的《未拨动的琴弦:中国新诗的批评与反批评》[23]一书在"敏锐地捕捉到中国新诗的一些重要议题"的基础上,将隐藏在现有诗歌史写作逻辑深处的"褶皱"挖掘出来,并依靠着辩证历史意识的自我建构,重新激活了当前趋于本质化的新诗批评。她将研究对象(既包括诗歌史书写、长诗写作、现代抒情等诗学现象,又包括昌耀、多多、萧开愚、徐玉诺、苏金伞等诗人个案)充分问题化,以此进行了诗学层面的质疑与史学层面的反驳。

姜涛在 2020 年重点思考了"当代诗的限度及其可能"这一问题,呈现出对既定诗学观念的重审意识。《从催眠的世界中不断醒来:当代诗的限度及可能》[24]一书共分三辑,每辑所谈问题均有明确指向。"辑一"部分主要谈到诗歌的"历史想象力"问题,其中既有与陈超之间的对话,又充分运用"历史想象力"的研究方式透视了朱朱、柏桦、西川、肖开愚、欧阳江河等诗人的创作。周瓒在观察近四十年来当代诗歌批评发展状况时,认识到其在批评线索上经历了从解诗实践到写作伦理的论争,批评的主体性则在这一过程中得到加强。[25]近十多年来的诗坛集中出现对当代诗歌批评的反思现象,包括对诗歌批评与诗歌史写作分界的讨论、新的批评范式的构想以及批评学术化的检讨等。孙基林则在辨析"叙事/叙述"概念的基础上提出"诗歌叙述学"理论,认为该理论注重"叙述"而非"叙事",比之"诗歌叙事学"更能切近诗歌的本质。他通过论述诗歌叙述学的命名及理论实践意义,建构出充满自觉意识而又符合诗歌话语实践和自身逻辑的叙述性诗学[26]。陈培浩重审了民间话语,指出它是多种话语力量博弈和争夺的场域,而非自在自呈。[27]他把"民间"视为诗学话语的借壳,包含着现代溯源与伦理反思的意味。现代话语在借壳"民间"的过程中,将其建构为学科领域、新诗资源、文学史分析框架与一种诗学价值,使其逐步脱离实体性,转变为本质化的价值,形成独断性的批评伦理。

李心释的《当代诗歌的语言问题探赜》[28]一书选择中国当代诗歌的语言问题作为审视对象,将诗歌语言理论扩展到语言哲学层面。他以1980年代以来的当代诗歌为主要分析对象,一方面从结构上探讨了诗歌语言的特异性、诗歌语象概念、隐喻问题和声音问题,另一方面则从文体与功能上分析了口语诗、语感、叙事、及物/不及物等当代诗歌的关键词,表现出较强的理论建构视野。他的研究确实为学界对1980年代以来诗歌的探讨带来具有厚实理论根基的语言学视野,同时也促进了诗学层面的语言理论建构,但这些问题是否都能在"诗歌语言"的界限内得到观察,为我们开启了新的追问。王雪松的《节奏与中国现代诗歌》[29]是丛书之一,他在历时梳理节奏研究的基础上,发现至今仍困扰新诗研究的两大难题——节奏与格律的关系、节奏原理的解析——并将其作为研究核心,同时追问了新诗在当下语境中的传播接受状况。他还深入探讨现代诗歌节奏的性质、形态与功能问题,同时剖析自然音节节奏论、情绪节奏论、和谐节奏论的理论内核与实践形态,有力地推进了现代诗歌节奏的研究。

四、新诗经典的重探

在文学经典式微的当下,洪子诚重新思考了中国当代文学(特别是文学经典)在世界文学范围内的自我建构问题,其《中国当代文学中的世界文学》一书立足于"讨论中国当代文学在建构自身的过程中,如何处理外国文学的'资源'"[30]。该书分析了中国当代的政治诗、生活抒情诗、政治抒情诗等诗歌类型,对苏联诗人(俄罗斯)叶夫图申科、马雅可夫斯基、伊萨科夫斯基等的吸收转化历程,为世界文学范围内重新探讨新诗经典建构问题提供极具价值的参考范式。王泽龙则重提现代文学经典重释的问题[31],提出现代文学经典研究与重释的几重路径,包括重新认识经典内涵的丰富性、复杂性;重返历史语境;筑牢现代价值观,更新知识体系;深入文学本体研究,关注经典的诗性价值,从经典的重释中延展义理,打开新的诗学空间等。新诗研究同样需要关注经典,不断重释经典,建构对经典的历时性认知。在 2017—2022 年的新诗研究中,研究者从自身的理论体系与诗学观念出发,重新探讨了百年新诗发展历程中的经典诗人、诗集与诗作,发掘出颇具研究价值的新问题。

学界近年来所关注的经典诗人中经常会出现张枣。如王光明将张枣放在"现代汉语诗歌"这一大的历史背景之中,通过分析张枣诗歌对于"语言风景"的朝向、在不同语言交汇点上的创造以及对写作危机的直面,挖掘出了其诗歌写作的本体意识自觉与语言自觉,而这种自觉正构成"面对陌生的语言和世界寻求现代汉语诗歌的可能性"[32]。王东东将张枣置放到"中西现代诗"这一更为广阔的诗学背景下,以张枣对史蒂文斯的译写为中心,深入地考辨了中西现代诗之关系的发展轨迹——即由新诗草创期的"西方现代诗歌对中国现代诗歌的强力影响",到"中国现代诗歌与西方现代诗歌的平等、超越乃至超前"[33]。李海鹏以张枣为核心,审视了其诗学观念在 1990 年代中期发生的内在转变现象。这种转变一方面基于张枣返回国内后对日常语境的思考,另一方面则受到《游戏的人》(作者为荷兰学者约翰·赫依津哈)一书的启发,具体表现是"从提取日常生活的唯美启示,转变为营造日常生活的游戏伦理",并据此衍生出"游戏般的乐趣",构成诗歌写作的新探索。他还看到张枣诗学观转变的限度问题,因为后者执迷于把日常生活重构为"游戏"的方式,限制了书写现实的可能性。[34]张枣在德国图宾根大学写作的德语博士论文《现代性的追寻:论 1919 年以来的中国新诗》由亚思明翻译,于 2020 年 8 月出版,激起又一阵"张枣热"。亚思明在该书的"译后记"重点分析了张枣以元诗意义上的"抒情我"为中心的诗学建构,这里的"抒情我"是元诗意义上的"我",而"元诗"则是他在审视 1919 年以来中国新诗发展历程中发掘的诗学观念。[35]颜炼军编的 5 卷本《张枣诗文集》[36]则为张枣研究提供了更为丰富的诗歌、诗论、书信等资料。

张枣之外,2017—2022 年的新诗研究表现出对昌耀的持续关注,集中分析了其爱欲人格、诗歌语言、诗学形象等内容。如李海英从爱欲角度重新考辨了昌耀的爱欲人格与诗歌创作之间的生产性互动关系,为当前的昌耀研究提供了新的视角。她通过揭示昌耀的理想爱情诗、爱欲人格实际与具体求爱行为之间的矛盾冲突,以及其间难以弥合的距离,呈现出"诗"与"诗人"的巨大分裂。[37]张光昕分析了昌耀 1990 年代以来的诗歌语言中较为突出的"叹息"与"顿悟"问题,指出这两种诗学姿势可以视为其不分行诗歌所建造的"剩余快感"的两类症状,揭示了诗歌主体的欲望真相。昌耀的写作无意识在"叹息"与"顿悟"的双重焦点之间展开交替运动,其诗歌朝向不确定的现实世界,召唤出更多阅读的可能性。[38]颜炼军则重点探讨了昌耀不同时期诗歌所抒写的藏族形象,他将这些形象归纳为四种图式,大体包括 1950 年代的建设语境中作为社会主义新中国建设力量和幸福生活的象征;新时期初期作为解救政治受难者的"众神"或"人民";1980年代呈现的作为青藏高原乃至西北景观的一部分,以及其中蕴含的与现代化"不协"的元素。这实际上从藏族形象入手,重新审视了昌耀漫长的诗歌写作历程。[39]此外,张颖所著《昌耀年谱》[40]为昌耀研究的进一步推进提供了必要的资料,不仅呈现出他的创作历程,而且细致梳理了学界的昌耀研究状况,建立起昌耀的评介工作与其创作、发展之间的有机关联。

对戈麦、朱朱、鲁迅等诗人的重新观看是近些年新诗研究取得的新成果。西渡从"智性想象""词的繁育术与超现实主义""幻象工程学"等角度,解析了戈麦的诗歌方法论。他将"智性想象"视作戈麦《厌世者》时期"发明的方法论,指出此时期诗歌的词语"冷静、准确、克制、渲染、铺陈、密集以至堆积",多余的情感与现成的意义在这一过程中得到剥离。[41]"词的繁育术与超现实主义"则构成戈麦《铁与砂》时期"的重要方法论。尤其就"词的繁育术"而言,它可以召唤可能的诗歌,而超现实主义表现手法的借鉴,则能够消除主观与客观、意愿与现实的距离和界限,从而抵达对事物的本质观看,在形成"自我的完全意识"的基础上揭示人与世界的本体。[42]西渡还从"幻象"角度分析了戈麦"晚期诗歌"的方法论,指出他以幻象对抗经验,并将"工程学"作为幻象的方法。[43]姜涛将朱朱视为"当代诗中的'维米尔'",尤其看到了其在2000年前后转向叙事诗写作的现象。他认为朱朱的叙事诗中存在着"历史"的想象空间,具有"虚实相济"的能力,能够"以隐喻的方式把握'事实本身'的动态结构,强力拨响了历史内部的琴弦,敞开了他的纵深和螺旋线",这使得朱朱在与当代诗的历史书写之间保持对话关系的同时,实现了对一般性历史写作的超越。[44]吴丹鸿主要讨论了作为诗人的鲁迅对早期新诗发展的推动作用,她把鲁迅为胡适《尝试集》"删诗"与《我的失恋》引发的"撤稿事件",视作早期新诗发展史上的两个端点,指出这种变化一方面意味着新文化阵营走向分化,另一方面也反映出鲁迅参与了新诗写作伦理的建构。[45]

此外,新诗研究平台与当代诗人研究资料库的建设近些年取得较大进展。在新诗研究刊物相对匮乏的状况下,《江汉学术》(原为《江汉大学学报(人文科学版)》,2013年起改名为"《江汉学术》")所开设的"现当代诗学研究"栏目、《新诗评论》(北京大学中国诗歌研究院主办)以及《诗探索(理论卷)》(中国当代文学研究会主管,首都师范大学中国诗歌研究中心和北京大学中国诗歌研究院主办)等刊物,显示出其作为新诗研究载体的可贵之处。更为重要的是,这三份刊物建构出新诗理论与批评的"当代意识",即在认识到诗歌研究与时代之"对话"关系的基础上,深度挖掘已有问题,精准捕捉研究热点。这种意识使其自觉地疏离于当前"同质化""舆论化"的研究方式,重视新诗理论与批评的有效性。在当代诗人研究资料库建设方面,张桃洲与王东东主编有"隐匿的汉语之光·中国当代诗人研究集",陆续推出朱朱、西渡、王小妮、张枣、多多、钟鸣、昌耀、戈麦等经典诗人的研究集——另有骆一禾、宋琳、臧棣、彭燕郊、梁小斌、刘洁岷、池凌云等诗人的研究集正在编选出版中——一方面为诗人研究提供丰富多元的资料,另一方面也包含着对当代经典诗人的重新认识,具有丰富的诗学价值。另外,刘洁岷主编的《群翼之云:"现当代诗学研究"专题论集》——该书为江汉大学现当代研究中心出品的《群峰之上:"现当代诗学研究"专题论集》《群岛之辨:"现当代诗学研究"专题论集》《群像之魅:"现当代诗学研究"专题论集》的续编——由东方出版中心在2022年1月出版,辑录了《江汉学术》教育部名栏"现当代诗学研究"2017年至2021年刊发的专题专辑论文,包括"诗歌的'当代'研读""当代诗潮与诗人""现代诗潮与诗人重释""港台诗歌""异域诗歌""新诗的技艺、体式与语言""年度综述与栏目研究"等部分,能够为新诗研究者以及在新诗创作现场的诗人提供极具价值的参考。

　　总体而言,以上几种问题构成 2017—2022 年中国新诗研究的核心,研究者在与以往学界保持对话的同时,对当下新诗研究中的一些理论偏差、观念误释与经典误读现象进行纠偏,丰富了已有的诗学研究体系。值得强调的是,这并非为建构新诗研究的新标准——因为标准本身意味着"权力",带有不可避免的局限性——而是向新诗研究抛出历时性追问,不断寻找新的对话者。

注释

① 本文选自笔者发表于《江汉学术》的四篇研究综述文章,分别是《"视点"偏转、理论思维与研究载体的"当代意识"——2017 年中国新诗研究综述》(《江汉学术》2018 年第 2 期)、《"历史意识"与诗学研究的"中性姿势"——2018 年中国新诗研究综述》(《江汉学术》2019 年第 3 期)、《作为方法与研究范式的"新诗史"——2019 年中国新诗研究综述》(《江汉学术》2020 年第 3 期)、《观念的边界与经典的重探——2020—2022 年中国新诗研究综述》(《江汉学术》2023 年第 2 期)。另外,为保证叙述的流畅,原文的部分字句有改动。

参考文献

［1］王光明.新诗研究的历史化:当代中国的新诗史研究［J］.文艺争鸣,2015(2):83—89.

［2］冷霜.新诗史与作为一种认识装置的"传统"［J］.文艺争鸣,2017(8):71—75.

［3］王泽龙,高健.对称与五四时期新诗形式变革［J］.中国社会科学,2017(6):143—164.

［4］姜涛.从"蝴蝶""天狗"说到当代诗的"笼子"［C］//当代诗的"笼子"内外.广州:东荡子诗歌促进会,2018:23—44.

［5］赖彧煌.当代诗歌的代际诗学转换［J］.广州文艺,2018(5):

132—140.

［6］张伟栋.修辞镜像中的历史诗学：1990年代以来当代诗的历史意识［M］.上海：华东师范大学出版社,2018.

［7］西渡.博大生命：骆一禾与1980年代诗歌［J］.扬子江评论,2018(6)：28—38.

［8］易彬."自己的历史问题在重新审查中"：坊间新见穆旦交待材料评述［J］.南方文坛,2019(4)：150—162.

［9］谢冕.中国新诗史略［M］.北京：北京大学出版社,2018.

［10］张桃洲.中国新诗简史［M］.北京：中国青年出版社,2018.

［11］张洁宇.民国时期新诗论稿［M］.广州：花城出版社,2019.

［12］姜涛."新诗集"与中国新诗的发生：增订本［M］.北京：北京大学出版社,2019.

［13］郑慧如.台湾现代诗史［M］.台北：联经出版公司,2019.

［14］刘奎.诗人革命家：抗战时期的郭沫若［M］.北京：北京大学出版社,2019.

［15］洪子诚.死亡与重生？当代中国的马雅可夫斯基［J］.文艺研究,2019(1)：37—48.

［16］冷霜.中西诗艺的融合：一种新诗史叙述的生成与嬗变［J］.文学评论,2019(4)：24—32.

［17］张桃洲.诗人的"手艺"：一个当代诗学观念的谱系［J］.文学评论,2019(3)：178—188.

［18］段从学.作为大后方文学中心意象的"路"与现代"国家共同感"的发生［J］.学术月刊,2019(7)：128—137.

［19］米家路.狂荡的颓废：李金发诗中的身体症候学与洞穴图景［J］.赵凡,译.江汉学术,2019(4)：91—106.

［20］王东东.闻一多民主理念下的文学史研究和文学批评［J］.江汉学术,2019(4)：107—113.

［21］颜炼军.在"现实"里寻找诗的"便装"：张枣佚诗《橘子的气

味》细读[M].新诗评论,北京:北京大学出版社,2019:
130—143.

[22] 敬文东.从唯一之词到任意之词(上下篇):欧阳江河与新诗
的词语问题[J].东吴学术,2018(3)&(4).

[23] 李海英.未拨动的琴弦:中国新诗的批评与反批评[M].北京:
中国社会科学出版社,2018.

[24] 姜涛.从催眠的世界中不断醒来:当代诗的限度及可能[M].
上海:华东师范大学出版社,2020:131.

[25] 周瓒."坛子轶事":近四十年当代诗歌批评发展线索纵论[J].
江汉学术,2022(3).

[26] 孙基林."叙事"还是"叙述"?:关于"诗歌叙述学"及相关话题
[J].文学评论,2021(4).

[27] 陈培浩.作为诗学话语借壳的"民间":现代溯源及伦理反思
[J].江汉学术,2021(6).

[28] 李心释.当代诗歌语言问题探赜[M].北京:科学出版社,2021.

[29] 王雪松.节奏与中国现代诗歌[M].北京:中国社会科学出版
社,2022.

[30] 洪子诚.中国当代文学中的世界文学[M].北京:北京大学出
版社,2022.

[31] 王泽龙.中国现代文学经典重释的路径探究[J].中国社会科
学,2022(4).

[32] 王光明.张枣与现代汉语诗歌[J].南方文坛,2018(4):57—61.

[33] 王东东.中西现代诗歌关系新论:以张枣对史蒂文斯的译写
为中心[J].扬子江评论,2018(1):106—112.

[34] 李海鹏."荷兰人的书"与说"不"的游戏:张枣20世纪90年
代中期诗学转变研究[J].文艺研究,2022(7).

[35] 亚思明.以"元诗"意义上的"抒情我"为中心的张枣诗学[M]
//张枣.现代性的追寻:论1919年以来的中国新诗.亚思明,

译.成都：四川文艺出版社,2020：373.

[36] 颜炼军.张枣诗文集：1—5[M].成都：四川文艺出版社，2021.

[37] 李海英.昌耀的爱欲人格与爱欲抒写之考辨[J].中国现代文学研究丛刊,2022(3).

[38] 张光昕.叹息与顿悟：论昌耀晚期不分行作品的剩余快感[J].文艺研究,2022(7).

[39] 颜炼军.昌耀诗中的藏族形象抒写[J].文学评论,2020(5).

[40] 张颖.昌耀年谱[M].北京：中国青年出版社,2022.

[41] 西渡.戈麦诗歌中的智性想象：戈麦诗歌方法论之一[J].扬子江文学评论,2022(1).

[42] 西渡.词的繁育术与超现实主义：戈麦诗歌方法论之二[J].文艺争鸣,2022(2).

[43] 西渡.幻象工程学：戈麦诗歌方法论之三[J].文艺争鸣,2022(7).

[44] 姜涛.当代诗中的"维米尔"[J].文艺争鸣,2018(2)：92—98.

[45] 吴丹鸿.从"删诗"到"撤稿"：鲁迅与早期新诗写作伦理的变化(1919—1925)[J].文学评论,2020(3).

附　　录

历届"教育部名栏·现当代诗学研究奖"颁奖辞和获奖感言

一、首届"教育部名栏·现当代诗学研究奖"颁奖辞和获奖感言

作为教育部哲学社会科学名栏建设专项工程之一,2012 年 10 月 22 日,由江汉大学现当代诗学研究中心主办的首届"教育部名栏·现当代诗学研究奖"颁奖仪式在北京"大成路九号"举行。来自北京大学、北京师范大学、中国人民大学、中央民族大学、北京外国语大学、首都师范大学、福建师范大学、上海师范大学、四川师范大学、中国艺术研究院、作家出版社、中国计划出版社、诗刊社、北京文学杂志社、北京海淀区教科所的专家、学者和诗人以及主办方负责人和工作人员参加了此次仪式。颁奖嘉宾臧棣、朱现平、邵红、潘国琪、洪子诚分别将奖杯、证书和奖金颁发给了赖彧煌、姜涛、西渡、钱文亮、唐晓渡五位首届"教育部名栏·现当代诗学研究奖"得主。

致赖彧煌的授奖辞——

赖彧煌直面现当代诗歌的本真问题,并将其在省思的维度下予以审视与探究,他充分体悟和阐发诗歌文本运动的结构与幻变的肌理,及其表现出的巧智、力度和微妙所在,故而,独具一格地获

得了批评的尖新与审美的自足性。

赖彧煌受奖辞：

尊敬的各位学者、师长、朋友们：获悉被授予"教育部名栏·现当代诗学研究奖"，不胜荣幸，也倍感惶恐。我是一名新诗研究领域的初习者，从《江汉大学学报》（人文科学版）"现当代诗学研究"栏目受益良多。作为标示新诗研究动态的重要风向标，它持续推出的专题，成系列又葆有开放性，有力地推动了人们对一些关键性诗学命题的关注与思考。我从中真切地感到新诗研究扎实、有序，日渐走向深入的节律。它体现出来的成果，既令我振奋，也让我感受压力与鞭策。

在研习新诗的过程中，我时刻感到自身的种种欠缺。面对新诗近百年的实践，尤其当代诗歌多维多面的书写提供的丰富能指，我未能有效地穿透它。几年前我的学位论文以近现代诗歌为探讨中心，从那时起的一段时间里，我幻觉地以为，"现代"比较"学术"，"当代"是"批评"的。但轮到对当代诸多鲜活的现象与话题进行发言时，力不从心之感尤为突出。这不是说，我对现代部分的探讨是成功的，它甚至连部分的成功都算不上。相反，将视域延伸到当下诗歌，使我有机会反省自己在新诗研究上的迷思、不足与困境。

作为一种论域，现代时期的新诗看上去与"理论""学术"更为匹配，据说由此更能彰显甚至提升新诗研究的品格，譬如与文学理论、美学观念的进展接轨。然而，举着诸种理论的放大镜，结果却目无所见。或许这不是理论本身的问题，也和理解的精准与否无关。理论的本性如此强硬，它要按逻辑进行演绎，奉某种悬设的形而上学进行自我生产。这似乎注定了它只能自说自话。它的"孤僻"与封闭惯于把问题固化为给定的对象，并让这些对象成为被殖民的客体。当理论的"给定性"与"现代"会面——在时间上"现代"似乎是完成的，因而也是给定的，它们体现出的殖民性就是双重的,"现代"的那种似是而非的给定性就被强化了,我稚拙运思的结果终于沦为空洞、抽象、两张皮等等。

这让我焦虑。面对丰富的、不断生成中的当代诗歌,这种问题显得更为突出,如何在一定程度上克服它也变得更加紧迫。于是我有重重的疑惑:也许新诗研究本质上是反理论的,它有反理论的"绝育性"。在后理论或理论之后的更大视域里,或许,通过对"当代"尤其是当下诗歌的关注,新诗研究恰恰可以实现对理论的丰富——而不为某几种时髦的理论所抽象,最终冲决理论的闭抑性与自足性,以此真正伸张新诗研究的崭新理论品格。是否更应该面向"生成性"的而不是"给定性"的对象,更多面向当下而不只是过去,进而既开放了对象也开放了运思方式?这个正在生成着的当下或许是理论最棘手的"对手"。在此,或许可以梦想一种与"当代"有关的"批评",它超越了随便的感兴、见木不见林等等,也不只对某种必要的批判性予以营建,而且是,在一个值得期待的高度,它面向值得珍视的"思想"而不是观念,或者毋宁说,这种反理论的"批评"面向着某种"思"。虽不能至,心向往之。对我而言,就是希望对此前不成功的研究做出一定的纠正。

也许因而值得尝试一种认识上的倒转:如果"历史"被某种理论所删削、所给定,然后独断地"生产""当代",那么,不断走向"生成性"的"当代"恰可以包容和发现过去,进而真正实现充满可能性的历史化?

从意义生产的角度,新诗书写包括新诗研究,其内含的价值也值得肯定。在一个意义过剩以至滑向到虚无主义的时代,意义被竞相争夺又被专断裁决,在此背景下,发掘或拟设一些新诗研究的议题,显得更为隆重和急迫。新诗以其微弱乃至分散的,但丰富多面的实践,给人们提出的巨大挑战是,如何深入到充满意义甚至多义的这个文类中,以抗衡有意的消弭和视而不见,彰显其意义生产的结构与机制,这或许是介入世界的一种可能的途径。尽管介入非常有限和间接，并终归是文化策略上的。

在文学研究的大系统中看，较之其他文类研究，从事新诗研究也许更让人觉得适得其所。通过许多学人的著述，包括这个栏目，可以看到，新诗研究取得的进展绝不逊色于小说、散文的研究。新诗作为一种独特的话语实践，更深地卷入了现代中国的复杂经验，并借助它的符号与象征系统予以了深刻凸显。新诗提供给人们种种"前见"，包括它的局限，以及它有待张扬的未来，是我们得以反观、理解和展望这个世界的最好视窗之一。这已足够令人激动。我本人因为禀赋、才力等多方面的制约，正处于如何研究新诗、怎样对诗发言的学步阶段，只能提出一些切身的疑惑与困顿，我期待着更认真地研读、追踪各位专家学者的著作，汲取启示和教益，使我的研究有所进阶。谢谢大家！

致姜涛的授奖辞——

有着浓厚学院背景、历经工学与文学双重训练的姜涛，善于从历史场景和文本的细微处提炼价值不俗的议题，其笔触自如地游走于繁复的材料和机敏的问题之间，融汇宏阔的视野与浑沉的历史感，显示了卓尔不群的理论穿透力。

姜涛受奖辞：

今天来领取"教育部名栏·现当代诗学研究奖"，坦率地说，心里诚惶诚恐。中国现当代诗歌研究，是一个非常成熟的领域，云集了众多名家、好手，我虽然已年过不惑，但总感觉还是个新手，距离成熟的思考，还有相当长的路要走。近年来，断断续续写出的一些新诗批评，多半出于朋友的邀约，少半则是为了表达自己的困惑，有时难免会唐突、误解了写到的诗人，内心的忐忑其实更多。另外，《江汉大学学报》（人文科学版）"现当代诗学研究"这个栏目，创办已有八年，回想起来，我的贡献也十分有限，发表的文章不过两三篇,更多作为一个读者,关注着栏目的发展。相比之下,在座的很多朋友贡献更大,除了不断提供自己精彩的文章,还有一些背后的无声支援。总之,来这里领奖,我是有些惭愧的,但我想洁岷、桃洲二兄商议设立这个奖项,目的不仅在于认可、鼓励少数几个人有限的工作,他们可能更希望通过这种方式,创造一种氛围、一种风气,从而提振、激活诗歌研究、批评这个行当。

毋庸讳言,我们这个"行当"现在面临一些内在的困境,这包括研究方法、框架的老化,批评的主体意识不够强劲,与当代其他思想、知识领域缺乏关联感,等等。相关的从业者们,即使十分勤勉,也难免心思散乱,失去了热情投注的方向。在这种情势下,如何突破既有的历史认识,在变动的当代情境中提炼出有效的问题,如何使批评摆脱对诗歌风潮的依附,恢复一种"批判"性的位置,如何寻找充满活力的方法和语言,为写作和阅读打开前瞻性的视野,都是我们不得不应对的难题。因此,我个人揣测,江汉大学现当代诗学研究中心,应该有更大的计划要展开,而颁出的这个研究奖项,也只是这个计划的某种前奏或铺垫。我很荣幸能够被他们"招募",并希望能和在座的同道一起,振奋精神,参与到这个计划当中。

致西渡的授奖辞——

西渡集诗人的敏感与批评者的敏锐于一身,其充满洞见的批评往往融入了深刻的创作体验和深透的学理关切,运思缜密而灵动。他的论断审慎,以富于感性的阐述抵达精确,颇显醇正文风,对当下诗学研究有着可贵的匡纠之功。

西渡受奖辞:

尊敬的各位老师、朋友和同行:我此刻站在这儿的心情,既高兴又惶恐。听到授奖辞的过分揄扬,更增加了这种惶恐。我想它不是对我已经取得的研究成果的评价和肯定,而是对我提出了一种期待。我会把它作为一个仍然处于远方的目标，在今后的工作中，不断努力去接近它。

1970年代后期以来，中国新诗取得了巨大的进展和不凡的成就。众多优秀诗人抒写了中国诗歌新的光荣，创造了和正在创造着中国诗歌新的辉煌。我们正处在又一个诗的南北朝时期——一个诗的疆域不断拓展，诗的可能性不断被发现和激发，诗的技艺不断成熟和完善的时期，一个向着未来而存在的时期。正是南北朝的诗歌发现，酝酿了此后唐朝的诗歌繁荣。后来的人们也许会看到，我们时代的中国新诗正走在通往自己的盛唐之路上。

然而，当代新诗取得的成就远没有得到充分的认识和公正的评价，众多的优秀诗人和作品仍处于无名的地位，当代诗歌对于公众乃至广大知识阶层仍然是一个沉默的存在。因此，诗歌批评在我们的时代应有所为，也必有所为。诗歌批评和诗歌创作应该互相召唤、互相激励。在一个产生了陶渊明、谢灵运、鲍照、谢朓、江淹、庾信的时代，也应该产生自己的钟嵘和刘勰。当代诗歌批评在发现和推广当代诗歌的价值方面做出了自己的努力。但与当代诗歌已经取得的成就相比，这种努力的付出和成果都还是初步的。当代诗歌的历史性进展召唤更多热爱诗歌的人们投入批评的事业。我愿意和所有从事诗歌批评的朋友一起，为发现、阐发、推广当代诗歌的成就竭尽绵薄之力。

已故诗人骆一禾说过，"生命是一个大于我的存在"；已故诗人海子也曾在诗论中期望超越诗人的自我，走入宇宙的殿堂。我想说的是，诗是一个大于诗人和批评家的存在。一个从事诗歌批评的作者，应该热爱诗歌，甚至是敌人的诗歌，而不仅是自己和朋友的诗歌。我从事诗歌批评，完全是出于对诗歌的感激。生活在一个诗歌发现的时代，和众多的诗人和批评家成为朋友，一起为中国诗歌的新生而努力，我深感幸运。为此，我一直心怀感恩。这种感恩也是一种鞭策，催促我继续为诗歌、诗歌批评勤勉工作。

接下来,请允许我表达对江汉大学现当代诗学研究中心、《江汉大学学报》、《江汉大学学报》(人文科学版)"现当代诗学研究"栏目和它的两位出色的主持人——刘洁岷先生和张桃洲先生的由衷谢意。《江汉大学学报》是我最重要的发表园地,我至今已在学报上发表论文六篇,其中有多篇万字以上的长文。我现在说学报慧眼识珠,好像是在自我表扬,但事实是,我的有些文章确是在被其他刊物退稿之后转投学报,而在学报刊出后产生了反响的。我还要感谢学报编辑认真、细心、严谨的编辑工作。作为作者,在学报发表文章是最省心又最放心的。你只要把文章写好,其他的事情,放心交给编辑好了。而一般刊物的通例是发给作者一个格式要求,让作者自己去做本来应该由编辑完成的工作。这个给作者带来很多麻烦。因为作者不一定熟悉编辑工作,更不可能熟悉每家刊物的格式要求。学报这种编辑作风保持了前辈编辑大家的遗风,到现在已经是孑遗而很难找到他例了。此外,作为读者,我也从学报"现当代诗学栏目"受益匪浅。这个栏目发表的文章大都眼光敏锐,对当代诗坛纷纭的诗歌现象各具洞察,对我的工作具有很大的启发性。所以,我也要感谢所有为这个栏目撰稿的作者。

最后,衷心祝愿《江汉大学学报》(人文科学版)"现当代诗学研究"栏目越办越好。谢谢!

致钱文亮的授奖辞——

在这个多重立场交错、对话的时代,钱文亮强烈的分辨与驳诘意识来自其深入本体的,亦即当代诗歌及其先锋性在历史文化语境中的正当性、合法性层面上,从而有效地呈现与揭示了当代诗学建设广阔而深幽的话语景观。

钱文亮受奖辞:

能够获得"教育部名栏·现当代诗学研究奖",我深感荣幸,并对主办单位和诸位评委深表感谢！

自从1980年代中期开始投身当代诗歌的尝试与探索以来，诗歌这一古老而崭新的精神形式，就一直在鼓舞着我奋力摆脱生命中的愚昧黑暗，向往着成为布罗茨基意义上的"文明之子"。正是这种如蒙神恩的幸福感，使我对于自己的诗歌工作一直有着恋爱般的珍重，希望以自己诚恳、专业、独立而正直的声音，为廓清弥漫在诗歌领域中混乱和轻浮的话语迷雾，帮助当代诗歌迈向无蔽而自由的澄明之境，奉献一己之力。

也许因为自己是1980年代思想解放运动和"文化热""美学热"的亲历者，也许还因为自己是在马克思主义唯物史观和辩证法的熏陶下成长起来的60后，我在自己的诗歌研究中，一方面坚持并强调以诗歌在美学与伦理上的特殊性和独立性为底线，但在另一方面，我更倾向于在总体性的历史文化视野中来理解和把握新的诗歌现象和诗歌思潮的出现和变迁，倾向于将中国当代诗歌的问题与中国人当下此在的历史与现实命运相勾连。在貌似纯粹专业、实际饱含情怀的努力中，帮助个体生命中人性与诗性的双重提升，帮助中国诗歌朝向未来的艰辛而执着地努力。

我非常欣慰地看到，十多年来我在诗歌研究方面的尝试和抱负，得到了不少同道的鼓励和肯定，更主要的是得到了《江汉大学学报》（人文科学版）"现当代诗学研究"栏目的鼎力支持。可以说，我最长的诗歌论文都是在这个栏目发表的。本来，像我这样兴趣广泛的学术"游击队"，随时都可能被别的东西所吸引，而事实上我这些年一直在做胡风年谱，应该说难得分身写诗学论文；但就是因为这个栏目的主持人桃洲兄、洁岷兄的热情邀约和主动勤勉的工作，还有洪（子诚）老师主持的《新诗评论》的创办，使我这个1980年代初开始写诗、学诗不成又转而学批评的老大学生诗人，能够在"现当代诗学研究"栏目这个平台上，对1980年代以来我在诗歌实践中的摸索与困惑做一些反思与总结，进而在帮助自己的同时帮助诗歌同行清理一些问题、增进一些认识。可以说,因为这个栏目对于我在诗学方面有关感受和思考的激活,我对自己这几年诗歌研究方面的工作还是很满意的。如果没有这个栏目的召唤,我的流浪的诗心这几年还真不知道沉默于哪一个角落蒙上厚厚的尘土呢。由衷地感谢《江汉大学学报》(人文科学版)"现当代诗学研究"栏目!感谢江汉大学从校方领导层到学报对这个栏目八年如一日的支持和呵护!这个栏目能够坚持到今天,除了兼具诗人灵气和理工科严谨思维的洁岷兄具体负责的组织运作,江汉大学从大环境到小环境的"人和"特别重要。

最后说两点稍稍跑题的话。

第一点,由江汉大学上上下下对这个栏目的精心经营,我想到中国大学的改革问题。也是在这个栏目上当特约主持人组织讨论"学院派诗歌"问题的时候,我阅读了一些研究国内外大学发展的专著,非常痛切地感受到目前国内大学的"同质化"、行政化问题非常严重,表现在如林的高校学报上也有"同质化"的问题。实际上想改革的人很多,但一蹴而就的方案似乎很难有。但据说国家教育部有一个精神,以后将不再搞"211""985"这样的分级,而把重点转向扶持、资助各个大学的特色院系、特色专业,以特色专业论英雄,以特色专业促进不同大学的特色,而不是一刀切地搞什么大学的三六九等。我觉得这算是能够取得实效的很好的思路,真正能够激发大学自主创造、错位竞争的活力,破解中国高校严重的"同质化"问题。从这一点上说,江汉大学对这个栏目的用心可以说是前瞻性的,已经在"同质化"的高校学报中破开了一片新天地,已经开始在培育自己学校的特色了。而且,"现当代诗学研究"这个栏目的设置眼光非常好,恰好处于1980年代以来的诗歌经验需要沉淀、转化的关键期,有大量的遗产和问题需要专门深入的处理和研究,结果在这么大的一个国家,只有江汉大学让"现当代诗学研究"这个栏目应时而出,把国内七零八落、不成行阵的诗歌研究人员凝聚了起来,给大家提供了一个切磋的平台。这件事做得非常有学术眼光和学术敏感。善莫大焉。

第二点,由这个栏目的成功,我想到湖北人的能干。主持人桃洲兄、洁岷兄都是正宗的湖北人,呵呵。昨天我和姜涛还说到这一点,湖北人想干的事总能干成。这不是客套话。因为我在湖北武汉生活了有十多年,当然接触到很多湖北人,有体会。另外,我专门做过胡风研究,毫不夸张地说,湖北蕲春人胡风,当年就是靠他一个人,还有他夫人梅志帮忙,硬是把《七月》杂志、《希望》杂志办成了全国最有影响力的文学杂志,相当于是一个人就培养出了1940年代影响最大、人数最多、最有锐气的文学流派——"七月派",好生了得。好像《七月》《希望》这两个杂志实际坚持下来的时间也是八年。所以我也从这一点上认识了《江汉大学学报》(人文科学版)"现当代诗学研究"栏目的意义。

因为这些,今天我既要对江汉大学、学报和这个栏目表示感谢,也对他们未来的成就和荣光寄予很有信心的期待。

谢谢大家!

致唐晓渡的授奖辞——

唐晓渡将个体诗歌写作置入公共经验、公共视野里加以考量,他的一系列命名式的诗学阐释在深刻地应对和破解当代诗歌困境的同时,重申了诗歌作为文明社会希望源泉的使命——注定在与我们的生活、历史对称的情势下构成不可或缺的张力。

唐晓渡受奖辞:

各位同仁,各位来宾,女士们,先生们:获奖总是令人高兴;但冷不防地、纯然意外地获奖,却也令我同时感到某种惊惶和不适,其情形仿佛天上真的突然掉下了个馅儿饼。请原谅这比喻有点俗,再说也不足以表达我内心所受到的激励,为此我要格外大声地表达我的感谢：感谢"教育部名栏·现当代诗学研究奖"评委会的各位评委！感谢江汉大学诗学研究中心！

当然，更重要的是要借此感谢诗——不是因为她帮我获得了某个奖，而是因为她允许我在其庇护下安身立命。是的，安身立命，这是我作为一个诗歌从业者三十年来最深切的感受。三十年前我还没有力量这样说，三十年后我或已没有必要这样说，因而现在说出来可谓正当其时。这是在说我和诗之间的一段缘分吗？也许吧；但倒不如说是我的一段福分。

就诗学研究和诗歌批评而言，我所从事的工作始终具有业余的性质；而我之所以三十年来一直扑腾其中，半是因为别无所长，半是因为诗的吸引。听说中央电视台最近有一档匪夷所思的节目，就是随便拦下一个路人，劈头就问"你幸福吗？"有闻于此，我庆幸不是那个被"剪径"的倒霉蛋。不过，假如剪径者问，"为诗工作，你幸福吗？"我将会毫不犹豫地予以首肯；同时我会指出，这里的幸福必与困惑和痛苦相通，否则它就什么都不是。

幸福也好，困惑、苦痛也罢，都是我所谓"安身立命"的题中应有之义；其所指首先是我的个人经验，但显然也会牵动授奖词中说到的"当代诗歌困境"。确实，如果说在我服务于诗的三十年生涯中有什么是一以贯之的话，那就是对这一困境的思考和应对，据此凝聚了我对语言、人生、命运及历史的思考和应对。我不认为自己在这方面有什么特出之处，事实上许多同仁都比我做得更好；对我来说，真正有意义的是过程本身，正是在这一过程中我逐步领悟到，接受诗歌的教育是一种更好的自我教育，而在一个信仰缺失、理性残废、方生方死、嬉皮笑脸的世界上，坚持与诗对话，与困境对话，或许是追求精神自治的最佳方式了。

一个人与诗结缘往往伴随着诸多偶然因素的合力，但最终成为必然，热爱大概是最核心的要素。然而，热爱越深，对困境的体验就越深。反之亦然。困境从来就没有外在于我们；它和我们之间的关联，乃是一种自我相关和自我缠绕的致命关联。诗的困境说到底是人的困境，人类文明的困境。意识到这一点不会使我们陷入彻底的无助，却足以令我们慎言"破解"，因为钥匙或密码并不掌握在谁的手里，而且很可能，根本就不存在这样的钥匙或密码。我听说有关癌症最前沿的破解之道是与之共存；尽管我对医学一窍不通，却也能理会到，这里的"共存"绝非无可奈何之下的苟且选择，其中蕴含着有关生命和存在的大智慧。它不是意味着丧失立场、含糊其辞，而是意味着洞幽烛微、知己知彼；不是意味着随遇而安、无所作为，而是意味着因势利导、进退有据；它不谋求毕其功于一役的决战决胜，而致力于在韧性的博弈中不断达成危险的动态平衡。

这样的破解之道，这样的生命和存在智慧也适用于诗的困境吗？我不知道。我只知道，我们所做的，包括试图做、应该做的一切，都是为了，也仅仅是为了配得上诗。谢谢大家。

二、第二届"教育部名栏·现当代诗学研究奖"颁奖辞和获奖感言

作为教育部哲学社会科学名栏建设专项工程之一，2015年11月2日，由江汉大学现当代诗学研究中心、《江汉学术》编辑部主办的第二届"教育部名栏·现当代诗学研究奖"颁奖仪式在北京"大成路九号"举行。来自北京大学、台湾逢甲大学、北京师范大学、中央民族大学、首都师范大学、华中师范大学、河北大学、福建师范大学、上海师范大学、云南大学、浙江工业大学、韩山师范学院、《新华文摘》、人大复印报刊资料中心、中国计划出版社、中国诗歌网的专家、学者、主办方负责人和工作人员以及在京媒体记者参加了此次仪式。颁奖嘉宾分别陈汉萍、龙协涛、钱蓉、王光明、王泽龙、邓

正兵、潘国琪、李强将奖杯、证书和奖金颁发给了颜炼军、李海英、张桃洲、郑慧如四位第二届"教育部名栏·现当代诗学研究奖"得主。

致颜炼军的授奖辞——

颜炼军的诗学研究近年来在多个向度发力迅猛，对于在现代汉语、现代经验中盘根错节的当代诗歌，他不甘束身就缚或拾陈蹈故，而是拓开视野，重置论述框架，在自我与他者、古典与现代、意识形态与诗意诉求的接榫处，深入辨析芜杂语境之下新诗伸张自身使命的可能性，他对一些重要诗学命题的勘察与探讨因之葆有建设性品质。

颜炼军受奖辞：

感谢评委会让我有幸跟三位老师及同仁一起分享这个专门为诗学研究专设的奖励，也非常感谢《江汉学术》多年来为推动汉语新诗研究付出的努力。我在求学的时候，就已经是《江汉学术》的作者，从那个时候开始就一直得到这份非常好的刊物的厚爱。我在北京求学期间有幸遇到数位诗歌研究的引路人，在他们的教导和影响下，我跟诗歌研究结下了美好的缘分。特别感谢他们。坦诚地说，在今天这样一个语境下，我对自己的研究一直不满意，也没有信心，许多念头因此被虚无感驱逐得无影无踪。我感到对已有百岁年纪的汉语新诗，无论是对作品的发现和再发现，还是对诗学命题的有效释清，都面临新的难度。学术研究需要集体的力量和温暖，比起大多数的前辈和同行，我零散的诗学习作，远不足以受奖，站在这里，唯有惭愧和感谢，谢谢这份珍贵的鼓励。谢谢！

致李海英的授奖辞——

敏感于当代诗歌驳杂多元的追求，李海英将多重经验的呈现与捕捉，与何为诗、何为汉语诗歌的新质，进行缜密、独立的考量。这使得她在探析诗人的具体作为时，能够贴切地体会并洞悉诗意展露的肌理和路径，进而切入当代诗歌写作的内里，揭示诗歌理念与诗歌书写之间的摩擦、疑难和困境，有效地敞开诸多复合、有意味的话题。

李海英受奖辞：

尊敬的各位老师和朋友，大家好！首先，感谢各位师长和朋友与我分享此刻，此刻必将成为日后一个愉悦的回忆。五年前当我准备考博时，我的老师刘、萧二位先生让我凭直觉在理论、小说和诗歌中选择最使我开心的一个研究方向，我说出了诗歌。我很庆幸当时的选择，尽管理由已经不是因为开心了。四年前也是这个季节，我第一篇关于当代诗歌研究的文章就是发表在我们的"现当代诗学研究"栏目，那时候《江汉学术》还叫《江汉大学学报（人文科学版）》，我如此幸运地在一开始就遇到了刘洁岷老师和张桃洲老师，他们在我求学的过程中给予了许多有意义的指导和建议，非常感谢他们作为编辑时辛苦的劳动与作为师长时的鼓励与支持！

现在，站在此处，谈及诗歌，就像我某个节气里身处北京注视视野内的事物却无法避免地说起身处南方偏远之地的昆明，在回忆中或者想象的虚无之地，从高原而下，先是山，接下来你看见丘陵和破碎的平面，要过很长时间你最终能够俯瞰眼下的平原。我所想表达的是，对于生活，我不得不与之保持足够大的距离。我无法描述空间，对时间进行具体又实在的判断。诗歌之于我就是如此，阅读的思维与书写时的错位，言说与语言的二律背反。我无法不读诗，也无法停止思虑。大概，这也是我抵御时间比较好的方式，是我能感觉到自己尚且有能力做好某件事的方式。或许，最终能使我感到稍稍轻松而不会感到光阴虚度的并非只是一种感觉。诚实来讲，我并没有崇高的信念，也缺乏信念的崇高。我只是理所当然地关注自身作为存在之物所面临的困境与尽力能够争取到的安宁。我希望自己能够做好。而且,每逢现实维度里那些令人难以忍受的事物袭来,文学之诗歌大概能使我跨入虚构与梦境之中,能使我沉浸在我无法抵达也无法精准地加以描述的地方。这是当我在现实的生活中无去处之时能够为我提供一处暂避的地方。大抵如此。实际上,我更倾向于认为一切都是虚无的,都是虚无之境里的虚无。虽然我也站在这里,虽然也站在你们面前,是我无法自持虚静之时的沉默。

感谢刊物,我的文章能够在其上发表对于我自己来说意义并不一般。感谢将这个奖项授予我,我把之看作是各位前辈的信任和期许,使我有勇气集中精力去探寻一种更有意义的生活,而不是三心二意地寻求。希望刊物的理念能够深入人心,希望刊物的实际运作越来越好。希望刊物能继续接收我的文稿以及我个人偏执的言语方式。谢谢!谢谢各位老师和朋友这些年来的鼓励和帮助!

致张桃洲的授奖辞——

张桃洲以扎实的历史纾解、自觉的理论贯注和灵动的微观分析,始终把百年新诗的历程置于有机勾连的维度,相关命题与问题的探讨均在清理、纠正和展望之间保持着充分的张力。他既不让历史的返观锁闭在"自得"的时间,也不让现实的关切解散在"自负"的空间,而是在互参互察中确立起对当代诗学具有重要启示的研究范式。无疑,这是对诗歌本心与诗学理想的逼近和深入。

张桃洲受奖辞:

各位前辈、同人,上午好!此时此刻,我的心情很复杂。首先当然要感谢江汉大学,感谢江汉大学现当代诗学研究中心把这个奖颁给我,我感到非常荣幸!不过,正如洁岷刚才介绍的,当时确定获奖名单时,他曾提出将可能把我列入其中。我当时第一念头就是,这不是自己人给自己人颁奖吗？显然不合适。所以我明确地表示了谢绝。后来洁岷说,这个奖是颁给作者及其为栏目提供的优质论文的,而不考虑你的主持人身份。而且,据说我的获奖可以烘托更年轻的获奖者,而且对整个获奖者序列的秩序有益,所以我还是欣然接受了。从个人的角度来说,获得这个奖,似乎让我跟这个栏目十多年的缘分又多了一层含义,或者说是增添了一种新的缘分。我很乐意接受这个崇高的荣誉,这次获奖的颜炼军、李海英两位年轻学者,还有郑慧如教授,都是我十分敬佩也充满期待的诗歌研究者,能够同他们一起站在这里领奖,我感到由衷的高兴。

当然,我也很清楚,这个奖颁给了我,与其说是对我的一种褒奖,不如说是一种激励,这是我从中感受更多的。我想它会激发我今后对于现当代诗学研究更加努力。实事求是地说,这几年呢,由于种种原因,我出的活明显少了,其实朋友们也都注意到了,有朋友还善意地提醒了我。实际上,"种种原因"有很多只是外在的,更内在的是我发觉自己的研究已面临一个何去何从、如何重新出发的瓶颈期,这也是一个需要自我反省、自我调整的时期。所以,我更愿意把这个奖视为一种象征,以之为新的起点,让它提醒我,在今后的现当代诗学研究中不断深化、拓展,寻求新的触发点,不断调整研究视野和方式。这也是我要感谢这个奖的另一个理由。

我也想借这个难得的机会,谈谈我对目前现当代诗学研究的一点想法,就教于各位前辈和同人。不可否认,我们厕身其中的现当代诗学研究,其实是一个相对封闭、自足,也比较狭窄的研究领域。它在现当代文学研究以至整个人文研究里面,是极小的一块儿,显得"专"而"窄"。那么,应该如何看待当前的现当代诗学研究？我刚才提到今后要深化、拓展自己的研究,但究竟怎样深化、朝哪个方向或维度进行拓展,我尚来不及考虑得很成熟。我初步想到了如下方面：

其一,现当代诗学研究的定性和定位,即如何确定现当代诗学研究的属性与位置。这是针对研究与创作的关系而言。应当承认,我们的研究很多时候是滞后于创作的,也正因为此,现当代诗学研究往往被置于诗歌创作的附属位置上,被认为是后者的一个衍生品。这就使得现当代诗学研究总是处在一个被动的甚至是受歧视的状态。可是,在我看来,现当代诗学研究应该具备一种明确的意识,就是它与诗歌创作即其研究对象,处在一个对等的、对称的位置上。这里所说的对等或"对称",借用已故的著名诗评家陈超先生的话来说就是"自立",就是现当代诗学研究能够自己立着、立起来,应该有这么一种自立性。有了这种自立性后,现当代诗学研究才会获得某种自尊和自信,才有可能打破封闭的、学院内的知识化生产状态,不至于落入到附庸、附属的地位。

其二,与上述定性、定位密切相关的问题:现当代诗学研究何为? 也就是,我们的研究究竟需要做什么、能够做什么——在当下的处境中? 我自己一直对诗歌的功用或价值有这样的看法,即诗歌是一个时代的审视者,它代表了一个时代的反思性力量,总是以一种反省或审视的态度看待其所处的时代。我们虽然不能极端地说诗歌应该始终处在一个时代的对立面,扮演时代的激烈批评者的角色,但无疑它应该保持足够的清醒,对其所处的时代进行审视和反思。倘若诗歌的定位如此,诗歌创作有这样的自我认知的话,那么现当代诗学研究就应该与诗歌创作一道,参与到对于时代的反思和审视之中。诚然,我们的研究同诗歌一样,也要歌颂、赞美,也要表达感恩,展现很多其他事物,但对于时代的反思和审视,应该是诗学研究和诗歌创作共有的一个重要取向。

其三,今后现当代诗学研究如何深入、拓展? 有目共睹的景象是,在当前,诗学研究界、诗歌创作界处在一片繁杂的状态。这"繁杂",借用洪子诚先生转述的姜涛的一个表述就是,整个诗歌创作和研究恍若一个大派对,呈现出大杂烩的、嘉年华似的景观。那么，在这样的情景下，现当代诗学研究应该怎么突破？最近一段时日我一直在思考这个问题。刚才谈到现当代诗学研究的定位也好、取向也好，最终还是要落实到怎么实现的问题上，也就是怎么深化、拓展的问题。在我看来，在时下这样的驳杂、繁复的语境下，现当代诗学研究保持自身的独立自主意识，这是进行突破的一个基本前提。长期以来，我们的研究需要应对太多诱惑的缠绕，也被迫去应对各种纷乱的外部挤压，那些挤压有如"庞然大物"，始终无形地跟随着我们的研究、紧紧地围裹着它。当然，不仅仅是现当代诗学研究，还有文学研究乃至整个人文研究，都无不经受着这样的"庞然大物"的胁迫。这个"庞然大物"，在某一段时间有可能是意识形态的东西，或者其他某种东西，但在今天，它变成了很多东西：变成了媒体上的舆论，变成了某个研究对象的身份、名气（"名气"有时候也会成为压抑研究者研究方式和作出判断的因素）……这些像空气一样弥散在我们周围，无声无息又挥之不去，势必会对我们的研究造成一种挤压。我想今后现当代诗学研究要突破的话，首先要对这样的庞然大物予以抵制。我们要与之保持距离，要针锋相对地对它予以拒斥、摒弃和消解，要"冲出重围"。然后回到我们研究自身的专业性，回到强大的"自立性"上来。至于具体如何在方法上深化拓展现当代诗学研究，我在其他场合有所表述，这里不再赘言。

再一次感谢江汉大学现当代诗学研究中心，感谢这个与我结缘十多年的栏目给予我的荣誉和激励，同时我也借这个机会向各位学术前辈同人、向长期关心支持我的朋友们致以诚挚的谢意。好，我的发言完毕，谢谢大家！

致郑慧如的授奖辞——

集强力的文本内视与可贵的诗学创新于一身，郑慧如以生动的在场意识、翔实的材料爬梳、精当的形式把握、深刻的理论辩诘，对当代诗歌展开了系列论述与批评,得出的重要判断都具有命名与再命名的启发性,体现了触及当代诗歌研究高度的诗学敏觉。在世界诗歌背景下的汉语诗歌以及两岸诗歌交融互渗的格局中,她作出的是迫近时代之广阔而切中肯綮的发掘。

郑慧如受奖辞:

各位师长、各位诗友、各位来宾:我很高兴拿到这个奖,但得知获得《江汉学术》的"教育部名栏·现当代诗学研究奖"时我有一种很奇怪的感觉,好像突然中头彩、中乐透。获知得奖后的心情,是惭愧和茫然比较多。

我跟《江汉学术》的缘分,应该是从 2010 年左右开始。当初我投《江汉学术》那时候还叫做《江汉大学学报(人文科学版)》,刘洁岷老师向我约稿。我每次投稿,刘老师他不像一般的编辑,收了稿件只负责"要"或是"不要"。他都会给我相应的意见,包括题目、内容,甚至到注释哦,或者是里面他觉得有些问题、瑕疵的地方,他都会跟我讨论,我觉得非常感激。所以后来有些我自己觉得还要再讨论的文章,我就会先考虑《江汉学术》。

奖总是有荒谬性的。今天获奖的都是名家,特别都是耐压耐磨、应该、必须,也可以继续锻炼、琢磨的研究者;可是有更多把我推向这个奖、隐身在受奖者后面的人,比我更有资格得奖,但是他们超过这个奖的高度,跟这个奖不匹配,反而让我这样走在半路上的研究者领了奖;还有更多在诗学研究的路上已经挥洒了许多汗水,但是主客观条件让他们的表现不被重视却仍然默默努力的人。

我感谢这个奖。以洁岷和桃洲为核心的《江汉学术》"现当代诗学研究"栏目编辑主持人群其实是在不断地以各种方式鼓励现当代诗学研究,不断地给出去,好像拥有很多很多,我感受到的不仅是资源,而主要是能量。期望优秀的诗人、诗学家,撇除自己的利益,把对现当代诗歌的热情化为动态的能量,全然地、绵绵不绝流向《江汉学术》的"教育部名栏"。我感谢这个奖,因为感谢你们为了"现当代诗学研究",在《江汉学术》里长年的奉献。因为诗,洁岷、桃洲,和整个《江汉学术》的工作人员都拥有很多,而且都无私地想把他们的拥有给出去,好像一个芬芳被释放到风中,正在寻找欢迎它的大地,而我吸收了他们的芬芳。谢谢大家!

三、第三届"教育部名栏·现当代诗学研究奖"颁奖辞和获奖感言

2018年9月22日,作为教育部哲学社会科学名栏建设的专项工程之一,由江汉大学现当代诗学研究中心、《江汉学术》编辑部主办的第三届"教育部名栏·现当代诗学研究奖"颁奖仪式暨《群像之魅:"现当代诗学研究"专题论集》研讨会在北京大学中国新诗研究院举行。来自北京大学、清华大学、中国人民大学、北京师范大学、首都师范大学、南开大学、中央民族大学、上海师范大学、东南大学、云南大学、西南大学、中南财经政法大学、浙江工业大学、河北科技师范学院、作家出版社、北京文艺杂志社、台湾政治大学的专家、学者和诗人以及主办方负责人和工作人员参加了此次仪式。颁奖嘉宾龙协涛、唐晓渡、敬文东、姜涛、西渡、钱文亮分别将奖杯、证书和奖金颁发给了米家路、杨小滨、盛艳三位第三届"教育部名栏·现当代诗学研究奖"得主。

致杨小滨的授奖辞——

杨小滨以强烈的语言意识直抵诗歌的修辞特异性与精神向度,在当前繁复驳杂的研究场域中找寻独异的诗学生机。他在勘析诗人的作品时,打破抒情主体与符号他者之间的藩篱,揭示出创

作文本的"拟幻性"面貌。他还将当前趋于复沓叠加的诗论进行重估,以去本质化的"后现代滩涂"廓清理论的想象阈限,启迪出西方理论与中国古典文论的张力关联,并在质疑理论阐释与文本细读分治局面的过程中,深入探寻了语言错综的非意指形态,从而展现出当代诗学研究的丰饶之姿。

杨小滨受奖辞:

感谢龙老师和晓渡为我颁奖。今天真的是来了好多诗学界的大咖。我进入学术写作的年代也挺久远了,1980 年代中期大学毕业以后,我在上海社会科学院文学研究所工作,我的第一本书写的是法兰克福学派理论,后来去美国念书,博士论文写的是中国先锋小说,一直都没有涉入诗歌评论。换句话说,其实我在诗学领域里,比起大多数人来说,可能还要"新"一点。虽然我写诗的年龄比较早,也是在 1980 年代中期就开始了。但是当时有朋友一再告诫我说,你千万不能写诗评,你一写就完了。什么意思呢? 就是说如果把理念的东西带到诗歌写作中来,你会非常危险。所以我一直不太敢触碰诗评、诗论的这个领域。但后来觉得也没那么可怕。因为写作本身对我来说是非常警惕要去解除某种强制性的、单一性的观念对写作本身的束缚。我写诗评诗论的初衷还是为了对诗歌写作中的某些观念化的东西进行清理,甚至试图来说明诗歌写作是如何可能成为一种非观念化、非理念化的,甚至是对意义进行消解的一种语言性活动。《群像之魅:现当代诗学专题论集》这本书书名中的"魅"字,让我想到了臧棣很出名的"不祛魅"的理论,我觉得就是如何在诗歌写作中能够认识到"魅力""魅惑"甚至"鬼魅"。其实我们无法、不可能有一个确定的、单一的意义来指导写作或者成为写作承载的某种东西,这可能就成为我对于诗学诗论领域里所关注的非常重要的一个主题,这个主题相对而言在诗歌写作中就不会出现我们所警惕的观念化的问题。我非常害怕像小说家康赫这样的朋友,他会一再地提醒你,你这个写得太一目了然,你要讲什么意思这么快就露出了马脚。有人会问你,写作是为谁而写。我当然不能说是为康赫而写,但我常常觉得康赫式的读者是要过的一道关,就是你不能太明显地去表达一个简单的想法。这可能扯得有点远。当然我还是会坚持自己的这种诗学路径。我的这些诗学论文,里面有一些比较晦涩、理论化的用词和说法,非常感谢《江汉学术》能够容纳带有一种包容性的态度来对待这些论述。感谢洁岷兄的宽容!我知道最近一篇写陈黎的文章是有可能被毙掉的,后来被洁岷兄从水底又打捞了出来。非常感谢!我的研究室里放着很多书,我发现里面从《江汉大学学报(人文科学版)》开始一直到现在的《江汉学术》,叠在一起大概有这么高两摞,是我所有保存的期刊里最多的一种。这个情况就像是我今天站在这里跟《江汉学术》来表白,这就好像跟一个恋人说,你所有写给我的信我都留着!我所有的《江汉学术》都留着,一本都没有丢掉!《江汉学术》这些年编了《群峰之上》《群岛之辩》《群像之魅》这么多论文集,这个栏目的论文我想要留着的,大概也都收录进这些集子里了,但是我还在犹豫要不要把之前的这些刊物丢掉呢?因为空间实在是特别拥挤。好像还是舍不得。希望我能够再次得这个奖。开个玩笑,我的意思是说,我会继续给《江汉学术》投稿,即使我不可能再得奖。得奖不是一个需要考虑的问题。之所以有认同感,是因为我认同这个栏目,认同其他的作者和其他发表过的文章,所以,以此为荣。谢谢大家!

致米家路的授奖辞——

米家路致力于创作主体精神面貌与心理镜像反镜像的挖掘,通过重构外部经验与内部体验、异乡与原乡、西方与东方等因素的阐释结构体,持续校准着诗学研究各要素的空间坐标。同时,他在研究中植入了时间性的自觉,经由记忆修辞、潜意识碎片等坐标点,绘制出对现当代诗学的社会——文化想象图景,使之进入到某种充盈着历史气息的"创造"状态,形塑出了研究者的"自我"。

米家路受奖辞:

　　尊敬的各位师长,同道和来宾,在我人生旅程的中途,正要步入一片幽暗的森林,突见遥远的天边出现一道亮光,宣告我获得《江汉学术》的"教育部名栏·现当代诗学研究奖",我顿觉惊惶万分,猜想是否因时差看走了眼,定神一想,我那些驳杂的陋作常常令我自己都倍感汗颜,怎么会够得上编委会那些高手的法眼。稍加慰藉的是,好在我拙作中的那几位研究对象(李金发、郭沫若、戴望舒、穆旦、海子、骆一禾和昌耀)皆已作古,不会前来踢门叫架的,不过,假如九泉有知,那些亡灵们一定会翻身怒吼,"看啊,那个半夜提着灯笼找路的家伙,他的灯芯已灭,而世界又如此暗夜,他怎么能见到光明? 他只能打胡乱说了!"

　　在 1980 年代中期的重庆歌乐山下,正当我以无可抗拒的青春期激情投身诗歌创作的"醉舟"时,我的楼上却住着两位当时的"诗歌王子":张枣和柏桦。他们高超的诗艺令我望尘莫及,更令我心碎,我的诗意从此消隐。不作诗,可做文,我立志将诗意的灵气转化到诗学研究上去。在 1991 年我北大比较文学硕士学位答辩会上,我的恩师乐黛云先生对我的学风一语中的,道破天机地说我的论文"太过抒情和诗化"(谢冕和郑敏二位先生在场,可作证),从此,"抒情性"随即从我论文中消隐。我 1993 年外出求学(先于1993—1996 年在香港中文大学,后于 1996—2002 年在加州大学戴维斯分校),原本打算继续从事中国现代诗歌研究,但老师和好友们纷纷规劝并警告说从事中国现代诗歌找工作难、出版难、评终身教授难,三难齐下,现代诗歌研究也从我的学术研究生涯中消隐。我于 2002 年在目前这个学院谋得教职至今,我也曾试图在我的现代文学课上让美国学生学习中国现当代诗歌(翻译体),但他们不断抱怨说中国现当代诗歌与英美诗歌如此雷同,看不到"中国"的身影,恳求我别再选中国现当代诗歌浪费他们的时间,从此中国现当代诗歌也在我的教学课程中消隐了。1993年以来,由于学术评估体制的不同,我基本上放弃了用中文写学术论文(唯有偶尔用中文写诗才保持了与母语的亲密接触),而在用英文写作时,心中的潜在对象往往为西方读者,论证的方式也是西学式的,由此,中文学术写作和中国读者也从我的职业行当中消隐了。然而,以上举出的一系列"消隐"并非意味着"消失",它们却如幽灵般似的无处不在,始终徘徊在我心灵深处,使我欲罢不能,成为我挥之不去的他者。直到2014年的春天,驱魔"曙光"突然出现在江汉平原的地平线上,而且纯粹是一次神奇般的偶遇。

2014年3月10日我偶然在脸书上看到诗人王敖张贴的臧棣兄于2008年写的旧文《无焦虑写作:当代诗歌感受力的变化——以王敖的诗为例》,读完文章后,顺便扫描了一下刊发的杂志是《江汉学术》,完全是一个陌生的名字,受好奇心驱使,我就顺着链接到了杂志的网站,如饥似渴地快读了数篇刊发在名栏中的文章,深感文章质量很高,很扎实。我就突发奇想,何不将早期的一篇论李金发的中文稿件投给该刊试试? 3月14日投稿,3月20日就收到了栏目主持人刘洁岷先生的回复,说"大作拜读,感觉不错,留用"。这一接纳就犹如普鲁斯特那神奇的"玛德琳小点心"一样打开了一直纠缠我心底里的幽灵闸门,巨大的释放一发不可收拾,我将英语论文请人一篇又一篇地翻译成中文投给《江汉学术》,每次刘洁岷先生都以极大的热忱和极高的学术操守与我进行细致的沟通与切磋。从2014年到2017年短短三年时间里,我先后在名栏里共发表了五篇文章,总字数达7万—8万字,这在我的学术生涯中绝无仅有,实属天意。我在此由衷感谢刘洁岷先生和编辑部同仁对我的大力支持、厚爱和呵护。是你们的学术正能量捕获了我的幽灵性,让我在被压抑与放逐的回归中得到了一次治疗。我很荣幸获得这个奖项,不过,与其说是对我微不足道学术的一种奖赏,还不如说是对我的幽灵性的一次救赎,对我这位漂泊离散者的祝福、召唤和期许。是《江汉学术》释放了我的心魔,让我坦然回归到中文母语的温暖怀抱。2014 年,在刘洁岷先生的大力帮助下,我主编的首部北美离散诗选《四海为诗》由北岳文艺出版社出版,2017 年我的两卷本学术论文集《望道与旅程》由台湾秀威出版,今年年底我的中英文双语诗集《深呼吸》也将在台湾出版。这便是一个孤独的灵魂经过漫长曲折的路径寻找精神家园的明证!

　　谢谢大家耐心听完我无趣的唠叨。最后祝福《江汉学术》编辑部和江汉大学现当代诗学中心的朋友们,你们辛苦了! 祝福《江汉学术》"现当代诗学研究"名栏蒸蒸日上! 谢谢大家!

致盛艳的授奖辞——

　　着眼于中外诗歌写作的多元场域,盛艳以诗性话语的自觉与理论敏识,处置并穿透了诗歌创作与研究间的文本阻隔,且于二者的复合地带,经由发明新的诗学语汇与跨语际实践,探掘出了当代诗学的"活水"。她自若地将日常身份与女性身份投诸书写的肌理与架构之中,在确立起个人化诗学特质的同时,不断唤醒沉隐的性别研究意识与语言的身体体验,以此通达着诗学进路的拓展。

盛艳受奖辞:

　　获悉被授予"教育部名栏·现当代诗学研究奖",是在一个傍晚,洁岷老师说有两个消息带给我,问我先听好的,还是先听不好的。我想在这世上,坏消息能坏至何处呢,除了生死,于是说先听不妙的吧。得知第一届诗学研究奖获奖者赖彧煌博士辞世的消息,非常震惊。因此当好消息来临时,更倍感惶恐,心中有愧。

　　感谢"教育部名栏·现当代诗学研究奖"评委会的各位评委,感谢江汉大学诗学研究中心,与前两届以及今日的其他获奖者相比，与其说我是一个诗学研究者，不如说我是一个读诗的人。能与硕果累累的学者一起撷取这个奖项，对我而言是莫大的荣誉，也是极大的鼓励。自2004年创设，十四年来，在见证《江汉学术》"现当代诗学研究"名栏的发展和兴盛中，我得到了许多宝贵的指导与建议，这使我有机会介入到国内的新诗领域，并在写作中不断地学习和靠近一个更为准确的评价尺度。

作为女性，很多构思和随想都是在厨房，在去菜市场的路上，或是上下班途中的闪念，因此我读诗的视角大约也是从女性细枝末节的生活出发。陈丹青当年在纽约听木心讲世界文学史笔记，忽然说了一句：以前母亲、祖母、外婆、保姆、佣人讲故事给小孩听，是世界性好传统。有的母亲讲得特别好，把自己放进去。大部分一流作者的文学史，其实是他们的自我定位。诗歌评论之于我，正是这种关系，通过诗评，我思索女性的位置，并在定位中发现自我，也许这就是诗与诗神给我的馈赠。

再次感谢《江汉学术》"现当代诗学研究"名栏，正是栏目广阔的视角，兼容并包的胸怀，使得像我这样平时默默无闻，在孩子熟睡后，半夜挑灯读诗的女性有机会获得如此殊荣。

谢谢大家！

四、第四届"教育部名栏·现当代诗学研究奖"颁奖辞和获奖感言

2023年8月15日，第四届"教育部名栏·现当代诗学研究奖"颁奖典礼在上海大学文学院学术报告厅举行，此届颁奖典礼由江汉大学和上海大学联合主办，江汉大学现当代诗学研究中心、《江汉学术》编辑部和上海大学中国诗歌研究中心联袂承办。来自北京大学、清华大学、中国人民大学、南开大学、云南大学、西南大

学、福建师范大学、厦门大学、山东大学、首都师范大学、浙江工业大学、广西河池学院、复旦大学、同济大学、上海外国语大学、上海市作家协会、上海市松江区文联、华东师范大学出版社、东方出版中心、中国社会科学院、上海社会科学院的专家、学者和诗人以及主承办方负责人和工作人员参加了此届仪式。颁奖嘉宾姜涛、曾军、杨斌华、张桃洲、张永禄、李润霞、西渡、李海英、亚思明、钱文亮分别将奖杯、证书和奖金颁发给了周瓒、张洁宇、段从学、李心释、陈培浩五位第四届"教育部名栏·现当代诗学研究奖"得主。

致周瓒的授奖辞——

周瓒的诗学研究既以知识考古学、谱系学的深入与反思,有效辨析种种虚妄浮泛的诗学话语,在文化批评范畴拓展女性诗歌及现当代诗歌的边界,又能在宏阔的文学史视野下洞察当代诗歌之异端新质。在其跨界的文艺实践中,她立足普遍而永恒的诗性,汲取母语不竭的创造活力与能量,突袭和背离僵滞的诸多形式陈规,生成了别具一格的学术进路。

周瓒受奖辞:

为了配合洁岷兄说的授奖辞撰写得专业和认真,虽然他没有要求,我还是提前写了一段获奖感言,因为我不太擅长即兴发挥,如果完全不准备,我会说得很散漫。但是,我又觉得今天的气氛很融洽,自己也不必太严肃。我读过前几届现当代诗学研究奖的颁奖活动记录,发现大家都很自由自在,获奖者的答谢词亲切又随意,所以我就不照本宣科地念稿了。

首先,我要感谢现当代诗学研究奖的评委们,将我理解中既严肃又专业的这个奖项给予了我。我对自己从事的当代诗歌研究其实不是特别自信,一直不太自信。无论是从知人论世的角度去把握诗人及其创作,还是从"以学术为志业"的角度衡量自己的研究,我总是怀着惶恐与不安,生怕我的思考和论说不能准确地把握我阅读的当代诗人、诗歌与文学现象。我的这种不自信,或许是因为当代离我们身处的当下太近,历史的积淀不足,给研究者带来的不确定性颇多导致的,但也更可能源于我自身的学养不足。

我对这个栏目的贡献其实不多,发了几篇文章,承蒙各位评委的器重。比较而言,我从这个栏目刊发的诗学文章中获得的启发与激发其实更多。借此机缘,我也想对这个栏目的作者们和编者,包括在座的很多位,表达我的感谢。譬如,刚才洁岷兄提到的文亮兄的那篇关于诗歌写作伦理的文章,曾经很深切地启发了我,而那篇文章在批评界的影响也很大。虽然,关于诗歌写作伦理的论争范围不广,不像时下我们看到的由王东东等主持的"未来诗学"的讨论那样波及面大,效果激烈,但是,我认为,21世纪以来,特别是在20世纪末诗歌论争之后,诗歌界内部关于写作伦理的讨论,确立了当代诗歌批评和诗学研究的一些基本标准,这得归功于《江汉学术》创设的"现当代诗学研究"这个栏目。我还要特别感谢洁岷兄,在编辑我的文章时,他认真、仔细和耐心地和我讨论,从观点到文章风格上给我把关。我会再接再厉,期待未来的自己不辜负今天获得的荣誉。谢谢。

致张洁宇的授奖辞——

张洁宇的诗学研究言必有据、论从史出,敏锐于在原始材料里勘掘选题。她视野开阔、思维缜密,在字里行间历炼出细腻而稳健的学术风范。她着眼于现当代诗学的关键论题和重要个案,将文化与诗学、古典与现代,将宏观问题探究与精细文本解析高度融合,在被激活的汉语新诗丰富形态下呈现出具有历史深度的睿智洞见。

张洁宇受奖辞:

谢谢老张!老张给我颁奖我也还挺感慨的,因为我昨天晚上讲到我们刚毕业那会儿,我和姜涛是 2002 年毕业的,那个时候老段也在北京,我们那时候经常在一起聚会,桃洲是给我压力最大的人,因为他特别严肃,每次聚会是要有主题的。他会提前问我说:"你准备好了没有?"他那个时候给我的压力比我导师给我的压力还要大。所以今天从桃洲手里接过这个奖杯,我也觉得是一个特殊的缘分。非常感谢!

也感谢评委们的厚爱。我有自知之明,我自己知道在诗学研究这方面,我无论是从数量还是从水平方面其实都很有限,所以我理解这个奖不是为了肯定我的研究,而是鼓励我对诗学研究的热爱。虽然做得不行,但一直坚持做的这种热爱,也是激励我继续保持热爱,保持对于《江汉学术》以及这个栏目的持久的关注和感情。所以这个奖我觉得算是激励我还继续留在这个群体里面,追随大家,追随这个专栏。

刚才他们几个发言的时候,我也挺感慨的。20 年过去了,可能很多在座的年轻的朋友都是看着这个栏目的文章长大的。我们这些"学术发小",在这个领域里面 20 年了,跟这个栏目也有 20 年的深厚感情,确实是一个很珍贵的事情。借此机会要感谢所有跟我们像大家庭一样的群体里面的各位朋友,谢谢!

致段从学的授奖辞——

段从学的新诗研究具有丰厚的现代意识背景和精细又旷达的语言态度。他自觉地将文学史研究、文本个案考察和思想史反思相结合,将中国新诗的种种关切点联动于当今中国变革实践的种种关切面、问题域,如此不仅有效加强了新诗研究的本体依据和精神纵深,同时也在积极地提升考论"现代中国"及相关重大议题的运思效能。

段从学受奖辞:

非常高兴,也非常荣幸能获得这个诗学奖。为什么呢? 第一当然是我获奖很少。第二是让我想起这么一种说法,就是说诺贝尔奖之所以权威,是因为它不需要每一个获奖者恭谦地、认真地按照规定的表格,规定的形式和写作方式向评委请求给自己颁奖。现当代诗学研究奖没有让大家先行申报,也没有事前规定的表格、规定的形式,就给我这个奖了,我是非常开心的。——尤其是能够和之前的臧棣、西渡、姜涛,还有这次的周瓒等几位不仅在诗歌研究,而且在创作上都是一流高手的人一起获奖,更是非常荣幸。同时我也在想,现当代诗学研究这个教育部名栏如果从策划开始算,其实已经 20 了。20 年来,桃州、洁岷、老钱他们几个,还有《江汉学术》编辑部的老师和江汉大学的领导,坚持把这个栏目办到今天,也挺令人感动。每次参加《江汉学术》组织的活动都非常高兴,像家庭聚会一样。筹备这个活动的三位主力钱文亮、刘洁岷,还有张桃洲,都是与湖北有关的人,这次活动放到了上海。刚才钱文亮老师说他到了上海大学之后,心情很愉快,我想这也是一个很好的气象。从上游的江河开始,慢慢汇聚到入海口,从大道致远开始,以海纳百川为目标,非常切合由三位湖北同人,由《江汉学术》推动的现代诗学专栏二十年来的历程、二十年来的追求。

在这种情形之下,我也有周瓒老师刚才说的那种被督促着的感觉。在高校里,总会被要求填表申报奖项,陈述获奖理由,说你这篇文章、你这本书做出了什么贡献,有什么创新。但我挖空心思,也想不出自己究竟做出了哪些贡献。刚刚看到这个授奖词,就觉得:不错啊,我自己都没有想到这些。所以我想,和几位年轻的学者一起获奖,可能更多是一种鞭策,一种善意的提醒,告诉自己以后得多干点活,不能再这么胡混下去了。谢谢大家!

致李心释的授奖辞——

作为深谙语言复杂性的学者和独辟蹊径的诗者,李心释的诗学研究凸显鲜明的专业取向,兼具学理严谨和萃取创作实践经验的特征。他秉承求真意志,或以理论辩难探究诗歌语言处在动态语境下的性质、功能与元素,或于语言与修辞的摩擦间多向度剖析现当代诗歌嬗变的现象,对其诸多议题作出碾压泛泛之论的内行和透彻的阐述,极具变构性与启发性。

李心释受奖辞:

谢谢。大概一个月前我听到洁岷兄说你获奖了,我感到意外和欣喜,因为我过去获得的一些奖项,基本上都是像段老师讲的要先申报,所以说我觉得这一次的奖是我第一次获得的最有尊严的奖项,非常感谢!实际上对填表这个事一直以来我都是感到心里很虚,总是被学院部门领导催着报。最近这么多年来,大概有十年了,我从来没有报过什么奖,所以非常感谢《江汉学术》,感谢洁岷兄,给了我这个奖,又保全了我的尊严。我的研究兴趣点主要在当代诗学的观念,基本上不太涉及当代诗人及作品的批评,可能是因为我有点社恐,一般不与圈内朋友来往,所以说我一直以来都处在文学边缘。承蒙西渡兄、桃洲兄、洁岷兄的赏识,使我也拥有了一段与诗歌有关的非常宝贵的友谊。我希望他们能够感受到我内心对这一友谊的珍视,所以借此机会我想深深地表达我的谢意,也谢谢颁奖嘉宾和在座的朋友,谢谢大家!

致陈培浩的授奖辞——

陈培浩深入多重话语和观念博弈的场域,在其诗歌批评与诗学建构中不断回溯命名的原初和重启文学史框架。在温润的辞章皱褶肌理之间,他爬梳斑驳庞杂的新诗资源,以更新诗性记忆中的造型、色彩与印迹;他警醒学识的堆砌以及机械逻各斯推衍,洞悉现代性的假借或挪用的面孔,从而创设出直面本真生命、兼容多元价值和美学拯救的批评伦理。

陈培浩受奖辞：

感谢《江汉学术》！非常荣幸获得这个奖项，勾起了我很多的回忆，在我的求学及学术成长过程中，得到了《江汉学术》洁岷老师以及很多在座老师的提携和帮助！不由得想起很多点点滴滴，包括我第一篇在《江汉学术》上发表的文章，是关于朱朱诗歌的一篇评论。当时桃洲老师问我能不能尝试写一篇关于朱朱的评论，如果写得好，可以在《江汉学术》发表。我非常激动，当时还在读博，能在《江汉学术》上发表文章是非常大的激励。文章写后，我不是太自信，但是得到了桃洲老师和洁岷老师的鼓励，对于一个初学者来讲，这种鼓励是非常重要的。我们在最初尝试进行学术研究的时候，当然是很稚嫩的，也缺乏信心，这样的鼓励，其实是一个很重要的起步。后面我不断参与《江汉学术》洁岷老师组织的一些活动。我想起在大成路9号举办的第二届"现当代诗学研究奖"颁奖仪式，是非常朴素，又非常庄重的一次颁奖。这也是这个奖的一种文化，一种氛围，所以我自己内心是非常看重这个奖的，甚至在某种意义上讲，我觉得我还没有达到这个奖的要求，只是出于对我一贯的鼓励，使我有此荣幸，也有些羞愧。我也在想，诗学研究对我的其他学术工作带来了什么？我这些年做诗学研究其实并非十分专注，它是我工作的一个部分，但我很多精力也用于当代小说、文学批评及文学史的研究。但是我觉得任何的研究归根结底都必须上升到诗学的层面。诗学不仅是关于诗歌的研究，它内在的理论性思维、思辨性思维，如果迁移到小说研究、散文研究、文学史研究当中，都会带来一些不一样的启示。所以我也感谢诗学研究对我学术研究的滋养。

我们有很多的诗歌奖，很多的批评奖，但是诗学研究奖确实非常少。可能诗歌是一条河流，诗学就是底下的河床。如果说诗歌是顺流而下的话，诗学研究则更多地要求探微发幽，甚至拨乱反正。也就是说，对于顺流而下的诗歌写作倾向，它必须做出自己的反思诊断,甚至是重新开辟新的流向。我们今天在座的很多青年朋友也在努力尝试对今天的诗歌问题、诗学问题做出一种新的、开创性的工作。这个奖可能也是在彰显这样的一种精神,就是我们的诗歌与诗学研究,不仅要彰显当代人心灵的想象力和创造力,同时也必须直面诗歌、语言和文化的危机。这是我获得这个奖所激发的内心的无限感慨和感谢,感谢《江汉学术》,感谢各位老师,也感谢上海大学周到的安排! 谢谢大家!

《江汉学术》"现当代诗学研究"栏目获首届教育部名栏建设优秀奖

为进一步贯彻落实中央有关文化体制改革及繁荣社会科学的精神和部署,检阅"名栏工程"自 2004 年启动以来的办刊办栏成绩,总结期刊在导向、特色、创新方面的发展经验,经教育部社会科学司同意,由全国高等学校文科学报研究会、教育部"名栏工程"入选期刊联络中心主办的"导向·特色·创新——教育部名刊名栏建设研讨会暨名栏建设首届颁奖大会"于 2016 年 10 月 29 日在北京联合大学召开。

颁奖大会由全国高等学校文科学报研究会副理事长、秘书长,清华大学学报主编仲伟民主持;教育部社会科学司出版处处长田敬诚、中宣部出版局期刊处副处长杨震林、国家新闻出版广电总局新闻报刊司报刊处处长卓宏勇、北京市新闻出版局广电局报刊处处长喻萍、全国高等学校文科学报研究会理事长、北京师范大学学报主编蒋重跃出席大会并致辞。会上全国高等学校文科学报研究会原理事长、北京师范大学学报原主编潘国琪、教育部"名栏工程"入选期刊联络中心主任、中国地质大学学报主编刘传红、中国人民大学书报资料中心总编辑高自龙、南京大学中国社会科学评价中心主任王文军、全国高等学校文科学报研究会副理事长、南京大学学报主编朱剑、北京联合大学应用文理学院院长、北京学研究所所长、学报名栏"北京学"栏目主持人张宝秀等人也进行了有关名栏建设的精彩发言。

本次颁奖大会是教育部"名栏工程"启动以来的首次颁奖,经过严格评选,最终共有包括我校《江汉学术》"现当代诗学研究"栏目在内的 25 家期刊名栏获得"名栏建设优秀奖";"现当代诗学研究"栏目负责人刘洁岷编审获得了"名栏优秀责任编辑奖";"现当代诗学研究"栏目所发表张桃洲教授的论文《去国诗人的中国经验与政治书写》获得了"名栏优秀论文奖"。

（刘伊念）

《群峰之上》《群岛之辨》《群像之魅》《群翼之云》专家荐言

《群峰之上：现当代诗学研究专题论集》

然而，说《江汉大学学报（人文科学版）》是中国现当代诗学研究的重镇，却不是在表述一个良好的愿望，而是在指陈一个众口皆碑的事实。面对这样的事实，我唯一能做的就是由衷致敬。没有谁可以测量从愿望到事实之间的距离，因此七年在这里也不只是一个时间概念，它同时意味着独到的胆识、准确的定位、广阔的视野、精心的组织和坚持不懈的努力。而这七年来耀眼的实绩正是这部精选结集的《群峰之上——"现当代诗学研究"专题论集》。

——唐晓渡

我要说，这个栏目的重要性和贡献，早已超出了提升普通院校学报质量的意义，对中国现代诗学界来说，今天它所在的学报已是不可忽视的三两家必读刊物之一。当此栏目创设七年的精选本《群峰之上——"现当代诗学研究"专题论集》付梓之际，我作为近三十年来从未中断过诗论写作"工龄"的老壮工，向它的组织实施者表达专业内部最朴实又是最郑重的祝贺。

——陈超

我们的新诗理论与新诗批评,应该担当起引领新诗潮流的一份责任,为中国新诗的发展提供富有意义的诗学理论指导。这也是我们对《江汉大学学报(人文科学版)》"现当代诗学研究"栏目及其作者的一份殷切厚望,而这部呈现在我们面前的在中国现当代诗学研究领域有着标志性意义的集成之著《群峰之上——"现当代诗学研究"专题论集》正是对我们厚望的坚实回馈。

——王泽龙

《群岛之辨:现当代诗学专题论集》

《群岛之辨》既是《群峰之上》的延续,也是在其基础上的深化。它鲜明而自觉地展示了自身的诗学意识:只有深刻破除了新诗研究的内部与外部、美学与伦理的分治局面,才能真正开掘出活力空间。该专题论集是对两种诗学研究理路互为关涉、融通的倡导与实践,无疑,它是一次体现出理念和方法均得到有力推进的新诗研究的重要集结。

——赖彧煌

如何突破既有的历史认识,在变动的当代情境中提炼出有效的问题,如何使批评摆脱对诗歌风潮的依附,恢复一种"批判"性的位置,寻找一种充满活力的方法与语言,为写作和阅读打开前瞻性的视野,是当代诗歌研究与批评面对的挑战。专题论集《群岛之辨》上的论辩与辨析,相信会为读者呈现诸多主动回应的姿态、纵横掘进的路径。

——姜涛

《群岛之辨》是一部出自内行之手,富于锐气、旨在建设的新诗诗学与批评文集。中国当代诗歌批评自朦胧诗以来存在的最突出问题,一是批评与创作的脱节,二是批评的山头化。《江汉学术》"现当代诗学研究"栏目自创办以来就致力于改变这一现状,由此在其周围集聚了一批敏锐、勤勉、把诗视为天下公器的诗学建设者。收入这部专题论集的论文,无论是宏观的观察,还是微观的聚焦,都能以内行的眼光提出问题,并以建构的尺度加以阐发。

——西渡

十年来,《江汉学术》"教育部名栏·现当代诗学研究"专心致志,凝聚起海内外致力于现当代诗学研究的专业队伍,沉淀、显影、辨析与定型诗歌现象与诗歌文本内在的诗性根本,一步步打造出国内名列前茅的诗学研究平台。继《群峰之上》,该栏再度萃献出质量沉实的《群岛之辨》,从而构成了建设期中国现当代诗学乃至中国文化地平线上一道令人必须仰望的"诗与思"的风景。

——钱文亮

《群像之魅:现当代诗学专题论集》

《江汉学术》"现当代诗学研究"栏目自开设以来,萃集了海内外诗学界的宿学,众多青年学者也受惠该"重镇",而逐渐成长为现代汉语诗学研究的中坚。在文本的研习与探幽、理论的辨析与阐发、诗史的钩沉与重绘,当下诗歌现象的观察与剖断等诸多方面,该栏都鼎举了大批美文,可谓硕果累累。《群像之魅》是这些成果的集中展示,对于想把握汉语新诗研究脉络的读者,该书显然是上好选择。

——颜炼军

　　教育部名栏"现当代诗学研究"是《江汉学术》推出的特色栏目,该栏十多年来秉承显豁问题、思索现象的求真理念,坚持平正的办刊姿态,设计诸多有意味的诗学专题,不仅打破了当下刊物论文拼盘的模式,也更多元多维地考察了现当代诗歌艺术发展的历史背景、社会环境、文化思潮和个体因素,从而更深入有效地探讨着诗歌艺术的演化与沿革。由栏目文章荟萃而成的《群岛之上》《群岛之辨》《群像之魅》三部诗学专著,搭建起了追索新诗诗学真意的最可靠路径。

——李海英

　　态度催生选择,选择创造尺度。十余年的坚持,《江汉学术》"现当代诗学研究"名栏集萃《群像之魅:"现当代诗学研究"专题论集》与其说让人目睹了奇迹,不如说意在提醒尺度的始终在场。在显得喧闹的诗界,它的确是一个安静的存在。它犹如一根隐秘的丝线,连接起默默秉守尺度的人们,组成严肃的学术共同体。

——张桃洲

　　值此《群像之魅》付梓之际,竭诚向《江汉学术》的"现当代诗学研究"栏目多年来的功劳与苦劳致敬。从《群峰之上》《群岛之辨》到《群像之魅》,背后有一群默默操持的现当代诗学劳动模范,其以时间和努力,证明了一个期刊可以做到:统领风骚、寻索典范、赓续诗史、批判诗潮、爬网理念、阐释文本、引介新秀、推展诗教。这三部由"现当代诗学研究"栏目精选出的专题论集,在中国现当代汉诗研究领域中,极具指标性意义。

——郑慧如

《群翼之云：现当代诗学专题论集》

在个人隐秘的想象中，一个理想的诗学探究场域应该秉具引领路径的前瞻性与激发活力的凝聚性，《江汉学术》开设的"现当代诗学研究"名栏以其近二十年的持久拓展与坚守，终使这种艰难的理想成为现实：它不但汇集了众多敏锐诗学通灵者的精血之作，而且更新了攀登诗学险峰的线路与尺度。聚集在《群翼之云》里的一片片璀璨飞舞的星云真正展示了现当代汉诗研究的标杆性景观，其真知灼见的理路与辨析更为世界幽茫的悬渊凿开了一道道心灵澄明的亮光。我在此为《群翼之云》的编辑团队举手击掌，同时为其学术志业之重任远道而摇旗呐喊。

——米家路

多年来，《江汉学术》"现当代诗学研究"名栏集聚当下顶尖学人专家，学术贡献持久、卓著，已然被公认为现当代汉语诗歌的指标性学术重地。栏目专题论文囊括前沿理论观察、现象与潮流阐释、诗歌文本个案论析、海内外诗歌现状的观察与研判等种种面向，彰显出丰繁幽邃的诗学样貌。《群翼之云》的问世将再次赓续《江汉学术》"现当代诗学研究"名栏对于诗学界与诗歌创作领域的双重冲击力。

——杨小滨

《江汉学术》教育部名栏"现当代诗学研究"是引领、推介、掉阖海内外诗歌研究的锁钥之地。从《群峰之上》《群岛之辨》《群像之魅》到《群翼之云》，近二十年来，该栏目承续一贯求真、平允的办刊方略，怀抱诗歌史之综观，严选诗学前沿之课题，以文本精读为基石进行多元化解析，不断拓展理论所涵覆的边界；既在用批评锤炼、斧正读者对诗的认知态度与深度，亦在不断发掘、施展诗歌的教化之力，于浩瀚的诗歌史中凝聚出高翔、广阔的垂天之翼。《群翼之云》不但蕴含编者的恒心与匠心，更是汇集了一代学子始终如一又更新开放的诗学理念践行。

——盛艳

慢读鉴藏，流传诗歌

倪贝贝

该选本借用和秉持了傅思汉先生的一个理念，即把诗歌视为一个共享行为，而不是个体诗人创作的集合。

新世纪近二十年以来，汉语新诗的发表与出版积累了大量的文本，由李强主编，刘洁岷、郑慧如执行主编，江汉大学现当代诗学研究中心出品的《21世纪两岸诗歌鉴藏（戊戌卷）》即一部致力了解与把握这一时期新诗的真实状态、萃取其诗歌精华的现代汉语新诗选本。该书共3册，总字数73万余字，编选了中国大陆、中国台港澳地区以及加拿大、马来西亚、美国、澳大利亚、日本等国家和地区近500名当代诗人的约900首汉语新诗。

遴选视野广度与选诗质量高度的融合。该书首倡21世纪诗人皆为"同代诗人"的诗选导向，在诗歌潮流的涌动和变迁中聚焦文本、凝注创新，将近20年以来缺乏"剪辑"的诗歌"连续剧"反复回放、定格、特写，历经淘洗和筛选，试图发现该时期汉语诗歌的内在流变机制，从而勾勒呈现出真实的、建立在其艺术质地上的创造图景，为新诗读者建立同代人的大视野。同时，致力填补21世纪以来中国台港澳地区乃至海外汉语诗歌在经典遴选上的空白，从大陆相对罕见的中国台港澳及海外各种诗选、诗报刊、个人诗集中，剔除有别于大陆读者对其既定的"黑白胶片"印象，选取、采集以新世纪刊发出版为主、当可刷新大陆读者目光的优秀汉语诗歌，以撷取诗歌演绎的诗潮流变、诗人各自的诗风转向，进而发现两岸汉语诗歌发展之异同。该书致力于实力派诗人的挖掘与再发现，大胆选入其名尚未见于研究者论著的诗人的优质作品。

历时性与当下性的综合审视与考量。这个选本借用和秉持了傅思汉先生的一个理念，即把诗歌视为一个共享行为，而不是个体诗人创作的集合。该书作为 21 世纪以来两岸诗歌大型鉴藏级选本系列之一，其尝试建造的正是一个断代的诗歌共享资料库。这个资料库一方面要通力展示新世纪近 20 年这一历史语境中优质诗歌的整体样貌，同时聚焦当下诗坛的诗人最新动态与诗潮流变，从中挖掘、打捞出蕴含厚重诗质的优质作品。每个入选的诗人人名就是一个"链接"点，每一首入选的作品就是作者的一张"全息"照片。

审美性与学理性的统一。该书的编选团队成员遍及大陆、台湾乃至海外，他们或为现当代诗学领域颇具建树的研究行家，或为当代诗坛活跃度较高、成果丰硕的诗人，其中不少身兼作者和评论家的双重身份，这些人既能以现代汉语新诗创作者的身份亲临当代新诗创作现场，又能从研究者角度对现当代汉语新诗进行学理性审视与思索，保证了该书诗歌编选的标准高度，使其达到了诗歌品位审美性与筛选目光学理性的统一。

——原载《中国出版传媒商报》，2019 年 9 月 30 日

"现当代诗学研究"
专栏二十年刊文纵览

序号	年份	期数	作 者	题　　名
1	2004	4	程光炜	当代诗的"传统"
2	2004	4	李　怡	关于中国新诗的两种"传统"
3	2004	4	西　渡	我的新诗传统观
4	2004	4	臧　棣	新诗传统：一个有待讲述的故事
5	2004	4	张桃洲	新诗传统：作为一种话语储备
6	2004	4	谢向红	我们是否夸大了"裂变"？
7	2004	5	王　毅	新诗标准：谁在说话？
8	2004	5	鲍昌宝	错位的新诗评价标准 ——对新诗合法性的文化反思
9	2004	5	李润霞	在喧嚣中寻找诗歌的路标
10	2004	5	姜　涛	"标准"的争议与新诗内涵的歧义
11	2004	6	周　瓒	论新诗的文体建制
12	2004	6	陈太胜	口语与文学语言：新诗的一个关键问题 ——兼与郑敏教授商榷
13	2004	6	王　烨	"后朦胧"以来诗歌"口语化"探索的危机

续　表

序号	年份	期数	作　者	题　　　　名
14	2004	6	霍俊明	返观与诉求：当代汉诗的语言向度
15	2004	6	杨四平	当下诗歌写作的语言源流 ——梁小斌的若干诗学意义
16	2005	1	刘淑玲	《大公报》文艺副刊与现代主义诗潮中的京派诗歌
17	2005	1	刘　春	近 20 年新诗选本出版的回眸与评说
18	2005	2	周　瓒	女性诗歌：自由的期待与可能的飞翔
19	2005	2	王艳芳	20 世纪中国女性诗歌的生命意识
20	2005	2	张晓红	焦虑与书写：女性诗歌中的性别意识
21	2005	3	叶　橹	误读在有意与无意之间
22	2005	3	姜　涛	"选本"之中的读者眼光 ——以《新诗年选》(1919 年)为考察对象
23	2005	3	刘金冬	诗歌选本与诗歌审美趣味的形成 ——以解放区诗歌选本为例
24	2005	3	谢向红 王春辉	阐释学视野中的"湖畔派"爱情诗
25	2005	4	钱文亮	"先锋"的变迁与在当下诗歌写作中的意义
26	2005	4	张曙光	先锋诗歌的悖论
27	2005	4	桑　克	当代诗歌的先锋性：从肆无忌惮的破坏到惊心动魄的细致
28	2005	5	荣光启	"中生代"：当代诗歌写作中的一种"地质"
29	2005	5	西　渡	时代的弃婴与缪斯的宠儿 ——试论 1960 年代出生的诗人
30	2005	5	王　毅	1960 年代出生的诗人：命名与言说
31	2005	5	耿占春	当代诗歌中意义的逻辑：呈现与象征

序号	年份	期数	作者	题 名
32	2005	6	梁秉钧	翻译与诗学 ——对西方现代诗的挪用、取舍与转化
33	2005	6	王 笑	被忽略的影响 ——论卞之琳译诗集《英国诗选》的翻译观及其诗学价值
34	2005	6	张子清	当前诗歌出版和翻译的若干问题刍议
35	2005	6	黄灿然	不增添不削减的诗歌翻译 ——关于诗歌翻译的通信
36	2005	6	朱寿桐	值得关注的学术开拓 ——谈《现代汉语的诗性空间——新诗话语研究》
37	2006	1	洪子诚 王光明 蓝棣之 等	城市与诗 ——北京大学第六届"未名"诗歌节圆桌论坛实录
38	2006	1	张林杰	现代都市环境与现代诗歌
39	2006	1	鲍昌宝	面向都市的中国现代新诗
40	2006	1	陈 超	城市中的心灵之书 ——叶匡政的城市诗写作
41	2006	2	陈仲义	个人化视野中当代诗歌史的写作疑难
42	2006	2	黄雪敏	新诗史写作：可能与限度
43	2006	2	郑成志	诗歌史写作的新"型构" ——以王光明《现代汉诗的百年演变》为例
44	2006	2	陈芝国	体制化想象的质询与诗性的有无 ——论《"新诗集"与中国新诗的发生》的研究角度与方法

序号	年份	期数	作者	题　　名
45	2006	3	王光明	论"朦胧诗"与北岛、多多等人的诗
46	2006	3	柏　桦	心灵与背景：共同主题下的影响 ——论帕斯捷尔纳克对王家新的唤醒
47	2006	3	敬文东	"下午"的精神分析 ——诗人柏桦论
48	2006	4	颜同林	土白入诗与新月诗派
49	2006	4	陈　均	早期新诗"说理风气"之形成
50	2006	4	陈爱中	格律与自由的恰切糅合 ——试论新月诗歌的语言表述
51	2006	4	伍明春	歌谣：新诗的潜在资源
52	2006	5	叶　橹	一只不停滚动的桶 ——绿原诗歌艺术的衍变
53	2006	5	刘正国	施受换位超越传统 ——卞之琳诗歌的结构艺术
54	2006	5	连　敏	论作为《诗刊》主编的臧克家
55	2006	5	陈　希	论中国现代派诗对意象主义的接受和变异
56	2006	6	张子清	华裔美国诗歌鸟瞰
57	2006	6	肖恩·奥布赖恩	当代英国诗歌：在后现代主义与本土现实主义之间
58	2006	6	何　宁	开放格局下的多元化风貌 ——简论近 20 年来的英国诗歌
59	2006	6	盛　艳	超文本解读下阿什贝利诗歌意义的回归
60	2007	1	贺仲明	战争政治与 1940 年代的中国诗歌

序号	年份	期数	作 者	题 名
61	2007	1	张立群	论"十七年诗歌"与政治文化
62	2007	1	唐晓渡 金泰昌	对话：诗·精神自治·公共性
63	2007	1	龙扬志	叙述中的天安门诗歌运动
64	2007	2	王润华	鱼尾狮神话：新加坡后殖民诗歌典范
65	2007	2	古远清	论 1980 年代的香港新诗
66	2007	2	林喜杰	论 1960 年代以来的台港新诗教育
67	2007	2	杨庆祥	"选本"对"第三代诗歌"的不同诗学态度
68	2007	3	王光明	论 20 世纪中国散文诗
69	2007	3	张桃洲	论当代诗人散文中的诗性 ——以《晕眩》为例
70	2007	3	赵卫峰	中国当代散文诗局部观察
71	2007	3	柏 桦	江南流水与江南诗人
72	2007	4	刘真福	建国以来中学教材新诗教育的发展·选篇论
73	2007	4	林喜杰	新诗教育：群体性解读与想象的共同体
74	2007	4	霍俊明 岳志华	展开的起点：新诗教育问题与反思
75	2007	4	陈仲义	网络体诗：四大"症候"剖析
76	2007	4	王家新 陈 勇 非 树 等	访谈："世界文学"视野下的中国文学与诗 ——兼谈顾彬对中国文学的批评

续　表

序号	年份	期数	作　者	题　　　名
77	2007	5	谭旭东	当代儿童诗对纯美想象空间的构建
78	2007	5	谢毓洁	论五四时期儿童诗创作
79	2007	5	余　雷	儿童散文诗观照世界的审美方式
80	2007	5	王雪松 王泽龙	论周作人诗歌的诗体特征及其在新诗发生期的意义 ——以《过去的生命》为例
81	2007	5	杨小滨	飞翔：修辞与意义 ——论孟浪的诗
82	2007	6	钱文亮	道德归罪与阶级符咒：反思近年来的诗歌批评
83	2007	6	冷　霜	重识卞之琳的"化古"观念
84	2007	6	段从学	论邵燕祥诗歌中的"远方"
85	2007	6	张大为	穿越历史的"思想"道路 ——论邵燕祥诗歌抒写模式的演变
86	2007	6	张立群	"失去比喻"的歌唱及其历史变奏 ——论 1950 至 1980 年代邵燕祥诗歌的讽刺意识
87	2007	6	王士强	革命·启蒙·"找灵魂" ——论邵燕祥新诗创作中的"宏大叙事"
88	2008	1	程振兴	"景观诗歌"视野中的穆旦
89	2008	1	冯　雷	论何其芳二十世纪三四十年代的"艺术自觉"
90	2008	1	易　彬	"记忆"之书 ——论吴兴华诗歌的精神内蕴
91	2008	1	马永波	袁可嘉诗学思想探源

序号	年份	期数	作者	题　　名
92	2008	1	陈　彦	"迷人的抒情"与"泥土的根" ——西南联大时期王佐良的诗歌实践
93	2008	1	柏　桦 余夏云	"今天"：俄罗斯式的对抗美学
94	2008	2	臧　棣	无焦虑写作：当代诗歌感受力的变化 ——以王敖的诗为例
95	2008	2	颜同林	新诗版本与汉语方言
96	2008	2	赖彧煌	论早期白话诗和古典诗歌的纠缠
97	2008	2	沈　奇 孙金燕	生命仪式的向晚仰瞻 ——洛夫长诗《漂木》散论
98	2008	2	张志国	诗歌史叙述：凸现与隐蔽 ——宇文所安的唐诗史写作及反思
99	2008	3	江弱水	胡适的语文观与1930年代的反拨
100	2008	3	西　渡	孙大雨新诗格律理论探析
101	2008	3	陈　均	"内容与形式"之论与朱光潜诗学观念的建构
102	2008	3	郑　翔	关于现代格律诗：从叠音词收尾说起
103	2008	4	黄　梁	推敲的诗艺：从无声处扣问浮生 ——叶维廉诗集《雨的味道》索隐
104	2008	4	陈仲义	"声、像、动"全方位组合：台湾新兴的超文本网络诗歌
105	2008	4	鲍昌宝	捍卫乡村的尊严 ——论台湾诗人吴晟的诗歌
106	2008	4	古远清	香港新世代本土诗人

序号	年份	期数	作　者	题　　　名
107	2008	4	王　芬 金　星	吴兴华诗歌的叙事艺术
108	2008	5	张曙光	米沃什诗中的时间与拯救
109	2008	5	马永波	奥登与九叶诗派的新诗戏剧化
110	2008	5	张子清	历史与社会现实生活的跨文化审视 ——华裔美国诗歌的先声：在美国最早的华文诗歌
111	2008	5	邓庆周	拜伦《哀希腊》在近代中国的四种译本及其影响
112	2008	6	张　阆	丽娃河畔的纳喀索斯 ——宋琳诗歌的抒情品质及其焦虑
113	2008	6	西　川	从素朴到丰富：潞潞的短诗
114	2008	6	柏　桦	旁观与亲历：王寅的诗歌
115	2008	6	余夏云	出梅入夏：陆忆敏的诗
116	2008	6	孙晓娅	无法遗忘的精神家园 ——论牛汉诗歌创作与俄罗斯文艺的关系
117	2009	1	燎　原	博大普世襟怀的矛盾与偏执 ——昌耀晚期精神思想探析
118	2009	1	张松建	知识之航与历史想象：重读吴兴华
119	2009	1	王雪松	观照中国现代诗歌的一面镜子 ——评王泽龙《中国现代诗歌意象论》
120	2009	2	颜炼军	论 T.S.艾略特在中国新诗中激起的旧诗想象
121	2009	2	郑成志	意义的寻求还是诗艺的探索 ——论 20 世纪 30 年代梁实秋和梁宗岱的争论

序号	年份	期数	作者	题　　　名
122	2009	2	张志国	台湾现代主义"学院诗"的兴发 ——论《文学杂志》之于台湾现代诗场域的建构意义
123	2009	3	陈　超	祝贺、观感和期冀
124	2009	3	陈仲义	新诗研究之功德簿
125	2009	3	陈　希	风景及意义
126	2009	3	贺仲明	新诗研究：蜕变中的艰难
127	2009	3	敬文东	不事夸张的"袖珍"事业
128	2009	3	姜　涛	新诗研究，需要激活动力
129	2009	3	罗振亚	奉献精神与园地意识
130	2009	3	李润霞	现代诗学研究的生态与动态
131	2009	3	李　怡	中国新诗研究：克服"现代"困难的前行
132	2009	3	冷　霜	边缘之处大有作为
133	2009	3	钱文亮	学术的光荣与尊严 ——向《江汉大学学报（人文科学版）》致敬
134	2009	3	荣光启	印象与感受
135	2009	3	沈　奇	选择与坚持 ——《江汉大学学报（人文科学版）》"现当代诗学研究"栏目创设5周年致辞
136	2009	3	唐晓渡	热爱和责任
137	2009	3	王光明	近年的中国诗坛
138	2009	3	王泽龙	诗心文骨作为养料，培育民族现代诗学硕果

续　表

序号	年份	期数	作　者	题　　名
139	2009	3	易　彬	"开放问题空间后"的希望 ——为《江汉大学学报（人文科学版）》"现当代诗学研究"栏目创设 5 周年而作
140	2009	3	周晓风	诗学与传媒共臻佳境
141	2009	3	周　瓒	对新诗研究现状的一点感言
142	2009	3	张曙光	我看"现当代诗学研究"
143	2009	3	张洁宇	自己的园地
144	2009	3	臧　棣	现当代诗学研究：从平台到品牌
145	2009	3	张桃洲	困境与生机 ——新诗研究断想
146	2009	4	张桃洲	对"古典"的挪用、转化与重置 ——当代台湾新诗语言构造的重要维度
147	2009	4	张子清	从边缘到主流：关于垮掉派诗歌的反思
148	2009	4	陈仲义	道德与价值评判：当下神性诗写的一个向度
149	2009	5	陈小平	论 1986—1995 年的汉语先锋诗歌
150	2009	5	余　旸	"精魂全在一口深吸的气里" ——论姜涛诗歌的形体学诉求
151	2009	5	柏　桦	万夏诗歌：1980—1990 宿疾与农事
152	2009	6	王家新	穆旦：翻译作为幸存
153	2009	6	袁洪敏	《杜伊诺哀歌》的翻译和接受问题
154	2009	6	侯　婷	胡适英译诗《关不住了》的节奏尝试
155	2009	6	张曙光	翻译与中国新诗

序号	年份	期数	作者	题　　名
156	2010	1	马永波	九叶诗派对象征主义的反思
157	2010	1	陈芝国	朱英诞诗歌：古典与现代互涉的美学
158	2010	1	周　峰	"新的抒情"与穆旦晚年诗作
159	2010	1	张　宁	论卞之琳对新月诗派的继承与超越
160	2010	2	邹小娟	承载历史，让新诗参与民族精神的建构 ——闻一多诞辰110周年纪念暨国际学术研讨会综述
161	2010	2	史　言	闻一多新诗的色彩研究与孤独意识 ——以《红烛》《死水》为分析文本
162	2010	2	陈　茜	飞扬与静观 ——闻一多与废名的新诗批评比较
163	2010	2	吴　矛	闻一多新诗"诗质"论和"诗形"论的矛盾性
164	2010	3	庄伟杰	华语诗歌传播与接受的跨文化探析
165	2010	3	龙扬志	"非古"思想与白话诗呈现
166	2010	3	汪剑钊	生命的繁殖：一个原文本与五个目标文本 ——以帕斯捷尔纳克诗作《二月》的翻译为例
167	2010	4	周　瓒	网络时代的女性诗歌："击浪"或"畅游"？
168	2010	4	西　渡	黑暗诗学的嬗变，或化蝶的美丽 ——以翟永明和池凌云为中心，论新时期女性诗歌意识
169	2010	4	赖彧煌	从性别想象到技艺对经验的转换 ——论沈杰、青蓖、水丢丢和梅花落的诗
170	2010	5	马富丽	寻找寂静与美好的所在 ——灰娃诗歌简论

续 表

序号	年份	期数	作 者	题 名
171	2010	5	张光昕	假动作的精神分析 ——翟永明诗歌务虚笔记
172	2010	5	罗小凤	被遮蔽的承传 ——"五四"时期新诗与传统的关系探察
173	2010	6	钱文亮	"学院派诗歌":概念与现实 ——兼论中国当代诗歌的处境
174	2010	6	姜 涛	当代诗歌情境中的"学院化"习性
175	2010	6	唐闻颖	艰难的"学院派" ——重审西南联大现代主义诗群
176	2011	1	林 克	创造抑或模仿 ——对诗歌翻译的创造性的几点质疑
177	2011	1	赵振江	二度创作:在诗歌翻译中如何接近原诗的风格神韵
178	2011	1	树 才	什么是一首译诗? ——以阿波利奈尔《米拉波桥》为例
179	2011	2	西 渡	当代诗歌的实验主义与反学院情结
180	2011	2	王晓渔	当代诗歌场域中"学院派诗歌"若干状况 ——知识分子写作与民间写作纷争的回顾与解读
181	2011	2	李慧明	从"校园"到"学院" ——对1980至1990年代中国诗歌的一种观察
182	2011	3	易 彬 陈 璐	"沉重"的潜压与"唯美"的诉求 ——论彭燕郊诗歌创作主题的双重变奏
183	2011	3	李文钢	论"归来"诗人邵燕祥的精神世界
184	2011	3	冯 强	萧开愚诗歌语言的层次研究

续 表

序号	年份	期数	作者	题　名
185	2011	3	刘旭俊	玻璃的诗学 ——欧阳江河诗歌中的"反词"修辞
186	2011	4	侯　敏	西南联大校歌歌词的"史诗"意蕴
187	2011	4	骆　蔓	论诗学范畴中歌词与诗艺术策略的差异
188	2011	4	史　言	"泥香"与"土香"的辩证 ——论余光中诗歌的休息之梦与抵抗意志
189	2011	4	黄　茜	费尔南多·佩索阿与葡萄牙新诗学的建立
190	2011	6	张桃洲	去国诗人的中国经验与政治书写 ——以北岛、多多为例
191	2011	6	李海英	"语言的制作来自厨房……" ——简论多多诗歌语言的流变
192	2011	6	赵　飞	论张枣"言志合一"的诗歌写作向度
193	2011	6	赵思运	李笠诗歌中的文化母题意象
194	2012	1	陈仲义	现代诗语的重要"纽带"：隐喻与转喻
195	2012	1	罗执廷	选本运作与"第三代诗"的文学史建构
196	2012	1	张德明	《百年新诗百种解读》与新诗文本细读
197	2012	2	盛　艳 盛　俐	一种冷静的失落：论毕晓普诗歌中的性别转换
198	2012	2	张子清	论美国后垮掉派诗歌
199	2012	2	张逸飓	在瓦雷里影响下卞之琳诗歌的变构
200	2012	3	李海英	论罗羽诗歌的"植物诗学"
201	2012	3	翟月琴	轮回与上升：陈东东诗歌的声音抒情传统

序号	年份	期数	作　者	题　　　　名
202	2012	3	张光昕	肖像·游移·风湿病 ——西渡诗歌论
203	2012	3	朱现平 刘洁岷	打造教育部名栏寻求学报的质变 ——《江汉大学学报》(人文科学版)"现当代诗学研究"栏目建设
204	2012	4	郑慧如	论1980年代以降台湾现代诗的现实书写
205	2012	4	桑　克	"通向现实的新途径"：在历史与语言的交汇之中 ——以特朗斯特罗姆的中文译本个案为中心
206	2012	5	颜炼军	"远方"的祖国景观 ——论当代汉语诗歌中的少数民族文化元素
207	2012	5	夏婉云	孪生/变身/巫语/诗语 ——论唐捐身体诗生发的时空
208	2012	5	郑振伟	岛屿·都市·社会 ——台湾中生代诗人方群现代诗试论
209	2012	5	倪贝贝 王泽龙	朱英诞、废名新诗理论比较研究
210	2012	6	吴向廷	屈原与惠特曼：《女神》抒情的方式、动力及其限度
211	2012	6	胡少卿	北岛《里尔克：我认出风暴而激动如大海》辨正
212	2012	6	马雪洁	沉默的冥想者 ——诗人朱英诞研究述评
213	2013	1	赖彧煌 姜　涛 西　渡 钱文亮 唐晓渡 等	首届"教育部名栏·现当代诗学研究奖"颁奖仪式录音实录

序号	年份	期数	作 者	题　　　名
214	2013	1	盛　艳	身份的异化和个性的同化 ——美国自白派女诗人塞克斯顿诗歌的变形记
215	2013	1	李大珊	两种时间观念交织下的对望 ——探析陆忆敏诗歌中的语调特征
216	2013	2	郑慧如	台湾当代诗的后现代理论轮廓
217	2013	2	简政珍	从诗评到诗学：论郑慧如的《台湾当代诗的诗艺展示》
218	2013	2	陈仲义	现代诗索解：纵横轴列的诗语轨迹分析
219	2013	3	颜炼军	迎向诗意"空白"的世界 ——论现代汉语新诗咏物形态的创建
220	2013	3	西　渡	新诗格律理论研究：进展与问题 ——以刘涛《百年汉诗形式的理论探求》为例
221	2013	4	濮　波	论现代诗歌的技巧：并列未经分析之事物
222	2013	4	连晗生	"仿译"：作为一种特殊的翻译类型 ——关于美国诗人洛厄尔的《模拟集》
223	2013	5	雷武铃	与新诗合法性有关：论新诗的技艺发明
224	2013	5	西　渡	灵魂的构造 ——骆一禾、海子诗歌时间主题与死亡主题比较研究
225	2013	6	许　霆	20世纪新诗大众化运动反思论
226	2013	6	史　言	郑愁予晚近诗作的"纵向意识"与"中心轴意识"研究 ——以诗集《寂寞的人坐着看花》为例
227	2014	1	王凌云	比喻的进化：中国新诗的技艺线索
228	2014	1	梁小静	诗人的"主观个体"与萧开愚的"综合意识"

序号	年份	期数	作　者	题　　名
229	2014	2	陈大为	江河"现代神话史诗"的英雄转化与叙事思维
230	2014	2	岛由子	论顾城的"自我"及其诗歌的语言
231	2014	3	郑慧如	台湾当代诗的命名效力与诠释样态——以"超现实"在台湾诗歌中的流变为例
232	2014	3	米家路	颓败的田园梦——论李金发诗歌的乐园图景与残酷心理幻象
233	2014	4	西　渡	心灵的纹理——骆一禾、海子情爱主题和孤独主题比较研究
234	2014	4	李心释	语言观脉络中的中国当代诗歌
235	2014	5	柯夏智	注释出历史的缺失——"国际风格"、现代主义与西川诗歌里的世界文学
236	2014	5	米家路	河流抒情,史诗焦虑与1980年代水缘诗学
237	2014	6	郑慧如	1990年代以来台湾数字诗的发展与美感生成
238	2014	6	白　灵	从商禽之梦看台湾新诗的跨领域现象——基于左右脑与语言、非语言的关系
239	2014	6	简政珍	现代诗中隐喻、转喻与意象产生的关系
240	2015	1	陈培浩	命运"故事"里的"江南共和国"——论朱朱的近期诗歌
241	2015	1	张伟栋	当代诗中的"历史对位法"问题——以萧开愚、欧阳江河和张枣的诗歌为例

续　表

序号	年份	期数	作者	题　　名
242	2015	1	许　霆	中国自由诗体的特征、韵律规范及百年流变
243	2015	2	颜炼军	"大国写作"或向往大是大非 ——以四个文本为例谈当代汉语长诗的写作困境
244	2015	2	李海英	白昼燃明灯,大河尽枯流 ——论当下作为"症候"的知名诗人长诗写作
245	2015	3	龚浩敏	叶芝诗歌:民族的吊诡与东方的悖论 ——论其文化民族主义、身份、主体与东方传统
246	2015	3	段从学	为什么——悼念一棵枫树? ——细读《悼念一棵枫树》,并纪念牛汉
247	2015	4	吴　昊	当代诗歌的"南北之辨"与戈麦的"南方"书写
248	2015	4	赖彧煌	论晚清至"五四"诗歌的"言说方式" ——兼及诗学与诗歌史的辩证
249	2015	5	李海英	影响无焦虑　釜底且游鱼 ——以《忧伤的黑麋鹿》为例谈当代诗写与评价的失衡
250	2015	5	韩　伟 曹　蕊	"客观化"诗歌中的自我展示 ——析读马永波的诗
251	2015	5	林　琳	黄昏里的行走与歌唱 ——从骆一禾的《大黄昏》看其诗学理想
252	2015	6	李心释	论当代诗歌中"反隐喻"的可能与不可能
253	2015	6	徐　钺	历史"时感"中的"希望"与"控诉" ——论1945—1948年间穆旦诗歌创作的精神指向与矛盾

续　表

序号	年份	期数	作　者	题　　名
254	2016	1	郑慧如	形式与意蕴的织染：重读洛夫《石室之死亡》
255	2016	1	米家路	张狂与造化的身体：自我模塑与中国现代性 ——郭沫若诗歌《天狗》再解读
256	2016	1	颜炼军 李海英 张桃洲 郑慧如 等	第二届"教育部名栏·现当代诗学研究奖"颁奖录音实录
257	2016	2	张凯成	论朦胧诗"涌流期"表意系统的局限性 ——以诗歌想象力和语言分析为中心
258	2016	2	马春光	时间体验与中国新诗的发生
259	2016	3	白　杰	"莽汉主义"诗歌："垮掉"阴影下的游走
260	2016	3	邱景华	哲人目光和母性慈怀 ——郑敏20世纪40年代诗歌的独特性
261	2016	4	杨小滨	能指作为拟幻：论臧棣诗的基本面向
262	2016	4	郑振伟	渡也的澎湖梦想 ——基于诗文集《澎湖的梦都张开翅膀》
263	2016	5	盛　艳	生命之重的话语承载 ——论罗伯特·哈斯诗歌的"催眠"艺术
264	2016	5	张　慎	近现代诗歌变革中"非诗化"与"诗化"的矛盾
265	2016	6	朱妍红	时空维度的戏剧化探索 ——论穆旦1940年代诗歌的现代主义追求
266	2016	6	杨宗翰	回归期台湾新诗史里的抒情之声 ——以张错、席慕蓉、方娥真与温瑞安为例

序号	年份	期数	作者	题　　名
267	2017	1	马立安·高利克	青年冰心的精神肖像与她的小诗
268	2017	1	陈仲义	现代诗接受的"品级坐标"
269	2017	1	刘奎	现代诗人节的确立与新诗人的诞生
270	2017	2	彭吉蒂	以自身施喻：当代汉语诗歌中的精神疾病诗学
271	2017	2	邱景华	在"内心独白"与"自由联想"间挣脱梦魇 ——牛汉诗歌《梦游》第一稿与第三稿的比较研究
272	2017	3	米家路	自我的裂变：戴望舒诗歌中的碎片现代性与追忆救赎
273	2017	3	许霆	黑格尔的音律论与汉语新诗律建设
274	2017	4	米家路	反镜像的自恋诗学 ——戴望舒诗歌中的记忆修辞与自我的精神分析
275	2017	4	郑慧如	翻转的瞬间：简政珍诗的意象美学
276	2017	5	简政珍	现实与比喻：台湾当代诗的意象空间
277	2017	5	周俊锋	怀旧病与乌托邦：当代诗歌的乡土经验写作及转变
278	2017	6	马正锋	蒋海澄（艾青）的巴黎岁月及其初期新诗创作
279	2017	6	王东东	穆旦诗歌：宗教意识与民主意识
280	2017	6	张贞	论李强"家乡系列"诗歌的特质与对母题的拓展
281	2018	1	郑慧如	论台湾现代诗中的"沉默" ——以罗任玲诗作的陈述表现为中心

续 表

序号	年份	期数	作 者	题 名
282	2018	1	杨小滨	作为文滓的诗：陈黎的撮学写作
283	2018	2	张凯成	"视点"偏转、理论思维与研究载体的"当代意识" ——2017年中国新诗研究综述
284	2018	2	王 浩	血以后是黑暗：海子和荷尔德林诗歌中的人与神
285	2018	2	万孝献	海子诗歌的深渊圣徒情结与救赎之路
286	2018	3	段从学 李海英 李润霞 等	"新诗的代际、群体和流派"主题论坛实录
287	2018	3	钟怡雯	徐志摩诗歌的经典化与再诠释
288	2018	4	陈大为	田园诗的新疆模式 ——对当代"新边塞诗"的重新命名
289	2018	4	冯 溢	论语言诗人查尔斯·伯恩斯坦的"回音诗学"
290	2018	4	贾鑫鑫	重审中国现代诗创作中的"双语现象"
291	2018	5	郑慧如	当代汉语诗歌批评中的框架论述
292	2018	5	刘 奎	纪弦（路易士）与香港诗坛关系考论
293	2018	5	叶琼琼 马红雪	论戴望舒诗歌"青"色世界的三重意蕴
294	2018	6	陈培浩	开放观照"当代"的诗学视域 ——论"现当代诗学研究"专栏对诗学"当代性"的建构
295	2018	6	简政珍	论洛夫近晚期诗作"似有似无"的技巧

序号	年份	期数	作　者	题　　名
296	2019	1	杨小滨	符号幽灵与迷宫剧场：陈东东诗中的都市幻境
297	2019	1	李国华	紧贴自身的可能性与当代诗的强度 ——以姜涛诗歌为考察中心
298	2019	2	米家路 杨小滨 盛　艳 等	第三届"教育部名栏·现当代诗学研究奖"颁奖录音实录
299	2019	2	李文钢	论新诗批评中的价值判断
300	2019	2	吴　昊	"走向未来"：1980 年代诗人的文化姿态 ——以骆一禾为个案
301	2019	3	张凯成	"历史意识"与诗学研究的"中性姿势" ——2018 年中国新诗研究综述
302	2019	3	李海英 邵莹莹	重构诗学与批评的乌托邦 ——《江汉学术》教育部名栏"现当代诗学研究"的探索之路
303	2019	4	米家路	狂荡的颓废：李金发诗中的身体症候学与洞穴图景
304	2019	4	王东东	闻一多民主理念下的文学史研究和文学批评
305	2019	5	李心释	诗歌语言中"声、音、韵、律"关系的符号学考辨
306	2019	5	钟世华	论韦其麟叙事诗中"女性形象"的变迁
307	2019	6	郑慧如	论洛夫诗歌的成就与特质
308	2020	1	米家路	反照诗学：李金发诗中的幽暗启迪与悲悼伦理

序号	年份	期数	作　者	题　　　名
309	2020	1	庄桂成	当代诗歌应该如何见证时代之变 ——江汉大学新诗学诗丛研讨会综述
310	2020	2	缪惠莲 张　强	徐志摩诗歌音乐性构成的显性与隐性因素
311	2020	2	潘灵剑	论帕斯长诗《太阳石》的回环结构与瞬间艺术
312	2020	3	张凯成	作为方法与研究范式的"新诗史" ——2019 年中国新诗研究综述
313	2020	3	李倩冉	巫师、史官与建筑师 ——论叶辉诗中的物象与抒情主体
314	2020	4	杨　柳	论现代派新诗的用典革新
315	2020	5	张洁宇	"我是在新诗之中，又在新诗之外" ——重评闻一多诗学观念的转变及其他
316	2020	5	张　颖	"语言诗化"与"窗" ——论林庚在创作与研究之间的互动关系
317	2020	6	翟月琴	从文本到剧场：当代女性诗歌的跨界实验
318	2020	6	简政珍	诗歌史的视野与生命感 ——以郑慧如《台湾现代诗史》为考察中心
319	2021	1	李海英	"中心诗"观念：朝向现实的出发之旅 ——对华莱士·史蒂文斯诗学观的一种考察
320	2021	1	盛　艳	实验性诗写中的流行文化与词语流嬗变 ——从《好莱坞的达菲鸭》析读阿什伯利的诗歌
321	2021	2	彭英龙	"亦东亦西"：论张枣诗歌渊源的一种情形

序号	年份	期数	作者	题　　名
322	2021	2	田　源	浪人形象·女性气质·死亡冥思 ——象征派诗人诗歌的"颓废"趋向与读者批评
323	2021	3	杨小滨	狂欢与嬉戏：台湾诗人管管的语言喜剧
324	2021	3	刘　奎	"纯境"的文化诗学：杨际光香港时期的诗歌
325	2021	3	朱明明	从感性的碰撞到学理的输入 ——论早期外国诗歌译介与诗学研究的展开
326	2021	4	卢筱雯	游走与认同：论虹影离散诗歌中的家园意识
327	2021	4	张凯成	"河流"语象与1980年代中后期诗歌语言的源起焦虑
328	2021	5	吴　昊	"在语言中寻找祖国" ——论去国后宋琳的诗歌语言转型
329	2021	6	陈培浩	作为诗学话语借壳的"民间"：现代溯源及伦理反思
330	2022	1	方邦宇	诗的中断与诗的"中年" ——以冯至、闻一多、朱自清为中心的讨论
331	2022	1	蔡　玮	走向"少数"之"普遍" ——拉维科维奇的希伯来语诗歌生成论
332	2022	2	刘　燕 周安馨	结构—解构视角：《诗人与死》的时空意象与拓扑思维
333	2022	2	李章斌 陈敬言	1950年代卞之琳新诗格律理论探析
334	2022	3	周　瓒	"坛子轶事"：近四十年当代诗歌批评发展线索纵论

续　表

序号	年份	期数	作　者	题　　名
335	2022	3	段从学	屈辱、受难与诗人艾青的自我意识及国家认同
336	2022	4	钱文亮 黄艺兰	诗思与巫思：小安诗歌中的巫术游戏
337	2022	4	马　贵	享乐、忍受抑或责任：当代诗歌中的身体伦理
338	2022	5	王东东	作为民主文化的中国现代主义 ——重识袁可嘉的新诗现代化理论
339	2022	5	冯　溢 张　帆	反抗命名，声音与意义的多元性构建 ——近三十年来国内美国语言派诗歌研究聚焦
340	2022	6	郭海玉	法无定法：中国当代诗歌叙述者的诗性变奏
341	2022	6	李海英	当代家庭挽歌的书写可能与悲悼伦理 ——以张曙光诗歌为考察中心
342	2023	1	夏　至 敬文东	窥视者与说书人：论析朱朱长诗《清河县》
343	2023	1	朱周斌	借助词语距离：欧阳江河诗歌中的词化趣味
344	2023	2	张凯成	观念的边界与经典的重探 ——2020—2022年中国新诗研究综述
345	2023	2	钱韧韧	现代汉语虚词与郭沫若《女神》的节奏特征
346	2023	3	巫洪亮	"戏迷"郭小川及其诗歌戏曲戏剧化追求
347	2023	3	白　杰	现实主义主潮下九叶诗派的自我形塑 ——以《九叶集》《八叶集》为论述中心
348	2023	3	闻　达	奥克肖特"诗教智慧"揭解及其时代蕴涵

序号	年份	期数	作者	题 名
349	2023	4	向天渊 周梦瑜	现代汉语的口语属性与中国新诗的肉身化品格
350	2023	4	陈夏临	文学共同体：《中国现代诗选》的新诗传统预设
351	2023	5	森 子	论徐玉诺诗学观念在同时代人影响下的形成
352	2023	5	熊 威	"诗歌形式史"与林庚新诗观念的演进
353	2023	5	张凯成	传播接受视域下的现代汉语诗学理论建构 ——评析"现代汉语诗歌传播接受研究丛书"
354	2023	6	陈仲义	现代诗学：文本的"同位素"效应
355	2023	6	万 冲	"内在生命"的歌哭：论昌耀诗歌的晚期风格
356	2024	1	王东东 一 行 姜 涛 西 渡 张桃洲 等	"当代诗的文化趋向：个体性与公共性"主题论坛实录
357	2024	1	许永宁	"三个崛起"与朦胧诗理论现代性的三种指向
358	2024	1	农玉红 李茂君	重叠模式、土味词汇与民族语法 ——壮语方言与韦其麟的《百鸟衣》
359	2024	2	亚思明	"我们自身内的外来者" ——论多多海外诗歌的"双重外在性"
360	2024	2	李心释	现代诗晦涩成因的隐喻认知阐释

续 表

序号	年份	期数	作 者	题 名
361	2024	3	黄家光	重建神谱，以迎诸神：《〈山海经〉传》中的古今中西之争
362	2024	3	刘 洋	"绝然的距离"的外延、内涵及诗学要义——从李健吾《〈鱼目集〉——卞之琳先生作》读入
363	2024	4	冰 马	历史叙述与言说中的 1980 年代女性诗歌及其反思
364	2024	4	赵双娟	21 世纪新诗影像化实践的边缘叙事
365	2024	5	周 瓒 张洁宇 段从学 李心释 陈培浩 等	第四届"教育部名栏·现当代诗学研究奖"颁奖录音实录
366	2024	5	王东东	海子诗歌与 1980 年代中国的文化意识
367	2024	5	吴 昊 姚 灿	高校与中学新诗教育的差异性分析及融通路径探索
368	2024	5	王玮旭	"五四"的物体系与物的心声：论冰心的写物诗

（夏莹 整理）

图书在版编目(CIP)数据

21世纪现当代诗学鉴藏 / 刘洁岷主编. -- 上海 ：
东方出版中心, 2024. 10. -- ISBN 978‐7‐5473‐2542‐1

Ⅰ. I207.2

中国国家版本馆 CIP 数据核字第 2024ZM9117 号

21世纪现当代诗学鉴藏

主　　编　刘洁岷
策划编辑　潘灵剑
责任编辑　沈旖婷
装帧设计　钟　颖

出 版 人　陈义望
出版发行　东方出版中心
地　　址　上海市仙霞路 345 号
邮政编码　200336
电　　话　021‐62417400
印 刷 者　山东韵杰文化科技有限公司

开　　本　890mm×1240mm　1/32
印　　张　36
字　　数　850 千字
版　　次　2024 年 11 月第 1 版
印　　次　2024 年 11 月第 1 次印刷
定　　价　180.00 元